rororo

Petra Hammesfahr schrieb bereits mit siebzehn ihren ersten Roman. Seitdem hat sie einen Bestseller nach dem anderen veröffentlicht. Zu ihren bekanntesten Büchern zählen «Die Sünderin» (rororo 22755), «Die Mutter» (rororo 22992), «Der Puppengräber» (rororo 22528), «Die Chefin» (rororo 23132) und «Der Schatten» (rororo 24051).

Petra Hammesfahr

Die Sünderin
Die Mutter

Zwei Romane

Rowohlt Taschenbuch Verlag

Einmalige Sonderausgabe
Veröffentlicht im Rowohlt Taschenbuch Verlag,
Reinbek bei Hamburg, Mai 2008
Die Sünderin
Veröffentlicht im Rowohlt Taschenbuch Verlag,
Reinbek bei Hamburg, September 2000

Die Mutter
Veröffentlicht im Rowohlt Taschenbuch Verlag,
Reinbek bei Hamburg, Mai 2001

Umschlaggestaltung any.way,
Barbara Hanke/Cordula Schmidt
(Foto: plainpicture/Wagner A.)
Druck und Bindung CPI – Clausen & Bosse, Leck
Printed in Germany
ISBN 978 3 499 24742 2

Die Sünderin

1. Kapitel

Es war ein heißer Tag Anfang Juli, als Cora Bender sich entschloss zu sterben. In der Nacht hatte Gereon mit ihr geschlafen. Er schlief regelmäßig am Freitag- und am Samstagabend mit ihr. Sie schaffte es nicht, ihn abzuweisen, wusste zu gut, wie sehr er das brauchte. Und sie liebte Gereon. Es war mehr als Liebe. Es war Dankbarkeit, bedingungslose Ergebenheit, es war etwas Absolutes.

Gereon hatte ihr ermöglicht zu sein, was alle waren – eine normale junge Frau. Deshalb wollte sie, dass er glücklich und zufrieden war. Früher hatte sie es genossen, wenn er zärtlich wurde, seit einem halben Jahr war das vorbei.

Ausgerechnet am Heiligabend war Gereon auf die Idee verfallen, ein Radio ins Schlafzimmer zu stellen. Es sollte eine besonders schöne Nacht werden. Sie waren an dem Heiligabend seit zweieinhalb Jahren verheiratet und seit achtzehn Monaten Eltern eines Sohnes.

Gereon war siebenundzwanzig, Cora Bender vierundzwanzig Jahre alt. Gereon war knapp eins achtzig groß und schlank, er wirkte sportlich und durchtrainiert, obwohl er keinen Sport betrieb, dazu fehlte ihm die Zeit. Sein Haar war von Geburt an weißblond und nur leicht nachgedunkelt. Sein Gesicht war nicht hübsch und nicht hässlich, es war ein Durchschnittsgesicht, wie Gereon Bender insgesamt ein Durchschnittsmensch war.

Auch an Cora Bender gab es rein äußerlich keine Auffälligkeiten, wenn man von einer Narbe an der Stirn und vernarbten Armbeugen absah. Die Kerbe im Kopf sei die Folge eines Unfalls, die knotig vernarbten Armbeugen entstammten einer bösen Entzündung, hervorgerufen durch Injektionsnadeln bei der Behandlung im Krankenhaus, so hatte sie es Gereon erklärt. Sie hatte auch gesagt, dass sie sich an Einzelheiten nicht erinnere. Letzteres war die Wahrheit. Der Arzt hatte damals gesagt, es komme bei schweren Kopfverletzungen häufig zu Gedächtnisausfällen.

Es gab ein Loch in ihrem Leben. Darin verbarg sich ein schmutziges, dunkles Kapitel, das wusste sie, obwohl die eigene Erinnerung daran fehlte. Vor einigen Jahren war sie in unzähligen Nächten immer wieder hineingefallen. Das letzte Mal lag vier Jahre zurück. Zu der Zeit hatte sie Gereon noch nicht gekannt. Und irgendwie hatte sie es damals geschafft, das Loch zu schließen. Dass sie erneut hineinstürzen könnte, damit hatte sie nicht mehr gerechnet, seit sie mit Gereon verheiratet war. Und dann geschah es – ausgerechnet am Heiligabend.

Zuerst war alles in Ordnung, leise Weihnachtsmusik und Gereons Zärtlichkeit, die allmählich drängender und intensiver wurde. Dann rutschte er langsam an ihr hinunter, da wurde es unangenehm. Und als er mit dem Gesicht zwischen ihre Beine tauchte und sie seine Zunge spüren ließ, wurde die Musik laut. Sie hörte den raschen Wirbel eines Schlagzeugs, eine Bassgitarre und die hohen, schrillen Töne einer Orgel – nur für den Bruchteil einer Sekunde, im nächsten Moment war es schon wieder vorbei. Doch dieser kurze Augenblick reichte.

Etwas in ihr brach zusammen – oder auf, wie ein gut verschlossener Tresor, den jemand mit einem Schweißbrenner bearbeitet. Es war ein irreales Gefühl. Als ob sie nicht mehr im eigenen Bett läge. Sie spürte einen harten Untergrund im Rücken und etwas im Mund, als drücke ein besonders dicker Daumen ihr die Zunge nach unten und verursache einen fürchterlichen Würgreiz.

Das Aufbäumen war nur ein Reflex. Sie schlang die Knie um Gereons Nacken und presste die Oberschenkel zu beiden

Seiten an seinen Hals. Es fehlte nicht viel, und sie hätte ihm das Genick gebrochen oder ihn erwürgt. Sie bemerkte es nicht einmal, so weit weg war sie in diesem Moment. Erst als Gereon sie keuchend und röchelnd in die Seite kniff und seine Fingernägel tief in das weiche Fleisch ihrer Taille grub, holte der Schmerz sie zurück.

Gereon japste nach Luft. «Bist du bescheuert? Was fällt dir ein?» Er rieb sich das Genick, hustete, betastete seine Kehle und starrte sie kopfschüttelnd an.

Er verstand ihre Reaktion nicht. Auch sie wusste nicht, was da plötzlich so widerlich und abstoßend gewesen war. So grauenhaft, dass sie für eine Sekunde geglaubt hatte, die Zunge des Todes zu fühlen.

«Ich mag das eben nicht», sagte sie und fragte sich, was sie gehört hatte. Die Musik lief noch, sie war leise und weich. Ein Kinderchor sang: «Stille Nacht, heilige Nacht. Gottes Sohn, oh, wie lacht Lieb' aus deinem göttlichen Mund.» Was sonst an so einem Abend?

Der unverhoffte Angriff hatte Gereon die Lust genommen. Er schaltete das Radio aus, löschte das Licht und zog sich die Decke über die Schulter. Gute Nacht wünschte er ihr nicht, brummte nur: «Dann eben nicht!»

Er schlief rasch ein. Sie hätte später nicht sagen können, ob sie ebenfalls eingeschlafen war. Irgendwann saß sie aufrecht im Bett, schlug mit den Fäusten um sich und schrie: «Aufhören! Loslassen! Lasst mich los! Hört auf, ihr Schweine!» Und dabei zuckten ihr die wüsten Wirbel des Schlagzeugs, die Bassgitarre und schrillen Orgelklänge durch den Kopf.

Gereon erwachte, griff nach ihren Händen, schüttelte sie und schrie ebenfalls. «Cora! Hör auf! Was soll denn der Scheiß?» Sie konnte nicht aufhören und nicht aufwachen. Sie saß in der Dunkelheit und kämpfte verzweifelt gegen etwas, das langsam auf sie zukam, etwas, von dem sie nur wusste, dass es sie um den Verstand brachte.

Erst als Gereon ihr mehrere leichte Schläge gegen die Wangen versetzte, fand sie zu sich. Er wollte wissen, was los sei mit ihr. Ob er ihr irgendwas getan habe. Ihr Kopf war noch nicht klar genug, um ihm auf der Stelle zu antworten. Sie starrte ihn nur an. Nach ein paar Sekunden legte er sich zurück. Sie folgte seinem Beispiel, drehte sich auf die Seite und versuchte sich einzureden, es sei nur ein gewöhnlicher Albtraum gewesen.

Aber in der darauf folgenden Nacht, als Gereon das Versäumte nachholen wollte, geschah es wieder, obwohl diesmal kein Radio im Schlafzimmer stand und er auch keine Anstalten machte, das mit ihr zu tun, was er als höchsten Ausdruck von Liebe empfand. Zuerst kam die Musik, etwas lauter und etwas länger, lange genug, um zu erkennen, dass sie dieses Lied noch nie gehört hatte. Dann fiel sie in das schwarze Loch, aus dem sie schreiend und um sich schlagend hochfuhr. Nicht erwachte – das gelang ihr erst, als Gereon sie schüttelte, gegen ihre Wangen schlug und ihren Namen rief.

In der ersten Januarwoche passierte es zweimal, in der zweiten einmal, da war Gereon am Freitag zu müde. Jedenfalls behauptete er, müde zu sein. Aber am Samstag sagte er: «Allmählich habe ich das Theater satt.» Vielleicht war das auch am Freitag schon der Grund gewesen.

Im März bestand Gereon darauf, dass sie zu einem Arzt ging. «Das ist nicht normal, das musst du zugeben. Da muss man doch endlich was unternehmen. Oder soll das jetzt immer so weitergehen? Dann schlaf ich aber auf der Couch.»

Sie ging nicht zu einem Arzt. Ein Arzt hätte garantiert gefragt, ob sie eine Erklärung für diesen merkwürdigen Albtraum wisse oder zumindest dafür, warum es immer nur dann geschah, wenn Gereon mit ihr geschlafen hatte. Ein Arzt hätte wahrscheinlich begonnen, in dem Loch zu stochern, hätte ihr eingeredet, man müsse sich die Dinge bewusst machen. Ein Arzt hätte nicht verstanden, dass es Dinge gab, die zu grausam waren, um sie sich bewusst zu machen. Sie versuchte es mit einer Apotheke. Man empfahl ihr ein leichtes Schlafmittel. Damit erreichte sie immerhin, dass das Schreien und Um-sich-Schlagen ausblieb und Gereon annahm, es sei nun alles wieder in Ordnung. Das war es nicht.

Es wurde mit jedem Wochenende schlimmer. Schon im Mai war die Angst vor dem Freitagabend wie ein Tier, das sie langsam von innen zerfleischte. Der Freitagnachmittag Anfang Juli war die Hölle.

Sie saß im Büro, das nicht mehr war als ein vom übrigen Lagerraum abgeteilter Winkel. Über dem Schreibtisch brannte eine Lampe, und am äußeren Rand des Lichtkegels stand ein Faxgerät, das Datum und Uhrzeit anzeigte.

4. Jul. 16:50! Noch zehn Minuten bis zum Feierabend. Noch etwa fünf Stunden, bis Gereon die Hand nach ihr ausstreckte. Am liebsten wäre sie sitzen geblieben bis Montag früh. Solange sie hinter dem Schreibtisch saß, war sie tüchtig und clever, Seele und Motor in der Firma des Schwiegervaters.

Ein Familienbetrieb, nur sie, ihr Schwiegervater, Gereon und ein Angestellter, Manni Weber. Ein Installationsunternehmen, Heizung und Wasser, und ohne sie lief nichts mehr. Sie war stolz auf ihre Position, hatte sich ihren Platz in der Hierarchie hart erkämpfen müssen.

Am Tag nach der Hochzeit hatte ihr Schwiegervater verlangt, dass sie die Büroarbeit übernahm. Und er ließ nichts gelten. «Was heißt hier, ich kann das nicht? Du hast doch Augen im Kopf! Schau in die Bücher, dann lernst du's. Oder hast du gedacht, du kannst hier auf dem faulen Hintern sitzen?»

Es war nie ihre Art gewesen, auf dem faulen Hintern zu sitzen. Das sagte sie auch. Und der Alte nickte. «Dann haben wir das ja geklärt.»

Bis dahin hatte er sich nach Feierabend selbst um den Papierkram kümmern müssen. Ihre Schwiegermutter konnte gerade das Telefon bedienen. Viel mehr konnte sie anfangs auch nicht.

Es gab nie einen Rat von dem Alten, nie einen Hinweis, wie er es bis dahin gehandhabt hatte. Und sich an den Büchern orientieren – dazu hätten sie ordentlich geführt sein müssen. Manchmal schien es, als weide sich der Alte an ihrer Hilflosigkeit. Nur war sie nicht lange hilflos gewesen.

Sie begriff rasch, worauf es ankam, und biss sich durch. Nichts fiel ihr in den Schoß, sogar um die Bretterwände, die den Bürowinkel vom übrigen Lager abtrennten, musste sie kämpfen.

Im ersten Jahr saß sie da in der Ecke, den großen Raum vor Augen, der nicht geheizt wurde und immer schmutzig war; an einem ausrangierten Küchentisch, an dem sie sich wie bei Mutter fühlte. Sie wagte nicht aufzumucken, obwohl der Alte ihr nicht einmal Lohn zahlte. Auch Gereon bekam nur ein Taschengeld. Wohnung und Essen hatten sie frei, Gereons Wagen war als Firmenfahrzeug deklariert. Wenn sie sonst etwas brauchten, musste Gereon fragen.

Nicht einmal die Schwangerschaft brachte eine Vergünstigung oder ein bisschen Bequemlichkeit. Bis zur allerletzten Minute saß sie in dem Lagerwinkel. Als die Wehen einsetzten, arbeitete sie gerade einen Kostenvoranschlag für den Einbau einer Gaszentralheizung aus; im Stehen vor dem Tisch, weil sie nicht mehr sitzen konnte mit diesem Ziehen im Rücken. Ihre Schwiegermutter wurde hysterisch, weil es so schnell ging. Ein paar heftige Krämpfe, dann platzte die Fruchtblase, und sie fühlte einen ungeheuren Druck im Unterleib.

Sie hatte nicht ins Krankenhaus gehen wollen. Aber dann rief sie doch: «Ich brauche einen Krankenwagen! Ruf mir einen Krankenwagen!»

Ihre Schwiegermutter stand nur da und zeigte auf den

Tisch. «Du bist doch noch nicht fertig. Mach das lieber erst fertig. So schlimm kann's nicht sein. Man kriegt ein Kind nicht in zehn Minuten. Mit Gereon hab ich einen ganzen Tag gelegen. Der Vater wird wütend, wenn das heute Abend nicht fertig ist. Du weißt doch, wie er ist.»

Das wusste sie nur zu gut. Sie lebten ja seit der Hochzeit unter einem Dach. Der Alte war ein Tyrann, ein Ausbeuter. Die Schwiegermutter war ein unterwürfiges Weibsbild, das nach oben buckelte und nach unten trat. Gereon war nur ein Befehlsempfänger und sie eine Sklavin; billig eingekauft auf dem großen Markt, nur für die Illusion eines ordentlichen Lebens, praktisch umsonst.

Und wie sie da vorgekrümmt neben dem alten Küchentisch stand, mitten im Dreck, die Pfütze betrachtend, die sich um ihre Füße ausgebreitet hatte, eine Hand zwischen die Beine pressend und fühlend, wie es sich dort vorwölbte, da reichte es plötzlich. Mach das lieber erst fertig? Nein!

In der Klinik fand sie Zeit, in Ruhe über ihr Leben nachzudenken und zu begreifen, dass auch die so genannten ordentlichen Verhältnisse ihre Tücken hatten, dass jede Hoffnung, die Träume könnten sich in dieser Umgebung von allein erfüllen, vergebens war. Es stellte sich nur noch die Frage, wie viel sie riskieren durfte. Aber mit einem Kind im Arm war es leichter; das waren sieben Pfund Gewicht, um jede Forderung zu unterstützen.

Als sie ein paar Tage später zurückkam, begann sie ihre Vorstellungen zu verwirklichen. Damals fing sie sich den Ruf ein, ein freches und rücksichtsloses Geschöpf zu sein. Ein Weib mit Haaren auf den Zähnen, sagte der Alte häufig. Das war sie mit Sicherheit nicht, aber sie konnte zur Not so tun. Und es hätte ja nichts genützt, um Erlaubnis zu fragen.

Sie richtete sich das Büro ein; komplett mit Schreibtisch, Aktenschrank und Heizung. Sie nahm sich noch andere Freiheiten heraus, zahlte Gereon und sich selbst einen Lohn. Der

Alte bekam einen Tobsuchtsanfall, sprach von Unverschämtheit und Raffgier. «Wo hast du gelernt, in anderer Leute Kassen zu greifen?»

Ihr schlug das Herz zum Hals heraus, aber sie gab ihm Kontra. «Entweder wir werden bezahlt wie andere, oder wir arbeiten woanders. Das kannst du dir aussuchen. Du kannst dich auch umhören, was in anderen Betrieben bezahlt wird. Dann siehst du, dass du noch gut wegkommst. Und sag nie wieder, dass ich in deine Kasse greife! Ich arbeite für mein Geld!»

Es war mühsam gewesen, sich gegen den Alten durchzusetzen. Das hatte sie geschafft, hatte ihm vor gut einem Jahr sogar ein eigenes Haus abgerungen. Mehr als einmal hatte sie trotz des Kindes befürchtet, dass er auf die Tür zeigte. «Geh wieder dahin, wo du hergekommen bist.» Und Gereon hätte nur dabeigestanden mit betretener Miene. Er hatte ihr nicht einmal den Rücken gestärkt, nie den Mund aufgemacht zu ihrer Verteidigung.

Kurz nach der Geburt des Kindes war es bitter gewesen zu erkennen, dass sie an ihm keine Hilfe hatte. Inzwischen spielte es keine Rolle mehr. Er war eben so, tat seine Arbeit, wollte ansonsten seine Ruhe – und freitags und samstags ein bisschen Liebe! Dagegen konnte sie nicht kämpfen, weil Liebe etwas Gutes, etwas Schönes, etwas völlig Natürliches und Normales war.

4. Jul. 16:52! Es war noch eine Rechnung zu schreiben. Sie hatte es vor sich hergeschoben, um sich in den allerletzten Minuten damit abzulenken. Ein neuer Heizkessel. Gereon hatte ihn am Mittwoch eingebaut, zusammen mit Manni Weber. Für die kommende Woche standen zwei weitere auf dem Arbeitsplan. Die neue Schadstoffverordnung zwang die Leute, ihre alten Anlagen zu verschrotten. Zwar war die Verordnung schon vor einigen Jahren in Kraft getreten. Aber viele hatten die Kosten gescheut und erst einmal abgewartet,

bis der Bezirksschornsteinfeger drohte, die alten Kessel stillzulegen.

Irgendwie war sie komisch, diese Einstellung. Man wusste genau, was auf einen zukam. Und tat nichts! Wartete ab. Als ob so ein alter Heizkessel von heute auf morgen und völlig aus eigenem Antrieb seinen Schadstoffausstoß der strengeren Norm anpassen, als ob ein Loch im Innern sich von einer Minute zur nächsten wieder schließen könnte.

Vor vier Jahren hatte es das getan. Nicht von einer Minute zur nächsten, es hatte ein paar Monate gedauert. Und da war Gereon noch nicht gewesen, der das Flickwerk von ein paar Tagen mit einem Handstreich wieder zerriss.

4. Jul. 16:57! Außer der Rechnung lag nichts mehr an. Am vergangenen Freitag hatte sie sich noch eine Weile mit den Lohnabrechnungen beschäftigen können. Es war nur eine Illusion gewesen, aber immerhin etwas, das die Panik in Schach gehalten hatte. Es war nicht nur Furcht, kein simples Gefühl von Unbehagen. Es war ein grauroter Nebel, der das Gehirn ausfüllte, in jeden Winkel drang und jeden Nerv blockierte.

Feierabend! Mit steifen Fingern zog sie das Blatt aus der Maschine und überprüfte sorgfältig die einzelnen Posten. Es gab nichts zu korrigieren, nur der Schreibtisch musste noch ein wenig aufgeräumt werden. Zuletzt klappte sie das Kalenderblatt auf die nächste Woche um. Montag! Bis dahin waren es zwei Ewigkeiten – wie zweimal sterben. Dabei war sie bereits halb tot.

Die Beine gehorchten ihr nicht. Sie ging wie auf Stelzen durch das winzige Büro und das Lager hinaus auf den Hof. Es war sehr warm draußen. Die Sonne lachte wie ein Babygesicht vom wolkenlosen Himmel. Das Licht war so grell, dass ihre Augen zu tränen begannen. Aber das hatte wohl mit dem Licht nicht viel zu tun.

Vorne an der Straße lag das Haus der Schwiegereltern. Ihr eigenes stand auf dem ehemaligen Garten. Es war ein großes Haus mit moderner Einrichtung, die Küche war ein Traum aus weiß gebleichter Eiche. Normalerweise war sie sehr stolz auf alles. Augenblicklich gab es keine Gefühle wie Stolz oder Selbstbewusstsein. Nur die Angst, diese wahnsinnige Angst, verrückt zu werden. Verrückt sein war für sie schlimmer als tot.

Bis kurz vor sieben war sie mit ihrem Haushalt beschäftigt. Gereon war noch nicht da. Freitags ging er regelmäßig mit Manni Weber in eine Kneipe und trank ein oder zwei Bier, niemals mehr als zwei, wenn doch, dann nur alkoholfreies. Sie trafen sich pünktlich um sieben im Haus der Schwiegereltern zum Abendessen.

Um acht gingen sie hinüber ins eigene Haus. Ihren Sohn nahm sie mit und brachte ihn gleich ins Bett. Sie musste das Kind nur hinlegen. Eine Windel für die Nacht und den Schlafanzug hatte die Schwiegermutter ihm bereits angezogen.

Gereon setzte sich vor den Fernseher, schaute sich zuerst die Nachrichten an, dann einen Film. Um zehn bekam er seinen nervösen Blick. Er rauchte noch eine Zigarette. Bevor er sie anzündete, sagte er: «Eine rauche ich noch.»

Er war angespannt und unsicher. Seit Wochen wusste er nicht mehr, wie er sich verhalten sollte. Nach ein paar Minuten drückte er die Zigarette aus und sagte: «Ich geh schon mal rauf.» Ebenso gut hätte er eine Peitsche schwingen oder sonst etwas Ungeheuerliches tun können.

Sie kam kaum aus dem Sessel hoch, als er wenig später nach ihr rief. «Cora, kommst du? Ich bin fertig.»

Er hatte geduscht und sich die Zähne geputzt. Er war noch einmal mit dem Rasierapparat über Wangen und Hals gefahren, hatte etwas After-Shave auf die Haut getupft. Sauber, duftend und gut aussehend stand er an der Tür zum Bad. Er trug nur einen Slip. Unter dem dünnen Stoff zeichnete sich seine Erektion überdeutlich ab. Er grinste verlegen und strich mit der Hand durch den Nacken, weil ihm das Haar dort beim Duschen feucht geworden war. Dann fragte er zögernd: «Oder hast du keine Lust?»

Es wäre leicht gewesen, nein zu sagen. Sie dachte auch kurz daran. Nur war das Problem damit nicht aus der Welt. Aufgeschoben war nicht aufgehoben.

Im Bad war sie rasch fertig. Auf der Ablage über dem Waschbecken lag die Packung mit dem Schlafmittel. Es war ein stärkeres als zu Anfang, und die Packung war noch fast voll. Sie nahm zwei Tabletten mit einem halben Becher Wasser. Dann, nach einem Moment des Zögerns, schluckte sie auch die restlichen sechzehn in der Hoffnung, es möge reichen, ein Ende zu machen. Sie ging ins Schlafzimmer, legte sich neben Gereon und rang sich ein Lächeln ab.

Er machte nicht viel Aufhebens, war bemüht, es schnell hinter sich zu bringen, brachte die Hand ans Ziel, schob einen Finger vor und prüfte die Möglichkeiten. Es gab keine. Seit er versucht hatte, sie dort zu küssen, gab es keine mehr. Inzwischen war er daran gewöhnt, hatte eine Gleitcreme besorgt, die er sanft einmassierte, bevor er sich über sie schob und in sie eindrang.

Und in dem Augenblick begann der Wahnsinn. Es war völlig still im Raum, von Gereons Atem abgesehen, der erst verhalten war, dann heftiger und lauter wurde. Außer dem Atem war nichts da. Und trotzdem hörte sie es, wie aus einem unsichtbaren Radio eingespielt. Nach einem halben Jahr war der Rhythmus so vertraut wie der eigene Herzschlag; die rasend schnellen Schlagzeugwirbel, begleitet von den Akkorden der Bassgitarre und dem hohen Pfeifen der Orgel. Als Gereon schneller wurde, steigerte es sich, bis sie glaubte, ihr Herz müsse zerplatzen. Dann war es vorbei, wie abgeschnitten genau in der Sekunde, in der Gereon sich neben sie rollte.

Er drehte sich auf die Seite und schlief rasch ein. Sie starrte in die Dunkelheit und wartete darauf, dass die Wirkung der sechzehn Tabletten einsetzte.

Ihr Magen schien mit flüssigem Blei gefüllt, brannte und rumorte wie in Feuer getaucht. Dann stieg es heiß und ätzend in die Kehle. Mit knapper Not schaffte sie es ins Bad und übergab sich. Anschließend weinte sie sich in den Schlaf, weinte sich durch den Traum, der ihr die Nacht in tausend Stücke riss, weinte noch, als Gereon sie an der Schulter rüttelte und verständnislos anstarrte. «Was hast du denn?»

«Ich kann nicht mehr», sagte sie. «Ich kann einfach nicht mehr.» Beim Frühstück war ihr immer noch übel, und sie hatte rasende Kopfschmerzen. Die hatte sie häufig am Wochenende. Gereon erwähnte den Vorfall in der Nacht mit keinem Wort, betrachtete sie nur mit misstrauischen und zweifelnden Blicken.

Er hatte Kaffee aufgebrüht. Er war ihm zu stark geraten und ließ den geschundenen Magen noch einmal heftig rebellieren. Gereon hatte auch das Kind aus dem Bettchen genommen, hielt seinen Sohn auf dem Schoß und fütterte ihn mit einer Scheibe Weißbrot, die er dick mit Butter und Konfitüre bestrichen hatte. Er war ein guter Vater, kümmerte sich um das Kind, sooft er die Zeit fand.

Die Woche über wurde der Kleine von der Schwiegermutter betreut und schlief auch bei den Schwiegereltern, in dem Raum, der früher Gereons Zimmer gewesen war. Für das Wochenende nahm sie ihn dann mit ins eigene Haus. Und wie er da auf Gereons Schoß saß, schien er ihr das Beste, was sie im Leben erreicht hatte.

Gereon wischte ihm die Konfitüre vom Kinn und aus den Mundwinkeln. «Ich zieh ihn mal an», sagte er. «Du willst ihn doch sicher mit zum Einkaufen nehmen.»

«Ich fahre heute später», sagte sie. «Und bei der Hitze nehme ich ihn lieber nicht mit.»

Es war erst neun Uhr, und das Thermometer stand schon bei fünfundzwanzig Grad. Der Schmerz im Kopf drückte ihr fast die Augen aus den Höhlen. Sie konnte kaum denken, und sie musste das sorgfältiger planen und durchführen. Ein spontaner Entschluss wie in der Nacht war nicht gut, da blieb zu viel unberücksichtigt. Während Gereon sich um den Rasen kümmerte, holte sie sich bei der Schwiegermutter eine von den starken Schmerztabletten, die es nur auf Rezept gab. Anschließend wischte sie ihre Küche, das Bad, die Treppe und die Diele so gründlich wie nie zuvor. Es musste alles pieksauber sein.

Um elf brachte sie ihren Sohn zur Schwiegermutter und ging mit zwei leeren Einkaufstaschen in der Hand zum Wagen. Das Auto schien ihr die einfachste Lösung. Doch als sie losfuhr, verwarf sie den Gedanken wieder. Gereon war auf den Wagen angewiesen. Wie sollte er sonst am Montag zu den Kunden kommen? Es war auch nicht ihre Art, etwas zu zerstören, das so viel Geld gekostet hatte wie ein neues Auto.

Sie fuhr aus Gewohnheit zum Supermarkt. Während sie den Einkaufskorb füllte, wägte sie andere Möglichkeiten ab. Auf Anhieb fiel ihr nichts ein. Vor der Wursttheke wartete ein Dutzend Frauen. Und sie fragte sich, wie viele von ihnen den Abend herbeisehnten und wie viele ebenso empfinden mochten wie sie. Keine! Davon war sie überzeugt.

Sie war die Ausnahme. Sie war immer eine Ausnahme gewesen, die Außenseiterin mit dem Stempel auf der Stirn. Cora Bender, fünfundzwanzig Jahre alt, zierlich und schlank, seit drei Jahren verheiratet, Mutter eines knapp zweijährigen Sohnes, den sie praktisch im Stehen bekommen hatte, gleich nach dem Einsteigen in den Krankenwagen.

Eine Sturzgeburt, hatten die Ärzte gesagt. Ihre Schwiegermutter sah das anders. «Da muss eine nur lange genug herumgehurt haben, dann ist sie da unten weit genug, um ein Kind auf die Weise zu verlieren. Wer weiß denn, was sie vorher getrieben hat! Was Gutes kann es nicht gewesen sein, wenn ihre Eltern nichts mehr von ihr wissen wollen. Nicht mal zur Hochzeit sind sie gekommen. Da fragt man sich doch: Warum nicht?»

Cora Bender, rötlich braunes schulterlanges Haar, das so über die Stirn fiel, dass es die Kerbe im Knochen und die gezackte Narbe verdeckte. Ein hübsches schmales Gesicht mit einem suchenden, ratlosen Ausdruck, als hätte sie nur vergessen, eine bestimmte Ware in den Korb zu legen. Kleine Hände, mit denen sie die Griffstange des Warenkorbs so fest umklammerte, dass die Knöchel weiß und spitz hervortraten. Braune Augen, die unruhig über die Waren im Drahtkorb glitten, die Joghurtbecher abzählten, an der Pappschale mit den Äpfeln hängen blieben. Sechs Äpfel, dick und saftig, mit gelblicher Schale. Golden Delicious. Sie liebte diese Sorte. Sie liebte auch ihr Leben. Aber es war keins mehr. Genaugenommen war es nie eins gewesen. Und dann fiel ihr ein, wie sie es zu Ende bringen konnte.

Am Nachmittag, als die ärgste Mittagshitze überstanden war, fuhren sie zum Otto-Maigler-See. Gereon saß am Steuer. Er war nicht begeistert gewesen von ihrem Vorschlag, aber widersprochen hatte er nicht. Er zeigte seinen Unmut auf andere Weise, nicht ahnend, dass er damit ihren Entschluss bekräftigte. Eine Viertelstunde kurvte er über den staubigen Parkplatz, der dem Eingang am nächsten lag.

Weiter hinten gab es freie Plätze. Sie machte ihn mehrfach darauf aufmerksam. «Ich hab keine Lust, den ganzen Kram so weit zu schleppen», sagte er.

Es war heiß im Wagen. Während der Fahrt hatten sie die Scheiben nicht herunterdrehen dürfen. Das Kind hätte sich in der Zugluft leicht erkälten können. Als sie losfuhren, war sie ruhig gewesen. Die Kurverei machte sie nervös. «Jetzt mach schon», verlangte sie. «Sonst lohnt es sich nicht mehr.»

«Was hast du es denn so eilig? Es kommt ja wohl auf ein paar Minuten nicht an. Vielleicht fährt einer weg.»

«Blödsinn. Um die Zeit fährt noch keiner heim. Jetzt mach endlich, oder lass mich aussteigen, dann gehe ich vor. Dann kannst du von mir aus bis heute Abend hier herumkurven.»

Es war vier Uhr. Gereon verzog das Gesicht, aber er schwieg, fuhr ein Stück im Rückwärtsgang, obwohl er wusste, dass sie das nicht vertrug. Dann parkte er endlich ein, so dicht neben einem anderen Wagen, dass sich die Tür an ihrer Seite nicht ganz öffnen ließ.

Sie zwängte sich ins Freie, erleichtert über den schwachen Lufthauch, der ihr über die Stirn strich. Dann beugte sie sich zurück in den stickigen Wagen, griff nach der Umhängetasche, hängte sie sich über die Schulter und befreite das Kind aus dem Spezialsitz im Wagenfond. Sie stellte ihren Sohn neben den Wagen auf seine Füße und ging nach hinten, um Gereon beim Ausladen zu helfen.

Sie hatten alles dabei, was man für einen Nachmittag am See brauchte. Es sollte später niemand eine Absicht vermuten. Die Decke und den Sonnenschirm klemmte sie sich unter den Arm, über dem sie bereits die Umhängetasche trug. Die beiden Klappsessel packte sie mit einem Griff in der anderen Hand, für Gereon blieben nur die Handtücher, die Kühltasche und das Kind.

Sie blinzelte ins Licht. Schatten gab es auf dem großen Platz nirgendwo. Es standen nur ein paar Büsche am Rand, mehr staubig als grün. Ihre Sonnenbrille lag unten in der Umhängetasche. Im Wagen hatte sie sie nicht aufgesetzt, nur die Blende heruntergeklappt. Beim Gehen schlugen ihr die Sessel gegen das Bein. Ein vorstehendes Stück Metall kratzte unangenehm über die nackte Haut und hinterließ eine rote Spur.

Gereon hatte die Sperre am Eingang erreicht, wo er auf sie wartete. Mit dem Arm zeigte er auf das Drahtgitter und erklärte dem Kind etwas. Er trug nur Shorts und Sandalen. Sein Oberkörper war nackt, die Haut braun und glatt. Er hatte eine gute Figur, breite Schultern, muskulöse Arme und eine schmale Taille. Wie er da stand, war sie sicher, dass er rasch eine andere finden würde. Als sie kam, rührte er sich nicht von der Stelle, machte auch keine Anstalten, ihr etwas abzunehmen.

Den Eintritt musste man mit der Gebühr für den Parkplatz lösen. Die Karten hatte sie eingesteckt. Sie stellte den Klappsessel ab und begann, in der Umhängetasche nach ihrer Brieftasche zu wühlen. Sie wühlte sich durch Windeln und frische Unterwäsche, vorbei an zwei Äpfeln, einer Banane und der Keksschachtel, fühlte einen der Plastiklöffel für das Joghurt, dann die Schneide des kleinen Schälmessers zwischen den Fingern. Beinahe hätte sie sich geschnitten. Endlich ertastete sie das Leder, klappte es auseinander, bekam die Eintrittskarten zu fassen und hielt sie der Frau an der Sperre hin. Dann nahm sie die Klappsessel wieder auf und schob sich hinter Gereon durch das Gitter.

Sie mussten weit über den platt getretenen Rasen laufen, sich an unzähligen Decken, Sitzgruppen und spielenden Kindern vorbeischlängeln. Der Schulterriemen der Tasche schnitt ins Fleisch. Der Arm, unten den sie Decke und Schirm geklemmt hatte, wurde allmählich lahm. Und das Bein schmerzte dort, wo die Metallteile des Sessels die Haut zerkratzten. Es waren rein äußerliche Empfindungen, sie störten nicht mehr. Sie hatte mit ihrem Leben abgeschlossen, war nur noch darauf bedacht, sich normal zu verhalten und nichts zu tun, was Gereon hätte stutzig machen können. Obwohl es unwahrscheinlich war, dass er eine verräterische Geste oder einen Satz richtig interpretiert hätte.

Er machte schließlich Halt an einem Platz, an dem es wenigstens die Illusion von Schatten gab: ein mickriges Bäumchen mit durchsichtiger Krone, die Blätter hingen herunter wie eingeschlafen. Das Stämmchen war nicht einmal armdick.

Sie legte Decke, Tasche und Sessel auf dem Gras ab, spannte den Schirm auf und steckte ihn mit der Spitze in den Boden, breitete die Decke darunter aus, zog die Klappsessel auseinander und stellte sie daneben. Gereon setzte das Kind auf die Decke und schob die Kühltasche nach hinten unter den Schirm. Dann hockte er sich hin und zog dem Kind Schuhe und Strümpfe aus, dann das dünne Hemdchen über den Kopf und das bunte Höschen nach unten.

Der Kleine saß da in einem weißen Schlüpfer über dem Windelpaket. Mit dem runden Haarschnitt sah er fast aus wie ein Mädchen. Sie betrachtete ihn und fragte sich, ob er sie vermissen würde, wenn sie nicht mehr da war. Wohl kaum, wo er doch jetzt schon die meiste Zeit bei der Schwiegermutter war.

Es war ein sonderbares Gefühl, inmitten all der Menschen zu stehen. Hinter ihnen lag eine Großfamilie auf mehreren Decken verteilt. Vater, Mutter, Großvater, Großmutter, zwei kleine Mädchen von etwa vier und fünf Jahren in rüschenbesetzten Bikinis. Ein Baby strampelte in einer Wippe unter einem Sonnenschirm.

Wie im Supermarkt fragte sie sich, was in den Köpfen der anderen vorgehen mochte. Die Großmutter hinter dem Bäumchen spielte mit dem Baby. Die beiden Männer dösten in der Sonne. Der Großvater hatte eine Zeitschrift über sein Gesicht gelegt, der Vater eine Kappe aufgesetzt, deren Schirm seine Augen verdeckte. Die Mutter wirkte abgehetzt. Sie rief einem der kleinen Mädchen zu, es solle sich die Nase putzen, und kramte dabei in einem Korb nach den Papiertüchern. Rechts von ihnen saß ein älteres Paar in Liegestühlen. Links war ein Stück Rasen frei. Dort spielte eine Gruppe von Kindern mit einem Ball.

Sie zog das T-Shirt über den Kopf und ließ den Rock auf die

Füße fallen, darunter trug sie den Badeanzug. Dann suchte sie in der Umhängetasche nach ihrer Sonnenbrille, setzte sie auf und nahm in einem der Sessel Platz.

Gereon saß bereits. «Soll ich dich eincremen?» fragte er.

«Das habe ich daheim schon gemacht.»

«Im Rücken kommst du doch gar nicht überall hin.»

«Ich sitze ja auch nicht mit dem Rücken in der Sonne.»

Gereon zuckte mit den Achseln, lehnte sich zurück und schloss die Augen. Sie schaute aufs Wasser. Es zog sie an wie ein straff gespanntes Gummiseil. Es dürfte nicht leicht sein für eine geübte Schwimmerin. Aber wenn sie vorab eine Runde drehte und sich dabei völlig verausgabte ... Sie erhob sich wieder, nahm die Sonnenbrille ab und sagte: «Ich geh ins Wasser.» Es war überflüssig, ihm das zu sagen. Er öffnete nicht einmal die Augen.

Sie ging über das Gras und den schmalen Sandstreifen und watete durch das flache Uferstück. Das Wasser war kühl und frisch. Als sie eintauchte und es ihr über dem Kopf zusammenschlug, überlief sie ein angenehmer Schauer.

Sie schwamm bis zur Absperrung, die den bewachten Strand vom offenen See trennte, und ein Stück daran entlang. Unvermittelt geriet sie in Versuchung, es sofort zu tun – die Absperrung überwinden und hinausschwimmen. Verboten war das nicht. Es gab auch am anderen Ufer ein paar Decken und Sitzgruppen, solche, die den Eintritt scheuten, denen es nichts ausmachte, sich zwischen Steine und Gestrüpp zu legen. Aber der Rettungsschwimmer auf dem Holztürmchen am befestigten Strand behielt auch die Seite im Auge. Nur konnte er nicht alles sehen und nicht schnell genug an Ort und Stelle sein, wenn weiter hinten etwas passierte. Und Voraussetzung war auch, dass jemand um Hilfe schrie oder wenigstens mit den Armen ruderte. Wenn in dem Gewimmel ein Kopf einfach wegtauchte ...

Es hieß, im See sei einmal ein Mann ertrunken, die Leiche

habe man nie gefunden. Ob das stimmte, wusste sie nicht, wenn ja, musste der Mann noch da unten sein. Dann könnte sie dort mit ihm leben, zwischen den Fischen und den Algen. Es musste schön sein in einer Wassertropfenwelt, in der es keine Lieder und keine schwarzen Träume gab, in der es nur rauschte und geheimnisvoll grün oder braun aussah. Der Mann im See hatte zuletzt garantiert kein Schlagzeug gehört. Nur den Schlag des eigenen Herzens. Keine Bassgitarre und nicht das Pfeifen einer Orgel. Nur das Summen des eigenen Blutes in den Ohren.

Nach fast einer Stunde schwamm sie zurück, obwohl es schwer fiel. Aber einen Großteil Kraft hatte sie bereits im Wasser gelassen. Und da war das Bedürfnis, noch ein Weilchen mit dem Kind zu spielen, ihm vielleicht zu erklären, warum sie gehen musste. Der Kleine verstand es ja nicht. Sie wollte sich auch unauffällig von Gereon verabschieden.

Als sie ihren Platz erreichte, war das ältere Paar rechts von ihnen verschwunden. Nur die beiden Liegestühle standen noch da. Und der Platz links neben ihnen war nicht mehr frei. Von den spielenden Kindern und ihrem Ball war weit und breit nichts mehr zu sehen. Da lag jetzt eine hellgrüne Decke so nahe bei ihrem Klappsessel, dass das Rohrgestell an den Stoff anschloss. Mitten auf der Decke stand ein großes Kofferradio mit Kassettenteil, aus dem Musik in den Nachmittag dudelte.

Um das Radio verteilten sich vier Leute, alle waren im selben Alter wie sie und Gereon. Zwei Männer, zwei Frauen. Zwei Paare! Eins saß aufrecht mit angezogenen Beinen und unterhielt sich nur. Beide Gesichter waren im Profil zu erkennen. Das zweite Paar hatte vorerst keine Gesichter. Es lag ausgestreckt, die Frau unten, der Mann über ihr.

Vom Kopf der Frau war nur das Haar zu sehen, ein sehr helles Blond, fast weiß – und sehr lang, es reichte ihr bis an die Hüften. Der Mann hatte kräftiges dunkles Haar, das sich im Nacken ringelte. Seine muskulösen Beine lagen zwischen den gespreizten Beinen der Frau. Seine Hände umschlossen ihren Kopf. Er küsste sie.

Der Anblick krampfte ihr unvermittelt das Herz zusammen. Sie hatte Mühe zu atmen, fühlte das Blut in den Beinen versacken. Ihr Kopf wurde leer. Nur um ihn wieder zu füllen, bückte sie sich unter den Schirm und griff nach einem Handtuch. Und nur um das Poltern zu übertönen, mit dem der Herzschlag wieder einsetzte, strich sie dem Kind über den Kopf, sprach ein paar Worte mit ihm, kramte den roten Plastikfisch aus der Umhängetasche und drückte ihn dem Kind in die Finger.

Dann drehte sie ihren Sessel so, dass sie der Gruppe mit dem Radio den Rücken zukehrte. Trotzdem schwebte ihr der Anblick weiter vor den Augen. Nur allmählich verblasste das Bild, und sie beruhigte sich. Was das Paar hinter ihr tat, ging sie nichts an. Es war normal und harmlos, und die Musik war nicht einmal lästig. Irgendeiner sang etwas in englischer Sprache.

Außer der Musik hörte sie die helle Stimme einer Frau und die bedächtige Stimme eines Mannes. Es musste der sein, der aufrecht saß. Und so wie er sprach, schien er die Frau noch nicht lange zu kennen. Er nannte sie Alice. Der Name erinnerte sie an ein Buch, das sie als Kind besessen hatte. Für einen Tag! Alice im Wunderland. Gelesen hatte sie es nicht. Dazu war sie nicht gekommen in den paar Stunden. Vater hatte ihr erzählt, wovon es handelte. Aber was Vater erzählt hatte – es hatte nicht mehr Wert gehabt als sein Versprechen: «Eines Tages wird es besser.»

Der Mann hinter ihrem Sessel erzählte, dass er sich selbständig machen wolle. Er habe ein gutes Angebot, in eine Gemeinschaftspraxis einzusteigen, erklärte er Alice. Von den beiden, die lagen, war nichts zu hören.

Gereon spähte an ihrem Arm vorbei und grinste. Automatisch warf sie einen Blick über die Schulter. Der dunkelhaarige Mann hatte sich aufgerichtet. Er kniete, immer noch mit dem Rücken zu ihr, neben der weißblonden Frau, hatte ihr das Oberteil des Bikinis ausgezogen und Sonnenöl zwischen ihre Brüste gegossen. Die Pfütze war deutlich zu erkennen. Er war dabei, sie zu verteilen. Die Frau rekelte sich unter seinen Händen. Es sah aus, als genieße sie es. Dann setzte die Frau sich ebenfalls. «Jetzt du», sagte sie. «Aber zuerst machen wir richtige Musik. Bei dem Gedudel schläft man ja ein.»

Neben den Beinen der weißblonden Frau lag ein bunter Stoffbeutel. Sie fasste hinein und zog eine Musikkassette heraus. Der dunkelhaarige Mann protestierte: «Nein, Ute, die nicht. Das ist nicht fair. Wo hast du die her? Gib sie mir!» Er griff nach dem Arm der Frau. Die Frau ließ sich nach hinten fallen, und der Mann fiel über sie. Sie balgten herum, rollten fast von der Decke.

Gereon grinste immer noch.

Dann lag der Mann unten, die Frau saß rittlings auf ihm, streckte den Arm mit der Musikkassette in die Luft, lachte und keuchte: «Gewonnen, gewonnen. Verdirb uns nicht den Spaß, Schätzchen. Die Musik ist phantastisch.» Sie beugte sich zu dem Radiorecorder hinüber. Ihr langes weißblondes Haar streifte die Beine des Mannes, während sie die Kassette in den Recorder schob und auf eine Taste drückte. Dann drehte sie die Lautstärke höher.

Der Satz ‹Verdirb uns nicht den Spaß› und der Ausdruck ‹Schätzchen› hatten ihr einen Stich versetzt und etwas im Innern zum Schwingen gebracht. Als die ersten Takte der Musik aufklangen, ließ die weißblonde Frau sich nach vorne fallen und umschloss das Gesicht des Mannes mit beiden Händen. Sie küsste ihn und bewegte die Hüften über seinem Schoß.

Und Gereon bekam seinen nervösen Blick. «Soll ich dich jetzt eincremen?» fragte er.

«Nein!» So heftig hatte sie nicht werden wollen. Aber was die Frau da trieb und wie Gereon darauf reagierte, machte sie wütend. Abrupt stand sie auf. Es wurde Zeit, sich von dem Kind zu verabschieden. Das wollte sie in Ruhe tun, nicht mit einem Weib in unmittelbarer Nähe, das ihr überdeutlich vor Augen führte, woran sie gescheitert war.

«Sie könnten wenigstens die Musik leiser stellen», sagte sie. «Hier ist laute Musik verboten.»

Gereon verzog abfällig das Gesicht. «Demnächst wird hier noch das Atmen verboten. Reg dich bloß nicht künstlich auf. Mir gefällt die Musik, und der Rest gefällt mir auch. Die hat jedenfalls Feuer im Hintern.»

Sie kümmerte sich nicht um das, was er sagte, nahm das Kind auf den Arm und griff mit der freien Hand nach dem roten Fisch. Es tat gut und beruhigte, den warmen, festen Körper zu fühlen, das Windelpaket unter dem weißen Höschen, den runden Arm im Nacken und das Babygesicht so dicht vor Augen.

Auf dem seichten Uferstreifen stellte sie ihren Sohn auf die Füße. Er zuckte zusammen. Das Wasser war kühl, nachdem er so lange in der Hitze gesessen hatte. Nach ein paar Sekunden hockte er sich hin und blinzelte zu ihr hoch. Sie reichte ihm den roten Fisch, er tauchte ihn ein.

Er war ein hübsches Kind, ein stilles Kind. Er sprach nicht viel, obwohl er über einen verhältnismäßig großen Wortschatz verfügte und deutlich in kurzen Sätzen artikulieren konnte. «Ich mag essen.» – «Papa muss arbeiten.» – «Oma kocht Pudding.» – «Das ist Mamas Bett.»

Einmal, kurz nach dem Umzug ins eigene Haus, er war gerade ein Jahr alt gewesen, hatte sie ihn zu sich ins Bett genommen, an einem Sonntagmorgen. Er war noch einmal eingeschlafen in ihrem Arm. Und es war ein tiefes und warmes Gefühl gewesen, ihn zu halten.

Und wie sie da aufrecht neben ihm stand, auf den schmalen weißen Rücken hinunterschaute, auf die kleine Faust, die den roten Fisch im Wasser schwenkte, auf den gebeugten Kopf mit den fast weißen Haaren, auf den zierlichen Nacken, da kam das Gefühl wieder. Wenn es nicht schon genug Gründe gegeben hätte, hätte sie es nur für ihn getan. Damit er frei und unbelastet aufwachsen konnte. Sie hockte sich neben ihn und küsste ihn auf die Schulter. Er roch sauber und frisch nach der Sonnenschutzmilch. Gereon hatte ihn eingecremt, während sie im Wasser gewesen war.

Sie blieb eine halbe Stunde mit dem Kind im seichten Wasser, vergaß die beiden Paare auf der grünen Decke, vergaß alles, was den Abschied stören konnte. Dann leerte der Rasen sich allmählich, es ging auf sechs Uhr zu, und sie begriff, dass es allerhöchste Zeit wurde. Wenn sie das Kind nicht bei sich gehabt hätte, wäre sie hinausgeschwommen, ohne noch einen Gedanken an Gereon zu verschwenden. Den hilflosen kleinen Kerl allein auf dem Uferstreifen zurückzulassen, brachte sie nicht über sich. Er hätte ihr folgen können.

Sie nahm ihn wieder auf den Arm, fühlte die jetzt kühlen Beinchen und das nasse Höschen durch den Badeanzug am Bauch und den festen, runden Arm wieder im Nacken. Den roten Fisch hielt er an der Schwanzflosse umklammert.

Beim Näherkommen erkannte sie, dass sich auf der grünen Decke nichts verändert hatte. Die Musik lief so laut wie zuvor. Das eine Paar saß aufrecht und unterhielt sich, ohne sich zu berühren. Das andere lag wieder.

Sie kümmerte sich nicht darum, zog dem Kind eine frische Windel und ein trockenes Unterhöschen an. Dann wollte sie gehen, wurde jedoch noch einmal aufgehalten.

«Ich mag essen», sagte das Kind.

Auf ein paar Minuten kam es nicht an. Sie war voll und ganz konzentriert auf die letzten Augenblicke mit ihrem

Sohn. «Was magst du denn essen? Ein Joghurt, eine Banane, einen Keks oder einen Apfel?»

Er hielt das Köpfchen zur Seite geneigt, als denke er ernsthaft über ihre Frage nach. «Ein Apfel», sagte er. Und sie setzte sich noch einmal in ihren Sessel, nahm einen Apfel und das kleine Schälmesser aus der Umhängetasche.

Gereon hatte ihren Sessel während ihrer Abwesenheit verschoben, sodass sie nicht mehr mit dem Rücken, sondern seitlich zur Decke saß und er besser an ihr vorbeischauen konnte. Er saß mit ausgestreckten Beinen und über dem Bauch zusammengelegten Händen da, tat so, als blicke er zum Wasser, schielte in Wahrheit zu den Brüsten der weißblonden Schlampe. Unter Garantie würde er sich so eine suchen, wenn sie nicht mehr da war.

Es hätte sie wütend machen müssen, so zu denken, das tat es nicht. Es machte nicht einmal traurig. Der Teil von ihr, der fühlen konnte, war wohl schon tot, gestorben irgendwann in den letzten sechs Monaten, ohne dass es einer bemerkt hätte. Sie dachte nur darüber nach, wie sie es sich leichter machen konnte.

Nicht gegen das Wasser kämpfen. Dort wo die Absperrung begann, ragte eine winzige Landspitze in den See hinein, mit Buschwerk bestanden. An der Stelle wäre sie gleich aus dem Blickfeld der anderen verschwunden. Und dann zur Mitte des Sees schwimmen. Von Anfang an tauchen. Das zehrte an den Kräften.

Aus dem Radiorecorder hämmerte ein Schlagzeugsolo. Obwohl sie es nicht beachtete, drosch es auf ihre Stirn ein. Sie hielt den Apfel fest in der Hand, fühlte das Zittern im Nacken, die Schultermuskeln spannten sich an. Es wurde hart in ihrem Rücken und kalt, als säße sie nicht in der warmen Luft, sondern läge auf einem kalten Untergrund. Und etwas wie ein besonders dicker Daumen schob sich in ihren Mund. So wie Weihnachten, als Gereon es besonders schön machen wollte.

Sie schluckte heftig, setzte das Schälmesser an und teilte den Apfel in vier Stücke, drei legte sie sich auf die geschlossenen Beine.

Hinter ihr sagte die bereits vertraute Stimme von Alice: «Da steckt ja richtig Feuer drin.»

Der sitzende Mann antwortete: «Das traut ihm heute keiner mehr zu. Es ist auch fünf Jahre her. Das waren Frankies wilde Wochen. Mehr als ein paar Wochen waren es nämlich nicht. Er wird nicht gerne daran erinnert. Aber ich finde, Ute hat Recht. Die Musik ist phantastisch, er muss sich nicht schämen dafür. Drei Freunde waren sie, leider sind sie nicht über den Keller hinausgekommen. Frankie saß am Schlagzeug.»

Frankie, das hallte kurz in ihrem Kopf nach. Freunde, Keller, Schlagzeug, das prägte sich ein.

«Warst du auch dabei?» fragte Alice.

«Nein», bekam sie zur Antwort, «ich kannte ihn damals noch nicht.»

Gereon reckte sich im Sessel und warf einen Blick auf das Apfelstück in ihren Händen. «Er isst ja bestimmt nicht alles. Den Rest kannst du mir geben.»

«Den Rest esse ich selbst», sagte sie. «Und danach schwimme ich noch eine Runde. Du kannst dir einen nehmen. Es ist noch einer da.» Als letztes ein Stück Apfel! Golden Delicious, die Sorte hatte sie schon als Kind geliebt. Allein bei dem Gedanken wurde ihr der Mund wässrig.

Auf der Decke richtete sich die weißblonde Frau auf. Sie sah es aus den Augenwinkeln. «Wartet mal», sagte die Frau und drückte eine Taste am Radiorecorder. «Ich spule ein Stück vor. Was bisher gelaufen ist, ist nichts im Vergleich mit dem ‹Song of Tiger›! Das ist das Beste, was ihr je gehört habt.»

Der dunkelhaarige Mann rollte sich herum und griff wieder nach dem Arm der Frau. Zum ersten Mal sah sie sein Gesicht, es sagte ihr nichts. Auch seine Stimme ging wie zuvor in ein Ohr hinein und zum anderen wieder hinaus, als er erneut und diesmal heftiger protestierte: «Nein, Ute, es reicht jetzt. Das nicht. Tu mir das nicht an.» Es schien ihm sehr ernst mit seinen Worten. Aber Ute lachte und wehrte seine Hände ab.

Cora dachte an ihr Haus. Dass die Schwiegermutter garantiert jeden Winkel durchstöbern und nichts finden würde, worüber sie meckern könnte. Es war alles blitzblank. Die Bücher waren auch in Ordnung. Niemand konnte ihr nachsagen, sie sei eine Schlampe gewesen.

Von einem Apfelviertel hatte sie das Kerngehäuse entfernt und die Schale so dünn wie möglich. Sie hielt dem Kind das Stück hin, griff nach dem zweiten Viertel, um auch für sich das Kerngehäuse herauszuschneiden. In dem Augenblick setzte die Musik wieder ein, noch lauter als vorhin. Sie wollte nicht hinschauen, schielte trotzdem aus den Augenwinkeln zur Seite und sah, wie die weißblonde Frau sich zurückfallen ließ. Beide Hände hielt sie an den Schultern des Mannes und riss ihn mit. Sie sah, wie er eine Hand in das weißblonde Haar wickelte. Wie er daran zog und den Kopf der Frau in eine Position brachte, die ihm angenehm war. Dann küsste er sie. Und das Schlagzeug …

Die Apfelstücke fielen ins Gras, als sie aufsprang. Gereon zuckte zusammen, als sie zu schreien begann. «Hört auf, ihr Schweine! Aufhören! Lass sie los! Du sollst sie loslassen!»

Beim ersten Satz hatte sie sich zur Seite und auf die Knie geworfen, beim letzten hatte sie das kleine Messer bereits einmal in den Mann gestoßen.

Mit dem ersten Stich traf sie ihn in den Nacken. Er schrie auf, rollte den Oberkörper herum und griff nach ihrem Handgelenk. Er bekam es auch zu fassen und hielt es für ein oder zwei Sekunden fest umklammert. Dabei schaute er sie an. Und dann ließ er sie los und schaute sie nur noch an. Er murmelte etwas. Sie verstand ihn nicht. Die Musik war zu laut.

Und das war es! Das war das Lied aus ihrem Kopf, das Lied, mit dem der Wahnsinn begann. Es schallte über den platt getretenen Rasen, streifte entsetzte Gesichter und steife Körper.

Mit dem zweiten Stich traf sie ihn seitlich in den Hals. Er riss die Augen weit auf, gab aber keinen Ton mehr von sich, griff nur mit einer Hand zum Hals und schaute ihr dabei in die Augen. Das Blut spritzte zwischen seinen Fingern durch, so rot wie der kleine Plastikfisch. Die weißblonde Frau kreischte und versuchte, unter seinen Beinen wegzukriechen.

Sie stieß noch einmal hinunter und noch einmal. Ein Stich in die Kehle. Ein Stich in die Schulter, ein Stich durch die Wange. Das Messer war klein, aber sehr spitz und sehr scharf. Und die Musik war so laut. Das Lied füllte den ganzen Kopf aus.

Der Mann, der bis dahin nur gesessen und sich mit Alice unterhalten hatte, schrie etwas. Es klang wie: «Aufhören!»

Natürlich! Darum ging es doch. Aufhören! Hört auf, ihr Schweine! Der sitzende Mann bewegte eine Hand nach vorne, als wolle er ihr in den Arm fallen. Aber das tat er nicht. Niemand tat etwas. Es war, als seien sie alle in der Zeit eingefroren. Alice presste beide Hände vor den Mund. Die weißblonde Frau wimmerte und kreischte abwechselnd. Die kleinen Mädchen in den rüschenbesetzten Bikinis drückten sich eng an ihre Mutter. Der Großvater nahm die Zeitung vom Gesicht und richtete sich auf. Die Großmutter riss das Baby hoch und presste es sich gegen die Brust. Der Vater machte Anstalten, sich zu erheben.

Dann war Gereon endlich aus dem Sessel und in der nächsten Sekunde über ihr. Er schlug mit der Faust in ihren Rücken, wollte die Hand mit dem Messer packen, als sie den Arm erneut anhob. Er brüllte: «Cora! Lass den Scheiß! Bist du wahnsinnig?»

Nein, nein, sie war völlig klar im Kopf. Es war alles gut. Es war alles richtig. Es musste so sein. Das wusste sie mit Sicherheit. Und der Mann wusste es auch, es war in seinen Augen zu lesen. «Dies ist mein Blut, das für deine Sünden vergossen wird.»

Als Gereon sich auf sie warf, kamen ihm der sitzende Mann und der Vater der kleinen Mädchen zu Hilfe. Beide hielten ihr je einen Arm fest, während Gereon ihr das Messer aus den Fingern zerrte, mit einer Hand in ihr Haar griff, ihren Kopf nach hinten zog und ihr mehrfach mit der Faust ins Gesicht schlug.

Gereon blutete aus zwei oder drei Wunden am Arm. Sie hatte auch nach ihm gestoßen, obwohl sie das nicht hatte tun wollen. Der sitzende Mann schrie nun Gereon an, er solle aufhören. Das tat er schließlich auch. Aber er hielt sie mit eisernem Griff im Nacken und presste ihr Gesicht auf die blutige Brust des Mannes.

Es war still in der Brust. Es war auch sonst fast still. Noch ein paar Rhythmen, ein letztes Schlagzeugsolo kurz vor dem Bandende. Dann machte es Klack. Eine Taste am Radiorecorder sprang hoch, es war vorbei.

Sie spürte Gereons Griff, die tauben Stellen im Gesicht, wo seine Faust sie getroffen hatte, das Blut unter der Wange und den Geschmack davon auf den Lippen. Sie hörte das Gemurmel ringsum. Die Frau mit dem weißblonden Haar wimmerte.

Sie streckte eine Hand aus, um sie der Frau aufs Bein zu legen. «Keine Angst», sagte sie. «Er wird dich nicht schlagen. Komm. Komm weg hier. Verschwinden wir. Wir hätten nicht herkommen dürfen. Kannst du alleine aufstehen, oder soll ich dir helfen?» Auf ihrer Decke begann das Kind zu weinen.

2. Kapitel

Ich habe als Kind nicht viel geweint,nur einmal. Und da habe ich nicht geweint, sondern vor Angst geschrien. In den letzten Jahren habe ich nicht mehr daran gedacht. Aber ich erinnere mich genau. Ich bin in einem halbdunklen Schlafzimmer. Vor dem Fenster hängen Gardinen aus schwerem braunem Stoff. Sie bewegen sich. Das Fenster muss offen sein. Es ist kalt im Zimmer. Ich friere.

Ich stehe neben einem Doppelbett. Die eine Hälfte ist ordentlich gemacht, die zweite, beim Fenster, ist zerwühlt. Von ihr geht ein muffiger, säuerlicher Geruch aus, als ob die Wäsche lange nicht gewechselt wurde.

Es gefällt mir nicht in dem Zimmer. Die Kälte, der Gestank von monatealtem Schweiß, ein schäbiger Läufer auf nackten Holzbrettern. Da, wo ich gerade hergekommen bin, liegt ein dicker Teppich auf dem Fußboden, und es ist schön warm. Ich zerre an der Hand, die meine hält. Ich will gehen.

Auf der ordentlich gemachten Seite des Bettes sitzt eine Frau. Sie trägt einen Mantel und hält ein Baby im Arm. Es ist in eine Decke gewickelt, ich soll es mir ansehen. Es ist meine Schwester Magdalena. Man hat mir gesagt, dass ich jetzt eine Schwester habe und dass wir gehen, um sie anzuschauen. Aber ich sehe nur die Frau im Mantel.

Sie ist mir völlig fremd. Sie ist meine Mutter, die ich lange nicht gesehen habe. Ein halbes Jahr. Das ist viel Zeit für ein kleines Kind. So weit reicht das Gedächtnis nicht. Und jetzt soll ich bei dieser Frau bleiben, die nur Augen für das Dekkenbündel hat.

Ihr Gesicht macht mir Angst. Hart ist es, grau und bitter. Endlich schaut sie mich an. Ihre Stimme klingt, wie sie aussieht. Sie sagt: «Der Herr hat uns die Schuld nicht verziehen.»

Dann schlägt sie die Decke zurück, und ich sehe ein winziges blaues Gesicht. Die Frau spricht weiter: «Er hat uns eine Prüfung geschickt. Wir müssen sie bestehen. Wir werden tun, was er von uns erwartet.»

Dass ich mir die Worte damals merken konnte, glaube ich nicht. Man hat sie mir später oft gesagt, deshalb kenne ich sie wohl noch so genau.

Ich will weg da. Die komische Stimme der Frau, das winzige blaue Gesicht in der Decke, damit will ich nichts zu tun haben. Ich zerre wieder an der Hand, die meine hält, und beginne zu schreien. Jemand hebt mich hoch und spricht beruhigend auf mich ein. Meine Mutter! Ich bin fest überzeugt, dass die Frau, die mich auf den Arm nimmt, meine richtige Mutter ist. Ich klammere mich fest an sie und bin erleichtert, als sie mich zurück ins Warme bringt. Ich war noch sehr klein, achtzehn Monate alt. Es lässt sich leicht nachrechnen.

Als Magdalena geboren wurde, wie ich im Krankenhaus in Buchholz, war ich ein Jahr alt. Wir hatten im selben Monat Geburtstag. Ich am 9. und Magdalena am 16. Mai. Meine Schwester kam als blaues Baby auf die Welt. Sofort nach ihrer Geburt wurde sie in die große Klinik nach Eppendorf gebracht und am Herzen operiert. Dabei stellten die Ärzte fest, dass Magdalena noch andere Krankheiten hatte. Natürlich versuchten sie, ihr zu helfen, nur ließ sich nicht alles in Ordnung bringen.

Anfangs hieß es, dass Magdalena ein paar Tage, höchstens ein paar Wochen leben könne. Die Ärzte wollten nicht, dass Mutter sie mit heimnahm. Und Mutter wollte Magdalena nicht allein lassen, sie blieb ebenfalls in Eppendorf. Aber nach einem halben Jahr lebte meine Schwester immer noch, und die Ärzte konnten sie nicht ewig festhalten. Sie schickten sie heim zum Sterben.

Ich war während dieser sechs Monate bei einer Nachbarsfamilie, den Adigars, untergebracht. Als kleines Kind glaubte ich fest, dass sie meine Familie seien. Dass mich meine richtige Mutter Grit Adigar nur nebenan abgeliefert hatte, weil sie nicht viel mit mir zu tun haben wollte. Nicht gleich, zuerst nahm sie mich ja noch einmal mit zurück. Leider nicht mehr für lange.

An Einzelheiten aus dieser Zeit erinnere ich mich nicht. Ich habe mir oft gewünscht, dass mir wenigstens ein bisschen aus den Wochen und Monaten bei Grit und ihren Töchtern Kerstin und Melanie einfiele.

Grit war noch sehr jung, sie muss damals Anfang zwanzig gewesen sein, hatte mit siebzehn das erste Kind bekommen und mit neunzehn das zweite. Ihr Mann war nur selten daheim. Er war etliche Jahre älter als sie, fuhr zur See und verdiente sehr gut. Grit hatte immer genug Geld und immer genug Zeit für ihre Töchter. Sie war ein lustiger und unkomplizierter Mensch, selbst fast noch ein Kind.

Ich habe oft erlebt, wie sie sich plötzlich eine ihrer Töchter schnappte, sich mit ihr auf den Boden fallen ließ, sie kitzelte, dass sie sich unter ihren Händen wand, jauchzte und quietschte und mit dem Lachen kaum nachkam. Und ich denke heute noch, dass sie das auch mit mir einmal gemacht hat in der Zeit, in der sie mich betreute. Dass ich mit Kerstin und Melanie spielte. Dass Grit mich abends auf den Schoß nahm und mit mir schmuste, wie sie es mit ihren Kindern tat. Dass sie mich am Nachmittag mit Kuchen fütterte oder mir eine lustige Geschichte erzählte. Und dass sie zu mir sagte: «Du bist ein gutes Kind, Cora.»

Aber die sechs Monate sind weg. Auch die paar Wochen, die ich noch bei Grit verbrachte, nachdem Mutter mit Magdalena aus der Klinik heimgekommen war, sind ausgelöscht. Nur das Gefühl hat sich eingeprägt, das Abgeschobenwerden, das Ausgestoßensein, hinausgeworfen aus dem Paradies.

Weil im Paradies nur die reinen Engel sein dürfen, die Gottes Wort bis auf den letzten Buchstaben befolgen, keines seiner Gebote in Frage stellen, sich nicht gegen ihn auflehnen und die Äpfel am Baum der Erkenntnis hängen sehen können, ohne einen Bissen zu begehren.

Ich konnte das nicht. Ich war leicht zu verführen, ein schwaches, sündiges Menschlein, das die Wünsche, die in ihm geweckt wurden, nicht kontrollieren konnte, das alles haben wollte, was ihm vor Augen geriet. Und mit so einem Menschen wollte Grit Adigar nicht unter einem Dach leben, glaubte ich.

Deshalb musste ich zu einer Frau Mutter sagen, die ich nicht leiden mochte, und Vater zu dem Mann, der mit im Haus lebte. Aber ihn mochte ich sehr gerne. Er war auch ein Sünder. Mutter nannte ihn oft so.

Ich trug meine Sünden innen, bei Vater waren sie außen. Ich habe sie oft gesehen, wenn ich in der Badewanne saß und er aufs Klo musste. Ich weiß nicht, wie ich drauf gekommen bin, dass dieses Ding seine Sünde war. Vielleicht, weil ich so etwas nicht hatte und Kerstin und Melanie Adigar auch nicht. Und weil ich mich für völlig normal hielt, musste bei Vater etwas zu viel sein. Er tat mir Leid deswegen. Ich hatte oft den Eindruck, er wolle seinen Makel loswerden.

Wir schliefen in einem Zimmer. Und einmal wachte ich nachts auf, weil er so unruhig war. Ich glaube, da war ich drei Jahre alt, genau weiß ich es nicht mehr. Ich hing sehr an Vater. Er kaufte mir neue Schuhe, wenn die alten drückten. Er brachte mich abends ins Bett, blieb bei mir, bis ich eingeschlafen war, und erzählte von früher. Von ganz früher, als Buchholz noch ein winzig kleines und sehr armes Heidedorf gewesen war. Nur ein paar Bauernhöfe und der Boden so schlecht und die Tiere so mager, dass sie nach dem Winter nicht zur Weide gehen konnten. Sie mussten hingeschleppt werden. Und wie dann die Eisenbahn kam. Wie alles besser wurde.

Ich mochte solche Geschichten. Sie hatten etwas von Hoffnung, waren fast ein Versprechen. Wenn aus einem winzigen, armen Heidedorf eine schöne kleine Stadt werden konnte, dann konnte auch alles andere besser werden.

An dem Abend damals hatte Vater mir von der Pest erzählt. Und als ich dann aufwachte – Vater stöhnte, ich dachte an die Pest und hatte Angst, er sei krank geworden. Aber dann sah ich, dass er seine Sünde in der Hand hielt. Für mich sah es aus, als wolle er sie abreißen. Das gelang ihm nicht.

Ich dachte, wenn wir zu zweit reißen, schaffen wir es bestimmt. Das sagte ich ihm auch und fragte, ob ich ihm helfen solle. Er meinte, das wäre nicht nötig, stieg aus dem Bett und ging im Dunkeln zum Badezimmer. Und ich dachte, er wolle sie abschneiden. Im Bad lag eine große Schere.

Aber am nächsten Samstag sah ich, dass er sie noch an sich trug. Und – na ja, ich hätte auch Angst gehabt, mir etwas abzuschneiden, was fest angewachsen war. Ich wünschte ihm von ganzem Herzen, sie möge von alleine abfallen, verfaulen oder wegeitern, wie mir der Holzsplitter aus dem Handballen geeitert war.

Als ich das sagte, lächelte Vater, packte alles zurück in die Hose, kam zur Wanne und wusch mich. «Ja», sagte er, «hoffen wir, dass sie abfällt. Wir können ja darum beten.»

Ob wir das taten, weiß ich nicht mehr. Aber ich nehme es an. Bei uns wurde ständig gebetet um Dinge, die uns fehlten oder die wir nicht haben wollten – wie der Durst auf Himbeerlimonade. Der quälte mich oft.

Ich weiß noch, einmal – da muss ich vier gewesen sein – war ich bei Mutter in der Küche. Dass sie tatsächlich meine Mutter war, glaubte ich noch nicht. Alle sagten es, aber ich wusste schon, wie man lügt. Und ich dachte immer, alle lügen.

Ich war durstig, Mutter gab mir ein Glas Wasser. Es war nur Wasser aus der Leitung. Das mochte ich nicht. Es schmeckte fade. Mutter nahm das Glas wieder fort und sagte: «Dann bist du auch nicht durstig.»

Das war ich wohl, und ich sagte, dass ich lieber Himbeerlimonade trinken wolle. Himbeerlimonade gab es bei Grit. Mutter sah es nicht gerne, wenn ich nebenan war. Aber sie hatte nicht die Zeit, sich um das zu kümmern, was ich trieb. Und ich nutzte jede Gelegenheit, ihr zu entwischen und bei meiner richtigen Familie zu sein.

Ich hatte auch an dem Tag nebenan gespielt. Dann wollte Grit einen Besuch machen. Sie hatte einen sehr großen Freundes- und Bekanntenkreis. Viele luden sie ein, weil ihr Mann oft lange unterwegs war. Grit rief ihre Kinder ins Haus, um sie zu waschen und umzuziehen. Ich hatte gefragt, ob ich mitfahren dürfe, und zur Antwort bekommen: «Meine Mutter» erlaube das nicht. Ich musste heimgehen.

Ich weiß das noch genau. Es war früher Nachmittag, Ende Juli oder Anfang August. Draußen war es sehr heiß. Das Küchenfenster stand offen, die Sonne tauchte alles in helles Licht, die ganze Schäbigkeit, die Armseligkeit, die keineswegs finanzielle Ursachen hatte.

Vater arbeitete in Hamburg in einem Büro am Freihafen. Manchmal erzählte er mir auch davon. Ich wusste schon mit vier Jahren, dass er gut verdiente. Wir hätten ein besseres Leben führen können. Früher hatten meine Eltern das auch getan und sich etwas gegönnt. Sie waren oft in Hamburg gewesen, tanzen, essen und solche Sachen.

Aber seit Magdalena auf der Welt war, brauchte Vater viel Geld für sich. Und die Klinik kostete auch eine Menge. Die Ärzte in Eppendorf wunderten sich, dass Magdalena noch lebte. Sie war oft in der Klinik, manchmal lange für eine neue Operation, manchmal nur ein paar Tage für Untersuchungen. Mutter war immer bei ihr. Und für Mutters Bett und ihr Essen musste Vater bezahlen. Wenn sie zurückkamen, hieß es dann wieder: Ein paar Wochen noch, höchstens ein paar Monate.

Wir lebten mit dem Tod unter einem Dach. Und Mutter kämpfte um jeden Tag. Sie ließ Magdalena nie aus den Augen, auch nachts nicht. Deshalb schlief Vater in meinem Zimmer. Wir hatten oben im Haus nur zwei Zimmer und ein großes Bad. Als sie das Haus kauften, hatten sie gedacht, dass sie nie Kinder bekämen und mit dem zweiten Zimmer sogar eins für Gäste hätten.

Mutter stand vor dem Herd, als ich sie nach der Limonade fragte. Es war ein Elektroherd. Einen Kühlschrank hatten wir auch. Aber die restliche Einrichtung unserer Küche bestand noch aus den alten, klobigen Holzmöbeln, die sie nach ihrer Hochzeit angeschafft hatten. Alles im Haus war alt, Mutter auch.

An dem Tag damals war sie schon vierundvierzig, eine große Frau mit einem mageren Gesicht. Sie sah viel älter aus, als sie war. Für sich selbst hatte sie keine Zeit. Das Haar hing ihr grau und strähnig bis auf die Schultern. Wenn es zu lang wurde, schnitt sie ein Stück ab.

Sie trug einen bunten Kittel und rührte in einem Topf. Das Wasserglas hatte sie in den Spülstein gestellt. Sie drehte sich zu mir um und fragte: «Himbeerlimonade?»

Sie hatte eine sanfte Stimme und sprach immer sehr leise, sodass man gezwungen war, genau hinzuhören. Sie schüttelte den Kopf, als sei ihr völlig unverständlich, was mich auf einen so absurden Gedanken gebracht haben könnte. Dann sprach sie weiter in ihrer ruhigen, bedächtigen Art: «Weißt du, was man unserem Erlöser reichte, als er sterbend sagte: Mich dürstet? Einen mit Essig getränkten Schwamm hielt man ihm an die Lippen. Ein Becher mit Wasser hätte ihn glücklich gemacht und seine Leiden gelindert. Aber er hat sich nicht beklagt und gewiss nicht nach Himbeerlimonade gefragt. Was lernst du daraus?»

Es kann nicht das erste Gespräch dieser Art gewesen sein, das ich mit Mutter führte oder sie mit mir. Weil ich die Antwort auswendig wusste. «Dass unser Erlöser immer zufrieden war.»

Und ich war nie zufrieden. Ich war ein schwieriges Kind, trotzig, aufbrausend, egoistisch. Ich wollte alles – und alles für mich allein. Und wenn man mich nicht hinderte, nahm ich es mir einfach. Mutter hatte mir erklärt, dass Magdalena nur deshalb so krank war. Magdalena war ja aus Mutters Bauch gekommen. Und kurz vor ihr war ich in Mutters Bauch gewesen. Und ich hatte all die Kraft, die Mutter in sich getragen hatte, die für mindestens drei Kinder gereicht hätte, wie sie mir oft sagte, für mich allein genommen. Für Magdalena war nichts übrig geblieben.

Es war mir egal, wenn Mutter mir so etwas erzählte. Ich wollte zwar nicht unbedingt ein schlechter Mensch sein, aber solange es um meine Schwester ging, war mir das Gutsein nicht so wichtig. Ich mochte Magdalena nicht. Für mich war sie ein Ding wie ein Stück Holz. Sie konnte nicht laufen und nicht sprechen. Sie konnte nicht mal richtig weinen. Wenn ihr etwas wehtat, quietschte sie. Die meiste Zeit lag sie im Bett und manchmal für eine Stunde in einem Sessel in der Küche. Aber das war dann schon ein sehr guter Tag.

Natürlich durfte ich nicht aussprechen, was ich dachte. Ich musste genau das Gegenteil sagen. Aber das konnte ich sehr gut. Ich sagte immer nur das, was die Leute hören wollten. Mutter war mit meiner Antwort zufrieden. «Meinst du nicht auch, dass du dir an unserem Erlöser ein Beispiel nehmen solltest?», fragte sie. Ich nickte eifrig. Und Mutter sagte: «Dann geh und bitte ihn um Kraft und Gnade.»

Ich war immer noch durstig. Aber ich wusste, dass ich nicht einmal mehr das Glas mit dem Leitungswasser von ihr bekäme, solange ich nicht gebetet hatte, und ging in unser Wohnzimmer.

Es war genauso schäbig und altmodisch eingerichtet wie die Küche. Eine verschlissene Couch, ein niedriger Tisch auf dünnen, schräg stehenden Beinen und zwei Sessel. Aber niemand, der den Raum betrat, hatte Augen für die abgewetzten Möbel.

Der Blick fiel immer zuerst auf den Altar in der Ecke beim Fenster. Eigentlich war es nur ein Schrank, von dem Vater das Oberteil hatte absägen müssen. Davor stand eine harte Holzbank, auf der man nur knien durfte. Auf dem Schrank lag eine mit Kerzen bestickte weiße Decke, auf der immer eine Vase mit Blumen stand. Meist waren es Rosen.

Sie waren sehr teuer. Aber Mutter kaufte sie gerne, auch wenn sie mit dem Haushaltsgeld nicht hinkam. Dem Erlöser ein Opfer zu bringen müsse einem das Herz mit Freude füllen, sagte sie. Mein Herz füllte sich nie mit Freude. Es war voll mit der Vermutung, dass ich weggegeben worden war. Meine richtige Mutter Grit Adigar musste schon vor langer Zeit erkannt haben, dass ich ein schlechter Mensch war. Sie wollte nicht, dass Kerstin und Melanie darunter leiden mussten und am Ende ebenso krank wurden wie Magdalena. Deshalb hatte Grit mich zu dieser Frau gebracht, die genau wusste, wie man einen schlechten Menschen gut macht.

Aber wenn ich allen zeigte, dass ich ein gutes Kind war, wenn ich fleißig betete und nicht sündigte, jedenfalls nicht so, dass es einer merkte, dann durfte ich sicher bald wieder für immer bei meiner richtigen Familie sein, dachte ich.

Dass alle Leute wirklich überzeugt waren, ich könnte dem kranken Kind Magdalena den nächsten Tag beschaffen, mochte ich mir nicht vorstellen. Ich wusste beim besten Willen nicht, wie ich das anstellen sollte. Und es hätte bedeutet, dass ich nie mehr heim durfte, dass ich auf ewige Zeiten bei der komischen Frau und unserem Erlöser bleiben musste.

Er stand auf dem Schrank, zwischen der Blumenvase und vier Kerzenleuchtern mit hohen weißen Kerzen. Aber er stand nicht richtig. Er war mit winzigen Nägeln an einem dreißig Zentimeter hohen Holzkreuz befestigt. Außerdem war er im Rücken geklebt. Ich hatte ihn mal vom Schrank genommen und untersucht, als Mutter nicht in der Nähe war.

Ich wollte nur feststellen, ob er die Augen aufmachte. Mutter behauptete, er könne seinen Blick tief in die Herzen der Menschen versenken und alle Sünden und Begierden sehen. Aber er machte die Augen nicht auf, obwohl ich ihn schüttelte, an der Dornenkrone auf seinem schmerzgebeugten Haupt wackelte und gegen seinen Bauch klopfte. Es hörte sich an, als hätte ich gegen den Tisch geklopft.

Dass er mir auf die Schliche käme, glaubte ich nicht. Ich hatte keinen Respekt vor ihm. Nur vor Mutter, die mich zwang, vor ihm zu knien, dreimal am Tag oder öfter um Gnade, Kraft und Erbarmen zu bitten. Mein Herz sollte er rein machen. Ich wollte kein reines Herz. Ich hatte ein gesundes, das reichte mir. Mir die Kraft zum Verzicht geben sollte er. So eine Kraft wollte ich auch nicht.

Immer nur verzichten – auf Bonbons, Himbeerlimonade und andere Köstlichkeiten. Den Kuchen zum Beispiel, den uns Grit Adigar regelmäßig anbot. Sie backte ihn selbst, jeden Samstag einen – mit dicken Zuckerstreuseln. Und montags kam sie mit einem Teller, auf dem drei oder vier Stücke lagen. Die waren dann schon ein bisschen ausgetrocknet, das machte aber nichts. Mutter lehnte immer ab. Und mir lief das Wasser im Mund zusammen, wenn ich den Teller nur sah.

Wenn ich zu lange hinschaute, sagte Mutter: «Du hast wieder deinen begehrlichen Blick.» Dann schickte sie mich ins Wohnzimmer. Und dann kniete ich vor dem Kreuz auf dem Schrank in der Ecke, an dem der Erlöser sein Blut für unsere Sünden vergossen hatte.

Es war ein irritierender Moment, neben dem Toten zu knien, sein Blut zu sehen und das Entsetzen der anderen. Die Frau mit den weißblonden Haaren wollte sich von ihr nicht anfassen, nicht aufhelfen und nicht fortbringen lassen. Sie schlug mit beiden Händen nach ihr, als sie ihrem Bein zu nahe kam. Der sitzende Mann sagte, sie solle Ute in Ruhe lassen. Das tat sie dann. Ute ging sie nichts an.

Sie entschuldigte sich bei Gereon für die Stiche in den Arm. Er schlug ihr wieder mit der Faust ins Gesicht. Und der sitzende Mann – er saß längst nicht mehr, er kniete ihr gegenüber und untersuchte den Toten. Aber da es ein zeitloser Moment war, etwas für die Ewigkeit, musste er der sitzende Mann bleiben – schrie er Gereon an: «Lassen Sie das, verdammt! Jetzt hören Sie endlich auf!» Und Gereon schrie: «Bist du wahnsinnig geworden? Warum hast du das getan?» Das wusste sie nicht, und irgendwie war es peinlich.

Sie wäre gerne allein gewesen mit dem Toten, nur für ein paar Minuten, um ihn in Ruhe anzuschauen, um die Gefühle zu genießen, die sein Anblick auslöste; diese Zufriedenheit, die grenzenlose Erleichterung und den Stolz. Als sei eine unangenehme Arbeit, die sie lange vor sich hergeschoben hatte, nun endlich erledigt. Fast hätte sie gesagt: «Es ist vollbracht!» Das sprach sie nicht aus, sie saß nur da und fühlte sich prächtig.

Daran änderte sich auch nichts, als die ersten Polizisten kamen. Sie waren zu viert, uniformierte Beamte. Einer wollte von ihr wissen, ob das kleine Schälmesser ihr gehöre. Als sie das bestätigte, fragte er, ob sie den Mann damit getötet hätte.

«Ja, natürlich», sagte sie. «Das war ich.»

Und der Polizist erklärte, sie müssten sie festnehmen, sie brauche keine Aussage zu machen, habe das Recht auf einen Anwalt und so weiter.

Sie erhob sich. «Vielen Dank», sagte sie. «Ich brauche keinen Anwalt. Es ist alles in Ordnung.» Das war es auch. Es war alles bestens. Diese wundervollen Gefühle, der Jubel, der innere Frieden, etwas Ähnliches hatte sie noch nie empfunden.

Ein Polizist forderte Gereon auf, frische Unterwäsche für sie aus der Umhängetasche zu nehmen und ihm ihre Ausweispapiere auszuhändigen. Dass sie selbst in die Tasche griff, gestattete er nicht. Sie durfte nur ihren Rock und das T-Shirt nehmen. An ein Handtuch dachte sie nicht.

Gereon begann in der Tasche zu kramen und schrie erneut: «Du bist ja völlig daneben. Du hast mich auch gestochen.» Sie antwortete ihm ruhig und beherrscht. Daraufhin reichte Gereon dem Polizisten ihre Unterwäsche. Dem blieb nichts anderes übrig, als sie zu nehmen und mit neutraler Miene an sie weiterzureichen.

Sie erlaubten ihr, sich zu waschen. Zwei Uniformierte begleiteten sie zur Personaltoilette, die in dem Flachbau beim Eingang lag. Das Waschbecken war schmutzig, der Spiegel darüber fast blind und mit unzähligen Wassertropfen bespritzt. Trotzdem erkannte sie ihr Gesicht klar und deutlich. Sie tastete über die rechte Schläfe. Dort war die Haut aufgeplatzt. Das Augenlid war dick geschwollen. Sie konnte auf dieser Seite nur durch einen schmalen Spalt blinzeln. Es störte nicht.

Sie strich mit der Zungenspitze über die Oberlippe, schmeckte Blut und dachte an die Holzfigur in der Wohnzimmerecke, an die rote Farbe an Händen und Füßen, die Wunde an der Seite, von der mehrere dünne Streifen nach unten führten. Schon mit vier Jahren hatte sie gewusst, dass es nur Farbe war. Aber das Blut des Mannes, das Blut auf ihrem Gesicht, auf ihrem Körper, das war echt. Und das war die Erlösung.

Alles war rot. Der Badeanzug, die Arme, die Hände, sogar ihr Haar war verschmiert. Sie hätte es gerne so gelassen. Aber sie wollte die Polizisten nicht verärgern, drehte den Wasserhahn auf, säuberte Hände und Arme, hielt den Kopf unter den dünnen Strahl und schaute zu, wie das Blut ins Becken lief. Mit Wasser vermischt wirkte es hell, fast wie die Himbeerlimonade damals. Dabei war es gar keine Limonade gewesen, nur zähflüssiger Sirup mit Wasser verdünnt.

Irgendwann hatte Mutter kapituliert und ein Zugeständnis gemacht an die Begierden. Ein Glas süßes Wasser pro Tag. Genau genommen zwei, eins für sie und eins für Magdalena. Sie sah sich wieder stehen vor dem alten Küchentisch, dessen Platte so viele Kratzer und Kerben hatte. Sah sich mit aufmerksamem Blick verfolgen, wie Mutter Sirup in zwei Gläser goss, sorgsam darauf achtend, dass in beide gleich viel rann. Und sie sah sich rasch nach dem Glas greifen, in dem es vielleicht ein Zehntelmillimeter mehr war. Damit zum Wasserhahn laufen, bevor Mutter den feinen Unterschied bemerkte und sie in die Wohnzimmerecke scheuchte.

Seit Jahren hatte sie nicht mehr daran gedacht, und jetzt war es, als sei es gestern gewesen. Vater mit seinem Bemühen, sich die Sünde vom Leib zu reißen, und den alten Buchholzer Geschichten, immer nur früher, als ob es kein Heute und kein Morgen gegeben hätte. Mutter mit den bunten Kittelschürzen, den strähnigen Haaren und dem Kreuz. Und Magdalena, das blauschimmernde Porzellangesicht, vom immer gegenwärtigen Tod mit Intensität und Makellosigkeit gezeichnet. Die büßende Magdalena, ein Bündel Kraftlosigkeit, das für die Sünden anderer litt.

Es war vorbei. Der Erlöser hatte sein Blut gegeben, die Schuld der Menschen auf sich genommen und ihnen mit seinem Tod den Weg in den Himmel geebnet. Sie sah sein Gesicht vor sich, seinen Blick, das Begreifen in seinen Augen, das Verstehen, das Verzeihen. Und die Bitte: «Vater, vergib ihr, denn sie weiß nicht, was sie tut.» Kein Mensch konnte alles wissen!

Sie wusch auch den Badeanzug aus, benutzte ihn wie einen Schwamm, um Brust und Bauch damit zu reinigen. Das Wasser streifte sie mit den Händen ab. Es gab zwar ein Handtuch, es hing neben dem Waschbecken an einem Haken. Aber es war so schmutzig, als hinge es seit Wochen da. Dann zog sie sich an. Die Unterwäsche und das T-Shirt klebten auf der Haut, wurden feucht und durchscheinend. Einen Augenblick zögerte sie, schaute an sich hinunter. Die Brüste zeichneten sich unter dem dünnen Stoff ab. So konnte sie nicht hinausgehen. Vor der Tür warteten die Polizisten, Männer! Es musste provozierend wirken, wenn sie ihnen so gegenübertrat. Mutter bekäme einen Anfall, Mutter sähe sich gezwungen, die Kerzen vor dem Hausaltar anzuzünden, sie auf die Knie zu zwingen ...

Sie verstand nicht, warum das plötzlich so gegenwärtig war. Und so wichtig! Sie musste es gewaltsam abschütteln und wurde es doch nicht los. Die Kerzenflammen tanzten weiter vor ihren Augen. Sie blinzelte heftig, um das Bild zu vertreiben. Als das nicht half, riss sie die Tür auf und sprach einen der Polizisten an. «Haben Sie eine Jacke für mich?»

Sie trugen beide nur die Hemden ihrer Uniform und wechselten einen raschen Blick. Der Jüngere senkte vor Verlegenheit den Kopf. Der andere, er mochte Anfang vierzig sein, schaffte es, ihr in die Augen zu sehen – und nicht auf die durch den feuchten Stoff schimmernden Brüste. Er schien zu wissen, worum es ging. «Sie brauchen keine Jacke», sagte er in väterlich sanftem Ton. «Da hinten sitzen welche, die haben weniger an als Sie. Sind Sie so weit? Können wir gehen?»

Sie nickte nur.

Er hielt den Blick auf ihr Gesicht gerichtet und fragte: «Wer hat Sie verletzt?»

«Mein Mann», erklärte sie. «Aber er hat das nicht böse gemeint. Er war sehr aufgeregt und hat die Kontrolle über sich verloren.» Der Polizist runzelte die Stirn, als verwundere ihn diese Auskunft. Er fasste mit der Hand an ihren Ellbogen, aber er zog die Hand sofort zurück, als sie zusammenzuckte. «Gehen wir», sagte er.

Und die Kerzenflammen erloschen endlich.

In der Zeit, die sie in der Toilette verbracht hatte, war das Gelände weitgehend geräumt worden. All die Menschen, die nicht unmittelbar Zeuge geworden waren, waren verschwunden. Nur weit hinten, wo die grüne Decke sein musste mit dem toten Mann darauf, war noch eine Gruppe von Leuten.

Es war kurz nach sieben Uhr. Auf der Terrasse, die sich dem Flachbau anschloss, hielten sich rund zwanzig Personen auf. Und alle starrten sie an, als sie näher kam. Die ängstlich fragenden Mienen waren ihr unangenehm.

Die übrig gebliebenen drei von der Decke saßen ein wenig abseits. Der sitzende Mann versuchte, die beiden Frauen zu trösten. Ute stieß seine Hand weg. Sie wimmerte ohne Unterbrechung. Bei ihnen stand ein jüngerer Mann in einem Sportanzug. Er stellte Fragen und notierte sich die Antworten auf einem Block. Zwei Sanitäter kamen auf die Terrasse. Ute wurde fortgebracht. Alice folgte ihr.

Es war wie ein Film. Überall rührte und regte sich etwas, und sie schaute nur zu. Der ältere Polizist führte sie zu einem Stuhl und sorgte dafür, dass ein Sanitäter sich ihr Gesicht, vor allem das zuschwellende Auge anschaute. Er war sehr freundlich und blieb neben ihr stehen, während sein junger Kollege zu dem Mann im Sportanzug ging und ein paar Worte mit ihm wechselte.

Gereon war auch noch da, hielt das Kind auf dem Schoß und betrachtete den Verband an seinem Arm. Der Mann im Sportanzug ging zu ihm und sagte etwas. Gereon schüttelte heftig den Kopf. Dann stand er auf und ging zu dem sitzenden Mann hinüber. Für sie hatte er keinen Blick. Er schaute ihr auch nicht nach, als sie wenig später von den beiden Polizisten flankiert auf das Drahtgitter zuging.

Dicht beim Eingang standen zwei Streifenwagen und ein weiteres Fahrzeug im Schatten einiger Bäume. Ihr fiel ein, dass Gereons Wagen weit hinten in der prallen Sonne stand. Sie blieb stehen und wandte sich an den älteren Polizisten. Er wirkte reifer und lebenserfahrener als sein Kollege. «Würden Sie mir bitte Ihren Namen nennen?»

«Berrenrath», sagte er automatisch.

Sie bedankte sich mit einem Nicken und verlangte: «Hören Sie, Herr Berrenrath: Sie müssen noch einmal zurückgehen und mit meinem Mann reden. Sagen Sie ihm, er soll den Wagen gut durchlüften und die Scheiben wieder hochdrehen, bevor er losfährt. Er wird nicht daran denken, ich kenne ihn. An so etwas denkt er nie. Und der Kleine hat empfindliche Ohren, er war schon oft krank. Wenn er hohes Fieber hat, bekommt er so leicht Krämpfe.»

Berrenrath nickte nur, öffnete die hintere Tür an einem der Streifenwagen und deutete mit der Hand hinein, sie möge einsteigen. Der Jüngere ging um den Wagen herum, setzte sich hinter das Steuer, drehte sich zu ihr um und ließ sie nicht aus den Augen. Es sah fast aus, als habe er Angst vor ihr.

Sie hätte ihn gerne beruhigt, nur wusste sie nicht, wie sie ihm das erklären sollte. Es war vorbei! Das hätte er nicht verstanden. Sie verstand es auch nicht. Sie fühlte es nur – als hätte sie es sich mit dem Blut des Mannes auf die Stirn geschrieben: VORBEI!

Berrenrath ging tatsächlich noch einmal zurück. Er blieb nicht lange. Als er sich dann neben sie setzte, sagte er: «Ihr Mann wird darauf achten.»

Sie fühlte sich losgelöst von allem, abgehoben, ein wenig isoliert und betäubt von dem Triumph – wie hinausgeschwommen und untergetaucht. Es war ein sehr gutes Gefühl. Leider war es auf den Bauch und die Herzgegend beschränkt. Im Hirn breitete sich ganz allmählich und schleichend etwas aus, was das Geschehen aus einer anderen Perspektive betrachten wollte; mit den Augen der Menschen, die an den See gefahren waren, um einen entspannten Nachmittag zu erleben.

Das Kind fiel ihr ein, wie es auf der Decke gesessen und geweint hatte. Der arme kleine Kerl hatte sich das auch ansehen müssen. Sie tröstete sich mit dem Gedanken, dass er zu klein war, um sich alles zu merken. Er würde vergessen, was er gesehen hatte. Er würde sie vergessen. Er würde bei Gereon und den Schwiegereltern aufwachsen. Die Schwiegermutter war sehr gut zu ihm. Auch der Alte, dieser grobe Klotz, hütete den Enkel wie ein rohes Ei.

Die Fahrt dauerte nicht lange. Und sie war so in Gedanken versunken, dass sie keinen Meter registrierte. Als der Wagen anhielt, als Berrenrath ausstieg und sie zum Aussteigen aufforderte, tauchte sie für einen Moment auf und versank gleich wieder in der Vorstellung von Zukunft, um sich nicht mit der Vergangenheit beschäftigen zu müssen.

Lebenslänglich! Das war ihr klar. Immerhin hatte sie einen Mord begangen. Das war ihr auch klar. Strafe musste sein. Doch wer das Kreuz erlebt hatte, den konnten Gitter nicht erschrecken. Die Vorstellung einer Zelle hatte nichts Bedrohliches. Geregelte Mahlzeiten und Arbeit in der Küche oder der Wäscherei, vielleicht in einem Büro, wenn sie sich gut führte und allen zeigte, was sie leisten konnte.

Es konnte nicht viel anders sein als die drei Jahre mit Gereon. Ob ihr nun die Schwiegereltern oder ein paar Wärterinnen auf die Finger schauten, das machte keinen Unterschied. Nur die Wochenenden fielen weg. Nie mehr eine Zigarette, die mit den letzten erlöschenden Glutpünktchen im Aschenbecher den Startschuss für den Wahnsinn gab.

Als sie das nächste Mal auftauchte, saß sie auf einem Stuhl in einem hellgestrichenen Raum. Ein paar weitere Stühle standen wahllos herum, in der Mitte zwei Schreibtische, auf denen sich ein Durcheinander von Papieren zwischen einer Schreibmaschine und einem Telefon verteilte. Es störte sie. Sie hätte gern aufgeräumt und überlegte, ob sie die Polizisten um Erlaubnis fragen müsste.

Der Jüngere stand neben der Tür, Berrenrath bei einem großen Fenster, an dem zwei Topfpflanzen dahinkümmerten. Es fiel noch genügend Sonne ein, um die Augen zu reizen.

Und sie hatte ihre Brille vergessen. Rechts neben den Topfpflanzen lagen ein paar Akten. Die Akte Cora Bender, dachte sie flüchtig. Es musste eine dünne Akte werden. Es war ja alles klar. Natürlich musste man ihr ein paar Fragen stellen, und …

Es hätte sich dringend jemand um die Pflanzen kümmern müssen. Das war mitleiderregend. Sie mussten den Nachmittag in der prallen Sonne gestanden haben, hatten braune Flecken auf den Blättern. Unter aller Garantie war die Erde pulvertrocken.

«Hören Sie, Herr Berrenrath», sagte sie, «Sie müssen die Pflanzen vom Fenster wegnehmen. Sie vertragen die Sonne nicht. Das ist, als ob sie unter einem Brennglas stehen. Wahrscheinlich brauchen sie auch Wasser. Darf ich mal sehen?»

Berrenrath schien verblüfft, nach ein paar Sekunden nickte er zögernd.

An der Wand neben der Tür befand sich ein Schrank mit einem Spülbecken. Auf der Abtropffläche stand eine alte Kaffeemaschine, in deren Kanne sich ein hässlicher brauner Film gebildet hatte. Sie wurde wohl nie richtig ausgespült. Neben der Maschine stand ein benutzter Kaffeebecher. Sie wusch ihn sorgfältig aus, dann griff sie nach der Kanne und wollte auch die reinigen.

«Lassen Sie das», sagte Berrenrath. «Setzen Sie sich bitte wieder hin.»

«Na, hören Sie mal», protestierte sie. «Sie haben mir erlaubt, die Blumen zu gießen. Und der Becher war schmutzig. Was ist denn dabei, wenn ich ein bisschen sauber mache?»

Berrenrath seufzte und zuckte mit den Achseln. «Schauen Sie von mir aus nach den Blumen. Aber sauber machen ist nicht Ihre Aufgabe.»

«Dann eben nicht», sagte sie, «ich hab's nur gut gemeint.»

Sie füllte den Becher mit Wasser und ging zum Fenster. Tatsächlich war die Erde knochentrocken. Den Becher stellte sie erst einmal auf dem Fensterbrett ab, trug die beiden Pflanzen zum Schreibtisch, schob unauffällig zwei von den Stühlen zurecht und einige von den Papieren zu einem akkuraten Stapel zusammen, sodass ein wenig Platz frei wurde und es etwas aufgeräumter aussah. Dann holte sie den Becher und tränkte die Erde.

Die Polizisten schauten ihr ungläubig zu, als sie den Becher ein zweites Mal mit Wasser füllte. «Die hatten es bitter nötig», sagte sie, als sie sich zurück auf den Stuhl setzte.

Eine volle Minute lang war es still. Sie bemühte sich, die Gedanken beisammenzuhalten und sich auf das einzustellen, was als Nächstes kam. Das Verhör! Wie so etwas ablief, wusste sie aus Filmen. Im Grunde ging es nur um ein Geständnis. Das war für die Polizei das Wichtigste. Demnach war ein Verhör in ihrem Fall überflüssig, ein Geständnis hatte sie bereits abgelegt, es musste nur noch zu Papier gebracht und unterschrieben werden. Komisch, dass sich niemand darum kümmerte. Sie wandte sich erneut an Berrenrath. «Worauf warten wir eigentlich?»

«Auf die zuständigen Beamten», sagte er.

«Sind Sie nicht zuständig?»

«Nein.»

Sie lächelte ihn an. Es sollte ein bezauberndes Lächeln werden, doch mit dem zerschlagenen Gesicht wurde es nur schief. «Hören Sie: Das ist doch Blödsinn. Polizist ist Polizist. Es wäre mir lieb, wenn wir das erledigen könnten. Schreiben Sie mal auf, was ich gesagt habe. Ich unterschreibe es, dann können Sie Feierabend machen.»

«Warten wir lieber auf die zuständigen Beamten», sagte Berrenrath. «Sie müssen jeden Augenblick kommen.»

Natürlich kamen sie nicht. Sie hatte es oft in Filmen gesehen, dass sie einen Verdächtigen schmoren ließen, damit er ihnen keinen Widerstand entgegensetzte. Nur verstand sie nicht, warum diese Maßnahme bei ihr angewandt wurde.

Zum einen war sie nicht nur verdächtig, sie war eindeutig schuldig. Zum anderen hatte sie nicht vor, Schwierigkeiten zu machen.

Die Warterei machte sie nur nervös. Sie musste wieder an Gereon denken. Dass er sich auf der Seeterrasse benommen hatte, als sei sie eine Wildfremde, die ihn nicht das Geringste anging. Aber das verstand sie. Für Gereon musste es ein ungeheurer Schock gewesen sein. Man musste sich nur einmal in seine Lage versetzen. Er hatte ja gar nicht an den See fahren wollen. Es sei viel zu heiß, hatte er beim Mittagessen gesagt, als sie den Vorschlag machte. Er ging auch nicht gerne ins Wasser. Und dann hatte sie ihm da in ein paar Sekunden seine Welt in Streifen geschnitten. Kein Wunder, dass er anschließend auf sie eindrosch wie ein Wilder. Ob er schon daheim war? Was mochte er seinen Eltern erzählt haben. Sie mussten erstaunt gewesen sein, dass er nur mit dem Kind zurückkam.

Sie sah das vor sich. Die fragenden Mienen. «Wo ist denn Cora?» Die Stimme der Schwiegermutter. Der Alte sprach nicht viel, wenn es um familiäre Belange ging. Und Gereon, blass, mit dem weißen Verband und dem Kind auf dem unverletzten Arm, bat zuerst, dass ihm jemand half, den Kofferraum auszuräumen. Seine Mutter ging mit ihm hinaus. Draußen, wo der Alte ihn nicht hörte, sagte Gereon: «Sie hat einen Mann erstochen.»

Und später würden sie zusammen im Wohnzimmer sitzen. Gereon berichtete der Reihe nach, obwohl es nicht viel zu berichten gab. Seine Mutter jammerte, was die Nachbarn sagen mochten, wenn sie es erfuhren. Sein Vater fragte nur, wie sich das aufs Geschäft auswirkte und wer denn jetzt den Papierkram erledigte.

Es ging auf neun zu, als endlich die Tür geöffnet wurde. Die Vorstellung von Gereon und seinen Eltern riss ab. Der Mann im Sportanzug, der ihr auf der Seeterrasse aufgefallen war, betrat den Raum. Er nannte ihr seinen Namen. Sie vergaß ihn gleich wieder und versuchte, den Mann einzuschätzen. Hoffentlich hielt er sich nicht mit unnötigen Fragen auf.

Genau das tat er! Er setzte sich an die Schreibmaschine und forderte sie auf, ihren Namen zu nennen, auch den Geburtsnamen. Als ob es Zweifel an ihrer Identität gegeben hätte. Er wollte wissen, wie alt sie sei, seit wann verheiratet, berufstätig ja oder nein. Alles Dinge, die mit der Sache überhaupt nichts zu tun hatten. Dann verlangte er auch noch Auskünfte über ihre Schwiegereltern, Eltern und Geschwister.

Bis zu den Schwiegereltern antwortete sie ihm widerstrebend, aber wahrheitsgemäß. Dann sagte sie: «Meine Eltern sind tot, Geschwister hatte ich nie!»

Und er betrachtete die Pflanzen auf dem Schreibtisch, erkundigte sich, ob sie Pflanzen mochte, fragte übergangslos, ob sie Schmerzen habe, einen Arzt brauche oder einen Kaffee trinken wolle. Sie warf der alten Maschine einen raschen Blick zu und verneinte.

Es fiel ihr schwer, sich zu konzentrieren und ruhig zu bleiben. Wider Erwarten schien es doch eine längere Angelegenheit zu werden. Der Mann im Sportanzug erklärte, welches Verbrechen ihr zur Last gelegt wurde, als ob sie das nicht gewusst hätte. Er nannte ein paar Paragraphen, sprach anschließend von ihren Rechten, wiederholte, was Berrenrath am See bereits gesagt hatte. Dass sie keine Aussage machen müsse und so weiter.

An der Stelle unterbrach sie ihn. «Vielen Dank, ich habe es Herrn Berrenrath schon erklärt, das ist nicht nötig. Ich brauche keinen Anwalt. Sie schreiben am besten mal mit. Wir können gleich anfangen.»

Das konnten sie nicht. Der Mann im Sportanzug sagte, sie müssten auf den Chef warten. Aber er sei bereits im Haus.

Noch einmal verging mehr als eine Viertelstunde. Es machte sie ganz elend, nichts weiter tun zu können, als auf dem Stuhl zu sitzen und die hellgestrichenen Wände zu betrachten. Sie war es nicht gewohnt, untätig zu sein, dabei geriet man nur ins Grübeln. Wie mittags im Supermarkt, als sie gedacht hatte, sie hätte die Lösung gefunden.

Irgendwie war es doch Wahnsinn. Den eigenen Tod so fest beschlossen, dass es daran nichts mehr zu rütteln gab. Und sich dann plötzlich auf einen Mann gestürzt. Nur weil die weißblonde Frau – der Name fiel ihr im Augenblick nicht ein – das Lied spielte. Sie hätte besser gefragt, wo die Frau es herhatte. Und ob ihr jemand erklären könne, wie es in ihren Kopf gekommen sei.

Niemand sprach. Das einzige Geräusch war das Tropfen des Wasserhahns. Sie hatte ihn nicht fest genug zugedreht, als sie den Becher zum zweiten Mal füllte. Die Männer kümmerten sich nicht darum. Berrenrath behielt die Tür im Auge. Sein junger Kollege stand da mit auf den Rücken gelegten Händen. Der Mann im Sportanzug blätterte in den Notizen, die er sich auf der Seeterrasse gemacht hatte.

Was mochten ihm die Zeugen erzählt haben? Sie sei über den Mann hergefallen wie eine Verrückte! So musste es ausgesehen haben für die Leute. Plötzlich begriff sie, warum sie sich so viel Zeit mit ihr ließen. Weil sie es nicht verstanden, weil sie wie Gereon wissen wollten, warum.

Mit dieser Erkenntnis verwandelte sich ihr Herz in einen bleigefüllten Klumpen. Das Hirn füllte sich mit grauroten Schwaden. Sie spürte, dass ihr die Hände feucht wurden und zu zittern begannen. Keine Spur mehr von der anfänglichen Erleichterung, dem Jubel und dem Triumph. Sie brauchte eine vernünftige Erklärung.

Als die Tür endlich aufging, begann sie im Geist zu zählen – achtzehn, neunzehn, zwanzig – und hoffte, davon etwas ruhiger zu werden. Der Mann, der hereinkam, mochte Anfang fünfzig sein. Er machte einen behäbigen und gutmütigen Eindruck, grüßte kurz und allgemein, nickte den beiden Polizisten zu. Berrenrath nickte zurück und dabei irgendwie komisch in ihre Richtung. Der Mann im Sportanzug erhob sich, und zusammen mit Berrenrath gingen sie beide wieder hinaus.

Noch einmal warten, sich fragen, was die drei vor der Tür zu bereden, was das komische Nicken zu bedeuten hatte. Wenn wenigstens der jüngere Polizist gesprochen hätte. Die Stille war unerträglich, denn sie war nur außen. Es war fast wie sonst an einem Samstagabend. In ihrem Kopf war es nicht still. Da dröhnte das Lied. Der tropfende Wasserhahn klang fast wie das Schlagzeug. Nach dem Lied kam immer der Traum. Und jetzt schlief sie nicht! Wenn die Männer nicht bald zurückkamen …

Es dauerte nur zehn Minuten. Doch das waren sechshundert Sekunden; und jede Sekunde war ein neuer Gedanke. Und jeder neue Gedanke nagte an ihrem Verstand. Was sie am meisten beunruhigte, waren die Empfindungen, die das Töten in ihr ausgelöst hatte. Jeder normale Mensch musste entsetzt sein, verzweifelt und von Schuldgefühlen geplagt, wenn er so etwas getan hatte. Und sie hatte sich gut gefühlt. Normal war das nicht.

Endlich kamen sie zurück. Der Mann im Sportanzug setzte sich wieder hinter die Schreibmaschine. Berrenrath stellte sich erneut neben das Fenster. Der Chef setzte sich ihr gegenüber. Er lächelte sie freundlich an und nannte seinen Namen. Den verstand sie ebenso wenig wie das, was er sonst noch sagte. Alles im Innern spannte sich an. Knappe, präzise Antworten. Und eine nachvollziehbare Begründung, damit erst gar nicht der Verdacht aufkam, sie sei verrückt.

Berrenrath hielt etwas in der Hand, ihre Brieftasche. Wo er sie so plötzlich hergenommen hatte, wusste sie nicht. Sie hatte nicht darauf geachtet. Die gesamte Prozedur wurde noch einmal wiederholt. Name, Geburtsname, Geburtsdatum, Geburtsort, Familienstand, Beruf, Eltern, Geschwister.

«Machen wir hier ein Quiz?» fuhr sie auf. «Da sind Sie aber spät dran, für die Antworten habe ich meine Punkte schon bekommen. Oder wollen Sie nur feststellen, ob ich meine Sinne noch beisammen habe? Keine Sorge, ich hab sie noch alle. Mir fällt auf, dass man mir dieselben Fragen zum dritten Mal stellt. Ich mache Ihnen einen Vorschlag. Fragen Sie zur Abwechslung mal Ihren Kollegen. Das hat der alles schon aufgeschrieben. Außerdem hat der da meine Papiere.»

Es tat ihr Leid, dass sie Berrenrath so abwertend mit «der da» bezeichnet hatte. Das hatte er nicht verdient. Er war wirklich sehr nett gewesen bisher. Und es wäre sicher auch ratsamer gewesen, sich höflich und bereitwillig zu zeigen. Aber bereitwillig war sie ja, nur mussten sie sich ein bisschen beeilen. Wenn es in dem Tempo weiterging – das stand sie nicht mehr lange durch.

Niemand reagierte auf ihre Frechheit. Nur der junge Polizist runzelte kurz die Stirn. Berrenrath kam mit ihrer Brieftasche zum Schreibtisch. Der Mann im Sportanzug griff danach. Ihr wurde bewusst, dass sie sich seinen Namen nicht hatte merken können, auch den des Chefs nicht. Sie versuchte, sich zu erinnern, aber jeder Gedanke verfing sich im Gesicht des Toten. Und sie mochte nicht sagen: «Entschuldigen Sie, ich war eben nicht ganz bei der Sache und habe Ihre Namen nicht verstanden.» Sie hätten sie doch auf der Stelle für verwirrt gehalten.

Die beiden uniformierten Polizisten verließen den Raum. Es wäre ihr lieb gewesen, Berrenrath wäre geblieben, er war ein so verständnisvoller Mensch. Darum bitten mochte sie nicht. Es sollte nicht so aussehen, als ob sie Beistand brauchte. Der Mann im Sportanzug klappte die Brieftasche auf, nahm den Personalausweis heraus und reichte ihn dem

Chef. Dann betrachtete er ihren Führerschein, stutzte und hob den Blick.

Er war über das Gesicht gestolpert, da war sie sicher. Das kranke, graue Gesicht im Führerschein, das aussah, als gehöre es einer alten Frau. Für einen Moment befürchtete sie, dass er sie darauf ansprechen würde. Er schwieg. Und sie zupfte rasch die Haare über der Stirn zurecht, damit er nicht auf die Narbe aufmerksam wurde. Der Chef hatte währenddessen die Daten auf ihrem Personalausweis studiert, hob ebenfalls den Kopf und schaute sie an. «Cora Bender», sagte er. «Cora, das klingt wie eine Kurzform. Oder ist Cora Ihr voller Name?»

Er hatte eine angenehm warme und dunkle Stimme, die gewiss auf manch einen beruhigend wirkte. Bei ihr stellte sich diese Wirkung jedoch nicht ein. Sie bekam die Hände nicht unter Kontrolle. Das Zittern hatte sich verstärkt. Sie schloss die rechte Hand um die linke im Schoß und hielt sie dort ganz fest.

«Hören Sie», sagte sie. «Ich möchte nicht unhöflich erscheinen, aber ich finde, es ist schon spät. Deshalb sollten wir uns das Geplänkel sparen.»

Der Chef lächelte. «Wir haben viel Zeit. Und ich finde ein bisschen Geplänkel entspannend. Wie fühlen Sie sich, Frau Bender?»

«Sehr gut, vielen Dank.»

«Sie sind verletzt.» Er zeigte auf ihr Gesicht. «Wir sollten zuerst einen Arzt für Sie rufen.»

«Bleiben Sie mir bloß mit den Weißkitteln vom Leib!» fauchte sie. «Das hat sich ein Sanitäter angeschaut, es ist nicht so schlimm, wie es aussieht. Ich habe schon Schlimmeres erlebt.»

«Was denn?», fragte der Chef.

«Ich wüsste nicht, was Sie das angeht», erwiderte sie.

«Na schön, Frau Bender», sagte er ruhig, aber sehr bestimmt, «wenn Sie es unbedingt so haben wollen, ich kann auch anders. Sagen Sie mir Bescheid, wenn Sie Schmerzen haben oder sich sonst irgendwie beeinträchtigt fühlen. Sie dürfen sich auch melden, wenn Sie einen Kaffee trinken oder etwas essen möchten. Aber sagen Sie vorher bitte. Es klingt dann besser.»

Sie hatte ihn verärgert, bewegte unbehaglich die Schultern, verdrehte die Augen, zumindest das linke, das nicht zugeschwollen war. «Hören Sie: Es tut mir Leid, wenn ich ein bisschen laut geworden bin. Ich will Ihnen keinen Ärger machen. Ich bin nur etwas nervös und möchte es gerne hinter mich bringen. Warum muss ich denn dreimal sagen, wie mein Mann heißt? Das tut doch überhaupt nichts zur Sache. Nehmen Sie mein Geständnis auf, lassen Sie mich unterschreiben, danach können wir dann gerne einen Kaffee trinken.»

Als der Chef kurz nickte, stellte der Mann im Sportanzug einen kleinen schwarzen Kasten auf den Schreibtisch. Sie zuckte zusammen, als sie erkannte, dass es sich um ein Kassettengerät handelte. Der Mann drückte auf eine Taste. Bevor sie es verhindern konnte, hatte sie sich beide Hände auf die Ohren gepresst.

Es war in dem Moment wie Feuer im Kopf. Sie wussten Bescheid! Irgendeiner hatte ihnen von dem Lied erzählt. Und jetzt wollten sie, dass sie es sich noch einmal anhörte. Was das für Folgen hätte, wusste nur der Himmel. Vielleicht sprang sie erneut auf und schlug einem von ihnen den nächsten Pflanzentopf über den Schädel.

Aber es kam keine Musik, es kam gar nichts. Und die beiden Männer starrten sie misstrauisch an. «Ist etwas nicht in Ordnung, Frau Bender?», erkundigte sich der Chef.

Sie lächelte krampfhaft, nahm die Hände herunter und versicherte eilig: «Doch, es ist alles in Ordnung. Ich hatte nur gerade so einen unangenehmen Druck auf den Ohren. Vom

Wasser, nehme ich an. Ich bin getaucht, und … Aber es ist schon wieder weg. Wirklich, ich höre Sie sehr gut.»

Da begann er endlich. Er hielt sich nicht mehr lange mit Paragraphen auf, formulierte es so knapp wie möglich. «Frau Bender, Sie haben kurz nach achtzehn Uhr am Otto-Maigler-See einen Mann getötet. Es waren mehrere Personen in unmittelbarer Nähe, die das Geschehen beobachtet haben und eine Aussage machen konnten. Einige der Aussagen sind bereits zu Protokoll genommen und unterschrieben. Die Tatwaffe ist sichergestellt. Soweit ist die Sachlage klar. Wir möchten Ihnen trotzdem gerne noch ein paar Fragen stellen. Sie haben das Recht, die Aussage zu verweigern. Sie haben das Recht, einen Anwalt …»

Bevor er weitersprechen konnte, hob sie die Hand und unterbrach ihn. Diesmal bemühte sie sich um einen sanften Ton. Der schwarze Kasten war ein Aufnahmegerät, das hatte sie inzwischen begriffen. Damit wurde jedes Wort aufgezeichnet, um es später allen möglichen Leuten vorzuspielen. Jeder konnte sich anhören, was sie gesagt hatte. Jeder konnte hören, wie sie es gesagt hatte. Und jeder konnte seine Schlüsse daraus ziehen.

«Das weiß ich alles», sagte sie. «Und ich habe es schon zweimal gesagt. Ich brauche keinen Anwalt. Ich lege ein Geständnis ab. Ich unterschreibe auch, dass Sie mich weder unter Druck gesetzt noch sonst etwas mit mir gemacht haben, dass ich mehrfach über meine Rechte belehrt wurde und so weiter. In Ordnung?»

«In Ordnung», wiederholte der Chef. «Wenn Sie es so möchten.» Er saß vorgebeugt und ließ sie nicht aus den Augen.

Sie atmete tief durch und überlegte, wie sie es ausdrücken könnte, um schon mit dem ersten Satz klarzustellen, dass sie hundertprozentig in Ordnung war; körperlich und vor allem natürlich geistig. Das Händezittern hatte sie recht gut unter

Kontrolle. Sie musste nur die eine Hand fest genug um die andere legen, dann fiel es kaum auf. Außerdem schauten sie nicht auf ihre Hände, nur in ihr Gesicht. Nach zwei Sekunden sagte sie mit fester Stimme: «Ich habe kurz nach achtzehn Uhr am Otto-Maigler-See einen Mann erstochen. Ich habe dazu das kleine Messer benutzt, mit dem ich einen Apfel für meinen Sohn schälte.»

Der Chef zauberte einen Klarsichtbeutel auf den Tisch, in dem das blutverschmierte Messer lag. «Ist es dieses Messer?»

Zuerst nickte sie nur, dann fiel ihr ein, dass ein Nicken nicht auf Band aufgezeichnet wurde, und sagte knapp: «Ja.»

«Hatten Sie das Messer zu diesem Zweck mit an den See genommen, um einen Apfel damit zu schälen?» wollte er wissen.

«Ja, natürlich. Außer den Äpfeln hatten wir nichts dabei, wofür wir es gebraucht hätten.»

«Aber stattdessen haben Sie einen Mann damit erstochen», sagte der Chef. «Wussten Sie, was geschieht, wenn Sie mit diesem Messer auf einen Menschen einstechen?»

Sie starrte ihn verständnislos an. Dann begriff sie den Sinn seiner Frage und begann zu lächeln. «Hören Sie: Auch wenn ich ein bisschen nervös bin, Sie müssen nicht mit mir reden wie mit einer Geistesgestörten. Natürlich wusste ich, was passiert, wenn ich mit diesem Messer auf einen Menschen einsteche. Ich verletze ihn, ich töte ihn. Ich habe so zugestochen, dass die Stiche zum Tod führen mussten. Und das wusste ich, als ich es tat. Ist Ihre Frage damit umfassend genug beantwortet?»

Der Chef ließ nicht erkennen, wie diese Worte auf ihn wirkten. Er wollte nur wissen: «Wenn Sie die Stiche bewusst ausgeführt haben, Frau Bender, erinnern Sie sich, wo der erste Stich den Mann traf?»

Sie lächelte immer noch. Erinnern Sie sich? Nie im Leben würde sie es vergessen – alles andere vielleicht, aber das nicht! «In den Nacken», sagte sie. «Dann drehte er sich um. Da habe ich auf den Hals gezielt. Es ist ein kleines Messer. Ich dachte, wenn ich auf die Brust ziele, das Herz treffe ich vielleicht nicht damit. Aber am Hals, da ist die Schlagader, und da ist der Kehlkopf. Darauf habe ich gezielt. Und ich habe auch getroffen. So wie er geblutet hat, muss ich die Schlagader getroffen haben. Aber ich habe ihn auch an anderen Stellen getroffen. Im Gesicht. Und einmal ist mir das Messer abgerutscht, da ging es in die Schulter.»

Der Chef nickte. «Was hat Sie veranlasst, den Mann zu töten? Ich habe das doch richtig verstanden, Sie wollten ihn töten.»

«Ja, das wollte ich», sagte sie mit fester Stimme. Und in dem Moment wusste sie auch, dass sie es schon seit langer Zeit hatte tun wollen. Diesen Mann töten, nicht irgendeinen, ausschließlich diesen.

3. Kapitel

Es spielte keine Rolle mehr, aus welchen Gründen sie an den See gefahren war. Es war anders gekommen, und es war gut so. Während der Fahrt hatte sie es so nicht gewollt, und hätte die Frau an der Sperre gesagt, sie sei gekommen, um einen Mann zu töten, sie hätte die Frau für verrückt gehalten. Aber als es geschah, hatte es so sein müssen. Ihre Erkenntnis machte sie ein wenig ruhiger.

Die beiden Männer dagegen schienen von der knappen Äußerung schockiert. Sie sah es an ihren Mienen, kam jedoch nicht dazu, nachzudenken, ob sie es vielleicht etwas weniger krass hätte formulieren sollen. Jetzt ging es Schlag auf Schlag. Der Chef stellte die Fragen, der Mann im Sportanzug saß nur da und ließ sie nicht aus den Augen.

«Kannten Sie den Mann?»

«Nein.»

«Sie hatten ihn nie zuvor gesehen?»

«Nein.»

«Sie wissen wirklich nicht, wer er war?»

«Nein.»

Das war die Wahrheit, und die Wahrheit war immer gut und immer richtig. Den Chef schien sie jedoch zu verwirren. Er warf dem Mann im Sportanzug einen irritierten Blick zu. Der zuckte mit den Achseln, der Chef deutete ein Kopfschütteln an und wandte sich wieder an sie. «Und warum wollten Sie ihn töten?»

«Ich habe mich über die Musik geärgert.» Es war nicht ganz korrekt, kam aber der Wahrheit am nächsten.

«Die Musik?» wiederholte der Chef mit einem fassungslosen Unterton, den sie durchaus registrierte.

Sie beeilte sich, es genauer zu erklären, ohne das Lied erwähnen zu müssen. «Ja, sie hatten ein großes Radio dabei. Es lief sehr laut. Dann hat die Frau es noch lauter gestellt. Das hat mich wütend gemacht.»

Der Chef räusperte sich. «Warum haben Sie die Frau nicht gebeten, die Musik leiser zu stellen? Und warum haben Sie den Mann angegriffen, wenn die Frau die Musik lauter gestellt hatte?» Das war die alles entscheidende Frage. Nur hatte sie darauf keine Antwort. «Ich habe sie gebeten», erklärte sie. Und weil es so nicht den Tatsachen entsprach, korrigierte sie sich auf der Stelle. «Also, nicht direkt gebeten, aber ich habe mich beschwert. Sie hat sich nicht darum gekümmert. Kann sein, dass ich nicht laut genug gesprochen habe. Ich wollte nicht brüllen. Ich ... nun, ich wollte ja eigentlich ins Wasser gehen. Ich wollte ... ich ...»

Das ging ihn nun wirklich nichts an, und es hatte auch mit der Sache überhaupt nichts zu tun. Sie brach ihr Stammeln ab und sagte energisch: «Hören Sie: Er lag auf der Frau! An sie wäre ich nicht rangekommen. Aber ihr wollte ich ja auch gar nichts tun, wirklich nicht. Ich wollte ihn umbringen. Das habe ich getan. Darüber müssen wir nicht diskutieren. Ich leugne es nicht. Das reicht doch für Ihre Akten.»

«Nein», sagte der Chef und schüttelte den Kopf. «Das reicht nicht, Frau Bender.»

«Wenn Sie dabei gewesen wären», widersprach sie, «dann wüssten Sie, dass es dreimal reicht. Sie hätten sehen müssen, wie der Kerl über die Frau herfiel. Da kann man ja nicht einfach zuschauen. Da muss man doch etwas unternehmen.»

Der Chef starrte sie an. Seine Stimme hatte eine gewisse Schärfe, als er sagte: «Wir reden hier nicht von einem Kerl, Frau Bender, der über eine Frau herfiel! Wir reden von einem Mann, über den Sie hergefallen sind. Und ich wüsste – verdammt nochmal – gerne, warum. Sein Name war Georg Frankenberg. Und jetzt erzählen Sie mir nicht wieder ...»

Was er sonst noch sagte, verstand sie nicht. Etwas wie ein Schleier legte sich über ihre Ohren. Unvermittelt tauchte vor dem geistigen Auge das Bild einer Gefängniszelle auf. Eine Wärterin schloss die Tür hinter ihr. Seltsamerweise hatte die Wärterin Mutters Gesicht, und statt eines Schlüssels hielt sie in der einen Hand eine brennende Kerze und in der anderen ein Holzkreuz. Und die Figur am Kreuz war nur angeklebt.

Der Erlöser!

Sein Name war Georg Frankenberg? Sein Name war nicht wichtig. Trotzdem ließ sie ihn wie ein Echo vor Mutters Gesicht, der Kerze und dem Kreuz vorbeiziehen und wartete, ob irgendwo eine Verbindung hergestellt wurde. Es war so ein Gefühl, dass der Chef sich zufrieden geben und sie in Ruhe lassen würde, wenn sie sagte: «Ach, da fällt mir gerade ein, ich kannte ihn doch.»

Aber das Echo verhallte, hinterließ nirgendwo einen Hauch. Es musste von ihrem Blick abzulesen sein. Da war pure Ungläubigkeit in der Stimme des Chefs. «Sagt Ihnen der Name wirklich nichts?»

«Nein.»

Er seufzte, kratzte sich am Hals und warf dem Mann im Sportanzug einen raschen und unsicheren Blick zu. Der verhielt sich still und betrachtete die Pflanzen auf dem Schreibtisch.

Sie schienen bereits ein wenig praller. Vielleicht war es Einbildung, aber sie meinte zu sehen, wie die schlaffen Blätter neue Kraft aus der feuchten Erde saugten. Wasser war das Lebenselixier schlechthin. Vater hatte früher oft erzählt von der harten Schicht im Heideboden, die erst durchbrochen werden musste, damit das Wasser nicht davonlief, wenn es regnete.

Aber hier ging es nicht um den Heideboden, und die Stimme des Chefs verhinderte, dass sie sich an Vaters Geschichten festhielt. «Sie wollen uns also erzählen, dass da ein Fremder war. Ein Mann, den Sie noch nie zuvor gesehen hatten. Und nur weil er mit seinen Freunden laute Musik hörte, haben Sie auf ihn eingestochen wie eine Irre.»

«Sagen Sie nicht so was», fuhr sie ihn an. «Ich bin nicht verrückt. Ich bin völlig normal.»

Der Mann im Sportanzug räusperte sich verhalten und schob seinen Notizblock über die Schreibtische. Er beugte sich vor und flüsterte dem Chef etwas zu. Dabei tippte er auf eine Stelle.

Der Chef nickte und hob den Kopf wieder. «Sie haben sich nicht über die Musik geärgert, nur über das, was die beiden miteinander trieben, nicht wahr? Sie sagten ja eben, er sei über die Frau hergefallen. So war es aber nicht. Georg Frankenberg hat nichts weiter getan, als Zärtlichkeiten mit seiner Frau auszutauschen. Und die Initiative ging eindeutig von seiner Frau aus. Sie haben auf ihn eingestochen mit den Worten: ‹Hört auf, ihr Schweine.› Damit waren doch beide gemeint, oder?»

Von all den Worten blieben nur zwei haften, steckten ihr wie ein Kloß in der Kehle. Nur mit Mühe schaffte sie es, sie herauszuwürgen. «Seine Frau?»

Der Chef nickte. «Georg Frankenberg war erst seit drei Wochen verheiratet. Vorgestern sind sie von ihrer Hochzeitsreise zurückgekommen. Sie waren sozusagen noch in den Flitterwochen und sehr verliebt ineinander. Da ist es normal, dass man Zärtlichkeiten austauscht. Und auch wenn man es in der Öffentlichkeit tut, daran nimmt heutzutage niemand mehr Anstoß. Nur Sie haben sich darüber aufgeregt. Warum, Frau Bender? Was hat Sie auf die Idee gebracht, Georg Frankenberg könne seine Frau schlagen?»

Georg Frankenberg? Irgendetwas stimmte nicht. Irgendetwas war nicht so, wie sie es instinktiv erwartet hatte. Es war dasselbe irritierende Gefühl wie gleich nach der Tat, als die weißblonde Frau ihre Hand wegstieß. Seine Frau! Es verwirrte sie vollends.

«Hören Sie», sagte sie. «Es bringt nichts, wenn Sie mir so etwas erzählen und blöde Fragen stellen. Ich sage jetzt nichts mehr. Wir können eine Menge Zeit sparen, wenn Sie mein Geständnis aufnehmen. Ich habe den Mann getötet. Mehr kann ich nicht sagen.»

«Mehr wollen Sie nicht sagen», sagte der Chef. «Aber wir haben ja bereits ein paar Aussagen. Und einer der Zeugen erklärte, Sie hätten Frau Frankenberg nach der Tat in die Arme nehmen wollen. Sie haben auch zu ihr gesprochen. Erinnern Sie sich an das, was Sie gesagt haben?»

Jetzt war er wütend. Es kümmerte sie nicht. Georg Frankenberg! Und seine Frau! Wenn der Chef es sagte, musste es wohl so sein. Warum sollte ein Polizist lügen? Davon hatte er nichts. Und Gereon hatte nicht einmal mehr einen Blick für sie gehabt.

Wahrscheinlich saß er jetzt gemütlich vor dem Fernseher und schaute sich einen Film an. Das war sein Leben, Arbeit und Filme. Aber es war eher anzunehmen, dass er noch mit seinen Eltern im Wohnzimmer saß. Und alle waren wütend auf sie. Der Alte sagte: «Sie war ein Luder. Das habe ich schon gesehen, als sie zum ersten Mal hier durch die Tür kam. Wir hätten sie dahin zurückschicken sollen, wo sie hergekommen ist.»

Und Gereons Mutter sagte: «Du solltest dich von ihr scheiden lassen. Das musst du tun, schon wegen der Leute. Dass sie nicht denken, wir wollten mit so einer was zu tun haben.»

Und Gereon nickte. Er nickte zu allem, was seine Eltern vorschlugen. Und wenn ihm nicht anschließend jemand erklärte, es sei Unsinn, tat er es auch.

Es war niemand mehr da, der ihm etwas erklärte. Aber er fand bestimmt rasch eine andere. Er war ein gut aussehender, junger, gesunder Mann. Er hatte ein Haus. Er verdiente nicht schlecht, dafür hatte sie noch gesorgt. Und eines Tages sollte er den Betrieb übernehmen, Chef sein in der eigenen Firma. Er konnte einer Frau etwas bieten, nicht nur finanziell.

Er trank nicht. Er prügelte nicht, er ging jeder Auseinandersetzung aus dem Weg. Er hatte Zärtlichkeit, doch, die hatte er. Sie hätte noch jahre- und jahrzehntelang mit ihm schlafen können, wenn er am Heiligabend nicht versucht hätte, sie auf diese Weise zu küssen. Wahrscheinlich konnte er jede andere Frau damit glücklich machen.

Ihm war eine zu gönnen, die ihn lieben konnte, wie er es verdient hatte. Die es genoss, mit ihm im Bett zu liegen. Die dem Moment entgegenfieberte, wo er an ihr herunterrutschte, die das auch für ihn tat. Es tat weh, sich das vorzustellen, aber sie wünschte ihm von ganzem Herzen, dass er recht bald so eine Frau fand. Er war ein Spießer auf seine Art. Aber er war ein ganz normaler Mann. Und sie … war auch normal. Völlig normal! Das war sie von Kind an gewesen. Grit Adigar hatte es damals gesagt.

Das war das Schlimmste, was ich als Kind begreifen musste: Bei uns war keiner normal. Ich weiß nicht mehr genau, ab wann ich wusste, dass ich dazugehörte und dass sich für mich nie etwas ändern würde. Ich weiß auch nicht mehr, ob es einen besonderen Anlass gab oder ob das Begreifen ein allmählicher Prozess war. Irgendwann wusste ich eben, dass dieses scheußliche Weib meine leibliche Mutter war. Wenn ich mich mit ihr in der Stadt hätte zeigen müssen, ich hätte sie verleugnet wie Petrus den Erlöser. Aber das änderte nichts an den Tatsachen, überhaupt nichts an diesem elenden Leben.

Vater bemühte sich, es für mich ein bisschen erträglicher zu machen. Aber was konnte er schon tun? Da war der Tag, an dem ich eingeschult wurde. Vater hatte mir in Hamburg einen Ranzen gekauft und ein blaues Kleid. Es war ein hübsches Kleid mit kleinen weißen Knöpfen auf der Brust, einem weißen Kragen und einem Gürtel zum Binden.

Ich musste es – weil Eitelkeit auch eine Sünde ist – am nächsten Tag vor dem Altar im Wohnzimmer verbrennen. In einem Blecheimer. Mutter stand mit einer gefüllten Wasserkanne daneben, damit uns nicht das Haus in Flammen aufging.

Vater schüttelte den Kopf, als ich es ihm abends erzählte. Er erklärte mir, dass Mutter katholisch sei und dass es da ein bisschen strenger wäre. Und später, als wir im Bett lagen, erzählte er mir von der ersten Schule in Buchholz.

Sie war 1654 erbaut worden, erzählte er. Und sie hatte nur zwei Stuben gehabt. Die Schulstube war auch die Wohnstube der Lehrersfamilie gewesen. Und die Leute schickten ihre Kinder nicht hin, weil sie sie für die Arbeit auf dem Hof brauchten. Weil sie selbst nicht lesen und schreiben konnten und es deshalb nicht für so wichtig hielten. Dass aber heute jeder wüsste, wie wichtig es sei, lesen und schreiben zu können, erklärte Vater. Und dass in der Schule jeder in seinen eigenen Händen hielte, was aus ihm wurde.

Das war seine Art, mir zu sagen: «Tu für dich, was du kannst, Cora. Ich kann dir leider nicht helfen.»

Er sagte, es sei nicht wichtig, was man anziehe, es zähle nur, was man im Kopf habe. Die Kinder früher seien in Lumpen gegangen und hätten keine Schuhe gehabt. Na ja, Schuhe hatte ich. Und Lumpen musste ich auch nicht anziehen an meinem ersten Schultag. Ich kam mir trotzdem vor wie aus einem Mülleimer gestiegen unter all den herausgeputzten Mädchen.

Den neuen Ranzen auf dem Rücken wie die anderen auch. Aber in einem alten sackartigen Kleid, das Mutter eigens zur Buße aus dem Schrank gekramt hatte, obwohl es mir zu eng war. Ich roch nach Mottenkugeln und kam mit leeren Händen. Alle anderen hielten mit Süßigkeiten gefüllte Tüten im Arm.

Zum Glück hatte Mutter keine Zeit, mich auf meinem ersten Schulweg zu begleiten. Sie wussten es trotzdem alle. Man glaubt nicht, wie schnell sich so etwas herumspricht.

Ich war vom ersten Schultag an die Außenseiterin, weil ich eine kranke Schwester hatte. Ja, sie lebte noch. Die Ärzte wunderten sich alle paar Monate aufs Neue, aber das kümmerte Magdalena nicht. Ich dachte oft, das sei ihre Rache an mir. Ich hatte ihr in Mutters Bauch die Kraft weggefressen, dafür lebte sie jetzt eisern weiter, und die halbe Zeit gab es nichts zu essen.

Es gab auch keine Freundinnen. Nicht einmal Kerstin und Melanie Adigar wollten auf dem Schulhof etwas mit mir zu tun haben. Sie hatten Angst, ebenfalls ausgelacht zu werden. In der großen Pause stand ich abseits, jeden Tag, jede Woche, jeden Monat. Die anderen spielten und tobten. Ich musste innere Einkehr halten, den Erlöser um Verzeihung und Kraft für mich und um Gnade und den nächsten Tag für Magdalena bitten.

Seit ich zur Schule ging, war es schlimmer geworden mit ihr. Ich brachte häufig etwas mit, Husten, Schnupfen oder Halsweh. Sie steckte sich regelmäßig an, obwohl ich nicht in ihre Nähe kam. Und wenn ich nur einmal geniest hatte, Magdalena traf es wie ein Hammerschlag.

Mutter schob die sich häufenden Krankheiten der Tatsache zu, dass ich nicht mehr so viel Zeit zum Beten hatte. Der Vormittag fiel ja weg. Da musste ich wenigstens in der großen Pause meine Pflicht tun. Das tat ich auch. Die Erkenntnis, dass Magdalena wirklich und wahrhaftig meine Schwester war, hatte mich irgendwie gelähmt. Es hieß doch, dass ich, so lange sie lebte, ebenso gezeichnet und abgestempelt war wie sie.

Ich wünschte ihr nicht den Tod – wirklich nicht. Aber ich wollte auch Freundinnen haben, die auf dem Schulhof mit mir spielten und am Nachmittag zu mir kamen. Ich wollte sonntags spazieren gehen und mit meinen Eltern in der Eisdiele sitzen. Mit einer Mutter, die Zeit genug gehabt hatte, sich vorher zu waschen, zu frisieren und ein hübsches Kleid anzuziehen. Dass sie sich mal die Nägel lackierte oder die Lippen nachzog wie Grit Adigar, hätte ich ja gar nicht von ihr verlangt.

Ich wollte einen Vater haben, der lachen konnte. Der mir nicht immer nur von früher erzählte, von Dingen, die längst tot und vermodert waren. Der nicht nachts ins Bad schleichen musste, um mit seiner Sünde zu kämpfen. Der einmal von morgen sprach oder vom nächsten Wochenende. Der einmal, nur ein einziges Mal sagte: «Wir könnten den Hamburger Dom besuchen! Zuckerwatte essen und Riesenrad fahren.»

Ich wollte Einkäufe machen mit Mutter. Ich wollte, dass sie mich im Laden fragte, ob ich eine Tafel Schokolade oder lieber einen Beutel Kartoffelchips haben möchte. Ich wollte nicht immer nur hören, dass ich ein schlechter und gieriger Mensch sei.

Das Kind, das die ganze Kraft aus ihrem Bauch für sich allein genommen hatte. Verdammt nochmal! Ich hatte es nicht mit Absicht getan. Ich hatte doch nicht ahnen können, dass nach mir noch eine käme, die auch Kraft brauchte.

Manchmal versuchte ich, Mutter das Geständnis abzulocken, dass sie es ein bisschen übertrieben darstellte. Ich fing solche Gespräche sehr geschickt an. Es war trotzdem eine sinnlose Sache. Wenn ich Mutter erklärte, dass ich meine Schlechtigkeit eingesehen hätte und dagegen ankämpfte, schaute sie mich nur an, als wolle sie sagen: «Es wurde aber auch höchste Zeit.»

Wenn ich ihr sagte, dass die Kinder in der Schule über mich lachten, sagte sie: «Der Erlöser ist auch verspottet worden. Sogar noch, als er sterbend am Kreuz hing. Und er richtete seine Augen zum Himmel und sagte: Vater, vergib ihnen, denn sie wissen nicht, was sie tun. Was lernst du daraus?»

Wie ich diesen Satz hasste!

Es war nicht ratsam, Mutter auch nur den kleinsten Einblick in das zu geben, was ich tatsächlich lernte. Lesen, schreiben, rechnen und lügen. Mich bei der Lehrerin einschmeicheln, damit sie einschritt, wenn die anderen zu laut über mich lachten und dabei noch mit den Fingern auf mich zeigten. Meine Schwester zu hassen, das vor allem lernte ich.

Ich hasste Magdalena damals wirklich und so inbrünstig, wie man es nur als Kind kann. Wenn ich sie in der Küche liegen sah, ihr Quietschen und Stöhnen hörte, hoffte ich immer, dass ihr alles wehtat, was überhaupt wehtun kann.

Das änderte sich erst nach diesem Tag im Mai. Es war im Jahr nach meiner Einschulung. Für mich war es ein normaler Tag. Niemand sagte morgens etwas Besonderes. Mit Ausnahme der Lehrerin, die mir in der Pause die Hand drückte und mich anlächelte. «Nun bist du auch schon sieben Jahre alt, Cora.»

Ich kam mittags um die übliche Zeit heim. Mutter öffnete mir und schickte mich gleich ins Wohnzimmer. Eine Mahlzeit gab es nicht, kein Topf auf dem Herd, auch kein Brot auf dem Tisch. Das Brot lag oben im Küchenschrank hinter einer verschlossenen Tür. Den Schlüssel trug Mutter immer bei sich nach dem Motto: «Und führe uns nicht in Versuchung!»

Mutter ging wieder hinauf sich um Magdalena kümmern. Anfang April hatte ich ihr einen Schnupfen aus der Schule mitgebracht, von dem sie sich nicht erholte. Ihre Nase blutete häufig, ohne dass sie sie geputzt oder sich gestoßen hätte. Auch wenn Mutter ihr die Zähne putzte, spuckte sie Blut. Sie musste sich oft übergeben, dabei aß sie kaum etwas. Überall an ihrem Körper waren blaue und rote Flecken. Die Haare fielen ihr aus. Sie hatte ständig Durchfall. Mutter wagte es nicht, mit ihr nach Eppendorf zu fahren, aus Furcht, Magdalena müsse noch einmal operiert werden. Jeden Abend, wenn wir am Tisch saßen, hieß es: «Beten wir für morgen.»

Am späten Nachmittag kam Vater heim. Da hockte ich immer noch mit knurrendem Magen unter einem Strauß frischer Rosen. Sie waren so lang, dass sie das Kreuz um etliches überragten. Wegen der Rosen hatten wir sonntags nur eine Suppe mit grünen Bohnen gegessen, kein noch so winziges Stückchen Wurst darin. Vater kam durch die Küche herein und rief leise nach mir. Ich ging zu ihm und sah, dass er etwas in der Hand hielt.

Eine Tafel Schokolade! Schon als ich sie sah, bäumte sich mein Magen auf. Vater küsste mich und flüsterte: «Die schenke ich dir zu deinem Geburtstag.»

Ich wusste von anderen Kindern aus der Klasse, was ein Geburtstag ist. Und wenn Grits Töchter Geburtstag hatten, gab es nebenan ein Riesenfest mit Negerküssen, Kartoffelchips und Eis. Dass ich auch einen Geburtstag haben könnte, darüber war bis dahin nie gesprochen worden.

Vater erklärte, jeder Mensch hätte so einen Tag und fast alle feierten ihn. Dass sie sich Freunde einluden, Kuchen aßen und Geschenke bekamen. Während er sprach, ließ er die Tür zum Flur nicht aus den Augen. Über uns hörten wir Mutter rumoren. Sie hatte kurz zuvor versucht, Magdalena ein paar Löffel Hühnerbrühe einzuflößen. Nach dem dritten Löffel hatte Magdalena sich erbrochen. Mutter musste das Bett frisch beziehen. Danach hatte sie Magdalena ins Bad getragen, um sie zu waschen.

Dann kam Mutter in die Küche. Wir hatten sie nicht gehört auf der Treppe. Ich hatte mir gerade den ersten Riegel Schokolade in den Mund geschoben. Sie kam zur Tür herein. Nach zwei Schritten erstarrte sie. Ihr Blick ging zwischen meiner Hand und meinem Mund hin und her, ehe sie sich Vater zuwandte.

«Wie kannst du so etwas tun?», fragte sie. «Während die eine nicht den kleinsten Bissen im Leib behält, fütterst du die andere mit Süßigkeiten.»

Vater senkte den Kopf und murmelte: «Sie hat doch Geburtstag, Elsbeth. Andere Kinder werden mit Geschenken überhäuft, da kommt die Verwandtschaft, jeder bringt etwas mit. Sieh nur, wie es nebenan ist. Grit holt die ganze Straße zusammen. Und hier …»

Weiter kam er nicht. Mutter wurde nicht laut, das wurde sie nie. «Hier», unterbrach sie ihn sanft, «zählt nur ein Geburtstag, der unseres Erlösers. Und an ihn werden wir uns jetzt wenden, ihn bitten, dass er uns Kraft gibt, den vielen Versuchungen zu widerstehen. Wenn wir nicht alle reinen Herzens sind, wie soll er denn Erbarmen haben?»

Dann streckte sie die Hand aus und verlangte von mir: «Gib das her und zünde die Kerzen an.»

Und dann hockten wir zu dritt auf dem Bänkchen, fast eine Stunde lang. Anschließend schickte Mutter mich ins Bett. Sie fragte, ob ich bereit sei, auf das Abendessen zu verzichten. Ich dürfe nicht einfach nur ja sagen. Ich müsse wirklich bereit sein, ein Opfer zu bringen.

Ich hatte entsetzlichen Hunger, aber ich nickte, ging hinauf und legte mich ins Bett, ohne die Zähne zu putzen. Mir war übel, ich hatte Bauchweh und wünschte mir, auch einmal richtig krank zu werden. Oder zu sterben, vielleicht zu verhungern.

Einschlafen konnte ich nicht. Ich lag noch wach, als Vater ins Zimmer kam. Das muss so gegen neun gewesen sein. Er ging immer um neun ins Bett, wenn er früh von der Arbeit gekommen war, auch im Sommer, wenn es draußen noch hell war. Was hätte er sonst tun sollen? Andere Leute schauten sich abends einen Film im Fernsehen an. Oder sie hörten eine Sendung im Radio, lasen in einer Zeitung oder einem Buch.

So etwas gab es bei uns nicht. Außer den Büchern, Mutters Bibeln. Sie hatte mehrere. Ein Altes Testament und ein Neues Testament und ein Testament für Kinder. Da waren auch Bilder drin und nur die schönen Geschichten von den Wundern, die der Erlöser getan hatte.

Aus dem Buch las Mutter Magdalena oft vor. Dann zeigte sie ihr die Bilder und erzählte ihr, dass sie eines Tages als reiner Engel auf einem kleinen Bänkchen vor dem Thron Seines Vaters sitzen und mit den anderen Engeln jubilieren dürfe. In den Wochen damals nicht. Magdalena war zu schwach, um ihr zuzuhören. Mutter versuchte es zwar, doch wenn sie zu erzählen oder zu lesen anfing, drehte Magdalena den Kopf zur Seite.

Als Vater die Tür hinter sich schloss, hörte ich ihn murmeln: «Das haben wir bald überstanden. Und dann hört der Zirkus auf, oder ich geb ihr einen Tritt in den Hintern.» Er schlug sich mit einer Faust in die Hand, hatte noch nicht bemerkt, dass ich nicht schlief.

Sein Name war Rudolf Grovian. Manche sprachen ihn absichtlich falsch aus, dann klang es nach Brutalität. Aber er war kein gewalttätiger Mann, im Gegenteil; im privaten Bereich hätte er von Zeit zu Zeit härter durchgreifen müssen, das wusste er. Er war zweiundfünfzig Jahre alt, seit siebenundzwanzig Jahren verheiratet, seit fünfundzwanzig Jahren Vater.

Seine Tochter war immer ein aufsässiges Geschöpf gewesen, das unverschämte Forderungen stellte und den Eltern auf der Nase herumtanzte. Es war seine Schuld. Er hätte die Erziehung nicht allein seiner Frau überlassen dürfen. Mechthild war zu nachgiebig und zu gutgläubig. Sie schaffte es nicht, Grenzen zu ziehen, nahm jeden Unsinn, der ihr aufgetischt wurde, für bare Münze. Wenn er früher etwas gesagt hatte, hieß es nur: «Rudi, lass sie doch, sie ist noch so klein.»

Später war sie größer und ließ sich nichts mehr sagen, von ihm bestimmt nicht. Und Mechthild legte sich den Standardsatz zu: «Reg dich nicht auf, Rudi, denk an deine Galle. So sind sie in dem Alter.»

Seit drei Jahren war seine Tochter nun verheiratet und tanzte einem tüchtigen, netten jungen Mann auf der Nase herum. Vor zwei Jahren hatte sie einen Sohn bekommen. Und Rudolf Grovian hatte gehofft, dass sie zur Vernunft käme, ihre Verantwortung begriff und ihre Ansprüche zurückschraubte.

Ausgerechnet an dem Samstag hatte er schmerzlich einsehen müssen, dass manche Hoffnungen die Zeit nicht lohnten, die man darauf verwendete. Er hatte den Nachmittag bei der Geburtstagsfeier seiner Schwägerin verbracht. Tochter, Schwiegersohn und Enkel waren selbstverständlich auch eingeladen gewesen. Tochter und Enkel tauchten auf, sein Schwiegersohn ließ sich nicht blicken.

Rudolf Grovian schnappte ein paar Fetzen aus der Unterhaltung zwischen Frau und Tochter auf, die Anlass zu schlimmsten Befürchtungen gaben. «Anwalt», das Wort hörte er mehrfach. Und sich einzureden, es ginge eventuell um eine Verkehrssache oder eine Mietstreitigkeit, so naiv war er nicht.

Er nahm sich vor, im Laufe des Abends ein ernstes Wort mit seiner Tochter zu reden, obwohl er wusste, dass es zwecklos war und ihm danach nur die Galle überlief. Und bevor es dazu kam, wurde er weggeholt. Das brachte der Beruf hin und wieder mit sich.

Rudolf Grovian war Hauptkommissar bei der Polizeibehörde im Erftkreis, Leiter des Ersten Kommissariats. Er hätte – dem Alter und den Parallelen nach – Cora Benders Vater sein können. Stattdessen war er der Chef, der sie mit seinen Fragen nicht vorwärts, sondern zurückschob. Langsam, aber stetig immer weiter zurück, mitten hinein in den Wahnsinn, den sie mehr fürchtete als den Tod.

Es war ein unheilvolles Aufeinandertreffen für beide Seiten: Der Polizist, der im Privatleben ein oft gereizter und manchmal schuldbewusster Vater war, und die Frau, die mit dem Wissen lebte, dass Väter nicht helfen konnten, dass alles nur schlimmer wurde, wenn sie es versuchten.

Möglich, dass Rudolf Grovian an diesem Samstag ein wenig gereizter war als sonst. Trotzdem tat er seine Arbeit, wie er es gewohnt war – neutral und distanziert.

Als er über das Geschehen am Otto-Maigler-See benachrichtigt wurde, fuhr er zur Dienststelle, trommelte alle erreichbaren Kollegen für die Vernehmungen zusammen, auch die, die sich sonst nicht mit Kapitaldelikten befassten.

Es ging trotz des Wochenendes zügig voran. Das ganze Völkchen wurde auf die umliegenden Räume verteilt. Er sprach mit jedem, um sich einen ersten Eindruck zu verschaffen. Die Leute gaben sich alle erdenkliche Mühe, auch die kleinste Kleinigkeit zu erwähnen.

Doch alles bezog sich auf das unmittelbare Tatgeschehen. Es gab keinen Hinweis, was die Katastrophe ausgelöst hatte. In solchen Fällen, das wusste er aus Erfahrung, lag der Auslöser entweder in der Vergangenheit oder in der Natur des Täters. Dass eine Täterin blindwütig auf einen ihr völlig Fremden losging, mit solch einem Fall hatte Rudolf Grovian noch nie zu tun gehabt und auch noch nie von einem gehört.

Frauen ertränkten ihre Kinder, schlugen ihren Männern im Schlaf die Köpfe ein, vergifteten oder erstickten ihre pflegebedürftigen Mütter, wenn sie nicht mehr ein noch aus wussten; Frauen waren Beziehungstäterinnen. Und alles, was Rudolf Grovian zwischen sieben und neun Uhr am Samstagabend hörte, passte in das gängige Muster.

Die wichtigste Aussage bekam er von Georg Frankenbergs Freund und Arbeitskollegen Winfried Meilhofer. Wie das Opfer war Meilhofer Arzt an der Uniklinik in Köln, ein nüchterner Mann, der sich trotz seines Schocks nur einen Satz erlaubte, der keine Fakten enthielt. Wie das göttliche Strafgericht sei die Frau über sie gekommen.

Er sei wie gelähmt gewesen, hatte Meilhofer gesagt, habe

einfach nicht reagieren können. Es habe auch so ausgesehen, als werde Frankie allein mit der Frau fertig. Nach dem ersten Stich, der keinesfalls tödlich gewesen sein konnte, habe er ihr Handgelenk umfasst.

Bestätigt wurde das von einem Familienvater. «Ich verstehe das nicht. So ein großer, kräftiger Kerl. Er hatte sie doch gepackt! Und dann ließ er sie wieder los. Ich hab's genau gesehen. Sie hat sich nicht etwa losgerissen. Er hätte sie ohne Mühe festhalten können. Aber er ließ sich widerstandslos von ihr abschlachten. Und wie er sie angeschaut hat dabei! Es kam mir so vor, als ob er sie kennt und genau weiß, warum sie es tut.»

Zur Vermutung des Mannes, Georg Frankenberg habe Cora Bender gekannt oder erkannt, zuckte Winfried Meilhofer die Achseln. «Kann sein, ich weiß es nicht. Als wir kamen, waren da nur der Mann und das Kind. Die Frau kam später – aus dem Wasser glaube ich. Mir fiel sie auf, weil sie Frankie und Ute so merkwürdig betrachtete. Ich hatte das Gefühl, sie erschrak. Nur glaube ich nicht, dass Frankie sie bemerkt hat. Ich wollte ihn noch auf sie aufmerksam machen. Aber dann setzte sie sich und beachtete uns nicht weiter. Und ich habe mich auch nicht mehr um sie gekümmert. Als es passierte ... Frankie starrte sie an und sagte etwas. Ich habe es nicht verstanden. Es tut mir Leid, Herr Grovian, dass ich Ihnen nicht mehr sagen kann. Ich kenne Frankie erst seit zwei Jahren. Und ich kenne ihn als einen ruhigen, besonnenen Mann. Ich kann mir kaum vorstellen, dass er einer Frau Grund für solch einen Wahnsinn gegeben hat. ‹Er wird dich nicht schlagen›, hat sie zu Ute gesagt. Frankie war nicht der Typ, der eine Frau schlägt. Im Gegenteil, Frauen waren ihm irgendwie heilig.»

Winfried Meilhofer sprach von einer Andeutung, die Frankie einmal gemacht hatte. Dass er zu Beginn seines Studiums ein Mädchen kennen gelernt habe, bis über beide Ohren verliebt gewesen sei. Dann sei das Mädchen bei einem Unfall gestorben.

Winfried Meilhofer sagte: «Er hat es nicht ausdrücklich betont, aber so wie er sprach, hatte ich den Eindruck, er war dabei, als dieses Mädchen starb. Und er kam nicht darüber hinweg. Ich glaube nicht, dass er danach noch eine Affäre hatte. Bis vor sechs Monaten, als er Ute kennen lernte, gab es für ihn nur den Beruf. Er hat es nie verkraftet, dass er einmal nicht helfen konnte.»

Winfried Meilhofer erinnerte sich an eine Begebenheit, die bezeichnend war für Frankies Einstellung zu Frauen und Beruf. Sie hatten eine Patientin verloren, eine junge Frau – Lungenembolie nach einem Routineeingriff. Es lag ein knappes Jahr zurück. So etwas konnte geschehen. Man musste sich damit abfinden. Frankie schaffte das nicht. Er war wie von Sinnen, brach der Toten zwei Rippen bei dem Versuch, sie zu reanimieren. Anschließend betrank er sich und wollte nicht heimgehen.

Winfried Meilhofer mochte ihn nicht allein lassen. Sie gingen zusammen in eine Kneipe. Im Hintergrund lief Musik. Frankie sprach über die tote Patientin, dass er nicht begreife, wie eine junge Frau einem so plötzlich unter den Händen wegsterben könne. Dann begann er unvermittelt von seiner Musik zu erzählen. Von den wilden Wochen in seinem Leben; dem Schlagzeug. Dass ein Freund ihn dazu überredet habe. Dass es ein großer Fehler gewesen sei, dass er sich besser aufs Studium konzentriert hätte.

Erst nach Stunden ließ er sich von Winfried Meilhofer in seine Wohnung bringen. Er machte die Andeutung über das Mädchen, das er geliebt und an den Tod verloren hatte. Dann zeigte er Meilhofer das Band, das Ute am See eingelegt hatte. Frankie spielte es auch ab, saß auf dem Boden und trommelte den Takt mit den Fäusten in die Luft. «Ich muss es jeden Abend hören», sagte er. «Wenn ich es höre, ist sie bei mir. Ich kann sie fühlen. Und wenn ich sie fühle, kann ich einschlafen.»

Ein sonderbarer Mann, dieser Georg Frankenberg, sehr ernst, sehr verantwortungsbewusst, manchmal depressiv, mit einer fatalen Neigung zu schnellen Autos. Es konnte einem schon der Verdacht kommen, dass er nicht allzu sehr an seinem Leben hing. Winfried Meilhofer hatte mehr als einmal befürchtet, ihn nach einem Wochenende nicht lebend wieder zu sehen. Erst Ute hatte ihn aus seiner Melancholie gerissen.

Nach den Informationen über das Opfer hoffte Rudolf Grovian, von Gereon Bender ein wenig zur Vorgeschichte der Täterin zu erfahren. Man hatte Cora Benders Ehemann mit Rücksicht auf das kleine Kind angeboten heimzufahren. Man wollte ihm folgen und daheim mit ihm reden.

Dagegen hatte Gereon Bender heftig protestiert. Er wollte im Kreis der Zeugen nicht die große Ausnahme sein. In Polizeibegleitung nach Hause fahren, unmöglich! Wenn alle zur Dienststelle beordert wurden, wollte er auch dahin. Das Kind stelle kein Problem dar. Der Kleine war auch sehr brav, saß auf dem Schoß seines Vaters, knabberte an einem Keks und verlangte nur einmal nach seiner Mutter. «Mama gehen.»

Die dünne Kinderstimme saß Rudolf Grovian noch Tage später wie ein Stachel im Fleisch. Und Gereon Bender erklärte nachdrücklich: «Ich weiß nicht, warum sie plötzlich durchgedreht ist. Ich weiß überhaupt nichts. Sie hat nie was erzählt, nur mal was von einem Unfall früher. Aber wir hatten keine Probleme. Mit meinem Vater hatte sie manchmal ein bisschen Ärger, weil sie sich nichts von ihm gefallen ließ. Was sie wollte, setzte sie auch durch. Und sie hat immer gesagt, dass sie mit mir sehr glücklich ist.» Letzteres entsprach wohl nicht ganz den Tatsachen.

Berrenrath, der Kollege von der Schutzpolizei, der als einer der Ersten am Tatort eingetroffen war, hatte etwas Interessantes aufgeschnappt. Als man Cora Bender von Georg Frankenbergs Leiche fortführte, hatte ihr Mann heftig auf sie eingeschrien und sie beschimpft. Sie war ruhig geblieben, hatte sich noch einmal zu ihm umgedreht und gesagt: «Es tut mir Leid, Gereon, ich hätte dich nicht heiraten dürfen. Ich wusste ja, was ich mit mir herumschleppe. Jetzt bist du frei. Du wärst es ab heute so oder so gewesen. Ich wollte schwimmen gehen.»

Eine aufschlussreiche Bemerkung, fand Rudolf Grovian. Er hatte seine Schlüsse daraus gezogen und einige Punkte gesammelt, die seine Ansicht zu bestätigen schienen: zwei voneinander unabhängige Hinweise auf einen ‹Unfall› in früheren Jahren und zwei Aussagen, die – auch wenn sie nur auf persönlichen Eindrücken beruhten – den Verdacht untermauerten; Opfer und Täterin waren sich am Otto-Maigler-See nicht zum ersten Mal begegnet.

Dass Georg Frankenbergs Reaktion auf den Angriff sich allein in Schreck und Schock begründen könnte, zog Rudolf Grovian anfangs nicht in Betracht. Er ging vom Naheliegenden aus.

Er hatte, als er Cora Bender kurz nach neun gegenübertrat, ein zitterndes Bündel mit blutig geschlagenem Gesicht gesehen, ein Häufchen Elend mit einem zugeschwollenen Auge und einem, in dem nackte Panik flackerte. Und Berrenrath hatte ihn darauf hingewiesen: «Die pfeift aus dem letzten Loch, Herr Grovian. Sie will's unbedingt loswerden. Aufgeräumt hat sie. Ich glaube, wenn ich sie gelassen hätte, hätte sie Ihnen das Büro auf Hochglanz gebracht.» Auf Berrenraths Menschenkenntnis konnte man sich im Allgemeinen verlassen.

Rudolf Grovian hatte damit gerechnet, dass sie ihm innerhalb kürzester Zeit heulend und um Verständnis bettelnd die rührend tragische Geschichte einer früheren Liebe und eines großen Irrtums oder sonst etwas erzählte, was eine nachvollziehbare Motivation für ihre Tat lieferte.

Doch schon nach wenigen Minuten hatte er Mühe, am bewährten Konzept Ruhe und Freundlichkeit festzuhalten. Momentan war er nahe daran, mit der Faust auf den Tisch zu schlagen und diesem Herzchen klarzumachen, dass auf jeden Blitz ein Donner folgte. «Ist Ihre Frage damit umfassend genug beantwortet?» Soviel Kaltschnäuzigkeit hatte er noch nie erlebt.

Wie ein Granitblock saß sie ihm gegenüber. Das Herzklopfen sah er nicht. Und die grauroten Schwaden im Hirn trieben ihr auch nicht zu den Ohren hinaus. Seine letzte Frage hatte sie noch nicht beantwortet. Es sah aus, als wolle sie ihre Drohung wahr machen. «Ich sage nichts mehr.» Er wartete darauf, dass ihre Miene sich den Worten anpasste und sich verschloss. Aber es kam anders.

Das zerschlagene Gesicht entspannte sich plötzlich. Der Blick richtete sich nach innen, die Hände im Schoß lockerten den eisernen Griff und lagen wie vergessen auf den Oberschenkeln. Ein paar Minuten lang war sie nur nett und adrett in ihrem Jeansrock, dem weißen T-Shirt und den Sandalen an den nackten Füßen. Die junge Frau von nebenan, der man ohne Bedenken die eigenen Kinder für ein paar Stunden anvertraut. Die Seele im Familienbetrieb des Schwiegervaters, müde und erschöpft nach einem anstrengenden Tag.

Er betrachtete sie unschlüssig und rief sie zweimal beim Namen. Sie reagierte nicht. Für einen Moment spürte er Unbehagen wie einen Kälteschauer über den Rücken ziehen. Die Schlagspuren in ihrem Gesicht waren ihm nicht geheuer. Dass sie – entgegen ihren wiederholten Behauptungen – nicht völlig in Ordnung war, stand außer Frage. Nur bezog er das mehr auf ihre körperliche als auf ihre seelische Verfassung. Dass sie ihren Verstand nur noch auf einem schmalen Grat balancierte, war für ihn nicht zu erkennen. Aber mehrere heftige Fausthiebe gegen den Kopf …

Winfried Meilhofer hatte gesagt: «Ich dachte, er schlägt sie tot.» Es war nicht auszuschließen, dass sie eine innere Verletzung erlitten hatte, die sich erst nach Stunden bemerkbar machte. Man hörte so etwas gelegentlich nach Schlägereien. Wenn sie ihm hier zusammenbrach …

Er hätte sich nicht auf das verlassen dürfen, was sie sagte. Sie brauchte doch einen Arzt. Wahrscheinlich brauchte sie auch einen, der ihr bezüglich der von ihm vermuteten Selbstmordabsicht auf den Zahn fühlte.

Es war normalerweise nicht seine Art, Verantwortung abzuschieben, aber plötzlich wünschte er, der Staatsanwalt wäre gekommen und hätte entschieden. Weitermachen? Oder zum Haftrichter? Oder besser ins nächste Krankenhaus, den Kopf röntgen lassen, damit einem später keine Versäumnisse angekreidet werden konnten?

Der Staatsanwalt war gerade mit einer anderen Sache beschäftigt. In einer Kölner Kneipe hatten sie einen geschnappt, der im Verdacht stand, vor ein paar Wochen seiner Freundin den Schädel gespalten zu haben. Rudolf Grovian war am Telefon leicht unwillig abgefertigt worden. «Ich bin mitten in einer Vernehmung. Ich komme morgen früh und hole mir die Unterlagen. Wenn Sie mit der Frau fertig sind, schaffen Sie sie zum Haftrichter nach Brühl. Es ist doch alles so weit klar, oder?»

Klar war überhaupt nichts, solange sie behauptete, ihr Opfer nicht gekannt zu haben. Aber für den Haftrichter genügten die Zeugenaussagen. Um den Rest konnte sich der psychologische Sachverständige kümmern. Es wurde garantiert einer eingeschaltet. Sollte der sich die Zähne an ihr ausbeißen.

Etwas in Rudolf Grovian war der Meinung, er solle zusehen, sie sich so rasch wie möglich vom Hals zu schaffen. Sie hatte etwas an sich, was ihn wütend machte und – auch wenn er sich das niemals eingestanden hätte – verunsicherte. Je länger er schwieg, umso deutlicher fühlte er ihn, den ersten leisen Zweifel. Was nun, wenn sie die Wahrheit sagte?

Blödsinn! Das gab es nicht, dass eine unbescholtene Ehefrau und Mutter aus nichtigem Anlass auf einen ihr völlig Fremden einstach.

Sie spielte mit ihrem Ehering. Unter ihren Fingernägeln waren noch Reste von Blut zu erkennen. Sie begann daran zu zupfen. Ihre Hände fingen erneut zu zittern an. Sie hob den Kopf und schaute ihm ins Gesicht. Ein Blick wie ein Kind, ratlos und verloren. «Hatten Sie mich etwas gefragt?»

«Ja, hatte ich», sagte er. «Aber anscheinend können Sie sich nicht mehr konzentrieren. Ich denke, wir machen Schluss für heute, Frau Bender. Wir reden morgen weiter.»

Das war die beste Lösung. Vielleicht war sie nach einer Nacht in der Zelle zugänglicher. Vielleicht nutzte sie die Zeit auch, um ihre ursprüngliche Absicht erneut in Angriff zu nehmen. Schwimmen gehen! Da gab es ja auch noch andere Methoden. Er musste die Kollegen instruieren, dass sie nicht eine Sekunde ohne Aufsicht war. Und beim geringsten Anzeichen war die Sache für ihn ohnehin erledigt. So wie damals, als seine Tochter verkündete, dass sie heiraten wolle. Aufgeatmet hatte er und gedacht, nun hätte er endlich seine Ruhe.

«Nein, nein», erklärte sie rasch. «Es geht mir gut. Es geht einem nur manchmal so viel auf einmal durch den Kopf.» Das Zittern der Hände verstärkte sich und griff auf Arme und Schultern über. «Entschuldigen Sie, wenn ich nicht bei der Sache war. Ich musste an meinen Mann denken. Das hat ihn sehr aufgeregt. Ich habe ihn noch nie so wütend erlebt.»

Es klang, als habe sie eine Beule in den Wagen ihres Mannes gefahren. Ihre Energie hatte merklich nachgelassen. Sie betrachtete ihre Hände, schien voll und ganz darauf konzentriert, nicht die Beherrschung zu verlieren. Und er fragte sich, was passieren mochte, wenn sie sie verlor. Ein Tränenausbruch? Endlich die Wahrheit? Oder eine Wiederholung der Szene vom See?

Der Zweifel meldete sich erneut und diesmal etwas lauter. Was, verdammt nochmal, war sie? Eine junge Frau, die sich plötzlich mit einem unangenehmen Bestandteil ihrer Vergangenheit konfrontiert gesehen hatte, oder eine von diesen wandelnden Zeitbomben, die ihrer Umgebung jahrelang Harmlosigkeit und Normalität suggerierten, um dann ohne erkennbaren Grund zu explodieren? Ob sie auf ihn losgehen würde?

Er war näher als Werner Hoß, der Mann im Sportanzug, der hinter dem Schreibtisch saß wie eine Gipsfigur. Es war sein Bereitschaftsdienst, und normalerweise war Hoß nicht so zurückhaltend. Aber normalerweise war er auch einer Meinung mit ihm. Diesmal nicht.

Als sie zu dritt vor der Tür gestanden hatten, als Berrenrath seine Ansicht über das Pfeifen auf dem letzten Loch verkündete und Rudolf Grovian kurz umriss, was nach Einschätzung der Zeugenaussagen seiner Meinung nach passiert war, hatte Hoß den Kopf geschüttelt. «Ich weiß nicht, das müsste aber ein verdammt großer Zufall gewesen sein. Da ist eine Frau mit ihrem Mann kreuzunglücklich, will sich umbringen, und ausgerechnet in der Situation stolpert sie über einen, mit dem sie früher mal was hatte. Da könnte ich mir eher vorstellen, dass bei ihr etwas ausgesetzt hat, als sie sich ansehen musste, wie die Frankenbergs miteinander umgingen.»

Ihre Stimme riss Rudolf Grovian aus seinen Überlegungen, klein und ängstlich war sie geworden. «Könnte ich jetzt vielleicht doch einen Kaffee haben, bitte?»

Er war versucht abzulehnen. Hier gibt's erst Kaffee, wenn wir alle zufrieden sind. Na komm schon, Mädchen! Erzähl uns, was in deinem Kopf vorgeht. Du kannst doch nicht so tun, als hättest du nach einer Wespe geschlagen, die von deinem Eis naschen wollte. Du wolltest dich da draußen ersäufen, habe ich Recht? Aber dann musste ein Mann dran glauben. Der Mann war jung, hatte es sich zur Aufgabe gemacht, Leben zu retten. Und du stichst ihn ab wie einen tollwütigen Hund. Warum?

«Möchten Sie auch etwas essen?», fragte er stattdessen.

«Nein, vielen Dank», sagte sie rasch. «Nur einen Kaffee, bitte. Ich habe Kopfschmerzen. Es ist nicht schlimm. Ich meine, ich bin im Vollbesitz meiner Kräfte. Ich werde nicht morgen behaupten, es sei mir so schlecht gegangen, dass ich nicht mehr wusste, was ich tat und sagte.»

Ihre Behauptung entsprach nicht den Tatsachen. Es ging hinauf und hinunter wie in einem Lift. Von Gereon zu Vater, von Vater zu Mutter, von Mutter zu Magdalena, von Magdalena zur Schuld. Sie wollte keinen Kaffee, nur eine Verschnaufpause, um abzuschätzen, wie groß der Berg war, der sich so unvermittelt vor ihr aufgetürmt hatte.

Es kam zu viel auf einmal. Erinnerungen und neue Erkenntnisse. Von der Ruhe, der Zufriedenheit, dem Gefühl grenzenloser Erleichterung in den ersten Minuten war nichts übrig. Es war nicht vorbei, das Loch nicht gestopft. Sie steckte mitten drin, fühlte sich wie von schwarzen Wänden umgeben, die unaufhaltsam näher rückten.

«Seit wann haben Sie denn Kopfschmerzen?» Rudolf Grovian erhob sich mit einem Gemisch aus Resignation und neu erwachendem beruflichen Ehrgeiz. Es war eine Sache der Intuition und der Erfahrung. Weitermachen! Ihre Stimme, ihre Haltung, die plötzliche Nachgiebigkeit, er kannte das, hatte es schon hundertmal erlebt. Zuerst wurden sie frech, dann sahen sie die Ausweglosigkeit ihrer Situation und versuchten, mit einer harmlosen Bitte abzuschätzen, wie viele Sympathiepunkte sie sich bereits verscherzt hatten.

Er ging zur Kaffeemaschine, nahm die Kanne und hielt sie unter den Wasserhahn. Hinter sich hörte er sie zitternd durchatmen. «Seit ein paar Minuten. Es ist aber wirklich nicht schlimm.»

«Am See hatten Sie also noch keine Schmerzen?»

«Nein.»

«Wir sollten doch einen Arzt rufen, der sich Ihre Verletzungen einmal anschaut», schlug er vor.

«Nein!», erklärte sie trotzig wie ein Kind, das den warmen Schal nicht umbinden will. «Ich will keinen Arzt. Und wenn ich keinen will, dürfen Sie keinen rufen. Mich darf kein Arzt untersuchen, wenn ich es nicht will. Das wäre Körperverletzung.»

Sieh an, dachte er, Körperverletzung. Laut fragte er: «Haben Sie etwas gegen Ärzte?»

Aus den Augenwinkeln sah er, dass sie die Schultern anhob und wieder sinken ließ. Nach ein paar Sekunden meinte sie: «Etwas dagegen haben ist zu viel gesagt. Ich halte nichts von ihnen. Sie erzählen einem irgendeinen Quatsch. Und man muss ihnen glauben, weil man das Gegenteil nicht beweisen kann.»

«Wissen Sie, welchen Beruf Georg Frankenberg ausübte?»

Ihre Stimme schwamm auf einer Pfütze Verzweiflung, es entging ihm nicht. «Woher soll ich das wissen, wenn ich den Mann nicht kannte?»

Das war die Wahrheit, die reine Wahrheit. Ein fremder Mann. Aber seine Frau hatte das Lied gehabt! «Ich spule ein Stück vor ...» Und in ihrem Kopf spulte etwas zurück. Der Chef ließ ihr keine Zeit nachzudenken, wie, wann und unter welchen Umständen das Lied von der Kassette in ihren Kopf gekommen sein könnte. Dabei wäre es wichtig gewesen, das zu wissen.

«Haben Sie häufig Kopfschmerzen?», fragte er.

«Nein. Nur wenn ich schlecht geschlafen habe.»

«Möchten Sie ein Aspirin? Ich glaube, wir haben welches hier.» Er durfte ihr nichts geben, auch nicht so etwas Harmloses wie Aspirin. Sie hätte später behaupten können, er habe ihr etwas eingeflößt, das ihren freien Willen beeinträchtigte.

Er fragte nur, um zur Abwechslung wieder mal ein Ja von ihr zu bekommen.

Und sie sagte: «Nein. Das ist lieb gemeint, aber Aspirin hilft mir nicht. Meine Schwiegermutter hat Tabletten, manchmal nehme ich eine davon. Man bekommt sie aber nur auf Rezept. Es ist ein sehr starkes Mittel.»

«Dann müssen es doch auch sehr starke Schmerzen sein», meinte er, während er Kaffeepulver in eine Filtertüte häufte. Er setzte den Filter ein, drückte auf den Schalter an der Maschine und drehte sich zu ihr um.

«Ja, manchmal, aber jetzt nicht. Wirklich», sie schüttelte den Kopf, «ich kann es aushalten. Hören Sie: Würden Sie bitte die Maschine noch einmal ausschalten und zuerst die Kanne spülen? Sie ist schmutzig, sehen Sie diesen Film da am Boden? Den müssen Sie wegreiben, wenn Sie nur mit Wasser spülen, das hilft nicht.»

Der Ausdruck von Ekel auf ihrem Gesicht war nicht zu übersehen. Ordentliches Mädchen, dachte Rudolf Grovian mit einem Anflug von Sarkasmus, nach dem ihm nicht zumute war. «Ich wette», sagte er leise, «Sie spülen die Kanne jedes Mal richtig aus.»

«Natürlich.»

«Und auch sonst ist in Ihrem Haushalt alles blitzblank.»

«Ich habe nicht viel Zeit für den Haushalt. Aber ich gebe mir Mühe, alles sauber zu halten.»

«Ihr Leben auch?», fragte er.

Obwohl sie sich so elend fühlte, dass sie kaum noch klar denken konnte, glaubte sie zu begreifen, worauf er abzielte. Ihre Hände umfassten automatisch die vernarbten Armbeugen. Ihre Stimme klang heiser vor Abwehr. «Wie meinen Sie das?»

«Wie ich es sage. Sie mögen nicht über früher sprechen. Ihr Mann war doch bestimmt nicht der erste Mann in Ihrem Leben. Waren Sie glücklich mit ihm, Frau Bender?»

Sie nickte nur.

«Und warum haben Sie dann vor ein paar Stunden zu ihm gesagt, Sie hätten ihn nie heiraten dürfen?»

Sie zuckte mit den Achseln, führte eine Hand zum Mund und begann am Daumennagel zu knabbern.

«Er hat Sie übel zugerichtet», sagte Rudolf Grovian und deutete auf ihr Gesicht. «Hat er Sie öfter geschlagen?»

«Nein!» Die Heiserkeit war verschwunden, ohne dass sie sich hatte räuspern müssen. Sie wurde energisch: «Gereon hat mich nie geschlagen. Heute, das war das erste Mal. Und es ist verständlich. Versetzen Sie sich doch mal in seine Lage! Was würden Sie tun, wenn Ihre Frau plötzlich aufspringt und mit einem Messer auf einen fremden Mann einsticht? Sie würden auch versuchen, Ihrer Frau das Messer wegzunehmen. Und wenn sie es sich nicht wegnehmen lässt, würden Sie sie schlagen. Das ist ganz normal.»

Rudolf Grovian rubbelte den Kannenboden mit den Fingerspitzen blank, schob die Kanne zurück unter den Filter und drückte noch einmal auf den Knopf, während er erklärte: «Ich kann mich nicht in die Lage Ihres Mannes versetzen, Frau Bender. Weil meine Frau etwas so Verrücktes nicht täte.»

Ihre Reaktion war heftiger als erwartet. Sie stampfte mit einem Fuß auf und schrie: «Ich bin nicht verrückt!»

Ihre ersten derartigen Ausbrüche waren ihm keineswegs entgangen. Die erneute Wiederholung forderte ihn geradezu heraus, einmal in diese Richtung vorzustoßen. «Die Leute werden es aber so sehen, Frau Bender, wenn Sie keine Erklärung für Ihr Handeln liefern. Kein normaler Mensch bringt einen Fremden um, nur weil er sich über Musik ärgert. Ich habe mich eben lange mit Ihrem Mann unterhalten, und …»

Sie stammelte etwas, das er nicht verstand, und unterbrach ihn damit. Heftig verlangte sie: «Lassen Sie meinen Mann in Ruhe! Er hat damit überhaupt nichts zu tun.» Ein wenig gemäßigter fuhr sie fort: «Gereon ist ein netter Kerl. Er ist fleißig und ehrlich. Er trinkt nicht. Er ist nicht brutal.»

Sie senkte den Kopf. Ihre Stimme verlor an Festigkeit. «Er würde eine Frau niemals zwingen, etwas zu tun, was sie nicht will. Er hat mich auch nie gezwungen. Gestern hat er sogar gefragt, ob ich Lust habe. Ich hätte nein sagen können. Aber ich ...»

Rudolf Grovian kam sich ein wenig schäbig vor und verstand es nicht so recht. Cora Bender war wie ein wild gewordenes Tier über einen wehrlosen Mann hergefallen. Cora Bender hatte mit ihrem kleinen Schälmesser gewütet wie eine Furie. Cora Bender zeigte nicht die Spur von Reue oder Mitleid für ihr Opfer. Aber wie sie da auf dem Stuhl saß, mit zitternden Lippen die Qualitäten ihres Mannes beschrieb, war sie das Opfer.

Doch dann lächelte sie wieder, selbstbewusst und überheblich, begann mit ihrem üblichen: «Hören Sie» und machte ihn damit erneut wütend. «Ich will mit Ihnen nicht über meinen Mann reden. Es reicht, wenn er seine Aussage gemacht hat. Das hat er doch. Und er muss das vor Gericht auch noch einmal wiederholen. Aber damit muss es gut sein. Den Rest können wir hier unter uns abmachen. Ich sehe nicht ein, dass Außenstehende in diese Sache hineingezogen werden.»

Härter als beabsichtigt sagte er: «Es werden eine Menge Außenstehende in diese Sache hineingezogen, Frau Bender. Ich sage Ihnen jetzt mal, wie die Dinge stehen. Sie können oder wollen uns nicht erklären, warum Sie plötzlich die Kontrolle über sich verloren haben.»

Sie öffnete den Mund, er sprach rasch weiter: «Jetzt unterbrechen Sie mich nicht wieder. Ich habe nur gesagt, die Kontrolle verloren. Ich habe nicht behauptet, dass Sie verrückt sind. Niemand hat das bisher behauptet. Aber Sie haben etwas getan, was nicht zu begreifen ist. Und es ist unsere Aufgabe herauszufinden, warum Sie es getan haben. Dazu verpflichtet uns das Gesetz, ob Ihnen das nun angenehm ist oder nicht. Wir werden mit vielen Leuten reden müssen. Mit allen, die Ihnen nahe stehen. Ihre Schwiegereltern und Ihre Eltern. Wir werden jeden fragen …»

Weiter kam er nicht. Sie machte Anstalten, vom Stuhl aufzuspringen, umklammerte die Sitzfläche mit beiden Händen, als könne sie sich nur auf diese Weise an ihrem Platz halten. Ihre Eltern! Das zitterte in ihrem Kopf nach.

Sie fauchte ihn an wie eine Katze. «Ich warne Sie! Lassen Sie meinen Vater in Ruhe. Reden Sie von mir aus mit meinen Schwiegereltern. Die werden Ihnen erzählen, was Sie hören wollen. Dass ich nur die Hand aufhalten kann, dass ich unverschämt bin. Ein Flittchen, meine Schwiegermutter hat von Anfang an gesagt, ich sei ein Flittchen. Sie kann so gemein werden. Immer hackte sie auf mir herum.»

Rudolf Grovian wusste nicht, dass sie ihre Eltern für tot erklärt hatte. Es war so viel zu besprechen gewesen, da waren Nebensächlichkeiten untergegangen. Er sah, dass Werner Hoß ein Zeichen gab. Auf ihn wirkte es, als wolle Hoß die Sache abbrechen. Und das war nicht in seinem Sinne. Wer hört denn auf, wenn es gerade losgeht? Und das ging es. Der Gletscher schmolz, wie ein Sturzbach gurgelten ihm die Fluten um die Ohren. Er begriff schnell, dass er einen wunden Punkt getroffen hatte; Eltern, Vater. Als sie weitersprach, erkannte er, dass es mehr war als nur ein Punkt.

Hoß kritzelte etwas auf einen Zettel. «Eltern tot», las Rudolf Grovian und dachte, sieh einer an. Zu längeren Gedanken blieb keine Zeit. Ihre Stimme hatte schon nach zwei Sätzen den Elan eingebüßt, wippte auf und ab wie ein Papierschiffchen in der Gosse.

«Ich habe das Kind nicht verloren. Es war eine Sturzgeburt. Die Ärzte haben gesagt, das kann jeder Frau passieren. Es hat überhaupt nichts damit zu tun, ob man mit einem oder mit hundert Männern geschlafen hat. Ich habe nicht mit hundert Männern geschlafen. Ich habe mir als kleines Kind schon vorgestellt, dass die Dinger eines Tages abfaulen müssen.»

Sie hielt die Finger der linken Hand mit der rechten umklammert und knetete sie, als wolle sie sie zerbrechen. Rudolf Grovian beobachtete sie mit einer Mischung aus Faszination und Triumph. Den Blick auf den Boden gerichtet, fuhr sie leise fort: «Aber mit Gereon war es schön. Er hat mich nie gezwungen. Er war immer gut zu mir. Ich hätte ihn nicht heiraten dürfen, weil ich … weil ich … Ich hatte doch diesen Traum. Aber der war länger nicht mehr gekommen. Und ich … Ich wollte doch nur …»

Sie brach ab, hob den Kopf und schaute ihm ins Gesicht, die Stimme von Panik zersplittert: «Ich wollte doch nur ein normales Leben mit einem netten jungen Mann. Ich wollte es genauso, wie andere es haben. Verstehen Sie das?»

Er nickte. Wer hätte es nicht verstanden? Und welcher Vater hätte sich nicht gewünscht, die eigene Tochter möge dasselbe Ziel verfolgen, glücklich und zufrieden sein mit einem netten, ordentlichen Mann?

Das war der Moment, in dem sich für Rudolf Grovian die Perspektiven verschoben. Er bemerkte es nicht, hielt sich noch Tage später für distanziert, für einen engagierten Polizisten, der auch mit dem Elend der Täter konfrontiert wurde und Mitleid haben durfte. Mitleid war nicht verboten, solange man darüber nicht das Ziel aus den Augen verlor. Das tat er keine Sekunde lang. Das Ziel seiner Arbeit war schließlich Aufklärung und Aufdeckung, in finsteren Winkeln stöbern und nach Beweisen suchen. Und es spielte keine Rolle, ob dieser Winkel in einem Gebäude, einem Waldstück oder in einer Seele lag.

Rudolf Grovian hatte nicht den Ehrgeiz, einen Part zu übernehmen, der kompetenten Fachleuten zugestanden hätte. Es war auch nicht seine Absicht, auf Biegen und Brechen zu beweisen, dass er richtig lag mit seiner ersten Vermutung. Er war nur ein Mensch, der herausgefordert wurde, der die ersten Alarmsignale übersah, die ein kippender Verstand ausschickte, der in Versuchung geriet und ihr erlag. Am Ende ging es für ihn nur noch darum zu beweisen, dass er ohne Schuld war.

Cora Bender kniff die Augen zu und stammelte: «So war es auch am Anfang. Es war alles ganz normal. Ich mochte es, wenn Gereon zärtlich war. Ich habe gern mit ihm geschlafen. Aber dann ... hat es wieder angefangen. Es war nicht seine Schuld. Er hat es nur gut gemeint. Andere mögen das, die sind ganz wild darauf. Er konnte doch nicht ahnen, was er anrichtet, wenn er das mit mir macht. Das wusste ich doch selbst nicht, bis es passierte. Ich hätte mit ihm darüber reden müssen. Aber was hätte ich ihm denn sagen sollen? Dass ich nicht lesbisch bin? Das war es doch nicht – glaube ich. Ich weiß es nicht – aber ... Ich meine, ich weiß ja, dass nicht nur Frauen es sich mit der Zunge machen. Männer tun das auch, und alle finden es schön. Nur ich nicht. Und es hörte nicht wieder auf. Ich dachte, es sei das Beste, wenn ich schwimmen gehe. Es hätte ausgesehen wie ein Unfall. Gereon hätte sich keine Vorwürfe machen müssen. Das ist ja das Schlimme, wenn jemand stirbt, dass man sich diese Vorwürfe macht. Dass man den Gedanken nicht los wird, man hätte es verhindern können. Das wollte ich ihm ersparen. Wenn das Kind mich nicht aufgehalten hätte, wäre nichts passiert. Da wäre ich längst weg gewesen, als sie ein Stück vorspulte.»

Sie begann mit einer Faust gegen ihre Brust zu schlagen, die Augen hielt sie geschlossen, ihre Stimme bekam einen hysterischen Beiton. «Es war mein Lied! Es war mein Lied! Und ich halte es nicht aus, wenn ich es höre. Der Mann wollte es auch nicht hören. Das nicht, hat er gesagt, tu mir das nicht an. Er wusste, dass ich in ein Loch falle, wenn ich es höre. Er muss es gewusst haben. Er hat mich angeschaut, und er hat mir vergeben. Ich konnte es in seinen Augen lesen. Vater, vergib ihr! Sie weiß nicht, was sie tut.»

Sie schluchzte auf. «Oh, mein Gott! Vater, vergib mir! Ich habe euch doch alle geliebt. Dich und Mutter und … Ja, sie auch. Ich wollte nicht töten. Ich wollte nur leben, ganz normal leben.»

Sie riss die Augen wieder auf, funkelte ihn an und fuchtelte mit einem Zeigefinger vor ihm herum. «Merken Sie sich das: Es war allein meine Schuld. Gereon hat nichts damit zu tun. Und mein Vater auch nicht. Lassen Sie meinen Vater in Ruhe. Er ist ein alter Mann. Er hat genug mitgemacht. Sie bringen ihn um, wenn Sie ihm das sagen.»

4. Kapitel

Vater hat sich in all den Jahren auf seine Art viel Mühe gegeben. Und wenn ich ihn hundertmal enttäuscht habe, wenn ich ihm tausendmal Grund gab, mich zu verachten, er hat nie aufgehört mich zu lieben. Und er hat etwas für mich getan, was kein anderer Vater getan hätte.

Ich meine nicht das, was er damals an meinem Geburtstag tat, als ich hungrig im Bett lag und er schimpfend zur Tür hereinkam. Obwohl er da auch schon etwas für mich tat. Als er bemerkte, dass ich noch nicht schlief, setzte er sich auf mein Bett und strich mir über das Haar. «Es tut mir Leid», sagte er.

Ich war wütend auf ihn. Wenn er mir die blöde Schokolade nicht gegeben hätte, hätte ich auch einen Teller Suppe bekommen. «Lass mich», sagte ich und drehte mich auf die Seite.

Aber er ließ mich nicht. Er nahm mich in die Arme und wiegte mich hin und her. «Mein armes Mädchen», flüsterte er.

Ich wollte kein armes Mädchen sein. Ich wollte auch keinen Geburtstag, nur meine Ruhe haben. «Lass mich», sagte ich noch einmal.

«Das kann ich nicht», flüsterte er. «Es reicht doch, wenn eine leidet. Für die kann ich nichts tun, das ist Sache der Ärzte. Aber du bist meine Sache. Wenn du es noch eine halbe Stunde aushältst, dann schläft Mutter bestimmt, dann hole ich dir etwas zu essen. Du musst doch Hunger haben wie ein Wolf.»

Er saß länger als eine Stunde auf meinem Bett, hielt mich im Arm, und diesmal erzählte er mir nichts von früher. Mutter war noch unten und betete das letzte Mal für den Tag. Es kam mir vor wie eine Ewigkeit, bis wir endlich ihre Schritte auf der Treppe hörten. Sie ging aufs Klo, kurz darauf wurde nebenan die Tür geschlossen. Vater wartete noch ein paar Minuten, ehe er hinunterging.

Er kam mit einem Teller Suppe zurück. Sie war nur lauwarm, aber das machte nichts. Nachdem der Teller leer war, stellte er ihn auf den Fußboden, griff in seine Hosentasche und zog etwas heraus. Den Rest von der Schokolade.

Ich wollte sie nicht nehmen, wirklich nicht. Aber Vater brach einen Riegel ab, schob ihn mir einfach zwischen die Lippen und sagte: «Jetzt nimm schon. Mach dir keine Gedanken, du darfst sie essen. Wenn ich es dir sage, dann darfst du. Es ist keine Sünde. Ich könnte dich doch niemals zu einer Sünde verführen. Du brauchst auch keine Angst zu haben, dass Mutter etwas merkt. Sie meint, die Schokolade liegt draußen im Müll.» Da konnte ich nicht anders.

Am nächsten Tag ging es Magdalena schlechter. Und am Tag darauf verschlimmerte sich ihr Zustand noch mehr. Vater bestand darauf, sie in die Klinik zu bringen. Mutter wollte nicht, aber diesmal setzte Vater sich durch. Sehr früh morgens fuhren sie los.

Ich werde das nie vergessen. Mutter kam am Nachmittag zurück – allein, mit einem Taxi. Vater war bei Magdalena in Eppendorf geblieben, um in Ruhe mit den Ärzten zu reden. Ich war nebenan bei Grit Adigar. Vater hatte mir morgens gesagt, ich solle zu Grit gehen, wenn mir daheim niemand öffne. Ich hatte ein gutes Mittagessen bekommen und später noch ein paar Bonbons für die ordentlichen Schularbeiten.

Ich wollte sie eigentlich erst essen, wenn Magdalena wieder daheim war. Aber dann dachte ich, dass es nach der Schokolade nicht darauf ankäme. Ich lutschte noch, als Mutter erschien, um mich abzuholen. Natürlich sah sie, dass ich etwas im Mund hatte. Aber sie verlangte nicht, dass ich es ausspuckte.

Sie war anders als sonst. Wie aus Stein war sie, und ihre Stimme klang nach dem weißen Sand, auf dem nichts wachsen kann. Magdalena müsse sterben, hatten die Ärzte gesagt. Jetzt müsse sie. Sie hätte dem Tod oft genug ins Gesicht gelacht, nun sei ihre Zeit endgültig abgelaufen. Man dürfe sie nicht behandeln, das sei nur Quälerei.

Zu all den Krankheiten war noch eine gekommen. Sie hatte nichts mit dem Schnupfen zu tun, den ich ins Haus geschleppt hatte. Sie hieß Leukämie. Krebs, sagte Mutter. Und ich stellte mir vor, dass Magdalena ein Tier mit Scheren im Bauch hatte, das sie von innen zerfleischte.

Mutter holte einen Koffer für sich und einen für Magdalena aus dem Keller. Ich musste hinaufgehen mit ihr. Ich musste neben dem Bett in ihrem Schlafzimmer stehen, während sie Wäsche in Magdalenas Koffer legte und sagte: «Schau dir das Bett gut an. So wie es jetzt ist, wird es bleiben. Und du wirst dein Leben lang deine Schwester darin sehen. Bis an das Ende deiner Tage wirst du dich fragen müssen: War es das wert? Wie konnte ich meine Schwester sterben lassen für einen flüchtigen Genuss? Und dann einen so furchtbaren Tod.»

Ich habe das geglaubt. Ich habe es tatsächlich geglaubt. Und ich hatte so wahnsinnige Angst. Bis dahin hatte ich nie nachgedacht, wie es bei uns weiterginge, wenn Magdalena nicht mehr da wäre. Jetzt tat ich das. Ich schaute mir das Bett an, wie Mutter es verlangt hatte. Und ich dachte, dass sie mich in ihrem Schlafzimmer einsperren wollte, damit ich das leere Bett mein Leben lang sehen könnte.

Mutter fuhr mit einem Taxi zurück nach Eppendorf. Ich blieb allein im Haus. Im Schlafzimmer eingesperrt hatte sie mich nicht. Als Vater am Abend heimkam, war ich im Wohnzimmer. Ich hatte mir die Kerzen angezündet, den ganzen Nachmittag auf der Holzbank gekniet und dem Erlöser versprochen, dass ich nie wieder irgendetwas haben wollte. Angefleht hatte ich ihn, er solle mich tot umfallen und meine Schwester in Ruhe lassen. Und als ich nicht tot umfiel, hatte ich gedacht, ich müsste Mutter zeigen, welch große Opfer ich bringen könnte. Ich wollte meine Hände verbrennen wie das blaue Kleid mit dem weißen Kragen, damit ich nie wieder etwas Süßes anfassen konnte. Aber als ich sie über die Flammen hielt und der Schmerz stärker wurde, hatte ich die Hände wieder fortgezogen. Es hatte nur ein paar Blasen gegeben.

Vater war entsetzt, als er sie sah. Er wollte wissen, was Mutter gesagt hatte. Ich erzählte es ihm. Zuerst wurde er wütend und schimpfte fürchterlich. Die blöde Kuh! Die ist doch krank! Und solche Sachen. Dann ging er zu Grit Adigar, um mit der Klinik zu telefonieren und den Ärzten zu sagen, dass er es sich anders überlegt hätte. Dass sie Magdalena behandeln mussten. Und wenn sie dazu nicht bereit wären, werde er sie anzeigen und Magdalena in eine andere Klinik bringen.

Als er zurückkam, war er sehr still. Er kochte für uns. Eine Suppe mit grünen Bohnen aus einem Einweckglas, etwas anderes war nicht im Haus. Dann setzte er noch einen kleineren Topf auf den Herd und goss Milch hinein. Milch war immer da. Für Magdalena. Ich mochte keine. Auf Milch zu verzichten fiel mir leicht. Aber ich tat jedes Mal so, als ob es ein großes Opfer wäre. Ich war als Kind so falsch, so verlogen, so verdorben.

Vater zog eine kleine Tüte aus seiner Hosentasche und lächelte mich an. «Mal sehen, ob ich das kann», sagte er. Es war Puddingpulver. Er hatte Grit darum gebeten. Er hatte gesagt: «Ich muss ihr begreiflich machen, dass sie essen kann, was sie will. Gerade jetzt muss ich. Aber was mache ich mit Magdalena? Es wäre das Beste, wir ließen sie in Frieden sterben. Diese Behandlung ist eine Folter. Die Ärzte haben es mir ausführlich erklärt. Sie kann das nicht überstehen. Und dann werde ich mit dem Gedanken leben müssen, dass sie auf meine Veranlassung zu Tode gequält wurde. Aber ich muss es tun – für Cora.»

Später hat Grit mir das erzählt, erst viel später. Aber ich wusste immer, dass Vater mich liebt. Und ich liebte ihn auch. Ich liebte ihn so sehr.

Wir blieben damals lange allein, ein halbes Jahr. Es war eine schöne Zeit, die schönste, die ich hatte. Bevor Vater morgens zur Arbeit fuhr, machte er mir Frühstück mit Kakao, gekochten Eiern und Wurstbroten. Er gab mir auch immer einen dicken Apfel oder eine Banane mit für die Pause.

Wenn ich mittags heimkam, ging ich zu Grit, spielte nachmittags mit Kerstin und Melanie. Wenn wir bei ihnen zu Hause waren, waren sie immer nett zu mir. Da sagten sie sogar manchmal, dass es ihnen Leid täte wegen der Pause.

Am schönsten war es, wenn Vater am späten Nachmittag heimkam. Er putzte die Fenster und wusch die Gardinen, ich wischte Staub und fegte die Küche. Und alles sah blitzblank aus. Wenn wir sauber gemacht hatten, kochte er für uns. Es gab jeden Tag Fleisch oder Wurst und jeden Tag einen süßen Nachtisch. Nach dem Essen blieben wir in der Küche. Vater erklärte mir, dass Magdalenas Krankheiten nicht besser und nicht schlimmer wurden, wenn wir Pudding aßen. Er versprach auch, mit Mutter zu reden, damit sie mich ein normales Kind sein ließe.

«Es reicht», sagte er einmal, «wenn in diesem Haus der verzichtet, der für das Übel verantwortlich ist. Ich habe mir fest vorgenommen, das zu tun. Gebe Gott, dass ich es schaffe.»

Ins Wohnzimmer gingen wir immer erst, bevor wir uns schlafen legten. Vater zündete nie Kerzen an. Wir knieten im Dunkeln vor dem Altar und beteten für Magdalena. Mutter hatte verlangt, dass wir es tun. Aber wir hätten es auch freiwillig getan, glaube ich.

Ein paar Mal fuhr Vater sonntags in die Klinik. Mich nahm

er nicht mit. Ich durfte nicht in Magdalenas Nähe kommen, weil ich wieder eine an sich harmlose Krankheit hätte zu ihr tragen können. Die Behandlung, auf der er wegen mir bestanden hatte, war ja erfolgreich. Aber Magdalena war so schwach geworden, an einem Schnupfen hätte sie sterben können.

Wenn Vater sie besuchte, war ich nebenan. Ich bekam Kakao und frischen Kuchen mit Zuckerstreuseln. Ich war glücklich, unendlich glücklich. Vor allem, wenn Vater aus der Klinik zurückkam, wenn er sagte: «Es sieht so aus, als ob sie es schafft. Sie besteht nur noch aus Augen. Die Ärzte sagen, sie hat einen unbändigen Lebenswillen. Man könnte fast meinen, sie pumpt das Blut nur noch mit ihrem Willen durch die Adern. So ein kleines, schwaches Menschlein, hat nicht genug Kraft im Leib, um den Kopf zu heben. Man begreift es nicht. Aber am Leben hängen sie alle.»

Im Dezember kamen sie wieder heim. Magdalena hatte keine Haare mehr. Sie war so schwach, dass sie nicht abwarten durfte, bis sie von allein musste. Mutter machte ihr jeden Tag einen Einlauf, damit sie nicht drücken musste. Magdalena mochte die Einläufe nicht. Sie weinte schon, wenn sie Mutter nur mit der Kanne und dem Schlauch kommen sah. Und jetzt weinte sie richtig, aber das durfte sie auch nicht. Es war zu anstrengend für sie.

Wenn sie zu weinen anfing, drehte Mutter durch und scheuchte mich ins Wohnzimmer. Und dann durfte ich nicht mal mehr rauskommen, um meine Schularbeiten zu machen. Am nächsten Tag hatte ich regelmäßig Ärger mit der Lehrerin. Früher hatte sie mich gut leiden mögen, und jetzt meinte sie, ich sei faul und nachlässig geworden. Ich könnte nicht immer meine kranke Schwester als Entschuldigung für meine Schlampigkeit anführen. Ein paar Mal bekam ich sogar Eintragungen ins Klassenbuch.

Grit Adigar riet mir, die Schularbeiten abends zu machen,

wenn Mutter mich ins Bett schickte. Da lag ich dann mit meinen Heften und Büchern auf dem Boden, weil wir keinen Tisch im Zimmer hatten. Und dann meckerte die Lehrerin über meine krakelige Schrift.

Natürlich war ich dem Erlöser dankbar, dass er meine Schwester verschont hatte. Aber so hatte ich mir Magdalenas Überleben nicht vorgestellt. Manchmal dachte ich, es wäre besser gewesen, wenn Mutter mich bis an mein Lebensende im Schlafzimmer eingesperrt hätte. Da hätte ich nicht so viel Ärger gehabt.

Alle vier Wochen musste Magdalena zur Nachbehandlung in die Klinik. Mutter fuhr mit. Jedes Mal blieben sie zwei oder drei Tage. Jedes Mal wünschte ich mir, sie kämen nicht mehr heim. Dass die Ärzte sagten, Magdalena müsse für immer in Eppendorf bleiben. Nur dort könne sie überleben. Und Mutter bliebe bei ihr. Sie ließ sie doch nie allein. Und dann bliebe ich mit Vater zurück. Und Vater wäre wieder so, wie er in dem halben Jahr gewesen war. Mehr wollte ich nicht, nur dass er nicht so traurig war.

Es war wie der Albtraum, aus dem sie nicht aufwachen konnte, nur war es ganz anders diesmal. Nichts blieb verborgen. Alles glitt ihr aus den Händen, rutschte aus dem Kopf und breitete sich aus. Sie hörte sich reden, von dem Geburtstag, der Schokolade. Von den Tagträumen. Nur Vater und ich! Sie sah ihren Finger tanzen, sah das aufmerksame und betroffene Gesicht des Chefs wie durch einen Nebel.

Manchmal nickte er.

Und sie konnte nicht aufhören zu reden. Sie durfte auch nicht aufhören. Sie musste ihn überzeugen, dass er Vater in Ruhe ließ. Gereon auch. Gereon hatte es nicht verdient, belästigt zu werden mit einer Sache, die er nicht zu verantworten hatte. Und für Vater wäre es der Untergang gewesen, davon zu erfahren.

Sie erzählte dem Chef von Vater. Nicht zu viel, nur was für ein warmherziger und fürsorglicher Mann er früher gewesen war; vielseitig interessiert, ein wandelndes Geschichtsbuch, Heimatkunde. Sie sprach auch über Mutter, über das Kreuz und die Rosen auf dem Hausaltar, über den Erlöser aus Holz und die Gebete. Nur den Grund erwähnte sie nicht. Magdalena.

Der Körper zitterte wie in einem Krampf, das Hirn zitterte mit, ließ den Kopf wie von einer Maschine gesteuert auf und ab rucken. Aber so viel Kontrolle war noch da. An Magdalena durfte man nichts und niemanden heranlassen, gewiss keine Männer. Jede Aufregung, jede Anstrengung konnte für Magdalena den Tod bedeuten.

Sie sprach von den zwiespältigen Gefühlen, von der Notwendigkeit, ein guter Mensch zu sein, und dem Verlangen nach einem sündigen Leben. Süßigkeiten in Kinderjahren, und später die jungen Männer und ihre magische Anziehungskraft. Da war besonders einer gewesen. Einer von denen, die nur mit dem Finger schnipsen mussten, alle nannten ihn Johnny Guitar.

Und Grit Adigar hatte einmal gesagt: «Wenn du alt genug bist, machst du es wie ich. Such dir einen netten Mann, lass dir ein Kind von ihm machen, geh mit ihm weg, und vergiss den Zirkus hier.» Mit Johnny wäre sie gerne weggegangen. Sie hatte mehr als einmal überlegt, wie es wäre, sich ein Kind von ihm machen zu lassen.

Über den Gedanken an Johnny kam sie auf Gereon zurück. Erzählte von dem Tag, an dem sie ihm zum ersten Mal begegnete. Es ging nur über Gereon zurück in die Normalität. Und da wollte sie hin. Da musste sie hin, unbedingt. Normal sein, eine erwachsene Frau, die ihre Kindheit längst hinter sich gelassen hatte. Auch das schmutzige Kapitel, das sich anschloss, das im Mai vor fünf Jahren begonnen und ein halbes Jahr später – im November – geendet, das so deutliche Spuren in ihren Armbeugen und auf ihrer Stirn hinterlassen hatte. An das man nicht rühren durfte, weil dann zu viel Schmutz aufgewirbelt wurde.

Ihre Schwiegermutter hatte es oft versucht. Flittchen! «Wer weiß denn, was sie vorher getrieben hat!» Und der Alte mit seinen dämlichen Sprüchen: «Du hast es faustdick hinter den Ohren. Mich kannst du nicht für dumm verkaufen.»

Und wie sie konnte! Das hatte sie von der Pike auf gelernt. Wenn sie wollte, konnte sie jeden für dumm verkaufen. Auch den Chef. Es half ihr, sich an die erste Begegnung mit Gereon zu erinnern. Vier Jahre war das her. Im Dezember wurden es fünf. Kurz vor Weihnachten war es gewesen.

Gereon hatte Einkäufe gemacht in der Stadt, Geschenke für seine Eltern besorgt. Mit Tüten beladen kam er in das Café an der Herzogstraße, in dem sie sich ihren Lebensunterhalt verdiente – auf ehrliche Weise! Beim ersten Mal war er nur durch Zufall hineingeraten. Er setzte sich an einen Tisch und wartete, dass er bedient wurde. Er wusste nicht, dass er im Verkaufsraum hätte bestellen müssen, und wurde verlegen, als sie es ihm sagte.

«Muss ich jetzt nochmal zurück?» Offenbar war ihm das peinlich. Er fühlte sich als Dorftrampel erkannt und errötete. «Können Sie mir nicht was bringen?»

«Ich weiß doch nicht, was Sie mögen.»

«Alles», sagte er und grinste. «Irgendwas mit Sahne und einen Kaffee.»

«Kännchen oder Tasse?», fragte sie.

«Tasse reicht mir», sagte er. Es war bezeichnend für ihn, große Ansprüche hatte er nie gestellt.

Sie ging in den Verkaufsraum und holte ein Stück Schwarzwälder Kirschtorte für ihn. Er bedankte sich: «Nett von Ihnen. Möchten Sie vielleicht auch was? Ich lade Sie ein.»

«Vielen Dank», sagte sie. «Aber ich bin hier, um zu arbeiten.»

«Ja, natürlich.» Er wurde erneut verlegen, stach ein großes Stück von der Torte ab, schob es sich in den Mund, begann zu kauen und verfolgte sie mit seinen Blicken durch den Raum. Wenn sie zu ihm hinschaute, lächelte er jedes Mal.

Zwei Tage später war er wieder da. Diesmal hatte er im Verkaufsraum bestellt und lachte sie an wie eine gute Bekannte. Und bevor er ging, fragte er: «Was machen Sie, wenn Sie hier fertig sind? Wann haben Sie eigentlich Feierabend?»

«Um halb sieben.»

«Können wir dann noch irgendwohin gehen? Vielleicht ein Bier trinken?»

«Ich trinke kein Bier.»

«Dann eben etwas anders, ist ja egal. Es muss auch nicht lange sein. Nur eine halbe Stunde. Ich möchte Sie gerne richtig kennen lernen.»

Er war unbeholfen und trotzdem sehr direkt, machte keinen Hehl daraus, dass sie ihm gefiel. Aber er war in keiner Weise aufdringlich. Als sie seine Einladung ablehnte, meinte er mit einem Achselzucken: «Dann vielleicht ein andermal.»

Dreimal bat er sie um ein Rendezvous, dreimal lehnte sie ab. Nach dem dritten Mal sprach sie mit Margret. Über sein gutes Aussehen und seine Naivität. Dass er ein Mann war, den man mit drei Sätzen überzeugen konnte, die Erde sei doch eine Scheibe und die Schiffe, die zu weit hinausfuhren, fielen am Ende der Scheibe ins Nichts.

Über das Bedürfnis sprach sie, einen dicken Strich unter die Vergangenheit zu ziehen und irgendwo, wo niemand sie kannte, neu anzufangen. Ein Leben führen wie tausend andere auch. Und das ging nur mit einem Mann, der keine eigene Meinung hatte. Dem man erzählen konnte, die Narben in den Armbeugen seien Spuren einer bösen Entzündung, was im Prinzip auch stimmte. Und die Narbe an der Stirn, da sei man vor ein Auto gelaufen.. Margret verstand das alles sehr gut.

Nur musste sie das dem Chef nicht erzählen. Er hätte doch augenblicklich wissen wollen, wer Margret war, und hätte sie auch auf die Liste der Leute gesetzt, mit denen er unbedingt reden musste. Und dass auch noch Margret in diese Sache hineingezogen wurde, ging entschieden zu weit.

Margret war Vaters jüngere Schwester. Im Vergleich mit Mutter war Margret immer eine junge Frau gewesen. Jung und hübsch und modern, mit revolutionären Ansichten über das Leben und Verständnis für alle Schwächen und Fehler, die ein Mensch haben und begehen konnte.

Als Gereon in ihrem Leben auftauchte, lebte sie seit einem Jahr bei Margret in Köln, in einer kleinen Altbauwohnung. Zwei Zimmer, eine winzige Küche, das Duschbad so schmal wie ein Handtuch. Wenn man sich auf die Toilette setzte, stieß man sich an der Tür die Knie. Sie schlief auf der Couch, mehr hatte Margret ihr nicht bieten können. Das Schlafzimmer war zu klein für ein zweites Bett.

Sie wollte auch kein Bett. Ein zweites Bett in unmittelbarer Nähe hätte sie nicht ertragen. Manchmal fragte sie sich, was aus ihr geworden wäre, wenn Margret sie nicht aufgenommen hätte, als sie es daheim nicht mehr ertrug. Darauf gab es nur eine Antwort: Dann wäre sie tot. Und eigentlich lebte sie doch gerne.

Und bei Margret lernte sie es endlich. Margret beschaffte ihr die Arbeit in dem Café an der Herzogstraße. Und als Gereon auftauchte, nicht lockerließ, sie wieder und wieder um ein Rendezvous bat, sagte Margret: «Du kannst doch mal mit ihm ausgehen, Cora. Du bist eine junge Frau. Es ist normal, wenn du dich in einen jungen Mann verliebst.»

«Ich weiß nicht, ob ich verliebt in ihn bin. Er erinnert mich nur an jemanden, in den ich einmal sehr verliebt war. Alle nannten ihn Johnny. Wie er mit richtigem Namen hieß, habe ich nie erfahren. Er sah aus wie der Erzengel aus Mutters Bibel, der die Menschen aus dem Paradies vertreibt. Kennst du die Stelle? ‹Und ihnen gingen die Augen auf, und sie erkannten, dass sie nackt waren!› So sah Johnny aus. Gereon sieht ihm ein bisschen ähnlich. Aber es ist nur äußerlich, die Haarfarbe und so. Gereon ist ein lieber Kerl, er kommt aus ordentlichen Verhältnissen. Von seinen Eltern hat er mir schon erzählt. Und eines Tages wird er mich fragen …»

«Quatsch», sagte Margret. «Lass ihn fragen, wir erzählen ihm schon etwas. Du sagst doch, er hat nicht viel Grips. Und du bist nicht verpflichtet, ihm deine Lebensgeschichte aufzutischen. Er wird dich auch bestimmt nicht gleich nach deiner Familie fragen. Junge Männer haben meistens etwas anderes im Sinn. Wenn er fragt, sagst du, du hast es zu Hause nicht mehr ausgehalten. Sag ihm, deine Mutter sei nicht richtig im Kopf, aber es sei nicht erblich. Das entspricht den Tatsachen.»

«Und wenn er mit mir schlafen will?» Es war nur ein Murmeln, gar nicht an Margret gerichtet.

Verstanden hatte es Margret trotzdem, schaute sie an, aufmerksam, so voller Verständnis und Mitgefühl. «Meinst du, du kannst nicht?»

Natürlich konnte sie. Darum ging es nicht. Sie fragte sich oft, wie es wohl wäre mit einem netten jungen Mann. Aber es wäre Betrug gewesen. Da sie nicht antwortete, erklärte Margret in dem für sie typischen bestimmten Ton: «Cora, das ist überhaupt kein Problem. Wenn dir nicht danach ist, sagst du einfach nein.»

So einfach, wie Margret sich das dachte, war es nicht. Man durfte nicht immer nein sagen, wenn man einen Mann halten wollte. Und das wollte sie. Er gefiel ihr. Da war einmal die Ähnlichkeit mit Johnny. Das Äußerliche. Dann war er auch sehr zärtlich und sanft. Die ersten Abende in seinem Wagen waren wundervoll.

Zweimal in der Woche holte er sie abends vom Café ab, fuhr an ein einsames Plätzchen und nahm sie in die Arme. Meist war es zu kalt, um die Jacke, geschweige denn etwas anderes auszuziehen. Aber Gereon bedrängte sie nicht, begnügte sich bis weit ins Frühjahr mit Küssen und Streicheln. Dann erst wollte er mehr.

Sie hätte es gerne noch ein wenig hinausgezögert. Aber die Furcht, ihn zu verlieren, wenn sie ihn abwies, war stärker als die Angst, er könne anschließend enttäuscht sein. Das war er auch nicht. Er fühlte sich nicht betrogen oder hereingelegt, sagte nur: «Jungfrau warst du aber nicht mehr.»

Natürlich nicht! Mit einundzwanzig war man nicht mehr Jungfrau. Da hatte man wohl schon mit dem einen oder anderen Mann geschlafen. Aber auch das musste sie dem Chef nicht auf die Nase binden.

Sie hatte alles wieder im Griff, hatte so erzählen können, dass Margret unerwähnt blieb, ohne dass eine Lücke entstanden wäre. Nur der letzte Satz, Gereons Feststellung, rutschte heraus, bevor sie es verhindern konnte.

Und der Chef schaute sie an. Er wollte mehr hören, seine Miene ließ keinen Zweifel daran. Er wollte eine Erklärung für den Tod des Mannes. Bevor er die nicht bekam, konnte er keine Ruhe geben, wollte mit Gereon reden, wahrscheinlich sogar mit Vater.

Minutenlang war es still im Raum. Der Mann im Sportanzug betrachtete mit zweifelnder Miene das Aufnahmegerät. Der Chef schaute ihr fordernd ins Gesicht. Sie musste ihm etwas erzählen, irgendetwas. Und wenn er die Wahrheit nicht glauben wollte! Jetzt, wo sie den Kopf halbwegs frei hatte und wieder einigermaßen vernünftig denken konnte …

Und sie dachte, dass sie Gereons Bemerkung über die Jungfräulichkeit und das, was Grit Adigar über die Möglichkeit, von daheim wegzukommen, gesagt hatte, sehr gut als Grundlage für eine Geschichte nehmen könnte. Und einen Namen für die Hauptfigur … Wie hatte der Chef es ausgedrückt? «Sein Name war Georg Frankenberg.» Das mochte sein, nur war ihr der Name fremd, und sie befürchtete, sich zu versprechen, wenn sie ihn benutzte. Johnny war vertrauter. Und wenn sie das, was sie sich damals gewünscht hatte, mit dem mischte, was über Johnny erzählt worden war. Da waren ein paar üble Gerüchte im Umlauf gewesen. Es war eine hervorragende Basis für eine gute Geschichte.

«Wenn ich …», begann sie zögernd, «Ihnen erkläre, warum ich ihn umgebracht habe. Versprechen Sie mir, dass Sie meine Familie nicht belästigen?»

Er versprach ihr nichts, fragte nur: «Könnten Sie es denn erklären, Frau Bender?»

Sie nickte. Ihre Hände zitterten wieder unkontrolliert. Sie legte die eine fest um die andere und drückte beide in den Schoß. «Natürlich kann ich das. Ich hatte nur gehofft, es nicht tun zu müssen. Und ich will nicht, dass mein Mann es erfährt. Er könnte das nicht verstehen. Und seine Eltern erst recht nicht. Sie würden ihm das Leben zur Hölle machen, wenn sie davon wüssten. Weil er sich mit einer wie mir eingelassen hat.»

Bis dahin hatte sie mit gesenktem Kopf gesprochen. Nun hob sie ihn, schaute ihm fest in die Augen und atmete einige Male tief durch.

«Ich habe Sie angelogen, als ich sagte, dass ich den Mann nicht kannte. Ich kannte seinen richtigen Namen nicht. Aber ihn …

Es ist fünf Jahre her. Im März tauchte er das erste Mal in Buchholz auf. Wie er wirklich hieß, wusste niemand. Er nannte sich Johnny Guitar.

Mit Männern hatte ich kaum Erfahrung. Ich durfte nur selten ausgehen und musste lügen, um ein paar Stunden für mich zu haben. Meist sagte ich meiner Mutter, dass ich unter freiem Himmel, ohne schützendes Dach, direkt unter dem Auge Gottes meine Begierden klar erkannte und mich besser darauf konzentrieren konnte, sie niederzukämpfen. Solche Sprüche imponierten ihr. Da erlaubte sie mir auch an einem

Samstagabend, das Haus zu verlassen. Es gab für junge Leute nicht viele Möglichkeiten in Buchholz. Viel Natur ringsum, Radwanderwege, Cafés und Hotels für Menschen, die Erholung suchten, aber keine Diskothek. Manche fuhren nach Hamburg. Das habe ich nie getan. Obwohl Vater mir bestimmt seinen Wagen gegeben hätte. Er hatte mir auch erlaubt, den Führerschein zu machen. Wir waren Verbündete, Vater und ich. Nur wollte ich das nicht über Gebühr strapazieren.

Ich ging immer in die Stadt. Es gab ein paar Eisdielen und auch ein Lokal, in dem man samstags tanzen konnte. Freundinnen oder Freunde hatte ich nicht. Die Mädchen in meinem Alter hatten meist einen Freund, mit dem sie lieber allein waren. Und die Männer, natürlich lernte ich ein paar Mal junge Männer kennen, aber das war nichts Ernstes. Ich tanzte mit ihnen, ließ mich auch mal zu einer Cola einladen. Aber mehr passierte nicht. Ich hatte Hemmungen. Und wenn sie merkten, dass sie nicht gleich bei mir landen konnten, verloren sie das Interesse.

Es hat mir nie etwas ausgemacht. Bis Johnny kam. An dem Abend im März. Ich glaube, ich habe mich schon in den ersten Minuten in ihn verliebt. Er war nicht allein. Es war noch ein Mann bei ihm, ein kleiner Dicker. Sie stammten beide nicht aus unserer Gegend, das merkte ich, als ich sie sprechen hörte. Sie schauten sich um. Mich nahmen sie nicht zur Kenntnis. Sie setzten sich an einen Tisch. Nach ein paar Minuten stand Johnny auf und ging zu einem Mädchen. Er tanzte ein paar Mal mit ihr. Später verließen sie das Lokal zusammen mit dem kleinen Dicken.

Am nächsten Samstag waren sie wieder da, auch das Mädchen. Sie saß mit zwei Freundinnen in einer Ecke. Als sie Johnny und seinen Freund bemerkten, steckten sie die Köpfe zusammen und tuschelten. Aber das Mädchen ging nicht zu ihnen. Ich hatte den Eindruck, sie wollte mit Johnny und dem

Dicken nichts mehr zu tun haben. Johnny kümmerte sich auch nicht um sie. Es dauerte nicht lange, da tanzte er mit einer anderen. Wenig später verschwand er mit ihr. Der kleine Dicke lief hinterher. Und am nächsten Samstag kannten sie sich nicht mehr.

Ein paar Wochen ging es so. Vielleicht hätte mich ihr Verhalten und mehr noch das der Mädchen stutzig machen müssen. Aber ich dachte mir nichts dabei. Ich war wirklich sehr naiv damals. Und sehr verliebt! Was hätte ich dafür gegeben, wenigstens einmal mit ihm zu reden.

Ich konnte es kaum noch erwarten, samstags aus dem Haus zu kommen. Nie vorher habe ich meine Mutter so dreist belogen wie in der Zeit. Es drehte sich alles nur noch um Johnny. Ich wusste, dass ich bei ihm keine Chance hatte. Ich wollte auch nur in seiner Nähe sein und fragte ein bisschen herum, wer er war. Aber keiner wusste etwas Genaues. Ein paar von den Mädchen erzählten, dass er Musik mache. Und die, die mit ihm und seinem Freund zusammen gewesen waren, grinsten, wenn ich sie fragte. Ein paar Mal hieß es: ‹Es war ein netter Abend. Aber für dich wäre es kaum das Richtige.›

Und dann, es war am 16. Mai, eine Woche nach meinem Geburtstag, sprach der kleine Dicke mich an. Es war nicht viel los an dem Abend. Sie hatten schon eine Weile am Tisch gesessen, ehe der Dicke zu mir kam. Ich tanzte mit ihm, weil ich dachte, danach nimmt er mich vielleicht mit an ihren Tisch. Irrtum! Er wurde zudringlich. Ich hatte Mühe, ihn mir vom Leib zu halten. Er wurde ausfallend und beschimpfte mich.

Ich war ziemlich deprimiert und ging. Und draußen auf dem Parkplatz hörte ich Johnny nach mir rufen. Er entschuldigte sich für seinen Freund. Ich solle die Schimpferei nicht übel nehmen. Sein Freund sei ein Hitzkopf und habe leider nicht viel Glück bei Mädchen. Wir blieben eine Weile draußen und unterhielten uns. Ich konnte es kaum glauben. Er fragte, ob ich wieder mit hineingehen wolle. Es sei doch zu früh, um heimzugehen. Und er werde dafür sorgen, dass sein Freund mich nicht noch einmal belästige.

So hat es angefangen mit Johnny und mir. Es kam mir vor wie ein Wunder. Mir war schon der Verdacht gekommen, dass er nur nach Buchholz kam, um ein Mädchen für einen Abend abzuschleppen. Aber so benahm er sich bei mir nicht. Der Dicke ging, als wir zurück ins Lokal kamen. Fast eine halbe Stunde saßen wir allein am Tisch und unterhielten uns. Dann fragte Johnny, ob ich Lust hätte, mit ihm zu tanzen.

Mehr passierte nicht an dem Abend. Der Dicke tauchte nicht wieder auf. Als ich gehen musste, brachte Johnny mich hinaus. Er wollte mich auch heimbringen. Das ging leider nicht. Wenn meine Mutter uns gesehen hätte, wäre ich nie wieder vor die Tür gekommen. Wir verabschiedeten uns auf dem Parkplatz. Er gab mir nur die Hand und fragte: ‹Sehe ich dich wieder?›

Ich sagte: ‹Wahrscheinlich bin ich nächsten Samstag wieder hier.›

Er lächelte. ‹Ich auch. Und es ist wohl am besten, wenn ich allein komme. Also dann bis nächsten Samstag.›

Er kam tatsächlich allein. Und er war sehr zurückhaltend. Es dauerte drei Wochen, ehe er mich zum ersten Mal küsste. Er war lieb und zärtlich, und egal, was ich sagte, er verstand es. Auch als ich ihm von meiner Mutter erzählte, lachte er nicht. ‹Jeder so, wie er glaubt, dass es richtig wäre›, meinte er.

Natürlich fragte ich ihn nach seinem Namen. Er sagte, er hieße Horsti. Das war mir zu blöd, also blieb ich bei Johnny. Er sagte, er kann Mädchen nicht ausstehen, bei denen man auf Anhieb landen kann, die seien nur gut, um sich zu amüsieren. Er sagte, er hätte noch nie ein Mädchen wie mich getroffen und dass er mich liebe. Es war alles perfekt. Er war sogar ein bisschen eifersüchtig. Ein paar Mal konnte er am Wochenende nicht nach Buchholz kommen. Dann bat er mich, daheim zu bleiben, damit ihm kein anderer in die Quere kam.

Ich wusste nicht viel von ihm. Er erzählte nicht gerne, nur ab und zu ein bisschen. Dass er mit zwei Freunden eine Band gegründet hatte, dass sie in einem Keller probten. Der Dicke gehörte dazu. Johnny sagte, sein Freund sei ein Ass am Keyboard. Er selbst spielte Schlagzeug und der dritte die Bassgitarre.

Im August fragte er mich, ob ich Lust hätte, mir ihre Musik einmal anzuhören. Lust hatte ich. Aber ich wollte nicht mit dem Dicken in einem Keller sitzen, wo ich nicht die Möglichkeit gehabt hätte wegzugehen, wenn er mich belästigte. Johnny lachte mich aus. ‹Ich bin doch dabei. Er wird dich nicht einmal schief von der Seite ansehen.›

Am darauf folgenden Wochenende brachte er ihn noch einmal mit. Da benahm der Dicke sich manierlich, und ich willigte ein, mit ihnen zu fahren. Es wurde ein toller Abend. Sie spielten ein neues Lied, es hieß ‹Song of Tiger›. Johnny sagte, das sei jetzt mein Lied. Er hätte es für mich gemacht.

Nach einer Stunde hörten sie auf zu spielen. Die beiden anderen gingen hinaus und kamen nicht zurück. Johnny gab mir etwas zu trinken und schaltete die Stereoanlage ein. Es gab ein paar Tonbänder mit Aufnahmen, die sie selbst bespielt hatten. Wir tanzten, tranken noch ein paar Gläser, setzten uns auf die Couch. Und da ist es eben passiert.

Ich will nicht behaupten, er hätte mich vergewaltigt. Es war sehr schön. Und ich wollte es auch. Ich war ein bisschen betrunken und hatte nur Angst, dass ich schwanger werde. Ich hatte noch nie ein Verhütungsmittel genommen.

Johnny sagte: ‹Mach dir keine Sorgen. Ich passe auf.› Darauf habe ich mich verlassen. Und dann bekam ich meine Periode nicht. Ich bin fast gestorben vor Angst. Johnny gab mir Geld. Ich sollte mir einen Test aus der Apotheke holen. Er sagte: ‹Wenn der Test positiv ist, heiraten wir eben.›

Er war positiv. Als ich ihm das sagte … Er tat, als freue er sich riesig, riss mich an sich und jubelte. ‹Ich werde Vater. Meine Eltern werden Augen machen. Morgen stelle ich dich ihnen vor. Lass dir etwas einfallen, damit deine Mutter dir Ausgang gibt. Und sag ihr auch, es wird ziemlich spät werden. Wir treffen uns um zwei hier auf dem Parkplatz. Wenn es eine halbe Stunde später werden sollte, lauf nicht heim. Warte auf mich.›

Das habe ich getan, bis abends um sieben. Er kam nicht. Ich habe ihn nie wieder gesehen. Was ich tun konnte, um ihn ausfindig zu machen, habe ich getan, viel war das nicht. Ich kannte seinen richtigen Namen nicht und wusste nicht, wo er wohnte.

Das Einzige, woran ich mich erinnerte, war, dass wir an dem Abend auf der Autobahn Richtung Hamburg gefahren waren. Aber wir hatten hinten im Wagen gesessen, er hatte mich abgelenkt. Ich wusste nicht einmal, ob wir im Haus seiner Eltern oder bei einem seiner Freunde gewesen waren. Wochenlang fuhr ich herum und suchte. Ich dachte, mir fiele die eine oder andere Einzelheit ein, wenn ich unterwegs bin.

Jeden Abend, wenn Vater von der Arbeit kam, ließ er den Wagen am Buenser Weg stehen, damit Mutter nichts merkte. Meinem Vater erzählte ich, dass ich üben müsse, damit ich das Fahren nicht wieder verlernte. Er verstand das.

Über die Schwangerschaft konnte ich nicht mit ihm reden. Es war auch sonst niemand da. Irgendwann begriff ich, dass meine Suche aussichtslos war. Ein paar Wochen habe ich noch gewartet, dass Johnny sich bei mir meldet. Er kannte meinen Namen und meine Adresse. Ich mochte nicht glauben, dass ein Mensch so schlecht sein kann. Aber die Mädchen, mit denen er vor mir zusammen gewesen war, sagten alle: ‹Hast du dir wirklich eingebildet, dass der es ernst meint?›

Ende Oktober bemerkte ich, dass mein Bauch dicker

wurde. Und meiner Mutter war aufgefallen, dass mir häufig übel war. Sie verlangte, dass ich mich von einem Arzt untersuchen ließ. Da bin ich von zu Hause weg, per Anhalter. Und dann habe ich versucht, mich umzubringen. Ich habe mich vor ein Auto geworfen. Dabei verlor ich das Baby. Es war ein Mädchen, das konnte man schon sehen. Mir selbst war nicht viel passiert, nur ein paar Schrammen im Gesicht und eben die Fehlgeburt.

Ich musste wieder heim. Aber meine Mutter wollte mich nicht mehr im Haus haben. Dass ich zu sterben versucht und dabei mein Baby getötet hatte, sei die schwerste Sünde, die ein Mensch begehen könne, sagte sie und warf mich hinaus.

Ich fuhr nach Köln und fand Arbeit dort. Ein Jahr später lernte ich meinen Mann kennen, wir heirateten. Aber ich habe die Sache nie überwunden. Meine Mutter hat doch Recht. Ich bin eine Mörderin. Ich habe ein unschuldiges Kind getötet. Seit mein Sohn auf der Welt ist, stelle ich mir vor, wie es wäre, wenn er eine ältere Schwester hätte, die ihn liebt, die alles für ihn tut und immer für ihn da ist.

Als ich Johnny heute Nachmittag mit dieser Frau sah … Zuerst habe ich nur seinen Rücken gesehen. Da dachte ich noch, das kann nicht sein. Aber dann richtete er sich auf. Ich hörte ihn sprechen. Und dann spielte die Frau das Lied. Mein Lied.

‹Song of Tiger›.

Es war … Ich weiß nicht, was es war. Es ging so wahnsinnig schnell. Es ging irgendwie automatisch.»

Mit dem letzten Satz hob sie den Kopf, schaute dem Chef ins Gesicht und fühlte die Erleichterung wie eine warme Flüssigkeit durch den Körper fluten. Seine Miene war weich geworden. Er glaubte die Geschichte. Es war aber auch eine sehr gute Geschichte. Und da sie zu einem kleinen Teil auf Wahrheit beruhte, konnte niemand sie widerlegen.

Die kleine Kölner Altbauwohnung, in der Margret Rosch im Dezember vor fünf Jahren ihre Nichte aufgenommen hatte, lag an einer viel befahrenen Straße. Im Winter störte es Margret nicht. Da reichte es ihr, morgens und abends kurz durchzulüften. Im Sommer wurde es oft unerträglich. Bei geöffneten Fenstern drang neben dem Verkehrslärm auch der Gestank von Abgasen bis in den letzten Winkel. Blieben die Fenster geschlossen, staute sich die Hitze. Da hatte man beim Heimkommen das Gefühl, einen Brutofen zu betreten.

Heimgekommen war Margret Rosch an diesem Samstagabend kurz nach neun Uhr. Den Nachmittag und den frühen Abend hatte sie mit einem langjährigen Freund verbracht. Sie bezeichnete ihn nie anders als ihren Freund. Achim Miek, Doktor der Medizin mit eigener Praxis in der Innenstadt und seit dreißig Jahren ihr Geliebter.

Verheiratet war Margret nie gewesen, und jetzt lohnte sich das nicht mehr. Nach all den Jahren als Freundin konnte sie dem Gedanken, ihre persönliche Freiheit aufzugeben, nicht mehr viel abgewinnen. Obwohl Achim Miek jetzt darauf drängte. Er war seit gut einem Jahr verwitwet.

Margret hatte ihn nie gedrängt, niemals das Wort Scheidung ausgesprochen. Und nur ein einziges Mal hatte sie ihn gebeten, etwas für sie zu tun, nicht direkt für sie – für ihren Bruder und ihre Nichte. Es lag fünf Jahre zurück, im August war es gewesen – und nicht legal. Dass Achim Miek sie ausgerechnet heute daran hatte erinnern müssen, hielt Margret später für ein schlechtes Omen. Man hätte es eher Erpressung nennen können.

Sie hatte sich früher als geplant verabschiedet, um einer Auseinandersetzung aus dem Weg zu gehen. Als sie ihre Wohnung betrat, war sie nicht eben bester Laune. Die Luft war stickig. Aber es war spät genug, um alle Fenster zu öffnen. Der Verkehr hatte nachgelassen. Draußen war es einige Grade kühler als drinnen.

Sie nahm eine lauwarme Dusche. Anschließend richtete sie sich ein leichtes Abendbrot, aus dem gemeinsamen Essen im Restaurant war ja leider nichts geworden. Dann las sie ein paar Seiten in einem Roman, um die Enttäuschung und das ungute Gefühl zuzudecken.

Für halb elf war auf dem Ersten Programm ein Film angekündigt, den sie sich anschauen wollte. Als sie ihr Fernsehgerät einschaltete, sprach gerade ein gütig aussehender Mensch mit engagierter Miene über das große Vorbild, den Erlöser.

Margret vergaß auf der Stelle die eigenen Probleme, bis auf die Worte ihres Freundes: «Vergiss nicht, was ich für dich getan habe.» Wie hätte sie das vergessen sollen? Sie hatte bei dieser Sache damals entschieden mehr riskiert als Achim Miek. Unvermittelt spürte sie kalte Wut in sich aufsteigen, sah für den Bruchteil einer Sekunde die bläulich verfärbte Leidensmiene ihrer jüngeren Nichte vor sich, hörte Elsbeths sanfte Stimme ein Gebet murmeln. Der Geruch von brennenden Kerzen stach ihr in die Nase. Der Eindruck war so real, dass sie niesen musste.

Sie putzte sich die Nase, griff erneut nach dem Buch und konzentrierte sich auf die Zeilen, während der gütig aussehende Mensch noch ein paar Minuten lang referierte. Wenn man es so erlebt hatte wie Margret, konnte man dem nicht zuhören. Dabei hatte sie es nur sporadisch erlebt. Vierteljährlich für höchstens zwei Tage – und nicht einmal von Anfang an. Mit den regelmäßigen Besuchen bei ihrem Bruder hatte sie erst begonnen, als Wilhelm sie ausdrücklich darum bat. Zu dem Zeitpunkt war Cora neun Jahre alt gewesen. Und wenn Margret abreiste, sprach sie ebenfalls ein Gebet, genauso inbrünstig wie die, die Elsbeth im Wohnzimmer murmelte. «Pass auf Cora auf, Wilhelm. Du musst etwas für sie tun, sonst geht sie vor die Hunde.»

Jedes Mal nickte Wilhelm und versprach: «Ich tu, was ich kann.»

Ob er es wirklich tat und wie viel er tun konnte, wusste Margret nicht. Sie wusste insgesamt nicht viel über ihn. Achtzehn Jahre Altersunterschied – das von der Mutter gehätschelte Nesthäkchen und der große Bruder.

Als Margret geboren wurde, hatte Wilhelm sich bereits als Freiwilliger zur Wehrmacht gemeldet. Er war in den Jahren danach einmal auf Urlaub daheim gewesen, doch daran erinnerte sie sich nicht. Daheim war damals Buchholz, die kleine Stadt nahe der Lüneburger Heide, in die es Wilhelm später zurückzog. Im Frühjahr 1944 verließen Margret und ihre Mutter die alte Heimat. Sie kamen ins Rheinland, wo noch Verwandte der Mutter lebten. Es war nach dem Umzug oft vom großen Bruder die Rede gewesen. Doch Margret lernte ihn erst kennen, als sie zehn Jahre alt und Wilhelm bereits ein gebrochener Mann war.

Es war nie offen darüber gesprochen worden. Aus den wenigen Andeutungen, die er im Laufe der Jahre gemacht hatte, zog Margret den Schluss, dass er in Polen an Erschießungen teilgenommen hatte, Zivilbevölkerung, auch Frauen und Kinder. Auf Befehl; hätte er sich geweigert, hätte man ihm vermutlich auch eine Kugel ins Genick gejagt oder ihn aufgeknüpft. Wilhelm konnte es nicht so sehen und wurde nicht damit fertig.

Er hielt es nicht lange aus im Rheinland bei Mutter und Schwester. Der Vater war in Frankreich gefallen. Und Wilhelm wollte zurück nach Buchholz. Vielleicht hoffte er, dort einen Teil der unschuldigen Jugend wieder zu finden.

Stattdessen fand er Elsbeth. Eine bildhübsche junge Frau aus Hamburg, eine fast übernatürliche Erscheinung mit weißblondem Haar und einem Teint wie Porzellan, mit einem Schicksal, wie es nach dem Krieg viele gehabt hatten – ein Verhältnis mit einem Sieger. Elsbeth war schwanger geworden, bekommen hatte sie das Kind nicht. Dass sie es mit Hilfe einer Stricknadel losgeworden und fast daran gestorben war, erfuhr Margret erst, als es bei Elsbeth nichts mehr zu retten gab. Aber es war eine Erklärung. Und Erklärungen waren das Wichtigste überhaupt.

In den eineinhalb Jahren, die Cora bei ihr verbrachte, hatte Margret häufig darüber gesprochen. Unzählige Nächte hatten sie zusammengesessen, über Schuld und Unschuld, Glauben und Überzeugung diskutiert. Über die Eltern, die langen kinderlosen Jahre ihrer Ehe. Wie Wilhelm sich an Elsbeths Seite allmählich von einem schwermütigen in einen lebenslustigen Mann verwandelte. Wie Elsbeth ihn mitriss, lachen, tanzen, lieben. Wie er begann, sein Leben zu genießen. Wie sie reisten, eine Woche Paris, drei Tage Rom, das Oktoberfest in München und der Prater in Wien.

Einmal im Jahr waren sie ins Rheinland gekommen. Karneval in Köln, den ließ Elsbeth sich nicht entgehen. Da trank sie auch mal ein Gläschen. Und wenn es ein Gläschen zu viel wurde, verfiel sie in melancholische Stimmung, erzählte ein wenig von Liebe, Leid und der schweren Schuld, die sie auf sich geladen hatte.

Als sie schwanger wurde, war Elsbeth fast vierzig, Wilhelm ging auf die fünfzig zu und war überglücklich. Zu Coras Geburt lud er Mutter und Schwester ein. Sie mussten unbedingt kommen und die kleine Enkeltochter und Nichte, dieses Geschenk des Himmels, bewundern. Ein hübsches Baby, kerngesund, mit Wilhelms dichtem dunklem Haarschopf und einem gesunden Appetit. Es hatte Elsbeth viel Kraft gekostet. Ganz matt lag sie in dem Krankenhausbett, fast ausgeblutet, blass und schwach, aber ebenso glücklich wie Wilhelm.

«Hast du sie schon gesehen, Margret? Geh nur, die Schwester wird sie dir zeigen. Alle hier sagen, dass sie selten so ein hübsches Kind gesehen haben. Und wie stark sie ist. Sie hält ihr Köpfchen schon aus eigener Kraft oben. Nie hätte ich geglaubt, dass ich einmal ein Kind im Arm halten darf – und dann so ein schönes. Der Herr hat mir verziehen, er hat mir ein so großes Geschenk gemacht. Für so ein Kind gibt man gerne etwas von sich her. Ich werde mich schon wieder erholen.»

Doch ehe Elsbeth sich erholen konnte, wurde sie zum zweiten Mal schwanger, mit Magdalena. Die Todeskandidatin. Gezeichnet vom offenen Ductus Botalli, der Verbindung zwischen Aorta und Lungenarterie, die sich normalerweise bei der Geburt schließt, außerdem geschlagen mit mehreren Septumdefekten. Sowohl die Vorhöfe des winzigen Herzens als auch die beiden Kammern waren betroffen. Hinzu kamen weitere Gefäßanomalien. Die linke Herzkammer war nicht vollständig ausgebildet, die Bauchaorta wies sackartige Ausbildungen, Aneurysmen, auf. Der betroffene Abschnitt war zu groß, um ihn komplett zu entfernen. Und die Ärzte vermuteten, dass noch weitere Gefäße betroffen waren.

Margret war Krankenschwester. Niemand musste ihr sagen, dass der blaue Winzling keine Chance hatte – trotz der sechs Operationen im ersten halben Jahr. Einer der Ärzte hatte damals zu Wilhelm gesagt: «Was in der Brust Ihrer Tochter schlägt, ist kein Herz, das ist ein Schweizer Käse. Es sieht aus, als hätte es jemand mit einer Stricknadel bearbeitet.»

Unglücklicherweise hatte Elsbeth diese Worte ebenfalls gehört, oder sie waren ihr von einer nichtsahnenden Krankenschwester zugetragen worden.

Aber egal, was die Ärzte an Zeit vorgaben, Magdalena strafte sie Lügen. Sie nahm es sogar mit einer Leukämie auf und gewann ihren Kampf. Elsbeth führte das auf die Kraft der Gebete zurück und steigerte ihren Eifer so, dass es für jeden normal empfindenden Menschen unerträglich wurde.

Margret hatte gewusst, wie es im Haus des Bruders zuging, und nichts getan, die Entfernung zum Vorwand genommen und die alte Mutter, mit der sie damals zusammenlebte. In den ersten Jahren nach Magdalenas Geburt hatten ihre Besuche in Buchholz Seltenheitswert gehabt. Kurz reinschauen, Augen zu und wieder nach Hause.

Dann starb ihre Mutter. Wilhelm kam zur Beerdigung nach Köln – allein, Elsbeth war nicht abkömmlich. Abends saßen sie zusammen, Margret und ihr Bruder, der dem Alter nach beinahe ihr Vater hätte sein können. Er druckste eine Weile herum, ehe er seine Bitte flüssig über die Lippen brachte. Ob sie nicht in den nächsten Wochen einmal zu Besuch kommen möchte. Und ob sie vielleicht einmal mit Elsbeth reden könne. Ein Gespräch von Frau zu Frau – über die Bedürfnisse eines Mannes. Es fiel ihm schwer, es auszusprechen. Dass er es überhaupt schaffte, wo sie sich so fremd waren, zeigte, dass er keinen Ausweg mehr wusste.

«Ich habe schon daran gedacht, mich von ihr zu trennen. Aber das wäre verantwortungslos. Und ich will mich nicht drücken vor der Verantwortung. Nur kann es nicht so weitergehen, das halte ich nicht aus.»

Nach einer Pause von mindestens zwei Minuten fügte er hinzu: «Seit Magdalenas Geburt schlafe ich im Kinderzimmer. Sie lässt mich nicht zu sich. Ich kann sagen, was ich will. Früher bin ich oft zu einer Frau gegangen, die Geld nahm. Ich wusste mir nicht anders zu helfen. Es war nicht richtig, ich weiß. Ich habe auch damit aufgehört vor einiger Zeit.»

Seit Magdalenas Geburt, das waren zu dem Zeitpunkt acht Jahre. Wilhelm war neunundfünfzig, sah jedoch wesentlich jünger aus. Ein großer, kräftiger Mann war er. Und wie er sie anschaute, wie er murmelte: «Es geht ja nicht nur um mich, auch um Cora. Sie ist jetzt neun. Und sie wird älter, und ... Ich habe Angst um sie.» Da lief es Margret kalt den Rücken hinunter. Obwohl Wilhelm es bestimmt nicht so gemeint hatte, wie sie es im ersten Augenblick auffasste.

Vierzehn Tage später machte sie sich auf den Weg und versuchte ihr Glück bei Elsbeth. Doch da war alle Mühe vergebens. Elsbeth hörte ihr mit genügsamer Miene und im Schoß gefalteten Händen zu und sagte: «Wenn ich die Kraft hätte für ein weiteres Kind, würde ich ihn zu mir lassen. Meine Zeit ist noch nicht abgelaufen, ich könnte noch empfangen. Und wie soll ich das schaffen? Nein! Wir müssen alle Opfer bringen. Wilhelm ist ein Mann. Er muss es tragen wie ein Mann.»

Das hatte Wilhelm wohl tun müssen. Er war vermutlich wieder zu einer Frau gegangen, die Geld nahm. Genau wusste Margret es nicht. Es war nie mehr über die Sache gesprochen worden, nur noch ein paar Mal über Wilhelms Angst um Cora, die plötzlich ein paar Auffälligkeiten zeigte.

Es war nicht angenehm gewesen, darüber nachzudenken, ob Wilhelm dem Wahnsinn, den Elsbeth mit Cora veranstaltete, die Krone aufsetzte. Der eigene Bruder! Und wenn er hundertmal nicht wusste, wohin mit seinen Bedürfnissen, er würde sich nicht an einem Kind vergreifen! Gewiss nicht an seiner Tochter!

Margret konnte sich das nicht vorstellen und hatte mit halbem Herzen versucht, der Sache auf den Grund zu gehen. Sie war gegen eine Mauer gerannt, hatte schon damals die Erfahrung gemacht; was Cora nicht sagen wollte, bekam kein Mensch aus ihr heraus.

Dass es irgendwann zu einer Katastrophe hatte kommen müssen, war vorhersehbar gewesen. Zu einer! Aus Margrets Sicht war die vor fünf Jahren geschehen, genau am 16. Mai – an Magdalenas Geburtstag. Cora war fast zerbrochen und ein halbes Jahr wie vom Erdboden verschluckt gewesen.

Nur mit Schaudern erinnerte sich Margret an den Anruf im Dezember des gleichen Jahres, an die Stimme ihrer Nichte am Telefon: «Darf ich zu dir kommen? Ich kann hier nicht mehr leben. Ich kann überhaupt nicht mehr leben, glaube ich.» Und wie sie dann vor ihrer Tür stand mit den zerstochenen Armen und der Kerbe in der Stirn. Und die Nächte bis weit in den folgenden März hinein, in denen Margret aus dem Bett gesprungen und ins Wohnzimmer gerannt war. Als Erstes immer nach den Händen gegriffen, damit Cora sich nicht verletzte. Grauenhafte Albträume und danach rasende Kopfschmerzen und eisernes Schweigen. Was immer mit ihr geschehen war, Cora konnte nicht darüber reden, sie sprach nur einmal von einem Unfall im Oktober.

Sie hätte Hilfe gebraucht, einen kompetenten Arzt. Aber sie ließ niemanden an sich heran. Margret musste betteln, ehe sie sich wenigstens einmal von Achim Miek untersuchen ließ. Die Kopfschmerzen seien wohl Ursache der Schädelverletzung, meinte Achim und wunderte sich, wie gut die Wunde verheilt war in der kurzen Zeit seit Oktober. Was die Albträume anging, vermutete er ein traumatisches Erlebnis. Und das aufzuarbeiten gehörte in die Hände eines Facharztes. Ein guter Psychologe könne wahrscheinlich helfen.

Cora winkte ab. Und irgendwie schaffte sie es ohne Hilfe. Inzwischen war es überflüssig, sich Sorgen um sie zu machen. Es ging ihr gut. Alle zwei Wochen kam sie sonntags zu Besuch mit Gereon und ihrem Söhnchen, erzählte vom eigenen Haus und der aufreibenden Arbeit im Büro.

Margret freute sich jedes Mal, mit welcher Begeisterung Cora in die ihr fremde Materie eingestiegen war. Gereon Bender war in Margrets Augen kein Traummann. Er war ein Trottel. Aber seit der Hochzeit mit ihm hatte Cora etwas Sinnvolles zu tun, keine Zeit mehr zum Grübeln – und absolut keine Probleme mehr. Immer machte sie einen ausgeglichenen Eindruck, wenn sie zu Besuch kamen. Am nächsten Tag wollten sie auch kommen.

Am Freitag hatte Margret noch mit ihrer Nichte telefoniert, kurz vor Mittag. Da hatte Cora ein bisschen nervös geklungen. In letzter Zeit klang sie freitags häufig ein bisschen nervös. Kein Wunder nach einer Woche voll Hektik und Stress im Büro.

Kurz vor elf, gerade als der Film begonnen hatte, rief Gereon an. Das hatte er bis dahin noch nie getan. Da war schon der Anruf an sich ein schlechtes Zeichen. Das zweite an diesem Abend. Gereon gab einen konfusen Bericht, von dem Margret im ersten Moment nur ein Wort verstand: Kripo!

Sie dachte, Cora sei etwas zugestoßen. Dass Cora zugestoßen haben könnte, der Gedanke wäre ihr nicht im Traum gekommen. Cora war rebellisch auf ihre Art, sie mochte auf manche Leute einen aggressiven Eindruck machen. Doch im Grunde ihres Herzens war sie sanft wie ein Lamm. Und Lämmer töten nicht, taugen nur zum Opfer.

Gereon hatte längst wieder aufgelegt, da hielt Margret den Telefonhörer noch am Ohr und war überzeugt, sie habe irgendetwas falsch verstanden. Sie versuchte einen Rückruf, aber es wurde nicht abgehoben, weder im Haus ihrer Nichte noch bei deren Schwiegereltern. Es dauerte eine Weile, ehe sie sich aufraffen konnte, die Auskunft anzurufen und die Nummer der Polizeibehörde des Erftkreises zu erfragen. Danach brauchte sie einen Cognac.

Es schwankte wie damals zwischen Nicht-wissen-Wollen und dem Bedürfnis, sich Gewissheit zu verschaffen, zwischen dem Wunsch nach Ruhe, einem Leben ohne Probleme und dem Bewusstsein, dass niemand für Cora einstand. Von Gereon Bender durfte man nichts erwarten. Er hatte mit seinem letzten Satz klargemacht, wie die Dinge für ihn standen. «Die ist für mich erledigt.»

Margret brühte Kaffee auf, trank zwei Tassen, um den Cognac zu neutralisieren. Dann wählte sie endlich, nannte ihren Namen und brachte ihr Anliegen vor. Doch es gab keine Auskunft am Telefon. Es gab auch nicht die Möglichkeit, sie mit einem der zuständigen Beamten zu verbinden. Das war Auskunft genug.

5. Kapitel

Rudolf Grovian schaltete das Aufnahmegerät vorläufig ab, als sie mit einem tiefen Atemzug zu erkennen gab, dass sie erst einmal genug erzählt hätte. Es war ein paar Minuten nach elf. Sie wirkte müde, ausgelaugt und sehr erleichtert. Er kannte den Effekt aus anderen Verhören. Der Kaffee war längst fertig. Er erhob sich, ging zum Spülschrank, nahm den Becher, wusch ihn äußerst gründlich und so, dass sie es sehen konnte, unter fließendem Wasser aus. Dann schüttelte er ihn, dass die Wassertropfen nur so flogen. Ein sauberes Tuch zum Trockenwischen war natürlich nicht in der Nähe. Nie war das da, was man gerade brauchte.

«Nehmen Sie Milch oder Zucker, Frau Bender?»

«Nein, vielen Dank, schwarz, bitte. Ist er schön stark?»

«Wie Teer», sagte er. Und sie lächelte flüchtig und nickte.

Er goss den Becher voll und brachte ihn ihr an den Schreibtisch. Sein Verhalten entsprach noch der gängigen Verhörtaktik. Dass etwas daran anders war als sonst, fiel niemandem auf, nicht einmal ihm selbst. «Möchten Sie auch etwas essen?»

Er setzte sich wieder auf den Stuhl ihr gegenüber und fragte sich, wo er um diese Zeit noch etwas Essbares auftreiben sollte. Flüchtig tauchte die reich gedeckte Kaffeetafel seiner Schwägerin vor seinem geistigen Auge auf. Für den Abend waren Nackensteaks vom Grill vorgesehen gewesen, zusammen mit dem geplanten ernsten Wort an seine Tochter wären sie für seine Galle ohnehin zu fett gewesen.

Er schaute zu, wie sie den Becher mit beiden Händen umfasste, ihn dann vorsichtig beim Henkel nahm und zum Mund führte. Sie trank einen winzigen Schluck, murmelte:

«Gut, genau richtig», und schüttelte den Kopf. «Vielen Dank, ich bin nicht hungrig, nur ziemlich müde.»

Das war nicht zu übersehen. Er hätte ihr eine Pause gönnen müssen. Sie hatte das Recht darauf. Aber es waren nur noch ein paar Fragen. Sie hatte es vermieden, den kleinsten Anhaltspunkt zu geben, der es erlaubt hätte, ihre Angaben zu überprüfen. Keine Namen! Mit Ausnahme von Johnny Guitar und dem blödsinnigen Horsti. Kein Lokal benannt, keinen Fahrzeugtyp, von einem amtlichen Kennzeichen ganz zu schweigen. Es passte zu ihr. – Nur niemanden mit hineinziehen.

Aber sie musste begreifen, dass es so nicht ging. Ein wenig mehr als das bisher Gelieferte brauchte er schon. Sonst müsste sich der Staatsanwalt zwangsläufig an die Stirn tippen und auf ein paar Ungereimtheiten verweisen. Auf die Tatsache zum Beispiel, dass Georg Frankenberg aus Frankfurt stammte. Er war dort geboren und aufgewachsen, hatte sein Elternhaus erst verlassen, als er zur Bundeswehr einberufen wurde. Anschließend hatte er sein Studium an der Universität in Köln aufgenommen.

Buchholz in der Nordheide! Was mochte Frankenberg dorthin verschlagen haben? Dass ihn nur die Suche nach Abenteuern hinauf in den Norden getrieben haben sollte, war schwer vorstellbar. Rudolf Grovian ging davon aus, dass einer seiner Freunde aus Hamburg oder Umgebung stammte. Leider hatte er versäumt, von Meilhofer Auskünfte über die beiden anderen Bandmitglieder einzuholen. Er hatte zu dem Zeitpunkt nicht ahnen können, dass sie wichtig werden könnten.

Er fragte nicht, ob sie sich imstande fühle, noch ein paar Fragen zu beantworten, sagte nur: «Der Kaffee wird Ihnen gut tun.»

Die Brühe war ziemlich stark, das hatte er gesehen, als er den Becher voll goss. Deshalb hatte er nichts davon genommen. Starker Kaffee bekam seiner Galle auch nicht.

Er schaltete das Aufnahmegerät wieder ein und begann – ahnungslos, in welcher Wunde er stocherte –, mit dem einzig konkreten Punkt, den sie genannt hatte. «Sie haben Georg Frankenberg also vor fünf Jahren, genau am 16. Mai kennen gelernt.»

Sie schaute ihn über den Rand des Bechers mit ausdruckslosem Blick an und nickte. Er rechnete kurz. Zu dem Zeitpunkt war Frankenberg zweiundzwanzig gewesen und dürfte am Beginn seines Studiums gestanden haben. Das Sommersemester begann im März und ging bis Mitte Juli. Semesterferien waren im August und September. Blieben die Wochenenden. Sie hatte ausschließlich von Wochenenden gesprochen. Und nicht einmal von jedem.

Ein junger Mann mit einer fatalen Neigung zu flotten Wagen hatte schnell ein paar hundert Kilometer zurückgelegt, und motorisiert dürfte Frankenberg während seiner Studienzeit gewesen sein. Nobles Elternhaus, das den Sprössling mit allem versorgte, was für ein standesgemäßes Leben notwendig war. Der Vater war ein Herr Professor! Facharzt für Neurologie und Unfallchirurgie. Seit sieben Jahren Chef in der eigenen Klinik, die sich auf plastische Chirurgie spezialisiert hatte. Da erwartete man, dass der Filius wusste, in welche Fußstapfen er zu treten hatte.

Aber der Sohn hatte ein paar Flausen im Kopf, saß lieber am Schlagzeug als im Hörsaal, amüsierte sich jede Woche mit einer anderen, schwängerte schließlich ein Mädchen aus obskuren Verhältnissen, das so leicht nicht zu haben gewesen war. Dass Frankie sich tatsächlich gefreut haben sollte, Vater zu werden, mochte sein oder auch nicht. Seine Eltern dürften keinesfalls begeistert gewesen sein. Es passte wirklich alles. Rudolf Grovian besaß genug Phantasie, um sich in die seelische Verfassung Georg Frankenbergs hineinversetzen zu können. Ein junger Mann ließ vor Jahren – entweder um Ärger daheim zu vermeiden oder auf Befehl von oben – seine schwangere Freundin sitzen. Vermutlich hörte er irgendwann, dass sie sich im Oktober vor ein Auto geworfen hatte. Damit verklärte sich für ihn die ganze Angelegenheit.

Das Gewissen meldete sich und machte ihm schwer zu schaffen. Wenn er später von dieser Freundin sprach – nur einmal und in Andeutungen –, erklärte er sie für tot, gestorben bei einem Unfall. So konnte man das auch ausdrücken. Aber vergessen hatte Frankie sie nie. Wie oft mochte er sich gefragt haben, was aus ihr und seinem Kind geworden wäre, wenn er sich zu ihr bekannt hätte? Und als sie sich am See auf ihn stürzte …

Dass seine Stimme um einige Grade sanfter klang, fiel ihm nicht auf. «Wir brauchen zumindest die Namen der beiden Männer, mit denen Georg Frankenberg damals zusammen war, Frau Bender.»

Sie hob müde die Schultern. «Ich weiß die Namen nicht. Er nannte die beiden nur seine Freunde.»

«Würden Sie die Männer wieder erkennen?»

Sie atmete tief durch. «Den Dicken vielleicht. Den anderen kaum. Ich habe ihn nur einmal flüchtig gesehen. Er war schon unten, als wir kamen. Es war nicht sehr hell, und er saß in der Ecke. Als er zusammen mit dem Dicken hinausging, habe ich mich nicht um ihn gekümmert.»

So ungefähr hatte er sich das gedacht. Aber es konnte nicht schwierig sein herauszufinden, mit wem Frankenberg für kurze Zeit von einer Karriere als Musiker geträumt hatte. Der nächste Punkt: «Welchen Wagen fuhr Georg Frankenberg, als Sie ihn kennen lernten?»

Sie schaute in den Kaffeebecher. «Das weiß ich nicht mehr. Als ich mitgefahren bin, das war, glaube ich, nicht sein Auto. Der Dicke saß am Steuer.» Nach ein paar Sekunden fügte sie zögernd an: «Das war ein Golf GTI, silberfarben. Das Kennzeichen begann mit einem B. BN vielleicht – ich bin nicht sicher.»

«Und diese Fahrt ging nach Hamburg?»

Sie nickte nur.

«Geht es nicht ein bisschen genauer, Frau Bender? Wie lange dauerte die Fahrt? Welche Abfahrt haben Sie genommen?»

Sie zuckte mit den Achseln und murmelte: «Tut mir Leid. Ich habe nicht aufgepasst.»

«Sie haben also keine Ahnung, in welchem Stadtteil von Hamburg das Haus lag?»

Als sie den Kopf schüttelte, fühlte er Frustration in sich aufsteigen. «Können Sie wenigstens das Haus beschreiben? War es ein freistehendes Haus? Wie sah die Umgebung aus?»

Sie reagierte aufbrausend. «Wem nutzt das denn heute noch? Das bringt doch nichts! Hören Sie: Ich habe gestanden, dass ich ihn erstochen habe. Ich habe Ihnen erklärt, warum ich ihn umgebracht habe. Lassen wir es doch damit gut sein. Wozu wollen Sie das alles wissen? Wollen Sie sich auf die Suche nach dem Haus machen? Dann viel Glück. Hamburg ist groß. Und es war ein großes Haus.»

Sie brach ab, blinzelte nervös, wischte sich mit der Hand über die Augen, als wolle sie einen unangenehmen Eindruck verscheuchen. Unvermindert heftig fuhr sie fort: «Es war eine Villa mit viel Grün drum herum. Mehr weiß ich wirklich nicht. Ich war sehr verliebt und habe mehr auf Johnny geachtet als auf die Umgebung oder die Hausfassade. Den Flur kann ich Ihnen beschreiben. Dann können Sie ja an allen großen Häusern klingeln und fragen, ob Sie sich den Flur mal ansehen dürfen.»

«Vielleicht mache ich das», sagte er. «Wenn Sie mir sagen, wie der Flur aussah.»

«Es war überhaupt kein Flur», murmelte sie. Erneut blinzelte sie heftig, stellte den Kaffeebecher ab, bewegte die Schultern, als sei ihr Nacken verspannt, und biss sich auf die

Unterlippe, ehe sie endlich erklärte: «Es war eine Halle, riesengroß und ganz in Weiß gehalten. Nur im Fußboden waren kleine grüne Steine zwischen den weißen Platten. Und da hing ein Bild an einer Wand, neben der Treppe zum Keller. Ich weiß es noch, weil Johnny mich an die gegenüberliegende Wand drückte und mich küsste. Und die anderen gingen schon die Treppe hinunter. Ich habe ihnen nachgeschaut und das Bild gesehen. Gewundert habe ich mich, dass sich jemand so etwas aufhängt. Da war überhaupt nichts zu erkennen. Es waren nur Farbkleckse.»

Es war eine so gute Geschichte gewesen. Bis dahin! Dass der Chef weitere Fragen hatte, war zwar unangenehm. Aber ein paar Antworten gab es noch. Ein silberfarbener Golf GTI und ein Autokennzeichen, das mit einem B begann. BN vielleicht oder auch nicht. Sie hatte BM sagen wollen. Im letzten Moment war ihr eingefallen, dass Gereons Kennzeichen mit BM begann. Da hätte der Chef die Lüge sicher bemerkt.

Was den Wagen anging, hatte sie nicht lange überlegen müssen. Es war ein typisches Junge-Männer-Auto. Gereon hatte einen silberfarbenen Golf gefahren, als sie ihn kennen lernte, allerdings nicht mehr lange, der Wagen war schon alt gewesen. Und sie meinte, sich zu erinnern, dass auch Johnnys kleiner, dicker Freund einen Golf gefahren hatte. Genau wusste sie es nicht mehr. Es war auch nicht wichtig. Sie hatte ja nie etwas mit diesen beiden Männern zu tun gehabt.

Und das Haus, irgendein Haus in Hamburg. Man brauchte nur ein bisschen Logik. Natürlich ein freistehendes Haus! Wenn im Keller ein Proberaum für Musiker eingerichtet war, musste ringsum ein bisschen Platz sein, damit sich die Nachbarn nicht über den Lärm beschwerten. Und ein großes, freistehendes Haus in Hamburg konnte nur Leuten gehören, die reich waren. Und reiche Leute hängten sich Bilder an die Wände. Wie sie ausgerechnet auf ein Bild aus Farbklecksen gekommen war, wusste sie beim besten Willen nicht. Aber es war ebenso nebensächlich wie das Auto.

Der Chef unterbrach ihre Gedanken. «Wieso die anderen?», fragte er. «Eben sprachen Sie nur von dem Dicken und sagten, der dritte sei schon unten gewesen, als Sie kamen. Wer war denn da noch auf der Treppe außer dem Dicken?»

Die anderen? Es war ihr nicht bewusst, das gesagt zu haben. Sie presste eine Hand gegen die Stirn, versuchte sich zu erinnern, wie genau sie formuliert hatte, als sie das Bild aus Farbklecksen ins Spiel brachte. Es fiel ihr nicht ein, und der Chef wartete auf eine Antwort. Es musste eine logische Antwort sein. Ein Bild aus Farbklecksen war nicht logisch. Reiche Leute bevorzugten gediegene Kunst. Ihre Stimme klang gequält. «Ich weiß es nicht. Ein Mädchen. Der Dicke hatte sich auch ein Mädchen mitgenommen.»

Sie nickte zufrieden. Das war eine hervorragende Antwort. «Genau!», sagte sie. «So war das. Sonst wäre ich nämlich nicht mitgefahren. Dem habe ich nicht getraut. Ich hatte es vergessen. Aber gerade fiel es mir wieder ein. Es war noch ein Mädchen bei uns.»

Sie lächelte ihn an wie um Verzeihung bittend. «Jetzt fragen Sie mich aber nicht, wie das Mädchen hieß. Das weiß ich wirklich nicht. Ich hatte sie noch nie vorher gesehen. Sie war an dem Abend zum ersten Mal da. Ich glaube, sie war nicht aus Buchholz. Wissen Sie, die Mädchen aus Buchholz waren vorsichtig geworden, was Johnny und seinen Freund anging. Von denen wäre garantiert keine mit uns gefahren. Es war ein fremdes Mädchen, und es ging später zusammen mit dem Dicken und dem anderen hinaus. Ich weiß nicht, wo sie hingegangen sind. Vielleicht sind sie weggefahren.»

«Wie sind Sie denn nach Hause gekommen?»

«Johnny hat mich heimgebracht. Mit dem Golf. Der stand vor dem Haus, als wir herauskamen.»

«Dann können die anderen doch nicht weggefahren sein.»

Sie seufzte und erklärte gereizt: «Ich habe doch gesagt, vielleicht. Sie können auch noch im Haus gewesen sein. Ich weiß es nicht. Ich bin ja nicht durchs Haus gelaufen.»

Der Chef nickte bedächtig. «Und bei der Rückfahrt haben Sie auch nicht auf die Hausfassade oder die Strecke geachtet!»

«Nein, ich war ziemlich betrunken und bin im Auto eingeschlafen.»

Er nickte noch einmal und wollte wissen: «Im wievielten Monat waren Sie schwanger, als Sie das Baby verloren?»

Sie musste erst überlegen. Was hatte sie gesagt? Im August mit Johnny geschlafen! Hatte sie den August erwähnt? Sie erinnerte sich nicht, wusste nur noch, dass sie gesagt hatte: «Im Oktober merkte ich, dass mein Bauch dicker wurde ...»

Das war ein bisschen knapp, nach drei Monaten wurde noch kein Bauch so dick, dass es auffiel. Ob der Chef das nicht wusste? Jetzt nur keinen Fehler machen. Sie schüttelte den Kopf. «Bitte, das nicht noch einmal. Ich kann nicht darüber reden. Das konnte ich noch nie.»

Rudolf Grovian wollte sie nicht zu sehr bedrängen. Er gestattete sich nur den dezenten Hinweis, dass er sich notgedrungen an andere halten musste, wenn sie nicht kooperierte. «Wie alt sind Ihre Eltern, Frau Bender?»

Sie antwortete automatisch. «Mutter ist fünfundsechzig, Vater zehn Jahre älter.»

In dem Moment schaltete sich Werner Hoß ein. «Warum haben Sie mir gesagt, Ihre Eltern seien tot?»

Sekundenlang schien sie irritiert, starrte Hoß feindselig an und erklärte mit rauer Stimme: «Für mich sind sie das. Und Tote muss man in Frieden ruhen lassen. Oder sind Sie anderer Meinung?»

«Nein», sagte Hoß. «Aber sie leben ja noch. Und wenn ich merke, dass ich in einem Punkt belogen wurde, werde ich auch bei anderen Punkten stutzig.»

Im ersten Moment hatte Rudolf Grovian sich zwar jede Einmischung verbitten wollen. Dann ließ er Hoß erst einmal gewähren, mal sehen, worauf es hinauslief.

«Sie haben uns sehr viel erzählt», sagte Hoß. «Und es war einiges dabei, was mir merkwürdig vorkommt. Dass sich zum Beispiel ein Schlagzeuger Johnny Guitar nennt und ein großer, kräftiger Mann Horsti.»

Sie zuckte mit den Achseln. «Merkwürdig fand ich das nicht, nur lächerlich. Aber wer weiß schon, warum einer sich so nennt oder anders. Er wird seine Gründe gehabt haben.»

«Mag sein», räumte Hoß ein. «Und über seine Gründe werden wir vermutlich nichts mehr erfahren. Kommen wir also wieder zu Ihren Gründen. Warum sollten wir glauben, Ihre Eltern seien tot? Könnte es sein, dass Ihre Eltern uns etwas ganz anderes erzählen als Sie?»

Etwas wie ein Lächeln verzog ihr den Mund. «Meine Mutter wird Ihnen etwas aus der Bibel erzählen, sie ist verrückt.»

«Aber Ihr Vater ist doch nicht verrückt», nahm Rudolf Grovian die Sache wieder in seine Hände. «Eben haben Sie uns erzählt, dass er ein sehr netter Mensch ist. Oder war das auch eine Lüge?»

Sie schüttelte stumm den Kopf.

«Warum regt es Sie denn auf, wenn ich sage, dass ich mit ihm reden möchte?»

Sie atmete zitternd durch. «Weil ich nicht will, dass er sich aufregt. Er weiß nichts von Johnny. Er hat mich ein paar Mal gefragt damals, ich habe ihm nichts gesagt. Es war nicht leicht für ihn, als ich wieder heimkam. Er machte sich Vorwürfe. Einmal sagte er: Wir beide wären besser vor Jahren hier weggegangen. Dann wäre das nicht passiert. Aber Vater war immer ein verantwortungsbewusster Mann. Er wollte Mutter nicht allein lassen mit dem Erlöser und der büßenden Magdalena.»

Für Rudolf Grovian hatte der Name keine Bedeutung. Er sah nur ein Zucken in ihrem Gesicht, als habe sie Schmerzen. Sie griff nach dem Kaffeebecher und führte ihn mit einer hastigen Bewegung zum Mund. Aber sie trank nicht, stellte ihn zurück auf den Schreibtisch und bat: «Könnten Sie bitte etwas Wasser zulaufen lassen? So ist er mir doch zu stark, davon wird mir übel.»

«Es ist nur kaltes Wasser.»

«Das macht nichts. Er ist sowieso zu heiß.»

Der Schreck war ihr wie ein Blitz durchs Hirn geschossen. Magdalena! Es war noch einmal gut gegangen. Der Chef reagierte nicht, auch der andere hakte nicht nach, ob das mit den Geschwistern auch eine Lüge gewesen sei. Sie strich mit einer Hand über die Stirn, zupfte die Haare über der Narbe zurecht, betastete vorsichtig die blutige Kruste über dem rechten Auge, rieb mit einer Hand durch ihren Nacken und bewegte den Kopf. «Darf ich aufstehen und ein bisschen herumgehen? Ich bin steif vom Sitzen.»

«Natürlich», sagte der Chef.

Sie trat ans Fenster, schaute in die Dunkelheit und erkundigte sich mit abgewandtem Rücken. «Wie lange wird es noch dauern?»

«Nicht mehr lange, es sind nur noch ein paar Fragen.»

Rudolf Grovian sah sie nicken und hörte sie murmeln: «Das dachte ich mir.» Lauter und in bestimmtem Ton sagte sie: «Na schön, machen wir weiter. Haben Sie das Ding wieder eingeschaltet? Ich habe keine Lust, Ihnen morgen früh alles noch einmal zu erzählen.» Sie gewann ihre alte Form zurück, kratzbürstig wie zu Anfang. Dass er ihr Verhalten da noch als aggressiv bewertet hatte, schien ihm nun übertrieben formuliert. Sie zeigte keine Anzeichen mehr von Schwäche und Erschöpfung oder gar Verwirrung. Das allein zählte. Die nächste Frage. Wie hieß das Lokal, in dem sie Georg Frankenberg alias Horsti oder Johnny Guitar kennen lernte?

Die Antwort kam nach einigem Zögern. «Es war im ‹Aladin›. So haben wir es genannt wegen der Lampen. Es hatte eigentlich keinen Namen. Ich meine, von montags bis freitags hatte es keinen. Da war es etwas für alte Leute. Und samstags war es eben das ‹Aladin›. Da war ich meist. Weil man da tanzen konnte.»

Das ließ sich zur Not überprüfen. Und wann genau hatte sie versucht, sich das Leben zu nehmen? Diesmal kam zuerst ein lang gezogener Seufzer, dann die Auskunft: «Habe ich doch schon gesagt, im Oktober. Den genauen Tag weiß ich nicht mehr.»

Und in welchem Krankenhaus war sie anschließend behandelt worden? Sie antwortete mit abgewandtem Rücken. Ihre Stimme klang belegt. «Ich war nicht in einem Krankenhaus. Der Mann, der mich angefahren hat, war Arzt. Er hat mich in seine Praxis gebracht. Ich sagte ja, ich war nicht schwer verletzt. Außerdem hatte er etwas getrunken. Er hatte Angst um seinen Führerschein und war dankbar, dass ich keine Polizei wollte. Ich bin dann bei ihm geblieben, ein paar Wochen, bis Mitte November.»

«Wie hieß dieser Arzt, und wo wohnte er?»

Sie drehte sich um und schüttelte nachdrücklich den Kopf. «Nein! Bitte, lassen Sie das. Ich rede nicht über den Arzt, das kann ich nicht. Er hat mir geholfen. Er hat gesagt, ich … Er war sehr nett zu mir. Er hat gesagt, ich …» Das Kopfschütteln wurde heftiger, gleichzeitig schlang sie die Hände umeinander, rieb und knetete sie und versuchte einen dritten Anlauf. «Er hat gesagt, ich …»

Sie schaffte es erst nach einer Pause und ein paar vernehmlichen Atemzügen, den Satz zu vollenden: «… muss wieder nach Hause gehen. Aber meine Mutter …»

Sie zog die Schultern zusammen, als sie sich erinnerte. Mutter in der offenen Haustür stehend. Der misstrauische Blick. Sie sah sich selbst. Ein neues Kleid auf dem Leib, darüber einen Mantel, ebenfalls neu. Und die Schuhe, die Unterwäsche, über die Grit Adigar sich so gewundert hatte, schwarze Spitzenwäsche und Strümpfe, alles neu. Alles bezahlt von einem Mann, der sich verpflichtet gefühlt hatte, ihr zu helfen. Ein Arzt! Das war keine Lüge.

Und Mitte November setzte er sie in einen Zug und schickte sie heim, obwohl es ihr noch nicht gut ging. Im Gegenteil, es ging ihr sehr schlecht. Die Zugfahrt war nur ein verschwommener Eindruck. Wo sie eingestiegen, ausgestiegen und wie sie heimgekommen war, daran erinnerte sie sich gar nicht. Nur wie sie dann vor der Tür stand. So schwach auf den Beinen, den Kopf mit Blei gefüllt. Neben dem Blei nur den Wunsch, sich in ein Bett legen zu dürfen und zu schlafen. Einfach nur noch zu schlafen. Sie hörte ihre eigene Stimme, den bettelnden Ton darin: «Mutter, ich bin es, Cora.»

Und Mutters Stimme, teilnahmslos und gleichgültig: «Cora ist tot.»

So ähnlich hatte sie sich auch gefühlt im November vor fünf Jahren. Und jetzt wieder. Sie hätte Mutter nicht erwähnen dürfen. Und den Arzt auf gar keinen Fall.

Rudolf Grovian sah, dass sie sich fast die Finger brach mit diesem Kneten und Reiben. Er bezog die Abwehr auf die Worte über ihre Mutter. «Schon gut, Frau Bender. Sie müssen es nicht wiederholen. Das haben wir bereits auf Band. Aber den Namen des Arztes brauchen wir unbedingt. Wir wollen dem Mann nichts Böses. Kein Mensch wird ihn heute noch dafür belangen, dass er vor fünf Jahren unter Alkoholeinfluss ein Auto gefahren hat. Wir wollen ihn nur als Zeugen hören. Er könnte uns Ihren Selbstmordversuch bestätigen und die Schwangerschaft.»

«Nein!», sagte sie gepresst, krallte die Hände hinter dem Rücken um das Fensterbrett. «Von mir aus können Sie es wieder vergessen. Ja, vergessen Sie es. Sagen wir doch einfach: Ich hatte mal was mit dem Mann, den ich erstochen habe. Er hat mich sitzen lassen, ich war sauer auf ihn. Und als ich ihm heute begegnete, habe ich ihn umgebracht.»

Rudolf Grovian legte eine gehörige Portion Nachdruck in seine Stimme. «Frau Bender, so geht das nicht. Sie können uns nicht irgendwas erzählen und bei jedem Punkt, der es uns erlaubt, Ihre Angaben zu überprüfen, mauern. Da muss ich fast wie mein Kollege annehmen, dass Sie uns nicht die Wahrheit sagen.»

Sie drehte sich erneut dem Fenster zu. Es war eine endgültige Bewegung, ihre Stimme unterstrich das noch. «Ich habe gesagt, vergessen Sie es! Ich habe mich nicht darum gerissen, Ihnen irgendwas zu erzählen. Sie haben mir gedroht, vergessen Sie das nicht. Aber jetzt müssen Sie aufhören. Ich kann nicht mehr, es geht mir nicht gut. Sie haben gesagt, wenn es mir nicht gut geht, soll ich es sagen, und dann hören wir auf.»

«Ich habe aber nicht gesagt, Sie sollen es als Ausrede benutzen.»

«Es ist keine Ausrede. Ich kann wirklich nicht mehr.» Ihre Stimme, eben noch fest und bestimmt, klang mit einem Mal matt und weinerlich. Ihre Unterlippe begann zu zittern wie die eines zweijährigen Kindes, das in der nächsten Sekunde in Tränen ausbrechen will.

Er sah es in der Fensterscheibe. Doch auf solch einen billigen Trick fiel er nicht herein. Den Ton hatte seine Tochter auch immer benutzt, wenn sie ihren Willen auf andere Weise nicht durchsetzen konnte. Und die Unterlippe, Mechthild hatte es Eine-Schnute-Ziehen genannt.

«Ein paar Minuten werden Sie noch können», sagte er. Dass seine Stimme schärfer klang, konnte er nicht verhindern, wollte er auch nicht. Bei aller Rücksicht und Anteilnahme, sie sollte spüren, dass er sich nicht auf Dauer mit Ausflüchten und Verweigerung abspeisen ließ. «Sie sind also im Dezember vor fünf Jahren nach Köln gekommen. Gab es einen besonderen Grund, dass Sie sich ausgerechnet für Köln entschieden?»

Er nahm an, dass sie doch etwas über Frankenbergs wahre Identität und seinen Aufenthaltsort herausgefunden hatte. Dass sie sich auf den Weg machte, ihn zu suchen.

Und sie sagte leise: «Nein! Ich habe mich in einen Zug gesetzt, und der fuhr eben nach Köln.»

Bis dahin hatte er ihr geglaubt. Das glaubte er auf keinen Fall. «Vielleicht denken Sie noch einmal nach, Frau Bender. Es gab einen Grund. Wir kennen ihn bereits. Aber wir möchten es von Ihnen hören.»

«Da muss ich nicht nachdenken. Es gab keinen Grund. Ich kannte niemanden in Köln, darauf wollen Sie doch hinaus.»

Sie begriff nicht, warum er so nachdrücklich fragte, stand im Geiste noch daheim vor der Haustür, schaute in Mutters Gesicht, hörte Mutters Stimme. Cora ist tot. Nein! Cora lebte, der Mann war tot. Und Cora verlor allmählich ihren Verstand. Sie spürte es ganz deutlich – wie eine Hand voll Wasser, das langsam durch ihre Finger davonrann. Sie mochte die Finger noch so fest zusammenpressen, das Wasser ließ sich nicht festhalten.

Es war nicht gut, eine Lügengeschichte mit Bröckchen von Wahrheit zu mischen. Dann bekam die Lüge lange Beine und holte einen ein, und die Wahrheit schlug einem wie mit Knüppeln auf den Kopf. Und dann geriet alles durcheinander. Das Bild aus Farbklecksen war frei erfunden! Das wusste sie genau. Und trotzdem sah sie es deutlich vor sich, wie es da an der Wand hing in der weiß gehaltenen Halle, nur im Fußboden waren kleine grüne Steine. Und das Gesicht … So dicht vor dem ihren, dass sie die Augen schließen musste, weil es verschwamm. Es konnte nicht sein. Johnny küsste sie – so wie sie es eben erzählt hatte. Sie fühlte den Druck seiner Lippen auf den ihren.

Es waren nur die eigenen Finger, die sie gegen den Mund

presste, um nicht aufzuschreien. Sie wusste, dass es nur ihre eigenen Finger waren. Nur half ihr dieses Wissen nicht. Über seine Schulter schaute sie auf die beiden Rücken auf der Treppe!

Ein kleiner, dicker Mann und ein Mädchen auf dem Weg nach unten. Das Mädchen hatte blonde Haare. Es trug eine dunkelblaue Bluse aus Satin und einen weißen Rock mit gezipfeltem Saum. Der Rock war aus Spitze und fast durchsichtig.

Wo kamen diese Einzelheiten her? Sie musste es irgendwo gesehen haben. In einem Film! Das war die Erklärung. Es konnte nur ein Film gewesen sein. Und jeder Film hatte Dialoge. Das Mädchen auf der Treppe lachte und rief über die Schulter: «Kommt ihr? Damit könnt ihr unten weitermachen. Da ist es sicher gemütlicher.» Jeder Film hatte Musik. Von unten drang ein Wirbel nach oben. Ein Schlagzeugsolo. Und während sie sich bemühte, sich auf den Titel des Films zu besinnen oder darauf, wie es nach dieser Szene weitergegangen war, fragte der Chef nach Köln.

Sie war nicht mehr in der Verfassung, sich eine logische Lüge einfallen zu lassen. Köln! Das war Margret. Ob er bereits von ihr wusste? Was er gesagt hatte, klang danach. Ob Gereon sie erwähnt hatte? Möglich.

Fünf Minuten Pause. Mehr brauchte sie nicht. Nur fünf Minuten, um sich für Köln eine plausible Geschichte auszudenken. Und wenn er ihre Bitten ignorierte, musste sie ihn eben an sein Versprechen erinnern. «Kann ich vielleicht etwas essen, bevor wir weitermachen? Bitte, ich bin sehr hungrig. Am See bin ich ja nicht mehr dazu gekommen. Ich wollte mir den Rest vom Apfel nehmen. Ein Golden Delicious, die Sorte mochte ich schon als Kind sehr gerne.»

Wir hatten einen Garten, er lag nicht beim Haus. Wir mussten weit laufen, um dorthin zu kommen. In Wirklichkeit war es nicht weit. Aber damals kam mir alles sehr groß, sehr lang und unendlich vor. Etwas, das immer weiterging und nie aufhörte. Für mich war es ein furchtbar langer Weg zum Garten. Und oft war ich so müde, dass ich dachte, ich schaffe ihn nicht. Ich wollte ihn auch nicht schaffen, weil der Garten eine große Versuchung war.

In dem Jahr, in dem Magdalena gegen ihren Krebs kämpfte, als ich anfing darüber nachzudenken, wie es wäre, wenn sie nicht mehr heimkäme, waren wir nicht oft im Garten gewesen. Im darauf folgenden Frühjahr war dann viel zu tun. Wir gingen fast täglich hin, zupften Unkraut aus den Gemüsebeeten, das war meine Aufgabe. Vater arbeitete derweil mit einem Spaten oder einer Harke. Mutter kümmerte sich um Magdalena. Es war ein milder Frühling, und Mutter glaubte, die frische Luft täte Magdalena gut.

Rechts und links von unserem lagen andere Gärten, in denen es auch Obst gab, Erdbeeren und Apfelbäume. Zäune gab es nicht, zwischen den Gärten war nur eine Furche gezogen. Die Erdbeeren standen so dicht an der Furche, dass ich mich nur hätte bücken müssen, keinen Fuß in den Nachbargarten setzen, wirklich nicht. Manchmal hingen sie in der Furche.

Ich hätte sie zusammen mit ein wenig Unkraut abreißen und rasch in den Mund stecken können, ohne dass es jemand gesehen hätte. Das wagte ich nicht. Ich hatte erlebt, was nach einer Tafel Schokolade mit Magdalena geschehen war. Und die hatte Vater mir gegeben. Aber etwas nehmen, das einem nicht gehört, war eine von den großen Sünden.

Ich war acht Jahre alt inzwischen und wusste, dass es gewaltige Unterschiede gab. Ich wusste es nicht von Mutter, für die wogen alle Sünden gleich schwer. Aber wir sprachen auch in der Schule darüber: Über die lässlichen, das waren die kleinen, die verziehen wurden, wenn man sie auf der Stelle bereute. Über die mittelschweren, von denen man im Fegefeuer geläutert wurde, wenn man gestorben war. Und über die Todsünden, für die man bis in alle Ewigkeit in der Hölle büßen musste.

In der Schule war nie die Rede davon, dass ein anderer dafür leiden oder sterben müsse. Das behauptete nur Mutter. Und ich war mir nicht mehr sicher, ob Mutter es vielleicht ein bisschen besser wusste als die Lehrerin. Die Lehrerin war nicht katholisch.

Es war für mich eine unsichere Zeit. Ich wusste nie, wem und was ich glauben durfte. Vater sprach mal so und mal so. Den einen Abend kniete er unter dem Kreuz und bereute seine Begierden. Am nächsten Abend war er nervös, lief im Haus herum oder schloss sich im Badezimmer ein. Wenn er dann wieder herunterkam, schaute er Magdalena an und murmelte: «Was habe ich dir angetan, Spatz?»

Magdalena war kränker als vorher. Sie musste alle vier Wochen nach Eppendorf gebracht werden. Da gaben sie ihr Gift, sagte Vater, und beschossen sie mit bösen Strahlen. Am Tag, bevor Mutter sie hinbrachte, weinte sie viel. Nur ganz still und leise für sich, weil sie sich nicht anstrengen durfte. Wenn sie zurückkamen, ging es ihr so schlecht, dass sie keine zwei Minuten allein bleiben konnte.

Manchmal schickte Mutter mich ins Schlafzimmer, damit ich mir anschaute, was ich getan hatte und es nie vergaß. Dann stand ich neben dem Bett und schaute Magdalena an. Und sie schaute mich an. Ich hätte mich gerne bei ihr entschuldigt, aber ich wusste nie, was ich sagen sollte.

Es war eine schlimme Zeit. Vor allem das Frühjahr. Das war wie ein Zwang. Ich musste mir unentwegt vorstellen, was mit Magdalena passierte, wenn ich eine Erdbeere nahm. Das Gefühl, dass es allein in meiner Hand lag, ob sie lebte oder starb … Ich musste doch ständig kontrollieren, was ich tat, was ich sagte und was ich dachte. Manchmal war mir alles zu viel. Dann wäre ich gerne eingeschlafen, hätte etwas Schönes geträumt und im Traum weitergelebt.

Als die Erdbeerzeit sich ihrem Ende näherte, war ich sehr erleichtert. Ich hatte der Versuchung widerstanden und war stolz auf mich. Ich war vor allem stolz, weil es zu funktionieren schien. Magdalena erholte sich allmählich. Von einem Tag zum anderen merkte man keinen Unterschied, aber von einem Monat zum nächsten schon.

Mutter fuhr sie immer in einem alten Kinderwagen zum Garten. Und im Frühjahr hing Magdalena noch wie ein Kleiderhäufchen im Wagen. Aber im Herbst konnte sie fast aufrecht sitzen. Immer nur für ein paar Minuten, es war trotzdem ein großer Fortschritt.

Im Sommer war im Garten nicht viel zu tun gewesen. Und es war auch am späten Nachmittag oft noch zu heiß für Magdalena. Im Herbst gingen wir wieder jeden Tag. Wenn Vater von der Arbeit kam, marschierten wir los wie eine kleine Prozession. Vater voran, mit den Geräten auf der linken Schulter. In der rechten Hand trug er immer einen Eimer. Mutter schob den Kinderwagen. Magdalena trug eine Mütze, obwohl ihr Haar schon ein bisschen nachgewachsen war. Aber es war noch sehr dünn und fast weiß. Sonne konnte sie am Kopf nicht vertragen.

Ich lief hinter Mutter her und dachte an die gelben Äpfel. Golden Delicious, Vater hatte mir gesagt, wie sie heißen und dass sie süß waren. Der Baum stand so dicht an der Grundstücksgrenze, dass viele in die Furche und einige sogar in unseren Garten fielen. Und ich dachte, dass es nicht direkt gestohlen wäre, wenn sie in unserem Garten lagen und ich sie aufhob, und dass Äpfel nicht so verheerend sein konnten wie Schokolade und Bonbons. Grit sagte häufig, Obst essen sei gesund. Ich könnte auch für Magdalena ein paar aufheben, dachte ich, damit sie gesund wurde. Ich wollte sie nicht für mich alleine, wirklich nicht.

Der Weg zum Garten führte über eine Straße, auf der viel Verkehr herrschte. Und irgendwo am Straßenrand stand eine große alte Holzkiste, in der früher das Streugut für den Winter aufbewahrt worden war. Inzwischen war sie leer. Das wusste ich von Vater. Und dann hatte ich diesen Traum.

Im Traum waren wir auf dem Heimweg. Magdalena saß im Wagen, sie war völlig erschöpft, hatte Schmerzen und weinte leise. Mutter machte Halt, kniete auf der Straße hin und begann zu beten. Ich ging an ihnen vorbei. Vater war schon auf Höhe der Kiste. Ich erreichte ihn, und wir gingen langsam weiter.

Dann hörte ich Geräusche hinter mir, ein Knarren und Knurren. Ich drehte mich um und sah einen schwarzen Wolf aus der Kiste springen. Mich und Vater beachtete er nicht. Er hetzte auf Mutter und Magdalena zu, war mit einem Satz im Kinderwagen und hatte Magdalena auch schon verschlungen. Um Mutter kümmerte er sich nicht.

Er lief zurück zur Kiste, sprang hinein, und bevor er den Deckel zuklappte, schaute er mich an. Er lachte wie ein Mensch, riss sein Maul weit auf dabei. An seinen Zähnen war noch Magdalenas Blut. Ich hätte Angst haben müssen. Aber ich hatte keine. Wie er mich anlachte, wusste ich, dass er mich mochte. Ich hätte ihn gerne mit nach Hause genommen wie einen Hund.

Mutter lag neben dem leeren Kinderwagen auf den Knien und hatte die Hände zum Himmel erhoben. Vater legte mir den Arm um die Schultern. Er lächelte zufrieden und sagte: «Das war der Höllenhund. Ein schönes Tier, nicht wahr! Hast du gesehen, was für einen prachtvollen Schwanz er hatte? Und diese herrlichen Zähne. Damit hat er uns einen großen Gefallen getan. Die sind wir los! Endgültig. Jetzt müssen wir uns nicht mehr wünschen, dass uns die Sünden abfaulen. Jetzt können wir sie wieder genießen. Und das werden wir tun, Cora. Soll ich dir mal etwas Schönes zeigen?»

Es war ein Zweikampf! Nach seinem kurzen Einwurf beteiligte sich der Mann im Sportanzug nicht weiter. Er saß da wie abgeschaltet. Mit dem sicheren Instinkt eines gehetzten Tieres erkannte sie, dass er nicht einverstanden war. Sie wusste nur nicht, was ihn störte, ihre Lügen oder die Vorgehensweise des Chefs. Dieses Bohren, Stochern, Drängen.

Er verlangte ihr etwas ab, was sie nicht geben konnte. Es war fast so wie damals mit Mutter. Das alleine hätte sie bewältigt. Das hatte sie von Grund auf gelernt, täuschen. Nur war es diesmal ganz anders. Es war wie verhext. Das Bild ließ sich nicht abschütteln, es beschwor nur weitere Bilder herauf. Diese verdammten Farbkleckse. Und die beiden Rücken auf der Treppe. Ein Mann und ein Mädchen.

Sie sah die Rücken nun auch auf den Vordersitzen eines Wagens. Nur waren es dort die Rücken von zwei Männern. Einer drehte sich zu ihr um und lächelte sie an. Sein Blick war wie ein Versprechen. Johnny Guitar!

Es war alles nur Einbildung. Ein Wunschtraum. Wünsche konnten im Hirn leicht zu Bildern werden und sich wie Erinnerungen darin breit machen. Und der Rest ... Die Stimme des Mädchens, die Satinbluse, der Rock mit dem gezipfelten Saum, das Schlagzeugsolo. All diese Einzelheiten, irgendwann hatte sie das vermutlich gesehen und gehört. In einem Film! Es gab überhaupt keine andere Möglichkeit. Gereon hatte sich Unmengen von Filmen angeschaut. Fast jeden Abend einen. Das waren über tausend in den drei Jahren. Wenn ihr erst der Titel einfiel oder der Schluss ...

Der Chef ließ ihr keine Zeit zum Nachdenken. Er zauberte von irgendwoher einen Imbiss herbei. Nur ein paar Kekse und noch einmal frischen Kaffee. Diesmal sollte der andere ihn aufbrühen, damit er nicht so stark wurde. Sie hörte seine Stimme wie durch Watte. Immer wieder Köln. Warum hatte sie sich ausgerechnet für diese Stadt entschieden, wollte er wissen. Bremen oder Hamburg wäre doch nahe liegender gewesen. Wo hatte sie das Geld herbekommen für eine so weite Fahrt?

«Gestohlen», murmelte sie und schaute zu Boden. «Von meiner Mutter. Fast achthundert Mark. Davon konnte ich die Fahrkarte bezahlen und ein paar Wochen leben. Ich fand sofort Arbeit und auch eine kleine Wohnung.»

«Wo?»

Sie nannte ihm Margrets Adresse! Im Durcheinander war nichts anderes greifbar. Es dauerte ein paar Sekunden, ehe ihr bewusst wurde, was sie gesagt hatte. Im selben Augenblick wurde ihr klar, wie sinnlos es war. Wenn er ihre Worte überprüfte, und das tat er gewiss, musste er rasch feststellen, wo die Lügen aufhörten und die Wahrheit begann.

Der Herzschlag beschleunigte sich, die Hände wurden feucht von Schweiß. Margret käme in große Schwierigkeiten. Sie hatte einen entscheidenden Fehler gemacht. Sie hätte sagen müssen, sie sei mit Johnny durchgebrannt. Nicht sofort, erst im August. Der August war wichtig. Sie wusste nicht, warum. Im Augenblick wusste sie insgesamt nicht viel, weil es zu viel war, was ihr durch den Kopf zog.

Aufgeben! Sie hatte schon von Leuten gehört, die in Verhören zusammenbrachen, deren Widerstandskraft gebrochen wurde von immer denselben Fragen. Sie nicht! Sie raffte zusammen, was noch an Kraft in ihr war. Eine letzte Reserve gab es immer. Achtzehn Jahre Kampf gegen Mutter hatten sie stark gemacht, hatten sie gelehrt, Geschichten so zu erzählen, dass keine Frage offen blieb. Wahrscheinlich musste sie Mutter auch noch dankbar sein für das unermüdliche Training.

Dem äußeren Anschein nach war es die endgültige Resignation. Den Kopf kurz anheben, ein wunder Blick in die Augen des Chefs und den Kopf wieder senken, die Stimme ebenfalls. Im Innern war es eiserne Selbstkontrolle und Anspannung bis zum Zerreißen. Die linke Hand mit der rechten umklammern, den Schweißfilm am Rock abwischen. Sie saß längst wieder auf dem Stuhl. Ihre Schultern sackten nach unten. Georg Frankenberg war tot, ihn konnten sie nicht um eine Bestätigung bitten.

Es war nur ein Flüstern. «Sie finden es ja doch heraus. Ja, es gab einen Grund, dass ich ausgerechnet nach Köln gekommen bin. Ich habe Ihnen eben nicht die Wahrheit gesagt, weil ich mich so geschämt habe. Ich bin nämlich damals eine Weile mit Johnny herumgezogen. Verstehen Sie? Er hat mich gar nicht heimgebracht an dem Abend, als wir in Hamburg waren. Die anderen waren weg, wir waren allein im Keller. Er wollte, dass ich bei ihm bleibe. Und ich ... ich hatte doch mit ihm geschlafen, und das war toll gewesen. Ich dachte, wir gehören jetzt zusammen. Das war im August. Hatte ich schon gesagt, dass es im August war?»

Der Chef nickte, und sie log ihm vor von einigen Wochen, in denen sie gemeinsam herumgezogen waren, von einer Fahrt im September Richtung Köln, wo Johnny einen Freund besuchen wollte, wie er von unterwegs mehrfach vergebens telefonierte, um sie anzukündigen. Und einmal schickte er sie zum Telefon, er schrieb ihr die Nummer auf einen Zettel. Und später, als sie wieder daheim war, fand sie den Zettel. Und als Mutter sie hinauswarf, rief sie die Nummer an. Es meldete sich eine junge Frau. Sie fragte nach Johnny, die Frau wusste mit dem Namen nichts anzufangen und riet ihr, am Abend noch einmal anzurufen, dann sei ihr Mann daheim.

Ein paar Sekunden Pause! Sie nahm einen Schluck aus dem Kaffeebecher. Fast atemlos wartete sie, ob auch zu dieser Lüge ein paar Bilder entstanden. Es geschah nichts. Sie biss ein winziges Stückchen von einem Keks ab, konnte es kaum schlucken. Die Kekse hatten einen Überzug aus Schokolade, da war jeder Krümel das Todesurteil für Magdalena.

Der Chef beobachtete sie aufmerksam. Sie hatte schon wieder einen Fehler gemacht. Eine Weile herumgezogen!

Womit denn? Mit welchem Fahrzeug waren sie nach Köln gekommen, um Johnnys Freund zu besuchen, wenn doch der silberfarbene Golf dem Dicken gehörte?

Ehe der Chef nachhaken konnte, log sie rasch weiter. «Abends rief ich noch einmal an. Der Mann war am Telefon. Diesmal fragte ich nach Horsti. Der Mann lachte. ‹Sein Name ist Georg Frankenberg›, sagte er. ‹Wie er auf Horsti gekommen ist, weiß der Blödmann selbst nicht.› Der Mann fragte mich, was ich von Georg Frankenberg wollte. Ich sagte nur, dass ich mit ihm befreundet gewesen sei und ihn gerne wieder sehen möchte. Und der Mann sagte, da müsse ich nach Köln kommen.»

In dem Moment wurde Rudolf Grovian stutzig und sah sich gezwungen, alles in Frage zu stellen. Da hätte Werner Hoß gar nicht so demonstrativ das Gesicht verziehen müssen. Sein Name ist Georg Frankenberg! Das waren seine Worte. Er wusste nicht, was er von dieser Formulierung halten sollte. Georg Frankenberg war – außer für seine Eltern – Frankie gewesen, sogar für seine Frau. Das nahm dem Freund aus Köln jede Substanz. Er fragte trotzdem: «Hatte der Mann auch einen Namen?»

Sie hörte sein Misstrauen. Aber den Patzer mit dem Fahrzeug hatte er anscheinend nicht registriert. Und dass es um Margret ging, glaubte sie nicht mehr so recht. Das hätte er ihr doch längst ins Gesicht gesagt. Ihm ging es nur um Georg Frankenberg und die Namen von Freunden, die ihre Geschichte bestätigten. Sie konnte ihm keine Namen geben. Nicht einmal aus Versehen oder in Verwirrung konnte sie Namen ausplaudern.

«Ich überlege ja schon. Es war ein komischer Name. Ich komme im Moment nicht drauf. Ich bin sehr müde.»

«Und die Telefonnummer?»

«Tut mir Leid, die habe ich vergessen. Nummern konnte ich mir nie merken.»

«Die Adresse?»

Sie hob die Achseln an, erklärte leise: «Weiß ich nicht mehr. Vielleicht fällt mir morgen wieder ein, wie die Leute hießen und wo sie wohnten. Wenn man sich unbedingt an etwas erinnern will, geht es überhaupt nicht. Man kann so etwas nicht erzwingen, wissen Sie.»

«Ja, ich weiß», sagte Rudolf Grovian. «Und wenn man das Blaue vom Himmel lügt, taugen Erinnerungen sowieso nicht viel. Sie sind also der Einladung dieses Mannes gefolgt?»

Sie nickte mechanisch. In ihrem Kopf schien eine Art Dammbruch stattgefunden zu haben. Ein wüstes Knäuel von Bildern und Worten schoss aus der Bruchstelle und wirbelte ihr durchs Hirn. Die vier Leute auf der Decke am See. Das Lied. Die Äpfel aus dem Supermarkt und die aus dem Garten. Die Geschichte, die sie erzählt hatte, und der Film, in dem ein junger Mann und ein Mädchen eine Treppe hinunterstiegen.

Zudem spuckte der Berg Erinnerung weitere Steine aus und warf sie durchs Gelände. Mutter, Vater, Magdalena, Horsti, Johnny, Margret und Gereon. Viele Namen. Zu viele. Es waren ein paar dabei, die sie nie gehört hatte. Lächerliche Namen, Böcki und Tiger. In ihrem Gesicht zuckte es wie kurz vor einem Tränenausbruch. «Das hätte ich mir besser erspart. Frankie wollte nichts mehr von mir wissen.»

«Wer ist Frankie?», fragte der Chef.

Sie zuckte zusammen. «Was?»

«Wer ist Frankie?», wiederholte Rudolf Grovian und hatte Mühe, die Frage in Neutralität zu packen. Er warf Werner Hoß einen triumphierenden Blick zu. Darauf hatte er gewartet. Für ihn war es die Bestätigung. «Sie sagten, Frankie wollte nichts mehr von mir wissen, Frau Bender. Wer ist Frankie?»

Es war ihr nicht bewusst, was sie gesagt hatte. Und dass sie den Namen am See gehört hatte, hatte sie vergessen. «Was habe ich gesagt? Tut mir Leid. Ich bin wirklich sehr müde.»

Sie fasste mit einer Hand an die Stirn. Ihre Augen huschten über die Schreibtische, erfassten Werner Hoß und blieben an ihm haften, als könne er der Quälerei ein Ende machen. Es war nur noch Quälerei. Dieser prall gefüllte Kopf. Wie ein Schubfach, in das sie zu viel hineingestopft hatte. Nun quoll alles auf einmal heraus.

Nur das kleine Messer, das sie dringend brauchte, fand sie nicht. Sie hätte erst alles sortieren müssen. Und wenn sie alles sortiert hatte, hätte sie festgestellt, das Messer war nicht im Schubfach gewesen. Es lag auf dem Tisch, auf dem die Zitronen geschnitten wurden, sichtbar für jeden, der hereinkam. Nur sie hatte es nicht gesehen. Weil sie zu tief lag und der Tisch zu hoch war. Und vor dem hohen Tisch stand ein kleiner, dicker Mann. Er hatte sich weißes Pulver auf den Handrücken gestreut, leckte es ab, trank etwas und biss in die Zitrone.

«Sagen Sie ihm, er soll aufhören», stammelte sie, den Blick auf Werner Hoß gerichtet. «Sagen Sie ihm, er muss mich jetzt in Ruhe lassen, sonst werde ich verrückt. Ich sehe lauter komische Dinge, nur so blöde Sachen. Sie werden sich schieflachen, wenn ich Ihnen davon erzähle.»

Sie schüttelte sich wie ein Hund mit nassem Fell, senkte den Kopf und betrachtete ihre Hände. «Mir ist mal etwas sehr Dummes passiert», erklärte sie. «Ich kann mich nicht daran erinnern, will ich auch gar nicht. Ich habe es eingemauert. Achim hat gesagt, das machen viele Leute mit Erlebnissen, die sie nicht verkraften. Sie ziehen eine Mauer durch ihr Hirn und stopfen alles, was wehtut, dahinter. Achim sagte, man muss die Mauer einreißen und die Dinge verarbeiten, sonst kommt man nie zur Ruhe. Aber ich fand das mit der Mauer eine sehr gute Lösung.»

Sie nickte versonnen, hob den Kopf wieder und schaute Werner Hoß an. Ausschließlich an ihn gerichtet, sprach sie weiter. «Man hat im Hirn wahnsinnig viel Platz. Zum Denken braucht man nicht mal die Hälfte, knapp vierzig Prozent, glaube ich. Es kann aber auch sein, dass es umgekehrt ist und man sechzig braucht. Wussten Sie das?»

Werner Hoß nickte.

Sie lächelte melancholisch. «Das ist toll, nicht wahr? Das ist wie ein Dachboden, auf dem man das ganze Gerümpel unterbringen kann. Es hat auch funktioniert – bis Weihnachten. Seitdem ist es wieder da. Wenn ich das Lied gehört habe, kommt es über die Mauer wie der Wolf aus der Kiste. Vielleicht hat es etwas mit der Geburt des Erlösers zu tun. Das weiß ich nicht. Ich weiß ja gar nicht, worum es geht. Ich wache auf, und es ist nichts da. Es darf auch nichts da sein. Es hat mir den Kopf zerbrochen, wissen Sie. Ich fühle es heute noch, wenn ich den Traum hatte.»

Das wehmütige Lächeln verlor sich. Nach einem tiefen Atemzug wurde sie eifrig. «Als Kind ist mir das schon mal passiert. Das war aber ein anderer Traum, an den konnte ich mich immer erinnern. Und den fand ich auch schön, ich war gerne ein Tier.»

6. Kapitel

Es war ein furchtbarer Traum damals mit dem Wolf. Aber er war auch wunderschön. Mein sehnlichster Wunsch ging in Erfüllung. Magdalena war nicht mehr bei uns, und es war nicht meine Schuld. Mutter wollte auch nicht mehr bei uns sein. Sie blieb neben dem leeren Kinderwagen liegen. Und Vater hatte den Eimer voller Äpfel. Ich dachte, er müsse schon vorher gewusst haben, dass es passiert, sonst hätte er Gemüse und Kartoffeln in den Eimer getan.

Ich wachte auf und fühlte mich ganz leicht, obwohl ich rasch begriff, dass es nicht wirklich geschehen war. Aber gerade das fand ich so toll. Ich wusste, dass es eine der allerschwersten Sünden war, einem Menschen den Tod zu wünschen. Dafür musste man eines Tages Schmerzen leiden, die nie ein Ende nahmen.

Bis in alle Ewigkeit, sagte Mutter immer, würden Hunderte von kleinen Teufeln mir das Fleisch mit rotglühenden Zangen vom Leib reißen – in winzig kleinen Stücken, damit mein Fleisch für die Ewigkeit reichte.

Mutter hatte mir Bilder gezeigt, auf denen das mit anderen Leuten passierte. Aber wenn ich es nur träumte, konnte ich nichts dafür, und dann war es bestimmt keine Sünde.

Als ich morgens aufstand, war mir immer noch so leicht. Ich hatte das Gefühl, es würde ein ganz besonderer Tag werden. Damals dachte ich zuerst sogar, es wäre ein Wunder geschehen. Aber ein Wunder war es nicht, es wurde nur alles ganz anders.

Nachmittags musste Mutter Einkäufe machen. Sie schickte mich nach oben, Magdalena anschauen. Ich stellte mich wie sonst auch neben das Bett und dachte, sie schlafe. Doch als unten die Haustür zufiel, öffnete sie die Augen und fragte: «Liest du mir was vor?»

Es war das erste Mal, dass Magdalena mit mir sprach. Sie sprach überhaupt selten, höchstens mal mit Mutter. Manchmal hatte ich schon gedacht, sie könne nicht richtig sprechen. Ich wusste gar nicht, was ich sagen sollte.

«Bist du taub, oder verstehst du kein Deutsch?», fragte sie.

«Was soll ich denn sagen?», fragte ich.

«Gar nix, lies mir was vor», verlangte sie.

Ich wusste nicht, ob Mutter damit einverstanden war. «Ich glaube, das ist zu anstrengend», sagte ich.

«Für dich oder für mich?», fragte Magdalena. «Soll ich dir sagen, was ich glaube? Du kannst gar nicht lesen.»

Ich war zu verblüfft, dass man mit ihr ganz normal reden konnte wie mit den Kindern auf dem Schulhof, dass ich gar nicht darüber nachdachte, was ich sagte. «Und ob ich das kann. Ich kann es sogar besser als Mutter. Ich lese nämlich laut und deutlich, ich nuschele nicht. Und ich kann auch richtig betonen, sagt die Lehrerin. Die anderen können das längst nicht so gut.»

«Das glaube ich erst, wenn du mir was vorliest», sagte sie. «Oder willst du nicht, weil du mich nicht leiden kannst? Das kannst du ruhig zugeben. Ich weiß, dass mich hier keiner leiden kann. Das macht mir nichts aus. Ich kann auch keinen leiden. Warum meinst du, habe ich bisher den Mund gehalten? Weil ich nicht mit Idioten spreche. Ich spare mir den Atem für Leute, die etwas Vernünftiges sagen können.»

Da nahm ich die Bibel vom Nachttisch und schlug eine Stelle auf, die Mutter oft las, von dem Wunder, das der Erlöser getan hatte, als ein Mann sein Gewand berührte. Ich weiß nicht, ob ich ein schlechtes Gewissen hatte, weil sie sagte, dass wir sie nicht leiden können, oder ob ich ihr beweisen wollte, wie gut ich lesen konnte. Vielleicht war ich auch ein bisschen stolz, weil sie mit mir gesprochen hatte.

Ich gab mir sehr viel Mühe. Sie hörte mit geschlossenen Augen zu. Anschließend verlangte sie: «Und jetzt das von der Magdalena, die ihm die Füße wusch und sie mit ihren Haaren abtrocknete. Das mag ich am liebsten.»

Als ich auch das zu Ende gelesen hatte, sagte sie leise: «Ich habe aber auch ein Pech.»

Ich wusste nicht, was sie meinte. Und sie sagte: «Na, bei uns hat er doch kein Gewand an, nur so ein kleines Läppchen vor dem Bauch. Meinst du, wir könnten ihm eins umhängen? Wenn du ihn vom Schrank nimmst und heraufbringst, könnten wir es versuchen. Wir nehmen ein Taschentuch, und das berühre ich dann. Und danach wasche ich ihm die Füße. Ich trockne sie ihm mit meinen Haaren auch wieder ab. Das muss doch helfen.»

«Deine Haare sind viel zu kurz», sagte ich.

Magdalena zuckte mit den Schultern. «Da müssen wir nur nahe genug ran. Das wollte ich schon immer mal tun. Holst du ihn rauf? Oder hast du Angst, dass Mutter dich auf der Treppe erwischt?»

Ich hatte keine Angst vor Mutter. Ich wollte nur nicht, dass Magdalena etwas tat, wovon sie sich viel erhoffte. «Er kann dir nicht helfen», sagte ich. «Er ist doch nur aus Holz. Und die Magdalena aus der Bibel war nicht krank. Sie war eine Sünderin.»

«Sündigen kann ich auch», erklärte sie. «Soll ich mal ein dreckiges Wort sagen?» Bevor ich ihr antworten konnte, sagte sie: «Arschloch! Holst du ihn jetzt?»

Da ging ich hinunter. Sie tat mir plötzlich so furchtbar Leid. Ich glaube, an dem Nachmittag begriff ich zum ersten Mal, dass meine Schwester ein normales Kind war. Ein sehr krankes Kind, das jederzeit sterben, das niemals ein Leben führen konnte wie ich. Aber sie konnte sprechen wie ich, denken wie ich und fühlen wie ich.

Ich brachte ihr das Kreuz ans Bett. Zuerst machten wir das mit dem Taschentuch. Ich nahm eins von Vater, das war groß genug. Ich band es ihm um den Hals, und Magdalena rieb es zwischen ihren Fingern. Dann holte ich aus dem Bad Wasser in einem Zahnputzbecher. Und Magdalena wusch ihm die Füße. Ich hielt das Kreuz ganz nahe an ihren Kopf. Damit sie ihn mit ihren Haaren auch wieder abtrocknen konnte. Völlig trocken wurden seine Füße nicht. Seine Beine waren auch nass geworden. Er war ja ziemlich klein. Und Magdalena wollte nicht, dass ich ihn mit dem Taschentuch trockenrieb. «Dann wirkt es vielleicht nicht», meinte sie.

Nachdem ich ihn wieder hinuntergebracht hatte, fragte ich, woher sie schmutzige Ausdrücke kannte.

«Aus der Klinik», sagte sie. «Du glaubst nicht, was die da für dreckige Worte kennen. Und wenn sie meinen, man schläft, sagen sie die auch. Die Ärzte nicht, aber die anderen Leute. Viele Leute, die krank sind, werden richtig gemein. Ich liege ja meist bei den Großen. Und die schimpfen und fluchen, sie wollen einfach nicht sterben.»

Für einen Moment war sie still, dann sprach sie langsam weiter: «Ich wünsche mir, dass ich nicht mehr nach Eppendorf muss. Obwohl es manchmal nett ist, nicht so langweilig wie hier. Sie haben Spiele. Wenn ich im Bett sitzen kann, bringt die Schwester eins, sie holt dann auch ein paar Kinder, und die spielen mit mir. Es ist Mutter nicht recht. Aber sie traut sich nicht, etwas zu sagen. Einmal hat die Schwester nämlich mit ihr gemeckert. Mutter sagte, ich könnte nicht spielen, ich müsste ruhen. Da hat die Schwester gesagt: ‹Es kommt der Tag, da kann sie ruhen, bis sie schwarz wird. Und bis dahin soll sie spielen, solange sie Lust hat.› Tote werden schwarz, weißt du, und dann kriegen sie Würmer und faulen weg.»

Sie schaute mich nicht an, während sie das sagte. Sie malte mit einem Finger Kreise auf das Laken und erzählte noch mehr. «Da war mal ein Mädchen, die war schon achtzehn. Die hat mir das erklärt. Sie hatte auch Leukämie, aber bei ihr schlug die Behandlung nicht an. Einen Knochenmarkspender haben sie auch nicht gefunden für sie. Sie sagte, sie hätte keine Angst vor dem Tod. Aber ich habe welche.»

Sie malte immer noch Kreise auf das Laken. Aber jetzt hob sie den Kopf und schaute mir ins Gesicht. «Nicht vor dem Tod», sagte sie. «Sterben macht mir nichts aus. Es ist vielleicht besser, wenn man tot ist und nichts mehr wehtut. Wenn sowieso nichts richtig funktioniert und man nicht mal alleine aufs Klo gehen kann, ist es wirklich besser, glaube ich. Nur ... Ich will nicht schwarz werden. Ich will keine Würmer kriegen und wegfaulen. Kannst du dir vorstellen, wie eklig das ist? Ich habe zu Mutter gesagt, sie sollen mich verbrennen lassen. Das machen viele. Es ist auch gar nicht so teuer. Aber Mutter sagte, das geht nicht. Erde zu Erde, hat sie gesagt. Der Erlöser ist auch nicht verbrannt worden.»

Wieder war sie still und schloss für eine Weile die Augen. Ich dachte, sie sei erschöpft vom vielen Reden. Das war sie auch, aber sie wollte mir unbedingt noch etwas sagen. Sie war nur nicht sicher, ob sie mir trauen durfte.

«Was ich dir jetzt sage, kannst du von mir aus Mutter erzählen», begann sie. «Ich hasse ihn! Ich hoffe, er fault jetzt, wo seine Füße nass geworden sind. Holz fault nämlich auch, wenn es nass wird. Deshalb wollte ich ihn waschen. Nur deshalb. Glaub nicht, ich denke, der macht mein Herz gesund. So einen Quatsch erzählen sie einem bloß, damit man den Mund hält und tut, was sie wollen. Ich habe aber keine Lust mehr. Wirst du es Mutter erzählen?»

Ich schüttelte den Kopf.

«Dann sind wir jetzt Freundinnen, ja?», fragte sie.

«Wir sind doch Schwestern», sagte ich. «Das ist mehr als Freundinnen.»

«Ist es nicht», widersprach sie. «Freundinnen mögen sich nämlich immer und Schwestern manchmal nicht.»

«Aber ich mag dich», sagte ich.

Sie verzog ihr Gesicht, es sah fast aus wie ein Lächeln – aber nur fast. Ich glaube, sie wusste genau, dass ich gelogen hatte. Dabei mochte ich sie in dem Moment wirklich. Das sagte ich ihr auch, und sie fragte: «Meinst du, wir könnten auch mal was zusammen spielen?»

«Ich weiß nicht. Was denn?»

«Kennst du das Spiel: Ich sehe was, was du nicht siehst? Dabei muss man sich nicht anstrengen. Das kann man gut spielen, wenn man im Bett liegt.»

Sie erklärte mir das Spiel, dann spielten wir es eine Weile. Im Schlafzimmer gab es nicht viel zu sehen. Uns wurde rasch langweilig. Wir hatten alles schon dreimal durch, da schlug Magdalena vor: «Wir können auch das Wunschspiel spielen, das habe ich mir selbst ausgedacht. Es ist ganz leicht. Man muss nur sagen, was man sich wünscht. Aber es müssen Dinge sein, die man kaufen kann. Also nicht so was wie viele Freunde oder so. Und dann muss man aufzählen, was man damit machen will. Am besten, ich fange mal an, dann siehst du, wie es geht.»

Sie wünschte sich als erstes einen Fernseher. Das kannte sie aus der Klinik. Da waren manchmal Leute, die ein Gerät auf dem Zimmer hatten. Dann wollte sie von morgens bis abends fernsehen. Außerdem wünschte sie sich ein Radio und einen Plattenspieler mit vielen Schallplatten. «Aber Stereo!», sagte sie. «Ich mag Musik so gerne, richtige Musik. Nicht solche, wo nur einer singt.»

«Soll ich Vater fragen, ob er ein Radio kauft? Es gibt ganz kleine, die kann man leicht verstecken.»

Magdalena schüttelte den Kopf. «Das bringt nichts. Wenn er wirklich eins kauft, wo soll ich es denn hier verstecken? Ehe wir uns umsehen, hat Mutter es verbrannt. Außerdem glaube ich nicht, dass er eins kauft. Für dich vielleicht, aber für mich nicht. Der rührt für mich keinen Finger. Er wünscht sich, ich wäre tot.»

«Das ist nicht wahr!», sagte ich.

«Ist es wohl», widersprach sie. «Wenn ich tot bin, kann er bei Mutter schlafen. Alle Männer schlafen bei ihren Frauen. Das tun sie gerne. Ich hab das mal gehört in der Klinik. Da hat ein Mann den Arzt gefragt, wann seine Frau nach Hause kommt und ob er sofort wieder mit ihr schlafen darf. Seine Frau hatte einen Herzinfarkt. Und der Arzt hat gesagt, das dauert noch ein Weilchen. Der Mann war sehr enttäuscht. Vater ist auch sehr enttäuscht. Deshalb ist er immer so unausstehlich.»

Ganz Unrecht hatte sie nicht. Manchmal war Vater wirklich unausstehlich. Nicht zu mir oder zu ihr, nur zu Mutter. Er schrie sie an, wenn sie ihm abends das Essen vorsetzte. Einmal warf er ihr den Teller mit der Suppe nach. «Den Fraß kannst du ins Wohnzimmer tragen. Der Herr stellt ja keine großen Ansprüche. Aber ich will für mein Geld etwas Vernünftiges auf dem Teller haben.»

Dann rannte er hinauf und schloss sich im Bad ein. Als ich später an die Tür klopfte, weil ich mal aufs Klo musste, brüllte er: «Geh in den Garten pinkeln! Ich kann jetzt nicht aufmachen! Ich bin gerade dabei, mir den Schwanz abzureißen. Das kann noch dauern. Er hängt verdammt fest.»

Aber ich mochte ihn trotzdem. Und Magdalena mochte ich auch, an dem Nachmittag ganz bestimmt. Ich wollte nicht, dass sie schwarz wurde und Würmer bekam. Das stellte ich mir genauso eklig vor wie sie. Ich weiß noch, dass ich dachte, es wäre am besten für sie, wenn mein Traum in Erfüllung ginge. Mit einem Bissen von einem großen Wolf verschlungen zu werden, das ging schnell und tat wahrscheinlich auch nicht sehr weh.

Und in der Nacht hatte ich den Traum wieder. Er war ein bisschen anders als beim ersten Mal. Nachdem der Wolf sie gefressen hatte, kam er langsam auf mich zu. Er lief nicht zurück zur Kiste wie beim ersten Mal. Er stand vor mir und schaute mich an. Von seiner Schnauze tropfte noch Magdalenas Blut. Und er drückte mir die Schnauze in den Bauch. Ich dachte, jetzt frisst er mich auch. Aber es sah eher so aus, als wollte er schmusen.

Und dann passierte etwas Komisches. Seine Schnauze verschwand in meinem Bauch. Und das tat überhaupt nicht weh. Auch nicht, als der Rest von ihm in mir verschwand. Die Beine, die Pfoten, der ganze Körper, zuletzt der dicke Schwanz. Und mein Bauch war in Ordnung, es war kein Loch drin. Da wusste ich Bescheid.

Ein paar Wochen vorher hatte ich nämlich auf dem Schulhof gehört, wie zwei Mädchen über einen Mann sprachen, der sich nachts in einen Wolf verwandelte und Leute fraß. Tagsüber war er ein ganz normaler Mensch. Da gab er sich sehr viel Mühe, lieb und nett zu sein, half allen Leuten, und alle mochten ihn leiden. Es quälte ihn furchtbar, dass er so böse war und jede Nacht zur Bestie wurde. Aber er konnte nichts dagegen tun. Es passierte ihm einfach.

Bei mir musste das so ähnlich sein, und Vater wusste das schon seit langem. Er stand neben mir auf der Straße, hatte alles gesehen und war sehr ernst. «Mach dir keine Sorgen», sagte er. «Von mir erfährt niemand etwas. Ich habe mir schon gedacht, dass es irgendwann so kommt. Erinnerst du dich, dass ich an deinem Geburtstag zu dir sagte, du müsstest doch Hunger haben wie ein Wolf? Da habe ich schon damit gerechnet, dass du zum Tier wirst und sie umbringst, bevor sie dir dein Leben wegfrißt.»

An der Stelle wachte ich auf. Ich fühlte mich stark und so mächtig wie die Bestie, von der die Mädchen auf dem Schulhof gesprochen hatten. Nach ein paar Minuten fiel mir auf, dass mein Bett kalt wurde. Ich hatte es nass gemacht und schämte mich so, dass ich weinen musste. Vater wachte auf, kam zu mir, befühlte das Laken und meinte: «Das ist nicht schlimm, Cora. Das kann jedem mal passieren.»

Mein Nachthemd und die Unterwäsche waren auch nass. Vater half mir, alles auszuziehen. Dann durfte ich mich in sein Bett legen, weil es im Zimmer so kalt war.

Minutenlang fühlte Rudolf Grovian sich betrogen. Er wusste beim besten Willen nicht, wie er Cora Benders Verhalten einordnen sollte. Werner Hoß schien es auch nicht zu wissen und hing wie gebannt an ihren Lippen.

Sie faselte mit verhangenem Blick und zuckenden Mundwinkeln von der Mauer im Hirn und dem Tier im Bauch, das bei der einen ein Krebs mit scharfen Scheren war und bei der anderen ein Wolf, der Kinder fraß und in sie hineinkroch. Immer wieder kam der Wolf in den Bauch des Kindes. Aber es tat nicht weh. Es konnte auch nicht wehtun, weil das Kind selbst das Tier war. – Es war ein furchtbares Kind. Es machte das Bett nass, um bei Vater zu sein. Es hatte den Erlöser erstochen, weil er nicht faulen wollte. Sechs- oder siebenmal hatte es das Zitronenmesser in ihn gestoßen! Und der Erlöser hatte das Kind angeschaut. Und er hatte gesagt: «Dies ist mein Blut, das für deine Sünden vergossen wird.» Und mit seinem Blut auf dem Gesicht war das Kind frei gewesen, erlöst von dem Fluch, den der Erzengel ausgesprochen hatte.

Mit dem Blut des Erlösers auf Brust und Bauch hatte das Kind erkannt, Johnny war nie ein Engel gewesen. Sein Freund hatte ihn Böcki genannt. Er war Satan. Er führte das Weib durch die Schlange in Versuchung. Und als es am Boden lag, kam der Tiger. Im Bauch des Weibes war kein Platz mehr für ihn. Da stopfte er dem Weib seinen Schwanz in den Mund. Und als es ihn biss, schlug er zu.

Er hatte Pranken aus Kristall, in denen sich das bunte Licht brach. Dann kam die Dunkelheit, das große Vergessen. Und das Vergessen war der Tod. Und der Tod war der Traum. Und der Traum lag hinter der Mauer im Hirn. Es war alles ganz einfach, man musste es nur wissen.

Jetzt wusste sie es. Jetzt überschaute sie das alles und erkannte die Zusammenhänge. Jetzt wusste sie sogar, warum es so grausam gewesen war, wenn Gereon vorher noch eine Zigarette geraucht hatte. Es lag am Aschenbecher, der hatte das Licht ausgeschaltet und das Lied heraufbeschworen.

Für das Aufnahmegerät sprach sie zu leise. Rudolf Grovian, der näher bei ihr war, verstand sie trotzdem und fühlte sich verdammt elend; hilflos, unsicher, überfordert und ein bisschen wütend. Er traute ihr durchaus zu, eine Wahnsinnsshow abzuziehen, um ihr Ziel zu erreichen, in Ruhe gelassen zu werden. Aber hundertprozentig sicher war er nicht.

Dies ist mein Blut, dachte er und: Vater, vergib ihr! Ihm war nach einem Fluch. Der Erlöser und ein Zitronenmesser. Satan in der Gestalt eines Liebhabers. Religiöser Wahnsinn! Wenn zutraf, was sie über ihre Kindheit erzählt hatte, musste man das einkalkulieren und noch einiges mehr. Dann durfte sich niemand wundern, wenn sie als Nächstes erzählte, ein Engel des Herrn habe ihr den Befehl gegeben, Männer zu töten, die ihre Frauen in der Öffentlichkeit küssten.

Er hob die Hand, wollte Hoß ein Zeichen geben, dass er das Verhör abbrach. Da schüttelte sie sich, richtete sich auf dem Stuhl auf und erklärte mit ruhiger Stimme und in normaler Lautstärke: «Entschuldigung. Ich war nicht ganz bei der Sache. Wir hatten zuletzt von Frankie gesprochen, nicht wahr? Frankie war der Name! Ich wusste nicht, woher ich ihn kannte. Aber es fiel mir gerade wieder ein. Der Mann in Köln nannte ihn so.»

Sie nickte, als müsse sie sich das selbst bestätigen, etwas eifriger fuhr sie fort: «Jetzt weiß ich auch wieder, wie seine Freunde hießen. Nicht die Leute aus Köln, an die Namen kann ich mich im Moment wirklich nicht erinnern. Aber die beiden anderen, die zusammen mit uns im Keller waren. Ich weiß natürlich nicht, wie sie wirklich hießen. Ich weiß nur, wie sie sich nannten. Böcki und Tiger.»

Sie lachte leise, hob verlegen die Achseln an und räumte ein: «Klingt blöd, ich weiß. Aber ich habe das so gehört. In Köln, als Frankie und der Mann über die beiden sprachen.»

Rudolf Grovian fasste es nicht und wusste auch nicht, wie er es einschätzen sollte. Sie war wieder voll da. Und der neuerliche Wandel machte den Verdacht auf ein Schmierenstück zunichte. Welchen Grund sollte sie haben, einen gelungenen Auftritt abzubrechen? Also ein geistiger Ausrutscher. Und es mochte bereits der zweite an diesem Tag gewesen sein. Beim ersten war ihr nur zusätzlich die Hand mit dem Messer ausgerutscht.

Er konnte sich nicht aufraffen, sie zu unterbrechen, wusste nicht mehr, was er glauben sollte oder durfte. Sie erzählte mit beherrschter Stimme von ein paar Tagen in Köln. Von dem verzweifelten Versuch, Horsti alias Johnny beziehungsweise Georg oder Frankie zurückzugewinnen. Wie er sie abserviert hatte, so kalt und gnadenlos. Wie seine Freunde, dieses junge Ehepaar, ihr halfen. Wirklich nette Leute, sehr verständnisvoll, rührend besorgt. Morgen fiel ihr der Name garantiert ein. Heute hatte sie es nicht so mit Namen, es war vielleicht verständlich, es war ein furchtbarer Tag gewesen.

Es war ein paar Minuten nach Mitternacht, als das Telefon auf dem vorderen Schreibtisch klingelte. Beim ersten Ton zuckten sie alle drei zusammen. Sie sprach noch und unterbrach sich mitten im Satz. Werner Hoß nahm mit offensichtlicher Erleichterung den Hörer ab, sagte kurz: «Ja», lauschte ein paar Sekunden und warf Rudolf Grovian einen sonderbaren Blick zu.

Sie war ebenfalls erleichtert über die Unterbrechung, schaute zu, wie der Chef nach dem Hörer griff. Eine kurze Verschnaufpause, die Bruchstücke sortieren. Es sah wüst aus in ihrem Hirn. Die Mauer brach. An manchen Stellen gab es schon breite Risse, da schimmerte etwas durch. Die weiße

Halle mit den kleinen grünen Steinen im Fußboden, die Treppe und das Fleckenbild gehörten hinter die Mauer. Und sie waren nur der Auftakt gewesen. Am Ende der Treppe lag ein Raum, in dem buntes Licht flackerte.

Hineingefallen war sie nicht, aber sie hatte einen Blick hinuntergeworfen und weißes Pulver auf einem Handrücken gesehen. Und den Biss in eine Zitrone. Eine Pranke aus Kristall. Böcki und Tiger. Es war grausam, und es war lächerlich. Ein Wunder, dass der Chef nicht gelacht hatte.

Ganz klein vor Angst und Sorge, betrachtete sie sein Gesicht. Zuerst huschte ein Ausdruck von Erstaunen darüber, dann Genugtuung, seine Stimme troff über davon.

«Es muss nicht sein», sagte er. «Es reicht, wenn Sie am Vormittag kommen. Um zehn Uhr?» Er horchte wieder, lächelte sogar. «Ja, gut, wenn es Ihnen so wichtig ist. Es ist nicht die erste Nacht, die ich mir um die Ohren schlage.»

Nachdem er aufgelegt hatte, schickte er zuerst ein bedeutsames und wie um Vergebung bittendes Nicken an den Mann im Sportanzug, dann eins in ihre Richtung. In sein Lächeln mischte sich Mitleid. Er zeigte auf das Telefon. «Ein junges Ehepaar?», fragte er. «Freunde von Georg Frankenberg?» Er seufzte und sagte gedehnt: «Frau Bender!»

Dann sprach er weiter mit väterlicher Gönnerhaftigkeit: «Warum haben Sie uns nicht einfach gesagt, dass Ihre Tante in Köln lebt? Sie sind im Dezember vor fünf Jahren zu Ihrer Tante geflüchtet. Es gab kein junges Ehepaar. Das gerade war Ihre Tante, Frau Bender.»

Sie schüttelte den Kopf. Das hätte sie besser gelassen. Sie spürte weitere Brocken aus der Mauer fallen und wie sie darüber stolperte, wie sie abrutschte, ein paar Treppenstufen hinunter. Es gab nirgendwo einen Halt. Sie bemühte sich zwar, indem sie sich an Margret klammerte und schrie: «Nein! Das stimmt nicht! Meine Tante hat nichts damit zu tun. Sie hatte nie etwas mit mir zu tun. Da fällt mir gerade ein, wie die Leute hießen, die Frau hieß Alice. Und der Mann ... warten Sie, es fällt mir sofort ein. Er hieß ... Er war ... O Scheiße, verfluchte Scheiße, wo ist das denn hin? Gerade wusste ich es noch. Er ... Er wollte sich selbständig machen mit einer Gemeinschaftspraxis, das hat er mir erzählt.»

Scheiße, dachte auch Rudolf Grovian, zu mehr reichte es nicht. Winfried Meilhofer und Alice Winger, der See! Und sie schrie weiter: «Was hätte ich denn bei meiner Tante suchen sollen? Meinen Sie wirklich, ich hätte eine Frau angerufen, die ich kaum kannte, damit sie mir hilft?»

«Ja», sagte er, es klang gepresst von Enttäuschung und Frustration. «Und das meine ich nicht nur. Ihre Tante hat es mir gerade so erklärt. Und damit stellt sich uns die Frage, wo Sie die Namen Frankie, Böcki und Tiger tatsächlich gehört haben. Nicht von einem Mann in Köln. Sie haben diese Namen heute Nachmittag am See aufgeschnappt, habe ich Recht?»

Sie starrte ihn mit konzentriert gerunzelter Stirn an. Es schien fast, dass sie angestrengt über seine Frage nachdachte. Aber sie antwortete nicht. Es war auch überflüssig. Alles war in Frage gestellt, alles wieder offen. Wie ein Idiot war er ihr auf den Leim gegangen! Und warum, verdammt nochmal? Weil sie ihm exakt das erzählte, was er eingangs für die einzig rationale Erklärung gehalten hatte – eine wunderhübsche Liebesgeschichte mit tragischem Ausgang. Er seufzte und winkte ab. «Machen wir Schluss.»

«Nein!» Sie hielt sich nur mit Mühe auf dem Stuhl, das sah er. Mit beiden Händen umklammerte sie die Sitzlehne. «Ich kann das alles nicht noch einmal. Wir bringen es jetzt zu Ende.»

«Nein», sagte er ebenfalls und sehr bestimmt. «Ich habe genug für heute. Ich rufe die Kollegen. Die können Sie für die Nacht unterbringen. Eine Portion Schlaf wird Ihnen gut tun. Sie sagten ja eben, dass Sie sehr müde sind.»

«Das war doch nur so gesagt. Ich bin überhaupt nicht

müde», beteuerte sie und fragte im gleichen Atemzug: «Was wollte Margret? Warum hat sie angerufen?»

«Sie will mit uns reden», sagte er und fand, es wurde allerhöchste Zeit, mit einem Mitglied ihrer Familie zu sprechen. «Und das ist ihr so wichtig, dass sie damit nicht bis morgen warten kann. Sie kommt her.»

«Sie müssen sie wieder wegschicken», verlangte sie beschwörend. «Mit Margret vertrödeln Sie nur Ihre Zeit. Sie kann Ihnen nichts sagen. Niemand kann Ihnen etwas sagen, nur ich.»

Rudolf Grovian lächelte freudlos. «Und Sie haben für heute genug gesagt, glaube ich. Da brauchen wir drei Tage, um das zu sortieren. Mal sehen, ob Ihre Tante uns dabei helfen kann.»

Wieder schüttelte sie den Kopf, noch etwas heftiger diesmal. Und es ging noch ein paar Stufen hinunter. «Das kann sie nicht! Ich habe ihr nie etwas erzählt. Ich habe keinem Menschen etwas davon erzählt. Ich habe mich viel zu sehr geschämt. Sie haben kein Recht, Margret Fragen zu stellen. Wenn ich Ihnen doch sage, dass sie nichts weiß.»

Sie sprang vom Stuhl auf, es half nicht viel. Der Körper kam zwar in die Höhe, das Hirn nicht. Das rutschte die letzten Stufen hinunter und tauchte mitten hinein in das zuckende Licht. Sie blinzelte heftig und bettelte: «Lassen Sie Margret in Ruhe, bitte. Sie hat nichts Schlimmes getan. Niemand hat etwas Schlimmes getan, nur ich. Ich bin eine Mörderin, glauben Sie mir. Ich habe ein unschuldiges Kind getötet. Das ist die Wahrheit. Und Frankie! Ihn natürlich auch. Aber ich musste ihn doch umbringen, weil er …»

Sie geriet ins Stammeln, gestikulierte hektisch und hilflos mit beiden Händen, als könne sie auf diese Weise den Wahrheitsgehalt ihrer Behauptungen unterstreichen und ihn zwingen, ihr noch ein paar Minuten seiner Zeit zu widmen. «Er hat … Er wusste nicht, wie er es machen muss. Ich habe ihm gesagt, er muss aufpassen. Er hat nicht auf mich gehört. Ich habe ihm gesagt, er muss aufhören. Er hat sich nicht darum gekümmert. Wissen Sie, was er getan hat?»

Natürlich wusste Rudolf Grovian es nicht, aber er konnte es sich lebhaft vorstellen. Anscheinend versuchte sie, ihn mit ihrem Gestammel erneut auf Schwangerschaft und Fehlgeburt festzunageln. Dazu passte jedoch nicht, was danach kam.

«Er hat sich auf sie geworfen», keuchte sie atemlos und heftig blinzelnd. «Er hat sie geküsst. Und er hat sie geschlagen. Immer abwechselnd geküsst und geschlagen. Und dabei schrie er: Amen! Amen! Amen! Er war verrückt, ich nicht. Er hat so lange auf sie eingeschlagen, bis sie tot war. Ich habe gehört, wie ihre Rippen brachen. Es war furchtbar, es war so grauenhaft. Ich wollte ihr helfen, aber sie haben mich festgehalten. Der eine lag auf mir, der andere hielt meinen Kopf fest und steckte mir sein Ding in den Mund. Ich habe ihn gebissen, und ...»

Das Licht flackerte noch einmal, ehe es erlosch. Und sie wusste nicht weiter. Der Chef starrte sie an. Der Mann im Sportanzug sprang auf und mit zwei Sätzen auf die Tür zu. Er verließ den Raum. Das Aufnahmegerät lief noch, hatte jedes ihrer Worte aufgezeichnet, hielt auch den Rest fest.

«Rufen Sie ihn zurück!», schrie sie. «Es darf jetzt keiner weggehen. Lassen Sie mich nicht allein. Bitte! Das halte ich nicht aus. Helfen Sie mir! Um Gottes willen, helfen Sie mir. Holen Sie mich hier raus. Ich kann nicht im Keller sein. Ich sehe nichts mehr. Schalten Sie das Licht wieder ein. So helfen Sie mir doch!»

Alles verwischte sich. Der Chef stand nur da und rührte sich nicht. Er hätte etwas tun müssen. Irgendetwas. Ihren Arm nehmen, ihre Hand halten, sie zurück zur Treppe führen. Oder wenigstens das Licht wieder einschalten, damit sie allein zur Treppe zurückfand. Es war so dunkel, nur ein paar grüne, blaue, rote und gelbe Blitze zuckten noch durch den

Raum und zerrten Bruchstücke aus der Finsternis. «Loslassen», keuchte sie. «Geh runter von ihr, lass sie in Ruhe. Aufhören! Hört auf, ihr Schweine! Lasst mich los!»

Rudolf Grovian konnte nicht reagieren, er war zu schockiert von seinem Begreifen. Was sie da von sich gab, klang nach Vergewaltigung, und was sie zuvor gestammelt hatte, klang nach Mord. Und sie hatte ein zweites Mädchen erwähnt, das dumm genug gewesen war, sich ihnen anzuschließen. Es war wohl doch nicht so aus der Luft gegriffen, wie er sekundenlang angenommen hatte.

Er sah, wie sie mit einer Hand vor ihrem Unterleib fuchtelte und mit der anderen vor ihrem Gesicht, als wolle sie etwas von sich wegschieben. Dabei würgte sie. Ohne Zweifel erlebte sie gerade noch einmal, was sie ihm zu erklären versuchte.

Er sah, wie sie einen Arm hochriss, als wolle sie sich vor etwas schützen. Wie sie mit beiden Händen an den Kopf griff und schrie: «Nein!» Er sah, dass sie schwankte, dass ihr verzerrtes, aufgequollenes Gesicht plötzlich erschlaffte. Aber er war nicht schnell genug bei ihr. Es waren nur zwei Schritte, und trotzdem lag sie auf dem Fußboden, bevor er sie erreichte und ihren Sturz auffangen konnte.

Es war zu plötzlich gekommen. Im ersten Moment konnte er gar nicht reagieren. Dann schlug er mit der Faust gegen sein Bein. Am liebsten hätte er sich auch gegen den Kopf geschlagen, sich in den Hintern getreten, wenn er ihn nur hätte erreichen können. Das war sein Albtraum. Keinen Arzt gerufen, trotz der Schlagspuren in ihrem Gesicht, trotz der Aussage eines jungen Arztes: «Ich dachte, er schlägt sie tot.»

Hirnblutung, schoss es ihm durch den Kopf. Und endlich kniete er neben ihr und hob ihren Kopf an. Dass er zu flüstern begann, wurde ihm nicht bewusst. «Na, komm schon, Mädchen, steh auf. Tu mir das nicht an. Komm schon. Komm schon! Du warst doch okay.»

Auf ihrer Stirn zeichnete sich ein roter Fleck von der Größe eines Handtellers ab. Er schob mit zitternden Fingern ihr Haar zurück, um nach weiteren Verletzungen zu suchen, wohl wissend, dass er nur mit den Augen keine schwer wiegenden entdecken konnte.

Aber er sah die Einbuchtung im Schädelknochen und die gezackte weiße Linie direkt am Haaransatz. Ihr Atem ging flach, aber gleichmäßig. Er hob ihr linkes Augenlid an, genau in dem Moment, in dem Werner Hoß den Raum wieder betrat, dicht gefolgt von den beiden Kollegen, die sie für den Rest der Nacht in Verwahrung nehmen sollten. Hoß griff sofort nach dem Telefon.

«Sie sackte einfach weg», sagte Rudolf Grovian hilflos. «Ich hab zu spät reagiert.»

Zehn Minuten später traf der von Werner Hoß alarmierte Arzt ein. Es waren höllische Minuten für Rudolf Grovian. Zwar kam sie zu sich, noch bevor Hoß den Hörer aufgelegt hatte, aber es schien kein Funken Leben mehr in ihr. Wie eine Stoffpuppe ließ sie sich vom Boden aufheben und auf einen Stuhl setzen. Und als er ihr die Hand auf die Schulter legen, als er irgendetwas sagen wollte, schlug sie mit schwachen fuchtelnden Bewegungen nach ihm und schluchzte: «Gehen Sie weg. Warum haben Sie nicht aufgehört? Warum haben Sie mir nicht geholfen? Es ist alles nur Ihre Schuld.»

Dann wandte sie sich an Berrenrath und bettelte: «Können Sie ihn rauswerfen, bitte? Er macht mich verrückt. Er hat mir die Mauer kaputtgemacht. Das halte ich nicht aus.»

Rudolf Grovian sah sich gezwungen, den Raum zu verlassen, damit sie sich wieder beruhigte. Werner Hoß folgte ihm auf den Flur, räusperte sich mehrfach, ehe er sich erkundigte: «Wie ist das denn passiert?»

«Na, wie soll das passiert sein», fauchte Rudolf Grovian. «Sie hat's doch gesagt. Ich habe nicht aufgehört und ihre Mauer kaputtgemacht.»

Hoß ließ ein paar Sekunden verstreichen, ehe er fragte: «Und was halten Sie von der Story?»

«Weiß ich noch nicht. Aus den Fingern gesogen hat sie sich das jedenfalls nicht. Ich habe noch nie erlebt, dass einer übers Flunkern zu Boden geht.»

«Ich auch nicht», sagte Hoß unbehaglich. «Dabei hätte ich geschworen, dass sie uns nach Strich und Faden belogen hat.»

Das Eintreffen des Arztes entband Rudolf Grovian von einer Antwort. Zu dritt betraten sie den Raum wieder. Sie saß unverändert auf dem Stuhl. Berrenrath stand neben ihr und hatte ihr eine Hand auf die Schulter gelegt. Ob er sie damit zu trösten oder zu stützen versuchte, war nicht zu erkennen.

Aber Halt brauchte sie anscheinend nicht mehr. Kaum hatte sie den Neuankömmling registriert, streifte sie die Apathie ab und protestierte erst einmal gegen das Erscheinen eines Weißkittels. Ihre Stimme klang lahm vor Benommenheit und Verwirrung, aber es ging ihr gut, es ging ihr blendend. Sie hatte weder Kopfschmerzen noch sonst was. Eine Spritze brauchte sie auf keinen Fall.

Der Arzt überprüfte ihre Reflexe, diagnostizierte nach einem langen Blick in ihre Pupillen einen simplen Schwächeanfall und sprach dabei mit Engelszungen auf sie ein. Dass ihr eine Injektion gut täte. Nur etwas für den Kreislauf, ein harmloses Stärkungsmittel, das sie wieder auf die Beine brachte.

Sie lachte hysterisch, verschränkte zuerst die Arme vor dem Leib, mit beiden Händen hielt sie ihre Taille umklammert. «Sparen Sie sich das Gesülze. Ich weiß, was Sie von mir wollen. Sie wollen nur an meine Arme.»

Dann streckte sie ihm abrupt beide Arme entgegen. «Bitte, bedienen Sie sich. Suchen Sie sich eine Vene aus, wenn Sie eine finden. Wollen Sie auch eine Blutprobe nehmen? Tun Sie's lieber, sonst kriegen Sie am Ende noch Ärger. Wer weiß denn, was ich mir heute Morgen reingezogen habe.»

Der Arzt klopfte eine Weile auf ihre Armbeugen und entschied sich für den Handrücken. Er machte eine Bemerkung über eine Haut wie Leder, alte Narben und dass er solche Krater noch nie gesehen habe.

Rudolf Grovian hörte es zwar, aber er war zu erleichtert über ihre Reaktion, um auf der Stelle seine Schlüsse zu ziehen. Eine halbe Stunde später saß er ihrer Tante gegenüber.

Für Margret Rosch war es ein zäher Kampf gewesen. Hartnäckig sein, obwohl es um etwas ging, wovon sie lieber nichts gehört hätte. Sich nicht abspeisen lassen, obwohl es verlockend war. Es wieder und wieder versuchen, bis endlich ein Anruf durchgestellt wurde.

Sie bestand darauf, ihre Nichte zu sehen. Rudolf Grovian vertröstete sie auf später. Augenblicklich lag Cora Bender in einem der Nebenräume. Der Arzt war noch bei ihr, zusammen mit Berrenrath, um dessen Anwesenheit hatte sie gebeten. «Ich nehme an, dass mich einer von Ihnen bewachen muss. Sind Sie so nett und übernehmen den Posten? Sie sehen in diesem Haufen aus wie ein Mensch.»

Werner Hoß hatte noch einmal frischen Kaffee aufgebrüht. Zwei Tassen davon nahm Rudolf Grovian mit in das Büro, in das er Margret Rosch führte. Sie machte auf ihn einen fassungslos betroffenen, aber resoluten Eindruck. Eine attraktive Person, Mitte fünfzig, mittelgroß, kräftige Figur. Dichtes Haar vom gleichen Farbton wie das ihrer Nichte, rötlich braun. Auch das Gesicht wies eine Familienähnlichkeit auf.

Die wichtigste Frage, ob es bei ihrer Nichte jemals Anzeichen einer geistigen Störung, Verwirrtheitszustände oder dergleichen gegeben hätte, beantwortete Margret Rosch mit einem energischen Kopfschütteln. Und bevor sie weitere Auskünfte gab, verlangte sie ihrerseits welche.

Es gab keinen Grund, ein Geheimnis aus den Tatsachen zu

machen. Er umriss die Sachlage in ein paar knappen Sätzen. Sie hörte mit steifem Gesicht zu. Als er zum Ende kam, gab es die ersten Antworten.

Der Name Georg Frankenberg sagte ihr nichts. Horsti und Frankie riefen nur ein Achselzucken hervor. Johnny dagegen war ihr ein Begriff. Cora hatte ein einziges Mal über ihn gesprochen und ihn bei dieser Gelegenheit als den Erzengel bezeichnet, der die Menschen aus dem Paradies vertrieb. «Und ihnen gingen die Augen auf, und sie erkannten, dass sie nackt waren.»

Sein Freund nannte ihn Böcki, dachte Rudolf Grovian, er war Satan, führte das Weib durch die Schlange in Versuchung. Und dann kam der Tiger. Er hatte Pranken aus Kristall.

Natürlich klang es verrückt. Aber die Kerbe in ihrer Stirn und die Narbe hatte er mit eigenen Augen gesehen. Und sie hatte auch einen Aschenbecher erwähnt. Man brauchte nicht viel Phantasie, um sich vorzustellen, was in diesem Keller abgelaufen war. Und wer sich einen Diskoabend mit dem Auge Gottes in freier Natur hatte erschwindeln müssen, packte vermutlich auch eine bittere Erfahrung in Bibelsprüche.

Ob Johnny mit Nachnamen Guitar oder Saxophon genannt worden war, wann Cora Bender ihn kennen gelernt und was genau sie mit ihm erlebt hatte, wusste ihre Tante nicht. Dennoch bestätigte sie indirekt das Gestammel ebenso wie die klar verständlichen Passagen.

Es war vor fünf Jahren gewesen. Im Mai hatte ihr Bruder Margret Rosch angerufen. Er machte sich Sorgen um seine Tochter, vermutete, sie sei in schlechte Gesellschaft geraten.

«Ich habe ihn nicht ernst genommen», sagte Margret Rosch. «In einem Haus, in dem ein Fernseher Teufelswerk ist, ist jeder junge Mann schlechte Gesellschaft.»

Doch so unbegründet, wie sie gedacht habe, seien die Befürchtungen ihres Bruders nicht gewesen, erklärte sie. Im

August sei Cora verschwunden und drei Monate wie vom Erdboden verschluckt gewesen. Erst im November habe sich ein Arzt bei Wilhelm gemeldet.

Laut Auskunft dieses Arztes hatte man Cora ein paar Wochen zuvor gefunden, irgendwo am Straßenrand. Sie war furchtbar misshandelt worden und bis dahin ohne Bewusstsein gewesen. Später erzählte sie, sie sei vor ein Auto gelaufen. Der Arzt vermutete jedoch aufgrund ihrer Verletzungen, man habe sie aus einem fahrenden Auto auf die Straße geworfen.

Rudolf Grovian fühlte sich etwas leichter. Was Margret Rosch ihm sonst noch bot, passte ebenfalls ins Bild. Sie sprach von einem Trauma. Was immer ihrer Nichte angetan worden war, Cora konnte nicht darüber reden. Den Selbstmordversuch konnte man damit ins Reich der Fabel schieben, die Schwangerschaft vermutlich auch. Er versuchte, Gewissheit über diesen Punkt zu erhalten. «Ihre Nichte hat wiederholt behauptet, sie habe ein unschuldiges Kind getötet.»

Margret Rosch lachte nervös. «Das hat sie mit Sicherheit nicht. Sie hatte kein Kind.»

«Ich denke auch eher an eine Schwangerschaft», sagte er.

«Sie meinen eine Abtreibung?» Margret Rosch schüttelte den Kopf. «Das kann ich mir nicht vorstellen. Nicht bei Cora.»

«Es könnte eine Fehlgeburt gewesen sein», sagte er. «Wenn sie misshandelt wurde, wäre das nicht verwunderlich. Ist Ihnen der Name des Arztes bekannt, der Ihre Nichte damals behandelt hat?»

«Nein. Ich weiß auch nicht, in welcher Klinik sie behandelt wurde.»

«Sie sagte, sie sei nicht in einer Klinik …»

Margret Rosch lachte unfroh und unterbrach ihn damit. «Sie sagte! Fragen Sie nicht Cora. Sie hat diese Sache völlig verdrängt. Wissen Sie, was ein Trauma ist?»

Er dachte an eine Mauer im Hirn, die er mit seinen Fragen eingetreten hatte, und nickte kurz. Und Margret Rosch meinte: «Gut, dann fragen Sie Ihren Verstand. Ich kenne eine Menge Ärzte, auch engagierte Ärzte. Aber es ist keiner dabei, der ein schwer verletztes Mädchen ohne Bewusstsein vom Straßenrand aufhebt und mit zu sich nach Hause nimmt. Das wäre verantwortungslos. Ich weiß nicht, warum sie Ihnen das so erzählt hat. Vielleicht wünscht sie sich, es wäre einer für sie da gewesen. Einer, der wirklich einmal etwas für sie tut. Sie war immer ziemlich auf sich allein gestellt.»

Das klang logisch. Die nächste Frage. Er hatte die Bemerkung des Arztes über die zerstochenen Arme nicht vergessen. «Hatte Ihre Nichte jemals mit Drogen zu tun?»

Es vergingen ein paar Sekunden, ehe Margret Rosch zögernd nickte. «Mit Heroin, aber nur kurz. Das muss in der Zeit passiert sein. Ich nehme an, Johnny hat es ihr gegeben, um sie sich gefügig zu machen. Selbst gespritzt hat sie auf keinen Fall. Sie wusste nicht, wie man mit dem Zeug umgeht.»

Margret Rosch seufzte. «Als sie zu mir kam, war sie in einem elenden Zustand. Sie meinte, es seien Entzugserscheinungen, aber damit hatte es nichts zu tun. Sie hatte grauenhafte Albträume. Immer kurz vor zwei in der Nacht. Man konnte die Uhr danach stellen. Ich gab ihr regelmäßig Resedorm. Ebenso gut hätte ich ihr Traubenzucker geben können. Pünktlich um fünf Minuten vor zwei saß sie auf der Couch, schlug um sich und schrie sich die Lunge aus dem Leib: Aufhören! Hört auf, ihr Schweine! Sie war nicht wach und auch nicht wach zu bekommen. Wenn ich sie ansprach, stammelte sie etwas von einem Keller, von Würmern, Tigern und Ziegenböcken.»

Rudolf Grovian hörte es mit Interesse und fühlte weitere Steine von seinem Herzen purzeln. Böcki und Tiger, die Namen hatte er ihrer Tante nicht genannt. Und es war eine Sache, eine junge Frau mit Fragen in den Wahnsinn zu treiben. Es war eine ganz andere Sache, diese junge Frau mit Fragen an einen Punkt zu bringen, an dem Erinnerungen aufbrachen, die letztendlich ein Motiv lieferten.

«Ich habe sie mehrfach aufgefordert, zu einem Arzt zu gehen», fuhr ihre Tante fort. «Das lehnte sie ab, und zwingen mochte ich sie nicht. Aber sie brauchte dringend Hilfe. Ich habe ihr schließlich Psychopharmaka ins Essen gemischt. Nach ein paar Monaten ging es ihr besser, sie schlief nachts durch und erholte sich auch körperlich.»

Margret Rosch schwieg ein paar Sekunden lang und wollte dann wissen: «Was ich Ihnen hier erzähle, das erfährt sie doch nicht, oder? Wenn Sie ihr sagen, dass ich Sie über das Heroin informiert habe, macht Cora die Tür zu. Dafür garantiere ich. Nichts ist ihr wichtiger, als das unter Verschluss zu halten. Am besten wäre, wenn Sie es gar nicht erwähnen. Es ist doch auch nicht nötig, ihr das noch einmal vorzuhalten. Es ist lange her. Sie hat Ihnen bereits eine Menge erzählt, wahrscheinlich den Anfang der Geschichte. Johnny wird sich ja nicht gleich wie ein Tier benommen haben. Vielleicht kann ich sie dazu bewegen, Ihnen auch noch etwas vom Ende zu erzählen. Ich weiß nicht, an wie viel oder ob sie sich überhaupt erinnert. Aber es wäre einen Versuch wert. Erlauben Sie mir, mit ihr zu sprechen?»

Er nickte, vertröstete sie erneut auf später und tastete sich langsam voran. Elternhaus, Kindheit. Er wollte nur eine Bestätigung für die fanatisch religiöse Mutter und den Vater, der dem Wahnsinn nicht hatte die Stirn bieten können. Vielleicht noch ein wenig zu dem, was ihm im Hinterkopf tickte. Kindesmissbrauch?

Doch kaum hatte er die ersten Fragen zu Cora Benders Kindheit gestellt, ging mit ihrer Tante eine seltsame Verwandlung vor. Die Bereitwilligkeit und der Eifer lösten sich in Wohlgefallen auf.

«Dazu kann ich nicht viel sagen. Ich hatte kaum Kontakt zur Familie meines Bruders. Ich konnte mich mit den Verrücktheiten meiner Schwägerin nicht auseinander setzen. Wenn ich sie besuchte, machte Cora auf mich einen normalen Eindruck. Meine Schwägerin ließ ihr nicht viel Freiraum. Aber Cora schaffte es, sich gegen ihre Mutter zu behaupten. Manch ein Kind wäre unter dem ständigen Druck zerbrochen, Cora dagegen ... wie soll ich das ausdrücken? Sie wuchs daran. Sie war immer sehr reif für ihr Alter, sehr verständig und verantwortungsbewusst. Sie übernahm schon früh Pflichten im Haushalt. Nicht weil sie dazu aufgefordert wurde, sondern weil sie sah, dass ihre Mutter damit nicht zurechtkam. Man könnte sagen, sie übernahm die Rolle der Erwachsenen.»

Und was war mit der Rolle im Ehebett gewesen? All die auffälligen Zeichen! Bettnässen mit neun. Und mit neunzehn Heroin! Missbrauchte Kinder endeten häufig so, das wusste Margret. Aber Wilhelm war immer ein anständiger Kerl gewesen, das wusste sie auch. Und jetzt war er ein alter Mann, ausgelaugt und müde vom erbärmlichen Leben. Manchmal rief er an. «Wie geht es Cora?» Er freute sich immer, zu hören: «Es geht ihr gut.»

Fast eine Stunde saß Margret Rosch mit Rudolf Grovian zusammen. Von dem, was ihr neben der Fassungslosigkeit durch den Kopf ging, erfuhr er nichts. Auch der Name Magdalena fiel nicht einmal. Irgendwann kam die Frage: «Wann kann ich denn nun endlich meine Nichte sehen?»

Er erhob sich. «Ich schau mal, wie weit die Kollegen sind.»

Die Kollegen standen auf dem Gang herum. Er wollte nur sehen, in welchem Zustand Cora Bender sich befand. Sie saß wieder aufrecht, als er den Raum betrat. Berrenrath stand am Fenster und unterhielt sich mit dem Arzt. Und der Arzt hatte eine Miene aufgesetzt, die ihn unwillkürlich an die Bemerkung Winfried Meilhofers denken ließ; das göttliche Strafgericht.

Da musste der richtige Eindruck entstanden sein. Die Polizei und ihre brutalen Verhörmethoden. Eine bewusstlose junge Frau mit zerschlagenem Gesicht.

«Ihre Tante möchte Sie sehen, Frau Bender», sagte er.

Sie starrte ihn an, als wolle sie sich mit ihren Blicken in sein Hirn bohren.

«Die Frau braucht Ruhe», protestierte der Arzt.

«Quatsch», widersprach sie. Eben haben Sie mir noch erzählt, dass mich Ihr Mittelchen wieder munter macht. Das hat es getan. Ich war noch nie in meinem Leben so wach.» Sie schaute zu Rudolf Grovian auf. «Was hat sie Ihnen erzählt?»

«Ich hole sie», sagte er nur.

Zwei Minuten später betrat er den Raum erneut. Margret Rosch war dicht hinter ihm. Er winkte Berrenrath und den Arzt hinaus. Er selbst blieb, hielt sich jedoch im Hintergrund und beobachtete schweigend. Margret Rosch blieb mitten im Raum stehen. Und er sah die Panik in Cora Benders Gesicht, hörte die raue, gedrängte Stimme: «Was hast du ihm erzählt?»

«Nichts», log ihre Tante. «Mach dir keine Sorgen. Ich bin nur hier, um dich zu sehen. Aus deinem Besuch morgen wird ja leider nichts. Ich hatte mich darauf gefreut. Wie geht es dem Kleinen?»

Sie sprach, als mache sie einen Besuch am Krankenbett, als ginge es nur um ein gebrochenes Bein. Doch so rasch war Cora Benders Misstrauen offenbar nicht zu besänftigen.

«Gut. Hast du wirklich nichts gesagt?»

«Nein. Was soll ich denn gesagt haben?»

«Was weiß ich! In so einer Situation erzählt man eine Menge Blödsinn. Das habe ich auch getan. Vom Erlöser, der büßenden Magdalena und dem ganzen Quatsch.»

Margret Rosch schüttelte den Kopf. «Nein, kein Wort.»

Cora Bender sackte vor Erleichterung ein wenig in sich zusammen und wechselte das Thema. Ob sie sich hatte beschwichtigen lassen oder einen bestimmten Zweck verfolgte, wagte er nicht zu beurteilen. Es klang bedrückt und aufrichtig und passte zu dem Verhalten, das sie am See gezeigt hatte. Berrenrath hatte von ihrer Sorge um die Ohren des Kindes berichtet.

«Hat Gereon dich angerufen?», wollte sie wissen.

Margret Rosch nickte, und sie erkundigte sich: «Wie geht es ihm? Hat er etwas von seinem Arm gesagt? Ich habe ihn gestochen, zweimal, glaube ich. Einer von den Sanitätern am See hatte ihn verbunden. Es war ein ziemlich großer Verband, ging über den ganzen Unterarm. Hoffentlich kann er damit arbeiten. Im Moment ist so viel zu tun. Manni Weber schafft das nicht allein. Und den Alten kannst du vergessen. Du weißt ja, wie er ist. Er hat eine große Klappe, aber er kann einen Schraubenzieher nicht von einer Rohrzange unterscheiden.»

Ihre Tante nickte erneut, biss sich auf die Lippen und brachte die Sprache endlich – zumindest im Ansatz – auf das Geschehen.

«Brauchst du irgendetwas? Soll ich mich um einen Anwalt kümmern?»

Cora Bender winkte ab. «Lass nur. Aber wenn du mir ein paar Sachen bringen könntest. Ein bisschen Kleidung und das Waschzeug. Das Übliche, du weißt schon.»

Unvermittelt wurde Margret Rosch heftig. «Nein, ich weiß nicht. Was ist denn das Übliche, wenn man ins Gefängnis geht? Das ist nicht wie Urlaub. Cora, tu mir einen Gefallen und sag den Leuten hier die Wahrheit. Mach dir keine Gedanken um andere. Denk jetzt mal an dich. Sag ihnen, was vor fünf Jahren passiert ist. Erzähl ihnen, warum du im August damals von daheim weggegangen bist. Sie werden das verstehen. Erzähl ihnen alles.»

«Habe ich schon», behauptete sie.

«Das glaube ich dir nicht», erklärte Margret Rosch.

Sie hob gleichmütig die Achseln. «Dann lass es! Lass mich in Ruhe. Stell dir vor, Mutter hätte Recht und ich wäre tot.»

Ein paar Sekunden lang war sie still. Dann bat sie leise: «Sprichst du mit Vater? Erfahren muss er das ja. Es ist mir lieber, wenn du es ihm sagst. Aber bring ihm das behutsam bei. Sag ihm, es geht mir gut. Ich will nicht, dass er sich aufregt. Er soll auch nicht herkommen. Ich will das nicht.»

Margret Rosch nickte nur und warf einen sehnsüchtigen Blick zur Tür. Rudolf Grovian begleitete sie hinaus, bedankte sich für ihr Erscheinen und die Hilfe, die sie ihm gewesen war. Es war ihm ernst damit. Johnny und Heroin, furchtbar misshandelt und aus einem fahrenden Auto auf die Straße geworfen, damit ließ sich etwas anfangen. Nicht zu vergessen die brechenden Rippen des zweiten Mädchens.

Auch der Dialog zwischen Tante und Nichte war aufschlussreich gewesen und hatte die Verdrängungsmechanismen der Familie offenbart. Reden wir zuerst mal übers Wetter.

Er war ziemlich sicher, dass Margret Rosch ihm noch ein bisschen mehr hätte erzählen können. Zumindest ein paar Worte über den Erlöser, die büßende Magdalena und den ganzen Quatsch. Es musste verwundern, dass Cora Bender nur daran gelegen schien, sich in diesen Punkten des Schweigens ihrer Tante zu versichern. Und das, obwohl sie selbst bereits ausführlich davon berichtet hatte.

In Gedanken korrigierte er sich. Nein, sie hatte nur über das Kreuz gesprochen. Deutlich erinnerte er sich an das Zucken in ihrem Gesicht, als sie den Erlöser im Zusammenhang mit der büßenden Magdalena erwähnte. Und wie sie mit dem Wasser für ihren Kaffee sofort ein Ablenkungsmanöver startete.

Er war nicht sonderlich bibelfest und fragte sich, welche

Bedeutung einer biblischen Randfigur zukommen mochte, wenn Georg Frankenberg fünf Jahre nach seinem Auftreten als Satan mit der Schlange nun als Erlöser fungiert hatte. Aber es lohnte nicht, darüber zu grübeln.

Ein Trauma! Er hatte daran gerüttelt – unwissend und ahnungslos. Es umzurühren war wirklich nicht seine Aufgabe; nicht vor diesem Hintergrund. Dafür waren die Ärzte zuständig. Er machte einen Fehler immer nur einmal. Vor seinen Füßen würde sie nie wieder zusammenbrechen. Man musste wissen, wo die Grenze war. Er hatte die seine erreicht. Dachte er.

7. Kapitel

Margrets Besuche waren für mich immer eine zwiespältige Sache. Sie kam zu selten und blieb nicht lange genug, um wirklich etwas zu verändern. Sie brachte nur Hoffnung für Vater ins Haus und nahm sie wieder mit, wenn sie zurückfuhr.

An die Besuche aus den ersten Jahren erinnere ich mich kaum. Es können nicht viele gewesen sein. Und da kam Margret meist zusammen mit einer uralten Frau, meiner Großmutter. Sie brachten jedes Mal etwas Süßes mit. Mutter nahm es in Empfang, legte es in den Schrank zum Brot. Wo die Sachen von da aus hingerieten, wussten nur Mutter und der Erlöser. Vergünstigungen gab es nicht durch diese frühen Besuche. Deshalb empfand ich sie eher als Belästigung. Die Großmutter wollte ständig von mir wissen, ob ich artig sei, Vater und Mutter gehorche, immer brav täte, was sie von mir verlangten. Ich nickte zu allem und war erleichtert, wenn sie wieder abfuhren.

Dann kam Margret das erste Mal allein. Die Großmutter war gestorben. Bei dem Besuch unterhielt sie sich mit mir. Sie wollte wissen, ob mir die Schule Spaß mache. Ob ich gute Noten hätte. Welches Fach ich am liebsten mochte. Ob es mir gefiel, mit Vater in einem Zimmer zu schlafen. Und ob ich ihr vielleicht ein Bild von Vater zeichnen könnte, weil sie kein Foto von ihm hatte.

Ich konnte nicht gut zeichnen und malte ihr ein Männchen mit einer Harke und einem Eimer. Margret wollte wissen, was das lange Ding an der Seite des Männchens bedeutete. Ich erklärte es ihr. Das war es auch schon.

Die restliche Zeit war sie mit Mutter zusammen. Tagsüber

jedenfalls, Vater musste ja arbeiten. Und Mutter war danach tagelang so komisch. Ich weiß nicht, wie ich es beschreiben soll. Es kam mir vor, als hätte sie Angst. Richtig durcheinander war sie, hielt mir endlose Vorträge über die wahren Sünden, als ob es nicht schon genug andere gegeben hätte.

Die wahren Sünden seien die Begierden des Fleisches, sagte Mutter. Damit konnte ich nichts anfangen. Ich war doch erst neun Jahre alt. Ich dachte, es hätte etwas mit dem Rinderbraten zu tun, den sie für Margret auf den Tisch hatte bringen müssen. Vater hatte das verlangt. Einem lieben Gast könne man nicht zwei Tage hintereinander Bohnensuppe vorsetzen. Vater hatte sich zwei Stücke von dem Braten genommen, ich nur eins, das kleinste, obwohl Margret mich aufforderte: «Nimm dir doch noch ein Stück, Cora. Oder magst du kein Fleisch?»

Natürlich mochte ich Fleisch. Aber ich dachte, wenn ich mir noch ein Stück nehme, Margret reist wieder ab, und ich muss mir das dann anhören. So war es ja auch.

Und dann, eine Woche nachdem Margret abgereist war, kam ein Päckchen. Im Winter war das, in den Schulferien. Das weiß ich noch genau. Das Päckchen kam morgens mit der Post, und weil Vaters Name draufstand, wagte Mutter nicht, es zu öffnen. Sie legte es auf den Küchenschrank. Und abends trennte Vater mit einer großartigen Geste die Kordel durch.

Margrets Besuch hatte ihn verändert. Seit sie wieder weg war, sprach er unentwegt von dem neuen Wind, der jetzt im Haus wehte, und von den sieben dürren Jahren, auf die sieben fette folgen mussten. Und wenn es acht dürre gewesen wären, müssten es auch acht fette sein. Danach sei er dann alt genug für den endgültigen Verzicht.

Einmal sagte er zu Mutter: «Wer nicht erhören will, muss zahlen. Sonst kriege ich noch Schwielen an die Hände.» Grit Adigar sagte immer zu ihren Töchtern: «Wer nicht hören will, muss fühlen», wenn sie Kerstin oder Melanie auf die

Finger schlug. Mir war Vaters komisches Gerede nicht geheuer. Die Leute in unserer Nachbarschaft erzählten, Mutter sei verrückt. Das sagten sie so, dass ich es hörte. Ich hatte Angst, dass Vater nun auch verrückt würde.

Er machte ein Theater um das Päckchen, benahm sich, als sei ein neues Herz für Magdalena drin. Es waren ein paar Süßigkeiten, von denen er sofort etwas verteilte, obwohl Mutter mit steifem Gesicht dabeistand. Magdalena bekam ein Röhrchen mit Schokoladenbonbons. «Viele, viele bunte Smarties.» Ich kannte die Dinger vom Schulhof. Ich bekam auch ein Röhrchen und wollte es Mutter geben. Aber Vater hielt meine Hand fest.

«Das sind deine», sagte er. «Und du wirst sie essen. Den Rest heben wir uns für Weihnachten auf. Dann müssen wir Mutter nicht zumuten, süße kleine Verführer einzukaufen.»

Außer den Süßigkeiten hatte Margret noch andere Sachen eingepackt, alle in buntes Papier gewickelt, mit Schleifen darum. An den Schleifen waren kleine Karten befestigt, auf denen unsere Namen standen. Obenauf lag ein Briefumschlag.

Es war der erste Brief von Margret, den Vater mir vorlas. Nicht nur mir, Mutter und Magdalena waren auch in der Küche. Mutter hatte beide Sessel aus dem Wohnzimmer geholt und aneinander gestellt, damit Magdalena liegen konnte. Es ging ihr nicht so gut an dem Tag.

Margret wünschte uns allen ein frohes Weihnachtsfest, ein glückliches und vor allem gesundes neues Jahr. Sie bedauerte, dass ihr Besuch nicht das gewünschte Resultat erzielt hatte. Hoffte, Mutter möge sich noch auf ihre Pflichten besinnen und einmal darüber nachdenken, dass der Erlöser niemals Enthaltsamkeit von seinen Dienern gefordert habe. Das hätten später andere behauptet. Aber denen sei es nur darum gegangen, das angehäufte Vermögen nicht an irgendwelche Erben verteilen zu müssen. Und Mutter möge doch bitte auch bedenken, dass Vater nicht allein im Zimmer läge.

Es sei keinem geholfen, wenn es ein Unglück gäbe. Sie verstehe sehr gut, dass Mutter Angst vor einer weiteren Schwangerschaft habe. Aber das müsse in der heutigen Zeit nicht sein, da gäbe es genügend Mittel. Und Margret war sicher, dass der Erlöser diese Mittel billigte, weil niemand die Natur der Menschen besser kannte als er. Und das zweite Lamm zu opfern sei eine Verschwendung, die er niemals gutheißen könnte.

Vater las das alles laut vor, dann kam er zu den Geschenken. Für Magdalena eine Puppe. Sie war aus Stoff, hatte ein lustiges Gesicht mit buntem Garn aufgestickt. Große blaue Augen und rote Wangen, ein lachender Mund mit weißen Zähnen. Ihr Haar war aus Strickwolle, gelbe Fäden, die zu dicken Zöpfen geflochten waren. Margret wünschte Magdalena von ganzem Herzen ein Gesicht, wie die Puppe es hatte, lustig und gesund. Magdalena durfte die Puppe sofort auspacken. Ich half ihr dabei.

Währenddessen warf Vater ein winziges Päckchen zu Mutter hinüber und sagte: «Geh am besten mal ins Wohnzimmer. Zeig es ihm und frag, ob er etwas dagegen einzuwenden hat.» Mutter rührte sich nicht von der Stelle. Das kleine Päckchen prallte von ihrem Kittel ab und fiel zu Boden. Zuletzt überreichte Vater mir mein Geschenk. Es war ein Buch: «Alice im Wunderland».

Mehr als den Titel habe ich nicht lesen können. An dem Abend war es schon zu spät, und am nächsten Tag verlangte Mutter, dass ich es im Blecheimer vor dem Altar verbrannte. Sie verlangte es nicht so, wie man einen Befehl gibt. Sie hielt mir eine Predigt über Margrets Brief und die verdorbenen Gedanken darin. Dass ich ihr sofort sagen müsste, wenn Vater sich mir zu erkennen gäbe.

Ich dachte, jetzt ist sie völlig übergeschnappt. Ich kannte Vater doch schon so lange. Und dass er mein richtiger Vater war, wusste ich inzwischen auch ganz genau. Ich sah ihm sehr ähnlich und glaubte schon lange nicht mehr, dass die Adigars meine Familie wären. Ich nickte nur zu allem.

Ich nickte auch, als sie mich fragte, ob ich nicht wie sie der Ansicht sei, dass es für ein erfülltes Leben vollkommen ausreiche, das Buch der Bücher zu kennen? Das kannte ich nun auswendig. Mutter hatte mir sämtliche Sündenfälle der Menschheit erzählt, bis sie mir an den Ohren wieder herausliefen. Und seit ich selbst lesen konnte, musste ich … Ach, was soll's!

Sie schickte mich, den Blecheimer zu holen, drückte mir die Zündhölzer in die Hand, und dann schauten wir zu, wie sich das Wunderland in ein Häufchen Asche verwandelte.

Als Vater am späten Nachmittag heimkam und davon erfuhr, wurde er so wütend, wie ich ihn noch nie erlebt hatte. Er sagte Dinge, von denen ich damals nur die Hälfte verstand. Dass er nie damit gerechnet hätte, die Hure eines Besatzungssoldaten könnte sich eines Tages in ein Gebetbuch verwandeln. Es hätte ihr doch auch einmal geschmeckt. Und sie hätte sich nicht nur das reinschieben lassen, was von der Natur dafür vorgesehen wäre, sondern auch mit Freuden die Nadel. Mutter stand da, als sei ihr das Gesicht eingefroren. Irgendwie tat sie mir Leid.

Danach saßen wir noch lange am Küchentisch, Vater und ich, während Mutter das Geschirr spülte. Vater erzählte mir die Geschichte von Alice im Wunderland. Dabei kannte er sie gar nicht. Er erfand für mich eine völlig andere von einem Mädchen, dessen Mutter verrückt war und die ganze Familie in den Wahnsinn treiben wollte. Dass es dem Mädchen daheim nicht gefiel, dass es aber nicht weglaufen konnte, weil es noch zu jung war und kein Geld hatte. Und da machte es sich seine eigene Welt. Es dachte sich Leute aus und unterhielt sich mit ihnen, obwohl sie nicht existierten.

«Dann war das Mädchen aber genauso verrückt wie seine Mutter», sagte ich.

Vater lächelte. «Ja, wahrscheinlich. Aber wie soll man auch nicht verrückt werden bei so einer Mutter? Wenn man nie etwas anderes sieht, nie etwas anderes hört.»

Magdalena war auch in der Küche. Wie am Abend zuvor lag sie in den beiden Sesseln. Sie hatte einen harten Tag hinter sich; zwei Einläufe, die nichts weiter gebracht hatten als Bauchkrämpfe. Sie hatte aufmerksam zugehört und unentwegt zwischen Vater und Mutter hin- und hergeschaut. Sie kannte die Geschichte von Alice im Wunderland nämlich.

Die Schwester, die in der Klinik dafür sorgte, dass sie manchmal mit anderen Kindern spielen durfte, hatte sie einmal in ein Zimmer gebracht, in dem eine andere Mutter ihrem Kind aus dem Buch vorlas. Später hat sie mir das erzählt. Aber wovon «Alice im Wunderland» tatsächlich handelte, hat sie mir nicht gesagt. Ich habe sie auch nicht gefragt, ich wollte es gar nicht wissen.

Vater lächelte sie an und fragte: «Wie geht es unserem Spatz denn heute?»

Magdalena antwortete ihm nicht. Sie sprach inzwischen oft mit mir und selten mit Mutter. Mit ihm sprach sie nie. Mutter tat das an ihrer Stelle. «Es geht ihr nicht gut. Wie sollte es auch in einem Haus, in dem sich niemand an die Gebote des Herrn hält?»

«Du hältst dich doch daran», sagte Vater. Er war immer noch sehr verärgert. «Aber das Gebot musst du mir erst zeigen. Ich kann mich nicht erinnern, jemals gelesen zu haben, dass der Herr von einem Kind verlangt hätte, ein Buch zu verbrennen. Soweit ich weiß, waren es andere, die das veranlasst haben. Aber die nannten sich ja auch Herren. Von denen hast du zu viel mitbekommen, fürchte ich. Da wirfst du manchmal die Methoden durcheinander.»

Mutter schaute ihn nur an. Er nickte vor sich hin, senkte den Kopf und betrachtete die Tischplatte. «Aber um auf deinen jetzigen Herrn zurückzukommen», sagte er nach einer

Weile. «Hat er nicht gesagt: Wenn ihr nicht werdet wie die Kinder? Ich meine, er hätte mal so etwas gesagt. Und wenn du dich schon Punkt für Punkt an seine Worte hältst, dann such dir nicht nur die raus, die dir in den Kram passen. Kinder möchten auch mal etwas anderes als Kreuzzeichen schlagen. Wenn wir schon eins hergeben müssen, und irgendwann müssen wir, das weißt du so gut wie ich, dann will ich das andere so gesund und munter wie es nur eben geht. Ich hätte auf die Ärzte hören sollen, dann wäre es längst überstanden. Dann könntest du deinen Blödsinn auf dem Friedhof veranstalten.»

Ich dachte, mir wäre das Herz stehen geblieben. Was er damit meinte, wusste ich genau. Und Magdalena wusste es auch. Sie war nicht dumm. Durch die häufigen Aufenthalte in der Klinik wusste sie eine Menge über ihre Krankheit und andere Dinge. Sie wusste viel mehr als ich. Sie konnte nicht lesen, nicht rechnen und nicht schreiben. Aber sie kannte Worte wie Elektrokardiogramm, Septumdefekt, Insuffizienz, Aortenaneurysma, Pathologie und Krematorium. Und sie wusste auch, was diese Worte bedeuteten.

Sie schaute Vater an, drückte ihre Puppe an sich und spielte mit den dicken Fadenzöpfen. Es sah aus, als wollte sie ihm etwas sagen. Sie bewegte die Lippen, ein paar Mal tat sie das. Nur kam kein Ton heraus. Schließlich erkannte ich, dass sie nur ein Wort formte. Arschloch!

Ob Vater es auch ablesen konnte, weiß ich nicht. Er atmete tief durch, dann meinte er etwas leiser: «Aber wo wir uns nun einmal so entschieden haben, sollten wir auch versuchen, es so erträglich wie möglich zu machen. Ein bisschen Freude geben, nicht immer nur fromme Sprüche. Davon hat sie nichts. Ich bin sicher, ihr hätte die Geschichte von Alice im Wunderland auch gefallen. Und Cora hätte ihr bestimmt etwas vorgelesen.»

Mutter erklärte: «Sie muss jetzt ruhen. Es war ein anstrengender Tag für sie.» Sie hob Magdalena aus den Sesseln, nahm sie auf den Arm und trug sie zur Tür. Vater schaute ihnen nach und schüttelte den Kopf. Dann betrachtete er wieder die Tischplatte. «Das war meine Sünde», sagte er leise, «dass ich einmal nicht verzichten und die Zeit abwarten konnte. Hätte ich ihn doch besser in ein Mauseloch gesteckt.»

Er hob den Kopf und schaute mich an. «Am besten, wir gehen ins Bett, was meinst du? Für dich wird es ohnehin Zeit, und ich bin auch müde.»

Wir gingen nach oben. Mutter war noch mit Magdalena im Bad, wusch sie und putzte ihr die Zähne. Vater ging ins Schlafzimmer und holte sich die Sachen aus dem Schrank, die er am nächsten Morgen zur Arbeit anziehen wollte. Ich ging in unser Zimmer und zog das Nachthemd über. Als Mutter mit Magdalena aus dem Bad kam, ging ich hinüber, um mir ebenfalls die Zähne zu putzen.

Mutter brachte Magdalena ins Bett und ging noch einmal hinunter, um zu beten. Vater kam zu mir, er war sehr bedrückt, stand neben dem Waschbecken und schaute zu, wie ich mir das Gesicht wusch und die Haare kämmte.

Ich kam mit dem Kamm nicht durch. Manchmal zwirbelte ich meine Haare, wenn ich lange vor dem Altar knien musste. Vater half mir, die Knoten aufzulösen. Dann zog er meinen Kopf gegen seine Brust, hielt ihn fest. «Es tut mir so Leid», murmelte er. «Es tut mir so furchtbar Leid.»

«Sei nicht traurig wegen dem Buch», sagte ich. «Ich mag gar nicht gerne lesen. Ich mag es lieber, wenn du mir von früher erzählst. Du hast mir schon lange nichts mehr erzählt von der Eisenbahn und der alten Schule und wie sie die Kirche gebaut haben.»

«Ich habe dir viel zu viel davon erzählt», sagte er. «Nur nicht ans Heute rühren und nicht ans Gestern.»

Er hielt meinen Kopf fest gegen seine Brust gepresst und strich mit einer Hand meinen Rücken hinunter. Dann stieß er mich plötzlich weg, drehte sich zum Waschbecken und sagte: «Wird Zeit, dass das Frühjahr kommt. Da hat man Arbeit im Garten und keine Zeit mehr für dumme Gedanken.»

Es war ein dummer Gedanke gewesen anzunehmen, Margret hätte sie verraten. Auf Margret konnte man sich verlassen, sie hatte ja auch selbst einiges zu verlieren. An der Angst, der Verwirrung und der Unsicherheit änderte die Erkenntnis nichts.

Als Margret zusammen mit dem Chef den Raum verließ, kam der Mann im Sportanzug herein. Mit ihm blieb sie ein paar Minuten allein. Sie wünschte sich, er hätte mit ihr gesprochen. Nur zwei Sätze, um das tote Gefühl aus dem Kopf zu vertreiben.

Seit sie aus der kurzen Bewusstlosigkeit erwacht war, war es so eng und dunkel da drin wie in einem Grab. Oder in einem Keller, in dem jemand das Licht ausgeschaltet hatte. Sie wusste, dass sie etwas Grauenhaftes gesehen und etwas Schreckliches gefühlt hatte. Aber was immer durch die Mauer im Hirn gebrochen war, es hatte sich wieder zurückgezogen. Nur das Gefühl war geblieben. Und Vaters Stimme spukte in der Dunkelheit herum.

Sie sah ihn auf ihrem Bett sitzen. Abend für Abend war er zu ihr gekommen in den wenigen Wochen, die sie nach der Rückkehr im November damals noch daheim verbracht hatte. Sie hörte sein Flehen, die Stimme so alt und brüchig. «Sprich mit mir, Cora. Tu es nicht wie sie. Du musst mit mir reden. Sag mir, was passiert ist. Was immer du getan hast, ich werde dich nicht verurteilen und niemals ein Wort darüber verlieren, das verspreche ich dir. Ich habe gar nicht das Recht, dich zu verurteilen. Und Mutter hat es auch nicht. Jeder von uns hat etwas auf dem Gewissen. Jetzt sage ich dir, was ich getan habe und was Mutter getan hat. Und dann bist du an der Reihe. Du musst es mir sagen, Cora. Wenn man nicht darüber spricht, frisst es einen auf. Was ist passiert, Cora? Was hast du getan?»

Nur zwei oder drei Sätze von dem Mann im Sportanzug, um Vaters Stimme zu übertönen. Aber er schaute sie nur an, sein Blick spiegelte Mitgefühl und Unsicherheit. Vielleicht wartete er darauf, dass sie etwas sagte. Als sie schwieg, machte er sich an dem Aufnahmegerät zu schaffen. Er nahm die Kassette heraus und legte sie zu den anderen, die im Laufe des Abends zusammengekommen waren.

Kassetten! «Ich spule ein Stück vor», hatte die Frau am See gesagt. Und: «Das ist das Beste, was ihr je gehört habt.»

Der Satz fuhr ihr wie ein Stromschlag durchs Hirn und fand irgendwo ein Echo. «Das ist das Beste, was ich je gehört habe», sagte Magdalena.

Magdalena lag auf dem Bett und hielt ein winziges Kassettengerät in der Hand, von dem eine dünne Schnur zu dem Stöpsel in ihrem linken Ohr führte. Sie lachte leise, wiegte den Kopf, nur den Kopf, etwas anderes konnte sie nicht wiegen. Sie summte eine Melodie. «Bohemian Rhapsody – Is this the real life?» Und Magdalena sagte: «Ich liebe das Stück. Eine Stimme hat dieser Freddy Mercury, einfach Wahnsinn. Ich wünsche mir, ich könnte es mal richtig laut hören. So wie in der Disco. Aber da bräuchten wir eine riesige Stereoanlage. Und wenn die Alte die zu Gesicht bekäme, sperrt sie uns auch noch den Strom ab. Hast du den Hauptwasserhahn gefunden?»

Der Chef kam zurück und fragte: «Wie fühlen Sie sich, Frau Bender?»

Sie war noch bei Magdalena und sagte: «Leider nicht. Ich hole einen Eimer von Grit, zum Waschen reicht das.» Dann erst wurde ihr bewusst, was der Chef gefragt hatte, und sie sagte rasch: «Danke, ausgezeichnet.»

Sie war überzeugt, dass es nun weiterging mit den Fragen. Daran erinnerte sie sich noch, dass er zuletzt hatte wissen wollen, wo sie die Namen Frankie, Böcki und Tiger gehört hatte. Bei Frankie war es einfach. Am See. Und das wollte sie ihm sagen.

Es ging nur mit der Wahrheit. Lügen machten alles schlimmer. Mutter hatte es wieder und wieder gepredigt. Mutter hatte immer Recht gehabt, das war jetzt endgültig bewiesen. Wer den Herrn erzürnte, den strafte er. Dem einen verwirrte er die Sprache, dem anderen den Geist.

Die Wahrheit! Die reine Wahrheit! Nichts als die Wahrheit! Ich kannte den Mann nicht. Ich kannte ihn wirklich nicht, weder seinen Namen, noch sein Gesicht! Ich weiß nicht, warum ich ihn töten musste. Ich weiß nur, ich musste es tun!

Doch der Chef machte keine Anstalten, tauschte einen Blick mit dem Mann im Sportanzug und sagte in besorgtem Ton etwas von Ruhe, die sie alle bitter nötig hätten. Als er es aussprach, fühlte sie die Müdigkeit wie Blei in den Gliedern. Gleichzeitig hatte sie Angst, allein gelassen zu werden mit den Erinnerungsfetzen, die sich ihr aufdrängten, die wie schmutzige alte Putzlappen die Seele scheuerten. Alles im Innern wurde steif und hart. Sie kam kaum vom Stuhl in die Höhe und hatte nicht mehr die Energie zu protestieren.

Der Chef sorgte dafür, dass sie fortgebracht wurde. Der freundliche Berrenrath und sein junger Kollege nahmen sie mit. Dann lag sie auf einem schmalen Bett, fast so tot wie Georg Frankenberg und doch nicht fähig, Schlaf zu finden.

Sie grübelte, ob Margret Vater schon angerufen hätte. Wahrscheinlich nicht so spät in der Nacht! Es gab kein Telefon im Haus der Eltern. Wenn man ihnen eine dringende Nachricht zukommen lassen wollte, musste man in der Nachbarschaft anrufen und Vater erst holen lassen. Und Grit Adigar mitten in der Nacht aus dem Bett klingeln ... Grit!

Sie war so wund. Nie zuvor hatte sie etwas Ähnliches empfunden. Und jetzt breitete es sich aus. Sehnsucht nach früher! Noch einmal an Magdalenas Bett sitzen und von draußen erzählen. Von der Disco, von wilder Musik, grellem Licht und jungen Männern. Und Magdalenas Fragen beantworten. «Wie ist das mit Koks? Das soll ein irres Gefühl sein. Man erlebt alles viel intensiver, vor allem den Sex. Hast du es schon mal probiert? Wie war es? Erzähl.»

Noch einmal vor dem Altar knien. Noch einmal die Hände falten. Noch einmal flehen, der Erlöser möge die Kraft zum Verzicht geben und Magdalena den nächsten Tag. Und dann hinüberlaufen zu Grit, die regelmäßig fragte: «Na, Cora, alle Pflichten erfüllt für heute?»

Alle Pflichten erfüllt! Nicht nur für heute – für alle Zeit.

Einen Mann getötet – Georg Frankenberg! Ein Lied gehört – Song of Tiger! Ein Märchen erzählt – Alice im Wunderland! Vaters Fassung – und machte sich ihre eigene Welt. Dachte sich Leute aus, die nicht existierten – Böcki und Tiger.

Das Schlimmste war zu spüren, wie der Verstand bröckelte, wie er mürbe wurde, mehr und mehr an Substanz verlor. Am Ende könnte man ihn zwischen zwei Fingerspitzen zerbröseln. Gegen fünf am Morgen schlief sie endlich ein.

Um die Zeit lag Rudolf Grovian auf der Couch im Wohnzimmer. Die Arme hatte er unter dem Nacken verschränkt. Er betrachtete die dunkle Zimmerdecke und hörte ihr Betteln: «Schalten Sie das Licht wieder ein.»

Um drei war er heimgekommen, aufgewühlt, erschöpft und ein wenig deprimiert von dem Bewusstsein, dass er etwas angefangen hatte, dessen Beendigung er anderen überlassen musste. «Helfen Sie mir!» Er konnte ihr nicht helfen. Alles, was er für sie tun konnte, war, zu beweisen, dass Johnny Guitar und Georg Frankenberg identisch gewesen waren.

Werner Hoß zweifelte daran, und was Hoß an Argumenten vorbrachte, war nicht so einfach von der Hand zu weisen.

Dreimal hatten sie sich die beiden wichtigsten Bänder angehört, ehe sie Feierabend machten. Das erste und das letzte. Hoß plädierte für das erste. «Es war das Lied.» Er meinte, das sei die Antwort. Und mit dieser Antwort sei das Gestammel auf dem letzten Band ja nicht in Frage gestellt. Es seien lediglich zwei Paar Stiefel. Man könne doch nicht wissen, was in einem Kopf vorginge, der neunzehn Jahre lang mit der Bibel geprügelt und vor fünf Jahren von einer Kristallpranke zerbrochen worden wäre.

Rudolf Grovian hatte sich ins Bett gelegt und so lange herumgewälzt, bis Mechthild verlangte: «Rudi, tu mir den Gefallen und leg dich auf die Couch. Dann kann wenigstens ich schlafen.»

Er hatte es sich schon vor langer Zeit abgewöhnt, mit ihr über seinen Beruf zu sprechen. Mechthild hatte ihre eigene Auffassung von Recht, Gesetz und Gerechtigkeit. Sie verbrachte zwei Nachmittage in der Woche in der Kleiderkammer der Caritas, verteilte abgelegte Mäntel und Hosen an gescheiterte Existenzen und andere Bedürftige. Ehrenamtlich, versteht sich! Und wenn er ihr früher erzählt hatte, dass wieder mal eine dieser gescheiterten Existenzen mit einer Knarre in der Hand in eine Sparkassenfiliale marschiert war, hatte Mechthild regelmäßig gesagt: «Ach, der arme Kerl.»

«Ist Marita gut heimgekommen?», fragte er, um überhaupt etwas zu sagen und in der Hoffnung, dass sie ihn fragte, warum es so spät geworden und was denn los gewesen sei. Irgendwie war es ihm ein Bedürfnis, von ihr zu hören: «Ach, das arme Geschöpf.»

«Ich nehm's an», sagte sie.

«Was hat sie dir erzählt? Sie hat dir doch was erzählt. Ich meine, ich hätte was von Anwalt gehört.»

«Rudi», kam es gedehnt und gequält. «Lass uns morgen in Ruhe darüber reden. Sieh mal auf die Uhr.»

«Morgen habe ich keine Zeit. Ich will es jetzt wissen.»

«Sie will sich scheiden lassen», seufzte Mechthild.

«Was?» Es war nicht einmal wert, vom Kissen hochzuschießen. Er hatte es ja bereits befürchtet. «Wenn es dem Esel zu wohl wird», sagte er, «geht er aufs Eis.»

«Rudi», seufzte Mechthild erneut. «Sie tut es nicht zum Vergnügen, das kannst du glauben.»

«Mir reicht's, wenn du es glaubst», sagte er. «Aber du glaubst ihr ja jeden Scheiß.»

«Wenn sie doch Recht hat», erklärte Mechthild halbwegs bestimmt. «Peter arbeitet zu viel. Sie ist immer allein. Das ist kein Leben für eine junge Frau.»

«Wieso? Ich finde, das ist ein tolles Leben. Er arbeitet zu viel, und sie wirft das Geld, das er damit verdient, mit beiden Händen zum Fenster raus. Das ist doch besser, als mit gefalteten Händen unter einem Kreuz hocken zu müssen.»

«Na, das ist ja ein Vergleich», sagte Mechthild. «Wie kommst du denn darauf?»

«Nur so. Sag mal, haben wir eigentlich eine Bibel?»

«Also, jetzt reicht's, Rudi! Es ist fast halb vier.» Mechthild drehte sich auf die Seite.

«Haben wir eine oder nicht?», fragte er.

«Unten im Schrank», sagte sie.

Da ging er hinunter, räumte den halben Schrank um, fand ein abgegriffenes und reichlich dünnes Exemplar. Es musste noch aus der Schulzeit seiner Tochter stammen. Es lag bei ihren alten Schulbüchern, und die Ränder waren vollgekritzelt. Er legte sich damit auf die Couch und las das Stück über die Vertreibung aus dem Paradies. Daran erinnerte er sich noch, dass es um einen Apfel gegangen war. Und er ging so weit, zu vermuten, dass Cora Bender die Äpfel nur aus einem Grund mit an den See genommen hatte, weil sie dort schwimmen wollte bis zum Jüngsten Tag.

Die Vertreibung aus dem Paradies, aus dem Familienbetrieb ihres Schwiegervaters und der Ehe mit einem Mann, der ihr das Gesicht blutig schlug und sich einen Dreck darum scherte, wie die Polizei mit ihr umging. Mit keinem Wort hatte Gereon Bender sich nach dem Befinden seiner Frau erkundigt oder gefragt, was denn nun mit ihr geschehe, als er seine Aussage machte.

Unter der Erinnerung an ihr Söhnchen stand ihm nicht mehr der Sinn nach der büßenden Magdalena. Er las trotzdem ein paar Zeilen und fühlte sich anschließend noch deprimierter. Magdalena war eine Hure gewesen. Und da ergab sich in Verbindung mit Heroin und ihren zerstochenen Armbeugen eine Kombination, die ihm überhaupt nicht gefiel.

Um halb sechs raffte er aus den Küchenschränken zusammen, was man für ein kräftiges Frühstück brauchte, und legte einen Zettel für Mechthild auf den Tisch, dass er zusehen wolle, zu Mittag heimzukommen. Länger, davon war er überzeugt, konnte es kaum dauern, Cora Bender beim Haftrichter abzuliefern. Und genau das hatte er vor. Genau das hätte er am vergangenen Abend schon tun müssen, als sie die ersten Anzeichen von Verwirrung zeigte. Es war unverzeihlich, dass er sich seiner inneren Stimme widersetzt hatte.

Um sechs war er wieder im Büro. Kurz nach ihm traf Werner Hoß ein. Sie stellten die Unterlagen für den Staatsanwalt zusammen, hörten sich noch einmal die Bänder an, vor allem das letzte, diskutierten eine Weile darüber und kamen zu keiner Einigung.

«Ist eigentlich das Band aus Frankenbergs Recorder sichergestellt?», fragte er.

Hoß grinste. «Wollen Sie einen Versuch machen?»

«Nein», sagte er und grinste ebenfalls. «Ich lasse die Finger von der Sache. Aber wenn es sich tatsächlich um eine Eigenkomposition handelt ...» Den Rest sprach er nicht aus.

Hoß kümmerte sich darum und trieb die Kassette bei der Spurensicherung auf. Sie hörten kurz hinein. Es war nur Musik. Rock, ziemlich wüst und wild. In Rudolf Grovians

Ohren klang es nach Chaos und immer gleich. Aber wenn es etwas mit der Musik zu tun gehabt hatte, konnte es sich nur um das letzte Stück auf dem Band handeln. Von Winfried Meilhofer wussten sie, dass der Recorder abgeschaltet hatte – wenige Sekunden, nachdem es geschehen war.

«Auf einen Versuch sollten wir es ankommen lassen», meinte Hoß. «Wir lassen sie einen Querschnitt hören. Wenn sie das Stück auf Anhieb bezeichnen kann. Ich könnte das nicht bei dem Gewusel.»

Rudolf Grovian schüttelte bestimmt den Kopf. «Und wenn sich herausstellt, dass wir es ihr vorgespielt haben, können wir die Sache vergessen.»

Kurz vor neun traf eine Kopie vom Obduktionsbefund ein. Sieben Stiche insgesamt. Die Platzierung stimmte mit Cora Benders Angaben überein. Einer in den Nacken, einer hatte die Halsschlagader zerfetzt, einer den Kehlkopf getroffen. Die restlichen waren mehr oder weniger belanglos. Todesursache: Aspiration. Georg Frankenberg war an seinem Blut erstickt, bevor er hatte verbluten können.

Wenig später erschien der Staatsanwalt. Es wurde noch einmal alles durchgesprochen von A bis Z.

«Haben Sie ein Geständnis?»

«Wir haben eine Aussage», sagte Rudolf Grovian. Er erklärte, wie er darüber dachte, erwähnte auch den Schwächeanfall. Vertuschen ließ sich das nicht. Und beschönigen wollte er es nicht. Er beschrieb ihr Schwanken zwischen Klarheit und Verwirrung und schloss mit Margret Roschs Worten über die Albträume.

«Ich möchte, dass Sie sich das hier anhören.» Auf sein Zeichen schaltete Werner Hoß das Bandgerät ein. Cora Benders Stimme ließ den Staatsanwalt die Stirn runzeln. Auf den Schwächeanfall ging er nicht ein. Seine Miene machte deutlich, was er davon hielt. So etwas durfte einfach nicht passieren. Er lauschte sekundenlang dem Gestammel vom Band, murmelte: «Guter Gott» und machte eine bezeichnende Geste vor der Stirn. «Ist sie …»

Werner Hoß hob bedeutsam die Schultern. Rudolf Grovian schüttelte nachdrücklich den Kopf. Und der Staatsanwalt wollte wissen, ob sie ihnen etwas vorgespielt haben könnte.

«Nein!», sagte Rudolf Grovian. Einen kleinen Seitenhieb konnte er sich nicht verkneifen. «Wenn Sie dabei gewesen wären, müssten Sie die Frage nicht stellen. Diese Bänder sollten sich Leute anhören, die sie interpretieren können. Und wenn ich sage anhören, meine ich das auch. Mit einem schriftlichen Bericht ist es nicht getan. Sie schleppt ein tüchtiges Päckchen mit sich herum.» Er gab ein paar Stichworte zur Kindheit. Religiöser Fanatismus und das Ding, von dem sie sich vorgestellt hatte, es müsse abfaulen.

«Und dann das», sagte er. «Wir werden uns morgen darum kümmern. Viel haben wir nicht in der Hand, das gebe ich zu. Nur die paar Sätze. Aber wir sollten zumindest nachfragen. Vielleicht ist zur fraglichen Zeit ein junges Mädchen aus Buchholz verschwunden. Vielleicht haben die da oben sogar eine Leiche mit gebrochenen Rippen.»

Der Staatsanwalt zuckte mit den Achseln, blätterte in den Zeugenaussagen und überflog den Obduktionsbericht. Dann hob er den Kopf und meinte: «Wir haben auch eine, vergessen Sie das nicht. Unsere hat zwar keine gebrochenen Rippen, aber mir reicht das hier dreimal. Es ist selten, dass sich jemand so präzise erinnert, wohin er oder in diesem Fall sie gestochen hat.»

«Was heißt hier präzise», sagte Rudolf Grovian. «Sie hat die Punkte aufgezählt, an denen ein Stich tödlich sein kann. Ihre Tante ist Krankenschwester, bei der hat sie eineinhalb Jahre gelebt. Da könnte sie sich ein bisschen medizinisches Wissen angeeignet haben.»

Der Staatsanwalt betrachtete ihn sekundenlang mit unbewegter Miene. «Das wären dann aber merkwürdige Gespräche gewesen bei der Tante», meinte er. «Und sie hat die Punkte nicht nur aufgezählt, Herr Grovian. Sie hat sie auch getroffen.»

Das wusste er ja, auch wenn er es nicht mit eigenen Augen gesehen hatte. Und er wusste auch, dass derart präzise Angaben äußerst selten, um nicht zu sagen die große Ausnahme waren. Bei einer Tat im Affekt erinnerte sich anschließend kein Mensch an den exakten Ablauf. Und es war ein Affekt gewesen. Etwas anderes konnte es gar nicht gewesen sein. Und ihm war es wichtig, dass der Staatsanwalt sich seiner Meinung anschloss. «Wollen Sie mit ihr reden?», schlug er vor. «Ich kann sie holen lassen.»

Der Staatsanwalt schüttelte den Kopf. «Lassen Sie sie schlafen. Es muss eine harte Nacht für sie gewesen sein. Aber meine war auch nicht angenehm. Nach einer Fortsetzung ist mir im Moment nicht.»

Arschloch, dachte Rudolf Grovian.

Es war später Vormittag, als Berrenrath sie weckte. Dass er längst daheim in seinem Bett hätte liegen können, wusste sie nicht. Und wenn er es ihr gesagt hätte, es hätte sie kaum noch interessiert. In der Nacht mochte seine Freundlichkeit einen gewissen Wert gehabt haben. Jetzt war Berrenrath nur noch ein Glied in der Kette, mit der sie zurückgeprügelt und gefesselt worden war in der Vergangenheit.

Sie hatte einen schalen Geschmack im Mund, aber der Kopf war wieder völlig klar und kalt, als sei ihr Gehirn im Schlaf erfroren. Nun war die Angst in einem Eisblock eingeschlossen – und mit der Angst jedes andere Gefühl.

Sie bat um ein Glas Wasser. Das bekam sie, Mineralwasser. Es tat gut, sie trank in kleinen Schlucken. Wenig später brachte Berrenrath sie zurück in das Büro des Chefs.

Dort bot man ihr ein Frühstück. Der Chef war da, der andere auch, diesmal mit einer hellen Stoffhose und einem dezent gemusterten Hemd bekleidet. Beide Männer wirkten übermüdet. Und besorgt waren sie, dass es ihr auch wirklich gut ging. Auf dem Tablett, das man ihr vorsetzte, stand ein Teller mit Wurst- und Käsebroten. Sie war nicht hungrig. Der Chef forderte sie auf, wenigstens ein bisschen zu essen. Sie tat ihm den Gefallen, biss einmal von einem Salamibrot ab und schluckte den Bissen mit viel Kaffee hinunter.

Dann fragte sie nach den Namen. «Es tut mir Leid. Mir ging gestern so viel durch den Kopf. Ich konnte mir Ihre Namen nicht merken.»

Der Chef nannte sie ihr, aber in seinem Fall war der Name ohne Bedeutung. Er hatte sie an den Rand des Wahnsinns getrieben und ihr damit deutlich gemacht, wie viel Macht er besaß über sie und ihren Verstand. Nach ihm konnte keiner mehr kommen, der stark genug wäre, ihr das anzutun.

Er erklärte, dass sie nun zum Amtsgericht nach Brühl führen, um sie dem Haftrichter vorzustellen.

«Damit werden Sie warten müssen», sagte sie, schaute Werner Hoß an und erklärte mit unbewegter Miene: «Sie hatten ja in der Nacht bereits Zweifel an meiner Geschichte. Mit Recht!»

Sie waren beide sehr aufmerksam, ließen kein Auge von ihr, während sie mit ruhiger und gefasster Stimme das gesamte Lügengebilde um Johnny Guitar widerrief. Sie schloss mit einer winzigen neuen Lüge: Im Oktober vor fünf Jahren sei sie beim Überqueren einer Straße nicht aufmerksam gewesen und von einem Auto angefahren worden.

Sie sah Werner Hoß nicken, seine Miene drückte Genugtuung aus. Der Chef warf ihm einen wütenden Blick zu und schüttelte den Kopf. Dann begann er von Margret zu sprechen, vorsichtig, behutsam, wie die Katze um den heißen Brei schleichend. Margret habe ihm von einer furchtbaren Misshandlung erzählt. Sie selbst habe auch ein paar Hinweise gegeben, behauptete er.

Es war ein harter Schlag zu erfahren, dass Margret sie angelogen und doch geredet hatte. Die Häufchen Dreck ausgebreitet, die sie von Vater kannte, das Ende der Geschichte! Furchtbar misshandelt! Und ihr den Rat gegeben, die Wahrheit zu sagen. Ab August! Ab August war die Wahrheit für Margret nicht mehr gefährlich. Denk jetzt mal an dich! Margret hatte an sich gedacht.

«Was soll der Blödsinn?», fuhr sie auf. «Ich habe keine Hinweise gegeben. Oder habe ich etwa behauptet, ich sei misshandelt worden?»

Der Chef lächelte. «Nicht direkt.» Er bat sie, sich ein Stück von einem der Bänder anzuhören, natürlich nur, wenn sie sich dazu in der Lage fühle.

«Von mir aus», sagte sie. «Ich fühle mich genau richtig für meine Lage.»

Er schaltete das Bandgerät ein. Und sie hörte sich das Gestammel an. «Er hat so lange auf sie eingeschlagen, bis sie tot war. Ich habe gehört, wie ihre Rippen brachen.»

«Mein Gott», sagte sie, «das klingt ja scheußlich. Hört sich an, als sei ich ziemlich durcheinander gewesen. Sie haben mir aber auch ganz schön zugesetzt. Das können Sie nicht leugnen. Der Weißkittel, den Sie mir auf den Hals gehetzt haben, sagte, ich sei starkem emotionalem Druck ausgesetzt gewesen. Deshalb sei ich zusammengeklappt. Fragen Sie ihn, wenn Sie mir nicht glauben. Oder fragen Sie Herrn Berrenrath, er hat es auch gehört. Aber machen Sie sich keine Sorgen. Ich werde mich nicht über Sie beschweren. Sie haben Ihre Arbeit getan. Ich verstehe das.»

Rudolf Grovian nickte, warf Werner Hoß einen undefinierbaren Blick zu. Es war eine Bitte um gütliches Einvernehmen oder die Verurteilung zum Schweigen, das blieb sich gleich. Er atmete tief durch, versuchte einzuschätzen, in welcher Verfassung sie war. Sie wirkte völlig klar. Und wenn sie wollte, konnte sie ihm eine Menge Arbeit ersparen. Sie musste nur den Namen des Mädchens nennen, das der kleine Dicke für sich mitgenommen hatte.

Er ging äußerst behutsam vor, erklärte ihr, zu verstehen, was sie zu ihrem Widerruf veranlasste: Die Angst, sich noch einmal mit grausamen Dingen auseinander setzen zu müssen.

Sie verzog spöttisch den Mund. «Sie verstehen einen Dreck. Es gab kein Mädchen für den Dicken. Es war Johnny, der die Mädchen abschleppte. Der Dicke trottete jedes Mal hinter ihnen her wie ein Hündchen, das nur mal am Knochen schnuppern darf.»

«Dann gab es Johnny also», stellte Rudolf Grovian fest.

«Natürlich. Aber nicht für mich. Der hat mich doch mit dem Hintern nicht angeguckt.»

Rudolf Grovian legte ein wenig väterliche Ermahnung in die Stimme. «Frau Bender, Ihre Tante sagte ...»

Weiter kam er nicht. «Lassen Sie mich doch in Ruhe mit dem Quatsch! Margret hat keine Ahnung! Oder war sie etwa dabei? Vergessen Sie den Mist da. Hören Sie sich lieber das erste Band an. Da haben Sie die richtigen Antworten bekommen. Ich habe Georg Frankenberg gestern zum ersten Mal gesehen. Und ich habe gehört, wie der Mann, der bei ihm war, über ihn sprach. Deshalb konnte ich Ihnen etwas über die Musik und den Keller erzählen.»

«Nein», widersprach er. «Sie haben schon vor Jahren von einem Keller gesprochen, geträumt haben Sie davon. Da war Ihre Tante sehr wohl dabei. Und in der vergangenen Nacht sind Sie nicht zusammengebrochen, weil ich Sie unter Druck gesetzt habe. Ich habe Sie unter Druck gesetzt, das bestreite ich nicht. Aber das war nicht der Grund für Ihren Zusammenbruch. Sie haben sich an den Keller erinnert. Geschrien haben Sie, dass Sie es nicht aushalten. Dass ich Ihnen helfen soll. Ich will Ihnen helfen, Frau Bender. Aber Sie müssen mir einen Schritt entgegenkommen. Ihre Tante sagte ...»

Sie schürzte die Lippen und begann zu nicken. Dabei grinste sie, mit den Verletzungen im Gesicht wirkte es hilflos. «Ich könnte Ihnen etwas von meiner Tante erzählen, da würden Ihnen die Ohren flattern. Meine Tante hat sich ein Ding geleistet, ich glaube, das nennt man Diebstahl. Und Sie kommen im schlimmsten Albtraum nicht darauf, was sie geklaut hat. Margret hat Sie genauso belogen wie ich. Das dürfen Sie mir unbesehen glauben. Sie kann es sich gar nicht leisten, Ihnen die Wahrheit zu sagen. Aber lassen wir das, ich will niemanden in die Scheiße reiten. Ich hatte ein paar Albträume, als ich bei ihr wohnte, das stimmt. Aber die hatten nichts mit Georg Frankenberg zu tun. Da ging es um ganz andere Dinge.»

«Ich weiß», sagte er, «um Böcke, Schweine und Tiger. Um Würmer und dergleichen. Man braucht nicht viel Phantasie, um das zu interpretieren. Für mich klingt es nach einer Vergewaltigung.»

Wie er dazu kam, ihr ein Wort in den Mund zu legen, hätte er niemandem erklären können. Er fing sich einen verständnislosen Blick von Werner Hoß ein.

Und sie lachte auf. «Vergewaltigung? Wer hat Ihnen denn den Floh ins Ohr gesetzt? Margret?» Sie nickte, lachte noch einmal kurz und abfällig. «Wer sonst! Zu ärgerlich, dass sie es nur Ihnen gesagt hat. Das hätte sie besser mit mir besprochen, da hätte ich aber eine Story gehabt. Da säße ich jetzt hier wie ein Lamm.»

Margret hat oft gesagt, ich hätte meinen Weg gemacht, trotz allem. Für sie sah es vielleicht so aus. Aber es war nicht mein Weg, es war meine Teststrecke. Bewusst sündigen! Und zusehen, was passiert. Mit Magdalenas Leben spielen, als wäre der Tod nur ein kleiner Ball, den man von einer Hand in die andere wirft. Eine Zeit lang war es das, Nervenkitzel. Später war es Gewohnheit.

Es fing mit kleinen Dingen an. Mit dem Traum vom Wolf, bei dem ich das Bett nass machte. Bei dem ich nicht aufhörte, mir zu wünschen, dass er noch einmal käme. Weil er mich frei machte, wenigstens für die kurze Zeit in der Nacht. Und er kam immer wieder. Fast ein Jahr lang, fast jede Nacht. Oder dass ich am Nachmittag zu Grit hinüberhuschte und um ein Bonbon bettelte oder ein Stück Kuchen, das ich dann in aller Eile hinunterschlang. Jedes Mal, wenn ich danach ins Haus zurückkam, beobachtete ich Magdalena. Immer war ihr Zustand unverändert. Die kleinen Sünden konnten sie also nicht umbringen.

Ich wollte sie auch nicht umbringen, wirklich nicht. Sie war eine große Belastung für mich. Sie zwang mir ein Leben auf, das ich nicht führen wollte. Aber nach dem Nachmittag mit dem Taschentuch und den nassen Füßen des Erlösers wünschte ich mir oft, ich hätte mehr für sie tun können, als mit ihr reden oder ihr Geschichten aus der Bibel vorzulesen.

Ich glaube, ich hatte angefangen meine Schwester zu lieben. Und wenn ich bei Grit Süßigkeiten schnorrte … Vielleicht wollte ich mir nur beweisen, dass ich sündigen konnte auf Teufel komm raus, ohne dass es einen Einfluss auf Magdalenas Befinden hatte. Wenn mir dafür eines Tages die kleinen Teufel das Fleisch mit glühenden Zangen vom Körper rissen, war das allein mein Problem.

Und dann fand ich eines Tages auf der Straße ein Markstück. Da war ich elf und ging bereits zur Hauptschule. Ich hatte noch nie eigenes Geld gehabt. Die anderen Mädchen in meiner Klasse bekamen sonntags von ihren Eltern etwas. Und montags gingen sie nach der Schule in einen kleinen Laden und kauften sich Negerküsse, Weingummi oder Eis am Stiel. Mich zogen sie auf, dass ich nie in den Laden gehen konnte.

Es war morgens auf dem Weg zur Schule. Ich sah das Geldstück da liegen. Ich wusste, dass ich es zwar aufheben durfte, aber abgeben musste. Und ich steckte es ein. In der großen Pause verließ ich den Schulhof. Es war verboten. Ich ging zum Laden und kaufte mir ein Eis. Und als die Lehrerin mich fragte, wo ich gewesen sei, sagte ich, ich hätte Kerzen für meine Mutter bestellen müssen. Alles zusammengenommen musste so schwer wiegen wie eine Todsünde.

Mittags trödelte ich auf dem Heimweg. Ich hatte schreckliche Angst. Es war Magdalena an dem Morgen gar nicht gut gegangen. Und ich … Ach, ich weiß nicht, obwohl ich schon alt war, obwohl ich es gar nicht glauben wollte und mir ein paar Leute versichert hatten, Mutter sei nicht richtig im Kopf, ich glaubte es immer noch – irgendwie.

So etwas setzt sich fest. Es gibt keinen Beweis dafür und keinen dagegen. Man kann nicht viel tun. Man kann immer nur etwas versuchen. Manche Leute glauben, sie werden vom Pech verfolgt, wenn sie unter einer Leiter durchgehen. Oder dass ein Unglück geschieht, wenn ihnen eine schwarze Katze über den Weg läuft. Sie schaffen es nie, unter einer Leiter durchzugehen. Und bei der schwarzen Katze kehren sie wieder um. Aber ich wollte es wissen. Und dann kam ich heim.

Ich klingelte schon lange nicht mehr an der Haustür, sondern ging hinten herum zur Küche. Bevor ich die Tür erreichte, hörte ich Mutter singen.

«Großer Gott, wir loben dich. Herr, wir preisen deine Stärke. Vor dir neigt die Erde sich und bewundert deine Werke. Wie du warst vor aller Zeit, so bleibst du in Ewigkeit. Alles, was dich preisen kann, Cherubim und Seraphinen, stimmen dir ein Loblied an. Alle Engel, die dir dienen, rufen dir stets ohne Ruh' heilig, heilig, heilig zu.»

Wenn Mutter dieses Lied sang, musste eigentlich alles in Ordnung sein. Das war es auch. Ich kam in die Küche, Magdalena saß im Sessel und hatte das kleine Tischchen über den Beinen. Sie löffelte Hühnerbrühe – ganz allein – und blinzelte mit einem Auge: Ich solle aufpassen, was jetzt käme. Es ging ihr viel besser als am Morgen.

«Das wird mir aber sehr langweilig da oben», sagte sie. «Den ganzen Tag nur heilig, heilig, heilig rufen.»

Es ging ihr so gut, dass sie Mutter ein bisschen ärgern konnte. Das tat sie gerne, weil sie sich auch oft über Mutter ärgerte. Magdalena war kein sanftes Kind. Solange sie noch klein gewesen war, hatte sie nicht viel tun können. Sie konnte auch nicht viel tun, als sie älter wurde, sie konnte nur reden. Und Mutter war jedes Mal verblüfft oder schockiert, vielleicht, weil sie Magdalena in ihrem Zustand nicht ins Wohnzimmer scheuchen konnte, wenn sie über den Erlöser oder Mutters Ansichten spöttelte. Blasphemie, sagte Mutter dazu, und das war auch eine sehr große Sünde.

«Hör lieber auf zu singen», verlangte Magdalena. «Dabei vergeht mir der Appetit. Wenn ich da oben nichts anderes rufen darf, will ich wenigstens etwas anderes hören, solange ich noch hier unten bin. Cora soll mir etwas aus der Schule erzählen.»

Aus der Schule erzählen, das hatte sich mit der Zeit aus unserem Wunschspiel ergeben – als Ersatz fürs Fernsehen. In der Schule war häufig etwas los. Mal hatten sich welche geprügelt. Mal war einer von den größeren Jungs beim Rauchen erwischt worden. Einmal hatte sich ein Mädchen in der Toilette eingeschlossen und Tabletten genommen. Da war später sogar ein Krankenwagen gekommen. Magdalena fand es aufregend, wenn ich so etwas erzählte.

Das war ihr Leben, sie kam ja kaum raus – nur mit Mutter in die Klinik alle drei Monate. Einmal in der Stadt mit ihr spazieren gehen war nicht möglich. Und sie im Kinderwagen spazieren fahren, da schämte sie sich, dafür war sie doch schon zu alt.

Vater hatte vorgeschlagen, einen Rollstuhl für sie zu kaufen. Das wollte sie nicht. «Einer, der sich dreimal am Tag in den Schwanz kneift, weil er mich gemacht hat, braucht für mich keinen Pfennig aus dem Fenster zu werfen», sagte sie zu mir.

So schlimm, wie sie meinte, war Vater nicht. Das sagte ich ihr auch oft. Außerdem hatte ich angeboten, sie im Rollstuhl spazieren zu fahren. Aber das wollte Mutter nicht. Magdalena hätte unterwegs etwas passieren können. Dann hätte ich nicht gewusst, was ich tun sollte.

Ich wollte gerne etwas für sie tun, wirklich. Mit elf Jahren wollte ich es schon fast jeden Tag. Aber ich konnte ihr nur erzählen, was in der Schule los war. Wenn nichts Besonderes gewesen war, erfand ich einfach etwas. Den Unterschied merkte sie ja nicht.

An dem Tag hätte ich ihr von dem Markstück erzählen können. Verraten hätte sie mich nicht. Aber wir blieben bei Mutter in der Küche. Während Mutter den Tisch abräumte und das Geschirr spülte, erzählte ich eine erfundene Geschichte. Als Mutter mit dem Abwasch fertig war, war Magdalena erschöpft. Mutter brachte sie hinauf. Aber als Vater am späten Nachmittag von der Arbeit kam, war sie bereits wieder unten.

Und am nächsten Tag tat ich es wieder – sogar schlimmer. Bevor ich zur Schule ging, nahm ich Geld aus Mutters Portemonnaie – zwei Markstücke. In der Pause verließ ich den Schulhof, allerdings hatte ich die Lehrerin um Erlaubnis gefragt. Ob ich gehen dürfe und fragen, ob die Kerzen schon geliefert seien. Die Lehrerin sagte: «Natürlich, Cora, lauf nur.»

Und ich lief zum Laden, kaufte mir ein Eis und eine Tafel Schokolade. Das Eis aß ich sofort. Die Schokolade versteckte ich in meiner Jackentasche. Mittags brachte ich sie in den Schuppen und legte sie in die hinterste Ecke unter die alten Kartoffelsäcke.

Als ich dann auf die Küchentür zuging, hatte ich Herzklopfen. Doch bevor ich die Klinke drückte, hörte ich Magdalena reden. Wie am Tag zuvor saß sie im Sessel, hatte einen Teller mit Kartoffelbrei und einem weich gekochten Ei vor sich. Es ging ihr gut. Nachdem sie eine Stunde geruht und ich gebetet und die Schularbeiten gemacht hatte, wollte sie unbedingt mit mir spielen. Nicht «Ich sehe was, was du nicht siehst» oder das Wunschspiel, ein richtiges Spiel.

Mutter schickte mich zu Grit Adigar, das «Mensch ärgere dich nicht» zu holen. Bevor ich mit dem Karton unter dem Arm zurück in unsere Küche ging, lief ich rasch in den Schuppen und brach ein Stück von der Schokolade ab. Ich legte es mir nur auf die Zunge und ließ es langsam schmelzen. Wenn ich darauf gekaut hätte, wäre es Mutter aufgefallen.

Magdalena beobachtete mich, während ich die Figuren auf das Spielfeld stellte. Sie sah, dass ich etwas im Mund hatte, aber sie sagte nichts. Erst später, als Mutter hinausging, fragte sie: «Was hattest du da eben?»

«Schokolade.»

Magdalena dachte, ich hätte sie von Grit bekommen. «Wenn du das Spiel zurückbringst, bringst du mir auch ein Stück mit? Aber pass auf, dass das Papier dranbleibt. Du musst es mir unters Kopfkissen legen. Ich esse es, wenn Mutter mich ins Bett gebracht hat. Ich passe auf, dass sie es nicht sieht.»

Mutter wollte nicht, dass sie Süßigkeiten aß, berief sich dabei allerdings nicht auf den Erlöser wie bei mir, sondern auf den Zahnarzt. Es war ein großes Problem mit Magdalenas Zähnen. Sie waren zu weich. Einmal hatten sie ihr in der Klinik einen Backenzahn ziehen müssen, der ein Loch hatte. Da hatten sie ihr eine Spritze gegeben. Und Magdalena hatte sie nicht vertragen. Die Ärzte hatten zu Mutter gesagt, so etwas dürfe nicht wieder vorkommen. Deshalb war Mutter auch so hinterher mit dem Zähneputzen.

Ich wusste das. Und ich wusste auch, dass man nach dem

Zähneputzen nichts Süßes mehr essen darf, weil es sonst Löcher gibt. Um es ganz konkret auszudrücken, ich wusste, dass ich ihr schadete – richtig schadete, wenn ich ihr ein Stück Schokolade unter das Kopfkissen legte. Ich nickte trotzdem.

Magdalena griff nach dem Würfel und sagte: «Dann mal los! Nimm keine Rücksicht auf mich, Cora. Ich kann gut verlieren.»

Nimm keine Rücksicht auf mich, Cora! Den Satz von ihr höre ich heute noch. Er wurde mir zum Lebensmotto. Ich nahm auf nichts und niemanden mehr Rücksicht, belog die Lehrerin und die anderen Kinder in der Schule, sogar meinen Vater. Ich klaute, was sich nur klauen ließ. Mindestens zweimal in der Woche nahm ich Geld aus Mutters Portemonnaie. Ich kaufte mir Süßigkeiten, versteckte sie im Schuppen und holte mir etwas, wann immer ich Lust hatte. Wenn sich die Gelegenheit bot, brachte ich auch für Magdalena etwas ins Haus und legte es ihr unter das Kopfkissen. Wenn meine Vorräte verzehrt waren, nahm ich eben wieder Geld.

Zuerst hatte ich Angst, dass die Leute aus dem kleinen Laden Mutter etwas erzählten. Sie kaufte auch da ein. Und eigentlich hätten sie sich wundern müssen, dass ich plötzlich über so viel Geld verfügte. Um allem vorzubeugen, erzählte ich einmal, Margret hätte mir Geld geschickt in einem Brief, und Margret hätte geschrieben, dass ich Mutter nichts davon sagen sollte, damit sie es mir nicht wegnähme und Kerzen oder Rosen dafür kaufte. Die Frau im Laden lächelte und sagte: «Von mir erfährt deine Mutter kein Sterbenswörtchen.»

Damals begriff ich, was es bedeutet, Geld zu haben. Alle waren plötzlich freundlich zu mir, alle, die vorher gelacht oder mich nicht beachtet hatten. Als ich zwölf wurde, waren es mindestens drei Mark in der Woche von Mutter. Dabei bekam ich zu dem Zeitpunkt auch schon regelmäßig Geld von Vater.

Manchmal wunderte es mich, dass Mutter das Geld nicht vermisste. Ich weiß nicht, ob sie mit der Zeit nachlässig geworden war oder ob ich sie überzeugt hatte, ich sei der frömmste Mensch auf der Welt. Vielleicht hatte ich sie überzeugt. Ich gab ihr Recht, egal welchen Unsinn sie verzapfte. Ich half ihr im Haushalt, spülte freiwillig das Geschirr ab, wischte Staub oder holte die Wäsche von der Leine, damit sie sich um Magdalena kümmern konnte. Das tat ich immer, wenn ich ein schlechtes Gewissen hatte. Und das hatte ich oft, weil ich alles hatte und Magdalena nur selten etwas abgeben konnte.

Ich verzichtete auf das Abendessen, wenn ich mich am Nachmittag so mit Süßigkeiten voll gestopft hatte, dass ich keinen Bissen mehr runterbrachte. Zu Mutter sagte ich: «Ich habe bei der Einkehr heute Mittag eine Begierde entdeckt. Ich will jetzt Buße tun.» Mutter fand so viel Einsicht natürlich toll.

Um die Einkäufe riss ich mich jedes Mal. Ich sagte: «Lass mich das machen, Mutter. Ich bin jung und stark. Es macht mir nichts aus, schwer zu tragen. Und du brauchst deine Kraft für Magdalena.»

Und dann sagte ich noch, dass ich lieber zum Aldi ginge, weil dort alles billiger sei. «Man darf die Händler doch nicht dazu verleiten, sich zu bereichern.» Und Mutter fand, sie hätte an mir eine große Hilfe und ich hätte viel vom Erlöser gelernt. Manchmal sagte sie, sie sei stolz auf mich.

Und wenn ich Magdalena erzählte, welchen Bären ich Mutter aufgebunden hatte, meinte sie: «Man muss sie verarschen, wo man nur kann. Blödheit muss bestraft werden.»

Magdalena dachte, dass ich den weiteren Weg in die Stadt nur gehe, damit ich ihr erzählen konnte, ob irgendwo etwas los gewesen sei. Warum ich tatsächlich lieber zum Aldi ging, habe ich ihr nie gesagt. Weil man dort leichter klauen konnte und Woolworth in der Nähe war.

Gut die Hälfte von dem, was ich nach Hause trug, war nicht bezahlt. Beim Aldi klaute ich Süßigkeiten und ein paar von den Lebensmitteln, die ich für Mutter besorgen sollte. Bei Woolworth nahm ich Haarspangen, Lippenstifte und anderen Kleinkram, den ich leicht in die Jackentasche stecken, aber selbst gar nicht brauchen konnte. Ich verkaufte die Sachen auf dem Schulhof.

Ich konnte so gut klauen, das glaubt man nicht. Ich sah nett und harmlos aus, mir traute niemand etwas Böses zu. Viele Leute wussten, wer ich war. Die Frau, die meist bei Aldi an der Kasse saß, wohnte in unserer Straße, für die war ich nur das arme Kind. Und bei Woolworth war eine der Verkäuferinnen eine gute Freundin von Grit Adigar, da war es genauso leicht.

Es hat nie einer etwas bemerkt. Auch nicht die, die mir die Sachen abkauften. Denen musste ich nur sagen: «Meine Tante hat mir wieder ein Päckchen geschickt. Aber was soll ich mit dem Kram? Meine Mutter hängt mir das Kreuz aus, wenn sie mich mit Lippenstift sieht.» Da freuten sie sich alle, weil sie die Sachen von mir für die Hälfte bekamen.

Ich hatte damals eine Menge Geld zur Verfügung. Mein Taschengeld von Vater, die Griffe in Mutters Portemonnaie und meine Einkünfte vom Schulhof. Und ich gab kaum etwas aus. Ich hortete alles, das Geld ebenso wie Naschzeug. Oft hatte ich so viel süßes Zeug im Schuppen, dass ich es nicht alleine essen konnte. Im Sommer schmolz mir die Schokolade unter den alten Kartoffelsäcken. Danach nahm ich häufig etwas mit zur Schule und verschenkte es an andere Kinder. Dann war ich ihre beste Freundin, und sie stritten sich, wer in der Pause mit mir spielen durfte.

Und ich spielte unentwegt mit Magdalenas Leben. Es war wie mit der Leiter. Einmal ist man mutig, man geht drunter durch, und nichts passiert. Und dann tut man es immer wieder. Irgendwann ist man überzeugt, dass es gar kein Pech gibt, das einen verfolgen könnte. Aber das Schicksal kann man nicht austricksen wie eine Mutter, die im Kopf nicht richtig ist. Irgendwann, wenn niemand mehr damit rechnet, schlägt es zu.

Es sah lange Zeit so aus, als hätte ich keinen Einfluss auf Magdalenas Zustand. Egal, was ich tat oder unterließ, ihr ging es gleichbleibend gut oder schlecht. Es kam darauf an, wie man es sah. Die Leukämie hatte sie überstanden. Nach fünf Jahren, sagten die Ärzte, könne man getrost von einer vollständigen Heilung sprechen.

Mutter führte die Genesung natürlich auf unsere Gebete zurück, weil sogar die Ärzte sagten, es sei ein Wunder. Dabei betete ich gar nicht mehr. Ich kniete vor dem Kreuz und dachte mir Geschichten für Magdalena aus.

Einmal erzählte ich ihr, ich hätte jetzt eine richtige Freundin. Da war ich schon fast dreizehn und hätte mir bequem eine Freundin kaufen können. Ich hatte achthundert Mark im Schuppen und wusste, dass Magdalena sich in dem Punkt geirrt hatte. Für Geld konnte man alles haben.

Sie fand das mit der Freundin aufregend. Ich musste ihr das Mädchen beschreiben. Jede Einzelheit wollte sie wissen. Wie groß ist sie? Ist sie dick oder dünn? Ist sie hübsch? Redet ihr auch über Jungs? Hat sie sich schon mal in einen verliebt? Meinst du, du schaffst es, dass sie mal hier am Haus vorbeigeht? Dann könnte ich sie sehen.

Da saßen wir an einem Nachmittag am Fenster im Schlafzimmer. Von dort aus konnte man auf die Straße sehen. Magdalena saß auf dem Bett, und ich passte am Fenster auf. Als ein wirklich hübsches Mädchen die Straße hinunterkam, holte ich Magdalena ans Fenster. Ich hielt sie mit einem Arm fest und klopfte an die Scheibe. Das Mädchen wurde aufmerksam und schaute zu uns hoch. Es schüttelte den Kopf, wahrscheinlich hielt es uns für blöd.

Und ich erzählte Magdalena, meine Freundin wüsste genau, wie vorsichtig wir wegen Mutter sein müssten. Nur deshalb hätte sie den Kopf geschüttelt. Magdalena glaubte mir alles.

Als ich einmal den halben Nachmittag mit Einkäufen vertrödelt hatte, erzählte ich ihr, meine Freundin hätte mich in die Eisdiele eingeladen. Sie hätte mir einen Erdbeerbecher mit Schlagsahne spendiert. Und dann hätte sie mir von einem Jungen vorgeschwärmt, in den sie sehr verliebt sei. Der Junge wüsste aber nichts davon.

Am nächsten Tag erzählte ich ihr, wir hätten einen Brief an den Jungen geschrieben. Und meine Freundin hätte mich gebeten, dem Jungen den Brief zuzustecken. Lügen! Lügen! Lügen! Manchmal kam es mir so vor, als ob mein Leben eine einzige Lüge sei.

8. Kapitel

Allmählich wurde Rudolf Grovian wütend – nicht auf sie, auf sich. Die Warnung ihrer Tante – dann macht Cora die Tür zu – schoss ihm durch den Sinn. Verdammt, er hatte es falsch angepackt. Aber es musste doch möglich sein, den Fuß noch einmal in die Tür zu drücken. Er probierte eine Weile herum, nur fand er den richtigen Ton nicht. Mit Margret legte er nur noch ein paar zusätzliche Riegel vor die Tür.

Auf die Fragen, in welcher Hinsicht er von ihrer Tante belogen worden sei und was Margret Rosch gestohlen haben könnte, dass man im schlimmsten Albtraum nicht darauf käme, antwortete sie: «Machen Sie Ihre Arbeit allein. Sie werden dafür bezahlt, ich nicht.»

Er kam auf den Kernpunkt zurück. Wenn es Johnny gab, war er identisch mit Georg Frankenberg? Darauf gab sie ihm keine Antwort. So sah er sich genötigt, noch einmal zu drohen, obwohl er das auf gar keinen Fall hatte tun wollen. «Frau Bender, dann werde ich wohl doch mit Ihrem Vater reden müssen.»

Sie lächelte. «Probieren Sie es lieber bei meiner Mutter, die hat die Wahrheit mit drei Pfund Bibelseiten gefressen. Aber sorgen Sie dafür, dass Ihre Knie gut gepolstert sind.»

Dann nippte sie an ihrem Kaffee, stellte die Tasse mit einer endgültigen Bewegung zurück und schaute zu ihm auf. «Das war's wohl, oder? Darf ich mich umziehen, bevor Sie mich dem Haftrichter vorführen? Meine Sachen sind verschwitzt. Ich habe darin gelegen. Und ich hatte sie gestern schon an. Die Zähne möchte ich mir auch gerne putzen.»

In dem Moment tat sie ihm unendlich Leid. Sie war immer auf sich gestellt gewesen. Wie sollte sie ausgerechnet ihm glauben, wenn er ihr Hilfe anbot? Davon abgesehen, welche Hilfe konnte er ihr bieten? Etliche Jahre hinter Gittern. Mit so viel Neutralität, wie er aufbringen konnte, sagte er: «Ihre Sachen sind noch nicht hier, Frau Bender. Wir hatten Ihren Mann gestern gebeten, etwas herzubringen. Bisher ist er nicht erschienen.»

Sie zuckte gleichgültig mir den Achseln. «Er wird auch nicht erscheinen. Ich hatte doch gesagt, Margret soll es tun.»

Eine halbe Stunde später traf Margret ein. In der Zeit hatte er sich noch dreimal bemüht, Auskunft zu erhalten. Wer war das zweite Mädchen? Beim ersten Mal versuchte er es mit ruhiger Stimme. Sie schlug vor: «Fragen Sie meine Mutter. Aber Sie können es auch gerne bei meinem Vater probieren. Wenn Sie ihm erzählen, ich wäre vergewaltigt worden, während ein anderes Mädchen totgeprügelt wurde, freut er sich bestimmt.»

Beim zweiten Mal legte er ein wenig Nachdruck in die Stimme. Sie schaute Werner Hoß an und erkundigte sich: «Braucht Ihr Chef ein Hörgerät, oder ist er einfach stur? Er hat ein großes Problem, was? Mir kommt er vor wie eine Schallplatte mit einem Sprung.»

Beim dritten Mal bettelte er fast. Und sie betrachtete die Kaffeemaschine und wollte wissen: «Haben Sie das Ding zu Hause ausrangiert? Können Sie sich fürs Büro keine neue Maschine leisten? So teuer sind die doch nicht. Es gibt welche, die kochen das Wasser richtig. Da schmeckt der Kaffee viel besser. Ich habe mir so eine gekauft. Ich werde sie vermissen. Oder meinen Sie, ich darf in der Zelle eine eigene Kaffeemaschine haben? Dann lasse ich sie mir bringen. Wenn Sie mich dann mal besuchen, kriegen Sie auch eine Tasse. Sie werden mich doch besuchen, oder? Wir machen uns einen gemütlichen Nachmittag mit Kaffee und wilden Geschichten. Mal sehen, wer von uns beiden besser ist.»

Es war eine harte Bewährungsprobe für ihn, fast war er erleichtert, als es endlich an die Tür klopfte und ihre Tante hereinkam. Margret Rosch hatte einen kleinen Koffer gepackt. Werner Hoß nahm ihn und untersuchte den Inhalt. Viel war nicht darin: Zwei Nachthemden, das Waschzeug, zwei Blusen, zwei einfache Röcke, einige Garnituren Unterwäsche, zwei Strumpfhosen, ein Paar Schuhe mit halbhohem Absatz und eine gerahmte Fotografie ihres Kindes.

Es war ein friedliches Bild, aufgenommen auf einer Terrasse. Der Kleine hockte am Boden, eine Hand auf einem grünen Traktor, blinzelte er ins grelle Licht und die Kamera.

Sie winkte ab, als Werner Hoß das Foto zu den anderen Sachen legte. Ihr Gesicht war steif geworden, die Stimme klang hart und unpersönlich, und der Blick, den sie ihrer Tante zuwarf, verschoss Eiskristalle. «Nimm es wieder mit!»

Margret Rosch, die in der Nacht einen so energischen Eindruck auf ihn gemacht hatte, wirkte in dem Moment nur hilflos und irgendwie verängstigt. «Warum denn? Ich dachte, du möchtest gerne ein Bild von dem Kleinen bei dir haben. Es ist doch sicher erlaubt, oder?» Beim letzten Satz warf sie Grovian einen fast verzweifelten Blick zu. Er nickte nur.

«Ich will es nicht», sagte Cora. «Nimm es wieder mit.»

Ihre Tante nahm wie ein eingeschüchtertes Kind die Fotografie von den Blusen und steckte sie in ihre Handtasche.

«Hast du mir Tabletten mitgebracht?», fragte Cora.

Margret Rosch nickte, steckte die Hand noch einmal in ihre Tasche und brachte sie mit einer Medikamentenschachtel wieder zum Vorschein. Und Rudolf Grovian glaubte zu begreifen, warum er den Fuß nicht mehr in die Tür bekommen hatte. «Das ist nicht möglich», sagte er.

«Aber die braucht sie», protestierte Margret Rosch. «Sie hat oft starke Kopfschmerzen. Das sind Folgen einer schweren Schädelverletzung. Sie hat Ihnen doch gestern erzählt von diesem Unfall.» Die Betonung lag unüberhörbar auf dem letzten Wort.

Er nahm ihr die Schachtel aus der Hand. «Ich werde es nehmen und den zuständigen Leuten aushändigen. Wenn sie das Mittel braucht, wird sie es bekommen. In der vorgeschriebenen Dosierung.»

Margret Rosch tat einen Schritt nach vorne, als wolle sie ihre Nichte in die Arme nehmen.

«Lass das!», sagte Cora beinahe lässig. «Am besten, du tust so, als sei ich gestorben. Du brauchst doch dafür nicht unbedingt meine Leiche, oder? Wenn du eine brauchst, geh in euren Leichenkeller, da liegen ja immer ein paar herum.»

Für Rudolf Grovian klang diese Bemerkung nach purer Gehässigkeit. Die Reaktion ihrer Tante war entsprechend. Margret Rosch schluckte hart, ließ die Arme sinken und drehte sich zur Tür ohne ein Wort des Abschieds. Nur eine Sekunde später schloss die Tür sich hinter ihr. Mit einem Kopfnicken bedeutete er Werner Hoß, den Raum ebenfalls zu verlassen. Als er allein mit ihr war, startete er den letzten Versuch.

«So», sagte er. «Jetzt sind wir unter uns, Frau Bender. Und jetzt reden wir miteinander wie erwachsene und vernünftige Menschen. Am See hat es nicht geklappt. Mit den Tabletten wird es auch nicht funktionieren. Über etwas anderes brauchen Sie erst gar nicht nachzudenken. Der Flucht nach vorne schiebe ich einen Riegel vor. Treten Sie lieber die Flucht nach hinten an.»

Sie reagierte nicht.

«Eine schwere Schädelverletzung», sagte er bedächtig. «Sie haben eine ziemlich tiefe Narbe an der Stirn. Da war nicht nur die Haut verletzt, da war auch der Knochen betroffen. Das ist mir in der Nacht aufgefallen. Sie haben, bevor Sie zusammenbrachen, von einer Pranke aus Kristall gesprochen und davon, wie grausam es war, wenn Ihr Mann vorher eine Zigarette rauchte. Weil der Aschenbecher all das auslöste. Also erzählen Sie mir nicht wieder, Sie wären vor ein Auto gelaufen.»

Es schien, dass sie schmunzelte. «Ihnen erzähle ich gar nichts mehr. Ich denke, wenn ich dem Haftrichter etwas erzähle, haben wir alle noch was vom Wochenende. Was sagt eigentlich Ihre Frau, wenn Sie hier durchmachen? Oder haben Sie keine?»

«Doch.»

«Gut.» Sie schmunzelte nicht nur, sie grinste. «Dann packen Sie Ihre Frau ins Auto und machen einen schönen Ausflug mit ihr, wenn Sie mich abgeliefert haben. Ist ja herrliches Wetter draußen. Fahren Sie an den Otto-Maigler-See. Am besten nehmen Sie auch Herrn Hoß mit. Er kann Ihnen ein interessantes Fleckchen zeigen. Da wurde nämlich gestern ein Mann umgebracht. Stellen Sie sich vor, der arme Kerl wurde abgeschlachtet, nur weil er mit seiner Frau Zärtlichkeiten austauschte und dabei ein bisschen Musik hörte. Und da war so eine blöde Kuh, der gefiel das nicht, da ist sie ausgeflippt.»

Er versuchte es mit Autorität. «Frau Bender, die Mätzchen können Sie sich sparen. Woher stammt diese Narbe?»

Sie wurde ausfallend. «Ach, lecken Sie mich doch.»

Noch ein Versuch, sie mit ihren eigenen Ängsten zu ködern. «Ich denke, das mögen Sie nicht. Gestern haben Sie so etwas angedeutet, oder habe ich Sie da missverstanden?»

Sie starrte ihn an, das unverletzte Auge war wie ein Loch im Gesicht. Er hätte gerne gewusst, was in diesem Loch glühte, Wut oder Panik. Sekundenlang glaubte er, das sei der richtige Ton gewesen. Da tippte sie sich gegen die rechte Kopfseite. «Hier habe ich eine Narbe, die ist noch größer. Möchten Sie sie sehen? Da müssen Sie aber die Haare anheben. Nur ist da nicht viel zu sehen. Es sieht eben geflickt aus.»

«Und wer hat Ihnen diese Verletzungen zugefügt?»

Sie zuckte mit den Achseln, das Grinsen fand den Weg zurück auf ihr zerschlagenes Gesicht. «Ich hab's Ihnen doch erklärt. Wenn Sie mir nicht glauben, ist das Ihr Problem. Ich bin mit dem Kopf auf die Motorhaube geknallt. Mehr kann ich Ihnen nicht sagen. Ich war high, als es passierte. Der Weißkittel hat Ihnen doch gesteckt, was mit meinen Armen ist. Und Margret hat doch garantiert auch gesagt, was damals mit mir los war. Ich hab gefixt.»

Sie streckte den linken Arm aus und deutete auf die Armbeuge. «Ich war nicht vorsichtig genug, habe auch keinen Wert auf Sauberkeit gelegt. Das hatte sich mächtig entzündet. Es hat richtige Löcher gegeben. Sehen Sie? Es ist ganz knotig.»

Sie strich mit einem Finger der rechten Hand über das vernarbte Gewebe. «Ich habe alles probiert, was im Angebot war», erklärte sie. «Hasch, Koks, zuletzt Heroin.» Sie lachte leise und fügte hinzu: «Aber keine Sorge. Sie haben nichts versäumt. Ich bin seit Jahren clean. Gestern war ich so sauber wie Sie. Und wenn ich mich gewaschen habe, rieche ich auch wieder so. Zeigen Sie mir jetzt bitte, wo ich mich umziehen kann?»

Sie hatte sehr lässig gesprochen, die Feindseligkeit gab ihrer Stimme einen rostigen Beiklang. Und er hatte keine Ahnung, wie ein Mensch sich mit einem Trauma fühlte. Der Vergleich mit der Mauer schien ihm passend. Was ihm bei seiner Tochter nie gelang, bei ihr schaffte er es: an seinem Konzept festzuhalten; Ruhe, Gelassenheit, Verständnis und Geduld. Er stellte sich einfach vor, dass sie vor ihrer Mauer stand und alles, was sich dahinter verbarg, mit Zähnen und Klauen vor seinem Zugriff verteidigte. «Warum haben Sie uns nicht schon in der Nacht erzählt, dass Sie süchtig waren?»

Sie zuckte erneut mit den Achseln. «Weil ich dachte, es geht Sie nichts an. Es ist ein paar Jahre her und hat mit der Sache nichts zu tun. Mein Mann weiß nichts davon. Ich hatte gehofft, dass er es nie erfährt. Es war lange vor seiner Zeit.»

«War es die Zeit mit Georg Frankenberg? Hat er Ihnen das Zeug gegeben?»

Sie richtete den Blick zur Decke und verdrehte die Augen. «Gegen wen ermitteln Sie eigentlich, gegen mich oder ihn? Was wollen Sie dem armen Schwein denn noch alles anhängen? Sie wollen ihn unbedingt zum Verbrecher stempeln, was? Passt es nicht in Ihr Weltbild, dass eine Frau töten kann, nur weil sie sich über laute Musik ärgert? Soll ich Ihnen was sagen? Eigentlich wollte ich das Weib abstechen. Der Mann hatte einfach Pech, weil er oben lag.»

Rudolf Grovian lächelte. «Und weil das für Sie so aussah, als ob er über die Frau herfiele. Weil Sie befürchteten, er könnte sie schlagen. Hat es Sie an das erinnert, was damals im Keller passiert ist?»

Sie antwortete nicht sofort. Erst nach ein paar Sekunden und einem tiefen, entnervten Seufzer meinte sie lakonisch: «Wenn Sie unbedingt an dieser Story festhalten wollen, finden Sie das mal selbst raus. Fragen Sie einfach noch ein paar Leute. Sie fragen doch so gerne. Warum soll ich Ihnen den Spaß verderben?»

Mit den letzten Worten griff sie eine Bluse, einen Rock, eine Garnitur Unterwäsche und ihre Zahnbürste vom Schreibtisch. Um Erlaubnis fragte sie nicht noch einmal. Sie ging einfach zur Tür. Er folgte ihr, Werner Hoß schloss sich ihnen an. Auf dem Korridor versuchte er es noch einmal. «Frau Bender, es hilft Ihnen doch nicht, wenn Sie so verstockt sind. Wenn Georg Frankenberg …»

«Wer ist hier verstockt?», unterbrach sie ihn. «Ich bestimmt nicht. Ich mag nur diese Bohrerei nicht. Sie sehen doch, was dabei herauskommt. Ein Haufen Dreck! Ich hatte Ihnen so eine hübsche Geschichte erzählt. Richtig romantisch war sie am Anfang. Und am Schluss war sie rührend. Ein totes Baby. Tote Babys sind immer rührend, dreckig sind sie nicht. Die Wahrheit ist dreckig. Die Wahrheit ist voller Würmer und Maden, sie wird schwarz und stinkt zum Himmel. Ich mag keinen Dreck und keinen Gestank.»

«Ich auch nicht, Frau Bender. Aber ich mag die Wahrheit. Und in einem Fall wie diesem wäre es doch nur zu Ihrem Vorteil, wenn Sie offen zu uns sind.»

Sie lachte kurz auf. «Machen Sie sich keine Sorgen um meinen Vorteil. Um den kümmere ich mich selbst. Das habe ich schon als Kind getan. Ich bin ziemlich früh auf die schiefe Bahn geraten. Da rutscht man irgendwann völlig ab. Da haben Sie Ihre Wahrheit. Mir musste niemand etwas geben, bestimmt keinen Stoff. Was ich haben wollte, habe ich mir genommen.»

Während sie sich – bei offener Tür – notdürftig wusch und umzog, stand er – mit Werner Hoß als Zeugen – auf dem Korridor, horchte auf die eindeutigen Geräusche und ließ den nächtlichen Dialog zwischen ihr und Margret Rosch wieder und wieder durch seinen Kopf ziehen.

Es kam so weit, dass er sich für schizophren hielt, in den harmlosen Sätzen verschlüsselte Absprachen zu vermuten und in einer schockierten und besorgten Tante eine Todesbotin zu sehen. Aber schizophren hin und her, er musste sich den Inhalt ihres Köfferchens noch einmal genau anschauen. Seine Hand hätte er ins Feuer gelegt, dass sie nur deshalb nicht aus der Ruhe zu bringen war, weil Margret Rosch ihr mehr mitgebracht hatte als Tabletten. Vielleicht war die Medikamentenschachtel nur ein raffinierter Schachzug gewesen, um von einer Rasierklinge oder etwas Ähnlichem abzulenken.

Ihr Hirn war immer noch zu einem festen Klumpen gefroren, von dem niemand ein Stück abschlagen, den niemand zum Tauen bringen konnte. Mochte der Chef wüten, wie er wollte. Nur hinter den Rippen glühte es schmerzhaft. Margret hätte das Foto nicht mitbringen dürfen.

Es hatte ihr einen heftigen Stich versetzt, das Kind noch einmal zu sehen, so fröhlich und unschuldig. Es war der letzte Blick zurück gewesen. Lots Weib war daraufhin zur Salzsäule erstarrt. Sie war nur im Innern steif geworfen, so steif und kalt wie Mutter damals, als sie mit Magdalena auf dem Bett saß und von der großen Schuld sprach, die der Herr nicht vergeben hatte.

Aber der Kleine war gut aufgehoben bei den Großeltern. Schwiegereltern dachte sie nicht mehr. Und irgendwann durften sie ihm erzählen, seine Mutter sei gestorben. Wenn sie es ihm erzählten, war es die Wahrheit. Mochte der Chef Riegel vorschieben, so viele er wollte. Sie wusste, was sie zu tun hatte. Sie wusste auch womit! Und Margret schien auch gewusst zu haben, dass es so viele Möglichkeiten nicht gab in einer Zelle, dass man sich auf etwas beschränken musste, das völlig natürlich und harmlos aussah. Nach dem Tod der Angeklagten wurden die Ermittlungen bestimmt eingestellt. Warum sollten sie dann noch im Dreck wühlen?

Auf der Fahrt nach Brühl schwiegen sie. Werner Hoß fuhr, der Chef hatte neben ihr im Fond des Wagens Platz genommen. Er schien endlich begriffen zu haben, dass er drohen, betteln oder weinen mochte, dass er bei ihr auf Granit biss, selbst wenn er sie auf Knien anflehte.

Beim Haftrichter ging es überraschend schnell. Der Chef trug mit nüchterner Stimme vor, was ihr zur Last gelegt wurde. Sie hörte sich alles mit unbewegter Miene an. Der Richter fragte, ob sie sich dazu äußern wolle. Sie erklärte, sie habe sich bereits ausführlich geäußert und wolle sich nicht ständig wiederholen. Und der Richter verfügte, dass sie in Untersuchungshaft zu nehmen sei. Er belehrte sie noch einmal über ihre Rechte. Damit war es überstanden.

Ein kleiner Schock stand ihr noch bevor, als der Chef ihren Koffer äußerst gründlich untersuchte. Sogar das Futter tastete er ab, als vermute er darin ein paar Sandkörner. Und schließlich nahm er die Strumpfhosen an sich.

«Was fällt Ihnen ein?», protestierte sie. «Sie haben kein Recht, sich an meinen Sachen zu vergreifen.»

«Ich habe eine Menge Rechte», sagte er. «Und für Strümpfe ist es doch zu warm. Im Moment tragen Sie ja auch keine.»

Dann ließ er sie allein. Das Mittagessen nahm sie in einer Zelle ein. Es war nicht schlecht. Im Vergleich mit dem, was Mutter früher auf den Tisch gebracht hatte, war es sogar hervorragend.

Und dort war sie ausgekommen und hängen geblieben. Als ob die Vergangenheit das eigentliche Ziel ihres Lebens gewesen sei und sie sich noch einmal überdeutlich vor Augen führen müsse, welch ein schlechter Mensch sie gewesen war. Dabei waren die Erinnerungen, die bisher aufgebrochen waren, noch vergleichsweise harmlos.

In regelmäßigen und kurzen Abständen hörte sie ein Geräusch an der Tür. Der Chef hatte tatsächlich Anweisung gegeben, sie zu beobachten. Aber wenn er sich einbildete, er könne sie zwingen, die Flucht nach hinten anzutreten, irrte er gewaltig. Die Wut auf ihn war wie ein Besenstiel im Rücken. Und der Kopf, immer noch gefroren, brachte glasklare Gedanken zustande. Sie wartete darauf, dass der Nächste kam, ihr ein paar Fragen zu stellen. Lange musste sie nicht warten.

Gegen zehn Uhr am Montagvormittag wurde sie abgeholt und zur Vernehmung zum Staatsanwalt gebracht. Er war ein junger Mann, durchaus freundlich, vor sich hatte er einen Haufen Papier, das er mit ihr durchsprechen wollte. Er wies sie darauf hin, dass ihre Aussage in der vorliegenden Form ohne Wert sei. Er könne das erst akzeptieren, wenn sie ihm die Namen der beiden anderen Männer nenne. Nicht die blödsinnigen Spitznamen Böcki und Tiger. Er brauche die richtigen Namen. Natürlich auch den des Mädchens. Es sei nur in ihrem eigenen Interesse.

Beinahe hätte sie gelacht. Bildete dieser Knabe sich ein, er kenne ihre Interessen? «Hat Herr Grovian Ihnen denn nicht gesagt, dass ich diesen Unsinn gestern widerrufen habe?»

Der Staatsanwalt schüttelte den Kopf. Sie sah ihn unsicher an, schaffte es, Resignation in ihre Stimme zu legen. «Was soll ich denn nun sagen vor dem Richter, wozu raten Sie mir?»

«Zur Wahrheit», sagte der Staatsanwalt.

Zuerst nickte sie bedrückt, dann erklärte sie leise: «Die ist aber verdammt dürftig. Ich war furchtbar wütend auf die Frau.»

«Was hatte die Frau getan, um Sie wütend zu machen?», fragte der Staatsanwalt.

«Eigentlich nichts», murmelte sie. «Mein Mann fand sie scharf. Sie hat Feuer im Hintern, sagte er. Ich habe mir immer Mühe gegeben, dass er mit mir zufrieden ist. Dann kommt so eine Kuh und macht ihm den Hals lang. Und das nicht zum ersten Mal. Er bekam immer Stielaugen, wenn wir am See waren. Und anschließend hielt er mir Vorträge, ich sei prüde und zickig. Manchmal wollte er dann auch Sachen, die ich nicht mochte. Ich konnte mir schon denken, was mich abends erwartete. Und ich hatte einfach die Schnauze voll, verstehen Sie? Ich wollte einem von diesen verdammten schamlosen Weibern einen Denkzettel verpassen. Aber ich kam nicht an sie ran. Und da dachte ich …»

Sie schaute über seine Schulter auf einen unbestimmten Punkt an der gegenüberliegenden Wand. «Ich dachte eben, ist doch egal, ob ich sie erwische oder den Mann. Ihm hat es ja auch Spaß gemacht. Die sind doch irgendwie alle gleich, diese Schweine.»

Das reichte dem Staatsanwalt. Er fragte noch nach den Stichen, präzise ausgeführt nannte er sie. Als sie dazu nur die Achseln zuckte, wollte er wissen, woher ihre Kopfverletzungen stammten. Sie wiederholte, was sie dem Chef zuletzt erzählt hatte. Voll gepumpt mit Heroin direkt in ein Auto gelaufen. Und einen barmherzigen Samariter habe es nie gegeben, den betrunkenen Arzt als Fahrer habe sie frei erfunden. Behandelt worden seien ihre Verletzungen im Kreiskrankenhaus in Dülmen.

Sie musste lächeln, als sie das sagte, wusste nicht einmal, ob es in Dülmen ein Kreiskrankenhaus gab. Manni Weber war in Dülmen geboren und aufgewachsen, seine Großmutter lebte noch dort. Vor einem Jahr hatte Manni Weber sie um ein paar Tage unbezahlten Urlaub gebeten. Seine Großmutter war gestürzt und lag mit einem Oberschenkelhalsbruch im Krankenhaus. Wo genau, hatte Manni Weber nicht gesagt.

Der Staatsanwalt lächelte nicht. «Wir werden das überprüfen», sagte er.

Sie dachte, er hätte sie nun endlich ein Geständnis unterschreiben lassen. Aber nein. Das müsse ja nun alles noch einmal neu aufgenommen werden, meinte er. Und am besten sei, damit zu warten, bis ihre Angaben überprüft wären. Ihr Geständnis könne sie dann vor dem Untersuchungsrichter ablegen und unterzeichnen.

Kurz nach Mittag war sie wieder in ihrer Zelle. Den halben Nachmittag grübelte sie, wie sie dem Drama ein Ende setzen könne. Schließlich kam sie auf die Idee mit den Papiertüchern. Sie hatte keine, aber man gab ihr bestimmt ein Päckchen, wenn sie darum bat. Papiertücher waren so harmlos wie Eine-Runde-Schwimmen. Als das Abendessen gebracht wurde, fragte sie danach.

«Haben Sie Schnupfen?», wollte die Wärterin wissen.

Sie nickte und schniefte ein wenig. Die Wärterin sagte: «Ich bringe Ihnen gleich ein paar Tücher», und ging weiter.

Sie aß ein bisschen, dabei fühlte sie sich noch gut, ohne Appetit, jedoch sonst in Ordnung. Nachdem sie das Tablett an die Seite geschoben hatte, kniete sie vor dem Bett auf dem Boden und faltete die Hände.

Es war das erste Mal seit langer Zeit, und es ging nur, weil kein Kreuz da war. Einen unsichtbaren Erlöser um Vergebung der letzten Sünde zu bitten, war nicht so schwer. Sie sah dabei das blutige Gesicht des Mannes vor sich. Georg Frankenberg! Und sein Blick ... Er hatte ihr vergeben, das war sicher.

Etwas in ihr war immer noch der festen Überzeugung, es sei gut und richtig gewesen, ihn zu töten. Dieses Etwas musste der Wahnsinn sein. Frankie, dachte sie. Ein zärtlicher Mann! Seit drei Wochen verheiratet. Bei ihr waren es drei Jahre. Die Drei war eine magische Zahl. Das wurde ihr mit einem Schlag bewusst, nur begriff sie nicht auf Anhieb, was an der Drei so bemerkenswert war. Als es ihr dann einfiel ...

Es waren drei Kreuze auf Golgatha. Und die beiden Männer, die mit dem Erlöser gekreuzigt wurden, hatten den Tod verdient. Der in der Mitte dagegen war ohne Schuld gewesen.

Es traf sie wie ein glühendes Eisen, bohrte sich zwischen die Schulterblätter und zog sie zusammen, kroch in den Nacken und weiter hinauf, stieß ins Hirn und brachte den gefrorenen Klumpen zum Tauen. Wie hatte sie das auch nur für eine Sekunde aus den Augen verlieren können? Der Erlöser war frei von jedem Makel gewesen, so rein und unschuldig, wie kein Mensch jemals sein konnte. Minutenlang zitterte sie wie in einem Krampf. Es war, als stünde Vater neben ihr: «Was hast du getan, Cora? Was hast du getan?» Und über Vaters Kopf schwebte das Kreuz mit dem schuldlosen Mann.

Als es ihr endlich gelang, vom Boden aufzustehen, schlich sie zum Waschbecken. Als wenig später das Tablett abgeholt wurde, wusch sie sich immer noch die Hände und dachte nicht an Papiertücher. Die Wärterin hatte auch nicht daran gedacht.

Rudolf Grovian hatte ein paar Stunden vom Sonntagnachmittag am Otto-Maigler-See verbracht. Nicht, um ihrer Empfehlung zu folgen, er fuhr auch nicht mit seiner Frau hin. Als er in seinen Wagen stieg, war Mechthild bereits auf dem Weg nach Köln. Sie hatte mit dem Mittagessen auf ihn gewartet, natürlich hoffte sie auch, dass er sie begleitete. Aber die Vorstellung, ein paar nutzlose Stunden in der Wohnung seiner Tochter zu verbringen, wo er bisher nicht einmal den Tatort gesehen hatte …

Nur war da nichts zu sehen außer dem Wasser und einem Volksauflauf. Da war auch nichts mit in der Sonne sitzen und die Umgebung oder die Atmosphäre auf sich einwirken lassen. Er war deprimiert, schwankte zwischen der eigenen Überzeugung und der Meinung, die Werner Hoß vertrat, dass Johnny, Tiger und Böcki nichts mit Georg Frankenberg zu tun hatten.

Er saß auf dem platt getretenen Rasen und betrachtete die halb nackten Menschen, junge und alte, Männer, Frauen und Kinder. Ein älteres Paar ging Hand in Hand zum Wasser hinunter. Der Mann musste das Pensionsalter fast erreicht oder bereits überschritten haben. Und er erinnerte sich nicht einmal mehr, wann er zuletzt Hand in Hand mit Mechthild gegangen war. Früher hatten sie oft davon gesprochen, was sie alles tun wollten, wenn die Tochter aus dem Haus war. Mal ein Wochenende ins Blaue, für ein paar Tage in den Schwarzwald oder an die Nordsee, bisher war nichts daraus geworden.

Ein bisschen abseits von ihm spielten ein Mann und ein kleiner Junge mit einem Ball. Der Junge war nur wenig größer als sein Enkel und trat den Ball ungeschickt in seine Richtung. Er fing ihn auf und warf ihn zurück. Der Junge lachte ihn an, und ihm fiel ein, dass seinem Enkel das Lachen bald verginge. Oder auch nicht!

Es war anzunehmen, dass Marita sich samt ihrem Söhnchen daheim einquartieren wollte, wenn ihre Ehe tatsächlich in die Brüche ging. Eine ernüchternde Erkenntnis, die vorübergehend alles andere in den Hintergrund drängte! Der häusliche Friede mit Füßen getreten. Nichts gegen ein paar Bauklötze im Wohnzimmer, nichts gegen ein bisschen Kinderlachen oder

-weinen, aber die geruhsamen Abende auf der Couch wären Vergangenheit, wenn die Tochter wieder im Haus war.

Er sah es vor sich, so wie es früher gewesen war. Der Tisch im Wohnzimmer übersät mit Nagellack, Lippenstiften, Wimperntusche und dem anderen Mist, den sie sich ins Gesicht schmierte. Hundertmal, tausendmal hatte er verlangt, sie solle ihre Kriegsbemalung gefälligst im Bad auftragen. Aber nein! Da war angeblich das Licht zu schlecht, und Mechthild sagte: «Nun lass sie doch, Rudi. Ist das denn nötig, jeden Abend dasselbe Theater?»

Eine knappe Stunde später saß er in der Wohnung seiner Tochter, entschlossen zu retten, was zu retten war. Sein Schwiegersohn war nicht da. Und seine Versuche wurden abgeblockt mit: «Halt dich raus, Rudi, du hast keine Ahnung, worum es geht.»

Mechthild hielt den Jungen auf dem Schoß, sagte ein übers andere Mal: «Ja, aber wie soll das denn …» Weiter kam sie nie. Wie es denn sollte, hatte Marita bereits gründlich durchdacht. Von Heimkommen war nicht die Rede. Die geräumige Wohnung gegen ein Zimmer im Elternhaus, die Möglichkeiten der Großstadt gegen den kleinbürgerlichen Mief einzutauschen, danach stand ihr nicht der Sinn. Die finanzielle Seite warf keine Probleme auf, Peter müsste natürlich zahlen. Dreitausend im Monat, so stellte Marita sich das vor.

«Es gibt auch kleinere Summen», sagte Rudolf Grovian.

«Es gibt auch größere», sagte seine Tochter. «Und bei seinem Einkommen, da weiß er wenigstens, wofür er schuftet.» Danach vergaß sie seine Anwesenheit und sprach wieder ausschließlich zur Mutter. Es ging um grobe Vernachlässigung, um unüberbrückbare Gegensätze, um einen Mann, der nichts anderes im Kopf hatte als Bits und Bytes, Rams und Roms, das Internet und anderen Firlefanz, mit dem ein vernünftiges Gespräch nicht mehr möglich war, von einem unterhaltsamen Abend in einer Diskothek ganz zu schweigen.

«So ist das nun mal, wenn ein Mann arbeitet und es im Beruf zu etwas bringen will», sagte Mechthild lahm. «Da muss man als Frau hin und wieder eine Faust in der Tasche machen. Dafür hat man doch aber auch was vom Leben.»

Ja, Windeln, Kochtöpfe und zur Abwechslung einmal wöchentlich die Spielgruppe für Zweijährige. Rudolf Grovian konnte sich das nicht länger anhören, er zog unentwegt Vergleiche. Aber es gab keine. Seine Tochter und Cora Bender, das war wie Tag und Nacht, wie Feuer und Wasser. Die eine brauchte seinen Rat nicht, wollte nicht einmal wissen, wie er darüber dachte. Halt dich raus, Rudi. Was sollte ein Mann tun, wenn ihm privat ständig solche Grenzen gesetzt wurden? Ihm blieb doch nur, sich in die Arbeit zu stürzen.

Am Montagmorgen um acht tat er das, hatte am Abend eine längere Unterredung mit dem Staatsanwalt und bis Dienstag genug zusammengetragen, um sie noch einmal mit ihren Lügen zu konfrontieren und ein wenig an ihrer Mauer zu kratzen. Vorsicht hin, Rücksicht her. Er hatte sie herausgefordert und sie ihn. Sie war schuldig geworden, und jetzt war er am Zug. Das war sie ihm schuldig.

Es war später Nachmittag, als er die Zelle betrat. Er sah ihr Erschrecken bei seinem Anblick und erschrak ebenfalls. Die beiden Tage hatten sie in ein stumpfes Bündel verwandelt, das zu keiner Reaktion mehr fähig schien.

Er begann mit dem Kreiskrankenhaus in Dülmen. Das hatte ihn nur einen Anruf und ein bisschen Warterei am Telefon gekostet.

Mit Georg Frankenbergs Vater hatte er persönlich gesprochen, am vergangenen Nachmittag. Ute Frankenberg war noch nicht vernehmungsfähig. Man hatte ihn nicht zu ihr gelassen. Aber viel konnte sie ihm wohl ohnehin nicht sagen, wenn sie ihren Mann erst sechs Monate vor der Hochzeit kennen gelernt hatte.

«Und ich glaube kaum», erklärte er mit einem kleinen Lächeln, «dass er mit seiner Frau über frühere Affären gesprochen hat.»

Im Geist hörte er den Staatsanwalt noch einmal sagen: «Ihr Engagement in allen Ehren, Herr Grovian, aber ich muss Sie dringend bitten, nicht so einseitig zu ermitteln. Gehen wir lieber davon aus, dass die Frau ihr Opfer wirklich nicht kannte.»

Sie musste ihn gekannt haben! Er hatte in den beiden Tagen ein paar Details zusammengetragen, die dafür sprachen. Es Beweise zu nennen wäre übertrieben gewesen. Fakten, das traf es eher. Und zu diesen Fakten gehörte auch die Leiche eines jungen Mädchens.

Es gab tatsächlich eine – mit zwei gebrochenen Rippen! Eine Vermisstenmeldung in Buchholz für die fragliche Zeit gab es nicht. Aber sie hatte ja gesagt, sie habe das Mädchen nie vorher in Buchholz gesehen. Die Vermisstenmeldung konnte überall liegen. In Lüneburg gab es nur die Unterlagen über eine unbekannte Tote – fünfzehn bis höchstens zwanzig Jahre alt.

Im August vor fünf Jahren hatte man ihre skelettierte Leiche in der Nähe eines militärischen Sperrgebiets in der Lüneburger Heide gefunden. Die Todesursache war nicht mehr feststellbar gewesen. Keine Schädelverletzung, Kehlkopf und Zungenbein intakt. Die Rippenbrüche konnten nach Ansicht der zuständigen Gerichtsmediziner später erfolgt sein; Tiere als Verursacher. Das kam häufiger vor.

Die Leiche musste mindestens drei Monate im Freien gelegen haben. Nackt! Kleidungsstücke waren bei ihr nicht gefunden worden. Auch sonst nichts, was der Identifizierung hätte dienen können. Man hatte es mit Aufrufen in der Presse versucht, ohne Erfolg. Die zuständigen Kollegen gingen von einer Anhalterin aus. Aber wenn man in Erwägung zog, dass Cora Bender und ihre hilfsbereite Tante um die Wette geschwindelt hatten, war es durchaus denkbar, dass es sich um das Mädchen aus dem Keller handelte. Man brauchte nicht viel Phantasie, nur etwas Menschenkenntnis, Intuition und ein gutes Gedächtnis, das beiläufig hingeworfene Sätze registrierte und ihnen im entscheidenden Moment die richtige Bedeutung beimaß.

Vorausgesetzt, Cora Bender hatte sich schon im Mai und nicht erst im August zu einer Fahrt mit Johnny und seinem kleinen, dicken Freund überreden lassen, dann kam es hin. Und irgendwie war es doch sonderbar, wie sie und ihre Tante auf dem August herumgeritten waren.

Er hatte vor, sich ans BKA zu wenden und sämtliche Vermisstenfälle der fraglichen Zeit überprüfen zu lassen. Mit einem Namen wäre es wesentlich einfacher gewesen.

Zwei Namen hatte er am Montagmorgen von Winfried Meilhofer erfahren. Ottmar Denner und Hans Böckel. «Sagen Ihnen die Namen etwas, Frau Bender?»

Sie schüttelte den Kopf. Er lächelte weiter. Immer nur lächeln, freundlich sein und Rätsel raten, warum sowohl sie als auch ihre Tante den August als Quelle des Übels nannten. Weil sie von dem Leichenfund wussten! Darauf hätte er einen Eid abgelegt. Weil sie damit nicht in Verbindung gebracht werden wollten, weil sie alles Mögliche und Unmögliche befürchteten, wenn die Verbindung hergestellt wurde. Weil! Wenn! Und hundert Fragezeichen.

«Mir aber!», sagte er. «Hans Böckel gleich Böcki. Ottmar Denner könnte der Tiger sein. Denner war der Komponist in der kleinen Band, hat man mir erzählt. Und Komponisten setzen sich gerne ein Denkmal. Ein Stück auf dem Band heißt ‹Song of Tiger›. Erinnern Sie sich? Sie haben es als Ihr Lied bezeichnet.»

Der Staatsanwalt hatte ihn ausgelacht. Böcki und Tiger, so ein Quatsch! Das hatte ebenso viel Wert wie das Kreiskrankenhaus Dülmen. Und sie schüttelte nur wieder den Kopf. Er sprach unbeirrt weiter. «Interessant erscheint mir auch, dass

Ottmar Denner aus Bonn stammt. Er hat zusammen mit Georg Frankenberg in Köln studiert und während seiner Studienzeit noch daheim gelebt. Er fuhr zu der Zeit einen silberfarbenen VW-Golf GTI, das Kennzeichen begann logischerweise mit BN. Wir bemühen uns im Augenblick, seine derzeitige Anschrift in Erfahrung zu bringen. Aber das ist nicht einfach. Es sieht so aus, als sei er ins Ausland gegangen. In die Entwicklungshilfe.»

Er hatte mit Ottmar Denners Eltern gesprochen, vor ein paar Stunden erst. Und keine Auskunft erhalten. Angeblich wusste man nicht, wo der Sohn sich derzeit aufhielt. In Ghana, im Sudan oder im Tschad. Auch seine Bitte um eine Fotografie war abgelehnt worden. Wozu brauchte er die? Was lag vor gegen Ottmar Denner? Sein Gesprächspartner war ein kleiner, dicker Mann und energischer Vater gewesen, der seine Rechte kannte, die des Sohnes auch.

Und Rudolf Grovian hatte sich vorgestellt, er könne ihr einige Fotografien auf den Tisch legen, fünf oder sechs oder sieben. Er könne sie bitten, den kleinen Dicken herauszusuchen. Fehlanzeige! Aber so wie die Dinge standen, hätte sie wohl auch zu einem Foto nur den Kopf geschüttelt.

Über Hans Böckel hatten sie noch nichts in Erfahrung gebracht. Rudolf Grovian ging davon aus, dass Böckel derjenige war, der aus Norddeutschland stammte. Aber wenn Hans Böckel jemals Verbindung zu einem Haus in Hamburg gehabt hatte, gemeldet war er dort nicht gewesen. Und ein Studienfreund von Frankenberg konnte er auch nicht gewesen sein. Es gab keine entsprechende Einschreibung an der Universität.

Stattdessen gab es eine Erklärung von Georg Frankenbergs Vater. Mit der Mutter hatte Rudolf Grovian nicht reden können. Sie hatte einen Schock erlitten. Und Professor Johannes Frankenberg wusste mit den Namen Denner und Böckel nichts anzufangen. Das mit der Musik sei nur eine kurze Episode gewesen, eine Laune, die ein paar Wochen vorhielt. Georg habe damals rasch eingesehen, dass seine Zeit zu kostbar sei für Spielereien.

Und im Mai vor fünf Jahren hatte sich Georg Frankenberg daheim aufgehalten. In Vaters Privatklinik, wo er einen Armbruch kurierte. Gebrochen hatte sich Georg Frankenberg den Arm am 16. Mai, das ging aus den Unterlagen der Klinik hervor. Genau der Tag, an dem Cora Bender ihm – von ihrer ersten Version ausgehend, in die der Leichenfund so hübsch hineingepasst hätte – abends in einem Lokal in Buchholz näher gekommen sein wollte.

Nach den Angaben seines Vaters war Georg Frankenberg übers Wochenende heimgekommen, am Freitagabend eingetroffen, am Samstagmorgen unglücklich gestürzt. Doch Glück im Unglück, es war ein unkomplizierter Bruch, und es waren nur ein paar Meter vom Privathaus zu Vaters Klinik. Da musste man nicht einmal einen anderen Arzt bemühen.

Dem Staatsanwalt genügte die Aussage von Professor Johannes Frankenberg, um Cora Benders Rückzug als Besinnung auf die Wahrheit zu nehmen. Rudolf Grovian genügte es nicht. Ihn hatte der Zeitpunkt des Armbruchs förmlich elektrisiert. Unterlagen ließen sich manipulieren, wenn man Chef in der eigenen Klinik war und wusste, dass der Sohn Dreck am Stecken hatte. Ausgerechnet der 16. Mai! Ein anderes Datum hätte ihn kaum stutzig gemacht. Aber …

«Professor Frankenberg ist ein honoriger Mann», erklärte er ihr. «So leicht wird er nicht zu widerlegen sein. Wir können nur hoffen, dass Ottmar Denner und Hans Böckel Ihre Angaben bestätigen, wenn wir die beiden ausfindig machen.»

Bis dahin hatte sie nur zugehört, ihn zum Teufel gewünscht und ihn insgeheim bewundert für seine Hartnäckigkeit. Er machte vor nichts Halt, schreckte vor nichts zurück, nicht einmal davor, den Vater ihres Opfers zu belästigen.

Als er von dem silberfarbenen VW-Golf GTI sprach, war Panik aufgestiegen. Aber sie hatte sich rasch wieder beruhigt. Es musste ein Zufall sein, dass Johnnys Freund den gleichen Wagen gefahren hatte wie ein Freund von Georg Frankenberg. Es war eben ein typisches Junge-Männer-Auto. Der Chef schaute sie abwartend und aufmerksam an.

«Niemand kann Ihnen etwas bestätigen», sagte sie. «Ich habe Ihnen ein Märchen erzählt.»

Rudolf Grovian hatte ihre Stimme seit zwei Tagen nicht gehört. In seiner Erinnerung war sie noch fest, feindselig, kalt und gleichgültig wie vor dem Haftrichter. Der raue, völlig emotionslose Klang und ihre geduckte, in sich gekehrte Haltung mahnten zur Vorsicht.

Bedächtig schüttelte er den Kopf. «Nein, Frau Bender, Märchenfiguren legen keine Leichen in der Nähe eines militärischen Sperrgebietes ab. Ich habe das Mädchen gefunden, das mit Ihnen im Keller war. Ein totes Mädchen mit zwei gebrochenen Rippen, Frau Bender. Und Sie haben gehört, wie die Rippen brachen.»

Das hatte er sich für den Schluss aufgehoben, ein Schuss ins Blaue für den Fall, dass sie sich auf nichts einließ. Vielleicht nur ein kleiner Knallfrosch. Wenn sie tatsächlich erst im August und nicht schon im Mai … war die Leiche für ihn bedeutungslos. Aber ein Knallfrosch schien es ihrer Reaktion nach nicht zu sein, eher eine Leuchtrakete. Von einer Sekunde zur anderen erwachte sie zum Leben. Er sah, wie sie nach Atem rang, ehe sie ausstieß: «Lassen Sie mich doch in Ruhe mit dem Blödsinn! Denken Sie nach, Mensch. Ich kann überhaupt nichts gehört haben bei dem Krach. Wenn es so gewesen wäre, wie ich es Ihnen erzählt habe. Es war nicht so. Aber nehmen wir mal an, es wäre. Dann wären da fünf Leute gewesen und laute Musik. Ich weiß nicht, wie es sich anhört, wenn Rippen brechen. Aber so laut kann es nicht sein.»

Ihre Hände begannen zu zittern. Sie umklammerte die

linke mit der rechten. Er kannte das noch aus der Nacht. Es waren die ersten Alarmsignale. Oder – nach den bisherigen Erfahrungen mit ihr wollte er es lieber so bezeichnen – die Vorboten einer Wahrheit, mit der sie nicht konfrontiert werden wollte. Sein Verstand schaltete auf höchste Aufmerksamkeit, hob gleichzeitig mahnend den Finger: «Hör auf, Rudi. Überlass es den Ärzten.» Sein Herz holperte ein wenig.

«Sie sind ein …», fauchte sie heiser. Der treffende Ausdruck schien ihr zu fehlen oder war ihr vielleicht zu ordinär. Stattdessen erkundigte sie sich: «Finden Sie es eigentlich in Ordnung, was Sie machen? Sie laufen herum und belästigen seinen Vater. Das ist eine Unverschämtheit! Es muss schlimm für den armen Mann sein. Hat er noch mehr Kinder?»

Er schüttelte den Kopf und beobachtete ihr wechselndes Mienenspiel, das Reiben und Kneten der Hände. Ihre Stimme brach, die Schultern sackten nach unten, ihr Kopf ebenfalls. «Dann müssen Sie ihn in Ruhe lassen. Was passiert ist, ist passiert. Es ist keinem Menschen geholfen, wenn Sie herausfinden, dass ein Mädchen gestorben ist. Gut, es ist eins gestorben. Aber ich habe damit nichts zu tun. Ich habe nur den Mann auf dem Gewissen.»

Als sie den Kopf wieder hob und ihm ins Gesicht schaute, überlief ihn ein Frösteln. Da war etwas in ihrem Blick. Er brauchte ein paar Sekunden, eher er es einordnen konnte. Und er schaffte es nur, weil ihre Worte seinen Eindruck unterstrichen. Irrsinn!

«Einen unschuldigen Mann», sagte sie. «Und er wird nicht am dritten Tag auferstehen. Er wird schwarz werden, Würmer bekommen und wegfaulen. Wenn Sie seinen Vater unbedingt belästigen müssen, dann sagen Sie ihm, er soll ihn verbrennen lassen. Werden Sie das tun? Sie müssen es tun. Und Sie müssen mir etwas versprechen. Wenn es mich erwischt, eines Tages, ich will nicht verbrannt werden. Sorgen Sie dafür. Ich will ein anonymes Grab. Sie können mich auch bei einem Truppenübungsplatz ablegen. Legen Sie mich einfach neben das Mädchen.»

Truppenübungsplatz, dachte er. So hatte er es nicht bezeichnet. Aber er hakte nicht nach. Ihn fröstelte immer noch unter ihrem Blick. Das konnte doch nicht sein! Sie war völlig Herrin ihrer Sinne gewesen, bis zum Sonntagmittag aufgewühlt, zeitweise verwirrt unter dem Gewicht ihrer Tat und fest entschlossen, die Konsequenz zu ziehen, aber nicht verrückt. Und dass sie in den beiden Tagen den Verstand verloren haben sollte ... Nein, das war unmöglich. Sie war nur am Ende.

Er wechselte das Thema, begann von ihrem Kind zu sprechen in der Hoffnung, damit so etwas wie Kampfgeist in ihr zu wecken. Ein Junge von zwei Jahren! Ob sie nicht auch finde, dass ein so kleines Kind seine Mutter brauchte?

«Wer braucht denn die Pest?», hielt sie dagegen.

«Niemand», sagte er. «Und es braucht auch niemand Würmer oder die Schwänze von Wölfen oder Tigern im Bauch. Es tut mir Leid, Frau Bender, ich hatte gehofft, wir beide könnten miteinander reden wie normale Menschen. Aber wenn Sie nicht können oder wollen, ich verstehe das. Ich bin wahrscheinlich auch nicht der richtige Mann für Ihre Probleme. Dafür sind Experten zuständig. In den nächsten Tagen kommt wohl einer.»

«Was heißt das?», wollte sie wissen. Und bevor er ihr antworten konnte, wurde sie heftig. «Ich will mit Experten nichts zu tun haben. Hetzen Sie mir bloß keinen Psychiater auf den Hals. Ich sage Ihnen was: Wenn so einer hier auftaucht!»

Was dann passieren sollte, erklärte sie nicht, brach mitten im Satz ab, wischte sich mit einem Handrücken über die Stirn und lächelte. «Ach, was rege ich mich denn auf! Ich muss doch mit keinem reden. Bestimmt nicht mit einem Psychiater. Hören Sie: Von mir aus können Sie mir ein Dutzend

Weißkittel herschicken. Aber sagen Sie ihnen, sie sollen sich ein Kartenspiel mitbringen, damit ihnen die Zeit nicht lang wird.»

Ihr Ausbruch wirkte auf ihn befreiend. Er blieb unverändert freundlich, erkundigte sich, ob sie lieber mit einer Frau reden möchte, statt mit einem Mann. Vielleicht könne er da etwas für sie erreichen. Sie antwortete ihm nicht mehr.

Er wollte sich verabschieden und ging auf die Tür zu mit den Worten: «Ich kann nicht verhindern, dass ein psychologischer Sachverständiger hinzugezogen wird. Das ist eine Entscheidung des Staatsanwalts. Und ich finde, es ist eine gute Entscheidung.»

Damit brach das Eis endgültig.

«Sie finden!», fauchte sie ihn an und stellte sich ihm in den Weg. «Ihnen ist auch jedes Mittel recht. Zuerst setzen Sie mich mit meiner Familie unter Druck und jetzt mit Ihrem verfluchten Sachverständigen. Bilden Sie sich ein, der bekäme mehr aus mir raus als Sie? Ich weiß, was Sie hören wollen. Bitte schön, das können Sie haben. Sparen wir dem Staat ein paar Mark. So ein Sachverständiger will ja bezahlt werden. Und er hat bestimmt einen anderen Stundenlohn als ein Installateur. Es soll doch später nicht heißen, ich hätte unnötige Kosten verursacht.»

«Sie müssen mir nichts sagen, Frau Bender.»

Sie stampfte mit dem Fuß auf. «Jetzt will ich aber, verdammt nochmal. Jetzt will ich, und Sie werden mir zuhören. Wollen Sie mitschreiben, oder können Sie sich das so merken? Frankies Vater hat Sie nicht belogen. Ich habe Frankie nicht im Mai kennen gelernt, das war später. Vielleicht war es im August, ich weiß es nicht mehr genau. Ich hing schon eine Weile an der Nadel, war ständig im Tran und habe nicht auf den Kalender geachtet.»

Sie schniefte und tupfte mit den Fingerspitzen unter ihre Augen. «Haben Sie vielleicht ein Päckchen Papiertücher für mich? Ich habe hier schon darum gebeten, aber die haben es vergessen. Vielleicht kostet es was, ich habe kein Geld dabei.»

Er kramte in seinen Taschen, fand ein angebrochenes Päckchen und reichte es ihr. Sie nahm eins der Tücher heraus, tupfte damit flüchtig die Augen ab und steckte es sorgfältig zurück zu den anderen. Dabei lächelte sie ihn an. «Danke. Und entschuldigen Sie, wenn ich ein bisschen laut geworden bin. Es war nicht so gemeint. Ach, Quatsch, natürlich war es so gemeint. Es ist ein beschissenes Gefühl, wenn man nicht einmal mehr das Recht hat, den eigenen Dreck unter dem Teppich zu lassen. Es ist ein großer Haufen Dreck, das sage ich Ihnen lieber gleich.»

Er lächelte ebenfalls. «Ich habe bestimmt schon größere gesehen.»

Sie zuckte mit den Achseln. «Mag sein, aber ich nicht.» Dann strafften sich ihre Schultern. «Also», begann sie, «es war wahrscheinlich im August. Ich habe zuerst Mai gesagt, weil ich mich geschämt habe. Ich habe mich nämlich gleich am ersten Abend mit ihm eingelassen und mich an ihn rangehängt wie eine Klette. Er hatte Stoff, und er hatte Geld genug, um mich regelmäßig mit dem Zeug zu versorgen. Da brauchte ich mir darum selbst keine Gedanken mehr zu machen. Als Gegenleistung verlangte er, dass ich mit ihm schlief. Das war in Ordnung, das habe ich freiwillig getan. Aber nach ein paar Wochen wollte er, dass ich auch mit seinen Freunden schlafe.»

Sie lachte bitter. «Ich hab's getan. Ich hab alles getan, was er von mir verlangte. Er wollte zusehen, zusammen mit dem Mädchen. Ich weiß nicht, wie sie hieß, wirklich nicht. Aber das ist auch gar nicht wichtig. Es war so eine dämliche Kuh, die er sich von zu Hause mitgebracht hatte. Er hat ihr nichts getan. Er hat sie bestimmt nicht geschlagen. Ich habe mir nur gewünscht, dass er es tut. Er war sehr verliebt in sie und wollte ihr zeigen, was für ein toller Kerl er ist, dass er alles mit mir machen kann.»

«War das auch im August?»

Sie schüttelte den Kopf. «Nein, im Oktober.»

«Und wo waren Sie mit ihm? Daheim waren Sie nicht.»

Wieder schüttelte sie den Kopf. «Ich war mal hier, mal da. In Hamburg oder Bremen, meist habe ich auf der Straße geschlafen. Manchmal hat er mir Geld gegeben für ein Zimmer. Er kam am Wochenende, dann sind wir rumgezogen. Und einmal waren wir in diesem tollen Haus. Das war an dem Abend, als es passiert ist.»

«Was genau ist denn passiert?» Er wusste nicht, ob er ihr glauben durfte. Sie sprach ruhig und beherrscht, mit einem Unterton von Resignation. Es klang nach Wahrhaftigkeit.

«Ich war schwanger von ihm. Und er sagte, wenn ich tue, was er will, besorgt er einen guten Arzt, der alles in Ordnung bringt. Ich habe ein bisschen geheult, aber ich wusste, dass es nicht viel Sinn hatte. Also habe ich nachgegeben.»

Noch einmal lachte sie auf, es war eher ein Schluchzen. Ihr Blick irrte wie gehetzt durch den kleinen Raum, mehrfach strich sie fahrig über ihre Stirn. «Wissen Sie, wie ich mich gefühlt habe? Da liege ich auf dem Boden und lasse mich von den beiden Typen besteigen. Und diese Schlampe sitzt mit ihm auf der Couch und verlangt, dass ich nochmal und diesmal mit beiden gleichzeitig …» Sie würgte und brauchte ein paar Sekunden, ehe sie weitersprechen konnte. «Sie sagte: Verdirb uns nicht den Spaß, Schätzchen. Und dann sagte sie zu einem von den beiden: Gib ihr eine Prise, das entspannt.»

Sie schüttelte sich, dann fand ihr Blick endlich den Weg zu seinem Gesicht. Ihre Stimme klang wieder fest und beherrscht. «Sie haben mich festgehalten und mit Stoff voll gepumpt. Ich dachte, sie wollten mich umbringen mit dem Zeug. Ich habe mich gewehrt. Da haben sie mich geschlagen und getreten, auf den Kopf und in den Bauch. Und dann fing ich plötzlich an zu bluten. Da haben sie wohl Angst bekommen und sind alle abgehauen. Mich haben sie liegen lassen. Irgendwie habe ich es geschafft, auf die Straße zu kommen. Und da bin ich dann vor das Auto gelaufen. Und mein einziges Glück bei der Sache war: der Mann, der mich anfuhr, war Arzt. Er sah, dass ich eine Fehlgeburt hatte. Er sah auch, dass ich high war. Aber das reicht jetzt wirklich. Als Nächstes fragen Sie doch wieder nach seinem Namen. Und den werden Sie von mir nie erfahren.»

«Warum nicht, Frau Bender? Der Mann hat sich doch in keiner Weise strafbar gemacht. Und so wie es im Moment aussieht, wäre er der Einzige, der Ihre Geschichte bestätigen könnte.»

Sie schaute wieder an ihm vorbei zur Wand und murmelte: «Das wird er bestimmt nicht. Er wird behaupten, dass er mich nie gesehen hat.»

«Warum sollte er das behaupten?»

«Weil er ein Schwein war. Er hat mich angefasst, da wusste ich noch gar nicht, worum es ging. Da dachte ich noch, er will mich nur untersuchen. Einmal wurde ich nachts wach, da onanierte er neben mir. Und vorher hatte er mich befummelt. Wollen Sie noch mehr wissen?»

Er sah, wie sie die Hand um das kleine Päckchen presste, wie ihre Augen zu glänzen begannen. «Er war ein geiler alter Bock», stieß sie hervor. «Wenn er im Zimmer war, roch alles nach Schweiß. Ich sage Ihnen was! Wenn ich diesem Schwein jemals wieder ins Gesicht sehen muss, und das muss ich, wenn ich seinen Namen nenne, ich werde ihn ebenso abstechen wie Frankie. Und wenn der Gerichtssaal voller Polizisten steht, niemand wird mich daran hindern. Und jetzt lassen Sie mich in Ruhe.»

Sie drehte sich um, legte einen Arm gegen die Wand und verbarg ihr Gesicht darin. Sie weinte. Es war das erste Mal, dass er sie weinen sah. Es war ein Reflex, dass er ihr die Hand auf die Schulter legte, ein Bedürfnis, etwas Tröstliches zu tun oder zu sagen. Sie schüttelte seine Hand ab und schluchzte: «Hauen Sie bloß ab, Mensch. Sie haben keine Ahnung, was passiert, wenn ich mit Ihnen rede. Es kommt alles zurück. Es wird alles lebendig. Ich halte das nicht aus. Jetzt gehen Sie doch. Verschwinden Sie. Und lassen Sie meinen Vater in Ruhe. Er ist ein alter Mann, er ist krank, er ist … Er hat mir nie etwas getan. Er konnte doch nichts dafür, dass er in seinem Alter noch Bedürfnisse hatte. Es war alles nur meine Schuld.»

9. Kapitel

Es waren die Süßigkeiten. Darüber hatte ich nicht nachgedacht, wenn ich mich voll stopfte, dass sich das Zeug irgendwo niederschlagen musste. Als ich dreizehn war, wurde es offensichtlich. Ich hatte Fett angesetzt. Babyspeck, sagte Margret und zog mich damit auf, wenn sie zu Besuch kam. Ich wollte nicht dick sein und versuchte, das Zeug wegzulassen. Nur war das nicht so einfach, weil ich nicht mit dem Klauen aufhören konnte.

Beim Geld wurden die Beträge immer größer. Manchmal saß ich im Schuppen und zählte es. Dann stellte ich mir vor, dass ich damit eines Tages weggehen könnte, weit weg. Ich weiß noch, als ich eintausendzweihundertachtundsiebzig Mark zusammenhatte, nahm ich das Kleingeld, ging zum Bahnhof und fragte, was eine Fahrkarte nach Hamburg kostet. «Ich will sie jetzt nicht kaufen», sagte ich. «Ich will es nur wissen.»

Der Mann am Schalter fragte: «Einfach oder retour?»

«Einfach», sagte ich. «Ich komme nie zurück. Und können Sie mir auch sagen, was eine Fahrt auf einem Schiff kostet?»

Er lachte: «Kommt darauf an, wohin man will. Fliegen ist schneller. Allerdings muss man für jedes Kilo Übergewicht extra zahlen.»

Übergewicht, dachte ich, als ich vom Schalter wegging. Und mit den acht Mark ging ich in die Eisdiele und schlang einen großen Fruchtbecher mit Schlagsahne in mich hinein. Anschließend ging ich aufs Klo und steckte mir einen Finger in den Hals. Das machte ich von da an jedes Mal, wenn ich etwas Süßes gegessen hatte.

Magdalena meinte, ich müsse unbedingt damit aufhören.

«Das ist eine Krankheit», sagte sie. «Da sind schon welche dran gestorben. Kauf dir lieber andere Sachen für das Geld.» Sie dachte, es sei nur das Taschengeld, das ich von Vater bekam. «Schicke Klamotten», sagte sie. «Die kannst du auch im Schuppen verstecken. Dann ziehst du dich um, wenn du rausgehst und bevor du wieder reinkommst. Wenn du etwas Schickes zum Anziehen hast, das wirst du sehen, dann kannst du dich auch wieder leiden.»

Ich konnte mir nicht vorstellen, dass Kleider etwas änderten. Ich war viel zu dick, fand mich hässlich und machte immer noch das Bett nass. Nicht mehr jede Nacht, aber oft, obwohl ich längst nicht mehr von dem Wolf träumte. Ich wurde einfach nicht wach, wenn ich mal musste.

Meist merkte ich erst, dass wieder alles feucht war, wenn Vater sich darum kümmerte. Er stand oft auf, zwei-, dreimal die Nacht. Und sein erster Schritt war immer der zu meinem Bett. Und sein erster Griff war immer unter meine Decke.

Manchmal wunderte ich mich, dass er so geduldig mit mir war, dass er nie schimpfte, nie ein Wörtchen darüber verlor. Mein Bett stank, unser ganzes Zimmer stank, weil meine Matratze so oft nass und nie richtig trocken wurde. Im Sommer stellte ich sie tagsüber hochkant vors Fenster. Und dann kaufte ich mir ein Gummituch.

Irgendwie wurde ich nur außen erwachsen, aber da gründlich. Ich bekam einen Busen und Haare unter den Achseln, unten auch. Wenn Vater zur gleichen Zeit wie ich ins Bett ging, schämte ich mich. Ich mochte mich nicht mehr ausziehen, wenn er dabei war. Er merkte das nicht. Wenn ich ins Bad ging, um mich dort auszuziehen, kam er hinterher, weil er mir noch etwas erzählen wollte. Wenn auf der Arbeit etwas Besonderes gewesen war oder mit dem Auto. Mit Mutter konnte er nicht über solche Dinge reden, da besprach er eben alles mit mir. Das fand ich auch toll, aber dass er mir beim Ausziehen zuschaute, war mir nicht recht.

Dann bekam ich auch noch meine Periode. Ich wusste nicht viel über das, was mit mir passierte. Natürlich war ich aufgeklärt, das war in der Schule geschehen. Die rein biologische Seite, wie man schwanger wird. Margret hatte auch mal mit mir darüber gesprochen. Aber sie hatte sich im Großen und Ganzen nur vergewissert, dass mich die erste Blutung nicht unvorbereitet traf.

Als Margret mit mir darüber sprach, wusste ich längst, was auf mich zukam. Mutter hatte mich gründlich instruiert. Dass ich mich hüten müsse, einem Mann das Tor der Hölle zu öffnen. Dass mich nun bald der Fluch Evas träfe. Ein Fluch war es auch.

Ich hatte scheußliche Krämpfe, wenn die Blutung einsetzte. Schon Tage vorher war ich nervös, ich fühlte, dass es kam, und hätte mich am liebsten in eine Ecke verkrochen. Aber ich musste zur Schule. Und ich mochte mich nicht vom Sport befreien lassen, damit es nicht auffiel.

Ich fragte Grit Adigar, was ich tun könnte, wenn wir Schwimmen hätten. Das ging immer abwechselnd, die eine Woche Sport in der Turnhalle, die zweite Woche Schwimmen. Ich konnte doch nicht mit einer Binde ins Wasser. Grit schlug vor, ich solle Tampons benutzen. Sie erklärte mir, wie man damit umging. Ich fand es widerlich, aber ich tat es und wusch mir danach die Hände mit heißem Wasser, bis sie dick und rot waren.

Die anderen Mädchen in meiner Klasse waren begeistert von der Sache. Sie hielten sich für erwachsen und gaben damit an. Sie sagten es auch, wenn Jungs dabei waren. «Ich habe gerade meine Tage.» Die Jungs schien das anzumachen.

Dann passierte das mit der Zeitung. Ich hatte sie auf dem Schulhof bei einem Mädchen gesehen. «Bravo, die Zeitschrift für junge Leute». Natürlich musste ich sie sofort haben. Ich versteckte sie im Schuppen. Und nachmittags, als Magdalena ruhen musste, las ich darin. Es waren eine Menge Artikel, die mich interessierten. Über Musik, Sänger und Rockgruppen, über Schauspieler und wie man sich richtig schminkt. Es waren auch Briefe abgedruckt, von Leuten, die einen Rat haben wollten.

Da war ein Brief von einem Mädchen, das war nur ein Jahr älter als ich, es hatte aber schon einen Freund. Er hatte ein eigenes Zimmer, da waren sie ungestört. Er fasste sie an, wenn sie allein waren, schob seinen Finger in ihr Höschen. Dabei wurde sein Glied steif und ihr Höschen feucht. Und das Mädchen wollte wissen, ob das in Ordnung sei. Es schämte sich für die Feuchtigkeit, aber der Freund fand sie schön. Er war schon etwas älter. Siebzehn, glaube ich.

In der Antwort auf den Brief hieß es, das feuchte Höschen sei normal, das müsse so sein. Für einen Mann sei die Feuchtigkeit ein Zeichen sexueller Erregung der Frau. Er wüsste dann, dass sie bereit sei für den Verkehr.

Mein Gott, habe ich mich geschämt. Ich fragte mich, was Vater wohl von mir dachte. Ob er glaubte, dass ich ihn damit anmachen wollte. Mir wurde richtig schlecht. Es war plötzlich alles ganz anders, es war alles verkehrt.

Als Vater an dem Abend nach Hause kam, musste ich sofort hinausgehen. Ich konnte nicht mit ihm in der Küche sitzen. Schon als er hereinkam, fühlte ich, dass mein Gesicht heiß wurde. Er merkte, dass etwas nicht mit mir stimmte. Magdalena merkte es auch. Vater fuhr nach dem Essen nochmal weg. Mutter ging ins Wohnzimmer. Ich kümmerte mich um den Abwasch. Magdalena blieb bei mir in der Küche und wollte wissen, was eben mit mir los gewesen sei. «Du hattest plötzlich einen Kopf wie eine Tomate.»

Ich erzählte ihr von dem Brief. Zuerst nur davon. Sie dachte, ich hätte einen Freund, und drängte, dass ich ihr mehr erzählte. Alles, was wir bisher gemacht hätten.

«Mich hat noch nie ein Junge so angefasst», sagte ich. «Und mich wird auch nie wieder einer so anfassen.»

«Was heißt, nie wieder?», fragte sie. «Dann hat doch schon einer! Jetzt stell dich nicht so an, Cora. Komm, erzähl es mir.»

Ich wollte nicht. Aber sie drängte so lange, bis ich es ihr schließlich doch sagte. Sie hörte mir aufmerksam zu, und als ich fertig war, meinte sie: «Zeig mir mal genau, wie er dich angefasst hat.»

Nachdem ich es ihr gezeigt hatte, lachte sie mich aus. «Das zählt nicht! Darüber brauchst du dich nicht aufzuregen. Er hat nur gefühlt, ob du ins Bett gepinkelt hast. Da ist nichts dabei, immerhin ist er dein Vater. Das ist genauso, als ob Mutter oder ein Arzt dich anfassen. Überleg mal, wie oft Mutter bei mir da unten rumfummelt, wenn sie mir einen Einlauf macht oder mich wäscht. Da müsste sie ja lesbisch sein, wenn was dabei wäre. Und die Ärzte erst, das kannst du dir nicht vorstellen. Wenn die eine Urinprobe brauchen, warten sie nicht, bis ich aufs Klo muss. Sie schieben mir einfach einen Katheter rein. Nein, glaub mir, Vater hat nichts Schlimmes getan. Missbraucht werden ist ganz anders.»

Das wusste sie von einer jungen Frau, mit der sie mal in der Klinik zusammen in einem Zimmer gelegen hatte. Die Frau war auf den Strich gegangen, gefixt hatte sie auch und eine Menge gesoffen. Nun war ihre Leber kaputt. Sie hatte Magdalena erzählt, das habe sie ihrem Vater zu verdanken. Er habe sich schon über sie hergemacht, da sei sie noch nicht zur Schule gegangen. Zuerst mit dem Finger und dann richtig.

«Das hat er doch nicht gemacht, oder?», wollte Magdalena wissen.

Ich schüttelte den Kopf.

«Siehst du», meinte sie. «Du brauchst dir wirklich keine Sorgen zu machen. Wenn du mir nicht glaubst, frag Margret.»

Das mochte ich nicht. Wenn Vater nichts Schlimmes getan hatte, warum hätte ich Margret fragen sollen? Dass ich etwas Schlimmes gedacht hatte, war mein Problem. Ich dachte auch, dass Vater ein alter Mann sei, viel zu alt, um so etwas noch zu tun. Welch ein Irrtum.

Das waren die wahren Sünden, die Begierden des Fleisches. Es ging nicht um ein Stück Rinderbraten. Es ging um einen alten Mann, der seinen Trieb nicht unter Kontrolle bekam. Der sich mir bereits zu erkennen gegeben hatte, wie Mutter es ausdrückte, als ich noch nicht wusste, dass es zwei verschiedene Sorten Mensch gab. Und als ich es dann genau wusste, passierte es wieder.

Im April, drei Wochen bevor ich vierzehn wurde, wachte ich nachts auf. Ich musste zur Toilette. Im ersten Moment war ich nur glücklich, dass es nicht schon ins Bett gelaufen war. Ich ging im Dunklen zum Bad, dass Vater nicht im Bett lag, fiel mir nicht auf. Im Bad machte ich das Licht an, und da stand er vor dem Waschbecken. Seine Schlafanzughose hing ihm um die Füße. Die Unterhose hatte er auch heruntergelassen. Er hielt sein Glied mit der Hand fest und bewegte die Hand rauf und runter. Ich wusste, was er tat. Die Jungs in der Schule sagten wichsen dazu.

Den Ausdruck fand ich ordinär. Und dass mein Vater es tat, nachdem ich mich entschlossen hatte, ihn als harmlosen alten Mann zu sehen, war ungeheuerlich. Und noch ungeheuerlicher war, ich konnte nicht anders, ich musste ihm zusehen. Und am allerschlimmsten war: er musste mich bemerkt haben, wo ich doch die Tür geöffnet und das Licht eingeschaltet hatte. Aber er machte einfach weiter. Und sein Gesicht dabei, die Töne, die er von sich gab, es war abstoßend.

Plötzlich fuhr er zu mir herum. «Mach, dass du ins Bett kommst!», brüllte er. «Was hast du hier herumzugeistern wie ein Gespenst?»

Ich schrie zurück: «Ich muss mal!»

«Dann pinkel ins Bett», brüllte er. «Das machst du ja sonst auch.»

Er war so laut, dass er zwangsläufig Mutter und Magdalena aufwecken musste. Aber das kümmerte ihn nicht. Ich fand es gemein von ihm, dass er es durchs ganze Haus schrie. Ich konnte doch nichts dafür, dass ich ins Bett machte. Er sagte immer, dass ich nichts dafür könne. «Das sind die Tränen der Seele», sagte er. Und danach ging er ins Bad. Vielleicht aus demselben Grund wie in dieser Nacht.

Ich lief zurück ins Zimmer und warf mich aufs Bett. Dass ich mal aufs Klo musste, hatte ich vergessen. Ein paar Minuten später kam er mir nach. Er setzte sich zu mir und strich mir über den Kopf. Er hatte sich die Hände gewaschen. Ich roch die Seife.

Er starrte mich an, als wolle er mich schlagen. Stattdessen fing er an zu weinen und stammelte: «Es tut mir Leid.» Er heulte wie ein Dreijähriger, der sich das Knie aufgeschlagen hat. Das fand ich beinahe noch widerlicher als das andere. Nachdem er sich wieder beruhigt hatte, meinte er: «Ich hoffe, dass du es verstehst, wenn du älter wirst. Man kommt nicht gegen die Natur an. Was soll ich denn machen? Es gibt Frauen, die lassen sich dafür bezahlen. Aber dann ist es nur ein Geschäft. Wenn ich allein bin, kann ich mir wenigstens vorstellen, es wäre eine bei mir, die mich liebt. Jeder Mensch braucht das Gefühl, dass er geliebt wird, auch ein alter.»

«Ich hatte dich früher sehr lieb», sagte ich und hätte am liebsten auch geheult.

Wie ich befürchtet hatte, waren Mutter und Magdalena von dem Lärm aufgewacht. Morgens beim Frühstück schaute Mutter mich zwar komisch an. Aber sie fragte nicht, was los gewesen wäre. Als ich mittags aus der Schule kam, wollte Magdalena es wissen und drängte jedes Mal, wenn Mutter die Küche verließ: «Erzähl doch! Was hat er gemacht? Ist er dir jetzt doch mit dem Finger reingegangen? Oder hat er ihn dir richtig reingesteckt?»

Ich schüttelte den Kopf. Was wirklich passiert war, mochte

ich ihr nicht erzählen. Das war auch nicht nötig. Magdalena konnte sich denken, was ich gesehen hatte. Sie wusste schon lange, warum er nachts ins Bad schlich.

Vater hatte oft an die Tür nebenan geklopft und zu Mutter gesagt, dass er es jetzt wieder so mache wie der Typ aus der Bibel, der seinen Samen auf die Erde spritzte. Ob sie es mit ihrem Gewissen vereinbaren könne, dass er ständig auf diese Weise sündigen müsse.

Magdalena amüsierte sich darüber. «Er ist noch ziemlich munter, unser alter Knabe. Aber das sind viele in dem Alter. Die Alten sind oft die Schlimmsten, das kannst du mir glauben. Vor allem, wenn sie nicht können, wie sie wollen. Jetzt erzähl doch mal. Hast du wirklich genau gesehen, wie er es gemacht hat?»

Ich konnte nicht darüber sprechen. Tagelang war ich völlig durcheinander. Und nachts erst! Vater kam ein paar Tage lang sehr spät heim. Meist lag ich schon eine Weile im Bett und konnte nicht schlafen. Manchmal dachte ich, ich sollte ihm vielleicht etwas Nettes sagen, wenn er endlich käme. Dass ich ihn immer noch lieb hätte. Ich hatte ihn schon so oft wegen anderer Dinge belogen, es wäre nicht darauf angekommen.

Aber wenn ich seine Schritte auf der Treppe hörte, wenn er die Türklinke drückte, merkte ich, wie mein Bauch hart wurde, kalt und steif wie ein Stein, gegen den man nicht anatmen kann. Dann konnte ich nichts sagen. Dann tat ich so, als ob ich schliefe und lauerte darauf, was er tat. Ob er noch einmal aufstand, zu mir kam oder ins Bad ging.

Ich wünschte mir, es könnte noch einmal so sein wie früher, wo ich sogar in seinem Bett geschlafen hatte. Wo er nichts weiter gewesen war als mein Vater. Plötzlich war er das nicht mehr, er war nur noch ein widerlicher alter Mann, der sich selbst befriedigte. Und die Jungs in der Schule sagten, dabei müsse man an nackte Weiber denken. Woran Vater gedacht hatte, begriff ich drei Wochen später.

Da saßen wir sonntags beim Essen, und plötzlich sagte er zu Mutter: «Ich trage gleich mein Bettzeug rüber. Hier wird jetzt getauscht. Das sind ja keine Zustände so.»

Mutter war natürlich nicht einverstanden. Und er schrie sie an: «Worüber regst du dich noch auf nach all den Jahren?! Du bildest dir doch nicht etwa ein, dass mich dein schrumpliger Hintern noch reizen könnte? Da mach dir nur keine Sorgen. Mir ist ein saftiges Stück Fleisch lieber. Und so eins möchte ich nicht Nacht für Nacht in greifbarer Nähe haben. Ich möchte nicht derjenige sein, der das zweite Lamm opfert. Wenn das hier so weitergeht, kann ich für nichts garantieren. Und jetzt komm mir nicht mit Magdalena. Wenn es da mal Ernst wird, machst du auch nichts mehr, und wenn du hundertmal danebenliegst.»

An dem Abend musste er noch einmal bei mir schlafen. Mutter ging mit Magdalena etwas früher als üblich hinauf und schloss die Zimmertür von innen ab. Am nächsten Tag nahm Vater ihr den Schlüssel weg und trug sein Bettzeug hinüber.

Magdalena kam zu mir ins Zimmer. Wochenlang war deswegen dicke Luft im Haus. Dann begriff Mutter endlich, dass ihre Keuschheit nicht in Gefahr war und ich mit Magdalena zurechtkam. In den ersten Nächten hatte ich zwar Angst. Ich war dieses komische Atmen nicht gewohnt. Magdalena lachte mich aus. «So atme ich immer. Es fällt dir tagsüber nur nicht auf.»

Nach ein paar Wochen fand ich es toll, dass sie bei mir war. Sie genoss es auch. Meist brachte ich sie nach dem Abendessen hinauf. Sie ließ sich lieber von mir helfen als von Mutter. Tragen konnte ich sie nicht, das hatte Mutter auch schon lange nicht mehr gekonnt. Aber wenn man sehr langsam mit ihr ging, reichte es aus, wenn man sie gut stützte. Sogar die Treppe schaffte sie, sie brauchte nur nach jeder Stufe eine Pause.

Ich hielt sie fest, wenn sie sich die Zähne putzte. Das wollte sie lieber allein tun. Waschen musste ich sie dann. In der Wanne baden durfte sie nicht mehr. Früher hatte Mutter sie reingesetzt und auch wieder rausgehoben. Als sie größer wurde, hatte Vater einen Stuhl gekauft mit einem großen Loch in der Sitzfläche und einer Schüssel darunter. Das ging gut so. Man musste nur nachher das Bad aufwischen.

Anfangs war ich ziemlich ungeschickt. Da schrubbte ich an ihr genauso rum wie an mir. Nur hatte sie im Gegensatz zu mir eine sehr empfindliche Haut vom vielen Liegen. Mit den kratzigen Waschlappen tat ich ihr weh.

«Mach es lieber mit den Händen», bat sie. «Dann nimm den Schwamm, um die Seife abzuspülen. Und mit dem Handtuch nur tupfen. Mutter hat das nie begriffen. Aber vielleicht hat sie auch gedacht, wenn sie mich beim Waschen kratzt, trage ich wenigstens auf diese Weise zur allgemeinen Buße bei.»

Nach dem Waschen wurde sie eingecremt, damit sie nicht wund lag. Dann das Nachthemd über und ab ins Bett mit ihr. Wenn in der Küche nichts mehr zu tun war, blieb ich bei ihr. Vor dem Einschlafen erzählten wir uns immer eine Menge.

Und im Bett, mit der geschlossenen Tür, konnte ich anders reden. Und Magdalena war die Einzige, mit der ich wirklich offen über alles sprechen konnte. Nicht übers Klauen, aber über diese Sachen, über den Ekel vor Vater und vor mir selbst. Dass ich nie einen Freund haben wollte.

Obwohl sie ein Jahr jünger war als ich, hatte sie eine andere Einstellung dazu. «Warte mal ab», sagte sie. «Wenn du noch ein paar Pfund runter hast, vergeht der eine Ekel von allein. Und der andere; das kannst du nicht vergleichen. Vor einem alten Mann ekelt es mich auch. Warum meinst du, lasse ich mich von Vater nicht anfassen? Das fehlt mir noch, dass er an mir rumfummelt. Er würde mich bestimmt in die Wanne setzen und rausheben, wenn du ihn darum bittest.

Aber da kann ich nur sagen: Vielen herzlichen Dank. Mit einem jungen Mann ist das ganz anders. Das merke ich bei den Ärzten. Es ist ein großer Unterschied, wie einer aussieht und wie sich seine Hände anfühlen. Am liebsten sind mir die Studenten. Die lassen sie oft scharenweise an mir herummachen. Für die bin ich das Schauobjekt, das medizinische Wunder. Ich bin das halbe Herz mit dem inoperablen Aortenaneurysma, das wider alle Erwartungen seit Jahren hält. Wer weiß, vielleicht hat das Ding in meinem Bauch längst die Funktion der Pumpe übernommen.»

Sie lachte leise. «Da stehen die Jungs dann und wissen nicht, wie sie das Stethoskop ansetzen sollen. Viel mehr lassen sie die armen Kerle leider nicht tun. Nur mal horchen, wie sich ein Luftballon mit Löchern anhört.»

Sie wünschte sich, sie könnte einen Freund haben, später, mit fünfzehn oder sechzehn. Oder besser sofort, weil sie nicht glaubte, dass sie fünfzehn oder sechzehn werden konnte.

Nachdem der Chef sie verlassen hatte, brauchte sie fast eine Stunde, um sich zu beruhigen. Sie verstand nicht, wie sie sich hatte hinreißen lassen können, ihm diese wüste Geschichte zu erzählen, wo sie doch die Tücher bereits in der Hand hielt. Mit zwei Männern geschlafen! Das hatte sie wohl getan in dem schmutzigsten Kapitel ihres Lebens. Da war jedenfalls kurz etwas aufgeblitzt.

Und dann hatte sie Vater vor sich gesehen – mit heruntergelassener Hose und höllischer Wut. Beinahe wäre auch das aus ihr herausgebrochen. Sie hatte es eben noch verhindern können, indem sie den Arzt zum Sündenbock machte.

Es war unverzeihlich. Dieser Mann hatte ihr das Leben gerettet und nichts von ihr verlangt. Ein gütiger, freundlicher Mensch war er gewesen. Niemals hatte er sie in der Art berührt, die sie dem Chef geschildert hatte. Er war kein schmieriger alter Mann gewesen, nur ein Mann im weißen Kittel, der den kleinen Fehler begangen hatte, sich einmal ein bisschen betrunken in sein Auto zu setzen.

Höchstens Anfang fünfzig war er gewesen. Ein schmales Gesicht hatte er gehabt und einen dunklen, sauber gestutzten Vollbart. Wenn er zu ihr kam, hielt er meist eine Spritze in der Hand. Seine Hände waren schmal und sehr gepflegt gewesen. Und eine warme, sanfte Stimme hatte er gehabt. «Wie fühlen Sie sich? Jetzt werden Sie gleich schlafen.»

Ihre Armbeugen waren von eitrigen Geschwüren übersät. In ihrem Handrücken steckte eine Kanüle. In die injizierte er. Und sofort danach kam die Dunkelheit, das Ende der rasenden Schmerzen. Im Kopf waren sie unerträglich. Es war ein Hämmern, Bohren und Stechen, als sei ihr Schädel in einen Schraubstock gespannt. Dabei war es nur ein Verband.

Schädelfrakturen, sagte der Arzt später, als sie endlich so weit war, dass sie ihn fragen konnte. Unter anderem, sagte er, da seien noch mehr Verletzungen gewesen. Und die hätten unmöglich von dem kleinen Aufprall herrühren können. Er sei nicht schnell gefahren, habe sofort gebremst und sie praktisch nur mit dem Kühlergrill gestreift, als sie ihm vor den Wagen taumelte. Vor drei Wochen, als sie aus dem Nichts der Dunkelheit am Rand einer Landstraße auftauchte.

Drei Wochen ohne Bewusstsein?

«Seien Sie froh», meinte er. «Das Schlimmste haben Sie verschlafen. Entzug ist eine scheußliche Sache. Der gesamte Körper rebelliert, alle Nerven spielen verrückt. Aber Sie haben nichts davon bemerkt.»

Er fragte sie nach ihrem Namen. Sie habe keine Papiere bei sich gehabt, sagte er. Er fragte sie auch, ob sie wisse, was mit ihr geschehen sei. Sie wusste es nicht. Es war alles weg. Nicht nur die drei Wochen, von denen er sprach, mehr als fünf Monate waren ausgelöscht.

Das Letzte, woran sie sich erinnerte, war der Samstag in der zweiten Maiwoche. Magdalenas Geburtstag! Eine Flasche Sekt! Bei Aldi – nicht geklaut – gekauft zur Feier des Tages. Drei Tage im Schuppen versteckt. Unter den alten Kartoffelsäcken hervorgeholt, nachdem Mutter und Vater das Haus verlassen hatten, um einen weiteren Abend im Kreise der Hoffnungslosen zu verbringen, die sich an den Himmel klammerten, weil sie nicht allein auf der Erde stehen konnten.

Der Sekt war warm, als sie ihn ins Haus holte. Sie legte die Flasche in den Kühlschrank. Dort blieb sie bis kurz vor acht am Abend. Um acht wollte Magdalena mit einem Schlückchen auf ihr neues Lebensjahr anstoßen. Nur mit einem Schlückchen. «Das wird mir bestimmt nicht schaden», meinte sie. «Und vielleicht hilft es, das Jahr voll zu machen.»

Daran glaubte niemand, nur Magdalena und sie. Sie natürlich auch, ganz fest. Aber die Ärzte in Eppendorf nicht – wie üblich. Im April war Magdalena wieder einmal in der Klinik gewesen. Sie hatte entschieden länger bleiben müssen als die vorgesehenen zwei Tage. Über den Grund wollte Magdalena nicht sprechen.

«Ich gebe was auf den Humbug, den die mir immer servieren. Wenn es nach denen ginge, wäre von mir längst nichts mehr übrig. Die begreifen nicht, wie es funktioniert. Die können sich von mir aus mein Herz und meine Bauchaorta in ihre Hintern schieben. Und meine Nieren hinterher. Ich brauche nichts weiter als meinen Willen. Das ist es, Cora! Man muss leben wollen, dann lebt man auch. Das beweise ich doch seit achtzehn Jahren. Und ich werde ihnen auch beweisen, dass eine Operation möglich ist. Wie viel Geld haben wir inzwischen?»

Punkt acht, das wusste Magdalena, war die Stunde ihrer Geburt.

«Du bleibst doch so lange bei mir?»

«Ich bleibe den ganzen Abend bei dir. Du glaubst doch nicht, dass ich an deinem Geburtstag wegfahre.»

«Ich will aber, dass du fährst. Wenigstens eine von uns soll richtig feiern. Nächstes Jahr feiern wir beide richtig. Wir geben eine Party, dass die Straße wackelt. Heute musst du es nochmal alleine tun. Du musst ja nicht so lange bleiben wie sonst. Wenn du um elf zurückkommst, bin ich zufrieden. Wir heben uns etwas vom Sekt auf. Und dann erzählst du mir, wie es war. Triffst du dich mit Horst?»

«Nein. Ich habe ihm letzte Woche gesagt, dass ich heute nicht kann. Er meinte, das macht nichts. Sein Vater hätte ihn schon ein paar Mal gebeten, nach dem Auto zu sehen. Das könne er dann ja machen.»

«So was Blödes. Aber vielleicht ist er trotzdem da. Nach einem Auto sehen kann ja nicht den ganzen Abend und die Nacht dauern. Und wenn er nicht da ist, amüsier dich mit einem anderen. Ein bisschen Abwechslung kann nicht schaden. Du machst dir zwei schöne Stunden mit einem tollen Kerl, versprich mir das. Und dann kommst du zurück. Und dann …»

Das war der 16. Mai gewesen! Und plötzlich war Oktober. Der Arzt wusste nicht, was in der Zwischenzeit geschehen war. Er lächelte sie an, während er sie Finger, Zehen, Arme und Beine bewegen ließ. «Es fällt Ihnen bestimmt wieder ein. Lassen Sie Ihrem Kopf ein wenig Zeit, sich zu erholen. Und wenn Ihnen nichts einfällt, ich glaube, viel verloren haben Sie nicht.»

«Ich muss nach Hause», sagte sie.

«Es wird noch ein Weilchen dauern, ehe wir daran denken können.» Er hob ihren linken Fuß an, piekste mit einer Nadel in die Ferse. Als sie zusammenzuckte, sagte er: «Sehr schön.» Und dann sagte er: «Nun schlafen Sie. Sie brauchen noch viel Ruhe.»

Er sprach nie sehr viel, wenn er kam. Und außer ihm kam nur eine Krankenschwester. Eine mürrische Person im gleichen Alter wie er, die die Lippen nicht auseinander brachte und keinen Handgriff tat, der nicht unbedingt notwendig war. Sie brachte das Essen, schüttelte das Kissen auf, zog das Laken stramm und wusch sie. Und der Arzt machte Übungen mit ihr, damit die Glieder nicht steif wurden vom Liegen. Er ließ sie rechnen und Gedichte aus der Schule aufsagen, um festzustellen, ob ihr Hirn gelitten hatte unter dem Heroinkonsum und den Schlägen. Er stach die Nadeln in die Kanüle auf ihrem Handrücken, versorgte die entzündeten Armbeugen mit Heilsalbe und wechselte die Flasche unter dem Bett aus. Ein Blasenkatheter.

Und sie dachte an Magdalena, die sie brauchte, und dass sie so schnell wie möglich heim musste. Magdalena wollte den Ärzten in Eppendorf zeigen, was machbar war. Sie wollte sich operieren lassen in den USA, wenn das Geld für den Flug und die Klinik reichte. Es reichte noch lange nicht. Es fehlte noch eine immens große Summe, die sie beschaffen musste. Daran dachte sie, bis die Injektion ihre Gedanken auslöschte.

Es gab keinen Tag und keine Nacht in dem kleinen Zimmer. Es gab kein Fenster, nur ein schwaches Licht an der Wand. Jedes Mal, wenn sie die Augen aufschlug, brannte es. Jedes Mal, wenn der Arzt kam, versuchte sie, mehr zu erfahren. Aber viel wusste er nicht.

«Ich glaube nicht, dass es ein Unfall war», sagte er einmal. «Die Umstände sprechen dagegen. Ein nacktes junges Mädchen ohne Papiere, voll gepumpt mit Heroin.» Er sprach von gravierenden Verletzungen im Vaginalbereich und an anderen Stellen, die für bestimmte sexuelle Praktiken typisch waren und nur einen Schluss zuließen.

Für ihn hatte sich ein bestimmtes Bild ergeben. Eine süchtige Hure. Eine leichte Beute für einen Perversen, einen Sadisten, einen, der es vorzog zu quälen. Der sein Opfer bewusstlos am Straßenrand ablud, vielleicht in der Annahme, es getötet zu haben.

«Ich hätte die Polizei verständigen müssen», sagte er.

«Aber ich hatte Angst um meinen Führerschein. Und dann dachte ich, Sie sollten selbst entscheiden, wenn Sie wieder dazu in der Lage sind. Die Polizei müsste nach dem äußeren Anschein urteilen. Das wäre so, als ob Sie sich selbst einen Stempel auf die Stirn drücken. Und das halte ich für überflüssig. Sehen Sie, egal, was geschehen ist, egal, wie Sie gelebt haben, Sie sind ohne bleibende Schäden davongekommen. Und Sie sind noch sehr jung, nicht einmal zwanzig. Sie können noch einmal neu beginnen. Sie müssen nur den Willen haben und sich von diesem Gift fern halten. Ihr Körper braucht es nicht mehr, jetzt müssen Sie nur noch Ihre Seele überzeugen. Es lebt sich ohne Heroin besser, glauben Sie mir. Vor allem lebt es sich billiger. Dann reicht auch ein achtbarer Beruf für den Lebensunterhalt.»

«Wo bin ich denn überhaupt?», fragte sie.

«Gut aufgehoben», sagte er und lächelte. «Verzeihen Sie mir, wenn ich jetzt an mich denke.»

Natürlich verzieh sie ihm. Einem so gütigen, verständnisvollen und liebenswürdigen Menschen musste man verzeihen, wenn er einmal an sich dachte und das Risiko scheute, im Nachhinein noch für seine Hilfe mit Führerscheinentzug bestraft zu werden. Beinahe ein Heiliger war er gewesen. Nur diesem Mann hatte sie es zu verdanken, dass sie den Weg in ein normales Leben geschafft hatte.

Und sie hatte ihn zur Bestie gemacht. Weil sie nicht eingestehen konnte, was sie gewesen war: ein Stück Dreck, das sich tiefer und tiefer in die Gosse trieb und zum Schluss jeden an sich heran und alles mit sich machen ließ.

Und der Chef ließ nicht locker, bohrte und stocherte in den alten Wunden, bis sie aufbrachen, eine nach der anderen. Wenn er mit Vater sprach ... Das war das Letzte, was er gesagt hatte, bevor er sie verließ. Dass er am nächsten Morgen nach Buchholz fahren müsse. «Es tut mir sehr Leid, Frau Bender. Ich kann Ihren Vater nicht in Ruhe lassen. Aber ich werde ihn nicht unnötig aufregen, das verspreche ich Ihnen. Ich will ihn nur fragen ...»

Vater wusste von den perversen Freiern. Vater wusste auch von anderen Perversitäten.

Die letzte Sünde! Es spielte keine Rolle mehr, ob der Erlöser verzieh oder ob sie in der Hölle schmoren musste, wie Mutter es oft so plastisch geschildert hatte. Bis in alle Ewigkeit werden Hunderte von kleinen Teufeln dir das Fleisch mit rotglühenden Zangen vom Leib reißen. Sie hatten doch längst damit angefangen, die kleinen Teufel. Und der Chef führte sie an, zeigte ihnen die Stellen, wo sie ihre Zangen am besten ansetzten.

Nach dem Abendessen ließ sie noch ein paar Stunden verstreichen, bis sie sicher sein durfte, dass die Aufmerksamkeit nachgelassen hatte. Nachts kamen sie nicht mehr so häufig, um nach ihr zu sehen. Kurz nach zwölf nahm sie das Päckchen mit den Papiertüchern, zupfte von einem Tuch kleine Fetzen ab, drehte sie zu Kugeln und verstopfte sich die Nase damit.

Vorerst konnte sie noch durch den Mund atmen. Sie drehte die restlichen drei Tücher zu einem Klumpen und stellte sich ans Fußende des Bettes mit dem Gesicht zur Wand. Dann atmete sie kräftig aus, stieß sich den Klumpen in den Hals – so tief hinein, wie es nur ging. Und noch bevor sie die Hand wieder nach unten gebracht hatte, warf sie den Kopf mit Schwung nach vorne gegen die Mauer.

Rudolf Grovian brach früh um sechs am Mittwochmorgen auf. Mechthild schlief noch, als er das Haus verließ. Er rechnete mit einer Fahrzeit von fünf Stunden. Eine schlechte Schätzung, die etliche Baustellen auf der A1 außer Acht gelassen hatte. Der erste Stau kurz hinter dem Kamener Kreuz kostete ihn eine halbe Stunde, der zweite vor der Raststätte Dammer Berge fast eine volle. Erst gegen halb eins war er am Ziel.

Buchholz in der Nordheide. Eine blitzsaubere Stadt, viel Grün, im Zentrum gab es kaum ein Gebäude, das älter als zehn oder fünfzehn Jahre war. Cora Benders Kindheit in dieser Umgebung – es war wie die Faust aufs Auge. Und er sah bei diesem Vergleich ihr zerschlagenes Gesicht vor sich.

Eine Weile fuhr er kreuz und quer durch die Stadt, schaute sich um und machte sich auf einem Stadtplan kundig, ehe er den Wagen vor ihrem Elternhaus hielt. Ein nettes Häuschen, gebaut vermutlich Anfang der sechziger Jahre. Sauber und adrett wie die Nachbarschaft, gepflegtes Vorgärtchen, die Fenster blank geputzt, dahinter reinweiße Gardinen. Ihm war danach, den Kopf zu schütteln.

Die genaue Anschrift hatte er am Dienstagabend von Gereon Bender erfahren. Er hatte sich bei Margret Rosch danach erkundigen und ihr bei der Gelegenheit noch ein paar Fragen stellen wollen. Doch Cora Benders Tante war überraschenderweise abgetaucht. So hatte er mit dem Ehemann vorlieb nehmen müssen und die Auskunft erhalten, dass Gereon Bender seine Schwiegereltern nie zu Gesicht bekommen hatte.

«Die wollten schon vor Jahren nichts mehr mit ihr zu tun haben. Da hätte ich besser mal drüber nachgedacht. Es muss ja Gründe geben. Mich hat sie auch von Anfang an belogen. Monatelang hat sie mir erzählt, Margret sei ihre Mutter. Und ihr Vater sei gestorben, kurz bevor sie vierzehn wurde. Erst als wir das Aufgebot bestellten, kam das raus. Da hätte ich sie besser sausen lassen. Sagen Sie mal, wie ist das eigentlich? Sie hat mich doch auch verletzt. Da müsste ich sie doch anzeigen können wegen Körperverletzung. Oder zählt das nicht, wenn man verheiratet ist?»

Gereon Bender hatte noch mehr gesagt. Er hatte eingeräumt, dass es im letzten halben Jahr nicht mehr so rosig um seine Ehe bestellt gewesen war. Noch ein Punkt, in dem er sich getäuscht und hintergangen fühlte. «Ein bisschen prüde war sie immer. Aber ich hatte trotzdem das Gefühl, dass es ihr Spaß macht, dass sie es nur nicht zeigen will. Aber seit Weihnachten …»

Das Radio im Schlafzimmer und diese besondere Zärtlichkeit mit äußerst unangenehmen Folgen. Gereon Bender hatte sich ein wenig geniert, war dann aber doch ins Detail gegangen, sogar mit dem exakten Ausdruck. Oraler Sex. «Jetzt denken Sie nicht, ich hab das von ihr verlangt. Hätte ich nie getan. Ich wollt's mal für sie besonders schön machen. Und sie hat mir fast das Genick gebrochen.»

Seit er das gehört hatte, beschäftigte sich Rudolf Grovian wieder mit dem Verdacht, der ihm im Verhör gekommen war. Kindesmissbrauch. Es passte besser zu Drogen und Ekel. Und ihr letzter Ausbruch passte auch. Da hatte sie nun wirklich zu dick aufgetragen. Von einer Katastrophe in die andere geschlittert. Und lassen Sie meinen Vater in Ruhe! Er ist ein alter Mann! Den sie ihrem Mann gegenüber für tot erklärt hatte.

Der Kern ihrer Geschichte, dass sie irgendwann die Szene erlebt hatte, die sie vor ihrem Zusammenbruch schilderte, glaubte er immer noch. «Ich habe gehört, wie ihre Rippen brachen.» So etwas sog sich niemand aus den Fingern. Aber dass Georg Frankenberg an diesem Horrorszenario beteiligt gewesen sein könnte, mit dieser Ansicht stand er allein.

Sogar Mechthild, die sich, wenn sie nicht gerade mit der Tochter beschäftigt war, gerne auf Seiten der Täter schlug und eine Litanei von Entschuldigungen fand, die in der Ansicht gipfelten, die Leute müssten eigentlich auf freien Fuß gesetzt werden, stimmte diesmal mit Staatsanwaltschaft, Werner Hoß, Untersuchungsrichter und der Presse überein.

Ein unschuldiger Mann, noch dazu ein Arzt, hatte wegen irgendeinem Wahnsinn sterben müssen. Ärzte waren für Mechthild unantastbare Personen, nicht unfehlbar, aber Leute, denen man sich auslieferte, zu denen man zwangsläufig vertrauensvoll aufschaute, damit einen nicht das kalte Grausen überkam, wenn sie ein Messer in die Hand nahmen.

Cora Bender hatte einen dieser vertrauenswürdigen Männer ausgelöscht, von dem die Presse behauptete, er habe nur für seinen Beruf gelebt. Da gab es kaum Gnade in Mechthilds Augen. Sie hatte am Montagmorgen in der Zeitung davon gelesen und den Faden dankbar aufgegriffen, um jeder Diskussion über die bevorstehende Trennung von Tochter und Schwiegersohn aus dem Weg zu gehen.

Er hatte es nicht auf Anhieb durchschaut, hatte sich ehrlich und aufrichtig gefreut, dass Mechthild sich nach langen Jahren wieder einmal für seine Arbeit interessierte und ihm Gelegenheit bot, sich etwas von der Seele zu reden. Leichter war ihm allerdings nicht geworden.

Zwar erkannte Mechthild in Cora Benders Kindheit einen mildernden Umstand. Doch als er zum Ende kam, sagte sie: «Ich möchte nicht in deiner Haut stecken, Rudi. Wie ist dir zumute, wenn du so einer armen Kreatur den Rest geben musst?»

«Ich habe nicht vor, ihr den Rest zu geben», protestierte er.

Und Mechthild lächelte nachsichtig. «Was hast du dann vor, Rudi? Sie hat vor hundert Leuten einen Arzt erstochen. Da kann man ihr doch nicht auf die Schulter klopfen.»

«Wenn ich beweisen kann …»

«Rudi», unterbrach Mechthild ihn. «Mach dir doch nichts vor. Du kannst beweisen, was du willst, es stellt sich hier nur die Frage Haft oder Psychiatrie.»

Sie hatte Recht, er wusste das. Aber er wusste nicht, ob er jemals den Beweis fand, dass es eine Verbindung zwischen Frankie und Cora gegeben hatte. Vor fünf Jahren mochte zwischen Mai und November für Cora Bender die Welt untergegangen oder sonst etwas passiert sein, was ihr Grund gab zu schwindeln, dass sich die Balken bogen, was ihre Tante veranlasste, sich nach ihrer freiwilligen Aufklärungsaktion schnellstmöglich abzusetzen. Über Georg Frankenberg hatten sie bisher nur Gutes gehört. Ein stiller Mann, zurückhaltend, fast scheu Frauen gegenüber.

Und Gereon Bender sagte: «Sie lügt, wie es ihr gerade in den Kram passt.» Natürlich log sie, wenn sie sich nicht anders zu helfen wusste. Wenn einer gegen ihre Mauer trat, warf sie in ihrer Not alles, was ihr durch den Kopf ging, in einen Topf, rührte einmal kräftig um und knallte eine Schöpfkelle Chaos auf den nächsten Teller. Und dann musste man sortieren, was sie anbot, und bei jedem Bröckchen fragen, wo sie es hergenommen hatte.

Inzwischen stand fest, dass sie einen Großteil dessen, was sie an Fakten aus Frankenbergs Vorleben präsentiert hatte, am See aufgeschnappt haben konnte. Einen Großteil, nicht alles. Die Spitznamen Böcki und Tiger hatte Winfried Meilhofer nicht genannt, weil er sie nie zuvor gehört hatte. Zu ihm hatte Georg Frankenberg immer nur von Hans Böckel und Ottmar Denner gesprochen. Und Meilhofer hatte auch den silberfarbenen Golf GTI mit Bonner Kennzeichen nicht erwähnt.

Der Wagen und die beiden Namen waren alles, was Rudolf Grovian noch in der Hand hatte, um eine Linie zwischen Opfer und Täterin zu ziehen. Dabei konnten die Namen durchaus der Phantasie Cora Benders entsprungen sein. Dass es ihm logisch erschien, Hans Böckel gleich Böcki und der «Song of Tiger», bewies nichts.

Aber wenn man zu Gedankenspielereien neigte, ergab sich eine reizvolle Variante. Hans gleich Johnny, Guitar gleich Gitarre. Winfried Meilhofer glaubte sich zu erinnern, Frankie habe einmal erwähnt, Hans Böckel sei der Gitarrenspieler im Trio gewesen. Mochte Georg Frankenberg auch am 16. Mai mit einem Armbruch in Vaters Obhut gelegen haben. Hans Böckel konnte ihr durchaus an diesem Tag begegnet und sie über ihn an Heroin gekommen sein.

Er hatte nicht viel Hoffnung, von ihrem Vater etwas Wesentliches zu erfahren. Er hatte auch nicht vor, den Mann unter Druck zu setzen. «Haben Sie sich an Ihrer Tochter vergangen, Herr Rosch? Haben wir die Katastrophe Ihnen zu verdanken?» Darum konnte sich später der Gutachter kümmern. Er wollte nur ein bisschen Aufschluss über die Zeit von Mai bis November. Und den Namen der Klinik, in der ihre Kopfverletzung behandelt worden war.

Auf sein Klingeln an der Haustür öffnete ihm eine Frau, die vom Aussehen her in die Stadt passte. Blitzsauber und jugendlich, sodass er unwillkürlich schluckte. Cora Benders Worte schossen ihm durch den Kopf. «Mutter ist fünfundsechzig.» Die Frau an der Tür war höchstens Mitte vierzig, modisch gekleidet, eine flotte Kurzhaarfrisur, ein dezentes Make-up. Sie hielt ein Tuch in der Hand, als habe er sie beim Abwasch gestört.

Er stellte sich vor, ohne den Grund für seinen Besuch oder seinen Beruf anzugeben, und erkundigte sich zögernd: «Frau Rosch?»

Sie lächelte. «Gott behüte! Ich bin die Nachbarin, Grit Adigar.»

Ihm fiel ein kleiner Stein vom Herzen, nur ein winzig kleiner. «Ich hätte gerne Herrn Rosch gesprochen. Wilhelm Rosch.»

«Er ist nicht hier», erklärte Grit Adigar.

«Wann kommt er zurück?», fragte er.

Grit Adigar antwortete nicht, wollte stattdessen wissen: «In welcher Angelegenheit möchten Sie ihn sprechen?» Und noch bevor er etwas erklären konnte, schien sie zu begreifen. Sie spähte über seine Schulter zu dem Fahrzeug, das er am Straßenrand geparkt hatte, und nickte gedankenverloren. «Es geht um Cora. Sie sind von der Polizei, nicht wahr?»

Wieder kam er nicht dazu, etwas zu sagen. «Margret sagte

schon, dass wahrscheinlich jemand käme», erklärte Grit Adigar. «Kommen Sie erst mal rein. Das müssen wir ja nicht an der Haustür regeln.»

Sie trat von der Tür zurück. Und damit veränderte sich alles.

Hinter der Tür lag ein schmaler, dämmriger Flur, die Tapeten an den Wänden waren mindestens so alt wie das Haus. Links ging es eine Treppe hinauf, auf den Stufen lag ein abgewetzter Läufer mit Streifen. Geradeaus stand eine Tür spaltbreit offen, durch die ein schmaler Streifen Tageslicht einfiel. Hinter dieser Tür lag die Küche. Rechts daneben war noch eine Tür. Dass auch die offen stand, bemerkte er erst, als er näher kam.

Der Raum dahinter musste das Wohnzimmer sein. Das Fenster führte hinaus auf die Straße. Von den reinweißen Gardinen war innen nichts zu sehen. Die Vorhänge waren aus schwerem braunem Stoff und zugezogen. Der Raum lag im Dunkeln. In der offenen Tür stand eine weitere Frau.

Er zuckte zusammen, als sie plötzlich einen Schritt vortrat. Ein Gesicht wie eine Spitzmaus. Graues Haar, das ihr bis zur Taille reichte. Es sah aus, als sei es wochenlang nicht gewaschen worden. So roch es auch, ein säuerlich muffiges Aroma umgab die Gestalt wie ein zu weit geschnittener Mantel. Für eine Frau war sie groß, hätte ihn wohl um einige Zentimeter überragt, wenn sie sich aufrecht gehalten hätte. Doch sie stand da, als trüge sie eine Zentnerlast auf den Schultern. Eine verblichene ehemals bunte Kittelschürze schlotterte um ihren Körper.

Im Vorbeigehen fasste Grit Adigar nach der Schulter der Frau: «So haben wir nicht gewettet, Elsbeth! Zuerst wird der Teller leer gegessen, dann kannst du weiterbeten.»

Die Frau reagierte nicht, musterte Rudolf Grovian mit leicht geneigtem Kopf und erkundigte sich: «Sucht er die Hure?»

«Nein. Er möchte mit Wilhelm reden. Ich kümmere mich darum.»

Etwas wie ein Lächeln glitt nach Grit Adigars Erklärung um die dünnen Lippen der Jammergestalt, begleitet wurde es von einem bedächtigen Nicken. «Der Herr war mit seiner Geduld am Ende und hat ihn bestraft. Er hat ihm die Stimme genommen und die Kraft. Er hat ihn aufs Lager geworfen, er wird sich nie wieder erheben.»

Es war ein gewaltiger Unterschied, Cora Bender von ihrer Mutter sprechen zu hören, sich ein paar Gedanken dazu zu machen und dann die Mutter leibhaftig vor sich zu sehen und sie sprechen zu hören. Trotz der sommerlichen Temperaturen spürte Rudolf Grovian ein Frösteln. Die Vorstellung eines Kindes, das tagein, tagaus diesem salbadernden Ton ausgesetzt gewesen war, ließ ihn schaudern.

«Schon gut, Elsbeth», sagte Grit Adigar, packte die Schulter fester und schob das muffige Bündel vor sich her auf die Küche zu. «Du setzt dich jetzt an den Tisch und tust, was dem Herrn gefällt. Er mag leere Teller. Das schöne Essen in den Müll werfen wäre Verschwendung. Und wie er darüber denkt, das weißt du doch.»

Zu Rudolf Grovian sagte sie: «Kümmern Sie sich nicht um sie. Früher war es schon schlimm mit ihr. Aber seit Montag ist sie völlig durcheinander. Und wenn Sie sich jetzt fragen, wen die gute Elsbeth als Hure bezeichnet, Cora war nicht gemeint. Das galt Margret. Für Elsbeth ist jede Frau eine Hure, die sich auf ein Verhältnis mit einem verheirateten Mann einlässt.»

Eine an und für sich überflüssige Erklärung, fand er. Und wenn ihm jemand ungefragt etwas erklärte, wurde er immer hellhörig und fragte sich, wozu es gut sein sollte.

Dann saßen sie zu dritt an einem alten Küchentisch. Auf einem Schrank an der Seite stand eine stattliche Anzahl gerahmter Fotografien. Auf jeder davon Cora Bender, allein, mit ihrem Söhnchen, mit ihrem Mann, mit beiden. Das Hochzeitsfoto, ein Schnappschuss aus dem Wochenbett und einer vom neuen Haus. Grit Adigar war seinem Blick gefolgt und erklärte weiter ungefragt: «Margret hat regelmäßig Fotos geschickt. Das ist Wilhelms Altar. Stundenlang konnte er hier sitzen und die Bilder betrachten. Er träumte davon, dass sie einmal auf Besuch käme. Dass er seinen Enkel leibhaftig erleben könnte. Aber das hätte sie nie getan. Und ich glaube, er wusste, dass er sie nie wieder sieht.»

Eine gute Einleitung, fand Rudolf Grovian, um frontal den Punkt anzusteuern, über den er immer wieder stolperte. Von einer Nachbarin war in dieser Hinsicht vielleicht eher etwas zu erfahren als von den Eltern oder einer Tante, die es vorgezogen hatte, nach ihrer freiwilligen Aussage zu verschwinden. «Hat Wilhelm Rosch sich an seiner Tochter vergangen?»

Grit Adigar riss empört die Augen auf. «Wilhelm? Wo denken Sie hin? Auf so eine Idee kann auch nur ein Polizist kommen. Eher hätte er sich eigenhändig kastriert. Cora war sein ein und alles. Es hat ihn fast umgebracht, als sie damals von hier wegging. Und als Margret am Montag …»

Sie berichtete der Reihe nach. Margret Rosch war ihm um zwei Tage zuvorgekommen, nicht untergetaucht, um weiteren Fragen zu entgehen, nur in bester Absicht noch in der Nacht zum Montag nach Buchholz gefahren, um ihrem Bruder schonend beizubringen, was geschehen war. Aber mit Schonung war nicht viel gewesen bei solch einer Nachricht. Wilhelm Rosch hatte einen Schlaganfall erlitten. Es stand nicht gut um ihn. Margret war bei ihm im Krankenhaus.

Es war am Montag so schnell gegangen, da war keine Zeit geblieben für Erklärungen. Margret Rosch hatte sich bisher einmal telefonisch bei Grit Adigar gemeldet und mitgeteilt, dass es kaum Hoffnung für Wilhelm gab. Und dass vielleicht einer von der Polizei auftauche, weil Cora eine Riesendummheit begangen habe.

«Hat sie versucht, sich umzubringen?», wollte Grit Adigar wissen.

«Nein.»

Sie legte vor Erleichterung beide Hände vors Gesicht und murmelte: «Gott sei Dank. Ich dachte schon, sie hätte es wieder getan. Weil Wilhelm so …»

Wieder! Das klang in Rudolf Grovians Ohren nach einer Frau, die informiert war. Die entschieden mehr wusste als eine Tante, die kaum Kontakt zur Familie gehabt hatte. Die ebenso weiterhelfen konnte wie Cora Benders Eltern. Die vor allen Dingen auch bereit war zu sagen, was sie wusste.

So ohne weiteres war Grit Adigar jedoch nicht bereit. Zuerst wollte sie von ihm wissen, was Cora denn angestellt habe. Wie sie es ausdrückte, klang es harmlos, und dabei huschte ein Lächeln um ihre Lippen. Aber es gefror rasch.

Er entschloss sich zur Offenheit, umriss die Situation in ein paar knappen Sätzen. Grit Adigar schluckte mehrfach heftig und brauchte anschließend ein paar Sekunden, um ihre Fassung zurückzugewinnen. «Gott im Himmel!»

Elsbeth Rosch hob den Kopf, den sie bis dahin teilnahmslos über den Teller gesenkt hatte. Ihre sanfte Stimme hatte einen scharfen Beiton. «Du sollst seinen Namen nicht …»

«Halt die Klappe, Elsbeth», beschied Grit Adigar kurz. Sie atmete hörbar ein und aus. «Wie hieß der Mann?»

«Georg Frankenberg.»

«Den Namen habe ich nie gehört.»

Er zeigte ihr ein Foto, auch dazu schüttelte sie den Kopf. Und einen silberfarbenen Golf mit Bonner Kennzeichen hatte sie nie gesehen.

«Und was ist mit Hans Böckel, Ottmar Denner oder mit den Spitznamen Frankie, Böcki und Tiger?»

Sie hob bedauernd die Achseln an. «Sagen mir auch nichts.»

«Johnny Guitar?»

Grit Adigar lächelte flüchtig. «Der ist mir allerdings ein Begriff. Aber über ihn sollten Sie sich mit meiner Jüngsten unterhalten. Ich weiß nur, dass Johnny vor ein paar Jahren halb Buchholz die Köpfe verdreht hat. Meine Melanie bildete da keine Ausnahme. Er war Musiker. Das hat bei jungen Mädchen einen höheren Stellenwert als Automechaniker.»

Musiker, dachte er, wenigstens etwas. Welches Instrument er gespielt hatte, wusste Grit Adigar nicht. Und sie konnte sich auch nicht vorstellen, dass Cora mit Johnny zusammengekommen sein sollte. «Sie hatte doch einen festen Freund, Horsti.» Den hatte Rudolf Grovian fast schon vergessen.

Grit Adigar lächelte erneut, als wolle sie sich damit entschuldigen. «Mehr als seinen Vornamen kenne ich leider nicht. Für uns war er immer nur Horsti. Für Cora war er die Liebe ihres Lebens. Als sie ihn kennen lernte, war sie siebzehn. Schon nach drei Monaten verkündete sie, dass sie ihn eines Tages heiratet und mit ihm fortgeht. Sie war ganz hingerissen von ihm. Kein Mensch hat es verstanden. Ein kleines, schmächtiges Kerlchen war er, sah fast aus wie ein Albino, helle Haut und strohgelbes Haar, es fehlten nur die roten Augen. Ich habe ihn ein paar Mal kurz zu Gesicht bekommen, wenn er sich auf der Straße herumdrückte und auf Cora wartete. Meine Melanie könnte ihnen mehr erzählen. Leider ist sie zurzeit in Dänemark, sie kommt erst nächste Woche zurück. Aber sie hat die beiden oft zusammen gesehen und sich über Coras Verliebtheit amüsiert. Spargeltarzan nannte sie ihn.»

Es sah so aus, als kämpfe er auf verlorenem Posten. Ein Spargeltarzan als festen Freund. Die nächste Frage. «Wissen Sie Einzelheiten über den Selbstmordversuch von damals, über die Gründe?»

Grit Adigar nickte langsam, schränkte jedoch ein. «Ich weiß nur, was Cora mir erzählt hat. Es ist nicht hier passiert. Sie sagte, sie habe sich vor ein Auto geworfen. Über den

Grund hat sie nie gesprochen. Das musste sie auch nicht. Es lag auf der Hand. Sie ist mit Magdalenas Tod nicht fertig geworden.»

10. Kapitel

Als der Name fiel, spürte Rudolf Grovian ein unangenehmes Ticken im Hinterkopf und eine unbändige Wut auf Margret Rosch. Der Erlöser und die büßende Magdalena! Grit Adigar sprach fast eine halbe Stunde ohne Unterbrechung über das blaue Bündel, die Entbehrungen, den Blecheimer, Brandblasen an den Händen, wunde Knie, nasse Bettlaken und eine vertrocknete Seele.

Allein das Zuhören war eine Qual. Und die ganze Zeit war ihm, als müsse er in der nächsten Sekunde etwas begreifen, irgendeinen Zusammenhang, von dem er bisher nicht einmal geahnt hatte, dass er existierte. Den er auch gar nicht begreifen wollte, weil er zu sehr nach Wahnsinn klang. Und mit der vor sich hin muffelnden Elsbeth an einem Tisch schien es unmöglich, dass sich unter ihrer Fuchtel ein Kind auch nur halbwegs normal hatte entwickeln können.

Ein Zusammenhang tat sich ihm nicht auf. Er begriff nur eines: Warum Cora Bender ihre Schwester bisher nicht erwähnt hatte. Weil sich mit deren Tod eine Schuldenlast verband, die nichts und niemand tilgen konnte. Schuldig geworden noch vor der Geburt. Die gesamte Kraft aus Mutters Bauch gefressen.

Er hätte dieser Jammergestalt eigenhändig das Kreuz brechen können. Wie sie da über ihrem Teller hing, stand für ihn fest, Georg Frankenbergs Tod ging auf ihr Konto, um sieben Ecken vielleicht, aber das nahm ihr nicht ein Gramm Last von den knochigen Schultern.

Grit Adigar beschrieb ein eigenwilliges, stilles, in sich gekehrtes Kind und ein junges, rebellisches Mädchen, das sich einerseits rührend um die kranke Schwester kümmerte, das andererseits ein wenig persönliche Freiheit suchte. Samstagabende mit Horsti im «Aladin».

Ein verrufener Schuppen. Es ging das Gerücht, man habe dort vor Jahren nicht nur Musik, Tanz und Getränke geboten bekommen. Drogen seien auch leicht erhältlich gewesen. Seit gut vier Jahren gab es «Aladin» nicht mehr. Es war jetzt nur noch ein nettes, sauberes Restaurant, in dem man vorzüglich und preiswert speisen konnte.

«War Cora rauschgiftsüchtig?», fragte er.

«Nicht solange sie hier war», erklärte Grit Adigar mit Bestimmtheit. «Sie war viel zu verantwortungsbewusst. Und später, wollen Sie eine ehrliche Antwort?»

Die wollte er schon aus Prinzip. Grit Adigar sagte: «Ich glaube es nicht. Ich fand immer, dass ihre Arme eher dagegen sprachen als dafür. Das müssen vereiterte Wunden gewesen sein. Ich hatte noch nie mit Junkies zu tun, aber den möchte ich sehen, der in eitrige Geschwüre sticht. Da nehmen sie lieber die Beine oder sonst etwas, das hört man doch immer. Ich habe sie darauf angesprochen damals. Und sie sagte: Ich glaube es auch nicht, Grit, aber ich glaube vieles nicht, und es ist trotzdem so. Es wäre doch kein Wunder, wenn ich gefixt hätte. Nach dem Drama hier.»

Ereignet hatte sich das Drama nach Grit Adigars Worten im August vor fünf Jahren. Sie hatte es nicht persönlich erlebt, war an dem fraglichen Samstag zu Besuch bei Bekannten gewesen und erst spät in der Nacht heimgekommen. Insofern konnte sie nur Vermutungen äußern, das betonte sie. Doch es waren Vermutungen, welche die Grenzen der Wahrscheinlichkeit erreichten.

Im April hatten die Ärzte festgestellt, dass es nun wirklich mit Magdalena zu Ende ging. Mitte Mai verschlechterte sich ihr Zustand. Cora verließ das Haus nicht mehr, nicht einmal um Einkäufe zu machen. Das musste Wilhelm übernehmen. Tag und Nacht saß Cora am Bett ihrer Schwester.

Das war die Zeit, in der Grit Adigar Horsti ein paar Mal zu Gesicht bekommen hatte, wenn er sich in der Straße herumdrückte, um wenigstens in Coras Nähe zu sein oder ihr einen Blick auf die Liebe ihres Lebens zu gönnen.

Da war ein Widerspruch zu dem, was Margret Rosch über die beiden Anrufe ihres Bruders erzählt hatte. Grit Adigar tat ihn leicht ab. «Da muss Margret Wilhelm falsch verstanden haben. Schlechte Gesellschaft! So hat er das bestimmt nicht ausgedrückt. Und wenn doch, dann bezog es sich nicht auf Horsti, eher auf Magdalena. Wilhelm kam nicht zurecht mit ihr – und sie nicht mit ihm. Das beruhte auf Gegenseitigkeit. Es war nicht leicht mit ihr. Wenn ein Mensch sterbenskrank ist, heißt das ja nicht, dass er keinen Willen hat. Magdalena hatte einen, das dürfen Sie mir glauben.»

Grit Adigar lächelte dünn und sprach weiter über die letzten Monate. Magdalenas endgültiges Sterben zog sich hin. Und wie das häufig war bei Todeskandidaten: kurz vor dem Ende blühten sie noch einmal auf, schienen sich zu erholen. Im August riskierte Cora es. Wilhelm und Elsbeth machten einen Besuch in Hamburg, Cora gönnte sich einen Samstagabend mit Horsti, dem Getreuen. Nur ein paar Stunden blieb sie weg. Als sie zurückkam, war ihre Schwester tot.

Grit Adigar erhob sich. «Ich will Ihnen etwas zeigen, kommen Sie mit.» Die auf ihren Teller starrende Elsbeth blieb in der Küche zurück. Grit Adigar ging vor ihm her in den Flur und stieg die schmale Treppe hinauf. Oben gab es nur drei Türen. Eine davon öffnete sie für ihn.

Dahinter lag ein spartanisch eingerichtetes Zimmer. Zwei Betten und einen Nachttisch, mehr gab es nicht. Auf dem Nachttisch stand ein kleiner Wecker, dessen Zeiger zwischen vier und fünf Uhr stehen geblieben waren. Neben dem Wecker lag ein Walkman mit Ohrsteckern, dahinter ein Stapel Musikkassetten. Und vor den Kassetten stand ein Foto im Silberrahmen.

Es war eine Amateuraufnahme. Sie zeigte zwei junge Mädchen, nebeneinander auf einem der Betten sitzend. Bei beiden Mädchen reichten die Haare bis in den Silberrahmen. Bei der einen waren sie weißblond, bei der anderen rötlich braun.

Rudolf Grovian nahm das Foto auf und betrachtete es. Sein Hauptaugenmerk galt dem von rötlich braunem Haar umrahmten Gesicht Coras. Mit solch einem Lächeln hatte er sie noch nicht gesehen. Ernst, besorgt und liebevoll wirkte sie. Sie hatte einen Arm um die Schultern ihrer Schwester gelegt. Und Magdalena …

«Zwei sehr hübsche Mädchen», sagte er.

«Hübsch waren sie beide», stimmte Grit Adigar zu. «Aber bei Magdalena ist das eine Untertreibung. Sie war eine Schönheit von der Art, die Männer um den Verstand bringt. Manchmal dachte ich, dass die Natur sämtliche inneren Defekte im Äußeren kompensierte oder mit diesen Defekten dafür sorgte, dass die Hülle nicht noch einen Mann ins Verderben reißt.»

Sie seufzte, hob die Achseln an und lächelte dabei verlegen. «Man kommt auf seltsame Gedanken, wenn man so etwas hautnah erlebt. So muss Elsbeth als junge Frau ausgesehen haben. Kein Wunder, dass sie den Verstand verlor bei diesem Kind. Cora kommt mehr nach Wilhelm. Magdalena war das Ebenbild ihrer Mutter.»

«Man sieht ihr nichts an von der Krankheit», stellte er fest.

Grit Adigar lächelte erneut. «Teuflisch, nicht wahr? Ihre Herzfunktion war derart beeinträchtigt, dass der gesamte Körper aufgeschwemmt wurde. Zusätzlich versagten ihre Nieren. Und sie sah aus wie das blühende Leben. Nur die bläuliche Hautfarbe deutete darauf hin, dass etwas nicht in Ordnung war mit ihr. Bevor ich auf den Auslöser drücken durfte, hat Cora eine halbe Stunde lang mit ihren Make-up-Utensilien hantiert. Magdalena wollte sich nicht fotografieren lassen. Sie war sehr eitel und stimmte erst zu, nachdem Cora sie so zurechtgemacht hatte. Es ist das einzige Bild, das von ihr existiert. Ich habe es Anfang April aufgenommen, zwei Tage bevor sie das letzte Mal nach Eppendorf gebracht wurde. Da dachten wir noch, es ginge ihr besser als je zuvor. Sie hatte zugenommen. Ihr Gesicht war voller geworden, ihre Beine sahen auch nicht mehr aus wie Stelzen. Es war nur Wasser. Aber das haben wir erst später erfahren.»

Er stellte das Foto zurück und drehte sich um. Über dem zweiten Bett war ein Regal angebracht, auf dem sich Buchrücken an Buchrücken reihte.

«Die Bücher fanden wir damals im Schuppen», erklärte Grit Adigar. «Wilhelm hat das Regal erst nachträglich über Coras Bett angebracht und sie hier aufgestellt.»

Es handelte sich überwiegend um medizinische Fachliteratur. Zwei Titel ließen auf den Bereich Psychologie schließen. Die Thematik war bezeichnend, religiöser Wahn und Selbstheilung durch Willenskraft.

Dass Wilhelm im Schuppen noch ein kleines und sehr dünnes Buch gefunden hatte, in dem nur Zahlen standen, erwähnte Grit Adigar nicht. Mehr als dreißigtausend Mark! Wilhelm hatte gefragt: «Wie um alles in der Welt ist sie an so viel Geld gekommen?»

«Seit sie sechzehn war, hat sie den größten Teil ihres Taschengeldes für diese Bücher ausgegeben», sagte Grit Adigar. «Wie oft habe ich sie am Abend aus dem Haus kommen sehen. Sie schlich zum Schuppen. Da verwahrte sie modische Kleidung, Lippenstift und dergleichen; Dinge, die Elsbeth nicht duldete und die für junge Mädchen so wichtig sind. Und ihre Bücher. Wenn sie in die Stadt ging, hatte sie sich umgezogen und ein bisschen geschminkt. Da hätte man denken können, jetzt zieht sie los, um sich zu amüsieren. Aber sie hatte meist einen von diesen Wälzern unter den Arm geklemmt. Und damit geht man nicht tanzen, auch nicht ins

Kino oder in die Eisdiele. Sie hat sich nicht herumgetrieben. Dass sie sich samstags mit Horsti traf, kann man ihr kaum zum Vorwurf machen. Ein bisschen Freiheit brauchte sie doch, ein paar Stunden in der Woche für sich. Den Rest der Zeit war sie für ihre Schwester da.»

Grit Adigar erzählte, dass Cora damals in einer Zeitschrift über Herztransplantation gelesen hatte, über die großen Erfolge, die man damit in den USA verzeichnete. Dass Cora häufig erklärt habe, eines Tages bringe sie Magdalena dorthin. Dass sie nicht begreifen wollte oder konnte, dass es mit einer Herztransplantation nicht getan war.

«Wenn es nur das gewesen wäre», sagte Grit Adigar, «das hätten sie in Eppendorf mit Freude erledigt, allein um zu zeigen, dass sie es können. Ich weiß nicht, was da alles zusammenkam. Da müssten Sie sich mit Margret unterhalten. Sie hat damals die Unterlagen aus der Klinik geholt, die gesamte Krankengeschichte. Solange Magdalena lebte, wusste hier kein Mensch, wie es wirklich um sie stand. Wilhelm kümmerte sich kaum darum. Elsbeth war zu blöd zu begreifen, was die Ärzte ihr erklärten. Und Magdalena wollte es nicht wahrhaben und schwieg. Im April wollten die Ärzte sie in der Klinik behalten. Sie bestand darauf, hier zu sterben. Sie hätte daheim genau die Pflege, die sie brauche, soll sie gesagt haben. Nur hat sie hier den Mund nicht aufgemacht. Und dann kam Cora heim in der Nacht … Als Wilhelm am nächsten Morgen nachschaute, weil sie nicht herunterkam, war Cora verschwunden.»

«Wann genau war das?», wollte er wissen.

«Warten Sie, das Datum steht auf dem Totenschein. Ich hole ihn, er ist im Schlafzimmer.»

Wie ein Blitz huschte sie zur Tür hinaus, war zwei Sekunden später wieder da und hielt ihm den Schein hin. «Herz-Nieren-Versagen», las er. Und die Unterschrift des Arztes. Sie war unleserlich, er machte sich nicht die Mühe, sie zu entziffern. Seine Augen hatten das Datum ausgemacht. 16. Mai. Magdalenas Geburtstag. Gestorben war Cora Benders Schwester am 16. August.

Zweimal der 16. Man musste nicht Psychologe sein, um zu begreifen, welche Bedeutung das Datum in Cora Benders Leben hatte und warum sie in ihrer ersten Version den Beginn ihrer Romanze mit Johnny in den Mai verlegte. Wunschdenken. Frei nach dem Motto: Wäre ich doch im Mai, statt im August. Die Tote aus der Lüneburger Heide konnte er damit vergessen, ebenso ihre Behauptung, ihre Tante habe ihn belogen.

Von ihrer Tante hatte er vermutlich die Wahrheit gehört, jedenfalls andeutungsweise. Was sie ihm unterschlagen hatte! Von seiner Wut auf Margret Rosch war noch kein Quäntchen verraucht. Dass sich jemand freiwillig anbot, sich geradezu aufdrängte, alle notwendigen Auskünfte zu geben, und dann beim wichtigsten Punkt mauerte, was das Zeug hielt, es war eine bodenlose Unverschämtheit. Behinderung der Ermittlungsarbeit mindestens, wenn nicht Irreführung.

Aber das musste er mit Margret Rosch klären. Er kam auf das zu sprechen, was ihn am meisten interessierte; der ominöse Selbstmordversuch und die anschließende ärztliche Behandlung. Leider wusste Grit Adigar nicht viel darüber.

Es hatte jemand bei ihr angerufen – damals im November, ein paar Tage, bevor Cora zurückkam. Einen Namen hatte Grit Adigar nicht verstanden in der ersten Aufregung. Sie hatte auch nicht nachgefragt, war sofort nach nebenan gelaufen und hatte Wilhelm ans Telefon geholt. Wilhelm müsste den Namen wissen. Er hatte länger mit dem Mann gesprochen. Grit Adigar konnte nur sagen, in welchem Zustand Cora heimgekommen war. Und danach zu urteilen, musste der behandelnde Arzt ein Stümper gewesen sein. So schickte man keine Patientin nach Hause, wenn man auch nur ein bisschen Verantwortungsbewusstsein hatte.

Cora kam mit einem Taxi an. Der Wagen hatte ein Hamburger Kennzeichen. Der Fahrer musste ihr beim Aussteigen helfen. Sie konnte sich kaum auf den Beinen halten. Der Fahrer kümmerte sich nicht weiter um sie, fuhr gleich wieder los.

Grit Adigar schüttelte den Kopf. «Sie stand auf der Straße und starrte das Haus an, als sehe sie es zum ersten Mal. Dann ging sie langsam darauf zu. Ich sah das vom Fenster aus, lief hinaus und sprach sie an. Sie nahm mich nicht wahr. Elsbeth öffnete ihr die Tür. Und, na ja, Elsbeth mit ihrem Dachschaden schaute sie an und sagte: ‹Cora ist tot. Meine Töchter sind beide tot.› Cora schrie auf. Ich hatte noch nie einen Menschen so schreien hören. Wie ein Tier.»

Grit Adigar erzählte weiter, wie Cora in den Knien einknickte und ihren Kopf gegen die Stufen vor der Haustür schlug, wieder und wieder. Wie Wilhelm in den Hausflur kam. Wie sie Cora gemeinsam nach oben schafften. Wie sie sie auszogen. Und unter dem Kleid kam ein völlig abgemagerter Körper zum Vorschein. Die blutig geschlagene Stirn und darüber die frische Narbe, diese Kerbe im Knochen. Gut verheilt für die paar Wochen – im Gegensatz zu den Armbeugen. Und während sie Cora auszogen, schrie und wimmerte sie. «Magdalena kann nicht tot sein! Wir fliegen nach Amerika!»

«Ich hatte das Gefühl», sagte Grit Adigar, «sie wusste es nicht mehr. Sie hatte die Nacht vergessen. Völlig vergessen. So etwas passiert wohl manchmal nach einem großen Schock.»

Die Möglichkeit, dass Cora tatsächlich erst im November vom Tod ihrer Schwester erfahren hatte, weil sie in der fraglichen Augustnacht nicht mehr heimgekommen war, zog Grit Adigar anscheinend nicht in Betracht. Rudolf Grovian tat es.

Johnny Guitar, dachte er, der halb Buchholz die Köpfe verdrehte. Für den sie Luft war. Bis zu diesem Abend. Drei Monate neben dem Bett der Schwester ausgeharrt. Dann wagt sie sich hinaus, glücklich und erleichtert, weil es Magdalena scheinbar besser geht. Und welch ein Glück erst, als Johnny sie endlich zur Kenntnis nimmt. Horsti wird kalt lächelnd abserviert, vielleicht ist er auch nicht im «Aladin» an dem Abend. Sie steigt mit klopfendem Herzen zu Johnny und seinem kleinen, dicken Freund in den silberfarbenen Golf. Vielleicht zusammen mit noch einem Mädchen, vielleicht auch nicht. Das war momentan nicht der springende Punkt.

Die Frage war nur noch, konnte man sich für die Erfüllung eines Wunschtraumes entschließen, die kranke Schwester ihrem Schicksal zu überlassen und nicht mehr heimzugehen? Schwer vorstellbar nach dem, was Grit Adigar erzählt hatte. Es stellte sich noch eine andere Frage, der er bisher nicht die entsprechende Bedeutung beigemessen hatte. Konnte eine schwere Kopfverletzung in wenigen Wochen heilen? Auch das war nur schwer vorstellbar.

Von Cora Benders Elternhaus machte er sich wenig später auf den Weg zu dem Restaurant, in dem man vorzüglich und preiswert speisen konnte. Er hatte Pech. Von fünfzehn bis achtzehn Uhr war geschlossen. Also fuhr er zuerst zum Kreiskrankenhaus, in dem Wilhelm Rosch um den Rest Leben in sich kämpfte, in dem Margret Rosch Wache hielt und das Pflegepersonal kommandierte. Mit Cora Benders Vater konnte er nicht reden. Und ihre Tante verteidigte vehement ihr Schweigen.

Was hatte denn ein vor fünf Jahren an Herz-Nieren-Versagen verstorbenes Mädchen mit dem Fall Frankenberg zu tun? Absolut nichts! Und man musste den Namen Magdalena nur erwähnen, um Cora den Boden unter den Füßen wegzuziehen. Als besorgte Tante hatte Margret Rosch diese Entscheidung lieber ihrer Nichte überlassen wollen. Wenn er sich –

bitte schön – erinnern möge! Sie hatte zu Cora gesagt: «Erzähl ihnen, warum du im August von daheim weggegangen bist.» Dass Cora es nicht erzählt hatte, sprach für sich. Ein Schuldkomplex, von dem sich ein biederer Kripobeamter keine Vorstellung machen konnte.

Den biederen Kripobeamten schluckte er ohne Protest. Margret Rosch ließ ihm auch keine Zeit für eine Zurechtweisung. Sie verstand sich gut darauf, von ihrem Versäumnis abzulenken und den biederen Kripobeamten auf eine andere Fährte zu setzen. Hatte sie doch montags – noch bevor sie ein Wort über Coras Wahnsinnstat verlauten ließ – zuallererst versucht, von Wilhelm den Namen der Klinik zu erfahren, in der ihre Nichte damals behandelt worden war.

Von einer Klinik wusste Wilhelm nichts. Nur ein Arzt! Und dieser Arzt hatte Wilhelm einen Namen und eine Adresse in Hamburg genannt. Doch als Wilhelm später einen Dankesbrief an diese Adresse schickte, kam der postwendend zurück. Adressat unbekannt!

«Interessant, nicht wahr?», fragte Margret Rosch in gemäßigterem Ton. «Welchen Grund hatte dieser Kerl, einen falschen Namen anzugeben? Was hat er mit ihr gemacht? Ich kann's mir denken!»

Sie stieß die Luft aus und schüttelte den Kopf. «Wissen Sie, was mich am meisten ärgert, Herr Grovian? Dass ich Cora damals nicht habe hantieren lassen, als sie mit diesem Zeug in meiner Küche saß.»

«Mit welchem Zeug?»

Margret Rosch seufzte und deutete ein verlegenes Achselzucken an. «Heroin. Ich habe Ihnen doch erzählt, dass sie meinte, ihr elender Zustand sei eine Folge des Entzugs. Sie hatte sich am Bahnhof etwas besorgt und bat mich, ihr die Spritze aufzuziehen. Ich habe es ihr weggenommen. Ich dachte damals nur, sie kann nicht damit umgehen, weil der Kerl ihr das Zeug gespritzt hat. Aber inzwischen denke ich, wenn das der Fall gewesen wäre, da hätte sie doch zumindest einmal sehen müssen, wie er es aufzieht. Sie hatte keine Ahnung. Lassen Sie es auf einen Versuch ankommen, wenn Sie mir nicht glauben.»

Er glaubte ihr kein Wort mehr. Weder den angeblichen Arzt mit falschem Namen noch den Rest. Margret Rosch hatte Zeit genug gehabt, eine Absprache mit Grit Adigar zu treffen. Die nette Nachbarin bereitete den Boden vor, die rührige Tante setzte das Pflänzchen ein. Was sie bezweckten, war ihm allerdings schleierhaft. Als Krankenschwester konnte Margret Rosch kaum so naiv sein zu glauben, er zöge in Betracht, dass ein Medizinstudent in den ersten Semestern Cora Benders Schädelverletzung verarztet hatte.

Es blieb ihm nichts anderes übrig, als Anfragen an alle Krankenhäuser in Hamburg und Umgebung richten zu lassen. Und die freipraktizierenden Ärzte nicht zu vergessen. Eine Arbeit für einen, der sich gerne die Ohren wund telefonierte.

Um Horsti ausfindig zu machen, fehlten ihm die nötigen Informationen. Außerdem war er hungrig. Nach dem Gespräch mit Margret Rosch machte er noch einen Versuch, zu einer vorzüglichen und preiswerten Mahlzeit zu kommen. Es war ein paar Minuten nach achtzehn Uhr, und das Steak war wirklich üppig und ausgezeichnet, auch die Beilagen ließen nichts zu wünschen übrig. Er hatte Mechthild gesagt, dass es sehr spät werden könne und sie mit dem Essen nicht auf ihn warten solle.

Etwas länger als eine Stunde saß er in gemütlich rustikaler Umgebung und versuchte sich vorzustellen, wie es zu «Aladins» Zeiten ausgesehen haben mochte. Die freundliche Bedienung konnte ihm nicht weiterhelfen, lebte erst sei zwei Jahren in Buchholz, hatte niemals von Johnny, Böcki und Tiger, auch niemals von Frankie oder Horsti gehört.

Kurz vor acht trat er die lange Heimfahrt an. Um einiges

klüger als zuvor und keinen Schritt weiter. Im Gegenteil! Auf der Rückfahrt waren es trotz der späten Stunde insgesamt vier Staus, zusammen mit den diversen Baustellen ergaben sie sieben Stunden. Um halb vier in der Nacht war er daheim.

Mechthild schlief, auf seinem Kopfkissen lag ein Zettel, er möge unbedingt noch Werner Hoß anrufen. Doch auch für unbedingt war es zu spät. So leise wie möglich kroch er neben Mechthild ins Bett. Die Augen brannten ihm vor Müdigkeit, der Kopf brummte, Nacken und Schultern waren völlig verspannt. Er brauchte keine zwei Minuten, um einzuschlafen.

Am nächsten Morgen erfuhr er, dass Cora Bender versucht hatte, die Ermittlungen auf ihre Weise zu beenden. Es traf ihn wie ein Peitschenhieb. Wenn er ihr eine geladene Pistole gereicht hätte, hätte er sich nicht halb so elend gefühlt.

Ein Päckchen Papiertücher! Nur noch knapp zur Hälfte gefüllt! Wie hatte er sich nur eine Sekunde lang einbilden können, zumindest eine Ahnung zu haben, was in ihrem Kopf vorging?

Minutenlang saß er an seinem Schreibtisch, saß nur so da und starrte die Kaffeemaschine an. Am Boden der Kanne hatte sich erneut ein brauner Film gebildet. Um halb zehn verließ er das Büro, besorgte in einem Supermarkt eine Flasche Spülmittel und einen Scheuerschwamm. Dann schrubbte er nicht nur die Kanne, er polierte die alte Maschine, bis sie dastand wie neu. Und er sah es nicht einmal.

Er sah nur ihre Hand, die das harmlose Päckchen umklammerte. Irgendwann hörte er auch ihre Stimme: «Sie haben keine Ahnung, was passiert, wenn ich mit Ihnen rede. Es wird alles lebendig.»

Jetzt hatte er eine Ahnung. Zumindest wusste er jetzt, welchen Geist er heraufbeschworen hatte. Die büßende Magdalena.

Sie lag auf einem Bett. Hände und Füße hatte man ihr mit breiten Stoffmanschetten fixiert. Der Kopf schmerzte und summte von Benommenheit, dem heftigen Schlag, den sie sich versetzt hatte, und einer Injektion, etwas zur Beruhigung hatte man ihr gegeben. Das wusste sie noch. Sie hatte getobt, um sich geschlagen, getreten, gebissen, geschrien, war kaum zu bändigen gewesen.

Etwas davon war haften geblieben, aber die Eindrücke waren zu vage, um sich damit zu beschäftigen. Seit man sie in das Zimmer gebracht hatte, lag sie still auf dem Rücken und dämmerte vor sich hin. Sie spürte zwar die Fesseln an Hand- und Fußgelenken, auch die Steifheit in den Gliedern und das breite Wundpflaster auf der Stirn, aber es war alles egal.

Auch als der Kopf sich allmählich klärte, gab es keinen Platz für Tränen. Ihr Herz schlug, sie atmete, konnte sogar denken. Und trotzdem hatte sie aufgehört zu existieren. Nur hatte sie die Ewigkeit um ein paar Minuten verfehlt und war jetzt am schlimmsten Ort, den es gab. Endstation Irrenanstalt!

Ihr Bett war nicht das einzige im Zimmer, aber die anderen Betten waren leer. Nicht unbenutzt, das Bettzeug war knittrig und gab beredtes Zeugnis, dass die Benutzer sich anderswo frei bewegen durften. Sie nicht! Am beschämendsten war noch die Windel. Sie fühlte sie deutlich.

Irgendwann ging die Tür auf. Eilige Hände überprüften die Fesseln, ein unbeteiligtes Gesicht schaute auf sie hinunter. «Wie fühlen Sie sich?»

Gar nicht! Sie wollte sich nicht mehr fühlen und drehte den Kopf zur Seite. Von irgendwoher kamen zwei, drei Tränen und versickerten im Bezug des Kissens, zwei, drei weitere rannen an der Nase entlang und erreichten die geschlossenen Lippen. Sie nahm sie mit der Zungenspitze auf.

Sie war durstig, hätte sich jedoch eher die Zunge abgebissen, als um einen Schluck Wasser zu bitten. Ihr Hals schmerzte vor Trockenheit und der rüden Behandlung, die Nase auch. Wund gescheuert, alles war wund gescheuert.

Es war sehr hell im Zimmer, früher Nachmittag. Ein Flügel des vergitterten Fensters war spaltbreit geöffnet. Von draußen drang das Zirpen von Spatzen herein. Die federnden, schmatzenden Schritte von Gummisohlen verzogen sich wieder in Richtung Tür. Dann war sie erneut allein – mit den Gedanken, den Erinnerungen, der Angst und der Schuld.

Jeden Herzschlag fühlte sie, und bei jedem wünschte sie sich, das dumme Ding möge endlich stillstehen. Sie konzentrierte sich darauf. Wenn man allein durch den Willen leben konnte, wie Magdalena es achtzehn Jahre getan hatte, warum sollte man dann nicht auch allein durch den Willen sterben können? Es ging nicht! Es ging immer weiter.

Später wurde die Tür erneut geöffnet. Draußen war es immer noch hell. Jemand kam herein mit einem Tablett in den Händen. Das Abendmahl. Nur war es nicht das letzte für eine Frau, die aus freiem Willen ihre Entscheidungen treffen konnte, es war das erste für einen Zombie. Eine Schnabeltasse und ein Brot, das jemand mit Käse belegt und in kleine Würfel geschnitten hatte. Eine Hand griff an ihr Kinn, eine zweite Hand hielt ihr die Tülle der Tasse an die Lippen. Sie drehte den Kopf mit einer unwilligen Bewegung zur Seite. Die Brühe lief ins Kopfkissen. Der Geruch von Pfefferminze stieg auf. Eine Stimme sagte in gleichgültigem Ton: «Wenn Sie nicht freiwillig essen und trinken, werden Sie zwangsernährt. Also, machen Sie den Mund jetzt auf oder nicht?»

Sie machte ihn nicht auf. Der Durst war fast unerträglich geworden, der Hals völlig ausgedörrt, die Zunge angeschwollen.

Wer immer gekommen war mit dem Tablett, er ging wieder. Die Tür fiel ins Schloss. Aber nicht lange, da wurde sie erneut geöffnet. Und diesmal kam ER.

Schon als er sich über sie beugte, wusste sie, wer er war.

Er trug den Sachverstand um sich wie eine Aura. Es blitzte in seinen Augen, strömte ihm mit jedem Atemzug aus der Nase. «Ich habe das Wissen und die Macht! Ich bin es, der dich retten kann aus der ewigen Verdammnis. Vertrau dich mir an, und du wirst dich leicht fühlen.»

Da war ein letzter Rest von Renitenz in ihr. Und dieser Rest dachte: Irrtum, du Würstchen. Hast du ein Kartenspiel dabei?

Seine Stimme klang freundlich. «Sie möchten nicht essen?»

Sie war nicht sicher, ob sie ihm antworten sollte. Wer wusste denn, was er aus ihren Antworten ableitete? Am Ende ließ er sie nie mehr aus diesem Zimmer, nie mehr aus diesen Windeln, nie mehr aus seinen Klauen.

Dann entschloss sie sich doch, einen Versuch zu wagen. Nur um ihm zu zeigen, dass er sich an ihr die Zähne ausbiss. Eine süchtige Hure, hart geworden auf der Straße. Da wurden alle hart. Es war nur ein Krächzen, der raue Hals wollte nicht so wie sie. «Vielen Dank, ich bin nicht hungrig. Aber wenn Sie eine Zigarette für mich hätten, wäre ich Ihnen dankbar.»

«Das tut mir Leid», sagte er. «Ich habe keine Zigaretten bei mir. Ich rauche nicht.»

«So ein Zufall», krächzte sie. «Haben wir schon eine Gemeinsamkeit. Ich rauche nämlich auch nicht. Das hab ich mir vor zehn Jahren abgewöhnt. Ich dachte nur, mit einer Zigarette kriege ich wenigstens eine Hand frei.»

«Möchten Sie eine Hand frei haben?»

«Eigentlich nicht. Ich liege ganz bequem so. Ich würde mich nur gerne mal an der Nase kratzen.»

Sie hatte ein anderes Wort als Nase benutzen wollen, ein ordinäres. Arschloch! Das war Magdalenas dreckiges Wort, und es wollte nicht über ihre Lippen.

«Wenn Sie vernünftig sind, sorge ich dafür, dass Ihre Fesseln gelöst werden.»

«Habe ich noch nicht bewiesen, wie vernünftig ich bin?», fragte sie. «Ich wollte dem Staat ein nettes Sümmchen sparen. Man sollte die Todesstrafe wieder einführen. Auge um Auge, so steht es in der Bibel. Leben um Leben.»

Darauf ging er nicht ein. «Es liegt bei Ihnen», sagte er ruhig. «Wenn Sie etwas essen, etwas trinken und Ihre Medikamente nehmen ...»

Es strengte an, ihm zu antworten. Aber wo sie nun einmal angefangen hatte, wollte sie auch weitermachen. «Was haben Sie denn Schönes für mich? Ein bisschen Resedorm?»

Es war nur ein kurzes Aufblitzen im Hirn. Eine gepflegte, schmale Hand und ein Glas Orangensaft. Es verschwand auf der Stelle in Dunkelheit. Und in der Dunkelheit fragte eine misstrauische Frauenstimme. «Was gibst du ihr da?»

Die Stimme eines Mannes antwortete, vertraut, aber nicht sanft, nur nüchtern. «Resedorm. So wirkt es am schnellsten.»

Und die Frau sagte mit nörglerischem Unterton: «Aber sie ist doch nicht richtig bei Bewusstsein. Kann sie überhaupt schlucken?»

Der Mann erwiderte leicht ungehalten: «Das versuche ich gerade herauszufinden. Und es wäre mir lieb, wenn du still bist. Ich bin nicht sicher, ob sie uns versteht.»

Es war immer noch dunkel. Sie fühlte nur, dass sich eine Hand unter ihren Nacken schob, und hörte dazu die Stimme. «Blinzeln Sie, wenn Sie mich verstehen.»

Sie blinzelte, aber vor ihren Augen war nur Nebel. «Gut», sagte er. «Versuchen Sie, den Kopf zu heben. Ich helfe Ihnen.» Und der kühle Rand des Glases berührte ihre Lippen. «Hübsch austrinken», sagte er. «Schön langsam, versuchen Sie es. Ein Schlückchen und noch eins. Ja, wunderbar, es geht doch. Sie dürfen gleich weiterschlafen. Sie brauchen noch viel Schlaf.»

Der kam augenblicklich nach dem Glas Orangensaft. Wie mit einem Sack über den Kopf gestülpt kam er. Es war kein

Sack! Es war ein Aschenbecher! Er stand auf einem niedrigen Tisch.

Auch das war nur ein Aufblitzen im Hirn, grün, rot, blau und gelb ausgeleuchtet. Es ergab keinen Sinn, war nur unvermittelt da. Vielleicht, weil der Chef von einem Aschenbecher gesprochen hatte. Aber es kam zusammen mit dem metallischen Geschmack von Blut im Mund und einem Schmerzensschrei, mehr einem Kreischen: «Das Aas hat mich gebissen.»

Und eine Hand griff zum Tisch, tauchte mit einem schweren Aschenbecher aus Glas vor ihrem Gesicht auf, sauste hinunter – und dann nichts mehr. Nur der Gedanke jetzt, fast ein Grinsen im Hirn.

Quäl dich nicht mit der Frage, wer dir den Schädel eingeschlagen hat. Du weißt es doch! Es war einer von den letzten Freiern, die auf ihre Weise bezahlten.

Der Sachverständige stand noch über sie gebeugt, beobachtete die kleinen und winzigen Regungen mit Argusaugen. «Haben Sie Erfahrungen mit Resedorm?», erkundigte er sich.

«Ich habe viele Erfahrungen», sagte sie. «An welchen sind Sie denn am meisten interessiert?» Mit dem ausgedörrten Hals hatte sie beim Sprechen ein Gefühl, als jongliere sie Nadeln in der Kehle. Aber sie sprach weiter. «An meinen Erfahrungen mit einer frommen Mutter? An meinen Erfahrungen mit einem schwachen Vater? Oder an meinen Erfahrungen mit Drogen?»

«Resedorm ist keine Droge», erklärte er. «Es ist ein Schlafmittel.»

«Weiß ich doch», murmelte sie.

Als sie es aussprach, fiel es ihr wieder ein. Margret hatte ihr Resedorm gegeben – auf Vorschlag ihres Freundes Achim Miek. Ein Arzt und eine Krankenschwester …

Nein! Nein, so war das nicht gewesen. Achim Miek hatte ihr niemals ein Glas an die Lippen gehalten, und Margret hatte ihr nie einen Orangensaft gereicht! Zwei Tabletten mit einem Glas Wasser hatte Margret ihr gegeben. Und das eben war auch nicht Margrets Stimme gewesen.

Es musste die mürrische Krankenschwester gewesen sein. Und der Arzt mit den feinen Händen und dem sauber gestutzten Bart! Komisch, bisher hatte sie sich nie an ein Glas in seiner Hand erinnert. Nur an die Injektionen. Und an das, was er ihr gesagt hatte! Perverse Freier!

Sie war müde, nur noch müde. «Weiß ich alles», murmelte sie. «Und das sollten Sie mich tun lassen, schlafen.»

Der Sachverständige blieb noch eine Weile neben dem Bett. Sie kümmerte sich nicht weiter um ihn.

Als sie die Augen schloss, sah sie sich am Wasser stehen. Der Kleine hockte zu ihren Füßen und schwenkte den roten Fisch. Sein schmaler weißer Rücken, die runden, glatten Kugeln der Schultern, der zierliche Nacken und das weißblonde Haar ließen ihn aussehen wie ein Mädchen. Wie Magdalena zu der Zeit, als sie nur ein Bündel gewesen war, das von einem Raum in den anderen getragen wurde, das sie hassen durfte mit der ganzen Inbrunst und der Unschuld eines Kindes.

Warum war sie nicht hinausgeschwommen? Er wäre ihr nicht gefolgt. Sie war doch für ihn nur die Frau gewesen, die ihn übers Wochenende mit Joghurt und Äpfeln fütterte, statt mit Kinderschokolade und Gummibärchen. Dass er sie Mama genannt hatte, war ohne Bedeutung. Irgendwann verband sein Unbewusstes den Begriff Mama vielleicht mit dem Geschmack von Golden Delicious und einem blutigen kleinen Schälmesser. Irgendwann würde seine Großmutter zu ihm sagen: «Lasst uns froh sein, dass sie fort ist. Sie war eine Schlampe. Was wir alles über sie erfahren haben, nachdem sie weg war …»

Irgendwann hörte sie Schritte zur Tür gehen. Es war nebensächlich. Der Sachverständige käme wieder – wie ein Dämon, den sie selbst aus der Hölle heraufbeschworen hatte.

Die ich rief, die Geister, werd ich nun nicht los.

«Der Zauberlehrling». Das Gedicht hatte sie für die Schule lernen müssen. Es war eins von denen, die der Arzt sie ständig hatte aufsagen lassen. Da hatte es ihr noch gut gefallen. Jetzt gefiel es ihr nicht mehr. Es waren zu viele Geister aufgetaucht.

Und der, der gerade die Tür hinter sich schloss, durfte keine Ruhe geben, bis auch das letzte Körnchen Dreck an die Oberfläche gezerrt war. Ein paar perverse Freier, die einer süchtigen Hure den Schädel einschlugen, nachdem sie ihren Spaß gehabt hatten. Das war seine Aufgabe, dafür wurde er bezahlt.

Sie konnte sich auflehnen gegen ihn – und damit alles hinauszögern. Aber es gab kein Entkommen, kein Recht zu schweigen. Ihre Rechte hatte sie mit dem kleinen Messer in den Mann gestoßen. Und die da draußen wollten wissen, warum. Sie hätte es auch gerne gewusst. Das Lied war kein vernünftiger Grund gewesen. Dass sie sich davor einmal gefürchtet hatte, war schon fast nicht mehr wahr.

Irgendwann schlief sie ein, bemerkte nichts von den Frauen, die ins Zimmer kamen und vielleicht an ihrem Bett standen, vielleicht über ihr Gesicht strichen, vielleicht auch über ihr Haar, bevor sie sich in ihre eigenen Betten legten. Sie meinte am nächsten Morgen, es habe ihr jemand in der Nacht über das Gesicht und das Haar gestreichelt. Es musste Vater gewesen sein, der sie noch einmal in den Arm nehmen und ihr vielleicht einen Teller mit lauwarmer Bohnensuppe hatte bringen wollen, weil er doch wusste, dass sie hungrig war wie ein Wolf.

Als sie aufwachte, waren die Betten schon wieder leer. Und sie fühlte sich halb tot, erinnerte sich an einen wüsten Traum kurz vor dem Erwachen, in dem sie sich die Nase mit Papierfetzen verstopfte und sich einen Knebel in den Hals stieß. Dann ein Schlag gegen die Stirn. Und nicht einmal das Bewusstsein verloren. Die Panik, die Atemnot. Das Rasseln des Schlüssels in der Tür. Die schrille Stimme der Wärterin: «Um Gottes willen! Hab ich mir doch gedacht, dass die durchdreht.» Fremde Finger im Hals. Rote Kreise vor den Augen. Endstation Irrenanstalt. Und das war kein Traum.

Es gab Frühstück, sie nahm etwas davon, als ihr die linke Hand losgebunden wurde. Kurz nach dem Frühstück wurden auch ihre rechte Hand und die beiden Füße von den Fesseln befreit. Sie sollte aufstehen, sich waschen und anziehen. Ihre Glieder waren taub vom Liegen, ihr Verstand taub vor Angst. Um neun Uhr Termin beim Chef, sagte man ihr.

Etwas in ihr weigerte sich, ihn so zu bezeichnen. Der Chef war nach wie vor Rudolf Grovian, ein furchtbarer Mann, der nie begreifen konnte, was er ihr angetan hatte. Aber ihn hatte sie wenigstens belügen können. Bei einem Psychiater hielt sie jeden Versuch für völlig aussichtslos.

Professor Burthe, sagte man ihr. Er sah auch aus wie ein Professor, klein und mickrig. Ein Zwerg war er, das musste er auch sein. Nur Zwerge konnten sich in fremde Gehirne bohren, in jede Windung kriechen, hinter jede Biegung spähen. Er gab sich freundlich wie am Abend, verstrahlte Gelassenheit und Souveränität. Der gütige Allvater, der seine Augen tief in die Herzen anderer versenken konnte. Und er hatte die Augen offen.

Es gab keine Renitenz mehr, kein Aufbegehren. Sie war klein geworden in der Nacht – mit Vater auf der Bettkante und seinem verzweifelten Versuch, ihr seine Liebe zu zeigen. Zu einem winzigen, durchsichtigen Menschlein hatte er sie damit gemacht, das in einem bequemen Sessel Platz nehmen durfte, um gemütlich zu sitzen, während es sein Innerstes bloßlegte.

Der Professor begann mit der Frage, wie sie sich fühle.

«Beschissen», sagte sie und atmete tief durch. Ihre Gelenke schmerzten, aber das war nicht so schlimm. Vater hätte nicht kommen dürfen. Sie hatte doch eigens gesagt, Margret solle verhindern, dass er kam. Sie begann das linke Gelenk mit der rechten Hand zu massieren, hielt die Augen darauf gerichtet und wartete auf die nächste Frage.

Er war so sanft, dass sie es kaum ertragen konnte. Weil es falsch war und verlogen. Er wollte mit ihr über den Sinn des Lebens reden und über die Flucht vor der Strafe.

«Ich wollte nicht vor der Strafe fliehen», sagte sie. «Ich wollte mir nur nicht anhören müssen, was der Chef von meinem Vater erfahren hat.»

«Was könnte er denn erfahren?»

Das geht dich einen Dreck an, du Zwerg, dachte sie. Dass ich … Vater war einmal in unserem Zimmer und hat im Nachttisch geschnüffelt. Es war ein einfacher Nachttisch mit einem Schubfach oben und einer Klappe unten. Hinter der Klappe bewahrte Magdalena ihre Musik auf. Im Schubfach lagen ihre Medikamente. Und die Kerze! Eine von denen, die Mutter für den Altar gekauft hatte. Mutter kam nie ins Zimmer. Aber Vater. Und er fand die Kerze. Er sah auch, dass ich sie nicht zum Beten benutzt hatte. Der Docht war nämlich noch weiß. Und am Ende war sie ein bisschen verschmiert.

Sie sah Vater bei der Tür stehen, schwankend zwischen Abscheu und Enttäuschung. Die Kerze hielt er in der Hand. Er streckte ihr die Hand entgegen. «Was geht hier vor? Was treibst du damit?»

Sie hörte sich antworten: «Kannst du dir das nicht denken? Du bist doch sonst nicht so schwer von Begriff, wenn es um die Natur des Menschen geht. Hast du mir nicht mal erzählt, wenn man älter wird, kommt man nicht dagegen an? Ich habe auch eine Natur. Aber ich bevorzuge die trockene Variante. Eine Kerze spritzt nicht, und sie stinkt nicht. Leg sie wieder dahin, wo du sie gefunden hast, und dann verzieh dich.»

Vater ließ die Kerze auf den Boden fallen und schlich mit hängenden Schultern zur Treppe. Er weinte wie in der Nacht, als er auf ihrem Bett saß und ihr sein Elend zu erklären versuchte. Diesmal erklärte er nichts, er murmelte nur: «Was ist aus dir geworden? Du bist ja schlimmer als eine Hure.»

Mit den Jahren hat sich alles umgekehrt. Es hatte wohl etwas mit Erwachsenwerden zu tun, mit Verstehen und Begreifen. Es gibt Dinge, die will man nicht verstehen, aber man muss. Dass ein Vater ein Mann ist. Dass er Bedürfnisse hat wie jeder Mann. Dass er zornig wird und ungerecht, wenn man ihm seine Befriedigung verweigert. Irgendwie verstand ich ihn ja.

Als ich älter wurde, habe ich auch oft darüber nachgedacht, wie es wohl ist, geliebt zu werden. Nicht nur mit dem Herzen, auch mit dem Körper. Hingabe, Leidenschaft, Zungenküsse, Orgasmus und solcher Kram. Als ich älter wurde, gewöhnte ich mich an den Busen und die Blutungen. Ich hatte keine Schwierigkeiten mehr, Tampons zu benutzen. Und manchmal dachte ich eben, ob ich jetzt den Tampon reinschiebe oder ob ein Mann … So groß kann der Unterschied nicht sein, dachte ich. Und wenn ein Mann das braucht!

Aber ich verstand auch Mutter, die damit nichts mehr zu tun haben wollte. Im Grunde war Mutter ein bedauernswertes Geschöpf. Ich meine, wenn eine Frau nicht richtig ist im Kopf, kann sie doch eigentlich nichts dafür. Mutter glaubte diesen Quatsch eben. Dass man es nur tun darf, wenn man ein Kind zeugen will.

Solange sie nicht schwanger wurde, war es in Ordnung gewesen, auch dreimal am Tag. Da durfte sie sich einreden, dass sie sich große Mühe gibt, dem lieben Gott einen Gefallen zu tun. Mutter hat nie begriffen, dass zweitausend Jahre eine verdammt lange Zeit sind, in der nun wirklich mehr als genug Menschen gemacht wurden.

Und dabei könnte es durchaus so sein, wie Margret es in ihrem Brief damals schrieb. Dass der Erlöser mit all diesen

Verboten überhaupt nichts zu tun hatte. Dass der horrende Blödsinn erst später von seinen Vertretern auf Erden erfunden wurde. Und die Leute mussten es glauben. Was hätten sie sonst tun sollen, wo sie nicht lesen und schreiben konnten?

Wenn ich mir nur vorstelle, wie es in Buchholz war. Eine Hand voll Höfe und die Böden so schlecht. Um das bisschen Vieh, das sie hatten, über den Winter zu bringen, mussten sie so manches Jahr das Stroh von den Dächern nehmen. Vater erzählte mir einmal, dass ein fettes Schwein zu der Zeit hundert Pfund wog. Das muss man sich mal vorstellen: Hundert Pfund waren ein fettes Schwein. Darüber kann man heute nur lachen. Und dann die Pest und dreißig Jahre Krieg.

Sie waren arm, sie waren dumm, sie wussten meist nicht, wie sie ihre Kinder satt bekommen sollten. Wenn da einer predigte: Es ist Sünde, es ist schlecht und verdammenswürdig, dem Geschlechtstrieb nachzugeben, schauten sie sich ihre Kinder an und dachten, Mensch, der hat Recht. Wenn wir es lassen, kommen keine Mäuler mehr nach, die wir stopfen müssen.

Und gerade die Frauen. Der Fluch Evas. Denen hat doch keiner etwas gegeben, wenn sie in den Wehen lagen. Das gehörte dazu. Unter Schmerzen sollst du …

Mutter hat sich, als ihr die Verantwortung zu viel wurde, als sie sich nicht mehr anders zu helfen wusste, in diese Armut und diese Dummheit geflüchtet. Und da ist sie hängen geblieben. Da musste sie sich nicht länger mit dem Baby auseinander setzen, das sie nicht wollte – und nicht bekommen hat. Dass es nicht gut gewesen war, es abzutreiben, hatte sie wohl auch vorher gewusst. Aber vorher waren da bestimmt ein paar Leute, die es besser fanden, als aufrechte Deutsche nicht ein Kind vom Feind in die Welt zu setzen. Denen hatte sie geglaubt.

Mutter brauchte immer einen, der ihr sagte, was gut und was richtig ist. Als sie jung war, glaubte sie an den Führer, etwas später glaubte sie an einen Sieger, an sich selbst glaubte sie nie. Mir glaubte sie eine Weile, wenn ich sagte, was sie gerne hörte. Mit ein paar Bibelsprüchen konnte man sie um den Finger wickeln.

Die Mühe hat Vater sich nie gemacht. Wenn er spät in der Nacht und noch dazu betrunken heimkam, erzählte er ihr, sie hätten in der Firma noch etwas gefeiert und er könne sich nicht immer drücken. Mutter wusste so gut wie ich, dass er bei einer anderen Frau gewesen war.

Seit ich ihn im Bad erwischt hatte, ging er häufig zu Huren. Anschließend soff er sich den Kragen voll, weil er sich mies fühlte. Und die Wut auf sich selbst, die Verachtung, die er für sich empfand, ließ er an Mutter aus. Wenn er sie vom Kreuz weg an den Herd scheuchte, damit sie ihm das Essen noch einmal aufwärmte, tat sie mir Leid. Da konnte ich nicht anders. Ich sagte: «Lass nur, Mutter, ich mache das schon.»

Manchmal hätte ich weinen mögen, wenn ich sie zurück ins Wohnzimmer schleichen sah. Ich war erst vierzehn, fünfzehn und fühlte mich so alt. Als ob ich zwei Kinder hätte, die beide größer waren als ich und viel älter. Aber das änderte nichts an der Tatsache, dass sie Kinder waren. Dass ich die Verantwortung trug, für sie sorgen und sie erziehen musste.

Bei Mutter gab es nicht viel zu erziehen. Sie war ein braves Mädchen. Nicht mal schmutzige Gedanken hatte sie, nur schmutzige Unterwäsche. Aber Vater war ein wüster Bengel, mit dem man nicht streng genug reden konnte. Schon mit fünfzehn sagte ich zu ihm: «Wie viel hat dich die Hure heute gekostet? Hundert? Zweihundert? Ich brauche dreihundert für diese Woche. Es ist alles teurer geworden. Und hier sind schließlich noch andere im Haus, die haben auch Bedürfnisse.»

Und Vater schaute mich an, während ich ihm sein Essen vorsetzte. Er sagte nie etwas, zog nur die Geldscheine aus der Brieftasche und schob sie über den Tisch. Er verachtete mich für die Ausdrücke, die ich gebrauchte, das wusste ich. Und ich verachtete ihn, das wusste er.

Wir waren Feinde geworden. So wie eine Mutter und ihr Sohn Feinde werden im Laufe der Zeit. Weil der Sohn Dinge tut, von denen die Mutter meint, er solle sie besser noch lassen. Weil der Sohn weiß, dass die Mutter diese Dinge auch einmal getan hat – oder in meinem Fall noch tun wird. Aber die Mutter ist die Stärkere von beiden. Solange sie zusammen unter einem Dach leben, hat sie viel Macht über den Sohn. Er liebt sie ja, und er wünscht sich von ganzem Herzen, dass sie ihn liebt, dass sie stolz ist auf ihn. Und wenn er hundertmal auf sie schimpft und flucht, wenn er sie tausendmal anbrüllt, ihr seine Wut und seine Enttäuschung ins Gesicht wirft. Es ist nur Verzweiflung, Einsamkeit und die Angst, verlassen zu werden vom letzten Menschen, der ein bisschen Liebe geben könnte.

Nicht Mutter, ich habe Vaters Rückgrat gebrochen. Es war meine Schuld, dass er sich Mutter anschloss. Dass er nicht nur das Bett mit ihr teilte auf seine alten Tage, auch das Kreuz. Dass er vergaß, er war ein Mann. Dass er es völlig vergaß, als sei ihm der Beweis nun endlich abgefault.

Ich habe mich später oft gefragt, wie ich das tun konnte; für Geld mit irgendwelchen Männern schlafen. Ich weiß, warum ich es getan habe. Weil ich das Geld brauchte. Und irgendwann brauchte ich auch Stoff gegen den Ekel – und damit brauchte ich noch mehr Geld. Aber das hat mir als Erklärung nie gereicht. Und das Blöde ist, ich erinnere mich nicht an die Zeit.

Dass wir einmal Hasch geraucht haben in Horstis Auto, weiß ich noch. Horsti hatte sich so einen Prügel gedreht und ließ mich mal ziehen. Und dann sagte er, ich hätte es falsch gemacht, weil ich den Rauch sofort wieder ausgeblasen hatte. Das ist alles, woran ich mich erinnere, der Rest ist weg. Ob das eine Folge der Sucht ist oder ob es eher etwas mit der Kopfverletzung zu tun hat, weiß ich nicht.

Der Arzt damals meinte, es könne sowohl das eine als auch das andere, es könnte durchaus ein Verdrängungsprozess sein. Weil ich Dinge getan hatte, von denen ich wusste, dass kein normaler Mensch sie tut. Und ich wollte doch normal sein. Ich wollte nicht nachdenken müssen über die Männer, an die ich mich verkauft hatte. Deshalb habe ich sie alle hinter die Mauer geschoben. Ich wollte nicht, dass sie in meinem Kopf Gesichter bekamen und Körper und Hände, die mich anfassten. Ich wollte sie nicht vor mir sehen und sie nicht fühlen müssen, wenn ich mich erinnerte. Ich wollte mich eben nicht erinnern.

Und trotzdem habe ich mich oft gefragt, ob es alte oder junge waren. Ich denke, zu Anfang müssen es in der Hauptsache alte gewesen sein. Männer wie Vater, die daheim zu kurz kamen, die sich das, was sie brauchten, nachts im Bad oder abends auf der Straße holen mussten. Die nichts weiter wollten als ein bisschen Zärtlichkeit und das Gefühl, dass sie überhaupt noch Männer sind. Und manchmal habe ich mich dann gefragt, warum ich es meinem Vater nicht angeboten habe.

«Du kannst zu mir kommen, wenn du es so dringend brauchst. Sei ehrlich, du hast auch schon daran gedacht, zu mir zu kommen. Mach dir keine Sorgen, du opferst kein Lamm. Ich bin nie ein Lamm gewesen. Ich war immer der Wolf. Du kannst dir nicht vorstellen, was ich bei Aldi und Woolworth zusammengerafft habe. So wie ich in Mutters Bauch alles zusammengerafft habe. All ihre Kraft habe ich mir über die Nabelschnur geholt. Ich habe Mutters Gehirn ausgedörrt und sie in den Wahnsinn getrieben. Ich bin ein Werwolf, nachts springe ich aus meiner Kiste und fresse unschuldige Kinder. Und alten Männern, die sich nicht wehren können, ziehe ich die Haut vom Leib und reiße ihnen das Herz heraus. Ich bin das personifizierte Böse, Satans Tochter. Und da du mein Vater bist, musst du Satan sein. Komm in meine Arme, du armer Teufel! Als ich noch klein war, hast du das zu mir gesagt. Jetzt sage ich es zu dir.»

Gesagt habe ich es nie. Aber auf meine Weise habe ich wohl versucht, mich bei Vater zu entschuldigen. Vielleicht habe ich in jedem Mann, mit dem ich zu Anfang noch auf normale Weise schlief, ihn gesehen. Vielleicht habe ich irgendwann wirklich begriffen, dass Männer ihren Bedürfnissen ausgeliefert sind. Nicht jeder hat die Kraft eines Erlösers, der verzichten konnte. Und verstehen und verzeihen – sogar der Hure Magdalena.

11. Kapitel

Ihre Stunde war um. Der Professor hatte sie gebeten, ihm von ihren Erfahrungen mit der frommen Mutter und dem schwachen Vater zu berichten. Und sie hatte es getan. Um es möglichst schnell hinter sich zu bringen, hatte sie auch den Dreck ausgebreitet. Leicht war es nicht gewesen. Aber sie hatte es geschafft, war zufrieden mit sich und überzeugt, dass der Professor ihre Worte umgehend an den Staatsanwalt weiterleiten würde.

Vielleicht kam dann einer auf die Idee zu glauben, Frankie sei nur ein ehemaliger Kunde gewesen. Das war auch keine üble Erklärung! Sie hatte ihn töten müssen, ehe er sie erkannte und ihrem Mann gegenüber ein verräterisches Wort verlauten ließ.

Bei dem Gedanken an Gereon schoss ihr kurz etwas Heißes in die Augen. Es ging rasch vorbei. Die Jahre mit ihm waren wie die Haarspangen und Lippenstifte, bei Woolworth gestohlen und auf dem Schulhof an andere Mädchen verkauft oder verschenkt. Aus und vorbei, für immer und alle Zeiten. Spätestens vor Gericht musste Gereon sich anhören, wem er Treue geschworen hatte.

Zu Mittag gab es Kartoffelpüree mit einer undefinierbaren Gemüsebeilage, es war alles völlig zerkocht. Das Fleisch war in kleine Würfel geschnitten, es bestand zum größten Teil aus Fett und Sehnen und schwamm in einer unappetitlichen braunen Tunke. Als Nachtisch war ein Becher Fruchtjoghurt vorgesehen.

Auf dem Tablett lag ein weißer Plastiklöffel. Er erinnerte sie an den See und wühlte alles noch einmal auf. Warum hatte das Kind nicht nach einem Joghurt fragen können? Mit einem kleinen Plastiklöffel hätte sie Frankie höchstens das Gesicht zerkratzt.

Sie aß ein wenig Püree. Es schmeckte nach Pappe. Mit dem Joghurt stellte sie sich an das vergitterte Fenster, schaute den Himmel an und fragte sich, wo die Leute aus den anderen Betten zu Mittag aßen. Ob man sie für so gefährlich hielt, dass sie nicht zusammen mit den anderen essen durfte. Ob es überhaupt Leute gab oder ob die benutzten Betten sie nur vortäuschen sollten. Vielleicht war das ein Test, um festzustellen, wie viel von ihrem Verstand noch übrig war. Vielleicht wollte der Professor sie beim nächsten Gespräch fragen, wie sie mit den Leuten im Zimmer zurechtkäme?

Sie dachte eine Weile nach, welche Antwort sie ihm geben könnte. Dann überlegte sie die Sache mit Frankie als Kunden gründlich. Wenn der Professor nicht von allein auf den Gedanken kam, musste sie ihn mit der Nase darauf stoßen.

Zuletzt fragte sie sich, ob Magdalena erleichtert gewesen war, als sie oben ankam und feststellen musste, dass Mutter noch nicht da war. Ob Magdalena seitdem unentwegt heilig, heilig, heilig rief und sich dabei langweilte. Oder ob sie in einer stillen Ecke dem Erlöser gegenübersaß. Von Angesicht zu Angesicht. Irgendwann hatte Magdalena auf ein Bild in der Bibel gezeigt und gesagt: «Stell ihn dir mit einem vernünftigen Haarschnitt und glatt rasiert vor. Dann sieht der Typ nicht übel aus.»

Frankie hatte auch nicht übel ausgesehen. Ein hübsches Gesicht hatte er gehabt, männlich, aber hübsch. Sie dürften ihr kaum glauben, wenn sie behauptete, er sei ein Kunde gewesen. So einer hatte es nicht nötig, zu einer Hure zu gehen. So einer war auch nicht pervers.

Sie sah ihn noch deutlich vor sich – ohne Blut. Dieser eine Moment, als er sich aufrichtete und gegen das Lied protestierte. Vielleicht hatte es ihn ebenso gequält, wie es sie gequält hatte. Vielleicht war er dankbar gewesen, als sie ihn von seiner Qual erlöste. Wie er sie angeschaut hatte …

Bis kurz nach zwei stand sie am Fenster. Stand nur da und war glücklich, dass man sie nicht wieder ans Bett gebunden hatte. Das Tablett wurde abgeholt. Es gab eine Rüge, weil sie das Gemüseeinerlei und das Fleisch nicht angerührt hatte. Sie lächelte zur Entschuldigung und zeigte auf ihre Kehle. «Es tut noch weh beim Schlucken. Aber das Joghurt habe ich aufgegessen. Und wenn es morgen Suppe gibt, esse ich bestimmt zwei Portionen.» Dann war sie wieder allein.

Zweimal hörte sie hinter sich ein Geräusch an der Tür. Sie drehte sich nicht um, wusste auch so, was das Geräusch verursachte. Ein wachsames Auge. Kurz nach zwei war es dann ein Schlüssel. Sie dachte an Kaffee und ein Stück von dem trockenen Kuchen aus dem Dürener Krankenhaus, wo sie nach der Geburt des Kindes eine kurze Zeit verbracht hatte. Dort hatten sie den Nachmittagskaffee immer zu Mittag serviert – und am Nachmittag das Abendessen, weil sie Feierabend haben wollten.

Die Tür wurde geöffnet, sie drehte sich um. Und im selben Augenblick sprang die Furcht sie an wie ein wütender Hund. Der Chef! Eine neutrale, fast geschäftsmäßige Miene hatte er aufgesetzt, hinter der er alles verbarg, was er von Vater gehört haben musste.

Hinter der unbewegten Miene versteckte Rudolf Grovian nur die eigenen Gefühle. Mea culpa! Mechthild war derselben Meinung gewesen. Er war über Mittag heimgefahren, hatte es nicht ausgehalten im Büro mit der blitzblanken Kaffeemaschine und dem Stuhl vor Augen, auf dem sie gesessen hatte. Mechthild hatte nicht mit ihm gerechnet, er kam sonst nie mittags heim. Da musste er nicht viel sagen. Sie fragte von sich aus: «Was ist los, Rudi?»

Und nachdem er es erklärt und auch gesagt hatte, was er

seiner Meinung nach als Nächstes tun musste, sagte sie: «Rudi, du hast nicht mehr alle Tassen im Schrank. Lass das arme Ding doch in Ruhe. Du kannst ihr nicht helfen, du machst nur noch mehr kaputt. Da, wo sie jetzt ist, ist sie gut aufgehoben.»

«Gut aufgehoben, dass ich nicht lache! Hast du eine Ahnung, wie es in der Psychiatrie zugeht?»

«Nein, Rudi», sagte Mechthild und schlug ein paar Eier für ihn in die Pfanne, «und ich will auch keine haben. Ich habe nämlich schon eine Ahnung, wie es bei euch zugeht. Das reicht mir. Kein Mensch sagt etwas, wenn du dich zusammen mit Hoß auf einen Kerl stürzt, der es verdient hat. Aber so eine junge Frau! Rudi, bedenk doch, was sie mitgemacht hat.»

Das bedachte er unentwegt. Und das Gesetz verpflichtete ihn, nicht nur gegen sie zu ermitteln, sondern auch alles zusammenzutragen, was zu ihrer Entlastung beitragen konnte. Das erklärte er Mechthild. Und sie sagte: «Dann tu das, Rudi. Tu das, um Gottes willen, und geh mit allem, was du findest, zum Staatsanwalt. Aber nicht zu ihr. Bestimmt nicht mit der Nachricht, dass ihr Vater im Sterben liegt. Was willst du ihr denn noch alles aufladen?»

Wie er sie da am Fenster stehen sah, ein Häufchen Elend, dessen Gesicht in den Farben des Regenbogens schillerte. Auf der Stirn das frische breite Heftpflaster. Er dachte an die Utensilien in seiner Jackentasche und an die Nachricht, die er für sie hatte. Und im Hinterkopf sagte Mechthild noch einmal: «Rudi, du hast nicht alle Tassen im Schrank.»

Die Tür wurde hinter ihm geschlossen. «Es tut mir Leid», begann er und rechnete, als er weitersprach, fest damit, dass sie mit den Fausten auf ihn losging. Er überlegte bereits, wie er verhindern konnte, dass man sie in eine Zwangsjacke steckte. Aber sie sackte nur ein wenig mehr in sich zusammen, fixierte ihn aus feuchten Augen und schürzte die zitternde Unterlippe wie ein Kind, das gerne weinen möchte und weiß, dass es verboten ist.

«Möchten Sie sich nicht lieber setzen, Frau Bender?»

Sie schüttelte den Kopf. «Ein Schlaganfall?», flüsterte sie. «Wie geht es ihm denn? Wird er es überleben?»

«Die Ärzte sind sehr zuversichtlich», log er. «Und Margret weicht nicht von seiner Seite.»

«Das ist gut», murmelte sie. Dann ging sie doch zum Bett und setzte sich. Er ließ ihr ein paar Minuten, sah, wie sie sich von dem Schock erholte, wie sie Hoffnung schöpfte. Ihre Schultern strafften sich. Sie hob den Kopf und schaute ihn an. «Dann haben Sie wohl nicht mit ihm sprechen können?»

«Nein.»

Ein Lächeln glitt über ihr Gesicht. Sie wirkte mit einem Mal sehr zufrieden. «Gut!», sagte sie. «Und ich will nicht mit Ihnen sprechen. Gehen Sie!»

Er rührte sich nicht von der Stelle. Obwohl er plötzlich fand, es sei die beste Lösung. Die Psychiatrie mochte der blanke Horror sein für einen, der sie nicht brauchte, aber als Sachverständiger genoss Professor Burthe einen hervorragenden Ruf. Er würde aufdecken, warum Georg Frankenberg hatte sterben müssen. Er würde garantiert auch herausfinden, ob, wann und unter welchen Umständen Cora Bender Frankenberg vor Jahren kennen gelernt, ob Heroin eine Rolle dabei gespielt hatte oder ob sie damit erst später in Berührung gekommen war. Was er mit ihr vorhatte, war im Grunde genommen Unsinn. Es hatte keine Beweiskraft vor Gericht. Es war auch nicht geeignet, die Verbindung zu Frankenberg herzustellen. Und sich persönlich Gewissheit verschaffen zu wollen, ob ihre Tante nur wieder ein Ablenkungsmanöver gestartet hatte …

Er atmete einmal tief durch. «Ich verstehe, dass Sie wütend auf mich sind, Frau Bender. Ich verstehe auch, dass Sie nicht mit mir reden wollen. Aber ich bin nicht gekommen, um mit

Ihnen zu reden. Ich wollte Sie nur bitten, etwas für mich zu tun.»

Sie schaute ihn an, fragend, erstaunt – und immer noch zufrieden. Er griff in die äußere Jackentasche. Verflucht! Jetzt hatte er den Kram beschafft. Und jetzt wollte er es wissen. Er zog eine Plastiktüte aus der Tasche, ging damit zum Tisch und breitete die Sachen aus. Eine noch verpackte Spritze, ein hitzebeständiger Löffel, ein Kerzenstummel, ein Gummiband zum Abbinden und ein kleines Tütchen mit pudrigem Inhalt.

Ihre Augen wanderten über die Utensilien. Ihr Gesicht verzog sich in eisiger Abwehr. «Was soll das? Sie mögen die Amerikaner, was? Das ist doch nicht schlecht mit Gaskammer und Giftspritze, spart dem Staat ein Vermögen, und wir sind ja ziemlich pleite. Was soll ich denn für Sie tun? Mir den goldenen Schuss setzen?»

«So viel ist nicht im Tütchen», sagte er.

Sie hob desinteressiert die Schultern an. «Also nur was zur Aufheiterung? Das ist lieb gemeint, trotzdem vielen Dank. Wissen Sie, ich kriege hier Stoff genug. Ich bin gespannt, ob ich mir das Zeug, das die mir hier servieren, später genauso leicht abgewöhnen kann wie das da.»

«Haben Sie sich das hier so leicht abgewöhnen können?» Ihm war nach einem kleinen Schmunzeln. Es schien ein winziger Hinweis, dass ihre Tante in diesem Punkt Tatsachen ausgesprochen hatte. «Da sind Sie aber die große Ausnahme», fügte er an. «Andere kriegen das heulende Elend dabei.»

«Das habe ich verschlafen», erklärte sie patzig.

Er nickte kurz. «Bei dem netten Arzt, nehme ich an. Ein Arzt hat natürlich Möglichkeiten, einem den Entzug leichter zu machen. Aber nach allem, was ich bisher gehört habe, lassen die Ärzte einen damit durch die Hölle laufen, damit man auch gründlich kuriert wird. Na ja, es gibt wohl verschiedene Höllen. Darüber reden wir später.»

«Ich rede gar nicht», sagte sie nachdrücklich. «Nicht jetzt und auch nicht später.»

«In Ordnung», sagte er. «Sie müssen nicht reden. Sie sollen sich das hier auch nicht spritzen. Zeigen Sie mir nur, dass Sie damit umgehen können.»

Sie lachte leise und abfällig. «Ach, darum geht's. Haben Sie mit Margret gesprochen? Was hat sie Ihnen erzählt? Dass ich die Spritze damals nicht aufziehen konnte? Wissen Sie, das ist eine Sache für sich, wenn man nicht weiß wohin. Wenn man Angst hat, rausgeworfen zu werden, weil man ohnehin schon eine Menge Scherereien macht, und wenn man dann auch noch beim Fixen erwischt wird. Da muss man sich was einfallen lassen.»

Noch einmal lachte sie leise auf. «Was passiert, wenn ich Ihnen zeige, dass ich mit dem Zeug umgehen kann? Lassen Sie mich dann endlich in Ruhe?»

Als er nickte, stand sie vom Bett auf und kam zum Tisch. Sie hob den rechten Zeigefinger, als ermahne sie ein Kind zur Aufmerksamkeit. «Gut, dann treffen wir beide jetzt eine Abmachung. Ich zeige es Ihnen. Und dafür lassen Sie nicht nur mich in Ruhe, sondern auch meinen Vater. Ich will Ihre Hand drauf.»

Er reichte ihr die Hand, wunderte sich kurz über ihre zierlichen Finger und den festen Händedruck. Nachdem er sie wieder losgelassen hatte, gab er ihr ein Feuerzeug.

Sie seufzte, betrachtete die verpackte Spritze und das Gummiband. «Das mache ich mir aber nicht um den Arm», erklärte sie. «Das Gefühl mochte ich damals schon nicht. Es reicht doch, wenn ich die Spritze aufziehe. Ich setze sie dann auf dem Handrücken an. In die Arme käme ich sowieso nicht rein. Ist das in Ordnung?»

Er nickte noch einmal.

«Na, dann lassen Sie mich mal überlegen. Das ist ja schon eine Weile her.» Sie legte einen Finger an ihre Schläfe, dann entschied sie: «Zuerst kleben wir mal die Kerze auf den Tisch. Wenn hier Wachsreste bleiben, das erklären Sie denen aber. Es war Ihre Idee.»

«Sie müssen die Kerze nicht auf den Tisch kleben, Frau Bender», sagte er noch. Da hatte sie das Feuerzeug schon an den Docht gehalten, drehte den Stummel über der Tischplatte und ließ Wachs heruntertropfen.

«Das ist aber sicherer», meinte sie, «wenn einem die Hände zittern. Und die zittern ja meist. Da steht sie wenigstens fest. Dann kann man sich auf den Löffel konzentrieren und verschüttet nichts von dem kostbaren Zeug. So, was kommt als Nächstes?»

Sie griff nach dem Tütchen, rieb es zwischen den Fingern und beäugte das weiße Pulver durch das Plastik. «Was ist das? Das ist doch kein Stoff! So was dürfen Sie mir gar nicht geben.»

Sie schob die Zunge in die Backentasche, betrachtete ihn nachdenklich. «Das würden Sie auch nicht tun. So blöd sind Sie nicht. Sie wissen genau, dass ich Sie verpfeife, kaum dass Sie den Rücken gedreht haben. Was haben Sie reingetan? Mehl ist das nicht, das ist nicht so hell.»

Als er nicht antwortete, erklärte sie: «Ich frage nur wegen der Auflösung. Es soll ja keine Klümpchen geben, dann kriege ich es nicht durch die Nadel.»

Er schwieg. Sie zuckte gleichgültig mit den Achseln, riss das Tütchen vorsichtig auf, roch zuerst daran, befeuchtete dann einen Finger und steckte ihn hinein. Sie ließ ihn nicht aus den Augen, während sie den Finger langsam zum Mund führte und kurz gegen die Zungenspitze stippte.

«Puderzucker», stellte sie fest. «Das ist nicht fair. Wo ich so verrückt nach Süßem war. Haben Sie vielleicht auch ein Stückchen Butter in der Tasche? Dann mache ich uns ein schönes Karamellbonbon. Davon hätten wir mehr als von dem Quatsch.»

Als er nicht reagierte, sich nur plötzlich so dumm und dämlich fühlte und Margret Rosch mit ihren Ansichten, die nichts weiter waren als Vernebelungstaktik, zum Teufel wünschte, zuckte sie noch einmal mit den Achseln. «Na schön. Bringen wir es hinter uns.»

Sie kippte den Inhalt des Tütchens in den Löffel, ging damit zum Waschbecken, drehte den Hahn auf und regulierte, bis es nur noch tröpfelte. Dann hielt sie den mit Zucker gefüllten Löffel darunter und nickte bei jedem Tropfen, der darin versank. Es sah fast aus, als zähle sie mit. Zweimal rührte sie behutsam mit einer Fingerspitze in der Masse. Dann war sie anscheinend zufrieden mit der Konsistenz, drehte den Wasserhahn wieder zu und kam zum Tisch zurück. Sie lächelte ihn an, als sie den Löffel über die Kerzenflamme hielt. Er bemühte sich um eine neutrale Miene.

«Hier ist das Wasser wenigstens sauber», sagte sie. «Früher haben wir das aus den Klobecken geschöpft. Wer weiß, was ich mir da für einen Scheiß in die Arme gejagt habe. Da braucht man sich nicht wundern, dass es aussieht, als hätten Ratten dran gefressen.»

Sie war unsicher, es war nicht zu übersehen. Ihre Augen huschten zwischen seiner Miene und dem Löffel hin und her. Schließlich zog sie den Löffel über die Flamme fort, lächelte ihn an und meinte lässig: «Ich glaube, es ist warm genug. Ich muss es ja jetzt nicht kochen lassen.»

Er hatte Mühe, sich das Grinsen zu verkneifen. Als sie mit der freien Hand nach der Spritze griff, hielt er ihren Arm fest. «Danke, Frau Bender, das reicht. Sie müssen es nicht aufziehen.»

Er wusste nicht, ob er lachen oder fluchen sollte. Er wusste auch nicht, welche Bedeutung es für den Fall Frankenberg hatte. Er wusste nur: Ihre Tante hatte Recht. Cora Bender hatte wirklich keine Ahnung, wie man mit Heroin umging. Sie hatte sich nie mit eigener Hand einen Schuss verpasst, sie konnte höchstens im Fernseher zugeschaut haben, wie ein anderer die Spritze aufzog.

Rudolf Grovian blies die Kerze aus, nahm ihr den Löffel aus der Hand und spülte die Zuckerbrühe unter fließendem Wasser ab. Dann packte er alles zurück in die Plastiktüte und steckte sich diese wieder in die Jackentasche.

«So», sagte er dabei. «Sie wissen noch, was wir vereinbart hatten? Sie zeigen mir, dass Sie mit dem Zeug umgehen können, dann lasse ich Sie in Ruhe. Jetzt haben Sie mir gezeigt, dass Sie nicht damit umgehen können. Ich darf Ihnen also noch ein paar Fragen stellen.»

Sie war so verblüfft, dass sie ihn sekundenlang nur anstarrte, ehe sie den Kopf schüttelte und ihn wütend anfunkelte. «Habe ich was falsch gemacht? Ja, ich weiß, ich hätte zuerst die Spritze auspacken müssen. Aber das hätte ich noch getan. Das kann ich auch mit einer Hand und mit den Zähnen. Hören Sie, das ist eine ganz miese Tour, die Sie hier reiten. Sie haben mir den Arm festgehalten, bevor ich es Ihnen zeigen konnte. Und jetzt wollen Sie behaupten, ich hätte es nicht gekonnt.»

«Das war es nicht, Frau Bender.»

«Was dann?»

«Warum wollen Sie das wissen? Sie wollen doch mit Heroin nichts mehr zu tun haben. Da müssen Sie es nicht wissen.»

Zum Teufel mit der Angst und den Schuldgefühlen, seinen und ihren. Er fühlte sich gut in dem Moment, verdammt gut sogar. Der erste Schritt war gemacht. Nun kam der zweite. Dass sie sich mit verschlossener Miene zurück auf ihr Bett setzte und demonstrativ in Richtung Fenster schaute, nahm er nicht so wichtig. Er war sicher, dass er sie zum Reden brachte. Bisher hatte er es doch jedes Mal geschafft, ihr die Zunge gelöst und etwas in ihr geweckt, Bröckchen aus ihrer Mauer getreten. Es brauchte noch einige Tritte, vorsichtig und richtig platziert.

«Mit Ihrem Vater habe ich zwar nicht sprechen können», begann er. «Bei Ihrer Mutter habe ich es erst gar nicht versucht. Aber Ihre Nachbarin hat mir weitergeholfen.» Er machte eine winzige Pause, ehe er den Namen folgen ließ: «Grit Adigar. Sie erinnern sich doch sicher an sie.»

Sie antwortete nicht, starrte weiter in Richtung Fenster und zog die Unterlippe zwischen die Zähne.

«Sie hat mir von Horsti und Johnny Guitar erzählt», fuhr er fort und mischte Grit Adigars Erklärungen mit den eigenen Spekulationen. «Johnny war ein Freund von Georg Frankenberg. Und Horsti war ein kleiner Schmächtiger mit heller Haut und strohgelben Haaren. Sie waren mit Horsti befreundet, seit Sie siebzehn waren. Ihre Nachbarin hat mir auch von Magdalena erzählt. Dass Sie Ihre Schwester sehr geliebt und für sie getan haben, was Sie konnten. Und dass Magdalenas Tod Sie völlig aus der Bahn warf.»

Er ließ sie nicht aus den Augen. Sie tat nichts weiter, als zum Fenster zu starren und dabei auf ihrer Unterlippe zu kauen. Blass war sie geworden unter all den Regenbogenfarben und dem breiten Heftpflaster auf der Stirn. Fast hatte er wieder Mitleid, aber nur fast. Mitleid half ihr nicht.

«So», sagte er noch einmal, als müsse er mit dem Wort einen Punkt in die Luft stechen. «Ich will, dass Sie eines begreifen, Frau Bender! Ich bin nicht Ihr Vater. Ich bin nicht Ihre Mutter. Ich bin nicht Ihre Tante und auch nicht Ihre Nachbarin. Ich kann mir denken, dass es eine Menge Fragen und Vorwürfe gegeben hat, als Sie damals heimkamen. Aber ich bin nicht interessiert an Magdalena. Ich will nicht wissen, warum Sie Ihre Schwester ausgerechnet an dem Abend allein ließen. Das ist für mich völlig irrelevant. Verstehen Sie das?»

Sie reagierte nicht, er fuhr fort: «Ich will nur wissen, was in dieser Nacht im ‹Aladin› passiert ist und wie es danach weiterging. Was aus Horsti wurde, ob Sie mit Johnny zusammengeblieben sind, wann und wo Sie Georg Frankenberg kennen lernten. Ob und wann Sie mit Heroin in Berührung gekommen sind und wer es Ihnen gegeben hat. Ich will vor allem wissen, wie der Arzt hieß, der Ihre Verletzungen behandelt hat.»

Keine Reaktion. Ihre Hände lagen im Schoß wie vergessen. Die Unterlippe musste sie sich inzwischen blutig gebissen haben.

«Und lügen Sie mich nicht wieder an, Frau Bender», sagte er mit einer gewissen Strenge, als spreche er zu einem Kind – und irgendwie sah er sie auch so. «Sie sehen, ich krieg's raus. Das eine geht schnell, das andere dauert etwas länger. Aber am Ende weiß ich das auch. Zwei von meinen Kollegen hängen seit heute Mittag am Telefon, sie haben jeder eine lange Liste neben sich. Jeden Arzt, jedes Krankenhaus in Hamburg und Umgebung rufen sie an. Sie können uns eine Menge Zeit und eine Menge Geld sparen, wenn Sie es mir freiwillig sagen.»

Es kam so unvermittelt, dass er zusammenzuckte. Zuerst war es ein Flüstern. Schon mit der ersten Wiederholung schwoll es zu normaler Lautstärke an. Bei der zweiten schrie sie: «Ich weiß es nicht! Ich weiß es nicht! Ich weiß es nicht! Ich will es auch nicht wissen. Wann begreifen Sie das endlich? Ich bin überhaupt nicht weggefahren an dem Abend. Ich lasse doch meine Schwester nicht allein an ihrem Geburtstag.»

Er hob beide Hände zu einer Geste der Beschwichtigung. «Beruhigen Sie sich, Frau Bender, ganz ruhig. Ich rede nicht vom Geburtstag Ihrer Schwester. Dass Sie an dem Abend nicht ausgegangen sind, weiß ich schon. Ich rede von der Nacht im August, in der Magdalena starb.»

Sie schüttelte den Kopf, wie ein Hund die Regentropfen aus dem Fell schüttelt, ihr Atem ging keuchend. Fast eine Minute verging, ehe sie langsam den Arm hob und auf die Tür zeigte. «Und ich rede gar nicht. Ich hab's Ihnen so oft gesagt.

Ich sag's jetzt zum letzten Mal: Raus! Verschwinden Sie. Hauen Sie ab, Mann. Sie sind ja schlimmer als die Pest. Glauben Sie im Ernst, dass ich nochmal den Mund aufmache? Da müsste ich ja Prügel haben. Ich erzähle Ihnen Scheiße, und dann werde ich den Gestank nicht mehr los.»

Den Kopf schüttelte sie immer noch, zusätzlich stampfte sie mehrfach mit dem Fuß auf. «Nein! Schluss! Aus! Feierabend! Hier gibt's nichts mehr, sonst legen Sie mir am Ende noch meine Schwester ins Bett. Raus! Oder ich brülle das ganze Haus zusammen. Und dann sage ich, dass Sie mir Stoff geben wollten und dass ich das Heroin ins Waschbecken gekippt habe. Die werden mir glauben. Sie haben den Kram ja noch in der Tasche. Und dann sage ich, dass Sie mit mir schlafen wollten. Und dann beweisen Sie mal das Gegenteil. Ich mache Sie genauso fertig, wie Sie mich fertig machen, wenn Sie nicht auf der Stelle verschwinden. Ich rede nur noch mit dem, der hier der Chef ist. Dem habe ich heute Morgen alles erzählt.»

«Alles?», fragte er gedehnt und ihre Drohung völlig außer Acht lassend. «Haben Sie ihm wirklich alles erzählt, Frau Bender?»

Etliche Sekunden vergingen, in denen sie mit verschlossener Miene an ihm vorbei auf die Tür starrte und sich ein wenig beruhigte. «Ich habe ihm alles gesagt, was er wissen muss.»

«Und was haben Sie ihm verschwiegen?»

Wieder vergingen einige Sekunden, in denen sie mehrfach schluckte und sich für die Antwort sammelte. «Nichts von Bedeutung.» Der Rest kam stockend. Es fiel ihr sichtlich schwer, überhaupt ein Wort davon über die Lippen zu bringen. «Nur das, was für Sie – irrelevant ist. Dass ich eine Schwester hatte, die mit achtzehn Jahren – an Herzversagen starb.»

Dieses verfluchte Schwanken. Sein Verstand zeigte mit

ausgestrecktem Arm auf die Tür, sein Gefühl wollte die Arme nach ihr ausstrecken. Ist ja gut, Mädchen, es ist alles gut. Es war nicht deine Schuld. Nichts davon hast du zu verantworten. Kein Mensch wird schuldig geboren.

Stattdessen sagte er: «Ihre Schwester war todkrank, Frau Bender. Sie ist im April aus der Klinik nach Hause gekommen, um dort zu sterben. Sie hat es nur niemandem gesagt.»

«Das ist nicht wahr.» Sie klang, als habe sie kaum noch Atem.

«Doch, das ist es», erklärte er nachdrücklich. «Die Ärzte werden es Ihnen bestätigen. Und wenn Sie den Ärzten nicht glauben, fragen Sie Ihre Tante, sie hat die gesamten Unterlagen aus der Klinik. Da steht alles drin, Frau Bender. Ihre Schwester wäre auf jeden Fall gestorben, auch wenn Sie an dem Abend daheim geblieben wären. Sie hätten es nicht verhindern können.»

Etwas wie ein Lächeln verzog ihre Mundwinkel. Sie begann zu lachen oder zu schluchzen. Er konnte es nicht unterscheiden. «Halten Sie den Mund! Sie haben ja keine Ahnung, wovon Sie reden.»

«Dann sagen Sie es mir doch, Frau Bender. Sagen Sie es mir.»

Sie schüttelte den Kopf, bewegte ihn nur hin und her, von links nach rechts, von rechts nach links. So weit, dass ihr Kinn und die Nase jedes Mal eine Einheit bildeten mit dem Armansatz. Weiter tat sie nichts.

Ich kann mit keinem Menschen über Magdalena sprechen. Wenn ich es täte, offen und ehrlich erzählen, wie es mit ihr war, jeder müsste denken, dass ich sie gehasst habe – so sehr gehasst, dass ich sie toten konnte. Vater hat es gedacht, Margret hat es gedacht. Und Grit wusste nicht, was sie denken sollte.

Ich habe Magdalena nicht getötet. Ich kann sie gar nicht

getötet haben. Sie war doch meine Schwester, und ich habe sie geliebt. Nicht immer, das gebe ich zu. Nicht von Anfang an. Aber dass ich sie anfangs nicht mochte, war doch normal. Jedes andere Kind an meiner Stelle hätte genauso empfunden.

Magdalena hat mir die Kindheit gestohlen. Magdalena hat mir die Mutter genommen und Vater die Frau, die er bitter nötig gebraucht hätte. Die fröhliche, lebenslustige Frau, die sie angeblich einmal gewesen sein soll. Margret hat mir davon erzählt. Eine Frau, die Karneval feierte, die lachen und tanzen konnte und auch gerne mal ein Gläschen trank. Die regelmäßig und weil sie es selbst wollte mit ihrem Mann schlief. Die sich ein Kind wünschte. Die zu einer Mutter wurde, die restlos glücklich war über die Geburt ihrer ersten Tochter.

Ich habe meine Mutter nie lachen sehen, nur beten, nie glücklich, nur wahnsinnig. Und Magdalena hat sie verrückt gemacht. Wäre Magdalena nicht gewesen, hätte ich mir nie anhören müssen, ich hätte Mutter die Kraft aus dem Bauch gefressen. Ich hätte mir nicht jahrelang die Lippen und die Knie wund beten müssen. Ich hätte nicht mit Vater in einem Zimmer schlafen, ich hätte mir nie ansehen müssen, wie er sich selbst befriedigte. Ich hätte mir nie anhören müssen, dass ich für ihn nur ein saftiges Stück Fleisch war. Ich hätte nie diesen Ekel empfunden. Ich hätte nicht jahrelang ins Bett gepinkelt. Ich hätte nicht Zustände gekriegt wegen meiner Periode. Ich hätte eben eine Mutter gehabt, die mir alles erklärte und mir half, mit mir selbst fertig zu werden, wenn ich Schwierigkeiten bekommen hätte. Und vielleicht hätte ich die dann nie bekommen.

Aber Magdalena hat sie doch ebenso vermisst wie ich. Ich weiß noch, sie war gerade fünfzehn geworden, als sie einmal darüber sprach. Sie war wieder mal für zwei Tage in Eppendorf gewesen, war wieder durchgecheckt worden von oben bis unten. Elektrokardiogramm, Blutanalysen, alle möglichen Tests hatten sie mit ihr gemacht, bei denen am Ende nur eine Zahl herauskam. Es war jedes Mal eine verdammt kleine Zahl. Diesmal war es eine Fünf gewesen. Fünf Monate! So viel Zeit hatten die Ärzte ihr noch gegeben.

Ihr Herz war zu groß geworden, richtig ausgeleiert war es. Die Ärzte sprachen ganz offen mit ihr darüber. Früher hatten sie das bei Mutter versucht, aber da war nicht viel zu machen. Und Vater war zu der Zeit ... Na ja, er interessierte sich nicht mehr für das, was im Haus vorging.

Wir lagen abends im Bett, nachdem sie wieder aus der Klinik zurück war. Es war noch hell im Zimmer. Magdalena schaute zur Zimmerdecke hinauf. «Inzwischen ist es mir egal, welche Frist sie mir setzen», sagte sie. «Sie haben sich bisher noch jedes Mal geirrt. So wird es auch diesmal sein. Du wirst es erleben. Ich werde mit meiner Pumpe alt und grau, und du wirst vermutlich die Einzige sein, die es erlebt. Ich nehme doch schwer an, dass unser lieb Mütterlein und Vater Saufkopf bis dahin längst das Zeitliche gesegnet haben.»

Sie verschränkte die Arme unter dem Nacken, nahm sie gleich wieder fort und fluchte: «Verdammte Scheiße, nicht mal liegen kann man, wie man will. Aber trotzdem: Das dauert noch ein Weilchen, ehe ich schwarz werde. Und eines musst du mir versprechen, Cora. Lass mich nicht faulen, steck mich nicht in die Erde zu den Würmern. Sorg dafür, dass ich ein hübsches, sauberes Feuer bekomme. Wenn es gar nicht anders geht, schlepp mich irgendwo in die Wildnis, kipp mir einen Kanister Benzin über und stell dir vor, du stehst mit dem Blecheimer im Wohnzimmer. Ich will die Hölle haben, bevor ich im Himmel mit Mutter um die Wette singen muss. Mir graut jetzt schon vor dem Gedanken, dass ich oben ankomme, und sie erwartet mich an der Himmelspforte.»

Sie lachte leise auf. «Kannst du dir vorstellen, was da oben los ist, wenn Mutter ihr Plätzchen erst bezogen hat? Der gute

Petrus kann in Pension gehen, dafür garantiere ich dir. Mutter wird Empfangschefin, und sie wird schon sortieren, wer rein darf und wer nicht. Mit der Zeit darf dann bestimmt keiner mehr rein. Aber dann kann sie sich ja mit Petrus zusammensetzen, wenn ihr langweilig wird. Dann können sie über alte Zeiten plaudern. Ich halte jede Wette, Mutter weiß mehr darüber als er. Nur was hier unten gebraucht wird, das weiß sie nicht.»

Ein paar Minuten lang war sie still, schaute die Zimmerdecke an, als könne sie hindurch in Mutters Phantasien sehen. Dann sprach sie langsam weiter. «Inzwischen bin ich ganz froh, dass sie es nicht weiß. Wenn sie wieder mal drei Tage keine Zeit hatte, sich zu waschen, bin ich sogar dankbar, wenn sie nicht in meine Nähe kommt. Aber früher habe ich mir oft gewünscht, dass sie mich einmal in die Arme nimmt, statt ihren Quatsch runterzuleiern. Vor allem damals, als es mich so übel erwischte. Es ging mir so dreckig, das kannst du dir nicht vorstellen. Ich habe mir die Seele aus dem Leib gekotzt. Ich dachte, beim nächsten Schwall platzt das Aneurysma. Und wer hielt mir die Schüssel unters Gesicht? Wer wischte mir den Schweiß von der Stirn und die Haare gleich mit vom Kopf? Eine junge Lernschwester. Mutter, die eigens bei mir war, um mir Kraft, Mut und weiß der Teufel was sonst noch zu geben, lag derweil auf den Knien und der Schwester im Weg. Manchmal habe ich mir gewünscht, dass die Schwester ihr einen Tritt versetzt. Ich hätte sie so gebraucht, Cora, und sie war nicht da. Sie war ständig in meiner Nähe. Und nie war sie da. Aber wem erzähle ich das. Für dich war sie ja auch nicht da.»

Sie bewegte langsam ihren Kopf auf dem Kissen, drehte ihr Gesicht zur Seite und schaute mich an. «Hast du dir auch manchmal gewünscht, dass sie dich mal in den Arm nimmt?»

«Eigentlich nicht», sagte ich.

Magdalena seufzte. «Na ja, du hattest Vater. Und jetzt hast

du einen Freund da draußen. Erzähl mir ein bisschen von ihm.»

Und ich erzählte ihr von einem Jungen, der nicht existierte. Er war ein toller Kerl, zwei Jahre älter als ich und bereits mit der Schule fertig. Er fuhr ein Moped, und abends trafen wir uns beim Stadtsee. Seine Eltern waren reich und sehr modern eingestellt. Sie hatten ein tolles Haus, eins von denen, die im Wald an der Straße nach Dibbersen standen, von denen man nur die Dächer sah, wenn man vorbeifuhr. Es war sehr chic und teuer eingerichtet. Und seine Eltern hatten natürlich nichts dagegen, wenn er mich mitbrachte. Im Gegenteil, sie mochten mich sehr gerne und freuten sich jedes Mal, wenn sie mich sahen. Dann sprachen sie ein paar nette Worte mit mir, aber sie hielten uns nie lange auf, weil sie wussten, dass wir lieber allein sein wollten. Wir gingen hinauf in sein Zimmer, hörten Musik, lagen auf dem Bett, küssten und streichelten uns.

Jeden Abend erzählte ich ihr davon. Jeden Abend brachte ich sie nach dem Essen hinauf, half ihr beim Ausziehen, stützte sie beim Zähneputzen, wusch sie, cremte sie ein, brachte sie ins Bett und sagte dabei: «Ich freue mich schon so auf ihn.»

Ich hatte ihm den Namen Thomas gegeben. In der Schule gab es einen Jungen, der so hieß und den ich sehr nett fand. Er war nicht so wüst und ordinär wie die anderen. Ich wusste nicht viel über ihn. Er ging aufs Gymnasium, ich sah ihn immer nur in der Pause. Da saß er meist in einer Ecke auf dem Boden und las in einem Buch. Um Mädchen kümmerte er sich nicht – und sie nicht um ihn. Er trug eine Brille.

Mein Thomas trug natürlich keine. Magdalena hätte das als einen Makel empfunden. Für sie mussten die Jungs groß und stark und hübsch, wild und zärtlich sein. Thomas war schon der zweite in der Art, den ich erfunden hatte.

Wenn Magdalena im Bett lag, ging ich hinunter und sagte

zu Mutter: «Ich muss jetzt unter dem Auge Gottes Einkehr halten.» Ich konnte nicht im Haus bleiben, dann hätte Magdalena den Schwindel schnell bemerkt.

Ich lief in die Stadt. Im Zentrum war immer etwas los. Es wurde viel gebaut. Da schaute ich mir die Baustellen an und stellte mir vor, dass sie uns eines Tages einmauerten. Dass sie einfach eine Mauer um unser Haus zogen, damit wir isoliert waren wie die Pestkranken, von denen Vater mir früher erzählt hatte. Manchmal stellte ich mir auch vor, dass ich Thomas traf. Den richtigen, mit seiner Brille und einem Buch. Dass wir uns irgendwohin setzten und beide in einem Buch lasen.

Ich hatte auch Bücher – gekaufte. Ich hatte sie eigens bestellen müssen, und sie waren ziemlich teuer gewesen. Aber Geld hatte ich genug. Von den dreihundert Mark für den Haushalt, die ich Vater jede Woche abverlangte, brauchte ich nicht mal ein Drittel, und wir lebten trotzdem üppiger als vorher. Und auf dem Schulhof verkaufte ich keine Haarspangen mehr. Lippenstifte wohl noch und andere Make-up-Sachen, aber hauptsächlich Parfüms und andere Dinge, die viel Geld brachten und die man leicht einstecken konnte, einmal sogar einen Walkman.

Für Magdalena hatte ich auch einen besorgt. Sie hatte ihn im Bett immer bei sich. Die Gefahr, dass Mutter sie damit erwischte, bestand nicht. Mutter kam nicht mehr in unser Zimmer. Sie pendelte nur noch zwischen dem Hausaltar und ihrem Bett hin und her, hatte ihre sämtlichen irdischen Verpflichtungen an mich abgetreten.

Ich machte das Frühstück für alle und versorgte Magdalena, bevor ich zur Schule ging. Ich kochte zu Mittag, wenn ich heimkam. Ich machte die Einkäufe, die Wäsche und hielt das Haus sauber. Und jede freie Minute verbrachte ich mit Magdalena, bis sie dann abends im Bett lag und ich auf Tour ging.

Ein Mädchen aus meiner Klasse nahm mir regelmäßig die neuesten Schlager auf Kassette auf. Dafür schenkte ich ihr schon mal eine Kleinigkeit. Sonst hätte Magdalena ja nichts von dem Walkman gehabt. Sie liebte Musik. In den drei Stunden, während ich unterwegs war, hörte sie eine Kassette nach der anderen, bis ich zurückkam.

Bevor ich ins Haus ging, machte ich noch einen kurzen Abstecher in den Schuppen. Dort lagen keine Süßigkeiten mehr unter den Kartoffelsäcken. Dafür lagen jetzt eine Menge anderer Sachen da, auch Zigaretten und ein kleines Feuerzeug. Ich zündete mir eine Zigarette an und nahm ein paar Züge. Dann drückte ich sie sorgfältig aus und steckte sie zurück in die Packung. Auf die Weise kam ich mit einer Zigarette ein paar Tage lang aus.

Ich machte mir gar nichts aus Rauchen. Mir wurde schwindlig davon, husten musste ich auch oft. Aber Magdalena fand es chic, wenn man rauchte. Und sie konnte riechen, ob ich es getan hatte. Ein paar Monate später, nach der Zeit mit Thomas, hörte ich auf damit. Ich erzählte ihr, mein neuer Freund hasse Zigaretten und könne es nicht leiden, wenn ein Mädchen rauchte. Er hätte zu mir gesagt, da könnte er auch gleich einen Aschenbecher küssen. Und ich wolle da lieber kein Risiko eingehen, weil er phantastisch aussähe und ich schon ein feuchtes Höschen bekäme, wenn er mir nur an die Beine fasste. Magdalena verstand das.

Den neuen Freund – ich weiß nicht mehr, wie ich ihn genannt habe, es waren so viele Namen im Laufe der Zeit – machte ich drei Jahre älter. Er war dann auch der erste, mit dem ich schlief. Und Magdalena bat mich, ihr zu zeigen, wie das war.

Ich habe wirklich für sie getan, was ich tun konnte. Manchmal sagte sie: «Wenn ich alt genug bin, selbst zu entscheiden, dann lasse ich mich noch einmal operieren. Ich finde schon einen Arzt, der es tut.»

Wir wollten zusammen in die USA fliegen, in eines der großen Herzzentren. Immer wieder haben wir ausgerechnet, wie viel Geld wir zusammenbekämen bis zu ihrem achtzehnten Geburtstag, wenn wir jede Woche hundert Mark auf die Seite legten. Ich hatte ihr gesagt, so viel könnte ich vom Haushaltsgeld sparen. Dass es eigentlich doppelt so viel war, mochte ich ihr nicht sagen, damit sie nicht stutzig wurde und sich ausrechnete, dass ich klaute wie eine Elster.

Sie meinte, mit hundert Mark in der Woche sei es nicht zu schaffen. Und ich erzählte ihr, dass ich am Bahnhof eine Brieftasche mit tausend Mark gefunden hätte. Und dass ich jetzt immer die Augen offen hielte, weil doch viele Leute ziemlich schlampig mit ihren Sachen wären und gar nicht merkten, wenn sie etwas verloren.

Magdalena lachte. «Du bist lieb», sagte sie. «Aber du bist ein Schaf. Da müsstest du schon eine Bank überfallen, um das Geld zusammenzubringen. Sich darauf verlassen, dass mal einer was verliert …»

Ich war nahe daran, ihr zu sagen, dass ich das Geld nicht gefunden und weit mehr im Schuppen hatte als tausend Mark. Aber ich hatte in einer Zeitung gelesen, was eine Operation in den USA kostete und dass man sie selbst bezahlen musste. Und so viel hatte ich noch lange nicht. Ich wusste auch nicht, wie ich es beschaffen sollte.

Wenn ich hätte arbeiten können, nachdem ich mit der Schule fertig war, wäre es kein so großes Problem gewesen. Aber einer musste sich doch um den Haushalt und Magdalena kümmern. Mutter schaffte das nicht mehr, auch wenn sie gewollt hätte. Sie war oft so durcheinander, dass sie den Suppentopf mit dem Waschkessel verwechselte. Vater hatte eine moderne Waschmaschine gekauft, damit kam sie überhaupt nicht klar. Sie wollte damit auch nichts zu tun haben. Ich glaube, sie hatte Angst davor. Sie meinte, es sei Teufelswerk und stellte uns das Wasser ab. Wir sollten vierzig Tage in der Wüste fasten. Das konnte ich ihr aber ausreden. Nur musste man eben ständig aufpassen, damit sie keine Dummheiten machte.

Und Magdalena meinte auch, es wäre besser, wenn ich daheim bliebe. «Arbeiten», sagte sie. «Was willst du denn arbeiten? In deinem Alter kannst du höchstens eine Lehre machen. Das sind drei Jahre, in denen du so gut wie gar nichts verdienst. Wenn es dir wirklich ernst damit ist, das Geld für meine Operation zusammenzubringen, müssen wir uns etwas anderes einfallen lassen. Ich hätte da schon eine Idee. Es gibt etwas, da werden die Jüngsten am besten bezahlt. Aber ich weiß nicht, wie du darüber denkst.»

12. Kapitel

Cora Benders Verlegung aus der Untersuchungshaft in die Landesklinik zwang die Justizbehörden, umgehend einen Anwalt für sie zu bestellen. Von Seiten ihrer Familie war bisher kein Schritt in diese Richtung unternommen worden.

Ihr Mann und ihre Schwiegereltern schienen vergessen zu haben, dass sie existierte. Ihre Tante, die ausgebildete Krankenschwester, saß in Norddeutschland und bewachte das Sterben eines alten Mannes, für den niemand mehr etwas tun konnte. Von ihrer Mutter war nichts zu erwarten.

Auf der dem Landgericht Köln vorliegenden Liste mit Rechtsanwälten, die mit einer Pflichtverteidigung beauftragt werden konnten, wurde auch Doktor Eberhard Brauning geführt – und wegen seiner guten Zusammenarbeit vor Gericht sehr geschätzt. Freunde, darunter einige Richter, nannten ihn Hardy. Er war achtunddreißig Jahre alt und ledig. In seinem Leben gab es nur eine Frau, die ihm wirklich wichtig war: Helene, seine Mutter, mit der er zusammenlebte.

Helene Brauning war lange Jahre im gleichen Fachgebiet tätig gewesen wie Professor Burthe. Sie hatte häufig als psychologische Gutachterin vor Gericht ausgesagt und nur zweimal nicht verhindern können, dass eine Haftstrafe verhängt wurde. Helene Brauning hatte sich speziell – und nicht nur vor Gericht – mit den Fällen befasst, in denen eine gravierende Störung vorlag. Allerdings hatte sie sich vor zwei Jahren aus dem Berufsleben zurückgezogen. Es war auf Dauer doch sehr deprimierend gewesen, nicht helfen, nur verwahren zu können.

Für Eberhard Brauning waren Psychiatrie und Psychologie zweischneidige Schwerter. Geistig gestörte Straftäter hatten ihn seit frühester Jugend fasziniert, allerdings nur in der Theorie. In der Realität waren sie ihm ein Gräuel. Glücklicherweise waren sie im Alltag eines Juristen eher die Ausnahme.

Wenn ein Ehemann im betrunkenen Zustand oder aus Eifersucht seine Frau umbrachte, damit konnte er umgehen. Wenn ein bis dahin unbescholtener Angestellter nach einer feuchtfröhlichen Betriebsfeier eine Arbeitskollegin vergewaltigte, für solch einen Mann konnte er sich einsetzen, auch wenn es ihn persönlich schauderte.

Eberhard Brauning brauchte kalkulierbare Reflexe und nachvollziehbare Motivationen. Er brauchte das offene Gespräch, nicht unbedingt Reue; wenn sie ihm geboten wurde, war ihm das recht angenehm, doch ebenso gut konnte er sich mit Leugnen auseinander setzen.

Und all das war von den Geschöpfen, denen Helene mehr als ihr halbes Leben gewidmet hatte, nicht zu erwarten. Sie lebten in einer Welt, zu der er keinen Zugang fand. Ihr Verhalten war ganz nett für eine angeregte Unterhaltung am Abend. Was jedoch seine Arbeit betraf, bevorzugte Eberhard Brauning Fälle, in denen die Sachlage und die geistige Verfassung des Mandanten klar waren.

Als ein solcher stellte sich dem Untersuchungsrichter der Fall Frankenberg dar. Eine junge Frau hatte vor einem guten Dutzend Augenzeugen ihren ehemaligen Liebhaber umgebracht, zu Beginn des Verhörs bestritten, den Mann gekannt zu haben, nach gutem Zureden durch die vernehmenden Beamten schließlich doch die Bekanntschaft und ihre Motivation offen gelegt und zwischenzeitlich einen Suizidversuch unternommen.

Die Ermittlungsunterlagen der Staatsanwaltschaft waren fast vollständig. Es fehlte nur das Gutachten des psychologischen Sachverständigen. Das konnte auch noch ein wenig dauern. Professor Burthe war beruflich stark eingespannt.

Ein unterzeichnetes Geständnis lag ebenfalls noch nicht vor, weil die junge Frau ihre erste Aussage widerrufen hatte und seitdem wieder hartnäckig leugnete, ihr Opfer gekannt zu haben. Was sie sich davon versprach, lag auf der Hand. Und da war Eberhard Brauning nun genau der richtige Mann, sie zu überzeugen, dass eine Haftstrafe dem Maßregelvollzug vorzuziehen wäre.

Dass Cora Bender sich derzeit in der geschlossenen Abteilung der Psychiatrie befand, war für Eberhard Brauning mit ihrem Suizidversuch hinreichend erklärt. Papiertücher! Auf solch eine Idee musste man erst einmal kommen. Er hielt es für einen äußerst raffinierten Schachzug, verließ sich auf den persönlichen Eindruck des Haftrichters, der sie als kaltschnäuzig bezeichnete. Er verstand jedoch auch, dass der Untersuchungsrichter kein Risiko eingehen wollte.

Eberhard Brauning bat um Akteneinsicht und bekam fünf Tage nach Georg Frankenbergs Tod Kopien sämtlicher vorhandenen Unterlagen ausgehändigt. Das war der Donnerstag. Am frühen Abend begann er sein Aktenstudium mit den Zeugenaussagen, die kurz nach der Tat gemacht und später noch ergänzt worden waren um Details, die sich nicht unmittelbar auf das Geschehen bezogen.

Das Verhalten des Opfers erschien ihm ebenso eindeutig wie dem unbedarften Familienvater, der es zu Protokoll gegeben hatte. Dem Personalbogen mit den persönlichen Daten Cora Benders war nachträglich eine Notiz angefügt worden. Eine Schwester, Magdalena Rosch, verstorben vor fünf Jahren an Herz-Nieren-Versagen. Er maß dieser Notiz keine Bedeutung bei.

Bei den Abschriften der Tonbänder beschlich ihn kurzzeitig ein ungutes Gefühl. Entweder hatte Cora Bender sich zeitweise in einem Zustand befunden, für den Verwirrung ein sehr milder Ausdruck war, oder sie hatte den vernehmenden Beamten eine großartige Show geboten. Er gab der letzten Interpretation den Vorzug und hätte dazu gerne die Ansicht seiner Mutter gehört. Leider war Helene schon zu Bett gegangen, als er die Akten endlich beiseite legte. Es war weit nach Mitternacht. Beim gemeinsamen Frühstück am nächsten Morgen war die Zeit zu knapp für ein ausführliches Gespräch. Er erwähnte nur kurz, dass er einen neuen und höchst interessanten Fall habe. Wieder mal eine, die sich einbildete, die Landesklinik sei ein Sanatorium.

Gleich nach seinem Eintreffen in der Kanzlei vereinbarte er einen Gesprächstermin mit seiner Mandantin. Er war fest entschlossen, ihr unmissverständlich klarzumachen, dass sie mit einem umfassenden Geständnis auf milde Richter hoffen durfte. Am frühen Freitagnachmittag, pünktlich um fünfzehn Uhr, wurde eine Tür für ihn aufgeschlossen, und er sah sie das erste Mal vor sich.

Sie stand am Fenster, trug einen schlichten Rock und eine einfach geschnittene Bluse, beides war fleckig und zerknittert. Strümpfe trug sie nicht. Ihre nackten Füße steckten in einem Paar Schuhe mit halbhohen Absätzen. Ihr Haar schien seit mehreren Tagen nicht mehr mit Wasser und Shampoo in Berührung gekommen zu sein. Und ihr Gesicht, als sie sich langsam zur Tür und damit zu ihm umdrehte …

Eberhard Brauning hielt unwillkürlich den Atem an und fühlte die ersten Zweifel an seiner Beurteilung der Lage aufsteigen. So viel Stumpfheit! Ihre Augen erinnerten ihn an die Glasknöpfe im Kopf eines alten Plüschbären, den er als kleiner Junge heiß geliebt hatte. Sie waren ziemlich groß gewesen, diese Knöpfe. Und wenn er sie ins Licht gehalten hatte, hatte er sich darin spiegeln können. Nur sich, sein Zimmer, die Umgebung eben. Von seinem Innenleben aus Stroh hatte der alte Teddy niemals etwas preisgegeben.

Vor Unbehagen zog er die Schultern zusammen. Der Aktenkoffer in seiner Hand schien sein Gewicht verdoppelt zu haben. Langsam ließ er den angehaltenen Atem entweichen, schluckte einmal trocken und sagte mit bemüht ruhiger und sehr betonter Stimme: «Guten Tag, Frau Bender. Ich bin Ihr Anwalt, Eberhard Brauning.» Den Doktor ließ er weg. Der Titel schien so unpassend angesichts der Glasaugen in dem gelbgrünen Gesicht.

Sie musterte ihn von Kopf bis Fuß, ließ keine Regung erkennen.

«Mein Anwalt», murmelte sie. Ihre Stimme klang nach gar nichts.

«Ich bin vom Gericht mit der Wahrnehmung Ihrer Interessen oder, einfacher ausgedrückt, mit Ihrer Verteidigung beauftragt. Sie wissen, was Ihnen zur Last gelegt wird?»

So wie sie dastand, hätte er geschworen, dass sie es nicht wusste. Sie beantwortete seine Frage auch nicht. «Es ist ziemlich heiß hier drinnen», stellte sie fest und drehte sich wieder dem vergitterten Fenster zu. «Dabei sieht es draußen bewölkt aus. Das ist kein Wetter zum Schwimmen. Ich hätte bei der ersten Runde im Wasser bleiben sollen. Ich hätte längst alles vergessen und könnte jetzt in Ruhe und Frieden mit dem Mann da unten leben.»

Ein zittriger Atemzug ließ ihre Bluse flattern. «Darüber haben wir heute Morgen gesprochen, der Herr Professor und ich. Dass ich mit dem Mann im See leben wollte. Und freitags hätte ich zu ihm gesagt: Du irrst dich, mein Lieber, heute ist schon Montag. Aber heute ist Freitag, oder? Ich habe den Professor gefragt heute Morgen. Und er sagte, heute sei Freitag.»

Sekundenlang war sie still, dann drehte sie den Kopf wieder in seine Richtung und betrachtete ihn über die Schulter mit kritisch abschätzendem Blick. «Oder hat er mich angelogen? Wenn Sie mir einen großen Gefallen tun wollen, dann sagen Sie mir, dass er mich belogen hat. Es ist ein Kreuz mit den Weißkitteln. Wenn man denkt, sie sagen die Wahrheit, irren sie sich. Und wenn man denkt, sie müssen sich irren, sagen sie die Wahrheit. So einer hat mir mal gesagt, ich sei eine süchtige Hure, eine, die sich nur mit perversen Freiern einließ.»

Sie hob kurz die Schultern an, ließ sie gleich wieder fallen. «Der hat sich leider auch nicht geirrt. Die Perversen zahlen einfach besser. Und ich musste eine Menge Geld zusammenbringen bis zum Tag X. Es hing doch alles von mir ab. Und sie hat verlangt, dass ich es tue. Sie wollte, dass ich mit meinem Körper für ihr Herz zahle.»

Ein flüchtig wehmütiges Lächeln brachte für den Bruchteil einer Sekunde Leben in ihr Gesicht. Es war gleich wieder vorbei. «Ich hätte alles für sie getan», erklärte sie. «Das Herz hätte ich mir herausgerissen und es ihr gegeben, wenn es nur möglich gewesen wäre. Sie wusste das. Sie wusste eine Menge über kaputte Typen. Sie wusste auch, dass ich so kaputt war, dass es eigentlich nicht mehr darauf angekommen wäre.»

Eberhard Brauning konnte nichts weiter tun als sie anstarren und sich nur einen ungefähren Reim auf das machen, was sie von sich gab. Herz, Schwester.

Sie nickte gedankenverloren vor sich hin. «Aber das konnte ich nicht für sie tun. Ich war doch erst sechzehn. Ich hatte noch nie mit einem Mann geschlafen. Die ganze Nacht habe ich geheult und gebettelt, dass ihr etwas anderes einfällt. Und wissen Sie, was sie sagte: ‹Du sollst ja auch nicht mit einem ficken, du Schaf. Der normale Verkehr bringt nicht viel. Nur mit SM kannst du richtig Kasse machen, und dabei musst du deine Möse nicht für so einen Drecksack hinhalten. Du brauchst den alten Knackern nur ordentlich was überzuziehen. Gib ihnen die Peitsche. Kneif ihnen in den Sack, stech ihnen Nadeln in die Schwänze, so wollen sie das.› Aber ich konnte auch keine alten Männer quälen. Allein die Vorstellung!»

Sie legte eine Hand vor den Mund. Das bedächtige Nicken

ging in ein ebenso bedächtiges Kopfschütteln über. «Sie sagte, ich soll dabei einfach an Vater denken. Wie er sich an mir aufgegeilt hätte. Sie hätte, als ich ihr zeigte, wie er mir an das Höschen fühlte, nur verhindern wollen, dass ich hysterisch wurde, sagte sie. Nur deshalb hätte sie mir erklärt, es sei nichts dabei. Aber um festzustellen, ob ich ins Bett gepinkelt habe, hätte er mir nicht zwischen die Beine greifen müssen. Da hätte ein Blick aufs Laken gereicht. Als sie das sagte, wusste ich, dass sie ein Biest ist. Aber jeder versucht es auf seine Weise, nicht wahr? Sie wollte doch auch nur leben.»

Eberhard Brauning brachte ein zustimmendes Nicken zustande und sagte: «Das wollen wir doch alle.»

Sie nickte ebenfalls. «Ich hätte es besser getan. Viele wollen es ja wirklich so. Denen tut man nur einen Gefallen, wenn man sie demütigt und quält. Und damit hätte ich sie mir auf legale Weise vom Hals schaffen können. Ich musste sie mir doch irgendwie vom Hals schaffen. Von allein wäre sie nie gestorben. Aber nach einer Operation hätte sie alleine leben können. Da hätte sie mich nicht mehr gebraucht. Warum habe ich es nicht getan, solange noch Zeit war? Warum habe ich das erst geschafft, als sie tot war? Was meinen Sie, war es das schlechte Gewissen? Wollte ich zwei Fliegen mit einer Klappe schlagen? Mich bei meinem Vater entschuldigen und gleichzeitig sagen können: Hallo, du da oben, schau mal nach unten. Siehst du, ich tue es. Ich tu es für dich.»

Sie schaute ihm ins Gesicht, und tief in diesen Glasaugen glomm ein Funke auf. Es war kein Leben, was da glühte, es war nur Qual – wie ein Funken aus der Hölle.

«Ich habe es getan», sagte sie mit einem langen Seufzer. «Nicht so, wie sie es mir vorgeschlagen hatte. Das hätte ich nie geschafft, einen Mann mit einer Nadel zu stechen. Ich habe die Sache umgedreht und meine Haut hingehalten. Aber das habe ich auch nicht verkraftet. Und um die Sauereien auszuhalten, habe ich gefixt. Klingt logisch, oder? Ich meine, es klingt sehr logisch. Aber der Chef glaubt es nicht. Glauben Sie es?»

Eberhard Brauning verspürte das dringende Bedürfnis, gegen die Tür zu hämmern, damit man ihn befreite. Aus dem Blick dieser Augen, in denen es nun stärker glühte, aus dem Raum, nach Möglichkeiten auch von diesem Mandat. Er sah die Notiz vor sich. Herz-Nieren-Versagen! Das war wohl ein Irrtum gewesen – nicht der einzige Irrtum in diesem Fall. Und er hatte sich die Sache eingehandelt!

Er klopfte nicht gegen die Tür, begann nur im Geist zu pfeifen. Ein fröhliches Lied. Ich hab den Vater Rhein in seinem Bett gesehen. Wie er darauf kam, wusste er nicht. Aber im Geist zu pfeifen hatte ihn schon als Kind beruhigt.

Die Betten im Raum waren ordentlich gemacht. Nur an den Bezügen erkannte man, dass sie benutzt worden waren. Sie waren so fleckig und zerknittert wie Cora Benders Kleidung.

Sie war seit mindestens einer Minute still. Es fiel ihm erst auf, als sie seinem Blick folgte, zu grinsen begann und mit spöttischem Unterton meinte: «Sieht aus, als wäre ich hier nicht alleine, was? Lassen Sie sich von den Betten nicht hinters Licht führen. Das ist nur ein Täuschungsmanöver. Bisher habe ich außer dem Pflegepersonal, dem Professor und dem Chef noch keinen zu Gesicht bekommen. Ich nehme an, die wollen testen, ob ich meine Sinne noch alle beisammen habe oder anfange mit Leuten zu reden, die nicht existieren.»

Der Wandel traf ihn völlig unvorbereitet. Ihre Stimme, sogar ihr Blick, waren plötzlich die einer Person, die sich lustig machte. Man hatte ihr einen Streich gespielt und noch nicht erkannt, dass sie die Sache längst durchschaut hatte. Da durfte sie sich amüsieren über die Dummheit der anderen.

Sie zuckte lakonisch mit den Achseln und schränkte ein: «Aber vielleicht liegt es auch daran, dass ich zu viel schlafe. Ich muss mich nur hinlegen, zwei Sekunden später bin ich abgetaucht. Und dann können Sie eine Kanone neben mir abschießen, ich wache nicht auf. Morgens müssen die mich immer rütteln. Der Professor hält es für ein schlechtes Zeichen, dass ich so viel und noch dazu gerne schlafe. Er hat wohl auch mal gelesen, der Schlaf sei der kleine Bruder des Todes.»

Sie lachte belustigt. «Blödsinn, mit kleinen Brüdern hatte ich nie etwas im Sinn. Ich habe jahrelang mit dem großen in einem Zimmer geschlafen. Und ich habe mich auch noch gefreut, als Vater nach nebenan und der große Bruder bei mir einzog. Manchmal ist man so blöd, dass es verboten werden müsste.»

Eberhard Brauning hatte bereits erleichtert aufgeatmet und suchte den Anfang der Rede, die er sich für sie zurechtgelegt hatte. Da blinzelte sie plötzlich, und als sie weitersprach, klang ihre Stimme wieder benommen und so teilnahmslos wie zu Beginn. «Entschuldigung. Sie wissen wahrscheinlich gar nicht, wovon ich rede. Manchmal weiß ich es auch nicht. Ich bin nicht immer ganz klar im Kopf. Die pumpen mich hier andauernd voll mit irgendeinem Scheiß. Der Professor behauptet, es seien nur Psychopharmaka gegen meine Depressionen. Das ist ein verlogener Haufen hier, sage ich Ihnen.»

Ihre Schultern strafften sich, die Stimme ebenso. «Aber ich beiße mich schon durch», erklärte sie. «Das habe ich immer getan. Früher habe ich oft gesagt, wenn mich einer in den Hintern tritt, stolpere ich automatisch zwei Schritte vor. Das ergibt sich ja aus der Bewegung, oder sind Sie anderer Meinung?»

Das hatte bereits hellwach geklungen, mit dem nächsten Satz wurde ihre Stimme scharf und spöttisch. «Jetzt ziehen Sie nicht so ein ängstliches Gesicht. Ich bin nicht verrückt. Ich tu nur so. Es ist praktisch, hier drin verrückt zu sein. Das habe ich schnell herausgefunden. Man kann den größten Schwachsinn von sich geben und auf jede unangenehme

Frage irgendeinen Mist auftischen. Da freuen die sich. Das brauchen sie zur Selbstbestätigung, sie verdienen schließlich ihr Geld damit. Aber wir beide reden vernünftig miteinander. Sie müssen ja niemandem weitererzählen, dass ich noch kann. Ich nehme an, als mein Anwalt unterliegen Sie der Schweigepflicht. Nur brauche ich Sie nicht. Tut mir Leid, dass Sie sich umsonst herbemüht haben.»

Eberhard Brauning fühlte sich einem Wechselbad ausgesetzt. Er wusste weder, was er von ihrem Gerede halten, noch, wie er darauf reagieren sollte. «Ich bin vom Gericht mit Ihrer Verteidigung beauftragt», wiederholte er lahm.

Sie zuckte bedauernd mit den Achseln, ihre gelbgrüne Miene spiegelte Überheblichkeit. «Und woraus schließt das Gericht, dass ich verteidigt werden will? An mir können Sie nichts verdienen, guter Mann. Sagen Sie dem Gericht, ich hätte Sie rausgeworfen. Sie können auch sagen, Sie hätten sich die Sache anders überlegt, nachdem Sie mit mir gesprochen hätten.»

«Das ist nicht möglich, Frau Bender», erklärte er. «Sie brauchen einen Anwalt, und ...» Weiter kam er nicht.

«Quatsch», unterbrach sie ihn lässig. «Ich brauche niemanden. Ich komme am besten zurecht, wenn ich ganz alleine bin. Ich bin nämlich nie alleine. Kennen Sie den Zauberlehrling?»

Als er verblüfft nickte, erklärte sie: «Ich habe die Geister nicht gerufen. Der Chef war es. Dieser Schweinehund hat sie einen nach dem anderen aus der Hölle heraufbeschworen. Jetzt hat er mir auch noch Magdalena auf den Hals gehetzt. Ich wusste, dass das passiert, wenn ich ihn an sie ranlasse. Deshalb habe ich ihn fern gehalten. Aber dann hat er mit Grit gesprochen. Und ich weiß nicht, wie ich sie wieder loswerden soll. Die anderen bin ich auch nicht mehr losgeworden. Johnny, Böcki und Tiger. Ich weiß nicht, wo ich sie hergenommen habe. Und ich weiß – verdammt nochmal – nicht, wo ich sie hinstecken soll, damit sie mir nicht länger auf dem Verstand herumtrampeln.»

Sie schlug sich mit einer Faust in die offene Hand, atmete tief durch und lächelte noch einmal. Überheblich war es nicht mehr, nur noch kläglich. «Mit so einer Gesellschaft ist man hier gut aufgehoben, glauben Sie mir. Es war nicht mein Traum, in der Klapsmühle zu enden. Nur kann man es sich nicht aussuchen. Und viel anders als im Knast ist es gar nicht. Vielleicht ist es sogar besser, ich kriege jedenfalls keinen Ärger mit anderen Weibern. Ich schlucke brav meine Pillen, esse meist meinen Teller leer und erzähle dem Professor, was er hören will. Aber damit wollen wir es gut sein lassen. Dass jetzt noch einer auftaucht und mich mit Fragen nervt, damit er mich vor Gericht verteidigen kann, herzlichen Dank. Ich will nicht verteidigt werden. Das kann ich alleine.»

Es erging Eberhard Brauning, wie es Rudolf Grovian in den ersten Stunden mit ihr ergangen war. Er sah den äußerst schmalen Grat nicht, auf dem ihr Verstand balancierte. Er fühlte Wut in sich aufsteigen, bemühte sich, ruhig zu bleiben und sachlich zu argumentieren. «Das können Sie nicht, Frau Bender. Vor einem Schwurgericht kann sich niemand selbst vertreten. Das könnte nicht einmal ich, wenn man mich eines Kapitalverbrechens bezichtigte. Das Urteil hätte keine Rechtsgültigkeit und könnte jederzeit angefochten werden, wenn der oder die Angeklagte keinen Rechtsbeistand hatte.»

Er machte eine kurze Pause, wartete, ob sie ihm darauf antwortete. Als sie schwieg, ging er die wenigen Schritte zum Tisch, stellte seinen Aktenkoffer darauf ab, öffnete ihn jedoch nicht gleich, zog nur einen der Stühle zu sich heran und sagte dabei: «Das sind die Fakten. Ob es uns beiden gefällt oder nicht, spielt keine Rolle. Ich wurde als Ihr Anwalt verpflichtet, das konnte ich nicht ablehnen. Jetzt könnte ich das. Ich könnte dem Richter erklären, Frau Bender kooperiert nicht, ich kann sie unter diesen Umständen nicht vertreten.

Das würde der Richter einsehen, mich von meiner Aufgabe entbinden und einen anderen Anwalt für Sie bestimmen. Den können Sie natürlich auch ablehnen, ebenso den dritten und den vierten. Ich weiß nicht, wie lange der Richter sich dieses Spielchen von Ihnen bieten lässt, ehe ihm der Geduldsfaden reißt. Aber vielleicht begreifen Sie, dass Sie nur die Alternative haben: ich oder irgendein anderer.»

Warum er ihr das erklärte, wusste er nicht. Es wäre entschieden einfacher gewesen, dem Richter diesen Vortrag zu halten. Nur sah er in dem Moment nichts, was ihn hätte veranlassen können, seine Worte in Kürze zu bereuen. Er fühlte sich auf den Arm genommen von ihr, er hätte geschworen, dass sie mit ihm das gleiche Spielchen versuchte wie mit den Beamten, die das Verhör geführt hatten.

Johnny, Böcki und Tiger! Nicht mit ihm! Sie war gut in ihrer Rolle, sie war fast schon brillant. Aber er lebte – seit er denken konnte – mit Helene. Und wenn er eines von ihr gelernt hatte, dann das: Wer sich amüsieren konnte über die Trottel, die brav ein paar Mätzchen schluckten, der wusste noch genau, was er tat.

Es war faszinierend, ihr Gesicht zu betrachten, den Spott, der ihre Lippen verzog und den Glasaugen Leben einhauchte. Keine Frage, sie amüsierte sich köstlich über ihn. Er war überzeugt, dass Helene seinen Eindruck bestätigt hätte, wäre sie dabei gewesen. Cora Bender bildete sich ein, sie könne alle Welt an der Nase herumführen.

«Da sitzen wir beide wohl in derselben Tinte, was?», stellte sie fest, kam ebenfalls zum Tisch und setzte sich auf einen der Stühle. «Was machen wir nun? Tut mir aufrichtig Leid, dass es ausgerechnet Sie erwischt hat. Aber wenn die Dinge so stehen, behalte ich Sie doch lieber. Sonst schicken die mir am Ende irgendeinen alten Knacker. Mit Ihnen habe ich wenigstens was fürs Auge. Ich werde es Ihnen leicht machen, damit die Angelegenheit für Sie nicht zur Strapaze wird. Ich bin schuldig. Daran gibt es nichts zu rütteln. Ich leugne nicht, bin voll geständig, habe jedoch nicht vor, weitere Erklärungen abzugeben. Reicht das?»

Eberhard Brauning setzte sich endlich, klappte seinen Koffer auf, nahm das Aktenbündel heraus und legte es vor sich auf den Tisch. «Für eine Verurteilung reicht es», sagte er und legte eine Hand auf den Aktendeckel. «Das hier sieht nicht gut aus für Sie.»

Sie grinste wieder. «Daran bin ich gewöhnt. Für mich hat noch nie etwas gut ausgesehen. Stecken Sie es wieder ein, ich weiß, was drin steht. Präzise ausgeführte Stiche! Und es kommt noch einiges dazu. Nur der Himmel allein weiß, was der Chef noch ausgräbt. Und wenn der Herr Professor mit mir fertig ist, möchte er sicher auch einen schönen Bericht schreiben für den Staatsanwalt. Vielleicht tut er Ihnen den Gefallen und erwähnt ein paar mildernde Umstände.»

Mit einem langen Seufzer fügte sie an: «Wir werden sehen. Wenn Sie alles beisammenhaben, überlegen Sie sich Ihre Strategie. Dann kommen Sie nochmal her, und wir besprechen es in Ruhe. Bis dahin bin ich vielleicht auch etwas klüger. Im Moment verschwenden wir beide nur unsere Zeit.»

Sie warf einen sehnsüchtigen Blick zum Fenster, ihre Stimme wurde schwer und melancholisch. Und für kurze Zeit glaubte Eberhard Brauning noch einmal, dass sie nichts weiter als ihre Fähigkeiten unter Beweis stellen wollte.

«Ich muss nämlich ein bisschen aufpassen mit dem, was ich sage», erklärte sie. «Haben Sie schon mal das Gefühl gehabt, Sie müssten Ihren Verstand mit beiden Händen festhalten? Da ist man ziemlich beschäftigt, glauben Sie mir. Ich traue mich kaum noch zu denken. Manchmal muss ich dreimal auf das Gitter schauen, um zu erkennen, dass ich nicht daheim bin. Es ist alles so real, als ob ich mittendrin stehe. Ich bringe sie ins Bett, stehe mit ihr im Bad, habe sie hinter mir in der

Küche. Ich weiß nicht, was das soll. Warum muss ich das alles nochmal erleben? Ich hatte es so weit hinter mir gelassen und die Tür ganz fest zugemacht. Der Chef hat sie eingetreten. Er hätte mir nicht drohen dürfen. Damit hat es angefangen.»

Sie schüttelte verwundert den Kopf und korrigierte sich: «Nein, angefangen hatte es schon am See. Aber da habe ich nur die Himbeerlimonade geschmeckt und das kleine Kreuz gesehen. Und jetzt schmecke ich sein Blut und sehe die drei großen. Es spielt keine Rolle, wohin ich schaue, ich sehe sie überall. Und das in der Mitte trägt einen ohne Schuld.»

Es widerstrebte ihm, ihren Monolog zu unterbrechen. Aber ihm gegenüber war solch eine Show nun wirklich nicht angebracht. Höchste Zeit, ihr das begreiflich zu machen. «Wer hat Ihnen gedroht und womit?» erkundigte er sich.

Sie schaute weiter zum Fenster. Ihr Gesicht trug wieder den gleichen unbeteiligten Ausdruck wie zu Beginn. «Der Chef», murmelte sie und erklärte etwas lauter. «Er heißt Rudolf Grovian. Ein hartnäckiger Hund, sage ich Ihnen. Er hat mir erzählt, er hätte das Mädchen mit den gebrochenen Rippen gefunden.»

Ihr Blick fand zu ihm zurück, und ihre Augen bestanden wieder aus purem Glas. «Furchtbar, nicht wahr?» Sie nickte schwer. «Aber da kann man nichts machen. Er tut nur seine Arbeit. Ich weiß, dass ich kein Recht habe, mich über ihn zu beschweren. Das will ich ja auch gar nicht. Aber jetzt hat er so viel zusammen, da könnte er doch Ruhe geben. Und das wird er nicht tun. Er wird nicht eher aufhören, bis er mich fix und fertig gemacht hat. Ich geh kaputt hier drin.»

Ihre Stimme verursachte ihm einen Kälteschauer. Der letzte Satz war nur noch ein heiseres Flüstern. Sie schlug sich mit einer Faust gegen die Brust. Sekundenlang kniff sie wie unter Schmerzen die Augen zusammen. Dann fing sie sich wieder.

«Ich könnte ihm den Hals umdrehen. Aber irgendwie mag

ich ihn. Der Erlöser hat ja immer gesagt: Liebet eure Feinde. Der Chef war mein erster Feind. Und ich habe mich so stark gefühlt am Anfang. Da lag dieser Mann und blutete und war tot, und mir ging es prächtig. Wie Goliath habe ich mich gefühlt. Ich war Goliath. Ich war so groß, dass ich das Messer auf dem hohen Tisch sehen und greifen konnte. Und dann kam dieser kleine David und sagte, dass er mit meinem Vater reden muss. Ich habe die Nerven verloren und drauflos gelogen. Und das Komische war, je mehr ich erzählte, umso mehr sah ich. Das Klecksebild und die grünen Steine im Fußboden und den Dicken mit dem Mädchen auf der Treppe. Und jetzt sehe ich die drei Kreuze. Ich weiß, dass ich einen unschuldigen Mann getötet habe. Und ich habe Angst. Ich habe entsetzliche Angst vor dem Zorn seines Vaters.»

Eberhard Brauning konnte sich nicht überwinden zu tun, was er sich vorgenommen hatte, sie auf den Punkt bringen. Er wünschte sich, Helene wäre in der Nähe, um ihr Urteil abzugeben und ihm zu sagen, wie er sich verhalten sollte.

Cora Bender presste die Lippen aufeinander, fuhr mit beiden Händen zum Gesicht und bedeckte es sekundenlang. Dabei flüsterte sie: «Manchmal nachts, wenn ich denke, ich schlafe, tritt er an mein Bett. Ich sehe ihn nicht, ich fühle ihn nur. Er beugt sich über mich und sagt: ‹Mein Sohn hatte keine Schuld an diesem Desaster. Er hat getan, was er tun konnte.› Jedes Mal, wenn er das sagt, will ich schreien: ‹Du lügst!› Aber ich kann nicht. Ich kann den Mund nicht aufmachen. Ich schlafe doch.»

Nach einer Ewigkeit nahm sie ihre Hände herunter, und ihr Gesicht war so, wie er sich als Kind das Gesicht eines Geistesgestörten vorgestellt hatte.

«Machen Sie sich keine Sorgen», murmelte sie erschöpft. «Ich weiß, wie das alles klingt. Aber ich weiß auch, wem ich es sagen darf und wem nicht. Beim Professor kommt kein Wort über den Erlöser und die büßende Magdalena auf den

Tisch. Zu Anfang wollte ich wirklich nichts mit ihr zu tun haben. Aber dann wusch sie ihm die Füße, und alles veränderte sich. Kennen Sie sich in der Bibel aus?»

Der Blick, der diese Frage begleitete, war kritisch und nüchtern. Als ob eine Expertin einem Laien etwas begreiflich zu machen versuchte. Er zog wieder unwillkürlich die Schultern zusammen. «Ein wenig», sagte er.

«Wenn Sie Fragen dazu haben», fuhr sie fort, «fragen Sie mich nur. Ich kenne jedes Wort. Ich kenne sogar die Stücke, die nie geschrieben wurden. Als sie ihm die Füße wusch, wollte sie sich nur bei mir einschmeicheln. Ihn wollte sie vernichten, und das hat sie geschafft. Ich habe es getan. Und ich weiß nicht, warum. Ich weiß es wirklich nicht. Das Lied allein kann nicht der Grund gewesen sein.»

Sie begann mit den Fingerspitzen einen Rhythmus auf die Tischplatte zu trommeln. «Es war sein Lied. Und ich hatte es im Kopf. Wie ist es da reingekommen? Ich muss ihn doch gekannt haben, meinen Sie nicht? Warum kann ich mich dann nicht an ihn erinnern? Meinen Sie, er könnte wirklich einer von den Freiern gewesen sein? An die kann ich mich ja auch nicht erinnern. Alles, was nach ihrem Tod passiert ist, ist weg. Ich habe es so tief vergraben, dass ich nicht mehr rankomme. Ich habe mir schon das ganze Hirn danach umgebuddelt und nichts gefunden. Vielleicht lag es hier hinten.»

Sie tippte mit einem Finger gegen ihre von Haaren bedeckte Stirn. «Und dann kann ich bis an mein Lebensende graben, ohne etwas zu finden. Auf die Stelle hat er zuerst geschlagen, das weiß ich jetzt wieder. Und dann nochmal auf die Seite. Da wurde es dunkel. Sie haben wohl gedacht, ich bin tot. Auf die Straße haben sie mich geworfen. Was meinen Sie, soll ich es dem Professor mal so erzählen, wie ich es dem Chef erzählt habe? Das wäre vielleicht günstig, dann gibt es keinen Widerspruch. Man darf sich nicht in Widersprüche verwickeln, dann haben sie einen gleich am Haken.»

«Was haben Sie dem Chef denn erzählt?», erkundigte sich Eberhard Brauning zögernd.

«Na, das mit den beiden Männern, wo Frankie auf der Couch saß. Haben Sie das nicht in Ihren Akten?»

Er schüttelte den Kopf. «Komisch», meinte sie. «Für schlampig hatte ich ihn nicht gehalten.» Dann wurde sie eifrig. «Ich habe gesagt, es waren Freunde von Frankie, und das Mädchen wollte, dass ich sie beide gleichzeitig ranließ. Dabei möchte ich gerne bleiben, und ich möchte eigentlich auch erklären, dass Frankie mein Zuhälter war.»

«War er das?», fragte Eberhard Brauning.

«Natürlich nicht», sagte sie. Es klang beinahe entrüstet. «Aber es könnte mir auch keiner das Gegenteil beweisen. Ich hatte mir das schon mal überlegt, aber im Moment ...» Sie brach ab und lächelte entschuldigend. «Na ja, mir kommt halt manchmal einiges durcheinander, wenn ich denke. Aber machen Sie sich keine Sorgen, das kriege ich hin.»

Dann lehnte sie sich auf dem Stuhl zurück und nickte versonnen. «Jetzt haben wir doch schon alles besprochen. Na, dann hat es sich für Sie wenigstens gelohnt, und Sie haben das Wiederkommen gespart. Ich werde jetzt versuchen, darüber nachzudenken. Vielleicht sollten Sie besser gehen.»

Das fand Eberhard Brauning auch. Er konnte sich nun einigermaßen hineinversetzen – nicht in sie und ihre Motivation, nur in die vernehmenden Beamten. Jetzt musste er sich erst einmal mit Helene besprechen.

Es war ein ständiges Stolpern über Bruchstücke, Sich-wieder-Aufraffen und Weiter-Umherirren in dem Trümmerfeld, das einmal ein sauber von einer Mauer in zwei Hälften geteiltes Hirn gewesen war. Nach dem Besuch des Chefs war es so schlimm geworden, dass sie sich selbst verloren hatte. Manchmal fand sie einen Teil von sich wieder, aber der stammte dann meist aus einer anderen Zeit.

Als ihr Anwalt erschien, tauchten im Gewirr einige Teile der Cora auf, die nach der Geburt ihres Kindes dem Alten Kontra gegeben, ihm die Büroecke, den Lohn und schließlich sogar ein Haus abgerungen hatte. Nur entschwanden die Stücke, noch während er ihr am Tisch gegenübersaß.

Und sie saß wieder an Magdalenas Bett und neben Frankie am See. Sie legte ihr Gesicht in sein Blut, um im nächsten Moment Johnnys Lächeln vom Vordersitz eines Wagens in sich aufzunehmen und dabei genau zu wissen, es konnte so nicht gewesen sein. Es war sowenig Wirklichkeit wie Gottvater, der sich nachts über sie beugte und zu ihr von der Unschuld seines Sohnes sprach, wenn sie dachte, sie schliefe.

Sie hätte dringend einen Menschen gebraucht, der ihr half, die größten Brocken beiseite zu räumen. Aber es hätte ein besonderer Mensch sein müssen. Einer, der verstand und glaubte, notfalls an Geister und Wünsche, die zu Bildern wurden. Wenn gar nichts mehr half, musste man daran glauben. Aber ein besonderer Mensch tauchte nicht auf. Also versuchte sie es alleine. Wenigstens ein bisschen Ordnung schaffen, damit es etwas aufgeräumter aussah.

Dass die anderen Betten kein Täuschungsmanöver waren, bemerkte sie schon kurz nach dem Tag, an dem sie mit ihrem Anwalt gesprochen hatte. Wie lange danach, hätte sie nicht sagen können. Die Tage glichen sich. Aber es war nebensächlich. Sie hatte mit den anderen Frauen nichts zu tun. Im Gegensatz zu ihr waren die in gewisser Weise noch frei. Für sie ging es nur hinaus, wenn eine weitere Sitzung beim Professor anstand. Die Angst vor ihm wurde bald Vergangenheit. Sie kam gut zurecht mit ihm, fand schnell heraus, was er hören wollte. Sogar über Magdalena sprachen sie schließlich, weil sie davon ausging, dass er es ohnehin vom Chef erfuhr.

Und Magdalenas Tod war Frankies Schuld. So hatte sie es schließlich mit ihrem Anwalt besprochen. Der Professor glaubte ihr nicht auf Anhieb, weil Frankies Vater ein Kollege von ihm war, auch ein Professor. Ein hübscher Junge aus gutem Haus, sagte er, habe es doch nicht nötig, sich als Zuhälter zu betätigen.

So ähnlich hatte sie auch einmal gedacht. Aber was sie gedacht hatte, zählte nicht mehr. Jetzt zählte nur noch, dass die Gedanken beisammenblieben wie eine ängstliche Lämmerherde, dass sie sich nicht plötzlich auf und davon machten. Leider taten sie das meist, wenn die Wölfe sie hetzten. Aber nicht in dem Gespräch über Frankie, den Zuhälter. Da hielt sie die Herde eisern beisammen und die Wölfe fern.

Warum nicht, hielt sie dagegen. Frankie fand es eben chic, ein Pferdchen laufen zu haben, das nach seiner Pfeife tanzte. Natürlich hatte er nie mit seinem Vater darüber gesprochen. Kein Mensch wusste davon. Aber so war es gewesen! Er hatte sie aufgehalten an dem Abend im August. Er hatte von ihr verlangt, dass sie mit zwei Männern gleichzeitig schlief.

Er hatte viel von ihr verlangt, zu viel. Und als Magdalena tot war, als sie ihn bitter nötig gebraucht hätte, wurde sie ihm lästig. Er suchte sich eine neue Freundin. Und weil sie nicht freiwillig ging, befahl er seinen Freunden, ihr einen Denkzettel zu verpassen. Er ließ sie zusammenschlagen und schaute zu. Seine neue Freundin auch.

Hätte ihr Anwalt zuhören können, er wäre stolz auf sie gewesen. Obwohl der Professor der Sachverständige war, konnte man ihn ebenso leicht belügen wie Mutter. In insgesamt drei Sitzungen nagelte sie ihn auf den Zuhälter fest, erging sich in Details, schmückte hier und dort etwas aus, präsentierte alle Scheußlichkeiten, die sich ein Hirn nur ausdenken konnte. Die kleinen Teufel mit den rotglühenden Zangen ergaben eine gute Vorlage für perverse Freier.

Wenn der Professor genug gehört hatte, ließ er sie zurückbringen in den Raum. Und dort war sie eine Verrückte, durfte sich gehen lassen und tat das auch. Wenn kein Mensch in ihrer Nähe war, kam es nicht darauf an, wo sie sich aufhielt oder ob sie selbst noch vorhanden war. Es waren genug andere da. Mutter und Vater, Magdalena und Johnny, Böcki und Tiger, Frankie und ein Arzt und die Angst und die Scham und die Schuld.

Ab und zu kamen auch Leute vom Pflegepersonal. Da sie jedoch durch die Tür hereinkamen, wusste sie genau, wie sie sich verhalten musste. Sie sprach ganz normal mit ihnen, beschränkte sich dabei auf Allgemeinplätze, um keinen Fehler zu machen. Sie sagte zum Beispiel: «Was bietet uns die Küche denn heute? Das duftet ja wieder!» Dann betrachtete sie die Pampe und sagte: «Ich wünsche mir nur, ich hätte einen besseren Appetit. Aber ich habe noch nie viel gegessen.»

Manchmal fragte sie auch: «Meinen Sie, ich könnte mal einen richtig guten Kaffee bekommen? Ich bin immer so müde. Ein Kaffee täte mir bestimmt gut.»

So müde, wie sie sich gab, war sie gar nicht, weil sie nur noch am Abend die verordneten Medikamente schluckte. Danach schlief sie auf der Stelle ein und musste sich nicht mit den anderen Frauen auseinander setzen. Es hätte eine fragen können, warum sie hier sei. Aber was morgens auf dem Tablett lag, ließ sie verschwinden. Die Leute vom Pflegepersonal waren nachlässig, und sie selbst war sehr überzeugend.

Und ohne Medikamente hatte sie die Situation besser unter Kontrolle, konnte Vater um Verzeihung bitten, Mutter vom Auge Gottes in freier Natur vorschwärmen, Magdalena von leidenschaftlichen Freunden und dem Flug nach Amerika erzählen. Nur mit Frankie und den anderen jungen Männern sprach sie kein Wort. Wenn Frankie sie anschaute mit seinem Vergebung spiegelnden Blick, schnürte er ihr die Kehle zu. Er musste gewusst haben, dass er als Opferlamm geboren war, um ihre Sünden zu tilgen mit seinem Blut. Wie sonst sollte man sich seinen Blick erklären?

Vielleicht war es am Ende doch nicht so verrückt gewesen, was Mutter gepredigt hatte. Wenn er vor zweitausend Jahren in den Himmel aufgestiegen war, wer oder was hätte ihn daran hindern sollen zurückzukommen, um noch einmal zu helfen, zu erlösen? Um sie ein paar Minuten absoluter Freiheit spüren zu lassen. Vielleicht war er nur aus einem einzigen Grund mit dieser weißblonden Frau an den See gekommen, um ihr vor Augen zu führen, dass Magdalena ein Biest gewesen war. Und vielleicht wollte er, dass sie kämpfte, nicht um ihre äußere Freiheit, nur um die innere, um das Gefühl, von ihm erlöst worden zu sein.

Sie hätte diesen Aspekt gerne mit ihrem Anwalt besprochen. Aber ihn sah sie vorerst nicht wieder. Nur der Chef kam noch einmal und wollte mit ihr über die Irrelevanz reden. Sie schüttelte den Kopf, damit gab er sich zufrieden. Er war auch nicht als Polizist gekommen, nur als Besucher.

Und wie ein Besucher am Krankenbett brachte er ihr etwas mit. Eine Zeitschrift, eine Flasche Haarshampoo und etwas Obst. Drei Äpfel. Golden Delicious. Kein Messer. Er war ein bisschen verlegen, als er ihr die Tüte auf den Tisch legte.

«Ich hoffe», sagte er, «Sie essen sie auch gerne, wenn Sie sie vorher nicht zerschneiden können.»

Seine Verlegenheit machte ihn harmlos und menschlich. Die ersten Fragen, die er stellte, taten ein Übriges. Ob sie schon Besuch gehabt habe, wollte er wissen.

«Mein Anwalt war einmal hier.»

Und sonst sei noch niemand hier gewesen?

Wer denn? Sie wusste, auf wen er abzielte. Gereon! Aber das Kapitel war abgeschlossen. Und es war fast, als hätte sie die Jahre mit ihm nur erfunden. Familie, Beruf, ein Kind, ein Haus, ein schönes Leben. Aus der Traum. Es hatte in ihren Geschichten immer nur ein dramatisches Ende gegeben und niemals eine Fortsetzung.

Der Chef hatte noch einmal mit Margret gesprochen, davon erzählte er ihr. Er hatte den weiten Weg nach Buchholz erneut auf sich genommen, um sich nach Vaters Befinden zu erkundigen, weil er meinte, es interessiere sie vielleicht. Natürlich interessierte es sie, und es rührte sie beinahe zu Tränen, dass ein Feind eine derart großherzige und menschliche Regung zeigte.

Margret war noch bei Vater. Der Chef richtete schöne Grüße aus und Margrets Betroffenheit über die Verlegung vom Untersuchungsgefängnis in die Landesklinik. Er wiederholte wörtlich, dass Margret gesagt hatte: «Um Gottes Himmels willen, holen Sie sie da raus, bevor sie wirklich den Verstand verliert. Haben Sie eine Ahnung, was Sie ihr antun?»

Ganz offen sprach er darüber und war auch ehrlich dabei. Dass er leider keinen Einfluss darauf habe, gestand er. Es läge allein bei ihr. An ihrer Zusammenarbeit mit Professor Burthe. Ob sie dem Professor denn inzwischen von Magdalena erzählt habe.

«Ja, natürlich», versicherte sie.

Rudolf Grovian schüttelte den Kopf. Ihr Lächeln sprach Bände, ebenso gut hätte sie sagen können: «Ich habe ihn tüchtig angeflunkert.» Er legte ein wenig väterlichen Tadel in seine Stimme.

«Frau Bender, Sie müssen ihm die Wahrheit sagen, damit er sich einen Eindruck verschaffen kann. Sie schaden sich nur, wenn Sie ihn belügen. Von seinem Gutachten hängt Ihre Zukunft ab.»

Sie lachte leise. «Ich will keine Zukunft. Ich habe eine Vergangenheit, die reicht für hundert Jahre. Richten Sie Margret einen schönen Gruß von mir aus. Sie hat sich geirrt, es ist doch wie Urlaub. Man wird nicht braun dabei, aber sonst stimmt alles. Der Service ist hier nicht schlechter als in einem billigen Hotel. Alle sind nett, keiner meckert, und keiner erwartet ein Trinkgeld. Sehen Sie, tagsüber habe ich sogar ein Einzelzimmer. Ich sage Ihnen was: Wenn sich das rumspricht, kriegen Sie alle Hände voll zu tun. Dann sind Sie eines Tages froh, wenn Sie mir hier Gesellschaft leisten dürfen. Hier haben Sie Ihre Ruhe, das garantiere ich Ihnen. Ab und zu eine gepflegte Unterhaltung mit einem gebildeten Mann. Ansonsten können Sie sich Ihren Gedanken hingeben.»

«Und welchen Gedanken geben Sie sich hin, Frau Bender?»

Sie hob die Schultern. «Ach, das ist verschieden. Am liebsten denke ich, nicht ich hätte Frankie umgebracht, sondern seine Frau. Und ich hätte nur versucht, ihr das Messer wegzunehmen. Es wäre mir ehrlich gesagt lieber, wenn die kleinen Teufel sich später um meine Sünden gekümmert hätten. Ich bin nicht Pilatus.»

Rudolf Grovian nickte. Er hatte Krach daheim, den ersten richtigen Krach seit zehn, zwölf oder fünfzehn Jahren. Als Mechthild zu toben begann, hatte er nicht einmal gewusst, wie lange es her war. Eine Höllenszene hatte sie ihm gemacht, als er beim Frühstück beiläufig gefragt hatte, ob er die Ersatzflasche Shampoo aus dem Bad mitnehmen könne und vielleicht noch eine Zeitung oder sonst was zum Lesen.

Mechthild hatte ihn erstaunt und misstrauisch angeschaut. «Willst du Hoß den Kopf waschen und ihm etwas vorlesen? Oder was hast du sonst vor? Rudi, du willst ja wohl nicht etwa ...»

Natürlich wollte er, er musste. Er hatte eine Menge erfahren bei seinem zweiten Besuch in Buchholz, viel mehr, als er zu hoffen gewagt hatte. Aber es reichte immer noch nicht, um die Verbindung herzustellen. Dazu fehlten ihm noch ein paar Bruchstücke. Und sie hatte diese Trümmer in ihrem Kopf. Das hatte er Mechthild begreiflich zu machen versucht.

Da war es losgegangen, und geendet hatte es mit: «Fahr nur, fahr zu ihr, wenn du es nicht lassen kannst. Wenn du weg bist, ruf ich mal an, dass sie dich gleich dabehalten.»

Dann war Mechthild ins Wohnzimmer gerannt, hatte die Äpfel aus der Obstschale geschnappt, ihm auf den Tisch geknallt. «Hier, die nimmst du am besten auch mit. Du kannst den Tathergang damit rekonstruieren.»

Mechthild ging von falschen Voraussetzungen aus. Was er rekonstruieren wollte, hatte nichts mit Äpfeln zu tun, allenfalls mit Zitronen.

Er begann zu plaudern, harmlos und unverfänglich. Dass es ihrem Vater nun wirklich etwas besser ginge. Die Ärzte meinten, er sei über den Berg. Margret wolle ein gutes Pflegeheim für ihn suchen. Und Margret denke daran, im Laufe der nächsten Woche zurück nach Köln zu kommen. Dann fragte er, ob sie überhaupt mit ihm reden dürfe. Privater Besuch oder nicht, vielleicht habe ihr Anwalt ihr geraten zu schweigen.

Damit brachte er sie erneut zum Lachen. «Nein, er sah aus, als ob er selbst einen guten Rat braucht. Wissen Sie, irgendwie hat er mich an Horsti erinnert. Nicht dass er ein schmächtiges Kerlchen wäre, aber er war genauso schüchtern und leicht zu beeindrucken.»

Eigentlich hatte Rudolf Grovian noch ein Weilchen über ihren Anwalt plaudern wollen. Eberhard Brauning, den Namen hatte er vom Staatsanwalt gehört, nur sagte er ihm nichts. Er hätte gerne gewusst, ob Eberhard Brauning zu den scharfen Hunden zählte. Es gab ein paar scharfe Hunde unter den Pflichtverteidigern, die für ihre Klientel taten, was getan werden konnte.

Mechthild war der Meinung, dass Cora Bender einen von den ganz scharfen Hunden brauchte, der als Erstes dafür sorgte, dass ein gewisser Polizist die Finger von seiner Mandantin ließ. Weil dieser gewisse Polizist selbst nahe dran war, den Verstand zu verlieren. Das war vielleicht der gute Aspekt an dem Ärger daheim, Mechthild sorgte sich ausschließlich um ihn. «Du reibst dich auf, Rudi. Du steigerst dich da in etwas hinein. Sieh dich doch mal an, wie du aussiehst! Mein Gott, du bist nicht mehr fünfundzwanzig, du brauchst deinen Schlaf.»

Und in den letzten Nächten hatte er nicht allzu viel bekommen. Zu viele Gedanken! Er hätte gerne ein paar davon abgegeben. An ihren Anwalt zum Beispiel. Dass sie ihm, dem Polizisten, den Zugriff auf ihre letzten Reserven verwehrte, war verständlich. Er war von der ersten Minute an der Angreifer gewesen. Aber ein Verteidiger, ein tüchtiger Mann, der ihr von der ersten Sekunde an suggerierte: Ich bin auf deiner Seite.

Was sie gerade gesagt hatte, klang nicht nach Tüchtigkeit und Suggestionskraft. Und Horsti war das zweite Thema für diesen Tag. Er griff den Faden auf, dankbar, dass er sich nicht das Hirn verrenken musste, um sie dahin zu bringen.

Er hatte die weite Fahrt nach Buchholz nicht erneut auf sich genommen, um mit Margret zu reden oder sich nach dem Zustand ihres Vaters zu erkundigen. Da gab es auch nichts mehr zu erkundigen. Wilhelm Rosch war tot. Margret suchte ein Pflegeheim für ihre Schwägerin. Man konnte deren Versorgung nicht auf Dauer der Nachbarin überlassen. Aber ihr das zu sagen, hätte er nicht übers Herz gebracht. Da hätte ihn Professor Burthe nicht eigens darauf hinweisen müssen. «Frau Bender könnte das nicht verkraften.» Natürlich nicht! Horsti war als unverfängliches Thema genehmigt.

Es hatte ihn nicht viel Mühe, nur ein wenig Fragerei gekostet, ihren Jugendfreund ausfindig zu machen. Grit Adigars Tochter Melanie, inzwischen aus Dänemark zurück, hatte ihm weitergeholfen, sich erinnert, dass Horsti mit Nachnamen Cremer hieß und wo er zu finden war. In Asendorf, einem kleinen Ort in der Nähe von Buchholz. Melanie wusste noch mehr.

Sie hatten zu dritt in einem hellen, modern eingerichteten Wohnzimmer gesessen, während Melanie Adigar ihr Gedächtnis bemühte.

Sie hatte Cora einmal zusammen mit Johnny Guitar im

«Aladin» gesehen. An Magdalenas Geburtstag. An dem Punkt versuchte Grit Adigar noch, ihrer Tochter zu widersprechen. «Du musst dich irren. An dem Tag ist sie bestimmt nicht weg gewesen.»

Melanie erklärte mit vorwurfsvollem Unterton: «Mama, ich weiß doch, was ich gesehen habe. Ich habe mich ja auch gewundert. Aber ich habe sogar mit ihr gesprochen. Sie war allein, und ...» Und dann war ein wenig Neid aufgekommen. Johnny Guitar, ein blonder Adonis, ein faszinierender Mann, den hätte auch Melanie nicht von der Bettkante gestoßen. Obwohl er mit Vorsicht zu genießen war! Er schleppte ja immer diesen kleinen Dicken mit sich herum.

Und Melanie hatte einmal erlebt, wie ein Mädchen nach dem Zusammensein mit beiden zurück ins «Aladin» kam. Heulend! Das Mädchen verzog sich mit ein paar anderen aufs Klo. Melanie war neugierig, folgte dem Grüppchen und schnappte zwischen zahlreichen Schluchzern die Sätze auf: «So ein Schwein! Er hat überhaupt nichts unternommen. Er ließ den einfach machen. Die zeige ich an.» Eine andere Stimme riet: «Du solltest lieber den Mund halten. Wir hatten dich gewarnt, und du bist freiwillig mitgefahren.»

Den Mund hielten sie alle. Trotzdem war es für Johnny schwieriger geworden, er kam nicht mehr so gut an. Es konnte nur noch eine Frage der Zeit sein, ehe er das Revier wechseln musste. Dass sich die Gefahr, die von ihm ausging, bis zu Cora herumgesprochen hatte, musste man bezweifeln. Wo Cora doch immer mit Horsti zusammen war.

An dem Abend nicht. Johnny nutzte seine Chance prompt. Und Cora war so verliebt, richtig weggetreten. Sie tanzten und schmusten. Melanie beobachtete sie und war fest entschlossen, Cora zu warnen, bevor sie sich von Johnny zu einer Tour überreden ließ. Aber es geschahen noch Wunder. An dem Abend hatte der kleine Dicke auch einmal Glück. Melanie sah ihn ebenfalls tanzen – fast ohne Pause und immer mit demselben Mädchen. Neu im «Aladin», blond und ein bisschen pummelig, aber ganz niedlich. Genau das Richtige für den kleinen Dicken.

«Wir sind um halb elf gegangen», sagte Melanie Adigar. «Da tanzte er immer noch mit ihr. Und Cora war mit Johnny zusammen. Ich wollte ihr den Spaß nicht verderben. Ich dachte, wenn sie zu viert sind, kann ja nicht viel passieren. Es war das letzte Mal, dass ich Cora gesehen habe. Johnny und sein Freund sind danach auch nicht wieder aufgetaucht.»

Horst Cremer hatte diese Angaben bestätigt und ergänzt. Er war zuletzt am ersten Maiwochenende mit Cora zusammen gewesen. Da hatte sie ihm gesagt, sie könne sich erst in zwei Wochen wieder mit ihm treffen. Einen besonderen Grund hatte sie dafür nicht angegeben, gewiss kein Wort verlauten lassen, dass es ihrer Schwester schlechter ging als sonst. Aber sie hatte nur äußerst selten einmal von ihrer Schwester gesprochen.

Am 16. Mai blieb Horst Cremer daheim. Am 23. wartete er vergeblich im «Aladin» auf Cora. Er drückte sich zwei Abende in der Nähe ihres Elternhauses herum in der Hoffnung, sie zu Gesicht und eine Erklärung von ihr zu bekommen. Auch vergebens. An der Haustür zu klingeln, wagte er nicht bei seiner Schüchternheit und den Horrorgeschichten, die sie ihm über ihren strengen Vater erzählt hatte.

Horst Cremer versuchte sein Glück am letzten Maisamstag noch einmal im «Aladin». Cora erschien nicht. Er fragte ein wenig herum und erfuhr, dass sie ihn am 16. schmählich verraten hatte. Nicht nur Melanie Adigar hatte den Beginn der Liaison mit Johnny Guitar beobachtet. Ein paar andere wollten gesehen haben, dass Cora später in der Nacht zu Johnny und seinem kleinen, dicken Freund ins Auto gestiegen war – zusammen mit noch einem Mädchen, das allerdings niemand kannte!

Rudolf Grovian hatte augenblicklich an die skelettierte

Leiche denken müssen bei dieser Auskunft. Von wegen: Wenn sie zu viert sind, kann ja nicht viel passieren.

Um welches Auto es sich gehandelt hatte, ließ sich nicht mehr in Erfahrung bringen. Melanie Adigar erinnerte sich nicht genau. «Die kamen nicht immer mit demselben Wagen. Kann sein, dass da mal ein silberfarbener Golf dabei war. Der muss dann aber dem kleinen Dicken gehört haben. Johnny stand auf Nobelkarossen. Porsche oder Jaguar. Einmal sah ich ihn aus einem Amischlitten steigen. Keine Ahnung, was für ein Typ das war. Lindgrün war er, das weiß ich noch, mit riesigen Heckflügeln, ein Oldie, ein richtiges Angeberauto. Da dachte ich, der Typ hat einen reichen Papi. Oder sie haben zu Hause einen Autoverleih.»

Auch Horst Cremer konnte keine Auskünfte über den Wagen geben. Man hatte ihm keine Marke genannt. Zu Johnny ins Auto gestiegen eben. Horsti hatte seinen ersten Kummer ersäuft. Bis Mitte Juni schwankte er zwischen Enttäuschung und der Hoffnung, dass Cora zu ihm zurückfände. Johnny war bekannt dafür, dass er nur nach Buchholz kam, um zu naschen.

Horsti verbrachte jedes Wochenende im «Aladin» und belauerte Abend für Abend ihr Elternhaus. An einem Sonntag Ende Juni ging er aufs Ganze. Er begnügte sich nicht damit, an der Straßenecke zu stehen. Er klingelte an der Haustür.

Zu Rudolf Grovian hatte er gesagt: «Da kam ein altes Weib an die Tür, so ein zotteliges Schreckgespenst. Ich frag sie nach Cora, und sie sagt zu mir: Es gibt in diesem Haus keine Cora mehr. Meine Tochter ist verschwunden. Ich dachte, ich hör nicht richtig.»

Das hatte Rudolf Grovian auch gedacht. Verschwunden! Schon Ende Juni? Wo Tante und Nachbarin überzeugt waren, Cora habe bis zum 16. August am Bett ihrer sterbenden Schwester ausgeharrt!

Allerdings waren sowohl Grit Adigar als auch Margret

Rosch plötzlich gar nicht mehr so überzeugt. Nach der Aussage ihrer Tochter trat Grit Adigar den Rückzug an. Sie war ja in der Zeit von Mai bis August nicht nebenan gewesen. Und irgendwie war das schon komisch, wenn sie jetzt darüber nachdachte. Als ob es Wilhelm plötzlich nicht mehr recht gewesen wäre, dass sie auf einen Sprung hereinschaute. Sie hatte sich nichts dabei gedacht, wenn er sie in der Küche abwimmelte. Sie hatte ihm geglaubt, wenn er mit sorgenvoller Miene zur Zimmerdecke deutete und murmelte: «Cora rührt sich nicht von der Stelle.» Warum sollte Wilhelm gelogen haben?

Das fragte Margret sich auch. Wenn Cora, wie Rudolf Grovian vermutete, bereits am 16. Mai verschwunden war, warum hatte Wilhelm dann bei seinem Anruf am 17. Mai nur von schlechter Gesellschaft gesprochen?

Wilhelm konnte man nicht mehr fragen. Rudolf Grovian hatte sein Glück bei Elsbeth Rosch versucht. Unter vier Augen! Margret, die sich nach dem Tod ihres Bruders im Haus einquartiert hatte, verließ widerstrebend die Küche. Und er hörte sich an, dass Magdalena in neu erblühter Schönheit zu Füßen des Herrn saß, nachdem jeder Makel und jeder sündige Gedanke aus ihrem alten Leib gedörrt war.

Es hatte nicht viel Sinn. Im ersten Moment dachte er, Elsbeth erinnere sich nicht mehr an ihre älteste Tochter. Doch dann erzählte sie ihm vom Geschöpf Satans, das sie alle genarrt hatte. Das in den Tempeln der Sünde verkehrte, statt Einkehr zu halten. Das die leidende Kreatur ins Verderben riss, weil es verblendet war von den Begierden des Fleisches. Zu welchem Zeitpunkt das Geschöpf Satans dem Elternhaus den Rücken gekehrt hatte, wusste Elsbeth nicht.

Ihr Gefasel konnte er vergessen. Da gaben die beiden anderen Aussagen mehr her. Leider hatten sie vor Gericht keinen Wert. Was Horst Cremer vorbringen konnte, war Hörensagen um drei Ecken. Er erinnerte sich nicht einmal mehr, wer ihn damals über Coras Treuebruch informiert hatte. Und Melanie Adigar hatte nicht gesehen, ob Cora in der Mainacht das Lokal allein oder in Begleitung Johnnys, des kleinen Dicken und des unbekannten Mädchens verlassen hatte.

Dass er sich mit ihrem Jugendfreund unterhalten hatte, schien sie zu freuen. Ihre Stimme wurde schwer vor Melancholie. «Wie geht es ihm denn? Was macht er? Ist er verheiratet?»

Sie ließ sich berichten, wollte wissen, ob Horsti sich nach ihr erkundigt habe. Dann erzählte sie ihrerseits. Von den Abenden im «Aladin». Wo sie manchmal getanzt und manchmal in einer Ecke gestanden hatten. Horsti schwärmte für Udo Lindenberg. Nicht die wüsten Songs, nur die sanften. «In den dunklen, tiefen Gängen der Vergangenheit. Ein Hauch Erinnerung treibt durch das Meer der Zeit.» Und jetzt tappte sie durch die dunklen Gänge. Ab und zu schwappte eine kalte Welle Zeit über sie hinweg.

Augenblicklich nicht, da war die Welle lauwarm. Sie lachte leise. «Er war ein lieber Kerl. Oft hatte ich ein schlechtes Gewissen, weil ich ihn nur benutzte, um mir die anderen vom Leib zu halten. Ich wollte warten, bis der Richtige kam. Gemein, nicht wahr?»

Rudolf Grovian hob nur kurz die Achseln, ließ sie reden und strapazierte sein Hirn mit der Überlegung, wie er die Klippe Magdalena umschiffen und trotzdem den 16. Mai ansteuern könnte. Nur die Zeit im «Aladin» und die kurze Szene auf dem Parkplatz, über etwas anderes wollte er gar nicht mit ihr reden. Auf gar keinen Fall wollte er sie erneut hinter ihre Mauer scheuchen wie beim letzten Gespräch, wo er sich eine geschlagene Viertelstunde lang ihr Kopfschütteln angeschaut hatte, ehe er begriff, dass sie abgeschaltet hatte.

Nur wissen, wie es weitergegangen war mit ihr und Johnny. Es musste weitergegangen sein. Es gab nur diese eine

Möglichkeit: Johnny gleich Hans Böckel. Böckel besorgte die Mädchen, hatte seinen Spaß mit ihnen und sorgte dafür, dass auch seine Freunde nicht zu kurz kamen. Und wenn es ihr so ergangen war wie der Kleinen, deren Schluchzer Melanie Adigar vor der Toilette belauscht hatte, bekam die Geschichte einen Sinn.

Von der großen Liebe an zwei andere Männer ausgeliefert. Mochte der Dicke auch ein Mädchen bei sich gehabt haben an dem Abend, da war immer noch Georg Frankenberg. Und mochte Frankie ein noch so zurückhaltender und ernsthafter junger Mann gewesen sein – es hatte sich schon manch einer mitreißen lassen. Dann blieb nur noch zu beweisen, dass Georg Frankenbergs Arm nicht am 16. Mai, sondern etwas später gebrochen war.

Für die Vorstellung, wie sich der Armbruch ereignet hatte, brauchte man nicht viel Phantasie, nur ein paar schlaflose Nächte, in denen man im Geist durchspielte, wie ein junger Mann völlig aufgelöst nach Hause kommt. Wie er seinem Vater von einem oder zwei toten Mädchen erzählt. Der junge Mann hat Angst. Der Vater beruhigt ihn, stellt ein paar gezielte Fragen und erfährt: Niemand hat den Sohn zusammen mit den beiden Mädchen gesehen. Darüber hinaus ist es fern der Heimat passiert. Also: Mach dir keine Sorgen, mein Junge. Das regeln wir schon. Es tut auch gar nicht weh. Ich gebe dir vorher eine Spritze.

Rudolf Grovian war mit seinen Gedanken in Frankfurt, im «Aladin» und an einigen anderen Orten, nur nicht ganz bei ihr. Etwas Wesentliches schien er nicht zu verpassen. Er hörte sie weiter über Horsti sprechen, und der war für ihn nun wirklich ohne Belang.

Sie seufzte. «Ich hoffe, er ist glücklich verheiratet. Doch, wirklich, das wünsche ich ihm. Er hat es verdient. Er hat sich immer bemüht, es mir Recht zu machen. Zu meinem Geburtstag hat er mir eine Kassette geschenkt. Er hatte sie selbst aufgenommen. Von Queen. Die hatten wir schon, aber seine Aufnahme war viel besser. Da war überhaupt kein Rauschen drin. ‹We are the Champions› und ‹Bohemian Rhapsody›. Magdalena war verrückt danach. In der Woche hat sie nichts anderes mehr gehört. Sie war so begeistert von Freddy Mercurys Stimme. Und jetzt ist der auch schon so lange tot. Mein Gott, warum sind sie denn alle tot?»

Sie riss entsetzt die Augen auf und legte kurz eine Hand vor den Mund. «Den habe ich aber nicht, oder? Den habe ich bestimmt nicht … Er war krank. Ich meine, ich hätte das mal gelesen, dass er sehr krank war.»

Rudolf Grovian hatte den Anschluss verpasst. Für ihn ging es immer noch um Horst Cremer. Er sah ihr Entsetzen und beeilte sich zu versichern: «Nein, keine Sorge, Frau Bender. Er ist kerngesund, und demnächst bekommt seine Frau ein Baby, darauf freut er sich schon sehr. Es geht ihm wirklich ausgezeichnet. Ich habe ja mit ihm gesprochen. Eine kleine Autowerkstatt hat er eröffnet.»

«Sie lügen», stellte sie fest, biss sich auf die Lippen und schüttelte den Kopf. Und mit dem Schütteln entstand das Bild in ihrem Hirn.

Sie vergaß den Chef, hatte nur noch Augen für den kleinen Wecker auf dem Nachttisch. Er war deutlich zu sehen. Die Zeiger standen ein paar Minuten nach elf.

Magdalena hatte ihre Schritte auf der Treppe nicht gehört, weil sie beide Ohren mit den Stöpseln des Walkmans verstopft und die Musik so laut gestellt hatte wie möglich. Sie richtete sich auf mit einem erstaunten, aber auch zufriedenen Ausdruck auf dem Gesicht. «Du bist ja superpünktlich. War nichts los in der Disco?»

Sie ging zum Bett, setzte sich, hob eine Hand, strich eine der langen Haarsträhnen aus Magdalenas Gesicht nach hinten und küsste sie auf die Wange. «Nein, überhaupt nichts.

Ich hatte keine Lust, noch länger herumzustehen. Ich wollte lieber bei dir sein.»

Aus den winzigen Ohrhörern in Magdalenas Hand drang verzerrt Freddy Mercurys Stimme. *Bohemian Rhapsody. Is this the real life?* Nein, das war es nicht. Es war ein Lügengebilde. «Ich gehe seit Jahren für dich auf den Strich. Wir haben das Geld bald zusammen.» Haben wir nicht! Weil es mit Diebstählen nicht so schnell geht. «Ich habe Schluss gemacht mit meinem Freund. Der wurde mir lästig mit seiner dämlichen Fragerei. Aber ich habe schon wieder einen neuen, er heißt Horst. Ein cooler Typ.» Quatsch! Ein Spargeltarzan, über den sich alle lustig machen. «Ich wollte lieber bei dir sein.» Wollte ich nicht!

Ich wäre gerne geblieben. Johnny war da. Ich habe dir noch nie von ihm erzählt. Ich werde dir auch jetzt nichts erzählen. Johnny gehört mir allein. Stell dir einen Mann vor, jung, stark und so schön, wie du ihn nur auf Papier zu sehen bekommst. Er sieht aus wie der Erzengel aus Mutters Bibel. Und ich habe ihn angefasst, seine Schultern, sein Gesicht. Ich hatte meine Arme um seine Taille und seine Hände in meinem Nacken.

Ihre Hand lag noch an Magdalenas Haar. Sie zog sie nach vorne und strich über die glatte Wange. Mit einem Finger zeichnete sie die Konturen der Lippen nach. «Musst du nochmal zur Toilette, bevor wir uns hinlegen?»

Magdalena schüttelte den Kopf. Sie erhob sich von der Bettkante.

«Dann hole ich uns den Rest vom Sekt.»

Die Flasche war noch fast voll. Um acht hatten sie jede nur einen winzigen Schluck getrunken. Magdalena hatte behauptet, der Sekt schmecke ihr nicht. Sie selbst war vorsichtig gewesen, weil Magdalena darauf bestand, dass sie noch ins «Aladin» fuhr. Jetzt war sie dankbar für Magdalenas Hartnäckigkeit.

Magdalena hatte sich aufrecht in die Kissen gesetzt, als sie mit der Flasche und den beiden Gläsern zurück ins Zimmer kam. Magdalena lächelte und betrachtete sie mit kritischem Blick. «Du bist so komisch. Hast du was?»

«Nein. Was soll ich denn haben?» Sehnsucht habe ich. Ich habe mir so lange gewünscht, dass er einmal mit mir spricht. Mit mehr hatte ich nicht gerechnet. Und nun hat er mich sogar angefasst. Getanzt haben wir. Und ich habe mir gewünscht, dass er mit mir hinausgeht, dass er mich liebt. Er war erregt, ich habe es gespürt beim Tanzen. Als ich gehen musste, hat es mich fast zerrissen. Nächste Woche wird er mich nicht mehr kennen. Ich hätte bei ihm bleiben müssen. Die Chance bekommt man nur einmal. Und ich habe sie nur bekommen, weil sonst keine da war für ihn, weil er sich langweilte. Ich weiß das. Und jetzt habe ich meine einzige Chance verspielt. Aber ich hatte dir ja versprochen, dass ich nicht zu lange bleibe.

Manchmal hasse ich dich! Und jetzt hasse ich dich mehr als zu Anfang, ich hasse dich nicht mehr wie ein Kind. Ich hasse dich wie eine Frau, die um ihr Leben betrogen wird. Wenn du nicht wärst, wäre ich frei. Ich müsste nicht seit zwei Jahren mit dieser Klette Horsti im «Aladin» stehen. Alle amüsieren sich darüber. Ich bin mal wieder die Witzfigur. Cora steht nicht mehr betend auf dem Schulhof. Jetzt steht sie mit einem Spargeltarzan im «Aladin». Für einen richtigen Mann hat sie keine Zeit. Sie hat nämlich eine Schwester, die frisst ihr das Leben weg.

Aber heute hätte ich es allen zeigen können. Allen, die wichtig sind. Melanie war da mit ihrer Clique. Du kennst Melanie nicht persönlich. Du kennst niemanden persönlich, nur dich. Wir unterhielten uns kurz. Melanie fragte nach Horsti. «Wo hast du denn deinen Spargeltarzan gelassen?»

«Der ist zu Hause und biegt ein paar Bananen», sagte ich. Dann wollte ich austrinken und heimfahren. Aber genau in dem Augenblick kamen sie herein. Johnny und sein Freund.

Vielleicht sollte ich dir doch von ihm erzählen. Alles, jede Einzelheit. Nur damit du siehst, dass ich mich nicht von dir kaputtmachen lasse, dass ich noch ganz normal fühlen kann. Willst du es hören? Wie sie hereinkamen, sich an einen Tisch setzten, sich umschauten. Wie sie miteinander sprachen. Ich konnte mir denken, worüber. Dass nichts los ist, dass sie woanders hinfahren müssen.

Aber dann sah der Dicke ein Mädchen. Er sieht jedes Mal eins. Nur hatte er bisher keinen Erfolg. Ich weiß nicht, wie oft ich schon beobachtet habe, dass ihn eine abblitzen ließ. Ich dachte, so wäre es auch diesmal. Er stand vom Tisch auf und ging zu ihr. Er sprach sie an. Und sie ging tatsächlich mit ihm zur Tanzfläche.

Johnny saß allein am Tisch. Er langweilte sich, das sah ich. Heute hast du Pech, dachte ich. Da schaute er zu mir herüber. Und dann lächelte er. Ich weiß nicht, ob ich zurückgelächelt habe. Es war in dem Moment ein Gefühl, als sei mein Gesicht eingeschlafen. Und mein Herz war fast flüssig.

Dann stand er auf. Und dann kam er zu mir. Weißt du, was er sagte? «Die festen Hände daheim gelassen, damit ein armer Mann auch 'ne Chance bekommt?»

Ich konnte es nicht glauben. Er fragte, ob ich Lust hätte, mit ihm zu tanzen. Ob ich Lust hätte! Beim Tanzen erzählte er mir, dass er es bisher nur nicht gewagt hätte, mich anzusprechen, weil Horsti immer bei mir gewesen wäre. Er hielt mich so fest, dass ich ein paar Mal an die Kerze denken musste. Sie ist nicht so dick wie das, was ich gefühlt habe.

Ich fühlte Johnnys Lippen an der Stirn und wartete darauf, dass er mich küsste. Aber er fragte nur, ob ich Lust hätte, woanders hinzufahren mit ihm und seinem Freund. Mit ihm allein wäre ich gefahren, auf der Stelle. Da hättest du ein bisschen länger auf mich warten müssen. Aber zusammen mit seinem Freund! Mir hat mal eine gesagt: Die beiden gibt es nur im Doppelpack. Ich kann mir denken, wie das gemeint war. Und ich glaubte nicht, dass das Mädchen, mit dem der Dicke tanzte, auch mitfahren wollte. Wo sie ihn gerade erst kennen gelernt hatte. Wahrscheinlich tanzte sie nur mit ihm, weil sie dachte, über ihn käme sie an Johnny heran.

Und da sagte ich eben: «Lust hätte ich schon, aber es geht nicht. Ich kann nicht zu lange wegbleiben. Meine Schwester ist alleine zu Hause.»

Er war erstaunt. «Wie alt ist deine Schwester denn?»

«Achtzehn», sagte ich, «heute geworden.»

Er lachte. «Und warum ist sie dann zu Hause? Warum ist sie nicht mitgekommen?»

«Sie fühlte sich nicht so besonders.»

Er wollte unbedingt, dass ich bei ihm bleibe, dass ich mit ihnen fahre. Notfalls mit ihm allein. Er schaute zu dem Dicken und dem Mädchen hin und meinte: «Tiger ist ja beschäftigt. Er hat bestimmt nichts dagegen, wenn wir ihn hier ein Weilchen allein lassen.»

Ich fand es witzig, dass er ihn Tiger nannte. Der sah eher aus wie ein kleines rosiges Ferkel.

Johnny fragte: «Kannst du nicht anrufen, deine Eltern von der Party pfeifen und ihnen sagen, dass heute mal sie babysitten müssen?»

Und ich sagte: «Wir haben keine Eltern mehr.»

Haben wir ja auch nicht. Hatten wir nie. Wir hatten immer nur uns. Und weil ich die Ältere bin und die Stärkere, muss ich für dich sorgen. Da bin ich gegangen, ich bin fast gestorben. Es war, als ob ich mir selbst das Herz herausreiße. Johnny wollte mir seinen richtigen Namen nennen, wenn ich bleibe. Gebettelt hat er. Noch eine halbe Stunde, noch einen Tanz. Er ging mit hinaus auf den Parkplatz. Und bevor ich in den Wagen stieg, küsste er mich endlich. Es war anders als mit Horsti. Er trank Whisky-Cola. Vielleicht war es das. Süß bis in die Knie. Ich hätte stundenlang so mit ihm stehen können, und es waren nur ein paar Sekunden.

Er ließ mich wieder los und sagte: «Sing deiner Schwester ein Schlaflied, und dann komm wieder, ja? Ich warte auf dich.» Er stand da und winkte mir nach, als ich losfuhr. Und ich dachte, dass ich vielleicht wirklich noch einmal zurückkommen könnte, wenn du eingeschlafen bist. Sing deiner Schwester ein Schlaflied …

13. Kapitel

Nur eine Sekunde Unaufmerksamkeit, und es war geschehen. Kaum hatte sie den Namen Magdalena ausgesprochen, tauchte sie weg. Rudolf Grovian beobachtete, wie sie zum Bett ging und sich setzte – seitlich – mit dem Gesicht zum Kissen. Mit einer Hand strich sie über den zerknitterten Stoff. Das wechselnde Mienenspiel dabei machte deutlich, dass sie nicht mehr bei ihm war.

Er hoffte auf ein paar Worte, zumindest ein Murmeln, aus dem sich Rückschlüsse ziehen ließen auf das, was sie gerade durchlebte. Den Gefallen tat sie ihm nicht. Und es von ihrem Gesicht ablesen … Da war ein Ausdruck von Ekel und Widerwillen, mehrfach schluckte sie heftig. Es schien fast, als kämpfe sie gegen einen Würgreiz an.

Minuten vergingen. Er wagte es nicht, sie anzusprechen. Nur der Himmel wusste, an welchem Punkt er sie erwischte. Dann tauchte sie wieder auf, ganz plötzlich. Ihre Augen waren schreckhaft geweitet. Sie strich mit der Hand über die Stirn. «Ich bin heimgefahren», sagte sie klar verständlich.

Er atmete erleichtert auf und stimmte ihr rasch zu: «Natürlich, Frau Bender.»

«Ich habe Magdalena nicht im Stich gelassen.»

Nur nicht an Magdalena rühren! Nach den Erfahrungen beim letzten Gespräch wollte er ihre Schwester liebend gerne Professor Burthe überlassen. «Natürlich nicht, Frau Bender. Aber wir reden nicht von Magdalena. Wir sprechen nur über Horsti. Er hat sich damals ein paar Mal nach Ihnen erkundigt, als Sie nicht mehr ins ‹Aladin› kamen.»

Sie schaute ihn nur an, schien verwirrt und unsicher. Er wusste nicht, ob sie ihm überhaupt noch folgen konnte, und sprach langsam weiter. «Das war im Juni. Da müssen Sie doch noch daheim gewesen sein. Oder waren Sie schon im Juni weg?»

Natürlich war sie weg gewesen! Er hätte seine Hände dafür über brennende Kerzen gehalten. Sie war im Mai verschwunden, nicht erst im August. Und aus einem unerfindlichen Grund hatte ihr Vater erzählt … Oder die anderen waren der Meinung gewesen, es sei besser, sie neben Magdalenas Bett zu setzen, bis man Gewissheit hatte.

Inzwischen beherrschte er das Spielchen ebenso gut wie sie, ihre Tante und die Nachbarin – einen halben Meter an der Wahrheit vorbei. Es fiel ihr nicht auf. «Einmal hat Horst auch mit Ihrem Vater gesprochen. Ihr Vater hat ihm erklärt, dass Sie nichts mehr von ihm wissen wollen. Sie wären jetzt mit Johnny zusammen, hat Ihr Vater gesagt. Und das war im Juni.»

Welche Reaktion er sich von ihr erhofft hatte, wusste er nicht. Irgendeine. Die bekam er auch. Sie senkte den Kopf und murmelte: «Nein, ich bin heimgefahren.»

Etwas in ihrem Ton irritierte ihn. Er wurde noch vorsichtiger.

«Ganz sicher sind Sie das. Aber Sie waren einmal mit Johnny zusammen?»

«Ja.»

«Wissen Sie noch, wann das war?»

«Ja. Jetzt weiß ich es wieder. An Magdalenas Geburtstag. Aber ich bin heimgefahren.»

Bist du nicht, dachte er und sagte: «Natürlich, Frau Bender. Das bezweifle ich gar nicht. Erinnern Sie sich an den Abend?»

«Ganz genau. Es ist mir gerade eingefallen. Ich bin kurz vor elf heimgefahren.»

So kam er nicht weiter. Er versuchte es anders. «Und warum sind Sie heimgefahren?»

«Ich hatte es Magdalena versprochen. Und ich hatte Angst,

dass Tiger mitfahren wollte. Das Mädchen wäre bestimmt nicht mitgekommen. Sie hatte ihn ja gerade erst kennen gelernt.»

Das Mädchen! Er hätte pfeifen können in dem Augenblick. Gut so, weiter so, erzähl es mir, ganz langsam, ganz vorsichtig. «Welches Mädchen, Frau Bender?»

«Weiß ich nicht.»

Na schön, das wusste ja anscheinend niemand. Kein Wunder, dass es in Buchholz keine Vermisstenmeldung für die fragliche Zeit gab. Der Himmel allein mochte wissen, woher das arme Ding gekommen war. Zurück zum Kernpunkt.

«War Frankie auch dabei?»

Sie betrachtete ihre Hände, spreizte die Finger ab, rieb über die Nägel. Ihre Miene drängte ihm den Vergleich mit einem trotzigen Kind auf. «Wissen Sie es nicht, Frau Bender?»

«Doch, ich weiß es. Er war nicht dabei. Ich habe ihn nie gesehen.»

Er atmete tief durch und entschloss sich, das Ziel frontal anzusteuern. «Doch, Frau Bender. Sie haben ihn gesehen. Einmal, im Keller. Und es war in dieser Nacht. Aber es war später als elf. Ich weiß das genau. Wenn Sie um elf heimgefahren sind, müssen Sie später noch einmal zurückgekommen sein. Ich verstehe sehr gut, dass Sie noch einmal zurückgefahren sind. Ich an Ihrer Stelle wäre auch noch einmal ins ‹Aladin› gefahren. Sie waren sehr verliebt in Johnny und wollten bei ihm sein. Das ist ganz normal. Jedes normale Mädchen hätte das getan, Frau Bender. Und Sie waren doch ein normales Mädchen, nicht wahr? Sie waren nicht verrückt. Nur eine Verrückte hätte Johnny sausen lassen und sich … daheim verkrochen.»

Beinahe hätte er gesagt: «… neben das Bett der kranken Schwester gesetzt.» Er hatte es gerade noch verschlucken können und sprach mit einem Hauch von Erleichterung weiter. «Sie sind in der Nacht zusammen mit Johnny, dem kleinen Dicken und noch einem Mädchen in ein Auto gestiegen und weggefahren, dafür habe ich Zeugen. Frankie muss der Mann gewesen sein, der schon im Keller war, als Sie mit den anderen hereinkamen.»

«Ich weiß es nicht.» Es klang, als wolle sie weinen. Sie zupfte an ihren Fingernägeln. «Ich weiß es wirklich nicht. Ich weiß nur, dass ich um elf heimgefahren bin. Und dann war Oktober. Ich weiß nicht, wie das passiert ist.»

Ihre Finger verflochten sich, rieben, drehten und kneteten einander, als gebe es keinen anderen Halt als die eigenen Hände. Ihre Stimme bekam einen Hauch von Panik. Ihr Blick war ein einziges Flehen um Glauben und Verständnis.

«Ich habe meine Schwester nicht im Stich gelassen. Ich habe alles für sie getan. Alles nur für sie. Nur anschaffen, das nicht. Ich wollte es nur mit einem Mann tun, den ich liebe. Und Johnny ... Ich habe daran gedacht beim Tanzen. Dass ich es will – mit ihm. Und wenn es nur einmal gewesen wäre. Das wäre mir egal gewesen. Das eine Mal hätte ich erlebt, das hätte mir keiner wegnehmen können. Sing deiner Schwester ein Schlaflied, hat er gesagt. Ich warte hier auf dich. Und ich dachte, wenn sie richtig müde wird, wenn sie schläft, kann ich vielleicht nochmal ...»

Sie riss die Augen auf und beteuerte: «Aber ich war vorsichtig. Ich war immer vorsichtig. Das müssen Sie mir glauben. Ich habe sie geliebt. Ich hätte nie etwas getan, was ihr schadet. Ich habe immer aufgepasst. Ich wusste, worauf ich achten muss. Wenn sie den Atem anhielt, habe ich sofort aufgehört. Und wenn er zu schnell wurde, habe ich langsamer gemacht. Ich habe immer eine Hand auf ihrer Brust gehalten und gefühlt, wie ihr Herz schlägt. Ich habe mich nie auf sie gelegt, nie. Ich habe es meist auch nur mit den Fingern gemacht. Nur ganz selten mit der Kerze, ehrlich. Und mit der Zunge ... das war mir zu ... Sie hat mir davon vorgeschwärmt. Ich hab's mal versucht, aber das war mir zu eklig und auch zu gefährlich. Da konnte ich nicht aufpassen, wie sie atmet.»

Sie zog die Unterlippe ein und zuckte hilflos mit den Schultern. Ihre Stimme war schwer von unterdrückten Tränen. «Ich weiß, dass es nicht richtig war. Ich hätte es nicht tun dürfen. Es war wider die Natur. Dafür wurden Sodom und Gomorrha vernichtet. Ich wollte es ja auch nicht tun. Aber sie sagte, es ist nur bei Vätern und Brüdern verboten, nicht bei Schwestern. Und sie hatte doch nichts von ihrem Leben. Sie wollte so gerne einmal richtig mit einem Mann schlafen, aber das hätte sie niemals … Sie hatte doch nur mich. Und sie hatte auch Gefühl.»

Ihre Stimme brach, zwischen zwei Schluchzern bettelte sie: «Sie werden es dem Professor nicht sagen. Versprechen Sie mir das?»

«Natürlich, Frau Bender, ich verspreche es.» Er hatte es ausgesprochen, noch bevor er richtig erfasste, was sie ihm soeben anvertraut hatte. Das Begreifen ging nicht so rasch. Sie sprach bereits weiter, als ihm klar wurde, wie ihr «Ich habe sie geliebt» zu interpretieren war. Wörtlich!

«Sie sagte immer, ein Orgasmus sei ein irres Gefühl. Und ich wusste nicht, wie es war. An dem Abend wollte ich es wissen. Und da musste ich heimfahren. Sie hat es gemerkt und nicht lockergelassen. Du bist so komisch, hat sie gesagt. Du hast doch was. Und dann hat sie gesagt, ich soll den Sekt alleine trinken. Er schmeckt nicht, und ihr wird schwindlig davon.»

Die Schluchzer verstummten. Sie weinte ohne Tränen, hielt den Blick auf ihre Hände gerichtet, auf diese sich drehenden, windenden Finger. Er hatte das Bedürfnis, sie in die Arme zu nehmen oder wenigstens etwas Tröstliches zu sagen. Aber er wollte sie nicht aus dem Konzept bringen und ließ sie weiterstammeln.

«Ich bin bei ihr geblieben. Ich habe alles getan, was sie

wollte. Ich habe ihr die Nägel lackiert. Wir haben Musik gehört. Ich weiß nicht, was passiert ist. Ich höre sie nur immer noch sagen: Tanz für mich!»

Ihre Finger waren wie zu einem Knoten in ihrem Schoß verflochten. Er hörte die Gelenke knacken und versuchte einzuordnen, was er gerade gehört hatte. Filmriss! Ihr hartnäckiges Leugnen war wie eine Bestätigung. Er lag richtig mit seiner Vermutung. Sie war nicht daheim gewesen, als ihre Schwester starb. Sie hatte erst im November gehört ...

Ihre Stimme riss ihn aus seinen Überlegungen. Sie stieß die Sätze aus, als fehle ihr der Atem. «Tanz für mich! Lebe für mich. Rauch für mich eine Zigarette. Geh für mich auf den Strich. Such dir für mich die Freier aus, die am besten zahlen. Und damit du etwas für dich hast, geh in die Disco. Such dir einen Freund, schlaf mit ihm. Und dann erzähl mir, wie es war. Ich habe ihr von dem Licht im ‹Aladin› erzählt, wie es flackert, wenn die Musik lauter wird. Rot und grün und gelb und blau.»

Eine Lichtorgel, dachte er noch. Da schrie sie auf: «Es war dasselbe Licht wie im Keller. Ich kann da nicht hin. Bitte, halten Sie mich fest. Helfen Sie mir. Das halte ich nicht aus. Tun Sie etwas. So tun Sie doch etwas. Ich will nicht in den Keller.» Sie schlug mit den Händen um sich, ruderte durch die Luft, als suche sie Halt.

Er hätte Professor Burthe rufen müssen. Der Gedanke kam ihm auch, aber er ließ ihn sofort wieder fallen. Der Professor war ein viel beschäftigter Mann. Ob er sich jetzt die Zeit nehmen konnte, den Keller mit ihr zu erforschen, war fraglich. Vermutlich hielt er eine Beruhigungsspritze für angebrachter.

Rudolf Grovian glaubte sich durchaus imstande, die Situation unter Kontrolle zu halten. Er setzte sich neben sie auf das Bett, griff nach ihren Händen, hielt sie fest, drückte sie und bemühte sich um einen beschwichtigenden Ton, obwohl ihm das Herz fast zum Hals heraus schlug. Sie war völlig außer sich. Ihr Blick hetzte durch den Raum. Ihre Brust und die Schultern zuckten unter den krampfhaften Atemstößen.

«Ganz ruhig, Frau Bender, ganz ruhig. Ich bin bei Ihnen. Ich halte Sie fest. Fühlen Sie meine Hände? Es kann überhaupt nichts passieren. Wir gehen jetzt zusammen hinunter und schauen uns um. Ich nehme Sie auch wieder mit hinauf. Das verspreche ich Ihnen.»

Es klang verrückt. Aber was hätte er sonst sagen sollen? Ihre Hände umklammerten die seinen und zitterten so stark, dass es sich auf seine Arme übertrug. Sie kniff die Augen zusammen.

«Sagen Sie mir, was Sie sehen, Frau Bender. Was ist im Keller? Wer ist da unten?»

Sie beschrieb ihm einen in zuckendes Licht getauchten Raum. Eine Bar an der linken Wand, eine Menge Flaschen im Regal, dahinter ein Spiegel. In der Ecke gegenüber die Musikinstrumente und die Verstärkeranlage auf einem Podest. «Song of Tiger». Und sie tanzte dazu. Tanzte allein in der Mitte des Raumes. Und rechts an der Wand stand eine Couch, davor ein niedriger Tisch, darauf ein Aschenbecher.

«Song of Tiger»! Es war ein wildes Lied, es war ein wilder Tanz. Dann warf Frankie die Stöcke weg, ging zur Couch und setzte sich neben das Mädchen. Johnny legte ein Band ein, und das Lied dröhnte erneut durch den Raum. Tiger ging zur Bar. Er hatte wieder den Kürzeren gezogen, aber es schien ihn nicht weiter zu bekümmern.

Sie tanzte immer noch. Nicht mehr allein. Johnny hielt sie im Arm und küsste sie. Es war wie ein Traum. Auch dann noch, als er seine Hände unter ihren Rock schob. Sie genoss seine Berührungen. Und diesmal nicht für Magdalena, nur für sich selbst. Man konnte nicht immer für zwei leben.

Irgendwann lagen sie auf dem Boden. Johnny zog sie aus. Es war alles gut. Frankie saß auf der Couch und kümmerte sich nicht um sie. Er unterhielt sich mit dem Mädchen. Tiger schnitt an der Bar eine Zitrone in Stücke, streute sich weißes Pulver auf den Handrücken. Dann leckte er seinen Handrücken ab, kippte eine glasklare Flüssigkeit aus einem kleinen Glas hinterher und biss in die Zitrone. Dreimal tat er das. Dann griff er in seine Hosentasche und sagte: «Ich hab uns was mitgebracht. Ein bisschen Koks. Jetzt wird's gemütlich.»

Rudolf Grovian hörte zu, hielt ihre Hände fest und drückte sie in der Hoffnung, dass sie es spürte. Sie lag immer noch auf dem Boden. Frankie und das Mädchen schauten zu, wie Johnny sie liebte. Tiger kam herübergeschlendert. Er wollte auch seinen Teil. «Mach ein bisschen Platz, Böcki», sagte er.

Johnny tat nichts, um ihn abzuwehren. Und das Mädchen sagte: «Gib ihr eine Prise, das entspannt.»

Es kamen noch ein paar klare Sätze. «Was tust du da? Ich will das nicht. Kein Koks! Mach es wieder weg.» Anschließend gab sie ein wenig Gestammel von sich, nur undeutliches Gemurmel. Dann drehte sie plötzlich mit einem Ruck den Kopf zur Seite. Ihre Stimme klang scharf und atemlos. «Was machst du da? Hör sofort auf damit! Bist du bescheuert? Lass sie los, verdammt nochmal. Du sollst sie sofort loslassen.»

Dann ging ein Ruck durch ihren gesamten Körper. Sie schrie auf. «Nein! Hör auf. Lass das!» Das Schreien ging in Wimmern über. Ihr Kopf flog wieder zu ihm herum, die Augen hatte sie weit aufgerissen. Ihr Blick traf ihn mitten ins Gesicht. Aber er hätte geschworen, dass sie nichts von ihm sah.

«Nicht schlagen! Hör auf, du schlägst sie ja tot! Aufhören! Hört auf, ihr Schweine. Lasst mich los! Loslassen!»

Das kannte er bereits zur Genüge. Nicht ganz in der Fassung, aber so ähnlich hatte er sich das gedacht. Und trotzdem war er nicht auf das gefasst, was dann geschah. Sie zerrte mit erstaunlicher Kraft an ihren Händen, bekam sie frei und sprang auf. Es ging so rasend schnell, dass er nicht reagieren konnte. Sie hatte die Rechte zur Faust geballt und stieß damit auf seinen Hals hinunter. Dabei keuchte sie: «Ich brech dir das Genick, du Schwein. Ich schlitz dir den Hals auf. Ich schneid dir die Kehle durch.»

Sie zählte exakt die Punkte auf, die der gerichtsmedizinische Befund bestätigt hatte, und stieß bei jedem Satz zu. Einmal, zweimal, dreimal, ehe er ihr Handgelenk zu packen bekam. Und kaum hatte er das rechte im Griff, schlug sie mit der linken Faust auf ihn ein. Es dauerte ein paar Sekunden, ehe er auch das linke fassen und sich aufrichten konnte.

Er hielt sie auf Armlänge von sich, schüttelte sie und schrie sie an: «Frau Bender! Hören Sie auf, Frau Bender.»

Zwei Sekunden lang stand sie noch vor ihm und betrachtete ihn mit einem Blick voller Nichtbegreifen. Sie murmelte etwas, das er nicht verstand. Dann brach sie zusammen.

Professor Burthe machte sich nicht die Mühe, seinen Zorn zu verbergen. Dass ein Kripobeamter eine psychisch schwer gestörte Persönlichkeit mit seinen Fragen zum zweiten Mal in den Zusammenbruch trieb, obwohl man ihn gewarnt hatte! Man konnte nur den Kopf schütteln und sich erkundigen: «Was fällt Ihnen ein? Hatte ich Ihnen nicht deutlich zu verstehen gegeben, dass Sie mit Frau Bender nicht umgehen können wie mit einer gewöhnlichen Kriminellen? Das war das letzte Gespräch, das Sie mit ihr geführt haben! Ist Ihnen nicht klar, dass Frau Benders Suizidversuch nur eine Folge Ihrer Ermittlungstechnik war?»

Rudolf Grovian konnte sich nicht zu einer Rechtfertigung aufraffen. Dass er kein Wort über den Tod ihres Vaters verloren hatte, hatten sie bereits geklärt. Cora Bender war in aller Eile zu irgendwelchen Untersuchungen abtransportiert worden, immer noch bewusstlos. Er hätte wer weiß was gegeben, die letzte halbe Stunde mit ihr ungeschehen machen zu können. Er verstand selbst nicht mehr, wie er sich zu diesem

Blödsinn hatte hinreißen lassen können. «Ich nehme Sie auch wieder mit hinauf.»

Irrtum! So einfach war es nicht. Er hatte sich darum bemüht. Minutenlang gegen ihre Wangen geklopft, sie beim Namen gerufen, ihr Gesicht mit kaltem Wasser bespritzt, ehe er sich dazu durchringen konnte, sie den Ärzten zu überlassen. Und die ganze Zeit hatte er denken müssen: wenn sie ein Messer in der Hand gehabt hätte …

Ihm war ein wenig übel. Aber er war auch zufrieden. Ihre Aufzählung: Genick, Hals, Kehle. Mit Vorsatz getötet? Nein, bestimmt nicht! Wenn sie nicht zufällig den Apfel für ihren Sohn geschält hätte, wäre sie nur mit den Fäusten auf Georg Frankenberg losgegangen und hätte getan, woran man sie vor Jahren gehindert hatte – in einer Situation, in der jeder Schlag erweiterte Notwehr gewesen wäre.

Über diese Erkenntnis hätte er gerne mit Professor Burthe gesprochen. Nur kam er vorerst nicht zu Wort. Sekundenlang prasselten die Fachausdrücke auf ihn ein. Schizothymer Typus, abgegrenzte Individualzone, bewusster Gegensatz zwischen Ich und Außenwelt, empfindsames, teilweise gleichgültiges Sichzurückziehen von den Mitmenschen. Der Traum-, Ideen- und Prinzipienwelt wurde der Vorrang eingeräumt.

Es klang sehr eindrucksvoll, nur interessierte es ihn herzlich wenig. Was ihm durch den Kopf ging, war zwar nur die Interpretation eines Laien, aber weit eindrucksvoller. Nach fünf Jahren gab es keine Notwehr mehr. Nach fünf Jahren war es Totschlag. Es sei denn, jemand bewies, dass Cora Bender sich zur Tatzeit nicht am Otto-Maigler-See aufgehalten hatte, sondern in diesem vermaledeiten Keller. Und er konnte das nicht beweisen, er nicht. Das war Aufgabe des Professors.

Die Strafpredigt ließ er über sich ergehen, ohne eine Miene zu verziehen. Professor Burthe beruhigte sich wieder und wollte wissen, was Cora Bender kurz vor ihrem Zusammenbruch von sich gegeben hatte. Rudolf Grovian umriss die Kellerszene und das vorangegangene Gespräch. Dass sie ihn angegriffen hatte, verschwieg er. Aber ein, zwei Sätze zur Notwehr ließ er anklingen. Und sie hatte ja nicht einmal sich allein, sie hatte dieses andere Mädchen verteidigen wollen.

Als er zum Ende kam, nickte Professor Burthe kurz. Eine Zustimmung war das nicht. Im Gegenteil! Natürlich kannte Burthe die Kellerszene, er kannte sogar zwei Versionen. Einmal die vom Band mit den gebrochenen Rippen. Und einmal die mit dem Zuhälter auf der Couch.

Es musste noch eine dritte Version geben, an die Cora Bender niemanden heranließ. Diese dritte Version dürfte das beinhalten, was sich tatsächlich im Keller abgespielt hatte, meinte Burthe. Vermutlich war ihr nur die eigene Lust zum Bumerang geworden. Demzufolge war die Kellerszene nicht von Belang, sie war nur ein winziges Teilstück des schwarzen Kapitels in Cora Benders Leben. Und Cora Bender verteidigte das gesamte Kapitel mit aller Macht gegen jeden Zugriff, notfalls auf Kosten ihrer geistigen Gesundheit. Als ob Rudolf Grovian das nicht schon gewusst hätte.

Professor Burthe erklärte ausführlich den Unterschied zwischen Wahrheit und Lüge und wie Cora Bender mit beidem umging. In einer Stresssituation hielt sie sich zuerst an die Wahrheit. Wenn sie sich auf die Situation eingestellt hatte und der Druck nachließ, suchte sie ihren Vorteil. Den gab es nur über die Lüge. Allerdings erzeugte die Lüge neuen Druck. Die Erregung, die sie dann zeigte, mochte auf einen Laien wirken, als werde ihm nun das letzte Geheimnis offenbart.

So war es im Verhör gewesen. Mit ihm versuchte sie dasselbe Spielchen. Aber er war der Fachmann, ihn konnte man nicht an der Nase herumführen. Niemand wollte bestreiten, dass Cora Bender vor Jahren schlechte Erfahrungen mit einem Mann gemacht hatte, eher wohl mit mehreren. Es stellte auch niemand in Frage, dass sie bei einer dieser Gelegenheiten schwer misshandelt worden war. Mit ihren selbstzerstörerischen Tendenzen musste sie auf entsprechend veranlagte Männer wie eine Herausforderung gewirkt haben.

An dieser Stelle erhob Rudolf Grovian den ersten Einwand. «Wenn Sie damit andeuten wollen, sie sei auf den Strich gegangen, das ist sie nicht. Ihre Schwester hat es von ihr erwartet oder sogar verlangt, wenn ich das eben richtig verstanden habe. Aber sie konnte nicht.»

Sein Gegenüber lächelte. Es war ein sehr wissendes Lächeln. «Sie konnte sehr wohl, Herr Grovian. Nach dem Tod ihrer Schwester hat sie für sich die schlimmste Art von Bestrafung gewählt, die sie sich vorstellen konnte. Perverse Freier. Sie hat mir ein paar Praktiken geschildert. Ich bin einiges gewohnt, aber da wurde sogar mir das Zuhören beinahe zu viel. Sie werden zugeben, Herr Grovian, dass keine Frau solch eine Betätigung zugibt, wenn sie sie nicht auch tatsächlich ausgeübt hat. Es war das Bedürfnis nach Sühne, gekoppelt mit dem unterschwelligen Wunsch nach einem inzestuösen Verhältnis zum Vater.»

«Das ist doch Schwachsinn», protestierte Rudolf Grovian und hörte, wie lahm es klang, als sei er trotz des Widerspruchs halbwegs überzeugt von Burthes Ansicht. Aber so war es nicht. Es war nur Fassungslosigkeit, die ihm die Sprache verschlug, die Sicherheit, mit der es ausgesprochen wurde. Als hätte Burthe daneben gestanden und zugeschaut.

Das hatte er auch, natürlich nur im übertragenen Sinne. Was er vor Rudolf Grovian ausbreitete, war, wie er betonte, Cora Benders innere Überzeugung. Als geschulter und aufmerksamer Beobachter war Burthe imstande, die Bröckchen Wahrheit aus dem großen Haufen Lügen zu fischen.

«Ich fürchte», sagte Rudolf Grovian trocken, «bei dieser Sache haben Sie ein paar Lügen gefischt. Ich weiß nicht, warum sie Ihnen so einen Unsinn erzählt. Aber es kommt zeitlich gar nicht hin. Sie war …»

Er wollte erklären, was er eben herausgefunden hatte. Dass es von Magdalenas Geburtstag ohne Zeitverzögerung in den Keller ging, und danach war Oktober gewesen. Mit einer Handbewegung wurde er unterbrochen. Es ging hier nicht um Zeit. Es ging auch nicht um Prostitution. Es gab keinen Grund, sich zu ereifern.

Es ging nur um den Tod von Georg Frankenberg, um Cora Benders Motiv und ihre Einsichtsfähigkeit. Die war nicht vorhanden. Cora Bender war schuldunfähig. Man konnte sie nicht zur Verantwortung ziehen für ihre Tat. Es war am See nicht eine Sekunde lang um den Mann und sein Verhalten gegangen. Die Frau war der Auslöser gewesen.

In dem Augenblick hörte Rudolf Grovian sie wohl sagen: «Der Mann hatte Pech, weil er oben lag.» Er schüttelte trotzdem den Kopf. «Ich weiß nicht, wie Sie auf den Gedanken gekommen sind, Herr Burthe. Und Sie machen einen großen Fehler, wenn Sie den Keller so einfach abtun. Ich habe es jetzt zweimal erlebt! Und ich bin auch ein geschulter und aufmerksamer Beobachter. Frau Bender wurde in einem Keller von zwei Männern missbraucht und beinahe umgebracht. Bei dieser Gelegenheit wurde ein weiteres Mädchen getötet, höchstwahrscheinlich von Georg Frankenberg. Deshalb musste er sterben.»

Inzwischen hatte sich Professor Burthe vollends beruhigt, lehnte sich in seinem Sessel zurück, musterte ihn mit nachdenklichem Blick und wollte wissen: «Woraus ziehen Sie Ihre Sicherheit? Aus Frau Benders Worten? Oder haben Sie Beweise?»

Nein, verdammt. Er hatte insgesamt nur Worte. Hier ein paar und da ein paar. Horst Cremer, Melanie Adigar und Johnny Guitar! Es stand nicht einmal fest, dass Hans Böckel und Johnny Guitar identisch waren. Und Böckel war sein einziges Verbindungsglied zu Frankenberg. Man konnte doch vor Gericht nicht mit dem «Song of Tiger» argumentieren.

«Sie tut Ihnen Leid», stellte Professor Burthe fest, als er nicht antwortete. Es klang wie ein Urteil und blieb als unumstößliche Tatsache im Raum stehen. «Sie haben den Wunsch, ihr zu helfen und bemühen sich, eine rationale Erklärung zu finden. Sie haben eine Tochter, nicht wahr? Wie alt ist Ihre Tochter, Herr Grovian?»

Als wieder keine Antwort kam, nickte Burthe sich selbst eine Zustimmung und sprach weiter in diesem verständnisvollen Ton, der Rudolf Grovian zur Weißglut brachte. «Ich habe nicht nur das letzte Band abgehört und verstehe Ihr Engagement. Eine junge Frau, die nichts anderes wollte als ein ganz normales Leben, so hilflos, so verzweifelt. Zerstört von Umständen, die sie nicht beeinflussen konnte, bettelt sie um Verständnis. Da steht sie einem gegenüber, völlig aufgelöst. Sie stammelt ihren Hilferuf und bricht zusammen. Sie waren allein mit ihr, als das passierte, nicht wahr? Cora Benders Hilfeschrei ging ausschließlich an Sie. Und Sie standen in diesem Augenblick stellvertretend für ihren Vater. Genauso haben Sie sich auch gefühlt. Und vor ein paar Minuten hat sich diese Szene wiederholt. Und ein Vater, Herr Grovian, will glauben. Denken Sie einmal darüber nach. Und fragen Sie sich, wie Sie Ihr Verhalten beurteilen müssten, wenn es sich bei einem Kollegen zeigte!»

Rudolf Grovian musste die Zähne zusammenbeißen, deshalb klang es gepresst: «Ich bin nicht hier, um mich analysieren zu lassen. Ich habe lediglich versucht, ein paar neue Informationen abzuklären.»

Burthe nickte bedächtig. «Und konnte Frau Bender diese neuen Informationen bestätigen?»

«In gewisser Weise, ja.»

Wieder nickte der Professor bedächtig. Nach den neuen Informationen erkundigte er sich nicht. «Sie wird Ihnen alles bestätigen, Herr Grovian. Alles, was die Verbindung zwischen ihr und Georg Frankenberg herstellt. Sie selbst ist ja um eine rationale Erklärung bemüht. Sein Tod hatte auf sie eine befreiende Wirkung, und sie sucht nach dem Grund. Sie versucht krampfhaft, ihn in ihr Leben zu installieren und nachvollziehbare Beweggründe zu liefern. Um das zu erreichen, setzt sie ihn sogar als ihren Zuhälter auf eine Couch.»

Rudolf Grovian wollte etwas sagen, wurde jedoch erneut durch eine Handbewegung zum Schweigen verurteilt. «Ich will versuchen, Ihnen etwas zu erklären. Und ich hoffe sehr, dass Sie dann endgültig begreifen, wo Ihre Arbeit und Ihr Engagement enden und meine beginnen. Jetzt vergessen wir Georg Frankenberg und den Keller einmal. Frau Benders Trauma heißt nicht Keller, es heißt Magdalena.»

Für Professor Burthe war es einfach. Für ihn war Georg Frankenberg nur ein Zufallsopfer. Es hätte jeden Mann treffen können, der sich in Begleitung einer Frau befand, an der etwas war, das Cora Bender an ihre Schwester erinnerte. Die Frau zu töten, die ihr Leben zerstört hatte, hätte Cora Bender nicht noch einmal geschafft. In ihrer Not, und es war eine sehr große Not gewesen, hatte sie sich auf den Mann gestürzt. Mit seinem Tod erreichte sie zwei Dinge gleichzeitig. Sie erfüllte Magdalena den größten Wunsch, schickte ihr einen gut aussehenden Mann. Und stellvertretend für Magdalena stieß Frankenbergs Frau ihre Hand zurück und signalisierte damit, dass keine Hilfe mehr gebraucht wurde. Cora Bender war frei. Sie war so frei in diesem Augenblick, dass sogar die Gewissheit einer lebenslangen Haftstrafe sie nicht mehr erschütterte. Strafe hatte sie ihrer Meinung nach auch verdient.

Rudolf Grovian hörte mit regloser Miene der Aufzählung zu. Ein Leben wie ein Strafregister. Lügen, betrügen, stehlen, fixen. Und als krönender Abschluss ein Mord. Nein! Nicht

Georg Frankenberg. Den sollte er ja erst einmal vergessen. Das Opfer hieß Magdalena!

Ob Cora Bender ihre Schwester mit Vorsatz getötet hatte, weil sie Magdalena als Zerstörerin des eigenen Ichs empfand – nicht nur des eigenen, auch der Vater war zerstört worden. Und Cora Bender liebte ihren Vater abgöttisch –, oder ob es versehentlich im Drogenrausch geschehen war, wusste Professor Burthe nicht. Aber die brechenden Rippen waren Magdalenas Rippen gewesen.

Und Rudolf Grovian hörte sie sagen: «Ich habe immer eine Hand auf ihrer Brust ...» Es reichte ihm. Weißkittel, dachte er, ihm fiel nicht auf, wie er sich ihre Denkweise zu Eigen machte. Wenn man denen eine halbe Stunde zuhört, glaubt man wieder an den Weihnachtsmann.

Er nicht! Er hatte Fakten zusammengetragen. «Ich mache Ihnen einen Vorschlag», sagte er, während er sich erhob. «Sie tun Ihre Arbeit, und ich tu die meine. Wenn Sie das in Ihrem Gutachten so anführen wollen, kann ich Sie mit drei Sätzen widerlegen.» Diese drei Sätze wollte Professor Burthe lieber sofort hören. Und Rudolf Grovian zählte seine Fakten auf. Punkt eins: Als ihre Schwester starb, war Cora seit drei Monaten nicht mehr daheim. Da lag sie nämlich mit eingeschlagenem Schädel in irgendeiner Klinik, aus der sie erst im November entlassen wurde. Punkt zwei: Prostitution nach dem Tod der Schwester als Sühne, gekoppelt mit dem unterschwelligen Wunsch nach einem inzestuösen Verhältnis zum Vater. Es war hübsch formuliert. So hätte er das nie ausdrücken können. Nur hatte dazu leider die Zeit gefehlt, mit einem zertrümmerten Schädel prostituierte sich niemand mehr. Davon abgesehen war es kein unterschwelliger Wunsch gewesen und auch nicht der abgöttisch geliebte Vater.

«Sie sollten mal in der Bibel nachschlagen, Herr Burthe. Da steht alles drin. Auf ihre Art versucht sie unentwegt, uns die Wahrheit zu sagen. Magdalena war die Hure.»

Er schüttelte den Kopf und lächelte. «Magdalena hat die Vorarbeit geleistet, und im Keller haben sie ihr den Rest gegeben. Wenn Sie mir nicht glauben, machen Sie einen Versuch mit einer Lichtorgel. Oder spielen Sie ihr das Lied vor. ‹Song of Tiger›. Ich halte jede Wette, das war der Auslöser, nicht Frau Frankenberg. Sie hat selbst gesagt, es war das Lied. Holen Sie zur Sicherheit einen Pfleger dazu, wenn Sie den Versuch machen. Es sind ja ein paar kräftige Männer dabei.»

Er ging langsam auf die Tür zu und spielte seinen letzten Trumpf aus. Punkt drei: «Und fragen Sie Frau Bender bei Gelegenheit einmal, wie viele Tropfen Wasser ein Junkie aus dem Klobecken schöpft, um seinem Schuss die nötige Konsistenz zu verleihen.»

Professor Burthe runzelte die Stirn. «Was soll ich …»

Rudolf Grovian hatte die Hand bereits an der Türklinke. «Sie haben mich verstanden. Legen Sie ihr ein Fixerbesteck hin. Und lassen Sie Frau Benders Haut untersuchen, jeden Quadratzentimeter. Wenn Sie auch nur eine Narbe finden, die auf frühere SM-Praktiken schließen lässt, quittiere ich meinen Dienst. Aber das werde ich nicht tun müssen.»

Er öffnete die Tür, trat einen Schritt auf den breiten Flur hinaus und sagte: «Denken Sie an das Lied, Herr Professor. Leider habe ich es nicht gewagt, ihr das vorzuspielen. Aber bei nächster Gelegenheit hole ich es nach. Wenn ich Frau Bender hier reingebracht habe mit meinen Ermittlungsmethoden, hole ich sie damit auch wieder hier raus. Das ist ein Versprechen, Herr Burthe.»

Er war so wütend wie selten zuvor und dabei so hilflos, als er die Landesklinik verließ. Er hatte nicht mal Abitur, hatte sich intern hochgearbeitet. Wie sollte er einen Professor widerlegen, wenn es hart auf hart kam? Er konnte kein Gegengutachten in Auftrag geben.

Er fuhr zurück nach Hürth und machte sich im Telefonbuch kundig. Eberhard Brauning, den Namen fand er zweimal, als Anwaltskanzlei und privat. Er wählte die Kanzlei an. Leider war Herr Dr. Brauning nicht zu sprechen. Und einen Termin konnte ihm die freundliche Dame am Telefon frühestens für den nächsten Tag einräumen. Mit ein wenig Nachdruck gelang es ihm, doch zum Herrn Doktor durchgestellt zu werden.

Eberhard Brauning stutzte, als Rudolf Grovian seinen Namen nannte und die Angelegenheit, in der er dringend mit ihm sprechen müsse. Da kam eine Bemerkung durchs Telefon. «Ach Gott, der Chef.» Es folgte ein leises Lachen, dann wieder Sachlichkeit. «Ich hätte Sie ohnehin in den nächsten Tagen um ein Gespräch gebeten. Da sind ein paar Unklarheiten ...»

Weiter ließ Rudolf Grovian ihn nicht kommen. «Ein paar?» Er gestattete sich ein Lachen, nach dem ihm gar nicht war. Dann sprach er weiter, sehr energisch und bestimmt. «Ich wäre Ihnen sehr verbunden, wenn Sie ein bisschen Zeit für mich hätten. Ich verstehe, dass Sie beschäftigt sind, aber ich finde meine Zeit auch nicht auf der Straße. In den nächsten Tagen habe ich keine, und die Sache eilt.»

Und wie sie eilte. So wie Burthe gesprochen hatte, klang es, als neige sich seine Arbeit dem Ende zu. Wenn das verdammte Gutachten erst beim Staatsanwalt lag ... Burthes Erklärungen schwirrten ihm wie ein Wespenschwarm durch den Kopf. Es hätte jeden treffen können, der sich in Begleitung einer Frau ...

Das kam wohl nicht ganz hin. Er jedenfalls hatte sich nicht in Begleitung einer Frau befunden, als sie auf ihn einstach. Und genau das war es gewesen. Er hörte noch, wie sie aufzählte. Genick, Hals, Kehle. Ihm fiel nicht auf, dass sein Gesprächspartner zögerte. Erst als ein lang gezogenes «Ja» durch den Hörer drang, wurde er wieder aufmerksam. «Ich sehe hier in meinem Kalender ...» Was Eberhard Brauning sah, wurde nicht erklärt, stattdessen kam die Frage: «Passt es Ihnen heute Abend? Haben Sie meine Privatadresse?»

«Ja.»

«Gut. Um zwanzig Uhr. Ist Ihnen das recht?»

«Geht es nicht ein bisschen früher?» Es war nicht einmal vier, und er wusste nicht, wie er sich den Nachmittag vertreiben sollte. Ehe er das nicht losgeworden war, konnte er sich kaum auf etwas anderes konzentrieren. «Wie ist es mit achtzehn Uhr? Oder störe ich Sie da beim Abendessen?» Sie verblieben bei neunzehn Uhr.

Nachdem das geklärt war, brühte er Kaffee auf. Während er die erste Tasse trank, hörte er noch einmal kurz in die Bänder hinein. «Ich wollte doch nur ein normales Leben! Verstehen Sie das?» Und: «Gereon hätte das nicht mit mir machen dürfen.» Oraler Sex, dachte er, Magdalenas Traum. Deshalb ist sie ausgerastet, als ihr Mann das bei ihr versuchte. Irgendwie erklärte sich alles.

Bei der zweiten Tasse notierte er ihre Beschreibung des Kellers, soweit sie ihm in Erinnerung war. Auf sein Gedächtnis konnte er sich verlassen. Die Rekonstruktion war ausgezeichnet. Er sah es vor sich. Die Flaschen in den Regalen, den Spiegel dahinter. Und davor ein kleiner, dicker Mann, der sich weißes Pulver auf den Handrücken streute, es ableckte und in die Zitrone biss. Tequila, dachte er. Tequila, Koks und mach ein bisschen Platz, Böcki. Und ihr wurde die eigene Lust zum Bumerang! So ein Blödsinn! Aber er hatte immerhin Margret Roschs Aussage, Albträume zu einer Zeit, als alles noch frisch war.

Er fragte sich, ob sie wieder bei Bewusstsein war und ob sie den Weg zurück alleine gefunden hatte. Oder ob sie ihn jetzt wieder verfluchte, weil er ihr das angetan, weil er sie trotz seines Versprechens im Keller zurückgelassen hatte.

Werner Hoß kam mit einigen Neuigkeiten herein und riss ihn aus seinen trüben Gedanken. Es gab noch keinen Hinweis auf den Aufenthaltsort von Ottmar Denner, und Hans Böckel war nach wie vor nur ein Name. In den Hamburger Krankenhäusern hatten sie bisher keinen Erfolg gehabt. Aber Ute Frankenberg war aus der Klinik entlassen worden.

Wunderbar! Mit ihr musste er unbedingt reden. Vielleicht hatte Frankie ihr irgendwann einmal erzählt, wo er mit seinen Freunden musiziert hatte. Er steckte die Bänder der Vernehmung ein und machte sich auf den Weg nach Köln.

Fast pünktlich auf die Minute kam er an. Eberhard Braunings Privatadresse war ein vierstöckiges Gebäude älteren Baujahres, sehr gepflegt, die Außenfassade mit frischem Anstrich und allerlei Schnörkeln. Er hatte keinen Blick dafür. Auf sein Klingeln wurde ein elektrischer Türöffner betätigt.

Hinter der Haustür lag eine dämmrige, angenehm kühle Halle. Der Fußboden war mit schwarzweißen Fliesen ausgelegt. Und er hörte sie sagen: «Der Fußboden war weiß mit kleinen grünen Steinen darin.» Diese Bude musste sich doch finden lassen.

Es gab einen Lift. Er entschied sich für die Treppe. Eberhard Braunings Wohnung lag im zweiten Stock. Große, alte Räume mit hohen Decken, hohen Fenstern, auserlesenen Antiquitäten und wenigen üppigen Grünpflanzen dazwischen. Sämtliche Türen zur Diele standen offen. Alles war in das milde Licht des frühen Abends getaucht.

Cora Benders Anwalt empfing ihn bei der Wohnungstür. Einen schüchternen Eindruck machte er nicht, eher einen angespannten. Er führte ihn durch die geräumige Diele in den Wohnraum und sagte dabei: «Sie haben hoffentlich nichts dagegen, wenn meine Mutter bei unserer Unterhaltung zugegen ist.»

Ach du Schande, dachte Rudolf Grovian und sagte: «Nein.» Er sah sie gleich, als er den Raum betrat. Noble ältere Dame, Anfang bis Mitte sechzig, ein wachsames Gesicht, silbergraues Haar, akkurat und streng um den Kopf frisiert.

Wahrscheinlich besuchte sie ihren Friseur zweimal in der Woche. Ob Cora Bender das Shampoo benutzte?

Er grüßte freundlich, erwiderte einen festen Händedruck, betrachtete einen fingernagelgroßen Rubin in schwerer Goldfassung an ihrer rechten Hand. Und sah im Geist nur das strähnige Haar vor sich. Warum sie es bisher nicht gewaschen hatte? Hatte sie sich so total abgeschrieben? Perverse Freier! Sie musste doch wissen, dass sie sich mit solch einer Behauptung den Weg zurück endgültig versperrte. Ihr Mann war nicht der Typ, sich damit auseinander zu setzen.

Dann saß er in einem Sessel mit gestreiften Polstern, neben ihm stand auf einem kniehohen Tischchen mit Schnörkelbeinen und Intarsien in der polierten Platte eine hauchfeine Porzellantasse. Der Kaffee hatte genau die richtige Farbe und enthielt kein Koffein. Und er wusste nicht, womit er beginnen sollte.

Robin Hood, dachte er in einem Anflug von Ironie, Rächer der Enterbten, Beschützer der Witwen und Waisen. Und der Entmündigten! Na, dann los, Robin, mach dem Knaben klar, was seine Mandantin braucht. Einen vernünftigen Gutachter, der ihr nicht diesen Stempel auf die Stirn drückt. Sie braucht eine Frau zum Reden. Einem älteren Herrn kann sie sich nicht anvertrauen. Da sieht sie vielleicht ihren Vater vor sich. Aber eine Frau ... Dann sah er Elsbeth am Küchentisch und schüttelte den Kopf. Alles Quatsch.

Er warf der noblen älteren Dame ein winziges Lächeln zu, heftete den Blick auf Eberhard Brauning und begann: «Ich war heute bei Frau Bender. Sie sagte, dass sie inzwischen auch mit Ihnen gesprochen hat. Sie waren einmal bei ihr?»

Als Eberhard Brauning zögernd nickte, erkundigte er sich: «Halten Sie ein Gespräch für ausreichend?»

«Natürlich nicht. Aber ich habe noch nicht alle Unterlagen beisammen. Ich warte auf das psychologische Gutachten.»

«Ich kann Ihnen sagen, was drin steht. Schuldunfähig!

Georg Frankenberg war ein Zufallsopfer. Es hätte jeden treffen können.»

Eberhard Brauning schaute ihn mit leicht gerunzelter Stirn an. Auf eine Antwort hoffte er vergebens. Also fragte er: «Welchen Eindruck hatten Sie von Frau Bender?»

Die noble ältere Dame ließ ihn nicht aus den Augen. Das bemerkte er sehr wohl. Ihm fiel auch der Blick auf, mit dem sie der Antwort ihres Sohnes entgegenschaute, und ihr Lächeln. Er wusste es nur nicht zu deuten. Es sah fast aus, als amüsiere sie sich. Geantwortet hatte Eberhard Brauning noch nicht.

Rudolf Grovian grinste. «Na, kommen Sie, Herr Brauning. Sie führen solch ein Gespräch doch bestimmt nicht zum ersten Mal. Welchen Eindruck hatten Sie von Frau Bender? Sie hat Ihnen eine Menge Unsinn verzapft, habe ich Recht? Hat sie Ihnen auch was aus der Bibel erzählt, vom Erlöser und der büßenden Magdalena?»

Eberhard Brauning war von Natur aus ein misstrauischer und überaus vorsichtiger Mann. Und er führte solch ein Gespräch wirklich nicht zum ersten Mal. Normalerweise lief es darauf hinaus, dass so ein Polizist einem ins Gewissen zu reden versuchte. Es ginge nur mit einer Freiheitsstrafe. Und die sollte nicht zu knapp bemessen sein. «Überlegen Sie mal, was da alles zusammenkommt.» Das war ein Standardsatz. Und bei Cora Bender kam eine Menge zusammen.

Der «Unsinn», den sie ihm verzapft hatte, war ihm noch in bester Erinnerung. Er hatte ihn in den letzten Tagen auch häufig genug mit Helene durchgesprochen. Nicht nur den Unsinn, auch die klar verständlichen Aussagen über ihre Schwester. «Ich musste sie mir doch irgendwie vom Hals schaffen.»

Helene war derselben Meinung wie er. Sie hatte die Ermittlungsunterlagen durchgelesen und gesagt: «Hardy, ich kann von diesem Sessel aus nicht beurteilen, in welcher geistigen Verfassung sich diese Frau befindet. Ich kann dir auch nicht sagen, ob sie ihr Opfer kannte. Man sollte nicht völlig ausschließen, dass er nur ein ehemaliger Freier war. Gerade junge Männer aus guten Verhältnissen zieht es oft in dieses Milieu. Aber es wird der Polizei schwer fallen, diese Verbindung herzustellen. Und selbst wenn, ist das für dich eher ein Nachteil. Ich will dir nicht in deine Arbeit hineinreden. Ich weiß ja auch, dass du die Psychiatrie für eine unbefriedigende Lösung hältst. Aber vielleicht überdenkst du deine Einstellung noch einmal. In diesem Fall wäre es die beste Lösung. Viel tun für diese Frau kannst du ohnehin nicht. Bring sie dazu, mit Burthe über die Kreuze und die Erscheinung Gottvaters an ihrem Bett zu sprechen. Das wirkt kurioser als die Kurzschlussreaktion einer ehemaligen Nutte.» Helene hatte Recht!

«Herr Grovian», begann er, verzog das Gesicht zu einem wissenden Lächeln und sprach langsam und bedächtig weiter. «Ich bin nicht der Meinung, dass Frau Bender mir eine Menge Unsinn verzapft hat. Ich kann mir denken, dass Sie diese Frau lieber im Strafvollzug sähen. Aber ...» Er wollte noch mehr sagen.

Rudolf Grovian unterbrach ihn mit einem einzigen Wort. Es klang sehr entschieden. «Nein!» Nach einer winzigen Pause erklärte er: «Am liebsten sähe ich sie auf der Terrasse ihres Hauses, am Bett ihres Söhnchens, vor dem Herd in ihrer Küche. Von mir aus auch in dem Kabuff, das sie ihr Büro nannte. Da hat sie sich wohl gefühlt. Da war sie erwachsen, tüchtig und zufrieden. Haben Sie sich die Ecke mal angeschaut? Das sollten Sie tun! Es gibt nicht mal ein Fenster. Sie war im Hause Bender nicht mehr als ein willkommenes Arbeitstier. Und trotzdem war sie da frei. Das war ihr Himmel. Da fragt man sich, wie muss ihre Hölle ausgesehen haben?»

Er konnte kaum glauben, dass er das sagte. Aber es kam flüssig über die Lippen. Und es war die Wahrheit. Zum ersten

Mal gestand er sich ein, dass der Herr Sachverständige nicht mit all seinen Absichten danebengelegen hatte. Die Meinung über ihn war zutreffend. Zum Teufel damit! Neunzehn Jahre bei Elsbeth waren Strafe genug. Bei «lebenslänglich» durfte man nach fünfzehn Jahren auf Begnadigung hoffen. So gesehen, hatte Cora Bender vier Jahre über die Zeit abgesessen. Gnade vor Recht, wenigstens einmal.

«Was wissen Sie über Cora Benders Kindheit und Jugend, Herr Brauning? Ist Ihnen nur bekannt, was in den Akten steht? Oder hat sie mit Ihnen darüber gesprochen?»

Hatte sie nicht. Also tat er es für sie, fasste das Elend in eine Viertelstunde, zog mit den letzten Sätzen eine der Kassetten aus seiner Tasche. «Und dann passierte das!», sagte er. «Ich bin absolut sicher, es ist passiert. Genau so, wie sie es schildert. Aber ich kann es nicht beweisen, Herr Brauning. Ich kann's nicht beweisen!»

Gegen die Beklemmung, die er bei diesen Worten empfand, half nur eine Prise Ironie. Er zeigte auf die Wand links von seinem Sessel. «Sie haben da eine schöne Stereoanlage. Kassettendeck und alles, was man sonst noch braucht. Ich verschaffe Ihnen jetzt die Gelegenheit, die Frau Bender Ihnen verwehrt hat: beim Verhör anwesend zu sein. Sie haben eine Menge verpasst. Man muss es gehört haben. Gelesen wirkt es nicht. Schalten Sie ein. Es steht an der richtigen Stelle.»

Über die großen Lautsprecherboxen klang es, als säße sie neben der noblen älteren Dame auf der Couch. Von dort hörte er ihre Stimme. Das Schluchzen, Betteln, Stammeln – und noch einmal ihr: «Helfen Sie mir!»

Er sah Eberhard Brauning ein paar Mal heftig schlucken. Ihm war auch danach, aber er musste mit Kaffee nachhelfen. Cora Benders Stimme verstummte nach einigen Minuten. «An dem Punkt hatte ich sie heute wieder», sagte er leise. «Sie ging auf mich los. In genau der Weise, wie sie Frankenberg angegriffen hat. Wenn sie ein Messer gehabt hätte, säße ich jetzt nicht hier.»

Eberhard Brauning antwortete nicht, er betrachtete den Kassettenrecorder, als müsse noch etwas nachkommen. Es kam nichts mehr. Und Helene hüllte sich in Schweigen, gab nicht mal Zeichen mit den Augen. Er sah sich genötigt zuzugeben: «Ich verstehe nicht ganz, was Sie von mir wollen, Herr Grovian.»

Rudolf Grovian fühlte die Wut wieder. Er hatte auf der Zunge zu fragen: «Was machen Sie denn normalerweise als Pflichtverteidiger? Treten Sie als Galionsfigur auf?» Er beherrschte sich. «Beschaffen Sie ihr einen weiteren Gutachter», verlangte er und war ein wenig überrascht, als sich die noble ältere Dame plötzlich einmischte. «Herr Burthe genießt einen ausgezeichneten Ruf.»

«Mag sein», sagte er. «Aber wenn Cora Bender zu flunkern beginnt, hilft einem der beste Ruf nichts. Sie hat ihm einen fetten Brocken hingeworfen, und er hat ihn geschluckt. Prostitution und perverse Freier.» Als er weitersprach, fiel ihm auf, wie sich Eberhard Braunings Miene veränderte. Der Knabe hätte beim Pokern keinen Pott gewonnen. «Hat sie auch Ihnen diesen Schwachsinn aufgetischt?» Eine Antwort bekam er nicht, nur diese viel sagende Miene. «Hören Sie!», sagte er und hätte beinahe gelacht. Hören Sie! Er sah sie vor sich, den tanzenden Finger, die Wut in ihren Augen. Lassen Sie meinen Vater in Ruhe!

Er lachte nicht, sprach es noch einmal ganz bewusst aus: «Hören Sie! Ich muss wissen, was sie Ihnen erzählt hat. Jedes Wort, auch wenn Sie es für Schwachsinn halten. Sie gibt eine Menge Hinweise. Man muss das nur richtig interpretieren.»

Eberhard Brauning ging zur Stereoanlage, nahm die Kassette aus dem Tapedeck, überreichte sie ihm und sagte der Form halber: «Ich brauche Kopien von allen Bändern. Auch von der Kassette, die am See abgespielt wurde.»

«Hat sie mit Ihnen über das Lied gesprochen?»

Eberhard Brauning antwortete nicht, nahm wieder umständlich Platz und runzelte missbilligend die Stirn. «Herr Grovian, Sie werden nicht von mir erwarten, dass ich das Gespräch mit Frau Bender vor der Gegenseite ausbreite.»

«Verdammt nochmal! Ich bin nicht die Gegenseite. Muss ich Kniefälle tun, damit Sie den Mund aufmachen? Ich sitze zwar hier in meiner Eigenschaft als Ermittlungsbeamter. Aber ich bin nicht Cora Benders Feind.»

«Da ist Frau Bender anderer Meinung.» Still für sich – Helene half ihm ja nicht, saß nur da und schmunzelte – gelangte Eberhard Brauning zu der Ansicht, dass es nicht schaden konnte, ein paar von Cora Benders Ergüssen auszubreiten.

Er begann bei David und Goliath, kam über die drei Kreuze mit dem ohne Schuld in der Mitte zu Gottvater, der manchmal nachts an ihrem Bett auftauchte, sich über sie beugte und ihr von der Schuldlosigkeit seines Sohnes erzählte.

Rudolf Grovian hörte aufmerksam zu. Aber er erkannte rasch, dass hier jeder Einsatz Zeitverschwendung war. «Ja», sagte er gedehnt, während er sich aus dem gestreiften Sessel erhob und der noblen älteren Dame noch ein flüchtiges Lächeln schenkte. «Jeder von uns gerät mal in Versuchung, den Weg des geringsten Widerstands zu gehen. Und in einem Fall wie diesem, da stehen wir alle gut da. Niemand verurteilt das arme Ding. Wir schließen sie nur weg. Und keiner muss sich mehr fragen, warum sie es getan hat. An dem Punkt war ich auch einmal. Aber dann hat es mich gereizt, der Sache auf den Grund zu gehen. Und jetzt stecke ich bis zum Hals drin. Ich fürchte nur, weiter lassen sie mich nicht rein. Burthe war der Meinung, dass meine Ermittlungsmethoden Frau Bender in die Landesklinik gebracht haben. Für einen guten Anwalt wäre das sicher ein gefundenes Fressen.»

Das war der Moment, in dem Eberhard Brauning sich auf seine Rolle besann, vielmehr mit der Nase darauf gestoßen wurde. Pflichtverteidiger! Er fühlte sich ein wenig unbehaglich. Natürlich musste er das noch in Ruhe mit Helene besprechen und überlegen, welche Möglichkeiten es überhaupt gab. Aber man sollte es vielleicht doch nicht so ausschließlich dem Staatsanwalt überlassen. Wenn sich ein Polizist für diese Frau einsetzte, konnten ihre Chancen so schlecht nicht stehen.

Er räusperte sich verhalten. «Ganz unter uns, Herr Grovian. Habe ich mit einem Gegengutachten Aussichten auf einen Freispruch?»

«Nein», sagte Rudolf Grovian ruhig. «Die haben Sie nicht. Aber ein paar Jahre Gefängnis sind besser als ein Todesurteil. Und ich befürchte, darauf läuft es für Cora Bender hinaus. Sie braucht keine Richter mehr. Sie hat ihr Urteil gesprochen. Zurzeit ist sie dabei, uns die Begründungen zu liefern. Und mit der nächsten Vollstreckung hat sie vielleicht mehr Glück. Ich denke, im Gefängnis wird sie davon absehen. Da sind nämlich die normalen Übeltäter eingesperrt. Und um dahin zu kommen, Herr Brauning, muss sie nur zugeben, dass sie Georg Frankenberg am See erkannte und sich an ihm rächen wollte.»

«Rächen wofür?», fragte Eberhard Brauning. Und Rudolf Grovian erklärte es ihm. Was er vorschlug, war alles andere als legal. Es konnte ihn Kopf und Kragen kosten. Aber das kümmerte ihn in dem Moment nicht.

Es ging auf neun Uhr zu, als er sich verabschiedete. In der letzten Stunde bei den Braunings hatte er sich mehrfach gewundert, wie interessiert sich die ältere Dame zeigte, bis Eberhard Brauning erklärte, welchen Beruf Helene ausgeübt hatte. Keine schlechte Kombination, fand er und fragte sich, ob Cora Bender wohl bereit wäre, Helene Brauning zu akzeptieren.

Für einen weiteren Besuch war es reichlich spät. Doch bisher war Ute Frankenberg sehr rücksichtsvoll behandelt worden. Kein Mensch hatte sie mit Fragen belästigt. Nur zwei oder drei Antworten, mehr wollte er nicht von ihr.

Um zehn Minuten nach neun parkte er seinen Wagen in der Nähe von Frankenbergs Wohnung. Sie lag in einem modernen Apartmenthaus. Die Tür wurde ihm von Winfried Meilhofer geöffnet. Im Wohnraum saß eine junge Frau. Er kannte sie nicht persönlich. Sie hatte – wie Frankenbergs Frau – am vergangenen Samstag als Zeugin nicht zur Verfügung gestanden. Werner Hoß hatte in der Zwischenzeit ihre Aussage aufgenommen.

Ihr Name war jedoch auch ihm geläufig. Alice Winger, die Freundin von Ute Frankenberg, deren Flirt mit Meilhofer Cora Bender so jäh unterbrochen hatte. Anscheinend waren sich die beiden in der Zwischenzeit näher gekommen. Ihr Umgang miteinander deutete auf ein vertrautes Verhältnis.

«Ich muss mich entschuldigen, dass ich so spät noch störe», begann er. «Aber die Sache duldet keinen Aufschub. Ich wollte Frau Frankenberg deshalb nicht eigens nach Hürth kommen lassen. Meine Fragen kann sie auch hier beantworten.»

Vorerst bekam er sie nicht zu Gesicht. «Ute hat sich hingelegt», teilte Alice Winger mit. «Welche Fragen denn?»

Nichts von Bedeutung. Als Einstimmung vielleicht wann und wo sie ihren Mann kennen gelernt hatte. Das konnte Alice Winger ihm beantworten. «Das war im vergangenen Dezember. Im Museum Ludwig. Ich war dabei.»

Als Nächstes, ob ihr Mann jemals den Namen Cora erwähnt hatte. Alice Wingers Gesicht verschloss sich. «Das kann ich mir kaum vorstellen.»

Nun, da waren noch ein paar andere Namen, auf die er im Laufe der Ermittlungen gestoßen war. Und: «Es wäre mir lieber, wenn ich mit Frau Frankenberg persönlich sprechen könnte. Es ist eine reine Formsache.»

«Ich hole sie.» Alice Winger erhob sich und verließ den Raum. Sie blieb ein paar Minuten weg. Die Zeit nutzte Winfried Meilhofer, um sich zu erkundigen: «Kommen Sie voran mit Ihren Ermittlungen?»

Er nickte. Irgendwie tat es gut, dass ausgerechnet der Mann, der direkt daneben gesessen hatte, davon ausging, dass es noch Ermittlungen gab.

«Ich werde den Anblick nicht los», sagte Winfried Meilhofer leise. «Wie sie neben Frankie sitzt und ihn anschaut. Sie war glücklich. Ich sollte das vielleicht nicht sagen, aber sie hat mir Leid getan. Merkwürdig, wie man reagiert. Ich hätte entsetzt sein müssen. Ich war auch entsetzt. Aber mehr über Frankies Reaktion, über ihren Mann und über mich. Ich hätte von mir nie gedacht, dass es eine Situation gibt, in der ich mich nicht rühren kann. Ich hätte es verhindern können. Den ersten Stich nicht. Aber den zweiten. Und ...»

Er wurde durch Alice Winger unterbrochen. Sie kam zurück und erklärte: «Sie kommt sofort. Bitte, gehen Sie behutsam mit ihr um. Es ist alles noch frisch. Sie waren so glücklich.»

«Ja, natürlich.» Beinahe schämte er sich. Das war die andere Seite. Die Seite, für die er einzustehen hatte. Anständige Bürger, deren Leben in Sekundenbruchteilen durch irgendeinen Wahnsinn zerstört wurde.

Es vergingen noch ein paar Minuten, ehe Ute Frankenberg bei der Tür erschien. Im ersten Augenblick bemerkte er nur den rosafarbenen Morgenrock, bodenlang und aus Plüsch. Sie hatte sich darin eingewickelt, als friere sie. Über dem Kragen ein rundliches graues Gesicht, übernächtigt, verweint, Nase und Augen waren rot geädert. Und um das Gesicht eine Kappe aus weißblondem Haar, eng anliegend, im Nacken mit einer Spange zusammengehalten. Mehr sah er nicht davon.

Er wiederholte die erste Frage, auf die er bereits Antwort von Alice Winger erhalten hatte. Ute Frankenberg bestätigte mit leiser, kaum verständlicher Stimme. Er kam auf frühere Freunde ihres Mannes zu sprechen. Sie wusste nur, was Frankie erzählt hatte. Und gerne hatte er nicht darüber gesprochen. Einmal, als sie ihn auf das Lied ansprach, das er sich jeden Abend anhörte, ohne das er angeblich nicht einschlafen konnte, hatte er ihr ein paar alte Fotos gezeigt und erklärt, es sei die größte Dummheit gewesen, die er hätte machen können.

Den Namen Cora hatte sie nie von ihm gehört. Aber er war auch nie hinter jedem Rock her gewesen, im Gegensatz zu den andern beiden. Was die trieben, habe ihn oft abgestoßen, hatte er gesagt. Mädchen und Koks. Koks und Mädchen. Und einmal hatte er gesagt, dass er immer auf sie gewartet habe. Sie sei sein Traum, genau die Frau, die er brauche, um geheilt zu werden.

Ute Frankenberg sprach wie unter dem Einfluss starker Beruhigungsmittel. Er konnte nichts weiter tun als hin und wieder nicken, obwohl ihn der Hinweis auf Fotografien beinahe elektrisch aufgeladen hatte. Behutsam, dachte er. Gehen Sie behutsam mit ihr um. Natürlich!

«Frau Frankenberg, diese alten Fotos, gibt es die noch?»

«Frankie wollte sie wegwerfen. Ich fand das zu schade. Ich habe sie …» Sie hatte auf einer Couch Platz genommen, erhob sich schwerfällig, ging zu einem Schrank, bückte sich, zog ein Schubfach auf und nahm ein Album heraus. «Kann sein, dass sie hier drin sind.»

Das waren sie nicht. Sie hätte ins Schlafzimmer gehen müssen, dort lag noch ein Album. Und sie fühlte sich außerstande, es zu holen. Alice Winger erledigte das. Dann saß Ute Frankenberg wieder auf der Couch, das Album im Schoß, die Augen auf ein Foto in Postkartengröße geheftet. Frankie! Sie streichelte das Papier mit den Fingerspitzen, brach in Tränen aus und konnte nicht weiterblättern.

Rudolf Grovian bemühte sich um Geduld. Alice Winger

nahm das Album an sich, suchte und nahm eine Fotografie heraus. «Ist es das, was Sie meinen?»

Ja, das war es! Die Erleichterung machte seine Brust wieder frei. Er musste nicht lügen, nicht manipulieren, nicht tun, was er vor knapp einer Stunde ihrem Anwalt vorgeschlagen hatte: «Wenn alle Stricke reißen, machen wir aus Frankie einen lieben, aber verzogenen Bengel aus gutem Haus, der – meinetwegen unter dem Einfluss von Alkohol und Kokain – zuließ, dass seine Freunde sich im August vor fünf Jahren an seinem Mädchen vergriffen. Es gibt keine Beweise dafür, aber es gibt auch keine dagegen, wenn wir uns an den 16. August halten, da war sein Arm wieder verheilt. Machen wir uns die Flunkereien zunutze. Ich bringe Ihnen eine Zeugin, die unter Eid aussagen wird, dass sie Cora Bender am Abend des 16. August in Georg Frankenbergs Auto einsteigen sah. Ich bin sicher, ihre Nachbarin wird das für sie tun, wenn wir ihr garantieren, dass es keine Folgen hat. Sie hämmern Frau Bender jetzt ein, dass von ihr in der Verhandlung kein Wort über den Erlöser und die büßende Magdalena kommen darf und auch keins über Zuhälter und Prostitution. Was wir brauchen, ist die nette Liebesgeschichte mit dramatischem Ausgang.»

Und genau das war es! Die Aufnahme war schlecht belichtet. Doch mit ein bisschen gutem Willen und ihrer Beschreibung im Hinterkopf konnte man durchaus einiges erkennen. Die Musikinstrumente auf dem Podest in der Ecke. Sogar zwei Männer. Der hinter dem Schlagzeug musste Frankie sein. Er hatte die Arme erhoben. Sein Gesicht war nur ein verschwommener Fleck. Da war der andere schon deutlicher. Er stand hinter dem Keyboard. Ein blonder Pummel mit verträumter Miene. Nicht übermäßig groß und von kräftiger Statur.

«Wer ist das?»

Ute Frankenberg beugte sich zu seiner ausgestreckten Hand hin. «Das müsste Ottmar Denner sein.»

Tiger, dachte er. «Hat Ihr Mann einmal den Spitznamen Ottmar Denners erwähnt? Tiger?»

«Nein, nie.»

«Auch keinen anderen Spitznamen? Böcki oder Johnny Guitar?»

«Nein.»

Schade! Jammerschade! «Auf diesem Foto sind nur zwei Männer, Frau Frankenberg. Wo ist der dritte, Hans Böckel?»

Wo schon? Am Auslöser!

«Bueckler», sagte sie mechanisch. «Nicht Böckel, er hieß Bueckler. Es schreibt sich mit ue.»

Winfried Meilhofer murmelte eine Entschuldigung. «Dann habe ich den Namen falsch verstanden.»

«Es muss aber auch ein Foto von Hans Bueckler da sein», murmelte Ute Frankenberg wie im Selbstgespräch. Sie nahm das Album wieder an sich, schlug eine Seite um, schüttelte den Kopf, noch eine Seite. «Hier», sagte sie, zog das Foto unter der Klarsichtfolie heraus und reichte es ihm. Gleichzeitig fuhr sie mit der freien Hand in den Nacken und machte eine rasche Bewegung mit dem Kopf.

Rudolf Grovian registrierte zwei Dinge zur gleichen Zeit. Den Mann auf dem Foto. Melanie Adigars Beschreibung von Johnny passte wie maßgeschneidert. Ein blonder Adonis. Als hätte er den griechischen Steinmetzen Modell für ihre Götter gestanden. Und das Haar, das Ute Frankenberg den Rücken hinunterfiel. Immer noch von der Spange im Nacken zusammengehalten, aber lang, es reichte ihr bis auf die Hüften.

Er fühlte sein Herz einen Satz der Betroffenheit machen, weil er sich in derselben Sekunde vor dem alten Nachttisch stehen sah, das Foto im Silberrahmen in der Hand. Magdalena, dachte er. Die Frau war der Auslöser.

Verdammt! Dieser Gartenzwerg von psychologischem Sachverständigen hatte Recht! Aber es konnte nicht sein! Was er in der Hand hielt, war ein Beweis. Er konzentrierte sich wieder auf den Schnappschuss in seinen Händen. Hans Bueckler stand an der Kellerbar und hielt ein Glas in der Hand. «Wissen Sie, wo diese Aufnahmen gemacht wurden, Frau Frankenberg?»

Sie nickte. «In ihrem Probekeller.»

«Wo finde ich diesen Keller?»

«Das weiß ich nicht. Ist er wichtig für Sie?»

«Sehr wichtig.»

«Ich weiß es wirklich nicht. Vielleicht im Haus von Denners Eltern oder bei Hans Bueckler. Ja, es wird da gewesen sein. Ich weiß nicht, wo er wohnte. Irgendwo in Norddeutschland. Sein Vater hatte etwas mit Musik zu tun. Er war Agent, glaube ich, ich bin nicht sicher.»

«Ich muss die Fotografien mitnehmen, Frau Frankenberg. Nach Möglichkeit noch mehr, wenn es noch mehr Aufnahmen aus diesem Keller gibt. Vielleicht gibt es sogar eine vom Haus?»

Die gab es nicht, aber aus dem Keller gab es noch zwei. Und die waren auch scharf. Auf einer war die Couch mit dem niedrigen Tisch davor abgelichtet. Frankie saß auf der Couch. Und es gab noch eine Aufnahme, die ihn und Denner neben einem roten Sportflitzer zeigte.

«Wissen Sie, wem der Wagen gehörte?»

Sie nickte nur und betrachtete das Foto in seiner Hand. Antworten konnte sie nicht. Das tat Winfried Meilhofer für sie. «Das war Frankies Wagen. Er fuhr ihn noch, als ich ihn kennen lernte.»

Als er sich verabschiedete, fühlte er sich ein wenig leichter. Nur ein wenig. Viel war es nicht, was er in der Hand hielt. Im Grunde war es nur Hoffnung, dass er ein Foto von Johnny in der Tasche trug. Und da war eine innere Stimme, die ihm sagte, er hätte besser eins von Ute Frankenberg mitgenommen. Und er solle ihr lieber das zeigen. Er solle sie fragen: «Wer ist das, Frau Bender?»

Und im Geist sah er sie lächeln, so intensiv, so besorgt und zärtlich wie auf dem Foto in ihrem Zimmer. Und im Geist hörte er sie mit wehmütigem Unterton sagen: «Das ist Magdalena.»

14. Kapitel

Ihr Haar war noch feucht. Sie hatte es nach dem Frühstück gewaschen. Und Margret hatte vergessen den Föhn einzupacken. Es war Nachmittag, das wusste sie. Viel mehr wusste sie nicht, nur dass ihr Haar noch feucht war. Sie spürte es kühl im Nacken. Wenn ein Windhauch von draußen hereinkam, fühlte sie auch die Kühle am Kopf. Aber sonst fühlte sie nichts.

Einmal hatte es am rechten Bein gejuckt, unterhalb der Kniekehle an der Wade – als ob sich ein Insekt dorthin gesetzt hätte. Es war schon eine Weile her. Sie hatte lange überlegt, ob sie an die Stelle fassen sollte – kratzen oder das Insekt verscheuchen. Es hätte eine Mücke sein können. Sie hatte sich auf die Stelle konzentriert und herauszufinden versucht, ob sie es nur durch Konzentration identifizieren oder zum Verschwinden bringen konnte. Hingeschaut hatte sie nicht, auch nicht hingefasst. Irgendwann hatte das Jucken aufgehört. Vor einer halben Stunde. Da war sie sicher, sie hatte die Sekunden gezählt.

Seit sie vom Professor zurück war, beschäftigte sie sich ausschließlich mit Zählen. Sie war weit über zehntausend gewesen, als das Jucken am Bein sie unterbrach und sie wieder von neuem beginnen musste. Achtzehn! So alt war Magdalena geworden. Neunzehn – so alt war sie damals gewesen. Zwanzig – da hatte sie langsam zu leben begonnen. Einundzwanzig – da hatte sie sich eingebildet, ein Leben führen zu können wie tausend andere, mit einem Mann, der zu dumm war, um gefährlich werden zu können. Aber das war ein Irrtum gewesen. Zweiundzwanzig, dreiundzwanzig, vierundzwanzig … aus.

Der Professor hatte gesagt: «Ich sehe, Sie haben Ihr Haar gewaschen, Frau Bender.»

Zu dem Zeitpunkt war es noch nass gewesen, nicht nur feucht. Dem Professor hatte es gefallen. Er hatte gefragt, wie oft sie es früher gewaschen habe? Doch sicher täglich! Ob es Naturlocken seien oder eine Dauerwelle. Und welches Shampoo sie benutzt habe, es dufte so angenehm frisch.

«Es ist auch ein sehr gutes Shampoo», hatte sie geantwortet. «Der Chef hat es mir mitgebracht. Wo ist er? Habe ich ihn umgebracht?»

Sie wusste, sie hatte auf ihn eingestochen – mit dem kleinen Messer, das auf der Bar lag. Irgendwie hatte sie es zu packen bekommen. Und in dem Augenblick, als sie auf ihn einstach, war er nicht der Chef gewesen. Nur einer, der etwas tat, was er nicht tun sollte. Dann hatte sie noch einmal, nur für einen winzigen Moment, sein Gesicht gesehen, hatte ihn auch erkannt, aber nicht mehr feststellen können, ob er blutete, ob er überhaupt noch am Leben war. Es war gleich dunkel geworden.

Und dann ein weißes Bett und ein schmales, besorgtes Gesicht, das sich über sie beugte. Der sauber gestutzte Bart fehlte. Er hat ihn abgenommen, war ihr erster Gedanke gewesen. Er hat sich rasiert, während ich schlief. Sie wartete darauf, dass er sie Orangensaft trinken ließ oder ihre Arme und Beine bewegte. Dass er sie aufforderte, ein Gedicht aus der Schulzeit aufzusagen, oder etwas in die Kanüle auf ihrem Handrücken injizierte. Oder den Verband am Kopf überprüfte oder in ihre Ferse pikste.

Und die Angst, diese wahnsinnige Angst, dass alles von vorne begonnen hatte, dass sie es noch einmal durchleben musste: Heimkommen. Mutters gleichgültige Stimme an der offenen Haustür. «Cora ist tot. Meine Töchter sind beide tot.»

Und Vater an ihrem Bett. «Was hast du getan, Cora?»

Und Grit mit ihrem ängstlich besorgten Gesicht, nicht wissend, ob sie reden durfte oder schweigen musste. Sich langsam vorantastend. Jeder Satz ein Hammerschlag. «Du brauchst dir keine Sorgen zu machen. Margret hat sich um alles gekümmert. Auf ihrem Totenschein steht Herz-Nieren-Versagen. Margret hat sich die Unterlagen aus Eppendorf geholt und eine Leiche besorgt, ein Junkiemädchen, glaube ich. Ihr Freund hat ihr geholfen, er hat auch den Schein ausgestellt.»

Grit hatte den Kopf geschüttelt, gleichzeitig mit den Achseln gezuckt und weitergesprochen: «Es war eine junge Frau. Margret hat sie im Auto hergebracht. Ein Himmelfahrtskommando, aber wir brauchten ja etwas für die Beerdigung. Wir haben sie verbrennen lassen. Magdalena wollte das ja so. Und Margret sagte, damit ist die Sache ausgestanden. Wenn es irgendwann dumme Fragen gibt, Antworten gibt es nicht mehr.»

Die grausame Angst, das alles noch einmal hören zu müssen, brachte sie fast um. Sie schrie, griff nach der Hand, die den Puls an ihrem Handgelenk überprüfte, und klammerte sich daran fest. «Ich will nicht nach Hause. Schicken Sie mich nicht weg, bitte. Lassen Sie mich hier bleiben. Ich kann im Haushalt helfen. Ich tu alles, was Sie wollen. Nur schicken Sie mich nicht heim. Meine Schwester ist tot. Ich habe Magdalena umgebracht.»

Wie lange sie geschrien, gebettelt und die Hand umklammert hatte, wusste sie nicht. Es hatte ewig gedauert, bis sie ihren Irrtum erkannte. Er hatte sich nicht rasiert. Er hatte gar keinen Bart getragen. Er war der Sachverständige. Und sie hatte es ihm gesagt. Und wenn er am nächsten Morgen hundertmal so tat, als habe er nichts gehört. Wenn er sie noch tausendmal fragte, mit welchem Shampoo sie ihr Haar gewaschen hatte. Er hatte sein Ziel erreicht. Das Letzte aus ihr herausgeholt.

Viertausenddreihundertsiebenundzwanzig.
Viertausenddreihundertachtundzwanzig.
Magdalenas Knochen im Staub zwischen verdorrtem Gras.
Viertausenddreihundertneunundzwanzig.
Viertausenddreihundertdreißig.
Eine unbekannte Tote! Eine skelettierte Leiche in der Nähe eines Truppenübungsplatzes in der Lüneburger Heide.
Viertausenddreihunderteinunddreißig! Nicht denken! Sie durfte nicht denken, wollte auch nicht mehr.
Grit hatte gesagt: «Als dein Vater an dem Sonntagmorgen im Mai vor meiner Tür stand und sagte: ‹Die Mädchen sind weg.› Zuerst konnte ich es nicht glauben. Dann dachte ich, du hättest Magdalena nach Eppendorf bringen müssen. Wir haben herumtelefoniert. Fehlanzeige. Am Nachmittag fanden wir das Auto auf dem Parkplatz beim ‹Aladin›. Wir konnten uns das nicht erklären und wussten nicht, was wir tun sollten. Ich habe deinem Vater vorgeschlagen, er solle zur Polizei gehen. Das wollte er auf keinen Fall. Ich hatte fast das Gefühl, er nahm an, du hättest Magdalena …»
Grit hatte einen langen Seufzer ausgestoßen. «Wie er auf solch einen Gedanken kommen konnte, werde ich nie verstehen. Gerade er musste doch wissen, dass du dich für sie hättest vierteilen lassen. Ja, und dann haben wir in der Nachbarschaft erzählt, es ginge zu Ende mit ihr, und du weichst nicht von ihrer Seite. Ein Glück nur, dass Melanie an dem Wochenende bei Freunden übernachtet hat. Sie hätte vielleicht den Mund nicht halten können.»
Dann hatte Grit vom August gesprochen: «Ich finde es immer noch nicht richtig, was Margret gemacht hat. Und ich mache mir Vorwürfe, dass ich überhaupt etwas gesagt habe, als ich von dem Leichenfund in der Zeitung las. Ich wollte zuerst nicht mit deinem Vater darüber reden. Ich dachte, es regt ihn nur unnötig auf. So war es auch. Er hat auf der Stelle mit Margret telefoniert. Und weißt du, was er zu ihr sagte? ‹Wir

haben Magdalena gefunden.› Ich sagte: ‹Wilhelm, das ist doch nicht wahr! Wir haben gar nichts. Man hat eine Tote gefunden, irgendeine Tote, die kein Mensch mehr identifizieren kann. Es kann unmöglich Magdalena sein. Bei der hätte man Kleidungsstücke finden müssen, zumindest das Nachthemd. Sie hat doch immer ein Nachthemd getragen.› Er hat mich so komisch angeschaut und den Kopf geschüttelt. Und dann sagte Margret: ‹Es spielt keine Rolle, wer die Tote ist. Wir müssen etwas unternehmen. Wir haben schon viel zu lange gewartet.› Und im Grunde hatte sie Recht. Wir konnten nicht bis in alle Ewigkeit erzählen, du sitzt an Magdalenas Bett. Dass sie noch lebte, haben wir ja auch nicht geglaubt.»

Viertausenddreihundertzweiunddreißig. Und weiter bis in alle Ewigkeit – mit diesem Bild vor Augen – morsche Knochen im Dreck. Mit Magdalenas Stimme im Ohr: «Ich will die Hölle.» Aber die Leiche da draußen war nicht verbrannt gewesen. Gefault war sie, schwarz geworden, Würmer hatte sie bekommen.

Bei achttausendsiebenhundertdreiundvierzig hörte sie den Schlüssel in der Tür. Sie ließ sich nicht unterbrechen, rechnete fest damit, dass man sie noch einmal abholen wollte, um sie ein zweites Mal zum Professor zu bringen.

Die Sitzung am Vormittag war sehr unerquicklich für ihn gewesen. Er hatte von ihr wissen wollen, worüber sie zuletzt mit dem Chef gesprochen hatte. Der falsche Hund! Er wusste es doch längst. So blöd war sie noch nicht, dass sie nicht aus seinen Fragen heraushörte, wie viel er wusste.

Er fragte, ob sie noch einmal mit ihm über den Keller reden möchte. Und darüber, dass Zuhälter normalerweise keine gläubigen Menschen seien. Dass Zuhälter wohl häufig ein Mädchen schlagen ließen, es auch selbst schlugen, dass sie dabei jedoch nicht Amen! Amen! Amen! brüllten. Aber sie hätte gewiss häufig Amen sagen müssen. Und sie hätte sich doch auch bestimmt oft gewünscht, ein normales Leben führen zu können. Mit einem jungen Mann.

Er sagte, er wisse, wie groß die Belastung durch Magdalena für sie gewesen sei. Und dann wollte er mit ihr über Musik reden. Speziell über die Lieder, die Magdalena gerne gehört hatte. Ob sie sich noch an bestimmte Titel erinnere, wollte er wissen.

Aber wo der Chef war, wollte er ihr nicht sagen. Kein Wort, ob er noch lebte. Da antwortete sie ihm auch nicht mehr. Und dann machte er Musik. Er ließ sie das Schlagzeug hören, die Gitarre und das hohe Pfeifen einer Orgel. «Song of Tiger»!

Und dieser scheinheilige Hund fragte, wie sie sich fühle. Woran sie jetzt denke. Woran schon? Achtzehn! Neunzehn! Zwanzig! Einundzwanzig! Sie hatte die Zähne zusammenbeißen müssen, dass es in den Kiefern knackte. Aber es hatte funktioniert. Zweiundzwanzig! Dreiundzwanzig! Vierundzwanzig!

Er war nervös geworden. Anzusehen war ihm das nicht gewesen, aber sie hatte es gefühlt und weitergezählt, weiter, immer weiter.

Achttausendsiebenhundertvierundvierzig. Die Tür ging auf. Einer der Pfleger kam herein. Es war der, der am vergangenen Abend zweimal nach ihr geschaut hatte. Einmal hatte er ihr das Haar aus der Stirn gestrichen und gefragt: «Wie fühlen Sie sich, kleine Frau? Geht's wieder?»

Er hieß Mario, war ein netter Kerl, immer freundlich, immer gut gelaunt, dunkelhaarig wie Vater früher. Und sehr stark, ungeheuer kräftig. Er konnte sich einen erwachsenen Mann unter den Arm klemmen und ohne Schwierigkeiten forttragen, obwohl der Mann zappelte und strampelte und mit beiden Fäusten in Marios Rücken drosch.

Sie hatte es einmal gesehen, auf dem Rückweg vom Professor zu ihrem Zimmer. Und sie hatte gedacht, dass Vater vielleicht auch einmal so gewesen war. So groß wie Mario, so stark wie Mario. Als junger Mann auch so hübsch wie Mario. Sie hatte sich vorgestellt, wie Mutter sich in ihn verliebte, wie sie sich das erste Mal von ihm küssen ließ. Wie sie das erste Mal mit ihm schlief. Wie sie es genoss. Und wie sie das erste Kind mit ihm zeugte. Wie glücklich Mutter war über die späte Schwangerschaft und über den Mann, der zu ihr gehörte. Und sie hatte sich vorgestellt, sie wäre an Mutters Stelle und Mario wäre Vater.

Gestern Abend hatte sie es sich auch vorgestellt, als sie noch so benommen war von den Medikamenten, dass sie kaum denken konnte, sich nur etwas wünschen: Mario möge sie aus dem Bett nehmen und forttragen, weit, weit fort. Zurück in den Keller. Sie dort auf den Boden legen. Mitten im Raum stehen wie Herkules. Und sich jeden Einzelnen, jeden von denen, die sonst noch da waren, unter den Arm klemmen. Sie alle hinaustragen ins Freie. Und sie dort totschlagen. Alle! Und wenn er sie alle totgeschlagen hätte, käme er zurück, nähme sie wieder vom Boden hoch und sagte: «Jetzt ist es vorbei, kleine Frau. Jetzt ist es überstanden.» Und dann ließe er sie schlafen – bis in alle Ewigkeit.

Es war Sünde, so etwas zu wünschen. Das ganze Leben war Sünde. Der Tod auch. Sie hatte ihre Schwester getötet. Und als sie Magdalena tot vor sich liegen sah, war sie in Panik aus dem Haus gerannt. Sie war zurück zum «Aladin» gefahren, wo Johnny auf sie wartete. Er hatte ihr geholfen, die Leiche in die Heide zu schaffen. Sie hatten Magdalena irgendwo abgelegt, wo sie nicht so schnell gefunden werden konnte. Nahe dem militärischen Sperrgebiet, da ging niemand hin, auch die Soldaten nicht. Da konnte Magdalena zu einem stinkenden, ekligen Stück Dreck werden.

So musste es gewesen sein, genau wusste sie es nicht, aber Grit sah es so. Wobei Grit davon ausging, Magdalena sei bereits tot gewesen, als sie heimkam in der Nacht. Das war Grits Irrtum. Und der Professor wusste es jetzt. Und wenn sie nicht zählte, musste sie sich fragen: Warum habe ich ihr kein Feuer gemacht? Ich hatte es versprochen. Hatten wir kein Benzin dabei? In Vaters Wagen lag immer ein voller Kanister. Aber Vaters Wagen stand beim «Aladin». Er kann für diese Fahrt nicht benutzt worden sein. Also muss mir jemand geholfen haben. Ich kann nicht allein gewesen sein mit ihr. Wenn ich allein gewesen wäre, sie hätte ihr Feuer bekommen. Es muss jemand bei mir gewesen sein, der nicht in Vaters Wagen fahren wollte. Der in seinem Wagen keinen vollen Benzinkanister hatte. Oder dem ein Feuer zu gefährlich war. Der befürchtete, dass jemand die Flammen sah. Johnny!? Es gab keine andere Möglichkeit.

Mario blinzelte sie mit dem rechten Auge an wie ein Verschwörer. Sie sah, dass er ein Tablett in der Hand hielt. Darauf standen eine kleine Kanne aus dickem weißem Porzellan und zwei Tassen mit Untertellern. Er trug das Tablett zum Tisch, stellte es ab und legte einen Finger an seine Lippen. «Das bleibt unter uns», sagte er. «Den habe ich selbst aufgebrüht. Das ist richtig guter Kaffee.»

Sie biss sich auf die Lippen und blinzelte gegen die Feuchtigkeit an.

«Na», sagte Mario. «Das lassen Sie besser. Sie wollen sich doch den Kaffee nicht verwässern. Eine Tasse für Sie und eine für Ihren Besuch.»

«Ist der Chef gekommen? Lebt er noch?»

«Natürlich lebt er noch.» Mario lächelte breit. «Aber er wird sich hier so schnell nicht mehr blicken lassen. Der Professor hat ihm tüchtig den Kopf gewaschen.»

Und sie stellte sich vor, dass nun auch der Chef mit feuchten Haaren herumlief, während Mario anfügte: «Ihr Anwalt ist da. Jetzt kommen Sie an den Tisch und trinken Ihren Kaffee mit ihm.»

Er drehte sich zur Tür und rief: «Kommen Sie nur. Sie ist okay.» Ihr blinzelte er noch einmal zu, hob einen Daumen, als könne er sie damit aufrichten .«Ich bleibe hier, in Ordnung? Ich passe auf, dass nichts passiert.» Mario postierte sich neben die Tür, legte die Hände auf den Rücken und stand da wie ein Wachsoldat.

Sie rutschte vom Bett wie ein Kind mit zu kurzen Beinen, als ihr Anwalt durch die Tür trat. Sie erinnerte sich, dass sie ihn bereits einmal gesehen und auch längere Zeit mit ihm gesprochen hatte. Aber ... «Tut mir Leid, ich habe Ihren Namen vergessen.»

«Das macht doch nichts», sagte er. «Ich muss mir auch alles notieren. Sonst vergesse ich die Hälfte. Brauning.»

Er lächelte sie an, während er seinen Namen nannte. Im Gegensatz zu Marios Lächeln fiel seines verkrampft aus. Er fühlte sich nicht wohl in ihrer Nähe, sie spürte es.

«Haben Sie Angst vor mir?»

«Nein, Frau Bender», sagte er. «Warum sollte ich denn Angst vor Ihnen haben?»

Das wusste sie nicht, aber es war so. «Ich tu Ihnen nichts», versicherte sie. «Ich tu keinem Menschen mehr etwas. Wenn Frankie mir gesagt hätte, dass er ein Mensch ist, hätte ich ihm auch nichts getan – glaube ich. Aber das hat er mir nicht gesagt. Er wollte, dass ich es tue. Ich habe neulich vergessen, Ihnen das zu sagen.»

«Schon gut, Frau Bender», sagte ihr Anwalt. «Darüber können wir später reden.»

«Nein», sagte sie. «Ich rede nicht mehr. Ich zähle jetzt nur noch. Dabei kann überhaupt nichts passieren.»

Eberhard Brauning hatte wie beim ersten Besuch den Aktenkoffer dabei. Er stellte ihn neben dem Tisch ab und setzte sich auf einen der Stühle, sodass er die Tür und den Pfleger daneben im Auge hatte. Ein kräftiger Mensch! Oberarme wie ein Ringer. Der Anblick hatte etwas Beruhigendes.

«Ich habe hier ein paar Dinge, bei denen Sie mir helfen müssen, Frau Bender», sagte er.

Helene hatte ihn gut instruiert. Rudolf Grovians Erklärungen und sein Eintreten für Cora Bender, vor allem seine Bereitschaft, notfalls die eigene Existenz zu riskieren, hatten Eindruck auf Helene gemacht.

«Er versteht es, einem die Sache schmackhaft zu machen. Das heißt natürlich nicht, dass ich seine Vorschläge gutheiße. Um Gottes willen, Hardy, ich kann dir nur dringend raten, davon Abstand zu nehmen. Es wird vielleicht auch gar nicht nötig sein zu manipulieren. Weißt du, Hardy, Burthe hat wirklich einen guten Ruf, man kann nichts Nachteiliges über ihn sagen. Nur verbeißt er sich eben schnell in die Freud'sche Theorie. Und in einem so komplexen Fall reicht das nicht. Dieser Grovian könnte durchaus richtig liegen mit seiner Einschätzung. Man darf die Meinung eines Laien nicht unterbewerten, und er hat ja doch einiges zusammengetragen, was dafür spricht. Tatsache ist auch, er kann mit ihr umgehen. Er bringt sie zum Reden. Und das hast du auch geschafft, Hardy. Es ist nur eine Frage der Autorität. Aber es ist deine Entscheidung. Ich will dir da nicht hineinreden. Du musst nur eines beherzigen, wenn du mit ihr sprichst. Geh natürlich mit ihr um. Appelliere an ihre Hilfsbereitschaft und ihr Verantwortungsbewusstsein.» Helene hatte leicht reden.

«Darf ich Ihnen Kaffee einschenken?» Sie erkundigte sich nicht einmal, wobei sie ihm helfen sollte.

«Ja, das wäre nett», sagte er.

«Stört es Sie, wenn ich stehen bleibe? Ich habe den ganzen Tag gesessen. Eine Stunde bei Professor Burthe und die restliche Zeit auf dem Bett.»

Helene hatte gesagt: «Halte sie beim Thema. Lass sie nicht abschweifen. Wenn sie es versucht, und das wird sie mit Sicherheit tun, bring sie sofort auf den Punkt zurück. Und lass dich nicht provozieren, Hardy. Sie wird es tun, wenn sie einigermaßen klar ist. Stell dir ein Kind vor, das völlig auf sich allein gestellt ist. Wenn da plötzlich jemand auftaucht, der behauptet, ich mag dich und will dir helfen, muss das Kind ihn auf die Probe stellen. Es wird ihn bis zur Weißglut reizen. Zeig ihr, wo die Grenzen sind. Bleib ruhig, aber bestimmt, Hardy. Du wirst doch mit einem Kind fertig werden.»

«Es wäre mir lieber, wenn Sie sich setzen», sagte er. Mit Helenes Instruktionen und Vorhersagen im Kopf war er auf alles gefasst. Auf ein Grinsen, auf Widerspruch, eine gelangweilte oder teilnahmslose Miene. Nichts dergleichen.

Sie zog einen Stuhl unter dem Tisch hervor und nahm Platz. Brav stellte sie die Füße nebeneinander, zupfte den Rocksaum über die Knie und lächelte ihn an. «Ich weiß immer noch nicht, ob es eine Mücke war oder nur ein Nervenreflex. Ich hätte hinschauen müssen. Es war dumm, das nicht zu tun. Wenn es eine Mücke war, ist sie bestimmt noch hier. Und dann kommt sie in der Nacht wieder. Ich hätte draufhauen müssen. Draufhauen! Einfach draufhauen! Es wäre nur eine Scheißmücke gewesen, die mich stechen will. Und alles, was sticht, muss man totschlagen.»

Eberhard Brauning konnte nicht beurteilen, ob sie einigermaßen klar war, ob sie Rudolf Grovians Meinung bestätigte und auf verschlüsselte Weise ihre Todessehnsucht zum Ausdruck brachte oder ihm nur Unsinn erzählte. Er hielt an Helenes Vorschlägen fest. «Ich bin nicht hier, um mit Ihnen über Mücken zu reden, Frau Bender. Ich habe ein paar Fotografien bei mir und möchte, dass Sie sich die Männer ansehen und mir …»

Weiter kam er nicht. «Ich will mir keine Männer ansehen.» Punkt und Schluss! Ihre Miene machte deutlich, dass sie nicht bloß einen Punkt, sondern ein Ausrufezeichen hinter ihren Willen gesetzt hatte.

Nur ein Kind, dachte er, ein ungeliebtes Kind. Er dachte es wie eine Beschwörungsformel. «Es ist sehr wichtig, Frau Bender. Sie werden sich die Fotos anschauen und mir sagen, ob Sie einen der Männer kennen.»

«Nein!» Zur Bekräftigung schüttelte sie energisch den Kopf. «Es ist doch garantiert ein Foto von Frankie dabei. Und das werde ich mir nicht anschauen. Ich muss mein Gedächtnis nicht auffrischen. Ich sehe ihn so deutlich, dass ich ihn zeichnen könnte.»

Unvermittelt brach ihre Stimme. Sie gab einen Laut von sich wie ein trockenes Schluchzen. «Ich sehe ihn mit und ohne Blut. Ich sehe ihn am Schlagzeug, und ich sehe ihn am Kreuz. Und immer hängt er in der Mitte. Er war der Erlöser. Nein! Nein, bitte, schauen Sie mich nicht so an. Ich bin nicht verrückt. Ich habe es doch in seinen Augen gelesen. Aber ich bin auch nicht Pilatus. Ich kann mir nicht die Wasserschüssel reichen lassen.»

Es hat überhaupt keinen Sinn, dachte Eberhard Brauning. Wenn wir es wirklich bis zur Hauptverhandlung schaffen – ein derartiger Ausbruch, und das war es.

Sie legte die Hände vors Gesicht, sprach mit gepresster Stimme weiter: «Er wollte nicht sterben. Er hat seinen Vater angefleht: Lass diesen Kelch an mir vorübergehen. Er hatte so eine schöne Frau. Warum lassen Sie mich nicht sterben? Ich will nicht mehr denken! Ich kann nicht mehr. Jetzt kann ich wieder von vorne anfangen. Achtzehn, neunzehn, zwanzig, einundzwanzig ...»

Eberhard Brauning atmete tief und gleichmäßig ein und aus, ein und aus und wünschte Helene und ihre frisch erwachte Liebe zum Beruf zum Teufel. Und Rudolf Grovian, der ihr diesen Floh ins Ohr gesetzt hatte, gleich hinterher.

Der Pfleger stand bei der Tür und rührte sich nicht, tat, als sehe und höre er nichts. Er stand da nicht als Leibwache für ihn, auch nicht als Wachhund für sie. Er stand da auf Anweisung des Staatsanwalts, der es gerne persönlich übernommen hätte. Professor Burthe hatte ihm das ausreden können und es auch strikt abgelehnt, einen Kriminalbeamten in Cora Benders Nähe zu lassen. So war das Los auf ihn als ihren Anwalt gefallen. Aber sie brauchten einen unparteiischen Zeugen. Nach Möglichkeit einen, auf den sie positiv reagierte. Sonst, meinte der Professor, sei jeder Versuch sinnlos. Niemand brächte zurzeit ein Wort aus Frau Bender heraus.

Es waren zwanzig Aufnahmen, die er in seinem Koffer hatte. Er wusste nicht, wen sie darstellten. Rudolf Grovian hatte ihm die Fotos kurz nach Mittag in die Kanzlei gebracht. Das Polizeilabor hatte eine Nachtschicht eingelegt. Zwanzig Männerköpfe, alle etwa im gleichen Alter. Und nichts als die Köpfe abgebildet. Bei jedem war der Hintergrund so verschwommen, dass er nicht den kleinsten Anhaltspunkt bot.

Er nahm einen Schluck Kaffee und stellte die Tasse wieder ab. Sie war bereits bei fünfundvierzig, als er sich endlich überwinden konnte, sie zu unterbrechen. «Hören Sie auf damit, Frau Bender. Sie werden sich jetzt diese Fotos ansehen. Ich weiß nicht, ob ein Foto von Frankie dabei ist. Wenn Sie eines sehen, sagen Sie es mir. Dann nehme ich es weg. Sie müssen ihn nicht anschauen. Nur die anderen. Sagen Sie mir, wenn Sie jemanden erkennen. Und nennen Sie mir den Namen, wenn Sie ihn wissen.»

Sie brach ihre Zählerei tatsächlich ab. Er hatte nicht damit gerechnet und fasste es als einen persönlichen Erfolg auf. Als er sich nach dem Koffer bückte, kam der Pfleger zum Tisch und baute sich daneben auf.

Es beruhigte Eberhard Brauning ein wenig, den Mann näher bei sich zu haben. Nicht dass er Angst gehabt hätte. Aber für den Fall eines Falles. Wo sie sogar auf Grovian losgegangen war. Er zog einen Umschlag heraus und legte ihn auf den Tisch. Es war ein großer brauner Umschlag. Er nickte ihr aufmunternd zu, während er die Aufnahmen herausnahm.

Sie starrte die Fotos an wie ein Gewimmel giftiger Reptilien. «Woher haben Sie die?», wollte sie wissen.

«Herr Grovian brachte sie heute Mittag.»

In ihren Augen flackerte Interesse auf. «Wie geht es ihm?»

«Gut. Ich soll Sie schön grüßen.»

«Ist er böse auf mich?»

«Nein, warum sollte er?»

Sie beugte sich über den Tisch zu ihm hinüber und wisperte: «Ich habe ihn doch gestochen.»

«Nein, Frau Bender.» Er schüttelte energisch den Kopf. «Das haben Sie nicht. Geschlagen haben Sie nach ihm. Aber das versteht er. Er hat Sie gereizt, und Sie waren sehr aufgeregt. Er ist Ihnen wirklich nicht böse. Er möchte, dass Sie sich die Fotos anschauen. Er hat eine Menge Lauferei gehabt, ehe er sie alle beisammen hatte. Es ist sogar eines von seinem Schwiegersohn dabei, hat er mir erzählt.»

Sie lehnte sich wieder zurück, schürzte die Lippen und verschränkte die Arme über der Brust. «Na schön. Ich schaue sie mir ja an.»

Er schob ihr den Packen zu. Sie beugte sich wieder vor und betrachtete die erste Aufnahme, schüttelte den Kopf, nahm sie vom Packen und legte sie zur Seite. Die zweite, die dritte, die vierte, jedes Mal ein Kopfschütteln. «Welcher ist denn der Schwiegersohn?», erkundigte sie sich bei der fünften.

«Das weiß ich nicht, Frau Bender. Ich darf das auch nicht wissen.»

«Schade», murmelte sie. Bei der sechsten Aufnahme stutzte sie, runzelte die Stirn, legte einen Finger an die Lippen und begann am Nagel zu kauen. «Könnte er das sein? Den habe ich einmal gesehen. Aber ich weiß nicht wo. Wie er heißt, weiß ich auch nicht. Was machen wir jetzt mit ihm?»

«Wir legen ihn zur Seite», sagte er.

Sie betrachtete die siebte und achte Aufnahme. Bei der neunten kniff sie die Augen zusammen und verlangte heiser: «Tun Sie es schnell weg! Das ist Frankie.»

Er nahm das Foto an sich und schob es zurück zwischen die, die sie bereits aussortiert hatte. Sie brauchte ein paar Minuten, ehe sie weitermachen konnte. Der Pfleger legte ihr beruhigend eine Hand auf die Schulter. Sie schaute zu ihm auf und nickte mit zusammengepressten Lippen. Dann widmete sie sich der zehnten, elften und zwölften Aufnahme.

Bei der dreizehnten sagte sie: «Das Schwein will ich überhaupt nicht kennen. Und ich will auch nicht wissen, wie er heißt.» Sie schob das Foto mit einem energischen Ruck zu ihm hinüber.

«Ich muss aber wissen, wie er heißt, Frau Bender», erklärte er.

«Tiger», sagte sie knapp und betrachtete ausgiebig die vierzehnte Aufnahme. Bei der fünfzehnten überzog ein Lächeln ihr Gesicht.

«Mein Gott, hat der eine große Nase.»

«Kennen Sie ihn?»

«Nein. Aber schauen Sie sich mal seine Nase an.»

Es lief besser als erwartet. Er war stolz auf sich und rechnete nicht mehr mit einem dramatischen Zwischenfall. Aber beim achtzehnten Foto wurde es kritisch.

Eberhard Brauning bemerkte es nicht sofort. Dem Pfleger fiel auf, dass etwas nicht stimmte. Er legte ihr erneut die Hand auf die Schulter. Und da sah Eberhard, wie sie das Foto anstarrte.

«Kennen Sie den Mann?», fragte er.

Sie reagierte nicht. Und er konnte ihren Gesichtsausdruck nicht einordnen. Wehmut? Sehnsucht? Trauer? Oder Hass?

Unvermittelt schlug sie mit der Faust auf den Tisch. Die beiden Tassen hüpften von den Untertellern. Aus ihrer Tasse schwappte Kaffee über den Tisch. In das Klirren hinein schrie sie mit sich überschlagender Stimme: «Was hast du mit mir gemacht? Ich habe es doch nur für dich getan! Ich wollte nicht, dass sie stirbt. Nur schlafen sollte sie. Du hast gesagt, ich soll sie schlafen lassen und zu dir kommen! Bin ich gekommen? Du musst es doch wissen!»

Eberhard Brauning konnte sich nicht aufraffen, seine Frage zu wiederholen, zog ein Tuch aus der Hosentasche und wischte notdürftig die Kaffeepfütze auf, damit die Fotos nicht verschmierten.

Der Pfleger griff ein, beugte sich zu ihr nieder und meinte besänftigend: «Hey, kleine Frau, nicht aufregen. Das ist nur ein Foto. Der kann Ihnen nichts tun. Ich passe doch auf. Sagen Sie mir, wer er ist, dann gebe ich unten Bescheid. Dann lassen die ihn nicht rein, falls er mal auftaucht.»

Sie schluchzte auf. «Er kommt überall rein. Er ist Satan. Haben Sie schon mal ein Bild von Luzifer gesehen, Mario? Sie zeigen ihn immer mit einem langen Schwanz, einem Klumpfuß und Hörnern. Wie einen Bock mit einer Mistgabel zeigen sie ihn. Aber so kann er gar nicht aussehen, er war doch einer von den Engeln. Und so sieht er auch aus, wenn er einem gegenübertritt. Er macht alle Mädchen verrückt, alle wollen ihn haben. Keine hört mehr zu, wenn sie gewarnt wird. Ich habe auch nicht zugehört. Sein Freund nannte ihn Böcki. Ich hätte wissen müssen, was das bedeutet. Man hat immer die Wahl und die freie Entscheidung zwischen Gut und Böse. Ich habe mich für das Böse entschieden.»

Eberhard Brauning wagte nicht, ihr die Fotografie wegzunehmen. Der Pfleger tat es für ihn. «Böcki», sagte er. «Na, dann legen wir ihn mal zum Tiger. Ich glaube, da gehört er hin.»

Sie nickte.

Der Pfleger führte die Befragung weiter: «Und was ist nun mit dem hier? Gehört der auch dazu?»

Sie schaute sich das erste aussortierte Foto noch einmal an und zuckte mit den Schultern. «Es kommt mir so vor, als hätte ich ihn beim Chef gesehen. Deshalb dachte ich, es wäre sein Schwiegersohn. Aber das kann eigentlich nicht sein. Oder ist sein Schwiegersohn auch Polizist?»

«Fragen wir den Chef, wenn er das nächste Mal kommt»,

sagte der Pfleger. Dann wandte er sich an Eberhard Brauning: «War's das, oder brauchen Sie mich noch?»

Eberhard steckte die Fotos zurück in den Umschlag. Markieren durfte er Böcki und Tiger nicht. Sie sollte Hans Bueckler und Ottmar Denner vor dem Untersuchungsrichter noch einmal identifizieren, sobald man sie dem Richter vorführen konnte. Er schüttelte den Kopf. «Nein. Ich glaube, Sie können uns jetzt allein lassen.» Nach sehr viel Glauben klang es nicht.

Der Pfleger verließ den Raum. Eberhard trank den Rest aus seiner Tasse. Der Kaffee war kalt geworden. Und sie hatte ihre Tasse bisher nicht angerührt.

Sie schaute sehnsüchtig zum Fenster hin. «Sind wir fertig?»

«Noch nicht ganz.» Er wusste nicht, wie er es anstellen sollte.

Rudolf Grovian hatte gesagt: «Wenn sie die Männer identifizieren kann, sind wir einen großen Schritt weiter. Dann brauchen wir als Nächstes den Namen der Klinik, um zu beweisen, dass ihr nicht die eigene Lust zum Bumerang wurde! Wir hatten keinen Erfolg in Hamburg. Natürlich haben wir nicht jeden Arzt gefragt. Aber den Arzt können wir auch vergessen. Dass ihre Tante anderer Meinung ist …» Ein kleiner Lacher hinterher und ein Verweis auf die Neurologie.

Sie war inzwischen gründlich untersucht worden. Man hatte auch den Schädel geröntgt. Der Bericht des Neurologen lag beim Staatsanwalt. Es war äußerst unwahrscheinlich, dass diese Verletzungen in einer Arztpraxis behandelt worden waren.

Die Röntgenaufnahme zeigte ein wahres Spinnennetz. Und für jede Linie gab es einen speziellen Ausdruck. Stirnbein, Scheitelbein, Schläfenbein, Berstungsbruch, Biegungsbruch, Terrassenbruch. Epiduralblutung konnte als wahrscheinlich angenommen werden und noch einiges mehr.

Natürlich war es unmöglich, nach fünf Jahren eine exakte Diagnose zu stellen. Doch allein die Tatsache, dass sie diese Verletzungen ohne körperliche Beeinträchtigung überlebt hatte, war ein Beweis für fachärztliche Betreuung, und dazu gehörten die entsprechenden Apparaturen. An einer Klinik führte kein Weg vorbei. Eberhard Brauning gab sich geschäftig, hob den Koffer auf seinen Schoß und begann darin zu kramen, ohne etwas herauszunehmen. Helene hatte ihm einen langen Vortrag gehalten über Cora Benders Motivation, die Polizei nach Strich und Faden zu belügen in diesem Punkt und in anderen.

Helene hatte gesagt: «Mach ihr klar, dass sie nichts zu verlieren hat. Die süchtige Hure ist bekannt. Lock sie mit Grovians Ansicht über die Sucht aus der Reserve. Wenn du es schaffst, auch die Hure überzeugend in Frage zu stellen, hast du gewonnen, Hardy. Dann bietest du ihr, wonach sie verzweifelt sucht: ein normales und anständiges Leben.»

Er versuchte es ohne viel Hoffnung. Wenigstens hörte sie ihm zu. Und manchmal wirkte ihre Miene wie eine Bestätigung für Helene. Als er wieder schwieg, hob sie die Achseln und lächelte wie zu einer Entschuldigung.

«Ist nett, wie Sie das sagen. Ich wünsch mir, Sie hätten Recht.» Sie atmete tief durch und schaute an ihm vorbei. «Was passiert eigentlich mit einem Menschen, der meint, es sei ein Verbrechen geschehen, und alles tut, um es zu vertuschen?»

«Ihm passiert nichts, wenn es nicht bekannt wird. Aber wir müssen jetzt über die Klinik reden, Frau Bender.»

«Nein», widersprach sie und begann, einen Fingernagel der linken Hand mit dem Daumen der rechten zu polieren. «Das machen wir später. Ich muss Sie noch etwas fragen. Sie sind doch mein Anwalt. Sie dürfen nicht darüber reden. Nehmen wir einmal an, es ist ein Mensch begraben worden, den man irgendwo gefunden hat. Keiner wusste, wie er hieß.

Man hat die paar Knochen, die übrig waren, in die Erde gesteckt. Nun wollte dieser Mensch aber gerne ein Feuer. Und jetzt nehmen wir an, ich wusste das. Kann ich hingehen und sagen: ‹Ich möchte diesem armen Menschen seinen letzten Wunsch erfüllen. Ich möchte ihn verbrennen lassen.› Kann ich das tun?»

«Wenn Sie den Menschen kannten, können Sie das tun.»

«Da müsste ich aber seinen Namen nennen, oder?» Sie polierte immer noch an dem Fingernagel und vermied es, ihn anzuschauen.

Er wusste nicht, worauf sie hinauswollte, und fasste sich in Geduld. «Ja, das müssten Sie.»

«Und wenn ich das nicht darf?»

«Dann kann man leider nichts machen.»

Endlich hob sie den Blick, ihre Miene drückte wilde Entschlossenheit aus. «Ich muss aber! Sonst werde ich verrückt. Lassen Sie sich etwas einfallen. Es wird doch irgendeinen Trick geben. Wenn Ihnen etwas einfällt, fällt mir vielleicht auch etwas ein.»

Er atmete tief durch. «Frau Bender, können wir das nicht ein andermal besprechen? Das ist eine sehr komplizierte Angelegenheit. Da muss ich erst nachschauen, ob es einen Trick gibt. Ich werde nachschauen, das verspreche ich Ihnen. Aber jetzt muss ich wissen, in welcher Klinik Sie damals behandelt wurden. Wenn Sie es nicht wissen, sagen Sie mir, in welcher Stadt es war. Geben Sie mir irgendeinen Anhaltspunkt, damit ich beweisen kann, dass Sie keine süchtige Hure waren. Süchtig waren Sie nicht. Das hat Herr Grovian schon bewiesen. Und Herr Grovian kann sich nicht vorstellen, dass Sie sich mit perversen Freiern abgegeben haben.»

Er hoffte, mit der erneuten Erwähnung Grovians ihre Bereitschaft noch einmal zu wecken. Vergebens, sie reagierte nicht, schaute ihn nur an, abwartend und ausdruckslos. Er vergaß Helene. Zum Teufel mit den psychologisch fundierten

Instruktionen. Er war Anwalt, und als solcher hatte er andere Argumente.

«Wollen Sie wirklich bis an Ihr Lebensende hier sitzen und zählen, damit Sie nicht denken müssen? Wäre es nicht viel besser, einmal gründlich nachzudenken und sich den Kopf damit frei zu machen? Eines dürfen Sie mir glauben, Frau Bender. Ein paar Jahre Gefängnis, und mehr als ein paar Jahre werden es nicht, das verspreche ich Ihnen, gehen vorbei. Und im Gefängnis wird niemand verrückt. Aber hier», er pochte auf die Tischplatte, «kann man verrückt werden, wenn man es noch nicht ist. Wollen Sie das?»

Sie antwortete nicht, schaute ihn nur an und kaute auf ihrer Unterlippe.

«Ich glaube nicht, dass Sie es wollen», erklärte er bestimmt. Er hatte sich in Form geredet, seine Stimme gewann mehr und mehr Überzeugungskraft. «Sie haben einen Mann getötet, Frau Bender, nur einen Mann, nicht den Erlöser. Diesen Ausdruck will ich von Ihnen nicht mehr hören. Wir werden herausfinden, warum Sie es getan haben. Wir werden beweisen, dass es einen Grund gab, den jeder normale Mensch versteht. Und in ein paar Jahren, Frau Bender, sind Sie wirklich frei. Denken Sie einmal darüber nach. Sie sind gerade vierundzwanzig. Sie können noch einmal ...»

An ihrem Blick änderte sich kaum etwas. Nur ein leichter Ausdruck von Verwunderung zog über ihre Miene, mehr war es nicht. «Er wusste, wie alt ich war», sagte sie und unterbrach ihn damit.

«Aha», meinte er, ahnungslos, von wem die Rede war, und unsicher, ob er sie jetzt zurück auf den Punkt bringen durfte. Der Ausdruck auf ihrem Gesicht zeugte von Konzentration.

«Woher wusste er das, wenn ich keine Papiere bei mir hatte? Nackt auf der Straße, hat er gesagt, schwer verletzt, voll gepumpt mit Heroin und ohne Papiere. Und dann sagte er: Sie sind nicht einmal zwanzig. Hat er das geschätzt? An meinem Gesicht konnte er es nicht ablesen. Ich sah furchtbar aus. Schauen Sie mal in meinen Führerschein. Ich musste mir ja damals neue Papiere machen lassen. Ich hatte noch alte Fotos. Aber die wollten sie auf dem Amt nicht nehmen. Sie wollten mir nicht einmal glauben, dass es meine Fotos sind. Weil ich so alt aussah. Er konnte es nicht wissen.»

Ein paar Sekunden lang war sie still, strich mit den Fingern über die Stirn und seufzte. «Seinen Namen weiß ich wirklich nicht», sagte sie dann endlich. «Er hat ihn mir nicht gesagt. Ich habe ihn einmal gefragt, wo ich bin. Das hat er mir auch nicht gesagt. Und ich weiß nicht, wie ich in den Zug gekommen bin. Ein Schaffner hat gesagt, ich müsste jetzt aussteigen. Ich hatte einen Zettel, da stand drauf, wo ich hinmuss. Geld hatte ich auch. Irgendeiner muss dem Taxifahrer den Zettel und das Geld gegeben haben. Grit sagte, ich sei mit einem Taxi gekommen.»

Sie seufzte noch einmal und hob bedauernd die Achseln. «Wenn Sie mir versprechen, dass Sie mir helfen, meine Schwester zu verbrennen, ohne dass Margret und Achim für den Schein und die fremde Frau bestraft werden, werde ich Ihnen den Arzt beschreiben. Mehr kann ich nicht tun. Versprechen Sie es mir?»

Er versprach es, und eine halbe Stunde später sagte er ins Telefon: «Ich weiß nicht, was ich davon halten soll, Herr Grovian. Sie bleibt dabei. Nur ein Arzt und eine Krankenschwester, die jedoch nur selten kam. Ihr Zimmer sei ein kleines Kämmerchen gewesen, sagte sie. Ohne Fenster, gerade Platz genug für ein Bett und ein paar medizinische Geräte. Für mich klang es nach einer Abstellkammer.»

Dann gab er die Beschreibung des Mannes durch. Danach war es sekundenlang still in der Leitung. «Herr Grovian?» erkundigte er sich, zweifelnd, ob noch jemand am Apparat war.

«Ja, ich bin noch da», kam es zurück. «Ich bin nur ...» Wieder folgten ein paar Sekunden Stille. «Mein Gott», sagte Rudolf Grovian dann fassungslos, «das ist doch völlig ausgeschlossen. Das sind doch ... wie viele Kilometer sind das denn? Siebenhundert mindestens. Das ist doch unmöglich.»

Sie saß neben ihm im Wagen, seit gut einer halben Stunde schon. Zu Beginn der Fahrt hatte Rudolf Grovian versucht, sie auf die Gegenüberstellung vorzubereiten. Er hatte ihr erklärt, wohin die Fahrt ging und welchem Zweck sie dienen sollte. In Absprache mit dem Staatsanwalt, dem Untersuchungsrichter, Professor Burthe und Eberhard Brauning hatte er ihr jedes Wort in den Mund gelegt – mindestens dreimal.

Unter normalen Voraussetzungen hätte es nicht mehr den geringsten Wert gehabt. Doch die Voraussetzungen waren alles andere als normal. Sogar Professor Burthe war der Ansicht – und hatte den Untersuchungsrichter ebenso davon überzeugt wie den Staatsanwalt, dass man sie nur mit der Peitsche dazu bringen könnte, ihren Finger zu heben. «Das war der Mann, der meine Kopfverletzung behandelt hat.»

Rudolf Grovian brauchte keine Peitsche, er war der Chef. Zugehört hatte sie ihm, auch einmal genickt, als er fragte, ob sie alles verstanden habe und ob sie ihm diesen Gefallen täte, wo er soviel Arbeit und Zeit investiert habe, den Arzt ausfindig zu machen.

Facharzt für Neurologie und Unfallchirurgie. Chef in der eigenen Klinik. Professor Johannes Frankenberg!

Er hätte ihr den Namen verschweigen sollen. Es fiel ihm nicht schwer, sich in ihre Gedankengänge einzufinden. Wenn Frankie der Erlöser gewesen war, musste Johannes Frankenberg zwangsläufig der liebe Gott sein. Und wie ein solcher mochte er damals, als sie noch nicht wieder richtig bei Bewusstsein war, häufig neben ihrem Bett gestanden haben.

Der Allmächtige, der an ihr – im wahrsten Sinne des Wortes – ein Wunder vollbracht und ihren zertrümmerten Schädel wieder zu einem funktionierenden Kopf zusammengeflickt hatte. Wie oft mochte er sich über sie gebeugt, mit einem Lämpchen die reglosen Augenlider angeleuchtet und zu ihr gesprochen haben. «Mein Sohn hatte keine Schuld an diesem Desaster.» Vielleicht hatte er sich verpflichtet gefühlt, ihr das mit auf den Weg in die Ewigkeit zu geben. Dass er sie tatsächlich durchbrachte, damit konnte er nicht gerechnet haben.

Helene Brauning hatte gesagt: «Man weiß bei bewusstlosen und komatösen Patienten nie genau, was sie noch registrieren.»

Und Cora Bender hatte gefragt: «Ich tu Ihnen wirklich gerne einen Gefallen. Aber ich weiß nicht, ob ich das kann. Was soll ich ihm denn sagen? Mein Gott, verstehen Sie nicht? Er war so gut zu mir. Und ich habe seinen einzigen Sohn getötet. Frankie hatte mir doch nichts getan.»

Das war vor zwei Tagen gewesen. Professor Burthe hatte nicht sehr erbaut auf seinen Besuch in der Klinik reagiert. Zuerst hatten sie ein langes Gespräch unter vier Augen geführt, der Sachverständige und der Polizist ohne Abitur.

Die Fakten auf den Tisch, obwohl es genau genommen wieder nur ein paar Worte waren. Aber es war eine exakte Personenbeschreibung. Das konnte er bezeugen. Und sogar Professor Burthe musste einräumen, dass sie nicht allein Cora Benders Phantasie entsprungen sein konnte. Er hatte ihm erlaubt, kurz mit ihr zu sprechen.

Er sah es noch vor sich, wie sie zusammenzuckte, als er hereinkam. Wie sie auf seinen Hals starrte und zu zittern begann. Beruhigt hatte sie sich erst, als er ihr zum zweiten Mal erklärte, warum er gekommen war. «Ich möchte in den nächsten Tagen einen Ausflug mit Ihnen machen, Frau Bender. Nur wir beide. Wir fahren nach Frankfurt.»

Vor zwei Tagen hatte sie verstanden. Und als er sie abgeholt hatte vor gut einer halben Stunde ... Sie starrte geradeaus auf die Fahrbahn. Er versuchte es noch einmal. «Also, Frau Bender, wie ich schon sagte. Sie müssen nicht mit Herrn Frankenberg reden. Sie schauen ihn nur kurz an. Dann gehen wir hinaus. Und dann sagen Sie mir, ob ...»

Endlich reagierte sie, warf ihm einen gequälten Blick zu. «Können wir nicht über was anderes reden? Ich tue es ja. Ich schaue ihn mir an, wenn wir da sind. Aber bis wir da sind. Es muss doch nicht sein.»

Sie sprach schleppend. Er war ziemlich sicher, dass man ihr in der Klinik Medikamente gegeben hatte, bevor man sie ihm überließ. Er hoffte nur, dass sie nicht einschlief. Und Reden war eine gute Methode, wach zu bleiben. Das Thema musste nicht unbedingt Frankenberg sein. «Worüber möchten Sie denn sprechen?»

«Ich weiß nicht. Ich habe ein Gefühl wie Wasser im Kopf, ein ganzer Eimer voll.»

«Dagegen weiß ich ein gutes Mittel.»

Sie hatten Zeit. Vor dreizehn Uhr brauchten sie nicht am Ziel zu sein. Um dreizehn Uhr konnte Johannes Frankenberg ein paar Minuten erübrigen. Rudolf Grovian hatte den Besuch angekündigt, allerdings nicht erwähnt, dass er in Begleitung kam. Es war nicht einmal zehn. Eine Kaffeepause tat ihr bestimmt gut.

Wenig später steuerte er eine Raststätte an. Dann saß er mit ihr an einem Fenstertisch. Sie kippte Zucker aus einem Spender in ihre Tasse, bis er ihr die Hand festhielt. «Jetzt dürfen Sie aber nicht mehr umrühren. Sonst können Sie den Kaffee nicht trinken. Sie trinken ihn doch ohne Zucker, oder irre ich mich?»

Sie schüttelte den Kopf und schaute zum Fenster hinaus. Im Profil wirkte ihr Gesicht noch blasser. «Ich möchte Sie gerne etwas fragen.»

«Nur zu», forderte er.

Sie atmete tief durch, trank einen Schluck Kaffee. «Das Mädchen», begann sie zögernd. «Sie haben mir doch von dem toten Mädchen erzählt, das man bei einem Truppenübungsplatz gefunden hat. Wissen Sie, was man mit dem Mädchen gemacht hat?»

«Begraben», sagte er.

«Das dachte ich mir. Wissen Sie wo?»

«Nein. Aber das kann ich herausfinden, wenn es Sie interessiert.»

«Es interessiert mich sehr. Wenn Sie es rausfinden und mir sagen könnten, wäre ich Ihnen sehr dankbar.»

Er nickte nur, vermutete in diesem Moment alle möglichen Beweggründe. Nur der Grund, der sie wirklich antrieb, blieb ihm verborgen. Eberhard Brauning hatte zwar nicht begriffen, von welchem Schein und welcher fremden Frau die Rede gewesen war, aber sein Versprechen hatte er selbstverständlich gehalten. Und Rudolf Grovian ging immer noch davon aus, Magdalena Rosch sei am 16. August verstorben – an Herz-Nieren-Versagen.

Sie griff erneut nach ihrer Tasse und wollte sie zum Mund führen. Aber das Händezittern war so stark, dass der Kaffee überschwappte und auf den Tisch tropfte. Sie stellte die Tasse mit einem Klirren zurück auf den Teller. «Ich kann das nicht. Es kann ja auch gar nicht sein. Denken Sie doch mal nach. So weit sind wir nicht gefahren damals. Das war Hamburg, nicht Frankfurt. Ich hab doch die Schilder gesehen auf der Autobahn. Wir müssen umkehren. Er war so ein netter Mensch. Vielleicht hat er mich wirklich auf der Straße gefunden. Es könnte doch sein, dass ich weit gelaufen bin. Es war viel Zeit.»

«Ich glaube nicht, dass Sie noch laufen konnten, Frau Bender», sagte er.

«Ach Sie.» Sie winkte gequält ab. «Sie glauben nur, was gelogen ist. Kein Mensch hat Ihnen die Wahrheit gesagt, glauben Sie mir.» Sie drehte wieder das Gesicht zum Fenster und schaute sekundenlang schweigend hinaus. Dann wollte sie, immer noch mit abgewandtem Gesicht, wissen: «Was passiert mit mir, wenn ich Ihnen noch einen Mord gestehe? Dann sind es zwei. Was kriege ich dafür?»

«Nur fürs Geständnis kriegen Sie gar nichts», erklärte er. «Da müssen Sie mir schon eine zweite Leiche bieten.»

Sie schaute in ihren Kaffee und hob noch einmal die Tasse zum Mund. Das Händezittern war immer noch stark, aber sie schaffte einen Schluck, ohne Kaffee zu verschütten. Nachdem sie die Tasse wieder abgestellt hatte, sagte sie: «Sie haben doch schon eine, das Mädchen aus der Heide.»

Ein kurzes Lächeln zog über ihr Gesicht, als sie verkündete: «Ich habe das Mädchen umgebracht. Ich war das.» Als er nicht reagierte, erklärte sie: «Das ist ein Geständnis. Und ich will, dass Sie es so behandeln.»

Er nickte. «Dann brauche ich nähere Einzelheiten.»

«Das weiß ich. Ich habe Sie angelogen mit Magdalenas Geburtstag. Ich bin doch nochmal zum ‹Aladin› gefahren, als sie schlief. Aber Johnny war nicht mehr da, nur noch das Mädchen, das mit Tiger getanzt hatte. Sie erzählte mir, dass die beiden woanders hingefahren sind. Johnny hätte gesagt, es lohne nicht, auf eine verklemmte Ziege zu warten. Das hat mich so wütend gemacht, da bin ich ausgeflippt. Aber ich bin ganz freundlich geblieben. Ich habe sie gefragt, ob sie Lust hat, mit mir woanders hinzufahren. Und dann bin ich mit ihr in die Heide. Ich habe sie geschlagen und getreten. Ich bin mit beiden Füßen auf ihre Brust gesprungen. Dabei sind ihre Rippen gebrochen. Als sie tot war, habe ich sie ausgezogen, damit es so aussieht, als hätten Männer das gemacht. Ihre Sachen habe ich unterwegs weggeworfen. Wir fahren am besten zurück. Dann können Sie das zu Protokoll nehmen.»

«Wir fahren nicht zurück, Frau Bender», erklärte er bestimmt. «Das Protokoll kann ich auch später noch aufnehmen. Nach fünf Jahren kommt es auf ein oder zwei Stunden nicht an.»

Ihre Lippen zuckten wie in der Nacht des Verhörs, als er noch dachte, sie ziehe eine Show vor ihm ab. «Ich will aber da nicht hin. Ich kann das wirklich nicht. Er wird mich doch fragen, warum ich es getan habe. Und mein Anwalt hat gesagt, ich darf nichts mehr vom Erlöser erzählen. Und dann wird er sagen, dich hätte ich verrecken lassen sollen. Das hätte er besser getan. Aber er hat mir das Leben gerettet.»

Er griff über den Tisch nach ihren Händen, hielt sie fest und zerrte daran, bis sie ihn endlich anschaute. «Hören Sie mir jetzt gut zu, Frau Bender. Herr Frankenberg hat Ihnen das Leben gerettet, das ist ja lobenswert. Aber bevor er es retten konnte, muss es jemand in Gefahr gebracht haben. Und er wollte nicht, dass dieser Jemand dafür ins Gefängnis musste. Das hätte er nicht für einen Fremden getan. Daran denken Sie jetzt. Nur noch daran. Haben Sie mich verstanden?» Als sie nickte, ließ er ihre Hände los.

«Aber für das tote Mädchen muss ich ins Gefängnis?»

«Ja, natürlich», sagte er.

«Und nicht nur ein paar Jahre?»

«Nein, das war ein heimtückischer Mord. Dafür bekommen Sie lebenslänglich.»

Er zahlte den Kaffee, griff nach ihrem Arm und führte sie zum Wagen zurück. Sie schien sich leichter zu fühlen. Auf der Weiterfahrt erzählte sie ihm vom Leben mit Gereon. Drei Jahre in einer Seifenblase. Seifenblasen platzen leicht. Aber der Kleine hatte es gut bei seinen Großeltern, da war sie sicher.

Sie waren fast eine Stunde zu früh am Ziel. Er hielt den Wagen auf dem Parkplatz vor der Klinik. Es war ein schmucker zweistöckiger Bau mit strahlend weißem Verputz. Er hoffte auf ein Zeichen des Erkennens. Es kam nichts. Der Staatsanwalt war der Ansicht: «Wenn es sich tatsächlich so abgespielt hat, wurde sie vermutlich betäubt, ehe man sie zum Bahnhof brachte. Das lässt sich nur leider alles nicht beweisen, selbst wenn sie Professor Frankenberg wiedererkennt. Da bräuchten wir schon ein Geständnis von seiner Seite, und damit rechnen Sie lieber nicht.»

Sie spähte minutenlang durchs Wagenfenster, hielt dabei unbehaglich die Schultern zusammengezogen. Dann verlangte sie, er solle ihr Geständnis über den heimtückischen Mord an dem Mädchen aufnehmen. Nur zur Sicherheit. Man könne ja nicht wissen, was noch käme. Vielleicht ginge es ihr gleich nicht so gut. Und da wolle sie es lieber hinter sich haben.

Er tat ihr den Gefallen, kritzelte ein paar Sätze in sein Notizbuch und ließ sie unterschreiben. Sie lehnte sich in ihrem Sitz zurück.

«Haben wir noch viel Zeit?»

«Noch fast eine Stunde.»

«Können wir uns ein bisschen die Beine vertreten?»

Der Parkplatz war grün umrandet, das zweistöckige Gebäude von altem Baumbestand umgeben. «Das sieht so friedlich aus», sagte sie.

Er ließ sie aussteigen und verschloss den Wagen. Dann schlenderte er neben ihr an den Büschen entlang auf die Klinik zu. Das Privathaus lag dahinter. Es war noch nicht zu sehen. Doch er wusste von seinem ersten Besuch, dass es im selben Stil wie die Klinik errichtet war.

Nach Beinevertreten war ihm nicht. Er führte sie langsam auf die Gebäude zu, nur noch darum bemüht, es hinter sich zu bringen. Sie erzählte wieder irgendetwas. Wie ein Kind, das singend und pfeifend in den dunklen Keller geht, kam sie ihm vor. Und er wusste so gut, wie sie sich fühlte: schuldig von den Haarwurzeln bis zu den Fußsohlen.

Die eigenen Gefühle versuchte er auszuklammern. Er konnte ihr nicht helfen. Er nicht, Brauning nicht, der Staatsanwalt nicht und auch keine Richter. Sie mochten tausend plausible Gründe finden für Georg Frankenbergs Tod. Aber niemand nahm ihr Magdalena von den Schultern. Burthe könnte es versuchen, ihr erklären, es sei ein Unfall gewesen oder der Gnadentod für eine leidende Kreatur.

Er hatte begriffen, dass er sich in diesem Punkt geirrt hatte und was sie ihm hatte erklären wollen. Magdalenas Sterben! Ihm war sogar klar geworden, wessen Skelett man im August vor fünf Jahren in der Heide gefunden hatte. Aber mit beiden Füßen auf ihre Brust gesprungen, so ein Quatsch. Ein bisschen zu fest mit der Hand aufgestützt bei der Liebe und beim Gedanken an Johnny. Mehr konnte es nicht gewesen sein.

Und ihr Vater, der sie über alles liebte, hielt den Mund. Ihre verrückte Mutter begriff es nicht. Die Nachbarin wurde nicht mehr ins Haus gelassen. Die Leiche lag vielleicht ein paar Monate im Zimmer da oben, bis Margret endlich etwas unternahm; das Gerippe in die Heide schaffte und den Totenschein besorgte. So einfach war das.

Der Eingang zum Privathaus lag drei Stufen hoch. Er war ihr um einen Schritt voraus, drückte den Klingelknopf. Sekunden später wurde die Tür geöffnet. Eine junge Frau, nett und adrett im weißen Kittel, schaute ihn fragend an und warf über seine Schulter einen skeptischen Blick auf seine Begleitung.

«Sie wünschen?»

Er zeigte ihr seinen Dienstausweis. «Wir sind für dreizehn Uhr bei Professor Frankenberg angemeldet. Leider sind wir etwas zu früh.»

Das machte nichts. Sie durften im Salon warten. Er trat zuerst ein und durchquerte die Eingangshalle. Sie folgte ihm ängstlich und geduckt, als stünde mitten im Salon ihr Richtblock. Doch da stand nur eine Couch an der Seite. Daneben stand eine riesige Palme, deren Wedel wie ein Regenschirm ausgebreitet waren. Und über der Couch hing ein Stück moderner Kunst in schlichtem Rahmen. Rudolf Grovian war bei seinem ersten Besuch in einen anderen Raum geführt worden und sah die Farbkleckse zum ersten Mal.

Sie steuerte direkt darauf zu und blieb vor der Couch stehen. Ihr Gesicht spiegelte eine Mischung aus Erstaunen und Verwirrung. Ihr Blick senkte sich und betrachtete den Fußboden, hob sich wieder und streifte die Wand neben der Couch.

«Das stimmt nicht», protestierte sie verhalten. «Die haben die Treppe zugemauert.» Sie zeigte mit einer hilflosen Geste quer durch den Raum. «Die haben alles umgebaut.» Mit einem Finger deutete sie auf die gegenüberliegende Wand. «Da haben wir gestanden. Johnny und ich. Mir war schlecht, weil ich Magdalena …» Sie brach mitten im Satz ab, schüttelte sich und würgte unvermittelt. Dann sprach sie stockend weiter.

15. Kapitel

Ich habe sie nie mehr gehasst als in dem Augenblick, als sie sich auf dem Bett ausstreckte. Und ich wusste, diesmal reichten meine Finger und die Kerze nicht. Danach wollte sie meist noch eine Weile reden und schmusen. Wenn ich sie richtig müde machen wollte, musste ich es ihr mit der Zunge … Mir wurde übel, als ich nur daran dachte.

Das war der Moment, in dem ich begriff, dass alles umgekehrt war. Nicht ich lebte für sie. Sie lebte mein Leben. Früher hatte Vater sie Spatz genannt. Und sie pickte sich wie ein Spatz die Haferkörner aus meinem Scheißleben. Und nur das, was übrig blieb, ließ sie für mich. Ekel!

Vielleicht war es nur der Sekt, der mir alles durcheinander warf. Vielleicht war es Johnny, den ich zurückgelassen hatte. Ich hatte das Gefühl, innerlich zu verbrennen, während ich sie küssen und streicheln musste. Genau das hätte Johnny mit mir gemacht, wenn ich bei ihm geblieben wäre.

Und da begann ich zu erzählen. Die ganze Wahrheit. Keine Männer bisher, nur einen Spargeltarzan. Keinen heißen Sex mit scharfen Typen. Nur ein paar lauwarme Küsse, die nach Bier schmeckten. Und jetzt dieser eine, dieser andere, der mir bis in die Knie gefahren war.

Sie lag still und hörte mir zu. Als ich zu weinen begann, nahm sie mich in die Arme. Ich fühlte ihre Hände im Rücken. Sie zog mir das T-Shirt aus dem Rockbund, schob ihre Hände darunter und strich mir über den Rücken. Ich hörte sie flüstern: «Es ist ja gut. Es ist alles gut, Schätzchen. Es tut mir Leid. Ich bin eine furchtbare Last für dich. Ich weiß das. Aber nicht mehr lange. Nicht mehr lange, Schätzchen, das verspreche ich dir.» Sie schob ihre Hände unter meinen Armen nach vorne und legte sie mir auf die Brust. Ich wollte nicht, dass sie mich so anfasste. Ich wollte Johnnys Hände dort fühlen, Johnnys Flüstern, Johnnys Küsse, Johnnys Körper.

Ob ich ihr das sagte, weiß ich nicht mehr. Ich muss wohl, weil sie plötzlich von mir abrückte und sagte: «Du kriegst ihn, Schatz. Hol ihn dir. Und ich will gar nicht wissen, wie es war.» Und während sie sich aufrichtete, sagte sie: «Weißt du, was wir jetzt tun? Wir fahren zu Johnny.»

Sie sagte immer wir, wenn sie mich meinte. Ich musste an die Lernschwester denken, von der sie mir einmal erzählt hatte. Wie sehr sie sich in der schlimmen Zeit nach Mutters Umarmung gesehnt hatte. Und dass sie nie einen Menschen hatte. Nur mich.

Es tat mir Leid, dass ich ihr so gemeine Sachen gesagt hatte. Sie konnte doch nichts dafür. Aber ich konnte auch nichts dafür, dass ich mich verliebt hatte. Ich war neunzehn! Es war normal, dass man sich mit neunzehn in einen Mann verliebte. Ich konnte doch nicht für den Rest meines Lebens dazu verdammt sein, Männer zu erfinden und meiner Schwester zu zeigen, wie es war, von ihnen geliebt zu werden. Ich wollte jetzt, in diesem Moment wissen, wie es war.

Ich wollte danach heimkommen und zu meinem Vater sagen können: «Ich weiß jetzt, was du all die Jahre vermisst hast. Verzeih mir, Papa! Verzeih mir all die widerlichen Dinge, die ich zu dir gesagt und über dich gedacht habe. Verzeih mir den Ekel. Ich glaube, ich habe mich nur vor mir selbst geekelt. Aber das ist jetzt vorbei. Ich bin jetzt eine Frau, eine richtige Frau. Ich habe mit einem Mann geschlafen. Und es war wunderschön.»

Ich wollte doch nur leben. Ganz normal leben. Mit einem Mann, den ich liebte und der mich liebte. Mit einem Vater, der zufrieden war und glücklich auf seine alten Tage.

Er sollte nie mehr vom schwarzen Buchholz erzählen müssen, um die kleinen Kinder zu vergessen, die er in Polen erschossen hatte. Wenn er damals alleine in Polen gewesen wäre, hätte er das bestimmt nicht getan. Und ich wollte, dass er begriff: Er hatte daran soviel Schuld wie ich an den Löchern in Magdalenas Herz. Ich wollte, dass er es vergaß.

Er sollte nur noch an die Kinder denken, die ich ihm vielleicht eines Tages auf den Schoß setzte, damit er ihnen die alten Geschichten von der Eisenbahn erzählte. Ich wollte, dass er stolz auf mich war. Ich wollte, dass er in seinen Kindern nicht mehr seine Strafe sah, dass er sich nicht mehr wünschen musste, er hätte einmal verzichtet und die Zeit abgewartet, und Magdalena wäre nie geboren.

Sie lächelte mich an. Mir war ein bisschen schwindlig vom Sekt, den Gedanken und den Gefühlen. Mir war so schwer im Innern, so elend. Wir hatte sie gesagt. Und das hieß: Ich sollte noch einmal zum «Aladin» fahren. Ich sollte sie allein lassen mit ihrem Elend, ihren Gedanken und ihren Gefühlen.

«Das geht nicht», sagte ich. «Du hast doch Geburtstag.»

«Und genau deshalb wird es gehen», widersprach sie sanft. «Es muss gehen. Du hilfst mir jetzt beim Aufstehen, und ...»

Da begriff ich erst, was sie wirklich meinte. «Du bist verrückt», sagte ich. Sie war in der Woche kaum aus dem Bett gekommen. Nicht einmal zum Essen war sie unten gewesen. Und im Bad auch nur selten, dreimal auf dem Klo. Gewaschen hatte ich sie im Bett, ihr fürs Zähneputzen eine Schüssel hingehalten. Sie konnte nicht aufstehen, auch nicht, wenn ich ihr dabei half. Es war unmöglich.

Das sah sie anders. Und sie konnte sehr energisch werden, wenn sie etwas erreichen wollte. «Mach kein Theater, Cora. Wenn ich dir sage, es geht, dann geht es. Ich habe die ganze Woche geruht, es geht mir blendend. Weißt du, dass ich schon wieder ein bisschen zugenommen habe? Schau dir meine Beine an. Wenn ich nicht aufpasse, werde ich noch fett. Es geht mir wirklich gut. Ich sage das nicht nur so. Ich mache doch nicht solch einen Vorschlag, wenn ich weiß, dass es unmöglich ist.»

Sie kniff misstrauisch die Augen zusammen. «Oder gönnst du es mir nicht? Das da draußen ist dein Revier, nicht wahr? Ich habe gefälligst im Bett zu bleiben.»

«Das ist nicht wahr.»

«Es sieht aber so aus. Oder hast du Schiss? Den brauchst du nicht haben. Ich weiß, was ich mir zutrauen kann.» Sie lachte leise. «Wir haben Zeit. Wir müssen nicht hetzen. Wenn dein Johnny es ernst gemeint hat, wird er warten. Dann ist er auch um zwölf noch da. Du hilfst mir jetzt beim Anziehen, schmierst mir ein bisschen Farbe ins Gesicht und lackierst mir die Nägel. Das können wir zum Schluss machen. Sie können während der Fahrt trocknen.»

«Das geht nicht», sagte ich noch einmal.

Und Magdalena widersprach erneut. «Und ob es geht. Wenn wir nach Amerika wollen, muss es auch gehen. Das ist die gleiche Situation. Du musst mir nur die Treppe hinunterhelfen. Im Auto kann ich schon wieder sitzen. In der Disco kann ich auch sitzen. Die paar Schritte über den Parkplatz schaffe ich leicht. Ich setze mich in eine Ecke und schaue zu, wie du mit Johnny tanzt.»

Sie merkte, dass ich nicht wollte, und sagte: «Nein! Ich will dir nicht zuschauen. Es ist dein Abend. Ich setze mich einfach zu seinem Freund. Du hast doch gesagt, er hatte einen Freund dabei. Wie ist er denn? Sein Freund, meine ich.»

«Ganz nett», log ich. «Ein lustiger Typ. Er nennt sich Tiger.» Dass er sich ausgerechnet an dem Abend zum ersten Mal ein Mädchen geangelt hatte, hatte ich bis dahin nicht erwähnt. Auch jetzt verschwieg ich das lieber.

«Klingt gut.» Magdalena grinste spöttisch. «Hat er auch Streifen und einen langen Schwanz?»

Wir lachten beide. «Weiß ich nicht», sagte ich. «Ich habe ihn noch nicht ohne Hemd und Hose gesehen.»

Sie lachte immer noch. «Ich kann ja mal nachschauen, wenn du mit Johnny verschwindest.» Sie schaute mich mit schief gelegtem Kopf von unten an. «Du wirst sehen, es ist phantastisch. Es wird dir gefallen, das weiß ich.»

Ich wollte immer noch nicht. Aber was sie über Amerika gesagt hatte, da hatte sie Recht. Und da dachte ich eben, es könnte ein Test sein, bei dem wir in der Nähe blieben.

Sie wollte meine dunkelblaue Satinbluse und den weißen Rock mit dem Zipfelsaum anziehen. Der Rock war fast durchsichtig, ihre Beine schimmerten durch die Spitze. Sie hatte wirklich zugenommen, ihre Beine waren schlank, aber nicht mehr dünn.

Während ich ihr beim Anziehen half, meinte sie: «Ich kriege die Zeit schon rum, bis du zurückkommst. Genieß es, Schatz. Das werde ich auch tun. Ich in der Disco, weißt du, wie lange ich mir das schon wünsche? Ich hätte nie gedacht, dass ich es in diesem Jahr noch schaffe. Himmel, das wird ein Geburtstag!»

Für ihre Nägel wollte sie einen dunkelroten Lack, damit man nicht sah, wie blau sie waren. Im Auto fragte sie mich dann, wie viel Geld wir nun wirklich hätten.

«Nur dreißigtausend», sagte ich. «Nicht neunzig. Es tut mir Leid.»

Sie zuckte mit den Schultern. «Dreißig ist aber auch ein hübsches Sümmchen. Wie hast du die denn zusammenbekommen?»

Diesmal zuckte ich mit den Schultern. «Gespart. Immer nur das Billigste eingekauft.»

Sie warf mir einen komischen Blick von der Seite zu, aber sie sagte nichts. Ich fuhr langsam und vorsichtig. Wegen dem Sekt hatte ich Angst vor einem Unfall. Und ich hatte auch Angst um sie. Riesengroße Angst hatte ich.

«Jetzt vergiss das doch», meinte sie. «Ich fahre nicht zum

ersten Mal in der Gegend herum. Und ich glaube, zur Klinik zu fahren ist anstrengender. Das ist ja auch viel weiter. Aber bis jetzt habe ich es noch immer überlebt.» Sie lachte wieder.

Und dann vergaß ich es wirklich. Schon als wir auf dem Parkplatz ausstiegen. Er war nicht so voll wie sonst. Ich sah den silberfarbenen Golf da stehen und bekam Herzklopfen. Die wenigen Meter bis zum Eingang machten keine Probleme. Ich legte Magdalena den Arm um die Taille, wir gingen ganz langsam. Beim Eingang blieb sie stehen. «Warte mal», sagte sie. «Lass mich das ein paar Sekunden genießen.»

Es war ein bisschen windig, ich konnte nicht hören, wie ihr Atem ging. «Kannst du nicht mehr?», fragte ich.

«Und ob ich kann. Ich will mich nur mal umsehen. Lass mich los. Sonst denken sie da drinnen, du schleppst eine Kleiderpuppe durch die Gegend.»

Ich ließ sie los, hielt aber die Hände in ihrer Nähe, um sie sofort wieder stützen zu können. Sie machte einen Schritt und noch einen, hielt sich dabei nicht mal an der Wand fest. Dann drehte sie sich um und lachte: «Siehst du, ich bin völlig in Ordnung.»

Als ich Johnny lächeln sah, war ich auch völlig in Ordnung. Sie saßen zu zweit am Tisch und unterhielten sich. Von dem fremden Mädchen war nichts mehr zu sehen. Johnny war nicht erstaunt, dass ich zurückkam. Und dass ich Magdalena mitbrachte …

Es war mir unangenehm, wie er sie anstarrte und dabei lächelte, anders als bei mir. Sie gefiel ihm. Sie hätte jedem Mann gefallen. So wie ich sie zurechtgemacht hatte, sah sie toll aus.

Und sie sah genauso wie ich, dass Johnny nachdenklich wurde. «Damit hier keine Irrtümer aufkommen», sagte sie. «Ich bin nur mitgekommen, um mir einen Tiger anzusehen. Man hat mir gesagt, hier läuft einer frei rum. Darf ich mich setzen?»

Tiger grinste von einem Ohr bis zum anderen, nickte eifrig und rückte auf der Bank ein Stück zur Seite. Magdalena hielt sich mit beiden Händen an der Tischplatte fest. «Ich bin etwas wacklig auf den Beinen», sagte sie. «Ich habe den ganzen Tag im Bett gelegen. Sollte man nicht tun. Ist nicht gut für den Kreislauf.»

Sie setzte sich neben ihn, und ich setzte mich neben Johnny. Er hatte begriffen, dass er bei ihr nicht landen konnte, legte mir den Arm um die Schultern und zog mich fest an sich. «Hat nicht geklappt mit dem Schlaflied, was?», fragte er.

Magdalena hatte ihn gehört und lachte ihn an. «Für Schlafliedchen bin ich ein bisschen zu alt!»

Es war mir peinlich. Ich wusste nicht, dass ich ihr das gesagt hatte. Johnny wollte tanzen. Es lief ein alter Song von den Beach Boys. Er nahm mich in die Arme und meinte: «Ihr seht euch überhaupt nicht ähnlich. Ist sie wirklich deine Schwester?»

«Nein», sagte ich. «Meine Schwester liegt daheim und schläft. Sie ist wirklich ziemlich krank. Das ist Magdalena. Ich habe sie draußen auf dem Parkplatz getroffen. Sie meinte, wir sollten euch ein bisschen an der Nase rumführen.»

«Ach so», sagte Johnny nur.

Wie lange wir tanzten, weiß ich nicht mehr. Mir kam es kurz vor. Aber es muss wohl länger als eine halbe Stunde gewesen sein. Als wir zurück an den Tisch kamen, meinte Magdalena, die Musik sei lahm. «Haben die hier nichts von Queen?»

Und da sagte Tiger: «Was heißt hier Queen? Willst du mal eine wirklich gute Band hören? Live?»

«Hast du eine in der Hosentasche?», fragte sie.

«Und im Hemd und in den Schuhen», sagte er, «aber nur einen Teil davon. Ich bin der Keyboarder.» Er zeigte auf Johnny. «Bassgitarre», sagte er. «Das Schlagzeug haben wir im Keller gelassen. Frankie hatte keine Lust. Frankie hat nie Lust. Er hat immer Angst, seine Alten könnten mal überraschend auftauchen.»

Im gleichen Atemzug fragte er: «Leute, was haltet ihr davon, wenn wir ihm eine Überraschung bereiten. Hier ist doch nichts los. Fahren wir zurück und machen unsere eigene Party. Sehen wir zu, dass wir Frankie von den Büchern wegkriegen.»

Magdalena war sofort begeistert. Ich dachte an den Sekt, damit wollte ich lieber nicht zu weit fahren. Johnny meinte, wir könnten mit ihnen fahren. Sie wollten uns auch wieder zurück zu unserem Auto bringen.

Auf dem Weg nach draußen stützte Magdalena sich auf Tiger. Es fiel kaum auf. Sie war größer als er und legte ihm einen Arm auf die Schultern, als kenne sie ihn schon seit Jahren. Ihm gefiel das. Wir stiegen beide hinten ein. Johnny setzte sich nach vorne.

Ich hatte fürchterliches Herzklopfen, wegen Magdalena. Ich fand es nicht richtig, was wir taten, viel zu riskant. Aber ich fand es auch aufregend und schön, wegen Johnny. Während der Fahrt drehte er sich zu mir um. Er sagte nichts, schaute mich nur an, als ob wir allein wären – in einem Zimmer oder sonst wo.

Auf die Strecke habe ich kaum geachtet. Ich weiß auch nicht, wie das Haus aussah. Ich weiß nur noch, als der Golf hielt, stiegen sie beide aus. Jeder klappte den Sitz auf seiner Seite zurück, jeder streckte eine Hand in den Wagen. Johnny zog mich direkt in seine Arme. Tiger half Magdalena.

Er ging sehr nett mit ihr um, richtig liebevoll und fürsorglich. In der Zeit, die sie allein am Tisch gesessen hatten, hatte sie ihm erzählt, sie hätte mit einer Gastritis im Bett gelegen. Und er hatte gesagt, damit sei sie bei ihm gut aufgehoben. Er studiere Medizin, Frankie auch. Und Frankie sei ein Ass. Der brächte es bestimmt eines Tages zum Professor wie sein Alter. Sie hat mir das noch erzählt, bevor sie ... Ich glaube, im Auto hat sie es gesagt. Ich weiß es nicht mehr.

Sie waren vor uns an der Haustür. Ob Tiger einen Schlüssel hatte oder ob er klingeln musste, darauf habe ich nicht geachtet. Sie waren längst drinnen, als wir die Tür erreichten. Und dabei hatte ich die Augen geschlossen. Johnny hielt mich, schob mich rückwärts und küsste mich. Einmal murmelte er: «Vorsicht, Stufe.» Hob mich hoch und stellte mich erst wieder auf die Füße, als wir im Flur waren – in dieser riesigen weißen Halle.

Er drückte mich gegen die Wand und küsste mich wieder. Und über seine Schulter sah ich das Bild und daneben die Treppe. Tiger und Magdalena waren bereits auf der Treppe. Sie stieg allein hinunter, hielt sich nur mit einer Hand am Geländer fest. Verdammt, dachte ich, sie schafft das nicht. Ich darf sie nicht allein gehen lassen. Warum lässt sie sich denn nicht helfen von ihm?

Ich glaube, ich weiß es. Sie muss Frankie gesehen haben, gleich als sie ins Haus kam. Vielleicht hat er ihnen die Tür geöffnet. Und er war ein paar Nummern besser als das rosa Ferkelchen.

Sie drehte sich auf der Treppe um und rief: «Kommt ihr? Damit könnt ihr unten weitermachen. Da ist es sicher gemütlicher.» Ich hörte von unten das Schlagzeug. Und Johnny sagte: «Sie hat Recht. Gehen wir runter.»

Magdalena saß bereits auf der Couch, als wir in den Keller kamen. Und sie ließ die Augen nicht von der Ecke, in der die Musikinstrumente standen. Frankie saß hinter dem Schlagzeug. Er spielte nur ein bisschen herum und ließ die Augen nicht von ihr.

Tiger stand an der Bar und schnitt eine Zitrone in Stücke. «Zuerst ein Schluck Feuerwasser», hörte ich ihn sagen. Er schaute zu Magdalena hinüber. «Willst du auch ein Glas?»

Sie schüttelte den Kopf. «Eine Limo, wenn du hast. Aber kein Schnaps. Das nimmt mein Magen mir nur wieder übel.»

Dann spielten sie für uns – mehr für Magdalena als für mich. Sie war der Star. Ich glaube, jeder von den dreien hätte sie gerne gehabt. Aber sie sah nur Frankie. Sie forderte mich auf zu tanzen. Das tat ich.

Johnny lächelte mich die ganze Zeit an. Mir wurde warm. Es war auch sehr warm da unten. Und Magdalena sah toll aus in dem flackernden bunten Licht. Die dunkelblaue Bluse passte gut zu ihren hellen Haaren. Und ihre schlanken Beine unter der fast durchsichtigen Spitze … Dass ihre Haut blau war, sah man nicht. Braun wirkte sie – wie frisch aus der Sonne gekommen.

Dann warf Frankie die Stöcke in die Luft, stand auf und ging zur Couch. Er setzte sich neben sie. Tiger ging wieder zur Bar und trank noch ein paar Gläser. Johnny schaltete die Stereoanlage ein. Die Musik vom Band war auch von ihnen. Er kam zu mir, wir tanzten. Und obwohl die Musik ziemlich wild war, hielt er mich im Arm und zog mich langsam aus.

Ich fühlte seine Hände im Rücken und seine Lippen am Hals. Irgendwann lagen wir auf dem Boden. Es war sehr schön, aber so richtig genießen konnte ich es nicht. Ich konnte mich einfach nicht genug auf ihn konzentrieren, musste immer wieder zur Seite schauen.

Frankie hatte einen Arm über die Rückenlehne der Couch gelegt. Es sah aus, als hielte er Magdalena. Sie unterhielten sich, bei der lauten Musik konnte ich nicht verstehen, worüber sie sprachen. Ich sah nur, wie sie sich anschauten – sie ihn und er sie. Irgendwann küsste er sie auch. Und ich dachte, küssen darf er sie. Das schadet ihr nicht. Er war sehr zärtlich und behutsam, das habe ich gesehen. Und als er ihr die Bluse auszog …

Natürlich wurde er auf die Narben aufmerksam. Er fuhr sie mit einem Finger ab, ganz leicht und sanft. Und er wollte wissen, was es war. Da war eine kleine Pause auf dem Band, ich verstand jedes Wort von ihm. Auch Magdalenas Antwort hörte ich.

«Meine Himmelsleiter», sagte sie.

Danach habe ich eine Weile nicht auf sie geachtet, auch nicht auf Tiger, der vor der Bar stand und sich dort vermutlich die erste Prise Koks reinzog. Dann kam er rübergeschlendert, stand neben uns und schaute auf uns herunter. Angenehm war mir das nicht, ich wäre lieber mit Johnny allein gewesen. Aber das mochte ich nicht vorschlagen. Ich konnte Magdalena doch nicht mit zwei Männern zurücklassen.

Tiger hielt einen kleinen Spiegel und einen Trinkhalm in der Hand. Johnny richtete sich auf und nahm etwas von dem Zeug. Tiger rief zur Couch rüber: «Was ist mit dir, Frankie?»

Frankie wollte nicht, er küsste Magdalena.

Dann kniete Tiger sich neben meinen Kopf. Er strich mir über die Brust. Ich dachte, dass Johnny ihn verscheuchen würde, aber er unternahm nichts. Ich sagte: «Hör auf damit. Lass das. Nimm deine Finger weg. Ich will das nicht», und so was.

Magdalena wurde aufmerksam und rief: «Stell dich nicht so an. Es ist doch nichts dabei.» Und zu Tiger sagte sie: «Gib ihr eine Prise. Das entspannt. Sie ist ein bisschen verkrampft.»

Er hielt mir den Spiegel hin. Aber ich wollte das Zeug nicht. Und Magdalena sagte: «Verdirb uns nicht den Spaß, Schätzchen. Ich habe dir schon hundertmal gesagt, es ist ein irres Gefühl. Jetzt nimm dir etwas, entspann dich und lass dich verwöhnen.»

Ich wollte mir nichts von diesem verdammten Spiegel nehmen. Ich wollte nur Johnny. Er steckte mir einen Finger in den Mund und stippte ihn in das Pulver. Dann rieb er mich unten ein mit dem Zeug.

«Mach es wieder ab», verlangte ich.

«Das hatte ich vor», sagte er und rutschte an mir herunter.

Ich fühlte, wie er mich dort küsste. Es war … Es war Wahnsinn.

Magdalena kümmerte sich nicht um mich. Frankie ließ ihr auch nicht die Möglichkeit, mir zuzuschauen. Er hatte sie halb in seinen Schoß gezogen, hielt sie mit beiden Armen, küsste und streichelte sie. Den Ausdruck auf ihrem Gesicht werde ich nie vergessen. Ich glaube, sie war sehr glücklich.

Das war ich auch. Tiger tat nichts mehr, eine Weile kniete er nur neben meinem Kopf und schaute zu. Dann öffnete er seine Hose. Aber zu dem Zeitpunkt war es mir egal. Eklig war es nicht. Es war nicht viel anders, als ob man am Daumen lutscht. Ich dachte einmal an Mutter. Was sie wohl sagen würde, wenn sie mich so sehen könnte. Auf dem Boden, mit zwei Männern gleichzeitig.

Es war falsch. Es war alles falsch. Aber es war wunderbar. Ich hatte Feuer im Bauch, Sekt im Kopf, Kokain im Blut und Johnny überall.

Irgendwann schaute ich noch einmal zur Couch hinüber. Viel war nicht zu erkennen. Tigers Bein versperrte mir die Sicht. Ich sah nur den Rücken. Einen nackten Rücken, breit und dunkel im flackernden bunten Licht. Im ersten Moment begriff ich nicht, was das bedeutet. Magdalena lag nicht mehr mit dem Oberkörper in seinem Schoß. Sie lag unter ihm. Die Bluse und der weiße Rock hingen an der Seite von der Couch herunter.

Es ging alles so schnell. Aber ich sah es wie in Zeitlupe. Frankie liebte sie, zuerst langsam. Dann wurde er schneller. Er küsste sie wieder. Und dann hörte er plötzlich auf und fuhr in die Höhe.

Er kniete zwischen ihren Beinen und schlug mit der Faust auf ihre Brust. Er schrie: «Amen!»

Dann warf er sich über sie, küsste sie erneut, hielt ihr dabei die Nase zu, schoss wieder hoch und schlug weiter auf sie ein, diesmal mit beiden Fäusten gleichzeitig. Und dabei schrie er: «Amen! Los, mach schon! Amen, Amen, Amen!» Und bei jedem Wort schlug er mit beiden Fäusten auf ihre Brust ein.

Ihr Kopf pendelte auf der Couch hin und her. Ihr rechtes Bein hing herunter. Das linke lag noch über der Rückenlehne. Dann rutschte das auch nach unten.

Da war noch eine kurze Pause zwischen zwei Musikstücken auf dem Band. Eine halbe Sekunde vielleicht, in der er sie erneut schlug. Und ich hörte dieses Knacken oder Knirschen. Ich wusste, das waren ihre Rippen. Aber ich konnte nicht zu ihr. Ich konnte überhaupt nichts tun, nur denken. Und ich dachte an das Messer auf der Bar und wohin ich ihn stechen musste, damit er sie nicht umbrachte.

Johnny war über mir und drückte mich mit seinem Gewicht auf den Boden. Tiger hielt meinen Kopf mit beiden Händen fest. Ich konnte nicht mal schreien mit seinem Glied im Mund. Die Musik setzte wieder ein, und Frankie schrie in den Lärm: «Helft mir doch! Helft mir! Sie muss atmen! Sie atmet nicht mehr.» Er hatte Irrsinn in den Augen.

Johnny begriff endlich, dass etwas nicht stimmte und schrie zurück. «Bist du beknackt? Was treibst du da, du Idiot?» Aber er machte keine Anstalten, mich loszulassen. Er schaute nur zur Couch.

Frankie antwortete ihm nicht mehr, er schlug nur noch wie besessen mit beiden Fäusten auf Magdalena ein.

Und dann schrie Tiger: «Das Aas hat mich gebissen.» Er griff zum Tisch hinüber nach dem Aschenbecher. Ich sah ihn auf mich zukommen. Das Licht brach sich darin. Die Musik lief immer noch. Song of Tiger! Dann wurde es dunkel und still.

Während der Rückfahrt weinte sie leise in sich hinein. Manchmal schüttelte sie den Kopf, dabei schwoll das Weinen für zwei Sekunden an. Rudolf Grovian ließ sie in Ruhe. Vor dem Bild stehend, hatte sie wie in Trance gesprochen; steif und aufrecht, die Augen geschlossen, beide Hände zu Fäusten geballt. Wie erfroren, hatte er denken müssen. Und jetzt taute sie allmählich auf. Hoffentlich begriff sie auch.

Für ihn gab es keine Zweifel. Magdalena hatte es so gewollt. Magdalena hatte gewusst, dass es vorbei war. Keine Chance, ihr Blut durch die Dialyse zu jagen. Ihr Herz hätte das nicht geschafft. Er fragte sich, was geschehen wäre, wenn sie Magdalena den Wunsch abgeschlagen hätte. Kommt nicht in Frage! Wir bleiben daheim! Dann hätte Magdalena vermutlich den Tod in ihren Armen gesucht – und gefunden! An der vermeintlichen Schuld hätte sich nichts geändert.

Doch ihr das klarzumachen war wirklich nicht mehr seine Aufgabe. Und über das, was sie von Johannes Frankenberg gehört hatten, mussten die Richter entscheiden. «Mein Sohn war schuldlos an diesem Desaster.»

Das war er mit Sicherheit gewesen. Ihm fiel dazu nur ein, was Grit Adigar über die Schönheit und die Vorsorge der Natur gesagt hatte. Leider hatte die Natur Magdalenas Willen außer Acht und zugelassen, dass doch noch ein Mann ins Verderben gerissen wurde. Rudolf Grovian konnte es nicht anders sehen. Hätte sich ihm die Möglichkeit noch geboten, er hätte diesem Geschöpf gehörig seine Meinung gesagt und einiges mehr. Für ihn stand Magdalena auf einer Stufe mit den verantwortungslosen Idioten, die sich ein Stück Autobahn suchten, um ihr Leben als Geisterfahrer zu beenden und das von ein paar Unschuldigen gleich mit.

Ein ernsthafter junger Mann war Georg Frankenberg gewesen, der höchstens am Wochenende zusammen mit zwei Freunden seinem Hobby frönte. Und weil die Eltern es nicht gerne sahen, gingen sie ihrer Passion im Haus der Großmutter nach, heimlich, ohne Wissen der Eltern.

Das Haus stand in Hamburg-Wedel. Es war das Geburtshaus der Mutter, stand seit Monaten leer. Man dachte daran, es zu verkaufen. Aber noch hatte sich kein Käufer gefunden, der bereit war, die Preisvorstellung zu akzeptieren. Georg fuhr häufig am Wochenende hin, um nach dem Rechten zu sehen. Behauptete er! Doch seine Mutter vermutete schon seit längerer Zeit, dass es nicht nur Pflichtbewusstsein war.

Da war sein Freund, dieser kleine Dicke aus Bonn, Ottmar Denner. Georgs Mutter mochte ihn nicht. Georg hatte ihn zweimal mitgebracht nach Frankfurt. Ottmar Denner hatte etwas Verschlagenes und Genusssüchtiges im Blick. Und an dem Samstag im Mai damals …

Frau Frankenberg hatte mehrfach versucht, ihren Sohn in seiner Wohnung in Köln zu erreichen, vergebens. Kurz nach Mittag rief sie in Hamburg an. Und wer kam ans Telefon? Ottmar Denner!

Er sprudelte los: «Na endlich, Böcki! Ich dachte schon, du bist wieder versackt. Seit gut einer Stunde warte ich darauf, dass du dich meldest. Jetzt mach dich aber auf die Socken. Und bring von unterwegs eine Flasche Feuerwasser mit. Frankie hat's mal wieder vergessen. Koks besorgen wir uns heute Abend. Das wird 'ne heiße Nacht, Junge. Eh, Böcki, warum antwortest du nicht?»

Frau Frankenberg legte wortlos den Hörer auf und bestand darauf, augenblicklich nach Hamburg zu fahren. «Ich wusste doch, dass da etwas faul ist. Aber das geht entschieden zu weit. Du wirst ein ernstes Wort mit Georg reden.»

Nach zwei in der Nacht kamen sie an. Da war Georg nicht mehr ansprechbar. Die Haustür stand offen. Georg saß auf dem Kellerboden, hielt den blutigen Kopf eines nackten Mädchens im Schoß und wiederholte nur die Sätze. «Sie muss atmen. Sie atmete plötzlich nicht mehr.»

Johannes Frankenberg verstand nicht, was sein Sohn meinte. Das Mädchen in seinem Schoß war schwer verletzt und ohne Bewusstsein, aber ohne Zweifel lebte es. Noch! Dass noch ein zweites Mädchen da gewesen sein musste, bemerkte seine Frau erst später, als sie auf das Kleiderhäufchen aufmerksam wurde. Und erst nach drei Tagen konnte Georg erklären, dass Hans Bueckler und Ottmar Denner die Leiche des zweiten Mädchens aus dem Haus geschafft hatten, kurz bevor die Eltern eintrafen.

Denner und Bueckler hatten auch Cora mitnehmen wollen. Georg hatte das nicht zugelassen. Und Georg hatte wieder und wieder beteuert: «Ich habe Magdalena nicht umgebracht. Sie hörte plötzlich auf zu atmen.»

Herzversagen, dachte Rudolf Grovian, oder das Aneurysma ist geplatzt unter der Anstrengung. Auf jeden Fall war es ein natürlicher Tod gewesen – und für Magdalena vielleicht sogar ein schöner. Frankie hatte ihr gegeben, was sie wollte, und getan, was er tun konnte.

Was sie beschrieben hatte, klang nach Reanimationsversuchen. Und Rudolf Grovian dachte an die junge Patientin, von der Winfried Meilhofer gesprochen hatte. Der Frankie zwei Rippen brach, weil er sich mit ihrem Tod nicht abfinden konnte. Vielleicht hatte er in ihr noch einmal Magdalena vor sich gesehen. Der Erlöser, dachte er. Das war er gewesen. Magdalena erlöste er von ihrem Leiden, Cora von der Last. Nur von ihrer Schuld hatte er sie nicht erlösen können. Im Gegenteil! An ihm war sie schuldig geworden vor dem Gesetz.

Sie weinte immer noch. Nach mehr als einer Stunde drehte sie ihm endlich das Gesicht zu und wollte wissen: «Wie kann man so etwas vergessen?»

Er hob die Schultern an. «Frau Bender, Sie müssen mit Professor Burthe darüber reden. Fragen Sie ihn. Er kann Ihnen das bestimmt erklären.»

«Ich frage aber Sie. Wie kann man so etwas vergessen?»

«Das passiert vielen Leuten», sagte er nach ein paar Sekunden. «Man hört es oft nach Unfällen. Da erinnern sich manche nur noch, dass sie auf eine Kreuzung zugefahren sind. Was dann geschehen ist, wissen sie nicht.»

«Auf eine Kreuzung», murmelte sie. «Oder kurz vor elf nach Hause.» Sie begann erneut mit ihrem Kopfschütteln. Minutenlang war sie still. Als sie dann wieder sprach, hatte ihre Stimme einen ersten Hauch von Bitterkeit. «Fünf Jahre!»

Mit einem zittrigen Atemzug brach sie ab, dann wiederholte sie: «Fünf Jahre lang habe ich gedacht, ich hätte meine Schwester umgebracht. Alle haben es gedacht. Mein Vater, Margret und Grit. Nein, die nicht. Sie hat immer gesagt: ‹Das traue ich dir nicht zu.› Aber sie hat auch gesagt: ‹Ich glaube nicht, dass du gefixt hast.› Und ich musste mir nur meine Arme ansehen, dann musste ich es glauben, ob ich wollte oder nicht.»

Unvermittelt schlug sie mit dem linken Arm zur Seite. Er fiel mit der Armbeuge nach oben auf das Lenkrad.

«Vorsicht, Frau Bender!», schrie er. Ihm wurden die Hände feucht. Die Tachonadel stand bei hundertsechzig. Links neben ihm war die Leitplanke, rechts eine Kolonne von Lastwagen.

Sie beachtete ihn nicht, ließ den Arm, wo er war. «Warum hat er das getan?»

Er drosselte langsam die Geschwindigkeit. Abrupt wäre es nicht möglich gewesen, ohne den Hintermann auffahren zu lassen. Dann nahm er ihren Arm und legte ihn in ihren Schoß. «Machen Sie das nicht noch einmal. Oder wollen Sie uns beide umbringen?»

«Warum hat er das getan?», wiederholte sie.

«Das wissen Sie doch.»

«Nein!», stieß sie hervor. «Das weiß ich nicht. Um Frankie aus der Sache rauszuhalten, hätte er mir nicht die Arme so versauen müssen. Da hätte es gereicht, mir zu erzählen, ich sei vor sein Auto gelaufen. Ich habe mir so gewünscht, ich wäre nur ganz normal vor sein Auto gelaufen. Und er erzählt mir von Verletzungen im Vaginalbereich. Die kann ich gar nicht gehabt haben. Johnny hat mir nicht wehgetan. Warum hat er mir so etwas erzählt? Mein Gott, das höre ich heute noch. Die Umstände und die Art Ihrer Verletzung lassen nur einen Schluss zu! Warum hat er das gesagt?»

Sie war völlig außer sich. Es wäre ihm entschieden lieber gewesen, sie hätte sich beruhigt. Er konnte nicht rüber auf die Standspur. Es gab keine Lücke zwischen den Lastwagen. «Das wissen Sie doch, Frau Bender.»

«Ja, ich weiß es. Aber ich will hören, ob Sie es auch wissen. Sagen Sie es mir! Na los doch! Jetzt sagen Sie es schon! Ich muss es einmal von einem anderen hören. Wenn ich es nur denke, hilft es nicht.»

Es widerstrebte ihm. Er hatte die Gefühle hinter sich gelassen und war wieder ausschließlich Polizist. Ein zufriedener Polizist, der gute Arbeit geleistet hatte. Und als solcher wollte er ihr nicht noch mehr Worte in den Mund legen und sie nicht mit einer vorgefertigten Meinung zurück zu Burthe schicken.

Aber dann sagte er trotzdem: «Er wollte verhindern, dass Sie zur Polizei gehen. Er konnte sich nicht darauf verlassen, dass Ihre Amnesie anhält. Wenn Ihnen irgendwann eingefallen wäre, was im Keller passiert war, wer hätte Ihnen dann noch geglaubt? Da war immerhin die Zeitspanne von fast sechs Monaten. Dass Sie die gesamte Zeit in seinem Haus gelegen hatten, wussten nur er, seine Frau und sein Sohn. Und nun beruhigen Sie sich, Frau Bender. Wenn wir zurück sind, sprechen Sie mit Professor Burthe über alles. Ich werde auch mit ihm reden. Und mit dem Staatsanwalt und dem Untersuchungsrichter. Ich werde allen erklären, was wir von Herrn Frankenberg gehört haben.»

Sie hatten eine Menge gehört. Angefangen mit der Notversorgung im Keller. Dann die stundenlange Fahrt durch die Nacht. Frankie im Wagenfond. Ihren Kopf im Schoß, die Fingerspitzen an ihrem Hals, alle paar Sekunden wie im Fieber verkündend: «Puls ist noch tastbar.»

Wie groß das Risiko für sie gewesen war, die Fahrt nicht zu überleben, mussten Fachleute beurteilen. Und was mit ihr geschehen wäre, wenn das winzige Flämmchen unterwegs erloschen wäre …

Vielleicht hatten sie darauf gehofft. Frankie nicht, aber seine Eltern. In diesem Fall hätte Johannes Frankenberg es sich ersparen können, seinem Sohn den Arm zu brechen. Noch eine unbekannte Tote irgendwo am Straßenrand, nackt und ohne Papiere. Noch so ein armes Ding wie das aus der Lüneburger Heide. Ob es sich dabei tatsächlich um Magdalenas Leiche gehandelt hatte, mussten Ottmar Denner und Hans Bueckler beantworten. Wenn man sie ausfindig machte.

«Ich hätte sie nicht mitnehmen dürfen», unterbrach sie seine Gedanken. «Ich wusste, dass ich sie nicht mitnehmen durfte. Ich wusste es ganz genau. Vielleicht war es mir doch egal, ob sie stirbt. Ich war nur scharf auf Johnny. Das kommt davon! Meine Mutter hat immer gesagt, dass die Begierden des Fleisches nur Unheil bringen.»

«Frau Bender», mahnte er. «Ihre Mutter ist verrückt. Das war sie immer.»

«Nein», murmelte sie. «Immer nicht. Margret hat mir einmal erzählt …» Sie brach ab und fragte: «Was wird aus Margret?»

Zeit für eine Antwort ließ sie ihm nicht. Ihre Stimme wurde hektisch. «Hören Sie: Können wir es nicht so machen; ich habe doch zu Johnny gesagt, meine Schwester wäre daheim und krank. Ich hätte das Mädchen auf dem Parkplatz getroffen. Dabei können wir doch bleiben. Kein Mensch kann uns das Gegenteil beweisen.»

«Frau Bender, jetzt tun Sie mir einen Gefallen und beherzigen Sie, was Margret Ihnen geraten hat. Denken Sie an sich. Ich bin nicht der Einzige, der gehört hat, was Sie sagten. Davon abgesehen weiß Herr Frankenberg von seinem Sohn, dass das Mädchen Magdalena hieß. Und Sie selbst haben Herrn Frankenberg damals gesagt, dass Sie nach Hause zu Ihrer kranken Schwester müssen.»

«Natürlich, das ist doch ein Beweis, dass sie daheim war», erklärte sie. «Und Frankie konnte es nicht besser wissen. Wenn das Mädchen zu ihm gesagt hat, sie heißt Magdalena und ist meine Schwester. Aber das war nur ein Spiel. Ich hatte das mit dem Mädchen auf dem Parkplatz so vereinbart. Die Ärzte in Eppendorf werden Ihnen bestätigen, dass es nicht meine Schwester gewesen sein kann. Magdalena war viel zu krank, um das Haus zu verlassen. Das funktioniert. Sie müssen es nur wollen.»

Er schüttelte den Kopf. «Es funktioniert nicht, Frau Bender. Sie können Margret nicht aus der Sache raushalten.»

«Aber sie hat es nur für mich getan. Dafür kann man sie doch nicht einsperren. Sie werden Margret nicht verhaften, versprechen Sie mir das!»

Das konnte er ihr ruhigen Gewissens versprechen. Für Margret war er nicht zuständig. Um die mussten sich die Kollegen in Norddeutschland kümmern. Wobei sich die Frage stellte, was man ihr vorwerfen sollte. Es war nicht strafbar, eine Beerdigung zu organisieren. Eine Feuerbestattung. Jetzt fiel ihm das wieder ein.

Davon hatte Grit Adigar gesprochen. Es war alles ordnungsgemäß abgelaufen. Zuerst ein Feuer. Dann das Meer. Eine Beisetzung im engsten Kreis. Und nur Margret wusste, was sich in der Urne befunden hatte. Asche! Grit Adigar hatte sie in die Nordsee rieseln sehen.

Er fragte sich, wen oder was sie ins Krematorium geschickt haben mochten oder ob nicht, wie es üblicherweise sein sollte, ein Forensiker einen letzten Blick in den Sarg geworfen hatte. Dann fiel ihm siedend heiß ein, was sie über Margrets Diebstahl gesagt hatte. Verdammt nochmal! Es war ein Hammer, aber beweisen ließe es sich heute kaum noch, wenn vor fünf Jahren niemandem aufgefallen war, dass irgendwo eine Leiche fehlte.

Gegen seinen Willen musste er lächeln. Mit ein bisschen Geschick und Phantasie … Von beidem hatte Margret Rosch bestimmt ausreichend. Sie hat Recht, dachte er. Es könnte nicht nur, es musste funktionieren. Mit Magdalenas Krankengeschichte. Mit Grit Adigars Aussage. Mit Hans Bueckler. Und Achim Miek, der den Totenschein ausgestellt hatte, würde sich auch eher auf die Zunge beißen, als zuzugeben, dass er vor einem leeren Bett gestanden und seine Freundin die Tote erst hatte organisieren müssen.

Sie stand am Fenster und starrte hinaus in den trüben Tag. Es war kalt draußen und nass. Am Vormittag hatte es geregnet. Februar war es inzwischen. Und es war der letzte Tag hinter Gittern. Sie wusste es, nur glauben konnte sie es nicht.

Eberhard Brauning hatte bei seinem Besuch gesagt: «Ich hole Sie am frühen Nachmittag ab, Frau Bender. Eine genaue Uhrzeit kann ich Ihnen leider nicht sagen.»

Es kam nicht an auf ein paar Minuten. Sie hatte viel Zeit, viel zu viel Zeit. Die anderen hatten keine. Der Professor hatte nur eine knappe Viertelstunde für sie gehabt – kurz nach Mittag. Es gab Kartoffelbrei, Erbsen in Mehlpampe und ein Hühnerbein mit labbriger Haut und wenig Fleisch am Knochen. Nach dem Essen kam Mario und brachte sie zum Professor. Er wollte ihr noch etwas erklären und ihr seine guten Wünsche für die Zukunft mit auf den Weg geben. Er hatte ihre Entlassung in eine offene Therapie befürwortet. Jetzt war sie nicht mehr wichtig für ihn.

Sie war für niemanden mehr wichtig. Auch für die Richter war sie es nicht gewesen. Ein Hauptverfahren gegen Cora Bender vor der großen Strafkammer am Landgericht Köln hatte es nicht gegeben. Keine Anklage wegen Mord oder wenigstens Totschlag. Kein Urteil: Lebenslänglich! Damit hätte man es vielleicht irgendwie zurechtrücken können. Aber wie sie darüber dachte, interessierte niemanden.

Sie hatte es nur bis ins Büro des Untersuchungsrichters geschafft. Aufgrund des psychologischen Gutachtens stellte der Staatsanwalt den Antrag, kein Verfahren zu eröffnen. «Schuldunfähig!» Da war ohnehin nicht mit einer Verurteilung zu rechnen.

Aber gehört worden waren sie alle. Rudolf Grovian und Johannes Frankenberg. Sogar Hans Bueckler! In Kiel hatten sie ihn aufgetrieben. Sie hatte ihn nicht zu Gesicht bekommen, es war besser so.

Hans Bueckler erklärte unter Eid, er habe in jener Mainacht vor fünf Jahren zusammen mit Ottmar Denner das Haus in Hamburg-Wedel fluchtartig verlassen, nachdem sie feststellen mussten, dass Georg Frankenberg ein Mädchen getötet hatte. Wer das Mädchen gewesen war, wusste Hans Bueckler nicht. Er erinnerte sich nur noch, dass er und Denner in einem Lokal zwei Mädchen kennen gelernt hatten, die sich als Schwestern ausgaben, es jedoch nicht waren. Was mit der Leiche und dem zweiten Mädchen geschehen war, wusste Hans Bueckler auch nicht. Eine Falschaussage war ihm nicht nachzuweisen.

Das psychologische Gutachten befasste sich ausführlich mit der Kellerszene und noch ausführlicher mit der schwarzen Seele Cora Benders. Schuldig geboren. Neunzehn Jahre Haft in einem mittelalterlichen Kerker. Aber am Ende war ein Vater der Verbrecher. Nein, ihrer nicht, von ihrem Vater war gar nicht die Rede. Frankies Vater war der wahre Übeltäter. Das stand allerdings nicht im Gutachten. Das behauptete nur der Pflichtverteidiger.

Eberhard Brauning war großartig gewesen. Er hatte mit Helenes tatkräftiger Unterstützung ein Plädoyer aufgesetzt und es dem Untersuchungsrichter vorgetragen, als stünde er vor der großen Strafkammer. Sein Versprechen hatte er dennoch nicht halten können. Keine zeitlich befristete Haftstrafe, zurück in die Klapsmühle, bis der Professor sie für reif befand, von nun an wieder für sich selbst zu denken.

Es war schneller gegangen als erwartet. Ein Tag im Februar. Und sie stand am Fenster. Und hinter ihr auf dem Bett lag der kleine Koffer, den Margret ihr vor einer Ewigkeit, auf jeden Fall in einem anderen Leben, ins Büro des Chefs gebracht hatte.

Sie dachte an Margrets kleine Wohnung. Ein Platz auf der Couch, mehr konnte Margret ihr nicht bieten, das Duschbad so eng, dass man sich an der Tür die Knie stieß, wenn man sich auf die Toilette setzte. Es war ein neuer Anfang dort, wo sie schon einmal begonnen hatte zu leben. Morgens sollte sie aus der Wohnung gehen, abends sollte sie zurückkommen. Es wäre dann fast so, als sei sie nur zur Arbeit fort gewesen. Nur dass sie diesmal nicht ins Café an der Herzogstraße, sondern in eine Tagesklinik gehen sollte.

Der Professor war überzeugt, dass sie es schaffte, weil Margret ihr Vorbild einer Frau mit revolutionären Ansichten war. Er war auch überzeugt, dass er sie an den Punkt gebracht hatte, den man ihr vor fünf Jahren verweigert hatte. Das war nicht ganz richtig so. Der Chef hatte sie an diesen Punkt gebracht. Aber sie hatte dem Professor nicht widersprochen, um ihn nicht zu kränken und zu verhindern, dass er seine Meinung über ihre Fortschritte noch einmal revidierte.

Und Eberhard Brauning hatte gesagt: «Frau Bender, wir können sehr zufrieden sein.»

Sie war nicht zufrieden. Sie sah immer noch Frankies Gesicht. Wie er sie anschaute und ihre Hand losließ. Und wie er kurz zuvor die Hand seiner Frau losgelassen, wie er gerufen hatte: «Nein, Ute, es reicht jetzt. Das nicht. Tu mir das nicht an!» Ute hatte ihm nichts angetan.

In einem ihrer Gespräche hatte der Professor gesagt, Frankie habe den Tod gesucht. Über diesen Satz hatte sie lange gegrübelt. Zu einem Ergebnis war sie nicht gekommen. Fest stand nur, Frankie hatte den Tod geliebt – einmal. Und dann hatte er eine Frau gesucht, die dem Tod aufs Haar glich.

Eberhard Brauning kam kurz vor vier. Er wollte ihren Koffer nehmen. Sie lehnte das ab, verabschiedete sich von Mario und folgte ihrem Anwalt auf dem Weg nach draußen.

Als er sich neben sie in seinen Wagen setzte, sagte er: «Ich habe gestern noch einmal mit Ihrem Mann gesprochen, Frau Bender. Es tut mir sehr Leid, dass ich nichts erreicht habe.»

Sie zuckte mit den Schultern und richtete den Blick nach vorne. Gereon hatte die Scheidung eingereicht, anders hatte sie es nicht erwartet. Obwohl sie zuletzt gehofft … Wo sie doch bis zu dem Moment am See eigentlich nichts Schlimmes getan hatte. «Es macht nichts», sagte sie. «Ich dachte auch nur, er hätte sich das noch einmal überlegt. Aber wenn er nicht will, da kann man nichts machen. Es ist vielleicht besser so. Vorbei ist vorbei, nicht wahr?»

Eberhard Brauning nickte und konzentrierte sich auf den Verkehr. Sie fragte: «Muss ich dabei sein? Das können Sie doch sicher ohne mich regeln. Sagen Sie einfach, ich müsste den ganzen Tag in dieser Klinik sein. Ich dürfte nur abends raus. Und sagen Sie Gereon, ich will die Einbauküche und meine persönlichen Sachen. Und wenn ich hin und wieder vielleicht das Kind sehen dürfte. Es muss nicht oft sein und auch nicht lange. Einmal im Monat für ein oder zwei Stunden, das reicht mir. Solange ich noch bei Margret bin, kann Gereon ja abends mal mit ihm vorbeikommen. Ich will nur sehen, ob's dem Kleinen gut geht.»

Eine Antwort erwartete sie nicht. Sie schaute ihn auch nicht an, ob er nickte. Nach ein paar Sekunden Stille wollte sie wissen: «Wie lange kann das dauern mit dieser Therapie? Ein Jahr oder zwei?»

«Das kann man so nicht sagen, Frau Bender. Das hängt von vielen Faktoren ab. In der Hauptsache natürlich von Ihnen.»

«Das dachte ich mir. Es hängt immer alles nur von mir ab in der Hauptsache.» Sie lachte leise. «Dann will ich mir mal Mühe geben. Ich kann nicht ewig bei Margret bleiben. Und mir eine eigene Wohnung suchen, das lohnt sich nicht. Ich muss so schnell wie möglich nach Hause. Haben Sie etwas Neues von meinem Vater gehört?»

Er wusste nicht, was er ihr darauf antworten sollte. Rudolf Grovian hatte es übernommen, ihr zu erklären, dass ihr Vater tot war. «Ich mache das schon. Ich bin ohnehin der Sündenbock für sie.» Kurz nachdem er mit ihr in Frankfurt gewesen war, hatte Rudolf Grovian es ihr gesagt. Das wusste Eberhard Brauning mit Sicherheit.

Sie schaute nach vorne auf die Straße. «Ich habe mir schon gedacht», sagte sie, «dass Gereon die Scheidung nicht zurücknimmt. Und da ist es am besten, ich gehe dahin, wo ich gebraucht werde. Ich werde meinen Vater pflegen. Das habe ich mir vorgenommen. Waschen und kämmen und füttern, was man halt tun muss für einen alten Mann, der ans Bett gefesselt ist. Ich werde auch Mutter zurückholen. Sie müssen sie mir doch zurückgeben, oder? Sie ist nicht gefährlich, sie tut keinem Menschen etwas. Und dann sorge ich dafür, dass Magdalena ihr Feuer bekommt. Ich weiß noch nicht, wie ich das anstellen soll. Aber irgendwie schaffe ich das schon. Und wenn ich sie nachts auf dem Friedhof ausgraben muss. Irgendwie schaffe ich das.»

Ein paar Sekunden lang schwieg sie, dann begann sie zu lächeln, warf ihm einen raschen Blick zu und sagte: «Keine Angst! Ich sage das nur. Der Chef hat gesagt, es ist Leichenschändung oder Störung der Totenruhe oder so. Ich werde niemanden schänden und niemanden stören. Ich habe auch nicht vergessen, wo mein Vater ist. Ich werde nie wieder etwas vergessen, befürchte ich. Es ist rein theoretisch. Ich stelle es mir eben gerne vor, wie ich an seinem Bett sitze und mit ihm rede. Ich hätte ihm das alles gerne noch erklärt.»

Dann strafften sich ihre Schultern, ihre Stimme wurde hart. «Denken Sie daran, die Einbauküche. Die lasse ich gleich nach Buchholz schaffen. Und meine persönlichen Sachen. Geld will ich nicht. Geld habe ich genug. Ein Haus habe ich auch. Und ein Auto. Es ist zwar alles alt. Aber es ist alles noch da. Und es muss sich ja einer darum kümmern, dass es nicht völlig vergammelt. Können Sie sich vorstellen, wie der Vorgarten aussieht? Das war immer Vaters Stolz. Der Vorgarten und die Gardinen. Wie es im Haus aussah, war ihm nie so wichtig. Aber die Gardinen mussten sauber sein. Herr Grovian sagte, bei seinem letzten Besuch wäre alles ordentlich gewesen. Aber das ist ja lange her.»

Sie seufzte. «Haben Sie nochmal was von Herrn Grovian gehört?» Eberhard Brauning schüttelte den Kopf. Und sie zuckte noch einmal mit den Achseln. Vorbei war vorbei. Das ging schnell.

Nur vergessen, das ging nicht mehr. Das ging nur mit der letzten Sünde. Mal sehen. Wenn es unerträglich wurde … Eine Tagesklinik. Und die Nächte in Margrets Wohnung. Margret machte oft Nachtschicht. Und sie hatte immer einen Haufen Arznei-Zeug in dem kleinen Schränkchen neben ihrem Bett.

Die Mutter

1. Kapitel

Es gibt Momente, in denen man rundherum zufrieden ist und meint, vom Schicksal begünstigt zu sein. Bei mir war es ein Sonntagnachmittag Ende Mai. Einer von den Tagen zwischen Frühling und Sommer, die fast zu schön sind, um wahr zu sein. Wollte ich ihn beschreiben, es käme nur Kitsch dabei heraus.

Die milde Sonne, die von einem kurzen Regenschauer in der Nacht blank geschrubbten Terrassenfliesen, das frische Grün im Gemüsegarten, den Rasen nicht zu vergessen. Und über allem der sanfte Himmel, nicht blau genug, um unecht zu wirken. Er sah aus wie mit den Resten aus einem Milchtopf übergossen, zarte weiße Schlieren nahmen ihm seine Postkartenanmutung und verliehen ihm Wahrhaftigkeit – uns auch.

Wir saßen auf der Terrasse, die Kuchenteller waren bereits leer, in den Tassen wurde der letzte Schluck Kaffee kalt. Jürgen lehnte sich im Sessel zurück und genoss mit geschlossenen Augen die Sonne. Vater erhob sich und ging in den Garten hinunter, um sich, wie er sagte, die Beine zu vertreten. Dabei wollte er nur seine jungen Pflänzchen bewundern. Kohlrabi, Kopfsalat und das, was einmal Blumenkohl werden sollte. Damit füllte mein Vater auf, was ihm von seinem Leben übrig geblieben war.

Mutter trug den Tortenrest in die Küche, kam zurück und freute sich, dass wir die Kaffeestunde ohne Wespenangriffe überstanden hatten. Sie war ein wenig skeptisch gewesen, den Tisch im Freien zu decken, obwohl Anne ihr mehrfach versichert hatte, dass Wespen erst viel später im Jahr aggressiv wurden.

Anne und ihr Freund Patrick Urban diskutierten eifrig, ob es sich lohnte, für einen bestimmten Film nach Köln zu fahren, obwohl er garantiert in spätestens drei oder vier Wochen auch in «unserem» Kino gespielt wurde. Dann das Hufgetrappel in der Einfahrt. Jürgen öffnete die Augen, grinste und sagte: «Die Hunnen kommen.» Mutter griff eilig nach der Zuckerdose. Damit es nicht gar so auffällig war, nahm sie auch das Sahnekännchen mit in die Küche. Sie verschwand durch die Tür, gerade als Rena hoch zu Ross um die Hausecke bog.

«Dachte ich mir, dass ihr draußen sitzt. Ist noch ein Stück Torte da?» Ihre Augen schweiften über den Tisch, sie stieg ab und sprang mit zwei Sätzen zu uns herauf.

«Musst du das Tier nicht anbinden?», erkundigte sich Mutter durch die offene Küchentür. Das Pferd stand einfach da.

Es war eine Fuchsstute; ein schönes Tier, soweit ich das beurteilen kann. Ich habe nicht viel Ahnung von Pferden, für mich sind sie nur groß. Rena warf der Stute einen Blick über die Schulter zu. «Schön stehen bleiben und nicht den Rasen anfressen. Wenn du brav bist, gibt's was Feines.»

Sie stürmte in die Küche. Ich hörte Mutters Protest: «Aber doch nicht mit den Fingern.»

Jürgen grinste immer noch. Vater kam aus dem Garten zurück und tätschelte der Stute den Hals. «Du bist ein braves Mädchen, Tanita. Ja, du bist ein braves Mädchen.»

Rena erschien wieder auf der Terrasse, einen Sahneklecks am Kinn, in einer Hand ein angebissenes, zerbröselndes Tortenstück, in der anderen ein paar Zuckerwürfel. Sie hielt der Stute die offene Hand mit den Würfeln hin, stopfte sich den Rest der Torte in den Mund, wischte sich die Hände an der Hose ab, schwang sich kauend in den Sattel und verschwand, wie sie gekommen war. «Bis später, Leute.»

Es gibt Momente, die gaukeln einem vor, man sei unverwundbar. Der Sonntagnachmittag im Mai war so einer. Wenn ich daran denke, kommen mir die Tränen. Ich kann nichts dagegen tun. Wir fühlten uns einfach zu sicher und waren überzeugt, es werde immer so weitergehen.

Es ging uns gut, wir waren eine glückliche Familie. Die Eltern noch bei bester Gesundheit, zwei wohlgeratene Töchter, eine harmonische Ehe, den Traum vom Haus auf dem Land hatten wir uns mit dem Kauf eines alten Bauernhofes auch erfüllt.

Wir sahen und hörten von anderen, denen plötzlich das Leben auseinander gerissen wurde. Ein Unfall, eine tödliche Krankheit, etwas, das meist ohne Vorankündigung über die Betroffenen hereinbrach. Wie der Tod von Susi Rembach. Das geschah an dem Sonntag, als wir auf der Terrasse saßen. Wir erfuhren es am Dienstag. Ein fünf Jahre altes Mädchen – ertrunken im Urlaub am Meer, vor den Augen seiner Mutter.

Entsetzlich, sagten wir, die arme Frau Rembach, wie wird sie das verkraften? Wir kannten sie gut. Sie war Jürgens Patientin. Er hatte sie auch während der Schwangerschaft betreut und wusste, wie sehr sie sich ein Kind gewünscht, wie lange sie vergebens darauf gehofft hatte und wie glücklich sie gewesen war, als er ihr endlich sagen konnte, dass sie schwanger sei. Nach Susis Tod kam sie nicht mehr in die Praxis. Sie gab sich die Schuld an dem Unglück, weil sie einen Moment lang nicht auf das Kind geachtet hatte. Nur zwei Wochen nach der Beerdigung nahm sie sich das Leben. Furchtbar, sagten wir und glaubten fest, dass solche Katastrophen immer nur andere trafen.

Uns passiert so etwas nicht!

Irgendwo im Hinterkopf tickte zwar die Uhr: Eltern sind nicht unsterblich. Mein Vater war fünfundsiebzig, meine Mutter nur zwei Jahre jünger. Ich wusste, dass ich irgendwann, vielleicht ganz plötzlich, einen von beiden würde hergeben müssen. Ich dachte nur nicht darüber nach. Und Sorgen um die Kinder? Es gab keinen Grund.

Dass sie in einem Moment der Unaufmerksamkeit ertrinken

könnten, stand nicht zu befürchten. Aus dem Alter waren sie heraus. Anne war fast achtzehn, Rena stand kurz vor ihrem sechzehnten Geburtstag. Auch ein gefährliches Alter, natürlich. Aber unsere Töchter trieben sich nicht in fragwürdigen Lokalen herum. Für sie war sogar die Zigarette ihres Großvaters pures Gift. Was hätten wir uns den Kopf zerbrechen sollen über Drogen oder Aids?

Anne hatte, seit sie fünfzehn war, einen so genannten festen Freund; Patrick Urban, ein netter, wohlerzogener junger Mann aus gutem Haus. Und Rena machte sich noch nichts aus Jungs. Rena liebte Tanita, die Fuchsstute, die sie an dem Maisonntag mit Zuckerwürfeln dafür belohnte, dass sie unseren Rasen nicht auffraß. Sie liebte Berry, den Apfelschimmel, für den sie häufig ein paar Möhren aus dem Garten stibitzte. Sie liebte nach wie vor Blacky, die schwarze Schönheit aus dem Orient, obwohl Blacky bereits im Pferdehimmel war. Man hatte sie im Januar einschläfern müssen. Und der erste Platz in Renas Herz gehörte Mattho, dem braunen Hengst. Ein Prachtexemplar von einem Pferd, ein Wundertier, wenn man Rena Glauben schenkte.

Im Juli verbrachten wir zwei erholsame Wochen in einer gemütlichen Familienpension im Harz – nur Jürgen, die Mädchen und ich. Meine Eltern mochten nicht mehr verreisen, und Jürgen war zu erschöpft gewesen für einen langen Flug. Er hielt es auch nicht mehr für ratsam, sich der südlichen Sonne auszusetzen. Wir unternahmen herrliche Spaziergänge auf schattigen Waldwegen, genossen die Ruhe und hörten zwanzigmal am Tag Renas Seufzer: «Wären wir doch schon wieder zu Hause.»

Zu Hause – für Rena war das nicht der Hof, den wir zwei Jahre zuvor gekauft hatten, es war der Reitstall. Damit hatten wir uns abgefunden. Sie hatte sich schwer getan mit dem Wechsel von der Stadt aufs Land. Anfangs hatte sie darauf bestanden, erst am Abend heimzukommen. «Sonst sehe ich meine Freunde ja nicht mehr.»

Das war ganz in meinem Sinne gewesen. Ihre damaligen

Freunde gefielen mir nicht. In den ersten Wochen nach unserem Umzug holte ich Rena mittags von der Schule ab und fuhr sie heim. Wenn sie neben mir im Wagen saß, beschwerte sie sich nicht, aber ihre Miene sprach Bände.

«Sie läuft herum wie das Leiden Christi», sagte Jürgen oft.

Anne hatte sich auf der Stelle in unser neues Domizil verliebt. So viel Platz, ein Zimmer, aus dem man gut und gerne zwei hätte machen können, ein eigenes Bad. Und ein Freund mit einem fahrbaren Untersatz! Rena dagegen glaubte sich ans Ende der Welt verbannt. Sie langweilte sich an den Nachmittagen. Bis wir eines Sonntags bei einem Spaziergang an der Koppel vorbeikamen und sie das Energiebündel sah.

Mattho war damals noch ein Fohlen, vier Monate alt. Ein Baby, sagte Rena. Mit diesem Baby wurden die Freunde in der Stadt nebensächlich. Und der Schulbus, der unterwegs noch zwei andere Dörfer streifte, war eine Zumutung. Rena brauchte ein schnelles Fahrrad. Rena stellte Rekordzeiten auf, stürmte bereits eine Viertelstunde nach Schulschluss ins Haus und beschwerte sich, dass das Essen noch nicht auf dem Tisch stand. Dann schlang sie in aller Eile die Mahlzeit hinunter, verzog sich für eine halbe Stunde in ihr Zimmer, um die Schularbeiten zu erledigen. Danach verschwand sie, tauchte erst am Abend wieder auf, schwärmte uns mit leuchtenden Augen von Mattho und seinen ausgewachsenen Artgenossen vor.

Sie bettelte um Reitstunden. Jürgen kannte den Besitzer des Reitstalls und vereinbarte mit ihm eine Stunde pro Woche. Nur der Form halber. Rena war jeden Tag im Stall.

«Aber er will ja auch leben», sagte Jürgen.

Seitdem drehte sich für Rena das Dasein nur noch um Pferde. Und Mattho, inzwischen ein stattlicher Zweijähriger mit den typischen Unarten halbstarker Kraftprotze, war ihr wichtiger als jede Verabredung mit Gleichaltrigen. Hin und wieder durfte sie ihn reiten, sie empfand das als besondere Auszeichnung. Mattho sollte zum Turnierpferd ausgebildet werden, wenn er das richtige Alter erreicht hatte. Es hieß, er werde bald verkauft.

Als wir aus dem Urlaub zurückkamen, musste Rena sich sofort überzeugen, dass er noch im Stall stand. Erst danach konnte sie ihren Koffer auspacken. Und so sehe ich sie noch vor mir: wie sie einen Teil der Kleidungsstücke zur Seite legte und ein paar Sachen zurück in den Schrank hängen wollte. «Das habe ich nicht angehabt.»

«Leg es trotzdem zur Schmutzwäsche.»

«Aber die Sachen sind völlig in Ordnung, Mutti.»

«Sie riechen nicht mehr gut.»

Sie drückte ihre Nase in ein weißes Shirt und schnüffelte am Stoff. «Ich rieche nichts.»

Sie selbst roch nach Stall, nach Pferd. Dieser typische Geruch, der Mutter oft zu einem Naserümpfen veranlasste und zu der Bemerkung: «Wie oft ist dir schon gesagt worden, du sollst duschen, bevor du an den Tisch kommst!?»

«Geh unter die Dusche», sagte ich. «Ich mache das hier für dich.»

Sie schaute mich an – mit diesem Betteln im Blick. «Lieb von dir. Aber wenn du es machst, darf ich dann vielleicht nochmal? Bitte, Mutti! Du glaubst nicht, wie Mattho sich gefreut hat, als er mich sah. Nur eine halbe Stunde, Mutti, bitte, bitte, bitte.»

Sie schlug die Hände aneinander wie ein Baby, während sie mich anschmachtete. Schmollmund und Kulleraugen. Das lange blonde Haar im Nacken mit einer Spange gehalten. Sie war ein so hübsches Mädchen.

Gut vier Wochen später, am ersten Sonntag im September, feierten wir ihren Geburtstag im Kreis der Familie. Die turbulente Party mit Freunden hatten wir meinen Eltern zuliebe um einen Tag verlegt und Mutter die Vorbereitungen mit zwei Konzertkarten versüßt. Obwohl, so turbulent war es nicht.

Jürgen und ich waren mehrfach unten und saßen für eine Weile dabei. Nicht unentwegt, wir wollten nicht den Eindruck von Kontrolle erwecken. Es war auch keine Kontrolle nötig. Es war nett und friedlich. Ich weiß noch, dass ich dachte, wir hätten uns die Konzertkarten sparen sollen. Es wäre eine gute Gelegenheit gewesen, Mutter zu überzeugen, dass sie nicht immer in allem Recht hatte.

In Mutters Augen machten junge Leute grundsätzlich Lärm und Schmutz, verbreiteten Unordnung, kannten keine Rücksicht, waren für keinen gut gemeinten Rat zugänglich. Und wenn sie in Scharen auftraten, schlug Mutter drei Kreuzzeichen.

Nichts gegen Annes Freund, wenn er am Sonntagnachmittag mit am Kaffeetisch saß. Patrick Urban wusste, was sich gehört. Er bedankte sich für das Stück Stachelbeer-Baiser-Torte und sang anschließend ein Loblied auf Mutters hausfrauliche Qualitäten.

Aber eine Party, ein halbes Dutzend von diesen Quälgeistern! Und keiner weiß die Mühe zu schätzen, die es gekostet hat, die Salate anzurichten! Keiner hat ein Auge für die liebevolle Garnierung. Sie stopfen sich das achtlos in den Mund und lassen sich das Hirn vernebeln von konfuser Musik.

Zu dieser Ansicht war Mutter nicht erst gelangt, seit sie mit ihren Enkeltöchtern unter einem Dach lebte. Als ich in Renas Alter war, wäre eine Party mit Freunden unmöglich gewesen. Die Beatles oder die Stones? Völlig ausgeschlossen! Ich habe niemals Rock 'n' Roll tanzen gelernt, auch nie Twist. Ich kann Walzer, Foxtrott und ein paar andere Gesellschaftstänze.

Nebensächlichkeiten. Alles ist nebensächlich. Aber es ist auch alles wichtig geworden. Jede Kleinigkeit, jedes noch so winzige Detail könnte eine Antwort geben.

Wir hatten Rena erlaubt einzuladen, wen sie wollte. Der Kontakt zu ihren früheren Freunden war abgebrochen. Nicht völlig, das wusste ich. Sieben Jugendliche waren es gewesen, drei Jungs, vier Madchen. Alle waren sie ein, zwei oder sogar drei Jahre älter als Rena. Den Zugang zu dieser Clique hatte sie durch Nita Kolter bekommen.

Wie Anne und Rena besuchte auch Nita Kolter das Humboldt-Gymnasium. Sie war einmal nicht versetzt worden und für eine Weile in Renas Klasse aufgetaucht. Da war sie dreizehn gewesen und für Rena nichts weiter als eine neue Mitschülerin, die sie bereits flüchtig vom Sehen kannte. Besonders auffällig kann Nita zu dieser Zeit nicht gewesen sein. Aber es begann bald. Und es dauerte nicht lange, da bestand die Klassenlehrerin darauf, dass Nita in die Parallelklasse überstellt wurde.

Sie war ein überaus schwieriges Mädchen, ohne Vater aufgewachsen. Ihre Mutter inserierte in diversen Zeitungen unter der Rubrik «Begleitung».

Irgendeiner aus unserem Bekanntenkreis war einmal über solch eine Annonce gestolpert. Es stand sogar die Adresse dabei. Für die Männer war das ein Anlass zum Schmunzeln. Jürgen sagte: «Sieh an, ein Privatpuff in unserer kleinen sauberen Stadt. Haben wir überhaupt Bedarf für so etwas?»

Hatten wir wohl. Schlecht verdienen konnte Regina Kolter mit ihren Begleitungen nicht. Sie hatte sich eine der sündhaft teuren Eigentumswohnungen auf dem Gelände des ehemaligen Verladebahnhofs zugelegt, fuhr ein Mercedes-Coupé 350 SL, hüllte sich von Herbstbeginn bis Frühlingsanfang in diverse Pelze. Kurz und gut, sie tat alles, um dem Klischeebild einer Edelnutte zu entsprechen.

Auf Nita hatte der Lebensstil ihrer Mutter eine verheerende Wirkung. Sie trieb sich herum, suchte bei den unmöglichsten Figuren Bestätigung und Anschluss. Mit ihrem losen Mundwerk und ihrer schrillen Art hatte sie Rena eine Weile imponiert. Damit war es seit dem Umzug vorbei. Es ließ sich zwar nicht verhindern, dass sie in den Pausen auf dem Schulhof zusammentrafen, doch nicht einmal darauf schien Rena noch Wert zu legen. Manchmal hörte ich von Anne, dass Nita wieder einmal den Versuch unternommen hatte, Rena zu einem Nachmittag in der Stadt zu bewegen. Aber ich hörte es nur von Anne. Und es klang immer so, als sei es Rena lästig und unangenehm gewesen, sich – und sei es nur für ein paar Minuten – mit Nita auseinander zu setzen.

Durch den Reitstall hatte sie neue Bekanntschaften geschlossen. Udo, Armin, Horst, Katrin, Tanja, Ilona – für mich waren es lange Zeit nur Namen. Ich kannte ihre Gesichter nicht, wusste nicht, wie alt sie waren. Ich hörte nur, dass Udo der Sohn eines Landwirtes aus dem Dorf und Ilona die Tochter eines Rechtsanwaltes aus der Stadt war. Dass Katrin ein eigenes Pferd besaß, dass Horst furchtbar gelitten hatte, als Blacky sterben musste, dass er seitdem viel lieber Tierarzt als Steuerberater werden wollte. Dass Tanja neuerdings eine Zahnspange tragen musste und Armin eine Brille. An dem Samstagabend lernte ich sie endlich kennen.

Die drei Mädchen waren jünger als Rena, die drei Männer – Jungen waren es nicht mehr – älter. Udo schon Ende zwanzig, ein wahres Kraftpaket, gut eins neunzig groß und muskulös. Man sah ihm an, dass er gewohnt war, fest zuzupacken. Er war ein bodenständiger Typ, etwas wortkarg und verschlossen, aber sympathisch.

Horst war ein schmächtiges Kerlchen mit blassem, rundem Kindergesicht und dünnem rotem Haar. Ich schätzte ihn in Renas Alter und war erstaunt zu erfahren, dass auch er die zwanzig bereits überschritten hatte. Später erfuhr ich, dass er mit vierzehn Jahren an Leukämie erkrankt war. Er hatte die Krankheit überwunden, doch sie hatte seine Entwicklung stark beeinträchtigt. Mir fiel auf, dass er in rührender Weise um Rena bemüht war. Sein Verhalten hatte etwas naiv Schwärmerisches, als ob er ein Idol anhimmele, von dem er wusste, es war unerreichbar für ihn. Horst war ein lieber Kerl, abgeklärt und weise wie ein alter Mann.

Auch Armin hatte mit seinen achtzehn Jahren nichts von dem Gehabe, das viele Gleichaltrige an den Tag legen. Ich konnte ihn mir eher mit einem dicken Wälzer am Schreibtisch als auf einem Pferderücken vorstellen. Ein intelligenter junger Mann mit einem Faible für Paläontologie. Jürgen hatte seine helle Freude an ihm.

Sie unterhielten sich lange. Von Jürgen hörte ich auch, dass ich mit meiner Vorstellung vom dicken Wälzer der Wahrheit sehr nahe gekommen war. Armins Vater hatte die Reitstunden zwangsverordnet, um den Sohn wenigstens stundenweise vom Schreibtisch fern zu halten.

Ich war erstaunt, als kurz vor neun noch einmal die Türklingel anschlug. Und begeistert war ich nicht, als ich sah, wer vor der Tür stand: Nita Kolter nebst Anhang. Genauso schrill und aufdringlich, wie ich sie im Gedächtnis hatte. Und wie früher nur darauf aus zu schockieren.

Ich erinnere mich an eine Gelegenheit; wir lebten noch in der Stadtwohnung. Da kamen an einem Nachmittag einige aus der Gruppe, um Rena abzuholen. Zwei Jungen und Nita. Rena war in ihrem Zimmer. Sie musste noch eine Arbeit für die Schule erledigen. Ich wollte, dass sie das in Ruhe tat, und bat die drei, für ein paar Minuten im Wohnzimmer Platz zu nehmen. Dort saß Anne mit einem Buch und einer Tasse Tee. Und auf dem Tisch stand die kleine Dose mit Annes Süßstofftabletten. Einer der Jungen nahm die Dose und drückte die Tabletten heraus. Drückte sie einfach heraus, eine nach der anderen, ließ sie auf den Boden fallen und zertrat sie.

Ich war, nachdem ich sie hereingelassen hatte, zurück ins Schlafzimmer gegangen, telefonierte mit meinem Vater und hörte Anne fragen: «Aber sonst geht's dir gut, ja?»

Sie bekam keine Antwort. Ich hörte nur ein Kichern – Nita amüsierte sich – und nach ein paar Sekunden wieder Annes Stimme: «Jetzt reicht's. Stell die Dose zurück auf den Tisch, du Idiot.»

Ich ging hinüber, um zu sehen, was los war. Doch ich kam nicht dazu, etwas zu unternehmen. Genau in dem Augenblick, als ich das Wohnzimmer betrat und etwas sagen wollte, kam Rena aus ihrem Zimmer. Sie war mit ihrer Schularbeit fertig und innerhalb weniger Sekunden waren sie verschwunden. Zurück blieben die zertretenen Krümel auf dem Fußboden. Es war sinnlos und überflüssig. Es war Ablehnung, eine Demonstration von Anderssein.

Dass Rena ihre alte Clique eingeladen hatte, glaubte ich nicht eine Sekunde lang. Sie hatte, als Mutter wissen wollte, ob sie zwei oder drei Salate machen sollte, gesagt: «Mach nicht zu viel, Großmutter. Ein Salat reicht schon für ein paar Leute. Wir haben ja auch Chips und Nüsse und all den anderen Kram. Ich meine, die Fleischplatte und die Fischplatte und den Käse.» Nita musste in der Schule von Renas Party gehört und mit den anderen darüber gesprochen haben.

Wir saßen im Wohnzimmer, Jürgen und ich. Als es klingelte, ging ich zur Tür, öffnete und sah Nitas weiß gepudertes Gesicht mit den rot umrandeten Augen vor mir. Sie trug einen schwarzen Schlapphut und einen langen schwarzen Umhang, sah damit aus wie ein Vampir, es fehlte nur das Plastikgebiss mit den entsprechenden Zähnen.

Neben ihr stand der, den Anne einmal Idiot genannt hatte. Er hatte einen Arm um Nitas Taille gelegt, etliche dünne Goldringe durch Ohrmuscheln, Nasenflügel und Augenbrauen gezogen. Die anderen fünf standen mit teils gelangweilten, teils gespannten Mienen im Halbkreis hinter ihrer Anführerin.

Mir schien, Nita hatte getrunken. Sie schwankte, ihre Sprache klang verwaschen. «Überraschung, Überraschung!», nuschelte sie. «Das ist eine Freude, was? Jetzt kommt Schwung in die Bude!»

Ihre Stimme brachte Jürgen in die Diele. «Ihr habt euch sicher verfahren», meinte er. «Also passt mal auf, ihr fahrt jetzt runter bis zur Landstraße und biegt nach rechts ab. So kommt ihr am schnellsten zurück in die Stadt. Da habt ihr garantiert mehr Möglichkeiten, auf eure Kosten zu kommen, als hier.»

Nita grinste ihn an. «Wir wollen nur gratulieren!»

«Hier ist niemand, der Wert darauf legt», sagte Jürgen.

Er hatte noch nicht ganz zu Ende gesprochen, da drehte sich einer der Jungen hinter Nita um und ging zu einem der beiden Wagen, mit denen sie gekommen waren. Er öffnete die Fahrertür und rief: «Jetzt lasst den Quatsch und kommt!» Den Worten und seiner

Miene nach zu schließen, war ihm Nitas Auftritt peinlich. Er distanzierte sich, sah auch nur halb so schrill aus wie die anderen. Niemand beachtete ihn.

Nita grinste weiter, reckte sich auf Zehenspitzen und spähte über Jürgens Schulter in die Diele. «Hey, Pferdchen», rief sie. «Du hast vergessen, deinen Türsteher zu informieren, dass noch Ehrengäste kommen.»

«Es reicht», sagte Jürgen ruhig. «Verzieht euch.»

Der Junge stieg in den Wagen und fuhr davon. Nita und ihr restlicher Anhang beachteten weder seine Abfahrt noch Jürgen. «Hey, Pferdchen», rief sie noch einmal. «Was treibst du? Lässt du dich schon mal einreiten?»

Ein paar grinsten. In Jürgens Miene regte sich nichts. Ohne ein Wort schloss er die Haustür und ging zurück in das Wohnzimmer. Ich ging in die Küche. Vom Fenster aus sah ich, dass sie noch sekundenlang unschlüssig zusammenstanden. Nita gab neue Anweisungen, dann setzte sie sich in Bewegung. Sie torkelte. Der mit den Goldringen fasste sie wieder um die Taille.

Von dem Jungen und seinem Auto war nichts mehr zu sehen. Sie zwängten sich zu sechst in den zweiten Wagen und verschwanden wieder. Es wunderte mich, ich hatte nicht damit gerechnet, dass sie kampflos das Feld räumten. Es passte nicht zu Nita, sich die Tür vor der Nase schließen zu lassen. Ich ging ebenfalls zurück ins Wohnzimmer.

«Ich glaube, sie war betrunken», sagte ich.

Jürgen schüttelte den Kopf. «Bekifft kommt eher hin. Eine Fahne hatte sie nicht.»

Rena musste Nitas Stimme gehört haben, aber sie nahm das unschöne Intermezzo nicht zur Kenntnis. Sie saß mit Udo, Horst, Armin, Katrin, Tanja und Ilona in einer Ecke und spekulierte über ihr Geburtstagsgeschenk. Wir hatten keinen Ton darüber verlauten lassen. Aber sie wusste genau, dass sich am nächsten Morgen ihr Herzenswunsch erfüllen sollte. Ein eigenes Pferd.

Nicht ihren Liebling Mattho. Das war uns zu riskant erschienen. Ein junger Hengst im besten Flegelalter, unberechenbar, wenn ihn der Hafer stach, wie Hennessen, der Besitzer des Reitstalls, es ausdrückte. Hennessen hatte uns gestanden, dass sogar er manchmal Blut und Wasser schwitzte, wenn Rena sich in Matthos Sattel schwang.

«Er hat seine Macken, der Kerl. Mit ihm ist nicht jeden Tag gut Kirschen essen. Wenn er die Augen verdreht, weiß ich Bescheid.» Hennessen hatte uns eine Stute empfohlen, braun wie Mattho, doppelt so alt wie er, im Gegensatz zu ihm jedoch sanft wie ein Lamm. Wir hatten mit Hennessen vereinbart, dass er das Tier früh am Sonntagmorgen auf den Hof brachte. Er sollte es in der Scheune anbinden, nur für ein paar Stunden.

Wir konnten die Stute noch nicht dauernd auf dem Hof unterbringen. Die Stallungen waren in sehr schlechtem Zustand. Ursprünglich hatten wir sie abreißen lassen wollen. Deshalb waren sie nicht zusammen mit dem Wohnhaus und der Scheune renoviert worden, als wir den Hof kauften. Nun hatten wir uns entschlossen, auch das Gebäude instand setzen zu lassen. Dann hatte Rena ihren Traum in der Nähe und konnte, wenn sie Lust hatte, schon in aller Herrgottsfrühe lospreschen.

Ich stellte mir vor, wie sie mit roten Wangen am Frühstückstisch saß, das lange Haar noch feucht von der Dusche, wie sie mittags aus der Schule kam. Wie ihr erster Weg sie in den Stall führte. Wie sie mit Sattel und Zaumzeug hantierte, braunes Fell striegelte, Heuballen schleppte und restlos glücklich war. Das war sie!

Beim Frühstück am Sonntagmorgen zappelte sie herum, nahm sich kaum die Zeit, Annes Geschenk auszupacken. Ein Paar neue Stiefel. Anne war besorgt, ob sie auch richtig passten. Rena zwängte die Füße hinein und alles war bestens. Von meinen Eltern bekam sie einen Sattel. Damit stand fest, was wir ihr zugedacht hatten. Sie hatte uns schließlich oft genug erklärt, dass es nicht so war, wie wir es aus alten Wildwestfilmen kannten. In Hennessens Stall gehörte der Sattel zum Pferd, nicht zum Reiter. Rena wollte auf der Stelle hinaus. «Wo ist er? Wo habt ihr ihn versteckt?»

«Nun mal langsam», sagte Jürgen. «Wir können sicher zuerst in Ruhe frühstücken. Ich fürchte, später kommen wir nicht mehr dazu. Du hältst es doch bestimmt noch so lange aus, bis wir alle unseren Kaffee getrunken haben. Dann gehen wir zusammen hinaus und haben alle was davon.»

Sie gab sich große Mühe, geduldig zu sein. Aber die obligatorische Zigarette ihres Großvaters nach dem Frühstück konnte sie nicht abwarten. Sie stürmte auf den Hof, blinzelte ins grelle Licht, schaute mit zusammengekniffenen Augen zur Scheune hinüber. Dann lief sie los, zerrte das Tor zur Seite, verschwand im Dämmerlicht. Ich höre sie noch heute rufen: «Mattho! Mein Mattho!»

Jürgen war dicht hinter ihr. «Sie heißt Isabella», sagte er. «Aber sie ist daran gewöhnt, dass man sie Bella nennt.» Er lachte leise. «Wem sage ich das? Du kennst sie doch besser als ich.»

Rena war stehen geblieben, als er zu sprechen anfing. Sie drehte sich zu ihm um. «Aber Hennessen sagte, Mattho ist verkauft. Er wollte mir nicht sagen, wer ihn gekauft hat. Und da dachte ich ...»

Sie brach ab. Jürgen vollendete den Satz: «Da dachtest du, wir hätten den braunen Teufel für dich gekauft. Weil wir ganz wild darauf sind, unsere Namen auf ein Gipsbein zu schreiben. Wenn es beim Gipsbein bleibt.»

«Er hat mich noch nie abgeworfen.»

«Einmal ist immer das erste Mal», sagte Jürgen und ging auf die Stute zu. «Und bisher war Hennessen in der Nähe. Hier ist niemand, der eingreifen könnte, wenn das Biest mit dir durchgeht.» Er tätschelte den Hals der Stute und forderte: «Na, komm her und begrüße sie. Ist sie nicht hübsch?»

Rena ging die paar Schritte. «Doch», sagte sie. Sehr begeistert klang es nicht.

«Und was sagt man zu einem hübschen Geschenk?», fragte Jürgen.

«Danke», sagte Rena.

Es war ein paar Minuten nach zehn, als sie der Stute den Sattel auflegte und losritt. Wir standen auf dem Hof und schauten ihr nach.

Mutter sagte: «Ich bekomme eine Gänsehaut, wenn ich das sehe, so ein großes Tier.»

Vater erkundigte sich bei Jürgen: «Was hast du bezahlt?»

«Noch nichts», sagte Jürgen. «Wir wollten erst sehen, ob es funktioniert und sie sich Mattho tatsächlich aus dem Kopf schlägt. Hennessen sagte, sie hatte mit Bella noch nie zu tun. Sie hat bisher immer die Fuchsstute geritten. Aber die wollte er nicht verkaufen. Sie ist trächtig.»

Vater nickte verstehend. «Dann frage ich anders. Was soll Bella denn kosten?»

«Fünf», sagte Jürgen. «Das ist ein akzeptabler Preis.»

Über Mittag kam Rena nicht heim, wir hatten auch nicht mit ihr gerechnet. «Vor dem Kaffee sehen wir sie nicht wieder», meinte Jürgen.

Um vier kam sie zurück, zu Fuß. Sie ging in ihr Zimmer, wusch sich, zog sich um und kam herunter. Mutter hatte sich viel Mühe gegeben mit der Kaffeetafel. Zwei frisch gebackene Torten und der Geburtstagskuchen mit den brennenden Kerzen. Rena blies die Kerzen aus, nahm ein Stück Kuchen auf ihren Teller und griff nach der Gabel.

Bevor sie den ersten Bissen zum Mund führte, erklärte sie: «Bella ist nicht so schnell wie Mattho, aber sie springt gut. Er scheut manchmal vor den Hindernissen. Hennessen meint, es liegt am Alter, mit der Zeit wird er ruhiger und vernünftiger. Ich möchte wissen, wer ihn gekauft hat. Hennessen wollte achtzehntausend Mark für ihn haben, wusstet ihr das?»

«Nein», sagte Jürgen.

Bissen und Gabel schwebten noch in halber Höhe zwischen Teller und Renas Mund. «Was habt ihr denn für Bella bezahlt? Nicht so viel, oder?»

Jürgen lachte. «Habe ich dich gefragt, was das Aftershave gekostet hat, das du mir zum Geburtstag geschenkt hast?»

«Entschuldigung», murmelte Rena und führte endlich die Gabel zum Mund. Wenn sie morgens enttäuscht gewesen war, am Nachmittag hatte sie das bereits überwunden. Davon bin ich überzeugt und ihr Verhalten gibt mir Recht.

Nach dem Kaffee holte sie ihr Fahrrad aus der Scheune und verschwand wieder. Zum Abendessen kam sie zehn Minuten zu spät. Sie wollte nach dem Essen noch einmal los; Bella gute Nacht sagen. Jürgen meinte, es reiche für den ersten Tag. Um zehn ging sie hinauf in ihr Zimmer.

Montags saßen wir morgens um sieben zusammen am Frühstückstisch. Wir frühstückten immer gemeinsam, auch wenn Jürgen und ich dafür früher aufstehen mussten. Aber Jürgen hatte ohnehin eine innere Uhr, die ihn pünktlich um sechs aus dem Schlaf riss. Und mir war diese halbe Stunde Gemeinsamkeit bei Tagesbeginn sehr wichtig. Kinder brauchen das Gefühl von Wärme und Geborgenheit. Sie brauchen es auch noch mit sechzehn.

Um halb acht bestiegen sie ihre Fahrräder. Sie fuhren meist mit den Rädern zur Schule. Auch im Winter. Bis zur Bushaltestelle im Dorf ist es mehr als einen Kilometer zu laufen. In der Zeit waren sie auf ihren Rädern schon fast am Ziel. Es sind über die Landstraße sieben Kilometer, durch die Felder nur vier. Sie nahmen immer den Feldweg, er war sicherer als die Straße mit ihren unübersichtlichen Kurven und Bäumen.

Jürgen und ich verließen das Haus um halb neun. Nach dem Umzug hatte ich begonnen, mit ihm in der Praxis zu arbeiten. Ich habe Medizin studiert, allerdings nur bis zum ersten Staatsexamen. Kurz danach wurde ich mit Anne schwanger und brach mein Studium ab. Knapp zwei Jahre später wurde Rena geboren. Es war mir wichtiger, für meine Kinder da zu sein, als meine Ausbildung zu beenden. Nur waren die Kinder inzwischen dem Alter entwachsen, in dem sie ständige Betreuung brauchten. Und um den Haushalt kümmerte sich Mutter. Sie hatte nie etwas anderes getan, als einen Haushalt zu führen. Das waren fünfundvierzig Jahre Erfahrung, damit konnte keine Tochter konkurrieren.

Ich kam mir in den ersten Wochen auf dem Land ziemlich überflüssig vor. Und ausgerechnet zu dem Zeitpunkt verlor Jürgen eine langjährige Angestellte. Er war lange Jahre der einzige Gynäkologe in der Stadt gewesen. Nun hatte sich eine junge Ärztin niedergelassen, und unsere gute Frau Sehl zog es vor, ihre Brötchen fortan bei der Konkurrenz zu verdienen. Für Jürgen war es ein harter Schlag. Er brauchte dringend einen Ersatz. Vater machte den Vorschlag, dass ich für Frau Sehl einspringen könnte, statt nutzlos mit Mutter zu debattieren, ob die Fenster jede Woche oder nur alle vierzehn Tage geputzt werden mussten.

Es hatte einiges für sich, und so hoch waren die Anforderungen nicht. Ich assistierte Jürgen bei Untersuchungen und unterstützte Sandra Erken, unsere Laborkraft, die nur halbtags kam, bei der Arbeit. Das meiste in diesem Bereich wird zwar eingeschickt, aber ein wenig fällt immer an. Schwangerschaftstests, mikroskopische Untersuchungen auf Pilzbefall und dergleichen, so etwas macht man in der Praxis.

Wir nahmen Jürgens BMW an dem Montagmorgen. Morgens fuhren wir immer gemeinsam, am Nachmittag getrennt. Jürgen hatte oft abends noch mit Papierkram zu tun. Er fand, wenigstens ich sollte pünktlich Feierabend machen können.

Über Mittag fuhren wir heim, saßen um zwei gemeinsam am Tisch. Rena schlang ihr Essen schneller hinunter als sonst. Sie hatte noch etwas Wichtiges für die Schule zu erledigen. Anne sollte ihr dabei helfen. Anschließend musste Rena dringend zum Reitstall, Bella einreiten. Jürgen schmunzelte über den Ausdruck. «Eingeritten dürfte sie aber sein.»

Rena war bereits auf dem Weg nach oben, erklärte über die Schulter: «Das schon. Aber wir müssen uns doch aneinander gewöhnen.»

«Das hört sich anders an», sagte Jürgen.

Pünktlich um drei waren wir wieder in der Praxis. Zu dem Zeitpunkt saß Rena wohl im Sattel. Es war nicht viel zu tun an dem Nachmittag. Ich kam kurz nach fünf heim. Am Morgen war es noch sonnig gewesen. Der Spätnachmittag hatte den Garten in ein Schattenspiel verwandelt. Es war kühl und windig.

Anne saß mit ein paar Büchern im Wintergarten, ich setzte mich für eine Weile zu ihr. Wenig später kam auch Jürgen, inspizierte zum wiederholten Mal die Stallungen und überschlug im Kopf, wie teuer die Instandsetzung werden könnte. Vater war im Garten beschäftigt, Mutter in der Küche.

Der Dienstag und der Mittwoch waren nicht anders. Nur das Wetter verschlechterte sich. Ein atlantischer Tiefausläufer, hieß es im Fernsehen. Für den Donnerstag wurde ein Sturm angekündigt mit weiteren heftigen Regenfällen.

Rena verbrachte die meiste Zeit im Reitstall. Wir haben sie nicht oft zu Gesicht bekommen, das weiß ich. Aber eine Sechzehnjährige führt man nicht mehr an der Hand wie ein Kleinkind. Und im Gegensatz zu vielen anderen Eltern wussten wir zu jeder Minute, was unsere Kinder taten und wo sie sich aufhielten. Anne daheim oder bei Patrick, Rena bei den Pferden.

Hennessens Reitstall liegt in westlicher Richtung etwa dreihundert Meter hinter den letzten Häusern am Ortsrand. Durchs Dorf sind es vier Kilometer. Die Straße verläuft wie ein großer runder Bogen über einer geraden Linie. Die gerade Linie ist ein Feldweg neben dem alten Bahndamm, der von unserem Hof direkt zu Hennessen führt. Der Weg ist für den normalen Straßenverkehr gesperrt. Es ist auch nicht ratsam, ihn mit einem Pkw zu befahren.

Er ist nicht befestigt, wird von Traktoren benutzt und ist in entsprechendem Zustand. Die Fahrspuren sind mindestens dreißig

Zentimeter tief. Zwei breite Rinnen, in denen nach starken Regenfällen das Wasser noch tagelang steht. Mit einem Fahrrad ist es kein Problem, wenn man sich auf der Seite hält, die an die Äcker grenzt.

Rena fuhr immer mit dem Rad. Nur wenn es stark regnete, ließ sie sich mittags von mir oder von Vater mit dem Wagen zum Reitstall bringen. Oder sie rief am Abend an und wollte abgeholt werden. Am Dienstag und Mittwoch hatte sie das getan. Einmal war ich gefahren, einmal Vater.

Am Donnerstagmorgen hatte sich der Wind gelegt, es nieselte nur noch. Anne wollte trotzdem den Schulbus nehmen. Sie berief sich auf den angekündigten Sturm. «Ich habe keine Lust, mit dem Rad in ein Unwetter zu geraten.»

Rena nörgelte: «Dann sind wir erst Viertel nach zwei zu Hause. Und von der Bushaltestelle bis hier werden wir auch klitschnass.»

Anne blieb hart, und allein mit dem Rad fahren mochte Rena nicht. Sie schloss sich Anne an.

Im Laufe des Vormittags bewies der Wetterbericht seine Glaubwürdigkeit. Schon um zehn sah der Himmel aus wie mit Teer überzogen und die Schlieren wirbelten tüchtig durcheinander. Jürgen hatte um halb zwölf einen Termin bei der Bank. Im Hinausgehen sagte er: «Da kommt ja mächtig was runter.»

Er fragte nach einem Regenschirm. Jasmin – sie saß an der Anmeldung, bediente das Telefon, machte Termine aus und so weiter – hatte einen Schirm dabei. Jürgen wollte ihn sich ausleihen, um auf dem kurzen Weg zum Wagen nicht tropfnass zu werden. Aber es war unmöglich, einen Schirm aufzuspannen.

Es saßen noch zwei Patientinnen im Wartezimmer, als Jürgen die Praxis verließ. Eine ältere Frau, die nur das Ergebnis ihrer Mammographie erfahren wollte, und eine Schwangere, die für Ultraschall vorgemerkt war. Beide konnte ich übernehmen.

An dem Donnerstag fuhren wir mittags nicht zur üblichen Zeit heim. Jürgen wurde in der Bank länger aufgehalten als vorhergesehen. Er kam erst kurz vor eins in die Praxis zurück, da hätten wir losfahren können. Doch inzwischen goss es wie aus Kübeln, und was draußen wehte, konnte man nicht mehr Wind nennen.

Ich stand am Fenster im Sprechzimmer, als Jürgen hereinkam. Auf der gegenüberliegenden Straßenseite kam eine große, kräftige Frau aus dem Supermarkt und wollte zu ihrem Auto. Sie zog einen Einkaufswagen hinter sich her. Er war schwer beladen. Doch als sie ihn losließ, um die Autotür zu öffnen, trieb der Sturm ihn weg. Er rollte gegen einen Stein und kippte um. Konserven und andere Lebensmittel kullerten und flogen in alle Richtungen davon.

«Sieh dir das an», sagte ich.

«Muss ich mir nicht ansehen. Ich war gerade drin.»

Ans Fenster kam er doch. Wir schauten zu, wie die Frau sich abmühte, ihre Waren aufzusammeln und im Auto zu verstauen.

«Das ist Annegret Kuhlmann», sagte Jürgen. «Ihre Einkäufe hätte sie besser auf morgen verschoben. Bei dem Wetter fährt man doch nicht freiwillig los. Und ihre Kinder hat sie auch dabei.»

Er schüttelte verständnislos den Kopf.. Ich sah eins der kleinen Gesichter für einen Moment hinter der Scheibe im Auto.

Jürgen sagte: «Wir warten, bis es nachlässt.» Es ließ nicht nach.

Kurz nach zwei machten wir uns trotzdem auf den Weg. In der Stadt ging es noch. Doch sobald wir auf der Landstraße waren, hatte Jürgen Mühe, den Wagen unter Kontrolle zu halten.

Auf freier Strecke hatte es einen schweren Unfall gegeben. Ein Auto lag auf dem Dach im Feld. Es musste sich mehrfach überschlagen haben, war so zerdrückt und verdreckt, dass ich nicht erkennen konnte, um welchen Typ es sich handelte oder welche Farbe es hatte.

Polizei und Feuerwehr waren da und hatten schon zwei der Insassen geborgen. Am Straßenrand lagen die in Plastikplanen gewickelten Bündel. Die Planen flatterten hin und her. Als wir vorbeifuhren, löste sich eine zur Hälfte und gab den Blick auf eine völlig deformierte, blutige Masse frei.

Wir waren erleichtert, als wir endlich auf dem Hof eintrafen. Mutter war verstimmt, weil wir so spät kamen. «Jetzt muss ich das Essen aufwärmen.»

«Lass nur», sagte ich. Uns war der Appetit vergangen. Ich erzählte Mutter von dem Unfall. Sie spekulierte, ob es sich um jemanden aus dem Dorf handelte. Danach beschäftigte sie sich mit den Pflanzen im Wintergarten. Vater hatte sich nach dem Essen hingelegt. Das tat er regelmäßig. Er schlief nachts nicht mehr gut und holte tagsüber gerne ein Stündchen nach.

Anne war in ihrem Zimmer. Von ihr hörte ich, dass Rena sich kaum die Zeit zum Essen genommen hatte und gut zehn Minuten vor unserer Ankunft zum Reitstall aufgebrochen war. Mit dem Rad!

«Ist sie denn verrückt», sagte ich. «Sie kann doch unmöglich mit dem Rad fahren bei dem Wetter. Warum hat sie nicht gewartet oder sich nicht von Großvater fahren lassen?»

«Großmutter wollte nicht, dass sie fuhr», erklärte Anne. «Und du weißt ja, wie sie ist. Sie hat sich ihr Regencape geschnappt und trockene Sachen zum Umziehen mitgenommen.»

Wann sie zurück sein oder ob sie abgeholt werden wollte, hatte Rena nicht gesagt. Stattdessen hatte sie Anne im Bus anvertraut, morgen sei sie krank. «Sie schreiben morgen eine Arbeit», sagte Anne. «Mathe. Da kommt ihr ein tüchtiger Schnupfen bestimmt gelegen.»

Mathematik war Renas wunder Punkt. Im letzten Zeugnis hatte es nur zu einer schwachen Vier gereicht. Ob sie die halten konnte, war noch die Frage. Die Anforderungen wurden höher. Anne bereitete sich auf ihr Abitur vor und hatte nicht immer Zeit zu helfen. Ich hatte bereits an Nachhilfeunterricht gedacht. Aber Jürgen meinte, es könne nicht jeder ein Genie sein und ein wiederholtes Schuljahr sei kein Grund, sich graue Haare wachsen zu lassen. Sogar Einstein sei einmal sitzen geblieben.

Ich sagte zu Anne: «Großvater soll sie um fünf abholen. Auf die

Weise ersparen wir ihr den Schnupfen und sie kann noch ein bisschen üben.»

Anne nickte. «Ich sag's ihm, wenn er aufsteht.»

Ich konnte es ihm nicht sagen. Wir mussten zurück in die Praxis. Jürgen bestand darauf, dass wir früher als üblich losfuhren und dass ich meinen Wagen stehen ließ. Vater schlief noch, als wir das Haus verließen.

Am Donnerstagnachmittag war die Praxis von siebzehn bis neunzehn Uhr geöffnet. Es lagen neun Anmeldungen vor, zwei Frauen erschienen ohne Termin. Um halb sieben machte Jasmin Feierabend, eine Viertelstunde später stand Eva Kettler vor der Anmeldung. Sie trug eine hautenge schwarze Hose und einen weißen Pullover. Rippenstrick! Ihr Busen stach wie die Kinderzeichnung von zwei Berggipfeln ins Auge.

Es macht mich noch immer wütend, wenn ich daran denke! Weil ich es noch so genau weiß und mich nicht erinnere, ob Rena beim Frühstück die weiße Haarspange oder ein Stirnband trug. Vielleicht ist es normal. Man lebt seinen gewohnten Trott, schenkt der Frisur der Tochter keine besondere Beachtung und ein aufreizender Fetzen an einer Frau, die man lieber von hinten sieht, prägt sich ein.

Eva Kettler war zweiunddreißig und seit einigen Jahren wegen diffuser Beschwerden in Behandlung. Jürgen erzählte mir unentwegt, es sei psychisch bedingt. Ich hatte das Gefühl, sie kam aus Langeweile. Sie war eine von den Frauen, die nicht wissen, was sie mit sich und ihrer Zeit anfangen sollen. Der Ehemann viel unterwegs als Fernfahrer, keine Kinder, kein Beruf, und für teure Vergnügen reichte das Geld nicht.

Ich mochte Eva Kettler nie. Sie hatte mir gegenüber eine Art! Es war immer dasselbe Theater. Ich habe nie darauf bestanden, von Patientinnen mit Frau Doktor angesprochen zu werden. Es ist nicht mein Titel, mir reichte «Frau Zardiss». Für Eva Kettler war ich das kleine Frauchen; eine Person, über die man geflissentlich hinwegsah.

Zum Glück bekam ich sie nicht oft zu Gesicht. Jürgen wusste, dass ich mich nicht mit ihr auseinander setzen konnte, und hatte Jasmin angewiesen, Eva Kettler, wenn eben möglich, den späten Termin zu geben. Sie wollte ohnehin meist nur reden, da musste ich nicht dabeistehen.

Sie wunderte sich, dass ich noch in der Praxis war. «Was denn? Muss das kleine Frauchen heute Überstunden machen?» Dann kam ihr Standardsatz: «Ich will den Doktor sprechen, persönlich und sofort!»

Jürgen hatte noch zu tun. Eva Kettler setzte sich ins Wartezimmer. Als ich sie ein paar Minuten später rufen wollte, war sie verschwunden, ohne Erklärung.

Kurz vor acht machten wir uns auf den Heimweg. Gut eine halbe Stunde später kamen wir an. Sonst brauchten wir nicht einmal zehn Minuten. Auf den zwanzig Metern von der Scheune zum Wohnhaus wurden wir beide völlig durchnässt. Jürgen blieb einen Moment in der Haustür stehen und schaute kopfschüttelnd zu den Stallungen hinüber. Auf dem Hof lagen die Stücke von zerbrochenen Dachziegeln. Das Stalldach war schon bei unserem Einzug schadhaft gewesen. Wir hatten uns bisher nicht darum gekümmert. Jetzt packte der Sturm die verbliebenen Ziegel und warf damit um sich.

Wir mussten zuerst hinauf, uns umziehen und die Haare trocknen. Die Tür zu Renas Zimmer war geschlossen. Ich nahm an, dass sie seit fünf Uhr mit ihren Schularbeiten beschäftigt und wütend auf mich war. Immerhin hatte ich veranlasst, dass sie ihre Zeit mit der verhassten Mathematik statt mit den Pferden verbringen musste. Da wollte ich sie lieber nicht stören. Genauso gut könnte ich sagen, ich hatte keine Lust auf ihren gequälten Blick.

Meine Eltern saßen im Wohnzimmer vor dem Fernseher. Mutter teilte kurz mit, Anne sei um halb fünf von Patrick abgeholt worden. Sie hätte nicht sagen können, wann sie heimkäme. Mehr sagte Mutter nicht. Sie war noch ein wenig verstimmt, weil wir ihren Gemüseeintopf mit geräucherten Schweinerippchen zu Mittag verschmäht hatten.

Der Suppentopf stand im Kühlschrank. Er war noch zur Hälfte gefüllt. Oben hatte sich eine dicke Fettschicht abgesetzt, darunter schwammen ein paar Fleischstücke, jede Menge Porree, Bohnen, Kartoffeln, Sellerie und Möhren in der Brühe. Ich mag keine gekochten Möhren und Sellerie würgt mich. Ich schöpfte eine Portion für Jürgen aus dem Topf, fischte auch für mich ein wenig heraus, wärmte die Suppe rasch in der Mikrowelle auf – mehr Mutter zum Gefallen als aus Appetit. Wir blieben mit unseren Tellern in der Küche. Jürgen wollte noch einen Kaffee, die Tassen nahmen wir mit in das Wohnzimmer.

Der Fernseher war zu laut eingestellt. Jürgen nahm die Fernbedienung vom Tisch und dämpfte den Ton. Dann streckte er sich im Sessel aus. Draußen war es bereits Nacht.

«Schöne Sauerei», sagte er. «Der ganze Hof liegt voller Scherben. In nächster Zeit wird wohl nichts aus dem Pferdestall. Da steht jetzt bestimmt alles unter Wasser.»

Vater reagierte nicht, hing wie gebannt am Bildschirm. Mutter nickte flüchtig und erkundigte sich, wie uns der aufgewärmte Eintopf geschmeckt habe.

«Es war köstlich», sagte ich. «Ein guter Eintopf schmeckt aufgewärmt fast besser als frisch zubereitet.»

«Er war auch heute Mittag vorzüglich», verteidigte Mutter sich.

«Das habe ich doch nicht bezweifelt.»

«Nur Rena hatte wieder zu nörgeln. Die Rippchen waren ihr zu fett. Sie hat nichts von dem Fleisch angerührt.»

Und sonst kein Wort über Rena. Stattdessen wollte Mutter wissen, ob wir inzwischen erfahren hätten, wer am frühen Nachmittag bei dem Unfall ums Leben gekommen sei. Wo hätten wir das erfahren sollen?

Vater griff nach der Fernbedienung, stellte den Ton wieder lauter und machte Jürgen darauf aufmerksam, dass es sich um eine

Sondersendung handelte. Ausschreitungen rechtsradikaler Jugendlicher. Ich sah ein paar Halbstarke mit kurz geschorenen Haaren über den Bildschirm marschieren, hörte sie johlen und brüllen, sah selbst gebastelte Brandsätze, dicke Knüppel und Vaters angespannte Miene.

Als Jürgen sich aus dem Sessel erhob, um die Lautstärke am Gerät zu drosseln, stand ich ebenfalls auf und ging zur Tür. «Ich schaue mal, was Rena macht.»

Und da erst sagte Mutter: «Sie ist noch nicht hier.»

Im ersten Moment dachte ich, Rena sei nach dem Abendessen noch einmal zum Stall aufgebrochen. Mutter erklärte, sie sei nicht zum Essen erschienen.

«Sie sollte um fünf zu Hause sein. Warum hat Vater sie nicht abgeholt? Ich hatte Anne aufgetragen, ihn darum zu bitten.»

«Davon weiß ich nichts», sagte Mutter.

Ich dachte, Anne hätte es vergessen, schaute zu Vater hin, er hatte nur Augen für das Geschehen auf dem Bildschirm. Dort zwang ein uniformierter Polizist einen martialisch aussehenden Jugendlichen zu Boden.

Jürgen grinste und sagte: «Man sollte diese Idioten Asylantenquartiere schrubben lassen. Jedem einen Eimer Wasser und einen Wischlappen in die Hand, neben jedem ein stämmiger Bantu-Krieger mit einer Peitsche. Das wäre die richtige Methode.»

Vater beachtete ihn nicht, saß vorgebeugt auf der Couch und lauschte mit gerunzelter Stirn dem Kommentator. Es hätte keinen Sinn gehabt, ihn anzusprechen. Und es gab keinen Grund zur Besorgnis, nicht in dem Moment.

«Dann wird es aber höchste Zeit, dass sie heimkommt», sagte ich, ging zum Telefon und wählte Hennessens Nummer. Die Leitung war frei, doch es hob niemand ab.

Jürgen meinte: «Sie werden im Stall sein.» Und im Stall gab es kein Telefon.

Ich setzte mich zurück in meinen Sessel. Vater stand auf und drehte den Fernsehton lauter. Um halb zehn versuchte ich es zum zweiten Mal. Wieder ohne Erfolg, diesmal hatte ich das Besetztzeichen in der Leitung. Und Jürgen sagte: «Sie meldet sich schon, wenn sie abgeholt werden will. Mit dem Rad kommt sie bestimmt nicht, da käme sie keine zehn Meter weit.»

Und noch eine Viertelstunde. Um Viertel vor zehn flimmerte der Nachspann der Sondersendung über den Bildschirm. Die nachfolgenden Beiträge interessierten Vater nicht. Er ging hinauf, um Musik zu hören. Ich ging zum dritten Mal ans Telefon. Diesmal wurde sofort abgehoben. Hennessens Schwester war am Apparat. Hennessen war vierundfünfzig und nicht verheiratet. Seine Schwester schaute im Haushalt nach dem Rechten. Ich kannte sie flüchtig, wusste allerdings nicht, wie sie hieß. Ich fragte nach Rena und bekam zur Antwort: «Ach, die ist völlig verzweifelt. Der braune Teufel hat die junge Stute getreten. Sieht böse aus. Mein Bruder musste den Arzt rufen.»

Der braune Teufel, das war Mattho, da musste ich nicht nachfragen. Ich dachte, mit der jungen Stute sei Bella gemeint. Und dann brauchte es wirklich keine Erklärung für Renas langes Ausbleiben. Ich bedankte mich für die Auskunft. Dass sie Rena ausrichten solle, wir würden sie gleich abholen, betonte ich nicht ausdrücklich. Ich dachte, das sei klar gewesen bei diesem Wolkenbruch und dem Sturm.

Ich erklärte Jürgen die Situation mit ein paar Worten, war überzeugt, dass er sich sofort auf den Weg machen würde. Aber er sagte: «Um noch großartig für Mathe zu üben, ist es ohnehin schon zu spät. Warten wir noch fünf Minuten.»

Warten! Ich hasse dieses Wort. Ich habe es schon als Kind gehasst. Wenn ich es höre, beginnt mein Herz zu rasen, meine Hände werden feucht. «Kannst du nicht warten, Vera?» Den Satz habe ich einmal zu oft gehört. Wenn ich hungrig war und Vater noch nicht daheim: «Kannst du nicht warten, Vera? Es wäre unhöflich Vater gegenüber, ohne ihn zu beginnen.» Wenn ich eine Frage hatte und Mutter keine Zeit oder keine Lust, mir zu antworten: «Kannst du nicht warten, Vera? Du siehst doch, dass ich beschäftigt bin.»

«Kannst du nicht warten, Vera?!»

Nein, das konnte ich nicht. Als Kind war ich dazu gezwungen worden, und ich war kein Kind mehr. Ich war zweiundvierzig, und wenn jemand zu mir sagte: ‹Kannst du nicht warten?›, oder: ‹Lass uns doch erst einmal abwarten›, oder: ‹Warten wir noch fünf Minuten›, rannte ich los wie mit einem Schlüssel aufgezogen.

Wir hatten einmal darüber gesprochen. Ich weiß nicht mehr, bei welcher Gelegenheit. Aber dass Jürgen sich darüber amüsierte, habe ich nicht vergessen. Jetzt kenne er das Zauberwort, meinte er, um mich auf Trab zu bringen. Doch auch ein Zauberwort wendet man nicht immer mit Absicht an. Ob er es nur so dahersagte, weil er keine Lust hatte, bei dem Wetter noch einmal vor die Tür zu gehen, oder ob es der kurze Nachrichtenbeitrag war, den er sich anschaute, weiß ich nicht.

Als ich in die Diele ging, schien er verärgert. «Jetzt warte doch, Vera. Was hast du es denn plötzlich so eilig? Es kommt doch auf fünf Minuten nicht an.»

Ich antwortete ihm nicht. Während ich mir den Mantel überzog, rief er: «Nimm meinen Wagen. Mit deinem fliegst du von der Straße. Aber komm nicht auf die Idee, ihr Rad im Kofferraum zu verstauen. Das funktioniert nicht bei dem Wind. Da muss sie eben morgen zu Fuß gehen.»

Als ich die Haustür öffnete, klatschte mir der Regen wie ein nasser Lappen ins Gesicht. Eine Sturmbö riss mir die Tür aus der Hand, sie schlug gegen die Dielenwand. Jürgen rief: «Halt bloß die Autotür fest, wenn du aussteigst!»

Einen Schirm aufspannen zu wollen war utopisch. Ich ging noch einmal zur Garderobe und band mir ein Tuch um den Kopf. Dann lief ich zur Scheune. Für den Weg zum und durchs Dorf brauchte ich fast dreimal so lange wie sonst. Ich konnte nur Schritt fahren. Auf der Landstraße waren es der Wind und abgerissene Äste von den Bäumen, im Dorf das Wasser.

Die Hauptstraße hatte sich in einen Wildbach verwandelt. Aus den Gullys gurgelte das Wasser in die Höhe, statt darin zu verschwinden. Bei der Spar- und Darlehenskasse war die Feuerwehr im Einsatz. Es gab bei so heftigen Regenfällen häufig Probleme mit der Kanalisation. Als wir den Hof kauften, war im Gemeinderat die Rede von Auffangbecken gewesen, die dringend gebraucht wurden. Gebaut worden waren sie noch nicht.

Genau um halb elf kam ich bei Hennessen an. Das weiß ich sicher, weil ich auf die Uhr geschaut habe. Und ich weiß auch, dass ich unterwegs nur zwei anderen Fahrzeugen begegnet bin: einem Lkw mit Anhänger und einem roten Kadett Kombi, ein Uraltmodell. Einen grauen Kleinbus habe ich nicht gesehen! Ich weiß es deshalb so genau, weil ich in der Straßenmitte fuhr und rechts ran musste, um den Gegenverkehr vorbeizulassen. Auf Fußgänger habe ich nicht geachtet. Wenn da jemand war, der sich eng an den Häusern vorbeidrückte, um ein wenig geschützt zu sein ... Ich habe nichts gesehen. Ich rechnete auch nicht damit, dass jemand zu Fuß unterwegs sein könnte.

Bei Hennessen schien alles ausgestorben. Das Wohnhaus, die Reithalle und der große Innenhof lagen im Dunkeln. Bei der Einfahrt stand eine Laterne, aber sie reichte nicht über die Mauer. Im Licht der Scheinwerfer sah ich, dass kein Wagen auf dem Hof stand. Also hatten der Tierarzt und Hennessens Schwester das Anwesen schon verlassen.

Im hinteren Bereich des Stalls schimmerte es gelb durch zwei der hoch angebrachten und von Schmutz blinden Fenster. Das Tor stand offen, was bei dem Wetter ungewöhnlich war. Ich fuhr den BMW so nahe wie möglich heran, stieg aus, warf die Autotür hinter mir zu und hetzte mit einem Sprung ins Trockene. Es war niemand zu sehen, nur ein paar Pferdeköpfe über den Boxen.

Hennessen hatte zwölf Boxen in seinem Stall, sechs auf jeder Seite, dazwischen ein Gang. Und vorne, wenn man zum Tor hereinkam, war ein freier Raum, wo die Gerätschaften untergebracht waren. Dort blieb ich stehen. Ich mochte nicht zwischen den Pferden durchgehen. Sie streckten immer ihre Köpfe über die Türen, wenn jemand kam. Der Gang war zwar breit, aber … Ich mochte das eben nicht. Ich war keine große Tierfreundin.

Es war feucht, kalt und dunkel im vorderen Bereich. Die meisten Tiere schienen schon zu schlafen. Bella stand noch in der zweiten linken Box. Ich war erleichtert, sie zu sehen. Nicht auszudenken, wenn sie ernsthaft verletzt gewesen wäre. Das Drama vom Januar war mir noch in bester Erinnerung. Obwohl Rena kaum etwas mit Blacky zu tun gehabt hatte, war sie fast mit gestorben, als die Araberstute eingeschläfert werden musste.

Ich rief nach Rena, und weiter hinten, wo das Licht brannte, richtete Hennessen sich auf. Er hatte in der letzten Box auf dem Boden gekniet, hob die Hand zum Gruß und rief: «'n Abend, Frau Zardiss. Moment, ich komm nach vorne.»

Er wusste, dass ich Renas Liebe zu Pferden nicht teilte. Er verließ die Box und kam langsam auf mich zu, wischte sich die Hände an den Hosenbeinen ab und streckte mir die Rechte entgegen. Nicht, um mich mit Handschlag zu begrüßen, das tat er nie. Ob er meinen Ruf nicht verstanden hatte, weiß ich nicht. Er schien zu glauben, ich käme, um Bella zu bezahlen.

«War 'ne gute Entscheidung», sagte er, als er nahe genug war. «Mit Mattho hätten sie nicht so viel Glück gehabt. Da tritt mir das Biest doch der Fuchsstute in den Bauch. Sie will gar nicht aufstehen. Hoffentlich verliert sie das Fohlen nicht.»

Dicht vor mir blieb er stehen. Er hatte Flecken auf seiner Hose. Ich konnte in der Dunkelheit nicht erkennen, ob es Blut war oder nur Feuchtigkeit.

«Ich will nur rasch Rena abholen», sagte ich.

Er schaute mich verwundert an. «Was denn, ist die noch nicht zu

Hause? Na, ich hatte ihr geraten, durchs Dorf zu gehen. Aber da müsste sie Ihnen doch eigentlich in die Arme gelaufen sein.»

Ich hatte keinen Zipfel von ihr gesehen. Hennessen kratzte sich am Kopf, meinte zweifelnd: «Ob sie denn doch durchs Feld ist? Kann ich mir nicht vorstellen.» Dann fiel ihm ein: «Sie ist bestimmt bei Udo reingesprungen.»

Ich mochte mich nicht nach Udos Adresse erkundigen, hielt das auch für überflüssig. Udo war ein vernünftiger junger Mann, er hatte ein Auto und würde sie fahren. Ich fragte nur noch: «Seit wann ist sie weg?»

Hennessen zuckte mit den Achseln. «Halbe Stunde ungefähr. Genau kann ich's nicht sagen. Meine Schwester kam rein und sagte, Sie hätten angerufen. Da ist sie los. Ich hab noch zu ihr gesagt, warte lieber, es kommt bestimmt einer. Aber sie raffte ihre Sachen zusammen und war wie ein Wiesel zum Tor raus.»

Ich verabschiedete mich.

«Schönen Gruß an den Doktor», rief Hennessen mir nach. «Und fahren Sie bloß vorsichtig. Haben Sie schon gehört? Heute Mittag hat es Annegret Kuhlmann von der Straße gefegt. Sie hatte die Kinder im Auto. Tot, alle drei. Den Kuhlmann haben sie gleich wegbringen müssen. Aufhängen wollte er sich, als die Polizei kam. Meine Schwester hat es eben erzählt.»

Annegret Kuhlmann! Die große, kräftige Frau beim Supermarkt. Ich sah sie vor mir, wie sie sich nach den davonrollenden Konservendosen bückte. Das Kindergesicht hinter der Scheibe im Auto. Das Blechknäuel im Feld und das blutige Bündel unter der Plastikplane. Für einen Moment würgte es mich. «Wir sind an der Unfallstelle vorbeigekommen. Aber ich wusste nicht, wer es war.»

Hennessen nickte schwer. «Furchtbar, so was», meinte er und ging zurück zur letzten Box.

Auf dem Heimweg fuhr ich noch langsamer und mit dem Gefühl, dass mir der Wagen davonschwamm. Ich hatte Angst, mit einem Rad in einen offenen Kanalschacht zu geraten. Es war schon häufiger passiert, dass bei derart starkem Regen ein paar Deckel hochgedrückt worden waren. Ich fuhr wieder in der Straßenmitte. Deshalb weiß ich mit Sicherheit, dass mir auf der Heimfahrt kein Fahrzeug begegnete.

Ich ließ die Senke, in der das Dorf liegt, hinter mir, fuhr ein wenig schneller die Anhöhe hinauf, rechnete damit, dass mir Udos Wagen entgegenkäme, bog nach rechts ab, die letzten vierhundert Meter bis zur Einfahrt. Nichts!

Ich hatte keine Lust, noch einmal durch den Regen zu laufen, stellte den BMW vor der Haustür ab, sprang mit zwei Riesenschritten unter das Vordach und weiter in die Diele. Aus dem ersten Stock polterte mir ein Stück aus Wagners «Ring des Nibelungen» entgegen, Vaters Lieblingsmusik.

Jürgen saß im Wohnzimmer bei einem Rémy Martin. Mutter war zu Bett gegangen, Anne noch nicht zurück. Und Jürgen wunderte sich, dass ich alleine kam. Ich sprach von Hennessens Vermutung, dass Rena zu Udo gelaufen sei.

Jürgen sagte: «Dann soll Udo sie mal bringen. Es wird ja langsam Zeit.» Er telefonierte. Ich stand daneben, sah seiner Miene an, dass sein Gesprächspartner nicht eben freundlich Auskunft gab. Jürgen legte auf und verzog das Gesicht. «Himmel, war der kurz angebunden. Bei Udo ist sie nicht. Es hat sie auch keiner gesehen.»

Sorgen um Rena machte ich mir anfangs nicht. Im Gegenteil, ich war verärgert. Annes Worte von der Krankheit am nächsten Morgen und Hennessens Hinweis auf das wieselflinke Verschwinden ließen nur einen Schluss zu: Rena hatte den Feldweg genommen. Sie wusste, dass wir ihr dort nicht mit dem Wagen folgen konnten. Sie würde sich einen tüchtigen Schnupfen holen. Eine gute Entschuldigung, um am nächsten Morgen im Bett zu bleiben.

Jürgen amüsierte sich über meinen Ärger. «Reg dich nicht auf, Vera. Du weißt doch, wie sie ist, wenn es um Mathe geht.»

«Wir können ihr das aber nicht so durchgehen lassen.»

Jürgen zuckte mit den Schultern und grinste. Ich zog Tuch und

Mantel, Schuhe und Strümpfe aus. Im Gegensatz zu Rena, die ausschließlich in derben Jeans herumlief, trug ich einen Rock. Er war vorne durchnässt. Jürgen verlangte, dass ich ihn auszog. Er gab mir auch etwas zu trinken. Unseren Schlummertrunk nannte er das. Jeden Abend die gleiche Zeremonie. Wenn die Gläser leer waren, gingen wir ins Bett.

Dann saßen wir da, die Ohren voll Wagner, als bliesen die Posaunen zum Weltuntergang. Dass Mutter bei dem Lärm schlafen konnte! Wir sprachen über Hennessen, der nicht ernsthaft angenommen haben konnte, ich käme nachts um halb elf durch ein Unwetter gefahren, um Bella zu bezahlen, und dem wir in den nächsten Tagen einen Scheck geben müssten. Über die Strafpredigt für Rena, die ich mir fest vorgenommen hatte, die Jürgen für überflüssig hielt. Über Eva Kettler und ihre Impertinenz. Jürgen versprach wieder einmal, mit ihr zu reden.

Wir sprachen auch über die Tragödie, die Kuhlmann getroffen hatte, und seine Reaktion auf die Nachricht. Jürgen kannte ihn, er ist im Dorf aufgewachsen und kennt fast alle.

«Er wird's wieder versuchen», meinte er, «sobald sich ihm die Gelegenheit bietet. Er war immer depressiv und hätte schon vor Jahren therapeutische Hilfe gebraucht. Aber wenn hier einer zum Psychologen geht, ist er für die anderen verrückt. Das tut sich keiner freiwillig an. Kuhlmann hat sich an Annegret festgehalten.»

Jürgen schüttelte den Kopf, murmelte: «Armer Kerl. Zwei arme Kerle, wenn man's genau nimmt. Für Udo ist es vielleicht noch schlimmer.» Annegret Kuhlmann sei eine geborene von Wirth gewesen, erklärte Jürgen, die Zwillingsschwester von Udo.

«Dann ist Rena unter aller Garantie zu ihm gelaufen! Sie hat von Hennessens Schwester gehört, was passiert ist.» Und Rena hatte ein mitfühlendes Naturell. Sie ertrug es nicht, wenn ein Mensch litt oder trauerte, setzte alles daran zu trösten.

Jürgen schüttelte erneut den Kopf. «Vera, es hat bei den von Wirths kein Mensch einen Zipfel von ihr gesehen. Sie sitzt irgendwo draußen und lässt sich Zeit. Sie weiß genau, dass wir ihr auf dem Weg nicht entgegenkommen können.»

Können schon, dachte ich, nur nicht fahren. Hin und wieder warf ich einen Blick auf die Uhr und dachte, jetzt muss sie bald kommen. Aber Rena kam nicht.

2. Kapitel

Um halb zwölf wurde es im ersten Stock still. Vater hatte sein abendliches Wagner-Ritual vollzogen. Der Lärm im Haus hatte das Gerumpel draußen übertönt und mir das Gefühl vermittelt, es sei alles wie immer. Die plötzliche Ruhe im ersten Stock machte mich nervös. «Jetzt ist sie seit anderthalb Stunden unterwegs», sagte ich. «Sie müsste längst hier sein. Es sind doch nur zwei Kilometer.»

Jürgen schmunzelte. «Zwei Kilometer im Sturm. Und wenn du mit deiner Vermutung richtig liegst, wird sie keinen Schritt schneller gehen als unbedingt nötig. Wenn sie überhaupt geht. Ich traue ihr zu, dass sie sich unter die erste Unterführung gesetzt hat. Da wird sie nicht nass und ist auch ein bisschen vor dem Wind geschützt. Am besten schreibst du schon mal die Entschuldigung für die Schule. Und dann gehen wir ins Bett. Ich habe nicht vor, die halbe Nacht im Sessel zu sitzen und darauf zu warten, dass unser Fräulein Tochter eintrudelt. Ich brauche meinen Schlaf.»

Es gibt zwei Unterführungen im Bahndamm, damit die Bauern mit ihren Traktoren und Maschinen nicht weite Umwege durchs Dorf fahren müssen. Nur konnte ich mir nicht vorstellen, dass Rena sich unter einer verkrochen hatte. Es war nicht die erste Mathematikarbeit, der sie lieber ausgewichen wäre. Und sie war noch nie so spät heimgekommen. Sie musste wissen, dass wir uns um sie sorgten, wenn sie so lange ausblieb.

Um Viertel vor zwölf sagte ich: «Ich kann mich nicht ins Bett legen, wenn sie nicht zu Hause ist. Wir sollten nachschauen, wo sie bleibt. Da stimmt etwas nicht. Das würde sie nicht tun. Vielleicht ist ihr etwas passiert.»

Jürgen runzelte missbilligend die Stirn. «Was soll ihr denn passiert sein?»

Ich weiß nicht, wie es kam, ich dachte unvermittelt: Susi Rembach, fünf Jahre alt, ertrunken im Meer. Nein, nicht im Meer, am Strand, im seichten Wasser! Vielleicht lag es nur daran, dass wir uns so ausführlich über Annegret Kuhlmann und ihre beiden Kinder unterhalten hatten. Ich hatte plötzlich ein paar grauenhafte Bilder vor Augen. Wenn Rena ihr Rad schieben musste, hatte sie kein Licht. Sie konnte auf dem stockdunklen, holprigen Weg ausgerutscht und gestürzt sein. Mit dem Gesicht in eine der wassergefüllten Rinnen gefallen …

«Sei nicht albern», wies Jürgen mich zurecht. «Sie kennt den Weg wie ihre Westentasche.»

Natürlich, aber es gab noch andere Möglichkeiten. Wenn noch jemand mit dem Traktor unterwegs gewesen war und Rena nicht gesehen hatte!

«Werd nicht hysterisch, Vera!» Jürgen war verärgert. «Wer, meinst du, ist um zehn oder halb elf in der Nacht noch mit dem Traktor unterwegs? Und dann bei dem Wetter! Ich kann mir beim besten Willen nicht vorstellen, dass sich außer Rena noch jemand da draußen herumtreibt.»

Um zwölf ging er nach oben. «Ich bin müde, verdammt. Kommst du jetzt mit oder nicht?»

Ich schüttelte den Kopf, ging in die Küche und stellte mich ans Fenster. So konnte ich auf den Hof hinausschauen und die Einfahrt im Auge behalten. Viel zu sehen war nicht, bei eingeschalteter Beleuchtung in der Küche gar nichts.

Ich löschte das Licht, schaltete stattdessen die Lampe über der Haustür und die beiden auf dem Hof ein. Der Regen peitschte in Schüben durch die gelben Kreise. Es sah aus wie Nebelschleier. Mehrfach hörte ich ein Poltern. Der Wind schlug die Stalltür gegen die Mauer, riss die letzten Ziegel vom Stalldach und warf sie zu Boden wie ein trotziges Kind sein Spielzeug.

Die Digitalanzeige des Radioweckers, den Mutter zu ihrer Unterhaltung in der Küche benutzte, zeigte sieben Minuten nach zwölf, als ein Scheinwerferpaar in der Einfahrt auftauchte. Für einen Moment schwappte mir Erleichterung durch Kopf und Brust, dann erkannte ich Patrick Urbans Wagen. Anne blieb noch für die Dauer des Abschiedskusses im Auto sitzen, stürmte mit einem Satz unters Vordach und in die Diele.

Wieder so eine Bö, die die Stalltür schlagen ließ und eine der Hoflampen zum Schwingen brachte. Ein großes Stück Pappe trieb wie ein Segel quer über den Hof. Nur der Himmel wusste, wo es herkam.

Anne kam bis zur Küchentür. Sie schüttelte sich wie ein Hund, schaltete das Licht an. Sie wollte noch einen Schluck Saft trinken, sah mich und wunderte sich. «Was machst du da? Bewachst du Papas Auto? Fahr es lieber in die Scheune, sonst hat es morgen ein paar Beulen.»

Als ich ihr erklärte, warum ich am Fenster stand, starrte sie mich betroffen und ungläubig an. «Meinst du, du kannst sie nach Hause gucken? Ihr habt Nerven!» Sie schaute an sich hinunter, dann auf meine nackten Beine. «Zieh dir was an, wir gehen nachschauen, wo sie bleibt.»

Vor einer halben Stunde! Hennessens Stimme höre ich heute noch. Um eine halbe Stunde verpasst! Wenn ich nach dem ersten Versuch am Telefon aufgebrochen wäre oder zumindest nach dem zweiten. Wenn ich Hennessens Schwester gebeten hätte: «Richten Sie ihr aus, sie soll auf mich warten.» Wenn Mutter sofort bei unserem Heimkommen einen Ton gesagt hätte. Wenn Vater meine Bitte nicht ignoriert hätte. Anne hatte nicht vergessen, ihm meinen Wunsch auszurichten. Anne meinte, er hätte sich nicht getraut, weil Mutter ihm von dem Unfall erzählt hatte. Wenn ... Nur eine halbe Stunde! Dabei reichen schon ein paar Minuten, um eine

Kerbe in den Stamm zu schlagen, den man für festgewachsen hält. In zweieinhalb Stunden fällt man den dicksten Baum.

Als wir das Haus verließen, war es halb eins. Annes Angebot brachte Jürgen noch einmal nach unten. Bester Laune war er nicht, doch er fand, dass Anne ins Bett gehörte. Beunruhigt war er auch nicht. Er hielt daran fest: Rena sitzt unter einer Unterführung. «Der werde ich was erzählen», drohte er. «Ist ja nicht nötig, dass wir uns alle einen Schnupfen holen.»

Das war meine geringste Sorge. Ich dachte bereits an ein heißes Bad und einen Tee, während ich mir eine Hose anzog. Mein Mantel war zu nass, um ihn noch einmal überzuziehen. Ich nahm Annes Jacke und ihre Gummistiefel. Jürgen nahm mit einem Grunzen, das auch ein Fluch sein konnte, seine Lodenjacke vom Garderobenbügel.

Er hatte die Jacke bis dahin nie getragen. Gekauft hatte er sie, weil ein zünftiger Landmann so etwas braucht. Dann fand er selbst, dass er lächerlich darin aussah. Jürgen ist nur eins fünfundsechzig groß und schlank ist er nie gewesen. Ich weiß nicht, wie viel er wog. Wir haben nie über sein Gewicht gesprochen. Ich bin nicht einmal sicher, ob er sich je auf eine Waage gestellt hat. Ich hatte ihn nie kritisiert oder mich über seine Figur lustig gemacht. Aber als er damals mit diesem grünen Ding ankam und im Wohnzimmer auf und ab stolzierte wie ein Gockel, konnte ich mir das Lachen nicht verkneifen. Seitdem hing die Jacke auf dem Bügel an der Garderobe, ein Dekorationsstück für fünfhundert Mark. Manchmal war er wie ein Kind.

«Wir versuchen es mit deinem Wagen», sagte er, während er in seine Gummistiefel schlüpfte.

«Irrtum, damit kommen wir keine hundert Meter weit.»

«Es wird schon irgendwie gehen. Ich fahre. Laufen werde ich jedenfalls nicht, und den BMW setze ich da draußen nicht in den Dreck.» Er nickte grimmig und fügte hinzu: «Für den Rest der Woche ist der Reitstall gestrichen.»

Das waren nur noch zwei Tage, aber es war immerhin etwas. Er musste sehr wütend sein, wenn er sich dazu hinreißen ließ, eine Strafe zu verhängen. Mit den letzten Worten ging er auf die Haustür zu. Bevor er sie öffnete, strich er sich mit der Hand übers Haar, als könne er es auf diese Weise schützen.

Da wir ohnehin zur Scheune mussten, um mein Auto zu holen, brachte Jürgen den BMW in Sicherheit. Dann quetschte er sich hinter das Steuer meines Fiestas. Er bog hinter der Einfahrt scharf nach links ab. Damit fuhren wir nicht auf, sondern neben dem Weg über den Ackerboden. Aber wir fuhren nicht, wir rollten im ersten Gang.

Nach etwa siebenhundert Metern tauchte rechts vor uns, dicht am Bahndamm, ein unförmiges gelbes Bündel im Scheinwerferlicht auf. Bis zur ersten Unterführung mochten es noch hundert oder hundertfünfzig Meter sein.

Jürgen hielt an. Ich hörte ihn zischend die Luft einziehen. Und mir schien auch, dass er blass wurde. Mein Herz setzte aus. Sekundenlang hatte ich das Gefühl, an etwas Leerem im Innern zu ersticken. Dann polterte es in mir los, als seien Herz und Lunge in die Bauchhöhle gefallen.

Renas Regencape war gelb. Es war keiner von den gummiartigen, kräftig gefärbten Mänteln. Es war ein Umhang mit Kapuze in der Art eines Ponchos, nur viel länger. Gefertigt aus dünnem, durchscheinendem Plastikmaterial, ließ es sich zu einem kleinen Bündel falten und bequem in einer Tasche unterbringen.

Jürgen stieg aus, den Motor ließ er laufen. Er ging vorne um den Fiesta herum, sprang über die erste wassergefüllte Rinne und weiter über die zweite. Dabei rutschte er aus, kam auf Händen und Knien neben dem Bündel zu liegen und untersuchte es mit hektischen Bewegungen. Nach zwei Sekunden war er wieder auf den Beinen und schüttelte den Kopf.

Was ich für Rena im Regencape gehalten hatte, war nur einer von den gelben Säcken, die die Stadtverwaltung zum Sammeln von wieder verwertbarem Müll an alle Haushalte hatte verteilen lassen. Er war prall gefüllt mit irgendwelchem Abfall.

Jürgen kam zurück, stieg ein, wischte sich die schmutzigen Hände an der Hose ab, strich mit einer Hand über Stirn und Augen. Ihm tropfte das Wasser von der Nasenspitze und die dünnen blonden Haare klebten auf der Kopfhaut. Aber seine Wut war verraucht. Das Bündel im Dreck hatte ihm einen tüchtigen Schreck eingejagt. «Fahren wir weiter.»

Es ging nicht weiter, wir steckten fest. Die kurze Zeit hatte gereicht, die Räder im Morast versinken zu lassen. Mit jedem Versuch, den Fiesta freizubekommen, schraubten sie sich tiefer hinein. Beim Versuch, den Wagen ein Stück vorwärts zu schieben, rutschte Jürgen noch einmal aus und fiel der Länge nach in den Matsch.

Also doch zu Fuß. Noch hundert oder hundertfünfzig Meter bis zur ersten Unterführung, fünf- oder sechshundert bis zur zweiten, dreizehnhundert bis zu Hennessen. Ich hatte eine kleine Taschenlampe im Auto, wir nahmen sie mit. Der Lichtkegel war winzig und die Batterie schwach. Die Lampe versagte nach kurzer Zeit den Dienst. Wir hatten nicht einmal die Hälfte des Weges hinter uns. Jürgen stampfte mit gesenktem Kopf auf der linken Wegseite. Ich hielt mich unter dem Bahndamm. Alle zwei, drei Schritte brüllte er «Rena!» in die Dunkelheit. Jedes Mal war mir, als risse ihm der Wind ihren Namen aus dem Mund. Antwort bekamen wir nicht.

Unter der ersten Unterführung war kein Mensch. Jürgen klammerte sich an die zweite, die näher zu Hennessen lag. Es wäre für Rena die erste Möglichkeit zum Unterstellen gewesen.

Mit jedem Schritt verstärkte sich in mir ein Gefühl wie eine Faust, die mir Magen und Kehle zusammendrückte. Ich hatte Mühe, mich auf den Beinen zu halten. Dabei war es so unwirklich, als hätte jemand in meinem Hirn einen Hebel umgelegt und die Realität abgeschaltet.

Uns passiert so etwas nicht! Es sind immer nur die anderen, denen graue Haare wachsen, die sich mitten in der Nacht auf die Suche machen müssen und sich die Lunge aus dem Leib brüllen nach ihren Kindern.

Natürlich hatten wir uns im Laufe der Jahre ein paar Sorgen machen müssen. Es war nicht alles nach Bilderbuchmanier gegangen. Anne war sieben, als ihr die Rachenmandeln entfernt werden mussten. Bei der Operation brach man ihr ein Stück von einem Backenzahn ab. Kaum war Anne wieder daheim, klagte sie nachts über entsetzliche Zahnschmerzen. Bei Anne war zwar jeder Schmerz entsetzlich und kaum zu ertragen, aber diesmal war es wirklich ernst.

Es hatte sich eine Fistel an der Zahnwurzel gebildet. Und das am Wochenende! Unser Zahnarzt war nicht zu erreichen. Wir brachten Anne in die Klinik nach Köln. Da stand ein halbes Dutzend angehender Zahnärzte um das weinende Kind herum und beriet sich.

Die Fistel musste geöffnet werden. Natürlich, aber was ist mit den frischen Operationswunden im Rachen? Wenn sie mit dem abfließenden Eiter in Berührung kommen … Und wer setzt bei dem wimmernden, zuckenden Kind den Bohrer an? Eine falsche Bewegung und man rutscht ab.

Jürgen machte der Diskussion ein Ende. Wenn sich niemand bereit fände, müsse er es übernehmen. Es sei unverantwortlich, das arme Kind noch länger leiden zu lassen. Er hätte zum Bohrer gegriffen, ich kenne ihn. Es war ihm auch anzusehen. Da entschloss sich eine junge Frau zum Handeln. Sie mochte Anfang zwanzig sein und war die einzige Frau neben fünf Männern.

Es erscheint mir heute noch bezeichnend. Wenn Männer den Mut verlieren oder die Geduld, wenn sie fürchten zu versagen oder wenn es einfach nur lästig wird, sich noch länger mit einer Sache auseinander zu setzen, dann geben sie auf. Sie finden tausend Erklärungen für ihr Verhalten und jede davon hört sich logisch und vernünftig an. Und dann heißt es, eine Frau sei nicht logisch und vernünftig, nur weil sie das nicht kann – aufgeben, wenn es um ein Kind geht. Der jungen Frau damals zitterten die Hände und ihr Gesicht verlor ein wenig Farbe. Aber sie tat es und sie schaffte es.

Ich sah Annes Gesicht an, dass der Schmerz fast augenblicklich nachließ. Trotzdem jammerte sie noch, als wir längst auf dem Heimweg waren. Erst als Jürgen ihr sagte, sie könne gar keine Schmerzen mehr haben, beruhigte sie sich.

Rena war ganz anders. Mit neun Jahren brach sie sich einen Fußknöchel. Ich hatte ihr hundertmal verboten, in meine Pumps zu steigen. Aber wie Kinder sind: Rena tat es trotzdem, verließ sogar die Wohnung. Auf der Straße verlor sie die Balance, knickte mit dem linken Fuß um. Dann kam sie mit zusammengebissenen Zähnen in die Wohnung gehumpelt, sagte kein Wort, verzog sich ins Kinderzimmer. Sie musste höllische Schmerzen haben und behauptete, sie habe sich gestoßen.

Es war ein komplizierter Bruch, monatelang stand zu befürchten, dass sie ihr Leben lang humpeln würde. Ich weiß noch, wie ich ihr Vorhaltungen machte, weil sie nicht sofort etwas gesagt hatte. Sie lag in dem Klinikbett, ließ mich reden, schaute mich an.

«Verstehst du», sagte ich, «dass es nur deshalb so schlimm geworden ist, weil du allein in die Wohnung gekommen bist? Du hättest mich rufen müssen.» Sie schwieg. Ich konnte von ihrer Stirn ablesen, was sie dachte: Du hättest mich nicht gehört.

«Du hättest auch jemanden ansprechen können», sagte ich. «Es sind immer Leute auf der Straße. Und man kann jeden bitten zu helfen, wenn man verletzt ist.» Keine Reaktion, nur dieser Blick wie ein tiefes Loch.

«Ich bin nicht böse auf dich», sagte ich. «Ich schimpfe nur, weil ich mir Sorgen mache. Vielleicht wirst du nie wieder richtig laufen können mit einem kranken Fuß.»

«Ist doch mein Fuß», sagte sie und drehte den Kopf zur Wand.

Mein Fuß, mein Leben, das war Rena. Sie wollte keine Hilfe, ehe sie es nicht auf ihre Weise versucht hatte. Und wenn sie es erst versuchte, funktionierte es meist irgendwie. Es war nicht perfekt, aber für Rena musste es das auch nicht sein.

Anne, der alles im Leben praktisch in den Schoß fiel, geriet beim kleinsten Widerstand, bei der geringsten Unebenheit in Panik und bestand darauf, dass ihr jemand die Steine aus dem Weg räumte. Auch wenn sie offensichtlich nur ihr eigenes Verhalten oder ihre Gewohnheiten ändern musste: zuerst einmal wurde nach Hilfe geschrien.

Als Anne in die Pubertät kam, ging sie auf wie ein Hefekloß. Mehrfach kam sie weinend aus der Schule, war von Mitschülern gehänselt worden. Sie hatte stets nur die besten Noten, es gab ein paar Neider in ihrer Klasse. Man hatte sie gefragt, ob sie ihr Gehirn auf den gesamten Körper verteilt habe. Es war lächerlich, sich deswegen die Augen aus dem Kopf zu heulen. Mich ärgerte es, ich predigte jeden Tag, sie solle sich an die üblichen Mahlzeiten halten und sich nicht zwischendurch mit allem möglichen Kram voll stopfen.

«Aber wenn ich doch Hunger habe! Und Papa sagt, es ist Veranlagung.»

Was Papa sagte, war für Anne das Amen in der Kirche. Papa sagte ihr abends: «Dicke Leute sind gemütlich, schau mich an.» Und ich konnte mir tagsüber das Jammern anhören. Irgendwann war ich es leid, strich die Kartoffelchips, die Erdnuss-Flips und die großen Eisbecher mit Sahne von Annes Speiseplan. Als sie protestierte, nannte Jürgen die Aktion eine ausgewogene Diät, und Anne entwickelte sich zum ansehnlichen Teenager.

Rena hatte andere Probleme, als sie das kritische Alter erreichte. Eine schlimme Akne; Gesicht, Rücken, Brust, alles war von entzündeten, eitrigen Pusteln übersät. Ich schickte sie zum Hautarzt. Sie bekam ein paar Präparate verschrieben, die keine Besserung brachten. Und der Rat, auf Süßigkeiten zu verzichten, war in ihrem Fall überflüssig. Rena aß keine Süßigkeiten. Ich dachte, wir könnten es mit der Pille probieren. Jürgen lehnte das ab, weil sie noch so jung war, gerade dreizehn.

«Spar dir die Mühe», sagte Rena, als ich Jürgen zu einem Rezept drängen wollte. «Ich will das Scheißzeug gar nicht.»

Sie ging es auf ihre Weise an, nahm sich ein Beispiel an Nita Kolter. Auffällige Frisur, schwarz lackierte Fingernägel, schwarz umrandete Augen. Alles an ihr war plötzlich schwarz. Schwarze Schlabberhosen, sackartige schwarze Shirts. Die helle Steppjacke zum Winter blieb unbeachtet im Schrank hängen. Da ich mich geweigert hatte, eine schwarze Jacke zu kaufen, fror Rena lieber. Jürgen nannte es ihre aufmüpfige Phase. «Es wächst sich aus, Vera», sagte er häufig.

Das hatte es getan, schneller als angenommen. Unser Wechsel von der Stadt aufs Land hatte Rena in ein liebenswertes und natürliches junges Mädchen zurückverwandelt. Die Akne verschwand und hinterließ nur ein paar winzige Narben auf der Stirn. Seitdem hatte es keinen Grund mehr gegeben, sich um Rena zu sorgen. Das machte unseren nächtlichen Marsch so irreal und bedrohlich.

Rena hätte den Wind im Gesicht gehabt, wir hatten ihn im Rücken. Und jede Bö war wie eine Faust, die uns vorwärts prügelte. Der Boden unter den Füßen war glitschig und holprig. Der Damm war hüfthoch mit Gras und Unkraut bewachsen, Schwellen und Schienen gab es darauf schon lange nicht mehr. Nur noch Disteln, Nesseln und was sich sonst ausbreitet, wenn man der Natur ihren Lauf lässt. Der Bewuchs zog sich bis dicht an die rechte Fahrrinne heran.

Auf der dem Dorf zugewandten Seite hielt man ihn in Schach, da verlief eine schmale Straße, die einseitig von Wohnhäusern gesäumt war. In regelmäßigen Abständen standen Laternen am Straßenrand. Sie waren nicht hoch genug. Ihr Licht reichte nicht über den Damm. Aber es zeigte uns, wann wir die letzten Häuser passierten. Ein Stück weiter die zweite Unterführung. Nichts! Und den Rest des Weges in völliger Dunkelheit bis zu Hennessen. Jürgen hatte längst aufgehört, nach ihr zu rufen.

Als wir bei dem niedrigen Balkenzaun ankamen, der die Rückseite von Hennessens Grundstück eingrenzt, muss es Viertel nach eins gewesen sein. Wir waren schnell vorangekommen, gingen am Zaun entlang, dahinter lagen die Koppeln mit den Hindernissen. Ich hatte einmal an diesem Zaun gestanden und zugeschaut, wie sie die Fuchsstute springen ließ. Herzklopfen hatte ich gehabt und sie bewundert. Mich hätte niemand auf so ein Tier gebracht. Und sie saß im Sattel, als sei sie damit verwachsen.

Der Zaun grenzte an eine mannshohe Mauer, an die sich im Innenhof die Reithalle anschloss, in der die Anfänger ihre ersten Stunden bekamen. Fünfzehn oder sechzehn Meter waren es an der Mauer entlang bis zur Ecke. Und noch einmal so weit bis zur Einfahrt. Jürgen rannte vor mir her, den Kopf eingezogen, die Hände in die Hosentaschen gebohrt.

Bei der Einfahrt zog er eine Hand heraus, warf im Schein der Laterne einen Blick auf die Armbanduhr. Dann bückte er sich und hob etwas vom Boden auf. Es war ein Stück Plastik, orangegelb, die eine Seite glatt, die andere geriffelt. Ich hielt es für ein Teil vom Rückstrahler an Renas Fahrrad. Jürgen meinte, es sei von einem Auto, ein Teil von einem Blinker. Er warf es zum Laternenpfahl hinüber. Dort verschwand es im nassen Gras.

Wie um halb elf lagen Haus, Hof und Reithalle im Dunkeln. Im Stall waren noch die beiden letzten Fenster erleuchtet. Aber das Tor war zu. Nicht verschlossen, wie wir rasch feststellten. Jürgen zog es auf, wir huschten in den Stall wie zwei Diebe.

«Hennes», rief Jürgen halb laut. «Hennessen?»

Wir vermuteten, dass Hennessen bei der verletzten Stute war. Rena hatte einmal erzählt, dass er im Stall schlief, wenn eins der Pferde nicht in Ordnung war. In einigen Boxen regte sich etwas. Ich hörte die Tiere schnauben, sonst nichts. Jürgen ging zögernd an den Boxen entlang, schaute über jede Tür, murmelte etwas Beruhigendes. Ich blieb beim Tor stehen.

Als er bei den letzten Boxen angekommen war, drehte er sich um und hob die Schultern. Er kam zurück, griff nach meinem Arm und zog mich ins Freie. Erst als er das Tor wieder geschlossen hatte, sagte er: «Trommeln wir ihn eben aus dem Bett. Das ist mir doch zu dumm! Warum hat er sie nicht heimgebracht? So schlimm kann's nicht sein mit der Stute, sie liegt friedlich da.»

Wir gingen zum Haus. Eine Klingel an der Tür gab es nicht. Jürgen schlug mit der Faust gegen das Holz, brüllte: «Hennes!» Es rührte sich nichts.

Minutenlang standen wir da, schauten uns an und wussten nicht weiter. Jürgen ging zur Reithalle. Das Tor war verschlossen. Er kam zurück. «Das gibt's nicht», sagte er.

Ich glaube, wir dachten beide dasselbe. Aber ich bin nicht sicher, ob wir überhaupt denken konnten. Ich hatte ein Gefühl im Kopf wie Watte. Solange wir noch auf dem Feldweg gewesen waren, hatte ich Hoffnung gehabt. Nun war nichts mehr da.

«Wo kann er denn sein um die Zeit?» Jürgen drosch noch einmal auf die Tür ein, diesmal mit beiden Fäusten, und brüllte nach Hennessen. Dann meinte er: «Er nimmt gerne mal einen zur Brust. Aber die Kneipen müssten längst zu sein. Versuchen wir's trotzdem, vielleicht haben wir Glück.»

Ich verstand nicht, was er von Hennessen wollte. Der konnte uns auch jetzt nicht mehr sagen, als er mir um halb elf gesagt hatte. Mir wäre es lieber gewesen, wir wären den Feldweg noch einmal abgegangen. Vielleicht hatten wir etwas übersehen. Vielleicht waren wir an ihr vorbeigelaufen. Wir mussten an ihr vorbeigelaufen sein in der Dunkelheit.

«Blödsinn», sagte Jürgen, griff erneut nach meinem Arm, zog mich von der Tür weg und die dreihundert Meter durch die lang gezogene Kurve bis zu den ersten Häusern. Meinen Arm ließ er auch auf der Hauptstraße nicht los.

«Pass auf, wohin du trittst», sagte er. «Das fehlt uns noch, dass du im Kanal verschwindest.»

Es war ernst gemeint. Ein paar Jahre zuvor war ein junger Feuerwehrmann auf diese Weise ums Leben gekommen. Er hatte einen vom Wasser hochgedrückten Kanaldeckel übersehen, war in den offenen Schacht gestürzt und ertrunken, bevor seine Kameraden ihm helfen konnten.

Wir wateten ein Stück die Hauptstraße hinunter. Kurz hinter der ersten Querstraße lag eine Kneipe. Das Licht über dem Eingang brannte noch und beleuchtete das Schild «Bei Friedel». Jürgen lief voran, stieß die Tür auf und hielt sie mir offen. Ein Schwall warmer, verräucherter Luft schlug mir entgegen. Ich musste husten.

Vor dem Tresen standen zwei Männer, einer von ihnen war Hennessen. Den anderen kannte ich nicht. Auch den Gastwirt hatte ich noch nie gesehen. Ich war nicht oft im Dorf gewesen, und in Kneipen gingen wir nicht. Sie drehten sich alle gleichzeitig zur Tür. Hennessens Miene zeigte Verblüffung und Erschrecken.

Wir müssen furchtbar ausgesehen haben, verdreckt und nass und die Sorge im Gesicht. Jürgen sprach mit Hennessen und alle starrten mich an.

Hennessen sagte: «Das is ja 'n Ding. Wo kann sie denn abgeblieben sein? Das versteh ich nicht. Wenn sie nicht auf dem Weg war, muss sie zu Udo gelaufen sein. Sie war ja dabei, als meine Schwester von Annegret erzählte. Und Udo hing so an Annegret.»

Die Auskunft, die Jürgen am Telefon von Udos Vater bekommen hatte, beeindruckte Hennessen nicht. «Ach Gott, bei dem Gewusel. Da wird's rein und raus gegangen sein. Da hat doch keiner mehr geguckt, wer kommt. Außerdem musste sie nicht ins Haus. Udo hat im Anbau ein paar Zimmer hergerichtet. Haben Sie's mal bei ihm versucht?»

Jürgen schüttelte den Kopf.

Hennessen erklärte: «Er hat ein eigenes Telefon, hat sich so 'n kleines Funkding gekauft, das er immer mit sich herumschleppt.» Er legte einen Finger an die Lippen, dachte nach. «Aber die Nummer weiß ich jetzt nicht. Rufen Sie nochmal im Haus an. Dass einer rübergeht zu ihm und nachschaut.»

Jürgen mochte die Familie von Wirth in dieser Situation nicht noch einmal belästigen und versuchte es zuerst daheim. Es klang logisch, was Hennessen sagte, und tröstlich. Ich sah es vor mir. Dass Rena zum Tor der von Wirths hereinkam, über den Hof zu einem Anbau ging, ohne bemerkt zu werden. Dass sie eine Weile bei Udo blieb. Bis er sagte: «Es ist schon spät, ich fahre dich heim. Deine Eltern machen sich bestimmt Sorgen.»

Hoffnung ist etwas Großartiges. Die Vorstellung eines inzwischen friedlich in seinem Bett liegenden Mädchens, das gar nicht bemerkt hatte, dass die Eltern in heller Aufregung unterwegs waren, wirkte kurzzeitig wie starker Kaffee mit ein paar Baldriantropfen – aufmunternd und beruhigend zugleich.

Es klingelte endlos, ehe Anne sich meldete. Sie hatte bereits geschlafen und nicht gehört, ob nach unserer Abfahrt jemand ins Haus gekommen war. Sie schaute in Renas Zimmer nach. Rena war nicht da. Auch wenn Jürgen es nicht gerne tat, er musste zwangsläufig noch einmal bei den von Wirths anrufen. Auch dort dauerte es ein Weilchen, ehe abgehoben wurde. Die Auskunft kam dann prompt. In Udos Wohnung nachzuschauen war überflüssig. Udo war nicht daheim, sonst hätte sein Wagen auf dem Hof stehen müssen. Er sei seit dem Nachmittag bei seinem Schwager im Krankenhaus, hieß es. Außerdem erklärte Udos Vater, sie hätten am frühen Abend das Tor abgeschlossen, um nicht gestört zu werden von Nachbarn und Freunden. Sie hätten niemandem geöffnet.

Ich hatte Blei im Kopf, alles war zugegossen, keine Ritze frei für einen Gedanken.

Hennessen frage: «Haben Sie's mal bei Ihrer Mutter versucht?»

«Da geht sie nicht hin», sagte Jürgen.

Hennessen hob die Schultern, ließ sie wieder fallen. «Na, wer weiß, bei dem Wetter.»

«Das kann ich mir nicht vorstellen», sagte Jürgen. «Außerdem hätte sie dann angerufen.»

Der Mann neben Hennessen schüttelte den Kopf. «Nee», erklärte er gedehnt. «Gretchen hat Ärger mit der Post. Sie hat 'ne Rechnung gekriegt über 'n paar tausend Mark, hat sie natürlich nicht bezahlt. Da haben sie ihr letzte Woche die Leitung abgeklemmt.»

Gretchen! Grete Zardiss, Jürgens Mutter, vierundsechzig Jahre alt, unverheiratet. Ich weiß nicht, was geschehen wäre, wenn ich von ihr gewusst hätte, als ich Jürgen kennen lernte. Ich machte damals ein Praktikum, er war bereits Assistenzarzt auf der Station. Und mir gefiel die Art, wie er mit Patienten umging.

Es imponierte mir, dass er sich von nichts aus der Fassung bringen ließ. Dass er am Bett einer Sterbenden scherzen konnte und die Frau damit zum Lächeln brachte. Vielleicht ist es Unsinn, aber ich dachte damals, mit einem Lächeln stirbt es sich leichter. Und Jürgen hatte sie, diese besondere Leichtigkeit, die es bei meinen Eltern nicht gab.

Jürgen war nie ein Adonis, zu klein für einen Mann und schon in jungen Jahren übergewichtig, das Haar zu dünn oder stark gelichtet, ist ja egal, wie man es nennt. Aber Jürgen hatte Charme und Humor und er kannte keine Zwänge. Wo steht geschrieben, dass man die Füße nicht auf den Schreibtisch legen darf? Wenn die Beine schwer sind, weil man seit vierundzwanzig Stunden im Dienst ist, kaum eine ruhige Minute fand in der Zeit?

So habe ich ihn zum ersten Mal gesehen. Die übereinander geschlagenen Füße zwischen Telefon, Aschenbecher und Papieren auf dem Schreibtisch im Ärztezimmer. In der rechten Hand ein Brot mit Streichkäse, noch halb von Papier umwickelt, in der linken Hand einen Laborbefund, kauend, ein Grinsen auf den Lippen.

«Nur hereinmarschiert», sagte er. «Ich beiße bloß ins Butterbrot. Nehmen Sie sich einen Kaffee, wenn Sie eine Tasse finden. Er müsste noch heiß sein.»

Dann erst fragte er: «Was gibt's denn? Haben wir wieder einen Quertreiber, der es uns nicht gönnt, eine halbe Stunde friedlich auf unserem Hintern zu sitzen? Oder haben wir ein ernsthaftes Problem? Ich hab's nicht klingeln hören.»

Wir hatten weder einen Quertreiber noch ein ernsthaftes Problem, nur einen Patienten mit Schlafstörungen.

«Fragen Sie ihn, ob er auch einen Kaffee will», sagte Jürgen. «Wenn wir ihn richtig wach kriegen, können wir vielleicht 'ne Runde Skat spielen.»

Zuerst fand er mich schüchtern, dann steif, dann prüde, dann niedlich. «Vera», sagte er, «der Name passt nicht zu dir. Er klingt viel zu streng.» Anfangs nannte er mich Röschen, weil ich leicht errötete. «Jetzt blüht sie wieder.» Wie oft habe ich das damals von ihm gehört.

Er lud mich für einen Dienstagabend zum Essen ein, dann reichte angeblich sein Geld nicht. Stirnrunzelnd studierte er die Rechnung und meinte: «Röschen, wir hätten uns für Bier entscheiden sollen. Die haben hier happige Preise für eine Flasche Wein.» Dass der Ober neben unserem Tisch stand, störte ihn nicht. Er lächelte mich an. «Ich hoffe, du kannst mir mit einem Fünfziger aus der Patsche helfen.»

Natürlich konnte ich, nur war es mir peinlich, das vor dem wartenden Ober zu tun. Ich versuchte es unter dem Tisch. Auf solche Szenen kam unweigerlich der Satz: «Jetzt blüht sie wieder.» Und dabei blinzelte Jürgen dem Ober zu.

Dann standen wir auf der Straße und er gab mir den Geldschein zurück, lachte mich an. «War nur ein Test. Du lernst das schon noch irgendwann.»

Gegensätze ziehen sich an, heißt es. Gegensätzlicher als wir konnten zwei Menschen kaum sein. Ich bewunderte ihn als Arzt, doch im privaten Bereich hatte ich anfangs Schwierigkeiten, mich mit ihm auseinander zu setzen.

«Das liegt an deiner Erziehung, Röschen», sagte er. «Man hat dir gute Manieren beigebracht, aber Toleranz ist für dich ein Fremdwort. Nur geht es nicht ohne. Und eines darfst du mir glauben: Man macht sich die Menschen nicht gewogen, nur weil man beim Essen keine Bratensoße aufs Tischtuch kleckert. Dafür ist das Waschen gut. Und zuerst sollte man tolerant gegenüber sich selbst sein.»

Toleranz! Manchmal nannte er es auch Spontaneität. «Warum sollte man ausgerechnet sich selbst jeden Wunsch abschlagen? Wenn ich etwas sehe und es gefällt mir, sorge ich dafür, dass ich es bekomme, auf der Stelle.» Für Jürgen stellte sich nie die Frage: Kann ich mir das leisten? Ein exquisites Essen in einem teuren Restaurant, eine Flasche Wein dazu. Und für den Rest des Monats Brote mit Streichkäse. Man muss flexibel sein.

Ich war nicht flexibel. Ich fragte zu viel, dachte zu lange nach, rechnete zu gründlich durch, ehe ich eine Entscheidung traf. Für Jürgen gab es keine Fragen, kein Nachdenken, kein Durchrechnen. Wer ihm beigebracht hatte, so zu leben, erklärte er nicht. In den ersten Monaten hörte ich von ihm nicht einmal die Worte «meine Mutter».

Meine Eltern bestanden darauf, ihn kennen zu lernen. Er kam gerne, genoss die Sonntagnachmittage mit Mutters selbst gebackenen Torten auf blütenweißen Tischtüchern. «Stil ist auch nicht zu verachten», sagte er. Und Vaters Fragen nach seinen Eltern wich er aus. Grete Zardiss! Unverheiratet. Mutter eines Sohnes und einer Tochter, die im Säuglingsalter gestorben war.

Als wir das Aufgebot bestellten und Jürgen nach seinem Vater gefragt wurde, sagte er knapp: «Unbekannt.» Aber er hatte eine Vermutung, wer sein Vater gewesen war. Das erfuhr ich nach fünfzehn Ehejahren, als er mir beiläufig erklärte: «Der Reuther-Hof steht zum Verkauf. Ich hab's heute zufällig gehört. Wir sollten am Sonntag rausfahren und ihn uns ansehen.»

Ich konnte mich nicht auf Anhieb für seine Idee begeistern. Ein Bauernhof, Landleben, ein Kuhdorf, wie er es manchmal nannte. Vielen Dank! Mir gefiel es in der Stadt; eine geräumige Wohnung, hell und modern; ein Schaufensterbummel am Nachmittag. Wenn ich Lust hatte, konnte ich zur Praxis schlendern und mir das Auto holen für eine Fahrt nach Köln und einen Besuch bei meinen Eltern. Das wollte ich nicht aufgeben für einen alten, heruntergekommenen Bauernhof.

Ich wollte nicht festsitzen zwischen Kühen und Zuckerrüben. Ich wollte mir auch nicht den Kopf zerbrechen müssen über Hypothekenzinsen. Die Erben verlangten ein Vermögen. Für das Geld hätten wir uns ein hübsches Haus am Stadtrand leisten können und ein kleines Auto für mich als Zugabe. Und mit dem Kauf des Reuther-Hofs war es nicht getan, die Renovierung würde noch einmal eine beträchtliche Summe verschlingen.

Wir diskutierten nächtelang. Jürgen brachte ein paar Argumente vor, von wegen friedlichem Leben und sauberer Luft. Als das nicht zog, machte er ein paar Lockangebote. Selbstverständlich ein kleines Auto für mich, es musste ja kein neues sein. Ein hübscher, gepflegter Gebrauchtwagen. Und vielleicht könnten wir meine Eltern fragen, ob sie Lust hätten …

Vater sprach schon seit längerem davon, der Großstadt den Rücken zu kehren und ein kleines Haus in ländlicher Umgebung zu erwerben, in der Eifel vielleicht. Ich blieb bei meinem Nein. Und da erzählte er mir endlich, warum ihm das Anwesen so wichtig war.

Gretchen hatte in jungen Jahren als Magd auf dem Hof gearbeitet, hatte ihre beiden Kinder dort in die Welt gesetzt. Väter unbekannt, vermutlich in beiden Fällen derselbe Vater, der alte Reuther. Jürgen war zwischen Scheune und Stallungen, zwischen Bahndamm und freiem Feld aufgewachsen.

Das wusste ich bereits. Aber die ungezwungene Kindheit, von der er mir bis dahin häufig vorgeschwärmt hatte – Höhlen in den

Bahndamm gegraben, vom Zwischenboden der Scheune ins Heu gesprungen oder bei Wind und Wetter mit dem Traktor übers Feld –, stand mir plötzlich als grobe Vernachlässigung vor Augen.

Und ich hatte mich immer gefragt, ob er nur mir zuliebe ignorierte, dass seine Mutter existierte. Ich hatte gedacht, dass er sie auf seine Weise liebte und sich nur für ihren späteren Lebenswandel schämte. Dass ihn diese Scham veranlasste, bei meinen Eltern so zu tun, als sei er als Student auf die Welt gekommen. Die Uni, die Studentenbude, die nette, freundliche Frau Liedke, die es sich zur Aufgabe gemacht hatte, angehende Ärzte, Juristen oder Wissenschaftler während der Lotterjahre zu betreuen, mehr als ein paar Klischeebilder hatte er auf Vaters Fragen nie gehabt.

Zwei Wochen vor unserer Verlobung bat Mutter ihn um die Anschrift seiner Mutter. Für die Einladung. «Sie kann nicht kommen», sagte Jürgen. «Es geht ihr gesundheitlich nicht gut.»

Ich bezweifle, dass Gretchen jemals in ihrem Leben ernsthaft krank war. Im Dorf erzählt man sich, sie hätte zwei Stunden nach Jürgens Geburt schon wieder die Kühe gemolken.

Wenn es nach Jürgen gegangen wäre, hätte sie auch an unserer Hochzeit nicht teilgenommen. Aber Mutter bestand darauf, sie einzuladen. Und sie kam. In einem giftgrünen Satinkleid mit aufgenähter Stoffrose auf der linken Schulter. Die rechte Schulter war frei, dafür hatte wohl der Stoff nicht gereicht. Er war auch sonst ein wenig knapp bemessen. Am Dekolleté hätte es ruhig etwas mehr sein dürfen.

Ich dachte, Mutter hätte einen Schlaganfall bekommen. Nicht nur wegen Gretchens Kleid. Sie kam in Begleitung eines älteren Mannes, den sie schlicht als Kurt vorstellte. Kurt mochte in den Siebzigern sein, er war vermögend und machte einen rüstigen Eindruck. Gretchen behauptete, er sei pflegebedürftig. Und seine Pflege hatte sie übernommen.

Jürgen wählte ausgerechnet unsere Hochzeitsnacht, um mir mit zarten Andeutungen begreiflich zu machen, dass Kurt nicht der erste Pflegefall war, den seine Mutter betreute. Nach seiner weitschweifigen und blumigen Erklärung war Jürgen sehr kurz angebunden. «Verstehst du nun, Vera?»

Ich hätte ein Brett vor dem Kopf haben müssen, es nicht zu verstehen. Im ersten Moment wünschte ich mir, ich hätte ein Brett vor dem Unterleib gehabt. Ich kam mir vor wie ... ach, ich weiß nicht; hinters Licht geführt, schamlos belogen. Betrogen! So ähnlich hätte ich mich auch gefühlt, wenn ich nach dem Kauf eines Wagens erfahren hätte, die Kiste hat nur Schrottwert. Nur hätte ich in diesem Fall zum Händler rennen, protestieren und auf einem Umtausch bestehen können.

Ich hatte nicht übel Lust, am Morgen nach unserer Hochzeit zum Anwalt zu rennen. Vater verhinderte das. Er redete einen halben Tag auf mich ein. «Sei vernünftig, Vera. Überstürze nichts. Du bist schwanger und nicht mit seiner Mutter verheiratet. Ihn liebst du doch! Und er dich, Vera. Denk einmal darüber nach, warum er dir bisher verschwiegen hat, wer seine Mutter ist.»

Ich dachte darüber nach, monatelang. Jürgen half mir nach Kräften mit weiteren Informationen. Mit jedem Satz machte er deutlich, wie sehr er sich distanzierte. Kein Mensch kann sich seine Eltern aussuchen, Vera. Entweder hat man Glück oder Pech. Du hattest Glück, Vera, ich hatte Gretchen.

Sie war weder Frau noch Mutter, sie war eine Karikatur. Die billigere und bodenständige Version einer Regina Kolter. Gretchen hatte, als sie Mitte dreißig und Jürgen mit der Schule fertig war, die Arbeit auf dem Reuther-Hof aufgegeben. Seitdem verdiente sie ihren Lebensunterhalt damit, alte Männer bei sich aufzunehmen. Ein einträgliches Geschäft. Es hatte ihr zu einem kleinen Haus am Ortsrand verholfen, ein bisschen Land eingebracht, das sie verpachtet hatte. Da sie die Männer bis zum Tod pflegte, wurde sie meist im Testament bedacht. Und war der eine verschieden, fand sich bald ein anderer, der mit einem Großteil seiner Rente für die Betreuung zahlte.

Gretchen sagte: «Ist immer noch billiger als im Heim. Und mehr Spaß macht's auch. Dafür garantier ich.»

Ich hatte sie bis zu der Septembernacht dreimal von nahem gesehen. Das erste Mal bei unserer Hochzeit. Das zweite Mal nach Annes Geburt. Sie hatte die Anzeige in der Tageszeitung gelesen und ließ es sich nicht nehmen, mir einen Besuch im Wochenbett abzustatten. Statt des obligatorischen Strampelanzugs fürs Baby legte sie mir einen Hundertmarkschein auf den Nachttisch. «Kauf dem Kind was dafür, wirst am besten wissen, was es braucht. Und wenn's schon alles hat, tu das Geld auf die Sparkasse.»

Dann sagte sie noch: «Zur Taufe werd ich nicht kommen können. Mit Kurt geht's zu Ende. Den kann ich jetzt nicht allein lassen, auch nicht für ein paar Stunden.» Kurt starb fünf Jahre später. Zu Renas Geburt schickte Gretchen den Hundertmarkschein per Post mit einer Glückwunschkarte.

Als ich sie das dritte Mal sah, hatten wir den Hof bereits gekauft. Die Handwerker waren da. Ich fuhr regelmäßig hinaus, um zu sehen, wie es mit der Renovierung voranging. An einem Nachmittag hörte ich beim Aussteigen: «Soll ich dir 'nen Teelöffel bringen? Damit geht's bestimmt schneller. Du spielst hier nicht im Sand, Junge, du sollst die Wand verputzen. Gib mal das Ding her, dann zeig ich dir, wie man das macht.»

Ich kam ins Haus. Sie stand in der Diele; in langen Hosen, kariertem Hemd, die Ärmel aufgerollt, bearbeitete sie die Stirnwand mit einem Holzbrett. Daneben stand der Maurer, grinsend, Zigarette im Mundwinkel. Er bemerkte mich als Erster, sein Grinsen erlosch. Gretchen drehte sich um, sah mich und drückte dem Maurer das Brett in die Hand.

«Hoffentlich hat der Doktor einen Festpreis ausgemacht. Wenn der hier», ihr Daumen zeigte auf den Maurer, «im Stundenlohn arbeitet, seid ihr angeschissen.»

Sie nannte Jürgen nur Doktor, ob aus Stolz – immerhin hatte sie ihm mit ihrem Berufswechsel das Studium finanziert – oder aus

Spott, weiß ich nicht. Ich wusste auch nicht, welche Bezahlung Jürgen mit dem Maurer vereinbart hatte. Er hatte nur von einem akzeptablen Preis gesprochen.

«Einen Festpreis», sagte ich.

Sie nickte. «Schau ihm trotzdem auf die Finger. Wenn er in dem Tempo weitermacht, seid ihr zum Winter nicht drin.»

Damit verschwand sie. Danach hatte ich sie noch mehrfach im Dorf gesehen, wenn ich Rena zum Reitstall fuhr und Gretchen zufällig in der Haustür stand oder auf der Straße unterwegs war. Und einmal sonntags. Da stand sie zusammen mit einem Mann bei der Einfahrt. Mutter sah sie vom Küchenfenster aus und befürchtete, sie würden uns einen Besuch abstatten. Aber sie standen nur da. Gretchen zeigte mit ausgestrecktem Arm zum Haus, zur Scheune und den Stallungen hinüber, hakte sich bei dem Mann unter. Und sie gingen wieder.

Anne und Rena wussten, dass ihre zweite Großmutter im Ort lebte. Aber sie hatten nie Kontakt zu ihr gehabt. Bei Gretchen nach Rena zu fragen, hielt ich für Zeitverschwendung. Und Zeit, dachte ich, hätten wir nicht mehr.

Es war kurz vor zwei in der Nacht. Der Regen hatte nachgelassen, als wir aus Friedels Kneipe wieder ins Freie traten, auch der Wind war abgeschwächt. Aber es waren vier Kilometer zum Hof hinaus. Ich glaubte nicht, dass ich auch nur einen schaffte, und wünschte mir, Jürgen hätte nach einem Auto gefragt. Hennessen fuhr einen alten Ford Kombi, der Gastwirt besaß garantiert auch einen Wagen. Nur mochte Jürgen nicht bitten und von sich aus machten sie kein Angebot.

Ich hatte den Eindruck, sie nahmen uns nicht ernst. Ein sechzehnjähriges Mädchen kommt nicht heim! Was ist das gegen Kuhlmanns Frau und die beiden kleinen Kinder?! Das dumme Ding wird schon wieder auftauchen. Ich meinte, ich hätte von ihren Gesichtern ablesen können, was sie dachten.

Der Mann, der bei Hennessen gestanden hatte, ging mit uns hinaus. Vor der Tür hob er das Gesicht in den Wind und betrachtete mit skeptischem Blick den Himmel. Oben wirbelte es noch tüchtig durcheinander. Kein Stern war zu sehen, kein Zipfel vom Mond, nur unterschiedliche Grau- und Schwarztöne.

Und ich sah Rena in schwarzen Schlabberhosen vor mir. Die blonden Haare auf einer Kopfhälfte so kurz, dass sie wie Stoppeln abstanden, auf der anderen Hälfte lang und hoch toupiert, mit Unmengen von Gel in Form gehalten und rabenschwarze Strähnen hineingesprüht. Sie hätte es wohl gerne einheitlich schwarz gehabt, nur gelang ihr das nie. Sie lief herum wie ein Zebra.

«Ich glaub nicht», sagte der Mann zu Jürgen, «dass diese Nacht noch einer von der Polizei rauskommt. Die kommen sowieso nicht eher, bis man selbst alle Möglichkeiten abgeklappert hat. Aber wenn Gretchen auch keine Ahnung hat, wo die Kleine sein könnte, würde ich an Ihrer Stelle schon mal anrufen. Dass die morgen früh, wenn's hell wird, gleich anfangen zu suchen.»

Er ging ein Stück mit uns die Hauptstraße hinunter. Ich schätzte ihn auf Anfang fünfzig. Scherer hieß er, ein Bauer, kantig und gedrungen, den Jackenkragen hochgestellt, die Hände tief in den Hosentaschen vergraben, den Kopf gesenkt, stampfte er neben Jürgen her. Zwei Querstraßen weiter blieb er stehen, es sah aus, als wolle er sich mit einem Handschlag von uns verabschieden. Wieder schaute er zum Himmel hinauf.

«Ruhe lässt einem das ja nicht», sagte er zu Jürgen. «Und Sie sind sicher, dass sie nicht auf dem Feldweg war?»

«Wir haben nichts von ihr gesehen.»

Scherer nickte schwerfällig, betrachtete das Wasser, das uns immer noch über die Stiefel schwappte. «Morgen kann ich draußen nichts tun. Sie wollen ja auch sicher das Auto da rausholen. Stehen lassen können Sie's nicht. Da fährt's Ihnen einer zu Klump. Ich komm so um sechs mit dem Lanz. Dann ist es schon hell genug, dass man was sieht. Wir fahren die Strecke ab und nehmen in einem das Auto mit.»

«Können wir es nicht jetzt machen?», fragte ich.

Scherer zögerte. Es war ihm anzusehen, dass er mir die Bitte nicht gerne abschlug. «Bringt nichts», meinte er nach ein paar Sekunden. «Man müsst schon was mehr sehen, nur die Scheinwerfer vom Lanz, das reicht nicht. Da braucht sie nur drei oder vier Meter neben dem Weg zu liegen, dann sehen wir nichts von ihr.»

Wie er es ausdrückte, klang es nach Tod. Er lächelte mich zuversichtlich an. «Jetzt machen Sie sich mal nicht so viele Gedanken. Gehn Sie zu Gretchen. Sie ist bestimmt da untergekrochen. Vielleicht hat sie gedacht, dass Otto sie fährt. Aber der ist eigen, wenn er was gesoffen hat, fährt er nicht gern. Ich komm auf jeden Fall. Morgen früh um sechs. Schon wegen dem Auto.»

Er wandte sich der Seitenstraße zu und verschwand aus unserem Blickfeld.

Wir gingen weiter die Hauptstraße hinunter, an der Spar- und Darlehenskasse vorbei. Die Feuerwehr hatte ihren Einsatz dort beendet. Sie standen jetzt mit ihren Wagen zweihundert Meter weiter an der Metzgerei bei der Kirche. Einige Männer arbeiteten an der Mauer, die den Friedhof zur Straße hin abgrenzt. Es schien, dass die Mauer unterspült worden war.

Jürgen sprach ein paar Worte mit einem der Männer, der seinerseits zu den anderen hinüberrief, ob sie ein Mädchen mit einem Fahrrad gesehen hätten. Kopfschütteln überall. Wir gingen weiter, nahmen den Bogen am Gasthof Schwinger.

Zweimal kam uns ein Auto entgegen, den Kennzeichen nach Ortsfremde, die den Weg durchs Dorf als Abkürzung nutzen wollten und nun fluchen mochten, weil das Wasser auf der Straße sie mehr Zeit kostete. Einmal wurden wir von einem Wagen überholt. Drei junge Leute saßen drin. Sie fuhren zu schnell, spritzten uns bis zur Taille nass. Es machte kaum noch etwas aus. Bei jedem Schritt quietschte es in meinen Stiefeln. Meine Füße waren taub vor Kälte, mein Gesicht brannte im Wind. Kopf und Bauch waren mit Watte gefüllt.

Uns passiert so etwas nicht! Bei uns läuft alles nach Plan. Beruflich: die Ausbildung zum Facharzt, drei Jahre Belegarzt im städtischen Krankenhaus mit den Praxisräumen neben der Notaufnahme, dann die eigene Praxis. Privat: die erste Tochter, die zweite, die geräumige Stadtwohnung und die Erfüllung eines Traumes: der alte Reuther-Hof. Und der Triumph: Gretchens Sohn, der rotznasige Bastard, dem die Kühe mit den Schwanzquasten die Tränen abwischten, weil sich sonst niemand um ihn kümmerte, kehrt als gemachter Mann ins Dorf zurück. Der Herr Doktor mit Frau, den piekfeinen Schwiegereltern und zwei wohlgeratenen Töchtern.

Wir sprachen beide nicht. Auch als wir endlich Gretchens Haus erreichten, sagte Jürgen kein Wort. Er schaute mich an, peinlich berührt oder verlegen, dabei grimmig und wild entschlossen.

Auf dem ganzen Weg hatte es kein erleuchtetes Fenster mehr gegeben. Auch bei den von Wirths war alles dunkel gewesen, Jürgen hatte mich auf das große Anwesen in der letzten Querstraße vor der Spar- und Darlehenskasse aufmerksam gemacht. Halb drei in der Nacht! Aber bei Gretchen brannte Licht. Es fiel durch ein paar Schlitze in den heruntergelassenen Rolläden. Jürgen klopfte an die Haustür, ließ mich nicht aus den Augen und rief: «Mach auf, Mutter, ich bin's.»

Zwei Sekunden später stand sie in der offenen Tür. Sie trug ein Wollhemd. Nur ein Wollhemd, von dem sie in der Eile erst zwei Knöpfe in der Mitte geschlossen hatte. Am Hals und über den Schenkeln klaffte es auseinander. Dass sie keine Unterwäsche trug, war nicht zu übersehen. Ihre Beine waren nackt, die Füße auch. Jürgen löste den Blick von mir und schaute sie an. Er öffnete den Mund, wollte etwas fragen.

Sie kam ihm zuvor. «Nein, so was! Der Doktor nebst Gemahlin. Wie zwei begossene Pudel! Für 'n Mondscheinspaziergang war das aber nicht das richtige Wetter. Was verschafft mir die Ehre?»

Jürgen fragte knapp: «Ist Rena bei dir?»

Sie grinste, fasste an den Hemdkragen, schloss den oberen Knopf und noch einen und noch einen. «Rena?», fragte sie dabei, als habe sie den Namen noch nie gehört. Zwei Sekunden Pause, das Grinsen verstärkte sich, als sie mit einem Finger an die Stirn tippte. «Ach, jetzt erinnere ich mich. Du hast ja zwei von der Sorte. Rena, ist das die mit dem braunen Hengst zwischen den Beinen?»

«Mutter!» Jürgen beherrschte sich nur mit Mühe. «Wir stehen hier nicht zum Spaß. Sie ist nicht nach Hause gekommen. Ist sie bei dir?»

Ihr Grinsen erlosch, machte einer neutralen Miene Platz. «Nein.» Es klang scharf wie ein Schuss. Ich dachte, sie hätte uns die Tür vor der Nase zugeschlagen. Aber sie trat einen Schritt zurück, winkte mit dem Kopf, wir sollten hereinkommen. Jürgen trat einen Schritt vor.

«Ich warte hier», sagte ich.

Er griff nach meinem Arm. «Stell dich nicht so an, Vera.» Er zog mich an sich vorbei in einen schmalen Flur und schloss die Tür hinter sich.

Gretchen ging vor uns her zu einer offenen Tür. Schon dabei wollte sie wissen: «Seit wann ist sie überfällig?»

«Seit zehn», sagte Jürgen.

Sie fuhr zu ihm herum. «Und wo war sie bis um zehn?»

«Bei Hennes.»

«Ach so. Ich nehm an, bei dem wart ihr schon.»

«Natürlich.»

«Und bei den von Wirths?»

«Habe ich angerufen.»

«Wart ihr auch bei Kuhlmann? Ich könnt mir vorstellen, dass Udo mal nach dem Vieh sehen musste und sie mitgenommen hat.»

Jürgen berichtete, dass er von Udos Vater gehört habe, Udo sei bei seinem Schwager im Krankenhaus.

Gretchen musterte ihn von Kopf bis Fuß. Mich beachtete sie

nicht. «So wie du aussiehst, seid ihr auch schon durchs Feld gekrochen.» Auf eine Antwort wartete sie nicht. Sie ging durch die Tür in ein kleines Wohnzimmer.

Der Fernseher lief, auf der Couch lag ein Mann. Er mochte Ende sechzig sein, rundlich rosiges Gesicht und Glatze. Es war der Mann, mit dem Mutter sie einmal bei der Einfahrt gesehen hatte. Er hatte sich eine Wolldecke bis zum Hals gezogen. Auf dem Fußboden vor der Couch lagen ein paar Kleidungsstücke, in einem Sessel noch ein paar, obenauf ein Büstenhalter und ein Schlüpfer.

Es war peinlich, einfach nur peinlich. Auf dem Bildschirm wippten ein Paar nackte Brüste in Übergröße, gehalten von zwei Händen, umrahmt von eindeutigen Geräuschen. Auf dem Tisch standen zwei Bierflaschen. Ich wusste nicht, wohin ich schauen sollte, betrachtete die Flaschen und einen halb gefüllten Aschenbecher.

«Mach mal die Kiste aus, Otto», verlangte Gretchen. «Heb deinen Arsch in die Hose und mach was von der Brühe heiß.»

Zu mir sagte sie: «Setz dich», und zeigte auf den zweiten freien Sessel. «Du siehst aus, als würdest du gleich aus den Stiefeln kippen.»

Otto erhob sich, wickelte sich im Aufstehen die Decke um den Leib und grinste verlegen. Er ging hinaus. Gretchen nahm den Schlüpfer vom Sessel und zog ihn an, ohne sich um Jürgen oder mich zu kümmern. Sie griff nach der Hose und stieg hinein, stopfte das Hemd in den Hosenbund und verlangte unwillig: «Nun red schon. Ist irgendwas gewesen? Hat's Stunk gegeben? Habt ihr dem Kind was getan?»

Jürgen wurde heftig. «Natürlich nicht! Was sollen wir ihr denn getan haben?»

«Was weiß ich.» Sie zuckte mit den Schultern. «Eins hinter die Löffel. Soll schon mal vorkommen, dass einem die Hand ausrutscht, auch wenn man meint, man sei zu fein dafür.»

«Unsere Kinder hätten den ersten Schlag noch zu bekommen», sagte Jürgen.

Sie grinste abfällig. «Manchmal tut die Hand nicht so weh wie die Zunge.»

«Was heißt das?», fauchte Jürgen. «Bei uns gab es auch keine verbalen Züchtigungen.»

Ihr Grinsen wurde noch breiter. «Das haste aber fein gesagt. Bild dir bloß nicht ein, ich frag dich, was es heißt.»

Otto kam mit zwei Suppentassen herein und beendete das Wortgefecht. Die Decke hatte er gegen Hemd und Hose vertauscht. Nur Socken trug er noch nicht. Die hob er vom Boden auf, setzte sich auf die Couch und streifte sie über, nachdem er Jürgen und mir die Tassen in die Hände gedrückt hatte. Es war klare Fleischbrühe mit Klößchen. Die Tasse war heiß, die Brühe dampfte, ich hatte plötzlich ein Loch im Magen und trank einen Schluck.

«Hol mal zwei Löffel», kommandierte Gretchen, «und bring das Maggi mit.» Während Otto sich widerspruchslos erhob und zum zweiten Mal hinausging, wollte sie von Jürgen wissen: «Hast du die Grünen schon angerufen?»

«Nein.»

«Warum nicht?»

«Weil ich noch nicht die Zeit dazu hatte!», schrie Jürgen. «Herrgott! Wir waren unterwegs, wir haben sie gesucht.»

«Brauchst nicht brüllen, ich bin nicht taub.»

Otto kam mit zwei Löffeln und einer Flasche Suppenwürze zurück. Gretchen schaute ihn zweifelnd an, ehe sie erklärte: «Stell dir vor, Otto, die kleine Wildwest ist nicht nach Hause gekommen.»

Ottos rundliches Gesicht zog sich vor Erstaunen in die Länge. Er murmelte: «Was du nicht sagst.»

Ich fühlte mich, als würde ich jeden Augenblick den Verstand verlieren. Zeitlupe, alles so lang und breit und behäbig. Eine alte Frau und ein alter Mann. Und wir hatten sie so offensichtlich bei der Liebe gestört, dass ich dachte, ich wäre daran erstickt. Liebe! Welke, faltige Haut und ein Pornostreifen aus dem Fernseher. Ich empfand es als ekelhaft und widerlich. Und Rena war irgendwo da draußen. «Kleine Wildwest» hatte sie gesagt.

«Ich will hier raus! Ich will sofort hier raus!» Dass ich es tatsächlich schrie, wurde mir erst bewusst, als Jürgen mich anbrüllte: «Reiß dich gefälligst zusammen, Vera.»

Gretchen hatte ihm gerade irgendetwas erklärt und war durch mich unterbrochen worden. «Schrei sie nicht an», sagte sie zu Jürgen, verlangte von Otto: «Hol mal deine Kreislauftropfen. Die macht uns schlapp.»

Dann sprach sie dort weiter, wo ich ihr das Wort abgeschnitten hatte. «Hin und wieder mal, nicht regelmäßig, also mach dir nicht ins Hemd. Und mach bloß dem Kind keinen Ärger deswegen. Hat keiner was davon mitgekriegt, außer Hennes, der weiß es natürlich. Sie kam immer hintenrum durch den Garten. Montag war sie kurz hier, gestern auch. Da hab ich's ihr in die Finger gedrückt. Heut hab ich nicht mit ihr gerechnet, weil sie gestern sagte, dass heute der Hengst abgeholt wird.»

Der Hengst abgeholt! Das hörte und verstand ich. Jürgen sagte noch etwas von: ... besser deine Telefonrechnung damit bezahlt. Gretchen lachte, ihre Antwort drang nur bruchstückhaft in mein Bewusstsein. «... soll Otto übernehmen. Er hat die Häschen angerufen, ich nicht.»

Es interessierte mich nicht, was sie sagte. Ich dachte nur: Der Hengst! Mattho ist weg! Arme Rena! Warum hat sie mir nichts davon gesagt? Im Geist sah ich sie einem Pferdetransporter hinterherradeln. An dem Bild blieb ich kleben, daneben verschwamm alles andere.

3. Kapitel

Ich weiß nicht, wie lange wir bei Gretchen saßen. Ich weiß auch nicht, worüber sie und Jürgen noch sprachen. Ich sah die Klößchen in der Brühe, die Bierflaschen auf dem Tisch, Ottos verlegen dümmliches Lächeln, als er aus einem Fläschchen etwas auf einen Löffel voll Zucker träufelte und mir den Löffel an den Mund hielt. Ich schmeckte süß und bitter auf der Zunge und fühlte ein Rauschen im Kopf, als hätte ich mir den Wind eingefangen.

Dann war plötzlich das kleine Zimmer voller Menschen. Männer und Frauen. So viele, als hätte sich das halbe Dorf bei Gretchen eingefunden. Jürgen griff nach meinem Arm, zog mich aus dem Sessel hoch und schob mich durch die Menge auf die Tür zu. Er rauchte eine Zigarette. Ich hatte ihn seit ewigen Zeiten nicht mehr rauchen sehen. Wir gingen zur Haustür. Auf der Straße warf Jürgen die Zigarette weg.

Es war merkwürdig, wie sie ins Wasser fiel und erlosch. Es war ein Stich ins Herz. Ich hörte eine Frau schreien: «Sie ist nicht tot. Sagt mir, dass sie nicht tot ist.»

Es war nur ein Fetzen Erinnerung! Ich hatte das einmal gesehen: die Zigarette, die ins Wasser fiel. Die schreiende Frau, die auf der Straße in die Knie ging und ihre Stirn gegen die Bordsteinkante schlug, bis jemand sie hochriss. Es war lange her.

Eine ältere Frau kam zu mir, legte mir den Arm um die Schultern und führte mich zu einem Mercedes. Es war ein uraltes Modell. Die Frau öffnete die Tür an der Beifahrerseite und ließ mich einsteigen. Während sie vorne um das Auto herumging und ebenfalls einstieg, sah ich Jürgen zu einem Traktor gehen und mit dem Fahrer sprechen. Es war Scherer mit seinem Lanz. Die ganze Straße stand voller Traktoren, einer hinter dem anderen. Zehn, zwölf, ich konnte sie nicht zählen. Es regnete immer noch, aber nur leicht. Den Wind spürte ich nur im Kopf. Der Himmel war aufgeklart. Ich sah den Mond.

Die Frau brachte mich zurück auf den Hof. Sie fuhr zügig und sprach auf mich ein. Dass ich mir keine Sorgen machen müsse. Dass die Männer Rena finden, dass sie mit ihren Traktoren eine Kette bilden und Acker um Acker kontrollieren würden. Irgendwie kam die Frau mir vertraut vor. Doch erst als wir die Einfahrt passierten, erkannte ich sie. Es war meine Mutter.

«Ich wusste gar nicht, dass du Auto fahren kannst», sagte ich.

Mutter lachte. «Du weißt vieles nicht. Früher habe ich sogar Lastwagen gefahren. Kurz nach dem Krieg, es waren ja keine Männer da. Da mussten wir Frauen ran. Und ich werde doch mein Mädchen nicht im Stich lassen, wenn es mich braucht. Jetzt gehen wir hinein und machen uns einen starken Kaffee. Und dann kochen wir Brühe für die Männer. Etwas Heißes wird ihnen gut tun, wenn sie zurückkommen. Sie werden sicher nicht lange brauchen.»

Mutter fuhr den alten Mercedes in die Scheune und half mir beim Aussteigen. Ich war dankbar, dass sie bei mir war. Wir gingen in die Küche, sie brühte Kaffee auf, stellte zwei Gedecke auf den Tisch. Aber dann fand sie, ich solle mich hinlegen. «Du bist so blass und durchgefroren, Kind.»

Sie ging mit mir hinauf, half mir, die nassen Sachen vom Leib zu ziehen, wickelte mich in eine Decke. «Ich bringe dir eine Tasse Kaffee ans Bett», sagte sie. «Du wirst ja doch nicht schlafen können. Aber du musst wieder richtig warm werden und dich ausruhen.» Wenig später kam sie mit einem Tablett herauf. Sie hatte mir auch ein paar Kekse dazugelegt, setzte sich zu mir aufs Bett.

«Wo sind Vater und Anne?», fragte ich.

«Anne schläft», sagte Mutter. «Ich habe ihr gesagt, sie soll sich hinlegen. Es ist nicht nötig, dass sie auch noch draußen herumläuft, sie muss doch morgen zur Schule. Vater sucht in der Scheune und in den Ställen, damit wir nichts außer Acht lassen. Es ist ja möglich, dass sie sich in ihrem Kummer um den Hengst irgendwo verkrochen hat, nicht wahr?»

Mutter blieb bei mir sitzen, bis wir auf dem Hof die schweren Traktoren vorfahren hörten. Da lief sie ans Fenster. «Ich wusste es doch», rief sie. «Ich wusste, dass die Männer sie finden.»

Wenig später lag Rena im heißen Badewasser. Jürgen sagte: «So ein kleines Biest. Du ahnst nicht, wo sie sich verkrochen hatte. Ich habe dir doch mal erzählt, dass wir als Jungs Höhlen in den Bahndamm gegraben haben. Das war immer ein Ärger, es war streng verboten. Die von der Bahn hatten Angst, dass da mal die Erde nachsackt und es ein Unglück gibt. Aber es ist nie was passiert. Unsere Höhlen waren stabil, sie haben gehalten, all die Jahre. Und da haben wir sie gefunden. Blau gefroren und vor Erschöpfung eingeschlafen, aber ansonsten quietschfidel.»

Es ging ihr wirklich gut. Sie hatte keinen Kratzer abbekommen, war völlig unversehrt, nur traurig, unendlich traurig. «Mattho ist weg», sagte sie. «Ich hatte ihn so lieb, Mutti. Alles, was ich lieb habe, stirbt oder geht einfach weg. Ich werde ihn nie wieder sehen.»

«Doch», versprach ich, «du wirst. Wir werden ihn besuchen. Nur wir beide.»

Sie riss die Augen auf, war ganz atemlos vor Freude. «Ehrlich, Mutti? Versprichst du mir das?»

«Ja», sagte ich. «Und ich halte es auch. Wir besuchen ihn in den nächsten Schulferien, zu Weihnachten.»

Sie wollte unbedingt bei mir schlafen. Jürgen fand, das ginge zu weit. Kinder im Ehebett waren ihm immer ein Gräuel gewesen. Auch als sie noch klein waren, das duldete er nicht. «Wenn sie sich einmal daran gewöhnen, kriegen wir sie nicht mehr raus», sagte er damals, als Rena die Mittelohrentzündung hatte und so hoch fieberte. «Du kannst ja hin und wieder nach ihr sehen. Aber sie bleibt in ihrem Bett. Das fangen wir gar nicht erst an.»

Ich brachte Rena in ihr Zimmer, blieb noch eine Weile bei ihr. Bis sie eingeschlafen war, erzählte ich ihr von den Weihnachtsferien und unserem Besuch bei Mattho. Dann ging ich hinunter. Sie waren alle im Esszimmer und alle waren sie zufrieden.

Mutter verteilte heiße Brühe an die Männer. Vater kam aus der Scheune und bot ihnen einen Schnaps an. Scherer lächelte mich an und sagte: «Es lässt einem ja keine Ruhe. Und was du heute kannst besorgen, das verschiebe nicht auf morgen.»

Dann verabschiedeten sie sich einer nach dem anderen. Wir blieben bei der Haustür stehen, bis der letzte Traktor vom Hof gefahren war. Jürgen hatte den Arm um meine Schultern gelegt. Er wirkte müde, aber sehr erleichtert.

«So ein Luder», sagte er, als wir hinaufgingen, es klang, als spräche er ihr ein dickes Lob aus. «Die Mathearbeit können wir vergessen. Hat sie doch wieder ihren Kopf durchgesetzt. Aber in Zukunft werden wir ihr nicht mehr alles durchgehen lassen.»

Komisch, dachte ich, er begreift nicht, worum es tatsächlich ging. Oder er will es nicht begreifen. Würde er, dann müsste er sich fragen, warum wir ihr das verdammte Tier nicht gekauft haben.

Wir hatten darüber diskutiert. Achtzehntausend Mark. Und er hatte gesagt: «Ich bitte dich, Vera, es gibt auch kleinere Preise. Anne wird zum Abitur auch keinen Porsche bekommen.»

«Hast du ihr die Entschuldigung für die Schule schon geschrieben?», fragte er. Das hatte ich nicht. Er winkte ab, als ich noch einmal hinunter wollte. «Mach es morgen. Es reicht bestimmt, wenn Anne im Rektorat Bescheid sagt.»

Wir gingen ins Bett. Es war vier Uhr. «Jetzt müssen wir ein bisschen schneller schlafen», sagte Jürgen, als er sich neben mir ausstreckte. «Viel ist nicht übrig von der Nacht.»

Ich weiß nicht, wann ich eingeschlafen bin. Ich weiß überhaupt nichts. Ich wusste auch nicht, dass Rena hin und wieder zu Gretchen ging. Ich erwachte vom Geräusch eines Motors, lag in meinem Bett und fühlte, dass ich nackt war. Völlig nackt, kein Nachthemd, keine Unterwäsche. Ich schlief sonst nie ohne Nachthemd und Wäsche und konnte mir das nicht erklären.

Jürgen stand am Fenster, komplett angezogen. Es war noch nicht richtig hell, er sah grau aus. Und alt. Er drehte sich zu mir um. «Es ist Scherer.»

Zuerst frage ich mich, was Scherer noch wollte. Dann fiel mir ein, dass er versprochen hatte, meinen Fiesta zu holen. In der Nacht hatten sie nicht daran gedacht.

«Ich geh mal runter», sagte Jürgen. Er trug eine derbe Kordhose, eine alte Lederjacke und Gummistiefel. Schmutzige Gummistiefel auf der hellen Auslegware im Schlafzimmer.

«Lass das nicht Mutter sehen», sagte ich.

Er ging auf die Tür zu. «Was meinst du, was mich das jetzt kratzt. Willst du noch liegen bleiben?»

Ich warf einen Blick auf die Uhr, es war kurz nach sechs. «Noch ein bisschen», sagte ich. «Nur ein Viertelstündchen. Ich hatte zwei Stunden Schlaf. Wenn du damit auskommst, mir reicht es nicht.»

Seine Hand lag auf der Türklinke. Er nickte. Dann verließ er das Schlafzimmer. Die Tür schloss er hinter sich. Ich hörte ihn auf dem Flur mit Anne reden. «Denk daran, um sieben bei Jasmin anzurufen. Sie soll die Termine für heute absagen. Ruf auch Sandra an. Ich weiß nicht, ob heute früh was fürs Labor anstand. Wenn was zu tun ist, soll sie es machen. Danach kann sie heimgehen.»

«Mach ich. Was ist mit Mutti?»

«Lass sie liegen», sagte er. «Sie packt das nicht.»

Von unten hörte ich meinen Vater rufen. «Jürgen! Wie lange soll der Mann denn noch warten?»

Jürgen rief zurück: «Ich komme ja schon.» Und auf dem Hof brummte der schwere Motor.

Ich wusste nicht, warum. Ich wusste auch nicht, warum ich

nackt war. Ich erinnerte mich, dass Mutter mir aus den nassen Kleidern geholfen hatte. Dass sie mir auch den Büstenhalter und den Schlüpfer ausgezogen und dabei gesagt hatte: «Mein Gott, du bist ja nass bis auf die Haut.» Dass ich mich dann, so wie ich war, ins Bett gelegt hatte. Aber ich war doch noch einmal aufgestanden! Ich hatte bei Rena auf dem Wannenrand und an ihrem Bett gesessen. Ich war bei den Männern im Esszimmer gewesen. Doch nicht nackt!

Ich hörte Jürgen die Treppe hinunterpoltern und fragen: «Wann, meinst du, kannst du Steinschneider erreichen?»

«Ich versuche es sofort», sagte Vater. «Er wird noch im Bett liegen. Aber dann ist er wenigstens zu Hause.»

Und ich hörte meine Mutter sagen: «Ich werde doch mein Mädchen nicht im Stich lassen, wenn es mich braucht.»

Sechs Jahre alt war ich gewesen, als Vater diesen Mercedes fuhr, in den ich in der Nacht eingestiegen war. Sechs Jahre alt, als Ursula Bost beim Ballspielen auf der Straße überfahren wurde und ihre Mutter sich die Stirn an der Bordsteinkante blutig schlug. Sechs Jahre! Jetzt war ich zweiundvierzig und ich ließ mein Mädchen im Stich.

Vater stand beim Telefon in der Diele, als ich aus dem Schlafzimmer kam. Draußen fuhr der Lanz ab, das schwere Tuckern hörte ich noch eine Weile. Anne schloss die Haustür, rieb sich die Hände, als friere sie, und ging zur Küche hinüber. Vater schaute hoch, sah mich auf der Galerie stehen und rief: «Lena, komm rasch. Du musst dich um Vera kümmern.»

Dann sagte er ins Telefon: «Heinz? Dolf hier. Entschuldige, dass ich dich so früh störe. Es ist ein Notfall. Unsere Rena ist gestern Abend nicht heimgekommen.»

«Nein», sagte ich.

Vater schaute erneut zu mir hoch und rief: «Leg dich wieder ins Bett, Vera.» Und ins Telefon: «Entschuldige, Heinz, hier geht es drunter und drüber, das kannst du dir vorstellen. Meine Tochter ist mit den Nerven am Ende.»

«Nein», sagte ich.

Mutter kam aus der Küche und rief: «Um Gottes willen, Vera, du kannst doch nicht nackt durchs Haus laufen. Zieh dir etwas über.»

«Nein», sagte ich.

Anne rief: «Gib ihr zwei von den Tabletten, Großmutter. Die Packung liegt auf dem Esstisch.»

Und Vater sagte ins Telefon: «Wir waren die ganze Nacht unterwegs, Heinz. Was wir tun konnten, haben wir getan. Mein Schwiegersohn ist auch jetzt wieder draußen, zusammen mit einem Mann aus dem Dorf. Sie fahren den Weg, den unsere Rena normalerweise nahm, noch einmal mit einem Traktor ab. Ja, natürlich, Heinz. Er hat vor einer halben Stunde schon bei der Kripo angerufen. Aber du weißt doch, wie die sind, wenn es nicht gerade um ein Kleinkind geht. Unsere Rena ist sechzehn. Nein, Heinz, Freunde, bei denen sie sein könnte, hat sie nicht. Es hat auch keinen Streit in der Familie gegeben.»

Dr. Heinz Steinschneider! Staatsanwalt am Landgericht in Köln, Vaters Freund und treu ergebener Diener, auf Du und Du mit Kriminalräten, Kriminaldirektoren und anderen hoch gestellten Persönlichkeiten, die eine Maschinerie mit einem Fingerschnipsen in Gang setzen und ein paar lustlosen oder überlasteten Untergebenen Dampf unter dem Hintern machen konnten. Beziehungen muss der Mensch haben! Dann lassen sich eigenes Versagen und Versäumnisse leichter ausbügeln.

Mutter war in der Küche verschwunden. Ich hörte sie mit Anne reden. «Sie kann diese Pillen nicht mit Kaffee einnehmen. Gib mir ein Glas Wasser.»

Vater sagte: «Heinz, wir sind mit unseren Möglichkeiten am Ende und befürchten das Schlimmste.»

Mutter kam mit einem Glas Wasser in der einen und zwei Pillen in der anderen Hand die Treppe hinauf. Ich stand immer noch am Geländer, Mutters Gesicht war wie eine Gipsmaske. Ich wollte keine Pillen schlucken, wollte ihre Hand abwehren, aber ich musste mich mit beiden Händen am Geländer festhalten. Mir war schwindlig vom Begreifen.

Meine Mutter hatte niemals zu mir gesagt: «Ich werde doch mein Mädchen nicht im Stich lassen, wenn es mich braucht.» Als Ursulas Mutter vor sechsunddreißig Jahren auf der Straße zusammenbrach, hatte meine Mutter gesagt: «Kann man sich denn nicht ein wenig beherrschen? Es hilft einem doch nicht, wenn man schreit und jammert.»

Sie schob mir eine Pille zwischen die Lippen. Bei der zweiten gelang es mir, den Kopf zu schütteln. Sie hielt mir das Glas hin. Vater legte den Telefonhörer auf und ging mit gesenktem Kopf in die Küche. Anne kam in die Diele und schaute zu mir hinauf. Sie sah, dass ich mich weigerte, und rief: «Nimm wenigstens eine, Mutti. Papa sagte, sie machen nicht müde, nur ruhig. Die Polizei kommt gleich. Du willst doch sicher mit ihnen reden.»

«Nein», sagte ich, nahm Mutter das Glas aus der Hand und schluckte auch die zweite Pille.

Die Polizei kommt gleich! Natürlich kommen sie gleich, wenn ein pensionierter Richter seine Enkeltochter als vermisst meldet. Ein Mädchen aus gutem Haus, das wirft man nicht mit anderen in einen Sack, vor allem nicht, wenn der Richter a. D. dafür gesorgt hat, dass von oben Druck ausgeübt wird.

Und man rechnet fest damit, dass der Einfluss eines alten Mannes ausreicht, um ein Großaufgebot auf die Beine zu bringen. Dass sich der Hof mit Uniformen füllt. Dass sie Hunde bei sich haben, dass ein großer, kräftiger, kompetent wirkender Mann das Kommando übernimmt und sie in alle Richtungen ausschwärmen lässt. Dass sie sich im Gelände verteilen ... Man rechnet mit vielem. Und nie kommt es so, wie man es sich vorstellt.

Wir warteten länger als eine Stunde. Vielleicht brauchte Heinz

Steinschneider seine Zeit, um sich durch die zuständigen Instanzen zu telefonieren. Vielleicht verlor Vaters Bitte auf dem Weg durchs Telefonnetz an Dringlichkeit oder es war noch keiner im Büro, den sie hätten losschicken können. Vielleicht dachten sie auch nur: Der Alte soll sich nicht aufspielen. Ein sechzehnjähriges Mädchen, so etwas passiert jeden Tag. Das kennt man. Und man kennt die Gründe. Warum sollen wir uns ein Bein ausreißen?

Bis sie kamen, hatte Mutter nach meiner Schulter gegriffen und mich ins Schlafzimmer geschoben. Und wenn ich mir auch nur eingebildet oder geträumt hatte, sie hätte mir beim Ausziehen geholfen, beim Anziehen half sie mir. Mir zitterten die Hände so sehr, dass ich nichts festhalten, keinen Haken, keinen Knopf schließen konnte.

Mutter nahm Unterwäsche, einen Rock und eine Bluse aus meinem Schrank. Die Unterwäsche und die Bluse ließ ich mir überstreifen, den Rock wollte ich nicht. Anne kam dazu und holte mir eine von ihren Jeans und ein Paar dicke Wollsocken. Als ich sie anzog, sah ich die Blasen an meinen Füßen. Anne sah sie auch und meinte, wir sollten sie erst verarzten. «Das sieht ja schlimm aus, Mutti, damit kannst du nicht laufen.»

«Ich bin nicht du», sagte ich.

Sie zuckte mit den Achseln und meinte misstrauisch: «Willst du etwa raus?» Bevor ich antworten konnte, erklärte sie bestimmt: «Das finde ich nicht gut, Mutti. Wenn die Polizei kommt, musst du mit ihnen sprechen. Du warst bei Hennessen. Von uns weiß keiner, was er dir gesagt hat. Und du bist nicht in der Verfassung, draußen herumzulaufen.»

Ich hätte auch nicht gewusst, wohin ich laufen sollte. Wir gingen in die Küche hinunter. Vater saß am Tisch vor einer Tasse Kaffee. Er rauchte eine Zigarette. So früh am Morgen rauchte er normalerweise nicht.

«Warum hast du sie nicht abgeholt?»

Er antwortete mir nicht, schaute zum Fenster hin. Anne bedeutete mir mit einem Kopfschütteln, ich solle ihn in Ruhe lassen. Ich hatte nicht die Energie, meine Frage zu wiederholen. Mutter goss mir und Anne Kaffee ein, setzte sich hin. Es zuckte in ihrem Gesicht, als würde sie in der nächsten Sekunde in Tränen ausbrechen. Ihre Stimme klang rau und gepresst, als sie erklärte: «Ich habe ihr gesagt, bei diesem Wetter bleibst du hier. Aber sie ist einfach raus. Vera, wie oft habe ich dir gesagt: Bring diesem Kind Respekt bei. Was hätte ich denn tun sollen, wenn sie mir nicht gehorcht?»

Anne legte ihr eine Hand auf den Arm. «Schon gut, Großmutter. Wie wissen alle, dass du es versucht hast.»

Wir wissen? Anne vielleicht, ich wusste gar nichts. Ich hatte eine Frau vor Augen, die sich die Stirn an der Bordsteinkante blutig schlug. Es gab keine Bordsteinkante in unserer Küche und meine Stirn war schon blutig, nicht außen. Aber dahinter sah ich Annegret Kuhlmann als zerquetschtes Fleischbündel am Straßenrand. Ich sah einen Traktor mit zu schwachen Scheinwerfern durchs Feld fahren – zu einer Zeit, wo niemand mehr draußen unterwegs sein sollte. Ich sah den Sack voller Müll unter dem Bahndamm. Die leeren Unterführungen. Matthos leere Box. Und Udo von Wirth saß bei seinem Schwager im Krankenhaus.

Mein Hals brannte bei jedem Schluck Kaffee. Mein Rücken und die Füße schmerzten. Und mein Kopf war voll gestopft mit feuchter, blutgetränkter Watte, die der Sturm in kleinen Fetzen abriss und davonwehte wie ein Stück Pappe über den Hof.

Anne erzählte, dass sie nach Jürgens Anruf nicht mehr ins Bett gegangen war. Dass sie meine Eltern geweckt hatte. Dass Vater sofort hinauslief, die Scheune kontrollierte und die Stallungen, den Garten, jeden Winkel. Dass er noch draußen war, wie ein Besessener mit der großen Stablampe in Baumkronen und hinter Rhabarberbüschel leuchtete, sich die Lunge aus dem Hals schrie, Rena! Rena! Rena!, als wir auf den Hof fuhren. In einem verbeulten Volvo. Jürgen und ich im Fond, Gretchen am Steuer, neben ihr ein alter Mann mit rundlichem Gesicht, der Beschreibung nach musste es Otto sein. Ich wusste nichts davon. Sie seien gleich wieder weggefahren, sagte Anne. Jürgen hatte mich hinauf ins Schlafzimmer gebracht. Und mehr war nicht gewesen.

Ich war so lahm, ausgelaugt, das Hirn mit Brettern vernagelt. Ich konnte mich nicht rühren, als kurz nach sieben in der Diele das Telefon klingelte.

Anne ging hin, meldete sich mit einem Hallo, sagte: «Nein, hier ist Anne.» Dann kam ein nervöses: «Rena?» Ein gespanntes: «Rena? Bist du das?» Ein bettelndes: «Hör auf zu weinen, Rena, und sag was! Warum sagst du denn nichts?» Ein fragendes: «Wer ist denn da?» Ein hektisches: «Sagen Sie doch was!» Und ein unwilliges: «Verdammt nochmal, was soll der Quatsch?»

Anne legte auf und kam zurück in die Küche. Sie bemühte sich mit einem Kopfschütteln, ihre Überlegenheit zu demonstrieren, und konnte doch ihre Verstörtheit nicht leugnen. In ihrer Stimme schwang sie mit. «So ein Idiot, sagt nur ‹Rena› und macht blöde Geräusche.»

«Welche Geräusche?», fragte Vater.

Anne hob die Schultern und verzog hilflos den Mund. «Es hörte sich an, als ob jemand weint. Und da war so ein komisches Klackern im Hintergrund, vielleicht eine Maschine.»

«War es Rena?», bohrte Vater.

Anne hob noch einmal die Schultern, sie wirkte unsicher. «Ich weiß nicht. Ich dachte es im ersten Moment. Aber sie hätte gesagt: Hier ist Rena. Oder: Ich bin's. Sie hätte nicht nur ‹Rena› gesagt, und sie hätte auch mit mir gesprochen.»

«Wenn es nochmal klingelt, gehe ich ran», sagte Vater.

Anne trank ihren Kaffee aus und fasste sich an die Stirn. «Ich sollte doch Jasmin und Sandra Erken anrufen.» Sie ging noch einmal hinaus. Ich kam mir vor wie eine Zuschauerin im Kino, untätig und voll nervöser Spannung ein Geschehen verfolgend, das mich nicht persönlich betraf.

Warten! Ich hasse dieses Wort. Ich habe es immer gehasst. Es bringt mich um den Verstand. Wir wussten nicht, was wir tun sollten, saßen nur da und schwiegen uns an. Anne starrte in ihren Kaffee. Mutters Hände waren in ständiger Bewegung. Ich fragte mich, was in Vaters Kopf vorgehen mochte.

Wenn ich ihn anschaute, wich er meinem Blick aus. Er hatte Angst, ich könnte ihn noch einmal fragen. Seine Miene war ein Wechselspiel aus Härte – dieser typische Ausdruck, mit dem er uns demonstrierte, dass er auch im Alter noch stark und unnachgiebig war, das Oberhaupt der Familie, der Patriarch, der mit seiner Lebenserfahrung der jüngeren Generation zur Seite steht, der keine Schwächen kennt – und Verzweiflung, Scham, der Erkenntnis, versagt zu haben.

Ich sah sein Gesicht immer nur für ein paar Sekunden klar vor mir. Dann verschwamm es, und ich sah Jürgen sich nach der Scherbe eines zerbrochenen Blinkers bücken, sah uns das letzte Stück Feldweg entlanglaufen, sah Jürgen neben dem Müllsack auf die Knie fallen, sah mich am Küchenfenster stehen, durchs Dorf fahren, Hennessens Stall betreten. Ich hörte mich nach ihr rufen, sah sie sich in der letzten Box aufrichten und zu mir kommen.

Ich sah mich noch einmal zusammen mit Jürgen das Haus betreten, hörte den lauten Fernsehton und ging zur Treppe. Ich ging in ihr Zimmer, um mit ihr zu reden. Die Worte lagen auf der Zunge bereit: «Bist du wütend auf mich, weil du hier sitzen musst? Rena, es ist wichtig, dass du etwas für die Schule tust. Es ist deine Zukunft. Ich habe das System mit den Schulnoten nicht erfunden. Ich weiß nur, dass von guten Noten eine Menge abhängt.»

Dann sah ich den leeren Schreibtisch, ging hinunter und fragte Mutter. Und dann machte ich mich sofort auf den Weg. Und betrat den Stall. Und nahm sie mit nach Hause.

In meinem Kopf drehte sich die Uhr zurück. Was wäre, wenn! Gedankenspiele, die sich zu einem Berg auswuchsen, der nicht minder wuchtig war als der Berg auf Vaters Schultern. Ich hatte versagt. Im entscheidenden Moment war ich nicht zur Stelle. Und warum nicht? Weil ich einer Auseinandersetzung aus dem Weg gehen, keinen Blick auf die Leidensmiene eines jungen Mädchens werfen wollte. Ein so lächerlicher Grund!

Mutters Radiowecker zeigte vier Minuten nach acht, als ein Wagen auf den Hof fuhr. Ein Mann stieg aus. Nur ein Mann! Er mochte in meinem Alter sein, hatte volles, dunkles Haar und anscheinend keine Zeit für regelmäßige Friseurbesuche. Bekleidet war er mit einer Jeanshose und einem dicken Pullover.

So stellt man sich keinen Polizisten vor. Er kam aufs Haus zu – langsam, bedächtig und mit einem Blick, als wolle er sich hier niederlassen und nur feststellen, ob das Dach dicht sei. Anne ging in die Diele, um ihm zu öffnen.

Ich hörte eine Männerstimme. «Klinkhammer.»

Anne sagte: «Bitte.»

Sie kamen in die Küche. Er nannte seinen Namen noch einmal, erklärte, sein Kollege habe draußen etwas gesehen. Scherers Traktor hatte sein Kollege gesehen und war ihm ein Stück entgegengegangen. Er kam ein paar Minuten später mit Jürgen und Scherer ins Haus. Sie hatten den gesamten Weg bis zu Hennessen kontrolliert und Rena nicht gefunden, keine Spur von ihr, weder ihr Fahrrad noch eine Tüte mit Kleidung, die sie ebenfalls bei sich gehabt haben musste.

Der zweite Polizist hieß Olgert. Er war auch in Zivil, allerdings trug er einen grauen Anzug, ein hellblaues Hemd und eine dezent gemusterte Krawatte. Er war etwas jünger als Klinkhammer, und es war nicht allein das gepflegte Aussehen, das ihn von seinem Kollegen unterschied. Er war auch entschieden forscher. Einer, der eine Sache in die Hand nimmt und sie zügig vorantreibt.

Er wollte von Scherer wissen, ob es möglich sei, noch ein paar Männer mit Traktoren für eine größere Suchaktion zu mobilisieren. Zu Klinkhammer sagte er: «Draußen kommt man keine zehn Schritte weit, dann zieht es einem die Schuhe aus. Hunde brauchen wir nicht anzufordern. Die beste Spürnase hat keine Chance nach dem Regen.»

Hunde! Daran hatte ich auch gedacht. Doch als Olgert das Wort aussprach, hingen sie mir an der Kehle. Klinkhammer winkte mit einer Geste, nun mal langsam. Er begann mit seinen Fragen und machte deutlich, dass er das Sagen hatte und sich seine Sichtweise von niemandem verbiegen ließ. Alles hakte er ab, was ein junges Mädchen veranlassen konnte, aus freien Stücken nicht mehr heimzugehen. Doch alles, was er fragte, hatte es bei uns nicht gegeben. Keine Drogen, keine Prügel, keinen Freund, den wir Rena verboten hatten. Keinen Streit, keinen Druck. Keinen Grund!

Gut, es war nicht alles eitel Sonnenschein gewesen. Ein paar kleinere Querelen hatte es wohl gegeben. Aber nur in den ersten Wochen nach dem Umzug. Wo läuft schon auf Anhieb alles glatt, wenn drei Generationen unter ein Dach ziehen? Ich hatte ja auch ein paar Bedenken gehabt, als Jürgen den Vorschlag machte, dass meine Eltern zu uns ziehen könnten, weil das Anwesen so groß sei und so einsam läge, einen Kilometer vom Dorf entfernt.

Vater hatte die Idee begeistert aufgegriffen, fand ebenso wie Jürgen, es sei eine ideale Lösung. Aber wenn sechs Menschen zusammenleben, sind sie nicht alle derselben Meinung. Jeder hat seine Eigenheiten, seine Vorlieben, seine Ansichten.

Anfangs hatte Mutter keine Gelegenheit versäumt, unsere Erziehung zu kritisieren. Nicht, soweit es Anne betraf, aber Rena – «Das ist doch keine Art! Das Kind hat zu viel Freiheit.»

Wenn Rena sonntags in alten Jeans und einem fleckigen Shirt am Mittagstisch erschien, fühlte Mutter sich in ihrer persönlichen Ehre gekränkt. Sie bemängelte Renas Musikgeschmack und ihre Essgewohnheiten. Morgens mäkelte sie über die Ohrstecker des Walkmans, die Rena häufig auch beim Frühstück trug. Mittags regte sie sich auf, wenn Rena an ihrem Bratenstück herumsäbelte und gut die Hälfte vom Fleisch auf den Tellerrand schob, mit der Begründung, es sei Fett.

Im Gegenzug beschwerte sich Rena, wenn Vater spätabends noch Wagner hörte. «Wie soll ich denn bei dem Krach schlafen?»

«Nimm die Ohrstöpsel, Anne tut das auch.»

«Dann höre ich morgen früh den Wecker nicht.»

«Großmutter weckt euch doch.»

«Sie weckt Anne. Bei mir klopft sie nur. Und das hör ich mit Ohrstöpseln auch nicht.»

Dass Vater sich in seinem Alter noch für eine Fahrt auf der Autobahn hinters Lenkrad setzte, hielt Rena für bodenlosen Leichtsinn. Und sie hätte niemals zugegeben, dass sie es nur kritisierte, weil sie fürchtete, ihrem Großvater könne etwas zustoßen. «Ob du es glaubst oder nicht, Mutti, ich finde, er sieht nicht mehr so gut. Es sagt ja keiner was, wenn er im Dorf rumfährt oder mal zum Einkaufen in die Stadt. Aber auf der Autobahn, wo alle rasen, sollte er es lassen. Nachher passiert mal was.»

Dass Mutter sich eine weiße Schürze vor ihr Kleid band, wenn sie in der Küche arbeitete, war für Rena reine Gehässigkeit, ebenso Mutters sorgfältige Art, den Tisch zu decken.

«Da komm ich mir vor wie Lumpi, der nur unterm Tisch sitzen darf. Muss sie uns eigentlich immer zeigen, dass sie was Besseres ist? Eines Tages komme ich nach Hause und sie hat sich ein Schild um die Brust gehängt: Helene Merten, geborene von Alsberg, und das ‹von› ist mit dickem Garn gestickt. Dann darf ich bestimmt nur noch gnädige Frau zu ihr sagen und muss in der Scheune schlafen.»

So weit her war es nicht mit Mutters vornehmer Herkunft. Schon meinen Großeltern war vom alten Glanz nur das kleine Beiwort geblieben. Rena wusste das genau, aber es war doch etwas, worauf sie herumhacken und sich für Mutters Kritik revanchieren konnte. In den ersten Wochen!

Als Rena das Hengstfohlen auf der Koppel entdeckte, wurden nicht nur die Freunde in der Stadt unwichtig. Auch Mutters Pochen auf Stil und gute Sitten wurde zur Nebensache.

Nach dem zehnten oder zwölften Nein von Jürgen ließ Klinkhammer sich von Anne den Donnerstag schildern. Anne hatte mehr Zeit mit Rena verbracht als sonst einer von uns. Sie hielt sich an die Wahrheit, verschwieg auch nicht, dass Rena die Mathematikarbeit hatte versäumen wollen, dass sie sich kaum Zeit zum Essen genommen, dass ich gebeten hatte, Vater möge sie um fünf abholen. Klinkhammer wandte sich Vater zu.

Mir hatte Vater die Antwort mit einem Blick zum Fenster verweigert. Er kam auch nicht dazu, Klinkhammer zu antworten. Bevor er den Mund öffnen konnte, sagte Mutter: «Er wollte sie abholen. Nicht um fünf. Aber um halb sechs sagte er, ich mache mich am besten auf den Weg. Es sieht nicht so aus, als würde der Sturm heute noch nachlassen. Ich wollte nicht, dass er fährt, bei dem Wetter. Er ist fünfundsiebzig. Es hatte doch schon Tote gegeben.» Mutter begann zu weinen, zerrte ein Taschentuch aus ihrer Schürze, schnäuzte sich. Die Augen auf mich gerichtet, sprach sie weiter. «Wenn ich geahnt hätte, warum sie unbedingt zum Stall wollte, hätte ich ihr ein Taxi gerufen und auch dafür gesorgt, dass sie mit einem Taxi zurückkommt. Aber sie hat uns kein Wort davon gesagt, dass dieses Tier abgeholt wird.»

Ihr nächster Satz galt mir: «Warum hast du es mir nicht gesagt? Mit dir hat sie auch nicht darüber gesprochen. Du wusstest es nicht, habe ich Recht?»

Dann glitt ihr Blick zu Jürgen. «Ich habe es erst in der Nacht von meinem Schwiegersohn erfahren. Nicht wahr, Jürgen? Deiner Mutter hat sie es erzählt. Warum deiner Mutter und nicht uns? Was hat sie sich dabei gedacht?» Mutter schluchzte, schüttelte den Kopf. «War das der Dank für alles, dass sie zu dieser Person rennt und sich ihr anvertraut statt uns? Wir wussten es nicht. Wir wussten es wirklich nicht.»

Klinkhammer nickte versonnen. Für ihn war es der entscheidende Hinweis. Zusammen mit dem, was Anne erzählt hatte, ergaben Mutters Worte für ihn ein klares Bild. Dass Rena sich etwas zum Umziehen mitgenommen hatte, stützte seinen Verdacht. Weder Anne noch Mutter hatten darauf geachtet, was in der Tüte steckte, die Rena aus dem Haus trug. Es sei eine große Tüte gewesen, sagte Anne. Eine von denen, die man im Supermarkt bekommt.

Dann war ich an der Reihe. Dass Mutter mich nicht sofort beim Heimkommen informiert hatte, stand nicht zur Debatte. Es war niemandem geholfen mit Wenn und Aber. Hennessens Auskünfte interessierten und dass er Matthos Abtransport mit keinem Wort erwähnt hatte. Warum ich, als ich den Reitstall verließ, nicht sofort bei den von Wirths nachgefragt hätte?

Jürgen verschweißte mir mit einem Blick die Lippen. «Meine Frau hat es versucht, aber sie stand vor einem verschlossenen Tor. Die Familie von Wirth wollte nicht mit Beileidsbekundungen überhäuft werden, das ist verständlich. Ich habe allerdings, als meine Frau zurückkam, bei den von Wirths angerufen. Danach sind wir sofort aufgebrochen.»

Anne senkte verlegen den Blick. Mutter weinte ins Taschentuch, rieb sich die Augen und schüttelte den Kopf. Ich hatte das Bedürfnis, mit beiden Fäusten auf den Tisch zu trommeln und zu schreien: «Tut etwas! Tut endlich etwas!»

Der Einzige, der etwas tat, war Scherer. Er drehte einen grünen Filzhut in den Händen. Klinkhammer erkundigte sich bei ihm, wie es denn aussähe mit Männern und Traktoren. Scherer schaute Jürgen an. «Wenn ich mal telefonieren könnte, ich krieg bestimmt ein paar her. Kann doch heute keiner was tun draußen.» Jürgen ging mit ihm in die Diele.

Während Scherer telefonierte, ließ Klinkhammer mich Renas Freunde aufzählen. Da wir Udo von Wirth bereits erwähnt hatten, nannte ich Horst, Armin, Katrin, Tanja und Ilona. Sie lebten alle in der Stadt. Und anzunehmen, dass Rena sich um zehn Uhr abends mit dem Fahrrad auf den Weg dorthin gemacht hatte, war lächerlich. Das fand Klinkhammer auch, er wollte jedoch nicht ausschließen, dass Rena einem von ihnen etwas von ihren Plänen erzählt hatte. Dass sie Pläne gehabt hatte, stellte er als Tatsache in den Raum. Als Beweise dienten ihm die Plastiktüte und Hennessens Bemerkung über das wieselflinke Verschwinden nach meinem Anruf.

Klinkhammer wollte mit Udo von Wirth persönlich reden, die anderen fünf anrufen und wissen, warum wir das nicht schon getan hätten. Weil wir ihre Familiennamen nicht kannten. Keiner von uns kannte sie. Und Klinkhammer starrte uns an wie seltene Tiere.

Anne zerbrach sich den Kopf, ob Armin nun Meurer oder Heuser oder Leuthen hieß. Armin besuchte das Humboldt-Gymnasium, war sogar in Annes Jahrgang, saß allerdings nicht in ihren Kursen. Sie hatte noch nie näheren Kontakt mit ihm gehabt, kannte ihn nur flüchtig durch Rena.

Es spielte keine Rolle, Hennessen musste die Namen wissen. Jürgen verwies auf das Telefon, Klinkhammer winkte ab, auch mit Hennessen wollte er persönlich reden. Und mit Gretchen! Er brach auf. Olgert blieb zurück. Es war mir lieber so.

Olgert wirkte allein durch sein Äußeres kompetenter. Und er schien nicht zu glauben, dass Rena aus freien Stücken verschwunden war. Er bat mich, ihm ihr Zimmer zu zeigen. Wir gingen hinauf, er schaute sich alles an.

Das großformatige Foto neben ihrem Bett. Wo bei Anne ein lachender Patrick stand, war es bei Rena ein Pferdekopf. Mattho, der Teufel. Das Mathematikbuch lag aufgeschlagen auf dem Schreibtisch, ein Block daneben, auf dem ein paar Zahlen und Linien gekritzelt waren. Dann hatte sie doch noch üben wollen!

Über der Stuhllehne vor dem Schreibtisch hing die Jeans, die sie in der Schule getragen hatte. Auf ihrem Bett lag das Sweatshirt. Es lag so, wie sie es ausgezogen hatte, ein Knäuel Stoff, die angeraute Seite nach außen gedreht.

Unter dem Sweatshirt lagen ihre Geldbörse – sie enthielt nur ein wenig Kleingeld – und ein Fotoalbum, gefüllt mit Aufnahmen, die irgendwer für sie geschossen hatte. Rena auf Matthos Rücken, den braunen Hals tätschelnd und in die Kamera lachend. Rena beim Striegeln im Stall, mit der linken Hand einen Vogel zeigend. Rena mit einem Sattel über dem Arm neben der Fuchsstute. Rena, den Apfelschimmel am Zügel über Hennessens Hof zum Stall führend. Rena, den Kopf an den Hals der Araberstute gelegt. Rena, auf der Koppel neben dem Wassergraben sitzend und sich den Fußknöchel reibend, hinter ihr ein nervös tänzelnder Mattho. Von wegen, er hat mich noch nie abgeworfen. Rena und Pferde, Pferde, Pferde.

«Sie hatte wohl noch nichts im Sinn mit Jungs?», stellte Olgert fest. Ich schüttelte den Kopf. Er wollte wissen, wo Rena ihren Pass aufbewahrte. In der Geldbörse! Da war er nicht. Ich suchte eilig in ihrer Schultasche, auch nichts.

Olgert zeigte auf das Foto. «Ist das der Bursche, von dem sie sich unbedingt verabschieden wollte?»

Ich nickte.

«Schönes Tier», meinte er.

Bis dahin hatte ich keine drei Sätze über die Lippen gebracht, endlich gehorchte die Zunge. «Sie hat zu ihrem Geburtstag am Sonntag ein eigenes Pferd bekommen. Eine junge Stute, auch ein sehr schönes Tier.»

Er nickte anerkennend. «Reiten ist ein teures Hobby, was?»

«So teuer nun auch wieder nicht.»

Er grinste. «Es ist alles relativ. Ein eigenes Pferd. Wie viele Reitstunden hatte sie pro Woche?»

«Nur eine, aber sie war jeden Tag im Stall. Ihr war dort keine Arbeit zu viel oder zu schmutzig. Hennessen sagte einmal, eigentlich müsse er sie bezahlen.»

«Da hätte er sie aber auch einmal heimfahren können, oder meinen Sie nicht?»

«Das hat er noch nie getan. Er konnte wohl auch die verletzte Stute nicht allein lassen.»

«Aber das hat er getan», sagte Olgert sehr ernst und ging zum Kleiderschrank.

Auf der einen Seite Jeans, Jeans, Jeans, auf dem Bord darüber zwei Stapel mit Sweatshirts und zwei mit T-Shirts, ein Häufchen Socken in einem Korb, daneben Renas Unterwäsche. Auf der anderen Seite die Winterjacke und der leichte Blouson für die Übergangszeit. Auf einem Bügel das Kleid, das ich ihr im Vorjahr gekauft hatte, in der Hoffnung, sie möge es zu Weihnachten tragen. Anprobiert hatte sie es.

«Wie seh ich denn aus in so einem Fummel! Ich ziehe es an, Mutti, aber nur, wenn Großmutter eine Jeans anzieht.»

Olgert wollte wissen, welche Sachen Rena bei sich habe, außer denen, die sie auf dem Leib trug. Ich konnte es ihm nicht sagen. Ich wusste nicht, ob Rena acht oder zehn Jeans, zehn oder zwölf warme Shirts besaß.

Von draußen hörte ich schwach das Tuckern mehrerer schwerer Motoren. Die Zimmer der Mädchen lagen zum Garten, da klangen Geräusche vom Hof nicht so deutlich herein. Olgert ging noch rasch in das kleine Duschbad, das zu Renas Zimmer gehörte. Mit einem Blick überflog er die üblichen Utensilien auf der Ablage über dem Waschtisch. Zahnbürste, Haarbürste, Haarshampoo, Waschlotion. Es fehlte nichts. Wir gingen wieder hinunter.

Sieben Männer hatte Scherer für die Suche gewonnen. Jürgen war bereits bei ihnen. Er gestikulierte und erklärte etwas, stieg erneut zu Scherer auf den Lanz. Einer nach dem anderen fuhren sie vom Hof.

Olgert war nicht dazu gekommen, ihnen Anweisungen zu geben. Er schien das auch für überflüssig zu halten. Wenn jemand das Gelände kannte, waren das die ortsansässigen Bauern. Und es sah so aus, als habe Scherer das Kommando übernommen.

Mutter hatte sich beruhigt und ein kräftiges Frühstück auf den Tisch gebracht. Sie stand mit Anne am Fenster, schaute den davonfahrenden Traktoren nach und knetete das feuchte Taschentuch in den Händen. Vater saß vor seinem Gedeck und schaute mir mit unbewegter Miene entgegen. Plötzlich tat er mir Leid. Ein alter Mann, der es nicht gewagt hatte, bei einem Unwetter sein Auto aus der Scheune zu holen. Ihm daraus einen Vorwurf zu machen wäre ungerecht gewesen.

Anne drehte sich zu mir um. «Papa hat keinen Bissen gegessen.»

Ich hatte auch keinen Appetit, aber ich setzte mich, nahm mir Kaffee und eine Scheibe Brot aus dem Korb. Olgert ließ die Augen über den Tisch wandern. Mutter wollte ihm Kaffee eingießen. Er hob seine Tasse an. Doch statt sie Mutter hinzuhalten, warf er einen Blick auf den Manufakturstempel.

«Ich nehme an», sagte er bedächtig, «dass eine Menge Leute wissen, wo Ihre Tochter die meiste Zeit verbringt.»

Ich konnte nicht antworten, fragte mich unentwegt, wohin Rena ihren Pass gesteckt haben mochte.

Vater sagte: «Das weiß jeder, der Rena kennt.»

«Und normalerweise», fuhr Olgert fort, «kam sie alleine nach Hause. Und dabei nahm sie immer denselben Weg.»

Vater nickte. Olgert sah aus, als wisse er nicht, ob er weitersprechen sollte. Mutter füllte ihm endlich die Tasse. Olgert schaute ihr dabei zu und stellte in bedächtigem Ton die nächste Frage. «War das eine Ausnahme, dass sie gestern so lange im Stall blieb, oder geschah das öfter?»

«Sie kam normalerweise zum Abendbrot», sagte Vater. «Aber danach fuhr sie häufig noch einmal los. Drei-, viermal in der Woche. Und dann blieb sie auch bis neun oder zehn.»

Jetzt nickte Olgert, murmelte: «Interessant.» Was ihm daran interessant erschien, war mir ein Rätsel.

In der Diele klingelte das Telefon. Anne wollte hinaus, Vater hielt sie zurück. «Ich habe doch gesagt, beim nächsten Mal gehe ich an den Apparat. Wenn es Rena ist – mit mir wird sie sprechen. Und wenn es wieder dieser Verrückte ist, werd ich ihm schon was erzählen. Eine Unverschämtheit, Leute in solch einer Situation mit dummen Scherzen zu belästigen.»

Olgert wollte augenblicklich wissen, was gemeint war. Anne erklärte rasch. Und das Telefon klingelte und klingelte. Mutters Nasenspitze wurde weiß, ihre Lippen bildeten nur noch einen Strich ohne Farbe. Ich wollte aufstehen. Olgert griff nach meinem Handgelenk. «Moment noch.»

Erst als Anne zum Ende kam, ließ er mich gehen. Er folgte mir. Ich nahm das Gespräch an, er drückte zuerst sein Ohr von der anderen Seite gegen den Hörer. Dann entdeckte er die Taste für den Lautsprecher und rückte ein wenig von mir ab.

Es war nur Jasmin, die Bescheid geben wollte, dass sie die Termine für den Freitag abgesagt hatte. Alle, bis auf einen. «Frau Weslowski habe ich nicht erreicht. Sie hat den ersten Termin um neun. Vielleicht war sie schon unterwegs. Aber ich bin ja hier, wenn sie kommt. Sandra ist nach Hause gegangen. Für sie war nichts zu tun. Ach, und die Kettler hat schon zweimal angerufen, wollte den Doktor sprechen. Hat ja gestern nicht geklappt. Ich habe sie auf Montag vertröstet. Sie wurde ziemlich ausfallend. Wie sieht es denn mit Montag aus?»

Montag! Drei Tage bis dahin, der Freitag hatte doch gerade erst begonnen. Viertel vor neun. Im Geist sah ich Traktoren durchs Feld fahren, eine breit gezogene Kette Lanz und Deuz und Hanomag. Und keiner der Fahrer scherte sich um seine Zuckerrüben oder die Wintergerste.

Montag! Ich sah Rena auf ihr Rad steigen, die Schultasche im Korb am Lenker. Ich sah sie vor Anne her das asphaltierte Stück Straße bis zum Feldweg hinunterjagen. Die Füße fest auf den Pedalen, die Beine wie Kolben arbeitend. Das Rad legte sich auf die Seite, als sie nach rechts abbog und in unvermindertem Tempo den unbefestigten Weg Richtung Stadt entlangradelte.

Montag! In zwei oder drei Stunden mussten die Männer sie gefunden haben. In zwei oder drei Stunden wussten wir, dass ihr nichts Schlimmes zugestoßen war. Dass sie in der Dunkelheit nur vom Weg abgekommen und irgendwann so erschöpft gewesen war, dass sie nicht weiter konnte.

Es war verrückt, so zu denken; Schneewittchen lief und lief, bis ihre Füße sie nicht mehr weitertrugen. Da legte sie sich zwischen die Wurzeln eines Baumes. Und die Tiere des Waldes bewachten ihren Schlaf. Es gab keinen Wald in der Nähe. Aber ich konnte nicht anders denken.

«Montag läuft alles wie gewohnt», sagte ich.

Wir gingen zurück in die Küche, setzten uns wieder an den Tisch. Olgert nahm Anne ins Kreuzverhör. «Reden wir nochmal in Ruhe über den ersten Anruf. Wie war das genau? Dieses ‹Rena›, klang es wie eine Frage oder war es nur so gesagt?»

«Nur so gesagt.»

«Gut! Und welche Geräusche? Wie klang die Maschine im Hintergrund?»

«Ein Klackern wie von Holzstücken, die rhythmisch aneinander geschlagen werden.»

«Könnte es ein Motor gewesen sein?»

Anne wurde laut. «Woher soll ich das wissen? Jetzt machen Sie doch kein Drama daraus. Da hat sich nur einer einen blöden Scherz erlaubt.»

Olgert blieb die Ruhe selbst, lächelte besänftigend, bohrte weiter. «Wie klang die Stimme? Männlich oder weiblich?»

Das konnte Anne nicht mit Bestimmtheit sagen. «Es war doch nur ein Wort. Danach waren es Töne, Weinen, Schluchzen. Es war so, als ob jemand noch etwas sagen will und nicht kann.»

Helle Töne oder dunkle? Da sei doch ein Unterschied im Weinen eines Mannes oder eines Mädchens.

Anne starrte ihn betroffen an, nach ein paar Sekunden erklärte sie: «Ich habe noch nie gehört, wie es klingt, wenn ein Mann weint. Aber Rena weint anders. Nicht so», sie brach ab, zuckte hilflos mit den Schultern. «Nicht so gebrochen. Es klang wie jemand, der völlig außer sich ist. Rena weint gleichmäßiger und lauter.» Anne lächelte verlegen. «Mutti hat früher mal gesagt, Rena legt los wie eine Sirene.»

Olgert murmelte: «Früher», fragte etwas lauter: «Wann haben Sie Ihre Schwester zum letzten Mal weinen hören? Richtig verzweifelt weinen?»

«Ich weiß nicht», sagte Anne. «Es ist lange her. Wir hatten keinen Grund zu weinen.»

Olgert trank einen Schluck Kaffee, behielt die Tasse in den Händen, schaute konzentriert in den Kaffee und wollte wissen, ob es häufiger geschah, dass sich jemand am Telefon blöde Scherze mit uns erlaubte.

«Nein», sagte Vater. «In unserem Bekanntenkreis neigt niemand zu solchen Scherzen. Und Fremde rufen hier nicht an.»

Olgert nickte. «Dann gehe ich davon aus, dass das eine mit dem anderen zusammenhängt. Uns wurde gesagt, Sie befürchten das Schlimmste. Was ist für Sie das Schlimmste?»

Niemand antwortete, er sprach weiter. «Dass das Mädchen bei dem Wetter gestern zufällig jemandem über den Weg gelaufen ist, können wir ausschließen. Natürlich gibt es eine Menge freundlicher Autofahrer. Aber im strömenden Regen hört bei den meisten die Freundlichkeit auf, wenn sie auch noch ein Rad verstauen sollen.»

Er stellte seine Tasse ab, zeigte mit einer Geste, die alles umschloss, durch die Küche. «Das hier sieht nach einer Menge Geld aus.»

Vater lachte rau und heiser. «Es sieht nicht nur so aus.»

Nach ein wenig Drumherumgerede sprach Olgert das Wort aus. Entführung!

«An jedem anderen Tag», sagte Vater. «Aber nicht gestern. Wer so etwas plant, studiert die Gewohnheiten der Leute. Er hätte gewusst, dass Rena bei schlechtem Wetter abgeholt wird.»

«Wer so etwas plant», widersprach Olgert sanft, «und die Gewohnheiten der Leute studiert, ist in der Nähe. Und dann bietet sich ihm eine so günstige Gelegenheit, da greift er zu. Und am nächsten Morgen ruft er an.»

«Und stellt seine Forderungen», sagte Vater. «Er weint nicht in den Hörer.»

Olgert grinste unfroh. «Das Weinen konnte er Ihrer Enkelin überlassen, Herr Merten.» Er machte eine Pause, als warte er auf eine Reaktion. Als keine kam, sprach er weiter: «Heute früh um sieben wussten außer den unmittelbar Betroffenen nur drei Männer, dass Rena gestern Abend nicht heimgekommen ist. Der Besitzer des Reitstalls, der Gastwirt und Scherer. Scherer fährt seit sechs Uhr durchs Feld, er kann nicht angerufen haben. Den Gastwirt können wir theoretisch auch ausschließen, da sehe ich im Moment keine Verbindung. Bleibt Hennessen, der Rena seit zwei Jahren kennt. Da hätte ich an seiner Stelle längst bei den Eltern nachgefragt, ob sie mit ihrer Suche in der Nacht Erfolg hatten.»

«Vergessen Sie ihn», erklärte Vater bestimmt. «Der Mann ist in Ordnung.»

Olgert nickte bedächtig. «Dann sind wir beim großen Unbekannten. Oder wir nehmen die harmlose Möglichkeit. Ein Mädchen verbringt die Nacht außer Haus, am nächsten Morgen hat es Angst vor den Konsequenzen.»

Endlich konnte ich auch etwas sagen: «Das ist Unsinn.»

«Nein, Frau Zardiss.» Plötzlich änderte sich sein Tonfall, er wandte sich mir zu. «Jetzt wollen wir mal offen reden. Sie haben ein gutes Verhältnis zu Ihren Töchtern. Sie sind bemüht, die kleinen und großen Wünsche zu erfüllen. Ein eigenes Pferd zum Geburtstag. Aber es war nicht das Pferd, an dem Ihre Tochter mit Leib und Seele hängt. Dieses Pferd verschwand gestern aus dem Stall. Und hier wusste niemand etwas davon. Finde ich ungewöhnlich bei einem guten Verhältnis zwischen Eltern und Kindern.»

Sein Blick glitt zu Anne hinüber. «Was mich erst recht stutzig macht, ist, dass sie auch Ihnen nichts davon gesagt hat. Von der Mathearbeit erzählt sie Ihnen. Dabei gab es in diesem Punkt keinen Anlass zur Besorgnis. Den hätte es ja, wenn ich glauben darf, was ich hier hörte, nicht einmal gegeben, wenn die Arbeit bereits geschrieben und mit einer Fünf oder Sechs benotet worden wäre. Also gehe ich davon aus, dass dieses ‹Morgen bin ich krank› sich nicht auf schulische Probleme bezog, sondern auf die Trennung von dem Pferd.»

Mit seiner Entführungstheorie schien es ihm nicht ernst gewesen. Jetzt ging es nur noch darum: Entweder wollte Rena bei dem Geschöpf sein, das ihrem Herzen am nächsten stand. Oder sie wollte uns bestrafen. Wir sollten am eigenen Leib erfahren, wie es ist, wenn etwas, das man liebt, nicht mehr da ist.

Wie hatte ich ihn für kompetent halten können? Er ging mir entsetzlich auf die Nerven mit seinem Geschwafel. «Das ist Unsinn», wiederholte ich und wünschte, mir wäre ein anderer Satz eingefallen. Einer, der nicht hilflos klang, sondern überzeugte. «Ich würde es vielleicht in Betracht ziehen, wenn es eine milde Nacht gewesen wäre.»

Aber gerade der Sturm und der Regen hätten die Sache für Rena verführerisch machen können, meinte Olgert. Die Wetterverhältnisse mussten unsere Angst um sie zwangsläufig steigern. Und um festzustellen, wie groß unsere Angst war, rief sie an und weinte uns etwas vor.

«Nein», sagte ich. «Rena hätte ihr Geld mitgenommen, wenn sie vorgehabt hätte, über Nacht wegzubleiben.»

Sein Lächeln trampelte auf meinen Nerven wie ein Paar Stiefel mit genagelten Sohlen. «Mit dreiundfünfzig Pfennig kommt man nicht weit. Ihren Pass hat sie jedenfalls bei sich. Vielleicht sollten Sie mal kontrollieren, ob Ihnen Geld fehlt.»

«Meine Enkelin stiehlt nicht», brauste Vater auf.

Ich wusste nicht, was ich noch sagen sollte.

Warten! Mutter räumte den Tisch ab, wollte sich danach um den Teppich in unserem Schlafzimmer und die Fenster kümmern. Vater ging hinaus, um den Hof in Ordnung zu bringen. Anne zog ihre Gummistiefel an und eine Jacke über. «Ich schau mich draußen mal um.»

Olgert wollte sich noch einmal in Renas Zimmer umsehen und stöberte auf der Suche nach ihrem Pass durch die Schubfächer ihres Schreibtisches, blätterte in alten Schulheften und Notizbüchlein, die ursprünglich gedacht gewesen waren, Hausaufgaben darin festzuhalten. Rena hatte sie mit Zeichnungen gefüllt. Im Nachttisch fand er ihre Tagebücher. Zwei dicke Stapel, es mussten um die zwanzig Stück sein.

Rena hatte schon früh angefangen, Tagebuch zu führen. Ich erinnere mich noch an ihre erste Eintragung. Da war sie sieben und malte die Buchstaben mehr, als sie sie schrieb. Ihre Rechtschreibung ließ zu wünschen übrig, von korrekter Zeichensetzung hielt sie noch gar nichts.

Mein libes buch,
heute ist mein Geburstag und ich habe dich gesenkt bekomen. Jetz bis du mein bester freund und ich sahge dir ales was ich mir wünse und was pasiert wenn ich traurig bin und wenn ich mich gefreuht habe.

Ich lief im Haus herum, von einem Zimmer ins andere, hinauf und hinunter. Ich mochte Olgert nicht wie ein Hund auf den Fersen hängen, mir nicht seine Theorie anhören. Aber dann hielt ich es nicht mehr aus und ging nachschauen, was er in Renas Zimmer trieb. Ich fand ihn auf dem Bett sitzend, eines der Tagebücher auf dem Schoß, in ihre letzte Eintragung vertieft. Er schaute auf. «Haben Sie schon einen Blick hierauf geworfen?»

Ich schüttelte den Kopf. Wir hatten nie in Renas Sachen geschnüffelt. Ihre erste Eintragung hatte sie mir gezeigt, danach keine mehr, weil ich sie auf die Rechtschreibfehler und die fehlenden Kommas aufmerksam gemacht hatte. Und mir wäre nie der

Gedanke gekommen, zu kontrollieren, was sie ihren Büchern anvertraute.

Für mich war ein Tagebuch etwas Persönliches und Intimes. Es wäre mir wie ein Vertrauensbruch erschienen, darin zu lesen. Ich hatte selbst lange Jahre Tagebuch geführt. Die Vorstellung, dass sich fremde Augen darüber hermachten, meine Gedanken, Wünsche und Ängste fraßen, war mir widerlich.

Olgert schien mir anzusehen, was ich dachte. «Tut mir Leid, aber für uns ist das sehr aufschlussreich.» Dann las er vor, nur zwei Sätze. «Heute wird Mattho abgeholt. Ich wünsche mir, ich könnte mit ihm gehen.» Er hob den Kopf. «Die Tinte ist an einigen Stellen zerlaufen. Sieht aus wie Tränen.»

Rena musste es frühmorgens oder mittags geschrieben haben. Und da stand «wünsche» und «könnte», nicht «werde». Trotzdem fragte Olgert: «Sie wissen nicht zufällig, wohin der Bursche verkauft wurde?» Ich schüttelte erneut den Kopf.

In der Diele klingelte wieder das Telefon. Vater war noch draußen, er hörte es nicht. Mutter wischte im Wohnzimmer wie besessen an den Fensterscheiben herum. Das Quietschen des Ledertuchs hatte mich durchs Haus verfolgt. Durch das Klingeln wurde es verschluckt, ich empfand das als Erleichterung. Bis mir Olgerts Blick auffiel und Mutter rief: «Vera, jetzt unternimm doch etwas! Das raubt einem ja den letzten Nerv.»

Ich lief die Treppen hinunter. Olgert folgte mir. Ich riss den Hörer hoch, nannte meinen Namen, er drückte auf die Taste für den Lautsprecher.

Es war Udo von Wirth. Seine Stimme klang erstickt. Er musste sich mehrfach räuspern, ehe ich ihn verstand. Klinkhammer war bei ihm gewesen. Udo sagte: «Es tut mir so Leid, Frau Zardiss. Kann ich irgendwas tun?»

Ich wusste nicht, was er hätte tun können.

Er sagte: «So ein gottverfluchter Tag, erst Annegret und die Kinder, dann auch noch Rena.»

«Sie ist nicht tot», schrie ich. «Die Männer werden sie finden. Sie suchen draußen alles ab.»

Olgert nahm mir den Hörer aus der Hand, sprach ein paar Worte mit Udo und legte wieder auf. Draußen fuhr ein Wagen vor. Klinkhammer kam zurück. Wir gingen ins Wohnzimmer.

Mutter stürzte sich mit Eimer und Ledertuch auf die großen Scheiben im Wintergarten. Vater harkte Blätter und abgebrochene Äste vom Rasen. Sie kamen mir vor wie zwei Kinder, die einen Fehler gemacht und Angst vor Schelte haben. Die sich unsichtbar machen, bis die Wogen wieder geglättet sind.

Udo von Wirth hatte Klinkhammer nichts von Bedeutung sagen können. Dass Rena Pläne gehabt haben sollte, mochte Udo nicht glauben. Aber Annegret hatte Pläne gehabt für den Samstag, ein großes Fest mit der Familie, der Geburtstag ihres Mannes. Klinkhammer ließ sich minutenlang über Udos seelische Verfassung und die Sinnlosigkeit von Fragen zum jetzigen Zeitpunkt aus, dann kam er auf Hennessen zu sprechen.

Von ihm hatte er die Namen und Adressen der anderen fünf erfahren, bereits mit den Eltern gesprochen und fünfmal dieselbe Auskunft erhalten. Rena war nirgendwo aufgetaucht, hatte in den letzten Tagen und Wochen auch bei niemandem angerufen. Er glaubte das, wollte trotzdem persönlich mit den jungen Leuten sprechen, so schnell wie möglich. Aber sie verteilten sich auf mehrere Schulen und das Steuerberatungsbüro, in dem Horst beschäftigt war.

Klinkhammer wirkte unzufrieden wie ein Mann, der seine Zeit auf eine Lappalie verschwenden und die wichtige Arbeit vernachlässigen muss. Sein Haar sah aus, als hätte er es während der letzten Stunde unentwegt gerauft. Welche Auskünfte er von Gretchen erhalten hatte, verschwieg er. Er schilderte die Unterhaltung mit Hennessen.

Renas Nachmittag entstand vor meinen Augen. Von drei bis vier in Matthos Box, die Arme um seinen Hals gelegt, das Gesicht in sein Fell gedrückt, stammelnd: «Eines Tages komme ich zu dir. Und dann holen wir Preise.»

Um vier fuhr der Transporter auf den Hof. Hennessen war im vorderen Bereich des Stalles damit beschäftigt, die Hufe der Fuchsstute zu reinigen. Matthos neuer Besitzer kam persönlich. Und er führte Mattho aus der Box, obwohl Hennessen riet, es Rena zu überlassen. Beim Tor scheute Mattho vor dem Sturm. Er tänzelte nervös, bockte, keilte, als man ihn vorwärts ziehen wollte, nach hinten aus und trat die Fuchsstute in den Leib.

Durch das verletzte Tier abgelenkt, mit dem sie entschieden mehr Zeit verbracht hatte als mit dem braunen Teufel, fand Rena ihre Fassung wieder. Sie kümmerte sich nicht länger um Mattho. Hennessen hatte gesagt, sie habe sogar mit ihm geschimpft. «Pfui, du Böser, geh weg. Ich will dich nicht mehr sehen. Schau, was du mit Tanita gemacht hast.»

Mattho wurde verladen, der Transporter rollte vom Hof. Rena kümmerte sich in der letzten Box um die Fuchsstute, die, ihrem Verhalten nach zu urteilen, starke Schmerzen hatte. Die Arme nun um ihren Hals geschlungen, das Gesicht in ihr Fell gedrückt. «Es wird alles gut. Ganz ruhig, Tanita, es wird alles gut.»

Hennessen lief ins Haus, um den Tierarzt zu rufen. Der Arzt kam erst nach sechs und blieb bis kurz vor zehn, weil zu befürchten stand, dass die Stute ihr Fohlen verlor oder innere Verletzungen hatte. Rena saß die ganze Zeit bei ihr. Erst als Hennessens Schwester nach meinem Anruf in den Stall kam … und so weiter.

Etwas an dieser Version schien Klinkhammer zu stören. Er wollte wissen, ob Hennessen sich am frühen Morgen nach Renas Verbleib erkundigt habe. Olgert schüttelte den Kopf und erzählte von dem mysteriösen Anruf. Klinkhammer schürzte die Lippen und nickte versonnen. Dann ließ er mich noch einmal und diesmal ausführlicher berichten, wie ich in den Stall gekommen war. Vor allem wollte er wissen, welchen Eindruck Hennessen auf mich gemacht habe und in welchem Zustand die Fuchsstute gewesen sei.

«Ich habe das Tier nicht gesehen. Hennessen wirkte bedrückt, er machte sich Sorgen.»

Wohl zu Recht. Hennessen hatte die Stute um fünf in der Früh erschießen müssen. Und Klinkhammer fragte sich nun, ob ein Tritt solch verheerende Auswirkungen gehabt haben konnte. Wenn ja, wie Hennessen sich dann in aller Seelenruhe um halb eins in der Nacht auf den Weg zur nächsten Kneipe hatte machen können. Ein Mann, dem seine Tiere über alles gingen, der mit und von ihnen lebte. In welchem Zustand die Stute denn gewesen sei, als wir zum zweiten Mal im Stall waren?

Ich verstand nicht, was an dem Pferd so wichtig für ihn war, und wurde heftig. «Ich weiß es nicht. Mein Mann hat nachgeschaut. Fragen Sie ihn.»

Klinkhammer fuhr wieder mit beiden Händen durchs Haar und schaute Olgert an. «Er war ziemlich konfus, und da war eine riesige Blutlache in der Box. Den knöpfe ich mir nochmal vor. Aber zuerst muss ich mit dem Veterinär sprechen. Mal hören, was mit dem Tier los war.»

Olgerts Gesicht überzog sich für zwei, drei Sekunden mit einem Schatten. Dann meinte er: «Ja, aber wir sollten uns auch darum kümmern, wohin der Hengst verkauft wurde.»

«England», sagte Klinkhammer knapp und strich zum dritten Mal in wenigen Minuten und wieder vergebens die zu langen Seitenpartien seiner Frisur nach hinten. Es machte mich verrückt, ihm dabei zuzuschauen, vor allem, als er hinzufügte: «Daran habe ich auch zuerst gedacht. Hennessen sagte, sie wollten es gestern noch bis Hamburg schaffen und mit der Fähre rüber. Dürfte knapp gewesen sein. Vielleicht sind sie die Nacht über hängen geblieben.»

Zur Abwechslung strich er mal mit einer Hand über sein Gesicht, wirkte plötzlich müde und alt. «Aber sie hat gesagt, eines Tages», murmelte er. «Eines Tages ist nicht sofort! Und sofort wäre um vier Uhr gewesen und nicht um zehn. Das waren sechs Stunden.»

Ein Blick von Olgert verschloss ihm den Mund.

Olgert lächelte mich an und sagte zu Klinkhammer: «Schicken wir trotzdem einen Wagen zur Autobahnauffahrt und einen zum Bahnhof.» Dann wollte er von mir eine exakte Beschreibung von Renas Rad. Marke, Farbe, Serien- oder Rahmennummer, besondere Kennzeichen wie Aufkleber oder Wimpel.

«Wozu?», fragte ich. Olgert erklärte es, nachdem Klinkhammer das Haus wieder verlassen hatte. Entweder den Zug oder den Daumen in den Wind, um nach Hamburg zu kommen.

«Haben Sie nicht gehört, was Ihr Kollege sagte?» Ich weiß nicht, ob ich schrie oder weinte. Ich weiß nur noch, dass mir meine Stimme in den Ohren gellte. «Hennessen hat sie umgebracht.»

Olgert zog mich an sich, ich fühlte seine Hand im Rücken und seinen Atem am Ohr. «Na, na, na. Nun wollen wir nicht gleich das Allerschlimmste annehmen.» Dann erzählte er mir etwas von einem wunden Herzen, das sich nicht um die Geschwindigkeit eines Pferdetransporters und nicht um sechs Stunden Vorsprung scherte.

4. Kapitel

Polizisten! Jahrelang hatte ich an sie geglaubt wie ein Kind an den Weihnachtsmann und auf das vertraut, was Vater suggerierte: Sie können keine Wunder vollbringen, aber sie tun ihre Arbeit, und sie tun sie nach besten Kräften. Was man so unter besten Kräften versteht!

Ich will mich nicht beschweren. Natürlich haben sie ihre Arbeit getan. Und ich müsste vermutlich froh und dankbar sein, dass ein Kriminalhauptkommissar und ein Kriminalkommissar anrückten, noch bevor offiziell eine Vermisstenanzeige vorlag. Aber was sie veranstaltet haben …

Es ging hin und her zwischen grauenhaften Andeutungen, wilden Spekulationen und hirnrissigen Beschwichtigungsversuchen. Eine Blutlache im Reitstall? Aber darüber regen wir uns doch nicht auf, liebe Frau Zardiss. Wir kümmern uns jetzt erst mal um das Rad Ihrer Tochter. Selbstverständlich schauen wir auch nochmal im Stall nach, der Form halber. Aber für das Blut gibt es eine simple Erklärung. Da wurde ein Pferd erschossen.

Womit denn? Mit einer Kanone? Klinkhammer hatte von einer riesigen Lache gesprochen. Und Olgert tätschelte meinen Rücken, grinste zuversichtlich und erzählte von einem jungen Mädchen, das sich aus Trotz, Enttäuschung oder Kummer in stürmischer Nacht aufmachte, mit seinem Fahrrad den Schimmelreiter zu spielen. Es war lächerlich, es war haarsträubend.

Ich versuchte mir einzureden, es sei eine gute Lösung. Schmerzlos für alle Beteiligten. Jetzt brauchen wir nur noch ein aktuelles Foto. Dann tätigen wir ein paar Anrufe. Die Hamburger Kollegen schauen sich im Hafen um, überprüfen die Passagierlisten der Englandfähre. Und dann schicken sie uns das Mädchen zurück. Doch so funktionierte es nicht.

Ich kannte Rena. Sie hätte das nicht gemacht. Sie war vernünftig. Sie wusste, dass man sich manches vorstellen, aber nicht durchführen konnte. Und sie hatte keinen Hang zum Abenteuer, auch kein Geld, um eine Schiffspassage zu bezahlen. Die Zeiten der blinden Passagiere waren ja wohl vorbei.

Olgert verbrachte eine halbe Stunde in der Diele, zitierte einen Streifenwagen zu uns, um ein paar Fotos von Rena abzuholen für die Presse und die Kollegen. Anschließend stürzte er sich noch einmal auf ihre Schultasche und erkannte schon nach kurzem Blättern mit sicherem Blick, dass sie in Englisch recht gut stand. Der letzte Beweis für seine Theorie. Nur konnte er mir nicht in die Augen sehen, als er ihn vorbrachte.

Dann telefonierte er sich zwischen der Auskunft und den dort erfragten Rufnummern bis in das Büro der Fährlinie. Nachdem auch das erledigt war, setzte er sich mit Renas Tagebüchern ins Wohnzimmer, um näher beim Telefon zu sein, wenn die Rückrufe eingingen.

Mutter war mit Eimer und Ledertuch in den ersten Stock gezogen. Blanke Fenster sind Mutter immer das Wichtigste gewesen. Die Visitenkarte der Hausfrau, jeder, der am Haus vorbeigeht, wirft einen Blick darauf. Saubere Scheiben und weiße Gardinen! Wie es in der Stube aussieht, geht keinen etwas an. Aber vielleicht wollte sie sich nur beschäftigen, um nicht grübeln, sich keine Vorwürfe machen zu müssen. Ebenso wie Vater, der, nachdem er unseren Hof und Rasen von allem befreit hatte, was nicht darauf gehörte, die Sturmschäden im Garten inspizierte.

Früher war es Vaters Traum gewesen, einen Gemüsegarten zu haben. Säen und ernten war in seinen Augen eine ehrliche Arbeit. Zuschauen, wie die Pflänzchen mit etwas Sonne, Regen und Gottes Hilfe aus dem Boden sprossen. Solange er seinen Beruf ausübte, hatte ihm die Zeit gefehlt. Und nach der Pensionierung musste er feststellen, dass niemand seine ehrliche Arbeit zu schätzen wusste.

Mutter fühlte sich überfordert mit Kisten voller Kopfsalat, Blumenkohl und Erbsenschoten. Anfangs versuchte er, den größten Teil seiner Ernte bei mir loszuwerden. Nur konnte ich mich nicht begeistern für frisches Gemüse, das man gründlich auf Raupen und anderes Ungeziefer untersuchen musste, ehe man es zubereiten konnte. Weil Sonne, Regen und Gottes Hilfe allein auch die Schädlinge prächtig gedeihen lassen.

Kurz vor zwölf kam Anne zurück. Ich stand am Küchenfenster, sah sie mit hängenden Schultern die Einfahrt heraufkommen. Die eigene Untätigkeit und das Verhalten der Polizisten machten mich verrückt, vielleicht ließ auch nur die Wirkung der Tabletten nach. Anne betrat die Diele, zog ihre schmutzigen Schuhe aus und kam in die Küche. Sie sah verweint aus, behauptete jedoch, ihre Augen seien vom Wind gerötet und verquollen. «Es ist richtig kalt draußen. Wie im November.»

Sie war ungefähr die Hälfte des Weges gegangen, hatte den Traktoren zugeschaut und Udo von Wirth getroffen. «Der arme Kerl ist fix und fertig. Er läuft da draußen herum und sammelt Müll auf. Ich glaube, er weiß gar nicht, was er tun soll. Er wollte mir von seiner Schwester und den Kindern erzählen. Das habe ich nicht ausgehalten. Ich habe ihn einfach stehen lassen. Dabei hat er mir so Leid getan.»

Ich war ganz hohl. Jeder Atemzug fiel in eine riesige Blutlache. Man ist schnell am Ende, hat schnell die eigene Grenze erreicht. Ich wollte nicht, dass Jürgen Recht behielt. Er behauptete immer, ich sei nicht belastbar. «Vera, du funktionierst nur, wenn alles glatt läuft. Sobald ein Problem auftaucht, verlierst du den Kopf.»

Ich wollte meinen Kopf nicht verlieren. Ich wollte nur mein Kind zurückhaben. Lebend! Und gesund! So ein hübsches Mädchen, sensibel, mitfühlend, stark und mutig. Keine Angst vor großen Tieren. Keinen Respekt vor überholten Ansichten von Stil und guten Tischsitten. Rena war so, wie ich gerne gewesen wäre.

Anne deutete mit dem Kinn zum Wohnzimmer und sprach wie ein Hund, der nach Fliegen schnappt. «Warum tut eigentlich dieser Kerl nichts? Hast du gesehen, was er liest?»

«Ja.»

«Findest du das gut?»

«Wenn es ihnen hilft.»

Anne ging zum Kühlschrank, nahm eine Flasche Saft heraus, holte sich ein Glas und lachte gehässig. «Sei nicht albern, Mutti. Da steht nichts drin, was für die Polizei von Bedeutung ist.»

«Woher willst du das wissen?»

Sie verzog das Gesicht zu einer Miene aus Überheblichkeit und Trotz. «Ich weiß es eben. Sie hat mir vielleicht nicht alles, aber doch viel erzählt. Über Pferde, etwas anderes hatte sie nicht im Kopf. Bei den Pferden ist sie nicht, also sollen sie gefälligst suchen und nicht hier herumsitzen.»

Sie sprach laut genug, um von Olgert verstanden zu werden. Es war mir egal. Nein, das war es nicht! Ich hätte ihm das sagen müssen. Raus hier! Sie ist nicht nach Hamburg gefahren. Sie ist irgendwo da draußen, also gehen Sie raus! Aber er hatte ja Angst um seine Schuhe, überließ es den ortsansässigen Bauern, die an Dreck gewöhnt waren.

Ich erzählte Anne von seiner Theorie. Sie kaute auf ihrer Unterlippe, und plötzlich flüsterte sie: «Scheiße! Mutti, ich glaube, er hat Recht. Rena hatte gestern Morgen einen Brustbeutel bei sich. Er war neu, aus Leder, hellbraun, mit Flechtarbeiten. Ich habe ihn gesehen, als sie im Bus bezahlte. Sie wollte ihn gleich wieder wegstecken. Ich glaube, sie wollte nicht, dass ich ihn sehe. Ich habe sie gefragt, woher sie ihn hat. Sie sagte, sie hat ihn zum Geburtstag geschenkt bekommen.»

«Von wem?»

«Das hat sie nicht gesagt. Ist ja auch nicht so wichtig. Sie hatte ihren Pass drin, Mutti. Und Geld. Viel Geld! Es waren mehrere Hundertmarkscheine.»

«Was?» Ich konnte auch nur noch flüstern.

Anne nickte düster, wisperte: «Sie sagte, das wäre auch ein Geburtstagsgeschenk.» Dann fragte sie laut: «Soll ich uns einen Kaffee machen?»

Ich schüttelte den Kopf. Olgert rief aus dem Wohnzimmer: «Ja, das wäre nett.»

Ich nahm noch eine von den Pillen und ging in die Diele. Mein Mantel war noch immer feucht, Annes Jacke, die ich in der Nacht getragen hatte, ebenso. Ich holte mir eine Jacke aus dem Schlafzimmer und verließ das Haus. Wohin ich wollte, wusste ich nicht. Nur etwas tun, irgendetwas, nicht herumstehen, nicht warten.

Von der Einfahrt aus sah ich die Traktoren; Pünktchen, die in der Ferne die Wege abfuhren. Ich ging los, um den linken Mauerpfosten herum. Mitten hinein in den Dreck. Er saugte an den Schuhsohlen, das Unkraut am Bahndamm lockte. Es stand nicht mehr hüfthoch wie sonst, lag flach gedrückt und zerzaust, ich kam darauf besser voran.

Mein Fiesta stand noch so, wie wir ihn in der Nacht zurückgelassen hatten. Er war nicht verschlossen, der Schlüssel steckte. Für einen Moment hatte ich das Bedürfnis, mich hineinzusetzen und loszufahren. Auf die Autobahn, mit Vollgas Richtung Hamburg. Und sei es nur, um zu beweisen, dass sie sich irrten. Widersinnig, die Räder steckten zur Hälfte im Morast.

Mir fiel auf, dass der Müllsack, für den wir angehalten hatten, nicht mehr auf dem Weg lag. Ich dachte, der Wind hätte ihn weggetrieben, bis mir einfiel, was Anne über Udo von Wirth gesagt hatte. Ich hatte das Bedürfnis, jeden zu fragen, ob er gesehen habe, dass Udo den Sack nahm und wohin er ihn gebracht hatte. Es wäre um so vieles leichter gewesen, nach einem Müllsack zu suchen.

Mehrere Hundertmarkscheine und der Pass in einem neuen Brustbeutel. Anne musste sich irren, alle irrten sich. Alles war falsch. Ein Polizist saß in unserem Wohnzimmer und las, was im Kopf und im Herzen meiner jüngsten Tochter vorgegangen war, statt nach ihr zu suchen. Ein zweiter Polizist befragte den Tierarzt nach einer toten Stute statt nach einem verschwundenen Mädchen. Jürgen kurvte mit Scherer herum, statt der Polizei Dampf zu machen. Vater pflückte die welken Blätter vom Kopfsalat, statt noch einmal seinen Freund Steinschneider anzurufen. Anne kochte Kaffee, Mutter wischte die Fenster blank. Ich lief ziel- und planlos einen Feldweg entlang. Und Rena war nicht mehr bei uns.

Wir hätten zusammen sein müssen. Gemeinsam alle Möglichkeiten durchdenken. Gemeinsam nach ihr suchen. Wir waren eine Familie, die immer so viel Wert auf Gemeinsamkeit gelegt hatte.

Ich ließ den Wagen hinter mir, suchte den Boden ab, die Unkrautbüschel, die wassergefüllten Fahrrinnen, die beiden Unterführungen. Suchte nach Fetzen von Kleidung, einem verlorenen Schuh, einem zerbrochenen Rückstrahler vom Fahrrad, einem Brustbeutel aus hellem geflochtenem Leder. Ich suchte nach etwas, von dem ich nur wusste, dass ich es nicht finden wollte.

Irgendwann war ich am Ende, sah schmutzigen Asphalt unter den Schuhsohlen und die Koppel vor mir. Den Balkenzaun und die Mauer. Die Einfahrt und den Hof. Das Wohnhaus, die Reithalle und den Stall. Da wusste ich, wohin ich wollte. Das Tor stand offen. Und diesmal ging ich bis zur letzten Box.

Der Boden war dunkel vor Nässe. Kein Hälmchen Stroh war darauf zu sehen, kein Tropfen Blut. Auf dem Gang stand ein leerer Eimer in einer Wasserpfütze. Hennessen schrubbte mit einem groben Besen den Beton ab, als wolle er ihn zerfetzen. Er hatte mich nicht kommen hören, zuckte zusammen, fuhr zu mir herum und fasste sich ans Herz, als ich ihn ansprach. «Jetzt haben Sie mich aber erschreckt, Frau Zardiss.»

Er hatte Schweißtropfen auf der Stirn, wischte sie mit einem Handrücken ab. «Immer noch nichts?»

Ich schüttelte den Kopf. Er legte eine Hand vor den Mund. Als er sie wieder fortnahm, sagte er: «Versteh ich nicht. Und was tut die Polizei?»

«Haben Sie Rena Geld zum Geburtstag geschenkt?»

Er presste die Lippen aufeinander. Erst nach ein paar Sekunden sagte er: «Nein, nur so 'n kleines Täschchen, was sie sich um den Hals hängen konnte. Meine Schwester macht die Dinger in Handarbeit. Rena wollte sich eins kaufen. Das wäre praktisch, meinte sie, da könnte man immer alles Wichtige bei sich haben und nicht so leicht was verlieren. Ich hab mir nichts dabei gedacht, als sie das sagte.»

Er wurde eifrig. «Und ich hab den Mund gehalten, Frau Zardiss. Kein Wort habe ich gesagt, wann Mattho abgeholt wird. Irgendwie hat sie's doch rausgekriegt, hat's wohl von Udo gehört. Ich konnte mir denken, dass sie am Nachmittag hier auftaucht. Deshalb hab ich dem Engländer gesagt, er muss vormittags kommen. Das hat er aber nicht geschafft.»

Er lächelte verlegen. «Als es losging mit dem Sturm und dem Regen, dachte ich noch, bei dem Wetter kommt sie vielleicht nicht. Ich hätt's besser wissen müssen.»

Er seufzte schwer. «Aber was die Polizei annimmt, ist Blödsinn. Das hab ich diesem Klinkhammer auch gesagt. Er war eben nochmal hier. Sie wusste doch gar nicht, wohin die Fuhre geht. Sie war nicht draußen, hat den Transporter nicht zu Gesicht bekommen. Und sie hat auch nicht gehört, was gesprochen wurde. Hier war sie.» Er zeigte mit einer Hand auf den nassen Beton, streckte sie aus und wies zum Tor. «Und wir standen da vorne.»

Er lehnte den Besen gegen die Wand der Box und trat zu mir in den Gang hinaus. «Und was die da draußen tun, ist auch Zeitverschwendung. Sie ist nicht durchs Feld. Meine Hand würd ich dafür ins Feuer legen, dass sie zu Udo wollte. Wenn sie da vor dem verschlossenen Tor stand ...» Noch ein Seufzer und verständnisloses Kopfschütteln. «Die sollten sich mal gründlich im Dorf umhören.»

«Wozu?», fragte ich. «Die Feuerwehrleute hätten sie sehen müssen, wenn sie durchs Dorf gegangen wäre. Sie ist gar nicht hier weggegangen! Dafür lege ich meine Hand ins Feuer! Hier kann man schießen und schreien und niemand hört etwas. Sie haben sie getötet!»

Hennessen starrte mich an, schüttelte abwehrend den Kopf, schluckte heftig und murmelte: «Frau Zardiss, was sagen Sie denn? Ich doch nicht! Ich könnte doch so 'nem Mädchen nichts tun!»

Eine Minute, vielleicht länger, standen wir uns schweigend gegenüber. Ich hielt seinen Blick fest, bis er den Kopf senkte. Obwohl es nicht sehr hell war im Stall, sah ich, dass er blass wurde. Sonst war sein Gesicht rot, ein breites, von Sonne und Wind kräftig gefärbtes, bieder wirkendes Gesicht. Und jetzt sah es aus, als ob ihm das Blut aus dem Kopf in tiefere Regionen sackte.

Ich stellte mir vor, wie es gewesen sein könnte. Stroh auf dem Boden, ein verletztes Tier, der Tierarzt, Rena und er. Der Arzt geht. Seine Schwester kommt in den Stall. Rena rafft ihre Sachen zusammen. Feuchte Kleidung vom Hinweg, zum Trocknen über Holzbalken gehängt. Rena stopft alles in die Tüte. Er verlangt, dass sie auf mich wartet, greift nach ihrem Arm ...

Er griff nach meinem Arm, zog die Hand sofort wieder zurück und sagte: «Na, kommen Sie. Ich fahr Sie nach Hause. Sie sind ja ganz durcheinander. Da sollten Sie nicht rumlaufen.»

«Warum haben Sie Rena nicht nach Hause gefahren?»

Er legte den Kopf schief, schaute mich an, als wolle er sich entschuldigen. Dann hob er die Achseln, ließ sie wieder sinken und seufzte. «Wir haben hier all die Stunden gesessen. Ich hab nicht mitgekriegt, dass es draußen noch so schlimm war. Und ich wollte Tanita nicht allein lassen.»

«Aber Sie haben die Stute allein gelassen.»

Er nickte schwer, schaute betrübt über seine Schulter auf den nassen Boden. «Ja, und den Stall offen. Und dafür könnt ich mich in den Hintern treten. Aber er ist ja immer offen. Wer rechnet denn mit so was? Sie waren nochmal hier in der Nacht, sagte Klinkhammer. Wann?» Es klang lauernd.

«Das wissen Sie doch. Bevor wir in die Kneipe kamen.»

«Danach nicht mehr?» Es klang immer noch lauernd. «Als ich nämlich von Friedel zurückkam, hab ich nochmal nach Tanita geschaut. Da war sie in Ordnung. Der Doktor meinte ja auch, es wäre wohl doch nicht so schlimm, wie wir zuerst angenommen haben. Und heut Morgen …»

Seine Stimme kippte, sein Adamsapfel ruckte auf und ab. «Als ich hier reinkam. Alles voller Blut. Die Därme hingen ihr raus. Das arme Ding. Es muss zwischen drei und vier passiert sein. Sagen Sie's mir lieber jetzt, wenn Sie nochmal hier waren. Im Moment würd ich's vielleicht sogar verstehen.»

Das Ungeheuerliche seiner Worte ging an mir vorbei, ohne dass ich es greifen konnte. «Wir hatten was anderes zu tun», sagte ich.

Er starrte mich an, als wolle er sich in mein Gehirn bohren. Nach ein paar Sekunden nickte er schwer und meinte: «Ja, hatten Sie wohl. Aber ich begreif das nicht. So 'ne Sauerei, wenn ich das verdammte Schwein erwische! Wie kann sich nur einer so an einem wehrlosen Tier vergreifen? Und warum, zum Teufel? Ich versteh nicht, dass ich nichts gehört hab.»

Seine Schultern strafften sich. Wieder griff er nach meinem Arm, und diesmal hielt er ihn fest. Mir war kalt. Seine Hand war wie eine Eisenklammer. In meinem Hirn entstand wieder das Bild: Er greift nach Renas Arm. Er sagt: «Bleib hier, deine Mutter ist bestimmt schon auf dem Weg.»

Mir war so kalt, dass mir die Zähne aufeinander schlugen. Er hatte eine halbe Stunde Zeit. Und er wusste genau, dass ich nicht bis zur letzten Box kommen würde. Keinen Fuß in den Gang setzen. Niemals vorbei an den Pferdeköpfen. Vera hat Angst vor großen Tieren.

Ich konnte seine Hand nicht abschütteln, sah im Geist noch einmal, wie er sie an der Hose abwischte, als er in der Nacht auf mich zukam. Meine Knie waren steif. Alles verspannt und verkrampft. Bitte, das nicht! Nicht Hennessen. Sie kannte ihn seit zwei Jahren, war Tag für Tag mit ihm zusammen. Für sie war er ein gutmütiger Mann, dem sie vertraute. Bitte, das nicht! Nicht so viel Zerstörung.

Aber ich sah es vor mir. Keinen Grund, den nicht. Wer kennt schon die Gründe? Oft wissen nicht einmal die, die es getan haben, wie es geschehen konnte. Es geschieht eben. Dann lag sie da, neben der verletzten Stute. Es war Blut auf dem Boden. Deshalb musste das Tier sterben.

Und Klinkhammer hatte Verdacht geschöpft, sah es so wie ich: Hennessen schlachtet seine Zuchtstute ab, um zu vertuschen, was er mit Rena gemacht hat. Hennessen schafft das blutige Stroh hinaus. Dann schrubbt er den Boden wie ein Besessener, damit niemand mehr feststellen kann, ob es menschliches oder tierisches Blut …

Ich bekam keine Luft. Er schob mich vor sich her ins Freie. Sein Wagen stand vor der Garage. Den Autoschlüssel trug er in der Hosentasche. Als er ihn im Zündschloss drehte, meinte er: «Hoffen wir, dass die alte Kiste anspringt. Wenn sie ein paar Tage gestanden hat, hustet sie mir schon mal was.»

Sein Wagen konnte nicht ein paar Tage gestanden haben, dann hätte er in der Nacht auf dem Hof stehen müssen. Ich hätte ihn gesehen. Hennessen musste seit gestern damit gefahren sein. Und wenn er schon versuchte, etwas so Harmloses wie eine Autofahrt zu vertuschen …

Der alte Wagen sprang an. Und Hennessen fuhr mich heim. Wir sprachen während der Fahrt nicht miteinander. Ich konnte nicht sprechen, auch nicht denken. Er bog in unsere Einfahrt, hielt an, als wage er es nicht, mich vor die Haustür zu fahren. Er griff über mich hinweg nach der Tür und öffnete sie. «Hab noch 'ne Menge zu tun, Frau Zardiss.»

Er zögerte kurz, bevor er anfügte: «Ich sollt's vielleicht nicht sagen, am Ende regen Sie sich nur unnötig auf. Aber zu Klinkhammer hab ich's auch gesagt. Bevor Rena ihren Kram zusammenpackte, war sie bei Bella. Hat sie jeden Abend gemacht. Sonntag nicht, da war sie noch ein bisschen enttäuscht, nehm ich an. Aber Montag, Dienstag, Mittwoch und gestern auch. ‹Bis morgen, Schönheit›, hat sie gesagt und Bella den Hals geklopft. ‹Du schläfst jetzt fein. Und wenn es morgen trocken ist, darfst du wieder springen.› Genau so hat sie's gesagt. Und so was sagt man nicht, wenn man weglaufen will, denk ich mir.»

Sein Gesicht hatte die Farbe noch nicht zurückgewonnen, aber er lächelte, gutmütig, zuversichtlich, bieder. Und als sei ihm nicht bewusst, was er gerade gesagt hatte, meinte er: «Nun machen Sie sich mal nicht so große Sorgen. Das klärt sich schon auf.»

Dann fuhr Hennessen zurück und ich schlich ins Haus.

Jürgen kam mir in der Diele entgegen. Wütend, aufgebracht, erregt. Es summte im Haus wie Elektrizität in einem Draht. Im Wohnzimmer standen Klinkhammer und Olgert und diskutierten ein Problem. Sie sprachen leise, ich verstand kein Wort. Anne saß mit bleichem Gesicht in einem Sessel. Und Jürgen – er sah so grau aus wie am Morgen. Nur um die Augen war er rot.

Ich suchte nach meinen Eltern. Sie waren nicht da. Es musste weit nach Mittag sein. Ich dachte, Vater hätte sich wie üblich hingelegt und Mutter leiste ihm Gesellschaft. Sie mussten beide erschöpft gewesen sein nach einer Nacht ohne Schlaf und der Angst um Rena.

Ich wollte sofort mit Klinkhammer über Hennessen reden. Doch bevor ich den ersten Ton über die Lippen brachte, fauchte Jürgen mich an: «Verdammt nochmal, Vera, kannst du nicht mit deinem Hintern zu Hause bleiben, damit hier jemand zur Verfügung steht?»

Klinkhammer machte eine beschwichtigende Handbewegung. Dann erklärte er mir den Grund für die Aufregung. Es hatte jemand angerufen, fünfmal insgesamt, in kurzen Zeitabständen.

Da Olgert auf diverse Rückrufe wartete, war er beim ersten Klingeln an den Apparat gegangen. Er meldete sich mit seinem Namen. Es wurde aufgelegt. Ein paar Minuten später klingelte es erneut. Olgert dachte an den Anruf vom frühen Morgen, vermutete, dass Rena versuchte, sich bei ihrer Familie zu melden, und wollte sie zum Reden bringen. Als ihm das auch beim dritten Mal nicht gelang, wies er Anne mit genauen Instruktionen an, beim nächsten Klingeln an den Apparat zu gehen.

Anne erntete ebenfalls Schweigen, drängte sekundenlang: «Rena, sag doch was, bitte. Wir machen uns so große Sorgen um dich. Du kannst dir nicht vorstellen, was hier los ist. Wo bist du? Dir ist doch hoffentlich nichts passiert? Sprich mit mir, Rena, bitte. Sag mir, wo du bist, es kommt sofort einer, um dich abzuholen.»

Und endlich die Stimme einer Frau. Olgert hatte über den Lautsprecher mitgehört und aufgeschrieben, was gesprochen wurde. Klinkhammer verlangte, dass ich mir Olgerts Notizen anschaute. Von einem Blatt Papier abgelesen, wirkte es weniger dramatisch.

Frau: «Ich muss dich enttäuschen, Herzchen. Hier ist nicht Rena. Jetzt hol mir mal den Doktor an die Strippe.»

Anne: «Wer ist denn da?»

Frau: «Ist doch egal. Tu einfach, was ich dir sage.»

Anne: «Ich will zuerst wissen, wer Sie sind und was Sie wollen.»

Frau: «Ich will den Doktor sprechen, persönlich und sofort.»

Anne: «Mein Vater ist im Augenblick nicht da.»

Frau: «Mich kannst du nicht verscheißern, er muss da sein. Schaff ihn an den Apparat und sorg dafür, dass Olga aus der Leitung bleibt. Wer ist das überhaupt? Hört sich an wie ein Gaul.»

Anne: «Ich wüsste nicht, was Sie das angeht. Sie sagen mir ja auch nicht, wer Sie sind.»

Frau lacht: «Du würd's es auch sicher nicht gern hören. Jetzt pass mal auf, Mädchen. Dass bei euch der Teufel los ist, hab ich schon mitgekriegt, dass du lieber mit Rena reden möchtest als mit mir, weiß ich auch. Vielleicht tu ich dir den Gefallen, aber erst tust du mir einen. Du schaffst jetzt den Doktor an die Strippe. Und dann sehen wir weiter. Ich meld mich in zehn Minuten wieder.»

Und Olgerts Notiz: *Ende*.

Anne lief los. Aber sie und Jürgen schafften es nicht rechtzeitig. Bevor sie das Haus erreichten, ging der fünfte Anruf ein. Olgert sah sich gezwungen, noch einmal zum Hörer zu greifen. Er versuchte es mit einem Trick, meldete sich mit dem Namen Zardiss. Nur kam er nicht dazu, mehr zu sagen. Die Frau bemerkte den Betrug. Sie wurde wütend. «So läuft das nicht. Jetzt habe ich die Schnauze voll. Ich lass mich nicht linken von euch. Ich ruf in einer halben Stunde nochmal an. Exakt in einer halben Stunde. Kapiert? Und wenn der Doktor dann immer noch nicht für mich zu sprechen ist, wird's ihm Leid tun. Ich kann nämlich auch anders. Ich könnte zum Beispiel ein Wörtchen mit dem Teufel reden.»

Und plötzlich standen sie vor einem Berg. Was Olgert ein paar Stunden vorher angeführt hatte, nur um uns das Gegenteil zu beweisen, schien sich zu bewahrheiten. Entführung!

Klinkhammer hatte vom Tierarzt etwas erfahren, was die These stützte. Als der Arzt Hennessens Hof verließ, rammte er mit seinem Wagen einen grauen Kleinbus, der so dicht bei der Einfahrt geparkt war, dass er ihn nicht rechtzeitig bemerkte. Ein Mann stieg aus, betrachtete den Schaden am Bus, winkte ab und gab sich großzügig. Eine kleine Beule und zwei Kratzer im Lack, dafür brauche man keine Polizei und keine Versicherung zu bemühen. Ob sonst noch jemand im Bus gewesen war, hatte der Arzt nicht feststellen können. Die Scheiben seien beschlagen gewesen.

Klinkhammer hatte dieser Aussage zuerst keine Bedeutung beigemessen. Zu diesem Zeitpunkt erschienen ihm andere Auskünfte noch wichtiger. Zuvor hatte er nämlich mit Armin und Ilona gesprochen. Beide nahmen ihre Stunden donnerstags. Und beiden hatte Hennessen kurz nach Mittag abgesagt. Bei dem Wetter könne man nicht raus. Und im Stall wolle er Ruhe haben wegen Mattho. Eine fadenscheinige Ausrede bei der großen Halle, in der man bei jedem Wetter reiten konnte.

Und warum hatte Hennessen nicht bei uns angerufen und dafür gesorgt, dass Rena daheim festgehalten wurde, statt sich auf Sturm und Regen zu verlassen? Wo er doch genau wusste, dass sie sich von nichts und niemandem abhalten ließ! Und warum hatte er nicht den Veterinär zu seiner Stute gerufen, den er normalerweise kommen ließ? Warum diesen jungen, unerfahrenen Arzt mit einer Kleintierpraxis in der Stadt? Einen Mann, der sich mit Katzen, Hunden, Meerschweinchen und Hamstern auskannte und von Pferden so viel Ahnung hatte wie Jürgen von einer Herztransplantation?

Diese Fragen musste Klinkhammer sich ebenso gestellt haben wie ich. Nach der Unterhaltung mit Armin und Ilona war Hennessen sein Favorit gewesen. Die fünf Anrufe gaben dem grauen Kleinbus ein anderes Gewicht und brachten Klinkhammer von der Fährte ab. Er wollte veranlassen, dass sofort irgendein Gerät an unser Telefon angeschlossen wurde.

Mit einem richterlichen Beschluss dauere es zu lange, meinte er. Auch eine Fangschaltung zu beantragen nehme im Moment zu viel Zeit in Anspruch und würde uns über das Wochenende nicht weiterbringen. Aber dieses Gerät könne er schnell beschaffen. Ich sollte mein Einverständnis geben.

«Und bis es angeschlossen ist», sagte er ausschließlich zu mir, «nehmen Sie kein Gespräch mehr entgegen.»

Was er mir verschwieg: Jürgen hatte sein Ansinnen bereits abgelehnt. Auch jetzt protestierte er wieder. «Wie stellen Sie sich das vor? Und wie wollen Sie mich daran hindern, ein Gespräch anzunehmen? Ich denke nicht daran, mir in meinem Haus Vorschriften machen zu lassen. Auch nicht von der Polizei. Ihr Gerät schlagen Sie sich aus dem Kopf.»

Ich konnte nicht so schnell denken, wie sie sprachen. Nicht so schnell umschalten von Hennessen auf einen grauen Kleinbus. Jürgen war außer sich: «Das ist ein Privatanschluss, die Gespräche, die darauf eingehen, sind ausschließlich privat. Hier kann nicht irgendein Fremder anrufen. Unsere Privatnummer steht nicht im Telefonbuch und ist auch über die Auskunft nicht zu erfahren. Ich bin Arzt, falls Sie das vergessen haben. Ich hätte daheim keine ruhige Minute, wenn ich jederzeit telefonisch erreichbar wäre.»

Klinkhammer nickte verstehend, aber er lächelte nicht. Seine Haare wurden ihm wieder lästig. Er wischte sie nach hinten und behielt die Rechte am Kopf. Die Geste gab ihm etwas Nachdenkliches, etwas von Wissen und Erfahrung. Mit einem Blick auf Anne meinte er, unsere Nummer sei gewiss weiter verbreitet, als wir uns vorstellen könnten. Und auch für einen Fremden, der noch nie mit der Familie zu tun gehabt habe, sei es kein Problem, sie in Erfahrung zu bringen, wenn er ein Mitglied der Familie in seiner Gewalt hätte.

Endlich ein klarer Satz, auf Anhieb zu begreifen. Ein Satz wie ein Messer. Gewalt! Ein grauer Kleinbus! Platz genug – ein Mädchen hineinzerren, ein Fahrrad verstauen, Gas geben und keine Spur hinterlassen. Ich hörte mich schreien, genauso wie in der Nacht, als ob ich der armen Frau Bost dabei zuschaute. «Ich will mein Kind wiederhaben! Bringt mir mein Kind zurück!»

Jürgen fauchte: «Reiß dich zusammen, Vera!» Dann holte er aus und schlug mir ins Gesicht. Das Schreien riss ab. Nur Anne heulte noch einmal auf.

Ich schaute Klinkhammer an: «Da steht das Telefon. Rufen Sie an, damit jemand herkommt und das Gerät anschließt.»

«Das kommt überhaupt nicht in Frage», brüllte Jürgen. «Diese

Anrufe haben nichts mit dem Verschwinden unserer Tochter zu tun. Absolut nichts.»

«Womit dann?», fragte Klinkhammer ruhig.

Jürgen schaute mich an, als wolle er mir mit einem Blick das Hirn verkleistern. «Das ist Privatsache», schnaubte er. «Nichts, wofür die Polizei sich interessieren müsste.»

Klinkhammer zog eine Augenbraue hoch. «Wie Sie meinen, Herr Doktor. Aber ich mache Sie darauf aufmerksam, dass jede Art von Erpressung strafbar ist.»

«Ich werde nicht erpresst», sagte Jürgen.

Es war wie eine Mauer, die sich quer durch die Diele zog. Auf der einen Seite stand ich, auf der anderen Jürgen. Er hatte mich geschlagen, zum ersten Mal! Nun stand er allein. Ich nicht. Ich blieb auch nicht auf meiner Seite. Anne legte mir einen Arm um die Schultern und führte mich ins Wohnzimmer. Klinkhammer und Olgert folgten. Jürgen blieb zurück, lehnte sich demonstrativ gegen den Rahmen der Küchentür, verschränkte die Arme vor der Brust und heftete die Augen auf das Telefon. Klinkhammer und Olgert hefteten sie auf mich.

Privatsache! Ich werde nicht erpresst! Die Worte rotierten in meinem Hirn. Natürlich nicht! Wir konnten es uns nicht leisten, erpresst zu werden. Sechshunderttausend hatte der Hof gekostet, die Renovierung noch einmal halb so viel verschlungen. In der Praxis war nicht mehr so viel zu tun, seit sich die junge Gynäkologin niedergelassen hatte. Ein grauer Kleinbus? Vielleicht nur einer, der sich verfahren hatte, der kurz bei Hennessens Einfahrt anhielt, um auf der Karte nachzusehen. Kurz vor der Einfahrt stand ein Ortsschild.

Anne drückte mich in einen Sessel, ging in die Küche, holte ein Glas Wasser und eine von den Pillen. Ich trank einen Schluck, die Pille behielt ich in der Hand. Anne wollte mir etwas zu essen machen. Nur ein paar belegte Brote. Sie schaute die beiden Männer an. «Möchten Sie auch noch etwas essen?»

Klinkhammer nickte. Olgert sagte: «Nur Kaffee.»

Anne ging wieder in die Küche. Niemand sprach. Sie schauten mich nur an. Sie mich und Jürgen das Telefon. Warten! Auf das Klingelzeichen! Auf einen Erpresseranruf? Ruf schon an, Weib! Sag, was du von uns willst. Nicht von uns! Nur von Jürgen! Ich will den Doktor sprechen, persönlich und sofort! Ich hatte zu viel im Kopf, sonst hätte ich es eher begriffen.

Anne schnitt Brot in der Küche, klapperte mit Geschirr und Besteck. Die Kaffeemaschine zischte, ansonsten war es still. Fragt mich etwas! Fragt mich endlich, ob ich derselben Meinung bin wie Jürgen. Diese Anrufe haben nichts mit Renas Verschwinden zu tun! Ja, ich bin derselben Meinung. Hennessen hat meine Tochter getötet. Er muss es getan haben. Es war doch sonst niemand da. Ausgerechnet Hennessen! Und er konnte mir ins Gesicht lügen! Wir haben ihm vertraut. Dankbar waren wir ihm, dass er mit seinen Gäulen die aufmüpfige Phase beendete.

Es war eine unangenehme Zeit. Es ist mehr als unangenehm, wenn einem ein Kind so aus den Händen gleitet. Ich wusste oft nicht, wie ich mit Rena reden, wie ich mit ihr umgehen sollte. Ich mag mich gar nicht erinnern. Wie viele Nächte habe ich wach gelegen? Wie viele Stunden habe ich auf Jürgen eingeredet, ob wir sie nicht besser in ein Internat geben. Er sagte: «Quatsch!» Und meine Mutter bekam Zustände, wenn wir sie besuchten und Rena bei uns war.

Sie war gerade dreizehn, als es anfing. Und es ging fast ein Jahr so, bis wir hierher zogen. Schwarze Schlabberhosen, schwarz lackierte Fingernägel und diese scheußliche Zebrafrisur. Es kam so weit, dass wir sie nicht mehr mit zu meinen Eltern nehmen konnten. Ein Glück, dass keine Fotos aus dieser Zeit existieren. Kein Mensch würde einen Finger rühren für Rena, wenn ihm solch ein Bild unter die Augen käme.

Dabei hatte sie sich nicht aus eigenem Antrieb so verunstaltet. Es war Nita Kolter, dieses verkorkste Aas. Ich hatte den Verdacht, dass Nita Drogen nahm. Und ich befürchtete, dass sie Rena dieses Teufelszeug aufschwatzte. Mehr als einmal kam sie heim und war irgendwie komisch, entweder zu still oder zu fröhlich, hektisch und überdreht.

Und Hennessen machte dem ein Ende. Rena war hellauf begeistert von ihm. «Er ist so nett. Er hat gesagt, ich darf jederzeit bei ihm schnuppern kommen, wenn's mir so viel Spaß macht, mit Pferden umzugehen. Er freut sich immer, wenn er junge Leute um sich hat.»

In meiner Hand begann es zu kleben. Der Schweiß löste die Pille auf. Auf meiner Uhr war es Viertel nach zwei. Gestern um diese Zeit, dachte ich. Gestern um diese Zeit schlang Rena in aller Eile Gemüseeintopf ohne geräucherte Schweinerippchen in sich hinein, stopfte ein paar Sachen zum Wechseln in eine Plastiktüte.

Gestern um diese Zeit waren Annegret Kuhlmann und ihre beiden kleinen Kinder bereits tot. Polizei und Feuerwehr mühten sich ab, ihre Leichen aus dem Blechknäuel zu bergen. War das nicht genug Katastrophe für einen Tag?

Gestern um diese Zeit waren wir noch in der Praxis. Wir waren allein. Sandra Erken arbeitete nur am Vormittag für vier Stunden. Sie ging pünktlich um zwölf, nach Möglichkeit sogar ein paar Minuten früher, um ihren kleinen Sohn aus dem Kindergarten abzuholen. Jasmin war trotz Sturm und Regen heimgelaufen. Sie wohnte nicht weit von der Praxis entfernt.

Wir hatten um eins am Fenster gestanden und zugeschaut, wie Annegret Kuhlmann ihre Einkäufe aufsammelte. Als sie abfuhr, legte Jürgen mir einen Arm um die Schultern und sagte: «Ich weiß eine angenehmere Beschäftigung als Wetter gucken. Gehn wir nach nebenan und machen es uns gemütlich.»

Es war nicht gemütlich. Es war ein Spiel. Wenn Kinder es spielen, schlägt man ihnen auf die Finger. Man sagt: «Pfui, das gehört sich nicht.» Wir waren keine Kinder mehr, wir waren erwachsen. Und tolerant. Wir lebten nach dem Motto: Tun, was Spaß macht.

Mich reizte vor allem der Gedanke, was Mutter sagen würde, wenn sie es wüsste.

Ich hätte vor Klinkhammer und Olgert im Boden versinken mögen. Gestern um diese Zeit! Während unsere Tochter sich auf den Weg zu ihrem Mörder machte, haben wir es auf dem Untersuchungsstuhl getrieben. Und keinen Gedanken an Rena verschwendet. Wir hatten uns völlig sicher gefühlt in den letzten beiden Jahren. So sicher, dass wir es uns erlauben konnten, übermütig zu werden.

Das Zischen in der Küche war verstummt. Anne kam mit einer Platte voll belegter Brote herein. Dreimal lief sie hin und her, brachte Geschirr und Besteck, Kaffee, Sahne und Zucker. Beim letzten Gang fragte sie Jürgen: «Soll ich dir etwas bringen, Papa? Oder setzt du dich zu uns?»

Er kam herein, setzte sich auf die Couch. Ich musste wissen, wer angerufen hatte. Ich hielt es nicht aus, dieses Schwanken zwischen Stall und Bus. Wie er mich anschaute. Reiß dich zusammen, Vera! Er musste es nicht noch einmal aussprechen, es stand ihm auf der Stirn geschrieben.

«Tut mir Leid, dass ich so heftig geworden bin», sagte er. Ob er sich bei Klinkhammer oder bei mir entschuldigte, war nicht ersichtlich. Er lächelte verlegen. «Meine Nerven sind heute auch nicht die stärksten. Aber diese Anrufe ...» Er brach ab, zuckte mit den Schultern. «Eine meiner Patientinnen ist psychisch gestört. Es ist nicht gravierend. Es wird nur manchmal lästig. Ist das damit geklärt?»

«Nein», sagte Klinkhammer und klemmte die langen Haarsträhnen hinter den Ohren fest. Jetzt wird es ernst, dachte ich. Er hört auf, mit seinen Haaren zu spielen. Jetzt nagelt er ihn fest.

Jürgen seufzte, richtete den Blick zur Zimmerdecke. Ihm schien nicht aufzufallen, dass er sich mit seiner Erklärung selbst widersprochen hatte. «Herrgott nochmal. Sie wollen's ganz genau wissen, was? Na schön, die besagte Patientin hatte vor vier Jahren einen Abort und gibt mir die Schuld. Ich hatte versäumt, sie darauf hinzuweisen, dass bestimmte Sportarten einer Schwangerschaft nicht förderlich sind. Man kann nicht immer an alles denken. Und man setzt auch voraus, dass eine Frau, die sich ein Kind wünscht, nicht weiterhin Kraftsport betreibt. Die Sache ist lächerlich, aber es hat sich bei ihr zur Psychose entwickelt. Alle naselang taucht sie auf und ergeht sich in Vorwürfen. Meist gelingt es mir, sie zu beruhigen. Gestern Abend war sie da. Nur hatte ich nicht die Zeit, mich sofort um sie zu kümmern.»

Da begriff ich endlich und war erleichtert. Eva Kettler! Ihre Fehlgeburt hatte Jürgen einmal erwähnt. Dass sie ihm die Schuld gab, hatte er mir nie gesagt. Und wenn er geglaubt hatte, Klinkhammer mit seiner Erklärung zu beschwichtigen, wurde er enttäuscht.

Das Gegenteil war der Fall. Klinkhammer stürzte sich darauf, sprach von Auge um Auge. Ich habe mein Kind durch deine Schuld verloren, jetzt nehme ich dir dein Kind. Jürgen winkte mehrfach ab. Unsinn. Nur blödes Geplapper ohne Sinn und Zweck und ohne einen Gedanken an eventuelle Konsequenzen.

Ich konnte mir auch nicht anhören, wie Klinkhammer sich festbiss.

«Es war Hennessen», sagte ich. «Zuerst hat er Rena umgebracht, er hat sie mit seinem Kombi weggeschafft, sie und ihr Rad. Der Wagen sprang nämlich eben sofort an. Dann war er in Friedels Kneipe, und dann hat er das Pferd getötet.»

Jürgen runzelte missbilligend die Stirn. «Red keinen Quatsch, Vera!» Dann nahm er sich ein Brot von der Platte, biss hinein.

«Er hat die Stute geschlachtet», erklärte ich. «Um mit ihrem Blut zu vertuschen, was er mit Rena gemacht hat.»

Jürgen schüttelte unwillig den Kopf. «Vera, jetzt spinn hier nicht rum. Geschlachtet!» Er schaute Klinkhammer an. «Ich denke, er hat das Tier erschossen?»

Klinkhammer nickte bedächtig und betrachtete die belegten Brote mit begehrlichem Blick. «Er hat ihm den Gnadenschuss gegeben, wie man so schön sagt. Ich habe mit dem Abdecker gesprochen. Der Mann nannte es eine blindwütige Aktion. Da muss jemand mächtig wütend auf Hennessen gewesen sein. Aber seine Wut an einem hilflosen Tier auszulassen …» Den Rest ließ er offen, beugte sich vor, griff zu und ließ die Augen nicht von Jürgen, während er von seinem Brot abbiss.

Jürgen goss sich Kaffee ein. «Was schauen Sie mich an? Sie glauben doch nicht etwa, ich hätte …» Auch Jürgen sprach den Satz nicht zu Ende, sagte stattdessen: «Als wir im Stall waren, war die Stute in Ordnung. Sie schlief.»

Klinkhammer lächelte nichtssagend. «Der Tierarzt hatte ihr ein Betäubungsmittel gespritzt. Deshalb hat Hennessen vermutlich auch nichts gehört. Dass die anderen Tiere ebenfalls keinen Laut von sich gegeben haben, wundert mich allerdings. Normalerweise wäre dieses Intermezzo nicht geräuschlos über die Bühne gegangen. Ein Fremder kann nicht im Stall gewesen sein. Waren Sie häufig im Stall, Herr Doktor?» Er lehnte sich zurück, biss erneut von seinem Brot ab und kaute genüsslich.

Jürgen grinste unfroh. «Dreimal. Das erste Mal vor zwei Jahren, als ich mit Hennessen über Reitstunden sprach. Das zweite Mal vor drei Wochen, als ich das Geburtstagsgeschenk für Rena aussuchte. Und in der vergangenen Nacht. Da habe ich die Lodenjacke getragen, die an der Garderobe hängt. Wenn Sie wollen, können Sie die Jacke mitnehmen und untersuchen lassen.»

In der Diele klingelte das Telefon. Jürgen erhob sich. Mit dem Brot in der Hand ging er hinaus und nahm den Hörer ab. Ich hörte nur seine Stimme. «Zardiss.» Eine kurze Pause. Dann sagte er: «Ja, ich weiß. Und das war sehr dumm von Ihnen. Nein, heute ist es völlig ausgeschlossen. Ich muss Sie bitten, sich bis Montag zu gedulden.» Noch eine Pause. Er war nervös, gereizt, sein Ton machte es deutlich. «Ich weiß nicht, wie es mit den Terminen aussieht.

Warum rufen Sie nicht noch einmal in der Praxis an und lassen sich einen Termin geben? Oder nein, wir machen es anders. Acht Uhr dreißig, seien Sie pünktlich. Also dann bis Montag.»

Montag! Drei Tage bis dahin. Noch war nicht einmal der erste zu Ende. Und ich dachte, dass ich nicht zwei solcher Tage hintereinander verkraften könnte.

Jürgen legte auf, kam zurück und sagte: «Wie ich mir gedacht habe. Machen Sie einen Haken hinter die Anrufe und betrachten Sie diesen Aspekt als erledigt.» Dann wollte er wissen: «Wie lange kann es dauern, bis wir Bescheid aus Hamburg erhalten?»

Klinkhammer hob die Schultern, schob sich den Rest vom Brot in den Mund, kaute, schluckte und erklärte anschließend: «Schwer zu sagen. Ein paar Tage, auch Wochen. Ich will Ihnen da keine großen Hoffnungen machen. Richten Sie sich lieber auf eine längere Frist ein.»

Kurz vor vier brach Klinkhammer, gestärkt mit vier oder fünf Broten – ich hatte nicht mitgezählt –, erneut auf, um mit Horst, Katrin und Tanja zu sprechen und sich von ihnen eine Bestätigung zu holen. Von Armin und Ilona hatte er gehört, dass Rena bei ihrer Party am Samstagabend gesagt hatte: «Morgen bin ich der glücklichste Mensch.» Wir hatten ihr Glück mit dem falschen Geschenk zunichte gemacht.

«Und was ist mit Hennessen?»

«Nichts, Frau Zardiss», sagte Klinkhammer und wollte wissen, ob einer von Renas Freunden einen grauen Kleinbus fuhr. Ich hatte das Gefühl, vor einer Wand zu stehen.

Jürgen sagte: «Nimm noch eine Pille, Vera, und ruh dich ein bisschen aus.»

Sie behandelten mich wie ein unmündiges Kind. Wahrscheinlich erzählte Klinkhammer am Abend seiner Frau: «Die übliche Geschichte, das Mädchen ist abgehauen. Nur die Mutter will es nicht einsehen. Die Frau hat keine Nerven.»

Olgert blieb im Haus. Jürgen ging wieder nach draußen. Anne

hatte sich in ihrem Zimmer verkrochen. Ich saß allein mit Olgert im Wohnzimmer. Er las in Renas Tagebüchern. Willkürlich, ohne System, hier ein Stück und da eins. Ich hielt es nicht aus, sein Mienenspiel zu beobachten. Wie er bei einem Absatz die Stirn runzelte, bei einem anderen die Mundwinkel verzog, als wolle er lächeln. Wie er ab und zu den Blick hob, mich betrachtete.

Ich fühlte Hennessens Hand immer noch an meinem Arm. Ich fühlte sie auch an meiner Kehle. Von draußen drang ein Motorgeräusch herein. Ich dachte, Klinkhammer käme zurück, um noch einmal in Ruhe und ohne Jürgens Einmischung mit mir zu reden. Aber es waren meine Eltern, die ich in ihrem Schlafzimmer glaubte, schlafend vor Erschöpfung und erschöpft von Sorgen und Vorwürfen.

Mutter kam bepackt mit zwei Taschen ins Haus und forderte mich auf, beim Ausladen des Wagens zu helfen. Freitag! Großeinkauf fürs Wochenende. In meinem Hirn drehte sich roter Nebel. Mutters Gedanken kreisten um Wurstaufschnitt und frisches Brot. Sie lächelte mich an. «Diese Polizisten haben einen gesegneten Appetit. Der junge Mann hat heute Mittag die halbe Platte alleine verdrückt. Bleiben sie zum Abendbrot, Vera?»

Was geht vor in so einem Kopf? Was ist das, Verdrängung? Bring meine Ordnung nicht durcheinander, Vera! Wenn du deine Puppe verloren hast, such sie, aber belästige mich nicht damit und wirf mir nicht alle Kissen von der Couch.

Ich ging zwar hinaus, aber nicht zu Vaters Wagen. Zur Scheune ging ich, holte mir einen Spaten und lief zu meinem Auto. Zweimal verlor ich unterwegs einen Schuh, erst den linken, dann den rechten, zog ihn mit den Händen aus dem Boden, schlüpfte mit nassen, schmutzigen Füßen hinein und marschierte weiter.

Die Erde war zäh und schwer. Und die Mühe umsonst. Mit Graben bekam ich die Reifen nicht frei. Ich ging zurück und holte mir Bretter. Es lag noch ein Stapel in der Scheune. Die Handwerker hatten sie für ein Gerüst benutzt, als sie die Fassade renovierten.

Schwere Bretter, ich konnte jeweils nur eines tragen und die Schuhe nicht mehr ausgraben, als sie erneut stecken blieben. Ich brauchte auch keine Schuhe.

Siebenhundert Meter zum Auto. Siebenhundert Meter zurück. Siebenhundert Meter mit dem zweiten Brett. In den Löchern rund um die Reifen hatte sich Wasser gesammelt. Meine Füße wurden in Annes durchtränkten Socken zu kalten, gefühllosen Steinen. Warum konnte ich nicht glauben, was alle glaubten?

Ein Brustbeutel für Pass und Geld! Mehrere Hundertmarkscheine! Rena hat sich auf ihr Rad gesetzt und ist dem Transporter hinterher. Sie hatte keine Kleidung zum Wechseln in der Tüte. Ein Segel hatte sie dabei. Mit dem Wind im Rücken auf die Autobahn.

Es ist der Verstand, er bricht allmählich auseinander. Es kommt ein Punkt, da denkt man nur noch mit Scherben. Beim einen kommt er früh, beim anderen etwas später. Bei mir kam er sehr früh. Ich spürte es nicht. Grub Löcher, schleppte Bretter, stand auf Socken im Schlamm, wischte mir den Schweiß von der Stirn und die Tränen von der Nasenspitze und hielt mich für normal. Für den einzig vernünftigen Menschen unter lauter geistig Beschränkten.

Ich sprach mit meinem Auto. «Gutes, altes Knatterding, jetzt machen wir dich wieder flott, und dann bringen wir System in die Sache.» Vier Räder, ein bisschen Blech drum herum, Benzin im Tank. Und schon fühlt man sich wie ein Mensch, der etwas tun, der Verlorenes wieder finden kann.

Ich wollte viel tun, noch einmal zu Hennessen, mir eine Mistgabel aus seinen Gerätschaften greifen, ihn an die Wand spießen. «Was hast du mit ihr gemacht? Wo ist sie? Sag es mir, oder ich steche dich ab.»

Nur bekam ich die Reifen nicht frei, auch nicht mit den Brettern. Ein Traktor kam. Einer der Männer hatte mich gesehen und half mir. Ich hatte ein Abschleppseil im Wagen, damit ging es schnell. Das Geräusch werde ich nie im Leben vergessen, dieses

Schmatzen, Saugen und Schlürfen, als der Schlamm die Reifen freigab.

Ich stieg ein, der Mann mit dem Traktor zog den Fiesta bis in unsere Einfahrt. Ich bedankte mich, wollte losfahren, hinunter zur Landstraße, links abbiegen zum Dorf. Aber als ich sah, dass der Traktor diese Richtung einschlug, dass er nicht zurückfuhr, dass auch die anderen sich auf den Heimweg machten, war es schon wieder vorbei.

Meine Füße tauten auf und schmerzten höllisch. Ich fuhr den Wagen in die Scheune und ging ins Haus. Vater saß im Wohnzimmer, der Fernseher lief, der Ton war wie immer zu laut eingestellt. Mutter wieselte zwischen Küche und Esszimmer hin und her. Jürgen war oben und duschte. Anne telefonierte in ihrem Zimmer mit Patrick. Renas Tagebücher waren mit Olgert verschwunden.

Mutter forderte mich auf, mir die Hände zu waschen. Sie warf keinen Blick auf meine Füße, sonst hätte sie sie bestimmt in ihre Forderung eingeschlossen. «Das Essen ist fertig.» Ein paar Minuten später rief sie zum Wohnzimmer hinüber: «Kommst du bitte zu Tisch, Dolf.»

Jürgen und Anne kamen die Treppe hinunter. Sie unterhielten sich, wie sie sich hundertmal vorher unterhalten hatten. Als müsse jeden Augenblick die Haustür aufgestoßen werden und Rena in die Diele stürmen. «Ich spring schnell unter die Dusche. Nur keine Aufregung, Leute, ich bin in zwei Minuten fertig.»

Es gab Salzkartoffeln, Würstchen und grünen Salat, weil es zu Mittag nur Wurstbrote gegeben hatte. Sechs Paar Würstchen! Es war wie eine Hand zur Versöhnung gereicht. «Siehst du, Vera, ich habe gehofft, sie wäre zum Essen wieder bei uns.» Nur Vater konnte mir nicht ins Gesicht sehen. Er zerdrückte mit pedantischer Sorgfalt die Kartoffeln auf seinem Teller, vermischte sie mit Butter. Jürgen schielte das letzte Würstchenpaar an. Und dann griff er danach.

«Lass es liegen», sagte ich.

Er schüttelte den Kopf. «Vera!»

Wie ich diesen Ton hasste, diesen gönnerhaft verständnislosen und sanft tadelnden Ton. Und seine Ruhe, seine Überlegenheit. Ein Mann, der sich von nichts aus der Fassung bringen lässt. Der am Bett einer Sterbenden noch dünne Witzchen reißen kann. Na, Frau Sowieso, stirbt es sich nicht angenehmer, wenn man dabei lächelt? Ich fühlte etwas in mir aufsteigen, nur fühlte ich nicht, ob es heiß oder kalt, nass oder trocken war.

Jürgen ignorierte die Würstchen, als ich zu weinen begann. «Ist ja gut», murmelte er und schob seinen Stuhl zurück. Er griff unter meine Achseln, zog mich hoch, nahm mich in die Arme, wiederholte: «Ist ja gut.»

Nichts war gut.

«Ich will mein Kind wiederhaben.»

«Du brauchst ein bisschen Ruhe», sagte Jürgen.

«Ich will keine Ruhe, ich will mein Kind.»

«Sie kommt zurück», sagte Jürgen. «In ein paar Tagen ist sie wieder hier.»

«Ist sie nicht. Hennessen hat sie umgebracht.»

«Nein, Vera», sagte er, «niemand hat sie umgebracht. Sie haben ihr Fahrrad am Bahnhof gefunden. Ich wollte es dir heute Mittag schon sagen. Ich hab's vergessen in der Aufregung. Sie ist wahrscheinlich mit dem letzten Zug nach Köln. Um halb elf fuhr noch einer. Das konnte sie schaffen, wenn sie um zehn bei Hennessen weg ist.»

Theoretisch vielleicht – mit dem Wind im Rücken. Aber praktisch waren da das Wasser auf der Straße und ein Dutzend Feuerwehrmänner gewesen, an denen sie hätte vorbeifahren müssen. Nur war es zu mühsam, ihm das zu erklären. Es hätte auch nur weitere Belehrungen und Beschwichtigungen zur Folge gehabt. Er griff mir unters Kinn. «Jetzt bist du vernünftig, ja? Du musst schlafen. Komm, ich bring dich nach oben.»

Ich wollte nicht ins Bett, aber er brachte mich hinauf, ließ mir ein Bad ein. Und wenn ich in der Küche noch gedacht hatte, ich müsse sie hassen – alle, wie sie da um den Tisch saßen und ihre Würstchen aufspießten. Guten Appetit, uns passiert so etwas nicht. Ich müsste sie hassen für ihre Blindheit, ihre Ignoranz. Hassen, weil sie sich von den Phrasen eines arbeitsscheuen Polizisten einlullen ließen. Es war doch eine Kleinigkeit, ein Fahrrad in einem Kombi zu verstauen und es zum Bahnhof zu bringen –, als ich in die Wanne stieg, hasste ich nur mich. Für die Watte im Hirn, für die blutenden, brennenden Füße, die Schwäche in der Herzgrube, für die Unfähigkeit, mit der Faust auf den Tisch zu schlagen.

Jürgen saß auf dem Wannenrand und tupfte mir mit einem Büschel Kosmetiktücher den Schweiß von der Stirn und die Tränen aus den Ohren. «Ganz ruhig», sagte er. «Hörst du mir zu?»

Er erzählte mir von dem Geld im Brustbeutel. Fünfhundert Mark! Das Geburtstagsgeschenk von Gretchen an ihre Enkeltochter. Rena hatte um Bargeld gebeten. Den Polizisten gegenüber hatte Jürgen es nicht erwähnt, Anne hatte ebenfalls den Mund gehalten. Jürgen hatte auch Gretchen gebeten zu schweigen. Weil er befürchtete, dass die Polizei nichts mehr tat, wenn sie es erfuhren. Weil wir allein nicht die Möglichkeit hatten, Rena in einer Großstadt wie Hamburg oder gar in England ausfindig zu machen.

«Wir müssen warten, Vera.» Und ich dachte, er will mich auf Trab bringen. Er will, dass ich aus dem Wasser springe, mich abtrockne, ankleide, aus dem Haus stürme, in den Wagen springe. Und wohin dann?

Draußen! Ein neues Wort, das mich um den Verstand brachte. Draußen ist groß. Draußen ist alles um einen Nadelstich herum. Irgendwo da draußen. «Wir müssen warten, Vera. Sie wird sich früher oder später melden, spätestens dann, wenn ihr das Geld ausgeht.»

Daran hielt er fest. Den Samstag! Wir saßen herum. Niemand wagte sich ins Freie aus Angst, den entscheidenden Anruf zu verpassen. Ich wäre gerne hinausgegangen, um nach einer Bordsteinkante zu suchen. Aber zwei Blasen an meinem rechten Fuß hatten sich entzündet. Und Jürgen gab mir eine Tablette zum Frühstück, weil ich nicht aufhören konnte, von Hennessen zu sprechen. Eine andere Tablette als am Freitag, eine von den Bomben, die im Gehirn explodieren und alles in grauen Einheitsbrei verwandeln.

Der Tag rauschte an mir vorbei. Mutters Bemühungen, den normalen Alltagstrott aufrechtzuerhalten. Frühstück, Tisch abräumen, Betten machen, Staub wischen. Vaters zaghafte Versuche, mit mir zu reden. Die Scham und das Unbehagen in seinen Augen. Annes Besorgnis: «Wie fühlst du dich, Mutti?»

Wie ein Insektenforscher mit der Lupe vor einem Ameisenhaufen. Krabbelt nur fleißig, ihr Tierchen, was immer ihr tut, es ist umsonst. Wenn ich den Fuß hebe, gibt es euch nicht mehr. Ich bin der Tod. Ich konnte den Fuß nicht heben. Die Explosion im Hirn hatte ihn mit Trümmern gefüllt.

Von der Polizei ließ sich keiner blicken. Um elf klingelte das Telefon zum ersten Mal. Jürgen stürzte in die Diele, riss den Hörer von der Gabel. Mutters Hand mit dem Staubtuch hielt mitten in der Bewegung inne, ihre Miene spannte sich. Mir kam es vor, als hielte Vater den Atem an.

Dann die Enttäuschung auf Jürgens Gesicht. «Es ist Patrick, Anne», rief er zur Treppe hinüber: «Ich stelle um. Aber mach nicht zu lange.»

Um zwei kam der nächste Anruf. Vaters treu ergebener Diener Steinschneider erkundigte sich, wie die Dinge standen, und versicherte, seine Männer täten alles in ihrer Macht Stehende. Seine Männer! Einer von ihnen rief kurz danach an. Es muss Olgert gewesen sein, er war dafür zuständig, aus riesigen Blutlachen einen Regenbogen zu basteln.

Jürgen sprach ein paar Minuten mit ihm. Dann saß er mir gegenüber und erzählte von einer Rennbahn, bei der die Polizei in Hamburg jetzt nachforschte. Der Transporter hätte ein Hamburger Kennzeichen gehabt. Also müsse Rena davon ausgegangen sein, dass Mattho nach Hamburg verkauft worden sei. Und das Zugpersonal wollten sie befragen. Irgendeiner musste sie gesehen haben auf der Strecke Köln–Hamburg. Das war eine Fahrt von viereinhalb Stunden.

Ich wollte ihm widersprechen, aber es machte zu viel Mühe, die Zunge zu bewegen. Sie war wie ein Schwamm, voll gesogen mit Angst, ruhig gestellt vom schwersten Geschütz in Jürgens Arsenal. In meinem Fuß schlugen ein Dutzend Zwerge mit Hämmerchen auf das rohe Fleisch ein. Mir ging allerlei krauses Zeug durch den Sinn.

Ich hatte nicht gewusst, dass Eva Kettler Kraftsport betrieb. Ich konnte es mir auch nicht vorstellen, sie war nicht muskulös. Im Gegenteil, Jürgen hatte einmal zu ihr gesagt, sie solle etwas für ihren Bauch tun, ein bisschen Gymnastik könne gewiss nicht schaden. Aber wenn es so war, wie er sagte, wenn sie ihm die Schuld an ihrer Fehlgeburt gab, vielleicht hatte Klinkhammer Recht.

Auge um Auge, Kind um Kind. Jetzt zahlst du, Doktor. Und dem kleinen Frauchen bringe ich bei, wie das ist, ein Kind zu verlieren. Und Jürgen führte uns alle an der Nase herum, wollte nicht, dass die Polizei sich einschaltete, wollte Renas Leben nicht aufs Spiel setzen. Er bildete sich ein, wir könnten das Lösegeld aufbringen. Er bildete sich immer ein, wir könnten zahlen.

Der graue Kleinbus war der Kern, um den sich der rote Nebel drehte. Eine Beule und zwei Kratzer im Lack, nicht der Rede wert. Man müsste den Tierarzt fragen, ob der Fahrer langhaarig gewesen war. Für Männer mit kurzen Haaren sind Beulen und Kratzer im Autolack eine Katastrophe. Nur ein Hippie regt sich nicht darüber auf. Aber Hippies waren aus der Mode gekommen. Blümchen auf Autotüren, die Gitarre auf dem Rücksitz, lange Haare und zotteliger Verstand, das war meine Zeit gewesen.

If you're going to San Francisco, be sure to wear some flowers in your hair. Und die Stones mit ihrem verbotenen Song.

Ich hatte mir die Platte gekauft. Sechzehn war ich, so alt wie Rena. Zum Geburtstag hatte ich einen Plattenspieler bekommen, kein Pferd, ich wollte auch keins. Ich liebte Musik. Nicht Wagner, der war mir zu laut. Pop, Beat, sanfte Melodien, das mochte ich, und ab und zu ein bisschen Rock. Mick Jagger!

Mutter verstand kein Englisch. Sie fand die Musik zu wild und fragte mich, was Mick Jagger singt. Ich übersetzte ihr den Text. Es war doch nichts dabei. Es war nur ein Lied. Mutter fand es obszön. «Mir so eine Schweinerei ins Haus zu bringen! Wenn dein Vater das hört! Schämst du dich nicht, Vera?»

Doch! Ich habe mich immer geschämt. In der Schule. Wenn ich gefragt wurde, wie mein Vater heißt. Dolf Merten. Tatsächlich war sein Name ein bisschen länger. Aber den ersten Buchstaben durfte man nicht aussprechen. Er stand nur in sämtlichen Unterlagen.

A! Das war der Geschichtsunterricht in der sechsten Klasse. Das waren sechs Millionen. Es war das Synonym für ein Schlachtfest. Ich konnte nicht glauben, was der Lehrer sagte. Der Lehrer war ein alter Mann und behauptete, er habe mit eigenen Augen gesehen, wie Menschen in einer Kirche zusammengetrieben wurden und wie die Kirche in Flammen aufging. Er habe die Schreie noch im Ohr. Dann zeigte er uns Bilder – Gerippe im Dreck mit ein bisschen Haut darum, welk und runzlig wie die Haut an Gretchens Schenkeln. Ausgemergelt, übereinander geworfen, zusammengestopft in ein Grab wie Müll in einen Sack.

Ich kam weinend aus der Schule nach Hause. Mutter wollte wissen, was geschehen war. Ich erzählte es ihr. Und Mutter nickte. «Ja», sagte sie, «unsere Nachbarn damals wurden auch abgeholt. Es waren nette Leute, sie hatten keinem etwas getan. Wir haben sie nie wieder gesehen. Wahrscheinlich sind sie alle umgekommen.»

«Wie können Menschen so etwas tun?»

Mutter lächelte. «Das musst du nicht mich fragen, Vera. Frag deinen Vater. Er war dabei. In Warschau, als das Ghetto geräumt wurde. Dein Vater ist einer von diesen Mördern. Er war ein Nazi.»

Ich habe nie verstanden, wie sie das sagen und dabei lächeln konnte. Mein Vater! Ein Mörder?

Nein, er war nur ein Feigling. Nicht zu feige, alte Männer, Frauen und Kinder zum Abtransport zu treiben. Befehl von oben. Man konnte sich nicht widersetzen, sagte er einmal. Wer das Maul aufriss, kam vors Kriegsgericht oder wurde einfach an die Wand gestellt und auf der Stelle erschossen.

Ich war achtzehn, als er zu mir sagte: «Ich war so alt wie du, Vera, als ich die Uniform anzog. Und ich habe anfangs geglaubt, was sie sagten, dass sie nur das Beste für uns wollten. Wir haben nicht begriffen, worauf es hinauslief. Wie soll ein Jugendlicher, der nachts vor Hunger nicht einschlafen kann, das auch begreifen! Du hast keine Ahnung, wie es war, Vera.»

Doch, die hatte ich. Keine Ahnung vom Krieg, aber vom Donnerstag. Befehl von oben. Frau General kommandiert: «Du wirst nicht zum Reitstall fahren, Dolf! Das sehe ich nicht ein. Wenn sie meinen, dass ihr Töchterlein unbedingt reiten muss, sollen sie auch zusehen, wie sie zum Stall und wieder zurückkommt.»

Mutter hatte Rena nie gemocht. Anne war nach ihrem Geschmack. Anne mit den guten Schulnoten und dem frisch gewaschenen Gesicht. Anne mit ihrem «Ja, Großmutter. Natürlich, Großmutter. Du hast völlig Recht, Großmutter.» Anne mit dem blitzsauberen Freund und den tollen Zukunftsplänen. Medizin wie Papa, was sonst? Der Numerus clausus ist für mich kein Problem. Ich mache das Abi mit Eins. Anne mit der ordentlichen Frisur und den unlackierten Fingernägeln. Anne mit dem bei Großmutter abgeschauten Ordnungsfanatismus. Rena zog ein Sweatshirt aus und ließ es auf dem Bett liegen. «Ihr Zimmer sieht wieder aus wie ein Schweinestall. Kannst du das Kind nicht zur Ordnung erziehen, Vera?»

«Was hast du dir dabei gedacht!?», schrie ich. «Du hast sie auf dem Gewissen, du!»

Vater zuckte zusammen. Jürgen war mit zwei Schritten neben

meinem Sessel, legte mir eine Hand auf die Schulter. Er rief nach einem Glas Wasser, kramte in seiner Hosentasche nach einem neuen Geschoss. Als er mir die Pille zwischen die Lippen stecken wollte, schlug ich seine Hand zur Seite. «Friss deinen Scheiß selbst.»

Mutter kam mit dem Wasserglas ins Zimmer, tadelte mit Augen und Stimme gleichzeitig: «Vera!»

Und ich schrie weiter. «Es ist deine Schuld!» Es tat weh, kein greifbarer Schmerz, aber ich verglühte daran. «Dir war sie immer ein Dorn im Auge, weil sie es wagte, dir zu widersprechen. Weil sie Rückgrat hatte und es sich von dir nicht brechen lassen wollte. Ich wünsche, ich hätte einmal so viel Courage gehabt wie sie. Ich will mein Kind wiederhaben.»

Jürgen brachte mich nach oben. Er saß noch eine Weile auf der Bettkante, erzählte immer denselben Quatsch. «Es ist ihr nichts passiert. Sie meldet sich, sobald ihr Geld zur Neige geht.»

Daran hielt er sich fest. Den Sonntag! Keine Ahnung, was am Sonntag war. Ich lag im Bett. Anne brachte mir morgens einen Tee und mittags einen Teller Suppe. Und in der Nacht zum Montag klingelte das Telefon.

Es riss mich aus dem Wohnzimmer, wo ich mit Vater über die Lösegeldforderung verhandelte. «Du hast doch noch die Inhaberschuldverschreibungen.»

«Ich denke nicht daran, sie zu verkaufen! Vera, sei vernünftig, so etwas überlässt man der Polizei. Es wäre ein großer Fehler, diese Verbrecher auch noch zu bezahlen.»

«Vater, es geht um Renas Leben.»

Er lachte. «Bei euch geht es immer um Leben und Tod. Wenn dein Mann die Finger zusammenhalten …»

«Ich zahle es dir zurück, Vater.»

«Wann? Und womit? Nach meinem Tod? Mit deinem Erbe? Da muss ich dich enttäuschen. Was ich dir hätte vererben können, habe ich in dieses Haus gesteckt. Einen kleinen Notgroschen möchte ich behalten. Ich möchte nicht eines Tages in einer Pappschachtel liegen, weil kein Geld für einen anständigen Sarg da ist.»

Und dann dieses Geräusch. Im Traum hatte ich darauf gewartet, vielleicht war ich nur deshalb auf der Stelle hellwach. Aber ich war nicht schnell genug. Jürgen hatte den Hörer am Ohr, bevor ich mich aufrichten konnte. «Rena? Verdammt nochmal, Rena, was soll dieser Unsinn?»

«Gib her», sagte ich. «Lass mich reden.»

Er winkte heftig ab. «Halt den Mund, Vera.» Und in den Hörer: «Es reicht jetzt, Rena, hör auf zu heulen. Du sagst mir auf der Stelle, wo du bist. Wir holen dich ab.» Dann nahm er den Hörer vom Ohr und starrte ihn ungläubig an. «Aufgelegt», murmelte er. «Sie hat einfach aufgelegt.»

«Bist du sicher, dass sie es war?»

«Wer soll es denn sonst gewesen sein?»

Ob wir danach noch schliefen? Ich nicht! Ich hatte zwei Tage im Pillenrausch verschlafen, spürte den Nebel noch in den Knochen und im Hirn. Es fiel schwer zu denken, aber es war nicht mehr unmöglich, nur noch wirr. Angst, dieses kaltklamme Gefühl im Innern, wie Vorwärtskriechen im Schlamm. Noch einmal den Feldweg entlang. Durch das Wasser auf der Hauptstraße schwimmen. Hochgedrückte Kanaldeckel, gähnende Löcher, in denen das Wasser im Wirbel verschwand. Und junge Feuerwehrmänner. Und Rena. Wenn sie durchs Dorf gegangen war, trieb sie jetzt vielleicht durch die Rohre.

5. Kapitel

Die ersten Tage sind die schlimmsten. Plötzlich hat das Leben ein Loch. Innerhalb kürzester Zeit bricht alles auseinander. Man hat nicht Hände genug, es zusammenzuhalten. Und wenn man nicht gelernt hat, sich die Stirn an Bordsteinkanten aufzuschlagen, kratzt man sich nur die Seele wund und erstickt an den blutigen Krusten im Innern. Es gibt auch später Momente, in denen der Verstand aussetzt, in denen es einfach zu viel wird. Aber am Anfang ... Man ist nicht vorbereitet. Es trifft und es lähmt.

Die letzten Stunden der Nacht waren ein Knäuel von Bildern, chaotisch und konfus. Es konnte eine von Angst hochgeschaukelte Phantasie, es konnte auch die Nachwirkung der Tabletten sein. Ich wusste nicht, wie viele von den schweren Geschützen Jürgen mir eingeflößt hatte. Aber ich wusste, wenn diese Nacht vorbei ist, ist Montag. Der Tag, auf den ich mich eingestellt, von dem ich gedacht hatte, ich müsse sie morgens zur Schule radeln sehen. Und sie war nicht da. Es war der Schock – wie ein Stromstoß –, der mich wachrüttelte und mir half, das Teufelszeug auszuschwitzen und den roten Nebel aus dem Hirn zu vertreiben.

Kurz vor sechs stand ich auf und ging hinunter. Es war still im Haus, sie schliefen noch alle. Ich stank nach Schweiß und fühlte das Haar wie mit Margarine verkleistert auf der Kopfhaut kleben. Das sind die Momente, in denen man sich nach einer erfrischenden Dusche sehnt. Aber so viel Energie hatte ich noch nicht. Ich wollte auch Jürgen nicht mit Wasserrauschen aufwecken, verschob die Dusche auf später und benutzte das Gästeklo im Erdgeschoss.

Die Tageszeitung steckte bereits im Kasten an der Haustür. Normalerweise wurde sie später gebracht. Ich nehme an, der Zusteller hatte seine Tour an diesem Morgen bei uns begonnen, weil ein schöner, großer Artikel über uns im Lokalteil war. Ich saß davor und betrachtete Renas Foto, las die fette Überschrift zum dritten Mal, «Arzttochter vermisst», als Jürgen in die Küche kam.

Der Artikel gab nicht viel her. Haarfarbe, Augenfarbe, Alter, Größe und eine Beschreibung der Kleidung. Ein kleines Foto von Hennessens Anwesen und dazu die Notiz: «Wurde zuletzt gesehen, als sie den Pferdestall verließ.» Und ich hätte geschworen: Sie hat ihn nicht verlassen! Nicht lebend!

Ich hatte Kaffee gemacht und bei der ersten Tasse darüber nachgedacht, wie ich es beweisen könnte, wenn die Polizei sich für dumm verkaufen ließ. Bei der zweiten Tasse versuchte ich, mich in Hennessens Lage zu versetzen. Leiche, Rad und Plastiktüte sind im Kombi verstaut, wohin fahre ich jetzt? Wo kann ich das alles loswerden? Wo wird die Leiche so schnell nicht gefunden? Wie kann ich die Polizei auf eine falsche Fährte bringen?

Jürgen nahm mir die Zeitung weg. Wir hatten eine Viertelstunde für uns. Er wollte sie nutzen, mir einzuschärfen, ich müsse mich bei Mutter für meinen Angriff entschuldigen.

«Ich denke nicht daran.»

«Vera, werd nicht ungerecht. Du kannst ihr nicht die Schuld geben. Das ist hirnverbrannt. Es gibt hier keinen Schuldigen. Du weißt, wie Rena ist, wenn sie sich etwas in den Kopf gesetzt hat. Und du hast gehört, was deine Mutter sagte. Wenn sie geahnt hätte, dass Mattho am Donnerstag abgeholt ...»

«Bleib mir mit dem Gaul vom Leib», fiel ich ihm ins Wort. «Ich kann es nicht mehr hören. Wenn du zu feige bist, dich den Tatsachen zu stellen, klammere dich von mir aus daran. Aber verlange nicht von mir, dass ich es auch tue.»

Er hatte sich Kaffee nehmen wollen, die Kanne bereits in der einen und die Tasse in der anderen Hand. Er stellte die Kanne ab, ohne die Tasse gefüllt zu haben, schaute mich an wie der Professor im Examen. «Welchen Tatsachen stellst du dich denn, Vera? Dass Hennessen sie ermordet hat? Spinn doch nicht rum.»

Ich antwortete nicht. Er nahm die Kanne erneut hoch, füllte seine Tasse, kam zum Tisch, setzte sich mir gegenüber und ließ einen gequälten Seufzer hören. So macht man einem trotzigen Kind auf liebevolle Weise klar, dass es mit seinem sturen Kopf nur die Nerven seiner Umgebung strapaziert. Sein Ton tat noch einiges dazu. «Vera! Ich bitte dich! Sei vernünftig. Sie hat vor ein paar Stunden hier angerufen.»

Er ließ nicht an seiner Überzeugung rütteln, dass Rena am Telefon gewesen war, räumte nur ein: «Na schön, sie hat nicht mit mir gesprochen. Vielleicht habe ich es falsch angepackt. Ich hätte sie nicht anschreien dürfen. Aber dieses Heulen hat mir den letzten Nerv geraubt. Beim nächsten Mal gehst du ans Telefon. Mit dir spricht sie bestimmt.»

«Sie kann nicht mehr mit mir sprechen.»

Er legte eine gehörige Portion Nachdruck in die Stimme. «Vera, jetzt reicht's! Warum willst du nicht einsehen, dass Rena aus freien Stücken weggelaufen ist?»

«Weil sie keinen Grund hatte.»

«Ach komm.» Er verdrehte die Augen. «Du siehst keinen Grund, weil du dir nicht vorstellen kannst, einem Gaul hinterherzurennen. Dann frag dich mal, was du tun würdest, wenn ich aus deinem Leben verschwinde.»

«Winken», sagte ich.

Er stutzte, pfiff leise durch die Zähne. «Vielen Dank, das war ein offenes Wort. Hast du noch mehr davon auf Lager?»

Noch ein rundes Dutzend, aber ich wollte nicht gemein werden. Das hatte er nicht verdient nach der Schlammschlacht am Freitag und der Pillenorgie danach. Er gab sich Mühe, das war nicht zu leugnen. Dass seine Bemühungen nicht ausreichten, war nicht seine Schuld.

Jeder Mensch hat ein gewisses Potenzial an Gaben zur Verfügung. Aber man hat immer nur das, was einem mit auf den Weg gegeben wurde. Was hätte Gretchen ihm mitgeben können? Die Freiheit, Löcher in den Bahndamm zu graben. Und nach Gretchen waren die Professoren gekommen mit ihren Patentrezepten. Wenn Jürgen eines von ihnen gelernt hatte, dann das: Es gibt für jedes private Problem eine Lösung. Man muss nur aufmerksam die Beipackzettel lesen.

Er war ein guter Arzt. Das war er wirklich. Für seine Patientinnen hatte er Zeit, unendliche Geduld und immer die richtigen Worte. Und die einzigen Rezepte, die er ohne zu zögern ausstellte, waren die für Verhütungsmittel. Aber daheim ... Wer den ganzen Tag Schrauben zählt, mag abends keine Schrauben mehr sehen. So einfach ist das. Wer von morgens bis abends hört: Mir ist seit ein paar Tagen so übel, oder: Ich fühle mich seit Wochen so abgespannt, oder: Diese Kopfschmerzen machen mich verrückt, der sagt nach Feierabend: «Hast du Kopfschmerzen, Vera? Quäl dich nicht damit, nimm eine Pille.»

Nur Rena hatte er keine geben wollen, als sie sich mit dieser fürchterlichen Akne quälte. Als sie in keinen Spiegel mehr schauen mochte. Als sie sich das Gesicht blutig quetschte, um der Menge Herr zu werden. Einmal war ich dazugekommen, als sie ihre Stirn bearbeitete. Ihre Fingernägel hatten bereits blutunterlaufene Kerben in die Haut gedrückt. Ihr liefen Tränen übers Gesicht. «Es geht nicht auf, das verdammte Ding.»

«Du sollst nicht drücken. Es entzündet sich nur noch mehr. Es gibt Narben. Ich rede heute Abend noch einmal mit Papa. Es müsste doch mit dem Teufel zugehen, wenn ich ihn nicht überzeugen könnte.»

Es ging mit dem Teufel zu. Er sagte nein. «Vera, ich habe es dir schon einmal gesagt, das kommt überhaupt nicht in Frage.»

«Warum nicht? Anne hast du auch ein Rezept gegeben.»

«Das ist etwas anderes. Anne ist fünfzehn, sie hat einen regelmäßigen Zyklus und einen Freund. Möchtest du mit vierzig Großmutter werden? Soll Anne sich mit einer Schwangerschaft ihre Zukunft ruinieren?»

Dass die Akne Renas Gegenwart ruinierte, sah er nicht. «Ein paar Pickel! Hatte ich auch in dem Alter. Das geht vorbei.»

«Fährst du heute früher in die Praxis?», fragte ich.

Er nickte. «Ich fahre zuerst zur Polizei. Wir müssen offiziell Vermisstenanzeige erstatten, sagte Klinkhammer. Anschließend bringe ich Anne zur Schule, rede ein paar Worte mit dem Rektor. Dann bin ich immer noch früh genug für die Kettler, dieses verrückte Huhn. Der werde ich erst mal erzählen, dass sie sich mit ihrem Blödsinn fast die Kripo auf den Hals geholt hätte. Das wird ihr für die Zukunft eine Lehre sein.»

«Woher hatte sie unsere Privatnummer?»

«Von Jasmin, nehme ich an. Der werd ich auch was erzählen. Das wollen wir gar nicht erst anfangen, dass sie jedes Mal, wenn eine quengelt, unsere Nummer rausrückt.»

«Du hast mir nie gesagt, dass die Kettler dir die Schuld an ihrer Fehlgeburt gibt.»

Er seufzte. «Warum hätte ich dich mit ihrem konfusen Gerede belasten sollen? Vergiss es. Was ist mit dir, möchtest du mitkommen oder hier bleiben?»

«Fährt Eva Kettler einen grauen Kleinbus?»

Er atmete tief durch. «Vera, bitte! Sie hat kein Auto. Willst du nun mitkommen oder hier bleiben?»

«Ich möchte hier bleiben, wenn du allein zurechtkommst.»

«Mach dir darüber keine Gedanken, Sandra kann mir zur Hand gehen. Vielleicht kann sie ihren Kleinen heute Nachmittag für ein paar Stunden in der Nachbarschaft unterbringen. Und wenn nicht, ist immer noch Jasmin da. Es ist mir auch lieber, wenn du hier beim Telefon bleibst. Und wenn Rena wieder anruft, bleib ruhig. Mach ihr keine Vorwürfe. Sag ihr, dass wir uns Sorgen machen, dass wir ihr nicht böse sind, dass wir sie lieben. Du weißt schon.»

Er griff nach meiner Hand. «Und versprich mir etwas, Vera. Lauf nicht wieder in der Gegend herum wie am Freitag. Lass das Auto in der Scheune und Hennessen in Ruhe. Wenn du nervös wirst und meinst, du musst unbedingt etwas tun, nimm eine Pille. Die Packung liegt im Esszimmer.»

Ich dachte nicht daran, aber ich sagte: «Mach ich.»

Ein paar Minuten später kam Mutter herein und dicht hinter ihr Anne. Mutter machte sich mit ausdrucksloser Miene daran, den Tisch zu decken. Frühstück zu viert! Vater ließ sich nicht blicken. Mutter behauptete, er fühle sich nicht wohl, habe Kopfschmerzen und Beklemmung in der Brust, außerdem klage er über Schwindelgefühle und ein sonderbares Kribbeln im rechten Arm. Sie schaute geflissentlich an mir vorbei, bat Jürgen, nach Vater zu sehen, bevor er in die Stadt fuhr. «Fährt Vera mit in die Praxis?»

Jürgen schüttelte den Kopf und ging hinauf, um Vaters Blutdruck zu messen. Eine Pille verabreichte er nicht, verordnete stattdessen Bettruhe und wies mich an, ab und zu nach Vater zu sehen. Sollte sich das Kribbeln im Arm im Laufe der nächsten Stunde nicht geben, wäre es besser, wenn ich ihn für eine gründliche Untersuchung ins Krankenhaus brächte. «Vielleicht hat er nur falsch gelegen. Ich weiß nicht. Pass auf ihn auf, ja?»

Um halb acht verließen Jürgen und Anne das Haus. Mutter räumte den Tisch ab. Sie ließ sich Zeit, sortierte das Geschirr in Zeitlupe in den Spüler. Dabei drehte sie mir den Rücken zu.

Und plötzlich fragte sie: «Ist das der Dank? Dein Vater liegt da oben und ist einem Herzinfarkt nahe und du hältst es nicht einmal für nötig, dich bei ihm zu entschuldigen.»

«Wofür soll ich mich entschuldigen? Dass ich gefragt habe, warum er sie nicht abgeholt hat? Das weiß ich inzwischen. Mutter, ich habe nicht ihn angegriffen, sondern dich.»

Sie fuhr zu mir herum, tippte sich mit dem Finger gegen die Brust. «Mich? Wieso mich? Hätte ich zum Stall fahren sollen?»

«Warum nicht? Früher hast du Lastwagen gefahren.»

Sie schüttelte den Kopf. «Du hast den Verstand verloren.»

«Nein», sagte ich. «Nur ein Kind. Hast du eine Ahnung, was für ein Gefühl das ist? Hast du überhaupt ein Gefühl?»

Sie hatte keins, das wusste ich. Es hatte eine Zeit gegeben, da konnte ich mir keine Filme anschauen, in denen ältere Frauen ihre erwachsenen Töchter in die Arme nahmen. Ich brach in Tränen aus, wenn ich das sah, wünschte mir, eine Mutter zu haben, die trösten, raten und helfen konnte. Die mir das Gefühl gab, dass noch ein Mensch über mir stand, der wusste, wie man gewisse Situationen meistert.

Sie presste die Lippen aufeinander. Ich verließ die Küche und wusste nicht, wohin mit mir. Hinauf zu Vater? Mich doch bei ihm entschuldigen? Ich schaffte das nicht und musste ohnehin zuerst duschen. Dann stand ich vor dem Spiegel in unserem Bad. Und Rena schmachtete mich an. «Nur eine halbe Stunde, Mutti, bitte, bitte, bitte.»

Um eine halbe Stunde verpasst.

Bitte, komm zurück.

Bitte, sei nicht tot.

Bitte, tu mir das nicht an. Wie soll ich damit leben?

Ich sah mich im Kreißsaal liegen. Jürgen legte sie mir auf den Bauch. Sie war so klein und so erschöpft von den Strapazen der Geburt. Sie schrie nicht, wie Anne es getan hatte, quengelte nur ein wenig und schnaufte, ächzte, stöhnte und seufzte, als sei es eine Qual, zu atmen und zu leben.

Die ersten Wochen mit ihr brachten mich an den Rand eines Nervenzusammenbruchs. Sie trank nicht genug, spuckte viel, nahm nicht zu und litt unter Bindehautentzündung. Ihre Füße waren nicht in Ordnung. Eine Neigung zu Sichelfüßen, sagte der Kinderarzt und wies mich an, ihre Füße zu massieren. Sie mochte das nicht, es tat ihr wohl weh. Wenn sie schrie, zog ihre Brust sich nach innen. Jürgen nannte es eine Veranlagung zur Trichterbrust.

Mit drei Monaten reagierte sie noch nicht auf Lichtreize, ignorierte jedes bunte Spielzeug, das man ihr vorhielt. Ich begann zu glauben, sie sei geistig behindert. Und ich hatte Angst. Ich hatte so wahnsinnige Angst, dass ich damit nicht fertig wurde. Mit Anne hatte es keine Probleme gegeben. Anne war ein Bilderbuchbaby gewesen, rund und rosig. Und Rena ...

Es dauerte Minuten, ehe ihr Gesicht aus dem Spiegel verschwand und ich wieder mein eigenes sah. Und dann sah ich Hennessen blass werden. Ich wollte noch einmal mit ihm reden. Nein! Ich wollte ihn mit einer Mistgabel an die Stallwand nageln, schlüpfte in die Duschkabine und nahm mir nicht einmal die Zeit, die Wassertemperatur zu regeln. Aber als ich endlich auf der Galerie stand, rief Vater nach mir. Und ich schaffte es auch nicht, ihn zu ignorieren.

Er war so klein und so alt, wie er da im Bett lag. Ein Blick auf ihn legte mir die Worte auf die Zunge. Und er nahm sie mir alle aus dem Mund. «Wie fühlst du dich, Vera? Sag nichts, ich weiß es, grauenhaft. Es tut mir Leid. Es tut mir so unendlich Leid, Vera.»

Ich hatte ihn nie weinen sehen. Mein starker Vater, unser Patriarch; der Wagner-Fan, der die gesamte Familie mit seinem nächtlichen Musikterror schikanierte, er wischte sich über die Augen, presste sich ein Tuch unter die Nase. Als er es nach ein paar Sekunden fortnahm und einen prüfenden Blick darauf warf, sah ich den roten Fleck.

«Du hast Nasenbluten.»

«Es ist nicht so schlimm.»

«Und was macht dein Arm?»

«Er ist nur ein wenig taub. Vergiss das jetzt mal. Jürgen übertreibt wieder.» Er presste das Tuch erneut unter die Nase, griff mit der freien Hand unter sein Kopfkissen, zog einen Scheck hervor, drückte ihn mir in die Finger. «Ich habe ihn schon vor einer Woche ausgestellt. Ich dachte, über kurz oder lang fragt Jürgen mich ohnehin, ob ich ihm aus der Patsche helfen kann. Bei der Bank hat er doch nichts bekommen oder?»

Ich wusste es nicht genau. Jürgen hatte am Donnerstag nicht davon gesprochen, wie sein Termin in der Bank verlaufen war. Hingegangen war er, um einen Kredit für die Renovierung der Stallungen aufzunehmen. Vorher hatte er zu mir gesagt: «Ich runde die Summe auf, dann können wir das mit Bella in einem Aufwasch erledigen.» Später hatte er nichts mehr gesagt. Ein sicheres Zeichen für ein Nein.

Vater lächelte flüchtig. «Das dachte ich mir. Und Hennessen ist nicht der Mann, der lange auf sein Geld wartet.»

Der Scheck war auf fünftausend Mark ausgestellt. «Aber jetzt denke ich», sagte Vater, «dass du mit dem Geld etwas Vernünftigeres anfangen kannst, als die Stute zu bezahlen. Engagiere jemanden, vielleicht einen pensionierten Kriminalbeamten. Keinen Windhund, Vera, einen zuverlässigen Mann, der seine Zeit nicht auf mehrere Fälle verteilen muss.» Den letzten Satz flüsterte er: «Aber sag deiner Mutter nichts davon. Lass sie weiter glauben, was die Polizei sagt.»

Er glaubte es nicht. Er glaubte allerdings auch nicht, dass Hennessen etwas mit Renas Verschwinden zu tun hatte. «Man schaut zwar keinem hinter die Stirn», sagte er. «Aber ein bisschen Menschenkenntnis wirst du mir zugestehen. Ich habe mich häufig mit ihm unterhalten und gesehen, wie er mit den jungen Leuten umgeht. Er ist ihr Kumpel, Vera. Ihr guter Kamerad. Er würde ihnen kein Haar krümmen.»

«Aber die Sache mit der Fuchsstute ist merkwürdig», widersprach ich. «Wer sollte denn ein Interesse daran gehabt haben, das Tier abzumetzeln? Und warum hat er es Klinkhammer beim ersten Besuch verschwiegen?»

«Verschweigen würde ich das nicht nennen. Hennessen dürfte unter Schock gestanden haben», meinte Vater. «Seine Pferde sind seine Kinder und eine trächtige Stute ist für ihn wie eine schwangere Frau. Ich bin kein Psychologe, aber ich denke, dass er es selbst noch nicht glauben konnte. Also konnte er auch nicht darüber reden. Tu, was ich dir sage, Vera, engagiere jemanden. Und lass Hennessen in Ruhe. Der Mann hat genug Probleme.»

Ich saß länger als eine Stunde bei ihm. Wir überlegten, wie es gewesen sein könnte. Rena verlässt den Reitstall. Hennessen hat ihr geraten, den Weg durchs Dorf zu nehmen. Das hat sie vor. Sie will zu Udo. Doch bei der Einfahrt steht ein grauer Kleinbus!

Dass der Bus etwas damit zu tun hatte, glaubte Vater auch nicht. «Ein Entführer hätte sich längst gemeldet.»

Also steht Rena bei den von Wirths vor einem verschlossenen Tor. Sie kämpft sich weiter die Hauptstraße hinauf. Dass die Feuerwehrmänner sie nicht gesehen hatten, müsse nicht viel bedeuten, meinte Vater. Sie seien mit dem Wasser im Keller der Spar- und Darlehenskasse vollauf beschäftigt gewesen, hätten keine Zeit gehabt, die Straße zu beobachten. Und Wind und Regen verschluckten die Schritte.

Rena will heim, so rasch wie möglich. Und auf halber Strecke durchs Dorf liegt der Gasthof Schwinger. Kneipen haben Telefon. Sie betritt den Schankraum, fragt: «Darf ich kurz meine Eltern anrufen, damit sie mich abholen?»

Und irgendeiner, der vor dem Tresen steht, fragt: «Wo musst du denn hin? Ich kann dich mitnehmen.»

Als ich das Schlafzimmer meiner Eltern verließ, stand Mutter in der Diele. Sie wirkte zufrieden. Ich ging noch einmal ins Bad, wusch mir die Tränenspuren aus dem Gesicht und fragte mich, wo ich den zuverlässigen Mann finden sollte. Den Scheck legte ich in meinen Nachttisch, dann ging ich in Renas Zimmer. Das heißt, ich wollte, aber ich kam nur bis zur Tür. Ich schaffte es nicht, den Raum zu betreten, ging hinunter. Dann saß ich da.

Warten! Einen Tag vor sich haben wie den Ozean. Ihn ohne Hilfsmittel überwinden heißt ertrinken. Im Esszimmer lag ein Ruderboot. Ich wollte nicht rudern. Ich wollte mich auch nicht treiben lassen. Einen klaren Kopf behalten, das Loch im Innern mit Gedanken stopfen. Aber nicht unentwegt an Rena denken.

Um zwanzig nach neun klingelte das Telefon. Jürgen – nur ein Test, ob ich mich brav an die Spielregeln hielt, und die kurze Frage nach Vaters Befinden. Eine Viertelstunde später der zweite Anruf. Anne mit der umwerfenden Neuigkeit: Klinkhammer läuft im Gymnasium herum.

Mutter wollte wissen, ob mir Rosenkohl zu Mittag genehm sei. Es sei noch so viel vom Sonntagsbraten übrig, es habe ja gestern niemand so recht Appetit gehabt. Da brauche man nur ein wenig frisches Gemüse. Sie ging hinaus in den Garten, um die Ernte einzuholen.

Ein paar Mal war ich nahe daran, das Ruderboot zu besteigen. Die Wellen schlugen mir zu oft über dem Kopf zusammen und die Freitagspillen waren so übel nicht gewesen.

Warten! In einem Sessel sitzen hält man nicht lange aus. Es hebt die Untätigkeit hervor und man hat unentwegt das Gefühl, etwas tun zu müssen. Also läuft man. Von einem Fenster zum anderen. Zur Haustür und wieder zurück. Die Treppe hinauf und hinunter. Noch einmal zum Schlafzimmer meiner Eltern, die Tür einen Spalt geöffnet, das Herz auf der Zunge. Gib mir ein bisschen Halt, Papa. Lass uns zusammen noch ein wenig phantasieren über irgendeinen, der im Gasthof Schwinger vor dem Tresen stand.

Vater schlief. Ich zog die Tür zu und ging hinunter in die Diele. Mutter befreite in der Küche Rosenkohlröschen von den äußeren Blättern. Ich hypnotisierte das Telefon. Die dünne schwarze Leitung wurde zur Nabelschnur. Jetzt klingle schon, du Mistding! Wenn Jürgen Recht hat, wenn es Rena war am Freitagmorgen und in der Nacht … Lass mich ihre Stimme hören. Von mir aus darf es auch Jürgens Stimme sein. Oder Annes Stimme. Nur irgendeine Stimme. Die Stimme eines Menschen, mit dem ich reden kann. Mit Mutter konnte ich nie reden.

Wir unterhielten uns ständig, aber wir redeten nicht miteinander. Wir sprachen über den Speiseplan für die nächste Woche, über ein Reinigungsmittel für die Auslegware, darüber, dass der Metzger im Dorf horrende Preise verlangte. Dass es günstiger und gesundheitlich völlig unbedenklich war, größere Mengen Fleisch im Supermarkt zu kaufen und auf Vorrat einzufrieren. Weil der Supermarkt über der Fleischtheke ein riesiges Plakat mit der Aufschrift «Unser Rindfleisch ist garantiert deutscher Herkunft!» angebracht hatte. Seit sie mir gesagt hatte, mein Vater wäre ein Nazi, hatte ich Angst, mit ihr über Dinge zu sprechen, die tiefer gingen. Seitdem bewegten wir uns nur noch an der Oberfläche.

Warten! Bis um elf! Da kam Klinkhammer, allein und ernst, mit unverändert zu langem Haar, das er ständig zurückschieben musste.

In den ersten Minuten war ich erleichtert, ihn zu sehen. Es war fast wie früher, als ich sechs oder sieben war. Als ich noch einen Helden hatte, der untadelig war, groß und stark, streng und gerecht. Wenn Vater am späten Nachmittag aus dem Gericht kam; ein bisschen Herzklopfen vor den ersten Fragen. Sind die Schularbeiten ordentlich erledigt? Zeig mir deine Hefte. Ein anerkennendes Nicken, dann durfte ich mit ihm ins Wohnzimmer gehen. «Magst du Musik mit mir hören?»

Ich mochte seine Musik nicht, aber ihn liebte ich abgöttisch. Bei ihm fühlte ich mich sicher und erwachsen. Vater war ein ernster Mann und er nahm mich ernst. Zuerst gab Klinkhammer mir das Gefühl, dass er mich so ernst nahm wie Vater damals.

Er stellte ein paar Fragen, nickte bedächtig zu den Antworten, fuhr wieder und wieder mit beiden Händen in seine Mähne, teilte mir mit, dass und wo ich Renas Fahrrad abholen konnte. Dann klemmte er plötzlich die langen Seitenpartien hinter den Ohren fest und sagte im gleichen Tonfall: «Wir haben den Besitzer des Kleinbusses ermittelt. Er heißt Walter Menke. Sagt Ihnen der Name etwas?»

Ich schüttelte den Kopf.

Er lächelte. «Und wie steht es mit André Menke?»

Sagte mir auch nichts. Aber mein Herz begann zu hämmern, mein Gehirn ebenfalls. Es war doch der Bus! Zwei Männer! Sie konnten es sich nicht leisten, wegen ein paar Kratzern im Lack einen Aufstand zu machen. Sie mussten zusehen, den Tierarzt so rasch wie möglich loszuwerden. Er war für sie ein lästiger Zeuge.

Klinkhammer intensivierte sein Lächeln. Es hatte einen Hauch von etwas, das ich für Wachsamkeit und Anteilnahme hielt. Aber es war etwas ganz anderes. «Und was ist mit Henrik Emmersen, Uwe Lengries, Janet Abel, Stefanie Burk und Wiltrud Heister?»

Dieser Mistkerl! Ich war nicht in der Verfassung für messerscharfe Schlussfolgerungen und er genoss es. Als ich erneut den Kopf schüttelte, wollte er sich verabschieden. «Das war's für den Augenblick.»

«Moment», sagte ich. «Was ist mit dem Bus? Wer sind Walter und André Menke? Und was haben die anderen damit zu tun?»

Er zuckte mit den Schultern. «Im Moment kann ich noch nicht viel sagen. Der Bus ist auf Walter Menke zugelassen, sein Sohn benutzt ihn gelegentlich. Zur Zeit wissen wir nur, dass André Menke mit dem Bus unterwegs ist. Seit Donnerstag.»

«Mit Rena?»

«Es sieht so aus.»

Wenn ich es nicht schon geahnt hätte, wäre es mir spätestens in der Sekunde aufgefallen. Klinkhammers freiliegende Ohren waren ein Warnsignal. Sie legten den Polizisten bloß. Sein Lächeln war überheblich und kalt, seine Stimme auch. «Immerhin hat er beim Reitstall auf sie gewartet. Aber Sie müssen sich keine Sorgen machen, Frau Zardiss. André Menke ist ein guter Freund Ihrer Tochter. Auch wenn Ihnen der Name nichts sagt, Sie kennen ihn. Das heißt allerdings nicht, dass Sie ihn mögen. Er ist nämlich auch ein guter Freund von Nita Kolter. Und die ist ja nicht nach Ihrem Geschmack.»

Dann ging er, ließ mich sitzen wie ein dummes Kind. So fühlte ich mich auch. André Menke, einer aus Nita Kolters Clique. Die

Haustür war kaum hinter Klinkhammer ins Schloss gefallen, da lief ich schon durch die Diele.

Mutter rief mir nach: «Vera, wo willst du hin? Jürgen sagte, du sollst beim Telefon bleiben. Wenn nun jemand anruft?»

«Nimm einfach den Hörer ab!», schrie ich, als ich über den Hof lief. Klinkhammer fuhr durch die Einfahrt und beschleunigte. Ob Mutter mich noch rufen hörte, weiß ich nicht. Es war auch nicht wichtig. Sollte sie es klingeln lassen, wenn es klingelte.

Mutter hatte Angst vor dem Telefon. Sie ging nie ran. Einen einzigen Anruf hat sie entgegengenommen. Vor siebenunddreißig Jahren. Ich weiß es noch, als sei es gestern gewesen. Fünf war ich und wir bekamen ein Telefon. Es war noch etwas Besonderes zur damaligen Zeit. Nicht viele Leute konnten sich den Luxus leisten. Man zählte zu den Privilegierten, wenn man ein Telefon hatte. Aber man konnte auch in seiner Privatsphäre belästigt werden. Vater hatte sich lange dagegen gesperrt, Mutter darum gebettelt. Dann gab Vater nach.

Wochenlang wurde von nichts anderem gesprochen. Mutter verschickte Postkarten mit unserer Nummer und dem Termin, ab dem wir telefonisch zu erreichen waren. Endlich wurde es angeschlossen, ein klobiger schwarzer Apparat. Ich spielte im Nachbarhaus bei einer Freundin, Mutter holte mich heim, damit ich nichts verpasste. Als wir hereinkamen, kniete noch ein Techniker im Flur. Er testete den Anschluss. Es war alles in Ordnung, er verabschiedete sich.

Mutter nahm probehalber den Hörer ab, horchte auf das Tuten, freute sich und wartete auf den ersten Anruf. Sie rechnete fest damit, dass Vater der Erste in der Leitung wäre. Und als es um vier endlich klingelte, stürzte sie sich auf den Apparat, riss den Hörer ans Ohr und sprudelte los: «Dolf, es ist wunderbar, es funktioniert.» Dann wurde sie still und blass.

Es war eine Bekannte ihrer Mutter. Die Frau war für den Nachmittag zum Kaffee eingeladen gewesen und hatte vor verschlossener Tür gestanden. Niemand öffnete auf ihr Klopfen. An den Fenstern waren die schweren Vorhänge zugezogen. Aber das Schlafzimmerfenster im ersten Stock war nicht geschlossen. Die Frau holte sich in der Nachbarschaft eine Leiter und stieg ein.

Sie fand meine Großeltern im Bett. Tot. Mein Großvater war am Tag zuvor an einem Herzinfarkt gestorben, wann genau, ließ sich nicht mehr feststellen. Bei meiner Großmutter war das anders. Sie hatte die Uhrzeit notiert. «Es ist jetzt acht Uhr abends. Ich muss gehen.» Der letzte Satz in einem Abschiedsbrief.

Liebe Lena,

nach all den Jahren, die ich mit deinem Vater gegangen bin, kann ich ihn auf seinem letzten Weg nicht allein lassen.

Die Pulsadern hatte sie sich geöffnet. Das weiß ich von Vater. Mutter hat nie darüber gesprochen. Sie hat danach auch nie wieder von ihrer Kindheit erzählt. Und nie wieder einen Telefonhörer angefasst. Als wir die Anschlüsse im Haus verlegen ließen, Hauptanschluss in der Diele, Nebenanschlüsse in den Schlafzimmern, wehrte sie sich mit Händen und Füßen. «So ein Ding kommt mir nicht neben mein Bett. Ich brauche kein Telefon.»

Weit draußen sah ich ein paar Traktoren. Sie gingen nur ihrer gewohnten Arbeit nach. Ich setzte mich in mein Auto, der Schlüssel steckte. Ich fuhr los. Zur Landstraße. Und dann nach links.

Klinkhammer machte einen Denkfehler. Wenn Rena mit einem der Jungs aus Nita Kolters Clique verabredet hatte, sie bei Hennessen abzuholen, hätte sie ihn für sechs oder sieben Uhr bestellt. Niemand hatte Matthos Tritt in den Leib der trächtigen Fuchsstute vorhersehen können.

Und wenn Rena wusste, dass um sechs oder sieben der graue Kleinbus wartete, hätte sie sich kaum so lange bei der verletzten Stute aufgehalten. Oder andersherum: Keiner dieser Chaoten hätte drei oder vier Stunden bei der Einfahrt gewartet. Und wenn doch, hätte er den Tierarzt gefragt, ob Rena nicht auch bald käme.

Im Geist sah ich sie vor der Tür stehen, den einen zu seinem Auto gehen. Und Vaters Stimme spukte mir durch den Kopf. Gasthof Schwinger! Inzwischen musste sich Renas Verschwinden im Dorf herumgesprochen haben, auch bei denen, die keine Tageszeitung bekamen. Das funktioniert in so einem Kaff wie die Trommeln im Urwald. Und der Gasthof Schwinger ist die zentrale Buschtrommel. Wenn irgendwo ein Floh hustet, im Gasthof Schwinger weiß man es. Wenn einer den Hund seines Nachbarn getreten hat, im Gasthof Schwinger hält sich das wochenlang.

Dort hatte Jürgen vor Jahren erfahren, dass nur der alte Reuther als sein Erzeuger in Frage kam. Dort wurde auch hinter vorgehaltener Hand gewispert, der alte Reuther hätte beim Tod von Jürgens Schwester ein wenig nachgeholfen. Er habe die Katze so lange in den Kinderwagen gelegt, bis sie endlich begriff und sich auf das Gesicht des Babys legte.

Ich wollte kein Gerücht in die Welt setzen, auch keine wilden Anschuldigungen gegen Hennessen erheben, nur ein paar Fragen stellen. Irgendeiner vor dem Tresen! Es musste niemand aus dem Dorf gewesen sein. Neben der Eingangstür des Gasthofs offerierte ein Schild Fremdenzimmer. Von Jürgen wusste ich, dass ab Mittag der Gastwirt hinter dem Tresen stand. Es hieß, er sei mürrisch und wortkarg, von ihm hätte ich wahrscheinlich keine Antwort bekommen. Vormittags stand seine Frau am Zapfhahn.

Auch eine Mutter! Ich war nie Gast in ihrem Haus gewesen. Aber als ich hereinkam, wusste sie sofort, wer ich war. Der Lokalteil der Tageszeitung lag aufgeschlagen neben ihr auf dem Tresen. Sie fragte nicht, ob ich etwas trinken wollte. Ohne ein Wort stellte sie mir eine Tasse hin und goss Kaffee ein aus einer großen Warmhaltekanne. Dann schob sie mir einen Teller mit Zuckerwürfeln und Portionsdöschen Kondensmilch zu. Und während ich zwei Zuckerstücke in die Tasse fallen ließ, schenkte sie mir einen Weinbrand ein. Dabei fragte sie: «Noch nichts?»

Es dauerte nur Sekunden, da wusste ich bereits, dass Rena am

Donnerstagabend nicht im Schankraum aufgetaucht war. Nicht aufgetaucht sein konnte, weil das Lokal donnerstags geschlossen war. Ruhetag! Überflüssig, etwas zu erklären oder Fragen zu stellen. Ich trank den Kaffee und den Weinbrand. Ich hatte keine Tasche dabei, keine Papiere, keinen Pfennig Geld. Ich wusste nicht, wie die Frau hieß. Schwinger hieß nur das Haus. Nach ihren Namen fragen mochte ich nicht.

Wozu braucht man Namen, wenn man allein ist? Ich war allein, trotz Vaters Worten und dem Scheck. Vater war nicht im Stall gewesen am Donnerstagabend um halb elf. Wäre er bei mir oder an meiner Stelle gewesen, er wäre zur letzten Box gegangen. Sofort! Nicht erst am nächsten Tag.

Ich hatte mich nie zuvor so gefühlt: eingeschlossen mit dem fürchterlichen Verdacht, dass sie hinten gelegen hatte, als ich vorne nach ihr rief, ausgeschlossen von der Hoffnung auf Hamburg oder sonst einen Ort. Ihr Fahrrad stand am Bahnhof. Wie war es dahin gekommen, wenn André Menke sie mitgenommen hatte?

Ich hatte einmal einen Film gesehen, Sciencefiction, es war lange her. Die Erfindung einer Zeitmaschine! Man konnte nicht damit reisen, nur schauen – und auch nur in die Vergangenheit. Das Gerät, nicht mehr als ein schwarzer Kasten, wurde an den Ort gebracht, an dem ein ungeklärtes Ereignis oder Verbrechen stattgefunden hatte. Der Erfinder schaltete es ein, richtete eine Linse gegen den Himmel. Und aus den Sternen holte er die Bilder zurück. So ein Gerät brauchte ich.

«Gretchen war gestern hier», sagte die Frau. «Aber wir hatten letzte Woche keine Gäste. Vor vierzehn Tagen waren zwei Männer hier, für eine Nacht. Sie sind aber nicht im Dorf rumgelaufen, wollten nur das große Zimmer. So was gibt's. Ich hab's ihnen gegeben. Warum nicht?»

Ich nickte. Warum nicht?!

«Der Engländer hat auch mal hier übernachtet», sagte sie. «Aber letzte Woche war keiner da.» Sie schüttelte den Kopf. «Ist auch Blödsinn zu denken, dass ein Fremder sich ein Mädchen schnappt, das zufällig vorbeikommt. An so was glaub ich nie und nimmer. Gretchen sagte, sie glaubt's eigentlich auch nicht, aber fragen kostet nichts. Gretchen meint, das war einer, der sie kannte. Man müsste mal rumfragen, wer bei dem Wetter so spät noch unterwegs war.»

Nur ein Lkw, ein roter Kadett, der Tierarzt, ein grauer Kleinbus, die Feuerwehr und ich!

Die Frau wiegte bedächtig den Kopf. «Na, ein paar mehr wohl. Es muss 'ne Menge los gewesen sein in der Nacht. Sie sollten sich mal mit Königs Fred unterhalten. Sie kennen ihn ja.»

Ich schüttelte den Kopf.

«Natürlich kennen Sie ihn», belehrte sie mich. «Unser Brandmeister. Er sagte, wenn das Mädchen bei Hennessen weg ist, muss es auf dem Stück bis zur Spar- und Darlehenskasse in ein Auto gestiegen sein. Anders ist das nicht zu erklären. Und es waren genug Idioten unterwegs, sagte Fred. Seine Männer waren die ganze Nacht im Einsatz. Als ob sie mit dem Wasser noch nicht genug zu tun gehabt hätten, mussten sie auch noch zwei junge Burschen aus einem Auto schneiden. Hatten sich um einen Baum gewickelt. Ungefähr an derselben Stelle, wo es die Annegret erwischt hat.»

Sie nickte schwer. «Ist 'ne gefährliche Kurve da oben. Der Udo soll ja auch noch so schwer verunglückt sein, hab ich gehört. Ist aber nicht hier gewesen. Und er hat Glück gehabt. Ihm ist nix passiert. Nicht auszudenken, wenn er sich auch noch den Hals gebrochen hätte. Sie haben wohl so was befürchtet, die von Wirths, meine ich. Zweimal hat Fred den Alten fahren sehen, er hat wahrscheinlich nach Udo gesucht, einmal um zwölf und einmal um vier.»

Mit einem langen Seufzer fügte sie hinzu: «Das war ein rabenschwarzer Tag für die von Wirths.» Sie sagte es, als sei es für uns ein rosiger Tag gewesen. Aber dann lächelte sie verlegen. «Na, für

Sie ja auch.» Sie hob die Weinbrandflasche und wollte mein Glas noch einmal füllen. Ich winkte ab.

«Lieber noch 'n Kaffee?», fragte sie. Ich nickte und hatte nur ein Wort im Kopf: Wenn!

«Und wenn sie nicht bei Hennessen weg ist?», fragte ich. «Kann man ihm so etwas zutrauen?»

Ich fühlte mich kalt, stand daneben, schaute zu. Gretchen meint, hatte sie gesagt! Dann konnte Rena auch bei Gretchen nicht von Fluchtplänen gesprochen haben. Ich sah sie irgendwo liegen, klar und deutlich sah ich sie. Wo sie lag, war es dunkel und eng, kalt und feucht. Verscharrt im Dreck. Und wo immer er gescharrt hatte in der Nacht, der Regen hatte die Stelle wieder glatt geschliffen.

Die Frau starrte mich an. Ich dachte, sie würde mir nicht antworten. Hennessen war einer von ihnen, im Dorf geboren und aufgewachsen. Gegen ihn war ich ein Niemand. Sekundenlang hatte sie einen Ausdruck auf dem Gesicht wie eingeschlafen. Dann wiegte sie den Kopf.

«Man will ihm ja nichts, aber mir wurde ein bisschen mulmig, als Fred sagte: Wenn sie da weg ist. Und Scherer hat zu Fred gesagt, Hennes wär komisch gewesen in der Nacht, als er bei Friedel reinkam. Nervös wär er gewesen, hätte viel geredet, wie einer, der unbedingt was loswerden muss, gesoffen hätte er auch mehr als sonst. Scherer soll auch gesagt haben: ‹Ich an seiner Stelle wäre sofort mit den Leuten gegangen. Ein Mädchen ist doch wichtiger als ein Pferd. Da sollte man fast meinen, er wusste, dass sich das Suchen nicht lohnt.› Vielleicht reden Sie mal mit Scherer oder mit Fred.»

Mein Herz schlug in der Kehle und den Fingerspitzen. «Würden Sie den Kaffee und den Weinbrand anschreiben?»

Sie winkte ab.

Ich fuhr noch eine Weile im Dorf herum. Runter zu Friedels Kneipe. Sie war geschlossen und auf mein Klopfen öffnete niemand. Wo Fred König wohnte, wusste ich nicht. Nach Scherers

Haus musste ich eine Weile suchen und traf auch dort niemanden an. Und auf Hennessens Hof stand Klinkhammers Auto.

Dreimal fuhr ich an Gretchens Haus vorbei. Und dreimal schaffte ich es nicht, auf die Bremse zu treten. Es hatte nichts damit zu tun, dass ich Gretchen nicht mochte und ihren Lebenswandel verabscheute. Es war nur … Man ignoriert einen Menschen nicht zwanzig Jahre lang, um plötzlich vor seiner Tür zu stehen und zu bitten: «Hilf mir!»

Hilf mir! Du kennst jeden Stein in diesem Kaff und jeden krausen Gedanken. Du weißt genau, wer es mit wem treibt, wer sich besoffen hinters Steuer setzt, wer die Katzen vergiftet, wer wo was erzählt. Sag mir, was mit Hennessen los ist. Warum ist Jürgen überzeugt, dass er es nicht gewesen sein kann? Warum traut auch mein Vater ihm nichts Böses zu? Der Mann ist vierundfünfzig Jahre alt und zu seinem Hof gehört eine Menge Land. Aber seine Schwester führt ihm den Haushalt. Warum ist er nicht verheiratet? Was stimmt nicht mit ihm? Hilf mir!

Das kann man erst, wenn man am Ende ist.

Als ich heimkam, war es halb zwei. Anne stand am Herd und brutzelte Eier. Sie drehte mir den Rücken zu. Jürgen saß vor einem Teller mit Brotscheiben am Tisch. Er fuhr mich an: «Herrgott, Vera, wo treibst du dich herum? Hatte ich dir nicht gesagt, du sollst mit deinem Hintern zu Hause bleiben?»

Auf der Abtropffläche der Spüle stand die Schüssel mit Rosenkohl, daneben lagen ein Häufchen Kartoffelschalen und ein Schälmesser, ein halb mit Kartoffeln gefüllter Topf stand an der Seite.

«Wo ist Mutter?»

«Im Krankenhaus», fauchte Jürgen.

Vater hatte einen Schlaganfall erlitten. Wie Jürgen es einschätzte, nicht den ersten. Der erste dürfte ihn bereits in der Nacht getroffen haben; ein leichter, ohne verheerende Auswirkungen, er verursachte nur Kopfschmerzen und Schwindel und hinterließ ein Taubheitsgefühl im Arm. Und dann kam der zweite.

Wäre Anne nicht früher heimgekommen – sie hatte nach der dritten Stunde die Schule verlassen und den Linienbus genommen –, vielleicht wäre Vater gestorben. Mutter ging nicht ans Telefon, auch nicht, um Notarzt und Krankenwagen zu rufen. Das hatte Vater anscheinend selbst noch versucht, bevor er zusammenbrach.

Als Anne die Diele betrat, lag er auf dem Boden. Mutter kniete neben ihm und jammerte: «Dolf, sag doch etwas. Was soll ich tun, Dolf? Sag mir, was ich tun soll.» Und der Telefonhörer baumelte an der Schnur.

Anne hatte alles Notwendige veranlasst, auch Jürgen alarmiert. Er hatte es nicht geschafft, rechtzeitig daheim zu sein. Als er auf den Hof fuhr, war der Krankenwagen bereits weg.

Anne sah verweint aus und Jürgen ... Wie er da am Tisch saß, den Zorn des Gerechten verströmend; ich glaube, ich hasste ihn. Weil ich plötzlich denken musste: Du mit deinem verdammten Tick! Bauernhof und Landleben. Friede, Freude, Eierkuchen. Dass ich nicht lache. Da ging es doch nur um eines! Du wolltest da der Herr sein, wo du früher nicht einmal der Knecht warst. Nur Gretchens Balg, der Dorn im Auge des alten Reuther.

Wenn wir in der Stadt geblieben wären, wäre das nicht passiert. Vielleicht wäre Rena noch eine Weile mit Nita Kolter und dieser Clique herumgezogen. Zebrafrisur und schwarz lackierte Fingernägel. Es wäre vorbeigegangen, ich bin sicher. Ich hätte es schon irgendwie in den Griff bekommen. Oder sie hätte von selbst erkannt, dass hinter Nitas großer Klappe nur Verlorenheit steckt. Irgendwann hätte sie es begriffen, auch ohne Pferde.

Ich wollte nicht hierher. Ich hatte Angst, dass deine Mutter uns auf die Pelle rückt. Dass sie sonntags unangemeldet zum Kaffee erscheint, mit ihrem jeweiligen Pflegefall im Schlepptau. Und ich hatte Angst, mit meiner Mutter unter einem Dach zu leben. Ich wusste, dass es nicht funktionieren konnte, dass ich meine

Kinder nicht einem Stein überlassen durfte. Ausgelacht hast du mich.

«Genau das ist der springende Punkt, Vera. Deine Kinder! Machen wir uns nichts vor. Anne ist in Ordnung und sie kommt blendend zurecht mit deiner Mutter, sie ist tüchtig und ehrgeizig, sie wird ihren Weg machen. Aber welchen Weg Rena macht, steht noch in den Sternen. Seit Monaten höre ich von dir nichts anderes mehr, als dass du nicht weißt, wie du mit ihr umgehen sollst. Ich habe das Gejammere satt und denke mir, vielleicht weiß deine Mutter es. Es kann jedenfalls nicht schaden, wenn Rena einmal den Unterschied kennen lernt. Ich halte jede Wette: Vierzehn Tage, dann ist unsere Jüngste wieder naturblond.»

Anne kam mit der Pfanne zum Tisch, fischte drei Eier aus einem Buttersee und legte sie Jürgen aufs Brot, verteilte dabei Fettspritzer auf dem Tischtuch und seinem Handrücken.

«Au», sagte er, fuhr unwillkürlich mit der Hand zum Mund, die Augen auf mich gerichtet. «Würdest du mir liebenswürdigerweise erklären, was hier los war! Warum du in der Gegend herumrast und worüber Vater sich so aufgeregt hat!»

«Soll ich dir auch ein paar Eier machen?», fragte Anne. Ich schüttelte den Kopf.

«Ich warte, Vera. War Klinkhammer hier? Anne sagte, er war heute Morgen in der Schule.»

«Nita war nicht in der Schule», sagte Anne. «Am Freitag auch nicht, das weiß ich von Armin.»

Jürgen bedeutete ihr mit einer unwilligen Geste, sie solle den Mund halten. «Vera, warum antwortest du nicht? Was ist passiert, verdammt? Was wollte Klinkhammer?»

«Er hat lange mit Armin gesprochen», sagte Anne. «Ich habe Armin gefragt, was Klinkhammer noch von ihm wollte. Armin sagte …»

«Verdammt nochmal, Anne», brüllte Jürgen. «Mich interessiert nicht, was Armin sagte. Ich will von deiner Mutter wissen, was

Klinkhammer sagte und wo sie sich herumgetrieben hat!» Er schaute mich an. «Warst du wieder bei Hennessen?»

«Nein.»

«Wo dann?»

Ich war es nicht gewohnt, angebrüllt zu werden, und antwortete automatisch: «Im Gasthof Schwinger.»

Jürgen betonte jedes Wort über Gebühr: «Wo warst du?» Dann brüllte er erneut los: «Hast du den Verstand verloren? Wie kommst du auf die Idee, ausgerechnet zu der Ziegler zu laufen? Hast du mit ihr über Hennessen gesprochen? Natürlich hast du! Das hat sich ja bei dir zur fixen Idee entwickelt.»

Er war so außer sich. Seine Stimme überschlug sich. «Willst du den Mann fertig machen? Dann pass auf, dass er den Spieß nicht umdreht. Mach nur so weiter, wenn du Wert auf eine Anzeige wegen übler Nachrede oder Tierquälerei legst.»

Er fasste sich an die Stirn. «Ausgerechnet zu der Ziegler! Für die ist das ein gefundenes Fressen. Sie war mit Hennessen verlobt, er hat ihr einen Tritt gegeben. Es ist dreißig Jahre her, aber verziehen hat sie es ihm bis heute nicht. Was hast du ihr erzählt?»

«Nichts! Sie sagte, der Brandmeister hat gesagt, Scherer hätte gesagt ...» Mir fiel auf, wie es klingen musste, und ich brach ab.

Anne stand wie erstarrt. Sie hatte die Pfanne zurück auf die heiße Herdplatte gestellt. Der Buttersee begann zu qualmen. Jürgen schlug mit der Faust auf den Tisch.

«Dich sollte man an die Leine legen! Aber so hatte ich mir das vorgestellt, genau so. Ein bisschen Stress und schon drehst du durch. Wenn du hier gewesen wärst, wäre Vater ...»

Wohin mit der Ohnmacht? Ich holte aus und schlug Jürgen ins Gesicht. «Das ist für das bisschen Stress», sagte ich und schlug noch einmal zu. «Und das ist der Schlag von Freitag zurück.»

Jürgen starrte mich verblüfft an. Anne stampfte mit dem Fuß auf und kreischte: «Hört auf! Seid ihr denn alle übergeschnappt?

Hört mir jetzt endlich einer zu? Nita ist auch weg, zusammen mit André Menke. Es war Menkes Bus.»

Jürgen kniff die Augen zusammen. «Sag das nochmal», forderte er. Anne schüttelte den Kopf und rannte in die Diele, stürmte die Treppe hinauf. Oben knallte eine Tür.

Jürgen fauchte: «Nita! Das hätte ich mir denken können, als die hier auftauchten, dass dieses verdammte Aas keine Ruhe gibt.» Dann machte er sich über die Eier her.

Ich nahm die Pfanne von der heißen Herdplatte, öffnete das Fenster, damit der Qualm abziehen konnte, und ging Anne nach. Sie lag auf dem Bett, als ich hereinkam. Die Arme unter dem Nacken verschränkt, starrte sie die Zimmerdecke an. «Meinst du, ich hätte ihr mehr helfen müssen?» Sie schaute mich nicht an, hielt den Blick nach oben gerichtet.

«Du hast ihr doch immer geholfen.»

«Das ist nicht wahr, Mutti, und das weißt du auch. Ich habe mich immer herausgeredet mit dem Abi. Und am Donnerstag – ich war mit Patrick verabredet und wollte mir nicht wieder stundenlang etwas von ihren Gäulen anhören. Sie ging mir auf die Nerven mit ihrem Mattho. Und jetzt ist sie weg.»

Ihre Stimme war wie dünnes Glas. Sie richtete sich auf, stützte den Oberkörper mit einem Arm ab. «Sie war so traurig im Bus. Ich dachte, es wäre wegen der blöden Mathearbeit. Ich hätte ihr das mit ein paar Worten erklären können, sie hätte es bestimmt verstanden, es war leicht. Aber ich habe zu ihr gesagt, wenn du dich nur halb so viel mit deinen Gäulen beschäftigen würdest, hättest du die Probleme nicht.»

«Mach doch nicht ausgerechnet du dir Vorwürfe.»

Das Glas brach. «Das tu ich aber. Sie hat mich gefragt, ob ich ihr helfe. Als ich sagte, dass Patrick mich abholt, meinte sie, ich könnte es ihr doch schnell in der Pause erklären. Ich hab's ihr auch versprochen. Aber dann kam Doktor Langfelder mit einer Fachzeitschrift. Da war ein interessanter Artikel über die Evolution drin.

Den wollte ich mir kopieren. Ich war in der Bibliothek. Ich war gar nicht draußen. Ich habe nicht gesehen, dass sie mit Nita zusammen war. Und mit Menke. Armin sagte, Menke stand mit dem Bus auf der Straße. Nita und Rena standen während der ganzen Pause bei ihm.»

«Das ist nicht so wichtig.»

Anne schüttelte heftig den Kopf. «Doch, Mutti, das ist es. Begreifst du denn nicht? Dieses verkorkste Weib hat sie überredet mitzukommen. Nita hat seit Wochen rumgetönt, dass sie die Schnauze voll hat und abhauen will. Kannst du dir nicht vorstellen, wie es in Rena ausgesehen haben muss? Sie war ganz allein. Wir haben sie im Stich gelassen. Sie wusste, dass ich ihr nicht zuhöre, wenn sie mir erzählt, dass Mattho abgeholt wird. Wenn ich mit ihr geübt hätte an dem Nachmittag, wäre sie vielleicht nicht zum Reitstall gefahren. Oder Patrick und ich, wir hätten sie hingebracht und auch wieder mit zurückgenommen. Dann hätte Großvater sich nicht solche Vorwürfe machen müssen. Dann wäre das alles nicht passiert. Wenn Großvater stirbt, das halte ich nicht aus.» Anne warf sich herum, drehte mir den Rücken zu, vergrub ihr Gesicht im Kissen und weinte.

«Er wird nicht sterben.»

Sie nickte heftig, ihre Stimme klang erstickt. «Doch, das wird er. Du hast ihn nicht gesehen, Mutti. Er blutete aus der Nase und den Ohren. Sein Gesicht war blau. So etwas habe ich noch nie gesehen. Er wollte mir etwas sagen, aber er konnte nicht reden. Und Großmutter war völlig durcheinander. Es ist alles nur meine Schuld.»

Ich wollte sie trösten, aber mir fiel nichts ein. Und mich auf ihr Bett setzen, sie wortlos in die Arme nehmen … Ihr Deodorant kitzelte mich in der Nase, dieser liebliche, blumige Duft, den sie von morgens bis abends verströmte, immer sauber und frisch. Und Rena stank nach Pferd, nach Stall. Wann hatte ich Rena zuletzt in den Arm genommen?

«Welcher von denen ist überhaupt Menke?», fragte ich.

«Der Große», erklärte Anne mit ins Kissen gepresstem Gesicht. «Erinnerst du dich noch an meinen Süßstoff, wie er mit der Dose rumgespielt hat? Das ist Menke. Er ist der Leithammel in Nitas Clique.»

Als ich wieder nach unten kam, telefonierte Jürgen mit dem Krankenhaus. Es stand nicht gut um Vater. Zur Zeit konnte noch niemand etwas sagen. Jürgen war außer sich. «Dir ist klar, was passiert, wenn er stirbt?»

Natürlich war mir das klar. Wir mussten den Hof aufgeben.

«Ich hab dir doch gesagt, du sollst ihn im Auge behalten und notfalls ins Krankenhaus schaffen. Er ist mit Kopfschmerzen aufgewacht, sein Blutdruck war viel zu hoch.»

«Von zu hohem Blutdruck hast du kein Wort gesagt.»

Er winkte ab und zählte auf: «Schwindel, Taubheitsgefühle im rechten Arm und Nasenbluten. Was brauchtest du denn noch? Das muss dir doch dein Verstand gesagt haben, worauf die Symptome hindeuten. Was hast du damals eigentlich studiert?»

Ich ließ ihn stehen, ging in die Küche, spülte die Pfanne, wischte die Fettspritzer vom Herd, hörte einen Automotor und sah Klinkhammers Wagen auf den Hof fahren.

Diesmal kamen sie zu zweit. Olgert hatte eine Plastiktüte bei sich, Renas Tagebücher. Wir gingen ins Wohnzimmer, er legte die Tüte auf den Tisch und setzte sich. Klinkhammer blieb stehen.

Hatte er sich am Vormittag noch Mühe gegeben, Freundlichkeit und Anteilnahme zu heucheln oder wenigstens Neutralität in seine Stimme zu legen, machte er jetzt keinen Hehl mehr aus seiner Wut. Aus seiner Sicht mochte sie berechtigt sein. Er fühlte sich von uns hinters Licht geführt. Belogen, um es auf den Punkt zu bringen. Hatte er uns nicht nach Freunden gefragt? Und welche hatten wir ihm genannt? Ein paar nette, wohlerzogene Kinder! Kein Wort, dass da noch andere gewesen waren. Auch wenn wir nur Nita Kolter kannten, wir hätten die alte Clique erwähnen müssen. Rena war mit André Menke und Nita Kolter auf Reisen gegangen. Für Klinkhammer stand es fest.

Er sprach minutenlang von Josefine Bartel, ehe ich begriff, wen er meinte: Hennessens Schwester. Sie hatte am Donnerstagabend ein merkwürdiges Wesen beobachtet. Es hatte ausgesehen wie einer von den Vampiren, die sie sich gerne im Fernsehen anschaute. Schneeweißes Gesicht, rote Augen, langer schwarzer Umhang und schwarz lackierte Fingernägel von einer Länge, wie Josefine Bartel sie noch nie bei einem Menschen gesehen hatte.

Zum ersten Mal bemerkt hatte sie das wunderliche Geschöpf, als Hennessen kurz vor sechs ins Haus kam, um telefonisch nachzufragen, wo der Tierarzt blieb. In den Minuten war Rena allein im Stall. Und genau daher kam das Wesen. Aber es verschwand so schnell Richtung Straße, dass Josefine Bartel vom Küchenfenster aus nicht viel mehr sah als den wehenden Umhang und dachte, sie habe Halluzinationen.

Kurz nach neun tauchte das Wesen erneut auf und erwies sich als äußerst real und rotzfrech. Josefine Bartel wollte im Stall nach dem Rechten sehen, und gerade als sie das Haus verließ, kam es zur Einfahrt hereingeschossen und rief: «Pferdchen!» Das verstand Josefine Bartel genau.

Dann bemerkte das Geschöpf im schwarzen Umhang sie, stutzte und fragte mit breitem Grinsen: «Wie lange braucht so 'n Biest denn zum Abkratzen?»

Frau Bartel rief laut nach ihrem Bruder, was aber vermutlich in Sturm und Regen unterging, und empfahl, das Anwesen auf der Stelle zu verlassen, anderenfalls müsse man mit einer Mistgabel nachhelfen. Daraufhin verzog sich der kleine Vampir mit den Worten: «Bepisst euch doch, ihr Scheißer.»

Nita Kolter, wer sollte es sonst gewesen sein?

Nita Kolters Mutter hatte zu Freunden die gleichen Auskünfte geben können wie wir. Keine! Regina Kolter war in Urlaub gewesen und hatte erst am Vormittag von Klinkhammer erfahren, dass ihre Tochter ihre Abwesenheit genutzt hatte, ebenfalls zu verschwinden.

Und er warf uns mit diesem Weib in einen Topf! Geld! Alles, was zählte, war Geld! Es interessierte uns einen Dreck, wie unsere Kinder sich fühlten. Wenn sie etwas brauchten, bekamen sie ein paar Scheine in die Finger gedrückt. Da konnten sie sich dann scheibchenweise einen billigen Ersatz für das kaufen, was wir ihnen vorenthielten.

Er hatte von Gretchens Geburtstagsgeschenk erfahren. Otto hatte das Maul nicht halten können. Hatte in bester Absicht berichtet, wie Rena sich gefreut und verkündet hatte: «Das ist der Grundstein für meinen Reitstall. Jetzt spare ich. Und wenn ich genug zusammenhabe, hole ich Mattho zurück.»

Regina Kolter hatte keine Angaben machen können oder wollen, mit welcher Summe ihre Tochter auf Reisen gegangen war. Nita verfügte über ein eigenes Konto, auf das die Frau Mama regelmäßig das Taschengeld einzahlte. Klinkhammer sprach von restlos abgeräumt, wie viel damit gemeint war, sagte er nicht. Bei André Menkes Eltern fehlte ein Sparbuch mit einer Einlage von sechstausend Mark. Und Klinkhammer fand es bezeichnend, dass wir ihm die fünf Scheine von Gretchen verschwiegen hatten.

Es tat entsetzlich weh. Ich sah uns am Frühstückstisch sitzen, hörte Jürgen fragen, ob er nicht den Beruf verfehlt hätte. Friseur hätte er werden sollen, da könne er Köpfe waschen, wenn ihm danach sei. Uns sei nicht bekannt gewesen, dass Rena noch engen Kontakt gehabt habe zu diesen Punkern.

Klinkhammer blieb sachlich. «Das sind keine Punker. Es sind junge Menschen, die an der Welt verzweifeln. Dass es Ihnen nicht bekannt war, kann ich mir denken. Was war Ihnen überhaupt bekannt?»

Er verwies auf Renas Tagebücher. «Ich möchte wetten», sagte er und deutete auf Olgert, «dass mein Kollege in den letzten Tagen mehr über die Gemütsverfassung Ihrer Tochter erfahren hat als Sie in den vergangenen sechzehn Jahren, Herr Doktor.» Die letzten beiden Worte klangen nach Galle.

Dann gingen sie. Jürgen war wütend, weil ich ihnen Renas Tagebücher überlassen hatte. Ich hätte nicht zulassen dürfen, dass sich ein kleinklarierter Beamtenschädel über unsere Privatsphäre hermachte. Er tobte so lange, bis Anne weinend nach unten kam.

«Wenn ihr noch lange streitet, haue ich auch ab.»

Jürgen nahm sie in die Arme, entschuldigte sich. Bei ihr, nicht bei mir. Um halb drei verließ er das Haus, er musste zurück in die Praxis. Und er kochte immer noch vor Wut.

Ich nahm die Tagebücher vom Couchtisch und trug sie hinauf, legte sie zurück in den Nachttisch, saß minutenlang auf dem Bett, betrachtete Matthos Fotografie und hörte ihre Stimme: «Achtzehntausend Mark, wusstet ihr das?»

Natürlich. Wir hatten uns danach erkundigt. Nur konnten wir keine achtzehntausend Mark aufbringen. Ich hatte, als wir nach ihrer Geburtstagsparty ins Bett gingen, zu Jürgen gesagt: «Ich habe kein gutes Gefühl bei der Sache. Sie ist fest überzeugt, dass morgen früh Mattho auf dem Hof steht. Wir sollten offen mit ihr sprechen. Sie ist alt genug, sie wird es verstehen.»

Ausgelacht hatte er mich. «So weit kommt's noch, dass ich vor meinen Töchtern den Offenbarungseid leiste. Was denkst du dir eigentlich? Meinst du, das macht Eindruck auf sie?»

«Meinst du, deine fadenscheinigen Erklärungen machen Eindruck? Von Sonne bekommt man Krebs. Wir fahren in den Harz, Leute, da ist es schattig. Du hättest ihnen die Wahrheit sagen können. So dumm sind sie nicht. Sie wissen längst, dass wir pleite sind.»

«Wir sind nicht pleite, meine Liebe. Wir haben einen momentanen Engpass. Jetzt mach das Licht aus. Ich will schlafen.»

Danach war mir auch. Geld! Ein paar Scheine in die Finger gedrückt! Nicht bei uns. Und das Taschengeld auf ein Konto einzuzahlen hätte sich nicht gelohnt für vierzig Mark im Monat. Anne bekam fünfzig. Vater hatte ihnen häufig etwas zugesteckt, das wusste ich.

Zwei Zimmer weiter weinte Anne sich ihre vermeintliche Schuld von der Seele. Ich konnte mich nicht aufraffen, zu ihr zu gehen und sie in die Arme zu nehmen. Wenn Vater starb oder zu einem Pflegefall wurde ...

Man lässt einen alten, kranken Mann nicht allein, wenn man weiß, dass seine Frau sich vor dem Telefon fürchtet. Wenn er stirbt, dachte ich, geht sie mit. Sie wird es genau so tun wie ihre Mutter. Nicht, weil er sie braucht. Weil sie ihn braucht.

Ich ging wieder nach unten. Drei Uhr nachmittags. In meinem Magen schwappten ein paar Tassen Kaffee und ein Weinbrand. Ich hätte etwas essen müssen, ich konnte nicht. Einige Minuten lang stand ich in der Küche, saß eine Viertelstunde im Wohnzimmer, wanderte drei Runden durchs Esszimmer. Und immer wieder in die Diele. Ich begann mich zu fühlen wie Mutter. Ein Telefon! Wenn es das nächste Mal klingelte, kam vielleicht der Tod aus der Leitung.

Nicht sterben, Papa, bitte nicht sterben! Du warst immer so stark, du schaffst es. Du musst es schaffen. Lass dich von ein paar geplatzten Adern im Hirn nicht unterkriegen. Ich brauche dich. Auf wen soll ich mich verlassen, wenn du nicht mehr da bist? Auf Jürgen? Papa, du kennst ihn doch. Bleib bei mir, bitte. Ich muss dir noch etwas Wichtiges sagen: Ich liebe dich. Habe ich dir das je gesagt? Ich kann mich nicht erinnern. Wir haben nie mit großen Worten um uns geworfen, nicht wahr? Aber ab und zu braucht man große Worte, dann reichen die kleinen nicht. Ich glaube, ich habe es auch nie zu Rena gesagt. Doch um sie müssen wir uns nicht sorgen, sie ist mit Freunden unterwegs.

Halb vier! Ein Knacken in den Wasserrohren, zwei Minuten lang rauschte es. Anne wusch sich das Gesicht. Dann kam sie nach unten. «Hast du Lust auf eine Partie Canasta?»

«Was?»

Sie lächelte verlegen, winkte ab. «Vergiss es. Ich dachte nur, das lenkt uns ein bisschen ab. Wir haben ewig nicht mehr gespielt. Aber wenn du keine Lust hast. Ich verstehe das. Sollen wir mal im Krankenhaus anrufen?»

«Hol die Karten.»

Wir setzten uns in die Küche. Anne war mit so großem Eifer bei der Sache, als hinge ihr Leben vom Punktestand ab. Ich dachte an Vater. Ob er bei Bewusstsein war und darauf wartete, dass ich anrief und mich erkundigte, wie er sich fühle? Ob er hoffte, mich zu sehen, wenn er die Augen aufschlug? Ich konnte nicht kommen. Ich musste beim Telefon bleiben. Und am nächsten Tag wäre ich allein, bis Anne aus der Schule kam. Ich wusste, dass ich das nicht schaffte. Junge Menschen, die an der Welt verzweifeln? Mehr wohl verzweifeln sie an ihren Eltern!

Anne legte mit übertriebenem Triumph eine Hand voll Karten auf den Tisch, drei Joker, vier Zweien. «Jokercanasta», verkündete sie, runzelte die Stirn und sagte: «Ach, du Scheiße.»

Sie schaute zum Fenster hin. Ich folgte ihrem Blick. Es kam jemand über den Hof, zu Fuß, in Schwarz. Anne sprang hoch und verzog ablehnend das Gesicht. «Sei mir nicht böse, Mutti, ich verzieh mich nach oben. Für den habe ich jetzt keine Nerven. Ich habe am Freitag schon gedacht, er hat den Verstand verloren. Er schleppte einen Müllsack mit sich herum, hab ich dir das erzählt? Und heute hatten sie Beerdigung.»

Udo von Wirth. Ich ließ ihn ins Haus, führte ihn in das Wohnzimmer, bot ihm einen Platz an, fragte, ob er einen Kaffee trinken wolle. «Da komme ich gerade her», sagte er. «Ich hab's nicht ausgehalten, und da dachte ich …» Er sprach langsam, mit großen Pausen zwischen den Satzteilen. «Ich schau mal bei Ihnen vorbei und frag, wie's geht. Ich hoffe, ich störe Sie nicht bei was Wichtigem.»

Ich schüttelte den Kopf.

«Sind Sie allein?»

Ich nickte, verschwieg Annes Anwesenheit und zählte auf. Mann in der Praxis, Vater mit Gehirnschlag im Krankenhaus. Mutter bei Vater.

«Ist alles so furchtbar!», stammelte Udo. Er starrte auf seine Hände, saß vorgebeugt im Sessel, hielt die Hände wie zum Gebet gefaltet zwischen den Knien. «Annegret hätte nicht sterben dürfen. Mein Schwager packt das nicht. Ich auch nicht. Ich weiß nicht, was ich machen soll ohne sie. Mein Vater spricht kein Wort mehr mit mir, weil's meine Schuld ist. Ich hätte das machen sollen mit den Einkäufen. Aber ich hatte keine Zeit und ...»

Er zuckte mit den Schultern. «Ich bin rumgefahren – die halbe Nacht. Und dann hatte ich den Unfall. Aber nur das Auto ist draufgegangen. Alle sagen, ich hätte Schwein gehabt. Ich wollt kein Schwein haben. Ich hab mir gewünscht, dass ich genau so draufgehe wie Annegret. Verstehen Sie das?»

Ich nickte nur, wusste nicht, was ich ihm antworten sollte. Er atmete tief durch und erhob sich. «Dann will ich Sie nicht länger aufhalten. Ich wollte ja nur mal sehen, wie's geht. Bestellen Sie Ihrem Vater gute Besserung. Ich hoff, dass er sich schnell erholt. Er ist ein netter Kerl. Ich hab mich immer prima mit ihm unterhalten, wenn er zu Hennes kam.»

Er streckte die rechte Hand aus, zog sie aber sofort wieder zurück. Ich brachte ihn zur Tür, schaute ihm nach, wie er zur Einfahrt ging. Er drehte sich noch einmal um, nickte mir zu. Dann schlich er davon. Das war nicht mehr der junge Mann, den ich bei Renas Party gesehen hatte.

Beerdigung, dachte ich. Ein Sarg, ein Grab, Gewissheit. Für uns gab es keine. Nur die polizeilich verordnete Vermutung, dass Rena mit Freunden in einem grauen Kleinbus durchs Land fuhr. Dass sie von Zeit zu Zeit anrief, um zu hören, wie es uns ging. Dass sie kein Wort über die Lippen brachte, wenn wir uns meldeten, dass sie in den Hörer weinte, weil sie uns vermisste.

6. Kapitel

Wir waren eine glückliche Familie!? Ja, in gewisser Weise waren wir das – oberflächlich betrachtet. Und ich hatte von Grund auf gelernt, mich nur an der Oberfläche zu bewegen. Alles, was sauer oder bitter aufstoßen konnte, verschwand hinter der glatten Fassade. Nach einer Weile wurde es vergessen und irgendwann war es nicht mehr wahr.

Man kennt die Beulen im eigenen Teppich, da ist es leicht, ihnen auszuweichen. Aber es kommt ein Tag, da stolpert ein Polizist, dem ständig die zu langen Haare ins Gesicht fallen, darüber.

Ich ging hinauf, nachdem Udo um den linken Mauerpfosten gebogen war und auf dem Feldweg ins Leere schlich. Ich wollte mit Anne reden, ruhig und sachlich. Über Nita, über Rena, über Vater, über vermeintliche und tatsächliche Schuld. Anne lag zusammengerollt auf dem Bett und schlief. Ihr Kopfkissen war feucht. Ich stand minutenlang an der Tür. Und ein paar Schritte weiter war die Tür zu Renas Zimmer.

Ich sah mich daran vorbeigehen – am Donnerstagabend – und fragte mich, wie oft ich mich noch so sehen musste. Wie oft mir bei der Erinnerung an den einen – an den letzten Moment von Nachlässigkeit und Widerwillen noch das Atmen schwer fiele. Wie lange ich den Stein in der Brust mit mir herumtragen musste. Ein schwerer Stein, das ganze Gewicht von Annes einfacher Feststellung: «Wir haben sie im Stich gelassen.»

Nein, wir nicht. Ich! Wenn es unter unserem Dach eine Schuld gab, trug ich sie. Ich hatte kapituliert vor den Schlabberhosen und der Zebrafrisur. Ich hatte, als ich mir nicht mehr anders zu helfen wusste, nach dem Strohhalm gegriffen, den Jürgen bot; beschauliches Dorfleben und eine Frau am Herd, die hart durchgreifen konnte.

«Sei vernünftig, Vera, und hack nicht immer auf deiner Mutter herum», hatte Jürgen gesagt. «Sei froh, dass sie so ist und nicht anders. Wenn dir ihre Ansichten zum Thema Erziehung nicht gefallen, du bist doch dabei. Du kannst ihr jederzeit deine Meinung sagen.»

Ich war nicht dabei gewesen. Ich hatte mich bei ihm in der Praxis verkrochen, weil ich mich mit meiner Mutter nicht auseinander setzen konnte. Ich hatte Rena auf die Pferdekoppel getrieben und ein Hengstfohlen hatte sie zwei Jahre lang gehalten.

Irgendwie schaffte ich es. Die Tür öffnen, zum Bett gehen, mich hinsetzen und die Klappe vom Nachttisch anstarren. Ein paar Minuten vergingen noch, ehe die Finger mir gehorchten. Ich nahm das erste Buch in die Hand, schlug es hinten auf. Die letzte Seite war beschrieben. Die Eintragung lag achtzehn Monate zurück.

18. März stand oben in der Ecke. Und darunter:

Heute war sie wieder an der Koppel. Ich war mit Tanita draußen. Sie hat mir eine Weile zugeschaut. Es war ein komisches Gefühl, fast als ob Mutti oder Papa mir zuschauen. Ich habe Tanita zweimal springen lassen und sie hat mir applaudiert. Gesagt hat sie nichts. Ich habe mich auch nicht getraut. Jetzt tut es mir Leid. Ist doch blöd! Sie ist immerhin meine Großmutter. Mit Lenchen rede ich ja auch.

Hennes hat sich eine Weile mit ihr unterhalten. Er hat mir letzte Woche schon gesagt, wer sie ist, da hat er ihr garantiert auch gesagt, wer ich bin. Ob sie mich für eingebildet hält, weil ich so getan habe, als wüsste ich es nicht? Ich würde gerne mal mit ihr reden. Hennes sagte: «Du kannst mit ihr reden wie mit dem Pastor. Sie hat ein Herz aus Gold. Einigen Leuten passt es wohl nicht, wie sie lebt, dass sie immer einen Mann im Haus hat. Aber den Männern geht es gut bei ihr. Und von etwas muss sie ja leben. Mit dem Charakter hat das nichts zu tun.» Ich fand es blöd, wie er das sagte, einigen Leuten. Damit hat er uns gemeint.

Gretchen, dachte ich und blätterte ein paar Seiten zurück, in den Februar des vergangenen Jahres hinein.

Das war ein beschissener Tag. Die Mathearbeit zurückbekommen. Ich hatte mit einer Vier gerechnet, hat aber nicht gereicht. In Bio sieht es auch schlecht aus. Anne wollte mir ihre alten Hefte geben, hat sie vergessen. Nochmal frage ich sie nicht. Hab keine Lust, ihr immer in den Hintern zu kriechen. Armin hat angeboten, mir zu helfen, umsonst. Er ist ein Ass in Mathe und in Bio steht er auf Zwei. Aber Hennes sagte, bei ihm wird geritten und nicht gerechnet. Wenn Armins Vater dahinterkommt, ist der Teufel los.

Vielleicht sollte ich nochmal mit Mutti über die Studentin reden, die Frau Burmester mir empfohlen hat. Sie nimmt nur fünfzehn Mark die Stunde. Wenn ich jede Woche einmal Nachhilfe nehme und nur noch alle vierzehn Tage eine Reitstunde, käme es hin. Aber ich höre schon, was Lenchen dazu sagt, dann lassen sie mich am Ende nicht mehr reiten. Es ist alles Scheiße.

Ich suchte nach einem Hinweis auf Nita und fand auf Anhieb nichts. Erst als ich genauer hinschaute und wirklich Satz für Satz las, stieß ich hier und da auf eine Zeile. *... hat mich in der Pause gefragt, ob ich heute Nachmittag in die Stadt komme. ... scheint sauer auf mich zu sein, weil ich mich nicht mehr sehen lasse.*

Ich nahm das nächste Buch und stolperte auf jeder Seite über den Namen. Eine endlose Liste von vermeintlichen Heldentaten, die jeder Mutter das Blut aus dem Kopf treiben mussten.

Wir waren in der neuen Boutique am Rathaus. Janet und

Wiltrud haben die Verkäuferin abgelenkt, Nita hat eine Bluse mitgehen lassen. Einen superteuren Fummel. Mutti hätte sich alle zehn Finger danach geleckt. Nita und Stefanie haben sich die Schuhe damit geputzt. Dann haben wir sie weggeworfen.

Nita hatte Speed dabei. Ich habe auch probiert. Ein irres Gefühl, als ob ich zwei Gehirne hätte und beide voll mit Matheformeln. Wahnsinn, was man mit dem Zeug alles kann. Leider hat's nicht lange gedauert. Danach habe ich mich ziemlich mies gefühlt. Aber jetzt geht's wieder. Ich bin nur froh, dass Mutti nichts gemerkt hat.

Wir waren wieder in Köln. Nita wollte unbedingt zum Neumarkt, einen von den Typen anquatschen, die H verkaufen. Sie hat es tatsächlich getan. Der Typ sah aus wie eine Ratte, er war so dreckig. Er hat Nita eine Spritze fertig gemacht. Nita hat sich das Ding in den Arm gestochen. Uwe hat sie angebrüllt: «Bist du wahnsinnig! Bei so einem Scheiß mache ich nicht mit. Ich habe nichts gegen Speed, aber mit H will ich nichts zu tun haben.» Nita hat ihn ausgelacht. Sie hatte nicht in die Ader gespritzt, nur ins Fleisch. Sie sagte, davon wird man nicht süchtig.

Ich konnte nicht weiterlesen, blätterte nur noch. Die Eintragungen waren alle vor unserem Umzug gemacht worden, die Bücher nicht in zeitlicher Reihenfolge geordnet. Ich suchte nach dem letzten, ohne noch einen Blick für die Eintragungen zu haben, orientierte mich nur am Tagesdatum. Ich schlug das dritte auf, das vierte, das fünfte. Die vertraute Schrift sprang mich an. Und mit einem Mal wurden Nita Kolter und ihre Sünden in der Vergangenheit zur Nebensache.

Der elende Mistkerl hat mich hereingelegt. Wochenlang hält er mich hin mit einer Hormonstörung. Ich solle mich nicht verrückt machen, es könne nichts passiert sein. Er wusste, dass es passiert war. Er wollte nur verhindern, dass ich rechtzeitig etwas unternehme. Jetzt ist es zu spät. Was mache ich nun? Ich will es nicht.

Als Jürgen heimkam, saß ich noch auf Renas Bett. Die Bücher lagen wieder im Nachttisch, bis auf das eine. Das hielt ich im Schoß. Jürgen kam nicht herauf, rief nur nach mir. Als ich ihm antwortete, ging er in die Küche.

Ich fand Zeit, das Buch in unser Schlafzimmer zu bringen und es in meinen Nachttisch zu legen. Bevor ich hinunterging, schaute ich nach Anne. Sie schlief noch. Ich weckte sie. Sie war verwirrt, glaubte, es sei Morgen, warf einen Blick auf die Uhr und fuhr in die Höhe. «Mist, ich hab verschlafen!»

Es war acht vorbei. Ich hatte nicht gemerkt, wie die Stunden vergangen waren. Annes Gesicht war vom Schlaf und den Tränen verquollen. Sie bemerkte ihren Irrtum, strich mit einer Hand ihr Haar zurück. Die Geste erinnerte mich an Klinkhammer.

«Ich hab was Blödes geträumt», murmelte Anne. «Wir waren im Freibad. Rena ritt auf dem Apfelschimmel übers Wasser. Sie gingen nicht unter. Patrick sagte: ‹Da ist doch ein Trick dabei.› Er zog einen Pfeil aus der Badehose und warf. Da ging dem Pferd die Luft aus, es war nur aufgeblasen. Rena ging unter und kam nicht mehr hoch. Es war unheimlich.» Anne schüttelte sich und stand auf. «Ich wasche mir mal durchs Gesicht, dann komme ich runter.»

Jürgen hantierte an der Kaffeemaschine, als ich in die Küche kam. Auf der Spüle standen immer noch der halb gefüllte Topf und die Schüssel mit dem Rosenkohl. «Du hast wohl nicht ans Kochen gedacht», stellte er fest. Er war wesentlich ruhiger.

«Nein, es tut mir Leid, ich ...»

«Schon gut, Vera», unterbrach er mich. «Du brauchst dich nicht zu entschuldigen. Wir essen ein paar Brote, es ist noch genug Aufschnitt da.» Er ging zum Kühlschrank.

«War viel zu tun in der Praxis oder warum bist du so spät?»

«Ich war noch im Krankenhaus.»

Vater war kurz bei Bewusstsein gewesen. Er hatte Jürgen unbedingt etwas sagen wollen, jedoch nur ein paar gurgelnde Laute hervorgebracht. Und etwas aufschreiben – seine rechte Hand war gelähmt, auch über die linke fehlte ihm die Kontrolle. Mutter hatte erklärt, was geschehen war.

Ein Anruf um halb zwölf! Sie brüllte so lange, bis Vater in die Diele kam und den Hörer abnahm. Er horchte, schrie: «Nein!» Dann brach er zusammen.

Jürgen entschuldigte sich bei mir. Bis zu dem Anruf sei Vater in Ordnung gewesen, hatte Mutter gesagt. Sie hätte zweimal nach ihm geschaut, nachdem ich das Haus verlassen hatte. Beim ersten Mal schlief er. Beim zweiten Mal verlangte er nach einem Frühstück. Das Nasenbluten hatte aufgehört, das Kribbeln im Arm ebenso, und auf die Frage: «Wie geht es deinem Kopf?», antwortete er: «Besser.» Mutter war in die Küche gegangen, um ihm das Frühstück zu machen. Und da klingelte das Telefon.

Anne kam herein und begann den Tisch zu decken. «Tut mir Leid, Papa. Ich bin eingeschlafen, sonst hätte ich gekocht.»

«Jetzt entschuldige du dich nicht auch noch», sagte Jürgen. «Ich muss mich entschuldigen, dass ich so rumgebrüllt habe heute Mittag.» Er schaute mich an. «Ich werde mich morgen erkundigen, wie es mit einem Aufzeichnungsgerät aussieht. Und was man unternehmen muss, damit die Leitung überwacht wird.»

«Ich glaube, das muss die Polizei veranlassen», meinte Anne.

«Die tun aber nichts mehr, verlass dich drauf. Für die ist der Fall abgeschlossen. Rena ist sechzehn. Wenn sie sechs wäre, sähe die Sache anders aus. Aber so. Mit Freunden unterwegs!» Er schüttelte den Kopf und setzte sich an den Tisch.

Abendessen zu dritt. Ich brachte kaum einen Bissen hinunter. Jürgen spekulierte über den Anruf, der Vater zum Verhängnis geworden war. Er schloss die beiden, die Anne und er entgegengenommen hatten, in seine Überlegungen ein. Was ihn betraf, war er immer noch sicher, dass Rena ihm in der Nacht etwas vorgejammert hatte. Aber bei Vater musste ein anderer in der Leitung gewesen sein. Von ein bisschen Geheule, meinte Jürgen, wäre Vater nicht aus den Pantoffeln gekippt. Und was immer Rena hätte sagen können, kein Wort von ihr hätte Vater zu diesem durchdringenden Nein veranlasst. Mutter hatte von Stimmengewirr aus dem herunterbaumelnden Hörer gesprochen.

Jürgen fixierte Anne. «Denk nach. Was hast du am Freitag außer dem Weinen sonst noch gehört?»

Anne zuckte mit den Schultern. «Nur ihren Namen und die Maschine. Als ob jemand zwei Holzstücke aneinander schlägt. Und natürlich das Weinen.»

Jürgen nickte versonnen vor sich hin. «Bei mir waren keine Hintergrundgeräusche. Aber die Anrufe können von verschiedenen Orten gekommen sein. Wenn sie unterwegs sind.»

Er atmete tief durch, schaute mich an. «Wer immer heute Mittag am Apparat war, muss mitbekommen haben, dass Vater zusammenbrach. Deine Mutter hat garantiert laut genug gebrüllt. Und darauf hätte Rena irgendwie reagiert. So kaltschnäuzig ist sie nicht. Aber Menke oder dieses Kolter-Weib ...» Er sprach nicht weiter, presste die Lippen aufeinander.

«Kann ich raufgehen?», fragte Anne.

«Von mir aus.»

«Darf ich Patrick anrufen? Ich mache es auch ganz kurz.»

«Nein», sagte Jürgen. «Die Leitung bleibt frei.»

Anne schluckte es ohne Widerspruch. Sie ging in ihr Zimmer. Jürgen räumte den Tisch ab, sortierte das Geschirr in den Spüler.

«Diese Schweinebande», murmelte er. «Was zum Teufel haben sie ihm erzählt, dass er sich so aufgeregt hat? Er war eben noch völlig außer sich. Du hättest ihn sehen müssen. Ich habe den Arzt gerufen, weil ich dachte, er kriegt noch einen Schlag, wenn er so weitermacht.»

Er schüttelte den Kopf. «Ich verstehe das nicht. Was für einen Grund hatte Rena, sich diesen Sauhunden anzuschließen? Und was für einen Grund hat sie, die ganze Familie in Angst und Schrecken zu versetzen?»

Ich wollte auch etwas tun, aber ich kam nicht vom Stuhl in die Höhe. Vor meinen Augen tanzte die Schrift aus dem alten Tagebuch. *Ich will es nicht.*

Dass Olgert es gelesen und unter aller Garantie mit Klinkhammer darüber gesprochen hatte, war schlimm. Dass Rena es gelesen hatte, war schlimmer.

Versteht ein Kind, was in einer Frau vorgeht, die gegen ihren Willen schwanger wird? Anne war noch so klein damals, gerade ein Jahr alt. Aber sie lief bereits und nichts war vor ihren Händen sicher. Was ich in die Schränke räumte, holte sie wieder heraus. Ich kochte das Essen sicherheitshalber nur auf den hinteren Herdplatten, sie schaltete die vorderen Platten ein. Ich ließ meine Handtasche in der Diele stehen. Sie räumte sie aus. Ich dachte, sie sei noch zu klein, um eine Flasche mit Nagellack oder Parfüm zu öffnen. Aber sie konnte es, lackierte die Tapete im Wohnzimmer und kippte das Parfüm auf den chinesischen Seidenteppich, den ich von meinen Eltern zum Geburtstag bekommen hatte.

Ein hochintelligentes Kind, sagten alle. Hochintelligenten Kindern wird schnell langweilig, sie wollen beschäftigt werden. Da war nichts mit gemütlichen Nachmittagen. Es war unmöglich, mal eine halbe Stunde auf der Couch zu sitzen und eine Zeitschrift zu lesen. Ich ging täglich mit ihr spazieren, das heißt, ich rannte hinter ihr und zerrte den leeren Kinderwagen hinter mir her.

Der Haushalt blieb liegen, von Monat zu Monat versprach Jürgen mir eine Hilfe, dir wir uns nicht leisten konnten. Er hatte sich verspekuliert, sich von irgendeinem Windhund eine hervorragende Geldanlage aufschwatzen lassen. Jürgen wollte schnell reich werden, wir wurden schnell arm dabei.

Ein junger Arzt am Krankenhaus verdient kein Vermögen, trotz all der Stunden, Bereitschafts- und Wochenenddienste. Und wenn er meint, er sei es seinem Beruf schuldig, einen standesgemäßen Wagen zu fahren und sich wie einige Kollegen an einem Bauherrenmodell zu beteiligen, reicht es nicht mehr für andere Dinge.

Die regelmäßigen Besuche bei meinen Eltern ersetzten den Einkauf beim Metzger und manches andere, was dringend notwendig gewesen wäre. Wenn Mutter mir mit undurchdringlicher Miene die Fleischpakete auf den Tisch legte, wenn sie mich darauf hinwies: «Annes Schuhe sind zu klein, Vera. Siehst du das nicht?» Wenn Vater daraufhin seine Brieftasche zückte, es war beschämend. Vaters Gedanken! Er musste sie nicht aussprechen, ich kannte sie. An welch einen Versager bist du geraten, Vera!

Kein Versager, nur ein spontaner Mann. Was interessiert mich die nächste Woche? Wir leben jetzt, Vera!

Und wie wir lebten. Meistens war ich allein. So hatte ich mir mein Leben und meine Ehe nicht vorgestellt. Ein hochintelligentes Baby als Gesprächspartner, schmutzige Windeln im Bad, Spielzeug auf dem Berberteppich in der Diele. Flecken von Möhren und Kekskrümel auf der Couchgarnitur. Ab und zu eine Mahnung im Briefkasten. Zu Mittag einen Suppenwürfel und zur Unterhaltung am Abend Peter Alexander oder ein Stündchen mit Rudi Carrell.

Jürgen machte Dienst und Dienst und Dienst, hier noch ein kleiner Eingriff und da noch eine Geburt. Punkte sammeln für den Facharzt. In seiner knapp bemessenen Freizeit verschaffte er dem Wagen die nötige Bewegung, damit die Zylinder nicht einstaubten. «Kommst du mit, Vera?»

«Ich kann das Baby nicht allein lassen.»

«Mein Gott, sie schläft. Und so aktiv, wie sie tagsüber ist, wacht sie bestimmt nicht auf. Was soll schon groß passieren? Nur ein Stündchen, Vera. Du musst doch auch mal raus.»

Aber nicht auf die Straße, verdammt! Unter ‹raus› stellte ich mir etwas anderes vor, als in einem neuen BMW nutzlose Fahrten zu absolvieren und dabei festzustellen: «Ach, ich muss ja tanken. Hast du Geld eingesteckt, Vera?»

Wenn er ausnahmsweise einmal daheim war, schlief er im Sitzen ein, erwachte irgendwann in der Nacht, kroch zu mir ins Bett und entsann sich, dass eine junge Frau gewisse Bedürfnisse hat und er der Fachmann auf diesem Gebiet war.

Ich hatte den Schock, den der Lebenswandel seiner Mutter mir versetzt hatte, noch nicht völlig überwunden, und spielte mit dem Gedanken, ihn zu verlassen. Diesmal wirklich, nicht so halbherzig wie am Morgen nach unserer Hochzeit. Da hatte Vater mich nach stundenlangem Für und Wider mit einem einzigen Satz zurückhalten können: «Natürlich verstehe ich, dass du dich betrogen fühlst, und wenn du lieber weiterstudieren willst …»

Das wollte ich nicht. Es war nicht das Richtige für mich gewesen. Medizin! Klingt hübsch, wenn man davon spricht, kranken Menschen helfen zu wollen. Aber es ist weniger hübsch, ein formalingetränktes Körperteil in seine Bestandteile zu zerlegen. Und es ist widerlich, die diversen Körpersäfte auf weiß der Teufel was zu untersuchen.

Die Frage nach dem Studium erübrigte sich inzwischen. Ich hatte ein überaus lebhaftes Kind zu versorgen. Ich wollte meine Eltern vor vollendete Tatsachen stellen. Zum Anwalt gehen und dann sagen: «Ich habe die Scheidung eingereicht.»

Und da passierte es!

Es war Absicht, davon bin ich noch immer überzeugt. Er muss gespürt haben, mit welchen Gedanken ich mich trug. Es war seine Art, mir Handschellen und Fußketten anzulegen. Er war nicht nur mein Mann, er war auch mein Arzt. Und als solcher hielt er eine Pillenpause für zwingend notwendig.

Ich sollte ein Pessar benutzen, kam damit nicht zurecht. Aber das war ja kein Problem mit einem Fachmann im Bett. Es war ihm ein Vergnügen, das Ding an Ort und Stelle zu platzieren, eine reizvolle Variante im Vorspiel. Es passierte schon im ersten Monat. Wochenlang das Geschwafel von einer Hormonstörung, von der Umstellung im Körper. Dann die Gewissheit. «Du bist schwanger, Vera.»

Ich glaubte den Verstand zu verlieren. Schrieb diesen Satz in mein Tagebuch. Was ich tun konnte, tat ich. Heiße Bäder, so heiß, dass die Haut noch Stunden danach schmerzte. Springen, laufen, schwere Lasten heben, schließlich sogar diverse Medikamente, die ich mir ohne Jürgens Hilfe beschaffen konnte. Es reichte nicht. Und ich war zu feige, es allein auf die endgültige Weise zu versuchen. Von Monat zu Monat steigerte ich mich tiefer in mein Elend, fühlte mich verraten, um meine Freiheit und meine Selbstbestimmung betrogen. Versteht ein Kind das?

Wenn ich nur gewusst hätte, wie alt sie war, als ihr meine Tagebücher in die Hände fielen. Zehn? Da hatte ich mich nachmittags häufig mit einer Bekannten in einem Café getroffen. Anne war zu einer Freundin gelaufen, Rena mit ihren Schulheften allein. Oder elf? Da wollte sie mich nicht mehr begleiten, wenn ich Einkäufe machte, wollte lieber vor dem Fernseher sitzen. Oder vierzehn? Sie hatte auch ein paar Umzugskartons gepackt.

Jürgen ging ins Wohnzimmer. Ich folgte ihm. Er goss sich einen Rémy Martin ein, drückte auch mir ein Glas in die Hand. Er wollte reden. Über Vater, dass es Wochen dauern könne, ehe man ihn aus dem Krankenhaus in eine Reha-Klinik verlegen konnte. Was er Rena, Nita Kolter und André Menke erzählen wollte, wenn sie das nächste Mal anriefen. Wie es weitergehen sollte, wenn Vater zum Pflegefall wurde. Entweder eine Hilfe engagieren, die Mutter bei der Pflege zur Hand ging. Oder eine neue Kraft für die Praxis. Dann könnte ich daheim bleiben und mich um Vater kümmern.

Ich hielt es nicht aus, ließ ihn sitzen, ging in unser Bad, ließ Wasser in die Wanne, zog mich aus. Die Wärme löste den Knoten.

Ich konnte weinen. Ich wusste nur nicht, um wen. Um Rena? Um das kleine, schwache, schnaufende Bündel Mensch, das Jürgen mir damals auf den Bauch gelegt hatte. Das mich in seinen ersten Lebensmonaten glauben ließ, ich hätte ihm mit meinen Versuchen, es loszuwerden, die Chance auf ein normales Leben genommen. Das sich wider Erwarten zu einem nicht behinderten Kind entwickelte. Das nun anscheinend alles daransetzte, sein Leben doch noch zu ruinieren.

Oder um Vater? Der damals zu mir gesagt hatte: «Vera, als du deinen Mann das erste Mal verlassen wolltest, war es nur ein Kind. Jetzt sind es zwei. Denk nicht, es wäre einfach, zwei Kinder allein aufzuziehen. Überlege dir gut, was du tun willst. Und denk auch ein bisschen an uns dabei. Ich weiß nicht, wie deine Mutter sich zu einer Ehescheidung stellt. Wenn Jürgen dich betrügen würde, das würde sie verstehen, aber so … Wenn du bei ihm bleibst, Vera, ich helfe dir, so gut ich kann.»

Das Wasser war zu heiß. Ich durfte mich nicht bewegen, dann war es erträglich. Ich bewegte mich nicht, wischte auch die Tränen nicht ab, obwohl sie auf den Wangen juckten. Ein paar Minuten lang war es völlig still. Dann hörte ich Jürgens Schritte auf der Treppe.

Er kam ins Bad, blieb bei der Tür stehen, als wisse er nicht, ob er näher kommen durfte. Als ich ihn weder anbrüllte noch mit dem Finger auf die Tür zeigte, kam er langsam zur Wanne, stand noch sekundenlang daneben und setzte sich auf den Rand. «Es tut mir Leid», sagte er.

«Was?»

«Dass ich nicht der Mann bin, den du jetzt brauchst.»

«Woher willst du wissen, was ich jetzt brauche?»

Er grinste verlegen. «Ich weiß es, Vera. Nach zwanzig Jahren weiß man eine Menge. Mach dir nicht zu viele Sorgen um deinen Vater. Er ist zäh und hat einen eisernen Willen. Er wird so lange mit seinen Händen arbeiten, bis er zumindest die linke wieder richtig bewegen kann. Und seine Stimme – vielleicht ist es nur eine vorübergehende Erscheinung.»

Wie am Freitag zupfte er ein paar Kosmetiktücher aus der Box über dem Waschbecken, wischte mir den Schweiß und die Tränen ab.

«Du solltest nicht so heiß baden. Es ist nicht gut.»

«Ich bin doch nicht schwanger.»

Er stutzte, schüttelte bedächtig den Kopf. «Nein, Vera! Was geht nur in deinem Kopf vor? Lass doch die alten Geschichten. Du warst nicht die erste und bist nicht die einzige Frau, der eine Schwangerschaft einen Schock versetzte. Und jetzt komm raus hier, bevor dir übel wird. Du brauchst ein paar Stunden Schlaf.»

Mir war schwindlig vom heißen Wasser. Er half mir aus der Wanne, brachte mich nach nebenan. Ich legte mich ins Bett, hörte ihn noch eine Weile im Bad rumoren. Dann kam er ins Schlafzimmer.

«Schläfst du schon?»

«Nein.»

«Willst du eine Tablette nehmen?»

«Nein.»

«Ich muss nochmal runter. Ich habe vergessen, das Telefon umzustellen.»

Er kam nicht zurück und ich konnte nicht einschlafen. Mir war heiß, mein Kopf dröhnte, ich begann zu schwitzen. Nach einer halben Stunde ging ich hinunter. Er saß im dunklen Wohnzimmer auf der Couch und drehte sein leeres Glas in der Hand.

«Es ist noch zu früh für mich», sagte er, klopfte mit einer Hand auf die Couch. «Komm her.»

Ich setzte mich neben ihn. Er legte mir einen Arm um die Schultern. «Du kannst ja morgen früh ins Krankenhaus fahren.»

«Ich muss doch am Telefon bleiben.»

«Scheiß drauf», sagte er. «Vielleicht kommt sie zur Vernunft, wenn niemand mehr abhebt und sie sich fragen muss, was hier los ist.» Er schwieg sekundenlang, fuhr fort mit einer Stimme, die vor Zorn bebte. «Wir machen es jetzt so, wie Klinkhammer es am Freitag vorschlug. Hier wird kein Gespräch mehr angenommen, ehe nicht ein Aufzeichnungsgerät an der Leitung hängt. Und wenn es dranhängt, hören wir erst, wer etwas von uns will, ehe wir abheben.»

Danach sprachen wir nicht mehr viel. Es war zu still im Haus für eine Unterhaltung. Kein Wagner aus dem ersten Stock, gegen den wir hätten anbrüllen können. Nach elf gingen wir hinauf. Jürgen stellte das Telefon nicht um. Es kam auch kein Anruf. Wenn es in der Diele geklingelt hätte, ich hätte es gehört.

Ich schlief nicht gut, tauchte für ein paar Minuten weg, war mit einem Schlag wieder hellwach, hatte einen Satz im Kopf oder ein Bild vor Augen. Nita Kolter und André Menke vor unserer Haustür, in unserem Wohnzimmer, die zertretenen Süßstoffkrümel auf dem Boden. Nita und Menke in einer Telefonzelle. Vor der Zelle parkt ein grauer Kleinbus. Rena steht daneben und schaut zu, wie Nita in den Hörer schluchzt und stöhnt und sich dabei vor Lachen krümmt. Nitas Hand mit ein paar Pillen, die sie Rena entgegenstreckt. «Nimm ein bisschen Speed. Das ist besser als Nachhilfe in Mathe.»

Wir hätten ihr die Stunden gewähren müssen. Sie hatte gelitten unter ihren schlechten Noten. Gelitten unter dem Bewusstsein, nicht mit Anne Schritt halten zu können, immer nur die Kleine, die Dumme zu sein. Die, von der nichts erwartet wurde, die nicht gewollt war. Sie hatte sich bemüht, uns zu imponieren. «Ich habe eine Eins in Religion bekommen.»

«Hast du vor, Bischof zu werden?», hatte Jürgen gefragt. Und gelacht hatte er. «Da wirst du dich umtaufen lassen müssen. Wir sind in der falschen Kirche. Für den Papst sind Frauen nur die zweite Garnitur.»

Am Morgen hatte ich das Gefühl, ich hätte überhaupt nicht geschlafen. Anne verließ das Haus zur gewohnten Zeit. Mir fiel auf, dass ich ihr nachstarrte und mir einprägte, welche Kleidung sie trug. Schwarze Jeanshose, gemusterte Bluse – graue Rosen auf hellem Untergrund. Beigefarbene Windjacke und Sportschuhe.

Kurz nach acht ging auch Jürgen zur Scheune. Minuten später rollte der BMW vom Hof. Er musste früher in der Praxis sein. Sandra Erken hatte ihm zwar am vergangenen Nachmittag zur Verfügung gestanden, dafür aber den Vormittag als Ersatz verlangt. Sie musste mit ihrem Söhnchen zum Kinderarzt, Routineuntersuchung. Und es standen zwei Blutabnahmen an, meine Arbeit, die nun Jürgen übernehmen musste.

Ich ging ins Bad, machte danach Ordnung in unserem Schlafzimmer und der Küche. Um neun hätte ich losfahren können, doch die Vorstellung, an Vaters Bett zu sitzen und einen wichtigen Anruf zu verpassen …

Ich lief im Haus herum. Ein großes Haus. Sieben Räume im ersten Stock. Vier Schlafzimmer, drei Bäder. Renas Zimmer hatte kein Bad, nur die kleine Dusche. Die Ecke war vom Zimmer abgetrennt worden, weil Anne sich geweigert hatte, das Bad mit ihr zu teilen. «Tu mir das nicht an, Mutti. Du weißt genau, dass sie sich nicht darum kümmert, ob sie ihre oder meine Zahnbürste benutzt. Und meinen Kamm! Und mein Handtuch! Wenn sie mit Nita durch die Gegend zieht, bitte, das ist ihre Sache. Aber ich will mir nicht irgendeinen Ausschlag oder sonst etwas holen, weil sie Mein und Dein nicht unterscheiden kann.»

Ich sah Renas Gesicht vor mir, hörte ihre Stimme, die Bitterkeit, die sie mit gleichgültiger Kälte zu vertuschen suchte. «Reg dich bloß nicht auf. Für die paar Jahre, die ich noch bei euch bin, brauche ich kein Bad. Wenn ich achtzehn bin, haue ich ab. Nita und ich gründen eine WG. Janet und Wiltrud machen auch mit.»

Wie mochte sie uns gesehen haben in den Wochen vor dem Umzug? Ich musste es wissen, saß bis halb elf auf ihrem Bett und las von gestohlenen Blusen, von Speed und Nadeln, die Nita sich nicht in die Adern, nur ins Fleisch stach. Immer das Gleiche. Hin und wieder ein Sätzchen über uns, beiläufig und nichtssagend. Als ob wir Fremde für sie gewesen wären. Leute, mit denen sie gezwungenermaßen in derselben Wohnung leben, deren Gepflogenheiten sie sich anpassen, deren Diktaten sie sich beugen musste.

Papa hat sich wieder einen neuen Schlitten zugelegt. Nita wollte mit einem Nagel ran. Ich hab's ihr ausgeredet. Papa kriegt einen Herzinfarkt, wenn ihm einer den Lack zerkratzt. Ich habe zu Nita gesagt: Mach das lieber bei deiner Mutter. Bei der Sonderlackierung lohnt sich das wenigstens. An so 'nem mickrigen BMW macht's doch keinen Spaß, da geht man mal mit der Sprühdose drüber, dann siehst du nichts mehr. Uwe hat sofort zugestimmt: <Das ist 'ne tolle Idee. Wir machen's bei deiner Mutter.> Nita hat nur gelacht.

Hurra! Sturmfreie Bude. Ich habe ein paar Flaschen besorgt, nur Bier. André will Joints mitbringen. Hoffentlich kriege ich den Geruch wieder raus, bevor die Family zurückkommt. Sie machen Pflichtbesuch bei Adolf und Helene von und zu. Ich brauchte nicht mit. Ich musste nicht mal fragen, ob ich daheim bleiben darf. Mutti sagte, sie sieht mir an, dass ich keine Lust habe, und zwingen will sie mich nicht. Eigentlich müsste ich sie bewundern, wie sie es immer schafft, die Wahrheit zu verdrehen. Wenn ich dabei bin, macht Helene nur Stunk. Jetzt kann sich unsere Adelige an Anne ergötzen.

Mich kotzt das an. Mutti hat wieder eine halbe Stunde auf mir rumgehackt, weil der Haarlack beim Waschen nicht aus dem Kopfkissen gegangen ist. Warum wäscht sie meinen Kram überhaupt noch? Mich stört das nicht, wenn es ein bisschen riecht. Es riecht wenigstens nach mir. Nita sagte: Pinkel deiner Mutter doch ins Parfüm, dann riecht sie auch nach dir.

Rebellion. Und ich hörte Jürgen sagen: «Es ist das Alter. Es wächst sich aus, Vera.» Es hatte nie etwas mit dem Alter zu tun gehabt. Es war das Wissen: Mich haben sie nicht gewollt!

In der Diele blieb es still. Ich kam zu der Überzeugung, dass niemand anrufen würde, nicht an diesem Tag. Dass Nita und Menke sich erschrocken hatten, als Vater zusammenbrach und Mutter zu schreien begann. Kurz nach elf ging ich zur Scheune.

Eine halbe Stunde später stand ich an Vaters Bett. Mutter saß daneben. Sie hatte keinen Blick für mich. Vater schlief, sie hielt seine Hand, strich ihm hin und wieder über die Stirn, flüsterte ihm etwas zu. Nach einer Viertelstunde machte ich mich auf die Suche nach dem behandelnden Arzt und unterhielt mich kurz mit ihm. Aber was konnte er mir schon sagen? Dass sie alles getan hatten, was in ihrer Macht stand. Dass alles Weitere von Vater abhing, von seiner Kraft, seinem Willen.

Und wieder stand ich da. Wieder dachte ich: Gestern um diese Zeit. Nach einer Ewigkeit drehte Mutter mir das Gesicht zu.

«Heute Morgen war er bei Bewusstsein. Er hat auf dich gewartet.»

«Warum bist du nicht ans Telefon gegangen?»

Ihre Miene wurde steif, die Augen eng.

«Wenn er stirbt», sagte ich, «ist es deine Schuld. Wegen deiner Verrücktheit musste er sich die Treppe herunterquälen. Wegen deiner blödsinnigen Angst musste er sich irgendeinen Quatsch anhören.»

«Mach, dass du rauskommst!», zischte sie.

«Ich habe dasselbe Recht wie du, hier zu sein. Ich liebe ihn. Weißt du, was das ist, Liebe? Es ist ein Gefühl, als ob das Herz stehen bleibt, wenn einem etwas weggenommen wird, was man zum Leben braucht. Eigentlich müsstest du es wissen, du hast es ja auch erlebt. Aber verdammt, du hattest einen Mann und ein Kind, als es dir passierte. Du warst eine erwachsene Frau. Ich war erst zwölf, als du mir gesagt hast: Dein Vater ist ein Mörder. Warum hast du das getan? Konntest du es nicht ertragen, dass ich ihn liebte? Oder musstest du mir nur den Boden unter den Füßen wegziehen, weil du auch keinen hattest?»

«Raus hier!» Sie zeigte mit ausgestrecktem Arm auf die Tür. Ich holte mir einen Stuhl und setzte mich auf die andere Seite an Vaters Bett. Wenig später kam Jürgen. Wir blieben nicht mehr lange. Als wir zum Parkplatz gingen, wollte Jürgen wissen, warum die Luft so dick gewesen sei.

«Sie war nicht dicker als sonst», sagte ich.

Wir fuhren heim. Anne kam aus der Schule. Ich briet drei tiefgefrorene Koteletts zu Mittag, kochte die Kartoffeln und den Rosenkohl. Um halb drei fuhr Jürgen zurück in die Praxis, Anne ging in ihr Zimmer, um ein paar wichtige Arbeiten für die Schule zu erledigen. Ich lief von der Küche in die Diele, von der Diele in die Küche, wieder zurück und fragte mich, ob doch jemand angerufen hatte während meiner Abwesenheit.

Der Nachmittag kroch wie eine Schnecke durchs Salatbeet und hinterließ eine Schleimspur an Vorwürfen. Ich hasste mich für den erneuten Angriff auf Mutter. Ich wusste, dass es meine Schuld war, nicht ihre. Ich hatte Angst, Vater könnte sterben, und wahnsinnige Angst vor Nadeln, die Nita nicht nur in ihr eigenes Fleisch stieß, sondern die sie an Rena weiterreichte. Nur um mich irgendwie abzulenken, setzte ich mich an den Esstisch und begann alles aufzuschreiben. Diesen harmonischen Sonntagnachmittag im Mai, Urlaub, Geburtstag, Montag, Dienstag, Mittwoch, Donnerstag.

Um vier fragte Anne, ob sie Patrick anrufen dürfe. «Bitte, Mutti, ich muss ihn rasch etwas fragen.»

«Aber mach's kurz», sagte ich und zitterte bei der Vorstellung, dass Rena genau in diesem Augenblick in einer Telefonzelle stand. Dass Nita Kolter und André Menke ihr erst jetzt gesagt hatten, da hätte gestern jemand gebrüllt. Dass Rena nun ängstlich und besorgt nachfragen wollte, was daheim geschehen sei. Und die Leitung war besetzt.

Sie war es höchstens zwei Minuten. Dann fragte Anne bereits, ob ich etwas dagegen hätte, wenn sie zu Patrick führe. «Er holt mich gleich ab, Mutti. Aber wenn es dir nicht recht ist, wir können auch hier bleiben.»

«Nein, fahr nur.»

Patrick erschien kurz darauf. Anne vergewisserte sich noch einmal, dass ich nichts dagegen hatte. An der Haustür sagte sie: «Wir schauen bei Großvater vorbei und gehen heute Abend vielleicht ins Kino. Mach dir keine Sorgen, wenn es etwas später wird.»

Sorgen? Um Anne hatte ich mir nie ernsthafte Sorgen machen müssen. Um Rena auch nicht mehr in den letzten beiden Jahren. Stark und mutig, hatte ich oft gedacht, einfühlsam, warmherzig, unabhängig. Ein junges Mädchen, das eine nörgelnde Großmutter ignorierte. Das sich selbst half, indem es aus der stolzen Helene ein unscheinbares Lenchen machte. Das nicht für jede Kleinigkeit zur Mutter rannte wie Anne. «Jetzt sieh dir das mal an, Mutti. Ich habe mich am Arm gestoßen. Das tut höllisch weh. Meinst du, es gibt einen blauen Fleck?»

Bei Rena musste ich fragen: «Was hast du da am Arm? Das sieht ja schlimm aus.»

Rena winkte ab. «Das ist nichts. Hennessen hat Mattho einen Klaps gegeben, weil er so übermütig war. Da hat er sich erschrocken und nach mir geschnappt.»

«Er hat dich gebissen?»

«Das war doch nicht gebissen. Mattho beißt nicht.»

Ein junger Mensch voller Pläne war sie. Und ihre Pläne hatten nichts mit Weltschmerz zu tun. «Weißt du, was ich mir überlegt habe, Mutti? Ich könnte Tierpflegerin werden. Das würde mir Spaß machen. Da bräuchte ich auch kein Abitur. Ich könnte mir die letzten zwei Jahre Schule sparen und ich würde auch schon eher ein bisschen Geld verdienen. Ich werde versuchen, in den Ferien einen Praktikumsplatz zu kriegen. Im Zoo! Kannst du dir vorstellen, wie ich Seehunde füttere?»

Wann hatte sie mich das gefragt? Ich wusste es nicht mehr. Ich sah es nur vor mir. Sie saß an ihrem Schreibtisch, zeichnete Seehunde in eines der kleinen Hefte, in denen sie die Hausaufgaben notieren sollte. «Udo sagt, er kennt da einen. Ich soll mich nicht schriftlich bewerben. Ich soll mich lieber persönlich vorstellen. Wir könnten mal hinfahren in den nächsten Tagen.»

«Das hat doch noch Zeit.»

Sie zeichnete einen kleinen Affen unter die Seehunde. «Ich würde es aber lieber bald machen, Mutti. So viele Praktikanten nehmen sie bestimmt nicht. Du brauchst dich auch gar nicht darum zu kümmern. Udo wird mich hinfahren. Er hat's angeboten.» Sie lächelte zu mir hoch und sagte: «Den eigenen Reitstall kriege ich wahrscheinlich nie. Und Tierpflegerin wäre nicht schlecht.»

Jürgen kam um sieben heim. Er hatte einen Anrufbeantworter gekauft, der nicht automatisch abschaltete, wenn man den Hörer abnahm. Er funktionierte wie ein Tonband, zeichnete das gesamte Gespräch auf. Jürgen verbrachte eine Viertelstunde mit der Bedienungsanleitung im Esszimmer, sprach ein paar Worte auf das Band, nur unsere Rufnummer.

«Willst du keinen Namen nennen? Oder wenigstens die Vorwahl? Warum sagst du nicht: Hinterlassen Sie uns Ihre Nummer, wir rufen so bald wie möglich zurück?»

Er grinste böse. «Weil Telefonzellen mit Rufnummern extrem selten sind. Wer hier anruft, kann anhand der Nummer feststellen, ob er sich verwählt hat. Das reicht.»

Es rief niemand an. Nicht an dem Abend. Nicht in der Nacht. Nicht am Mittwoch und nicht am Donnerstag. Die erste Woche war um und ich hatte den Verstand nicht verloren.

Ich hatte nur viel Zeit mit ihren Gedanken, Gefühlen, mit ihrem Zorn, ihrem Schmerz, ihrer Trauer verbracht. Das letzte Tagebuch, das mir die endgültige Gewissheit hätte geben können, hatte Olgert nicht abgeliefert. Es fehlten noch mindestens zwei weitere. Eine Zeitspanne, die das letzte halbe Jahr abdeckte, blieb mir verschlossen. Aber es reichte auch so.

Die ersten Wochen nach unserem Umzug waren eine Katastrophe für sie gewesen. Sie fühlte sich abgeschnitten vom Rest der Welt, weggerissen von den Menschen, denen sie etwas bedeutete. Es war nicht so, dass sie Nita und die anderen unbedingt gebraucht hätte, es war eher umgekehrt.

Beim Lesen hatte ich manchmal den Eindruck, dass sie Nita bedauerte, dass sie sich bemühte, ihr etwas zu geben, was Nita sonst bei niemandem fand. Dann kam die Wende, das Fohlen auf der Weide und Hennessens Ansichten über das Leben im Allgemeinen und das junger Leute im Besonderen.

Durch Hennessen lernte sie, Nita distanzierter zu sehen. Nur unwichtig, wie ich mir eingebildet hatte, war Nita nie geworden. Ich glaubte, ein Schuldgefühl zwischen den Zeilen zu erkennen. Rena hatte sich zeitweise als Verräterin gesehen, weil sie sich für ein Pferd entschied.

Manchmal wunderte ich mich, hätte ihr solche Gedankengänge nicht zugetraut. Wie ein Psychologe hatte sie ihre Gefühle und Beweggründe analysiert und vermutet, dass Mattho ihr nur deshalb so viel bedeutete, weil das Tier ihr nichts abverlangte, was sie nicht geben konnte. Weil sie sich von Nitas Ansprüchen überfordert fühlte. Weil Hennessen gesagt hatte: «Man muss auch mal an sich selbst denken. Man kann sich nicht immer nur drum kümmern, ob es den anderen gut geht.»

Von da war es nicht weit bis zu dem Gedanken: Und als das Pferd aus ihrem Leben verschwand ... Aber ich lernte umzugehen mit dem Gedanken an den grauen Kleinbus. Wenn ich vorsichtig jonglierte, schaffte ich es bis zu der Gewissheit, dass ein paar tausend Mark nicht ewig reichten, weil Nadeln teurer sind als Pommes und Benzin.

Bei Nita sein hieß nicht gleichzeitig, dass sie Nita in die Sucht folgte. Und selbst wenn es dazu kam, ein paar Tage, vielleicht auch Wochen konnten einen Körper nicht so vergiften und ruinieren, dass der Schaden irreparabel war. Ein Arzthaushalt musste mit einem Entzug zurechtkommen. Und Vaters Genesung musste im Augenblick den Vorrang haben. Immer einen Schritt nach dem anderen. Wer zu schnell laufen will, stolpert nur über die eigenen Füße.

Vormittags fuhr ich ins Krankenhaus, lieferte die frische Wäsche ab, nahm die getragene mit und erwiderte Mutters giftige Blicke. Während der Fahrt nahm ich mir jedes Mal vor, mich bei ihr zu entschuldigen. Aber wenn ich sie sah … Es ist nicht leicht, das Päckchen allein auf die eigenen Schultern zu nehmen und alle anderen von jeder Schuld freizusprechen. Da betete ich lieber wie ein Kind um Vaters Leben.

Nachmittags hockte ich vor der Waschmaschine, ich konnte stundenlang in die laufende Trommel starren. Oder ich lief im Haus herum, putzte da ein halbes Fenster, hob dort ein paar Fussel von einem Teppich auf und entfernte mit Küchenkrepp den einen oder anderen Fleck vom Fußboden. Ich gewöhnte mich daran, die Diele so zu durchqueren, dass der größtmögliche Abstand zu Telefon und Anrufbeantworter gewährleistet war. Nur keinen Blick auf die Null werfen.

Am Donnerstagabend war kein Brot mehr da. Jürgen verzog keine Miene. Er fuhr in die Stadt und besorgte in einem Supermarkt etwas frischen Aufschnitt und ein paar Pakete Bauernschnitten.

Freitags regnete es, während ich an Vaters Bett saß. Mutter verließ das Zimmer, als ich kam. Vater war bei Bewusstsein und quälte sich ab, mir etwas zu sagen. Sosehr ich mich auch bemühte, ich verstand nur Gurgeln. Es war grauenhaft, sein schiefes Gesicht, die Lippen, die ihm nicht gehorchen wollten, die Zunge, die ein wildes Eigenleben führte.

«Streng dich nicht an», sagte ich. «Bitte, streng dich nicht so an.»

Sein Kopf geriet in ruckartige Bewegung, als er mir signalisierte, es sei wichtig und lohne jede Anstrengung. Seine linke Hand strich Zacken in das Laken, Daumen und Zeigefinger legten sich aneinander. Endlich verstand ich. Er wollte etwas aufschreiben.

Ich hatte ein Notizbuch in der Handtasche und einen kleinen, dünnen Kugelschreiber, ein Geschenk von Jürgen, nicht viel dicker als ein Strohhalm. Das Ding sah elegant aus und war äußerst unpraktisch. Ich erinnerte mich nicht, jemals damit geschrieben zu haben. Die Tinte war eingetrocknet. Ein Blatt im Notizbuch ging für Kringel und Schleifen drauf. Endlich die erste Linie. Ich drückte den Kugelschreiber zwischen Vaters Finger.

Er konnte ihn nicht halten. Noch einmal vergingen ein paar Minuten, in denen er sich mit unbeholfener Gestik und weiteren Gurgellauten abmühte, mir klarzumachen, wie wir zu einem verständlichen Satz auf dem Papier kämen.

Es war ein einfaches und zeitraubendes System. Ich sagte langsam das Alphabet auf, Vater horchte konzentriert und gab irgendwann ein Zeichen mit der linken Hand. Stopp! Mit den ersten Worten konnte ich nicht viel anfangen. POLIZEI WICHTIG UHR. Danach bekam die Aktion einen Sinn. Ich schrieb ein M, ein A, ein N und noch eins. MANN! Vater nickte zufrieden. Die nächsten Worte: JUNG und WEINT!

Menke, dachte ich. Vater hob zwei Finger zu einem V. Aber als ich den Buchstaben nannte, winkte er heftig ab und ruderte die Hand mit den abgespreizten Fingern über das Laken. Ich begriff erst, was er meinte, als er den Mittelfinger zurücknahm und stattdessen den Daumen hochreckte.

«Zwei?», fragte ich. Er nickte zögernd.

«Zwei Männer?» Heftiges Abwinken. Er gab mir zu verstehen, dass er weitermachen wollte. Ich schrieb ein M. Ich schrieb ein A. Ich sagte: «Das habe ich schon, Vater. Ein junger Mann weint.»

Mit einer unwilligen Geste bedeutete er mir, ich solle Buchstaben aufsagen und ansonsten meinen Mund halten. Dann kam ein L, und ich begriff endlich. ZWEIMAL! Das war es. Und die nächsten Worte: SAGT ES TUT!

Mutter kam ins Zimmer zurück, zuckte bei der Tür zusammen, als sie mich noch sitzen sah. Ich hatte gerade ein I hinter ein M gesetzt und wusste, welcher Buchstabe als nächster kam. R! Ich kannte sogar das nächste Wort. LEID!

Ich wollte die Sache abkürzen und sprach Vater den kompletten Satz vor. «Es tut mir Leid.» Den Kopf bewegte er nicht, die Hand gab das Zeichen, richtig.

«Es wurde auch höchste Zeit», sagte Mutter.

«Halt den Mund. Der junge Mann hat also zweimal gesagt, es tut mir Leid. Hat er noch mehr gesagt, Vater?»

«Er kann nicht reden», sagte Mutter. «Du weißt, dass er nicht kann, also quäle ihn nicht.»

Vaters Hand signalisierte JA. Und noch einmal von vorne. Ich war überzeugt, dass es sich bei dem jungen Mann um André Menke gehandelt hatte. Doch ich hatte keine Vorstellung, was Menke bedauert und was er sonst noch gesagt haben könnte. Und wir brauchten lange, ehe es auf dem Papier stand.

ICH WOLLTE SIE NICHT TOTMACHEN!

Mir blieb nicht das Herz stehen. Ich sah weder den Schweiß auf Vaters Stirn noch die Not in seinen Augen. Ich sah nur André Menkes Hand. Sie hielt einen Süßstoffspender und drückte die Tabletten auf den Boden. Ich steckte Notizbuch und Kugelschreiber zurück in die Tasche, nahm Vaters Hand zwischen meine und drückte sie. Mutter stand am Fenster und betrachtete aufmerksam die Regentropfen auf der Scheibe.

«Du hast dich völlig umsonst aufgeregt», sagte ich und erzählte ihm von André Menke, Nita Kolter und ihren grausamen Scherzen. Er fraß mir mit den Augen die Worte von den Lippen. Irgendwann begann sein Mund zu zucken, seine Augen füllten sich und liefen über. Er drehte den Kopf zur Seite, hob die Linke und legte sie sich auf das Gesicht.

Mutter sagte kühl: «Am besten, du gehst jetzt.»

Sie hatte Recht, es wurde Zeit. Ich konnte ihn nicht weinen sehen, mochte es hundertmal Erleichterung bedeuten. Ich fuhr heim. Und wenn mir André Menke oder Nita Kolter unterwegs über den Weg gelaufen wären, ich hätte Gas gegeben und auf sie zugehalten. Danach hätte ich Klinkhammer angerufen und gesagt: «Ich habe gerade zwei Wanzen zerdrückt.»

Ich hätte es getan. Ich sage das nicht nur so daher. Junge Menschen, die an der Welt verzweifelten? Das mochte sein. Aber das gab ihnen noch lange nicht das Recht, andere zu zerbrechen.

Anne war schon daheim, als ich ankam. Sie half mir, rasch eine Mahlzeit auf den Tisch zu bringen, erzählte dabei, dass sie zufällig Udo von Wirth in der Stadt getroffen, dass er ihr angeboten hatte, sie samt ihrem Rad mitzunehmen.

«Zuerst wollte ich nicht. Aber dann dachte ich, wo es so regnet, und es ist ja nichts dabei.»

Danach erkundigte sie sich vorsichtig, ob ich in den nächsten Tagen Zeit fände, auch ein paar von ihren Sachen zu waschen. Noch bevor ich antworten konnte, meinte sie: «Ach lass nur, ich stopfe das gleich selbst in die Maschine. Geht ja schnell.»

Als Jürgen kam, war der Tisch gedeckt, im Keller drehten sich ein paar von Annes Blusen und Jürgens Hemden in der Trommel. Es gab Fischstäbchen, Bauernschnitten mit Butter und grünen Salat aus dem Garten. Anne hatte den Salat übernommen.

«Vielleicht könntest du heute Nachmittag noch ein paar Einkäufe machen», sagte Jürgen zu mir und winkte ab. «Ach, lass nur. Ich kann das auch morgen früh erledigen.»

Er wollte einen Kaffee nach dem Essen. Aber er fragte nicht, ob ich ihn machen könnte, stand auf und tat es selbst. Anne stellte Tassen auf den Tisch, holte Milch und Zucker.

Ach, lass nur, dachte ich, Vera muss man schonen, sie verliert so schnell den Kopf. Und endlich konnte ich sagen, was in meinem Notizbuch stand.

«Diese Schweine», presste Jürgen hervor und brüllte los: «Was haben die in ihren Köpfen? Verdammte, dreckige Saubande!»

Anne stand der Schock ins Gesicht geschrieben. «Ich weiß nicht», begann sie zögernd. «Aber ich glaube, Menke hätte das nicht so gesagt. Der hätte gesagt killen oder kaltmachen, aber nicht totmachen. Das klingt so altmodisch.»

«Wenn man es einem alten Mann unterjubelt», sagte Jürgen, «klingt es genau richtig. Und so oft hast du dich doch nicht mit Menke unterhalten, dass du genau weißt, wie er dieses oder jenes ausdrückt.»

Anne zuckte mit den Schultern, schaute mich an. «Du solltest damit zur Polizei gehen, Mutti.»

«Wozu?» Jürgen lachte abfällig. «Bei grobem Unfug schreiten sie nicht ein.»

«Trotzdem», sagte Anne. «Großvater meint es ja auch. Aber was meint er mit Uhr?»

«Keine Ahnung», sagte ich. «Vielleicht sollte ich Klinkhammer wenigstens anrufen.»

Jürgen breitete in einer großartigen Geste die Hände aus. «Bitte, tu dir keinen Zwang an. Wenn du so großen Wert auf eine weitere Moralpredigt legst.»

Ich ging nicht zur Polizei, rief auch nicht an. Ich konnte nicht nach der letzten Vorstellung, die Klinkhammer gegeben hatte. Jürgen hatte doch Recht. Das Wochenende verging. Anne verbrachte die meiste Zeit bei Patrick, zwei Stunden am Bügeltisch und eine halbe an Vaters Bett. Danach war sie zuversichtlich. «Ich finde, Großvater hat sich schon ein bisschen erholt. Meinst du nicht auch, Papa?»

Jürgen nickte. Vaters Zustand war unverändert kritisch. Er dämmerte vor sich hin; entweder war er zu schwach, um dem, was er mir am Freitag diktiert hatte, noch etwas hinzuzufügen, oder meine Erklärung hatte ihn beruhigt.

Der behandelnde Arzt sorgte sich inzwischen mehr um Mutter. Man hatte ihr ein Bett in Vaters Zimmer gestellt, aber sie schlief nicht. Man servierte ihr regelmäßig die üblichen Mahlzeiten, aber sie aß nicht. «Sie reibt sich auf», sagte der Arzt. «Sie sitzt Stunde um Stunde neben ihm, Tag und Nacht. Sie spricht mit ihm, wäscht ihn, füttert ihn. Sie nimmt den Schwestern vieles ab, was die natürlich gerne sehen. Aber so geht das nicht weiter.»

Ich solle ein ernstes Wort mit Mutter reden, schlug er vor. Ausgerechnet ich! War er blind? Oder nur zu beschäftigt, um zu bemerken, dass Mutter das Zimmer verließ, wenn ich hereinkam?

Jürgen übernahm das ernste Wort. Er konnte mit ihr umgehen. «Mutter, sei vernünftig. Du musst dich ausruhen. Mach ihm nicht noch mehr Kummer, als er schon hat. Glaubst du, es ist seiner Genesung förderlich, wenn du vor Erschöpfung zusammenbrichst?»

Und wieder Montag. Anne ging um halb acht zur Scheune, Jürgen eine halbe Stunde später. Ich verließ das Haus kurz vor neun. Mein Tank war fast leer, mein Portemonnaie ebenfalls. Zuerst zur Bank, dann zur Tankstelle, dann zum Krankenhaus, so stellte ich mir meine Fahrtroute vor. Ich kam nicht mal zur Einfahrt raus.

Als ich aus der Scheune fuhr, bog Klinkhammer in den Hof ein. Er stieg aus, trat zu mir an den Wagen, strich sein Haar aus dem Gesicht und grinste kameradschaftlich. «Da habe ich ja Glück.»

Er nahm an, ich sei auf dem Weg in die Praxis und spät dran. Aber er wollte nur ein paar Minuten; es lohne kaum, ins Haus zu gehen, meinte er. Trotzdem, drinnen sei es bestimmt gemütlicher. Draußen war es kühl und feucht. Wir gingen hinein. In der Diele stutzte er kurz, registrierte den Anrufbeantworter und die Null auf dem Zählwerk. «Wann haben Sie sich den zugelegt?»

«Am Dienstag.»

Er folgte mir in die Küche, fragte, ob er rauchen dürfe, zündete sich eine Zigarette an. «Es tut mir Leid», begann er, nachdem er den ersten Zug genommen hatte, «wenn ich Sie bei unserem letzten Besuch zu hart angefasst habe und Sie deshalb Hemmungen hatten, sich regelmäßig bei uns zu melden. Oder hatte das andere Gründe?»

«Nein.»

Er verzog das Gesicht, als wollte er grinsen und wüsste nicht, welche Muskeln er einsetzen musste. «Wir sind daran gewöhnt, dass die Eltern in solchen Fällen dreimal täglich anrufen oder persönlich erscheinen. Wenn Sie das nicht tun, wenn man eine volle Woche nichts von Ihnen hört und Sie nicht mal das Fahrrad Ihrer Tochter abholen, wird man stutzig. Da kommt man schnell auf dumme Gedanken.»

Wir saßen am Küchentisch. Renas Fahrrad hatte ich völlig vergessen. Ich schaute durchs Fenster zum offenen Scheunentor und in die Dunkelheit dahinter. Ich sah Bella da stehen und Rena auf sie zugehen. Was sagt man zu einem hübschen Geschenk? Danke! Und was sagt man zum falschen Geschenk? Ich wünsche mir, ich könnte mit ihm gehen!

«Was verstehen Sie unter dummen Gedanken?»

Aus den Augenwinkeln sah ich ihn mit den Schultern zucken. «Nicht so wichtig.» Eine kurze Pause, noch ein Zug aus der Zigarette. Irgendeiner hat einmal gesagt, die Zigarette sei das liebste Hilfsmittel unsicherer Leute. Wer nicht weiß, was oder wie er es sagen soll, kann mit jedem Zug ein paar Sekunden Zeit schinden. Genau das tat Klinkhammer.

Seine Stimme klang neutral, als er fragte: «Hat Ihre Tochter sich inzwischen bei Ihnen gemeldet?»

«Sie haben die Null doch gesehen!»

Noch ein Achselzucken. «So ein Ding kann man zurückspulen.» Für die nächste Frage brauchte er keine Zeit. «Sie würden uns doch informieren, wenn Sie etwas hören?»

Ich nickte. Er schwieg, nahm einen tiefen Zug, inhalierte und ließ den Rauch in Zeitlupe wieder entweichen. Es war faszinierend, ihm zuzuschauen. Und beklemmend! Sekunden vergingen. Ich wartete auf das Poltern in der Brust, auf die Enge hinter den Rippen, aber ich hatte nur einen Knoten im Hirn.

«Sie haben Rena gefunden?»

Dass ich es laut aussprach, wurde mir erst bewusst, als er antwortete. «Dann hätte ich kaum gefragt, ob Sie etwas von ihr gehört haben.» Eine winzige Pause, dann fügte er hinzu: «Aber wir wissen jetzt, wo Menke ist.»

Der Knoten in meinem Hirn löste sich, es begann zu rauschen, meine Knie wurden weich. Ich hielt es für eine Welle von Erleichterung, die mir durch Kopf und Glieder schwappte. Klinkhammer betrachtete sein Hilfsmittel, streifte etwas Asche ab und sprach weiter, langsam und bedächtig, jedes Wort sorgfältig gewählt – von Frankfurt.

Ich war nicht geeicht auf allergische Reaktionen bei der Erwähnung einer Großstadt. Wir lebten in einem Dorf, in dem Prostitution als Krankenpflege bezeichnet wurde. Und vorher hatten wir in einer Kleinstadt gelebt, da hieß sie Begleitung. Für mich war Frankfurt die Hochburg der Bankiers. Ich sah Büropaläste vor mir, breite Straßen, schmale Straßen und viel Verkehr. Und wo viel Verkehr ist, gibt's auch viele Unfälle. André Menke hatte einen gehabt, nun lag er in einem Krankenhaus. So viel verstand ich auf Anhieb.

Mag sein, dass ich einiges missverstanden habe. Aber ich bin hundertprozentig sicher, dass Klinkhammer das Wort Verkehrsunfall benutzte.

«War Menke allein im Auto, als es passierte?»

Er nahm noch einen langen Zug. Ich wartete auf ein Ja. Er sagte: «Anscheinend nicht.»

«Heißt das, die Mädchen waren bei ihm? Und wo sind sie jetzt?»

Ein langer Seufzer. Seine Zigarette half ihm nicht weiter. Er hielt nur noch das Filterstück mit einem Aschekegel zwischen den Fingern. «Wir wissen noch keine Einzelheiten.»

«Warum fragen Sie Menke nicht nach Einzelheiten?»

Er lächelte dünn. «Mein Kollege ist bereits unterwegs.»

In dem Moment sah ich im Geist ein Auto auf dem Hof halten. Rena stieg mit gesenktem Kopf und hängenden Schultern auf der einen Seite, Olgert mit strahlendem Lächeln auf der anderen Seite aus. Er nahm sie beim Arm und führte sie aufs Haus zu. Er sagte: «Keine Angst, sie werden dir nicht den Kopf abreißen. Sie sind glücklich, dass du wieder daheim bist.»

Ich wartete noch immer auf das Rumpeln in der Brust und begriff nicht, warum mein Herz mich im Stich ließ. Dabei war es einfach. Für Olgert hätte nicht die Notwendigkeit bestanden, sich persönlich auf den Weg zu machen, wenn es nur darum ging, André Menke nach dem Verbleib der Mädchen zu fragen. Das hätte die Polizei in Frankfurt tun können.

Und sie hatten ihn gefragt, unter aller Garantie. Nur hatte er ihnen nicht geantwortet. Menke war ein sturer Hund, der es genoss, andere in Panik zu halten. Er würde auch Olgert nicht antworten. Auslachen würde er ihn. Such sie doch, wenn du Zeit hast, Bulle. Ich sah ihn vor mir, wie er neben Nita vor der Haustür stand, gut eins achtzig groß und schlank, ein schmales Gesicht mit einem gelangweilten Ausdruck und Überheblichkeit in den Augen. Die kurzen Haare gelb gefärbt. Gelb – nicht blond! Etliche Ringe durch Ohrmuscheln, Nasenflügel und Augenbrauen gesteckt. Ich hatte einen bitteren Geschmack auf der Zunge. «Kann ich mit Menke reden?»

«Das dürfte im Moment schwierig sein.» Klinkhammer legte behutsam das Filterstück in den Ascher, starrte konzentriert zum Fenster hinaus. «Sein Kiefer ist gebrochen.»

«Dann soll er aufschreiben, wo die Mädchen sind!»

Sein Blick fand den Weg zurück zu meinem Gesicht, die Hände den zu seinen Ohren. Wie leicht man manche Leute durchschaut. Jetzt war er Polizist. Ein Mann, der gezwungenermaßen unangenehme Nachrichten überbringen muss. «Frau Zardiss, Menke kann auch nichts aufschreiben. Er ist ziemlich übel dran.» Er zählte auf: beide Hände gebrochen, beide Arme, beide Unterschenkel, zertrümmerte Kniescheiben, diverse Rippenbrüche, Schädelbruch, Gehirnquetschung und Milzriss.

Ich dachte: Ein schwerer Unfall. Die Mädchen müssen unbeschreibliches Glück gehabt haben, dass sie nicht auch so schwer verletzt wurden. Mitleid mit André Menke hatte ich nicht. Dafür stand mir noch zu lebhaft vor Augen, wie Vater sich quälte, um mir Buchstabe für Buchstabe eine Botschaft zu übermitteln.

«Wir haben ein hervorragendes System ausgearbeitet», sagte ich, erklärte ihm unsere Methode und auch, was Vater die Sprache verschlagen hatte.

Er schoss auf dem Stuhl hoch, als hätte ihn jemand in den Hintern gebissen. «Wann ist dieser Anruf gekommen?»

«Am vergangenen Montag, mittags um halb zwölf. Davor war noch einer, in der Nacht. Mein Mann hat ihn entgegengenommen. Aber dabei wurde nicht gesprochen.»

Klinkhammer schlug mit der Faust auf den Tisch. «Und warum erfahre ich das erst jetzt? Verdammt, Frau Zardiss! Wir waren am Montagnachmittag hier, da lag Ihr Vater bereits im Krankenhaus, und Sie hielten es für überflüssig, ein Wort zu sagen.»

«Wir wussten zu dem Zeitpunkt noch nicht, warum er zusammengebrochen war. Und das Reden hatten doch Sie übernommen.»

Er beruhigte sich wieder, atmete mehrfach tief durch und erhob sich. «Haben Sie etwas dagegen, mit mir in die Stadt zu fahren? Wir können uns während der Fahrt weiter unterhalten.»

Wir gingen hinaus, ich stieg zu ihm ins Auto, er startete und fragte: «Montagmittag, war das der letzte Anruf?»

«Ja.»

Er nickte vor sich hin, als habe er keine andere Auskunft erwartet, und fuhr ziemlich schnell zur Landstraße hinunter. «Was meint Ihr Vater mit Uhr?»

«Keine Ahnung.»

«Und er ist völlig sicher, dass ein junger Mann am Telefon war?»

«Ich nehme es an, sonst hätte er es nicht so betont.»

«Kann ich mit ihm reden? Ist er ansprechbar?»

«Nicht immer.»

«Vielleicht irrt er sich. Er war ziemlich aufgeregt, und wenn jemand weint, kann das eine Stimme stark verändern. Nehmen wir mal an, es war ein Mädchen am Telefon.»

Warum sollten wir das annehmen? Ich wollte nicht spekulieren, nur wissen, was geschehen war. Er bog nach rechts in die Landstraße, ohne den Blinker zu setzen, und trat das Gaspedal fast durchs Bodenblech. Mein Magen rebellierte schon in der ersten Kurve, als er sagte: «Die Kollegen in Frankfurt vermuten, dass es Menke am Montagvormittag zwischen zehn und elf erwischt hat. Kann Ihre Tochter Auto fahren?»

Ich verneinte und versuchte, die Stücke im Kopf zusammenzusetzen. Auto fahren! Montagvormittag! Das war eine Woche her!

«Wann haben Sie erfahren, dass Menke im Krankenhaus liegt?»

Er war auf die Straße konzentriert. Eine Kurve nach der anderen. Er wolle sich nicht ablenken lassen, sagte er, ich solle mich ein paar Minuten gedulden. Er wisse ja auch noch nicht viel. Über das wenige könnten wir in Ruhe reden, wenn mein Mann dabei wäre.

Viel länger als ein paar Minuten brauchte er wirklich nicht. Es gab keinen freien Parkplatz vor der Praxis. Er ließ den Wagen auf der Straße stehen, wir stiegen aus, er griff nach meinem Arm. Mir war entsetzlich übel. Klinkhammers Verhalten, sein Ausweichmanöver, es ließ nur einen Schluss zu. Da braute sich etwas über unseren Köpfen zusammen ... Falsch! Es war bereits etwas geschehen. Und es war schlimm genug, dass er es lieber mit Jürgen besprechen wollte als mit mir.

Man kann nicht denken in so einem Moment. Es rauscht und knistert im Kopf, man fängt Wortfetzen und Satzteile von Gedanken auf wie von einer durch atmosphärische Störungen zerhackten Rundfunksendung.

Im Wartezimmer saßen zwei Frauen. Jasmin telefonierte, als wir hereinkamen. Jürgen und Sandra Erken waren mit einer Patientin im Untersuchungsraum. Klinkhammer schickte mich, ihn zu holen.

Ich weigerte mich. «Ich kann da nicht einfach hineinplatzen.»

Er trommelte mit den Fingerspitzen auf den Tresen der Anmeldung, bis Jürgen erschien. Sandra ging mit einem Abstrich ins Labor. Jasmin bat die beiden Frauen um etwas Geduld. Wir gingen ins Sprechzimmer. Jürgens Miene war wie aus Eis gemeißelt, kalt und fremd. Da regte sich nichts, während Klinkhammer sprach. Zuerst nur die Tatsachen.

Vor gut einer Stunde hatte Menkes Vater ihn angerufen. Erst kurz zuvor war Walter Menke von der Frankfurter Polizei über den Aufenthaltsort und den kritischen Zustand seines Sohnes informiert worden. Aber die Polizei in Frankfurt war weder nachlässig noch desinteressiert, wenn es um jugendliche Streuner ging. Dass sie sich eine Woche Zeit gelassen hatten, die Eltern eines Schwerverletzten zu benachrichtigen, lag an der Tatsache, dass André Menke keine Papiere bei sich gehabt hatte, als man ihn fand – nach einem anonymen Anruf bei der Polizei.

Die Stimme am Telefon war nur schwer zu verstehen, aber ohne Zweifel die einer sehr jungen Frau oder eines Mädchens gewesen. Informiert hatte sie die Frankfurter Polizei um elf Uhr zweiundzwanzig, wenige Minuten bevor Vater am Telefon zusammenbrach. Und Menke war nicht, wie Klinkhammer mich bis dahin hatte glauben lassen, mit dem Bus verunglückt.

Den Bus hatte man erst am Donnerstag gefunden, irgendwo am Straßenrand abgestellt, verlassen. Im Wagen hatte die Frankfurter Polizei Blut gefunden. Und Spuren von Sperma. Und ein Fixerbesteck! Und ein bisschen Heroin auf einer alten Wolldecke, als hätte jemand mit zitternden Händen etwas verschüttet. Über das Kennzeichen hatten sie den Halter ermittelt, am Freitag zum ersten Mal bei Walter Menke angerufen. Und erst auf seine Frage nach dem

Sohn und Übermittlung einer Fotografie hatten sie eine Verbindung zu dem Schwerverletzten hergestellt.

Das Blut im Bus, so viel wussten sie inzwischen, stammte von drei Personen, zum größten Teil von André Menke. Die zweite Person hatte das Fixerbesteck benutzt. Die dritte vermutlich den «Verkehrsunfall» heraufbeschworen.

Klinkhammer fragte nach Renas Blutgruppe. Jürgen nannte sie ihm. Damit stand fest, dass Rena im Bus kein Blut verloren hatte. Klinkhammer machte deutlich, dass er jetzt wild drauflos spekulierte. Es klang fast, als könnten wir es uns aussuchen.

Wenn man davon ausging, dass Nita Kolter das Fixerbesteck benutzt hatte, hatte Rena möglicherweise einen Mann verletzt, der sich mit Nita die Zeit vertrieb, oder Rena hatte André Menke zusammengeschlagen, nachdem der fremde Mann sich mit ihr ... Fest stand, das Sperma stimmte nicht mit André Menkes Blutgruppe überein.

Ich hatte unvermittelt ein saures Brennen in der Kehle. Das halbe Frühstück stieg hoch. Ich würgte es wieder hinunter. Wilde Spekulation oder nicht. Klinkhammer sprach von einem Wagenheber als möglicher Tatwaffe.

In seiner harmlosen Version schlug Rena damit zuerst einen Freier in die Flucht, der sich mit Nita amüsierte. Anschließend drosch Rena auf Menke ein. In der Annahme, Menke getötet zu haben, warf Rena ihn aus dem Bus, setzte sich hinters Steuer und brauste mit der im Heroinrausch handlungsunfähigen Nita davon.

In Klinkhammers grausamer Version war André Menke von dem unbekannten Mann zusammengeschlagen worden. Nita wurde vergewaltigt. Was danach mit dem oder den Mädchen geschehen war, konnte man nur erraten. Aber eine von ihnen hatte es geschafft, ein Telefon zu erreichen.

Eine von ihnen, sagte er. Rena! Es musste Rena gewesen sein. Die kurze Zeit zwischen beiden Telefonaten machte es für mich so wahrscheinlich. Zuerst ein Anruf bei der Frankfurter Polizei, acht

Minuten gesprochen, den Hörer eingehängt, sofort neu gewählt, der zweite Anruf daheim. Und Vater hatte in der Aufregung ihre Stimme nicht erkannt und sie missverstanden.

«Es tut mir Leid. Es tut mir Leid. Ich wollte *ihn* nicht totmachen!»

So musste es gewesen sein.

7. Kapitel

Ich wollte auf der Stelle zu Vater, nachdem Klinkhammer gegangen war. Jürgen verweigerte mir seinen Autoschlüssel. «Du bist nicht in der Verfassung, dich hinters Steuer zu setzen, Vera. Jetzt dreh nicht durch. Hast du nicht verstanden, was er sagte?»

Jürgen meinte, er hätte es verstanden. Und er tobte: «Diese Idioten! Wenn Klinkhammer sich einbildet, dass ich mir das bieten lasse, befindet er sich im Irrtum. Ich hab mir doch gleich gedacht, dass da was faul ist. Aber es war bequem, uns einzureden, sie sei mit Menke und dem Kolter-Weib unterwegs. Sie wussten genau, dass wir die Schnauze halten, solange wir daran glaubten.»

«Wieso glaubst du es plötzlich nicht mehr? Weil das, was in Frankfurt mit ihr geschieht, nicht in dein Konzept passt? Meine Tochter hat ein eigenes Pferd. Aber meine Tochter ist nicht ...»

«Pferdchen», hatte Nita auf Hennessens Hof gerufen. Pferdchen! Und vor unserer Haustür hatte sie gefragt, ob Rena sich einreiten ließe. Wie hatte ich nur eine Sekunde lang annehmen können, es sei nichts weiter als eine bösartige Anspielung, weil Rena nicht in die Diele kam?

Jürgen funkelte mich an. «Reiß dich zusammen, Vera.» Mit einem bezeichnenden Blick zum Wartezimmer und gedämpfter Stimme: «Oder willst du, dass es morgen die ganze Stadt weiß? Nita Kolter hat sich aufgemacht, in die Fußstapfen ihrer Mutter zu treten. Und unsere Tochter hat sich ihr angeschlossen. Nenn mir einen vernünftigen Grund, aus dem Rena sich entschieden haben sollte, auf den Strich zu gehen! Das ist lächerlich.»

Ich hätte ihm mehrere Gründe nennen können, nicht für den Strich, nur dafür, sich Nita anzuschließen. Er wollte sie nicht hören. Für ihn war Rena nicht in diesem grauen Kleinbus gewesen. Für ihn ergaben drei Blutgruppen drei Personen. Bei einem Kampf wäre eine vierte Person – wäre Rena – unweigerlich ebenfalls verletzt worden wie Nita und Menke.

Er argumentierte mit Renas Fahrrad, das die Polizei unter den Tisch hatte kehren wollen. Und wir Idioten hätten es völlig aus dem Blickfeld verloren, weil wir uns von ihnen die Hölle heiß machen ließen. Rena ist mit dem Rad zum Bahnhof, mit dem Zug um halb elf nach Köln und von da aus weiter nach Hamburg. Und damit basta! Vera, wir reden später in Ruhe. Ich habe jetzt keine Zeit. Jasmin, schick Frau Sölde in Kabine eins. Vera, setz dich ins Wartezimmer. Sandra, gib meiner Frau eine Valium und ein Glas Wasser.

Ich konnte nicht im Wartezimmer sitzen, musste raus, zum Krankenhaus, nach Köln, nach Hamburg, nach Frankfurt, mit André Menke reden. Sandra kam mit der Pille und dem Wasser. Frau Sölde war in Kabine eins verschwunden, Jürgen im Untersuchungsraum, Sandra folgte ihm. Ich lieh mir von Jasmin zwanzig Mark für ein Taxi.

«Soll ich eins rufen?», fragte sie.

Noch nicht. Das Stück zum Krankenhaus musste ich laufen. Wenn man rennt, hat man das Gefühl, etwas zu tun. Vater schlief, als ich ins Zimmer stürzte. Klinkhammer war bereits bei ihm gewesen und vom behandelnden Arzt in die Wüste geschickt worden, wie Mutter sich herabließ mir zu erklären.

Mutter war erleichtert und deshalb bereit zu reden. Am frühen Morgen hatte Vater ein paar Worte sagen können. Nicht viel mehr, als dass er gut geschlafen habe. Mutter behauptete, sie hätte ihn gut verstanden. Ich wollte Vater wecken. Mutter riet davon ab. «Er braucht Schlaf, Vera, viel Schlaf und viel Ruhe. Das hat der Arzt auch zu Herrn Klinkhammer gesagt.»

Mutter verstand die Aufregung nicht, wollte nichts hören von Frankfurt und Pferdchen, nichts wissen von Babystrich, Heroin und Gewalt. Das war nicht ihre Welt. Es war die Welt, an der junge Menschen verzweifelten und zerbrachen. Aber uns passierte so etwas nicht. Hatte ich Vater nicht erklärt, dass André Menke sich einen üblen Scherz mit uns erlaubt hatte? Wenn es nicht Menke gewesen sein konnte, dann eben Nita oder Rena. Es änderte nichts am üblen Scherz. Und was heißt: Rena hat Menke den Schädel eingeschlagen? Ich bitte dich, Vera, was sind das für Ausdrücke? Du übertreibst wieder. Wenn die jungen Leute einen Streit hatten, muss man doch nicht mit solchen Kraftausdrücken um sich werfen!

Für mich brach eine Welt zusammen. Mutter klammerte sich an ihre heilige Ordnung. Und seltsamerweise tat sie mir Leid. Ich konnte nachvollziehen, was sie fühlte. Eine Frau ohne Boden unter den Füßen, von der Mutter allein gelassen in einer Welt, die sich einen Dreck um Stil und gute Manieren, um sorgfältig gedeckte Tische und liebevoll garnierte Torten scherte. Wem der innere Halt fehlt, der klammert sich an den äußeren Rahmen. Saubere Fingernägel und ein frisch gewaschenes Gesicht, gute Schulnoten und blitzsaubere Freunde. Man sollte sich im Alter an seinen Enkelkindern erfreuen dürfen und nicht ins Grab getrieben werden von ihnen. Irgendwann stand ich am Bankschalter und erinnerte mich nicht, das Krankenhaus verlassen zu haben. Aber ich wusste noch, dass ich Mutter eine Hand auf die Schulter gelegt und gesagt hatte: «Wahrscheinlich hast du Recht. Wenn Vater aufwacht, sag ihm, dass ich hier war. Dass ich mich gefreut habe über die gute Nachricht. Dass ich hoffe, euch bald wieder bei mir zu haben. Es wird höchste Zeit, dass ihr heimkommt. Ich schaffe das nicht allein mit dem großen Haus und dem Garten.»

Und nach einer kurzen Pause hatte ich mich erkundigt: «Würdest du mir eine Frage beantworten? Du hast doch auch etwas gehört, als Vater der Telefonhörer aus der Hand fiel. Zu Jürgen hast du gesagt, es sei Stimmengewirr gewesen. Wie klang es für dich?

Wie auf einem Bahnhof? Hast du vielleicht eine Lautsprecherdurchsage oder etwas Ähnliches gehört?»

Ein Kopfschütteln, eine nachdenkliche Miene, nach ein wenig Zögern die Auskunft: «So genau habe ich nicht darauf geachtet. Aber ein Bahnhof ... ich weiß nicht. Ich weiß gar nicht mehr, wann ich zuletzt auf einem Bahnhof war. Aber so klang es nicht. Es klang eher wie eine große Gesellschaft, die geschlossen aufbrechen will und noch auf Gäste wartet, die sich verspäten. Du weißt schon, was ich meine. Eine Situation, in der ein paar Leute ungeduldig werden und andere sie beschwichtigen. Dann hört man dieses Gemurmel. Es hat auch etwas geklingelt. Und dann hat jemand gerufen: Wo bleibst du denn?, oder: Was machst du denn? ‹Du denn›, das habe ich deutlich verstanden. Und danach war es still, als hätte jemand eine Tür geschlossen.»

Oder aufgelegt, dachte ich und empfand so etwas wie Bewunderung für Mutters Eifer und ihre Interpretation. Ich hatte nicht gewusst, dass sie so viel Phantasie besaß, aus ein paar diffusen Hintergrundgeräuschen eine Heile-Welt-Geschichte zu konstruieren. Ich unterschrieb einen Scheck, sah das reservierte Lächeln des Kassierers. Er fragte zuerst den Kontostand ab, ehe er mir das Geld aushändigte. Der Scheck war gedeckt. Es war das Geschäftskonto, der Heilige Gral, in dem die Steuergelder, die Versicherungsbeiträge, die Pacht für die Praxisräume und Jasmins und Sandra Erkens Lohn sicher verwahrt wurden. Zehntausend hatte ich auf den Scheck geschrieben.

Entweder war mir die vierte Null versehentlich aus der Hand geflossen oder mir war schon zu diesem Zeitpunkt klar, dass Vaters Scheck nicht reichte, um einen zuverlässigen Mann in eine Stadt wie Frankfurt zu schicken. Um ein Mädchen zu suchen, dass sich versteckte, weil es glaubte, einen Mann getötet zu haben. Vor einer Woche! Dass sie sich seitdem nicht mehr gemeldet hatte ... Wie mochte ihr zumute sein?

Dir kann nichts passieren, mein Schatz. Du bist minderjährig.

Niemand wird dich anklagen, nur weil du dich deiner Haut gewehrt hast. So war es doch?

Ich wusste, was geschehen war, als wäre ich dabei gewesen. Sie war eingestiegen aus Enttäuschung und Schmerz über Matthos Verlust. Sie hatte nicht abschätzen können, wohin der Weg führte. Dann hatte sie zuschauen müssen, was mit Nita geschah. Menke beschaffte Heroin und einen Freier für Nita. Und Rena hatte begriffen, dass sie die Nächste wäre. Was sie getan hatte, war Notwehr.

Man müsste Gedanken zu Fäden binden und gut sichtbar an eine Wolke knüpfen können. Lies, was ich dir an den Himmel geschrieben habe. Lies es, Rena, und komm heim. Niemand wird dir etwas tun, niemand wird dir Vorwürfe machen.

Ich saß in einem Taxi, ohne zu wissen, dass ich eingestiegen war. Eine Frau steuerte den Wagen und fragte: «Ist es da vorne?»

«Ja», sagte ich. Das Taxi hielt und ich wunderte mich, weil ich nicht daheim war. Ich zahlte, stieg aus, ging auf das Haus zu und betete, dass sie daheim war. Weil ich das nicht noch einmal tun konnte: an ihre Tür klopfen und sagen: Hilf mir! Es ist sonst niemand da, der mir hilft. Mein Vater braucht Ruhe und Schlaf. Jürgen bietet mir Valium. Anne möchte ich damit nicht belasten und meine Mutter will nichts davon hören. Hilf mir. Sag mir, dass Jürgen Recht hat. Dass meine Tochter nicht mit André Menke und Nita Kolter nach Frankfurt gefahren ist. Sag mir, sie hat dir von Mattho erzählt, von Rennbahnen und Reitställen, zu denen sie wollte. Sag mir das, bitte, bitte, bitte!

Gretchen war daheim und nicht einmal erstaunt, mich zu sehen. Sie schaute dem Taxi nach und runzelte die Stirn. «Hast du dein Auto kaputtgefahren?»

Ich schüttelte den Kopf. Sie trat von der Tür zurück und zeigte aufs Wohnzimmer. «Setz dich da rein. Ich mach dir 'n Kaffee. Oder magst du keinen?»

«Doch.»

«Magst du auch 'n Schnaps? Siehst aus, als könntest du einen brauchen.»

«Ja.»

Ich weiß nicht, wie lange ich allein im Wohnzimmer saß und den dunklen Bildschirm des Fernsehers anstarrte. Wie lange ich nackte Brüste und Männerhände darüber hüpfen sah. Und Renas von Ekel und Panik verzerrtes Gesicht. Und Mutters Blick im Krankenzimmer, wie sie zu mir aufschaute. Einen winzigen Hauch von Dankbarkeit in den Augen. Ich wusste, dass du zur Vernunft kommst, Vera. Ich erwarte auch keine Entschuldigung für deine Angriffe.

Ich weiß wirklich nicht mehr, wie lange ich den Impuls niederkämpfte, die Flucht zu ergreifen. Was willst du hier, Vera? Willst du dir von dieser Person anhören, dass es nicht weiter tragisch ist, auf diese Weise sein Geld zu verdienen? Hast du vergessen, was Rena in ihrem Tagebuch notierte? Hennessens Ansichten über diese Art von Broterwerb: «Von etwas muss sie ja leben.» Willst du Sätze hören wie: «Das muss sie von mir haben!» Tu dir das nicht an, Vera.

Fünf Minuten oder eine Ewigkeit saß ich da. Gretchen ließ sich Zeit. Oder mir? Das Zimmer war aufgeräumt, ein sauber ausgewischter Aschenbecher auf dem Tisch und eine Vase mit ein paar Astern. Zwei Kissen auf der Couch mit akkuraten Kniffen in der Mitte. In einem offenen Schrankfach eine vergilbte Fotografie hinter Glas in einem Silberrahmen. Jürgen im Alter von vier Jahren, mit schiefem Grinsen ein Baby auf dem Schoß haltend.

Endlich kam sie, hielt ein Tablett in den Händen. Kaffeekanne, Porzellan, Milch und Zucker und ein kleines Glas mit einer wasserhellen Flüssigkeit. Es war beschlagen. «Man gönnt sich ja sonst nichts», grinste sie einen Werbespot nach. «Nun kipp ihn schon, tut gut, hilft dem Magen und dem Herz und macht's der Zunge leichter.»

Ich trank das Glas in einem Zug leer. Sie füllte die beiden Tassen, setzte sich auf die Couch und häufte Zucker in ihren Kaffee. «Sieht nicht gut aus, was?», stellte sie fest und warf einen Blick zu der Fotografie auf dem Schrank hinüber.

«Wenn sie klein sind», sagte sie leise, «ist es schlimm. Da bleibt einem nur die Vorstellung, dass sie als pausbäckiges Engelchen auf einer Wolke sitzen. Und an so einen Quatsch hab ich nie geglaubt. Aber wenn man sie sechzehn Jahre lang großgezogen hat, sind sie aus dem Gröbsten raus. Da hätte man sie eh nicht mehr lange um sich gehabt. Kann man sich da nicht sagen, irgendwann gehen sie alle? Und wo sie hingehen, geht es ihnen gut?»

«Wo sie hingegangen ist, kann es ihr nicht gut gehen.»

Sie hörte mir zu, rührte bedächtig in ihrem Kaffee, ließ durch nichts erkennen, ob sich etwas in ihr regte. Als ich zum Ende kam, meinte sie: «Hört sich schlimm an, muss es aber nicht sein. Ich könnt mir denken, dass der Doktor Recht hat, dass sie nur bis zum Bahnhof mitgefahren ist. Natürlich kann's auch sein, dass sie nur das Rad am Bahnhof abgeladen haben. So viel Platz ist ja nicht in 'nem Kleinbus, wenn sie auch drin kampieren wollten.»

Sie holte tief Luft, ließ mir keine Zeit für eine Antwort. «Wenn du nur gekommen bist, um mich zu fragen, ob sie mir was erzählt hat, können wir's kurz machen. Nein, nichts darüber, dass sie weg wollte. Ich würd's dir sagen, wenn sie es getan hätte. Aber mir hat sie nicht mal erzählt, dass sie noch Freunde in der Stadt hat.»

Sie lächelte schelmisch. «Vielleicht hat sie gedacht, ich leb hinterm Mond und krieg einen Schreck, wenn sie mir von Vampiren erzählt. Josefine hat ja auch einen Schreck gekriegt. Die wird gar nicht fertig damit, im Dorf zu erzählen, wie die Kleine aussah, die auf Hennessens Hof schneite. Das hätt sie von Rena nicht gedacht, hat Josefine zur Ziegler gesagt, dass sie sich mit solchem Gesindel abgibt. Rena hätte immer so einen netten Eindruck gemacht, still und bescheiden. Da könnt man mal wieder sehen, wie man sich in den jungen Leuten täuschen kann.»

Ich wollte nicht über Hennessens Schwester und ihre Eindrücke reden. Aber anscheinend gab es für Gretchen über Rena nichts weiter zu sagen. Es sah aus, als warte sie darauf, dass ich aufstand und ging. Als ich mich nicht rührte, sprach sie weiter. «Warum wartest du nicht, bis der Polizist zurückkommt? Der wird sich kaum tagelang in Frankfurt aufhalten. Heute Abend ist er bestimmt wieder hier. So groß ist das Spesenkonto bei denen nicht, dass es für ein Hotel reicht.»

«Ich kann nicht warten.»

Sie lächelte erneut, ein bisschen wehmütig diesmal. «Konnte ich auch nie. Hab immer gedacht, morgen bin ich vielleicht tot, und dann wird nix mehr draus. Aber manchmal geht's nicht anders. Da muss man warten, auch wenn's schwer fällt. Dir wird nichts anderes übrig bleiben. Und so lang ist es doch nicht bis heute Abend.»

«Vielleicht weiß Menke nicht, wo die Mädchen sind. Und wenn er es weiß, sagt er es vielleicht nicht.»

Sie wiegte bedächtig den Kopf. «Ja, damit muss man rechnen. Und was willst du dann tun, selbst nach Frankfurt? Willst du da rumlaufen und im Dreck wühlen? Tu's, wenn du meinst, dass es sein muss. Zwei Tage geb ich dir, länger stehst du das nicht durch. Du hast keine Ahnung, wie es in der Gosse zugeht. Willst du noch 'n Schnaps?»

Ich nickte, sie ging in die Küche, kam mit der Flasche zurück, schenkte mir ein. Ich trank und sie füllte noch einmal auf.

«Sauf ruhig, manchmal hilft's. Bist ja nicht mit dem Auto. Otto kann dich fahren, wenn er von Hennes zurückkommt. Er bleibt selten länger als zwei Stunden weg.»

Was ich sie hatte fragen wollen, war beantwortet. Es gab keinen Grund, noch länger zu bleiben. Es gab auch keinen Grund, nach Otto zu fragen. Aber ich wollte nicht unhöflich sein und tat es.

«Was macht er denn bei Hennessen?»

Sie lächelte wieder. «Schönwetter. Kannst dich bei ihm bedanken, wenn er kommt. Ich hab's nicht geschafft, es Hennes auszureden. Dreimal war er hier und hat getobt, dass ihr ihm die Stute bezahlen müsst, sonst zeigt er euch an. Mindestens fünfzehn wollte er.»

«Nein, fünf», sagte ich. «Fünftausend hatten wir vereinbart.»

Ihr Lächeln bekam einen Hauch von Erbarmen. Sie füllte mein Glas zum vierten Mal. «Ich red nicht von der Bella. Die könnt ihr abschreiben. Sie ist zwar noch zu jung für die Zucht. Aber Hennes will sie jetzt behalten. Er braucht einen Ersatz für die Fuchsstute, hat er zu Otto gesagt. Otto fährt jeden Tag runter und hilft im Stall. Für Hennes allein ist es ein bisschen viel.»

Sie goss mir den fünften Schnaps ein, sagte dabei: «Hennes ist ein Schlitzohr auf seine Art. Er tut immer so, als ließe er die jungen Leute aus purer Gutmütigkeit zu jeder Tageszeit in den Stall. Dabei ist er drauf angewiesen, dass sie ihm zur Hand gehen. Rena hat ihm 'ne Menge Arbeit abgenommen. Jetzt ist sie nicht mehr da, und Udo lässt sich auch nicht mehr blicken. Na, der wird im Moment auch genug zu tun haben. Es muss sich ja einer um Kuhlmanns Vieh und die Rüben kümmern. Hennes hat vor Jahren mal gesagt, eigentlich müsste er einen Mann einstellen. Damals hat er keinen gefunden, jetzt wird er auch keinen finden. Es geht doch heute keiner mehr als Knecht. Und dann zu so einem.»

Mit fünf Gläsern Schnaps im Blut war es leicht zu begreifen. Es gab eine simple Erklärung für Jürgens feste Überzeugung von Hennessens Schuldlosigkeit.

«Er ist schwul», sagte Gretchen. «Hast du das nicht gewusst?»

Woher denn? Jürgen hatte nie etwas gesagt. Und Vater, der es ebenfalls zu wissen oder zu vermuten schien, hatte sich auch jede Andeutung verkniffen.

«Ja», seufzte Gretchen, «wenn einer Doktor ist oder Richter, kriegt er genug unter die Nase. Da zerreißt er sich nicht das Maul über so einen armen Hund. Es kann doch keiner was dafür, wie er veranlagt ist. Früher ist Hennes oft nach Köln gefahren. Es hieß sogar mal, da hätte er was Festes. Ich hab zu ihm gesagt; Hennes, wenn du einen Freund hast, warum holst du ihn nicht auf den Hof? Du hast doch Platz genug. Ja, sagte er, bei mir wär Platz, aber im Dorf nicht. Und da musste ich ihm Recht geben.»

Sie lachte leise. «Ich bin gespannt, wie lange es noch dauert, ehe es heißt, jetzt hätte er was mit Otto. Aber mich kratzt das nicht. Otto auch nicht. Otto sagte, ob ich nun hier rumsitze oder Hennes zur Hand gehe. Auf die Weise ersparen wir dem Doktor und der Vera vielleicht 'ne Menge Ärger.»

Sie sprach, als ginge Hennessen tatsächlich davon aus, wir hätten seine Zuchtstute getötet. Ich, um genau zu sein!

«Wundert dich das?», fragte sie. «Er zerbricht sich den Kopf, wer zu so einem Wahnsinn fähig ist. Mehr als zwanzig Stiche sollen es gewesen sein, ein paar in den Hals, die meisten in den Leib. Da sag ich mir auch: Wer das getan hat, kann seine fünf Sinne nicht beisammengehabt haben. Ich hab zu ihm gesagt: ‹Hennes, der Doktor würde sich nie an einem unschuldigen Tier vergreifen, eher hätte er dir den Hals durchgeschnitten. Und die Vera macht einen weiten Bogen um jedes Viehzeug, das weißt du doch.› – ‹Ja›, sagt er, ‹das weiß ich. Aber die Vera war in einer Verfassung, wo sie nicht mehr wusste, was Angst ist. Sonst wär sie nicht zu mir gekommen und hätt mir das ins Gesicht gesagt.› Es könnte nicht schaden, wenn du mal mit ihm sprichst. Das war ein starkes Stück, was du ihm da an den Kopf geknallt hast.»

«Ich war nicht die Einzige, die ihm das zugetraut hat», sagte ich und erzählte ihr von Scherers Eindruck in Friedels Kneipe. Sie kniff die Augen zusammen.

«An deiner Stelle wäre ich ein bisschen vorsichtiger, so was laut zu sagen. Am Ende hat Scherer was anderes gemeint. Und wenn du es jetzt ausposaunst, das ist nur Wasser auf die Mühlen von denen, die einer Meinung sind mit Hennes. Er ist nicht der Einzige, der denkt, ihr habt die Stute auf dem Gewissen. Ich hab schon mehr als einen sagen hören, dass es eine Verbindung geben muss. Das wäre sonst zu viel auf einmal. Es leuchtet jedem ein, dass eine Mutter oder ein Vater sich aus Wut und Schmerz rächen wollen, weil ihr Kind weg ist. Aber dass ein Mädchen verschwindet und ein paar Stunden später wird das Pferd abgeschlachtet, mit dem es meist zusammen war, und das eine hat nichts mit dem anderen zu tun, das ist nicht so leicht zu begreifen.»

Sie beugte sich vor, ihr Ton wurde eindringlich. «Und nun denk mal scharf nach. Wie lange, meinst du, wird es dauern, bis das im Dorf rum ist, was du mir gerade gesagt hast? Im Moment steht jeder noch auf eurer Seite. Das kann sich schnell ändern. Tu dir selbst einen Gefallen und sprich dich mit Hennes aus, bevor es so weit ist. Otto gibt sich Mühe. Aber du hast ihn einen Mörder genannt, das schafft man nur aus der Welt, wenn man sich persönlich gegenübersteht.»

Ich schüttelte den Kopf.

Sie zuckte lakonisch mit den Achseln. «Es war nur ein Vorschlag. Du musst selbst wissen, was du tust. Vielleicht überlegst du's dir nochmal. Wenn Hennes dich erst anzeigt, ist es zu spät. Da magst du hundertmal beweisen können, dass du in deinem Bett gelegen hast. Für die Leute hier bist du es gewesen.»

Ich spürte, dass sie nur versuchte, mich von Frankfurt fern zu halten. Aber irgendwie tat es gut. Vielleicht lag es am Alkohol. Das Gehirn von einigen Promille sanft umhüllt, sodass Klinkhammers Spekulationen nicht mehr gar so scharf anstoßen konnten, waren es nur Worte über ein totes Pferd und eine Verbindung.

Jürgen sagte, ich sei betrunken, als ich mit ihm darüber reden wollte. Dass ich mich mit Gretchens Schnaps betrunken hatte, störte ihn nicht. Ihn machte nur wütend, dass sie mir – wo ich nun endlich den hirnrissigen Gedanken an Hennessen aufgegeben hatte – einen neuen Floh ins Ohr setzte. Wir hätten genug am Hals, meinte er, da müssten wir uns nicht auch noch die Köpfe zerbrechen über den Dorfklatsch und Stuten, die uns einen Dreck angingen. Er wollte über Rena sprechen, über sonst nichts.

Wie schon in der Praxis erklärte er noch einmal lang und breit und mit drei Blutgruppen untermalt, dass sie in Hamburg sein musste. Er war sehr überzeugend. Irgendwann glaubte ich ihm, weil es einfacher war. Zuletzt sagte er, ich solle mich ins Bett legen und meinen Rausch ausschlafen. Das tat ich.

Währenddessen nahm Olgert in Frankfurt eine Plastiktüte in Empfang. Und während ich von Rennbahnen und Reitställen in Hamburg träumte, inspizierte Olgert die Kleidungsstücke, die sich in der Tüte befanden. Ein hellgraues Sweatshirt, ein Paar dunkelgraue Frotteesocken mit blauen Streifen und eine Jeanshose mit auffälligen Ziernähten.

Es waren die Sachen, die Rena am 8. September auf dem Weg zu Hennessen getragen hatte. Am frühen Nachmittag, im strömenden Regen, das Rad durch den Sturm und den Matsch schiebend. Es gab kein Namensschild in Sweatshirt oder Jeans, auch keinen Geruch nach Stall. Trotzdem muss Olgert auf Anhieb gewusst haben, wem sie gehörten. Die Jeans war bis in die Kniekehlen mit Dreckspritzern übersät.

Wann Olgert mit der voll gestopften Tüte und einer Kopie des Telefonmitschnitts aus Frankfurt zurückkam, weiß ich nicht genau. Das ist das Schlimme, man weiß nie etwas Genaues. Selbst dann nicht, wenn einem die Beweise auf den Tisch gelegt werden. Was ist denn bewiesen mit einer Tüte voller Kleidung? Was ist bewiesen mit den Strohstückchen auf dem alten Teppich, mit dem der Bus im hinteren Bereich ausgelegt war? Nur, dass Renas Kleidung und ihr Rad im Bus transportiert worden waren. In den Reifenprofilen gab es auch Strohstückchen.

Ich hatte mir vorgenommen, alles aufzuschreiben. Ich habe es nicht immer geschafft. Am Dienstag – es war der 20. September – tat ich am Vormittag das, wozu ich am Montag nicht gekommen war. Ich verließ das Haus um elf, bis dahin hatte ich gewartet, dass Klinkhammer und Olgert auftauchten. Viermal hatte ich in ihrem Büro angerufen, viermal die Auskunft bekommen, sie seien unterwegs. Viermal hatte ich gefragt, was Olgerts Besuch in Frankfurt gebracht hätte, viermal gehört, man sei nicht informiert.

Ich fuhr zur Tankstelle und danach zu Vater ins Krankenhaus. Ich wusste noch nichts von der Plastiktüte, schwankte zwischen der Überzeugung, die Jürgen meinem umnebelten Hirn eingeimpft hatte, und Klinkhammers harmloser Version, die immer noch schlimm genug war, die aber wenigstens dem Anruf einen Sinn gab. Ich versuchte, Vater das Geständnis abzulocken, dass er sich bei der Stimme am Telefon geirrt hatte, dass es durchaus ein Mädchen, dass es Rena gewesen sein könnte.

Mutter unterband meine Bemühungen, weil ich Vater zu sehr aufregte. Sie winkte mich aus dem Zimmer. «Wenn du nicht still bist, Vera, muss ich den Arzt rufen. Er meint, dass sich der Zustand deines Vaters verschlechterte, nachdem er sich bereits stabilisiert hatte, weil du diesen Buchstabenzirkus mit ihm veranstaltet hast. Und jetzt fängst du schon wieder an. Wenn du noch einmal hineingehen willst, wirst du ihm sagen, es sei alles in Ordnung. Sag ihm, die Polizei weiß, wo Rena und ihre Freunde sich aufhalten. Sag ihm, die Polizei ist sicher, dass Renas Freundin am Telefon war. Herr Klinkhammer meinte, es könnte Renas Freundin gewesen sein. Aber ... Nein, ich weiß, was du ihm sagst. Rena selbst habe angerufen, weil der junge Mann einen Autounfall hatte. So sagst du es ihm, das wird ihn beruhigen.»

Ich sagte es ihm. Er reagierte nicht, drehte nur den Kopf zur Seite und schloss die Augen. So sprach ich mit Mutter, stimmte ihr zu, dass es bei den Fleischportionen in der Tiefkühltruhe und meiner augenblicklich doch sehr knappen Zeit ratsam sei, für zwei Tage zu kochen. Und dass ich mir nicht die Mühe machen sollte, sämtliche Fenster zu putzen. Dass es völlig ausreichte, wenn ich den Staub von außen trocken abwischte.

Kurz vor eins war ich wieder daheim, setzte mich ins Esszimmer und schrieb den gesamten Montag nieder. Ich kam bis zu dem Punkt, als Anne mich weckte – gegen sechs am Abend –, wo sie mir sagte, sie hätte eine Suppe gemacht. Als ich antwortete: «Ich glaube nicht, dass ich etwas davon runterbringe, ich habe scheußliche Kopfschmerzen, übel ist mir auch.» Als Annes Gesicht sich mit Ablehnung überzog. «Mutti, du darfst dich nicht so hängen lassen. Siehst du denn nicht, dass Papa Recht hat? Wenn Rena mit Nita und Menke zusammen gewesen wäre, hätte Klinkhammer längst angerufen. Olgert ist heute Morgen nach Frankfurt gefahren. Auch wenn er noch nicht wieder hier ist, er hat sich garantiert inzwischen bei Klinkhammer gemeldet. Jede Wette, Mutti, sie wissen längst Bescheid, und jetzt ist ihnen das unangenehm. Pass auf, morgen früh stehen sie mit betretenen Mienen vor der Tür und bedauern, dass sie dich unnötig aufgeregt haben. Vielleicht sind sie auch zu feige und rufen nur an.»

Bis zu dem Punkt kam ich. Sie hatten weder angerufen, noch waren sie persönlich und mit betretenen Mienen erschienen. Ich schrieb noch ein paar Sätze über Feigheit, über Polizisten, die einem den Boden unter den Füßen wegziehen und dann den Mut nicht aufbringen, ihren Irrtum einzugestehen. Und ein paar Worte über die Hoffnung, dass Jürgen Recht hatte und ich bald mit Vater reden könnte wie in alten Zeiten.

Unterbrochen wurde ich durch Anne, die aus der Schule kam. Minuten später fuhr Jürgen auf den Hof. Wir machten uns rasch etwas zu Mittag. Danach ging Anne nach oben, ich räumte die Küche auf. Jürgen fuhr zurück in die Praxis.

Ich wollte weiterschreiben über seine Wut, die inzwischen den Siedepunkt überschritten hatte. Über die Konsequenzen, die ihre Schlampigkeit für Klinkhammer und Olgert haben sollte. Bei Eiern und Brot hatte Jürgen sich genüsslich darüber ausgelassen, wen er ihnen alles auf den Hals hetzen wollte. Den guten Doktor Steinschneider und die Presse natürlich; weil die Spur nach Hamburg in der Zwischenzeit kalt geworden sein dürfte.

Danach wollte ich zu Hennessen. Mich bei ihm entschuldigen für meine haltlose Verdächtigung, mit ihm über die Fuchsstute reden, über die Verbindung, die man im Dorf vermutete. Und über Scherers Eindruck in Friedels Kneipe. Wenn Jürgen Recht hatte, stand ich doch wieder am Anfang. Aber dann stand ich am Ende.

Klinkhammer und Olgert brachten die Tüte. Sie hatten sich Zeit gelassen bis zum frühen Nachmittag, nicht aus Feigheit, nur um sicherzustellen, dass Anne daheim war. Vielleicht hatten sie gehofft, sie allein anzutreffen. Anne sollte sich die Kleidungsstücke ansehen und sagen: «Ja, diese Sachen hat meine Schwester getragen, als ich sie zum letzten Mal sah.»

Genau das sagte Anne. Ich stand dabei und hatte ein Messer im Kopf. Es schnitt mir das Gehirn in Streifen. Meine Tochter, meine hübsche, sensible, mutige, mitfühlende Rena auf dem Straßenstrich, in irgendeiner üblen Spelunke, in irgendeinem Dreckloch, in Frankfurt. Mit Prügel und Drogen von irgendeinem Schwein zur Prostitution gezwungen.

Klinkhammer ließ mich nicht aus den Augen, obwohl er ausschließlich zu Anne sprach. Sie sollte sich den anonymen Anruf anhören, den die Frankfurter Polizei routinemäßig aufgezeichnet hatte. Sie sollte sagen, ob sie die Stimme kannte und ob das Weinen identisch war mit dem, was sie beim ersten Anruf am Morgen nach Renas Verschwinden gehört hatte.

Olgert wollte auch nicht nur herumstehen und wies darauf hin, dass die Stimme äußerst schlecht zu verstehen sei. Er bat Anne um erhöhte Aufmerksamkeit.

Ihr angespanntes Gesicht sehe ich heute noch vor mir, die vor Konzentration gerunzelte Stirn, die leicht zusammengekniffenen Augen, die meinem Blick auswichen.

Es war ein Chaos an Geräuschen. Klirren, Klingeln, Rumpeln, eine nervtötende Melodie, Stimmengewirr, lautes Lachen und unverständliches Gebrüll im Hintergrund. Und über allem das Schluchzen, Schniefen und Stammeln, kaum eine verständliche Silbe.

Anne bat, es noch einmal hören zu dürfen. Ich verstand auch

beim zweiten Durchlauf nur Fragmente. Gegen meinen Willen musste ich lachen, als mir einfiel, wie Mutter die Geräuschkulisse interpretiert hatte, die aus dem herabbaumelnden Hörer gedrungen war. Eine große Gesellschaft!

Mutter hatte dabei vermutlich etliche Damen und Herren in Abendgarderobe mit Sektgläsern in den Händen vor sich gesehen, ungeduldig auf den Chauffeur wartend, der sie ins Konzert fahren sollte. Ich sah bei den Tönen vom Band besoffene, verschwitzte Kerle vor dem Tresen einer billigen Kneipe; an einer Wand hing ein Spielautomat, der ihr Grölen mit einer Kaskade aus Bimmeln, Schrillen und Gedudel zu übertönen versuchte. Neben dem Spielautomaten hing das Telefon. Und am Telefon stand ... «Nita», sagte Anne nach dem dritten Durchlauf. «Ich glaube, es ist Nita. Ich bin nicht ganz sicher, so oft hatte ich nicht mit ihr zu tun, und sie ist wirklich schlecht zu verstehen. Aber dieser Ausdruck – Yellowman –, so hat sie Menke in letzter Zeit genannt, weil er sich die Haare hatte färben lassen. Meine Schwester sprach davon.»

Ich hatte nichts gehört von Yellowman. Ich hatte aus dem Wust nur ein Wort deutlich herausgefiltert: Pferdchen. Und dahinter ein paar von Schluchzern zerhackte Silben, die in meinen Ohren wie «... wollte das nicht tun ...» geklungen hatten.

Olgert nickte, als sei ihm die Sache mit Menkes Haaren bestens bekannt. «Sind Sie sicher, dass es nicht Ihre Schwester ist?»

Anne nickte energisch.

Olgert fragte: «Und das Weinen, erkennen Sie es wieder?»

Anne schürzte die Lippen, hob die Schultern an und ließ sie wieder sinken. «Es klingt so ähnlich wie das von Freitagmorgen. Das heißt, jetzt, wo ich es nicht mehr höre, klingt es so ähnlich. Gerade dachte ich noch, es wäre ganz anders. Aber – ich meine – wenn jemand so fix und fertig ist und wenn er einmal etwas sagt und einmal nicht, dann kann man nicht ...» Noch ein hilfloses Schulterzucken und ein verhaltenes Kopfschütteln. «Es tut mir Leid, ich kann es nicht mit Sicherheit sagen.»

Klinkhammer bedankte sich bei Anne und wandte sich mir zu. Er setzte eine ernste Miene auf, sein Tonfall wurde beschwörend. Seine Hände kamen nicht so schnell nach, wie ihm die Haare ins Gesicht fielen. Er wechselte sich mit Olgert ab, und sie überboten sich gegenseitig mit ihren Beschwichtigungen.

Liebe Frau Zardiss, die Kleidung beweist *überhaupt* nichts! Blut von drei Personen, das steht fest. Zwei Männer und *ein* Mädchen! Ein drogensüchtiges Mädchen, Nita Kolter hat gefixt, das wissen wir mit Sicherheit. Wir haben in ihrem Zimmer diverse Hinweise gefunden. Und wir haben jetzt einen Zeugen, Frau Zardiss! Ein junger Mann, der wenige Minuten nach zehn an dem Donnerstagabend an Hennessens Hof vorbeifuhr.

Unser Zeuge sah den grauen Kleinbus bei der Einfahrt, er sah einen Mann und ein Mädchen dabeistehen. Das Mädchen trug einen gelben Umhang mit Kapuze. Der Mann hob ein Rad in den Bus und schloss die Hecktür. Dann ging er zur Fahrertür. Das Mädchen folgte zwar. Aber dass es einstieg, hat unser Zeuge nicht beobachtet.

Wie denn auch? Da war eine lang gezogene Kurve, da war jede Menge Wasser auf der Fahrbahn. Da hatte ein Autofahrer Besseres zu tun, als einen Mann und ein Mädchen im Regen zu betrachten.

Nein, da irrte ich mich. Der Zeuge hatte die Szene aufmerksam im Rückspiegel verfolgt, weil es für ihn so aussah, als brauchte das Mädchen Hilfe. Es hielt nämlich mit beiden Händen ein Bündel gegen die Brust gepresst, vermutlich die Plastiktüte. Und der Mann versuchte, das Bündel an sich zu nehmen. Sie rauften darum, der Mann behielt die Oberhand, stieg mit seiner Beute ein und schloss die Tür. Das Mädchen klopfte mit beiden Händen dagegen, stand mit hängenden Schultern da. Und dann ... hatte der Autofahrer die lang gezogene Kurve passiert, die ersten Häuser versperrten ihm die Sicht nach hinten. Auf die Idee, der Sache im strömenden Regen auf den Grund zu gehen, kam er nicht.

Nun haben wir zwei Möglichkeiten, Frau Zardiss. Ihre Tochter kann zur Beifahrerseite gegangen und dort eingestiegen sein. Oder nicht. Wenn sie eingestiegen ist, ist sie vielleicht nur ein kurzes Stück mitgefahren. Sie wollte vermutlich zum Hof der von Wirths und könnte André Menke gebeten haben, sie dorthin zu bringen. Mehr können wir im Moment leider nicht sagen.

Keine Rede mehr davon, dass Rena Menke zusammengeschlagen haben könnte. Es war ja auch nur eine wilde Spekulation gewesen. In Frankfurt hatte nie ein Mensch daran geglaubt. Wenn ein junges Mädchen sich bedroht fühlt und in Panik gerät, schlägt es blindlings zu – auf eine Stelle oder auf jede, die es treffen kann. Es zerschlägt nicht systematisch Hände, Arme, Rippen, Unterschenkel und Kniescheiben. Diese Methoden waren in gewissen Kreisen üblich, um einem Würstchen vom Lande zu zeigen, dass es Grenzen gab für die Konkurrenz.

Mir schluchzte immer noch Nita in den Ohren: «Pferdchen wollte das nicht tun.» Klinkhammer strich ein letztes Mal seine Mähne zurück und sagte: «Wir müssen warten, Frau Zardiss, bis wir mit Menke reden können.»

Sie konnten nicht mehr mit ihm reden.

André Menke starb am nächsten Tag – ohne das Bewusstsein wiedererlangt, ohne die Möglichkeit gehabt zu haben, der Polizei einen Hinweis auf seinen Angreifer und das, was mit dem oder den Mädchen geschehen war, geben zu können.

Als Klinkhammer es sagte, wussten sie schon, dass kein Mensch mehr mit André Menke reden konnte. Und trotzdem sagte er es. Anne erinnerte sich genau, als sie am Freitag aus der Schule kam. An einem Freitag war eine Todesanzeige in der Tageszeitung. Ich hatte die Zeitung erst aufgeschlagen, nachdem Anne und Jürgen das Haus verlassen hatten. Aber ich saß noch davor am Küchentisch, als Anne heimkam. Sie warf einen Blick über meine Schulter und regte sich minutenlang über die Verlogenheit unserer Gesellschaft auf. Damit war nicht nur die Polizei gemeint.

«In tiefer Trauer um unseren geliebten Sohn André, der durch ein grausames Verbrechen von unserer Seite gerissen wurde».

«Arschlöcher», sagte Anne. Es war das erste Mal, dass ich diesen Ausdruck von ihr hörte. «Vor ein paar Wochen hat Menkes Vater zu Patricks Vater gesagt, wenn es so weitergeht mit André, schlägt er ihm bald den Schädel ein. Der ist doch froh, dass ihm einer die Arbeit abgenommen hat.»

Unter dem Freitag habe ich nur diese Eintragung, die von Bedeutung wäre. Noch ein paar Sätze Wut, ein paar Worte Ohnmacht. Und ein Dutzend leerer Zeilen, die das wiedergaben, was ich fühlte. Mochte die Polizei sich noch so viel Mühe geben, uns in der Luft hängen zu lassen. Mir reichten die schmutzige Jeans und das Sweatshirt als Beweis. Rena war dabei gewesen. Und Menkes Tod hatte den letzten Funken Hoffnung in mir erstickt.

Es war, als hätten sie mir mit der Plastiktüte einen Grabstein gezeigt. Und die Todesanzeige setzte die Inschrift darauf. Keine Chance mehr, sie rechtzeitig zu finden! Meine Rena, das hübsche Mädchen mit den blonden Haaren und dem Herzen voller Pferde kaputtgemacht von wilden Tieren.

Wochenende. Das dritte!

Totenstille im Haus und im Innern. Keine Nibelungenlieder, keine kessen Sprüche, kein flinkes Unter-der-Dusche-Verschwinden, weil Großmutter sonst Zustände bekam. Ob sie da, wo sie jetzt war, duschen konnte? Es musste doch eine Möglichkeit geben, den Dreck abzuwaschen.

Jürgen fuhr samstags in die Stadt, um diverse Besorgungen zu machen. Aber wichtiger als Brot, Aufschnitt und ein paar Fertiggerichte war für ihn der Besuch bei unseren Freunden und Helfern. Klinkhammer hatte ihn am Freitag in der Praxis angerufen und gebeten, allein zu kommen. Jürgen sollte sich das Frankfurt-Band ebenfalls anhören. Und ihm präsentierten sie eine gereinigte Version. Er sprach erst davon, als er zurückkam. Was sie ihm sonst noch präsentiert hatten, erwähnte er nicht.

Ich fragte ihn, warum er das nicht eher gesagt hatte. Ich wäre gerne mitgefahren, weil ich von Nitas Worten nur einen Satz mit Sicherheit verstanden hatte. Jürgen meinte, da könne ich froh sein, alles andere sei nur Unsinn. Seine Miene war wie ein Stacheldrahtzaun, hinter dem sich Eisberge türmen.

Ein Tontechniker hatte sich viel Mühe gegeben, die Stimme aus dem Chaos herauszufiltern. Für Jürgen gab es nicht den geringsten Zweifel, weder bei der Stimme noch beim Weinen in der Nacht zum Montag. Wenn Anne sich ihrer Sache beim ersten Anruf nicht hundertprozentig sicher war, Jürgen war es und damit basta!

Nita hatte dreimal bei uns angerufen! Beim letzten Mal hatte sie fast unseren armen Vater, Schwiegervater und Großvater auf den Friedhof gebracht. Und wenn Jürgen das verdammte Kolter-Weib jemals in seine Finger bekam, er wollte ihr das verkorkste Hirn aus dem Schädel reißen. Punkt und Schluss.

Anne weinte ein paar Tränen und spekulierte, welche Veranlassung Nita gehabt haben könnte, sich bei uns zu melden. Es musste einen besonderen Grund gegeben haben, sonst hätte sie uns niemals angerufen. Vielleicht hatte der Fremde im Bus nicht nur Menke auf dem Gewissen, vielleicht hatte er auch Rena getötet, weil sie sich wehrte. Und Nita hatte gesehen, wie Rena starb. Nun bereute sie, Rena mitgenommen zu haben, und wollte sich bei uns entschuldigen. Das erklärte für Anne den letzten, jedoch nicht die ersten beiden Anrufe. Da war doch noch gar nichts passiert!

Jürgen verbot Anne den Mund. Dem Nächsten, der in seiner Gegenwart den Namen Nita aussprach, wollte er die Zähne einschlagen.

Ich sah Rena nicht tot. Ich sah nur tote Bilder. Rena auf einer schmutzigen Matratze, über ihr ein stinkendes, schwitzendes, fettes Bündel Mann. Und Nita sagte: «Pferdchen wollte das nicht tun.»

Ich sah sie im Krankenbett mit diesem komplizierten Bruch, wie sie ihr Gesicht von mir wegdrehte. «Ist doch mein Fuß.»

Mein Fuß, mein Leben! Ich habe mich durch eigene Blödheit in diese Lage gebracht, Mutti, ich trage die Konsequenzen allein. Ich stehe es durch bis zum bitteren Ende. Was soll ich dich um Hilfe bitten, Mutti? Du hörst mich doch nicht, wenn ich rufe. Du hast mich doch gar nicht gewollt.

Das war das Schlimmste. Oder nicht. Ich weiß nicht, was das Schlimmste war. Heute dies und morgen das und übermorgen jenes. Und jeden Tag warten!

Vater ging es besser. Er saß aufrecht im Bett, als wir ihn am Sonntag besuchten. Er lächelte uns entgegen, und es war nicht mehr so schief. Seine rechte Hand lag wie ein totes Tier auf dem Laken. Die Linke zu beherrschen schien ihm viel Mühe zu bereiten. Eine Tasse konnte er nicht halten. Mutter ließ ihn trinken. Zwei, drei Worte – ein Schluck Tee.

Er konnte tatsächlich reden. Seine Sprache klang verwaschen wie die eines Volltrunkenen. Mir gelang es nicht, mich darauf zu konzentrieren und den wenigen Worten zwischen den Teeschlucken einen Sinn abzugewinnen. Aber ich hatte auch zu viel anderes im Kopf.

Ich saß da, schaute ihn an, lächelte, wenn sein besorgter Blick mich traf. Und manchmal glaubte ich, der graue Kleinbus müsse durch mein Lächeln brechen und ihm in den Schoß fallen. Und mit dem Bus ein toter André Menke, eine im Drogenrausch handlungsunfähige Nita und Rena, ein hübsches, junges, unschuldiges Mädchen, an dem jeder Freier seine helle Freude hätte.

Vater sprach von Klinkhammer, so viel bekam ich mit. Klinkhammer war am Freitag im Krankenhaus gewesen, mit drei Bändern. Einmal der komplette Mitschnitt aus Frankfurt, einmal nur die Stimme, einmal der Hintergrund.

Vater war verärgert und Mutter besorgt, dass er sich erneut aufregte. Plötzlich sprachen sie beide gleichzeitig und gerieten beinahe in Streit über das, was sie an dem Montag durch das Telefon gehört hatten. Mutter bestand auf der feinen Gesellschaft, dem dezenten Gemurmel und dem Ruf im Hintergrund. Vater beharrte auf völliger Stille und einem markanten Schlag.

«Westminster», sagte er energisch und versprühte Teetröpfchen über das Laken und seine nutzlose Hand. Die Linke unterstrich die Worte mit heftigen Bewegungen. Mutter hielt ihm die Tasse an die Lippen, er winkte unwillig ab und sagte: «Drei Minuten vor!»

«Ich weiß», sagte Jürgen. Er klang mit einem Mal müde und niedergeschlagen, tätschelte Vaters Hand und warf mir einen raschen, undefinierbaren Blick zu. «Klinkhammer hat's mir gestern gesagt. Aber du musst dich geirrt haben, Vater. Westminster hat keinen Schlag. Es kann höchstens Big Ben gewesen sein. Warte mal, vielleicht kriege ich das hin.»

Jürgen gab ein paar Töne von sich, in denen ich eine bestimmte Melodie erkannte. Vater geriet völlig außer sich, die linke Hand gestikulierte wild, er schüttelte den Kopf, nickte gleichzeitig und stieß ein paar Silben hervor, die entweder nur oder Uhr oder beides heißen sollten.

Und plötzlich war das Bild nicht mehr tot. Ich sah und hörte den Montagmorgen in Frankfurt. Rena und Nita sind allein im Bus. Nita geht es schlecht, sie hat Entzugserscheinungen, braucht dringend einen Schuss. Rena tröstet und beruhigt sie, versucht zu helfen, so gut sie kann.

Menke kommt zurück. Zusammen mit einem Fremden. Der Fremde sieht die beiden Mädchen. Ohne weißen Puder und rote Augenringe mochte auch Nita hübsch sein. Sie bekommt ihre Prise und der Mann bekommt sie. Aber danach geht er nicht. Er will Rena.

Da fiel mir siedend heiß ein, dass sie zum Zeitpunkt des Überfalls wirklich nicht im Bus gewesen sein konnte. Sie musste ihn zusammen mit Menke verlassen haben, bevor der Fremde anfing, sich mit Nita zu vergnügen. Das war meine Prise, ein Tröpfchen LSD im grauen Chaos, mein Hoffnungsfunke. Es gab noch nichts, woran ich ihn festmachen konnte, aber ich war mir sicher.

Rena und Menke warten draußen! Rena hat Angst, sie könnte die Nächste sein. Menke sagt: «Ich schau mal nach, wie lange das noch dauert.» Er steigt in den Bus und Rena nutzt die Gelegenheit. Sie läuft davon! Zum Bahnhof! Aber Nita wusste das nicht. Nita sah nur, wie der Fremde über Menke herfiel und dass Rena nicht mehr da war. Und da dachte Nita …

Am Montag bestand Jürgen darauf, dass ich mit ihm in die Praxis fuhr. Er fand, es würde allmählich Zeit, dass wir zum normalen Alltag zurückkehrten. Sandra Erken könne sich nicht teilen zwischen Labor und der Assistenz am Stuhl und sei auf Dauer auch nicht bereit, zusätzlich nachmittags zu arbeiten.

Wir hatten eine kurze Nacht hinter uns, stundenlang geredet, gestritten und geflucht. Ich wollte wissen, was er am Samstag von Klinkhammer erfahren hatte, ob da noch mehr gewesen war als diese Bänder. Er wollte es mir nicht sagen. Ich wollte wissen, was Westminster und Big Ben bedeuteten, ob die Möglichkeit bestand, dass Rena in England war. Jürgen wollte mir eine Pille aufzwingen. Ich schlug sie ihm aus der Hand und schloss mich im Bad ein. Er trommelte gegen die Tür, brüllte: «Komm raus, Vera. Mach keinen Blödsinn. Was tust du da? Jetzt mach die Tür auf, verdammt, oder ich trete sie ein.» Er brüllte so lange, bis Anne erschien und sich ängstlich erkundigte, was los sei.

Jürgen sagte: «Jetzt ist sie völlig durchgedreht. Sie will nach London. Sprich du mit ihr. Ich weiß nicht, was ich noch sagen soll.»

Das wusste Anne auch nicht. So standen sie vor der Tür und unterhielten sich im Flüsterton über das, was ich möglicherweise aufgeschnappt und natürlich wieder in den falschen Hals bekommen hatte. Über den Wahnsinn, der einem abverlangt wird, den Mund halten zu müssen, während die Leute, die diesen Befehl erteilen, das Maul zu weit aufreißen.

Ich verstand nicht alles. Und aus dem bisschen ließ sich nicht erkennen, über wen sie sprachen. Nach einer halben Stunde schickte

Jürgen Anne zurück ins Bett. Ich wickelte mich in seinen und meinen Bademantel und weinte mich auf dem Wannenvorleger in den Schlaf.

Kurz nach sechs klopfte Jürgen wieder an die Tür, dezent diesmal, er brüllte auch nicht. «Mach auf, Vera. Lass mich rein, ich muss mal aufs Klo.» Zwei Stunden später saßen wir im Auto.

Wie an den Vormittagen üblich, nahmen wir den BMW. Um halb neun waren wir in der Praxis. Im Wartezimmer saßen zwei Frauen, Jasmin füllte hinter der Anmeldung irgendein Formular aus, Sandra Erken war im Labor mit einer Urinprobe beschäftigt. Jürgen schickte mich, ihr auf die Finger zu schauen, was völlig überflüssig war. Er ging ins Sprechzimmer.

Es gab im Labor nichts zu sehen. Sandra verstand ihre Arbeit besser als ich. Positiv! Sie las das Ergebnis vom Test ab und sagte: «Das gibt bestimmt Ärger. Letztes Jahr hat sich der Mann von der Jankowik sterilisieren lassen. Und jetzt ist sie schwanger. Jede Wette, sie will's weggemacht haben.»

Freda Jankowik ging mich nichts an, ihr sterilisierter Mann ebenso wenig. Aber es war zu viel, zu persönlich. Ich schaffte es mit steifem Gesicht bis ins Sprechzimmer. Jürgen saß nicht hinter seinem Schreibtisch. Er stand davor, mit dem Rücken zur Tür, sodass er mich nicht sofort bemerkte.

Er telefonierte und sagte gerade: «Sie haben Nerven, Mann! Und warum verzögert sich das? – Ja, natürlich werde ich dafür sorgen, was bleibt mir denn anderes?»

Er zuckte zusammen und fuhr zu mir herum, als ich sagte: «Du wirst ihr keinen Freibrief ausstellen.»

«Was?»

«Freda Jankowik ist schwanger. Du wirst nicht zulassen, dass sie abtreibt.»

«Sag mal, spinnst du?» Jürgen schüttelte unwillig den Kopf und sagte ins Telefon: «Entschuldigung, meine Frau ist gerade hereingekommen. – Ja, ich werde es ausrichten.» Er legte auf und sagte:

«Einen schönen Gruß von Klinkhammer. Du sollst dir nicht so viele Gedanken machen.»

Meine Gedanken, fand ich, gingen Klinkhammer nichts an. «Lass mich mit ihr reden, wenn sie es nicht will.»

Jürgen nickte. «Ja, schon gut. Bist du jetzt so nett und übernimmst die Anmeldung? Schick Jasmin herein, sie soll mir helfen.»

«Nein! Das mache ich. Ich habe es immer gemacht, ich werde es auch jetzt tun.»

«Irrtum», widersprach er ruhig. «Du gehst jetzt hinaus, Vera, und setzt dich da draußen hin. Und wenn das Telefon klingelt, hebst du ab, und wenn jemand kommt, legst du die Unterlagen bereit. Du wirst auf keinen Fall daneben stehen, wenn ich Freda Jankowik untersuche. Und du wirst ihr auf gar keinen Fall von einem Kind erzählen, das du nicht wolltest, das du trotzdem bekommen hast. Das dich jetzt um den Verstand bringt. Nun geh schon.»

Er drückte auf den Knopf der Rufanlage und sagte mit seiner freundlich neutralen Arztstimme: «Frau Jankowik.»

Dann schob er mich mit den Augen zur Tür. Und obwohl Freda Jankowik die Tür hinter sich schloss, schob er mich weiter bis hinter den Tresen der Anmeldung. Dann saß ich da und dachte: Big Ben, das ist London! Rena war immer ein kleines Biest auf ihre Art. Was sie erfahren wollte, konnte niemand vor ihr verbergen. Irgendwie hat sie es herausgefunden. Dass Nita und Menke zur gleichen Zeit abhauen wollten, kam ihr sehr gelegen. Sie hat die beiden gebeten, sie bis zum Bahnhof mitzunehmen. Dann hat sie beim Aussteigen die Tüte mit der schmutzigen Kleidung im Bus vergessen. Und das Fahrrad brauchte sie nicht mehr. So könnte es gewesen sein. Mit fünfhundert Mark und dem Pass im Brustbeutel. Was kostet eine Fahrkarte von Köln nach Hamburg? Was kostet ein Flugticket von Hamburg nach London? Unsinn, Vera, denk logisch und auf kurzen Wegen. Von Köln–Bonn nach London.

Kurz nach elf rief Jürgen mich ins Sprechzimmer. Sandra Erken kam mir mit betretener Miene entgegen und flüsterte im Vorbeigehen: «Es tut mir Leid, Frau Zardiss, wenn ich geahnt hätte ...»

Jürgen hatte ihr am Donnerstag einen Scheck gegeben, um die Überstunden abzugelten. Sie war am Freitag zur Bank gegangen. Die Bank hatte den Scheck nicht eingelöst. Es war ihr sehr peinlich, dass Jürgen in ihrem Beisein telefoniert hatte, weil er sich das nicht erklären konnte.

Er saß hinter seinem Schreibtisch wie das göttliche Strafgericht. Die Finger trommelten auf der Platte. Und kaum hatte ich die Tür hinter mir geschlossen, donnerte die Faust herunter. «Hast du völlig den Verstand verloren?» Man musste ihn bis auf die Straße hören. «Wo ist das Geld? Was hast du damit gemacht?»

Nur den Tank gefüllt. Der Rest wartete in meiner Handtasche darauf, dem zuverlässigen Mann in die Finger gedrückt zu werden. Ich konnte mich doch nicht teilen. Frankfurt, das hätte ich bewältigt und Gretchen bewiesen, dass ich es länger als zwei Tage durchstand, im Dreck zu wühlen. Aber London und Frankfurt ... Da wollte ich einen Mann mit eisernen Nerven in die Gosse schicken und selbst die Gegend um Big Ben absuchen.

Jürgen nahm mir das Geld weg. Als wir mittags heimfuhren, sagte ich: «Glaub nicht, dass du mich auf die Weise daran hinderst, etwas zu unternehmen. Ich habe lange genug gewartet und zugeschaut, wie die Polizei uns für dumm verkauft. Ich fahre morgen nach Frankfurt. Ich muss nicht in der Gosse anfangen. Ich werde es zuerst im Zoo versuchen.»

Jürgen konnte mir nicht folgen und ich ihm nicht. Seine Wege liefen geradeaus. Jedes Hindernis wurde frontal genommen; manchmal holte er sich blutige Knie, aber er ließ sich nicht die Seele zerkratzen. Er fragte, ob ich Hühnerragout mit Reis oder Kassler mit Sauerkraut zu Mittag essen wollte. Anne war noch nicht daheim. Es nieselte leicht.

«Du bist wie meine Mutter», sagte ich. «Was dir nicht in den Kram passt, wird einfach beiseite geschoben. Solange Kinder keine

Probleme machen, ist es nett, welche zu haben. Aber wehe, es tanzt mal eins aus der Reihe, dann ist die Tür zu. Von wem hast du diese Einstellung, von Gretchen oder von deinem Vater?»

Er antwortete nicht, riss die erste Packung auf und schob eine Schale in die Mikrowelle.

«Ich will das Geld wiederhaben! Das heißt nicht, dass ich alles ausgebe. Ich will es nur haben, damit ich jemanden engagieren kann, wenn ich allein nicht weiterkomme. Wenn du es mir nicht zurückgibst, gehe ich morgen zur Bank, und dann hole ich mir zwanzigtausend.»

«Keine müde Mark, Vera. Sie werden keinen Scheck mehr einlösen, den du ausgestellt hast. Es tut mir Leid, aber ich kann nicht zulassen, dass du mich in Schwierigkeiten bringst.»

«Wer ist hier in Schwierigkeiten? Du sitzt doch warm und gemütlich. Du musst nicht befürchten, dass dir irgendein Dreckskerl zwischen die Beine greift.»

«Du auch nicht», sagte er, hielt den Blick auf die Mikrowelle gerichtet. «Und du musst es auch nicht für Rena befürchten.» Er atmete tief durch. «Vera, sie ist nicht in Frankfurt, sie ist auch nicht in London. Ich hätte dir das am Samstag schon sagen sollen. Aber ich dachte ... Ach, Scheiße! Es ist doch alles egal! Sie ist nicht eingestiegen, Vera. Sie ist – irgendwo hier in der Nähe, meint Klinkhammer.»

Wenn er nur nicht so ruhig gewesen wäre oder so kalt.

«Hier in der Nähe?», schrie ich. «Für wie blöd hältst du mich eigentlich? Was versuchst du mir einzureden? Dich hat doch nie interessiert, was aus ihr wurde. Sie hat um deine Anerkennung gebettelt und du hast sie geflissentlich übersehen. Sie war ja nur unser Problemkind. Es hätte ein paar Mark gekostet, ihr die Nachhilfestunden zu gönnen. Sie hätte sie dringend gebraucht und sie wollte sie. Und es wäre – verdammt nochmal – auch nicht so teuer geworden, dass du dir den BMW hättest verkneifen müssen. Ich will das Geld. Gib mir das Geld zurück.»

«Vera!» Es war ein ganz neuer Ton. Danach herrschte sekundenlang Stille. Er versuchte meinen Blick einzufangen. Ich schaute zum Küchenfenster hinaus. «Ich warne dich, Vera. Reiß dich zusammen. Wenn du so weitermachst, frage ich die Jankowik beim nächsten Termin, ob sie mir ihren Anwalt empfehlen kann.»

Anne kam über den Hof geradelt, fuhr in die Scheune, kam Sekunden später wieder zum Vorschein. Sie warf einen Blick zum verhangenen Himmel hinauf, rümpfte die Nase, setzte sich in Bewegung.

«Du?», fragte ich. «Zum Anwalt? Das glaube ich erst, wenn ich es schriftlich bekomme. Aber von mir aus gerne. Lass uns doch kurz durchrechnen, wie wir am Ende dastehen. Der Hof gehört meinem Vater, der BMW gehört der Bank. Der Fiesta gehört mir. Bleibt für dich die Praxis. Wenn ich weiter für dich arbeiten soll, über mein Gehalt werden wir uns sicher einig. Ich will nicht kleinlich sein. Ich kriege zwanzigtausend für die beiden Jahre. Du hast mehr als das Dreifache von der Steuer abgesetzt, das weiß ich. Und du willst doch sicher keine Schwierigkeiten mit dem Finanzamt.»

Jürgen schürzte die Lippen und nickte bedächtig. Die Haustür ging auf und verhinderte, dass er mir antwortete. Schon in der Diele sprudelte Anne los.

«Gut, dass ihr da seid. Papa, du musst mir einen Gefallen tun. Neulich habe ich Udo von Wirth in der Stadt getroffen. Es ist schon über eine Woche her. Das war der Freitag, wo es so geregnet hat. Ich habe es Mutti erzählt. Er fragte, ob er mich mitnehmen kann. Ich habe mir nichts dabei gedacht und bin eingestiegen. Aber ich glaube, das war ein Fehler. Seitdem ...»

Mitten in der Küche versiegte der Wasserfall. Anne stutzte, ließ den Blick von seinem zu meinem Gesicht wandern. «Was ist los? Ihr seht so komisch aus.»

Jürgen grinste unfroh. «Das kommt vom komischen Leben. Es war doch eine lustige Nacht.» Etwas ruhiger fügte er hinzu: «Ich denke, Udo hat sein Auto zu Schrott gefahren.»

Anne zögerte kurz, ehe sie erklärte: «Er fährt im Moment das von seinem Schwager. Einen blauen Kombi. Er meinte, es sei Platz genug für mein Rad und sein Schwager hätte bestimmt nichts dagegen.»

Jürgen grinste weiter. «Das kann ich mir auch nicht vorstellen. Kuhlmann ist ein großzügiger Mensch. Vielleicht leiht er mir seinen Wagen später auch mal.»

Anne wusste mit dieser Bemerkung nichts anzufangen, stellte fest: «Du nimmst mich nicht ernst», und beteuerte eilig: «Für mich wird das zum Problem, Papa. Mir tut es Leid, dass ich an dem Freitag mit ihm gefahren bin. Für ihn heißt das wahrscheinlich schon, dass wir jetzt dicke Freunde sind. Aber was meinst du, was Patrick mir erzählt, wenn ich mich ständig von einem anderen heimfahren lasse?»

«Um ehrlich zu sein», sagte Jürgen, «interessiert es mich im Moment herzlich wenig, was Patrick dir erzählen könnte. Meinst du nicht, wir hätten andere Dinge, über die wir uns den Kopf zerbrechen sollten?»

Anne warf mir einen unsicheren Blick zu, doch so schnell gab sie nicht auf. «Das weiß ich. Und ich würde dich nicht damit belästigen, wenn ich allein damit klarkäme. Aber Udo lässt mich nicht in Ruhe. Er war heute nicht zum zweiten Mal an der Schule. Und dass es an dem Freitag ein Zufall war, glaube ich auch nicht mehr. Ich meine, wenn er aus dem Krankenhaus kam, wie er mir erzählt hat, wäre er gar nicht an der Schule vorbeigekommen. Er tut mir Leid, ehrlich, Papa. Ich verstehe, dass er jemanden sucht, mit dem er reden kann. Aber ich bin nicht Rena. Und ich will mit ihm nicht über sie sprechen. Auch nicht über seine Schwester oder seinen Schwager. Wenn du ihm sagst, er soll mich in Ruhe lassen, wird er es tun. Ich habe es versucht, aber er lässt einfach nicht locker. Er ist eben eine ganze Weile vor mir hergefahren, hat immer wieder angehalten. Ich musste jedes Mal vom Rad steigen. Einmal bin ich fast gestürzt.»

«Jetzt mach doch kein Drama draus», fuhr Jürgen sie an. «Udo hat es nur gut gemeint. Vielleicht denkst du bei Gelegenheit einmal darüber nach, wie ihm zumute ist. Im Dorf hört er an jeder Ecke, dass Rena zu ihm wollte. Wie oft mag der arme Kerl sich wohl schon ausgemalt haben, wie wir jetzt hier säßen, wenn er daheim gewesen wäre?»

Bevor Anne dazu kam, ihm zu antworten, stürmte Jürgen in die Diele und polterte die Treppe hinauf. Oben knallte eine Tür. Anne starrte ihm betroffen nach, blies die Backen auf, ließ die Luft langsam entweichen und erkundigte sich zögernd: «Habt ihr – etwas Neues von der Polizei gehört?»

Ich schüttelte nur den Kopf. Dass Udo von Wirth sich bereits ausgemalt hatte, wie wir jetzt säßen, konnte ich mir nur schwer vorstellen. Es dürften Jürgens Gedanken gewesen sein. Sie in dieser Weise auszusprechen machte deutlich, wie ihm zumute war.

Anne entdeckte das Hühnerragout. Ihre Stimme klang noch belegt und unsicher. «Hast du das für dich rausgenommen?»

Ich schüttelte noch einmal den Kopf.

«Kann ich es haben?»

Das Menü in der Packung war kalorienvermindert.

«Von mir aus», sagte ich.

Niemand hatte darauf geachtet, dass die Mikrowelle längst abgeschaltet hatte. Anne öffnete sie, nahm die Schale mit Kassler und Sauerkraut heraus, schob ihr Ragout hinein und studierte übereifrig die Angaben auf der Packung.

Sie hatte sich noch nicht die Zeit genommen, ihre Jacke und die Schuhe auszuziehen. Und über der Jacke trug sie ihr Regencape! Diesen neongelben Nylonumhang mit Kapuze, der sich zu einem winzigen Päckchen zusammenfalten ließ und problemlos in der Schultasche unterzubringen war.

Ich vergaß Jürgens Gedanken und den einen Moment, wo ich geglaubt hatte zu ahnen, dass er sich ebenso mies und elend fühlte wie ich, dass er sich nur bemühte, unser Leben zusammenzuhalten. Mein Herz schwoll auf die dreifache Größe an. Ich hatte den Anker gefunden, an den ich meine Hoffnung ketten konnte.

Renas Cape! Es musste geregnet haben an dem Montagmorgen in Frankfurt, als Menke mit dem Fremden zum Bus kam. Rena hatte ihren Umhang getragen, als sie den Reitstall verließ. Aber die Polizei hatte ihn nicht im Bus gefunden. Und in der Tüte war er auch nicht gewesen.

Ich schnappte mir die Schale mit dem Sauerkraut und lief hinauf. Jürgen stand in unserem Schlafzimmer am Fenster, stand einfach nur da und schaute in den trüben Tag hinaus.

«Hier», sagte ich, «iss etwas.»

«Lass mich in Ruhe, Vera.»

«Du musst mir das Geld zurückgeben, bitte. Ich brauche es.»

Er schüttelte den Kopf. «Kommt nicht in Frage.»

«Jürgen, bitte. Wir müssen etwas unternehmen.»

Endlich drehte er sich zu mir um und lachte kurz auf. «Weißt du, wie oft ich mir in den letzten Tagen gewünscht habe, ich hätte dir damals den Gefallen getan? Eine schöne, saubere Abtreibung und ein friedliches Leben. Du hättest mich verlassen, das weiß ich. Aber wir könnten heute die dicksten Freunde sein. Und wir wären beide stolz auf Anne.»

Ich konnte ihn nur anstarren.

Er verzog das Gesicht, als wolle er grinsen: «Und weißt du, was ich mir im Moment wünsche? Wir hätten sie auf dem Feldweg gefunden. Von mir aus abgeschlachtet wie die Stute. Im ersten Moment wären wir beide verrückt geworden. Du wärst neben der Leiche zusammengebrochen. Du hättest bis zur Beerdigung mit Heulkrämpfen im Bett gelegen. Du hättest danach ein paar Wochen gebraucht, um wieder auf die Beine zu kommen. Aber das hätten wir überstanden. Das hier, Vera, das überstehen wir nicht.»

8. Kapitel

Es gibt Minuten, die ich gern aus der Zeit radieren möchte. Die Minuten mit Jürgen im Schlafzimmer gehören dazu. Ich wusste, dass er nicht wirklich meinte, was er sagte. Dass er nur zum Ausdruck bringen wollte, wie sehr die Ungewissheit ihn belastete. Dieses Hin und Her, Auf und Ab, heute so und morgen schon wieder ganz anders.

Klinkhammer und Olgert haben ihm eine Menge zugemutet, viel mehr als mir. Ich war für sie die unberechenbare Person, eine Frau, die zu übereiltem, konfusem und destruktivem Handeln neigt. Dabei hatte ich bis dahin nichts Übereiltes oder Destruktives getan.

Gut, ich war zu Hennessen marschiert. Aber man hatte Verständnis dafür, dass eine Mutter die Nerven verlor. Ein Vater dagegen hatte Beherrschung zu zeigen. Man brauchte schließlich einen, dem man ohne Umschweife sagen konnte: «Wir haben neue Erkenntnisse! Wir vermuten sie in der Nähe.»

Eigentlich dürfte es mich nicht wundern, dass Jürgen irgendwann vor ihren neuen Erkenntnissen kapitulierte und sich die Lösung heraussuchte, die es ihm erlaubte, einen Schlussstrich zu ziehen. Es wundert mich auch nicht. Nicht wirklich, meine ich. Nach zwanzig Jahren kennt man die Grenzen eines Mannes. Man weiß die Signale zu deuten. «Bis hierher, Vera, und nicht weiter.»

Ich wusste, Jürgen hatte seine Grenze erreicht. Trotzdem hätte ich mit den Fäusten auf ihn losgehen mögen, als er von Feldweg und abgeschlachtet sprach. Aber ich warf nur die Schale nach ihm. Ich traf ihn auch. Er machte nicht den Versuch auszuweichen.

Die harte Plastikkante ritzte ihm eine winzige Kerbe in die Stirn. Das Kasslerstück hinterließ einen Fettfleck auf seinem Hemd und fiel zu Boden. Der Klecks Kartoffelpüree und das Sauerkraut verteilten sich in seinen dünnen Haaren und auf seinen Schultern. Es muss ausgesehen haben wie eine Slapstick-Einlage.

Aber niemand lachte. Es hörte sich zuerst nur so an. Ein paar glucksende Laute von der Galerie. Ich hatte nicht bemerkt, dass Anne mir gefolgt war. Erst als sie vorbeihuschte, registrierte ich sie. Die aufgerissenen Augen, die Faust, die sie sich vor den Mund presste, die zuckenden Schultern.

Jürgen dachte wohl auch, sie amüsiere sich. «Bravo», sagte er und klatschte lahm in die Hände. «Wenigstens einem Familienmitglied ist der Nachmittag gerettet.» Dann rief er in Richtung Tür: «Willst du nicht Papis Videokamera holen, Schätzchen, um diesen köstlichen Anblick für die Nachwelt aufzuzeichnen? Ich bin sicher, der liebe Patrick verzeiht dir drei Fahrten mit Udo, wenn du ihm vorführst, wie eine Notlage deine Eltern zusammenschweißt.»

Auf der Galerie blieb es still – fast –, nur die glucksenden Laute waren noch da. Jürgen kam langsam auf mich zu, ging an mir vorbei zur Tür und stutzte. Dann war er mit einem Satz aus meinem Blickfeld verschwunden. Ich hörte nur noch seine Stimme. Den warmen, sanften und erzwungen heiteren Ton.

«Aber, aber! Wir beide werden uns doch von ein bisschen Sauerkraut nicht aus der Fassung bringen lassen. Ich sag dir was: Wir beide gründen unseren eigenen Verein. Und wir nehmen nur Mitglieder auf, die ein ebenso dickes Fell haben wie wir und Nerven wie Drahtseile. Na komm, Weinen macht hässlich. Wo ist mein hübsches Mädchen? Schenk mir ein Lächeln, ich brauche eins. Du darfst mir auch beim Haarewaschen zusehen, wenn du einmal lächelst.»

Sie versuchte es tatsächlich. Ich sah es, als ich zur Treppe ging. Ich sah auch die Tränen, die ihr dabei über die Wangen liefen. Und ihre Finger, die sich abmühten, Sauerkrautfäden aus seinem Haar zu pflücken. Ich sah seine Arme, die sie festhielten, sein Gesicht an ihrer Schulter. Und im Hinterkopf sagte seine Stimme noch einmal: «Wenn du so weitermachst …»

Das überstehen wir nicht!

Ich weiß nicht, wie ich in die Scheune kam, ich war eben plötzlich drin. Und der Motor lief bereits. Ich hatte Annes Stimme noch im Ohr: «Papa, um Gottes willen, lass sie nicht wegfahren. Sie kann doch so nicht fahren.»

Und seine Antwort: «Wird schon gut gehen. Und wenn nicht, kann ich's auch nicht ändern.»

Dann war ich auf der Landstraße. Die erste Kurve, die zweite, die dritte, die vierte, es ging gut. Vorbei an der Stelle, an der Annegret Kuhlmann und ihre beiden Kinder gestorben waren. Ich hatte das dringende Bedürfnis, umzukehren und Vaters Scheck aus meinem Nachttisch zu holen. Ich hatte panische Angst, Jürgen könne ihn finden und an sich nehmen. Aber es war zu mühsam, auf der schmalen Straße zu wenden. Ich konnte nur fahren und denken: Klinkhammer vermutet sie in der Nähe.

Etwas später hielt ich auf einem Parkplatz neben einem Streifenwagen. Klinkhammer war nicht im Büro. Auch Olgert war unterwegs. Aber ich hatte Zeit. Zum ersten Mal machte es mich nicht verrückt, warten zu müssen. Ich stellte mir vor, wie Jürgen sich die Haare wusch und Anne ihm dabei zuschaute. Wie sie ihren eigenen Verein gründeten. Wie sie zufrieden waren – beide auf dieselbe Art.

Ich hatte immer gedacht, Anne sei mir ähnlich und Rena ihm. Nicht äußerlich, nur vom Wesen her. Äußerlich war es umgekehrt. Jetzt begriff ich, dass ich mich geirrt hatte. Auch Anne war aus seinem Holz geschnitzt. Wie sie da auf der Galerie standen; zwei Menschen, die ihren Intelligenzgrad kannten und die Grenzen ihrer Belastbarkeit. Die keine Nerven zeigten, wenn ihnen eine Prüfung bevorstand, bei der Wissen und Können gefragt waren. Aber wenn es um etwas anderes ging, schrien sie auf oder wehrten ab. Man mochte sie für oberflächlich und egoistisch halten, aber sie waren nicht gefühllos. Sie waren nur anders.

Irgendwann meldeten sich Klinkhammer und Olgert über Funk oder Autotelefon. Man richtete ihnen aus, dass ich in ihrem Büro saß. Eine Viertelstunde später saß Olgert mir gegenüber, ruhig und reserviert, mehr Dressman als Polizist in seinem knitterfreien Anzug, dem tadellosen Hemd und der dezenten Krawatte. Klinkhammer mit seiner Zottelmähne und den verräterischen Gesten wäre mir lieber gewesen, ihn hätte ich leichter durchschaut. Bei Olgert wusste ich nicht, was er dachte.

Dass ich ziemlich konfus war, entging ihm nicht. Ich wusste nicht, wie ich beginnen sollte, bekam Jürgens Stimme nicht aus dem Kopf. «Hier in der Nähe!» Es fehlte nicht viel und ich hätte vom Sauerkraut erzählt statt vom Regencape und dem Frankfurter Zoo. Irgendwie gelang es mir, einen Satz nach dem anderen zu formulieren und dabei nicht den Eindruck einer Geisteskranken zu wecken. Olgert fand meine Gedanken höchst interessant.

«Ich erinnere mich nicht, wann genau sie mit mir über eine Praktikumsstelle im Zoo gesprochen hat.»

«Am achtzehnten März», sagte er mit einem winzigen Lächeln. «Es war ein Freitag. Drei Tage später, Montag, ist sie mit Udo von Wirth in Köln gewesen. Sie hat keine Stelle bekommen und war sehr enttäuscht. Sie wollte sich dann bei einem Gestüt um einen Ausbildungsplatz bewerben, weil sie meinte, die Schule würde sie doch nicht zu Ende schaffen und Pferdepflegerin sei das Optimale. Ob sie es getan hat, weiß ich leider nicht.»

«Ich auch nicht.»

Er nickte wieder. «Die wenigsten Eltern wissen, was ihre Kinder sich vornehmen. Und wenn es ein Fehlschlag wird, erfahren sie auch nichts davon.»

Ob er mich damit trösten wollte, weiß ich nicht. Er sprach weiter. «Aber was hier nicht funktioniert hat, kann ja in Frankfurt gelungen sein. Der Zoo ist jedenfalls eine Überlegung wert. Vielleicht gibt's da auch das eine oder andere Gestüt in der Nähe. Wir werden der Sache nachgehen. Und wenn Ihnen sonst noch etwas einfällt, Frau Zardiss ...» Der letzte Satz ließ keinen Zweifel; er wollte mich loswerden.

«Was ist mit London? Mein Vater meint ...»

«Das läuft bereits. Scotland Yard ist verständigt.»

Die Worte blieben mir fast in der Kehle stecken. Es wunderte mich, dass ich sie über die Lippen brachte, und das auch noch mit einem leicht amüsierten Unterton. «Das ist aber sehr viel Aufwand, wo Sie meine Tochter doch hier in der Nähe vermuten.»

Olgert lächelte sanft und keineswegs schuldbewusst. «Wir gehen jedem Hinweis nach. Und was Ihr Vater am Telefon gehört haben will ...» Ein leiser Seufzer fraß den Rest des Satzes. «Es gibt zwar viele Uhren mit diesem Schlag», erklärte er stattdessen. «Aber man sollte das Original nicht ausschließen.»

Noch ein Seufzer, bei dem das Lächeln verschwand. «Nur wurde der Hengst nicht nach London verkauft. Das erschwert die Sache ein wenig. In Großbritannien gibt es keine Meldepflicht, wie wir sie kennen.»

«Der Engländer hat einmal im Gasthof Schwinger übernachtet. Vielleicht hat er dort seine Adresse angegeben.»

Sein Lächeln erschien wieder. «Die haben wir schon. Wenn Ihre Tochter dort auftaucht, werden wir sofort informiert. Und Sie selbstverständlich auch.»

Selbstverständlich, dachte ich. Ich werde ja über alles informiert. «Ich würde mir gerne die Bänder anhören, die Sie meinem Mann und meinen Eltern vorgespielt haben.»

Er bedauerte außerordentlich. Die Aufzeichnungen standen ihm momentan nicht zur Verfügung. Und an den Satz «Pferdchen wollte das nicht tun» erinnerte er sich beim besten Willen nicht. Da musste ich etwas falsch verstanden haben.

Ich hatte es richtig verstanden, das war an seiner Nasenspitze abzulesen, auch wenn er sich große Mühe gab und viel Übung darin hatte, seine Gedanken hinter einem Pokerface zu verbergen. Er gab sich zu viel Mühe und machte sie damit deutlich. Und quer über die Stirn geschrieben stand ihm, dass ich keine ehrliche Antwort bekommen würde, egal, was ich fragte.

Es war sinnlos, noch länger bei ihm zu sitzen. Ich fragte nach Renas Fahrrad. Er stand auf und wollte mit mir hinausgehen. «Kann ich auch die restlichen Tagebücher mitnehmen? Oder brauchen Sie sie noch?»

«Ja», sagte er, und weil aus dem einen Wort nicht ersichtlich war, ob er den ersten oder den zweiten Teil meiner Frage beantwortete, fügte er nach ein paar Sekunden hinzu: «Wir brauchen sie noch.»

«Wozu?»

«Sie enthalten ein paar interessante Hinweise.»

«Worauf?»

Er zögerte, begann vage: «Das ist nicht so einfach zu erklären. Sehen Sie», ein erneutes Lächeln nahm dem Seitenhieb etwas von seiner Schärfe, «niemand hat es gerne, wenn er mit einer vorgefassten Meinung von oben irgendwohin kommandiert wird. Ich will offen sein, Frau Zardiss. Ich hatte auch eine vorgefasste Meinung und fand sie anfangs bestätigt. Nun bin ich mir nicht mehr so sicher. Inzwischen glaube ich, Ihre Tochter recht gut zu kennen. Ich bilde mir jedenfalls ein, dass ich mir ein Urteil erlauben kann.»

Sein Lächeln verschwand so plötzlich, als hätte ihn jemand vors Schienbein getreten. Mit einem Schlag schien ihm bewusst zu werden, welche Schlüsse ich aus seinen Worten ziehen könnte. Und es war ihm verboten worden, mir Material für Schlussfolgerungen zu liefern.

Olgert bemühte sich, die Scharte auszuwetzen und so zu tun, als dienten ihm Renas Tagebücher nur als Charakterstudie. Minutenlang sprach er über tatsächliche Begebenheiten und die Vorstellungswelt eines relativ unkomplizierten jungen Mädchens. Das den einen Tag davon träumte, dem heiß geliebten Mattho den Lorbeerkranz um den Hals zu legen und selbst den Siegespokal in Empfang zu nehmen.

Am zweiten Tag schwärmte das Mädchen vom eigenen Reitstall, am dritten von einem Job als Pferdepflegerin, am vierten begnügte es sich mit den Seehunden im Zoo. Am fünften verstieg es sich zu der unsinnigen Hoffnung, eine Drei in Mathe zu schaffen und vielleicht doch noch in Großvaters Fußstapfen treten und Jura studieren zu können! Und all denen, die Pferden etwas Böses taten, als strenge Richterin auf die Finger zu klopfen. Und nach einem aufreibenden Tag bei Gericht am Abend ein kleiner Ausritt mit einem eigenen Liebling, dem niemand mit einem Knüppel vor die Beine schlug, damit er höher sprang.

Und zwischen den Träumen verstreut kurze Notizen über die Realität. Über die dicke Luft zwischen Hennes und Udo:

Ich verstehe das nicht. Sie haben sich immer so prima verstanden. Udo hat mal gesagt, mit Hennes kann er besser reden als mit seinem Vater. Und jetzt reden sie überhaupt nicht mehr miteinander. Seit drei Tagen kein Wort.

Am Donnerstag haben sie sich gestritten. Hennes hatte nur gefragt, ob Udo eine halbe Stunde länger bleiben kann, da ist er ausgerastet. Er muss noch zu seiner Schwester. Er muss da unbedingt etwas machen, das hat er Annegret schon vor Wochen versprochen, und nie kommt er dazu, weil Hennes ihn festhält.

Das hätte er ihm auch in einem anständigen Ton sagen können. Warum kommt er überhaupt noch, wenn er sich von Hennes ausgenutzt fühlt?

Ich hatte mir vorgenommen, heute mit Udo zu sprechen. Aber Armin meinte, ich solle ihn lieber in Ruhe lassen, weil er sich im Moment selbst nicht leiden kann. Das ist mal ein wahres Wort. Besser hätte ich das auch nicht ausdrücken können.

Über die Furcht vor dem erneuten Ausbruch seiner Krankheit, die Horst auf dem Rücken des Apfelschimmels zu bekämpfen suchte:

Manchmal tut er mir so Leid. Er will nicht, dass wir es merken. Aber da müsste man blind sein. Das ist doch auch nichts, wofür er sich schämen muss. Er hat so gelitten damals, da ist es doch normal, dass er Angst hat, er müsse das alles nochmal durchmachen. Katrin hat über Knochenmarkspende gelesen und meint, wir könnten uns doch alle testen lassen. Sollten wir wirklich tun, um ihm zu zeigen, dass er sich auf uns verlassen kann.

Über die gestohlene halbe Stunde mit Armin auf der hinteren Koppel. Keine heimlichen Küsse getauscht, nur ein paar Mathematikformeln erklärt. Über die zarten Annäherungsversuche von Horst, eine Einladung ins Kino oder in die Eisdiele. Über die Unmöglichkeit einer Ablehnung, die Horst nicht verletzte. Über die Mitschülerin, die in Bio ihr Heft unter der Bank durchreichte und Rena abschreiben ließ. Über die Verabredung für einen Nachmittag, an dem sie mit Armin, Tanja und Ilona nach Köln fuhr, statt die Zeit im Stall zu verbringen. Hennes war einverstanden und fand es toll. Katrin hatte Angst vor der eigenen Courage bekommen und Udo keine Zeit oder Lust, sie zu begleiten. Aber sie setzten den hehren Vorsatz in die Tat um, ließen sich in irgendeinem Sowieso-Mobil, von dem Armin im Fernsehen gehört hatte, dass es zur Zeit in Köln Blutspenden sammelte, ein bisschen abzapfen. Und stolz waren sie, alle vier, auf ihren Heldenmut.

Vielleicht besaß auch Olgert so etwas wie Heldenmut oder Stolz. Vielleicht gefiel es ihm nicht, Befehle entgegenzunehmen, von deren Nützlichkeit er nicht überzeugt war. Es kann auch Mitleid gewesen sein oder der Glaube, dass sie in wenigen Stunden ohnehin ihre Karten auf den Tisch legen müssten. Nach der weitschweifigen und nichtssagenden Erörterung einiger Tagebuchpassagen wurde er sachlich und umriss den Kernpunkt in ein paar knappen Sätzen.

Es gab in den drei Tagebüchern, die er zurückbehalten hatte, zahlreiche Hinweise auf Nitas Fluchtpläne, die wichtigsten waren auf Englisch abgefasst. Olgert vermutete, dass Rena befürchtet hatte, wir könnten in ihren Aufzeichnungen schnüffeln. Nicht ich wohlgemerkt, aber Mutter hätte nachschauen können, und Englisch beherrschte sie nicht.

Für Olgert stand fest, dass Rena sogar Nitas Gründe gekannt, allerdings nicht das gesamte Vorhaben gebilligt hatte. Da gab es Sätze wie: «Sie tut mir so furchtbar Leid, ich würde ihr gerne helfen. Ich finde es einerseits toll, was sie vorhat, aber es ist auch sehr gemein.»

Fein säuberlich hatte sie notiert, dass Nita sie in den letzten Wochen vor ihrem Verschwinden beinahe täglich gebeten hatte, mitzukommen. Rena hatte jedes Mal abgelehnt.

Und Olgert sagte: «Sie wäre auf keinen Fall freiwillig in den Bus gestiegen.»

«Sie glauben, die beiden haben sie gegen ihren Willen mitgeschleppt?»

Er ließ ein paar Sekunden verstreichen, ehe er den Kopf schüttelte. «Nein. In diesem Fall hätte Menke sie mitsamt ihrem Rad im Bus verfrachtet. Es ist eine Kleinigkeit für einen kräftigen jungen Mann, sich ein so zierliches Persönchen unter den Arm zu klemmen.»

«Aber nicht, wenn ein Auto vorbeifährt.»

Er zuckte mit den Schultern. «Ach, das ist in der heutigen Zeit kein Risiko mehr. Und dann bei dem Wetter, da hält niemand an, um zu fragen, was los ist. Aber es war keine Gewalt im Spiel. Ich könnte mir allerdings vorstellen, dass Nita mit einem üblen Trick versuchte, Ihre Tochter zum Einsteigen zu bewegen.»

Er machte eine winzige Pause, ehe er weitersprach. «Renas Rad stand im Stall, vorne beim Tor. Wir wissen, dass Nita um sechs Uhr im Stall war. Sie könnte bei dieser Gelegenheit die Ventile an beiden Reifen geöffnet und die Luftpumpe mitgenommen haben. Es war doch eine Luftpumpe am Rad?»

Welch weltbewegende Frage! Sie erinnerte mich an eine Episode mit Jürgen in der Praxis. Eine Schwangere, eine von den werdenden Müttern, die im dritten Monat schon Umstandskleider tragen und die Wiege herrichten, die neben dem Ultraschallgerät in Rührung zerfließen, jeden Schatten, jede Bewegung erklärt haben wollen. Ist das ein Händchen? Ist das der Kopf? Wo ist das Herz? Ich fand es nicht. Es gab auch keinen Ton, nur den nervösen Herzschlag der Mutter, ein paar Darmgeräusche und das Glucksen und Rauschen des Fruchtwassers im Uterus.

Ich rief Jürgen dazu. Und ich sah seinem Gesicht an, dass mir kein Fehler unterlaufen war. Die Frau war ängstlich geworden. Jürgen beruhigte sie mit ein paar Worten und fragte: «Vertragen Sie das Eisenpräparat gut, das ich Ihnen beim letzten Mal verschrieben habe?»

Die Frau starrte ihn an und nickte mechanisch.

Ich nickte auch und fragte mich, was Olgert mir als Nächstes sagen wollte. Jürgen hatte damals mit einer umfassenden Erklärung über die Natur begonnen, die sich manchmal selbst half und auf ihre Weise verhinderte, dass etwas, was nicht lebensfähig war, überlebte.

Mir schlug das Herz in der Kehle. Olgert betrachtete mich nachdenklich. «Ich sage ausdrücklich: könnte, Frau Zardiss. Das heißt nicht, es war so. Die Luftpumpe kann auch am Bahnhof geklaut worden sein. Es passiert häufig in letzter Zeit, dass sich ein paar Idioten an den Fahrrädern vergreifen, die am Bahnhof stehen und nicht angekettet sind. Lassen die Luft raus und hängen sie an eine Laterne.»

«Laterne?» Mehr brachte ich nicht heraus.

Olgert nickte. «So haben die Kollegen das Rad gefunden, Frau Zardiss. Es kann völlig in Ordnung gewesen sein, als es abgestellt wurde. Ich halte es für durchaus möglich, dass Ihre Tochter die beiden nur bat, ihr das Rad heimzubringen, weil sie zu Udo von Wirth gehen und sich bei der überfluteten Straße nicht damit aufhalten wollte, das Rad zu schieben. Nita und Menke versprachen ihr das, aber sie erlaubten sich einen letzten Scherz und nahmen das Rad mit in die Stadt.»

«Und Rena nahmen sie nicht mit?»

Er schüttelte verhalten den Kopf. Und ich wusste nicht mehr, worauf er hinauswollte. Was um alles in der Welt versuchte er mir schonend beizubringen? Hier in der Nähe!

Nein, dachte ich. Nein! Nein! Nein! Wenn Nita sich etwas in den Kopf gesetzt hatte, hat sie es durchgeführt, auf Biegen oder Brechen. Nita akzeptierte kein Nein.

«Aber Sie haben doch einen Zeugen, der ...»

«Nichts von Bedeutung gesehen hat», unterbrach Olgert mich.

«Er hat immerhin gesehen, dass Menke meiner Tochter die Tüte wegnahm. Er hat gesehen, dass sie mit beiden Händen gegen die Fahrertür schlug, um ihre Sachen zurückzubekommen. Als das Auto vorbeifuhr, konnte Menke nichts tun. Aber als es weg war, könnte er die Tür noch einmal geöffnet und Rena in den Bus gezerrt haben.»

Noch einmal schüttelte Olgert den Kopf und zählte an den Fingern ab. Der Daumen für die Strohstückchen aus den Reifenprofilen, die sie im Bus gefunden hatten. Der Zeigefinger für den Kleiderbeutel. Der Mittelfinger für drei Blutgruppen. Für Rena gab es keinen Finger.

«Aber Tatsache ist», sagte ich, «die beiden haben vier Stunden beim Stall gewartet. Warum? Nur um zu sehen, dass Rena rauskommt und sich über zwei platte Reifen ärgert?»

«Frau Zardiss», sein Ton bekam etwas Belehrendes. «Ich habe Ihnen gerade erklärt, dass das Rad am Bahnhof beschädigt worden sein kann. Gewartet haben sie wahrscheinlich nur, um sich von Rena zu verabschieden.»

«Das ist doch lächerlich! Das konnten sie auf dem Schulhof tun. Sie müssen irgendetwas verabredet haben, sonst wären sie nicht zum Stall gekommen und hätten da vier Stunden herumgesessen. Haben Sie vergessen, was Nita zu Frau … Frau …» Mir fiel der Name nicht ein. «Zu Hennessens Schwester gesagt hat? Wie lange braucht so ein Biest zum Abkratzen?»

Ich spürte, dass ich zu eifrig wurde, um ihn und mich zu überzeugen. Meine Stimme überschlug sich fast, nur konnte ich sie nicht bremsen. «Wissen Sie, was ich glaube? Am Vormittag auf dem Schulhof hat Nita es geschafft. Rena gab endlich nach und sagte: ‹Gut, ich komme mit.› Natürlich hat sie das nicht mehr in ihr Tagebuch eingetragen. Sie hatte nicht die Zeit, wollte nur rasch etwas essen und sich von Mattho verabschieden. Sie hat nur diesen einen Satz geschrieben: Ich wünschte, ich könnte mit ihm gehen. Verstehen Sie? Mit *ihm* statt mit Nita. So war das gemeint.»

Sein Blick machte mich rasend, so viel Mitgefühl und Bedauern in den Augen.

«Aber dann trat Mattho die Fuchsstute in den Leib», fuhr ich fort. «Der Stute ging es schlecht. Und als Nita kam, um sie abzuholen, sagte Rena: ‹Tut mir Leid, ich kann doch nicht mitkommen.› Und Nita sagte: ‹Das wird ja nicht ewig dauern, bis das Biest abkratzt. Wir warten auf dich.› Diese Chaoten hätten nicht vier Stunden gewartet, um zu sehen, wie Rena sich über zwei platte Reifen ärgert. Und auch nicht, um sich von ihr zu verabschieden.»

Olgert seufzte. «Frau Zardiss, die beiden hatten zwei Wochen vorher damit begonnen, sich von ihren Freunden zu verabschieden. Bei Janet Abel waren sie dreimal, bei Wiltrud Heister nur einmal für zehn Minuten, bei Uwe Lengries fast täglich und zuletzt gute drei Stunden. Lengries war Menkes Freund.»

Er erzählte mir von den gravierenden Unterschieden im Beziehungsgeflecht solcher Cliquen. Zum Vergleich zog er Rena und ihre Reitstallkameraden heran. Es hatte jeder seinen Rang und Stellenwert.

Udo war der oft traurige und wortkarge große Bruder, dem man mit einem kameradschaftlichen Schulterklopfen so manches Lächeln abringen konnte. Armin war der Weise oder der Mentor, der mit seinem trockenen Humor und seinem unerschöpflichen Wissen über Urpferde die schweren Stunden leichter machte.

Horst war der arme Kerl, den man bedauerte, für den man sich Blut abzapfen ließ. Aber sich von ihm in die Eisdiele einladen lassen war unmöglich. Horst hätte sich Hoffnungen machen können, die Rena nicht erfüllen wollte.

Katrin war die Selbstbewusste, die ein Auge auf Armin geworfen hatte, der Katrins Gefühle allerdings nicht erwiderte. Ilona war die Distanzierte und Wachsame, die Rena erst erklären musste, dass hinter Horsts Verhalten mehr steckte als Kameradschaft. Und Tanja war das kleine Dummchen, das sich gerne mit blödsinnigen Behauptungen über angebliche Beobachtungen wie zum Beispiel dem Kuss zwischen Hennes und Udo wichtig machte.

In Nitas Gruppe war es so ähnlich. Da konnte man Uwe Lengries auf die gleiche Stufe stellen wie Armin. Von Uwe Lengries hatten sie eine Menge erfahren. Olgert bezeichnete ihn als einen recht vernünftigen jungen Mann, der sich nur aus einem Grund dem Häufchen um Nita angeschlossen hatte: um seinen Freund André am endgültigen Abrutschen zu hindern.

Olgert sprach über Nitas unheilvollen Einfluss auf Menke und die anderen. Nita sei immer die Triebfeder gewesen. Und Rena bis vor zwei Jahren nur eine geduldete Mitläuferin wie die kleine Tanja, über die man sich lustig machte hinter ihrem Rücken. Renas Ansehen stieg erst, als sie Nita nur noch den Rücken zeigte.

Was sie von da an für Nita gewesen war, wusste Olgert nicht, oder er wollte es mir nicht sagen. Er räumte ein, dass er für die vier Stunden selbst keine rechte Erklärung fand. Aber irgendwo blieb immer ein Mysterium. Was in Nitas Kopf vorgegangen war, konnte niemand erraten. Renas Gedanken dagegen lagen – im wahrsten Sinne des Wortes – wie ein offenes Buch vor ihm.

Ich war auf dem Heimweg – gezwungen langsam zu fahren mit dem Rad hinter mir und der offenen Heckklappe –, da hörte ich ihn immer noch sagen: «Wir müssen davon ausgehen, dass sie nicht eingestiegen ist, Frau Zardiss. Wenn die beiden sie nur zum Zug nach Hamburg gebracht haben, hätte sich jemand vom Zugpersonal oder ein Mitreisender an sie erinnern müssen. Und wenn sie sich drei Tage lang in diesem Bus aufgehalten hätte, wie Menke und die Kolter, hätten die Kollegen in Frankfurt eindeutige Beweise finden müssen. Sie haben eine Menge gefunden, Haare, Essensreste, benutzte Papiertücher und Kleidungsstücke, und jede Kleinigkeit lässt sich zuordnen.»

Und ich hörte mich schreien: «Und was wollen Sie dann im Frankfurter Zoo? Seehunde füttern? Ich werde Dr. Steinschneider anrufen. Ich lasse mich nicht länger hinhalten.»

Dann saß ich in der Scheune, auf dem kalten Boden, betastete den platten Vorderreifen, betrachtete den platten Hinterreifen und die leere Halterung für die Luftpumpe, pflückte winzige Strohstückchen aus den Profilen und wartete auf die Tränen. Wartete darauf, dass der Kreisel im Kopf ein Ende fand.

Sie sind an den Anfang zurückgekehrt, Vera! Das machen sie immer, wenn sie nicht weiterwissen.

Es gab keine Tränen. Der Kreisel drehte sich unaufhörlich die überfluteten Dorfstraßen hinauf, zeigte mir Feuerwehrwagen bei der Spar- und Darlehenskasse, Männer mit Schaufeln und Sandsäcken bei der unterspülten Mauer des Friedhofs. Und das Kopfschütteln des Brandmeisters.

Wenn wir wieder am Anfang waren, hatten wir einen Fehler gemacht. Wir hatten die Männer nach einem Mädchen mit einem Fahrrad gefragt.

Ich wollte nicht wieder am Anfang sein. Ich wollte das Dorf hinter mir lassen. Nach Frankfurt wollte ich, im Dreck wühlen, Nita Kolter finden. Und Rena natürlich, die bei ihr sein musste! Rena litt nicht unter Haarausfall. Rena hinterließ keine Essensreste. Rena ließ benutzte Papiertücher nicht herumliegen. Mal ein Sweatshirt auf dem Bett, aber mehr nicht. Und dann wollte ich sie beide zurückbringen. Wirklich beide!

Ich wollte Nita vor der Eigentumswohnung ihrer Mutter absetzen und zu Regina Kolter sagen: «Binde sie am Bett fest, stell ihr eine Schüssel hin, leg ihr ein paar Wischlappen zurecht und lass sie das Zeug auskotzen. Wenn du bei ihr bleibst und ihr hilfst, kann sie es schaffen.»

Und dann wollte ich Rena am Bett festbinden, ihr eine Schüssel hinstellen und mir ein paar Wischlappen zurechtlegen. Ich wollte mich mit ihr im Zimmer einschließen, sie jammern und heulen lassen, ihr die Schüssel halten, ihr den Schweiß von der Stirn wischen und ihr Bett frisch beziehen. Ich wollte sie im Arm halten, wenn die Krämpfe sie durchrüttelten.

Ich wusste, was auf mich zukam. Ich wusste, dass es die Hölle wäre für uns beide. Aber ich wollte ihr helfen, die Hölle zu durchqueren. Ich wollte viel tun, nur kam ich nicht allein vom kalten Scheunenboden hoch.

Gretchen half mir dabei. Dafür schäme ich mich auch – für ihren Griff unter meine Achseln, für das Heulen und Jammern an ihrer Schulter. Es war ihre Stimme, nicht die Worte, nur der Tonfall. Er hatte auf mich die gleiche Wirkung wie die paar Sätze aus der Eisenbahnballade von Reinhard Mey.

«Und im leeren Raum zwischen Wachen und Traum seh ich sie noch einmal: Der Adler, der Fliegende Hamburger, die Preußische P 8 und die sagenumwobene 05 fauchten vor mir durch die Nacht.»

Keine Ahnung, was an dieser Aufzählung von alten Zügen einen Menschen dazu verleiten kann, in Tränen auszubrechen. Mir passierte es jedes Mal, wenn ich das Lied hörte. Vielleicht, weil Reinhard Mey vom Krieg sang, weil ich mich, wenn ich es hörte, mit Vater im Wohnzimmer sitzen sah; fünf, sechs, sieben Jahre alt und vor mir meinen untadeligen Helden. Weil ich mir vorstellen musste, dass auch Vater einmal fünf, sechs, sieben Jahre alt gewesen war. Ein harmloser kleiner Junge, der mit einer Holzlokomotive spielte und davon träumte, Lokomotivführer zu werden. Und wäre er es geworden, hätte Mutter mir niemals erzählen können, dass er geholfen hatte, das Warschauer Ghetto zu räumen. Und ich hätte mich niemals schämen müssen, ihn zu lieben.

Ich hätte ihn so gebraucht in der Scheune. Ihn und seine Freundschaft mit Heinz Steinschneider und Heinz Steinschneiders Beziehungen zu Kriminaldirektoren und Kriminalräten und anderen höher gestellten Personen, die ein paar Kriminalbeamte zurück auf den rechten Weg bringen konnten. «Jetzt schaut euch mal in Frankfurt um, ihr Trottel. Nehmt den Bus noch einmal auseinander, aber gründlich diesmal. Es muss etwas drin sein, womit sich die Anwesenheit des Mädchens beweisen lässt.»

Gretchen hatte keine Beziehungen, nur eine Hand, mit der sie mir auf den Rücken klopfte, und einen Mund, mit dem sie murmelte: «So ist es gut, lass es raus.»

«Ich kann das nicht. Ich konnte es damals schon nicht. Sie hat so viel gespuckt als Baby. Ich musste mich übergeben, wenn ich sah, dass sie zu würgen begann. Wie oft habe ich auf den Knien vor der Toilette gelegen. Und sie lag im Bettchen. Und ich dachte, ich hätte sie auf den Bauch drehen müssen. Sie erstickt, wenn ich sie nicht auf den Bauch drehe. Aber ich konnte nicht aufstehen. Ich konnte nicht ins Kinderzimmer gehen und die Kotze wegwischen. Ich habe Anne geschickt. Anne war noch nicht einmal zwei und ich drückte ihr ein feuchtes Tuch in die Hand und sagte: ‹Geh und wisch das Baby ab, Mutti ist krank.›»

Gretchen sagte etwas. Ich verstand sie nicht. Sie nahm mir die Handtasche weg und suchte darin nach dem Schlüsselbund. Sie führte mich über den Hof, öffnete die Haustür, schob mich in die Diele. Ich sah schon auf den ersten Blick die Zwei auf dem Zählwerk. Zwei Anrufe! Sie gaben mir den Rest.

Als ich auf den Knopf drückte, um das Band abzuhören, sagte

Gretchen: «Du kannst dir die Mühe sparen. Das war ich, zweimal hab ich's versucht. Aber man kann so einem Ding nicht alles sagen. Da dachte ich, ich geh lieber mal vorbei.»

Sie irrte sich. Ihre sprachlosen Versuche hatte das Gerät nicht registriert. Der erste Anruf war von Patrick. Wie vom Hersteller versprochen, hatte der Anrufbeantworter brav aufgezeichnet, auch dann noch, als aus dem Monolog über den Film, den man unbedingt gesehen haben musste, längst ein Dialog mit Anne geworden war. Keine Lust auf Schwarzenegger.

«Kann ich für ein paar Tage zu dir kommen? Meinst du, deine Eltern wären einverstanden? Frag sie doch bitte. Ich muss hier raus, sonst werde ich verrückt. Du kannst dir nicht vorstellen, was bei uns los ist. Meine Mutter dreht durch. Mein Vater will auch ein paar Tage weg. Dann wäre ich hier allein mit ihr. Das halte ich nicht aus. Was sagt deine Mutter? Das ist toll. Ich packe sofort ein paar Sachen. Bis gleich, Schatz.»

Gretchen hörte mit unbewegter Miene zu. Neben dem Telefon lag ein Zettel mit Annes Schrift: «Liebe Mutti, ich bin mit Patrick ins Kino gefahren. Wir wollen uns nach dem Film noch mit Freunden treffen. Es kann sein, dass ich bei Patrick übernachte. Also mach dir keine Sorgen, wenn ich nicht heimkomme.»

Ich fasste es nicht. Dachte sie, dass ich das Band nicht abhöre? Oder dachte sie wie Olgert und Klinkhammer, dass man mir jeden Mist erzählen konnte?

Der zweite Anruf war von Jürgen. Nur ein paar Kommandos und ein Fluch. «Vera, ich bin's. Heb ab, wenn du da bist. Ich halte es für besser, wenn ich ein paar Tage in der Praxis schlafe. Wir brauchen beide ein bisschen Abstand. Verdammt nochmal, Vera, jetzt heb endlich ab, du musst doch längst wieder zurück sein. Was soll das denn? Wir können doch darüber reden. – Scheiße, die ist tatsächlich weg.»

«Na», sagte Gretchen trocken, «wie's aussieht, ist er ja auch weg. Am besten mach ich dir mal einen Kaffee.»

Sie führte mich in die Küche, stieß einen leisen Pfiff aus und sagte: «Ach, du heiliger Bimbam.» Dann drückte sie mich auf einen Stuhl, schaute sich skeptisch um. «Hast du auch so was wie einen Wasserkessel?»

«Das ist die Kaffeemaschine.»

«Die fass ich nicht an.»

«Ich mache den Kaffee.»

«Geht's denn wieder?»

Als ich nickte, ging sie zur Tür. «Dann hol ich dir mal einen Schnaps. Wo habt ihr den?»

«Ich will nichts trinken.»

«Nur einen, du sollst dich nicht besaufen. Aber ich denke, du wirst ihn brauchen. Wo hast du das Zeug?»

«Im Wohnzimmer», sagte ich und hörte sie dort eine Weile mit Flaschen und Gläsern klappern, ehe sie mit einem Cognacschwenker zurückkam. Sie hatte nur den Boden befeuchtet, blieb bei der Küchentür stehen. Mit einem Hauch von Anerkennung meinte sie: «Nobel habt ihr's. Da muss man ja aufpassen, dass man das richtige Glas erwischt.»

Ich füllte den Wasserbehälter der Maschine, setzte einen Filter ein. Sie ging zum Tisch, stellte das Glas ab und setzte sich. «Willst du mir sagen, was los ist? Warum sie dich alle sitzen lassen?»

Ich wusste nicht, ob ich wollte. Ich wusste nur, dass ich das, was ich mir in der Scheune vorgenommen hatte, nicht tun konnte. Wenn ich das gekonnt hätte, hätte ich meine Ausbildung beendet. Ich hätte niemals die Pille «vergessen» und darauf gewartet, dass mich die erste Schwangerschaft von den Bettschüsseln und Urinflaschen befreite.

Die Kaffeekanne füllte sich. Ich stellte Geschirr auf den Tisch. Es tat gut, hin und her zu laufen und dabei zu reden. Gretchen hörte zu, ernst und aufmerksam. Ich füllte unsere Tassen und setzte mich ihr gegenüber.

«Und ich dachte schon», sagte sie, «du wärst im Dorf gewesen, als ich dich in der Scheune sitzen sah.» Sie griff über den Tisch nach meiner Hand. Ein flüchtiges Lächeln huschte um ihre Lippen, so flüchtig, dass ich es mir auch eingebildet haben kann.

Sie tat sich schwer weiterzusprechen, aber sie tat es. «Ich halt nix davon, um den heißen Brei rumzureden.»

Meine Hand hielt sie fest, häufte mit der freien Hand Zucker in ihre Tasse, rührte um. «Die von der Polizei denken, sie ist tot.»

Das wusste ich doch! Was sollte sie sonst sein, wenn der Bus abgefahren und sie auf der Straße zurückgeblieben, aber nicht heimgekommen war?

Gretchen zeigte auf den Cognacschwenker. «Jetzt trink mal, und dann trinkst du den Kaffee hinterher. Muss ja nicht sein, dass du mit 'ner Fahne im Dorf auftauchst. Ich glaub zwar nicht, dass sie was sagen, aber weiß man's, ob ihnen das nicht gelegen kommt? Wenn sie dir den Lappen wegnehmen, kannst du nicht mehr fahren. Dem Doktor wär's bestimmt recht.»

Dann erklärte sie mir, dass man im Dorf dabei war, die Kanalisation zu inspizieren. «Ich war heut Mittag mal unten. Die Ziegler rief mich an und sagte Bescheid. Es war eine Menge Volk auf den Beinen. Ein paar von den Grünen standen rum und die zwei von der Kripo. Den Leuten erzählten sie, es wär nur 'ne Routineinspektion, weil neulich wieder alles unter Wasser stand. Könnte sein, dass ein paar Rohre verstopft sind. Aber jeder weiß, was sie suchen. Wenn's Routine wär, ständen sie ja nicht dabei.»

Als ich ihr meine Hand entzog und aufsprang, war auch sie mit einem Satz auf den Beinen. «Warte, ich komm mit.»

Sie war schneller als ich, war noch vor mir in der Scheune. Dann saß sie neben mir, beobachtete mit Argusaugen die wenigen Handgriffe. Starten, Rückwärtsgang. Sie drehte sich um und kontrollierte, ob das Scheunentor breit genug war. Auf dem Hof stieß sie die Luft aus und auf dem Weg zur Landstraße legte sie die Hand auf den Schaltknüppel. Ich war erst im zweiten Gang.

«Das reicht», sagte sie. «Es muss uns nicht so gehen wie Annegret. Die Ziegler erzählte, dass Kuhlmann noch zweimal v hat, sich das Licht auszuknipsen – im Krankenhaus. Ich ha schon gewundert, dass sie ihn noch nicht entlassen haben. Die Ziegler sagte, einmal hat er Tabletten gesammelt und einmal ist er runter in den Heizungskeller und wollte sich an den Rohren aufhängen. Jetzt lassen sie ihn nicht mehr aus den Augen. Es sitzt ständig einer von der Familie bei ihm.»

Ich fühlte, dass sie mich verstohlen betrachtete. Und ich wusste, was sie sagen wollte – Reiß dich zusammen, Vera. Kuhlmann wird zur Belastung für die gesamte Familie. Aber du bist nicht Kuhlmann –, auch wenn sie es anders ausdrückte.

«Furchtbar, wenn einer sein Leben so an andere hängt, dass ihm für sich selbst nix bleibt. Man muss den Dingen ins Auge sehen; auch Freund Hein, wenn er kommt.»

Zwei Sekunden war sie still. Nur zwei Sekunden, als wolle sie mir Gelegenheit geben, mich aufs Abbiegen zu konzentrieren. Kaum war ich auf der Landstraße, sprach sie weiter. «Der Doktor sagte vor Jahren mal, so 'n Studium verführt dazu, sich allmächtig zu fühlen. Man hat 'ne Menge Pillen und Maschinen und denkt, damit kann man dem Tod eins auswischen. Nur lässt der sich nicht bescheißen. Wenn man ihm die Alten streitig macht, holt er sich eben die Jungen. Aber noch haben sie nix gefunden in den Rohren. Und es kann ja sein, dass sie sich irren.»

Jetzt könnte ich behaupten, ich sei ruhig gewesen, gefasst und beherrscht. Niemand könnte mir das Gegenteil beweisen, auch Gretchen nicht, obwohl sie neben mir saß und mich nicht aus den Augen ließ. Ich könnte auch behaupten, es sei der bis dahin allerschlimmste Moment gewesen, als ich den Fiesta bei der Spar- und Darlehenskasse anhielt und, gefolgt von Gretchen, auf die Gruppe von Männern zuging, die bei einem offenen Kanalschacht standen. Klinkhammer und Olgert waren dabei. Und Olgert wusste nicht, wohin er schauen sollte, als er mich kommen sah.

Es war nicht der allerschlimmste, es war nur ein kalter Moment. So eisig, dass die Atemluft in den Lungen gefror, dass Gretchens Hand an meinem Arm der letzte Funken Wärme war.

Reine Routine, sagte Klinkhammer auch zu mir und erklärte in nüchtern geschäftsmäßigem Ton, was unter der Straßendecke vor sich ging. Als sei er ein Mitarbeiter der Spezialfirma und wolle mir nur die Vorzüge ihres Geräts verdeutlichen.

Eine ferngesteuerte Kamera steckte in den Rohren, wurde elektrisch oder elektronisch oder weiß der Teufel wie vorwärts bewegt. Und in dem weißen Transit am Straßenrand saß ein Mann vor einem Monitor und betrachtete, was vor die Kameralinse geriet. Nicht viel bisher. Eine kleine Bruchstelle in der oberen Rundung eines Rohres, nicht der Rede wert und nicht reparaturbedürftig, ein paar Lumpen und sonstiger Unrat.

Es stand immer noch eine Menge Volk herum. Und Kinder, ein ganzes Rudel Kinder. Die offenen Hecktüren am Transit waren dicht umlagert. Selbst wenn ich gewollt hätte, ich wäre nicht nahe genug an den Wagen herangekommen, um einen Blick auf den Monitor zu werfen. Aber ich wollte nicht. Wie grausam allein die Vorstellung, dass sie seit fast vier Wochen in einem der Rohre … Dass der Mann am Bildschirm bei diesem oder beim nächsten Abschnitt rief: «Da ist was.»

In manchen Augen spiegelte sich Mitgefühl, in anderen glitzerte Sensationslust. Ich erkannte Scherers Gesicht in der Menge, Hennessens Schwester und Frau Ziegler, die sich sofort in Bewegung setzte und auf uns zukam. Sie sagte irgendwas, es klang nach Mitleid, aber es klang nur so. Und Jürgen war nicht da, Anne nicht, meine Eltern nicht.

Auch Gretchen ließ mich allein, um Frau Ziegler anderweitig zu beschäftigen. Ich war dankbar, als Klinkhammer sich das Haar endlich hinter den Ohren festklemmte, mich zu seinem Wagen lotste und sich eine weitere Erklärung abrang. Gretchen und Frau Ziegler tauchten in der Menge unter, während ich mir anhörte, dass sie sich bereits in der vergangenen Woche zu dieser Aktion entschlossen hatten.

Einer der Feuerwehrmänner hatte ihnen von dem einige Jahre zurückliegenden Unfall eines Kameraden berichtet und darauf hingewiesen, dass auch in der fraglichen Nacht zwei Deckel hochgedrückt worden waren. Zwei offene Schächte, nicht auszumachen in der Dunkelheit unter den Wassermassen.

Ich war weder ruhig noch gefasst, nur gelähmt, innen so steif wie Klinkhammer außen. Er sagte, die Firma hätte den Termin leider erst für diesen Montag geben können. Olgert kam zum Wagen, um mitzuteilen, dass sie mit diesem Abschnitt durch seien, dass sie sich jetzt zum nächsten und so weiter.

Klinkhammer winkte sein übliches Nun-mal-langsam, was auch heißen konnte: Dann macht zu und redet nicht herum. Seht ihr nicht, dass ich mit einer heiklen Aufgabe beschäftigt bin? Er suchte mit den Augen die Menge ab. Vermutlich hielt er Ausschau nach Gretchen. Sie war nirgends zu entdecken. Er räusperte sich. «Es wäre mir lieber, wenn Sie zurückfahren, Frau Zardiss.»

«Nein. Ich habe nicht weniger Rechte als die da.»

«Die da», sagte er, «sind nicht persönlich betroffen. Für Sie ist es eine unnötige Belastung. Ihr Mann sagte ...»

«Weiß mein Mann von dieser Aktion?»

Er deutete ein Nicken an, das Haar fiel ihm ins Gesicht. Er steckte es wieder fest und schaute konzentriert durch die Frontscheibe dem Transit hinterher, der langsam anrollte. Der Fahrer musste zweimal auf die Hupe drücken, ehe man ihm Platz machte.

«Wir haben ihn am Samstag informiert. Er hielt es für besser, wenn Sie vorerst nichts davon erfahren. Er wollte Sie nicht unnötig aufregen. Wir wollten früh beginnen und hofften, gegen Mittag fertig zu sein. Es hat sich leider etwas verzögert. Wir haben noch drei oder vier Schächte vor uns.»

Ich versuchte nüchtern und sachlich zu klingen. «Und was hat Sie auf den Gedanken gebracht, sie könnte da drin sein?»

Er rieb sich die Augen mit beiden Händen, ließ die Hände sekundenlang vor dem Gesicht, ehe er sie fortnahm und mich anschaute. Er schaute mich sehr lange an, eine halbe Ewigkeit, ehe er zu sprechen begann.

Von Nita und Menke, von Wut, Hass und wüsten Drohungen; von Nitas Verzweiflung über Menkes Tod, den sie bei ihrem Anruf in Frankfurt als einen Akt göttlicher Gerechtigkeit bezeichnet hatte. Das waren nicht Nitas Worte, sondern Klinkhammers Umschreibung. Was Nita wörtlich gesagt hatte, mochte er nicht wiederholen. Es ging im Prinzip auch nur darum, dass Nita die göttliche Gerechtigkeit als äußerst ungerecht empfand. Ihrer Meinung nach hätte sie sterben müssen, nicht Menke. Der Yellowman hatte nichts getan.

«Und was hat Nita getan, Ihrer Meinung nach?»

Er antwortete nicht, spielte mit dem Zündschlüssel, steckte ihn plötzlich ein, startete den Wagen und sagte beim Anfahren knapp: «Ich bringe Sie heim.»

Ich konnte nicht protestieren; er ließ mir nicht die Zeit, sprach von Uwe Lengries, von Nitas Ankündigung, ein paar Dutzend Scheißer auszurotten. Wir zählten für Nita zu den Scheißern. Und Rena gehörte seit zwei Jahren zu uns. Nita war sehr wütend gewesen, dass wir ihr den Zutritt zur Party verwehrt hatten. Nita hatte montags getobt und dienstags verkündet, sie würde es uns heimzahlen. Aber Nita war nur so lange stark gewesen, wie sie den Yellowman an ihrer Seite wusste. Ihn hilflos und blutend am Boden zu sehen, trieb Nita ans nächste Telefon und veranlasste sie zu einer Generalbeichte bei einer Institution, für die sie stets nur ein Naserümpfen gehabt hatte. Im Verlauf dieser Beichte waren die Worte über das Pferdchen gefallen.

Und ich hatte es doch falsch beziehungsweise nicht alles verstanden. Den Anfang des Satzes, das Ende und ein winziges Detail aus der Mitte hatte ich überhört. Ein kleines Wort aus drei Buchstaben, von einem Schniefen beinahe völlig verschluckt. Fügte man es ein, dann hieß es: «Tut mir Leid, das mit dem Pferdchen, ich wollte das nicht tun. Ging aber nicht anders.»

Klinkhammer sprach noch, da standen wir längst auf dem Hof. Er wollte mit ins Haus. Olgert würde anrufen, sobald die Aktion abgeschlossen sei. Er ließ sich nicht abschütteln, und es war noch ein Rest Kaffee in der Kanne. Kochend heiß, weil ich vergessen hatte, die Heizplatte abzuschalten, und pechschwarz wie die Schlabberhosen. Er musste schmecken wie Teer. Klinkhammer trank ihn, ohne eine Miene zu verziehen.

Die langen Haarsträhnen hingen hinter seinen Ohren wie festgeklebt. Ich wünschte mir so sehr, dass wenigstens eine nach vorne fiel und ihn menschlich machte. Aber nichts passierte, auch nicht, als er sagte: «Ich hätte Ihnen das gerne erspart, Frau Zardiss. Es ist für die Eltern eine Tortur, das weiß ich. Wir haben nichts Handfestes. Wir haben, wenn ich es mal so ausdrücken darf, ein paar Sätze auf einem Tonband und ein Stück Straße, auf dem ein paar Beobachtungen gemacht wurden. Wir stellen eine Hypothese auf und versuchen sie zu beweisen. Mehr können wir nicht tun im Moment.»

«Dann ist es also nur eine Hypothese, dass meine Tochter tot ist?» Er zuckte mit den Achseln und nickte. Und nicht einmal dabei bewegte sich ein Härchen. Zwei Stunden saß er bei mir. Draußen war es längst dunkel geworden, ehe das Telefon klingelte. Der Anrufbeantworter schaltete sich ein. Es war Olgert. Klinkhammer stürzte in die Diele, kaum dass er die Stimme seines Kollegen erkannt hatte. Er riss den Hörer an sich und schaltete den Anrufbeantworter aus.

Ich stand bei der Küchentür und versuchte, von seiner Miene abzulesen, was Olgert ihm mitteilte. Es aus Klinkhammers Antworten zu erkennen war unmöglich. Zweimal «ja», einmal «nein», einmal «in Ordnung». Dann legte er auf und wandte sich mir zu. Sie hatten nichts gefunden.

Klinkhammer wollte wissen, ob ich alleine zurechtkäme. Ich nickte und brachte ihn zur Haustür. «Kennen Sie einen zuverlässigen Mann, den ich für fünftausend Mark engagieren könnte?»

Er war ehrlich erstaunt. «Sie wollen einen Privatdetektiv einschalten?»

«Kennen Sie einen?»

Er schüttelte den Kopf.

«Aber einen pensionierten Kollegen kennen Sie doch sicher.»

«Frau Zardiss, was versprechen Sie sich davon?»

«Nita», sagte ich. «Ich will Nita. Es sieht doch so aus, als könne nur sie Ihre Hypothese widerlegen.»

Er schüttelte noch einmal den Kopf. «Sie werfen nur Ihr Geld zum Fenster raus.»

«Es ist das Geld meines Vaters. Und es ist der Wunsch meines Vaters.»

Er zuckte mit den Achseln und ging zu seinem Auto. Ich stand noch ein paar Minuten lang in der offenen Haustür und überlegte, ob ich mir ein Taxi rufen sollte für den Weg ins Dorf, um mein Auto zu holen, oder lieber zu Fuß gehen. Es war kalt, feucht und windig. Dann fiel mir ein, dass ich nicht unbedingt mein Auto brauchte. Vaters Mercedes stand in der Scheune, und in Vaters Nachttisch lag der Ersatzschlüssel. Die Wagenpapiere befanden sich in seiner Brieftasche, und die hatte er bei sich im Krankenhaus. Aber der Kfz-Schein interessierte mich nicht.

Aus dem Telefonbuch suchte ich mir die Adresse von Uwe Lengries. So viel hatte ich begriffen: Die Auskünfte über Nitas Wut und Nitas Absichten waren von Lengries gekommen. Ein Uwe war nicht verzeichnet, nur ein Peter. Der Vater vermutlich.

Es war ein paar Minuten nach neun, als ich Vaters Wagen aus der Scheune lenkte. Ich kam an der Praxis vorbei. Jürgens BMW stand auf dem Parkplatz, hinter zwei Fenstern brannte Licht. Für einen Moment hatte ich das Bedürfnis, anzuhalten und hinaufzugehen. Es ging rasch vorbei.

Vier Minuten später hielt ich am Straßenrand vor der Cityreinigung. Sie lag im Erdgeschoss des Gebäudes. Darüber gab es drei Stockwerke mit Wohnungen. Aus der Anordnung der Klingeln neben dem Privateingang schloss ich, dass Uwe Lengries und seine Eltern in der zweiten Etage lebten. Es musste jemand daheim sein, sämtliche Straßenfenster im zweiten Stock waren erleuchtet. Doch auf mein wiederholtes Klingeln geschah nichts.

Ich dachte daran, auf mehrere andere Klingelknöpfe zu drücken, um wenigstens ins Haus zu gelangen. Aber plötzlich hatte ich keine Lust mehr, mit Uwe Lengries zu reden. Ich stand auf der Straße neben Vaters Wagen und war allein. Mir graute davor heimzufahren. Es war kein Haus, in dem ein Mensch allein sein konnte, nicht mit solchen Bildern im Kopf. Ein Stück Straße, ein grauer Kleinbus, ein Mädchen im Regen neben der Beifahrertür. Und aus dem Bus stieß eine Hand mit einem Messer …

Noch einmal spielte ich mit dem Gedanken an Jürgen. Aber um mit einem Menschen zu reden, musste ich nur ein Stück die Straße hinunterfahren und einmal links abbiegen. Da lag das Krankenhaus. Also stieg ich ein und fuhr und bog ab.

Auf dem großen Besucherparkplatz standen nur noch wenige Fahrzeuge. Es war fast zehn, nicht mehr die passende Zeit für einen Besuch am Krankenbett. Der Haupteingang war längst verschlossen. Und der Nachtpförtner dachte nicht daran, seine Glaskabine zu verlassen und sich zu erkundigen, was ich so spät noch wünschte. Er machte nur eine bezeichnende Geste auf seinen linken Unterarm.

Von Jürgen wusste ich, dass die Notaufnahme auch nachts geöffnet war. Nur glaubte ich nicht, dass man mich dort so einfach durchließe. Ich hatte Glück. In dem kleinen Vorraum, der tagsüber als Wartezimmer für die ambulanten Patienten genutzt wurde, saß eine blutjunge Frau hinter einem überladenen Schreibtisch. Ihr weißer Kittel ließ nicht erkennen, ob sie Ärztin oder Krankenschwester war. Sie war mit Papierkram beschäftigt, schaute kurz auf, als ich eintrat, zeigte auf eine Reihe einfacher Plastikstühle und sagte: «Nehmen Sie Platz, ich bin gleich so weit.»

Eine Sekunde lang musste ich daran denken, dass auch Jürgen so angefangen und auf Abruf bereitgestanden hatte. Ich setzte zu einer langatmigen Erklärung an, wollte mich auf keinen Fall unverrichteter Dinge wegschicken lassen. Ich musste Vater sehen.

Kaum hatte ich seinen Namen ausgesprochen und erwähnt, dass ich es leider nicht geschafft hätte, früher zu kommen, drückte sie mit einem gleichgültigen «Ach so» einen Knopf seitlich am Schreibtisch. Der elektrische Türöffner summte. Die Hürde war genommen. Ich hatte mich nicht einmal anstrengen müssen.

Ich stand in einem langen Korridor, ging zum Aufzug und ließ mich hinauf in den zweiten Stock tragen. Noch ein langer Flur, geschlossene Zimmertüren. Ich ging langsam und mit einem schlechten Gewissen. Reiß dich zusammen, Vera. Gönn deinen Eltern eine friedliche Nacht. Wenn du jetzt zu deinem Vater flüchtest wie eine Vierjährige, um ihm zu erzählen, was heute passiert ist, bist du genau das, was alle von dir denken: nicht bei Verstand.

Das war ich auch nicht. Ich war noch bei Klinkhammer und den Bildern von einem grauen Kleinbus, in dem nicht zwei Jugendliche saßen, sondern ein eiskaltes Mörderpärchen. Nach dem Mord hatten sie zwei Möglichkeiten gehabt. Sie konnten die Leiche mitnehmen und irgendwo unterwegs loswerden oder sie in einem der offenen Schächte verschwinden lassen. Die Schächte waren überprüft; mir war das ‹irgendwo unterwegs› geblieben.

Der Flur war wie ein T geschnitten. Links auf dem langen Stück die Zimmernummern 201 bis 207 für Kassenpatienten. Auf der rechten Seite die diversen Nebenräume: Teeküche, Badezimmer, das Zimmer der Stationsschwester.

Vater war privat versichert, sein Zimmer hatte die Nummer 208 und war das erste hinter der Flurbiegung. Ich wünschte mir, dass die Nachtschwester mich aufhielt und verhinderte, dass ich als heulendes Bündel Elend neben seinem Bett zusammenbrach.

Hilf mir, Papa. Sag mir noch einmal: Es war ein junger Mann am Telefon. Sag mir, du bist völlig sicher, dass es ein Mann war, der diesen ungeheuerlichen Satz aussprach. Menke kann es nicht gewesen sein. Und wenn Nita es auch nicht gewesen sein kann, kann ich Klinkhammer ins Gesicht lachen. Hilf mir, Papa!

Ich ging wie auf Eiern, jeden Moment konnte es unter mir knirschen. Jeden Moment konnte es vorbei sein mit der Beherrschung, die genau genommen nur Kälte war. Irgendwo unterwegs! In einem Waldstück am Rand der Autobahn. In einem Gebüsch an einem Rastplatz. In irgendeinem Wasserloch. Es gab viele Möglichkeiten.

Am Stationszimmer stand die Tür offen. Ich wusste nicht, ob ich mich unsichtbar machen oder wie ein Elefant vorbeitrampeln sollte. Ich musste nicht trampeln. Die Nachtschwester saß mit Papieren am Schreibtisch und schaute auf, als ich vorbeiging. Im selben Moment war sie auch schon auf den Beinen. Ihre Stimme war gedämpft. Sie kannte mich nicht. «Wollen Sie zu Kuhlmann? Das ist Zimmer 205.»

«Nein», sagte ich und versuchte zum ersten Mal Jürgens Titel als Schlüssel zu benutzen. Es war ein halbherziger Versuch, er pendelte zwischen einer hilflosen Vierjährigen und einer Erwachsenen. «Ich bin Dr. Zardiss und will zu meinem Vater, Dolf Merten, er liegt auf Zimmer 208. Ich hatte versprochen, noch kurz vorbeizuschauen. Leider habe ich es nicht früher geschafft.»

Wenn ich vielleicht etwas lauter und energischer gesprochen hätte, das Flüstern nahm dem Doktor jedes Gewicht. Andererseits – ich glaube, auch ein Professor hätte keinen Eindruck auf sie gemacht. Sie war eine kleine, hellwache Person mit Röntgenaugen, musterte mich von Kopf bis Fuß. «Dann verschieben Sie es auf morgen. Keine Besuche nach zwanzig Uhr.»

«Aber es ist wichtig», beharrte ich. «Und wenn Kuhlmann jetzt noch Besuch haben darf ...»

Sie unterbrach mich mit einem Lächeln. «Der eine Patient

braucht die Zuwendung seiner Familie, der andere braucht Schlaf. Ihr Vater gehört glücklicherweise in die letzte Kategorie.»

«Kann ich wenigstens kurz reinschauen? Bitte, ich werde ihn nicht aufwecken. Ich will nur sehen, dass es ihm gut geht.»

Sie zögerte. Nachgeben war nicht ihre Stärke. Aber die Tränen waren deutlich zu hören. Und wer kann einem weinenden Kind schon einen so harmlosen Wunsch abschlagen? «Na schön», sagte sie und ging vor mir her um die Ecke herum. Sie öffnete die Tür einen Spalt, gerade so weit, dass ich einen Blick ins Zimmer werfen konnte. Vater lag in dem einen Bett, Mutter in dem anderen. Sie schliefen. Die Schwester zog mich zurück und die Tür wieder zu.

«Ich habe einen scheußlichen Tag hinter mir», sagte ich. Sie nickte, als habe Klinkhammer sie genauestens informiert. Dann griff sie nach meinem Arm, zog mich um die Ecke und schob mich ins Stationszimmer. Die obligatorische Tasse Kaffee half mir über die ersten Sekunden.

Sie war nur eine Nachtschwester. Manchmal ist es leichter, in ein fremdes Gesicht zu sprechen. Über Nita und Klinkhammer, über Kanalrohre und Tagebücher, über gewollte und ungewollte Kinder, über Sauerkraut und Ohnmacht, über Fahrräder und Pferde, über Schwiegermütter und Anrufbeantworter, die nicht registrierten, wenn jemand ohne ein Wort wieder auflegt.

«Ich muss unbedingt mit meinem Vater reden. Er hat gestern mit meinem Mann über diese Bänder aus Frankfurt gesprochen. Ich saß dabei, aber ich hatte so viel im Kopf, ich habe nicht alles mitbekommen. Nur, dass mein Vater die Uhr von Big Ben im Hintergrund schlagen hörte. Big Ben! Das ist London! Jede Wette, meine Tochter hat sich von den beiden zum Bahnhof fahren lassen. Sie muss nicht unbedingt den Zug nach Hamburg genommen haben, sie kann von Köln-Bonn aus geflogen sein. Und die Fluggesellschaften hat man nicht überprüft, sonst hätte Olgert mir das gesagt.»

Die Schwester nickte zustimmend.

«Klinkhammer ist ein Idiot. Eben hat er mir erklärt, dass erst Menkes Verletzungen Nita ans Telefon trieben. Aber wir haben drei solcher Anrufe bekommen. Ich bestreite nicht, dass Nita die Frankfurter Polizei angerufen hat. Doch warum sollte sie uns angerufen haben? Sie kann meine Tochter nicht getötet haben. Nehmen wir einmal an, sie hätte es getan und die Leiche irgendwo unterwegs aus dem Wagen geworfen, warum haben sie dann den Kleiderbeutel nicht hinterhergeworfen? Das Fahrrad haben sie sich ja auch vom Hals geschafft. Der Beutel war Belastungsmaterial, daran hätten sie gedacht.»

Die Schwester nickte noch einmal.

«Ich bin sicher, meine Tochter hat dreimal daheim angerufen. Und beim letzten Mal hat mein Vater sie missverstanden. Er hat ein paar Schwierigkeiten mit seinem Gehör, aber er gibt das nur ungern zu.»

Die Schwester nickte zum dritten Mal.

«Wenn ich mir vorstelle, wie oft sie es danach noch versucht hat. Ich war viel unterwegs. Wenn sie uns sagen will, wo sie sich aufhält und warum sie weggegangen ist, dann möchte sie bestimmt auch hören, wie wir reagieren, ob wir wütend auf sie sind. Dann wird sie nicht auf das Band sprechen. Sobald sie hört, dass das Gerät eingeschaltet ist, legt sie auf wie meine Schwiegermutter. Wenn meine Schwiegermutter mir das heute Nachmittag nicht gesagt hätte, ich hätte nie erfahren, wie dieses verdammte Ding funktioniert.»

Die Schwester kam nicht dazu, ein viertes Mal zu nicken. Auf dem Flur waren Schritte zu hören, jemand klopfte leise an eine der Türen. Gleich darauf hörte ich eine Männerstimme. Was sie sagte, war nicht zu verstehen.

«Moment», sagte die Schwester, stand auf, ging zur Tür und schaute den Flur hinunter. Ich erhob mich ebenfalls. Es wurde Zeit, dass ich heimfuhr, mir die Bedienungsanleitung des Anrufbeantworters durchlas und eine neue Ansage auf Band sprach. Nicht ein paar Worte und Zahlen wie Jürgen. Nur ein Wort, ein einziges. «Zardiss.» Und vielleicht gab es eine Möglichkeit, den verräterischen Piepton zu verhindern.

Die Schwester bedeutete mir zu warten und ging eilig auf die Tür mit der Nummer 205 zu, hinter der zornige, gedämpfte Stimmen zu hören waren. Auch wenn ich nicht verstand, was gesprochen wurde, dass hinter der Tür zwei Männer miteinander stritten, war nicht zu überhören.

Ich mochte nicht hinter der Schwester herrennen. Es hätte nach Neugier ausgesehen, und mich interessierte nicht der Streit in Kuhlmanns Zimmer. Also blieb ich stehen und wartete, obwohl ich es plötzlich sehr eilig hatte heimzukommen.

Die Schwester öffnete die Tür, ich hörte eine Männerstimme zischen: «... du machst ihn völlig fertig ... hast hier nichts mehr zu suchen, du nicht ... nochmal hier blicken lässt, schlag ich dich ...» Dann schloss sich die Tür und schnitt die Stimme ab.

Nicht dass die Zimmertüren schalldicht gewesen wären. Als die Schwester zu sprechen begann, verstand ich jedes Wort. «So geht das wirklich nicht. Ich habe es Ihnen jetzt oft genug gesagt, wenn Sie streiten wollen, tun Sie das daheim, aber nicht hier. Das ist wahrhaftig kein Ort, Ihre Differenzen auszutragen. Sie gehen jetzt beide, auf der Stelle! Ich kümmere mich schon darum, dass Herr Kuhlmann eine ruhige Nacht hat.»

Ich beeilte mich, an 205 vorbei zum Aufzug zu kommen. Die Kabine war noch da, ich musste nur die Tür öffnen und einsteigen. Und gerade als ich einstieg, ging die Tür von 205 auf. Udo von Wirth kam heraus und direkt auf mich zu. Er sah mich nicht, blickte über die Schulter nach hinten. Dann drehte er sich ganz um, kam langsam rückwärts gehend weiter auf mich zu. Ich hatte noch nicht den Knopf gedrückt.

«Sie auch», sagte die Schwester. «Ich habe den Ärger jetzt dicke.» Ich sah sie in der offenen Tür stehen, mit ausgestrecktem Arm in den Flur zeigend.

Udo stieg mit dem Rücken zu mir in die Kabine und hielt die Tür für den älteren Mann auf, den die Schwester aus Kuhlmanns Zimmer warf. Der Mann bedachte Udo mit einem finsteren Blick und ging vorbei. Udos Schultern sackten nach unten. Er gab einen Laut von sich, der wie ein Schluchzen klang. Dann wollte er auf den Knopf für das Erdgeschoss drücken. Dafür musste er sich umdrehen, und in dem Moment sah er mich. Er zuckte zusammen wie unter einem elektrischen Schlag und wusste nicht, wohin er schauen sollte.

Um uns beiden die Peinlichkeit erträglicher zu machen, fragte ich: «Wie geht es Ihrem Schwager?»

Er starrte mich an, als hätte er nicht verstanden. Ich wiederholte meine Frage. Er zuckte mit den Schultern und murmelte: «Rudi packt das nicht.»

Die Aufzugkabine stand noch immer im zweiten Stock. Ich drückte den Knopf. Die Innentüren schlossen sich. Udo musste sich zweimal räuspern, ehe er weitersprechen konnte.

«Mein Vater will ihn in die Klapsmühle stecken lassen. Das können sie doch nicht machen. Rudi ist nicht verrückt, er ist nur ... Er liegt im Bett und schaut die Decke an.»

Unvermittelt begann er zu weinen. «Alles ist kaputtgegangen. Annegret hätte nicht sterben dürfen.»

Der Aufzug hielt. Die Innentüren glitten auseinander. Udo drückte die Außentür auf und fragte: «Wie geht's denn Ihrem Vater?»

«Besser.»

Er nickte flüchtig. «Das ist gut, das freut mich. Er ist ein feiner Kerl, Ihr Vater. Hab mich ja oft mit ihm unterhalten.» Er ließ mich an sich vorbei, folgte mir wie ein geprügelter Hund durch den Korridor zur Notaufnahme und hinaus ins Freie.

«Wie kann so was passieren?», fragte er, als wir den Parkplatz erreichten. «Ich denk und denk und denk, aber ich begreif's nicht.» Seine Augen wanderten über den Platz, als suche er nach seinem

Vater. Der war entweder längst weg oder wartete irgendwo im Schatten des Gebäudes, dass Udo verschwand. Er schaute über mich hinweg und sprach weiter, als rede er mit sich selbst.

«Ich hätte fahren sollen. Annegret hat mich gefragt, ob ich's mache. Nicht, dass sie sich nicht zugetraut hätte, bei dem Wetter zu fahren. Sie hatte vor nix Angst. Sie hatte nur noch 'ne Menge zu tun. Aber Hennes hatte mich auch gefragt, ob ich ihm ein bisschen zur Hand gehen kann, wenn der Scheißgaul abgeholt wird. Ich hatte ihm schon zugesagt, als Annegret mich fragte. Dann hab ich im Stall rumgesessen, den ganzen Vormittag, und der Engländer kam nicht. Für nichts und wieder nichts hab ich da gesessen bis kurz vor zwei. Als ich endlich kam, war Annegret schon weg mit den Kindern. Ich glaub, da waren sie schon tot. Und wofür mussten sie sterben? Für ein gottverdammtes Pferd!»

Er schaute immer noch über meinen Kopf hinweg in weite Fernen. Und ohne mich noch weiter zu beachten, ging er zu einem blauen Kombi, stieg ein und fuhr los. Und in dem Moment wusste ich, wer Hennessens Zuchtstute getötet hatte.

9. Kapitel

Die Erkenntnis war wie ein Schlag in den Nacken, so heftig, dass die Gedanken und einiges andere durcheinander gewirbelt wurden. Sämtliche Kanalrohre und Klinkhammers Hypothesen gerieten kurzzeitig in den Hintergrund. Allein die Vorstellung, dass sich dieser Bär von einem Mann auf ein wehrloses Tier gestürzt hatte …

Auch wenn es nur einer von den Momenten war, in denen man das bewusste Licht aufleuchten sieht – es war ein Triumph; ich hatte etwas erkannt, was der tüchtigen Polizei verborgen geblieben war. Dass sie bisher nicht in Richtung Pferd ermittelt hatten, dämpfte das Hochgefühl in keiner Weise.

Erst nach ein paar Minuten meldete sich ein Zittern im Innern, ein dünnes Stimmchen in der Herzgrube. «Du musst es jemandem sagen, Vera. Du bist zusammengezuckt. Jede Wette, du hast ihn entsetzt angestarrt, und er hat es bemerkt. Ruf Klinkhammer an! Nein, den nicht. Ruf Hennessen an! Das ist eine gute Gelegenheit. Bitte ihn um ein Gespräch unter vier Augen, um die Sache aus der Welt zu schaffen. Du brauchst Udo nicht direkt zu beschuldigen. Du fragst einfach, ob er sich vorstellen kann, dass einer der Jungs, die in seinem Stall ein und aus gehen …»

Vielleicht forderte nur der Tag seinen Tribut. Möglich, dass ich einen Fluchtweg suchte. Den Kopf zur Abwechslung mit anderem Blut füllen. Stutenblut! Es tat gut, und der Heimweg, vielmehr das Wissen um die Einsamkeit da draußen, bauschte es auf. Der leere, dunkle Hof, die große, finstere Scheune, das verlassene Haus. Und darüber die Vision eines bluttriefenden Messers in der Hand eines verzweifelten jungen Mannes. Immer noch angenehmer, als das Messer in Nitas Hand zu sehen.

Hatte Udo mein aufblitzendes Licht gesehen? Hatte ihm sein Blick in weite Fernen gezeigt, was er jetzt tun musste? Das Stimmchen im Innern wurde lauter und energischer. «Fahr zurück in die Stadt, Vera. Du kannst die Nacht nicht allein auf dem Hof verbringen. Fahr zur Praxis und sprich mit Jürgen. Nicht über Udo, da wird er dich nur wieder für übergeschnappt halten. Frag ihn stattdessen, ob er übergeschnappt oder was ihm sonst in den Sinn gefahren ist, nicht heimzukommen an so einem Tag.»

Dass er tatsächlich nicht da war, sah ich schon etliche hundert Meter vor der Einfahrt. Wo der Hof lag, herrschte tiefste Nacht. Das sperrangelweit offen stehende Scheunentor winkte mich heran wie Luzifers Finger am Eingang zur Hölle. Wäre ich wenigstens so schlau gewesen, auf dem Hof zu halten. Aber es war Vaters Mercedes, umhegt, gepflegt und niemals unnötig den Witterungseinflüssen ausgesetzt. Ich war in die Scheune gefahren, bevor es mir bewusst wurde.

Solange ich noch im Wagen saß und die Scheinwerfer brannten, war es erträglich. Kaum hatte ich das Licht ausgeschaltet, begannen um mich herum Dämonen zu tanzen. Fürchterliche Fratzen, die nur entfernte Ähnlichkeit mit Udos biederem Gesicht hatten. Sie sahen eher aus wie Nita und André Menke. Aber die beiden waren nicht in der Nähe. Und Udo war vor mir vom Krankenhausparkplatz gefahren. Auf der Landstraße hatte ich den blauen Kombi nicht mehr gesehen. Er konnte längst hier sein. Ich fühlte, dass ich mich hineinsteigerte. Und ich wollte es mit Udo nicht so machen wie mit Hennessen.

Sei vernünftig, Vera. Was hat er denn gesagt? Doch nur, dass seine Schwester und ihre Kinder sterben mussten, weil er bei Hennessen saß. Ein bisschen auf die Pferde geflucht, mehr hat er nicht getan. Jetzt reiß dich zusammen und sieh zu, dass du ins Haus kommst. Es gibt noch viel zu tun.

Es kostete Überwindung, auszusteigen, durch die absolute Finsternis auf das graue Viereck des Tores zuzulaufen und dann über den stockdunklen Hof. Ich verfluchte mich, dass ich beim Verlassen des Hauses vergessen hatte, die Hoflampen einzuschalten.

Kein angenehmer Gedanke, mehr als einen Kilometer vom nächsten bewohnten Gebäude entfernt zu sein. Aber er hielt mich aufrecht. Eingebildete Bedrohungen für das eigene Leben sind erträglicher als stinkende Kanalrohre oder feuchtkalte Gräber neben Autobahnrastplätzen.

Ich beeilte mich, ins Haus zu kommen, verschloss die Tür hinter mir und vergewisserte mich dreimal, dass das Schloss auch funktionierte. Dann machte ich Licht im gesamten Erdgeschoss, auf der Treppe und der Galerie. Am liebsten hätte ich auch in sämtlichen oberen Räumen Festbeleuchtung eingeschaltet. Aber ich hatte noch einen winzigen Rest Hoffnung, dass es Jürgen mit seinem Vorhaben nicht ernst gewesen oder dass ihm die Couch im Sprechzimmer zu unbequem war. Ich wollte mich nicht von ihm auslachen lassen.

Mir war übel; vor Furcht, von Klinkhammers Thesen, und ich hatte seit dem Frühstück nichts mehr gegessen. In einem der Küchenschränke fand ich eine Schachtel mit Keksen. Dazu ein Rémy Martin und zur Unterhaltung und Ablenkung die Bedienungsanleitung des Anrufbeantworters. Nachdem ich den ersten Schluck getrunken und die ersten Sätze studiert hatte, machte sich eine sonderbare Gelassenheit in mir breit. Es war mehr Hysterie als sonst was, aber es hatte eine gewisse Komik. Man nennt es wohl Sarkasmus.

Feierabend! Du hast es weit gebracht, Vera. Du hast sie alle aus dem Haus getrieben auf die eine oder andere Art. Jetzt hast du Jürgens Traum für dich allein. Dabei warst du die Letzte, die auf dem Reuther-Hof leben wollte. Nein, das war Rena. Und sie hat ihn als Erste verlassen. So werden Bibelsprüche wahr. Die Letzten werden die Ersten sein! Und: Lasset die Kindlein zu mir kommen!

Die Vorstellung von Udo als Pferdeschlächter verblasste. Sie hatte ihren Zweck erfüllt, mich zurück an den Punkt gebracht, an den ich gehörte. Wenn ein biederer Bauernsohn ein wehrloses Tier abschlachten konnte, nur weil er ein bisschen Zeit in einem Stall verschwendet hatte, konnte ein verstörtes Geschöpf wie Nita ohne weiteres ein Mädchen töten, das nichts mehr von ihr wissen wollte. Was wusste ich denn von Nitas Wut?

Ich trieb wieder durch das dreckige, eisige Wasser in den Kanalrohren. Und Vaters Überzeugung von der Tüchtigkeit eines jeden Staatsdieners schnitt mir die Luft ab. Klinkhammer musste ein sehr tüchtiger Polizist sein, sonst hätte er sich die Zeit genommen, einmal während der Dienststunden zum Friseur zu gehen. Und er musste mehr gehabt haben als den Satz auf dem Band, um die Kanalinspektion zu veranlassen. Das war ein größerer Aufwand gewesen, als ein paar Bauern ins Feld zu scheuchen und ein paar Jugendliche zu befragen.

Was zum Teufel verschwiegen sie mir? Was hatte Vater ihnen gesagt? Was hatten sie von Uwe Lengries erfahren? Ich dachte daran, Jürgen anzurufen, ich tat es nicht. Fragen hätte er mir ohnehin nicht beantwortet. Und wenn er meinte, er müsse ein paar Tage weg, bitte! Wenn er zurückkam, war vielleicht ich weg.

Die Ohnmacht, die Hilflosigkeit, die Angst und die Leere im Innern, dieser Wust an Gefühlen klumpte sich zusammen und verwandelte sich langsam in Zorn. In Watte gepackt und für dumm verkauft! Es war mein Kind, verdammt! Es war ein Stück von mir. Und wenn ich es damals so wenig gewollt hatte wie eine Blinddarmentzündung. Es hatte sechzehn Jahre lang zu mir gehört. Es war genau so, als hätten sie mir einen Arm abgehackt, ihn irgendwo verscharrt und mir nicht sagen wollen, wo. Aber ich wollte es herausfinden! Ich wollte meinen Arm zurückhaben – auf Biegen und Brechen!

Ich will nicht behaupten, ich hätte einen Plan gehabt. Es war noch zu vage, aber es war etwas da. Die Stimme der Vernunft oder die des leeren Hauses. Mach dir nichts vor, Vera, du bist allein. Ob nun in diesem Haus oder mit deiner Ansicht, das spielt keine Rolle. Aber auch Polizisten können ihre Schlüsse nur aus dem ziehen, was sie sehen und hören. Du hast Augen und Ohren, Vera, sperr sie weit auf und mach dich selbständig.

Es begann nicht sehr vielversprechend. Am Anrufbeantworter wäre ich beinahe kläglich gescheitert. Mir standen nun einmal etliche Sekunden zur Verfügung, die voll geplaudert werden wollten. Mein freundlich abwartendes «Zardiss» ließ eine beträchtliche Lücke bis zum Piepton. Und der war nicht auszumerzen.

Ich versuchte mit ein paar Tricks, die überflüssigen Sekunden so zu füllen, dass der Eindruck eines realen Gesprächspartners entstand. Nur hatte ich nicht die Möglichkeit festzustellen, wie es auf andere wirkte.

Die Idee, mir eine Telefonzelle zu suchen, um meine Bemühungen von außen im Ergebnis zu begutachten, verwarf ich rasch wieder. Mir stand nicht der Sinn danach, das hell erleuchtete Haus noch einmal zu verlassen. Außerdem sagte mir ein Rest Sarkasmus, ich hätte mir einen ziemlich großen Rémy Martin einverleibt, und ein verantwortungsbewusster Mensch setze sich nicht mit Alkohol im Blut in Vaters Mercedes. So bat ich Gretchen um telefonische Unterstützung und ihre Meinung.

Es war nicht so, dass ich nach ihr griff wie nach einer Ersatzmutter. Zwanzigjährige Ansichten werden nicht durch ein paar Schlucke Schnaps und ein paar schnoddrige Sätze revidiert. Vielleicht hatte Hennessen Recht und Gretchens Herz war aus purem Gold. Aber so weit, das Glitzern zu sehen, war ich noch lange nicht. Ich war nur … ich weiß es nicht – einsam.

Ich tanzte auf Messers Schneide. Und es war ein verdammt scharfes Messer, das mir bei jedem Gedanken den Verstand ein wenig mehr einritzte. Vera gegen den Rest der Welt? Mach dir nichts vor, das schaffst du nicht. Akzeptiere die Tatsachen, akzeptiere sie endlich. Es war deine eigene Idee in den ersten Stunden. Als noch niemand bereit war, ein Verbrechen in Betracht zu ziehen, hast du sie tot in der letzten Box in Hennessens Stall gesehen. Macht es einen Unterschied, ob ein biederer Reitstallbesitzer ausrastet oder ein kaputtes Geschöpf wie Nita?

Gretchen machte kein Aufhebens um meine Bitte. Für sie war mein Ansinnen ebenso selbstverständlich wie der Tritt auf einen Maulwurfshügel im Salatbeet. Vera dreht durch, nun lass uns mal zusehen, dass wir die Bewegung stoppen. Bis nach Mitternacht gingen diverse Anrufe hin und her. Meine vorletzte Bandbesprechung fand Gretchen nicht übel. Ich hatte mir dafür Vaters Niebelungenlied geborgt und ließ es im Hintergrund mitlaufen.

Ich sagte: «Zardiss.» Und: «Moment bitte.» Dann drehte ich das Gesicht vom Mikrophon weg und sagte: «Kann mal jemand die Musik leiser stellen?» Und wieder zum Anrufbeantworter: «Einen Augenblick noch.» Und in Richtung Tür gerufen: «Vater, mach doch bitte die Musik …» Von da an waren es noch drei Sekunden bis zum Piepser. Zeit genug, die Stereoanlage per Fernbedienung verstummen zu lassen und gleichzeitig zu fragen: «Rena, bist du es, Schatz?»

Gretchen fand es recht passabel. Otto, der auch einmal testen wollte, fand es sogar fast echt. Mir gefiel es nicht, weil es hinter dem Schatz piepste. Und Gretchens Stimme hatte bereits ebenso viel Wirkung gezeigt wie eine Valium zehn. Ich war fast wieder normal und völlig am Ende.

Der letzte Versuch: «Rena, wir sind im Moment nicht zu Hause. Ruf in der Praxis an, Schatz, oder sprich nach dem Pfeifton ein paar Worte auf das Band. Bitte, Rena, sag uns, wo du bist und ob es dir gut geht. Wir machen uns solche Sorgen um dich.» Dass mir beim letzten Satz die Stimme brach, war keine Absicht, ich konnte es nur nicht verhindern.

«Ich glaube», sagte Gretchen bedächtig, «so ist es am besten.» Im gleichen Atemzug fragte sie: «Ist der Doktor heimgekommen?»

Ich verneinte. Sekundenlang blieb es still in der Leitung. Ich hörte Otto im Hintergrund rumoren. Gretchen fragte: «Soll Otto morgen früh kommen und dich zu deinem Auto bringen?»

«Das ist nicht nötig. Ich kann den Wagen meines Vaters benutzen.»

«Du solltest ihn aber nicht im Dorf rumstehen lassen. Nachher machen die Kinder was kaputt.»

«Daran kann man nicht mehr viel kaputtmachen.»

«Pass auf», sagte sie. «Ich schick Otto morgen früh. Du gibst ihm den Schlüssel, dann schaff ich dir das Auto auf den Hof.»

«Willst du es fahren?» Es war das erste Mal, dass ich sie duzte. Bis dahin hatte ich mich um jede persönliche Anrede herumgemogelt. Ich wunderte mich, dass es so flüssig über die Lippen ging.

«Warum nicht», sagte sie. «Früher hab ich Lastwagen gefahren. Nach dem Krieg, es waren ja keine Männer da. Ich komm schon klar mit so 'ner kleinen Kiste. Ich fahr auch den Volvo, wenn's sein muss. Im Dorf sind doch keine Grünen, die nach dem Lappen fragen.»

Ich hatte den Satz noch so gut im Ohr. Und ich hatte ihn meiner Mutter in den Mund geschoben. Wir sprachen noch fast eine halbe Stunde lang über alles Mögliche, nur nicht über die Tränen, die sich nicht aufhalten ließen. Ich hasste mich für die Schniefer ins Telefon, aber sie machten es leichter, verliehen den Sätzen, die sie unterbrachen, mehr Gewicht und Überzeugungskraft.

Über den Irrtum sprachen wir, in dem die Polizei sich befand, befinden musste. Dass ich Nita alles Üble zutraute, aber nicht die Fähigkeit, einen Menschen zu töten. Wir sprachen auch über Udo und meine Parkplatzerkenntnis. Ich dachte, Gretchen wäre erstaunt gewesen. Das war sie nicht. Ich konnte ihr bedächtiges Nicken förmlich durchs Telefon hören.

«So was hab ich mir fast gedacht. Udo ist immer zu Hennes gelaufen, wenn er Ärger hatte. Nun hat er mehr Ärger, als er verkraften kann, und lässt sich nicht mehr bei ihm blicken. Da konnte was nicht stimmen. Und Hennes hat auch schon ein paar komische Bemerkungen gemacht, sagt Otto. Könnte sein, er denkt dasselbe wie du. Aber er wird sich hüten, sich mit den von Wirths anzulegen. Würde ich dir auch nicht empfehlen. Aber wenn du willst, dass es morgen Abend alle wissen, gehst du am besten morgen früh zur Ziegler.»

«Ich habe nicht vor, es herumzuerzählen.»

«Dann ist es gut. Man muss dem Jungen nicht unnötig Scherereien machen. Sein Alter reißt ihm den Kopf ab, wenn ihm das zu Ohren kommt. Udo hat's nie leicht gehabt bei dem Alten. Nichts konnt er ihm recht machen. Immer war Annegret besser als er. Als Udo anfing, zu Hennes zu rennen, war der Ofen ganz aus.»

Sie erzählte ein wenig Dorfklatsch. Dass irgendwann das Gerücht aufgekommen war, Udo sei ebenso schwul wie Hennes. Dass man sich über das Gerede nicht wundern dürfe. Wenn ein Mann in Udos Alter einen Bogen um jede Frau machte und bisher nicht eine einzige Freundin gehabt hatte, kamen eben ein paar Leute auf verrückte Ideen.

Sie glaubte nicht so recht an Udos Neigung zum eigenen Geschlecht. Möglich, dass er mal probiert hatte. Ebenso möglich, dass er nur deshalb die Finger von Frauen ließ, weil er Annegret als perfekte Vorlage vor Augen hatte und sich dachte, er könne keine auf den elterlichen Hof bringen, die Gnade fand in den Augen seines Vaters.

Als ich den Streit im Krankenzimmer erwähnte, seufzte Gretchen. «Ach Gott, der Alte hat sie nicht alle auf der Reihe. Ich hab's schon von einigen gehört und wollt's nicht glauben. Ist doch hirnverbrannt, dem Jungen die Schuld an dem Unfall zu geben. Bei der Beerdigung – ich war ja nicht da, bin ich auch froh drum. Ich hätte dem Alten was anderes erzählt, wenn ich's gesehen und gehört hätte – hat er Udo vom Grab weggerissen. Stell dir das vor! Ein Mörder hat am Grab seiner Tochter nichts zu suchen, soll er gesagt haben. Der Junge kann einem in der Seele Leid tun. Ich werd mal mit ihm reden, wenn ich ihn allein zu packen kriege.» Dann wünschte sie mir eine gute Nacht.

So gut war sie nicht. Um zwei legte ich mich ins Bett, um fünf stand ich wieder auf. Um halb sechs döste ich in Jürgens Fernsehsessel ein und träumte von aufgeschlitzten Pferdeleibern und einer Gestalt, die in finsterer Absicht ein einsames Gehöft aufsuchte, um einer Frau die Kehle durchzuschneiden und sie in einem Kanalschacht verschwinden zu lassen. Dazu dudelte und schrillte ein Spielautomat.

Um sieben versetzte mir ein Poltern aus der Diele einen Stromstoß. Es gehörte nicht zu einem Traum, war so real wie die gefüllte Blase, die mich kurz zuvor endgültig aufgeweckt, aber noch nicht dazu veranlasst hatte, die Augen zu öffnen. Dafür sorgte das Hämmern. Für den Bruchteil einer Sekunde sah ich eine scheußliche Fratze am Fenster.

Es war nur Otto, der sich die Nase an der Scheibe platt drückte. Gretchen bearbeitete die Haustür mit ihren Fäusten. Ich ließ sie herein. Gretchen bestand darauf, dass ich ein kräftiges Frühstück zu mir nahm. Während sie es zubereitete, fuhr Otto mich ins Dorf. Es war mir doch lieber, den Fiesta selbst auf den Hof zurückzuholen. Ich glaube, Gretchen war es auch lieber.

Beim Frühstück leisteten sie mir beide Gesellschaft. Mehrfach hatte ich das Gefühl, dass Gretchen mich etwas fragen wollte. Jedes Mal warf sie einen zweifelnden Blick auf Otto und machte dann eine läppische Bemerkung über die Küche oder Vaters Mercedes. «Kann nicht schaden, wenn du den fährst. Mit so 'ner Kutsche macht man Eindruck.»

Auch wenn sie keinen bestimmten Zweck mit diesem Satz verfolgte, brachte sie mich damit auf eine Idee. Allmählich nahm es doch konkrete Formen an. Ein zuverlässiger Mann! Wie viel Zeit mochte ich mir kaufen können für fünftausend Mark? Ich brauchte nicht nur mehr Geld, ich brauchte auch Fotos. Von Rena gab es genug im Haus. Das Problem war Nita. Der Gedanke, ihre

Mutter samt Begleitung zu stören, hatte nicht viel Verlockendes. Aber es musste sein.

Ich bat Gretchen, im Haus zu bleiben, wozu sie ohne Zögern bereit war. Ich sagte, ich wäre gegen Mittag zurück. Und sollte das Telefon klingeln ... «Kümmere dich nicht um den Anrufbeantworter, nimm ab und sprich mit ihr. Ich bin sicher, mit dir wird sie reden.»

Otto wollte zu Hennessen. Er verließ das Haus zusammen mit mir. Gretchen rief ihm nach: «Und halt die Schnauze. Du erlebst dein blaues Wunder, wenn du Hennes was von Udo erzählst.»

Otto riss treuherzig die Augen auf und beteuerte: «Wo werd ich denn.»

Er fuhr vor mir her zur Landstraße hinunter, bog nach links ab, hupte und winkte noch einmal, als seien wir gute Kameraden. Ich dachte an künftige Sonntagnachmittage im trauten Familienkreis. Ob Otto in der Lage war, die Stachelbeer-Baiser-Torte zu würdigen? Schwer vorstellbar. Mutter würde mir nie verzeihen, dass ich sie ins Haus gelassen hatte.

Um zwanzig nach neun setzte ich Vaters Wagen neben Regina Kolters schnittiges Coupé. Ich war noch immer in einem merkwürdigen Zustand, zur Hälfte erfüllt von Gretchens Schnoddrigkeit, zur anderen Hälfte leer.

Ich war überzeugt, Nitas Mutter aus dem Bett klingeln zu müssen, und erstaunt, als sie mir öffnete. Irgendwie ist es komisch, man hat eine bestimmte Vorstellung, bildet sich eine Meinung, legt sich ein paar Sätze zurecht. Und dann bringt man keinen davon über die Lippen, weil nichts so ist, wie man es erwartet hat.

Ich hatte Regina Kolter zuletzt vor drei Jahren gesehen, vielleicht war es noch länger her. Und ich hatte sie nur in ihrem Auto vorbeifahren sehen. Einen flüchtigen Blick auf den Ozelot um ihre Schultern und den hinreißenden Wuschelkopf werfen dürfen. Mag sein, dass ich sie beneidet hatte um ihre Fähigkeit, eine Frisur zu tragen, die sie zehn Jahre jünger machte, mit der ich ausgesehen hätte wie frisch aus dem Bett gestiegen. Es war nicht die Frisur gewesen, das begriff ich schnell. Sie war zehn Jahre jünger, als ich mir ausgerechnet hatte.

Ein schmales, blasses Gesicht, übernächtigte Augen, das dunkelblonde Haar hing ihr bis auf die Schultern und wirkte in keiner Weise aufreizend oder verjüngend, nur so, als hätte sie noch nicht die Zeit gefunden, sich zu kämmen. Sie trug eine ausgebleichte Jeans mit Designerriss auf dem rechten Knie und ein sackartiges Sweatshirt, weder Strümpfe noch Schuhe. Auf nackten Füßen stand sie in der Tür, hielt einen Apfel in der rechten Hand, von dem sie mehrfach abgebissen hatte.

Ich hatte sagen wollen: «Entschuldigen Sie die frühe Störung.» Und ich hatte es in einem ganz bestimmten Ton sagen wollen, ein bisschen spöttisch, sehr energisch und unterlegt von den unausgesprochenen Worten: Im Gegensatz zu dir sorge ich mich um meine Tochter und finde, wir sollten etwas unternehmen.

Stattdessen sagte ich: «Wir kennen uns nicht, Frau Kolter. Ich bin Renas Mutter. Ich muss unbedingt mit Ihnen reden. Ich weiß nicht, ob Ihnen bekannt ist, was die Polizei vermutet, aber ...»

Weiter kam ich nicht.

Die Hand mit dem Apfel winkte mich in eine helle Diele. Es sah nicht aus wie ein Privatpuff, nur wie eine freundliche, gemütliche Wohnung. Bis auf eine Ausnahme standen sämtliche Zimmertüren offen. Ich konnte ungehindert einen Blick auf das üppige Blumengesteck im Wohnzimmer, auf das Frühstücksgedeck in der Küche, auf das Handtuch über dem Beckenrand im Bad und auf das ungemachte Bett im Schlafzimmer werfen. Was mir den Atem nahm, war das riesige Foto über dem Bett. Es war so groß wie ein Poster.

Was erwartet man im Schlafzimmer einer Frau, von der man weiß, dass sie ihr Geld mit «Begleitungen» verdient? Eine nackte Carmen, ein Paar in zärtlicher Umarmung, irgendein erotisches Motiv jedenfalls. Schwer vorstellbar, dass von dem Foto über ihrem Bett eine stimulierende Wirkung ausging. Ein zierliches Kind im weißen Spitzenkleid, ein weißes Krönchen im dunklen Haar, in einer Hand die weiße Kerze mit dem Goldmotiv, in der anderen das Gebetbuch. Nita im Kommunionskleid.

Die Hand mit dem Apfel zeigte zur Küche. Gesprochen hatte sie noch kein Wort, auch sonst nichts getan, keine Miene verzogen, weder abfällig gegrinst noch teilnahmslos gelächelt. Sie zeigte auf einen Stuhl beim Tisch. Es gab nur zwei Stühle. Sie nahm auf dem zweiten Platz und legte ihren Apfel auf den Teller des Gedecks.

Auf dem Tisch stand ein kleines Mixgerät mit Glaskanne. Die Kanne war zur Hälfte gefüllt mit einer trüben Flüssigkeit. Sie goss sich ein. Ob sie mir etwas anbieten dürfe, fragte sie nicht. Sie trank einen Schluck, räusperte sich. Ihre Stimme klang nach ungezählten Zigaretten oder durchweinten Nächten. «Und was vermutet die Polizei?»

Es wäre leichter gewesen, ihr das zu erklären, wenn sie mich nicht so unverwandt angeschaut hätte, während ich sprach. Ein Blick wie eine müde Puppe, kein Blinzeln, kein Zucken der Mundwinkel, kein Heben und Senken unter dem Sweatshirt, nichts, woraus sich schließen ließ, dass sie lebte und zuhörte.

Irgendwann stieß sie die Luft aus, die Lippen kräuselten sich. «Phantastisch», murmelte sie, trank noch einen Schluck von der trüben, zähflüssigen Brühe, senkte den Kopf und nahm ihren Apfel wieder in die Hand. Sie drehte ihn, betrachtete die Bissmale. «Und was machen wir nun? Schimpfen wir gemeinsam auf die blöden Bullen? Heulen wir uns gegenseitig was vor? Oder soll ich mich bei Ihnen entschuldigen, weil ich ein Ungeheuer in die Welt gesetzt habe?»

Ohne den Blick zu heben, zeigte sie mit der freien Hand zur offenen Tür, durch die Diele in ihr Schlafzimmer. Von ihrem Platz aus musste sie das große Foto ganz sehen können, wenn sie hinschaute. Das tat sie nicht. Und ich sah nur den Rand, ein Stück vom weißen Kleid und die Kerze.

«Sieht so ein Ungeheuer aus?»

Ihre Hand kam zurück, strich eine Haarsträhne aus dem Gesicht. Ein tiefer Atemzug hob das Sweatshirt an. «Sie war ein niedliches Baby, auch mit zehn oder zwölf war sie noch niedlich. Sie war immer sehr klein und zierlich. Aber sie war kerngesund! Und Köpfchen hatte sie. In der Grundschule sagten sie, sie muss aufs Gymnasium. Es lief auch wunderbar in den ersten beiden Jahren. Sie hätte was aus sich machen können, studieren, einen tollen Job. Ich habe sie nicht kaputtgemacht, ich nicht! Das hat ein Kollege Ihres Mannes besorgt. Ein Scheißer hat sie angefahren. Monatelang hat sie in der Klinik gelegen, musste das Schuljahr wiederholen. Aber das wäre nicht so tragisch gewesen.»

Plötzlich schleuderte sie den Apfel durch die Küche, legte beide Hände vors Gesicht. «Scheiße, verfluchte Scheiße. Ich war nicht da. Ein Freund hatte mich auf sein Boot eingeladen, und ich brauchte ein paar Tage Urlaub. Es war ziemlich stressig mit ihr in den letzten Monaten. Ich habe zu ihr gesagt, tu, was du willst, nimm dir, was du kriegen kannst. Manchmal hat sie es übertrieben. Manchmal dachte ich, ich halt's nicht mehr aus mit ihr. Aber ich wollte sie mitnehmen. Ich dachte, ein paar Tage nur Wind und Wasser, das tut ihr sicher gut. Sie wollte nicht. Sie sagte: ‹Ich kann nicht aus der Schule wegbleiben.› Ich sagte: ‹Scheiß auf die Schule. Die sind froh, wenn du nicht kommst.› Gelacht hat sie. ‹Deshalb gehe ich ja so gerne hin›, sagte sie.»

Sie nahm die Hände herunter, schaute mich an. «Kein Wort hat sie verlauten lassen, was sie vorhatte. Ich war gerade zur Tür reingekommen, hatte noch nicht den Koffer ausgepackt, da kommt dieser Bulle und fragt mich, wo sie ist. Es hat ihm Spaß gemacht, genossen hat er es, auf dem hohen Ross zu sitzen und auf eine Nutte herabzuschauen. Ich wusste, was er dachte. Ich kann Gedanken lesen; muss man können in dem Job. Ich dachte: Leck mich, du Scheißer. Wenn du eine Nutte sehen willst, den Gefallen kann ich dir tun, es macht keine Umstände.»

Ich wollte mir nichts anhören von ihrem Schmerz. Es war ein widersprüchliches Gefühl. Ein Teil in mir fand, sie hatte kein Recht darauf. Und ein anderer Teil hatte bereits die Gemeinsamkeit entdeckt. Aber ich wollte mit Regina Kolter nichts gemeinsam haben. Ich wollte weg, so schnell wie möglich.

«Haben Sie ein neues Foto von Ihrer Tochter?»

Sekundenlang starrte sie mich an, als hätte sie mich nicht verstanden. Dann lachte sie. Es war ein dunkler, kehliger Ton. Sie schürzte spöttisch die Lippen. «Nein! Ich habe nämlich keine Tochter. Ich war vierzehn, als ich sie bekommen habe; mein jüngster Bruder ist drei Monate älter als Nita. Sie war meine Puppe, sagt ein Mann, der das studiert hat. Vor zwei Jahren habe ich sie zu einem Psychologen geschickt. Ich dachte, er könnte ihr helfen. Aber er hat nur ein bisschen analysiert und kam zu dem Ergebnis, dass sie mein Spielzeug war.»

Sie zuckte mit den Achseln und bückte sich nach dem Apfel. Er war gegen die Wand über der Spüle geprallt, zurückgeflogen und ihr vor die Füße gekullert. Sie hob ihn auf und trat damit ans Fenster. Mit abgewandtem Rücken sprach sie weiter.

«Ich hab sie nie als Spielzeug gesehen. Sie atmete und lachte. Ich war stolz auf mich, dass ich etwas so Wundervolles zustande gebracht hatte. Nachts habe ich sie in mein Bett geholt und mich gefreut, wenn sie mich anschaute und mir etwas erzählte; hö hö und rö rö, was Babys halt so von sich geben. Ich wollte nicht, dass sie abgelegte Kleider tragen musste. Ich wollte, dass sie hübsch war.»

Nachdem sie einmal angefangen hatte, fand sie kein Ende. Ich konnte nicht aufstehen und gehen. Der Teil in mir, der die Gemeinsamkeit entdeckt hatte, wuchs mir über den Kopf. Ich wollte es wahrhaftig nicht, aber ich empfand Mitleid und Sympathie. Ich schaute sie an und sah mich selbst. Ab und zu braucht man eben einen Menschen, der zuhört. Etwas anderes als zuhören konnte ich nicht. Weder antworten noch Fragen stellen, noch unbesehen glauben, dass Nita ein niedliches Püppchen gewesen war.

Regina Kolter erzählte von den hübschen Kleidchen der ersten Jahre, vom Streit mit ihren Eltern, die sich weigerten, jeden Firlefanz zu bezahlen. Von der kindlich naiven Affäre mit dem Nachbarssohn, der Nita entsprungen war, und vom Spaß, den es gemacht hatte, mit dem Jungen zu schlafen. Von den Blicken anderer Männer und wie sie irgendwann begriffen hatte, auf welche Weise sich Nitas Lackschuhe und Spitzenkleidchen problemlos finanzieren ließen.

Es klang, als habe sie nur ihrem Kind zuliebe diesen Weg eingeschlagen. Dass es Nita in irgendeiner Weise geschadet haben könnte, mochte sie nicht glauben. Nita hatte es genossen, eine Mutter mit großem Freundeskreis zu haben. Es waren immer nur Freunde gewesen, keine Freier. Es waren Auserwählte, und sie wurden sorgfältig ausgewählt. Es waren Männer mit Geld und Macht und Einfluss. Männer, die für einen netten, verschwiegenen Abend ein kleines Vermögen zahlten und sich auch in anderer Weise erkenntlich zeigten.

Regina Kolter hätte nur mit einem Finger schnipsen müssen, und zwei oder drei von ihren Freunden hätten Klinkhammers berufliche Aufstiegschancen jäh beendet. Bisher hatte sie es vermieden, einen ihrer Freunde auf den idiotischen Bullen zu hetzen. Sie hatte auch nicht vor, es zu tun. Sollte der dämliche Hund doch glauben, was er wollte. Sie würde zu allem Ja und Amen sagen. Der Rest war Privatsache, ging nur sie etwas an und Nita.

Nach mehr als einer Stunde, in der sie ihren braun werdenden Apfel in der Hand gedreht und mit einer Stimme, die zwischen Melancholie und Feindseligkeit schwankte, gesprochen hatte, war sie wieder bei den Scheißern, die ihnen das angetan hatten. Es waren zwei gewesen, ein besoffener Autofahrer und ein hirnamputierter Arzt.

Sie öffnete den Schrank neben der Spüle. Ein Mülleimer schob sich vor, öffnete seinen Deckel und legte ein Häufchen zerknüllter Papiertaschentücher, Möhren- und Eierschalen bloß. Sie ließ den

Apfel darauf fallen und schaute mich nachdenklich an. «Was wollen Sie mit einem Foto von Nita?»

Ich erklärte es ihr. Sie schüttelte den Kopf.

«Auch wenn ich ein brauchbares Foto hätte, dafür würde ich es nicht hergeben. Es war Nitas Entschluss wegzugehen. Wenn sie sich entschließt zurückzukommen, soll sie das freiwillig tun. Und nicht, weil ein Schnüffler sie dazu auffordert.»

«Ich will sie nicht auffordern lassen zurückzukommen. Ich will nur, dass sie mir ein paar Fragen beantwortet.»

«Das kann ich genauso gut. Der Bulle spinnt. Und wenn Sie glauben, was er erzählt, können Sie auch nicht bei Verstand sein. Natürlich hatte Nita eine Wut im Bauch, aber nicht auf Sie und nicht auf Rena. Dass sie es Lengries so erzählt hat, wundert mich nicht. Dem Arsch hätte sie nie die Wahrheit gesagt. Die Wahrheit, Frau Zardiss, ist: Nita war gerne mit Rena zusammen. Nach Ihrem Umzug war sie ziemlich geknickt, weil Rena sich von ihr zurückzog. Ich sagte: ‹Lass die Kleine doch. Du hast genug Freunde. So ein wohlbehütetes Töchterlein passt doch gar nicht zu dir.› Wissen Sie, was sie mir antwortete? ‹Ich schaue sie an, Regina, und dann schaue ich durch ein Fenster und sehe mich auf der Straße vorbeigehen. Und wenn ich mich vorbeigehen sehe, bin ich wie sie. Ich hätte doch so werden können, oder?› Natürlich hätte sie so werden können.»

Sie lächelte, es war fast ein Weinen. «Machen Sie sich keine Sorgen. Wenn Rena bei Nita ist, bekommen Sie sie ohne einen Kratzer zurück. Nita wird nicht zulassen, dass jemand ihr Fenster mit Dreck bewirft oder zerkratzt. Und wenn Nita sie nicht mehr braucht, wird sie Rena heimschicken.»

«Wann?»

Sie zuckte mit den Schultern, drehte das Gesicht zur Seite. «In ein paar Wochen, in ein paar Monaten. Ist doch egal, wann. Nita braucht sie jetzt. Einer muss ihr doch beistehen, wo André nicht mehr da ist.»

Ich erhob mich. Zwei Fragen noch. «Wenn Nita sich bei Ihnen meldet, werden Sie mich informieren? Und werden Sie sie fragen, ob Rena bei ihr ist und wie es ihr geht?»

«Sie wird sich nicht bei mir melden. Das tut sie mir nicht an.» Sie zögerte, betrachtete mich skeptisch. «Aber ich habe Möglichkeiten. Ich kann in Erfahrung bringen, ob sie zusammen sind und wie es ihnen geht. Wenn Sie interessiert sind.»

Ich dachte an einflussreiche Freunde und nickte.

«Gut», sagte sie und nickte ebenfalls. «Ich rufe Sie an, wenn ich etwas weiß. Aber ich sage Ihnen nicht, wo die beiden sind. Machen Sie sich keine Hoffnungen. Wenn ich nein sage, heißt das nein.»

Als ich endlich wieder im Wagen saß, brummte mir der Schädel vor Trauer. Es gibt kein anderes Wort dafür. Regina Kolter mochte manches verzerrt oder verklärt sehen, sogar vieles mochte sie so sehen. Doch sie hatte auch mich etwas sehen lassen. Ich sah es mit dem gleichen Gefühl von Sicherheit, das ich mit Udo von Wirth auf dem Krankenhausplatz empfunden hatte. Ich sah es nicht nur, ich hörte es auch mit Olgerts Stimme, die Sätze aus Renas Tagebuch zitierte. «Sie tut mir so furchtbar Leid!»

Nita war krank. Sie war gegangen, um zu sterben. Sie wollte nicht, dass ihre Mutter ihr dabei zuschaute. «Das tut sie mir nicht an.» Das war die Antwort. Nita Kolter liebte ihre Mutter und wollte sie nicht leiden sehen. Nur zwei gute Freunde als Begleitung auf dem letzten Weg. Und eine hatte vielleicht nicht ganz freiwillig mitkommen wollen. Aber das war nicht mehr so wichtig.

Wenn ich mich entschließen konnte, nur einen Bruchteil von dem zu glauben, was Regina Kolter gesagt hatte, nahm das Bild eine andere Farbe an. Es wurde klarer, die Konturen schärfer und zugleich lieblicher. Es gab noch viele verwischte Stellen. Ein besoffener Autofahrer und ein hirnamputierter Arzt? Ich hatte noch nie von Unfallverletzungen gehört, die erst Jahre später gravierende Folgen zeigten. Rena hatte auch nie erwähnt, dass Nita in irgendeiner Weise beeinträchtigt wäre. Aber Rena hatte vieles nicht erwähnt. Und ich hatte nicht genug medizinisches Wissen zusammengetragen, um mir ein Urteil erlauben zu können.

Ich erinnerte mich an ihr Schwanken vor unserer Haustür, an Menkes Arm um ihre Taille. Man konnte es sehen wie Jürgen oder wie Regina Kolter. Bekifft oder geschwächt. Wenn ich mich für Letzteres entschied, gab es für alles eine Erklärung. Sogar für den Satz, den Nita der Frankfurter Polizei auf Band gesprochen hatte.

Natürlich war es Hoffnung. Mehr noch, Gewissheit. Rena kommt zurück, irgendwann kommt sie zurück. Mit dieser Gewissheit war ein Besuch bei Uwe Lengries überflüssig. Aber ich hatte mich entschlossen, systematisch vorzugehen und dem polizeilichen Beispiel zu folgen. Man gibt sich nicht zufrieden mit der Aussage einer Mutter, die nur sieht, was sie sehen will. Man hört sich auch an, wie andere die Sache sehen. Vielleicht erkennt man dabei die Ursache für den Denkfehler, der der Polizei unterlaufen ist.

Um halb zwölf fuhr ich zum ersten Mal an der Cityreinigung vorbei. Es gab keinen freien Parkplatz in der näheren Umgebung. Ich fühlte mich zwar stärker als in der Nacht, aber nicht stark genug, mir Klinkhammers Frechheit herauszunehmen und in der zweiten Reihe zu parken. Eine Runde um den Block und noch eine, dann fand sich ein freies Plätzchen. Nicht lang genug, um den Mercedes ordnungsgemäß darauf abzustellen. Er ragte mit dem Heck in die Straße. Es war mir egal.

Nicht egal war mir, dass wieder keine Reaktion erfolgte, nachdem ich auf den Klingelknopf gedrückt hatte. Ich drückte zwei andere Knöpfe, es knackte in der Gegensprechanlage. Ein metallisches «Ja?» war zu hören. Der Stimme nach eine ältere Frau.

«Ich möchte zu Lengries», sagte ich. «Da öffnet niemand. Würden Sie bitte aufdrücken? Dann kann ich eine Nachricht an die Wohnungstür heften. Es ist wichtig.»

Es summte im Türschloss, zwei Sekunden später stand ich in einem gefliesten Treppenhaus. Dass ich im zweiten Stock erwartet wurde, sah ich schon auf dem ersten Treppenabsatz. Die Stimme hatte nicht getrogen, eine Frau Anfang sechzig. Sie lugte über das Geländer, verfolgte meinen Aufstieg. Ich zog Notizbuch und Kugelschreiber aus der Handtasche.

Als ich den zweiten Stock erreichte, zeigte die Frau auf eine der Wohnungstüren und sagte: «Die sind in Urlaub. Aber der Junge ist da. Nur wenn er Musik hört, hört er die Klingel nicht. Da muss man schon tüchtig an die Tür klopfen.»

Ich wollte klopfen, da sagte sie: «Jetzt ist er nicht da. Er ist vor einer Stunde runtergegangen. In die Garage, nehme ich an. Fummelt wohl wieder am Auto. Was anderes haben die ja nicht im Kopf, nur Musik und Autos. Gehen Sie runter bis in den Keller und dann die Tür gegenüber der Treppe. Da geht's in die Garage.»

Ich erkannte ihn sofort, als ich ihn sah. Uwe Lengries hatte sich auf unserem Hof umgedreht, als Nita ihre Show abzog. Er kniete auf der Rückbank in seinem Wagen und hantierte an zwei Lautsprechern auf der Heckablage.

Er erkannte mich ebenfalls und sein Gesicht verzog sich in Ablehnung. Er wollte nicht mit mir reden. Nicht über Nita, nicht über André Menke, nicht über Rena und nicht über das, was er Klinkhammer und Olgert erzählt hatte. «Fragen Sie die. Ich hab keine Lust, es noch dreimal durchzukauen.»

Dann begann er doch, stockend, widerwillig und mühsam gegen die Tränen ankämpfend. Nita hatte seinen Freund auf dem Gewissen, mehr gab es nicht zu sagen! Nita war eine elende Schlampe, ein Stück Dreck, ein Miststück, ein dreimal verfluchter Junkie. Nita war kaputt und konnte nicht eher Ruhe geben, bis andere es auch waren.

«Ist sie krank?»

Ich saß auf dem Fahrersitz, Uwe Lengries auf der Rückbank, den Kopf weit in den Nacken gelegt, die Augen geschlossen. Er schlug sich mit der flachen Hand gegen die Stirn. «Ja, hier. Und das ist eine verdammt ansteckende Krankheit.»

Ich sah das Foto über Regina Kolters Bett vor mir, während er fluchte, schniefte und den Nachruf auf André Menke hielt. Ein toller Kumpel, ein Freund, wie man ihn sich wünscht. Unzertrennlich waren sie gewesen seit dem ersten Schultag, auch noch mit den ersten Mädchen, bis Nita auftauchte. In ihrem Gefolge bereits Wiltrud Heister und Henrik Emmersen. André war zu der Zeit mit Janet Abel zusammen. Und Janet war mit Stefanie Burk befreundet. Und Stefanie fuhr auf Nita ab wie eine Rakete. Über Stefanie geriet Janet in Nitas verhängnisvollen Bann und mit ihr André.

Da war etwas, das Uwe Lengries nicht verstand. Dass André, der bestimmt nicht blöde war, einem grünen Giftpflänzchen auf den Leim ging, dass er plötzlich alles sausen ließ, was vorher wichtig gewesen war, und Nitas perverse Spielchen mitmachte.

Er holte weit aus. So genau wollte ich es gar nicht wissen. Aber ich mochte seinen Monolog nicht unterbrechen aus Furcht, dass er den Faden verlor oder sich darauf besann, dass er nicht mit mir reden wollte. Ich hatte Zeit und die Hoffnung, dass er sich allmählich an Rena heranarbeitete.

Nach einer halben Stunde wusste ich, dass es nie Sex gegeben hatte mit Nita. Nur leere Versprechungen zu Anfang, später nicht einmal mehr die. Aber später klebte André an dieser Giftdrüse, hätte Nägel geschluckt und auf glühenden Steinen getanzt für das verlogene Aas.

Hundertmal hatte Uwe Lengries seinen Freund gewarnt: «Für die bist du auch nur ein Scheißer, da kannst du dir noch ein Dutzend Ringe durch die Backen schießen. Die macht dich kaputt.»

Und genau so war es gekommen, jetzt war André tot. Und Uwe Lengries wünschte Nita ein so grauenhaftes und qualvolles Ende, wie man es seinem ärgsten Feind nicht wünschen sollte.

Ich brachte ihn zurück auf den Punkt, sagte, wir hätten uns bei Rena auch immer gefragt, was an Nita so magisch anzog. Und wir wären erleichtert gewesen, als wir annehmen durften, es sei vorbei.

«Das war es auch», murmelte er, «für Rena. Nicht für Nita. Die will selbst bestimmen, wann etwas vorbei ist. Wenn sie merkte, dass einer nicht mehr mitzog, war sie plötzlich scheißfreundlich und machte auf die Mitleidtour. Das zog bei den meisten, bei Rena auch. Das arme Ding hat sich auch noch mies gefühlt.»

Mit geschlossenen Augen erzählte er von den letzten Stunden mit Nita und Menke. Dass Nita wörtlich gesagt hatte: «Ich nehme das Pferdchen mit, jetzt wird zur Abwechslung mal sie geritten.»

Dass er zu Nita gesagt hatte: «Du glaubst doch nicht, dass sie freiwillig mitkommt!»

Dass Nita gelacht hatte: «Und wie ich das glaube. Ich weiß schon, wie ich sie überreden kann. Die Scheißer sollen doch noch Spaß haben, bevor ich sie kille. Und wenn das Pferdchen bockt, mache ich mit ihr den Anfang. Macht mir gar nichts aus.»

Im Juristenjargon heißt es: Aussage gegen Aussage. Regina Kolter gegen Uwe Lengries. Ich sprach noch eine Weile mit ihm, vor allem über Nitas Gesundheit. Er räumte ein, dass es ihr zeitweise ziemlich dreckig gegangen war. Aber ihn wunderte das nicht. Wer pfundweise Speed schluckte und täglich einen Schuss brauchte, war eben nicht mehr so gut drauf. Von einem Unfall in früheren Jahren oder einer ernsthaften Erkrankung wusste er nichts. Dass Ärzte für Nita der letzte Dreck waren, wusste er dafür umso besser. Das hatte Rena so wertvoll gemacht in Nitas Augen. Der Papa ein Onkel Doktor, dem Nita unbedingt zeigen wollte, was Sache ist.

Ich musste mich nicht länger fragen, was Klinkhammer zu seiner abstrusen Mordtheorie gebracht hatte. Regina Kolter hatte es nicht für nötig befunden, einem idiotischen Bullen zu erklären, wie ihr ums Herz und welch ein Mensch ihre Tochter war. Und von Uwe Lengries brauchte es nur drei Sätze, dann war Nita eine Teufelin. Man konnte es glauben oder nicht.

Ich glaubte es nicht. Nicht mehr. Nicht mehr bedingungslos. Ein weißes Gesicht und ein schwarzer Umhang, aber nichts auf der Welt ist nur schwarz oder weiß. Jeder braucht seine Fassade.

Ich war ruhig und stark und mutig genug, einen Abstecher zur Praxis zu machen. Die Zeit war günstig. Mittagspause. Jasmin war daheim und Sandra Erken inzwischen wohl auch längst mit ihrem Sohn beschäftigt.

Ich dachte, dass wir ein bisschen Zeit für uns hätten. Zeit für eine Entschuldigung. Zeit zu sagen: «Tu dir das nicht an, noch eine Nacht auf der Couch. Sei nicht albern und komm heim. Ich habe eingesehen, dass ich mich unmöglich benommen habe. Aber wenn wir beide in dieser scheußlichen Situation ein bisschen Rücksicht aufeinander nehmen ...»

Sein BMW stand auf dem Parkplatz vor der Praxis. Ich stellte den Mercedes daneben, nahm den Schlüssel aus der Handtasche, überlegte beim Aussteigen, ob ich ihm erzählen sollte, womit ich mir den Vormittag vertrieben hatte. Lieber nicht! Vorerst nicht an Rena rühren, höchstens fragen, ob er über das Ergebnis der Kanalinspektion informiert worden sei.

Die Eingangstür war nur angelehnt. Im Treppenhaus begegneten mir ein alter Mann und eine junge Frau mit einem Säugling auf dem Arm. Es gab mehrere Praxen im Haus. Ein Internist, ein Zahnarzt, ein Kinderarzt, ein Orthopäde, ein Urologe und Jürgen im ersten Stock.

Ich schloss die Tür auf, trat ein. Wie erwartet waren Anmeldung, Labor und Wartezimmer leer. Die Tür zur Teeküche stand offen. Ich sah benutztes Geschirr im Ausguss stehen und oben aus dem Mülleimer lugte die Verpackung einer Pizza. Die hatte er sich wohl am Abend bringen lassen.

Die Pappschachtel erzählte mehr als tausend Worte. Jürgen verabscheute Pizzen. Aber was will man machen, wenn man allein und hungrig in einer Arztpraxis sitzt? Wenn man sich nicht aufraffen kann, unter Menschen zu gehen. Wenn nur der Italiener ins Haus liefert. Es tat mir Leid, dass ich am Abend vorbeigefahren war. Er musste sich sehr mies gefühlt haben.

Ich hatte vergessen, wie mies ich mich gefühlt hatte, und verzieh ihm, dass er nicht da war. Er musste irgendwo in der Nähe sein, in einem der umliegenden Restaurants. Für eine weitere Strecke hätte er den Wagen genommen.

Es gab drei Restaurants, die in Betracht kamen. Den Italiener, der die Pizza geliefert hatte, einen Chinesen und ein Lokal mit so genannter gutbürgerlicher Küche, von dem ich nicht wusste, ob es dort einen Mittagstisch gab. Den Italiener konnte ich mir sparen, mehr als eine Pizza tat Jürgen sich bestimmt nicht an. Und Nudelgerichte waren auch nicht sein Fall. Ich versuchte es zuerst beim Chinesen, dort war er nicht. Und mir war immer noch danach, mit ihm zu reden, ruhig und sachlich und überzeugend. Aber ich fand ihn nicht, auch nicht vor gutbürgerlicher Küche.

Ich ging zurück zur Praxis, holte den Wagen und fuhr zum Krankenhaus. Dass ich Gretchen versprochen hatte, gegen Mittag zurückzukommen, hatte ich vergessen. Ich glaube, ich hatte sogar Gretchen vergessen.

Ich war voll mit neuen Gedanken, neuen Wegen und Hoffnungen. Und ich wollte denen ein bisschen abgeben, die es ebenso nötig brauchten wie ich.

Meine Eltern saßen bereits vor Kaffee und einem Stück Marmorkuchen. Vater überließ mir seine Portion, behauptete, ihm sei der Kuchen ohnehin zu trocken, und das Mittagessen sei überaus reichlich gewesen. Mutter machte sich auf den Weg, mir einen Kaffee zu besorgen.

Ehe sie zurückkam, hatte ich Vater in groben Zügen über den Montag informiert, beginnend mit dem ergebnislosen Abbruch der Suche, damit er sich nicht unnütz aufregte. Dann ein paar Worte über Regina Kolter und Uwe Lengries, über neue Ansichten, geänderte Meinungen und hoffnungsträchtige Schlussfolgerungen.

Vater hörte aufmerksam zu. Es ging ihm besser. Er sprach langsam, aber gut verständlich. Er wollte sich kein Urteil erlauben, weil er Nita nie persönlich kennen gelernt, uns nur hin und wieder über sie hatte sprechen hören. Er meinte, allmählich wisse man wirklich nicht mehr, was man denken oder glauben solle. Er wusste auch nicht mehr, ob er das, was er mir ins Notizbuch diktierte, tatsächlich gehört oder es sich nur eingebildet hatte.

«Was die Uhr angeht, Vera, da bin ich mir sicher. Zu dem Zeitpunkt war ich noch ruhig. Aber dann ...»

Er betrachtete mich, als wollte er mich um Verzeihung bitten. «Du glaubst nicht, wie so ein Weinen eine Stimme verzerrt. Das habe ich Klinkhammer auch gesagt, als er uns diese Bänder aus Frankfurt vorspielte.»

Bevor ich nachhaken konnte, kam Mutter mit einer Tasse Kaffee zurück. Er war nur lauwarm, und sie hatte aus Versehen Milch hineingetan. Sie entschuldigte sich, fragte, wie viel Zeit ich hätte, und strich dabei über ihr Haar.

«Wenn du es einrichten kannst, würde ich gerne einen Termin bei Fräulein Gisela machen. Den Termin letzte Woche konnte ich ja nicht wahrnehmen.» Fräulein Gisela war ihre Friseuse. Und ich hatte Zeit, alle Zeit der Welt. Ich konnte den ganzen Nachmittag bei Vater sitzen und in Ruhe über verzerrte Stimmen reden. Mutter lächelte dezent. «Dann gehe ich mal zum Telefon. Vielleicht habe ich Glück und kann jetzt gleich kommen.»

Ich begriff es erst, als sie das Zimmer wieder verlassen hatte. «Wohin geht sie?»

Vater schmunzelte. Er schmunzelte tatsächlich und es war weder schief noch verzerrt. «Du hast es doch gehört.»

«Und was hast du gehört? Bitte, Papa, lüg mich nicht an. War es an dem Montag dieselbe Stimme, die Klinkhammer dir vorgespielt hat? War es Nita?»

Er schaute mich an, sehr ernst und sehr nachdenklich, dann schüttelte er langsam den Kopf. «Nein, Vera, auf gar keinen Fall. Ich bin mir ziemlich sicher, dass es ein Mann war. Aber frag mich nicht, was genau er gesagt hat. Es kann etwas völlig Harmloses gewesen sein. Es tut mir Leid, dass ich dir diesen Unsinn diktiert habe. Ich war der Überzeugung, ich hätte es so gehört. Vielleicht waren es nur meine eigenen Gedanken, die ich gehört habe. Tagelang hatte ich nur immer das eine gedacht: Wenn dem Kind etwas zugestoßen ist, ist es meine Schuld. Verstehst du, was ich meine?»

Natürlich verstand ich. An dem Tag verstand ich alles. Es war ein guter Tag! Mutter telefonierte mit ihrer Friseuse. Vater hatte gesagt, was ich hören wollte und noch ein bisschen mehr. Seine Gesichtsmuskeln gehorchten wieder seinem Willen. Regina Kolter hatte mir auf einen neuen Weg geholfen. Ich sah zwei Mädchen, von denen eines krank war und Hilfe brauchte. Und Rena tat, was sie konnte und solange es nötig war. Ein paar Wochen, ein paar Monate.

Vater erinnerte mich mit ernster Miene, dass Regina Kolter «wenn» gesagt hatte. Hinter «wenn» gehörte ein Fragezeichen.

«Ich muss dir nicht sagen, wie glücklich ich wäre, wenn du Recht hättest, Vera. Aber tu dir selbst einen Gefallen, bleibe realistisch und mach nicht aus dem Blickwinkel dieser Frau eine neue Weltanschauung. Verlass dich vor allem nicht darauf, dass sie über ihre vermeintlichen Beziehungen etwas über die Mädchen erfährt. Einflussreiche Männer, die solche Frauen regelmäßig besuchen, sind meist zu feige, sich in irgendeiner Weise dazu zu bekennen. Warum engagierst du nicht endlich jemanden?»

«Wen denn?»

Er dachte nach und schlug vor, ich solle Heinz Steinschneider anrufen. Steinschneider hätte vor Jahren einmal mit einem jungen Polizisten zu tun gehabt, der den Dienst quittieren musste. Im Grunde ein zuverlässiger Mann, nur leider zu unkonventionell für den Beruf. Ein Disziplinarverfahren nach dem anderen. Steinschneider hätte es sehr bedauert und später einmal davon gesprochen, dass der junge Mann sich als privater Ermittler selbständig gemacht habe.

«Es wäre mir lieber, wenn du Steinschneider anrufst», bat ich. «Ich kenne ihn doch kaum.»

«Aber er kennt dich, Vera. Wie soll ich ihn denn anrufen?»

Ich zeigte auf das nutzlose Telefon neben seinem Bett. «Du brauchst nur ein Wort zu sagen, dann steckt die Schwester das Ding ein, du kannst anrufen, wen du willst. Und ich könnte dich auch anrufen.»

Vater lächelte. «Ich habe schon daran gedacht, aber ich glaube, es ist noch zu früh. Weißt du, es ist ein Unterschied, einen Hörer abnehmen zu wollen, weil man zum Friseur gehen möchte, oder zu müssen, weil es klingelt. So weit ist deine Mutter noch nicht, lass ihr ein bisschen Zeit.»

Mutter kam um sechs mit einer frischen Dauerwelle zurück und steuerte ein wenig zur Unterhaltung bei. Der leidige Anruf. Vater hätte die Sache gerne abgehakt. Mehrfach versuchte er, ihr Einhalt zu gebieten. Nur war es unmöglich, sie von diesem Thema abzubringen. Zwar neigte sie nicht zu Übertreibungen, es war auch nicht ihre Art zu prahlen. Aber sie hätte ihre neu erworbene Fähigkeit gerne ein wenig ausgebaut und mir weisgemacht, der herabbaumelnde Hörer wäre dicht neben ihrem Ohr gewesen. Für sie spielte es keine Rolle, ob dieser Anruf für uns von Bedeutung war oder nicht. Das vermeintlich dezente Stimmengewirr im Hintergrund hatte sie an etwas erinnert. Nun zerbrach sie sich den Kopf, wo sie etwas Ähnliches schon einmal gehört hatte. Nicht auf einem Bahnhof, das stand fest. Auch zu Kneipe und Spielautomat hatte Mutter nur ein entschiedenes Nein. In solchen Etablissements hatte sie sich nie aufgehalten. Und dann dieser Ruf: «Wo bist du denn?» Oder: «Was machst du denn?» «Du denn», das war sicher.

Vater mochte nicht mehr wissen, was genau gesagt worden war. Mutter wusste es umso besser, und sie konnte sich auf ihr Gehör verlassen. Im Gegensatz zu Vater, der energisch leugnete, alt zu werden, hatte sie mit ihren fünf Sinnen absolut keine Probleme. Gut, sie brauchte eine Lesebrille, aber nur selten, sie las ja nicht viel. Und ihre Ohren – sie hörte ausgezeichnet. Gerufen hatte eine Frau! Darauf hätte Mutter einen Eid abgelegt. Eine schüchterne

Frau, vermutlich schon etwas älter. Und Herr Klinkhammer war an dieser Auskunft sehr interessiert gewesen.

Um sieben verabschiedete ich mich. Und es war immer noch ein guter Tag. Klinkhammers Interesse an einer Frauenstimme war kein Grund zur Besorgnis. Dass ein Polizist sich das Grinsen verkniff, wenn eine alte Frau sich mit einer Nichtigkeit wichtig machte, sprach nur für seinen Charakter.

Ich wollte heimfahren, aber nicht allein. So entschloss ich mich, noch einen Besuch in der Praxis zu machen. Jürgens Wagen stand auf dem gleichen Fleck wie mittags. Die Eingangstür war noch offen. Neben dem Aufzug stand ein Damenfahrrad, dem ich keinerlei Bedeutung beimaß.

Ich nahm die Treppe, steckte den Schlüssel ein. Es war kurz nach sieben, Sandra Erken und Jasmin waren längst weg, das Wartezimmer leer. Ich ging zum Sprechzimmer, öffnete die Tür. Niemand zu sehen.

Auf dem Schreibtisch stand ein Aschenbecher. Er stand dort immer. Es war ein schönes, schweres Stück aus Granit. Jürgen bewahrte Büroklammern und ähnlichen Kleinkram darin auf. Jetzt lag der Kleinkram auf der Tischplatte. Und im Aschenbecher lag eine Zigarettenkippe, die bis auf das Filterstück abgebrannt war. Im ersten Moment dachte ich an Klinkhammer. Es war naheliegend. Er hatte den Tag bestimmt nicht untätig verbracht und war persönlich erschienen, um Jürgen über neue Erkenntnisse zu informieren. Ich spürte schon den dumpfen Herzschlag. Da sah ich die Verfärbung am Filterstück.

Es war nur ein schwacher Abdruck, der mehr ahnen als erkennen ließ, dass er von einem dunkelroten Lippenstift stammte. Der Ansatz von Beklemmung verflog. Manche Patientinnen waren nervös. Wenn Jürgen ihnen etwas Unangenehmes mitteilen musste, sagte er nicht nein, wenn sie eine Zigarette rauchen wollten. Er leerte den Aschenbecher und schob ihn über den Tisch.

Ich ging zur Tür hinüber, die in den Untersuchungsraum

führte. Und hörte dieses Geräusch – wie ein leises, sinnliches Lachen. Gleich darauf hörte ich die Stimme. «Nun hab dich doch nicht so. Du musst mal abschalten. Ich weiß, dass es im Moment nicht einfach für dich ist. Aber wann hast du es mit ihr denn einfach gehabt? Du hast früher selbst mal gesagt, vom Trübsinnblasen wird's nicht leichter. Na komm, ich werd dir was anderes blasen.» Ich kannte die Stimme, obwohl ich sie so nie gehört hatte. Bei mir klang sie nicht nach Schlafzimmer, nur nach Kasernenhof. «Ich will den Doktor sprechen, persönlich und sofort!» Eva Kettler! Und was sie gesagt hatte, klang nach langjähriger Vertrautheit. Da hätte sie nicht anfügen müssen: «Nimm es als Erinnerung an alte Zeiten. Ich werde dich schon aufrichten, wenigstens teilweise.»

Es war der krönende Abschluss eines viel versprechenden Tages! Man denkt nicht nach in solch einem Moment. Es fehlt einfach die Zeit, um eine Rechnung aufzumachen. Zwanzig Jahre insgesamt, neunzehn davon Ehe. Nicht jeder Tag war glücklich gewesen. Aber gerade deshalb war unter dem Strich noch genug übrig, um weiterzumachen. Wenn man nicht gerade über ein zärtliches Tête-à-tête mit einer anderen stolpert. Wenn man gar nicht erst damit beginnt, an all die Abende zu denken, an denen man heimgeschickt wurde, damit wenigstens einer pünktlich Feierabend machen konnte. «Da brauchst du nicht dabeistehen, Vera. Sie will nur reden.»

Nein, er wollte reden. Sie konnte nicht, mit vollem Mund. Ich wollte die Tür aufstoßen und in den Untersuchungsraum stürmen. Aber als das Rauschen in meinen Ohren nachließ und ich verstand, was er sagte, verweigerten Hände und Füße den Dienst.

«Er hat sich mehr darüber aufgeregt, dass er es ihr gesagt hatte, als über das, was der Kerl gesagt hat. Er hat sie immer in Watte gepackt. Jetzt liegt er da und zerbricht sich den Kopf, woher er die Stimme kennt. Und ich denke die ganze Zeit, wenn er den Kerl kennt, kenne ich ihn wahrscheinlich auch.»

Sekundenlang war er still, dann fuhr er fort, die Stimme so schwer wie mit einer Tonne Blei belegt. «Ich habe versucht ihm klarzumachen, dass man offen mit ihr reden muss. Sie schnappt hier etwas auf und da etwas und wird verrückt dabei, weil sie sich alles Mögliche und Unmögliche zusammenreimt. Aber wenn ich ihr gesagt hätte, wie die Dinge stehen, ich hätte auf der Straße gesessen. Er hat mich in der Hand. Und er hat mir allen Ernstes gedroht, dass er die Hypothek platzen lässt. Ich konnte es mir nicht leisten, den Mund aufzumachen. Also bin ich abgehauen wie eine feige Sau.» Wieder war es sekundenlang still hinter der Tür. In mir auch. Mein Herz hatte aufgehört zu schlagen. «Er!» Damit war ohne jeden Zweifel mein Vater gemeint.

Jürgen sagte unwillig: «Hör auf damit!» Dann sprach er weiter mit dieser bleischweren Stimme. «Das Schlimmste für mich ist, wie er darüber spricht. Da geht der Richter mit ihm durch. Er analysiert wie ein Jurist, nicht wie ein Großvater. Er hätte schon mehr als einen Mörder zusammenbrechen sehen, sagte er. Er hätte sie jammern und heulen hören. Und genau das wäre es gewesen. Kannst du dir das vorstellen? Da bringt so ein Schwein meine Tochter um, und anschließend reißt er sich den Arsch auf, uns um Verzeihung zu bitten. Er sucht Verständnis bei uns, sagt mein Schwiegervater. Und Klinkhammer meint, er hat Recht.»

«Aber Klinkhammer meinte doch», nuschelte Eva Kettler, «das Kolter-Mädchen hätte ihr was getan. Hat sie doch auch gesagt auf dem Band, oder?»

Jürgen ließ ein raues Lachen hören. «Ja, hat sie. Weiß der Teufel, was damit gemeint war. Vermutlich das Geld, das Rena von meiner Mutter zum Geburtstag bekommen hat. Wahrscheinlich hat sie ihnen in der Pause davon erzählt und sie damit auf die Idee gebracht. Die haben da nicht umsonst vier Stunden auf der Straße gestanden. Klinkhammer hält es auch für denkbar. Das Sparbuch von Menkes Eltern war nämlich mit einem Kennwort gesichert. Da konnten sie gar nicht ran. Und Nita hatte nur zweihundert auf ihrem Konto, damit wäre sie keinen Tag ausgekommen bei ihrem Bedarf.»

Er gönnte mir eine winzige Pause, zu kurz für einen Atemzug. «Aber der Rest ist nur die Version für das gestresste Töchterlein. Das muss man sich bildlich vorstellen. Mein Schwiegervater kann kaum aus den Augen sehen, aber er steckt sich einen Hauptkommissar in die Tasche. Er hat uns allen wärmstens ans Herz gelegt, bei der Kolter-Fassung zu bleiben, damit seine Einzige nicht das halbe Dorf massakriert. Die Aufklärung will er übernehmen. Ich bin gespannt, wann er damit anfängt.»

Eva Kettler sagte: «Jetzt vergiss es für eine Viertelstunde.»

«Ich kann nicht», sagte Jürgen und sprach weiter über meine Verfassung und seine Nerven. Dass er sich fühle wie ein Scheißkerl. Es wäre ein denkbar ungünstiger Zeitpunkt gewesen, das Haus zu verlassen. Aber hätte er es nicht getan, hätte er mich erwürgen müssen, damit ich endlich den Mund hielte.

Er erzählte ihr von meiner biestigen Ader, die immer dann durchbrach, wenn ich mir nicht anders zu helfen wusste. Dass er eine Menge von mir eingesteckt hatte im Laufe der Zeit. Zuerst sei er gut genug gewesen, mir ein Kind zu machen, damit ich ein Alibi hatte, mich vor dem zweiten Staatsexamen und dem Beruf zu drücken. Dann hätte ich gesehen, dass auch ein Kind Arbeit war, und wäre am liebsten zurück zu Papi gekrochen.

«Du kannst dir nicht vorstellen, was für einen Aufstand sie gemacht hat, als sie mit Rena schwanger wurde. Wenn sie gekonnt hätte, hätte sie sich den Fötus aus dem Leib gerissen. Nach der Geburt war ich ein paar Mal nahe dran, sie vor die Tür ihrer Eltern zu kutschieren.» Seine Stimme klang verkrampft.

«Entspann dich», sagte Eva Kettler.

«Jetzt hör endlich auf. Ich kann wirklich nicht», sagte er. «Mir wirft sie vor, ich hätte mich nicht um Rena gekümmert. Wie hat sie sich denn gekümmert? Weißt du, wie oft ich heimkam und das Baby lag so dreckig in seinem Bettchen, dass man es kaum anfassen konnte? Und Anne lag davor auf dem Boden und schlief mit einem Lappen in der Hand. Wenn ich sie weckte, sagte sie: ‹Muss Baby wischen.› Und Madame lag auf der Couch und guckte sich die Rudi-Carrell-Show an.»

Endlich schwieg er. Wenn es mir gelungen wäre, durch die geschlossene Tür Eva Kettlers Kopf über seinem Schoß zu sehen; wenn ich mir wenigstens hätte sagen können: «Das musste passieren, Vera. Du hast ihn seit Wochen nicht an dich herangelassen. Und ab und zu braucht er es eben.» Vielleicht wäre mir leichter geworden. Nur konnte ich mir das nicht sagen, weil er gesagt hatte: «Ich kann nicht.» Und wenn er nicht wollte oder konnte, rührte sich nichts. Nach Renas Geburt hatten wir fast ein Jahr wie Bruder und Schwester gelebt.

Es tat weh, so entsetzlich weh. Nicht, dass er mich seit langem mit diesem Miststück betrogen, nur, was er ihr anvertraut hatte. Es machte rasend, es machte verrückt und es machte hilflos. Weil es die Wahrheit war. Und was er vorher gesagt hatte über Vater und einen Kerl, der sich den Arsch aufriss, der bei uns Verständnis und Verzeihung suchte …

Ich weiß nicht, wie ich hinunter ins Auto kam und zurück auf den Hof. Ich habe nicht einen Baum gesehen am Straßenrand, nicht eine Kurve bewusst genommen. Ich habe in der Stadt keine Ampeln gesehen, keine Fußgängerüberwege und auf der Landstraße keine anderen Fahrzeuge, auch nicht die Pfosten der Einfahrt oder das Scheunentor. Nur Rena in seinen Armen.

Wie er damals mit ihr ins Wohnzimmer kam. Wie er bei der Tür stehen blieb, wie sein Blick zwischen dem Fernseher und meinem Gesicht hin und her schweifte. Dann schaute er auf Rena und sagte: «Ich werde sie dann mal baden. Soll ich sie auch gleich ersäufen oder meinst du, du packst es morgen irgendwie, wenn sie wieder spuckt?»

Ich kam ins Haus, Gretchen saß in der Küche vor einer Kaffeetasse und einer Zeitschrift. Sie schaute auf, zeigte auf die Kaffeemaschine. «Ich hab's mal probiert. Ich hoffe, du hast nix dagegen, dass ich mich bedient …» Sie brach ab und fragte: «Was ist passiert? Du siehst aus wie ein Geist.»

«Er geht fremd! Mit einer Patientin.» An jedem weiteren Wort wäre ich erstickt.

Sie brauchte zwei Sekunden, um den Sinn meiner Worte zu erfassen. Dann meinte sie trocken: «Da soll er mal aufpassen, dass die ihn nicht eines Tages drankriegt. Eine Patientin! Ich hätte ihn für vernünftiger gehalten.»

Kein Bedauern, kein Trost, kein Wort über verletzte Gefühle, nur die rein praktische Seite und der obligatorische Schnaps. Ich kippte ihn und ging in die Diele, um Heinz Steinschneider anzurufen. An etwas anderes konnte ich nicht denken.

Etwas in meinem Hirn hatte abgeschaltet. Ich war leer, belogen, betrogen, in Watte gepackt und allein gelassen worden, an einem Punkt angelangt, von dem ich nicht einmal gewusst hatte, dass er existierte.

Ich griff nach dem Telefonhörer. Gretchen hielt mich am Arm zurück. «Moment! Hör lieber erst mal in das Ding da rein.»

Ihr Blick und ihre Stimme spiegelten Unbehagen und einen Hauch von Furcht. «Es hat einer angerufen. Ich hab abgenommen, wie du gesagt hast. Aber als ich mich gemeldet hab, kam nicht mehr viel.»

10. Kapitel

Ich konnte das Band nicht sofort abhören. Ich musste zuerst telefonieren. «Einer» hatte Gretchen gesagt. Und Vater sagte: «Ich bin mir ziemlich sicher, dass es ein Mann war.» Jürgen sprach von einem Kerl. Mutter erwähnte Klinkhammers Interesse an der schüchternen Stimme einer älteren Frau. Und diese schüchterne ältere Frau rief: «Wo bleibst du denn?» Oder: «Was machst du denn?» Und ein junger Mann sagte: «Es tut mir Leid. Es tut mir Leid. Ich wollte sie nicht totmachen.»

Ich hatte Angst. Wahnsinnige Angst! Grausame Angst! Sie war wie ein Stein in der Lunge. Heinz Steinschneider sagte merklich reserviert: «Das freut mich zu hören.» Und ich wusste nicht einmal, dass ich ihm gerade von Vater erzählt hatte.

Gretchen stand an der Küchentür und betrachtete mich mit ausdrucksloser Miene. In ihren Augen flackerte nichts mehr, weder Unbehagen noch Furcht. Ihr Blick war nur noch wie das Netz unter einem Trapez. «Nun lass dich endlich fallen. Du weißt doch, dass du dich an der Stange da oben nicht mehr lange halten kannst. Du hast zwanzig Jahre lang versucht, es dir leicht zu machen. Hier ein bisschen gemogelt, da ein bisschen gepfuscht, dort ein bisschen geschwindelt. Und du dachtest, so könnte es funktionieren. Aber niemand kann sich durchs ganze Leben lügen. Irgendwann holt die Wahrheit jeden ein.»

Meine Sätze kamen automatisch, so wie Vater sie mir vorgesprochen hatte. Ich wiederholte fast wörtlich die Geschichte vom hoffnungsvollen Polizisten, der zu unkonventionell für seinen Beruf war.

Heinz Steinschneider erinnerte sich nach ein paar Sekunden. «Ach, jetzt weiß ich, wen Dolf meint. Kemnich. Wie kommt er denn auf den? Das ist doch schon ewig her. Es war auch nur eine vorübergehende Sache mit seiner Detektei. Kemnich hat ja die Butter nicht aufs Brot verdient. Hin und wieder eine Ehegeschichte, davon kann kein Mensch leben. Es ging ziemlich schnell bergab mit ihm. Er fing zu trinken an, seine Frau verließ ihn. Tja, und er geriet auf die schiefe Bahn. Tragische Sache.»

Das Letzte, was Steinschneider von Kemnich gehört beziehungsweise gelesen hatte, war eine Postkarte aus der Haftanstalt. «Er war zu zwei Jahren wegen mehrfachen Einbruchdiebstahls verurteilt worden, und das ist jetzt – lassen Sie mich nachdenken – auch schon wieder vier Jahre her.»

Es gelang mir nicht, mich völlig auf seine Stimme zu konzentrieren. Einiges von dem, was er sagte, rauschte an mir vorbei wie das Wasser auf der Dorfstraße. Und genauso verschwand es in einem Kanalschacht. Im Geist saß ich an Vaters Bett und Vater sagte: «Warum engagierst du nicht endlich jemanden? Ich habe dir einen Scheck gegeben, Vera, nun spiele auch fein damit. Beschäftige dich, damit wir in Ruhe alles Notwendige tun können.»

In Gretchens Augen spiegelte sich erneut Unbehagen, hinzu kam Wachsamkeit. Mir war nicht bewusst, dass ich weiter ins Telefon sprach. Gretchen sagte später, ich hätte sehr energisch gesprochen.

Heinz Steinschneider versprach nach einer Weile mit deutlicher Zurückhaltung: «Ich kann es versuchen, wenn Ihnen so viel daran liegt. Aber ich halte es nicht für sinnvoll. Da bin ich einer Meinung mit Herrn Klinkhammer, es ist hinausgeworfenes Geld. Kemnich wird sich ein paar schöne Tage damit machen. Vorausgesetzt, ich mache ihn überhaupt ausfindig.»

«Tun Sie Ihr Bestes», sagte ich und legte endlich auf.

Tu dein Bestes, Vera. Tu, was du kannst, nur drück dich nicht länger. Drück auf die Taste. Ich schaute Gretchen an. Unter ihrem linken Auge zuckte ein winziger Muskel. Ich überlegte, wie der Muskel hieß. Es fiel mir nicht ein. Ich war auch nicht sicher, ob ich es irgendwann einmal gewusst hatte.

«Du bist nervös», stellte ich fest.

Sie hob die Schultern, zeigte auf den Anrufbeantworter. «Ich wusste nicht, was ich machen soll. Du hast gesagt, zu Mittag bist du wieder hier. Er hat um elf angerufen.»

«Er!?»

Noch einmal zuckte sie mit den Schultern. Und ich drückte endlich auf den kleinen schwarzen Plastikknopf. Das Band spulte zurück. Dann kam die Stimme. Er oder sie, ich hätte es nicht mit Bestimmtheit sagen können. Ich hätte auch nicht sagen können, ob die Stimme vom Weinen gebrochen war oder von etwas anderem. Ich hörte kein Weinen, nur Atemlosigkeit und Qual.

Die ersten Worte kamen lang gezogen, zittrig und so, als reagiere nur jemand auf eine Hiobsbotschaft. «O mein Gott.» Pause. «Sag doch nicht so was. Das halt ich nicht aus.» Pause. «Ich kann nicht mehr.»

Gretchen gab ein Zeichen, dass jetzt erhöhte Aufmerksamkeit gefordert sei. Ich hörte ihre Stimme vom Band, ruhig und behäbig. «Ist ja gut. Nu mal ruhig.»

Stille. Dann wieder die Stimme, unverändert gebrochen und atemlos, aber nun mit einem schrillen, hysterischen Unterton. «Wer ist da?»

Bei der ersten Silbe entstand ein Hauch von Vertrautheit. Ein Gefühl, als hätte ich einen Namen auf der Zunge. Die nachfolgenden Silben wurden so schnell ausgestoßen, dass sie wie ein zusammenhängendes Wort klangen. Wersta, verstand ich. Und in der Sekunde, die ich brauchte, um dieses Wersta in drei Teile zu gliedern, verlor sich das Gefühl des Bekannten wieder.

«Ich», sagte Gretchen vom Band. «Was ist denn los? Hast 'ne Dummheit gemacht, was? Und jetzt tut's dir Leid. Willst du drüber reden? Mir kannst du's ruhig sagen. Bist nicht der Einzige, dem es so geht, glaub mir. Man macht viel falsch im Leben, und nicht alles lässt sich wieder hinbiegen. Aber manchmal wird's leichter, wenn man drüber spricht.»

Es folgten zwei Sekunden Rauschen, in denen ich einen tiefen Atemzug zu hören glaubte. Ich wartete auf noch ein paar Worte. Ich war mir fast sicher, dass mir der Name zurück auf die Zunge rutschte, dass ich ihn sogar über die Lippen brachte, wenn noch ein paar Sätze kamen. Aber es klackte und ich hörte Patrick über den Schwarzenegger-Film reden.

Auf Gretchens Miene machten sich gespannte Erwartung und ein wenig Schuldbewusstsein breit. «Hast du's gehört?»

Natürlich hatte ich es gehört, jedes Wort. Aber sie meinte nicht die Worte, sondern etwas, das von ihrer Stimme überlagert wurde. Ich ließ das Band noch einmal ablaufen, hätte mich dabei gerne auf die atemlose Stimme konzentriert, ausschließlich darauf. Das ließ Gretchen nicht zu. An der Stelle, wo sie sagte: «Hast 'ne Dummheit gemacht, was», stach sie mit einem Zeigefinger einen Punkt in die Luft.

Beim dritten Durchlauf wusste ich, worauf ich zu achten hatte. Es half mir nur nicht viel. «Hast 'ne Dummheit gemacht, was?», sagte Gretchen und unter ihren Worten lag ein schwaches Klopfen. Gretchen sagte: «Und jetzt tut's dir Leid.» Und von ihrer Stimme fast völlig zugedeckt war eine zweite Stimme. Was sie sagte, verstand ich nicht.

Wir versuchten es zehnmal, zwölfmal, ohne Erfolg. Mit jedem Durchlauf wurde die wichtige Stimme fremder und zugleich vertrauter.

Gretchen fluchte: «Hätte ich doch das Maul gehalten. Aber ich dachte, ich bring ihn zum Reden.»

«Was macht dich so sicher, dass es ein Er ist? Es kann auch eine alte Frau sein. Je öfter ich es hörte, umso mehr denke ich, es ist eine alte Frau.»

Sie schüttelte unwillig den Kopf. «Das kommt dir nur so vor.

Wenn einer rumjammert, klingt er eben wie ein Waschweib. Aber eine alte Frau ist es garantiert nicht. Alte Frauen telefonieren nicht in der Gegend rum, weil sie was nicht mehr aushalten. Die gehen aufn Friedhof, in die Kirche oder in die Nachbarschaft. Oder sie sitzen in ihrer Küche und starren die Wände an. Du musst die Kripo anrufen.»

Es war Viertel nach acht. Ich wollte niemanden anrufen. Ich wollte etwas essen und das «O mein Gott» vergessen. Und ich wusste, dass ich es nur vergessen konnte, wenn ich es nicht mehr hören musste. Noch einmal, nur ein einziges Mal, und die Worte hätten sich für die Ewigkeit in mein Gehirn gebrannt.

«Ich glaube nicht, dass sie noch im Büro sind. Ich rufe sie morgen früh an.»

«So was liebe ich», fauchte Gretchen. «Morgen früh! Meinst du, morgen früh hört sich das anders an? Tu doch nicht so, als ob du nicht verstanden hättest, was er gesagt hat. Du hast ihn mit deinem Spruch aufn Punkt getroffen. Wer sollte schon einen Grund haben, darauf so zu reagieren? Das ist ihm an die Nieren gegangen.»

Das wusste ich. Ich wollte es nur nicht wissen müssen. Einer! Er! Ihm! Der Mörder meiner Tochter!

Zuerst dachte ich, Gretchen sei ebenso über alles informiert wie Jürgen, mein Vater und neuerdings auch Eva Kettler. Doch als sie weitersprach, begriff ich, dass sie ebenso dumm dastand wie ich. Auch sie hatte man nicht für würdig befunden, an der Wahrheit teilzuhaben.

«Jetzt hör mir mal gut zu», begann sie. «Wenn du so tun willst, als wärst du blöd, ich will's nicht und ich bin's nicht. Ich kann mich nicht immer so ausdrücken wie ihr, aber denken kann ich. Und wenn du denkst, ich hätt hier nichts zu melden, weil's mich nichts angeht, da irrst du dich. Es geht mich 'ne Menge an. Jahrelang hatte ich nichts am Hut mit euch. Was hätte ich mich kümmern sollen, wenn der Doktor lieber so tut, als hätt ihn der Storch gebracht? So ist das Leben. Man setzt Kinder in die Welt und denkt, nun hat man was für die alten Tage. Aber manchmal gehen die Kinder ihrer Wege, stoßen auf was Besseres und vergessen, wo sie hergekommen sind. Muss man sich mit abfinden. Ich hab nie zu denen gehört, die sich in die Ecke legen und jammern.»

Sie holte nicht einmal Luft, sprach mit zunehmender Heftigkeit wie ein Maschinengewehr, das seine Kugeln in die Gegend spuckt, weil sie ihm in seinem Innern unerträglich geworden sind.

«Und dann kam sie eines Tages von sich aus. Es war mir nicht recht. Ich dachte, es gibt nur Knatsch, wenn der Doktor und Vera dahinterkommen, dass ihre Kleine mich besucht. Aber sie kam gern, und ich mochte es gern, wenn sie kam. Und da dachte ich, das Kind kann doch nichts dafür, wenn die Alten spinnen. Und nun ist sie weg. Und, verdammt nochmal, ich will wissen, was mit ihr passiert ist. Ich will's wissen, weil's mein Enkelkind ist. So viel Verwandtschaft hab ich nicht, dass ich bei jedem denken kann, soll mir doch den Buckel runterrutschen.»

«Es tut mir Leid, ich ...»

«Ach, Quatsch», sie winkte ab und beruhigte sich wieder. «Für 'ne Entschuldigung ist es zu spät. Will ich auch gar nich hören. Das musste eben mal gesagt werden. Du kannst es dir vielleicht nicht vorstellen, aber ein bisschen Gefühl hab ich auch im Leib. Und soll ich dir sagen, was ich noch hab? Angst, dass ich sie nie wieder seh. Und dir geht's genauso. Hättest dich sehen müssen, als du eben reinkamst. Weiß wie 'ne Wand! Und jetzt erzähl mir nicht wieder, das wär nur so gewesen, weil du den Doktor mit 'ner anderen erwischt hast. Wenn's nur das gewesen wäre, hättest du getobt oder einfach die Schnauze gehalten. Ist doch so üblich bei euch, Schnauze halten und durch. Mir machste nix vor, Kindchen. Ich seh, wenn einer seinen Verstand unterm Arm trägt. Ich dachte, ach, du heiliger Bimbam, die klappt dir zusammen, und was machste dann? Sitzt hier fest in 'ner Bude, wo du nich weißt, auf welche Knöpfe du drücken musst.»

Sie redete sich erneut in Rage. Und mir fiel auf, dass ihre Stimme dabei mehr und mehr Ähnlichkeit mit der des Anrufers bekam. Nicht vom Klang, nur von der Art her, wie sie die Endlaute verschluckte. Es steigerte sich gleichlaufend mit ihrer Erregung.

«Ich wusst ja nich mal, ob ich telefoniern darf, wenn das Ding an is. Und ich hab mich nich getraut, damit rumzuprobieren. Ich wollt nix kaputtmachen. Wenn du die Kripo nich anrufn willst, ruf den Doktor an, sonst tu ich's. Is sein Kind genauso wie deins. Und noch was; dass er fremdgeht, könnt ihr später unter euch abmachn. Is jetz nich die richtige Zeit, also halt die Schnauze, wenn er kommt.»

Jürgen kam sofort, nachdem sie ihn informiert hatte. Ich hatte es tun wollen, aber als ich zu stottern begann, nahm sie mir den Hörer aus der Hand und sagte: «Schluss mit den Sperenzchen. Du wirst daheim gebraucht. Es ist wieder so 'n Anruf gekommen.»

Wir saßen in der Küche, als er ins Haus kam. Ich hatte ihr eine Menge erzählt, kreuz und quer durch den Tag. Geholfen hatte es diesmal nicht, dass sie aufmerksam zugehört hatte, weil sie irgendwann sagte: «Wenn man sich jahrelang was vorlügt, darf man sich nicht wundern, wenn die anderen denken, man wär nicht geschaffen für die Wahrheit.»

Sie erhob sich und ging in die Diele, als sich die Haustür hinter Jürgen schloss. Ich blieb sitzen. Ich konnte ihn jetzt nicht sehen. Gesprochen wurde nicht viel zwischen ihnen. Ein knappes «da» von Gretchen. Jürgen murmelte etwas, dann konzentrierten sie sich auf das Band.

Sie machten drei, vier Durchläufe, bis ich das Gefühl hatte, ich müsse schreiend aus dem Haus rennen. Mit jedem Durchlauf wurde es intensiver und drängender: Da sprach Renas Mörder!

Jürgen entschied: «Ich rufe Klinkhammer an.»

Gretchen sagte: «Vera meint, er ...»

Jürgen unterbrach sie: «Was Vera meint, interessiert mich einen feuchten Dreck. Wo ist sie überhaupt?»

Eine Antwort kam nicht. Vermutlich zeigte sie nur auf die Küchentür. Jürgen rief: «Mach Kaffee, Vera, aber einen starken!» Er wählte zweimal, daraus schloss ich, dass er im Büro keinen Erfolg hatte und den zweiten Versuch mit Klinkhammers Privatnummer machte. Sekunden später hörte ich ihn reden, nüchtern und sachlich, nur die Fakten.

Nachdem das Gespräch beendet war, stürzte er sich erneut auf den Anrufbeantworter. Ich weiß nicht, wie oft er es sich bis zu Klinkhammers Eintreffen anhörte, wie oft er Gretchen erklärte, meine Mutter hätte Recht, die Hintergrundstimme gehöre zu einer älteren Frau. Dass diese Frau sagte: «Ich weiß, dass du da bist.» Wie lange er über Silbenrhythmik und Zischlaute referierte. Wie oft er Gretchens «tut's» dem «dass du» der Frau gegenüberstellte, weil es an dieser Stelle besonders deutlich war.

Gretchen sagte trocken: «Da hörst du mehr wie ich. Ich hör kein ‹dass du›.»

Du denn, dachte ich. Und ich dachte, ich hätte den Verstand verloren. Es war zu viel, meine Grenze längst überschritten. Dass meine Grenze der Sarkasmus war, wusste ich seit langem. Jürgen hatte es mir oft genug gesagt. Und dahinter kam nichts mehr. Ich mochte Vorsätze fassen, soviel ich wollte. Meine Reserven waren erschöpft.

Klinkhammer kam. Ich machte Kaffee, einen starken. Ich hatte dabei einen Gedanken wie eine Endlosschleife. Es ist jemand aus dem Dorf. Sie geben sich hier nicht so viel Mühe mit der Sprache. Sie verschlucken die Hälfte. Es ist jemand aus dem Dorf. Sie geben sich hier …

Ich brachte Jürgen eine Tasse in die Diele. Er nahm sie, ohne mich eines Blickes zu würdigen. Klinkhammer grüßte nur mit einem flüchtigen Nicken, er wollte keinen Kaffee. Und er hatte die besten Ohren. Vielleicht lag es daran, dass er emotional nicht so stark beteiligt war.

Während ich zurück in die Küche ging, machte er Jürgen auf etwas aufmerksam, von dem ich in der Küche nichts verstand. Jürgen sagte: «Tatsächlich, Sie haben Recht. Jetzt höre ich es auch.» Ein Teil von mir erhob sich und ging in die Diele. Mein Astralleib oder meine Seele, weil das Fleisch und die Knochen auf dem Küchenstuhl zurückblieben. Das Fleisch goss ein wenig Kaffee aus meiner Tasse auf die Tischplatte und zeichnete mit dem Ende eines Knochens einen Stern in die Pfütze. Einen unsichtbaren Stern, ebenso unsichtbar wie das, was von mir in die Diele gegangen war und sagte: «Ich will es auch hören. Was ist denn da noch? Lasst es mich auch hören.»

Sie konnten es mich nicht hören lassen, weil sie mich nicht hörten. Der Knochen zeichnete ein Dreieck und ein Viereck in die Kaffeepfütze. Dem anderen Teil von mir wurde langweilig in der Diele, er ging hinaus auf den Hof, zur Einfahrt, den Feldweg entlang bis zum Reitstall. Ich war meine eigene Zeitmaschine.

Es war wieder Donnerstag, der 8. September, ein paar Minuten nach zehn. Bei der Einfahrt stand der graue Kleinbus. Nita und André Menke waren durch die beschlagenen Scheiben nicht zu erkennen. Der Bus fuhr ab und Rena stand im Regen auf der Straße. Wasser gurgelte um ihre Füße. Der Sturm heulte wie ein Rudel Wölfe.

Ich rief sie, aber sie hörte mich nicht. Niemand hörte mich. Und ich hörte auf zu schreien, um mich zu schlagen, Kreise und Linien in die Kaffeepfütze zu zeichnen. Es war immer noch Donnerstag, der 8. September. Es war dunkel und der Regen klatschte mir wie ein nasser Lappen ins Gesicht.

Es war ein nasser Lappen. Gretchen wischte mir damit über Stirn, Wangen und Kinn. Dünne Rinnsale liefen mir hinter den Ohren vorbei durch die Haare in den Nacken. Ich lag auf der Couch im Wohnzimmer, wehrte mich gegen das Auftauchen, aber der Lappen war unbarmherzig.

«Sie kommt zu sich», sagte Gretchen, griff in meinen Nacken, hob meinen Kopf, hielt mir etwas an die Lippen und sagte: «Komm, runter mit dem Zeug, in einem Ruck.»

Mir lief etwas in den Mund, es war eiskalt und brannte wie Feuer. Ich schluckte und musste husten. Gretchen klopfte mir auf den Rücken, was den Hustenreiz noch verstärkte und mich endgültig zu Bewusstein brachte.

Klinkhammer saß in einem Sessel und lächelte mich an. Jürgen saß im zweiten Sessel und lächelte nicht. Ich nehme an, sie hatten über irgendetwas gesprochen, während ich meine Zeitreise machte. Klinkhammer wusste nicht so recht, ob er weitermachen durfte, nachdem ich wieder mit ihnen im selben Boot saß. Jürgen nahm ihm die Entscheidung ab.

«Ich bringe Ihnen das Band vorbei, sobald ich einen Ersatz besorgt habe. Darum werde ich mich als Erstes kümmern morgen früh.» Er schaute mich an, fragte mit neutraler Stimme, in der ein Hauch von Anerkennung schwang: «Wer hat dich auf die Idee gebracht, die Ansage zu ändern?»

Im Geist hörte ich ihn über Vaters Ansicht und meine biestige Ader reden, über alles, was er von mir eingesteckt hatte im Laufe der Zeit.

«Die Ansage ist gut», erklärte er. «Das sage nicht nur ich. Herr Klinkhammer ist derselben Meinung. Nicht wahr, Herr Klinkhammer?»

Klinkhammer bestätigte seine Meinung mit einem kurzen Nicken und erklärte gleichzeitig: «Ja, er scheint mit seinen Nerven am Ende zu sein.»

«Wer?», fragte ich. «Und hören Sie auf, mich zu belügen. Vergessen Sie für zwei Minuten, dass ein Richter a. D. noch eine Menge Einfluss hat. Ich will wissen, wer *er* ist.»

Klinkhammer sagte rasch: «Das wissen wir noch nicht, Frau Zardiss. Aber wir werden es bald wissen, hoffe ich.»

Er schaute Jürgen an, erhob sich und ging auf die Tür zu. «Wir sehen uns morgen früh.»

Jürgen begleitete ihn zur Haustür. In der Diele sprachen sie noch ein paar Worte. Jürgen überlegte laut, ob er statt eines Ersatzbandes besser ein zweites Gerät besorgen sollte. Klinkhammer fand, das sei nicht nötig. Die Techniker hätten genug eigene Möglichkeiten. Aber Jürgen dachte nicht an Techniker, sondern an Vater. «Wir sollten ihm die Möglichkeit geben, sich das anzuhören.»

«Natürlich», stimmte Klinkhammer zu. «Aber dafür ein zweites Gerät zu kaufen, halte ich für überflüssig. Es dauert nicht lange. Sie nehmen es ab, fahren damit ins Krankenhaus, eine Stunde später sind Sie wieder hier mit dem Ding. Dann treffen wir uns am besten im Krankenhaus. Um acht, ist Ihnen das recht?»

«Ja», sagte Jürgen und schloss die Haustür. Er kam zurück ins Wohnzimmer, schaute Gretchen an. «Soll ich dich ins Dorf fahren, Mutter?»

Sie winkte ab. «Ich kann laufen, wo ich den ganzen Tag gesessen hab.»

«Aber es ist schon spät.»

Sie lachte. «Und? Wirst ja wohl nicht annehmen, dass ich mich vor der Roggenmuhme fürchte.»

«Nein», sagte Jürgen und grinste verlegen. «Aber man weiß nie, wer sich draußen rumtreibt. Könnte sein, dass er rasch dahinterkommt, wer mit ihm gesprochen hat.»

Sie grinste böse. «Na, das hoffe ich doch. Das wär mir ein ganz besonderes Vergnügen. Ich bin dann mal weg.»

Und wir waren allein.

Jürgen meinte, wir sollten ins Bett gehen. Er benahm sich nicht anders als sonst, nur war er dabei ganz anders. Nicht fremd, nur kalt. Ich wollte reden, er sagte: «Das hat wohl nicht mehr viel Sinn.»

«Ich war in der Praxis.»

«Das weiß ich. Ich habe die Tür knallen hören und aus dem Fenster geschaut.»

«Wir müssen darüber reden. Ich kann jetzt nicht schlafen.»

Er zuckte mit den Achseln. «Das ist dein Problem, Vera. Ich bin sicher, ich kann. Gute Nacht.»

Er ging hinauf. Oben schloss sich eine Tür hinter ihm. Ich blieb auf der Couch liegen. Irgendwann fiel ich in einen unruhigen Schlaf, aus dem ich häufig aufschreckte. Meine innere Zeitmaschine holte mir ein Bild nach dem anderen aus den Sternen zurück. Und jedes Mal, wenn sie eins scharf eingestellt hatte, rüttelte sie mich an der Schulter oder riss mir gewaltsam die Lider hoch, damit ich es mir anschaute. Das blass werdende Gesicht von Hennessen, sein Entsetzen vor meiner Anschuldigung. Udo von Wirths verlorener Blick auf dem Krankenhausparkplatz. Olgerts Schmunzeln über Renas Tagebüchern und sein Vortrag über Realität und Wunschvorstellung in den Zeilen. Klinkhammers Referat über Frankfurt und Jürgens versteinerte Miene dazu.

Ich sah Jürgen an der Anmeldung in der Praxis stehen und einen Blick auf die bereitgelegten Patientenkarten werfen. Ich hörte ihn sagen: «Du kannst heimfahren, Vera. Es ist nur noch die Kettler, mit der komme ich allein klar.»

Ich sah ihn gegen den Rahmen der Küchentür gelehnt und mit vor der Brust verschränkten Armen auf den Anruf seiner psychisch gestörten Patientin warten.

Ich sah uns auf dem Standesamt. Wir bestellten das Aufgebot, und er sagte: «Vater unbekannt.»

Ich sah uns vor dem Altar, wir versprachen, einander zu ehren, zu lieben und zu achten in guten wie in schlechten Zeiten. Ich sah mich im Kreißsaal liegen bei Annes Geburt. Er war bei mir und versuchte, es mir so leicht wie möglich zu machen.

Er war noch nicht so weit, dass er sein Kind allein auf die Welt hätte holen dürfen. Aber er redete so lange auf den zuständigen Arzt ein, bis dieser kapitulierte und ihm die Regie überließ. Und er machte es mir so leicht, dass ich später oft dachte, eine Geburt sei vergleichbar mit einer Darmverstimmung.

Komisch, dass man immer erst begreift, was man hatte, wenn es nicht mehr da ist. Ein Kind verloren, die Ehe kaputt, den Vater zu Lügnern und Betrügern in einen Sack gesteckt.

Auf das, was mit meinem Kind geschehen war, hatte ich keinen Einfluss mehr. Da blieb mir nur, zu glauben und mich irgendwann mit den Tatsachen abzufinden. Wenn es denn irgendwann Tatsachen gab. Aber der Rest …

Es war eine von den Nächten, nach denen man sich wie gerädert fühlt. Ich fühlte mich seltsamerweise frischer, war auf der Stelle hellwach, als mich kurz nach sechs das Wasserrauschen aus der Küche aufweckte. Es war, als hätte ich darauf gewartet, weil das Rauschen mein Startschuss war.

Und ich war bereit zu kämpfen um meine Ehe, meinen Glauben, das Ansehen meines Vaters in meinen Augen und meine neue Meinung über Nita Kolter. Obwohl ich mich fragte, was es mir noch bringen sollte, Nitas Ansehen in Jürgens Augen zu heben. Wo Nita doch nur die Version für das gestresste Töchterlein war.

Noch so ein kalter Moment, zwei, drei Sekunden voll Glauben an den Tod! Ich wollte nicht zulassen, dass der Glaube sich über die zwei, drei Sekunden hinaus ausbreitete. Doch verhindern konnte ich es auch nicht. Er war wie ein widerlich trüber und bitterer Bodensatz und darüber türmten sich die Scherben der Ehe. Aber da gab es vielleicht noch etwas zu kitten.

Ich ging in die Küche, voll mit guten Vorsätzen. Jürgen füllte die Kaffeemaschine. Er goss Wasser nach, als ich zwei Gedecke aus dem Schrank nahm. Villeroy & Boch, Serie Nanking, nur das Einfache mit den Blümchen für jeden Tag. Die kleine Salatschüssel vom Speiseservice kostete knapp hundert Mark. Wir hatten es wirklich nobel. Nur hatten wir uns nichts mehr zu sagen.

Ich versuchte einen Anfang zu finden mit einem Unfall, bei dem ein hübsches, kluges, zierliches zwölfjähriges Mädchen verletzt worden war. So schwer verletzt, dass es fünf Jahre später daran sterben musste.

«Das gibt es nicht», sagte Jürgen unwirsch.

«Vielleicht doch, du bist nicht allwissend. Es könnte sein, dass zum Beispiel ihre Nieren …»

«Es könnte auch sein», schnitt er mir das Wort ab, «dass du mir auf die Nerven gehst. Benutz deinen Verstand, ehe du den Mund aufmachst. Dialysepatienten leben gezwungenermaßen mit gewissen Einschränkungen. Sie starten nicht mal so zu einer Fahrt ins Blaue. Sie fangen auch nicht an zu fixen. Dafür hängen sie viel zu sehr am Leben.»

Er goss sich Kaffee nach, füllte auch meine Tasse noch einmal auf. «Und wenn ich mich recht entsinne, habe ich vor ein paar Tagen gesagt, dass ich den Namen Nita nicht mehr hören will.»

Er übersah geflissentlich, dass ich meine Fassung und Vernunft nur mühsam zusammenhielt. Vielleicht war es auch nicht so leicht, wie ich es gerne gehabt hätte. Unsere Tochter konnte längst tot sein! Jetzt sollten wir zusehen, dass wenigstens wir beide mit einigermaßen heiler Haut überlebten. Also Schwamm über Eva Kettler, vergessen wir, was passiert ist. Vielleicht war zu viel passiert. «Nimm eine Pille, Vera», reichte nicht mehr.

«Wenn du Wert darauf legst, deinen Beruf noch ein paar Jahre auszuüben», sagte ich, «schlägst du jetzt einen anderen Ton an.»

Er grinste. «Das tust du nicht.»

«Lass es darauf ankommen.»

«Wie du willst», meinte er lässig. «Dann fange ich am besten an zu rechnen, was? Oder lässt du mir Zeit, bis wir das überstanden haben?»

«Das überstehen wir nicht!», sagte ich. «Es sind deine Worte. Aber das Rechnen kannst du mir überlassen, das hast du doch immer gemacht.»

Es war nicht die Zeit zu rechnen. Und zwanzig Jahre in einer Viertelstunde am Frühstückstisch aufzuwiegen war unmöglich. Davon abgesehen war es zu spät, die Waage noch zu bemühen. Wir waren die Leiter zusammen hinab- und hinaufgestiegen, wir hatten uns dabei gegenseitig so oft auf die Finger getreten, dass es keine Rolle mehr spielte, wer von uns zu welchem Zeitpunkt ganz oben, ganz unten oder auf halber Höhe gewesen war.

Und es ging nicht um seine Fehltritte und meine Versäumnisse. Es ging nur um Rena, von der alle dachten, dass sie nicht mehr lebte. Ich auch – in einer Ecke des Hirns, in die ich noch nicht hineinsehen wollte!

Es ging um ein Kind, das ich nicht hatte gebären wollen, das so gewesen war, wie wir beide gerne gewesen wären. Stark und mutig, sensibel, hübsch, hilfsbereit und ehrlich. Von Grund auf ehrlich. Und das hatte sie nicht von uns haben können. Manchmal brachte die Natur ein Wunder zustande. Manchmal lernte ein Kind mehr aus dem, was ihm vorenthalten wurde, als vom Beispiel der Eltern. Und die, die nicht gewollt waren, entwickelten sich manchmal zu den besseren Menschen.

Er widersprach mir nicht, als ich das sagte. Er schaute zum Fenster hin, und sein Kopf bewegte sich, als wolle er nicken. Ich hatte mich ausgetobt. Und er begriff, dass ich bereit war, redlich zu teilen. Es gab keine Versöhnung, nur einen Waffenstillstand, den wir vielleicht irgendwann als Frieden akzeptieren konnten.

Um halb acht klemmte er den Anrufbeantworter ab. Er tat es nicht gerne. Aber er bestand auch nicht darauf, dass ich beim Telefon blieb. So rasch würde der Anrufer es nicht wieder versuchen, meinte er. Zwischen den ersten Anrufen hätten auch ein paar Tage gelegen. Freitag bis Montag.

Dass es an dem Montag zwei Anrufe gewesen waren, einer in der Nacht und einer mittags, war uns beiden sehr wohl bewusst. Nur vermieden wir es, die Gedanken dazu auszusprechen. Ich traute mir auch nicht zu, daheim zu bleiben, den Hörer abzunehmen, wenn es klingelte, und so zu reagieren wie Gretchen. Auch wenn sie mit ihrem Versuch sich selbst und der Polizei einen Streich gespielt und weitere, vielleicht aufschlussreichere Sätze verhindert hatte, es war brillant gewesen.

Ich fragte Jürgen, was Klinkhammer auf dem Band gehört hatte. Er zögerte nicht mit der Antwort. Gretchens Stimme im Vordergrund, darunter das Klopfen. Und zusätzlich zum Klopfen den

Satz: «Junge, mach auf.» Dann den Rest: «Ich weiß, dass du da bist.»

Und ich sah mich ins Notizbuch schreiben: MANN, JUNG, WEINT.

Wir gingen zur Scheune. Jürgen schloss den BMW auf. Vielleicht rechnete er damit, dass ich einstieg. Er stutzte, als ich zu Vaters Mercedes ging. Für einen Moment grinste er flüchtig, dann stieg er ein und fuhr los. Ich blieb dicht hinter ihm. Klinkhammer wartete bereits auf dem Parkplatz, als wir beim Krankenhaus ankamen. Er war ungeduldig, konnte nicht schnell genug hinauf zu Vater kommen.

In den Zimmern waren noch die Putzkolonnen beschäftigt. Mutter unterhielt sich mit einer Frau in den Vierzigern über die Vorzüge eines Flüssigreinigers. Vater saß im Bett, vor sich den Auszug vom Nachttisch, auf dem die Mahlzeiten serviert wurden. Er erschrak, als wir zu dritt ins Zimmer kamen. Sekundenlang hing sein Blick an meinem Gesicht, als wolle er mir von der Stirn ablesen, was ich dachte und fühlte.

«Keine Sorge», sagte Jürgen statt einer Begrüßung. «Vera weiß Bescheid.»

Vater nickte kurz. Seine rechte Hand hielt einen Joghurtbecher so fest umklammert, dass er Dellen ins Plastik drückte. Die Linke tauchte den Löffel ein und führte ihn ungeschickt zum Mund. Etwas Joghurt tropfte auf das dicke Frottiertuch, mit dem jemand das Laken abgedeckt hatte.

Ich war randvoll mit Wut auf ihn, und trotzdem kam ich nicht an gegen den Reflex, ihm sein Los leichter zu machen. Ich wollte ihm helfen. Mutter sagte streng: «Lass das, Vera. Er muss es lernen.»

Vater lächelte wie ein Schuljunge, der eine wichtige Lektion vergessen hat. Er tauchte den Löffel erneut ein und ließ ihn stecken. Dann löste er mit Hilfe der linken Hand die rechte vom Becher, knüllte das bekleckerte Frottiertuch zusammen und schaute gespannt zwischen Jürgen und Klinkhammer hin und her.

Die Putzfrau machte sich mit einem Wischlappen an der Fensterbank zu schaffen. Niemand kam auf die Idee, sie aus dem Zimmer zu weisen. Jürgen verband den Anrufbeantworter mit einer Steckdose. Mutter setzte sich auf dem zweiten Bett in Positur. Es war eine Sache von ein paar Sekunden. «O mein Gott.»

Vater schluckte heftig und nickte noch, als Patrick vom Schwarzenegger-Film zu sprechen begann und Jürgen das Gerät ausschaltete. «Kein Zweifel?», fragte Klinkhammer knapp.

Vater schüttelte den Kopf. Die Putzfrau betrachtete mit gerunzelter Stirn den Anrufbeantworter und murmelte: «O mein Gott.» Ein unwilliger Blick von Klinkhammer ließ sie verstummen.

Mutter erkundigte sich misstrauisch, wer die Frau sei, die gesprochen habe.

«Meine Mutter», sagte Jürgen. «Wir hielten es für besser, wenn jemand im Haus ist. Und da Vera etwas Wichtiges zu erledigen hatte ...» Weiter kam er nicht.

«Etwas Wichtiges?», erkundigte sich Mutter spitz. «Was war denn so wichtig daran, hier den ganzen Nachmittag herumzusitzen? Ist deine Mutter jetzt auch im Haus?»

«Ja», log Jürgen. «Aber ich habe ihr verboten, die Fenster zu putzen. Sie wird auch den Staubsauger nicht anrühren. Und den Kaffee hat sie sich von zu Hause mitgebracht.»

«Es war nur eine Frage.» Mutter war beleidigt.

«Aber eine ziemlich dumme», sagte Jürgen. «Die feinen Standesunterschiede sollten wir in dieser Situation außen vor lassen.»

Klinkhammer machte mit einem gereizten Grunzen deutlich, dass wir unsere Differenzen austragen konnten, wenn wir nichts Besseres zu tun hatten. Er verlangte Jürgen das Band ab und verabschiedete sich eilig. Jürgen beauftragte mich, den Ersatz zu besorgen und noch einmal die gleiche Ansage zu machen; wenn möglich mit etwas mehr Inbrunst.

Wir verabschiedeten uns von Vater, der wieder die rechte Hand um den Joghurtbecher krallte, und Mutter, die das Laken erneut mit dem Frottiertuch abdeckte und dabei die Putzfrau auf ein paar Staubflusen in der Zimmerecke aufmerksam machte.

Auf dem Weg nach unten drückte Jürgen mir den Anrufbeantworter in die Hand, ohne Erklärung, wie ich ihn anzuschließen hätte. Er setzte voraus, dass ich damit zurechtkam oder alleine herausfand, wie es funktionierte. Er war mit seinen Gedanken schon beim fünften Anruf.

«Er ist am Ende», meinte er, als wir über den Parkplatz gingen. «Das muss doch den Leuten in seiner Nähe auffallen, dieser Frau zum Beispiel. Wir sollten wirklich versuchen, ihn ein bisschen zu kitzeln, wenn er uns schon die Möglichkeit bietet. Vielleicht können wir die Sache damit beschleunigen. Es wäre für uns alle eine Erlösung, denke ich, wenn wir endlich Gewissheit hätten.»

Er schloss seinen Wagen auf, stand noch neben der Tür und schaute mich nachdenklich an. «Schaffst du das?»

Einen Mörder kitzeln? Es war zu abstrakt, deshalb konnte ich nicken.

«Ich weiß, dass du mir nicht glaubst», sagte Jürgen. «Aber es ist leichter, durch die Hölle zu laufen, als zu kriechen.»

Ein Stück von uns entfernt hielt ein grüner Audi. Eine ältere Frau stieg aus und schaute zu uns herüber. Sie nickte einen Gruß, Jürgen nickte zurück. Er schien sie zu kennen, ich kannte sie nicht. Aber ich erkannte den Mann am Steuer, obwohl ich ihn nur einmal sehr kurz gesehen hatte. Es war Udo von Wirths Vater. Der Audi fuhr wieder ab. Die Frau ging mit hängenden Schultern und gesenktem Kopf aufs Krankenhaus zu.

Ich wollte einsteigen, Jürgen sagte: «Ach, Vera, Moment noch. Schaffst du es auch, heute zu Hause zu bleiben?»

Als ich erneut nickte, sagte er: «Ich sehe zu, dass ich um halb zwei da bin. Weißt du, was ich gerne mal wieder essen würde? Ein Bauernomelett.»

Ich nickte zum dritten Mal, stieg ein und fuhr zu dem kleinen Laden, in dem er den Anrufbeantworter gekauft hatte. Danach fuhr ich heim.

Der Vormittag verging schneller als erwartet. Kurz vor zehn betrat ich das Haus. Der Anrufbeantworter kostete mich fünfzehn Minuten, aber nur, weil ich meinen Spruch intensivieren wollte und ihn mehrfach aufsagte.

«Rena, komm heim, Schatz. Lass uns nicht länger warten. Wir vermissen dich so sehr. Wenn du nicht sofort heimkommen kannst, dann sag uns, warum. Ruf in der Praxis an oder hinterlasse uns nach dem Pfeifton eine Nachricht.»

Beim ersten Mal klang es mir zu dürftig, beim zweiten Mal zu pathetisch, beim dritten Mal, als hätte ich es zwischen Tür und Angel erledigen wollen. Erst beim vierten Mal wurde es perfekt. Da versagte mir die Stimme an genau den richtigen Stellen, weil ich mir vorstellte, wie es in den Ohren eines Mörders klang, wenn die Mutter sein Opfer auf diese Weise um eine Nachricht anflehte.

Dann war das erledigt, und ich sah, wie verwahrlost das Haus inzwischen wirkte. Mutters emsige Hausfrauenhände fehlten nicht nur den Fenstern; Schränke und Fußböden sahen schlimmer aus. Und mir hatte niemand verboten, zu putzen und zu saugen.

Um halb zwölf klingelte das Telefon. Ich ließ meine Ansage durchlaufen, wartete mit steifem Herzen auf die ersten Worte des Anrufers.

Es war nur Heinz Steinschneider, der mir mitteilen wollte, dass er Kemnich wider Erwarten bereits aufgetrieben hatte. Und selbstverständlich war Kemnich bereit, sich ein paar Mark zu verdienen. Steinschneider ermahnte mich dringend, mir die Sache noch einmal zu überlegen.

Es gab nichts zu überlegen. Es war eine absolut überflüssige und sinnlose Aktion, das wusste ich. Ich will nicht so weit gehen, zu behaupten: Eine Mutter fühlt, wenn ihr Kind nicht mehr lebt. Ich fühlte nichts in der Art, auch nichts in einer anderen Art. Ich fühlte überhaupt nichts mehr. Ich fühlte mich wie eine Maschine. Der Hauptgenerator war ausgefallen, ein Notaggregat hielt die lebenswichtigen Funktionen aufrecht; atmen, essen, schlafen, denken, Fakten sammeln und auf Logik abklopfen. Fühlen war Ballast; und ich konnte es mir nicht leisten, den kleinen Hilfsmotor über Gebühr zu belasten.

Als er erkannte, dass mit mir nicht zu reden war, riet Steinschneider, Kemnich nur einen Tagessatz von hundert Mark zu bieten, egal, wie viel er verlange.

«Für ihn ist das eine Menge Geld. Und Sie sitzen am längeren Hebel. Er wird es übernehmen für hundert, davon bin ich überzeugt.»

«Plus Spesen?»

«Ja, das nehme ich an. Es hängt davon ab, wo er recherchieren soll.»

«In Frankfurt.»

«Dann geben Sie ihm hundertfünfzig. Hundert Honorar, fünfzig Spesen. Er wird sich nicht in einem Hotel einquartieren, sondern im Auto schlafen. Das macht er zur Zeit auch.»

Übers Auto hatte Steinschneider Kemnich ausfindig gemacht. Ich beschrieb ihm, wie der ehemalige Polizist zum Hof fand. Er versprach ihn mir für den Nachmittag. Eine genaue Uhrzeit konnte er nicht nennen, der Zuverlässigste schien Kemnich nicht zu sein.

Anne ließ sich nach Schulschluss nicht blicken. Jürgen bekam sein Bauernomelett zu Mittag. Ich hatte den Anrufbeantworter während des Gesprächs mit Steinschneider ausgeschaltet und das Zählwerk anschließend auf null gestellt. Es gab keinen Grund, Jürgen über meine Absicht zu informieren. Ein anderes Gesprächsthema gab es auch nicht nach unserer ausführlichen Unterhaltung beim Frühstück. Wir aßen und schwiegen. Um halb drei fuhr er zurück in die Stadt. Und schon eine halbe Stunde später fuhr ein Wohnmobil mit Kölner Kennzeichen auf den Hof.

Kemnich! Ich war überrascht, als ich ihm öffnete. Nach Steinschneiders Anmerkungen über Haftstrafe, Schlafen im Auto und finanzieller Situation hatte ich mehr Verwahrlosung erwartet und der Begegnung mit gemischten Gefühlen entgegengeblickt. Insofern war es eine angenehme Überraschung.

Kemnich war sauber gekleidet, frisch rasiert, ordentlich gekämmt und machte allein damit einen seriöseren Eindruck als Klinkhammer. Ich schätzte ihn auf Anfang dreißig. Er war um einiges älter, wie sich dann herausstellte; ein jungenhafter Typ, der gut in einen Werbespot gepasst hätte. Das machte ihn einerseits sympathisch, andererseits sprach es ihm die Kompetenz ab.

Aber kaum hatten wir die ersten Sätze gewechselt, war er so kompetent, wie ich mir Klinkhammer und Olgert gewünscht hätte. Und er blieb es gut eine halbe Stunde lang.

Ich gab mir Mühe, ihm nur Fakten zu präsentieren, keine eigene Meinung und keine Wunschvorstellungen einzuflechten. Ein paar Mal unterbrach er mich. «Also das Letzte, was dieser Zeuge gesehen hat, war, dass Ihre Tochter auf der Straße neben der Fahrertür stand?»

«Ja.»

«Und wie weit ist es von da aus bis zu den von Wirths?»

«Fünf- oder sechshundert Meter. Es kann auch mehr sein. Ich kann das schlecht schätzen.»

«Der Regenumhang hat eine Kapuze, nehme ich an?»

«Natürlich.»

Er nickte versonnen, murmelte wie im Selbstgespräch. «Aber die dürfte sie im Wagen abgenommen haben. Wenn sie allerdings nur ein kurzes Stück mitfahren wollte ...»

An der Stelle brach er ab, sprach jedoch gleich weiter: «Auch wenn es nur ein paar hundert Meter sind, läuft niemand freiwillig durch so ein Wetter. Und wenn da die alten Freunde mit dem Auto stehen, vergisst man vielleicht, dass man ihnen nicht hundertprozentig trauen kann. Da fragt man: Könnt ihr mich ein kleines Stück mitnehmen? Dann saß sie drin. Die Frage ist jetzt, wie ernst war es Nita Kolter, sie mitzunehmen?»

Hoffnung! Es müssen kleine blaue Flämmchen sein, die um das Herz züngeln. Sie sind leicht auszupusten, aber sie wachsen ebenso leicht wieder nach. Und dann geht es von vorne los. Man kann doch nicht sitzen bleiben in so einem dunklen Loch. Man braucht die kleinen blauen Flämmchen, damit ein bisschen Licht ist in der Dunkelheit.

Ich wollte von Kemnich wissen, ob er es für möglich hielt, dass Rena den fehlenden Spuren zum Trotz im Bus gewesen war. Er zuckte mit den Achseln.

«Spuren», sagte er und grinste vieldeutig. «Es kommt nicht auf Spuren an, sondern auf die Leute von der Spurensicherung. Mal abgesehen davon, dass die noch gar nicht wussten, wer alles im Bus gewesen und was mit Menke passiert war, als sie die Karre fanden; die trampeln oft rum, als hätten sie noch nie gesehen, dass sie selbst Dreck unter den Schuhen haben. Und auch wenn sie das wissen, manchmal sind sie einfach blind. Da wurde zum Beispiel vor einigen Jahren in Köln eine junge Frau umgebracht. Ihr Mörder beging Selbstmord und legte vorher ein umfassendes Geständnis ab. Daraufhin haben sie die Wohnung der Frau auf den Kopf gestellt. Und erst mal nichts gefunden. Die Leiche war in einem Schrank auf dem Balkon. Dann war da ein kleiner Junge, angeblich weggelaufen, während die Pflegemutter mal kurz auf dem Klo war. Erst als nach ein paar Tagen die Leiche auftauchte, haben sie festgestellt, dass im Badezimmer ein regelrechtes Schlachtfest stattgefunden hatte. Verstehen Sie, was ich meine?»

Natürlich! Ich war ja nicht blöd. Ich verstand sogar, dass er mir Hoffnungen machen musste, wenn er an mir etwas verdienen wollte.

Kemnich machte mit ein paar Sätze klar, dass ihm nichts daran lag, seinen ehemaligen Kollegen Fehler oder Versäumnisse nachzuweisen. Er hatte auch kein Interesse daran, sich in die Polizeiarbeit hineinzuhängen oder parallel zur Kripo zu ermitteln. Dazu fehlten ihm die Möglichkeiten. Ihm stand kein riesiger Apparat an technischen und sonstigen Hilfsmitteln zur Verfügung. Er konnte eine Menge tun, aber nur dort, wo es um Zähigkeit und Ausdauer ging, wo man eher Antworten erhielt, wenn man die Fragen nicht nach der Dienstvorschrift stellen musste.

«Genau das brauche ich», sagte ich.

Er nickte. «Dann sind wir uns einig. Ich werde nicht mit der Lupe durch den Bus kriechen. Ich kümmere mich nur um Nita Kolter. Alles andere überlassen wir der Kripo.»

Ich hatte ihn ins Wohnzimmer geführt. Er schaute sich aufmerksam um. Auf seinem Gesicht erschien ein bedauerndes Lächeln. «Schade, dass Sie keine Kopie von den Bändern aus Frankfurt haben. Da hätte ich gern mal reingehört. Kneipen klingen zwar meist alle gleich, aber feine Unterschiede gibt's doch. Und wenn man's mal im Ohr hatte ... Ich kann ja fragen, ob Klinkhammer mir eine Chance gibt. Manchmal sind sie hilfsbereit. Aber zuerst besorge ich mir ein Foto von Nita.»

«Ich glaube nicht, dass Sie bei ihrer Mutter mehr Erfolg haben als ich.»

Aus seinem Lächeln wurde ein amüsiertes Lachen. «Wer spricht denn von ihrer Mutter?»

Er lachte noch, als er zum geschäftlichen Teil kam. Dreihundert pro Tag, plus Spesen. Das war der günstigste Satz, ein Freundschaftsangebot, darunter war nichts zu machen. Ich konnte mich gerne umhören, was andere verlangten. Er wollte mich nicht übers Ohr hauen, wirklich nicht. Aber über hundert brauchten wir nicht zu diskutieren. Die ersten drei Tage wurden im Voraus bezahlt, das war so üblich. Spesen, die in diesen drei Tagen entstanden, wollte er später mit mir abrechnen, selbstverständlich gegen Quittung.

Neunhundert Mark Bargeld! Hatte ich nicht. Vaters Scheck lag noch in meinem Nachttisch. Und kaum hatte ich ihn erwähnt, machte Kemnich mir einen anderen Vorschlag und vermittelte mir damit das Gefühl, ich sollte ihn besser hinauswerfen.

Er wollte die gesamten Fünftausend. Dafür konnte ich so viel von seiner Zeit haben, wie nötig war.

«Es kann Monate dauern», sagte ich, «ein Mädchen in einer Stadt wie Frankfurt aufzuspüren. Und wer garantiert dafür, dass Nita überhaupt noch in Frankfurt ist?»

«Keiner», räumte er ein. «Natürlich kann es Monate dauern. Es kann ein Jahr dauern, wollen Sie das bezahlen? Für Sie ist es ein tolles Angebot. Der Rest ist mein Problem. Sie müssen nur ja sagen und mir den Scheck geben. Und ich garantiere Ihnen, ich finde das Mädchen. Und wenn Ihre Tochter bei Nita Kolter ist, finde ich beide.»

Ich sagte ja und gab ihm den Scheck. Er steckte ihn ein, es war ein Barscheck. Ansonsten wollte er nur noch die Namen aus Nitas Clique. Uwe Lengries, Henrik Emmersen, Janet Abel, Stefanie Burk, Wiltrud Heister. Mein Gedächtnis funktionierte auch unter dem Notaggregat.

Kemnich suchte sich die Adressen aus dem Telefonbuch und erklärte mir dabei, dass er nichts von schriftlichen Berichten hielt. Er hielt auch nichts davon, sich regelmäßig zu melden, wenn es nichts zu melden gab. Sobald er etwas von Bedeutung herausfand, wollte er mich informieren.

Wir vereinbarten, dass er seine Informationen nicht auf Band sprach, dass er sich nur mit Datum und Uhrzeit meldete und anschließend langsam bis zwanzig zählte. Wenn ich bis dahin nicht abgenommen hatte, sollte er auflegen. Das galt auch für den Fall, dass Jürgen an den Apparat kam.

Er zuckte mit den Achseln, als wollte er sagen: «Wenn es Ihnen so mehr Spaß macht.» Dann fuhr er vom Hof, und ich hatte das Gefühl, ich hätte Vaters Scheck ebenso gut die Toilette hinunterspülen können.

Ich ging nach oben, saß eine halbe Stunde auf Renas Bett und sprach mit ihr, als könne sie mich hören. Ich erzählte ihr von der Zerrissenheit, der fürchterlichen Ungewissheit und dass ich sie liebte. Vielleicht ein bisschen mehr liebte als Anne. Die, um die man sich sorgen muss, liebt man immer ein bisschen mehr als die, auf die man nur stolz sein darf. Auch wenn man es nicht zeigt.

Ich hätte noch länger gesessen und ihr noch mehr erzählt, wenn mich das Telefon nicht zurück in die Diele gerufen hätte. Wieder dasselbe Spiel: Meine Ansage durchlaufen lassen, mit zunehmender Beklemmung auf eine Stimme warten. Achtzehn Sekunden können entsetzlich lang sein.

Dann die Erlösung, das Aufatmen. Es war Regina Kolter, die mir umständlich erklärte, dass ich vergessen hatte, ihr unsere Telefonnummer zu geben, dass die Auskunft ihr jede Auskunft verweigert hatte, dass sie eine halbe Stunde gesucht hatte, ehe sie unsere Nummer in Nitas Notizheft fand.

Sie klang, als sei sie betrunken. Und sie rief nur an, um mir zu sagen, es sei alles in Ordnung, sie habe Erfolg gehabt. Eine gute Bekannte hatte ihr geholfen. Regina Kolter wusste nun, dass Rena bei Nita war und dass es beiden Mädchen gut ging.

Ich fühlte den Herzschlag nicht und nicht das Bersten im Hirn, als der Damm brach, als alles, was sich dahinter aufgestaut hatte, mir in die Glieder schoss. Die kleinen blauen Flämmchen wuchsen zu riesigen Feuerbällen, ehe sie in sich zusammenfielen und erloschen.

Es waren nur zwei Sekunden, in denen ich an den Scheck in Kemnichs Tasche dachte, mich für den Eigensinn verfluchte, der es mir verboten hatte, auf Heinz Steinschneider zu hören. Jetzt brauchte ich das Geld dringend, um Bella zu bezahlen.

Es war genau die Zeit, die Regina Kolter brauchte, um einmal Luft zu holen. Dann sprach sie weiter, und ich brachte mit all dem Dreck in den Knochen kaum den Arm hoch.

«Die Verbindung wurde leider unterbrochen», sagte Regina Kolter, «ehe ich fragen konnte, wo sie sind.»

Das klang nach einem Telefongespräch. Was dann kam, klang nach Wahnsinn. Sie lachte leise. «Auch wenn ich es Ihnen nicht sagen würde, ich wüsste es selbst gerne. Aber wir werden es heute Abend noch einmal versuchen.»

Den Termin hatte sie bereits vereinbart. Wenn ich Lust hatte, konnte ich gerne an der Sitzung teilnehmen und mich selbst überzeugen, dass alles in bester Ordnung war. Ihre Bekannte arbeitete mit unterschiedlichen Methoden und hatte großartige Ergebnisse vorzuweisen. Die besten Erfolge erzielte sie mit Tarot-Karten, aber das dreibeinige Tischchen und das Schreibbrett konnten auch sehr nützlich sein. Vor allem, wenn es darum ging, den Kontakt zu Verstorbenen herzustellen. Regina Kolter war überzeugt, dass sie von André Menke noch einiges von Bedeutung erfahren würden.

Ich schlug mit einer Faust gegen die Dielenwand, ohne es zu spüren. Erst nachdem ich den Hörer aufgelegt hatte, fühlte ich den Schmerz. Am Rauputz hatte ich mir die Haut aufgeschürft.

Von Anne sah und hörte ich den ganzen Tag nichts. Jürgen kam kurz nach sieben heim. Er war anders als morgens und mittags. Er war so, als hielte ihn nur noch eine Stange im Rücken aufrecht. Er hatte ein paar Besorgungen gemacht, Brot, Wurstaufschnitt, frische Eier, ein paar Konserven und eine Flasche Grand Marnier. Der Rémy war alle, und der war ihm anscheinend zu teuer gewesen. Auch die anderen Einkäufe deuteten darauf hin, dass er ein paar Preisvergleiche angestellt hatte.

Wir aßen zu Abend. Er war im Krankenhaus gewesen, erwähnte er mit ein paar beiläufigen Sätzen und wollte wissen, ob jemand angerufen hätte. Bevor ich ihm antworten konnte, erklärte er: «Ich habe um fünf versucht, dich anzurufen, es war besetzt.»

Ich mochte nicht über Regina Kolter sprechen und sagte nur: «Ich habe mit einer Bekannten telefoniert.»

«Ach so.» Es klang enttäuscht und ganz danach, als müsse noch etwas nachkommen. Aber es kam nicht sofort. Er erhob sich und räumte den Tisch ab.

«Warum wolltest du mich anrufen?»

Er antwortete nicht. Nachdem er das Geschirr in der Spülmaschine verstaut hatte, ging er ins Wohnzimmer, schenkte zwei Grand Marnier ein, stellte beide Gläser auf den Tisch und setzte sich in seinen Sessel. Ich folgte ihm, setzte mich in den zweiten Sessel und hatte Mühe durchzuatmen. Sein Verhalten signalisierte das endgültige Aus.

Er nahm sein Glas vom Tisch, schwenkte es in einer Hand und betrachtete den im Kreis schwappenden Inhalt.

«Ich dachte schon», sagte er endlich, «deine Mutter hätte ihre neu erworbene Fähigkeit genutzt, um dich zu informieren. Klinkhammer rief mich an, kurz vor fünf. Du erinnerst dich an die Putzfrau, die heute früh mit im Zimmer war?»

«Ja.» Ich saß wie auf einer Sprungfeder, jede Sekunde konnte sie mich unter die Zimmerdecke katapultieren und mir das Genick brechen.

«Sie meint, sie hätte die Stimme erkannt», sagte Jürgen. Er war ganz ruhig dabei.

Ich nahm das Glas vom Tisch. Ich wollte nicht trinken, nur etwas in der Hand halten. Ich dachte, es hätte gegen das Zittern geholfen. Das tat es nicht. Die Flüssigkeit im Glas vibrierte ebenso wie meine Stimme.

«Wer ist es?»

«Das hat Klinkhammer mir nicht gesagt.»

Unvermittelt schlug Jürgen mit der Faust auf sein Bein. «Dieses blöde Weib! Konnte sie das Maul nicht aufmachen, solange wir dabeistanden? Sie hat es deiner Mutter erst gesagt, nachdem wir weg waren.»

Ich sprang aus dem Sessel hoch. Jürgen sagte: «Setz dich wieder hin, Vera. Ich habe eben mit deiner Mutter gesprochen. Sie weiß nicht mehr als das, was ich dir sage. Die Putzfrau hat ihr keinen Namen genannt. Sie will niemanden in Schwierigkeiten bringen und so weiter. Du weißt doch, wie die Leute sind. Vielleicht wollte sie sich nur wichtig machen. Mir kommt das ein bisschen komisch vor. Ich meine, dein Vater kann die Stimme nicht zuordnen. Ich habe es mir zwanzigmal angehört und könnte auch beim besten Willen nicht sagen, wer das ist. Diese Frau hört einmal ein paar Sätze und … Aber wie auch immer, deine Mutter hat sie zu Klinkhammer geschickt. Und er scheint sie ernst zu nehmen.»

«Hat er jemanden festgenommen?»

«Ich weiß es nicht. Natürlich habe ich ihn gefragt, aber er wich aus. Vielleicht haben sie noch nicht genug in der Hand für eine Festnahme.»

Als wir zu Bett gingen, war Mitternacht vorbei. Bis dahin hatten wir uns die Köpfe heiß geredet. Wer ist es? Es muss jemand sein, den wir kennen. Ein Fremder hätte nicht das Bedürfnis, uns um Verzeihung zu bitten. Ein Fremder hätte gar nicht die Möglichkeit, uns anzurufen.

Wir sprachen auch im Bett noch eine Weile. Irgendwann hörten wir auf zu reden, weil wir uns nur im Kreis drehten. Ich lag wach, schaute ins Dunkel. Jürgen schlief auch nicht, wälzte sich von der rechten auf die linke Seite, vom Rücken auf den Bauch. Zweimal stand er auf und ging ins Bad.

Als er nach dem zweiten Mal zurückkam, setzte er sich auf die Bettkante, stützte die Ellbogen auf den Knien ab und vergrub das Gesicht in den Händen. Er dachte wohl, ich sei eingeschlafen.

Draußen tauchte der Vollmond am nur leicht verhangenen Himmel alles in fahles Grau. Drinnen zeichnete er die Konturen der Möbelstücke und Jürgens Silhouette auf der Bettkante nach. Ich hatte die Rollläden nicht herabgelassen, der hereinfallende Schimmer reichte aus, in aller Deutlichkeit zu zeigen, wie seine Schultern zu zucken begannen.

Ich hatte ihn noch nie weinen sehen, noch nie schluchzen hören. Es war auch kein Schluchzen. Es war ein Wimmern, kläglich und dünn wie von einem Säugling. Sekundenlang hörte ich zu, wollte etwas tun und brachte weder die Lippen auseinander noch eine Hand in die Höhe. Dann schaffte ich es, sie ihm auf den Rücken zu legen.

Er reagierte nicht, das Wimmern hielt an. Seine Stimme war ebenso dünn und kläglich. «Wenn ich diesen Dreckskerl in die Finger kriege, ich breche ihm das Genick. Und ich kriege ihn in die Finger, das verspreche ich dir. Er wird bezahlen. Er wird teuer bezahlen. Mag sein, dass es ihm Leid tut. Aber ich werde dafür sorgen, dass es ihm wirklich Leid tut, so Leid, dass er sich wünscht, er hätte sich die Hände abgehackt, statt sich damit an ihr zu vergreifen. Sie hatte doch keinem Menschen etwas getan.»

«Leg dich wieder hin und deck dich zu. Es ist zu kalt, um so zu sitzen.» Er trug keinen Schlafanzug und das Fenster war offen. Seine Haut fühlte sich feucht an. Er gehorchte, kroch unter die Decke, vergrub das Gesicht im Kissen und erstickte so die dünnen Töne. Irgendwann, nach mehr als einer Stunde, verstummten sie. Er hatte sich in den Schlaf geweint.

Und ich lag immer noch wach und fühlte mich genauso wie die Nacht – keine Angst, keine Ungläubigkeit, keinen Schmerz, keine Leere, nur graue Dunkelheit. Im Viereck des Fensters betrachtete ich die Gesichter der Männer, die wir kannten.

Es waren so viele. Ich begann sie zu sortieren. Die alten Gesichter schob ich zurück in die Nacht. Von den jungen ließ ich nur die übrig, von denen ich wusste, dass sie auch Rena kannten. Da waren es plötzlich nur noch sehr wenige. Armin, Horst und Udo. Und das Schlimme war, ich glaubte mit einem Schlag zu begreifen, dass Olgert mir mit seinem Referat über Beziehungsgeflechte in Jugendgruppen genau das hatte sagen wollen.

Diese Putzfrau lebte und arbeitete in der Stadt. Armin und Horst lebten und arbeiteten in der Stadt. Bei Renas Geburtstagsparty hatte Horst erzählt, dass er sich oft am Abend in sein Auto setzte und ziellos herumfuhr. «Das ist eine gute Methode zum Abschalten. Wenn man bestimmte Gedanken nicht los wird, beim

Fahren verschwinden sie. Wenn gar nichts hilft, fahre ich zum Stall, er ist ja immer offen.»

Ich hatte Rena später gefragt: «Welche Gedanken muss er denn loswerden?» Und sie hatte mir von seiner Krankheit erzählt. Von den regelmäßig notwendigen Blutuntersuchungen, vor denen Horst diese panische Angst hatte. Früher hatte er dafür nach Köln fahren müssen. Erst seit zwei Jahren ging er ins Städtische Krankenhaus.

Städtisches Krankenhaus! Das war die Verbindung. Mit einem Mal war es so einfach zu erklären; die merkwürdige Vertrautheit, die sowohl Vater als auch ich bei der Stimme empfunden hatten. Natürlich war sie uns vertraut. Wir hatten sie nur vorher nicht so aufgelöst und verzweifelt gehört. Deshalb erkannten wir sie nicht. Ich sah es vor mir und konnte es trotzdem nicht zu Ende denken. Ein junger Mann mit entsetzlicher Furcht vor dem erneuten Ausbruch einer tödlichen Krankheit setzt sich in sein Auto und fährt ziellos herum. Nach einer Weile zieht es ihn zu dem Ort, an dem er sich stark und gesund fühlt. Aber er kann sich nicht heimlich hineinschleichen wie sonst. Hennessen ist noch bei den Tieren und bei der Einfahrt steht ein grauer Kleinbus. Als der Bus abfährt, sieht er Rena im Regen stehen und …

Er war verliebt in sie. Das wusste ich mit Sicherheit! Verliebtheit ist ein großartiges Gefühl. Enttäuschung ist auch ein großes Gefühl; das Wissen, dass es für dieses junge, gesunde Mädchen immer nur der kranke, schwache, bedauernswerte Horst sein wird …

Dass ich einschlief, spürte ich nicht. Ich wachte auf, als Jürgen neben mir mit einem Fluch in die Höhe fuhr. «Verdammt, wir haben verschlafen. Steh auf, Vera, steh auf.»

Er war bereits auf dem Weg ins Bad. «Mach mir nur rasch einen Kaffee. Es ist keine Zeit mehr für ein Frühstück.»

Es war Viertel nach acht. Der Radiowecker musste um sechs angesprungen sein. Einer von uns hatte wohl im Schlaf auf den falschen Knopf gedrückt und ihn abgestellt.

Ich fühlte mich, als hätte ich Steine im Kopf und in den Füßen. Horst! Das kleine, schmächtige Kerlchen ein Mörder? Es war unvorstellbar. Ein Mensch, der Angst vor dem Tod hat, kann doch nicht töten. Natürlich kann er! Man weiß doch, wie so etwas abläuft. Ein Mädchen steigt arglos in das Auto eines Freundes. Er wird zudringlich. Sie wehrt ihn ab. Er wird heftig. Sie schreit oder droht mit Konsequenzen. Er bringt sie zum Schweigen aus Angst, dass sie ihn verrät.

Jeder Handgriff war wie etwas, das ich zum ersten Mal tat. Kaffee machen! Routine, jahrelang Tausende von Malen ausgeführt, in letzter Zeit seltener. Trotzdem, man verlernt es nicht, und plötzlich ging es nicht mehr. Ich sah nicht unsere Küche, nicht den Wasserbehälter der Kaffeemaschine. Ich sah nur das Gesicht der Putzfrau in Vaters Zimmer, wie sie den Anrufbeantworter anstarrte, die Stirn runzelte, wie sie murmelte: «O mein Gott.»

Und ich sah Horst in unserem Keller sitzen, hörte ihn mit Rena über ihr Geburtstagsgeschenk sprechen. «Morgen bin ich der glücklichste Mensch.»

«Manchmal wünsche ich mir», sagte Horst, «ich könnte den Teufel auch einmal reiten. Aber das Risiko gehe ich lieber nicht ein. Wenn Mattho mich abwirft ...»

Ich kippte die Hälfte vom Wasser neben die Maschine. Als Jürgen herunterkam, war ich erst dabei, den Filter einzustecken.

«Lass es», sagte er. «Geh rauf und zieh dich an, ich kümmere mich um den Kaffee.»

Es war halb neun. Ich stand vor meinem Kleiderschrank und wusste nicht, was ich anziehen sollte. Bis dahin war es nie ein Problem gewesen, nur ein In-den-Schrank-Greifen. Und jetzt war da eine unsichtbare Mauer. Ende! Aus und vorbei! Genug gewartet, Vera! Die Zeit der Ungewissheit ist überstanden.

Und ich wünschte sie mir zurück, diese Zeit. Alles war besser als das! Wann beginnt für einen Kriminalbeamten der Dienst? Um acht oder um neun? Oder hatten Klinkhammer und Olgert die

Nacht durchgemacht? Mit Horst? Sie hatten von der Frau seinen Namen gehört. Sie mussten ihn gehört haben. Und natürlich hatten sie sich sofort auf den Weg gemacht, ihm ein paar unangenehme Fragen zu stellen. Warum hatten sie noch nicht angerufen?

«Ruf Klinkhammer an!», rief ich zur Galerie hinüber. «Jetzt, sofort, ich halte das nicht mehr aus.»

Was trägt man an so einem Tag? Man kann nicht irgendeinen Rock und irgendeine Bluse aus dem Schrank nehmen, wie man es sonst tut. Vielleicht eine geblümte Bluse oder eine gestreifte, und am Ende ist es zu bunt. Ich hörte Jürgen in der Diele am Telefon hantieren. Aber als er sprach ... «Jasmin, es wird etwas später. Wir müssen noch zur Kripo. Wer hat den ersten Termin?» Dann sagte er noch: «Nein, auf keinen Fall, das mache ich selbst. Das muss ich mir nochmal ganz genau ansehen. Ich glaube, da stimmt was nicht. Sag Frau Jankowik, warum wir später kommen, sie versteht das.»

Er legte auf und rief nach oben: «Ich will ihn nicht anrufen, Vera, ich will zu ihm. Ich lasse mich doch jetzt nicht am Telefon vertrösten. Mach voran.»

«Es ist Horst», sagte ich. Ich hatte noch nichts gefunden, was ich anziehen konnte. So wie ich war, ging ich auf die Galerie und schaute übers Geländer. Jürgen stand mit offenem Mund in der Diele und schüttelte voller Abwehr den Kopf.

«Sag das nochmal!»

Ich schüttelte ebenfalls den Kopf und wiederholte: «Es ist Horst. Ich nehme an, die Putzfrau kennt ihn aus dem Krankenhaus.»

«Das», sagte Jürgen, brach ab und begann von neuem: «Das ist doch nicht möglich. Nein, Vera! Nicht dieses Hemdchen! Das kann nicht sein. Du irrst dich.» Er wurde ruhiger. «Jetzt zieh dich an, dann fahren wir. Dann werden wir ja sehen.»

Ich ging zurück ins Schlafzimmer, und gerade als ich dachte, ich könnte die hellgraue Bluse und den schwarzen Rock anziehen, klingelte unten das Telefon. Ich war mit einem Satz wieder am Geländer. Jürgen hatte bereits den Hörer am Ohr.

Er schrie: «Was?» Nur dieses eine Wort. Danach legte er auf. Seine Schulter sackten nach unten. Er schaute zu mir hoch, ich sah ihn heftig schlucken. «Das war Anne. Vor ein paar Minuten war ein Streifenwagen am Gymnasium. Sie haben Armin aus dem Unterricht geholt. Anne hat gesehen, dass sie ihn abführten.»

11. Kapitel

Armin! Der nette junge Mann mit der Brille und dem Kopf eines Oberstudienrats, mit dem Jürgen sich so blendend unterhalten hatte, der für Rena die väterlich verordneten Reitstunden sausen ließ, um ihr Mathematik beizubringen. Abgeführt von der Besatzung eines Streifenwagens! Es klang so ähnlich wie: von grünen Männchen in einem UFO entführt.

Ich fasste es nicht. Jürgen fasste es nicht. Ich hatte mich gerade erst mit schwerem Herzen zu Horst durchgerungen und Jürgen hielt das für unmöglich. Armin, das war völlig ausgeschlossen. Und das war es tatsächlich.

Mag sein, dass es in Annes Augen wie eine Festnahme ausgesehen hatte. Anne sagte später, Armin sei mit gesenktem Kopf und hängenden Schultern zwischen den Uniformierten zum Streifenwagen getrottet. Seine Hände wären für sie nicht zu sehen gewesen. Er hielt sie vor dem Bauch und drängte Anne so den Verdacht auf, dass sie mit Handschellen gefesselt waren.

Das waren sie bestimmt nicht. Die beiden Uniformierten hatten Armin nur abgeholt, weil Klinkhammer nicht die Zeit hatte. Klinkhammer und Olgert hatten ein Verhör mit wenig Erfolg geführt. Der Mann, dem sie ihre Fragen stellten, weigerte sich hartnäckig, auch nur eine zu beantworten.

Ich kann nur raten, wie oft sie ihm das «O mein Gott»-Band vorspielten, wie oft sie wissen wollten, ob er diese Sätze gesprochen hatte, wie oft sie ihm ins Gesicht sagten, er sei es gewesen. Sie wüssten es genau, weil sie eine Zeugin hätten, die ihn eben diese Sätze mit genau derselben Verzweiflung habe sagen hören.

Man braucht nicht viel Phantasie, um sich vorzustellen, wie sie ihm zugesetzt haben. Und er war doch ohnehin am Ende, wurde vom eigenen Vater Mörder geschimpft, gab sich die Schuld am Tod seiner Schwester und ihrer Kinder. Sie hatten ihn die ganze Nacht in der Mangel gehabt, es auf die harte Tour versucht und auf die weiche. Bis zum Morgen hatten sie ihn bearbeitet – Klinkhammers eigene Worte.

Während wir uns die Köpfe heiß redeten, redeten sie auf ihn ein. Als Jürgen sich in den Schlaf weinte, saß er in ihrem Büro – festgenommen unter dringendem Tatverdacht. Und der Witz war, sie hatten nichts in der Hand, absolut nichts.

Sie hatten nur die Aussage der Putzfrau, die kurz nach sieben am Morgen des 9. September das Krankenzimmer mit der Nummer 205 betrat, um ihre Arbeit zu tun. Die einen neuen Patienten im Bett am Fenster liegen sah. Rudi Kuhlmann, der am Tag zuvor Frau und Kinder verloren hatte!

Und neben ihm saß ein junger Mann. Sonst war niemand im Zimmer. Der junge Mann hatte den Kopf an die Brust des Patienten gelegt. Er weinte und bettelte: «Rudi, sag was! Rudi, sag doch was!» Er stammelte: «Ich konnt nichts dafür, Rudi. Ich wollt ja fahren, aber Hennes hat mich festgehalten.»

Rudi Kuhlmann starrte blicklos zur Zimmerdecke, reagierte nicht. Erst als der junge Mann mit beiden Händen sein Gesicht umfasste, murmelte er tonlos: «Hau ab, du Versager.»

Und dann hörte die Frau dieses atemlose Schluchzen, hörte genau die Worte, die wir alle unzählige Male gehört hatten: «O mein Gott. Sag doch nich so was. Das halt ich nich aus. Ich kann nich mehr.»

Udo von Wirth am Bett seines Schwagers.

Um sechs in der Früh hatten sie ihm eine kurze Pause und ein Frühstück gegönnt. Danach stürzten sie sich erneut auf ihn. Er schwieg zwei Stunden lang, schaute zum Fenster hinüber, während Klinkhammer und Olgert sich abwechselten, ihn zu einem

Geständnis zu überreden. Ein paar Minuten nach acht sagte Udo: «Ich will mit Armin sprechen. Ich muss ihm was sagen. Und ich red nur mit ihm.»

Deshalb wurde Armin aus der Schule geholt. Er saß noch mit Udo in Klinkhammers Büro, als wir ankamen. Olgert war im Nebenraum, führte durch einen Spalt in der Zwischentür die Aufsicht. Klinkhammer stand auf dem Gang vor der Tür, das Gesicht halb von den Haaren verdeckt.

Er sah übernächtigt aus, hielt eine Zigarette in der linken und einen Plastikbecher mit Kaffee in der rechten Hand. Als er uns kommen sah, versuchte er seine Mähne mit Hin- und Herwerfen des Kopfes hinter die Ohren zu bringen. Es sah aus wie nervöse Zuckungen. Er verdrehte die Augen, warf die Zigarette in den Kaffee, stellte den Becher auf den Boden und sagte: «Das fehlt mir noch.»

Ein paar Sekunden standen wir schweigend da. Jürgen betrachtete die Tür. Man hörte, dass dahinter gesprochen wurde, zu verstehen war nichts. Jürgen bestand darauf, mit Armin zu reden.

«Die Gelegenheit kriegen sie, wenn er rauskommt», sagte Klinkhammer. Er klang erschöpft, warf einen Blick auf seine Armbanduhr. «Geben wir ihm noch zehn Minuten.»

Er hob den Plastikbecher an und erkundigte sich: «Wollen Sie auch einen Kaffee?»

Jürgen nickte für uns beide. Klinkhammer öffnete die Tür zum Nebenraum und beauftragte Olgert, drei Becher zu holen, nachdem er sich erkundigt hatte: «Wie steht's?»

«Er hustet uns was», sagte Olgert.

Klinkhammer presste wütend die Lippen aufeinander.

«Das kann nicht Ihr Ernst sein», sagte Jürgen. «Ich kann mir eine Menge vorstellen, aber das nicht. Was haben Sie in der Hand gegen den Jungen?»

Klinkhammer wiegte den Kopf, klemmte endlich seine Haare fest und schaute Olgert nach. «Nicht viel. Aber was wir haben, passt. Wir haben die Uhr; sie hängt im Wohnzimmer seiner Eltern.

Wir haben eine Melkanlage; sie erzeugt ein Geräusch wie das, was Ihre Tochter beim ersten Anruf gehört und beschrieben hat. Ihre Tochter müsste sich das mal anhören.»

«Melkanlage?», fragte Jürgen irritiert.

Das Missverständnis war rasch geklärt. Als Klinkhammer das Funktelefon erwähnte und die Vermutung äußerte, dass der erste Anruf am Morgen nach Renas Verschwinden aus dem Kuhstall gekommen sein könnte, wussten wir beide, wer gemeint war.

Jürgen sackte in sich zusammen wie ein Ballon, dem die Luft entweicht. Er legte die Hände vors Gesicht und stöhnte: «O mein Gott.»

«Das haben wir auch», sagte Klinkhammer mit einem Seufzer. «Und dann haben wir noch die feine Gesellschaft. Es dürfte sich dabei um die Gäste gehandelt haben, die sich im Wohnhaus seiner Eltern für die Beerdigung seiner Zwillingsschwester und ihrer Kinder sammelten.»

Er schaute mich an, als wolle er sich entschuldigen. «Dezentes Murmeln, gebrüllt hat da garantiert niemand. Aber wenn jemand im Wohnzimmer zurückbleibt, um noch rasch zu telefonieren, kann es vorkommen, dass eine Frau ruft: ‹Wo bleibst du denn?› Oder: ‹Was machst du denn?› Es tut mir Leid. Ich hätte es eher sehen müssen, viel eher. Ich hätte es schon an dem Freitag sehen müssen. Hennessen bestand darauf, dass Rena zu Udo wollte. Wenn ich ihm da die richtigen Fragen gestellt hätte … Da war er wirklich am Ende. Inzwischen hat er sich erholt.»

Olgert kam mit einem Tablett zurück, auf dem drei dampfende Kaffeebecher standen. «Vorsicht», sagte er, «die Dinger sind heiß.»

Jürgen schüttelte den Kopf, sein Gesicht noch in den Händen verborgen. Als er die Hände endlich herunternahm, strich er mit den Fingern unter den Augen die Tränenspuren weg.

Mir war nicht nach Weinen. Ich hatte einen Kloß in der Kehle und dachte, der heiße Kaffee hätte ihn fortgespült. Das tat er nicht, auch Räuspern machte den Weg für die Stimme nicht frei.

Man konnte die Plastikbecher wirklich kaum in den Händen halten. Es wunderte mich, dass sie nicht schmolzen oder sich zumindest verformten. «Legen Sie ein Taschentuch drum», riet Olgert, als er sah, wie ich meinen Becher von einer Hand in die andere jonglierte. Das Gemurmel hinter der Tür schwoll an und ab. Klinkhammer schaute wieder auf seine Uhr. Die zehn Minuten, von denen er gesprochen hatte, waren längst um.

Es war unwirklich. Da standen wir zu viert vor einem Polizeibüro. Zwei Kriminalbeamte tranken Kaffee. Olgert hatte sich den dritten Becher genommen, weil Jürgen ihn nicht wollte. Und in ihrem Büro saßen zwei junge Männer, von denen einer einen Mord gestehen sollte. Ich fand es ungewöhnlich, dass sie einen Achtzehnjährigen einsetzten, sich das anzuhören. Damit war so ein Junge doch überfordert.

Klinkhammer grinste müde. «Der Professor hält was aus, um den machen Sie sich mal keine Sorgen. Davon abgesehen, von einem Geständnis ist von Wirth weit entfernt. Er weiß genau, dass wir ihm nicht viel beweisen können. So betrachtet sitzen da nur zwei junge Männer, die sich gut kennen, und sie unterhalten sich. Etwas anderes dürften wir auch gar nicht erlauben.»

«Was soll dieser Zirkus?», fuhr Jürgen auf. «Was versprechen Sie sich davon? Ich begreife das nicht. Udo! Das ist ... Das ist Wahnsinn.» Dann stutzte er. «Er war doch gar nicht im Dorf. Er war an dem Abend und in der Nacht bei Kuhlmann.»

«Nicht die ganze Nacht», sagte Klinkhammer. «Die Nachtschwester hat ihn gegen zehn hinausgeworfen. Eine exakte Uhrzeit bekommen wir leider nicht. Es kann fünf Minuten vor, zehn Minuten nach, es kann auch Viertel vor zehn gewesen sein.»

Jürgen schüttelte den Kopf, gleichzeitig machte er eine Abwehrbewegung mit den Händen. «Vergessen Sie's. Das haut nicht hin, nicht mal mit Viertel vor zehn. In der Nacht brauchte er mindestens eine halbe Stunde bis ins Dorf.»

«Nicht unbedingt», widersprach Klinkhammer ruhig. «Er dürfte kräftig aufs Gas getreten haben, vielleicht in der unterschwelligen Hoffnung, den Weg zu nehmen, den seine Schwester gegangen war.» Er war so ernst und dabei so deprimiert, was die nachfolgenden Worte noch unterstrich.

«Herr Zardiss, von Wirth war an dem Abend in einer fürchterlichen Verfassung. Da hätte ein falsches Wort gereicht. Nehmen wir nur einmal an, Ihre Tochter hat ein bisschen gejammert über die verletzte Stute oder den Verkauf des Hengstes. Von Wirth hatte den Menschen verloren, von dem seine psychische Stabilität abhing.»

«Das wusste meine Tochter», sagte Jürgen.

Klinkhammer schüttelte langsam und nachdrücklich den Kopf. «Sie wusste, dass er seine Schwester verloren hatte und dass er sehr an ihr hing. Welche Bedeutung Annegret für ihren Bruder tatsächlich hatte, konnte Ihre Tochter nicht einmal ahnen.»

«Sie hätte ihm trotzdem nichts von Pferden erzählt in dieser Situation», beharrte Jürgen.

Klinkhammer zuckte mit den Achseln und betrachtete die Tür, hinter der Udo und Armin saßen. «Um vier Uhr in der Nacht hatte er einen schweren Unfall, behauptet er. Ich würde es ihm glauben, wenn es auf einer Straße passiert wäre. Aber wenn jemand in einer Kiesgrube herumkurvt, sich mühsam mit dem Auto auf die Bruchkante hinaufarbeitet und dann zehn Meter tief abstürzt, glaube ich nicht an einen Unfall, sondern an eine Selbstmordabsicht. Das Merkwürdige daran ist nur: Er wurde nicht verletzt. Keinen Kratzer hat er abbekommen. Können Sie sich vorstellen, wie ein Auto aussieht, das zehn Meter tief in ein Kiesbett knallt? Und haben Sie auch eine Vorstellung, wie die Insassen aussehen?»

Jürgen starrte ihn an. Ich trank einen Schluck Kaffee, er war immer noch zu heiß. Aber sich die Zunge zu verbrennen war ein realer Schmerz, und was Klinkhammer sagte, verursachte nur ein Brausen im Kopf.

«Ich denke», sagte er bedächtig, «es war weder ein Unfall noch ein Selbstmordversuch. Es ging lediglich darum, ein Auto loszuwerden, in dem wir Spuren hätten finden können. Sein Auto ist übrigens schon am nächsten Tag in die Schrottpresse gewandert. Das hat er sich sogar eine Kleinigkeit kosten lassen, damit es nicht erst noch auf Halde gelegt wurde. Für mich ist die Sache damit klar.»

Jürgen schüttelte noch einmal fassungslos den Kopf und schaute auf die Bürotür. Sie wurde geöffnet. Armin trat auf den Gang hinaus. Im selben Moment war Olgert im Büro verschwunden und die Tür wieder zu.

Armin sah aus, als sei ihm in den letzten Minuten übel geworden. Klinkhammer musterte ihn in gespannter Erwartung.

«Er hat ...», begann Armin, schluckte einmal trocken und starrte begehrlich auf den Becher in meiner Hand. «Kann ich auch eine Cola haben? Ich habe einen trockenen Hals.»

«Was hat er?», drängte Klinkhammer.

Ich hielt Armin meinen Becher hin. «Es ist Kaffee, und ich habe schon getrunken. Aber er ist noch heiß.»

Armin lehnte mein Angebot mit einem Kopfschütteln ab. Als er erneut zu sprechen begann, kamen die Worte so rasch, als wolle Armin es nur noch hinter sich bringen. «Er sagte, er hat sie aufgeschlitzt. Aber er hätte es nicht gewollt. Er könne es auch nicht verstehen und sich nicht an alles erinnern. Er sagte, er weiß nur noch, dass er sie streicheln wollte. Und dann war plötzlich alles voller Blut. Und ihre Därme hingen raus.»

Armins Kehle ruckte vor, er gab einen Laut von sich wie ein in letzter Sekunde unterdrücktes Würgen, riss eine Hand vor den Mund und stürzte den Gang hinunter.

In meinem Hirn machte es klack, einfach nur klack. «Das Pferd», sagte ich. Klinkhammer schaute mich verständnislos an.

«Die Stute», sagte ich. «Das meint er. Udo von Wirth hat Hennessens Zuchtstute abgeschlachtet. Das weiß ich schon lange.»

Klinkhammer betrachtete mich mit gerunzelter Stirn. Seine Stimme klang skeptisch. «Und woher wissen Sie das?»

«Er hat es mir erzählt. Ich meine, ich habe es aus dem geschlossen, was er mir erzählt hat.»

«Darüber reden wir später in Ruhe», sagte Klinkhammer.

Er wollte noch mehr sagen. Ich kam ihm zuvor, griff nach Jürgens Arm. «Komm, gehen wir. Wir müssen in die Praxis. Udo hat nur das Pferd getötet.»

Jürgen löste meine Hand von seinem Arm, zog den Autoschlüssel aus seiner Jackentasche und hielt ihn mir hin. Den Blick hielt er auf Klinkhammer gerichtet. «Ich bleibe hier. Kannst du allein in die Praxis fahren? Freda Jankowik hatte den ersten Termin, Ultraschall. Wenn sie noch da ist, mach es gründlich, das schaffst du doch, oder?»

«Natürlich», sagte ich. «Wer hat den zweiten Termin?»

«Das weiß ich nicht. Es ist mir im Moment auch egal. Wenn du nicht klarkommst, schmeiß sie raus. Schmeiß sie alle raus. Ich kann heute nicht. Ich kann wirklich nicht.»

«Soll ich dich heute Mittag hier abholen?»

Er schüttelte den Kopf und drehte das Gesicht zur Seite. «Kümmere dich nicht um mich, Vera. Notfalls nehme ich mir ein Taxi. Aber ich bleibe hier, bis ich weiß, was los ist.»

Ich war allein mit Freda Jankowik in dem kleinen Raum. Sie ließ keinen Blick vom Bildschirm, war eine von den werdenden Müttern, die im dritten Monat schon …

Ich war mit meinen Gedanken noch auf dem Gang vor der Tür, hinter der Udo saß. Und Klinkhammer sprach über ein abgestürztes Auto und die Schrottpresse. Freda Jankowik erzählte mir von ihrem Freund und dass sie immer ein Kind gewollt hatte, aber ihr Mann nicht und so weiter. Ich lächelte und sah Udo lächeln, sah ihn vorgebeugt in unserem Keller sitzen, sah ihn auf dem Krankenhausparkplatz stehen: ein Bär von einem Mann!

Sandra Erken war im Labor mit einer Blut- und einer Urinprobe beschäftigt. «Mach es gründlich», hatte Jürgen gesagt. Ich wollte es sehr gründlich machen. Das Blut hatte ich Sandra abnehmen lassen und gesagt: «Durchchecken, alles, was notwendig ist.» Ich wusste nicht, was notwendig war.

Ich hörte Freda Jankowik zu, aber ich verstand nichts. Ich glaubte ihr auch nicht, dass sie sich wirklich freute. Niemand konnte sich noch wirklich freuen. Rena hatte es gekonnt, überschäumend, überschwänglich, überglücklich. Rena hatte die wirkliche Freude mitgenommen.

Nur die Sache mit der Scheidung sei ein Wermutstropfen, behauptete Freda Jankowik, während ich noch mehr Gel auf ihren Leib kippte und mir ihr eigenes Herz auf den Monitor holte.

Du bist zu hoch, Vera. Ganz ruhig, mach es gründlich.

Das vorgeschriebene Trennungsjahr sei ausgemachter Schwachsinn, sagte sie. Das wusste ich. Jede Trennung war Schwachsinn und grauenhaft. Mit dieser Gesetzesvorlage würde ihr Kind ehelich geboren, sagte sie. Ihr Nochehemann müsse die Vaterschaft anfechten. Und er habe bisher nur dazu gegrinst.

«Der hustet mir was, der Mistkerl.»

Es waren fast Olgerts Worte. Und ich wusste nicht mehr, was ich denken sollte. Die Stute! Udo konnte nur die Stute gemeint haben. Ich sah ihn in unserem Keller sitzen. Floh hatte er Rena genannt.

«Was willst du Floh mit dem braunen Teufel? Wo, meinst du, geht der in einem Jahr mit dir hin? Jetzt ist er zwei, warte mal ab, wenn er ausgewachsen ist.»

«Er wird nicht mehr viel größer, sagt Hennes.»

«Was Hennes so sagt. Der redet die halbe Zeit Schwachsinn.»

Freda Jankowik sagte auch etwas und zeigte auf den Monitor. Ich verstand sie erst, als sie es wiederholte. «Ist das noch ein Kopf?»

Sie veränderte ihre Position, um mir eine bestimmte Stelle auf dem Bildschirm zu zeigen. Dabei lachte sie verlegen. «Das wäre aber eine Überraschung, was?»

Ihre Drehung hatte eine andere Perspektive zur Folge. Und ich sah nicht so gut in dem Moment, alles verwaschen, verschwommen und unscharf. Die Schatten im grünen Flimmern, bei denen ich sonst keine Mühe hatte, sie zu bezeichnen. Ein Arm, ein Händchen, der Kopf, der Rücken, ein Bein, das Herz.

Das Herz fand ich rasch wieder, ein winziges, zuckendes Etwas, das war leicht. Aber der Rest ... Der Fötus war noch so klein, in dem Stadium erkennt man nicht immer auf Anhieb alle Einzelheiten. Und wenn man gleichzeitig eine Koppel sieht, einen nervös tänzelnden jungen Hengst und einen kräftigen jungen Mann, der nach den Zügeln greift. Und ein lachendes junges Mädchen, das einen braunen Hals tätschelt und beim Aufsteigen den Kopf in den Nacken wirft ...

Den Kopf findet man immer, er dominiert. Ich fand auch das wieder, was Freda Jankowik für einen zweiten Kopf gehalten hatte. Es musste der Rücken sein. Es konnte nur der Rücken sein. Es gab ja nur ein Herz.

Ich machte einen Abzug und wollte Freda Jankowik zu Jasmin schicken, um den nächsten Termin zu vereinbaren. Die Laborwerte sollte Jürgen selbst in den Mutterpass eintragen, er konnte sie beurteilen, ich nicht.

Bevor sie den Raum verließ, erkundigte sie sich zögernd: «Es ist doch alles in Ordnung mit dem Baby?»

«Natürlich, was soll denn nicht in Ordnung sein?»

Ich dachte, sie mache sich Sorgen, weil ich keine Eintragungen vornahm, und wollte ihr das erklären. Doch bevor ich dazu kam, sagte sie leise: «Ich weiß nicht. Irgendwie habe ich ein komisches Gefühl. Wie soll ich Ihnen das beschreiben? Ich freue mich so auf das Kind. Und wenn man sich zu sehr freut, geht meist etwas schief. Bei mir ist es immer so gewesen.»

«Diesmal bestimmt nicht», sagte ich und schaffte ein Lächeln. «Es besteht kein Grund zur Besorgnis.»

Sie lächelte ebenfalls, schüchtern und unsicher. «Aber der Doktor meinte bei der letzten Untersuchung, er müsse sich das in ein paar Wochen noch einmal genau ansehen. Es sei noch zu früh, um etwas zu sagen.»

«Dann haben sie ihn sicher gefragt, ob es ein Junge oder ein Mädchen ist.»

Sie nickte.

«Sehen Sie», sagte ich, «dafür war es wirklich noch etwas zu früh. Beim nächsten Mal können wir es feststellen.»

Nachdem Freda Jankowik die Tür hinter sich geschlossen hatte, saß ich minutenlang da und versuchte mich zu erinnern, was Jürgen mir sonst noch aufgetragen hatte. Es fiel mir nicht ein. Erst als Jasmin hereinkam und wissen wollte: «Was machen wir jetzt mit Frau Scheller? Da wäre die Halbjahresinspektion zu machen für ein neues Rezept», wusste ich es wieder. Schmeiß sie alle raus, hatte er gesagt.

«Ich mache das», sagte ich. «Es geht bestimmt auch ohne Untersuchung.»

«Wollen Sie das Rezept unterschreiben?»

«Ob ich nun einen Kringel darunter setze oder mein Mann. So genau schaut doch keiner hin.»

Jasmin sah das auch so. Und Frau Scheller war froh, dass sie ihr Rezept bekam und nicht noch einmal wiederkommen musste. Rena war auch froh gewesen, als ich ihr kurz nach dem Umzug die Packung in die Finger drückte. «Hier, aber sorg dafür, dass Papa sie nicht zu Gesicht bekommt. Er köpft mich, wenn er das erfährt.» Ungläubig angeschaut hatte sie mich. «Aber Papa hat doch gesagt, meine Organe sind noch nicht völlig ausgereift.»

«Dafür sind die Pickel mehr als reif.»

«Danke, Mutti. Das ist echt klasse von dir. Ich tu sie gut weg, das verspreche ich dir. Er kommt ja auch nie in mein Zimmer.»

Nach Frau Scheller kam noch eine Pilzinfektion. Ich hatte oft genug neben dem Stuhl gestanden und zugeschaut. Den Abstrich zu nehmen war kein Problem, die mikroskopische Untersuchung übernahm Sandra Erken. Ich musste nur ein weiteres Rezept ausstellen, konnte mich in der Patientenkarte orientieren, was Jürgen bei früheren Infektionen dieser Art verordnet hatte.

Auch die ältere Frau, die zur Nachsorge nach einer Uterus-Resektion erschien, machte keine Schwierigkeiten. Sie fühlte sich recht gut, hatte keine Schmerzen, war nur noch ein bisschen wacklig auf den Beinen. Ich verordnete ihr ein Eisenpräparat und gab die üblichen Ratschläge zur Schonung.

Als Jürgen kurz vor eins kam, war Sandra Erken längst auf dem Weg zum Kindergarten und das Wartezimmer leer, und alle waren mit mir zufrieden gewesen. So wie Rena, als die erste Packung leer war und ich ihr Ersatz besorgte aus Jürgens unerschöpflichen Vorräten. «Es hilft wirklich, Mutti, sieh nur, meine Stirn sieht schon besser aus.»

Jürgen war nicht zufrieden. «Bist du wahnsinnig? Du kannst doch hier nicht anfangen zu behandeln.» Es klang nicht nach Vorwurf, nur erschöpft und deprimiert. Er beruhigte sich wieder. Sein Vormittag ließ sich in einem Wort zusammenfassen: Nichts.

Wir fuhren heim. Er ließ mich ans Steuer, was er sonst nie tat. Er hatte nichts dagegen gehabt, dass ich den BMW fuhr. Nur wenn er dabei war, war es sein Wagen. Und jetzt ... Er war müde auf eine so endgültige Art. Er war alt und krank. So alt und krank hatte Vater nicht einmal in den ersten Tagen nach dem Schlaganfall gewirkt.

Klinkhammers Überzeugung hatte ihm das genommen, was ich manchmal gehasst, oft bewundert und immer gebraucht hatte, seine Lebenseinstellung. Das Scherzen in brenzligen Situationen, was man leicht für Oberflächlichkeit halten kann. Das «Rutscht-mir-doch-alle-den-Buckel-runter», was man rasch als Gleichgültigkeit abhakt. Das Glücklichsein nach der eigenen Vorstellung, was man schnell als Egoismus bezeichnet.

Ich hatte schon viel empfunden, seit Rena nicht mehr daheim war: Schmerz, Ohnmacht, Angst, Wut, Verzweiflung, Trauer und Einsamkeit. Nichts davon war vergleichbar mit dem, was ich während der Heimfahrt fühlte; Jürgens Haut, in die er mich steckte, weil er sie nicht mehr ausfüllen konnte. Er war nur gut eins sechzig groß, aber er war nie klein gewesen. Er war zu dick, aber ihn hatte das Fett stark gemacht. Und jetzt war er zerbrochen.

Wir kamen ins Haus und er hatte Angst, durch die Diele zu gehen, vorbei am Anrufbeantworter. Nur eine Null auf dem Zählwerk. Er wurde noch ein bisschen kleiner. Als sei die Null der Beweis für Klinkhammers Verdacht gegen Udo. Wer von der Polizei festgenommen ist, kann nicht mehr anrufen. Er ging in die Küche, setzte sich an den Tisch und schaute zu, wie ich mich ums Essen kümmerte.

«Er leugnet», sagte er.

«Er kann nicht etwas leugnen, was er nicht getan hat.»

«Er hat es getan, Vera.»

«Heute Morgen hast du selbst gesagt, es ist zeitlich unmöglich.»

«Klinkhammer meint, sie hätte vor dem Tor auf ihn gewartet. Dann spielt es keine Rolle, wie lange er für die Fahrt gebraucht hat.»

«Klinkhammer meint! Klinkhammer weiß einfach nicht, was er noch denken soll.» Ich wusste es auch nicht, aber ich sprach weiter. «Klinkhammer meinte auch, sie sei mit Nita und Menke nach Frankfurt gefahren. Und dann meinte Klinkhammer, sie könne nicht im Bus gewesen sein, weil sie darin keine Haare verloren hat. Sie trug einen Plastikumhang mit Kapuze. Und sie hat ihn bestimmt nicht ausgezogen auf dem kurzen Stück bis zum Bahnhof.»

Während ich noch einige von Klinkhammers Irrtümern und ein Dutzend eigener Vermutungen aufzählte, sah ich mich die überschwemmte Hauptstraße hinunterfahren, vorbei an der Einmündung der Seitenstraße, an der das Anwesen der von Wirths lag. Es lag nur knapp zwanzig Meter von der Einmündung entfernt, nur so weit wie unsere Scheune von der Haustür. Man konnte das Tor sehen, wenn man auf der Hauptstraße vorbeifuhr.

Vor dem Tor gewartet! Es brachte mich fast um den Verstand. Wenn ich zur Seite geschaut hätte, hätte ich sie sehen müssen. Hätte, wäre, wenn! Mein Vater hatte einmal gesagt: «Das Wort wenn hat in einer Verhandlung nichts zu suchen. Ich sehe alles in Frage gestellt, sobald ein Anwalt mit wenn zu argumentieren beginnt. Wenn mein Mandant zur fraglichen Zeit in seinem Bett lag, kann er nicht und so weiter. Beweist das etwa, dass der Mandant in seinem Bett lag? Nein, tut es nicht!»

«War mit Freda Jankowik alles in Ordnung?», fragte Jürgen.

«Ja. Sie freut sich aufs Baby.»

«Ist es ein Baby?»

«Ich habe kein zweites gesehen.»

«Hast du's gründlich gemacht?»

«Natürlich.»

Er nickte in sich hinein und schwieg.

Um drei fuhr ein Wagen auf den Hof. Es war Patrick; er stieg nicht aus. Anne kam allein herein, ängstlich, ungläubig, fassungslos, den Kopf voll mit Armin. «Ich habe mich gestern noch mit ihm unterhalten. Er war ganz normal und …»

Ich erklärte ihr, was es mit Armins Gang zwischen zwei Streifenpolizisten tatsächlich auf sich gehabt hatte. Anne starrte mich mit weit aufgerissenen Augen an und stammelte: «Udo? Und ich bin zu ihm ins Auto gestiegen.»

Jürgen hatte sich nach dem Essen auf die Couch gelegt. Er schlief nicht, lag nur da und schaute auf einen Punkt an der Wand. Anne ging zu ihm, setzte sich in einen Sessel. Ich blieb in der Küche und hörte Anne reden. Über den Müllsack, den Udo durchs Feld getragen hatte, während die Bauern nach Rena suchten; über seinen Besuch bei uns, als er von der Beerdigung seiner Schwester kam und es unter den Gästen nicht mehr ausgehalten hatte. Über andere Absonderlichkeiten, die sie im Laufe der Zeit von Rena gehört hatte. Merkwürdige Begebenheiten im Reitstall.

«Sei still», bat Jürgen.

Anne ignorierte ihn. Ich schrubbte die Abtropffläche der Spüle zum vierten Mal, während sie von dem Abend erzählte, an dem Rena nach dem Essen wie so oft noch einmal hinausradelte. Sie kam in den Stall und traf Hennessen und Udo in einer eindeutigen Situation an.

Für Anne war die Situation eindeutig, für Rena war sie es nicht gewesen. Dass ein älterer Mann einen jungen in die Arme nahm, hielt sie für väterliche Freundschaft. Wo Udo doch immer so viel Ärger daheim hatte und mit Hennes besser über alles reden konnte als mit seinem Vater. Dass Tanja ebenfalls Intimitäten zwischen den beiden Männern beobachtet haben wollte, hielt Rena für eine Lüge. Sie hatte sich nur gewundert, dass Udo fluchtartig und mit hochrotem Kopf den Stall verließ, als sie dazukam.

«Sei still», verlangte Jürgen.

«Sie war so naiv», sagte Anne, «und so vertrauensselig. Für sie waren alle Menschen lieb und nett und gutmütig. Sie konnte sich gar nicht vorstellen, dass mal einer ausflippt und …»

«Sei still», brüllte Jürgen und Anne verstummte endlich. Ein paar Minuten später kam sie zu mir in die Küche. Ich schrubbte zum sechsten Mal die Abtropffläche der Spüle.

Anne ging zum Kühlschrank. «Ist kein Saft für mich da?» Ihre Stimme kippte verdächtig.

«Du warst ja auch nicht da.»

«Es tut mir Leid, Mutti, aber ich … ich …» Sie schniefte und verzog das Gesicht, als habe sie Zahnschmerzen. «Jetzt hör doch endlich auf mit der Rubbelei, das hält man ja nicht aus. Was … Was hat er mit ihr gemacht, Mutti?»

Ich antwortete ihr nicht, ging zum Herd, um die Ceranplatte zu schrubben. Alles war voller Blut. Und die Därme hingen ihr raus. Das Bild verschwand einfach nicht, und es war kein totes Pferd mehr. Wenn sie vor dem Tor gewartet hatte – wenn! Warum war dieses Wort nicht längst aus unserer Sprache gestrichen worden? Hat denn noch niemand begriffen, wie grausam es ist?

Kurz nach acht sah ich Scheinwerfer den Weg heraufkommen, erst nur das Licht, dann den dunklen Schatten eines Wagens, der die Einfahrt passierte. Ich hatte den Nachmittag damit verbracht, die Küchenschränke auszuräumen und auszuwaschen, um meinen Verstand beisammenzuhalten, um nicht erneut loszuschreien und um mich zu schlagen.

Auf dem Fußboden verteilten sich Geschirrstapel, Töpfe und Pfannen, Backformen und Lebensmittelvorräte, Besteckkästen und andere Dinge. Es konnte sich niemand in der Küche aufhalten außer mir. Und es konnte niemand zu mir herein.

Ich war weder um sechs noch um sieben hungrig gewesen, und niemand hatte mich gebeten, Abendessen zu machen. Jürgen war auf der Couch eingeschlafen. Anne hatte sich in ihr Zimmer verzogen.

Der Wagen hielt vor dem Haus, das Motorgeräusch erstarb, die Scheinwerfer erloschen. Ich sah zwei Schatten aussteigen und auf die Haustür zugehen. Die Klingel schlug an. Zwischen mir und der Küchentür gab es keinen Weg in die Diele. Die Klingel schlug erneut an, drei-, viermal hintereinander. Es klopfte jemand gegen das Küchenfenster. Olgert! Er rief etwas, gestikulierte, ich solle öffnen. Ich zeigte auf die Stapel mit Tellern, Tassen, Töpfen.

Olgert verschwand vom Fenster. Eine Faust schlug gegen die Haustür. Endlich erwachte Jürgen. Er war mit einem Satz auf den Beinen, kam in die Diele gerannt, rief im Vorbeilaufen: «Warum machst du denn nicht auf?», und riss die Haustür auf.

Klinkhammer kam zur Küchentür, er nickte mir zu, betrachtete das Chaos. Dann verschwand er aus meinem Blickfeld. Olgert ging einfach nur vorbei. Jürgen rief zur Treppe hinüber: «Anne, komm herunter und hilf Mutti beim Aufräumen.»

Dann fragte er Klinkhammer: «Möchten Sie einen Kaffee?» Zu mir sagte er: «Vera, bist du so nett und machst uns einen Kaffee?!» Es war keine Bitte, es war ein Befehl. Die Stunden auf der Couch hatten ihm den Rücken wieder gerade gebogen.

Anne kam herunter und machte sich schweigend daran, die Küchenschränke einzuräumen. Ihr Gesicht war verquollen und gerötet; die Lider dick und schwer, die Augäpfel von aufgeplatzten Äderchen durchzogen. Ihre Nase war rot wie die eines Alkoholikers. Ihr Atem war ein fortwährendes Keuchen und Schniefen, die Taschen ihrer Jeans von benutzten Papiertüchern ausgebeult. Ich brühte Kaffee auf, hob ein paar Tassen und Unterteller vom Fußboden auf, klaubte ein paar Löffel aus dem Besteckkasten bei der Küchentür.

Sie saßen bereits um den Tisch herum, als ich das Wohnzimmer betrat, aber noch sprach niemand. Klinkhammer wirkte wie ein alter Mann am Ende des Lebens. Olgert saß vorgebeugt und drehte die Christophorus-Plakette an seinem Schlüsselbund zwischen den Fingern. Anne brachte Milch und Zucker, holte den Kaffee und hielt dabei ein zerknülltes Papiertuch in der Hand.

Kleinigkeiten! Nichtigkeiten! Nichts davon ist es wert, erwähnt zu werden. Aber es war unsere Stunde null. Es war der Moment des Jüngsten Gerichts. Es spielte keine Rolle mehr, an welchen Gott wir bisher geglaubt hatten. Jetzt saßen wir dem Einen, dem einzig Wahren gegenüber. Die Heilige Dreifaltigkeit zu einem Teil im grauen Anzug, zum zweiten Teil in Jeans und kariertem Hemd, dessen Kragen unter einer zu langen Haarmähne verschwand. Der dritte Teil war ein Blatt Papier in Klinkhammers Tasche.

«Wir haben ein Geständnis», sagte Klinkhammer.

Olgert betrachtete aufmerksam die Plakette zwischen seinen Fingern und kratzte mit einem Nagel einen imaginären Fleck vom Rand. Annes Schultern zogen sich zusammen, ihr Hals verschwand im Kragen der Bluse. Jürgen ballte die Hände zu Fäusten und ließ die angehaltene Luft in einem langen, gut hörbaren Ton entweichen. Was ich tat, weiß ich nicht, vermutlich nichts. Es gab nichts mehr zu tun.

Nach Klinkhammers Satz war es still. Er wartete, dass wir ihn fragten. Was hat er mit ihr gemacht? Wohin hat er sie gebracht? Man sollte meinen, wir hätten das Bedürfnis gehabt, ihn das zu fragen. Vielleicht hatten wir es und waren nur sicher, dass er es uns auch sagte, wenn wir ihn nicht fragten.

Es war angenehmer, nicht zu fragen, sich nicht gezielt zu erkundigen, auf welche Weise sie gestorben war, ob sie gelitten hatte. Natürlich hatte sie gelitten, war aus Furcht, Schmerz, Entsetzen und grauenhafter Angst tausend Tode gestorben, bevor der eine und letzte sie endlich mitnahm.

Warum war sie nicht in den Bus gestiegen? Nita hatte sie doch mitnehmen wollen! Sie könnte in Frankfurt sein, und es ginge ihr gut. Nita hätte nicht zugelassen, dass jemand ihrem Pferdchen ein Haar krümmte.

Es gibt viele Arten von Kämpfen; die sich im Innern abspielen, sind die blutigsten und grausamsten. Jede Faser bäumt sich auf, ehe sie zerreißt; jeder Nerv zuckt, ehe er durchtrennt wird; jede Ader windet sich, ehe sie platzt. Und das Gehirn registriert das alles und antwortet mit Hammerschlägen.

Klinkhammer zog das Blatt Papier aus seiner Tasche. Es war zweimal gefaltet. Er hielt es zwischen Daumen und Zeigefinger, als sei es schmutzig, als wisse er nicht, ob er es Jürgen anbieten dürfe oder nicht.

«Ich dachte», sagte er stockend, «Sie sollten es lesen, bevor wir darüber reden.»

Jürgen zögerte, nach dem Papier zu greifen. Nur ein Blatt! Unfassbar, dass sich die Vernichtung eines hoffnungsvollen Lebens auf so engem Raum zusammenballen ließ. Jürgen las und wurde grau im Gesicht. Wortlos reichte er mir das Papier, lehnte sich zurück und schloss die Augen. Ich hätte sie auch lieber geschlossen, als sie auf die sauber getippten Buchstaben zu heften.

`Ich habe am 8. September um zweiundzwanzig Uhr dreißig Renate Zardiss getötet.`

Halb elf! Da war ich gerade auf Hennessens Hof angekommen und schaute auf die Uhr. Schwer vorstellbar, dass er ebenfalls auf die Uhr geschaut haben sollte. Macht man das, wenn man tötet? Und wieso Renate? Sie war immer Rena gewesen. Nur in amtlichen Unterlagen war sie Renate.

Ich kam aus dem Krankenhaus und war sehr aufgeregt. Renate Zardiss wartete vor meinem Elternhaus auf mich. Sie bat mich, sie nach Hause zu fahren, weil es stark regnete. Ich ließ sie in meinen Wagen einsteigen.

Während der Fahrt bedauerte Renate Zardiss, dass meine Schwester und ihre beiden Kinder am frühen Nachmittag ums Leben gekommen waren. Dann erzählte sie mir von den Verletzungen, die eine Fuchsstute am Nachmittag erlitten hatte. Renate Zardiss machte sich Sorgen um die Stute und das ungeborene Fohlen. Außerdem weinte sie, weil am Nachmittag ein Hengst verkauft worden war, den sie sehr liebte.

Ich legte ihr eine Hand auf den Mund. Ich wollte nur, dass sie still war. Plötzlich sah ich, dass sie nicht mehr atmete.

Ich fuhr mit ihr zu meinem Elternhaus zurück, zog sie auf dem Hof aus dem Wagen, legte sie auf den Boden und leitete Wiederbelebungsmaßnahmen ein. Mein Vater kam dazu und stellte fest, dass Renate Zardiss tot war.

Mein Vater schickte mich in meine Wohnung. Dort saß ich etwa zwei Stunden, dann stieg ich durch ein Fenster ins Freie. Mein Wagen stand auf dem Hof. Mein Vater und Renate Zardiss waren nicht mehr da.

Udo von Wirth

Ich sah im ersten Moment nur eine Hand auf einem Mund. Eine seiner großen Hände auf ihrem kleinen, hübschen Gesicht. Ich faltete das Blatt zusammen und gab es Klinkhammer zurück. Dann stand ich auf, ging in die Diele und schlug mit beiden Fäusten gegen die Wand, bis Jürgen kam und mir die Arme festhielt. Er zog mich an sich und drückte sein Gesicht gegen meine Schulter. Meine Bluse wurde feucht. Ein paar Minuten standen wir so. Ich legte die Arme um ihn, er legte die Arme um mich. Dann gingen wir zurück.

Bei der Tür fragte Jürgen: «Ist das alles?» Er drückte mich neben Anne auf die Couch, blieb vor Klinkhammer stehen. «Das kann doch nicht alles sein! Er ließ sie einsteigen, wollte sie heimfahren. Hat er ihr die Hand während der Fahrt auf den Mund gelegt oder hat er angehalten? Hat sie sich nicht gewehrt? Sie muss sich doch gewehrt haben! Warum hat sie ihn nicht gebissen oder gekratzt? Sie sagten heute Morgen, er hätte bei seinem angeblichen Unfall keinen Kratzer abbekommen. Aber meine Tochter hat sich bestimmt nicht ohne Gegenwehr umbringen lassen. Er muss dabei irgendwelche Verletzungen ... Ich ... Ich kann mir nicht vorstellen, dass sie sich nicht gewehrt haben soll. Man bringt ein Mädchen doch nicht um, indem man ihm nur eine Hand auf den Mund legt.»

«Nein», sagte Klinkhammer müde. «Vielleicht sagt er uns morgen, was er tatsächlich mit ihr gemacht hat. Mit diesem Geständnis können wir ihn erst einmal festhalten.»

«Und den Alten?», wollte Jürgen wissen. «Haben Sie ihn auch festgenommen?»

Klinkhammer schüttelte den Kopf. «Was sein Sohn uns erzählt hat, reicht nicht, ihn festzunehmen. Es kann eine Schutzbehauptung sein. Der Alte hat uns ausgelacht. Er weiß nichts von einer Leiche. Er hat seinen Sohn in der fraglichen Nacht überhaupt nicht gesehen, sagt er. Erst am nächsten Morgen, kurz nach sechs, als Udo in Kuhlmanns Kombi auf den Hof fuhr. Da hat er dann auch von Udos Unfall gehört. Er sagte, sein Sohn sei seit dem Tod der Schwester nicht mehr klar bei Verstand.»

Neben mir begann Anne leise zu weinen. Jürgen nickte, als habe er keine andere Auskunft erwartet. «Und seine Frau, Udos Mutter, wie äußert sie sich dazu?»

«Sie hatte an dem Nachmittag vom Arzt ein starkes Beruhigungsmittel bekommen und hat bis zum nächsten Morgen durchgeschlafen. Sie wurde erst durch einen Streit zwischen ihrem Mann und ihrem Sohn geweckt. Und sonst war niemand auf dem Anwesen. Sie erinnern sich vielleicht, der Alte hat Ihnen ja am Telefon gesagt, dass er am frühen Abend das Tor verschloss, weil sie nicht gestört werden wollten.»

Jürgen nickte erneut und presste für eine Sekunde die Lippen aufeinander. «Und was denken Sie?»

«Ich habe Ihnen heute Morgen gesagt, was ich denke. Von Wirth hat sein Auto gezielt demoliert. Vielleicht sogar auf Anweisung seines Vaters.»

«Der Alte ist ein eiskalter Hund», sagte Jürgen, «und ein gerissener. Ich traue ihm das zu.»

«Ja», sagte Klinkhammer nur und erklärte nach ein paar Sekunden Schweigen: «Wenn Udo sie im Auto getötet hat, hat es vermutlich auch eindeutige Spuren gegeben, aus denen sich der Tathergang hätte rekonstruieren lassen. Für ein paar Kopfhaare und Fasern von ihrer Kleidung hätte sich eine simple Ausrede gefunden. Er hat sie mehr als einmal in seinem Wagen mitgenommen. Wenn es sich so abgespielt hätte, wie er uns weismachen will, hätten wir nicht mehr finden können als ein paar Haare und Fasern. Und da muss mehr gewesen sein, viel mehr. Er besaß den Wagen erst seit ein paar Monaten. Niemand steckt ohne triftigen Grund dreißigtausend Mark in die Schrottpresse.»

Annes Weinen steigerte sich derart, dass die Couch das Zucken ihres Körpers auf mich übertrug. Jürgen setzte sich neben sie, zog sie an sich und strich ihr übers Haar. Er räusperte sich. «Und wie geht es jetzt weiter?»

Klinkhammer zuckte nur mit den Achseln.

Olgert steckte den Schlüsselbund in die Hosentasche und sagte: «Das hängt davon ab, ob Udo von Wirth seine Aussage ergänzt oder ob wir einen hieb- und stichfesten Beweis dafür finden, dass sein Vater die Leiche weggeschafft hat. Das muss nicht unbedingt mit Udos Wagen geschehen sein. Wir werden uns nochmal mit den Feuerwehrleuten unterhalten. Und wir suchen mit allen uns zur Verfügung stehenden Mitteln.»

Jürgen nickte schwerfällig. «Und wenn Sie meine Tochter finden, werden Sie feststellen, warum er Ihnen nicht sagen will, was er mit ihr gemacht hat. Ich kann es Ihnen jetzt schon sagen. Weil es so war, wie er es Armin heute Morgen erzählt hat. O mein Gott! Er hat sie ...»

Er brach ab, schaute mich an und begann zu stammeln. «Es tut mir Leid, Vera, es tut mir so Leid. Ich wollte das nicht sagen. Ich habe es nicht so gemeint, wirklich nicht. Das musst du mir glauben. Es war ... Mir sind einfach die Nerven durchgegangen. Ich konnte nicht mehr.»

Um zwei Uhr in der Nacht fiel mir ein, was ich Anne hatte fragen wollen, nachdem Klinkhammer und Olgert weg waren. Als ich die beiden zur Tür brachte, hatte ich ein Gefühl, als hätte ich etwas in der Hand. Ich konnte es nur nicht richtig packen und nicht darüber nachdenken, weil mir plötzlich diese Frage durch den Kopf schoss. Aber als ich zurück ins Wohnzimmer kam, musste ich mich zuerst um Jürgen kümmern.

Er lag auf den Knien vor dem Couchtisch und schlug seinen Kopf gegen die Kante, wie die Mutter von Ursula Bost vor all den Jahren gegen den Bordstein schlug. Er schrie etwas vom Müllsack und dass es keine Konservendosen und keine Milch- oder Saftpakete gewesen seien, sondern etwas anderes, etwas völlig anderes, etwas wie Kleidungsstücke und Plastiktüten. Und er hatte den Inhalt nicht kontrolliert. Er hatte dem Schweinehund die Möglichkeit verschafft, belastendes Beweismaterial beiseite zu schaffen.

Anne stand neben ihm, presste beide Fäuste vor den Mund und wimmerte, statt etwas zu unternehmen. Als ich ihn festhalten wollte, schlug er nach mir, schrie und tobte weiter. Anne holte zwei Tabletten und ein Glas Wasser. Aber ehe wir ihn vom Tisch weggezogen und auf den Rücken gelegt hatten …

Anne setzte sich auf seine Beine, legte ihr Gewicht nach vorne und drückte mit den Händen seine Schultern auf den Boden, winselte und jammerte: «Hör auf damit, Papa, hör auf. Das halte ich nicht aus.»

Ich hielt ihm die Nase zu, presste ihm die beiden Tabletten zwischen die Lippen und kippte ein halbes Glas Wasser hinterher. Ich dachte, er wäre daran erstickt. Er hustete, würgte, die Kerbe in seiner Stirn lief blau an. Dann beruhigte er sich allmählich.

Um ihn nach oben zu bringen, brauchte ich Annes Hilfe nicht mehr. Ich zog ihn aus, legte ihn ins Bett wie ein Kind. Das war er auch in dem Moment, hilflos wie ein Säugling mit einer Kolik. Als ich dann wieder nach unten kam, stand Anne am Telefon und erzählte Patrick, dass Udo von Wirth der Mörder ihrer einzigen Schwester war. Sie telefonierte fast eine halbe Stunde und war danach nicht mehr ansprechbar.

So sprach ich erst mit Gretchen, weil … Es war ja sonst niemand da. Gretchen wusste schon Bescheid. Die allwissende Frau Ziegler hatte sie informiert, dass am späten Nachmittag eine Hundertschaft damit begonnen hatte, das gesamte Grundstück der von Wirths umzugraben. Sie hatten den Wagen des Alten beschlagnahmt, das Haus und den Anbau auf den Kopf gestellt, die Scheune und die Stallungen durchsucht, irgendeine Maschine in sämtliche Einzelteile zerlegt. Das alles erzählte Gretchen bereitwillig. Ansonsten war sie sehr zurückhaltend, äußerte kein Für und kein Wider, sagte nur, man könne niemandem hinter die Stirn schauen.

Dann rief Jürgen nach mir, um sich noch einmal zu entschuldigen und zu versichern, dass er nicht gemeint hatte, was er über Feldweg und abgeschlachtet gesagt hatte. Er erzählte mir, im Dorf ging das Gerücht: Als Annegret das erste Kind bekommen hatte, hätte Udo versucht, dem Säugling etwas anzutun. Was genau, wusste niemand. Annegret hätte sich immer jede Spekulation darüber verbeten.

Dann schlief er endlich ein, und ich nahm ein Bad, weil ich dachte, im warmen Wasser könne ich die Gedanken besser sortieren. Es war immer noch ein Gefühl, als hielte ich etwas in der Hand. Das Ende eines dünnen Fadens. So dünn, dass ich kaum etwas davon spürte. Ich spürte auch kaum etwas vom Wasser. Zuerst war es zu heiß, dann war es zu kalt. Da ging ich ins Bett, um mich aufzuwärmen.

Jürgen schnarchte mit offenem Mund. Ich zitterte und mir schlugen die Zähne aufeinander. Zähne! Das war es, was ich Anne hatte fragen wollen. Ich stand auf, ging in ihr Zimmer und weckte sie. «Du hast Udos Hände gesehen, waren sie in Ordnung?»

«Was ist los?»

«An dem Freitagmorgen! Du hast ihn im Feld getroffen, als er den Müllsack aufhob und mitschleppte. Was war mit seinen Händen?»

«Weiß ich nicht.»

«Dann denk nach.»

Sie blinzelte zum Wecker hinüber. «Mutti, es ist zwei Uhr.»

«Es wird noch später.»

Sie seufzte. «Mutti, ich weiß es wirklich nicht. Ich habe nicht auf seine Hände geachtet.»

«Wenn du den Sack gesehen hast, hast du auch seine Hände gesehen. Ich habe sie gesehen, aber das war am Montag. Bis dahin können kleinere Verletzungen abgeheilt sein. Mach die Augen zu.»

Sie schloss die Augen.

«Jetzt stehst du vor ihm auf dem Feldweg», sagte ich. «Und nun schau genau hin.»

Sie riss die Augen wieder auf. «Mutti, hör bitte auf mit dem Unsinn. Ich bin müde.»

«Das bin ich auch. Das sind wir alle.»

«Dann geh ins Bett, Mutti. Wir reden morgen früh.»

«Wir reden jetzt.»

«Mutti, bitte! Es gibt nichts zu reden. Rena ist tot. Und mir ist an Udos Händen nichts Besonderes aufgefallen.»

«Siehst du», sagte ich, «das wollte ich hören. Wenn sie zerkratzt oder zerbissen gewesen wären, das wäre dir aufgefallen. Oder meinst du nicht?»

«Ja, kann sein», räumte sie ein.

«Dann schlaf jetzt. Gute Nacht.»

«Gute Nacht», murmelte sie.

Ich ging hinunter, nahm den Notizblock und den Stift neben dem Telefon weg und setzte mich ins Esszimmer. Keine sichtbaren Kampfspuren an den Händen! Der erste Satz auf dem Block. Damit hielt ich den Faden fest in der Hand und zog ihn langsam durch.

Udos Geständnis war keinen Pfifferling wert. Zweiundvierzig Jahre mit einem Richter gehen nicht spurlos vorbei. Ich dankte Vater für all die Stunden, in denen er mir von der Schlechtigkeit der Welt, von Mördern und Dieben, von tüchtigen Polizisten und von imkompetenten erzählt hatte. Auch von solchen, die im Bemühen, einen Fall aufzuklären, weit übers Ziel hinausschossen und einem Verdächtigen in den Mund legten, was sie hören wollten.

Dass es mir beim Lesen des Geständnisses nicht sofort aufgefallen war! Renate Zardiss! Und auch der Rest – es waren Klinkhammers Worte. Vor der Tür gewartet. Von den Pferden erzählt. Sogar die Reihenfolge stimmte, erst die Stute, dann der Hengst.

Kurz nach sechs hatte ich fünf Seiten mit Widersprüchen gefüllt. Ich las alles noch einmal und dabei fiel mir ein, dass Udo nicht zwangsläufig Kratz- und Bisswunden an den Händen gehabt haben musste, wenn er sie auf andere Weise getötet hatte. Und wenn er nicht sagen wollte, auf welche Weise, hatte er vielleicht nur deshalb nachgeplappert, was Klinkhammer ihm vorsagte.

Wenn! Und dann fiel mir ein, dass Fred König den alten von Wirth in der Nacht zweimal hatte fahren sehen; einmal um zwölf und einmal um vier! Dann hatte er sie wohl um zwölf weggeschafft und um vier Udo aus der Kiesgrube abgeholt.

Ich konnte nicht mehr denken, machte Kaffee, weckte Jürgen und Anne. Wir frühstückten, keiner sprach. Jürgen schaute mich nur mit wundem Blick an.

Anne bat: «Fährst du mich zur Schule, Papa?»

«Du brauchst heute nicht», sagte er.

«Ich möchte aber, Papa. Wenn ich hier sitze, werde ich verrückt. Ich will nur nicht mit dem Rad und auch nicht ins Dorf laufen.»

Um halb acht verließen sie das Haus. Jürgen wollte noch kurz bei Klinkhammer vorbeischauen und dann in die Praxis. Ich räumte ein wenig auf und fuhr ins Krankenhaus.

Mutter saß an Vaters Bett und las ihm die Festnahme eines Verdächtigen im Fall Renate Z. aus der Tageszeitung vor, als ich das Zimmer betrat. Als ich zu sprechen begann, stellte sie sich ans Fenster und drehte sich nicht mehr um. Sie stand nur da und starrte hinaus.

Ein grauer Tag und ein graues Gesicht in den Kissen. Vater hörte zu, anfangs noch mit regloser Miene, zu schockiert für ein Blinzeln. Irgendwann sagte er leise: «Wenn sie keine Leiche finden, ist es ein Geständnis ohne jeden Wert.»

Das wusste ich doch. Und Klinkhammer wusste es auch, deshalb war er so deprimiert gewesen.

«Ich sollte Klinkhammer sagen, was der Brandmeister in der Nacht gesehen hat, meinst du nicht?»

Vater nickte zwar, aber noch während er das tat, sagte er: «Hat der Brandmeister gesehen, wohin der Alte fuhr? Hat er gesehen, ob er allein im Wagen saß? Hat er gesehen, dass mit dem Wagen eine Leiche transportiert wurde? Nein! Der Brandmeister ging davon aus, der Alte sei unterwegs, um Udo zu suchen. Und genau das werden die von Wirths sagen.»

Ich blieb nicht lange. Es war noch viel im Haus zu tun, und ich wollte daheim sein, wenn Anne aus der Schule kam. In der Diele begrüßte mich die Eins auf dem Zählwerk.

Regina Kolter bedauerte, es mir nicht persönlich sagen zu können. Die zweite Sitzung bei ihrer Bekannten war ein durchschlagender Erfolg gewesen. Die Tarot-Karten hatten gezeigt, dass unsere Töchter in Frieden und Harmonie in einem kleinen Häuschen am Stadtrand lebten, inmitten von Grün und Blau. Das Blau konnte ein kleiner Teich oder ein winziger Bach sein. Es ging ihnen gut, sie waren glücklich. Allerdings hatten die Karten auf eine drohende Gefahr hingewiesen. Ein großer, dunkler Mann näherte sich von rechts oder links. Regina Kolter wollte wissen, ob ich einen Schnüffler auf den Weg gebracht hatte. Sie bat dringend um Rückruf. Ich tat ihr den Gefallen.

«Lassen Sie mich bitte mit diesem Quatsch in Ruhe. Meine Tochter ist tot.»

Sie widersprach heftig. «Nein, Frau Zardiss, das ist sie nicht. Sie dürfen das nicht glauben. Sie dürfen sich nicht den negativen Schwingungen hingeben, damit blockieren Sie die positiven Ströme. Meine Bekannte sieht auch für Sie eine große Gefahr. Der Tod ist in Ihrer Nähe. Glauben Sie mir, Frau Zardiss, es ist kein Quatsch.»

Minutenlang versuchte sie mich zu überzeugen, dass meine Ansicht zu ihren Methoden sich nur in meiner mangelnden Erfahrung mit Karten, Tischchen und dergleichen begründeten. Um mir das zu beweisen, lieferte sie mir eine exakte Beschreibung des großen, dunklen Mannes. Sie traf auf Kemnich ebenso zu wie auf Klinkhammer und tausend andere Männer mit dunklen Haaren. Auch Udo war dunkelhaarig.

Und während ich mich mit Regina Kolter auseinander setzte, saß er in Klinkhammers Büro – zusammen mit einem Anwalt, den sein Vater ihm besorgt hatte – und widerrief sein Geständnis.

Kurz vor acht erschienen Klinkhammer und Olgert, um die letzten drei Tagebücher abzuliefern und uns von der Wendung in Kenntnis zu setzen.

Es war ein Freitagabend, der 30. September. Olgert begann mit dem Hinweis, dass die Durchsuchung des Anwesens von Wirth und die gründliche Inspektion des grünen Audis leider erfolglos gewesen seien. Dann erklärte er, was Udo im Beisein des Anwalts zu Protokoll gegeben hatte.

Udo hatte Rena an dem Abend gar nicht gesehen. Er war bis um zehn bei seinem Schwager. Dann fuhr er heim, wollte sich in seiner kleinen Wohnung im Anbau verkriechen und sich die Augen aus dem Kopf heulen. Sein Vater ließ das nicht zu.

Der Alte kam aus dem Haus, als Udo gerade seinen Wagen abstellte. Er wies ihn vom Hof. Udo hatte Schwester und Nichten auf dem Gewissen, und ein Mörder hatte auf seinem Grund und Boden nichts zu suchen. Sollte er es wagen, noch einmal einen Fuß durch das Tor zu setzen, wollte der Alte ihn wie einen räudigen Hund über den Haufen schießen.

Udo setzte sich wieder in seinen Wagen und fuhr los, kreuz und quer durch die Gegend. Kurz vor zwölf fand er sich vor Hennessens Einfahrt wieder. Hennessen war noch im Stall. Udo bat ihn um seine Pistole. Er wollte sich erschießen. Hennessen erklärte ihn für übergeschnappt. Es kam zu einem heftigen Streit, in dessen Verlauf Hennessen sagte, wenn Udo sich umbringen wolle, solle er das mit seinem Auto tun. Es gäbe genug Bäume auf der Straße.

Udo fuhr erneut los, diesmal zu der Stelle, an der seine Schwester gestorben war. Er kroch eine Weile durch den Dreck. Dann setzte er sich wieder in den Wagen und fuhr zurück zum Reitstall. Es war kurz vor drei in der Nacht. Bei Hennessen war alles dunkel. Udo war müde und verkroch sich auf der Suche nach einem warmen Plätzchen und einer mitfühlenden Seele bei der verletzten Stute. Er wollte sie nur streicheln, aber plötzlich hielt er ein Messer in der Hand und stach blindwütig auf das Tier ein.

Als er sah, was er angerichtet hatte, warf er sich wieder hinters Steuer und fuhr zur Kiesgrube, diesmal fest entschlossen, sich das Leben zu nehmen. Aber der Teufel will nicht die, die freiwillig zu ihm kommen.

Er schlich zum Haus seiner Schwester, versteckte sich dort für eine knappe Stunde, versorgte das Vieh und fuhr mit Kuhlmanns Auto heim. Es kam zu einem heftigen Streit mit dem Vater, der die halbe Nacht unterwegs gewesen war, Udo zu suchen.

Das dringende Bedürfnis, mit einem Menschen zu reden, der ihn verstand, ließ Udo um sieben Uhr im Kuhstall zum Funktelefon greifen. Er rief bei uns an, weil er mehrfach die Erfahrung gemacht hatte, dass Renas Großvater ein verständnisvoller Mann war. Und bis dahin war meist Renas Großvater an den Apparat gekommen, wenn Udo bei uns angerufen hatte.

Diesmal nicht, eine junge, weibliche Stimme meldete sich. Udo dachte, es sei Rena, und sprach sie mit diesem Namen an. Als er begriff, dass es Renas Schwester war, legte er nach ein paar Sekunden ohne ein weiteres Wort auf.

Er fuhr zum Krankenhaus, wurde kurz nach neun von der Stationsschwester gebeten, das Zimmer zu verlassen, weil er seinen Schwager mit Jammern und Weinen nur unnötig aufregte. Er fuhr wieder heim, sprach mit seiner Mutter über den Unfall in der Kiesgrube und das, was sein Vater ihm in der Nacht vorgeworfen und angedroht hatte. Seine Mutter versprach, mit dem Vater zu reden. Dann kam Klinkhammer und Udo erfuhr, dass Rena verschwunden war.

In der Nacht vor der Beerdigung seiner Schwester versuchte er erneut, mit Renas Großvater über die Stute und alles andere zu reden. Diesmal hatte er Renas Vater in der Leitung und legte wie beim ersten Mal wortlos auf. Erst am nächsten Tag führte der dritte Versuch zum Erfolg, leider mit einem furchtbaren Ergebnis.

Dass er dann noch ein viertes Mal bei uns angerufen hatte, obwohl er mit Sicherheit wusste, dass der verständnisvolle alte Mann im Krankenhaus lag, auch dafür gab es eine Erklärung. Er hatte mit mir reden wollen, mir gestehen, dass er für den Zusammenbruch meines Vaters verantwortlich war, mir sagen, wie Leid ihm das alles tat. Was ich per Band sagte, war zu viel für ihn.

Es gab sogar eine Erklärung für den Widerspruch im Verhalten seines Vaters, der ihn erst Mörder schimpfte und vom Grundstück wies, der dann die halbe Nacht unterwegs war, ihn zu suchen. So ist das eben mit Vätern! In ihrem Schmerz sagen sie Dinge, die sie kurz darauf bereuen. Und dann tun sie alles, um dem einzigen Sohn beizustehen.

«Und jetzt?», fragte Jürgen, als Olgert zum Ende gekommen war.

Klinkhammer hob die Schultern an, ließ sie wieder sinken. Olgert betrachtete seine Hände.

«Sie glauben das doch nicht etwa?», fragte Jürgen.

Klinkhammer schüttelte den Kopf. Olgert räusperte sich. «Der Haftrichter war der Meinung, dass die Beweislage im Augenblick noch nicht ausreicht. Wir mussten ihn freilassen.»

«Freilassen», murmelte Jürgen und fügte nach etlichen Sekunden hinzu: «Gut! Es ist vielleicht besser so. Den Rest übernehme ich.»

Er warf mir einen Blick zu. Ich weiß nicht, ob es ein zärtlicher oder ein verzweifelter Blick war. «Ich habe es meiner Frau versprochen.»

«Machen Sie keine Dummheiten, Herr Zardiss», mahnte Olgert.

«Ich? Dummheiten?», fragte Jürgen erstaunt und lachte leise. «Trauen Sie mir Dummheiten zu? Da unterschätzen Sie mich aber gewaltig. Ich werde Udo von Wirth nicht anrühren. Ich sage Ihnen, was ich jetzt mache. Ab sofort führe ich Buch über jeden Schritt, den ich gehe, über jede Minute jedes Tages. Ich werde mich nur noch dort aufhalten, wo andere in der Nähe sind, die später bezeugen können, dass ich zur fraglichen Zeit in Gesellschaft und weitab vom Geschehen war.» Er lächelte Olgert an, schaute zu Klinkhammer hin. «Ist das in Ihrem Sinne?»

Klinkhammer betrachtete Jürgens angeschlagene Stirn. Die Kerbe war blaurot geschwollen. «Herr Zardiss, seien Sie vernünftig. Ich kann mir vorstellen, wie Ihnen zumute ist. Aber falls von Wirth etwas zustößt …»

Jürgen unterbrach ihn mit einer lässigen Handbewegung. «Wollen Sie mich etwa zur Rechenschaft ziehen, wenn er sich aufhängt? Oder wenn er sich die Pistole von Hennes holt und sich doch noch eine Kugel in den Kopf schießt?»

Jürgen dozierte wie ein Professor an der Uni. «Wenn ein schwer depressiver und suizidgefährdeter Mann, der schon einmal alle Hebel in Bewegung gesetzt hat, um diese Welt zu verlassen, sein Ziel letztendlich erreicht, ist höchstens seinen Ärzten oder Angehörigen ein Vorwurf zu machen, weil sie Warnsignale übersehen haben.»

Klinkhammer nickte bedächtig, Olgert pulte an seinen Fingernägeln. Jürgen sagte: «Weisen Sie ihn in die Psychiatrie ein, wenn Sie verhindern wollen, dass ihm etwas zustößt. Er hat Ihnen seine Selbstmordabsicht ins Protokoll diktiert, was wollen Sie mehr? Dann haben wir ja auch noch die Sachbeschädigung oder Tierquälerei. Was ist eigentlich mit Hennessen, wie äußert er sich dazu? Er wird doch bestimmt Anzeige erstatten. Was kriegt man für eine bestialisch abgeschlachtete Stute? Na, kommen Sie, ein halbes Jahr muss drin sein. Das Tier war trächtig.»

Olgert erhob sich, Klinkhammer sagte: «Ich glaube, wir gehen jetzt besser. Darf ich Ihnen einen Rat geben? Besaufen Sie sich. Das werde ich auch machen.»

Dann saßen wir da. Jürgen machte keine Anstalten, sich zu besaufen. Es war auch nicht mehr viel im Haus, nur der Grand Marnier und ein Rest Steinhäger im Kühlschrank. Länger als eine halbe Stunde saß er reglos im Sessel und hielt die Augen geschlossen. Dann kam Anne heim, sie hatte den Nachmittag bei Patrick verbracht. Jürgen stand auf, als sie das Wohnzimmer betrat und grüßte, wie sie es immer tat.

«Hallo, Papa.» Und zwei Sekunden später: «Hallo, Mutti.»

Jürgen nahm die drei Tagebücher vom Tisch und verließ den Raum. Ich hörte seine Schritte auf der Treppe. Oben wurde eine Tür geschlossen, danach kam kein Laut mehr. Anne schaute mich an und bewegte unbehaglich die Schultern.

«Geht es ihm immer noch so schlecht? Ich dachte, er wäre wieder in Ordnung. Heute Morgen war er doch in Ordnung.»

«Udo hat sein Geständnis widerrufen», sagte ich und ging in die Küche. Anne folgte mir.

«Und was passiert jetzt?»

«Nichts.» Ich nahm ein Glas, hielt es unter den Wasserhahn, ließ es voll Wasser laufen, kippte es aus, füllte es erneut, kippte es aus, füllte es noch einmal ... Mein Kopf quoll über von einem Vater, der seinen Sohn im ersten Schmerz einen Mörder nannte, dem es bald darauf Leid tat, der die halbe Nacht unterwegs war ...

Anne stand noch ein paar Minuten hinter mir, dann ging sie in ihr Zimmer. Ich ging in die Diele und rief Gretchen an. Sie wusste schon Bescheid.

Frau Ziegler hatte sie informiert, dass Udo wieder im Dorf sei und sich in Kuhlmanns Haus verschanzt habe. Daheim dürfe er sich nicht mehr blicken lassen. Der Alte habe ein Schrotgewehr. Mehr sagte Gretchen nicht. Es gab nicht mehr zu sagen.

Ich rief Hennessen an. Er kam schon beim ersten Klingeln an den Apparat. Aber er wusste es natürlich auch schon. Und mich bei ihm entschuldigen ... Es war nicht mehr nötig. Er sprach mit mir, wie er immer mit mir gesprochen hatte. Udos Widerruf erstaunte ihn nicht, für ihn war das die Wahrheit. Und seine Stute ...

«Dafür muss ich mir wohl selbst ein bisschen Schuld geben», sagte er. «Ich hätte ihn nicht so anschnauzen dürfen, als er bei mir auftauchte und nach der Pistole fragte.»

«Er war also wirklich bei Ihnen? Wann?»

«Gegen zwölf ungefähr. Hab nicht auf die Uhr geschaut. Er war ja auch gleich wieder weg. Und kurz nach ihm tauchte der Alte auf und wollte wissen, ob er sich bei mir verkrochen und was er mir erzählt hatte. Wollte mir die Bude auseinander nehmen. Dann mal los, hab ich gesagt und bin zu Friedel gegangen, das war um halb eins.»

«Und Udos Kleidung?»

Hennessen verstand die Frage nicht. Ich musste deutlicher werden.

«Nee», sagte er, «da war kein Blut dran. Seine Hände waren auch in Ordnung.»

Er konnte sich gewaschen und umgezogen haben, während sein Vater die Leiche wegbrachte.

Als ich später nach oben ging – Anne hatte sich in ihrem Zimmer eingeschlossen und Jürgen in unserem Bad, mit Renas Tagebüchern –, hörte ich sein Weinen durch die geschlossene Tür. Er sprach, ich verstand nicht alles, aber doch genug.

Zweimal den Ausdruck Mäuschen. Einmal sagte er: «Ich will dir jetzt nichts vorlügen. Ich war halt immer sehr mit mir selbst beschäftigt.» Dann sagte er: «Aber es wird eine ordentliche Gerichtsverhandlung geben, das verspreche ich dir. Ein Richter führt den Vorsitz, ich mache den Ankläger, und dann wird das Urteil vollstreckt.»

Bis dahin hatte ich Angst gehabt in allen Variationen. Nun fühlte ich zum ersten Mal, was Panik ist, richtige Panik, das Entsetzen vor etwas, das man kommen sieht und nicht aufhalten kann.

Ich klopfte an die Tür. «Mach auf, Jürgen, ich muss aufs Klo.»

Ich glaube, er hörte mich gar nicht. Er erklärte ihr die Vorzüge der Todesstrafe für den Delinquenten. Einen biederen Bauerssohn zu Schwerverbrechern ins Gefängnis stecken, wo er mit seinem Gewissen und seiner latenten Neigung zum eigenen Geschlecht allein und eine willkommene Beute war, wo er elend vor die Hunde gehen musste, so rachsüchtig wollte er nicht sein. Man musste auch an die Kosten denken. Unkraut gehörte aus dem Boden gerissen und verbrannt.

«Jürgen, mach auf, ich möchte mir die Zähne putzen und ins Bett.» Ebenso gut hätte ich meine Zahnbürste auffordern können, zu mir zu kommen. Ich wartete noch ein paar Minuten, bis ich es nicht mehr aushielt, ihm zuzuhören. Dann putzte ich das Fenster im Esszimmer, das kann man nachts viel besser als am Tag. In der Dunkelheit sieht man jeden Streifen. Nachdem ich das festgestellt hatte, putzte ich auch die anderen Fenster. Anschließend saugte ich die Teppiche ab, wischte die Diele und die Küche, polierte die Tische, Schränke und das Telefon blank.

Als Jürgen am Samstagmorgen nach unten kam, glänzte das Erdgeschoss, als sei Mutter durchgezogen. «So ist's gut», sagte er. «Man muss sich beschäftigen. Solange die Hände in Bewegung sind, hält man es im Kopf aus.»

«Was hast du vor?»

«Frühstücken», sagte er und setzte sich an den Tisch. «Ich hätte gerne zwei Eier, hart, ich möchte sie aufs Brot schneiden.»

Ich kochte vier Eier. Wenn er sich zwei aufs Brot schnitt, wollte Anne das auch tun.

«Und was tust du nach dem Frühstück?»

«Mal sehen», sagte er.

«Du hast gar nicht geschlafen.»

«Du doch auch nicht», sagte er. «Und ich hatte eine Menge zu lesen. Weißt du, Klinkhammer hatte Recht. Ich wusste wirklich nicht, was in ihr vorgegangen ist. Jetzt weiß ich es. Und dieser Schweinehund hat mir die Chance genommen, ihr zu sagen: Mädchen, du bist Klasse. Du bist in Ordnung, bleib, wie du bist.»

Für einen Moment sah es aus, als bräche er erneut in Tränen aus. Er drehte seinen Frühstücksteller mit einem Finger auf dem Rand. Die Lippen hielt er zwischen die Zähne gezogen. Seine Schultern bewegten sich auf und ab, als wolle er eine Verspannung lockern.

«Weißt du, warum sie nicht mit Nita gefahren ist? Sie meinte, das könne sie uns nicht antun. Sie meinte, dass wir sie doch irgendwie lieb hätten. Irgendwie – meinte sie.»

Annes Schritte auf der Treppe ließen ihn verstummen. Er schaute ihr entgegen, lächelte sie an.

«Wenn du mich erträgst, kannst du heute nochmal mit mir in die Stadt fahren. Aber dann musst du dich beeilen. Ich fahre gleich los. Ich will noch rasch ins Krankenhaus und ...»

Er brach ab. Anne schaute ihn verständnislos an.

«Ich fahre heute nicht zur Schule, Papa.»

Er lächelte gönnerhaft. «Na ja, du kannst es dir leisten, einen Tag blau zu machen.»

«Heute ist Samstag, Papa.»

«Ach so, ja natürlich», sagte er, erhob sich und lächelte erneut, irgendwie seltsam und geistesabwesend. «Aber ins Krankenhaus fahre ich trotzdem.»

12. Kapitel

Um halb acht verließ Jürgen das Haus. Da dachte ich noch, er wolle nur Vater informieren. Anne sah es auch so, fand allerdings: «Er ist ziemlich durcheinander, was?»

Jürgen hatte sein Frühstück nicht abgewartet. Ich hatte auch keinen Appetit. Anne nahm sich ein hart gekochtes Ei und schnitt es auf eine Scheibe Brot. Nachdem sie gegessen hatte, wollte sie wissen, ob sie mir bei irgendetwas helfen könne. Ich wusste nicht, bei was.

«Dann leg ich mich noch ein Stündchen hin», meinte sie und ging wieder hinauf. Ich räumte den Tisch ab, ging ebenfalls nach oben, um die Betten zu machen. Sie waren zerwühlt, weil ich sie am Freitag nicht gemacht hatte. Ich war nicht müde, nur ein bisschen benommen im Kopf und lahm in den Gliedern. Ich dachte, eine heiße Dusche würde mir gut tun.

Im Bad sah ich die drei Bücher liegen. Ich schlug sie auf und blätterte sie durch. Die meisten Seiten waren zerknittert, einige feucht, die Schrift verschmiert. Lesen konnte ich nicht. Allein ihre Schrift zu sehen brannte in den Augen. Und die Gedanken …

Jürgen wird ihn umbringen! Ich glaubte es nicht, ich fühlte es nicht, ich wusste es. Er will nicht zu Vater. Wenn er wirklich ins Krankenhaus fährt, dann nur, um sich irgendetwas, vielleicht ein Betäubungsmittel oder ein starkes Medikament, zu besorgen. Man kennt ihn dort gut, man mochte ihn immer. Man wird ihm geben, was er haben will! Weil man weiß, dass seine Tochter …

Ich verzichtete auf die Dusche, fuhr nur mit dem Kamm durchs Haar und rannte zur Scheune. Zwanzig Minuten später stand ich an Vaters Bett. Mutter war nicht im Zimmer, Jürgen auch nicht. «War Jürgen bei dir?»

«Bis vor ein paar Minuten», sagte Vater. «Er hat sich nicht lange aufgehalten, hat mich nur kurz informiert. Ich habe dir ja gesagt, dass es so kommen wird.»

«Hat Jürgen sonst noch etwas gesagt?»

«Nein.» Vater schien erstaunt. «Was soll er denn sonst noch gesagt haben?»

«Er will Udo umbringen.»

Vater lächelte wie ein weiser, alter, verständnisvoller Mann. «Vera, ich bitte dich. Du weißt doch, wie das ist. Man sagt viel in solch einer Situation. Erinnere dich, was hast du gemacht, als du annehmen musstest, Hennessen hätte Rena etwas angetan?»

Sein Lächeln verstärkte sich. «Jürgen wird nichts Unüberlegtes tun, mach dir um ihn keine Sorgen.»

Das tat ich aber. Nichts Unüberlegtes! Ich dachte auch eher an etwas besonders gut Überlegtes. «Hat er dir gesagt, wohin er wollte?»

«Wieder nach Hause, nehme ich an. Ausdrücklich gesagt hat er es nicht.»

«Dann hätte er mir begegnen müssen. Ich habe ihn nicht gesehen unterwegs.»

Ich hatte keine Ruhe, noch länger bei Vater zu sitzen, fragte nur noch: «Wo ist Mutter?»

Er lächelte immer noch, gelöst und zufrieden.

«Ich habe sie losgeschickt, mir ein anständiges Frühstücksbrötchen und eine Zeitung zu besorgen. Das Brot hier ist so pappig, es schmeckt mir nicht. Und deine Mutter braucht ein bisschen Bewegung und frische Luft. Aber freiwillig geht sie ja nicht.»

Nur eine Viertelstunde später war ich wieder daheim. Jürgen saß im Esszimmer vor einem Stapel Patientenkarten. Er war ruhig, wirkte ebenso gelöst und zufrieden wie Vater.

«Wo warst du?»

«Bei Vater. Habe ich doch gesagt. Dann habe ich mir noch schnell den Papierkram aus der Praxis geholt. Ich dachte, ich mach das hier in aller Ruhe.»

«Was?»

«Die Abrechnung, Vera. Gestern war Quartalsende. Ich bereite so weit alles vor, dann kann Jasmin es am Montag rasch in den Computer tippen.»

«Aber das ist doch alles im Computer.»

Er lächelte mich nachsichtig an. «Nicht alles, Vera. Nun lass mich arbeiten. Du hast doch sicher auch noch was zu tun. Was hältst du davon, ein paar Einkäufe zu machen?»

«Nichts», sagte ich.

Ich blieb den ganzen Samstag in seiner Nähe, ließ ihn nicht aus den Augen. Die notwendigen Einkäufe übernahmen Anne und Patrick. Auch am Sonntag wich ich nicht von seiner Seite. In der Nacht zum Montag erzählte er mir, dass Vater im Laufe der kommenden Woche in die Reha-Klinik verlegt werde. Wir lagen schon eine Weile im Bett, als ihm das einfiel.

«Dann dauert es nicht mehr lange und sie sind beide wieder hier. Ich glaube, ich sollte mich um den Garten kümmern, was meinst du? Ich werde ja wohl imstande sein, ein bisschen Unkraut zu rupfen. Oder ich engagiere Otto für einen oder zwei Tage. Sonst bekommt Vater den zweiten Schlag, wenn er heimkommt.»

Am Montag fuhren wir zusammen in die Praxis. Anne fuhr mit dem Rad ins Dorf, kettete ihr Gefährt an der Haltestelle an und nahm den Schulbus. Beim Mittagessen erzählte sie uns von Armin, der bei Udos Geständnis den Schock seines Lebens bekommen hatte. Armins Vater wollte nun die Polizei verklagen.

Der Nachmittag war ruhig, obwohl viel zu tun war in der Praxis. Aber die Ruhe war auch mehr in meinem Hirn. Ich konnte immer nur für die nächsten zwei oder drei Minuten denken. Wenn ich versuchte weiterzudenken, landete ich unweigerlich in einem schwarzen Loch, mitten im Nichts, mitten im Tod.

Der Abend war noch ruhiger. Anne fuhr mit Patrick ins Kino, kam kurz nach elf zurück, da hatten wir gerade unseren Schlummertrunk geleert und waren auf dem Weg nach oben.

Am Dienstag wurde Rudi Kuhlmann aus dem Krankenhaus entlassen. Das war der 4. Oktober. Gretchen rief abends an, um uns zu erzählen, Kuhlmann sei wieder daheim. Mit Udo unter einem Dach!

«Wenn das nur gut geht», sagte sie. «Früher war Kuhlmann ein vernünftiger Mensch. Solange Annegret da war, wusste er immer, was gut und richtig ist. Wenn er's nicht selbst wusste, hat sie's ihm schon erklärt. Aber jetzt ... Der Alte gibt einfach keine Ruhe.»

Und am Donnerstag kam Klinkhammer in die Praxis. Komisch, es waren immer die Donnerstage, an denen die Katastrophen geschahen.

Es war schon spät, nach sechs. Sandra Erken war zu ihrem Arbeitsrhythmus zurückgekehrt und um zwölf gegangen. Den größten Teil des Nachmittags hatte ich im Labor verbracht. Ich wollte zu Jürgen in den Untersuchungsraum und sah Klinkhammer bei Jasmin an der Anmeldung stehen.

Das Erste, was mir auffiel, war seine Frisur. Er hatte sich die Haare schneiden lassen. Sie waren so kurz, dass er nur noch einen Schwamm brauchte, um sich zu frisieren. Er drehte sich zu mir um, als er meine Schritte hörte. Sein nacktes Gesicht sah aus, als hätte man ihm Sellerie und Möhren zu Mittag serviert. Seine Stimme klang, als würge er noch an den matschigen Brocken. «Ist Ihr Mann zu sprechen?»

Ich führte ihn ins Sprechzimmer und sagte Jürgen Bescheid. Er kam ein paar Minuten später. In der Zeit hatte Klinkhammer mich mit diversen Blicken gemustert, die ich nicht einschätzen konnte, die mir nur Angst machten.

Jürgen setzte sich hinter den Schreibtisch, bot Klinkhammer den Platz davor an. Er zog es vor, stehen zu bleiben, fixierte Jürgen. «Rudi Kuhlmann ist tot!»

Danach war es so still, dass ich Jasmin durch die geschlossene

Tür atmen hörte. Jürgen saß da wie aus Wachs gegossen. Ich fand, ich sollte irgendetwas sagen, aber ich hatte nichts im Kopf, nur Tote. Annegret tot, die beiden Kinder tot, Kuhlmann tot, die Stute tot, André Menke tot, Rena...

«Der arme Kerl», sagte Jürgen nach einer Ewigkeit.

Klinkhammers Blick saugte sich an Jürgens Miene fest. Seine Stimme klang wie mit Sägespänen bestreut. «Tragische Sache! Er hat sich in seiner Scheune aufgehängt. Und dabei sah es so aus, als hätte er sich gefangen. Sonst hätte man ihn ja kaum aus dem Krankenhaus entlassen. Sie waren am Samstag bei ihm, habe ich gehört?»

Jürgen nickte. «Nur für ein paar Minuten. Ich kenne ... Ich kannte Rudi Kuhlmann ja gut. Ich war bei meinem Schwiegervater, und da dachte ich, ich schau mal rein und sage Rudi guten Tag.»

«Und sonst haben Sie ihm nichts gesagt?»

Jürgen zuckte mit den Schultern. «Doch, natürlich. Das Übliche. Dass es mir Leid tut um seine Frau und die Kinder. Dass ich nachempfinden kann, wie ihm zumute ist, aber dass das Leben trotzdem irgendwie weitergeht. Etwas in der Art.»

Klinkhammer nickte mit zusammengepressten Lippen. «Über seinen Schwager haben Sie also nicht mit ihm gesprochen?»

Jürgen schüttelte den Kopf.

Klinkhammer grinste wie ein Hund mit gefletschten Zähnen. «Sind Sie ganz sicher? Ich meine, wir sind hier unter uns, Herr Zardiss. Und ich würde es verstehen, wenn Sie zum Beispiel gesagt hätten: Ist das nicht eine Schande? Dieser Kerl hat vier Menschenleben auf dem Gewissen, und er läuft frei herum.»

Jürgen schüttelte erneut und sehr bestimmt den Kopf. «Nein! Das habe ich mit Sicherheit nicht gesagt.»

Klinkhammer atmete tief durch und schaute zum Fenster. «Es ist irgendwie komisch», sagte er wie in Gedanken versunken. «Da liegt dieser Mann wochenlang auf dem Rücken, starrt die Zimmerdecke an und ist nicht ansprechbar. Und kurz nach Ihrem Besuch sagt er zur Krankenschwester: Wird Zeit, dass ich heimgehe. Ich muss mich ums Vieh kümmern. Das kann ich doch nicht diesem Schweinehund überlassen. Ist das nicht eine Schande? Der Kerl hat vier Menschenleben auf dem Gewissen und er läuft frei rum. Er hat sich bei mir einquartiert.»

Mir wurde übel. Statt all der Toten rumpelten mir plötzlich Jürgens Worte von der ordentlichen Gerichtsverhandlung durch den Kopf. «... Urteil vollstreckt!» Daran blieb ich kleben.

Jürgen lächelte kalt. «Sie sind bei mir an der falschen Adresse, Herr Klinkhammer. Reden Sie lieber mit dem alten von Wirth oder hören Sie sich im Dorf um. Fragen Sie ein paar Leute, die bei Annegret Kuhlmanns Beerdigung waren. Da sind ganz andere Ausdrücke gefallen als Kerl und Schweinehund. Der Alte hat seinen Sohn als Mörder bezeichnet.»

«Das weiß ich», sagte Klinkhammer. «Aber er hat nur von einem Menschenleben gesprochen, nicht von vier.»

Jürgen lächelte weiter und nickte dabei versonnen. Wie Klinkhammer sagte er: «Das weiß ich! Und ich habe mich ein paar Mal gefragt, ob sich das auf seine oder auf meine Tochter bezog. Ich meine, wenn es um Annegret ging, hätte der Alte von drei Leben sprechen müssen. Immerhin sind bei dem Unfall auch seine beiden Enkelkinder umgekommen. Der Alte ist ein Ekel, aber verrückt ist er nie gewesen und zählen konnte er auch immer. Davon abgesehen, denke ich, selbst wenn ihn Annegrets Tod ins Mark getroffen hat, er wird noch in der Lage gewesen sein, zwischen einem Autounfall und einem Mord zu unterscheiden. Und wenn es beim Mord an ihm hängen blieb, die Leiche zu beseitigen, konnte der Mörder auch ihm gefährlich werden. Oder sehe ich das falsch?»

«Nein», sagte Klinkhammer, lächelte nun ebenfalls und genauso kalt wie Jürgen. Mir wurde heiß unter den Blicken, mit denen sie sich anbohrten. Mir polterten keine Toten und keine vollstreckten Urteile mehr durchs Hirn, nur die Bitte: «Sei still! Sei um Himmels willen still. Klinkhammer hat nicht von Udo gesprochen. Er hat nur gesagt: Kuhlmann ist tot. Also sei still. Du redest dich um Kopf und Kragen.»

«Das sehen Sie völlig richtig», sagte Klinkhammer und ging zur Tür. Bevor er sie öffnete, sagte er mit abgewandtem Rücken: «Ach, das hätte ich jetzt beinahe vergessen. Dem Alten wird niemand mehr gefährlich. Bevor Rudi Kuhlmann sich aufgehängt hat, hat er seinem Schwager den Schädel gespalten.»

Er drehte sich noch einmal zu Jürgen um. Seine Miene war wie aus Granit gemeißelt. «Mit einer Axt, womit auch sonst. Er hat ihn auf dem Hauklotz festgebunden. Es sieht nicht so aus, als hätte Udo von Wirth sich großartig zur Wehr gesetzt. Das war eine Hinrichtung, Herr Doktor. Und ich frage mich, wer sie in Auftrag gegeben hat. Schönen Tag noch.»

Jürgen schaute auf die Tür, die sich hinter Klinkhammer schloss. «Aber sicher», sagte er leise. Dann schaute er mich an. «Nun hat der Teufel Udo doch nehmen müssen, was? Er ist ja nicht freiwillig gekommen.»

«Jetzt werden wir nie erfahren, was er mit Rena gemacht hat und wo sie ist.»

Jürgen lächelte sanft, wehmütig und endgültig. «Was er mit ihr gemacht hat, will ich gar nicht wissen. Und wo soll sie schon sein, Vera? Im Himmel, bei den fliegenden Pferden.»

Irgendwie ging es weiter – nur irgendwie. Wie soll es auch sonst gehen, wenn das Leben ein Loch hat? Es gab Tage, da fühlte ich mich zwischen Aufstehen und Schlafengehen wie ein Automat. Es gab andere Tage, da fehlten mir abends ein paar Stunden.

Ich wusste immer genau, wo ich die fehlende Zeit verbracht hatte, im Parlamentsviertel in London oder am Bahnhof in Frankfurt, manchmal war ich auch am Hamburger Hafen gewesen, aber dort nur selten.

Es gab Nächte, da sackte ich weg wie ein Stein im Wasser, kaum dass ich die Augen geschlossen hatte. Und es gab andere Nächte, da war ich unterwegs. Obwohl ich neben Jürgen im Bett lag, saß ich im Auto und war auf dem Weg nach Irgendwo.

Nichts war mehr wie früher, aber alles normalisierte sich. Morgens die Praxis, mittags der Kochtopf, nachmittags die Praxis, abends ein bisschen Haushalt. Wir teilten redlich, die Einkäufe für Jürgen oder Anne, Staubsauger und Waschmaschine für mich. Es blieb viel liegen, damit Mutter, wenn sie irgendwann zurückkam, auf Anhieb sah, wie unentbehrlich sie uns war.

Rudi Kuhlmann und Udo von Wirth wurden beerdigt. Es muss ein armseliges Begräbnis gewesen sein. Die Grabrede hielt ein Mann vom Beerdigungsinstitut, der alte Pfarrer hatte sich geweigert, einen Selbstmörder und Mörder würdig unter die Erde zu bringen. Ob er mit ‹Mörder› Rudi Kuhlmann oder Udo von Wirth meinte, erfuhren wir nicht.

Am Grab standen nur Hennessen, Scherer und Otto. Gretchen erzählte abends am Telefon, Udos Mutter habe sich in einigen Meter Entfernung in die Büsche gedrückt. Otto hatte es so erzählt.

Vater wurde in die Reha-Klinik verlegt und lernte, sich mit Hilfe eines Stocks vorwärts zu bewegen. Er wollte nicht, dass wir ihn besuchten. «Tut so, als seien wir in Urlaub», sagte er. «Wir brauchen alle ein bisschen Ruhe und Abstand.» Mutter quartierte sich in einem Hotel in seiner Nähe ein.

Anne redete sich wieder mit Abiturvorbereitungen heraus, wenn sie keine Lust hatte, ihre Blusen selbst zu bügeln. Meist war sie bei Patrick, wenn wir am frühen Abend heimkamen. Manchmal fanden wir einen Zettel mit einer Nachricht neben dem Telefon, manchmal nicht. Manchmal zeigte das Zählwerk des Anrufbeantworters eine Eins. Die Ansage hatte Jürgen wieder geändert. Manchmal hatte Gretchen angerufen und hinterlassen, was Frau Ziegler im Dorf verbreitete.

Dass der alte von Wirth dem halben Dorf mit Verleumdungsklagen drohte. Dass Udos Mutter dreimal täglich in der Kirche saß und sich die Hände wund betete. Dass Kuhlmanns Hof zum Verkauf stand. Dass Hennessen mit dem Gedanken spielte, das dazugehörige Land zu erwerben, vielleicht auch Wohnhaus und Nebengebäude. Einen Reiterhof wollte er eröffnen.

Manchmal war es Regina Kolters Stimme, die mich mit Neuigkeiten über das zufriedene Leben junger Mädchen in Grün und Blau versorgte. Anfangs bekam Jürgen noch Tobsuchtsanfälle, wenn ich ihre Botschaften abhörte, später kümmerte er sich nicht mehr um den Humbug.

Einmal erzählte Regina Kolter, dass sie einen Versuch mit dem Schreibbrett unternommen hätten. Es war natürlich ein durchschlagender Erfolg geworden. Es war ihnen gelungen, André Menke zu interviewen. Nun wussten sie genau, was geschehen war.

Montagmorgen in Frankfurt. Es regnet. Nita geht es sehr schlecht. Rena schlüpft in ihr Regencape und bricht auf, um ein Medikament zu besorgen. Wenig später klopft es an die Hecktür des Busses. Menke öffnet, weil er annimmt, Rena käme zurück. Aber vor ihm stehen drei Skinheads. Sie schlagen sofort zu.

André Menke löst sich gezwungenermaßen von seinem Körper und muss hilflos unter der Decke schwebend zuschauen, wie Nita von einem der Kerle Gewalt angetan, wie sie anschließend aus dem Bus geworfen wird. Menkes nutzloser Leib fliegt hinterher auf die Straße.

Sein Astralkörper war selbstverständlich bei Nita geblieben, hatte als guter Geist über sie gewacht, dafür gesorgt, dass sie eine warme Stube und ein Telefon erreichte und wieder mit Rena zusammenfand.

Was soll man sagen zu solch einem Quatsch? Wenn es Regina Kolter half, ihren Schmerz zu bewältigen – mich machte es nur müde. Sei vernünftig, Vera! Vernunft glaubt nicht an Humbug. Vernunft bedauert die armen Geschöpfe, die sich an dreibeinige Tischchen, Tarot-Karten, Schreibbretter oder andere unsinnige Hilfsmittel klammern, um ihr Leben zu meistern. Vernunft meistert es auf andere Weise, sieht den Schmerz als wildes Tier und wehrt sich nach Kräften, von diesem Tier zerfleischt zu werden.

Ab und zu tauchte Klinkhammer auf, um sich ein wenig Frust von der Seele zu reden und zu beteuern, dass sie am Ball blieben. Ich fragte mich immer, an welchem Ball. Beschuldigungen gegen Jürgen erhob er nicht mehr. Er hatte sich auf Udos Vater eingeschossen. Aber der alte von Wirth war ein zäher Hund. Von ihm würden sie nie erfahren, was mit Rena geschehen war.

In den Wochen bis Mitte November wusste ich nicht, was ich glauben sollte. Einmal dachte ich so und einmal so. Einmal dachte ich, dass die von Wirths ihre Katastrophe hatten und wir unsere. Und dass beide nichts miteinander zu tun hatten. Sie hatten auch keinerlei Ähnlichkeiten. Die von Wirths wussten immerhin, warum ihr Leben zerbrochen war. Wir wussten es nicht. Und unsere Blumen verwelkten im warmen Zimmer statt auf einem Grab.

Es passierte nichts, absolut nichts von Bedeutung. Wenn man davon absieht, dass ich einmal einen Streit mit Jürgen hatte. Ich weiß nicht mehr, welcher Tag es war. Ich weiß nur noch, dass ich an dem Morgen Besorgungen machen musste und erst gegen elf in die Praxis kam.

Sandra Erken war im Labor. Jasmin saß an der Anmeldung und telefonierte. Sie deutete zum kleinen Untersuchungsraum hinüber. Das hieß, Jürgen machte gerade Ultraschall. Ich stand ein paar Minuten bei Jasmin, unterhielt mich mit ihr. Aber ich weiß beim besten Willen nicht, worüber. Wahrscheinlich über die beiden Frauen im Wartezimmer, deren Karten sie bereitgelegt hatte. Oder über Freda Jankowik, die bei Jürgen war. Von da an erinnere ich mich.

Jasmin sagte: «Den Termin vor drei Wochen hat sie sausen lassen. Da wollte sie lieber mit ihrem Freund verreisen und hat sich einen Termin für nächste Woche geben lassen. Und eben steht sie hier und heult mir was vor. Sie will Ihnen ja nichts, aber sie hat so ein ungutes Gefühl. Ihr Freund hat sich die Ultraschallaufnahme angeschaut und meint, da stimmt etwas nicht. Sie muss unbedingt mit dem Doktor reden. Jede Wette, jetzt redet sie so lange auf ihn ein, bis er ihr grünes Licht und eine Adresse gibt. Aber jetzt ist es ein bisschen spät, es ist doch schon der vierte Monat.»

Jasmin grinste. «Sandra hat ja auch gesagt, die will's loswerden. Ich geb was auf das Gerede vom Freund. Der ist nämlich noch verheiratet. Und ich glaub nicht, dass er sich scheiden lässt. Ich kenne ihn, das heißt, ich kenne seine Frau und seine Kinder. Er hat schon zwei, und die sind noch verdammt klein. Da wird er sich dreimal überlegen, wo ihn der Unterhalt billiger kommt.»

Es klang so normal, nach Alltag. Es war auch normal, es ging eben weiter im Alltag – für andere. Für mich nicht. Ich rutschte so oft auf Knien ein Stück zurück. Nur im Geist, es tat trotzdem weh, sich plötzlich vor der Tür ihres Zimmers wieder zu finden oder am Telefon in der Diele. Da stach mir das Freizeichen ins Ohr, aber es nahm niemand ab, und ich sagte zu Jürgen: «Sie sind bestimmt noch im Stall. Ich fahre gleich los.» Und dann blinzelte ich und stand im Labor oder neben dem Untersuchungsstuhl oder bei Jasmin an der Anmeldung.

Ein paar Minuten später kam Freda Jankowik gefolgt von Jürgen aus dem Untersuchungsraum. Sie sah aus, als habe sie gerade eine furchtbare Nachricht erhalten. Als sie mich sah, drehte sie ihr Gesicht zur Seite und begann zu weinen. Jürgen legte ihr eine Hand auf den Arm. «Denken Sie noch einmal in Ruhe über das nach, was ich Ihnen gesagt habe. Wir sehen uns dann in einer Woche. Und wenn Sie sich entschieden haben, kümmere ich mich sofort um einen Platz in der Klinik.»

Dann winkte er mich ins Sprechzimmer. Er begann wie Klinkhammer, als sie uns die Tagebücher auf den Tisch knallten. Genauso knallte er den Abzug des Ultraschallbildes hin, das ich Freda Jankowik ausgehändigt hatte.

«Ein Baby, ja?» Sein Finger tippte wie ein Specht am Baumstamm auf das Bildchen. «Und was ist das hier?»

«Reg dich bloß nicht auf», sagte ich, als ich das winzige Köpfchen erkannte, das ich an jenem Morgen für den Rücken gehalten hatte. «Das erhöht nur ihre Chancen, geheiratet zu werden. Wenn die Sache zwei zu zwei steht, fällt ihrem Freund die Entscheidung vielleicht nicht so schwer.»

Jürgen starrte mich an. «Zwei zu zwei?»

«Ihr Freund ist verheiratet und hat zwei Kinder. Jasmin hat es mir gerade erzählt. Wenn Freda Jankowik nun Zwillinge bekommt ...»

Jürgen starrte mich immer noch an, aber jetzt war sein Blick anders. «Du hast es nicht gesehen. Zwillinge!» Er stieß die Luft aus und schüttelte den Kopf. «Wie lange machst du das jetzt schon? Fast zwei Jahre! Und du erinnerst dich doch bestimmt noch an Frau Terjung. Weißt du noch, wie du gejubelt hast: Das sind Zwillinge. Und weißt du auch noch, was dich zum Jubeln brachte?»

Natürlich wusste ich es noch. Der zweite Herzschlag. Aber ich verstand Jürgens Wut noch nicht ganz. «Ich will mich nicht mit irgendetwas herausreden», sagte ich. «Aber ich darf dich vielleicht daran erinnern, dass du dich an dem Tag außerstande fühltest, in die Praxis zu fahren. Ich bin gefahren und habe meine Arbeit getan und deine! Es tut mir Leid, wenn mir dabei etwas Wesentliches entgangen ist. Ich habe kein zweites Herz gesehen.»

«Das konntest du auch nicht», erklärte Jürgen kalt. «Es ist nämlich nur eins da. Aber du hättest den zweiten Kopf sehen müssen, wenn du nur mal richtig hingeschaut hättest. Sie hat dich doch noch drauf aufmerksam gemacht. Das sagte sie jedenfalls. Hier bitte, schau es dir an. Es ist deutlich zu sehen.»

«Es tut mir Leid ...», begann ich.

«Das sollte es auch», unterbrach er mich. «Du hast gedacht, sie will eine Abtreibung. Den Floh hatte Sandra dir ins Ohr gesetzt, die kauf ich mir auch noch. Aber, Herrgott nochmal, Vera, wenn dir morgen einer erzählt, die Erde sei doch eine Scheibe, glaubst du das auch?»

«Es tut mir Leid, ich …»

«Da scheiß ich drauf», unterbrach er mich erneut. «Dafür, dass es dir Leid tut, kann sich keiner etwas kaufen. Jetzt werde ich dir mal etwas erzählen. Und das darfst du unbesehen glauben. Freda Jankowik will keine Abtreibung. Sie will dieses Geschöpf in die Welt setzen. Vor ein paar Wochen hätte sie vielleicht noch zugestimmt, aber jetzt spürt sie bereits Leben. Und sie meint, eines der Babys sei vielleicht lebensfähig. Das kann ich mir kaum vorstellen, es sind praktisch nur zwei Köpfe auf einem Körper mit vier Armen und vier Beinen. Weißt du, was sie sagte? Ich müsse doch wissen, was sie fühlt. Man könne nicht freiwillig ein Kind hergeben.»

Es tat mir Leid, das tat es wirklich, aber ich wollte es nicht noch einmal sagen müssen.

«Ich dachte, es ist der Rücken.»

«Du dachtest! Verdammt nochmal, Vera. Wenn du dir deiner Sache nicht sicher warst, warum hast du nichts gesagt?»

Ich war mir sicher gewesen! An dem Tag war ich es; sicher, dass Freda Jankowik nur ein Baby bekam und dass Udo von Wirth meine Tochter nicht getötet haben konnte, dass sein Geständnis sich nur auf die Fuchsstute bezog. Nun erwies sich eines davon als Irrtum.

Dann saßen wir an einem Abend in der ersten Dezemberwoche zusammen im Wohnzimmer. Jürgen und ich. Anne war mit Patrick ins Kino gefahren und hatte gesagt, es könne spät werden, wir sollten uns keine Sorgen machen. Das taten wir auch nicht, um Anne hatten wir uns nie ernsthafte Sorgen gemacht. Um Rena machten wir uns auch keine mehr.

Nach drei Monaten hat man sich an die Leere gewöhnt, an die Fragen und den Schmerz, dieses stets gegenwärtige dumpfe Bohren im Innern. Nach drei Monaten erinnert man sich kaum noch daran, dass es eine Zeit gab, in der man sein Inneres gar nicht fühlte.

Wir nippten an unserem Schlummertrunk, immer noch Grand Marnier. Jürgen machte einen Scherz, dass wir die letzten vierzehn Tage abendlicher Ruhe genießen und bis zur letzten Sekunde auskosten sollten. Mitte Dezember wollte Vater wieder daheim sein. Die Ärzte sahen das anders, aber sie kannten Vater nicht.

Es war kurz vor elf, als das Telefon klingelte. Jürgen schaute mit gerunzelter Stirn in die Diele. Wir rechneten beide damit, Regina Kolters Stimme zu hören. Tagsüber rief sie nicht mehr an. In der letzten Novemberwoche hatte sie es dreimal am Abend versucht in der festen Überzeugung, dass wir daheim wären. Das waren wir auch, wir waren nur nicht ans Telefon gegangen, obwohl sie jedes Mal dringend darum bat. Aber ich konnte nichts mehr hören von Tischchen, Karten und Brettern. Nur deshalb hing der Anrufbeantworter noch ständig an der Leitung.

Das Gerät schaltete sich ein. Jürgens Stimme sagte den knappen Spruch auf. Dann kam die andere Stimme: «Hier ist der sechste Dezember, zweiundzwanzig Uhr dreiundfünfzig. Eins, zwei, drei, vier, fünf, sechs, sieben ...»

In der allerersten Sekunde wurde Jürgen blass. Ich sah, wie er zusammenzuckte, als er eine Männerstimme hörte. Dann wurde er wütend. «Was soll der Quatsch?»

Er stemmte sich aus dem Sessel. Ich war schneller, huschte an ihm vorbei in die Diele, riss den Hörer hoch. «Vera Zardiss.»

«Kemnich», sagte er. «Da habe ich ja Glück. Ich war mir nicht sicher, ob Sie schon im Bett liegen.»

Ich hatte ihn fast vergessen. Nein, das stimmt nicht. Ich hatte nur gedacht, dass ich nie wieder von ihm hörte.

«Ich dachte», sagte er, «es wird Zeit für einen kleinen Zwischenbericht. Ich habe sie noch nicht, um das mal vorweg zu nehmen. Aber ich bin ihr dicht auf den Fersen.»

Jürgen stand mit gerunzelter Stirn und zusammengekniffenen Augen neben mir. Ich hatte das Gerät nicht abgeschaltet. Er hörte jedes Wort.

«Sie hat bis vor ein paar Tagen in einer Art Kommune gehaust», sagte Kemnich. «Das war ein Sozialprojekt, Integrationsmaßnahmen und so, ist aber gescheitert. Die hatten sich einen alten Schuppen hergerichtet, war mal ganz nett. Inzwischen sieht es da wieder aus wie kurz nach dem Krieg. Von der ursprünglichen Mannschaft ist keiner mehr da. Was sich jetzt da aufhält ist, na, sagen wir mal, ziemlich weit unten, aber noch darum bemüht, ein Dach über dem Kopf zu haben.»

«Und sie war da?»

«Ja, das steht fest», sagte Kemnich. «Sie sieht wohl nicht mehr so aus wie auf den Fotos, die ich mir von ihren Freunden besorgt hatte. Aber sie war es mit Sicherheit. Nur wo sie hin ist, weiß ich noch nicht. Ich habe da ein paar widersprüchliche Auskünfte bekommen. Es ging ihr nicht so besonders. Und wenn die Typen einem sagen, nicht so besonders, heißt das im Klartext, verdammt dreckig. Ein Mädchen sagte, sie ist zurück nach Hause. Das ist sie eindeutig nicht, habe ich schon überprüft. Ein anderes Mädchen sagte, Blacky wollte sie ins Krankenhaus bringen. Darum kümmere ich mich morgen früh. Ich melde mich dann gegen Abend wieder.»

Ich kam nicht dazu, eine Frage zu stellen oder mich von Kemnich zu verabschieden. Jürgen drückte die Gabel nieder und nahm mir den Hörer aus der Hand. Er legte ihn auf, als hielte er ein rohes Ei zwischen den Fingern. Dann griff er nach meinem Arm, führte mich zurück ins Wohnzimmer und drückte mich in meinen Sessel. Er blieb vor mir stehen. Eine Erklärung wollte er nicht.

Er hielt sich auch nicht auf mit Fragen wie: «Wer ist Kemnich? Wem ist er auf den Fersen? Was hat dich auf die verrückte Idee gebracht, einen Privatdetektiv einzuschalten? Woher hast du das Geld genommen?» Er ging sofort zum Angriff über. «Hast du völlig den Verstand verloren? Was soll dieser Unsinn? Warum tust du dir das an, Vera?»

Er sprach, als habe er dabeigestanden, als ich Kemnich den Auftrag gab, Nita zu suchen. Dass mit Kemnichs lapidarem Sie Rena gemeint sein könnte, zog er nicht eine Sekunde lang in Betracht. «Was hast du davon, wenn er das Kolter-Weib aufspürt? Ruft die Kolter deshalb ständig hier an? Sie ist wohl nicht ganz einverstanden, was? Das wäre ich auch nicht an ihrer Stelle. Da war sie dieses Herzchen glücklich losgeworden, und du gehst hin …»

«Du hast ja keine Ahnung», unterbrach ich ihn.

Er grinste. «Ich will auch keine Ahnungen, Hauptsache, du hast welche, und die Kolter hat ja auch einige. Ich sag dir was, Vera. Wenn du jetzt wieder anfängst mit Frankfurt und London, können wir beide einen Wettbewerb machen. Wer ist schneller im Kofferpacken. Ich bin schneller, das garantiere ich dir.»

Bevor ich etwas sagen konnte, rannte er hinaus, stürmte die Treppe hinauf, oben knallte eine Tür. Und ich dachte, er hat Recht. Was habe ich davon? Mein Kind ist nicht in Frankfurt und nicht in London. Wenn sie bei Nita gewesen wäre, hätte Kemnich das erwähnt. Er hätte zumindest eine Andeutung gemacht, und sei es nur, um mir klarzumachen, dass er mehr Geld haben wollte.

Ich ging Jürgen nach, wollte in Ruhe mit ihm reden, ihm erklären, dass Kemnich in die Zeit der Ungewissheit fiel, dass ich, wenn ich gewusst hätte, was ich wenig später erfuhr, auf seine Dienste verzichtet hätte. Ich wollte mich entschuldigen und sagen, dass es auch ein wenig seine Schuld war. Weil er mich belogen hatte und betrogen. Weil er seine Gedanken, Ängste, Probleme und den Stand der Ermittlungen lieber mit Eva Kettler besprach als mit mir. Aber wenn ich Eva Kettler ins Spiel gebracht hätte … Und als ich ins Schlafzimmer kam, stand er am Fenster und sagte: «Halt den Mund, Vera. Halt einfach den Mund, das ist besser, glaub mir.»

Der Mittwoch war ein einziges Fiasko. Beim Frühstück verbarrikadierte Jürgen sich hinter der Zeitung. Anne teilte kurz mit, dass sie nach der Schule nicht heimkäme, sondern zu Patrick und so weiter. Jürgen verlangte, dass ich schon morgens mit meinem Auto fuhr. Nicht einmal während der kurzen Fahrt in die Stadt wollte er sich dem Risiko einer Unterhaltung aussetzen.

Am Vormittag sprach er keine drei Worte mit mir. Am Nachmittag hatte er angeblich wichtigen Papierkram zu erledigen und wollte dafür seine Ruhe haben. Er fuhr in die Praxis, ich blieb daheim. Und es kam ein Punkt, da hätte ich den Telefonstecker am liebsten aus der Wand gezogen.

Um mich daran zu hindern, telefonierte ich eine halbe Stunde mit Vater, auch ein paar Minuten mit Mutter. Vater war sehr reserviert, jedoch bereit, die Schuld auf sich zu nehmen. Sollte Jürgen mir noch eine Szene wegen Kemnich machen, durfte ich behaupten, auf Befehl von oben gehandelt zu haben. Dann reichte er den Hörer weiter.

Und Mutter sagte: «Ich verstehe nicht, worüber Jürgen sich aufregt, Vera. Wenn wir wissen, wo dieses Kolter-Mädchen ist, können wir sie wenigstens fragen, warum sie Renas Fahrrad zum Bahnhof gebracht haben. Es würde mich doch interessieren, wessen Idee das war.»

«Mich auch», sagte ich.

Ihre Stimme klang merklich gedämpfter, als sie weitersprach. «Wir sollten dieses Mädchen auch fragen, warum sie vier Stunden bei Hennessens Anwesen gewartet haben. Mir ist das alles nicht so klar wie deinem Vater, deinem Mann und der Polizei.»

«Mir auch nicht», sagte ich und dachte, komisch, nach dreißig Jahren sprechen wir miteinander, und ausgerechnet am Telefon.

«Bist du noch da, Vera?», fragte Mutter.

«Ja.»

«Wenn man es richtig bedenkt», nun flüsterte sie fast, «wissen wir nichts. Und wenn ich etwas hasse, dann sind es offene Fragen. Du informierst uns doch, sobald sich etwas Neues ergibt?»

«Natürlich.»

Nachdem ich aufgelegt hatte, waren es noch zwei Stunden bis zur ersten Möglichkeit, von Abend zu sprechen. Sechs Uhr! Über die Zeit hinaus konnte ich nicht denken. Ich wollte nicht hoffen, und trotzdem hatte ich die Stimmen im Ohr. Zuerst Kemnich: «Ich habe

Nita Kolter. Und noch jemanden. Das Mädchen, das sie ins Krankenhaus gebracht hat. Ich wollte gestern keine voreiligen und unbegründeten Hoffnungen wecken, deshalb war ich vorsichtig. Aber nun steht sie neben mir und möchte gerne mit Ihnen reden.»

Dann ihr verlegenes, zögerndes: «Hallo, Mutti ...»

Ich wollte es mir wirklich nicht vorstellen. Aber ich hörte es, ihre Stimme und das Motorgeräusch. Ich sah im Geist Kemnichs Wohnmobil auf den Hof fahren. Es war nur Jürgen. Er kam ins Haus, balancierte ein Tablett mit Kuchenstücken auf der Hand. Bei Kaffee und Sahnetorte wollte er mit mir reden wie mit einem vernünftigen Menschen.

«Wenn dieser Kemnich sich meldet, sag ihm, die Sache hat sich für uns erledigt. Wir sind nicht länger interessiert an Nita Kolter und gewiss nicht an dem, was sie uns erzählen könnte.»

«Was befürchtest du eigentlich? Dass Rena doch mit ihnen zusammen war? Dass du einen Unschuldigen hast hinrichten lassen? Du hast doch Kuhlmann auf Udo gehetzt.»

Er lächelte. «Vera, ich befürchte nur, dass du den Verstand verlierst, wenn alles wieder von vorne beginnt. Und das wird es, wenn du diesem Kemnich den kleinen Finger reichst. Das hast du im Prinzip schon getan. Ich nehme doch an, du hast ihn ausführlich über den Stand der Dinge informiert, und er hatte währenddessen Gelegenheit, sich hier gründlich umzuschauen. Er wird annehmen, hier sei eine Menge zu holen. Und alles, was er dafür tun muss, ist, dich bei Laune zu halten.»

«Nein», sagte ich und erklärte, was ich mit Kemnich vereinbart und was er mir selbst vorgeschlagen hatte. So viel Zeit, wie es brauchte, für einen Scheck.

Jürgen seufzte. «Na schön, dann hat er sich sein Geld also ehrlich verdient, mir soll's recht sein. Aber mehr wollen wir nicht von ihm. Und ich will, dass du ihm das sagst.»

Kemnich rief um Viertel vor acht an. Er teilte mir mit, dass er Nita in einem Krankenhaus aufgespürt hatte, dass sie in einem elenden Zustand war. Die Ärzte gaben ihr noch ein paar Wochen, im Höchstfall zwei Monate.

«Was um alles in der Welt hat sie denn?»

«Sie ist positiv», sagte Kemnich.

«Was heißt das?»

Jürgen stand neben mir, um notfalls einzugreifen und persönlich zu sagen, was er von Kemnich wollte – nichts mehr. Auf meine Frage verdrehte er die Augen und flüsterte: «In was für einer Welt lebst du eigentlich? Sie hat gefixt! Was holt man sich denn mit dreckigen Nadeln?»

Kemnich sagte: «Aids. Zu schwach, um die Augen richtig aufzumachen, aber noch ziemlich aufmüpfig. Ich habe ihr ein paar Fragen gestellt, und das Einzige, was ich von ihr gehört habe, war: Verpiss dich, du Scheißer. Nitas Mutter ist übrigens informiert, seit letzten Donnerstag schon. Aber bisher hat die Dame es nicht für nötig befunden, am Bett ihrer Tochter zu erscheinen. Ich bleibe noch bis morgen. Vielleicht ist Nita dann umgänglicher. Oder ich habe das Glück und kriege Blacky zu packen.»

«Wer ist Blacky?»

«Irgendein Mädchen», sagte Kemnich zögernd. «Die Leute aus der Kommune kennen sie nicht. Von denen habe ich nur gehört, dass diese Blacky Nita in dem Nobelschuppen abgeliefert und alle paar Tage mal nach ihr gesehen hat. Sie ließ jedes Mal etwas Geld da, damit Nita versorgt wurde. Vor einer Woche hat sie Nita dann ins Krankenhaus geschafft. Aber das habe ich Ihnen ja gestern schon erzählt. Ich habe hier mit dem Arzt gesprochen, er wusste nur, dass Nita am vergangenen Mittwochabend in der Notaufnahme abgeliefert wurde. In der Notaufnahme erinnert man sich praktisch an gar nichts. Aber fest steht, dass Nitas Papiere vorgelegt wurden. Und dazu dürfte Nita selbst nicht mehr in der Lage gewesen sein. Ich denke mir, wenn Blacky so besorgt ist um Nita, wird sie sich vielleicht mal an ihrem Bett blicken lassen.»

«Vielleicht», sagte Jürgen spöttisch und stieß die Luft aus.

Blacky! Der Name einer Araberstute, die eingschläfert werden musste. Und ein anderes Wort für Hoffnung. Jemand mit einem großen Herzen. Jemand, der sich kümmerte um die, die an der Welt verzweifelten. Jemand wie Rena?

Obwohl Jürgen mich mit Blicken fast an die Wand nagelte, mir den Hörer abzunehmen wagte er nicht. Ich bat Kemnich, sich in der Szene umzuhören, ob Blacky anderen bekannt war. Und natürlich sollte er noch einmal versuchen, mit Nita zu reden. Ich nannte ihm die Fragen, die er stellen sollte.

Kemnich hatte keine Fragen, hatte auch am Dienstag keine gehabt. Er wusste wohl längst, wie die Dinge bei uns standen. Man konnte nicht ausschließen, dass er Kontakt zu Klinkhammer gehabt hatte und informiert war über Udos Geständnis und alles Weitere. Er hütete sich, auch nur mit einem Ton anzudeuten, Blacky und Rena könnten identisch sein.

Jürgen nannte ihn einen raffinierten Hund, der genau wusste, was er tat, der auch genau wusste, wie man Leute ködert. Das war Kemnich mit Sicherheit nicht. Er hatte mich nicht geködert. Im Gegenteil, er war äußerst zurückhaltend.

Als er am Donnerstag anrief, sprach er zuerst nur über Regina Kolter. Er war am Vormittag im Krankenhaus gewesen, hatte sie an Nitas Bett angetroffen und sich mit ihr unterhalten. Er war erstaunt und beeindruckt. So habe er sich eine Frau vom Fach nicht vorgestellt, sagte er.

Regina Kolter hatte sich bei den Ärzten erkundigt, ob ihre Tochter transportfähig sei und ob die Möglichkeit einer Pflege daheim bestehe.

«Hätte ich nicht gedacht», sagte Kemnich. «Es ist ihr verdammt ernst damit. Sie will sie tatsächlich nach Hause holen. Die Ärzte haben ihr abgeraten, aber sie bleibt hart.»

«Was ist mit Blacky, haben Sie da noch etwas in Erfahrung gebracht?»

Kemnich wich aus. «Nicht viel und nichts von Bedeutung. Ich

glaube, so wichtig ist sie auch nicht. Nita Kolter wird Ihnen bestimmt mehr erzählen können, wenn sie wieder daheim ist. Das wird in zwei oder drei Tagen der Fall sein, wenn ich Frau Kolter richtig verstanden habe. Und ich denke mir, wenn sie ihrer Tochter gut zuredet, erreicht sie garantiert mehr als ich.»

«Sagen Sie mir das wenige.»

Jürgen schürzte die Lippen und schüttelte den Kopf.

Kemnich zögerte. «Na schön», sagte er endlich, «Blacky trägt einen Schlapphut. Ist das interessant für Sie? Einen schwarzen Schlapphut, der Rest ist auch schwarz. Sogar die Haare, kurz, strubbelig und pechschwarz. Deshalb wohl der Name. Ich denke, sie ist ein Gruftie. Frau Zardiss, hier laufen eine Menge solcher Figuren rum. Die haben ihren eigenen Kult und mit der Szene nicht viel zu tun. Sie tauchen halt mal rein durch Zufall, stoßen auf ein so erbarmungswürdiges Häufchen wie Nita und entwickeln Mutterinstinkte. Sie hat was an sich, Nita meine ich. Sie ist ein Igel, kann man nur äußerst vorsichtig anfassen, eigentlich sollte man es gar nicht tun, aber man hat ständig das Bedürfnis.»

«Wie alt ungefähr ist Blacky?»

«Keine Ahnung», sagte Kemnich.

«Könnte es meine Tochter sein? Haben Sie den Leuten, die mit Blacky zu tun hatten, die Fotos meiner Tochter gezeigt?»

«Das reicht, Vera», sagte Jürgen und nahm mir den Hörer aus der Hand. Ins Telefon sagte er: «Wir danken Ihnen herzlich für Ihre Bemühungen, Herr Kemnich. Wie ich hörte, sind Sie für Ihre Dienste bereits bezahlt worden. Und ... Na ja, das war's dann. Wir möchten Ihre Zeit nicht länger in Anspruch nehmen.»

Er legte auf, bevor ich es verhindern konnte. Ich ging mit den Fäusten auf ihn los. «Warum tust du das? Du hast gehört, wie er sie beschrieben hat.»

Er hielt meine Hände fest. «Ja! Das habe ich, Vera. Schwarzer Schlapphut, schwarze Haare. Ich habe drauf gewartet, dass er schwarze Schlabberhosen sagt.»

«Und davon habe ich ihm kein Wort erzählt.»

«Das musstest du auch nicht, Vera. Ich nehme doch stark an, er hat sich nicht allein mit deinen Auskünften begnügt. Er musste nur mit Lengries oder einem der anderen reden, dann wusste er, wie Rena damals herumgelaufen ist.»

«Aber Lengries und die anderen wissen nichts von Blacky. Ich glaube nicht, dass Rena mit ihnen über die Stute gesprochen hat. Kemnich kann sich diesen Namen nicht einfach aus den Fingern gesogen haben.»

Jürgen legte mir den Arm um die Schultern. «Sei vernünftig, Vera, bitte. Kemnich hatte tausend Möglichkeiten, von der Araberstute zu erfahren. Merkst du nicht, worauf dieser Kerl es anlegt? Nita hat er gefunden. Das heißt, die ersten fünftausend hat er sich verdient. Wenn er mehr verdienen will, muss er einen Köder auswerfen. Genau das hat er getan. Aber hier gibt es nichts mehr zu verdienen, Vera. Nicht für einen Herrn Kemnich und auch nicht für sonst jemanden. Also vergiss es.»

Wie hätte ich es vergessen können? Ich konnte doch mein Kind nicht vergessen und wartete auf Kemnichs nächsten Anruf. Er hatte seinen Auftrag und sein Honorar von mir bekommen. Er durfte sich von Jürgen nicht vorschreiben lassen, wann die Sache erledigt war. Ich wartete Freitag, Samstag, Sonntag. Montag rief ich das erste Mal bei Regina Kolter an.

Ein Anrufbeantworter nahm meine Bitte um Rückruf entgegen. Dienstag versuchte ich es zum zweiten und Mittwoch zum dritten Mal. Regina Kolter meldete sich nicht. Von Kemnich hörte ich ebenfalls nichts mehr.

Zweimal telefonierte ich mit Vater. Zweimal hörte ich mir an, ich müsse vernünftig sein. «Quäl dich nicht, Vera. Es ist schlimm, ich weiß das, aber es ist nicht zu ändern. Wenn ich die Zeit zurückdrehen könnte, Vera …»

Donnerstag nutzte ich die lange Mittagspause, um zu Regina Kolters Wohnung zu fahren. Jürgen sagte ich, ich müsse dringend ein paar Besorgungen machen. Ich stand vor verschlossener Tür, Regina Kolters Parkplatz war leer. Eine Nachbarin erklärte, sie habe Frau Kolter seit über einer Woche nicht gesehen. Und Kemnich hatte mir nicht gesagt, in welchem Frankfurter Krankenhaus er Nita gefunden hatte.

Ich kam um halb vier heim, ohne Lebensmittel. In der Diele empfing mich Jürgens heitere Stimme: «Du hast dir ja sehr viel Zeit gelassen. Musstest du die Sahne selbst schlagen?»

Sie saßen bei Kaffee im Esszimmer – Jürgen, Anne, Patrick, Vater und Mutter – und warteten auf die Torte. Als ich mit leeren Händen hereinkam, runzelte Jürgen die Stirn. Er war überzeugt gewesen, ich wolle Kuchen besorgen. Es war der 15. Dezember und ich hatte es vergessen. Ich hatte auch nur noch die Zeit für einen Schluck Kaffee, dann zerrte Jürgen mich zur Scheune.

Um sieben sagte er, wenn ich wolle, könne ich heimfahren und Mutter ein bisschen zur Hand gehen. Im Wartezimmer saß noch eine Patientin. Ich verließ die Praxis. Als ich mein Auto aufschloss, radelte hinter mir eine Frau vorbei, stieg ab, schob ihr Rad in den Hausflur. Eva Kettler. Ich wartete fünf Minuten, zehn Minuten, eine Viertelstunde. Zuerst kam die Patientin aus dem Haus, wenig später Jasmin.

Ich stieg wieder aus und ging zurück. Wie ein Dieb schlich ich mich ein, auf Zehenspitzen zur Tür des Untersuchungsraums. Ich rechnete damit, dass die Tür von innen verschlossen war. Das war sie nicht und der Raum war leer.

Sie saßen im Sprechzimmer. Die Zwischentür stand einen Spalt breit offen. Jürgen sprach von Kemnichs Anrufen und der Heimkehr seiner Schwiegereltern. Er hoffte, dass ich unter Vaters Einfluss wieder zu mir selbst fände, wollte keinen weiteren Ärger heraufbeschwören und empfahl Eva Kettler, sich einen anderen Arzt zu suchen.

«Wozu?», fragte sie. «Ich denke nicht daran. Du bist mein Arzt und damit basta.»

«Tu mir den Gefallen», bat er. «Sie dreht durch, wenn sie dich noch einmal hier sieht.»

«Das wäre aber mal eine Abwechslung», spottete Eva Kettler.

Jürgen blieb ruhig. «Hast du eine Ahnung, wie das ist, ein Kind auf die Weise zu verlieren? Nein, woher solltest du auch. Du hast so viel Mutterinstinkt wie ein Kuckuck.»

«Ach komm», sagte Eva Kettler. «Jetzt wärm nicht wieder die alte Geschichte auf. Wenn es nur nach mir gegangen wäre, ich hätte es gekriegt. Das weißt du auch. Darf ich dich daran erinnern, wer für Abtreibung war? Wer hat mir denn eingeredet, es wäre die beste Lösung? Wenn du mir so kommen willst, dann pass auf, ich kann auch anders.»

Ich hatte genug gehört. Um ehrlich zu sein, Eva Kettler interessierte mich nicht mehr. Es war mir egal, seit wann und ob Jürgen mich noch mit ihr betrog oder ob sie ihn mit irgendwas erpresste.

Zwanzig Minuten später war ich daheim. Mutter stand in der Küche und schälte Kartoffeln. Auf dem Herd brutzelte etwas. Es roch wie in alten Zeiten nach einem guten Braten. Vater saß vor dem Fernseher und der Ton war zu laut eingestellt. Anne war in ihrem Zimmer, saß vor der Kopie eines Artikels aus einer Fachzeitschrift an ihrem Schreibtisch. «Die Rolle der Histone bei der Genregulation». Eine höchst interessante Sache für Anne, nicht für mich. Die Tür zu Renas Zimmer war geschlossen.

Beinahe hätte ich angeklopft, ich hatte die Hand schon erhoben. Sie fiel wie von selbst herunter. Dann saß ich auf ihrem Bett. Mit leeren Händen. Das Fach ihres Nachttischs war leer, nicht ein einziges Tagebuch mehr darin. Ich suchte alles ab, in ihrem Zimmer und in unserem. Auf dem Dachboden, im Keller, in der Scheune. Ich fragte Anne, Mutter und Vater, Jürgen auch, als er heimkam.

«Ich habe die Bücher weggeworfen», sagte er.

«Warum?»

«Weil ich mir das nicht noch einmal antun wollte. Und dir auch nicht.»

«Ich hatte die letzten drei noch nicht gelesen.»

«Das hatte ich gehofft», sagte er.

«Ich will wissen, was drin stand!»

«Das habe ich dir doch erzählt», sagte er und schaute zum Fenster hinüber. «Dass wir sie wohl geliebt hätten – irgendwie. An diesem Irgendwie bin ich fast erstickt. Ich kaue immer noch dran, Vera. Vielleicht wird es mir mein Leben lang wie ein Stein im Magen liegen. Aber das ist mein Problem. Ich sage mir jeden Morgen beim Aufwachen und jeden Abend vor dem Einschlafen: Wir waren vielleicht nicht die besten Eltern für sie, aber wir waren auch nicht die schlechtesten. Manche Sätze muss man sich tausendmal vorsagen, ehe man sie glaubt. Und nun gib Ruhe, Vera. Tu uns allen den Gefallen und gib Ruhe. Sie ist tot! Begreif das endlich. Du machst sie nicht wieder lebendig, wenn du dich auf ihre Tagebücher stürzt und uns vorrechnest, was wir falsch gemacht haben. Das war gestern, Vera.»

Er hob die Hand und zeigte zur Couch. «Und heute sitzt da dein Vater, der gerne seine Ruhe hätte. Und da sitzt deine Mutter, die gerne ihre Ruhe hätte. Und da sitzt Anne, die vielleicht gerne einmal wieder erleben möchte, wie es ist, wenn man eine Mutter hat. Von mir will ich gar nicht reden.»

Begreif das endlich, Vera! Sie ist tot! Das steht nirgendwo geschrieben.

Fünf Tage später rief Regina Kolter an. Es war ein Dienstag. Sie hatte ihre Tochter nicht heimgeholt in ihre helle Eigentumswohnung. Sie war mit ihr in Köln – Klinikum Merheim. Einer ihrer zahl- und einflussreichen Freunde hatte dafür gesorgt, dass Nita ein Bett bekam. Darum gerissen, sie aufzunehmen, hatte sich in Merheim wahrscheinlich niemand.

Leider rief Regina Kolter am späten Abend an. Der Anrufbeantworter war zwar nicht eingeschaltet, Jürgen begriff trotzdem, mit wem ich sprach. Regina Kolter sagte, sämtliche Vorhersagen ihrer

Bekannten seien durch Nita bestätigt worden. Wenn ich Wert darauf legte, mit ihrer Tochter persönlich zu sprechen, ich könnte gerne kommen. Aber ich solle mir nicht zu viel Zeit lassen.

«Ich komme morgen Nachmittag», sagte ich.

Jürgen versuchte es mir auszureden. «Wenn du dir unbedingt diesen Blödsinn anhören willst, bitte, das ist deine Sache. Aber dann sei so nett und warte, bis die Kolter wieder daheim ist. Du hast ja gehört, dass es nicht mehr lange dauern wird.»

«Ich will nicht mit Regina Kolter reden, sondern mit Nita.»

«Vera, sie hat Aids.»

«Das wird ihr kaum die Stimme verschlagen haben. Mach dir bloß keine Sorgen. Ich habe nicht vor, mit ihr zu schlafen. Ich werde auch ihr Fixerbesteck nicht benutzen.»

Vater sagte: «Ich glaube, darum sorgt Jürgen sich nicht, Vera. Er sorgt sich um dich und um seine Praxis. Wir leben nicht in einer Großstadt. Wenn sich herumspricht, woran dieses Mädchen stirbt, wenn bekannt wird, dass du bei ihr warst …»

Weiter kam er nicht. Mutter schlug unvermittelt mit der Faust auf den Tisch, sie sprach nicht, schrie nicht. Sie kreischte: «Ihr seid jetzt beide still. Was ist dabei, wenn Vera das Mädchen besucht? Lasst sie doch in Ruhe fahren, solange noch die Möglichkeit besteht, ein paar Antworten zu bekommen. Wenn dieses Mädchen auch unter der Erde ist, ist alles vorbei, begreift ihr das nicht? Man muss mit den Leuten reden, solange sie noch reden und zuhören können. Es kommt ein Tag, da können sie nicht mehr. Und da begreift man erst, wie viel man ihnen noch zu sagen hatte. Ich weiß, wie das ist. Fahr nach Köln, Kind. Kümmere dich nicht um das, was sie sagen und was andere denken könnten. Wenn du es nicht tust, wirst du es eines Tages bereuen.»

Ich fuhr. Und es war nicht mehr Nita, die ich besuchte. Es war nur noch ein Häufchen Knochen, das von pergamentartiger Haut zusammengehalten wurde. So schlimm hatte ich es mir nicht vorgestellt. Es war ein scheußlicher Anblick, Geschwüre auf Stirn,

Wangen, Kinn, Nase, das ganze Gesicht war wie eine eitrige Wunde.

«Überraschung, Überraschung. Was für ein hoher Besuch», sagte Nita, als ich ihr Zimmer betrat. Es war nur ein Zischen und Röcheln, aber ich verstand sie.

«Streng dich nicht an, Schatz», flüsterte Regina Kolter. Sie saß neben dem Bett, war halb über Nita gebeugt.

Den Kopf bewegte Nita nicht, nur die Augen. «Geh Kaffee trinken, Regina. Hast dir 'ne Pause verdient. Ich kratz nicht ab in der Zeit, versprochen.»

Regina Kolter erhob sich nur widerwillig. Nachdem sie das Zimmer verlassen hatte, deutete Nita auf den Stuhl. Als ich zögerte, fragte sie: «Angst, mir zu nahe zu kommen? Keine Sorge, jetzt beiß ich nicht mehr. Meine Zähne wackeln. Irgend so 'n Scheißpilz frisst mir da drin alles kaputt. Willst du mal reinschauen?»

Sie öffnete den Mund, nicht sehr weit. Und bevor ich einen Blick hineinwerfen konnte, riss sie eine Hand vor die Lippen und begann zu husten. Es dauerte entsetzlich lange, ehe der Anfall vorüber war und sie sich so weit davon erholt hatte, dass sie wieder Luft fand.

«Jetzt setz dich endlich, Mutti! Sonst schlaf ich 'ne Runde und du schaust in die Röhre. Könnte nämlich sein, dass ich nicht mehr aufwache.»

Ich setzte mich auf den Stuhl. In ihre Augen trat ein Hauch von Zufriedenheit. Sie war nur schwer zu verstehen. Ich musste mich tief über sie beugen.

«Du bist nicht der erste hohe Besuch», begann sie. «Aber dem Bullen hab ich was gehustet. Ich kann phantastisch husten. Willst du nochmal hören? Du hast doch nichts dagegen, wenn ich du zu dir sage, oder? Sag ich jetzt zu allen. Muss ich mich dran gewöhnen. Im Himmel sagen auch alle du zueinander. Oder meinst du, ich komme nicht in den Himmel?»

«Ich weiß es nicht.»

«Aber ich weiß es. Ich habe mich freigekauft. Mindestens fünf

Scheißer habe ich auf den Weg zur Hölle gebracht. Sind leider nicht so viele geworden, wie ich mir vorgestellt hatte. Ich bin zu spät abgehauen, weißt du. Und weißt du, wessen Schuld das ist? Deine!»

Sie schloss die Augen, minutenlang war sie still. Ich dachte schon, sie sei eingeschlafen, da fragte sie: «Willst du auch einen Pakt mit dem Teufel schließen? Mach mal den Nachttisch auf, da liegt ein Zettel mit einer Telefonnummer.»

Ich zog ein Schubfach auf und nahm den Zettel. Nita war nicht in der Lage, meiner Bewegung mit den Augen zu folgen. «Hast du ihn?»

Ich zeigte ihr das Stück Papier. Sie schloss die Augen wieder. «Da rufst du an, heute Abend, aber erst nach acht. Egal, wer dran ist, du sagst nur, du willst Paul sprechen. Paul, merk dir das! Und dann sagst du zu Paul, er soll Regina hier rausholen. Er wird sich um sie kümmern. Vielleicht heiratet er sie sogar, wenn ich nicht mehr da bin.»

Wieder lag sie minutenlang still, nur die Lider flatterten ein paar Mal. Genug Kraft, um die Augen noch einmal zu öffnen, hatte sie anscheinend nicht mehr. Als sie weitersprach – flüsterte –, blieben sie geschlossen. «Jetzt wollte ich dir eigentlich sagen, du kannst wiederkommen, wenn du deinen Teil eingelöst hast. Wenn Paul hier war, erzähle ich dir was. Aber Regina sagte, du bist auch nur ein armes Schwein und ich soll nett zu dir sein. Und ich glaube, ich habe nicht mehr viel Zeit.»

Noch eine winzige Pause. «Soll ich mal ganz gemein sein», flüsterte sie, «und dir erzählen, wir hätten dein Pferdchen im Regen stehen lassen?»

Ich musste ebenfalls die Augen schließen. «Ihr habt sie stehen lassen. Es gibt einen Zeugen, der es gesehen hat.»

Sie brachte so etwas wie ein Lächeln zustande. «Der Typ im roten Kadett? Hat er gesagt, er hat es gesehen? So ein Arschloch. Er kann überhaupt nix gesehen haben. André hat sie zu mir rübergeschickt, weil's auf seiner Seite zu gefährlich war. Sie wollte nicht mit, weißt du, sie wollte partout nicht mit. Wochenlang hat sie eine Ausrede nach der anderen gefunden. Zuletzt sagte sie, sie kann nicht unauffällig ein paar Klamotten aus dem Haus schmuggeln, weil Lenchen ihr immer auf die Finger schaut. Ich habe ihr versprochen, dass ich den Koffer für sie packe. Dass ich all die Sachen von mir reintue, die sie so gerne mochte. Wir haben ihr den Koffer gezeigt, morgens an der Schule. Ich hatte ihr sogar eine Zahnbürste eingepackt, nagelneu natürlich. War noch in der Folie.»

«Hast du auch deinen Schlapphut für sie eingepackt?»

Ich bereute die Frage auf der Stelle. Ich hatte sie damit aus dem Konzept gebracht oder verwirrt. Sie blinzelte und war still. Minutenlang hörte ich nur ihren rasselnden Atem. Dann hob sie eine Hand ein wenig an und deutete zum Nachttisch. Dort stand ein Becher mit Tee und einem Strohhalm. Ich hob ihren Kopf an und ließ sie trinken. Auch danach dauerte es noch eine Weile, ehe sie weitersprach.

«Ich hasse Hüte, ich hasse blöde Fragen. Und ich hasse es, wenn einer versucht, mich zu linken. Eigentlich hasse ich im Moment alles. Ich hab nicht gebettelt, dass du kommst. Es war deine Idee.»

«Gut», sagte ich. «Ich werde keine Fragen mehr stellen. Erzähl weiter.»

«Sag zuerst bitte.»

«Bitte, erzähl weiter.»

«Sie hat sich die Sachen angeschaut und gesagt, sie denkt drüber nach. Ich konnte mir an zwei Fingern ausrechnen, dass sie mich hängen lässt, wo sie nun einen Gaul hatte. Ich habe zu André gesagt, wir versuchen es heute Abend beim Stall. Wenn sie rauskommt, schnappen wir sie einfach. Ich hatte mir ein bisschen Äther besorgt. Kannst du nachprüfen, wenn du mir nicht glaubst. Wir hatten in Bio damit hantiert. Drosophila melanogaster haben wir darin ersäuft, pfundweise. Ich wusste nicht, wie viel ich brauche für einen Menschen. Da habe ich es ein bisschen übertrieben. Tut mir echt Leid. Sie war die ganze Nacht weggetreten. Ich hab schon gedacht, ich hätte sie umgebracht. André hat sich fast in die Hosen geschissen. Das Zeug war ja nicht sauber. Ich meine, der Äther war nicht für Menschen gedacht. Aber es hat funktioniert. Am nächsten Tag hatte sie höllische Kopfschmerzen und gekotzt hat sie, ich dachte, sie hört nie wieder auf.»

Nita erzählte noch mehr, unterbrochen von langen Pausen der Erschöpfung, von Hustenanfällen, Keuchen und Schnaufen, mit einer Stimme, die immer schwächer wurde – an einem Mittwoch im Dezember, drei Tage vor Weihnachten. «Ihr Kinderlein kommet, kommt endlich heim …»

Ich höre sie heute noch flüstern, ächzen und wispern. Von Renas Kopfschmerzen und ihrer Übelkeit. Und ich höre Olgert sagen: «Wenn sie sich drei Tage in diesem Bus aufgehalten hätte wie Menke und Kolter …»

Nita sagte, es wäre nur ein Tag gewesen und Rena hätte ihn ausschließlich auf der zweiten Wolldecke verbracht, die sie bei sich hatten, die sie danach wegschmeißen mussten, weil sie so versaut war. Rena sei auch nicht dazu gekommen ihr Regencape auszuziehen oder ihre Schuhe. Am Freitagabend hätte Rena den Bus verlassen – in derselben Kleidung, die sie trug, als sie hineingezerrt wurde. Angeblich habe Rena nur ein bisschen frische Luft schnappen und irgendwo ein trockenes Brötchen auftreiben wollen, um ihrem geschundenen Magen ein Häppchen zu bieten.

Zu diesem Zeitpunkt hätte es so ausgesehen, als füge sie sich in ihr Schicksal. Bevor sie ausgestiegen sei, hätte sie von Mattho erzählt, dem bei der Überfahrt mit der Fähre garantiert auch schlecht geworden sei. Und dass sie leider nicht mehr über das Ziel seiner Reise wisse, nur England. Weil Udo einmal gesagt hatte, sie solle dem Teufel doch ein paar englische Wörter beibringen.

Ehe sie vom Bus weggegangen sei, hätte Rena noch gefragt, ob sie für Nita und André Menke etwas mitbringen solle. Eine Portion

Pommes oder eine Wurst. Zu Brühwurst gäbe es bestimmt ein trockenes Brötchen. Sie sei nicht zurückgekommen.

Die ganze Nacht hätten sie gewartet. Und am Morgen hätte André Menke gesagt: «Die sehen wir nicht wieder, jede Wette, die ist mit dem nächsten Zug Richtung Heimat.»

Und Nita hätte geantwortet: «Oder dem blöden Gaul hinterher, jetzt, wo wir ihr gezeigt haben, wie man's macht.»

Bekleidet mit einem gelben Plastikumhang, ausgestattet mit fünfhundert Mark und dem Pass im Brustbeutel.

Drei Tage vor Weihnachten hörte ich das.

Es war ein trostloses Fest für uns. Für Regina Kolter dürfte es am Bett der sterbenden Tochter mehr Liebe gegeben haben. Es tut weh, sich daran zu erinnern. Ich habe so viel Gefühl zwischen zwei Menschen nie erlebt. Und ich dachte, unsere Welt wäre die bessere, die saubere gewesen.

Sauber war sie auch. Mutter brachte das Haus wieder auf Hochglanz, und sie war als Einzige bereit, mit mir zu sprechen. Über den Äther aus dem Biologieunterricht. Klinkhammer hat das selbstverständlich nachgeprüft. Drosophila melanogaster, winzig kleine Fruchtfliege. Man hatte sie für eine Projektwoche in einem Kölner Institut besorgt. Sie waren genetisch vorbehandelt und durften sich deshalb in Freiheit nicht fortpflanzen. Sie wurden im Äther ertränkt, wie Nita es mir erzählte.

Es war am Gymnasium eine große Flasche Äther abhanden gekommen. Diese Flasche hatten die Frankfurter Kollegen im Bus gefunden, das heißt die Scherben der Flasche. Den Spuren nach zu schließen, war sie bei Menkes Kampf mit dem oder den Unbekannten zerbrochen. Ob sie vor dem Kampf völlig, zur Hälfte oder gar nicht geleert war, ließ sich nicht feststellen. Im Bus gab es keine Rückstände von Äther.

Das war das Einzige, was sich noch überprüfen ließ. Klinkhammer vermutete, dass der Flascheninhalt im Freien ausgekippt worden war. Was Nita mir sonst noch erzählt hatte, hatte den gleichen Wert wie Udo von Wirths Geständnis.

Jürgen fühlte sich bestätigt. Vater und Anne stimmten ihm zu. Für sie hatte Nita mir nur auf Anweisung ihrer Mutter das Weihnachtsmärchen erzählt. Und Kemnich hatte mit Blacky seinen Teil beigesteuert.

Manchmal glaube ich, sie haben Recht. Aber manchmal denke ich: Wenn Nita Kolter mich nur belogen hat, um ihrer Mutter einen Gefallen zu tun, um ein dreibeiniges Tischchen, ein paar Tarot-Karten und ein Schreibbrett auf eine solide Unterlage zu stellen, warum hat Nita dann den Überfall durch drei Skinheads und das nette kleine Häuschen in Grün und Blau nicht bestätigt?

Darüber hat sie gelacht. Es gab keine Skinheads. Es gab nur einen krummen Hund, der ihnen versprach, Stoff zu liefern. Was er brachte, reichte nicht einmal, um eine Mücke froh zu machen. Als André sich beschwerte und sein Geld zurückverlangte, kostete ihn das sein Leben. Und Nita beinahe das ihre, wäre Blacky nicht gewesen, die sich ihrer angenommen hatte.

Kemnichs Einfluss? Kaum! Nita wusste nichts von Blacky, erinnerte sich weder an eine Kommune noch an ihre Einlieferung ins Krankenhaus. Sie wusste nicht einmal mehr, dass sie die Frankfurter Polizei angerufen hatte. Der Schock über André Menkes Tod hatte eine beachtliche Lücke in ihr Gedächtnis gerissen, vielleicht noch verstärkt durch ihre Krankheit und die Sucht.

Nita Kolter wurde am 16. Januar beerdigt. Ich war dabei. Ich war auch vorher noch zweimal in der Klinik gewesen. Ich wollte ihr sagen, dass ich die Wahrheit verkrafte. Dass sie mich nicht auf Geheiß ihrer Mutter belügen muss. Dass sie gemein sein und mir erzählen durfte, sie hätten mein Pferdchen im Regen stehen lassen, wenn es denn so gewesen war. Nur konnte Nita mir nicht mehr anworten.

Und Paul, ich weiß nur seinen Vornamen – er war ein großer, kräftiger Mann mit aschblonden Haaren, den ich an ihr Bett gebracht hatte, sorgte dafür, dass ich das Zimmer verließ. Er begleitete mich hinaus. Vor der Tür sagte er, Regina Kolter hätte nur noch ein paar Tage mit ihrer Puppe, die solle ich ihr lassen. Ich hätte immerhin noch Hoffnung.

Ich weiß nicht, ob ich noch Hoffnung habe. Aber manchmal, vor allem nachts, wenn ich nicht schlafen kann, wenn die Bilder im Hirn allmächtig werden und erdrückend, wenn Jürgen sie mir noch einmal auf den Bauch legt – so winzig, so hilflos, so abhängig von mir –, in solchen Momenten stelle ich mir vor, dass sie irgendwo da draußen lebt. Und dass ich eines Tages losfahre. Nach Frankfurt oder Hamburg, nach London, quer durch England, wenn es sein muss. Dass ich sie finde. Dass ich ihr sage, ich habe sie nicht gewollt, aber ich habe sie geliebt, nicht nur irgendwie. Dass ich sie zurückhole. Und dass ich all das für sie tue, was ich nicht getan habe, solange noch Zeit war.

Petra Hammesfahr
Der Schatten

Der Schatten mit den Mörderaugen kam in der Nacht und nahm Stella alles, was ihr lieb war. Was wie ein böser Traum schien, ist am Morgen entsetzliche Wirklichkeit: Ihre Schwiegermutter liegt erschlagen im Bad, ihr Baby ist verschwunden. Niemand will der jungen Mutter glauben, sie gerät unter Mordverdacht ... rororo 24051

Tatort Deutschland

Drei Thriller der Extraklasse

Jan Seghers
Die Braut im Schnee

Eine junge Zahnärztin ist ermordet worden. Der Täter hat die Leiche auf widerwärtige Weise zur Schau gestellt. Der Frankfurter Kommissar Marthaler ahnt, dass sich der Mörder mit einem Opfer nicht zufriedengeben wird. Und er soll recht behalten ...
rororo 24281

Andree Hesse
Der Judaslohn

Die Zeit heilt alle Wunden, sagt man. Oder doch nur fast alle? Hat der Mord an dem englischen Soldaten auf dem Truppenübungsplatz mit der düsteren Vergangenheit dieses Ortes zu tun? Hauptkommissar Hennings steht vor einem Rätsel – obwohl er selbst in Eichendorf aufgewachsen ist ...
rororo 24019

BW 137/1

[illegible]

[illegible]

[illegible]

[illegible]

[illegible]

Edelgard Spaude
Mord im Kurpark
Ein Schwarzwald-Krimi
Vierzig Jahre lang hat Würschtle-Herbert auf dem Münsterplatz die berühmte «Freiburger Rote» verkauft, und nun stolpert er mitten im Kurpark über eine Leiche. Der mürrische Freiburger Kommissar Lorenz und sein Assistent Thiele übernehmen den Fall. rororo 24550

rororo

Tatort Provinz
Verbrechen gibt es überall

Roman Rausch & Blanka Stipetic
Der Bastard
Kommissar Kilian bekommt Konkurrenz
Würzburg feiert das Afrika-Festival. Die Multikulti-Harmonie gerät empfindlich aus dem Takt, als man eine Leiche aus dem Main fischt. Hautfarbe schwarz, Herkunft unbekannt. Die Kommissare Kilian und Heinlein lernen ihre Heimatstadt von einer bedrohlichen Seite kennen. rororo 24495

Sandra Lüpkes
Das Sonnentau-Kind
Ein Küstenkrimi
Die Auricher Kriminalkommissarin Wencke Tydmers ist verzweifelt: Soeben aus der Babypause zurück, fordert der erste Fall ihre gesamte Aufmerksamkeit. Ein rumänischer Au-pair-Junge wird tot in einer alten Torfhalle aufgefunden.
rororo 24408

BW 145/1

Weitere Informationen in der Rowohlt Revue *oder unter* www.rororo.de